后宫褒姒传

Hou Gong BaoSi Zhuan

{上}

飞刀叶 / 著

Feidaoye Works

中国友谊出版公司

后宫褒姒传

Hou Gong BaoSi Zhuan

目录 — CONTENTS

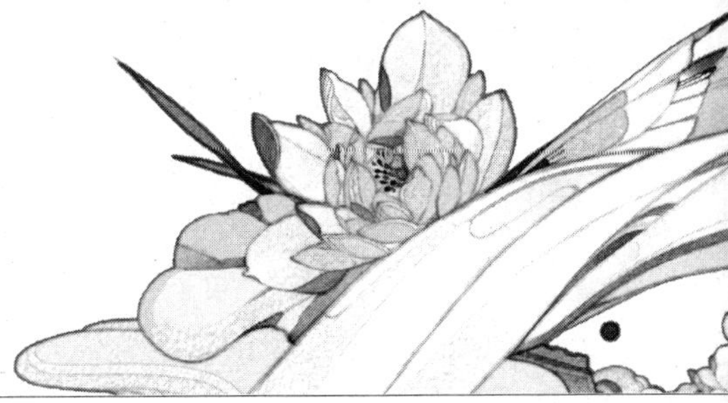

第一章

弱女救父入镐京，琼台笙歌迎新主

周宫涅三年，春。

镐京城里灰蒙蒙一片，青砖绿瓦在这阴霾之下显得格外黯淡，繁华的京城笼罩在灰白的尘埃当中。

朝野哀歌，凄凄怨怨。

这座城曾见证过大周王朝的盛极一时，现在又看着它慢慢凋零。

三年前，褒姒的父亲褒珦就是踏着这条青砖路，走进镐京城的。他和大多数周王朝的见证者一样，企图阻止滚滚向前的历史车轮，然而历史的车轮终究只是碾在了他的身上，留下的是无尽的牢狱之灾。

时至今日，周宣王溘然长逝的举国丧期已临近尾声，这座城将褪去缟素，换上霓裳。而这个国家的年轻君主，也早已耐不住寂寞，在宫廷中日日莺莺燕燕、温香软玉，夜夜歌舞升平、芙蓉暖帐。

褒姒斜倚在破旧的马车上，摇晃着自远处而来，她撩起衣裙从马车上下来，萧瑟的北风掀起那素白的长裙，昏黄中干净的面容被衬得苍白。她纤瘦、柔弱，甫一站稳，身旁的下人廿七就赶紧扶住了她的胳膊。

她们停在了朝中上卿虢石父的府门前，驾车的下人叩打着门上的铜环。

府门打开了一道缝，里面的下人探出头来，伸手瞧着褒姒，褒姒将拜帖递上，府门“哐当”一声重重关上。一盏茶的时间过去，那下人才复出来，将门推开："老爷吩咐了，公子请跟我来。"

"有劳。"褒姒朱唇微启。

檐廊之下，虢石父正翻看着即将呈递给周王的奏章，时不时扔出去几本。他是权倾朝野的上卿，一人之下、万人之上的权力足以决定任何人的生死，而此刻，他能决定的是整个褒家、整个褒国的命运。

虢石父的声音中带着一丝傲慢，头也不抬地问道："来了？"

"见过虢上卿。"

听到褒姒的声音，虢石父才抬起头扫了一眼褒姒，"啧啧"一声，嫌这容颜太过清丽。他的手捻在胡子上，摇头、蹙眉，像是吃了糟糕的菜肴。褒姒伸出手，廿七便将一个锦盒递到她手中，她上前一步将锦盒呈给虢石父："虢上卿，有礼了。"

虢石父用手指将锦盒的盖子掀开一条缝，只见白色美玉周身通透无瑕，莹润而富有光泽。他面上露出了贪婪的笑容，用长者姿态语重心长地说道："我同你褒家也有多年的交情了，这事儿我会好好安排的。"

"多谢虢上卿。"

褒姒被吩咐先去厢房休息。主仆二人走了两步，廿七就凑在褒姒耳畔轻声道："刚才扔在地上的奏章，都是弹劾虢上卿的！听说朝中文武百官对这位上卿意见不小，世子找他多有不妥啊！"

"出门在外，谨言慎行。"

"是，公子！"廿七悻悻地闭上了嘴，转而环顾这宅院。区区一个上卿，居住的院子却坐拥泉水假山、百鸟绿树。她口中喃喃："真是个会享受的人，也不知周王有他这福气没有？"

褒姒瞥了廿七一眼，她赶紧捂住了嘴，咽了口唾沫，无辜地眨着大眼睛。

主仆二人被安置在了西厢房中，府中的下人向她吩咐："请褒公子暂住在这里，宫里的事情老爷打点好了，便给褒公子回话。"

"要多久？"

"那可不知道了，每年来求我家老爷的人不计其数，老爷既然肯将公子安顿下来，公子就放心好了，最多不过是数月。"

"这么久？"

"这事儿啊，总得要些日子，就看公子的造化了，急不得的。便是公子被送入宫里了，能不能博大王欢心、得不得大王宠幸，也是另说的！圣意难测，若是没被大王相中，那在宫里的日子可就不好过了！大王贪恋女色，天下皆知，多少贪图荣华的，想着法儿地入宫，可也没见有个动静。要我说啊……大王如今美人见得多，挑着呢！”

褒姒的面色微微一变。

下人即刻改口：“哟，褒公子，我可不是说您哪，您也别往心里去。”

褒姒从头上取下了一支碧玉簪子递到下人手中：“有劳姑娘了！”

下人面色一变，立刻笑脸相迎：“瞧公子说的，这都是我们该做的事情，有什么事公子尽管吩咐，我能帮的必定帮！”

“若是虢上卿不知该寻谁……”褒姒说得意味深长，下人听得心领神会：“是是是……我明白，若是虢上卿寻不见个送入宫里的主家，我便叫虢上卿来寻公子？”这下人满心欢喜地将这支簪子揣在了怀中，一旁侍立的廿七却恨得牙痒痒。这簪子价值不菲，是秦世子世父送给褒姒的定情之物，如今世父不在人世，褒姒留在身边原是个念想，现如今却转赠给了一个下人，廿七咽不下这口气，看着这下人走远了才愤愤开口：“公子您怎么能……”

褒姒将食指放在了自己的唇上，转过身朝厢房内走去。

廿七紧跟其后，进了房还在执拗于此事：“这簪子可是秦世子送您的，您怎么可以转赠他人呢？”

“他人都不在了，留一支簪子何用？”

“好歹是个念想。”

“如今入了京，我便没有过去，何须念想？”

“可……可那只是个下人，帮得了公子什么？”

“她身上的绫罗绸缎价值不菲，若只是个下人就有些说不过去了。钱财只是身外之物，若能换我提前入宫，也是好的。”

廿七满眼含泪，跺了跺脚：“都怨大王……”

“廿七。”褒姒轻唤一声，叫廿七闭嘴。

屋子里静了下来，褒姒却仍有些心神不宁。褒国如今岌岌可危，唯有期望在牢中的父亲能一解褒国之困，可也不知大王能否将他释放。褒姒同哥哥洪德商议之后决定将自己送入宫中，若有幸得宠，不但能请大王释放自己的父亲，更多了周王这个靠山。

那时候，褒国纵小，有谁敢欺凌？

可这到底是一步险棋，她没有任何把握。对周王也没有任何了解，所知的不过是些道听途说：周王宫湦是位年轻的君主，在位三年，暴戾好战，无所作为；整日沉溺于各地进献的美人怀中，骄奢淫逸，荒废大周朝纲，疏于国事；虢石父一派专权，言路不开，满朝文武怨声载道。

周王宫湦即位之初，天降异象，岐山地震不绝，洛、泾、渭三川干涸，数位大臣联名进谏，借此不祥之兆请周王停止荒淫，勤于朝政、广开言路。而这位周王却将联名上奏的大臣一一赶出朝堂，贬去官爵，送入大牢，三年中不曾释放一人。

这群臣中便有褒姒的父亲、褒国的国君——周国的大夫褒珦。

除却被关押入狱的大臣，辅佐先帝的权臣、重臣在这三年中都先后过世，周王宫湦的昏庸之举越发无度，而虢国诸侯虢石父更是以上卿之位把持朝政，令余下的众臣在朝中几乎没有立足之地。

虢石父与朝中司马伯士历来不和，便怂恿周王讨伐西戎，命伯士为主帅。

周王宫湦派遣司马伯士率军与西戎交战。这位主帅如今正被打得溃不成军、节节败退。朝中大小官员上谏请和，望周王撤回大军，上谏的奏章却被虢石父一一阻拦，周王至今仍不知战况。

申侯联合众臣上奏，意图说服周王宫湦下令，让大军回撤。因着申后的关系，也因着申国的地理优势，申国几位诸侯先后入朝辅佐王室多年，在朝中颇有地位，深得朝中士大夫的信任与支持。然而就是面对这样一个人的谆谆谏言，周王宫湦也不过是打个哈欠，拂袖而去。申侯口中激烈的言辞于这位君主而言，不过如疯狗狂吠。

这位目空一切的周王，是无知还是野心太大？

褒姒暗自思忖，思绪不知飘去了哪里。住在上卿府已有两三日的工夫，那位下人倒是每日都来，可口风却紧得很，褒姒使尽了浑身解数，也只知道这几日王宫四门紧闭，任何人不得出入。

此事的起因便是群臣上奏要求罢黜虢石父、停战与停止进献美人。絮絮叨叨的老人家们惹恼了这位年轻的君主，周王宫湦坐在大殿之上长袖一挥，一脚踹翻了面前的石案，石案滚落，碎了一地，吓坏了站在前殿的士大夫们。

到最后，周王干脆关了宫门，堵死了悠悠众口，一如他往日的手法。

伯士远在西戎之地，苦战无援；秦伯受自己弟弟嬴德挑唆，重兵压在褒国边境，随时准备攻下这个孱弱的国家，眼看大周大军在自己的封地内兵败或被杀，或被俘，也不作为。申侯几封信函前往，秦伯视而不见。此事叫申侯按捺不住，只好与群臣硬闯宫门，企图逼迫周王宫湼上朝，说服他撤兵停战。

伯士若亡，司马一职空缺，虢石父必定会推荐他那一派的人，军权在握，就犹如一柄尖刀直指申侯等人，使其在朝中越发人微言轻。而后更难想象会不会有朝一日这大周的兵马就借故攻打西戎、南蛮，将大军压在申国边境，借此一个诸侯一个诸侯地除去、一片封地一片封地地赏给虢石父。

此事不定，申侯便如坐针毡。

二更时分，和衣而睡的褒姒听到了门外的动静，寂静的夜里窸窸窣窣的是人群穿行的响动，灯火从东厢房一路燃到了西厢房，宛若白昼。褒姒忽然惊醒，走到窗前推开了窗子，屋外人们匆匆往来。

“公子？”廿七揉了揉眼睛，也醒了过来。

“梳头。”褒姒转身坐在铜镜前，廿七手忙脚乱地将褒姒的发髻束起，一丝不苟地用铜簪和骨笄将头发绾紧，没有一丝掉落的碎发，然后又去拿一旁的佩饰。褒姒忽然按住了廿七的手：“不用了！”她站起身子，理了理衣裙，朝门外走去。

廿七紧随其后，不解地问道：“发生了什么事？”

“不知道！”褒姒推开了房门，正巧那下人从门前经过，褒姒拉住了她：“府上发生了什么事？”

“你还没睡？”下人瞧着褒姒的样子，面上一喜，眼前一亮，反手拉住了褒姒的胳膊，“你跟我来……”她带着褒姒朝着前厅的方向疾走。褒姒扭头给廿七使了个眼色，叫她莫要跟来，廿七只得顿住脚步，目送自家公子渐行渐远。

虢石父见下人总算是找到了个人，面上先是一喜，可看清是褒姒又是一沉：“怎么……”

那下人朝着虢石父挤眉弄眼，拉着褒姒的手拍了拍她的手背：“这会儿其他人都睡了，老爷要人要得急，若找一个睡得迷迷糊糊的，再将大王给惹恼了，可如何是好？”

“大王”二字从褒姒心头闪过，她的心猛地一揪，不由自主地紧张起来。

虢石父正焦急着，顾不了那么多，转身边走边说：“和我进宫。”宫里传来了消息，朝中士大夫趁夜闯宫，上奏大王命秦国出兵相救。

众臣将弹劾虢石父与取消进献美人二事省去，做出了最大的让步，周王宫湼不能不应允了，作为一朝君主不能不让诸侯救人！他纵然是勃然大怒，也只能被牵着鼻子走，狼狈不堪，胸中怒意丛生，而又无处发泄。

虢石父得了消息就匆匆叫人去请人，准备进宫献媚，可没想到去的人竟找了个面容最寡淡的褒姒来，他心中也满腹牢骚。在马车上，虢石父就向褒姒叮嘱大王的喜好，他不喜欢女人话多，对柔美的舞姿颇为喜欢，对言听计从而毫无心机的女人情有独钟……一席话交代完，虢石父再次将褒姒上下打量了一番："入了宫，就不可能再出来了，若不受宠，比死还不如！"

"褒姒明白。"

"所以好好掂量掂量，若是得宠，你我一荣俱荣。"

"褒姒不敢忘虢上卿提携之恩。"

虢石父点了点头，眯起眼睛，闭目养神。

到了宫中，褒姒被送往琼台殿，而周王宫涅则坐在前殿的阶梯之上，黑色的长靴蹬在石桌上，整个人斜倚在卧榻中。他肤色白皙，像久不见阳光的鬼魅；唇薄眼长，是最为薄幸的寡情面相；声轻气沉，虽没有不怒自威的磅礴气势，却能让人不寒而栗。

他闭目养神，听见大殿中匆匆而来的脚步声，沉声问道："虢上卿来了？"

"参见大王！臣听闻申侯带领一班朝臣闯宫，未能阻挡，还望大王恕罪！"

"无碍。"周王宫涅挥了挥手。

"这些大臣罔顾礼仪法纪，擅自闯宫，乃太宰失职，还望大王下诏革除太宰。"

"寡人累了！"周王宫涅打了一个哈欠。

"臣为大王搜寻了褒地美人，舞姿卓绝，名扬千里。褒世子洪德进献，这容颜天下无双。司徒祭公已在备乐，不知大王今日是否有雅兴移步琼台殿中？"虢石父话锋一转，周王便面色一喜，扬起双眉，眼中闪着灼灼的光华，一扫刚才那番疲态，眸子中露出了精光，从阶梯上匆匆下来："如此说来还犹豫什么，快快赶往琼台殿，会会美人，莫怠慢了人家。"

"是！"虢石父的面上露出了一丝狡黠的笑意，紧跟在周王身后朝着琼台殿的方向匆匆走去。琼台殿内，司徒祭公早就按照虢石父的吩咐备好了编钟、管弦、丝竹……可看着垂立在中央的褒姒有些费解，她的容颜达不到极美的地步，甚至连后宫中并不得宠的夫人也出她之右。

不美，尚在其次。

这女子兴许是成心要奚落周王，一身缟素，浑身上下竟找不到一样佩饰。更不要说那素淡的容颜，不施粉黛亦无颜色，原本束好的发髻，也被她拆了，重新绾好之后就有些凌乱。若非要说有什么可取之处……祭公思忖再三，以他对周王的了解来看，也许是褒姒面上淡漠的表情。

大鱼大肉吃腻了，总会回味清粥小菜的好处。

褒姒的容颜虽说寡淡，找不出过人的长处，却也挑不出短处，乍看之下并不艳丽，可看得久了，反倒是觉得舒心。祭公微微颔首，相信虢石父的安排自有他的道理。

“参见大王……”门口的下人提醒琼台殿内的人周王已到。

祭公、褒姒纷纷下跪低头等在琼台殿中。

听见脚步声，褒姒先看见的是这位周朝君主的鞋子，一尘不染的黑靴，白色的千层底却已磨损得有些破旧了。“民女褒姒见过大王。”她的声音清冷，在空旷的琼台殿中回荡，这声音敲打了一下周王宫湦的心扉，很久没人敢用这样的语调和他说话了。对他而言，这个女人周身都是种精心的设计，是向高高在上的帝王发起的挑衅，以这样的姿态来挑战他见惯美人的疲惫。

“抬起头来。”周王宫湦对着褒姒说道，顺便示意祭公备乐。

褒姒仰头看着周王，她是第一次见他，她没有笑，也没有慌，面上的表情一成不变。她灵动的眸子盯着他漆黑的眼，眼神没有因为他的强势而瑟缩，反倒就这么一直看着，像是认识了许久。

“褒姒？”周王的手捏在褒姒的下巴上把玩着，她的皮肤滑嫩，是年轻女子特有的质感，叫他爱不释手，“褒国是何人的封地？”

“褒国是大夫褒珦的封地，”虢石父上奏道，“褒姒便是世子洪德的妹妹。”

“哦？洪德？”周王宫湦说着想着，又摇摇头，“没印象。”

褒姒已站起身，又忽然跪下：“民女乃罪臣褒珦之女……民女自知父亲罪孽深重，此番入宫，便是替父赎罪，万望大王见谅！”这番话原本该是放在以后慢慢道来，可褒姒年岁尚小，终究没能沉住气。

这一幕叫虢石父倒吸了口冷气，若是褒姒这出戏演砸了，自己就得受牵连。他动了动嘴，周王宫湦却挥了挥手，手从褒姒的下巴上撤下来，面色霎时间冷若冰霜，他讨厌一个女人怀着目的的接近，原有的三分兴趣，此刻消失殆尽。“没什么印象！”他说罢朝着殿内一端走去，斜倚在卧榻之上。

祭公见状，立刻指挥乐师奏乐，编钟清脆的音节一声声敲打着琼台殿。

已过了丑时，周王宫湦打了一个哈欠，他有些困，微微闭起眼睛。编钟的浑厚配合丝竹的清亮，呈现出音乐完整的姿态。周王宫湦不睁眼，饶是褒姒的舞姿再美，也是毫无作用的。

编钟的乐师漏掉了一个音，周王宫涅皱了皱眉。

很快，管乐的乐师也漏掉了一个音，周王宫涅攥了攥拳。

紧跟着，弦乐的乐师亦漏掉了一个音。周王宫涅坐了起来，睁开眼睛。乐师们的这番光景，这三年来他头一次遇见，难免有些好奇。

睁眼俯瞰，大堂之上，恍若隔世。

褒姒的舞姿如烟笼芍药、带雨梨花，朦胧之中透着一股难以言喻的美感，周王宫涅从这素色的灵动之中竟看见了五彩的霞光。她的四肢纤弱柔软，补充着音域中的空白音阶；周身又仿佛有一根极细的丝线牵引，整个人与这音乐浑然一体。

这种媚态是褒姒静的时候不曾有的，周王宫涅坐直了身子，眼睛再也无法从她的身上挪开。他对褒姒的态度在短短的一瞬竟有三种不同的变化：起初是好奇；转而变为愤怒；到此刻竟成了一种喷薄而出的欲望，灼烧着他的心，困顿消失无踪，血液上涌，如看见猎物时的兴奋。

周王宫涅挥了挥手，这动作虢石父与祭公二人再熟悉不过了，二人依次从琼台殿内退了出去，虢石父在前，祭公在后，剩余的大小乐师也紧随其后。不消片刻，大殿上便只余下了褒姒同周王二人而已。

编钟的击打音渐渐小了。

弦乐跳动的节奏消失不见。

最后，连管乐流畅的旋律也变得悄无声息。

偌大的琼台殿渐渐安静了下来。褒姒的身体就像是断了线的木偶，霍然停下了所有的动作，呆立在原地，不知所措。她的双手攥住裙摆，企图让那颗不安的心静下来。她看见周王宫涅站起来，双手放在背后，一步步朝自己走来。他每走一步，她的心跳声就加重一重，直到最后，天地间仿佛只剩下这心跳。

周王是个男人，一个健硕的男人。尽管他的周身都带着一种阴恻恻的鬼魅之气，却仍能从中窥探到王者的威严——这是与生俱来的。周王宫涅走到褒姒的面前，一手挽住她的纤腰，一手捏住了长裙上的丝带，缓缓抽开，长裙失去了支撑的力道飘然落地……

第二日清晨，阳光洒入这屋子时，金灿灿的光晕铺在了她雪白的肌肤之上。他一手撑着自己的头看着面前这个陌生的女子，满眼好奇。她淡漠的神情中透着一股强韧的姿态，像是个不服输的少年，满面绯红却早已将她的心情出卖了。

他的手轻抚在她的面颊上，褒姒一个激灵从睡梦中清醒过来，看着面前这个陌生的男人愣了很久，心中碾过无数的思绪，最后却化为无声的静谧，只唤了句："大王？"

"你怕我？"周王宫湦笑了出来。

褒姒摇了摇头，瑟缩地瞧了一眼周王的眉眼，又点点头，这惹得面前的男人"哈哈"大笑。她小心翼翼地打量着他，心中将未见他时勾勒的那幅图像与眼前的男人比对，她发现他深不见底。

周王宫湦带着笑意，捏着褒姒的下巴，深深地吻了下去。

第二章

大周王廷深似海，王侯对弈定乱世

这一日，初晴。

困扰着镐京城多日的浓雾终于渐渐散去，宣王静的死亡阴霾正从这个王朝上空慢慢褪去。霞光从东方射来，金色的丝线绘满了整座城池，有种新鲜而跳跃的朝气，这个城一瞬间就变了，而这个朝也与昨日有点不一样了，仿佛迎来了它新的主人一般，充满了希望。

“申侯这边请……”太宰带着申侯朝琼台殿的方向走去，“大王几日没离开琼台殿了，看来这琼台殿该有个新主了！”

“哼……”申侯闷哼一声，“红颜祸国！”

“这次虢上卿进献的，可不是什么简单货色！”太宰同申侯小声说道，“以往大王的荒唐事也没少做，这么出格还是头一次，先前叫我去为琼台殿置办了下人，接着又封赏了这女人，东西没少给！前前后后、搬进搬出，怕是得有……”他说到这里就不敢再说了，申侯瞥了一眼太宰：“说！”

“得有申后的礼制了！”

申侯冷笑一声，对大周新主不再抱有任何幻想。他已经从一个设身处地为周王朝尽忠的托孤大臣，变成了一个置身事外等着热闹与兵变的看客。他挥了挥手，示意不必再说下去了。“罢了，他眼里可还有‘礼义’二字？”

申侯掸了掸自己的长袍，朝着琼台殿前的台阶迈步而上，越走越快。太宰紧随其后，直至琼台殿门外。大王的近侍官伸手拦住了两位：“你们不能进去！”

“微臣参见大王！”申侯垂首站在门外高喊，声音浑厚而不乏穿透力。

“大王昨夜卯时才就寝，申侯还是请回吧。”

“微臣参见大王！”申侯仍旧岿然不动，站在原地沉声低道。

褒姒从梦中惊醒，感到周王压在自己的身上，她倒抽一口冷气，差点失声喊了出来。

“叫！”周王宫湦低声地说了一个字，语气中多有不容辩驳之意。褒姒一愣，反问了一声：“大王？”

“叫！”周王宫湦又说了一遍。她皱了皱眉而后便懂了这意思，发出了一声娇嗔，而后是一声哀号。这声音传入门外之人的耳中，叫申侯不得不低头转身：“老臣明日再来！”

“何必等明日呢？”

循着说话的声音，近侍官同申侯、太宰三人都转过了身去，申后正从台阶下缓慢地走上来。她一身黑色长裙，发髻高高绾起，严严整整，发簪在发髻之间若隐若现，身上的环佩之声不绝于耳。她的声音沉稳，表情肃穆，举手投足之间更是一派大家风范。

“申后。”申侯向申后行君臣之礼。

“父亲既然来了，就随我一道去琼台殿吧。”申后的声音中带着一股威严，伸手示意申侯不必行礼。不待申侯答话她就已经走到了近侍官的面前：“你敢拦我？”

“不敢！”近侍官低下头去。

“让开！”申后说道，一把推开了琼台殿的大门，轰然一声，映入眼中的是空旷却富丽堂皇的大殿。七日七夜钟情于一人的沉欢之爱，已经踩到了整个后宫的心理防线；倾其荣华的打赏则叫后宫中的女人对这位琼台新主好奇不已，想要一睹她的容颜，也恨不得将她打入万劫不复之地。

大殿之中虽空无一人却充斥着淫靡之音。申后朝着寝宫迈步而去，胸口因为愤怒上下起伏。申侯紧随其后，面色黑沉，满是疑虑，踏入寝宫便撞见了一幅不堪入目的画面，他惊慌失措地转过身，背对着周王宫湦下跪：“微臣惶恐！”

“申侯不必惶恐，该惶恐的是美人。”周王宫湦的声音中带着深深的戏谑之意。申后站在一旁，俯瞰着这位年轻女子，目光紧紧地抓着她的身体。

“大王？”褒姒问道，度量着眼前发生的一切。

“这是王后。”

“褒姒参见申后。”褒姒瑟缩在周王宫湦的身后拜谒。

申后则目不斜视地问道：“就在床上？”

褒姒尴尬地看了看还跪在地上的申侯，为难地瞧了一眼周王宫湦，嘴唇微微噘起，有些不满，面色绯红如雨后桃花：“这……”

“行不行礼，随美人的心情。”周王宫湦在褒姒耳畔说道。

“大王……”申后的语气中带着一丝战栗，竭力地压制怒意。

“还有何事？”

“本宫是后宫之首，按照规矩，新来的夫人、嫔妃、女御都要登记在册，然后依照祖上礼法加封、祭祀，才能正式成为后宫女人。”

“美人来自乡野，不懂这些繁文缛节，能免则免！”

“免去礼节，未有先例！”申后愤怒地叫道。

“先例？”周王宫湦大笑了出来，“那就叫美人开了这先例吧，以后就有例可循了。”

“便是免去礼数，后宫女人也该在点卯之时前去东宫谒见臣妾。”

“如此一来，臣妾就不能侍奉大王了。”褒姒娇滴滴地说道，满眼委屈。

“美人闲时不妨去东宫陪王后说说话！”周王宫湦似乎也很为难。

申后深吸了口气，以免自己会忽然发狂，她的指甲嵌入手掌，用疼痛来使自己冷静下来，头上的珠钗随着她因愤怒而颤抖的身体前后摇曳，发出叮当之声。“好，本宫就在东宫等着！就等着看你能得意到什么时候。”她说完就走，越走越快，竟忘了身后还跟着申侯，他仍旧跪倒在地，背对着床榻。

周王宫湦斜睨了一眼地上：“你还不滚？”

“微臣有事启奏！”

“说！”

“请求大王免去微臣在朝中的大小职务，允许我回到封地。”

“滚！”

申侯跪在地上，手握成拳，整条手臂上青筋暴起，胸口中含着一口恶气缓缓地站起身从这充满荒淫之气的殿内朝着门外走去，每一步都十分沉重。他自诩一生忠诚却换来一个“滚”字，可笑可叹！走到门口，申侯仰天长笑，高歌着：“月将升，日将没，檿弧箕箙，几亡周国。是天要亡我大周啊，应验了……应验了！”

这童谣从殿外直直传入殿内，褒姒双手抓着周王宫湦的胳膊。她配合着他演了一出戏，她知道他并不爱她，只是不知为何拿自己做这盾牌。

申侯的声音彻底听不见了，周王宫涅怒气冲冲地从床上下来，走到桌案前，将桌上的东西扫到地上，双手叉在腰上深深地吸了口气：“好个申侯！好个王后之父！以为寡人若没了你们这些老东西就稳不住我大周江山吗？”他怒吼一声，将桌上最后一个带釉的花瓶掀翻在地。一声巨响，瓷片散碎了一地。

申侯吟唱的这首童谣，是先帝宣王的一道催命符。

周王朝经历了十一位君主，这个曾经盛极一时的王朝如今早已满目疮痍。

武王西出岐山，推翻了商纣王的统治，建立了周王朝。王位八传至夷王，各路诸侯渐强；九传至厉王，因其暴虐无道，终为国人所杀；经历了一番后宫角逐与夺嫡之乱，厉王之子宣王静登基，励精图治，勤政爱民，将岌岌可危的周朝政权再次扶正。

“月将升，日将没，檿弧箕箙，几亡周国。”这首童谣是在姬静晚年流传开来的，他下令太史伯解读童谣中的含义，太史伯占卜答曰：“周朝终将亡于女人。”

这话叫这位贤明的君主发狂，心头被鬼神缠困，斩杀了不少刚刚出生的女婴，最终又因为被心魔所控，身体每况愈下，终于驾鹤西去。

刚刚复兴的大周王朝又急转直下，年轻的新君姬宫涅甫一登基便在宫中大兴土木、穷奢极欲。他任用三公，上卿虢石父、司徒祭公、大夫尹球三人把持朝政，堵塞了自己的视听。他沉溺于美人身下，行为暴戾无常。老臣不敢进言，人人心头都悬着一杆秤，心里寻思：“大周朝只怕是真要亡于女人了！”

此事众人皆知，褒姒也不例外，而此刻，她的心中却弥漫着一种不祥的预感。

不知过去了多久，周王宫涅面上的狂躁之色渐渐平静下来，换上了戏谑的笑意，狭长的眉眼弯成一线，透露着一股可怕的阴骘。他的手中攥了一个桃木质地的手把件，猛地用力，这物件已经变成了碎片。

褒姒披上了衣衫，踮着脚从床上走了下来，走到周王身侧：“大王……”

“这儿没你的事儿了！”周王宫涅的声音蓦地冷了下去，“你先退下！”

“申侯刚才的话，您不要放在心上，他只是一时气急……”褒姒没能忍住心头的话，可话还没有说完，就被周王宫涅暴虐地打断了，他转过身猛地将褒姒推倒在地。她的手划过地上的瓷片，在手臂的内侧拉出了一条长长的口子，鲜血顺着白色的瓷片流到了地上，这疼痛涌上心头，泪水模糊了褒姒的双眼。

周王宫涅盛怒之下，转身对着褒姒怒吼道：“你少在这里自以为是，寡人现在不想看见你，滚！”

褒姒匆匆地从地上爬起来，一只手捂着伤口转身朝门外跑去，跑到了空旷的大殿中才委屈地哭了出来。

她入宫七日，人人都以为她盛极荣宠，深得周王喜爱，却没人知道夜色之下他销声匿迹，她就像是他的一个幌子，只是虚晃一枪吸引着别人的注意。她不知道他去了哪里，更不知道他在做什么。她不敢问，也不能问，问了就像是刚才那般，一番好心却徒增伤痛。

“娘娘？”一个女人的声音从远处传来，褒姒强忍住了哭泣，快速地擦掉了眼角的泪水，板起脸转向说话的人，是这些天刚刚分到这宫里的下人桑珠。

“娘娘，你受伤了？”桑珠的手中拿着白色的瓷瓶，朝褒姒走了过来。

“无碍的，你先下去吧！”

“这是金疮药，伤口得早些包扎才是。”

“我自己来就可以了，放这儿吧。”

“可是这些事情，该由我们下人来做，若叫大王知道了，只怕是要责罚我们的！”桑珠的解释让褒姒有些犹豫。

“你先下去吧！”周王宫湦不知道什么时候站在了桑珠的身后，从桑珠手中拿过那瓶金疮药，捏在手里。

“是，大王！”桑珠看着周王宫湦的目光有些闪烁，点点头从前殿退了下去。空旷的大殿内只余下褒姒与周王二人，两人四目相对，褒姒别过头去。周王宫湦抬起了褒姒的胳膊，看着那条长长的口子：“怎么不让她包扎？伤得这么重。”

“臣妾不习惯。”

“不习惯有人伺候？”

“不习惯外人伺候。”

“哦……”周王宫湦吻在了褒姒白皙的胳膊上，将伤口上的瘀血吮吸了出来。褒姒猛地一惊，坐直了身子：“大王？”

“刚才是寡人的不是，不该把脾气发在你身上。”

褒姒猛地摇头：“是臣妾不该逾越君臣之礼，大王俯瞰时局，有什么看不明白。臣妾多事了。”

周王宫湦捏住了褒姒的下巴，弄得她有些疼：“乖乖地做寡人的宠妃，你父亲寡人迟早会放。不要妄图揣测寡人的心思，不要妄图插手寡人的江山，寡人能保你一世荣华，也能让你死无葬身之地！”他狠狠地攥住褒姒受伤的胳膊，这疼刺得褒姒的眼泪“簌簌”地往下落，她却紧紧地咬住自己的牙关，连声闷哼都没有发出。这倔强逗得周王宫涅笑了出来，松开了手，轻轻为她抹上金疮药，将包扎用的白布撕成细碎的布条，然后将她的胳膊包裹了起来。“这下人你若用不惯，寡人叫虢上卿给你换你用得惯的！”

“谢大王。”褒姒的声音有些发紧。

“褒珦寡人会放，可寡人也有一个要求。”

褒姒看着周王宫涅，嘴唇紧抿。

“从今往后，你同褒家恩断义绝！寡人不想再看见第二个申侯。”

褒姒闭眼点头。

“再睡一会儿吧？”周王宫涅将褒姒从地上抱起来，朝着寝宫的方向走去，放在雪白的缎面床褥之上，为她盖上了薄薄的被子，“寡人还有些事，你先睡。”

褒姒觉得双眼有些沉重，点了点头之后就人事不知了，再醒过来已经是翌日午时。手上的伤口重新换了药，她就是被这药材中清凉的感觉唤醒的。睁开眼，看见周王宫涅正笑着看她，像是变了个人，他手里拿着换掉的带血白布问她：“还疼吗？”

褒姒摇了摇头。

周王宫涅又垂下眼睑继续帮她包扎，一旁传出了清脆而又熟悉的声音：“公子，你醒了？”

“廿七，你怎么来了？”褒姒看着手里端着盆的廿七，她刚刚为她打来了一盆清水，准备为她擦拭面颊。廿七点了点头，满面带笑，她看着周王宫涅觉得紧张，不便开口说自己从上卿府到宫里的来龙去脉，将这话憋了回去。

褒姒转向周王：“多谢大王。”

周王宫涅将褒姒的手握在自己手中吻了吻，面上笑意深邃。药膏上完，廿七将手中的布帕洗干净又要为褒姒擦拭面颊，周王宫涅却伸出手看着廿七：“寡人来吧。”

“可是大王……”廿七看了周王宫涅片刻，有些犹豫。

“寡人来吧！”

“是……”廿七低下头将手中布帕递给了周王，周王宫涅用手中浸湿的布帕轻轻地擦拭着褒姒的脸。褒姒的面颊一瞬间变得通红，自出生起还从没有一个男人为自己做过这样的事情。可眼前这个男人，和她过往所认识的任何一个男人都不相同，他是个没有心的人。她不断地在心中提醒自己：这偌大的后宫，这偌大的江山，只是他手里的一盘棋，她也不过是这棋盘上的一颗棋子。

“大王，”桑珠站在了寝宫门外，“太宰在门外侍立，请大王务必相见。”

“何事？”周王宫湦的声音忽然冷冽了下来。

“太宰没提，好像是和战事有关。”桑珠答道。

周王宫湦的眉头深皱，看了一眼褒姒，有些犹豫。褒姒也同样犹豫不知道该不该开口叫周王去见一见这位太宰，犹豫过后，她选择了缄默，将目光从周王身上挪开，盯着自己的床褥，眼观鼻、鼻观心。

褒姒以为自己话少，入了宫才知道，还是多。

“寡人去看看。”周王宫湦拍了拍褒姒的手，匆匆离开。

“大王对娘娘真好！”廿七无不羡慕地说道。

“是吗？”

“嗯！”廿七坐在褒姒的面前，“你看，大王赐给了娘娘这么大的宅子，打赏了这么多的东西！就因为娘娘说用不惯宫里的人，大王便命人将我从虢上卿家中接出来，专门照顾娘娘！这下咱们可有福了……”

“是吗？”

“大王对娘娘宠爱有加，羡慕死后宫那些个女人了，我这一二日在这琼台殿中出出入入的，别人瞧着我的目光不知道多羡慕呢！这是娘娘的福气。”

“是吗？”

“不知道老爷的事，大王怎么说的？”

“会放。”

“那就好。”廿七将手放在了自己的心口之上，长长地出了口气。

“好吗？”

“娘娘，你怎么了？”廿七看着褒姒的眉眼不解地问道，“入宫几日，怎么不见你欢喜，却更沉默了？当日我们不就只想着入宫吗？如今入了宫，大王待你又好，娘娘觉得不好吗？”

“好！”

“大王怎的一去还不回来呢？”廿七瞥了一眼门外。

“去上朝了吧？”

“那我先去宣膳吧，”廿七问道，“娘娘也饿了吧？”

“有一点。”

廿七从褒姒的床榻上跳下来，朝着门外走去，寻不见桑珠的影子只好自己去膳房跑了一圈。这一去可不得了，廿七连膳盒都没有顾上取，就惊慌失色地跑回来，撞开了寝宫的门。褒姒已经换好了衣裳，坐在桌案前对着铜镜梳头，看见进来的廿七愣了一下。

“糟了，糟了，”廿七冲过去，跪在了桌案对面，“大事不好了。”

“有话慢慢说。”褒姒将手中的耳环放在桌上，看着廿七。

廿七的瞳孔瞬间放大又很快缩小，喃喃地说着这话就像是自言自语。“完蛋了！”她的眼中充斥着莹莹的泪光，“刚才廿七前往膳房为娘娘取膳，才知道原来这些天大王派了司马前往秦地与西戎交战，可这司马不敌，朝中大小官员请求议和收兵，大王又不愿！与西戎对峙，说是为了给先王报仇，大王要司马不战胜就别回来了。”

“然后呢？”褒姒问道，手中的动作停了下来。

“然后……前些天，就是你入宫那日，士大夫将大王寝宫团团围住，逼得大王不得不上朝议政，群臣见无法说服大王，便不再提和谈一事，转而请大王下令让秦国出兵！大王便差遣这太宰拟了道诏书，送去秦国了。”

“秦伯拒绝出兵？”

廿七点了点头。

“理由是？”

“嬴德要大王交还娘娘，而后才出兵西戎救司马伯士！”

褒姒只觉得眼前一黑，用胳膊勉力地撑着桌面，深深地吸了口气，声音略微颤抖。廿七也觉得害怕起来，她从未见过自己家的公子如此慌张。褒姒的手指紧紧地扣在桌面上，长长的指甲在桌面上划出了一道白白的印子，没有想到秦伯嬴其的弟弟嬴德，心肠竟然如此狠毒，竟要将她置于死地。

“怎么办？”廿七看着褒姒带着哭腔问道，“我们跑吧？”

褒姒摇了摇头：“大王不会那么做的！”

“若落入嬴德手中，公子性命不保。咱们现在跑，逃回褒国，或许还可以倾褒国之力相抗，保咱们不受秦国凌辱。”

“嬴德觊觎我褒国，非一朝一夕！”

“那咱们就去秦岭中，找到世子留下的随行军，他们必定会保娘娘的。”

“秦岭何其大，没有地图索引，如何找得到？”

“那怎么办？”

“放心吧，”褒姒收起了紧张的面色，镇定了下来，“大王不会将我交出去的！”

“大王若是知道娘娘同秦世子有过婚约，只怕是……”廿七的话还没有说完，就听见“轰隆”一声巨响，寝宫的门被人一把推开，周王宫涅站在门前，盯着内里坐在桌案前的一主一仆，阴沉着脸。二人惊恐的目光盯在了周王的面上，沉默半晌。

褒姒很快冷静了下来，对廿七吩咐道：“你先下去！”

“是，娘娘。”廿七起身退出寝宫，小心翼翼地将门带上。

“哼……”周王宫涅看着褒姒点了点头，然后双手缓慢地拍打了起来，是带着讽刺的掌声，“起初，寡人以为你是公子洪德从山野中找来的女人，取悦寡人，让寡人释放褒珦……看来寡人还是天真了。”

褒姒站起身向周王宫涅作揖行礼：“大王。”

“大王？”周王宫涅冷哼一声，“你是将寡人当作大王，还是将寡人当作你的裙下之臣，以为任何人都可以任由你摆布吗，世子妃？你现在跑来我西周王廷，要寡人同秦国交恶，你褒国坐收渔利，你以为……寡人会听你摆布，帮一个小小的褒国吗？”他上前一步拉住了褒姒的手腕，将她一把拉了过来，他抓到了她的伤口，原本被瓷片划伤的地方开始流血，疼痛一丝丝沁入她心中。

“大王可以将臣妾还给秦国。”褒姒赌气似的说道，眼中还含着泪花，因为无法忍受这锥心的疼痛，说话的语调也有些颤抖，整个人显得弱不禁风。

“我若将你交给秦国，就是印证了嬴德的说辞，寡人宁可折了那支在西戎腹地的军队！”周王宫涅低沉着自己的嗓音怒吼一声，“你……乖乖地做寡人手中的玩物，寡人就是要宠着你、捧着你，叫你成为众矢之的，人人都恨不得得而诛之……”

“不过是死而已，当日入这镐京城，臣妾也没有想过要活着离开！”褒姒盛怒之下语气反倒冷静了下来，她挑衅的姿态彻底地激怒了周王宫涅：“好，好得很！果然有骨气，像你父亲，寡人就要叫你知道，有骨气的人都是什么下场……”他说完就将褒姒狠狠地推了出去，她没有任何防备地跌坐在地，脚踩在台阶之上重重地扭了一下，疼痛叫褒姒无法立刻起身。

“对了，”周王宫涅转过身去走了两步，又转了回来，“寡人忘了告诉你，知道群臣对此事怎么看吗？”

“除妖妃，清君侧。”褒姒的眼泪顺势而落，她扭过脸没让他看见自己的脆弱。

“虽然不确切，也八九不离十，你……”周王宫涅指着地上的褒姒，“施展妖术在后宫作乱，魅惑寡人君心，挑拨大周与西秦关系。如今寡人的军队在西戎腹地得不到支援，西秦便以寡人强占本该陪葬的世子妃为借口拒不出兵，寡人若不交出你，就只能眼睁睁看着寡人的大军覆没在西戎，你觉得寡人会怎么做？”

"处死臣妾，交还秦国！"褒姒一字一顿地说道。

"寡人难道要将自己睡了秦世子妃的指控坐实吗？叫那群人死去！寡人就没打算叫他们活着回来，至于你……正好给寡人一个收拾嬴德的理由！"周王宫湦恶狠狠地说道，"你看……你还有点价值，如今谁敢唐突了寡人的新宠，寡人爱除谁就除谁！不过……你知道申侯走后，这帮老臣之中带头的人是谁吗？带头要弹劾你、带头要你去死的人是谁吗？"

褒姒的眉头微皱，已经有种不祥的预感了。

"赵叔带，你舅舅，一心想要将你置于死地的人就是他。"周王宫湦冷哼一声。

褒姒的心一点一点地下沉，周王宫湦甩了甩衣袖，转过身最后看了一眼褒姒："你放心，寡人不会这么快让你死，至少得留你一段时间，做到仁至义尽，做到盛极荣宠，做到天下都不怀疑寡人对你的爱，然后……你来承担寡人暴虐的罪名，在凌迟台上被人一刀刀地活剐。寡人全身而退，做个和士大夫们妥协的君主，一如往日！"

这句话如同一桶冰水照着褒姒的面门就泼了下来，让她全身上下战栗不止。周王宫湦转过身，从一条秘道离开了琼台殿。他的恶毒令人发指，她不知道他说的有几分是真，有几分是因为怒极。她的手紧紧地攥在一起，低着头盯着地面，害怕极了，甚至开始后悔刚才激怒周王的那番话，甚至开始后悔她为什么一开始不解释。

原来周王宫湦的蛰伏只是为了清除异己，比如那位陷入苦战的司马，比如前些天辞官归隐的申侯……下一个是谁？褒姒也不知道。她抓住衣袍来掩饰自己的惊恐，从小到大，即便母亲的离世、父亲的入狱，都没有让她觉得如此彷徨不安。

"娘娘……"廿七在门外守着，听见里面没了动静，立刻冲了进来，看着跌坐在地的褒姒，不知道发生了什么事，左顾右盼地问道："大王呢？"

"嘘……"褒姒对廿七做了一个噤声的手势，"关上门。"

"可是你……"廿七看着坐在地上的褒姒，不安地问道。她的话没有说完就被褒姒推了一把："快去把门关上！"

关上了寝宫的门，就没人知道周王已经不在这个大殿之中了，褒姒终于明白为何她常常醒来找不到他，而他又能在不知不觉中出现，像是从未离开过那样——因为有秘道。

廿七折了回来，使出全身的力气将褒姒扶上了床。她拿着白布，将布撕成一缕缕的细条，在褒姒的脚踝处涂抹了药膏之后用布条紧紧地缠住。

"怎么又伤到脚了？"廿七看着已经肿起来的脚踝问道，"大王人呢？是大王伤的你是不是？就因为秦世子对不对？你没有告诉他……”

“够了！”褒姒呵斥了一声，看着已经哭得梨花带雨的廿七，“在这里，没人会同情你，只会因为你的软弱而在你的身上再狠狠地踏两脚！”

“可是公子……”廿七不住地摇头，甚至有些惊恐，她都不再叫褒姒“娘娘”了。

“没什么可是，”褒姒平静地说道，“想死的方法有很多种，想活的法子只有一种！我从当日踏入这镐京城，就没有指望过大王会真心待我。”她说这话的尾音有点拖长，饶是再不期许，可这几日来周王宫涅在她耳畔的软言细语、对她的盛极荣宠，甚至身体的缠绵与欢爱，又怎么可能让一个女人不产生一丝的希冀，只是褒姒没有想到这个泡沫破裂得太快，快到她来不及回味就被打回了原形。

夜色一点点降临，周王宫涅出去已经有三个时辰了，若再不回来必定会引起别人的猜疑。他从秘道离开，应该是不想别人猜出他的去向，他对她已经没有隐瞒了，说明她时日无多。褒姒有些焦急，最后将在自己床上迷迷糊糊睡过去的廿七又唤醒了。

“大王？”廿七猛地翻过身坐了起来，眯着眼睛便要行礼。

“不是，”褒姒摇了摇头，“帮我一个忙。”

“什么？”廿七睡眼惺忪地看着褒姒，“大王还没回来吗？”

褒姒摇了摇头，吩咐廿七下床去帮忙使劲儿晃动这床，廿七不解地看着褒姒，手上带了些力气，木质的床榻发出“咯吱咯吱”的声响，褒姒则发出了娇嗔连连的叫声。

门外一阵阵的脚步声戛然而止，有人在门口站立良久，转身又离开了。

“这是做什么？”廿七小声地问道，褒姒只是摇摇头，并不告诉她太多。断断续续一个多时辰，寝宫里发出的暧昧之声渐渐小了，褒姒和廿七一并躺在了床上复又睡了过去。这一夜不在周王宫涅滚烫的怀中，褒姒发现自己竟然睡得很浅，微微有些风吹草动她都会被惊醒。

不知道夜里什么时辰，漆黑的殿内伸手不见五指，褒姒听见木门的“吱呀”声，然后就是“轰”的一声巨响，她猛地从床上坐起来，拍了拍身边的廿七。

褒姒担心廿七说话，便捂住了她的嘴，在她的耳边说了句：“溜出去。”

廿七的眸子在漆黑的夜色中闪着灼灼的光华，掩不住她的恐慌，她也听见了那不同寻常的响动。褒姒推了她一把，嘱咐了一句：“出了这个门，就要忘记今日发生的一切。”

褒姒从床上下来，忍着剧痛佯装着一切正常地走到了桌台边上将烛火点亮，果然是周王宫湦，让人始料未及的是他面色苍白，身上还有伤，鲜血潺潺地从伤口流出，浸湿了他的那件黑色长袍。

褒姒连叫都没叫一声，走过去伸手扶住周王。周王宫湦想要推开褒姒，却发现自己连这点力气都没有。褒姒将他扶到床上，从抽屉中找出金疮药、包扎用的白布和酒，然后将烛火挪到近前，用匕首挑开了粘连在伤口上的衣物，露出他被刺得极深的伤口，她擦些药酒去除干涸的血块。周王宫湦因为剧痛狠狠地掐住了褒姒的肩膀，她轻哼一声硬生生地忍住了锁骨处传来的剧痛，反倒是用温润的语气和周王宫湦说道："再忍忍就好了。"

褒姒将药粉撒在了周王的伤口上："我也不知道这药有多少作用，可你若不能宣医官，只好忍一忍了。"她轻声细语，自始至终都尽可能地不再去弄痛他，她将白布撕扯成条，将他的伤口紧紧地包扎好。褒姒松了口气，将周王宫湦放平，让他躺下来，她又将拿出的东西放回去，才取过烛台吹熄了烛火。

"若是觉得冷，就告诉我。"褒姒说道，受了外伤之后最害怕的就是全身发冷，若身上的热度不退，这人很快就会驾鹤西去了。褒姒担心周王也会如此，眉头深皱舒展不开。

因为这场重伤，周王宫湦早已陷入了昏迷之中，只怕待到清醒过来他可能连自己怎么回的琼台殿都记不起来。不管他趁夜做了什么，对于褒姒来说，现在最重要的就是将所有的痕迹处理掉，然后期待周王宫湦能够转醒。

周王宫湦因为疼痛，口中喃喃呓语，人在床上翻滚，痛苦不堪。

"大王？"褒姒叫了一声，却得不到应答，连喊三声都没有回应，她只好掀开被褥躺了下来。晨光从东方发出微弱的色泽，褒姒抱住了周王宫湦紧实的身体，他便像是找到了什么依靠，头抵住褒姒的肩膀沉沉睡去。

天色越来越亮，宫殿外的声音越来越嘈杂，有人行至门前犹豫驻足，又匆匆折返。褒姒听见了大殿门外窸窸窣窣的声响，侧过身轻轻地唤道："大王？"

"嗯……"周王宫湦痛苦地发出一声哀号，睡得并不踏实，身上一直作痛的伤口让他无法安睡，就像一头时刻警觉着的雄狮在暗处默默舔伤一般。

赵叔带一行人来势汹汹地朝着琼台殿径直走去，几个老臣驻足犹豫了一番，看见赵叔带有恃无恐的模样便也跟着他一并踏上了琼台殿的台阶。殿门紧闭，门口侍立的近侍官同下人企图拦住这大队的人马，说道："大王还未醒。"

赵叔带瞥了一眼说话的近侍官，毫无忌惮，伸出手去推那扇紧闭的大门。

门豁然开了，阳光陡然射出。

赵叔带下意识地用他宽大的袖袍挡了一下明晃晃的阳光。桑珠站在这光线之后，面上不施粉黛亦没有任何的佩饰，穿着一身素色的衣服，用自己瘦弱的身体挡住了来势汹汹的群臣。“大王还未睡醒。”她的语调极其轻快，连一丝尾音都不带。

“我等有要事启奏。”赵叔带说道。

“你们日日都如此说，谁知道哪句话是真的？”桑珠目不斜视，根本没有将眼前一行人放在眼里，她不相信赵叔带敢硬闯。却没想到他真的推开了瘦弱的桑珠，嘴里喝了一声：“让开！”就径直朝着寝宫的方向走去。

桑珠瘦弱的身躯挡不住一个男人的力气，踉跄两步之后倒在了地上。廿七见状则立刻跑向寝宫的方向，使劲儿地敲了敲门，压低了嗓音喊道：“娘娘？”

廿七没有得到回复，里面鸦雀无声。

朝中的大臣穿着黑色的长袍整齐地朝着寝宫的方向走来，像是一团黑云遮住了天，让人喘不上气来。廿七下意识地捂住胸口，紧张地看着寝宫的门，额头上布满了细细密密的汗水，她惊慌失措，六神无主。

“舅舅……”寝宫的门猛然打开，褒姒只披了件白色的长袍站在门外，小心翼翼地将门关上，转身看着来势汹汹的赵叔带。

“大王呢？”赵叔带质问道。

“昨夜折腾了一宿，自然还在睡觉！”褒姒的语气软得能将人融化，几个过了知天命年纪的大夫俱是浑身酥软，下意识地咬了咬牙，咽了口唾沫。不等赵叔带答话，褒姒身上披着的长袍已经掉落了大半，白玉般的香肩跃然而出，“入了夏，这天就热得受不了了，我要沐浴更衣服侍大王了，廿七……”

“是！”廿七立刻站在褒姒的面前，昂首挺胸。

“帮我更衣。”褒姒妩媚地说道，转过身去又回眸看着面前的诸位：“几位要进来看我沐浴更衣吗？”

“微臣不敢……”几位大夫下意识地就跪了下去，不管褒姒是不是被加封为夫人或者嫔妃，都不可亵渎。赵叔带眉头紧锁，成了个“川”字，用沙哑的声音说道：“昨夜……”

“舅舅，”褒姒转过身去，手扶住寝宫的门，迈步准备向前，却忽然又不动了，“三年前，您约我爹爹入宫劝谏，可为何您没有被关进大牢？”褒姒转过身去用怀疑的神情看着赵叔带，语气中没有丝毫和善与亲近。

不等赵叔带答话，褒姒已经推开寝宫大门，踏步而入。

褒姒的这句话，让刚才还拧成一股绳的群臣做鸟兽状散去了，琼台殿的白昼也恢复了它往日的静谧。

褒姒看着昏睡的周王问廿七："知道昨夜发生什么事儿了吗？"

廿七摇了摇头。

褒姒不知道谁能有这么大的胆子，敢进犯天子之尊，而又是什么事情，叫赵叔带大胆来到琼台殿兴师问罪。

"我去沐浴，替我照顾大王。"褒姒吩咐道。

"不用我……"廿七也跟着站起来，话还没说完，褒姒就拍了拍廿七的肩膀："大王我只放心让你照顾。"

"大王他怎么了？"廿七不解地问道，她都不知道周王昨夜何时回的宫，又是怎么回的宫。

"受了点小伤。"褒姒朝着殿内沐浴更衣的房间走去，唤了桑珠来服侍。桑珠的手腕有点擦伤，血迹还没擦干净。褒姒拉起桑珠的手臂瞧了瞧："怎么伤到的？"

"蹭到的。"桑珠从褒姒的手中把手抽了回来，掩在背后。

"刚才赵公进门推的？"褒姒猜测道。

桑珠不作声，褒姒便知道自己猜得没错。

"昨日殿上，他们说了什么？"褒姒的语调轻快，就像是在闲聊。

桑珠原本有些顾忌，不过褒姒亲昵的态度叫她放下了警戒，怯生生地答道："就是申侯的事情，秦国……"她说到这里不敢再说下去，"就是秦国啊、西戎啊，这些打仗的事情。"

"这么说，大王带你去上朝了？"

桑珠咽了一口唾沫，往后一退准备跪下，却被褒姒扶住，她看着桑珠，眉眼盈盈，语气轻快地继续问道："劝大王挽留申侯吗？"

"是。"桑珠又站直了身子，跟在褒姒身后，朝着沐浴的房间走去。

褒姒从架子上取下了金疮药递给桑珠："涂点药，会好得快一些。"

"谢娘娘。"桑珠诚惶诚恐地说道，低头不敢去看褒姒的眼睛。好在褒姒也没有看她，只是自顾自地脱掉了松松垮垮的袍子，迈步踏入了浴桶中，热水潺潺流过她滑嫩的肌肤，水里的咕咚声让这个夏日的清晨变得慵懒了起来。她的身上明明也有伤，却硬装着惬意的模样问桑珠："后来说了什么？赵公怎么说的秦国、西戎的战事？”

“这……”桑珠半晌说不出一个字来。

“说了什么，但说无妨。”

桑珠“咚”的一声跪在了地上：“奴婢不敢说。大王若是没告诉娘娘，桑珠不敢在娘娘的面前嚼舌根，日后若叫大王知道了，怕桑珠会有性命之虞！还望娘娘看在桑珠服侍娘娘的分儿上，放过桑珠。”她的祈求带着哭腔，叫褒姒猜到了昨日朝堂上发生的事情，和大王转述的应该相差无几。而赵叔带作为自己的舅父，怕是对自己和秦世子的婚事也是知无不言、言无不尽，为了劝说大王交出自己换取秦国出兵真是不遗余力！

“倒真是我的好舅舅。”褒姒扭过头将桑珠打量了一遍，换了话题：“你何时进的宫？”

“三四年前。”

“三四年前……”褒姒看着远处，口中重复着这个时间，“陪着某位夫人一并嫁过来的？”

“是！”桑珠不敢多言。

“谁？”褒姒收回了自己的眼神，凌厉地看着桑珠。

“郑夫人。”桑珠说罢又跪了下去，低头立在浴桶前，浑身都在微微颤抖。

“既然是跟着郑夫人入宫，又为何会被宰夫分到我这里？”褒姒不解地问道。她入宫时日不多，但是郑夫人的事却听了不少，她是后宫之中最受宠的夫人，对于她的要求，周王从来都是不吝满足，甚至于她的恣意妄为周王也是尽其所能地包容忍耐，给予的是无尽的爱意，令后宫的女人们都看红了眼。如今郑夫人怀有身孕，更是周王的心头肉，想到这里，褒姒心头“咯噔”一下，似乎明白了自己被宠幸的理由。

“奴婢不敢说。”桑珠摇了摇头。

“说吧，你既然是我的人，便不能再瞒我任何事。”褒姒的声音收起了先前的亲切，忽然之间多了股威严，就像是刚才与群臣对峙的模样，让人不敢直视。

“郑夫人集万千宠爱于一身，是大王的挚爱，”桑珠说罢又摇摇头，“不是不是，是娘娘进宫之前，郑夫人曾是大王挚爱，不过娘娘进宫之后……”

“奉承的话，能免则免了。”

“郑夫人怀孕后，大王不能宠幸，仍日日去华辰殿看望郑夫人。大王一向沉迷于男女之事，从郑夫人身上索求不到便……”桑珠咽了口唾沫，沉吟良久不敢再说下去。

“继续说！”

“大王……便临幸过我，”桑珠这话似乎是费尽了全身力气，“此事却叫郑夫人撞破，她生性善妒，容不得别人染指大王，便将我逐出华辰殿，让宫里的宰夫将奴婢重新发配。来琼台殿之前，奴婢还曾被杖责、鞭笞过，奴婢不敢再接近大王了，还请娘娘饶了奴婢！”

“你又没有犯什么错，我饶你什么？”褒姒从水中站了起来，拿过放在一旁的浴巾将身上擦干，又将那件白色的长袍披上，“郑夫人入宫之前，大王最宠爱的又是谁？”

“秦夫人。”

“你起来吧。”褒姒走到桑珠的面前，“秦夫人什么时候入宫的？”

“六年前。”

“六年前？”

“六年前，秦夫人入宫后，大王想立她为后，可遭到了太后的反对。大王登基后，不得已才立了申后。申后毕竟是大王的结发妻子，若大王另立他人必会失信于天下，秦夫人也曾劝说大王听从太后安排，立申后。从那之后，秦夫人与大王的关系就慢慢冷了下来，不久郑夫人就入宫了。”

“申后呢？”

“七八年前了。”

“明日替我准备一番，我去趟东宫，”褒姒的吩咐叫桑珠大吃一惊，褒姒不谒见申后一事，后宫无人不知，也不知她此刻又打的什么主意。

桑珠也不敢多问，只能应声：“是！”

“你陪我去。”

“是！”

七八年前，宣王静立太子，周王宫涅娶申后，而申侯在当时已是朝中重臣；六年前周王宫涅娶秦夫人，而秦伯嬴手握重兵把持边关；两年前，姜后薨，申侯是先王安排的顾命大臣，而秦兵强悍却与申侯不和，郑夫人甫一入宫便深得周王宠爱。

褒姒觉得周王宫涅对所有女子的宠爱，都是为了达到某种目的，而不是荒淫。

娶申后是为了揽权，娶秦夫人则是为了军权，宠爱郑夫人则是要平衡朝中关系……而自己的存在，起先只是周王为了保郑夫人母子平安的障眼法，此刻却变成了制衡秦国的砝码，他将她推到风口浪尖，遭受诟病与唾弃，她至少会活到那孩子出生，活到嬴其与嬴德死！

褒姒回了寝宫，坐在床边，看着正和疼痛斗争的周王，她握着他的手，趴在他的身上。

“疼。”周王宫湦轻轻唤道，褒姒握着他的手明显地感觉到被握紧了。

“大王，”褒姒俯下身子，在他的耳畔轻声地唤道，刚才的千头万绪被藏匿了起来，带着的是如往日般的平和与温暖，“大王醒了？”

周王宫湦缓缓睁开眼睛：“早晨有人来过？”

“赵公带着群臣来过，已经被打发走了。大王安心养伤，只要不踏出琼台殿，就不会有人知道大王受伤一事。”

“你可知昨夜发生了何事？”

“他们没说，臣妾也没问。臣妾吩咐廿七去准备膳食了，大王多少用一些，恢复得快。”

“有多少人知道寡人受伤了？”

“臣妾一人而已。”褒姒没有将廿七知道的事情说出来。

“扶寡人起来！”

“大王需要静养。”褒姒没有动。

“他们若是日日登门，你可挡得住？”周王宫湦的声音一凛，质问道。褒姒并没有驳斥，只是用很轻柔舒缓的声音说道：“臣妾自有臣妾的办法。”

“差点忘了，赵叔带是你舅舅！他倒是很给你面子。”周王宫湦冷嘲热讽地说道，“在朝堂上要寡人交出你处死的时候，可看不出你们之间还有什么舅甥之情。”

褒姒紧抿着双唇。

“寡人要出去！”周王宫湦企图坐起身来，他身上的伤口一用劲儿就开始渗血，褒姒赶紧按住了周王宫湦：“大王现在不能出去！”

“你放开！”周王宫湦压低了嗓音轻吼道。

“大王不能离开！”褒姒用自己的身体压住了周王宫湦，“臣妾虽然不知道昨夜发生了什么，但一定是大事。赵公带人闯琼台殿，桑珠、廿七都为他所伤，他不惜被大王降罪也一定要硬闯。如此，大王还执意要离开吗？”

“你怎么挡住他的？”周王宫湦看着压在自己身上的褒姒，语气总算是缓和了下来。

“不是臣妾挡住他的，是大王……如果不是三年前大王关押了所有上谏的士大夫，唯独没有责难赵公，他又怎么可能在群臣中失去威信？此番若非申侯辞官，赵公也只能以半归隐的姿态混迹朝中而已。”

“你为何不称他舅父？”

“褒姒入了宫，进了琼台殿，除了是大王的女人，没有其他身份。没有父母兄弟，没有主母舅父，只是后宫中大王的一个女人。”褒姒看着周王宫湦，缓慢地问道，“大王难道忘了，这是您对我的要求。”

周王宫湦用手压住了褒姒的头，轻轻吻住了她的唇。褒姒开口道：“再睡一会儿吧，伤口需要恢复。”

周王宫湦带着犹豫的神色点了点头，慢慢躺下又沉入了梦乡。褒姒坐在床边眺望远方，琼台殿修建在一百零八级台阶上，站在这里可以俯瞰整个王宫内院。一座座宫殿错落有致，金碧辉煌，安放的却是一个个女人的一生。

第三章

美人心计解君危，祸患红颜遭人妒

褒姒的头发散乱地披散在身后，她身材瘦削、肤色苍白，安静地伫立着，就像是一尊白玉雕像。廿七敲门而入，蹑手蹑脚地走到了褒姒的面前：“娘娘？”

褒姒转向了窗外，用十分轻微的声音对廿七叮嘱道：“今日这里发生的一切，不可以告诉任何人。日后大王醒来，也不能对他说！”

“是！”

“替我走一趟虢上卿府，给虢上卿带个话。”

“娘娘您讲。”

“就说赵叔带一帮旧臣，欲将我驱逐出宫，日日围困琼台殿。我竭力不让大王见到几位大夫，却不知能拦几日，拜托虢上卿解我此围。”

“虢上卿会帮我们吗？”

“他必须帮！你只管带话就好，不必等他的答复，即刻折返。”

“是！”廿七应声，作揖告退。

“路上小心。”褒姒转过身朝着廿七走去，从自己的身上摘下周王宫涅打赏的一枚白玉佩饰挂在了廿七身上，“若是被人拦下，出示这东西，报明自己身份。我一日受宠，宫内之人就一日不敢加害于你！”

“谢娘娘！”

褒姒将食指放在唇上，示意廿七不要吵醒了大王，小声地在耳畔叮嘱着，若是遇见了险情，哪怕是话不带到也要好端端地回来。

“娘娘放心！”廿七笑着朝门外走去。

廿七这一路不算难走，宫内出奇安静，连平日里巡查的侍卫较之以往也少了很多，大部分人都驻守在琼台殿附近，只要离开琼台殿，反倒安全了。这令廿七十分不解，不知道到底前一夜这宫里发生了什么事情。她出了宫门一路小跑到上卿府，而她回宫的速度要比出宫还快，急匆匆地推门而入却不想周王已经转醒和褒姒对坐而食，廿七立时愣在当下，一时之间不知如何是好。

褒姒嗔怒道：“入宫这么久了，怎么还不懂规矩？”

廿七醍醐灌顶，回过神儿便立刻跪在了周王宫涅的面前说道：“大王恕罪！廿七无意冲撞大王！只是一时情急……”这话说了一半，廿七抬眼看了看褒姒，褒姒轻轻地摇头，示意她不可说，这话又生生地被咽了回去。

“情急做甚？”周王宫涅放下了手中的食具看着廿七问道。他的身体还没有完全恢复，整个人看起来都十分虚弱，单单是吃饭一事就已经耗费了大半的体力，此刻整个人都是勉力在强撑着帝王般的冷峻容颜。

“娘娘……”廿七深深地吸了口气，逼迫着自己尽快冷静下来，“娘娘差我去医宫走一趟，向医师拿些草药。”

“要草药何事？”周王宫涅的眉头紧锁，廿七的莽莽撞撞叫他起疑。褒姒明明说无人知道他受伤一事，他上下打量着褒姒，褒姒的神情却很平静，只是端着手中的杯子温吞地喝着水，等待着廿七继续说下去。

“娘娘……”廿七慢吞吞地说道，“娘娘的脚踝受了伤，要抓些草药来敷，我一时情急便忘了要抓什么。”

周王宫涅看了一眼褒姒，又转向廿七：“罢了，寡人体谅你护主心切，下去吧，以后不可如此冒失，被人抓了话柄！”

“谢大王！”廿七露出了娇俏的笑容，看着褒姒的眉眼颇有些得意。而褒姒的表情却仍旧没有变化，素着一张脸，平静地将手中的水杯放在桌上，转过身将双手叠放在腿上，目送着廿七转身出门。

“又受伤了？”周王宫涅一改刚才严肃的语气，温柔地问道。

“无碍。廿七这孩子，自小我当她是妹妹，礼节上稍有欠缺，日后我会教她的。”褒姒越发地温婉，“只是脚上受了些伤，她小题大做了，如此一来以后倒不敢再和她说些什么了。”这语气中虽多有抱怨，却也听得出她将廿七看作自家人。

“我来看看。”

“无碍……这会儿已经不疼了！”

“伤了筋骨可是大事了！”周王宫湦低沉着脸色压低了嗓音，褒姒只得应允将腿抬起，挽起脚踝上的裤袜，解开了缠绕在脚踝的白色麻布，一圈圈卸下之后红得泛紫的肌肤叫周王宫湦心头一紧。

褒姒深吸一口气，闭上了眼，紧咬住牙关，一声不吭。

“疼？”周王宫湦问道。

褒姒点了点头，泪花在眼眶中打转。

“忍着点，”周王宫湦说罢，用手掌的鱼际帮褒姒轻轻地揉着，“瘀血若是化不开，恢复起来会很慢。若是觉得疼，就抓住寡人。”

“谢大王。”褒姒低头羞红了整张脸，不敢抬眼去看周王宫湦。

“是因为那日寡人推你才受的伤？”

褒姒十分轻微地点了点头，似乎极不情愿地承认。

“是寡人情急了！”周王宫湦说罢吸了口气，此事根本无从解释，只得硬拉个人来垫背，“也是气赵叔带，寡人这个大王让给他当算了！”他最后这句负气而出，语气吓了褒姒一跳：“赵公便是这样的人，执拗而顽固。”

“你为何不肯叫他舅父？”周王宫湦上次问褒姒，她将此话岔开来，没有正面回答。此刻趁着自己清醒，周王宫湦决定再问一次，他对她的了解始终有限，此刻却忽然渴望对这个女人多一些认识，她纵然是冷面素颜，骨子里温婉如水的个性却难以掩饰。

“臣妾也好，臣妾的母亲也好，我们这一生的悲剧，便是他一手促成的。”褒姒回忆时面色带一丝痛楚，表情纠缠在一起，有种说不出的难过，“臣妾与秦世子的婚姻，也同赵公有关。”

周王宫湦皱了皱眉，没有说话，听着褒姒继续说下去。

“家母年少时本有婚约，郎情妾意，到了婚配的年纪却被赵公从中搅和，拆散了一对璧人。他将家母嫁入褒家，借由家父旧臣名号，换取朝中大臣支持，在晋国深得晋世子信赖。家母出嫁后，始终郁郁寡欢，家父便迎娶了别的女人，对家母日渐冷淡，家母生下臣妾后，性情越发孤僻，在臣妾五岁那年与世长辞。

“家父觉得亏欠于我，自小对我格外疼爱，后娶的女人成了家中主母，三番五次想将我嫁出褒家。秦世子与臣妾的哥哥洪德自小交好，与臣妾也有数面之缘，待他弱冠之年便上门求娶，却被家父拒绝。三年前赵公力劝家父入京进谏，规劝大王罢黜三公、勤政爱民，家父觉得此事与岐山地震谈不上干系，本不愿走这一遭的，但是念在过世家母的面，最终还是答应了赵公。

“家父被大王关押在监牢，主母便借此事说话，将罪责怪在我头上。赵公为了能够拉拢秦国，又将臣妾许给了秦世子，臣妾以父亲入狱为借口不肯嫁，赵公也奈何不了我。”褒姒的声音很轻，像在说一件无可奈何的陈年往事，“却不承想，秦世子竟然命丧沙场，长辞人世。秦国原本顾念与我褒国旧情，尚保全我弹丸之地，却因主母与秦大夫的弟弟嬴德内外勾结，企图将褒国据为己有，我极力阻拦，嬴德竟拿着婚书要我陪葬。

“一旦我死，褒家上下再无人抵抗，褒国便落入嬴德手中。秦国周遭小国多遭此不幸，只因离大王太远，此事才难以传达。哥哥洪德为主母所出，不便与她作对，只得同我商议，明知我容颜不美，也只好兵行险招，只要能救出家父，这算盘便打不响……”褒姒说着说着就垂下了泪水，往事历历在目，悲伤难以自已。

“你哪里不美了？”周王宫涅的手捧住了褒姒胜雪的面颊，低下头吻住了她的唇。夏日里初晴的阳光照在屋内，微风卷起帘帐窗帷，窗外翠绿的柳枝娇弱旖旎，温香软玉间灰尘在光束下翩然起舞，莺莺燕燕的呢喃充斥着整个炎炎夏日。

夏日傍晚的琼台殿陷入静谧当中，蚊子飞过发出的嗡嗡之声叫廿七猛地从睡梦中回过神来，她转过身便看见褒姒朝着她走过来，不由得小声叫道：“娘娘？”

“出去走走。”褒姒吩咐道。

“是！”廿七从地上站起来，拍了拍屁股上的尘土，迈着小碎步一路小跑着跟上了走在前面的褒姒。琼台殿外是一处花园，荷叶相连漫过整个池塘，娇艳的荷花盛开，点缀着碧水翠绿。

“虢上卿说了什么？”走远了，褒姒才开口问道。

“依您的吩咐，虢上卿都应承下来了。”廿七跟在褒姒的身后，声音也压低了几分，“廿七不懂，虢上卿权倾朝野，却为何连问也不问，便答应了娘娘的请求？”

“没有人能权倾朝野，除非大王要你这么做。”

“可是大王整日沉迷……”廿七这话说了一半，又立刻摇了摇头，“大王爱娘娘便是好的，其他的事情，廿七不懂。”

“在宫里，不要相信你看见的，更不要相信你听到的。”

褒姒在宫中不出半月的时间，得宠，失宠，复又得宠，一起一落中她明白了一个道理，女人最好的武器不是强，而是弱。你越弱、越可怜，才越能激起别人保护你的欲望。

次日卯时，夏日的镐京城天亮得很早。阳光斜斜地洒进了周朝王宫，天空泛出了湛蓝的新意，人们已经开始走动，了无生气的皇宫忽然变得富有生机。

后宫的女人们从夫人、嫔妃到世妇，鳞次栉比站在东宫大殿上，每日卯时谒见申后。周朝的百年礼制，即便是怀有身孕三月有余的郑夫人也不能免去晨昏定省。几百年来，这个礼数从未废止，偏偏褒姒的出现开了先河。

从此，后宫的话题就只剩下这位琼台新主了，关于她的容颜、舞姿、身世、性情……一一探讨，日复一日。王后以降，三位夫人，九位嫔妃，八十一位世妇无人不对此好奇。三位夫人除了秦夫人、郑夫人之外，还有卫夫人，众人趁着晨谒，便在东宫之中喋喋不休："赵公居然被那褒姒给挡回来了，真不可思议！也不知褒姒会什么妖法，莫不是朝中老臣也受了她的蛊惑？"

"听说申后见过这位美人，不知可有传言中的那番姿色？"郑夫人看着申后问道，琼台殿虽有新主，她却像是转了性子，每日安分守己。秦夫人端起桌上的茶杯，抿了一口水，用眼角余光上下打量着郑夫人的表情，看来周王宫涅哄女人的本事更上一层楼了。

"你走一趟琼台殿便是了。"申后答道。

郑夫人嘟哝了一下，眼神中掩不住的都是得意。

秦夫人皱了皱眉头，手指轻轻地在杯壁上敲打了起来："桑珠如今在琼台殿侍奉，郑夫人不该来问我们啊。"

"贱人！"郑夫人的手使劲儿地拍在桌案上，"只知道勾引大王的狐媚样看了就让人反胃！"

"这位褒美人勾引男人的本事未必输给桑珠。"秦夫人冷嘲热讽了一句。

申后颇为认同："倒有几分姿色，也难怪大王会宠幸。"

这话叫郑夫人一拍桌子站起来问道："拿后宫中何人相比？"

"艳冠后宫！"申后的嘴里缓慢地吐出了这四个字，上下打量着郑夫人的反应。郑夫人入宫三年多，便压制了后宫其他女人三年多，她张扬跋扈、乖张任性，大王对她予取予求，近来有孕后越发不将申后放在眼中。如今，对褒姒虽然人人都心存嫉恨，申后却又乐得看见郑夫人的丑态频出。郑夫人一向无甚城府，张嘴欲反驳之时却被人给打断了……

"多谢申后夸赞。"褒姒双手交叠放在小腹前，素色长裙及地，头发松散地绾起，零落的发丝却不掩她端庄的姿态。她迈步从大门跨入，朝着大殿走来，在申后的一侧径直坐了下来，带着三分轻佻的语气说道："倒是不知申后如此看得起我！"

申后皱了皱眉。

褒姒看着自己的手，摆弄着纤纤玉指："上次大王说我若得闲，便来瞧瞧，今日无事，就来了。"

"卯时谒见申后是先祖定下的规矩，岂可说不来就不来？"卫夫人冲着褒姒嚷嚷。她未出现时，每个人都对她的容颜抱有极大的幻想，这甫一出现，每个人又开始怀疑到底是自己眼光有问题，还是申后和大王的眼光有问题？谁也不敢纠正申后"艳冠后宫"的说法，只得眼观鼻、鼻观心。

"大王说，我便是先例。"褒姒看着申后问道，"我说得可有错，申后？"

"周朝立朝以来，后宫女人的本分便是辅佐大王，从未有人开先河干预朝政、魅惑君心！"申后的语气极为平淡，也极为庄重。

"有，"褒姒仍旧盯着自己的手指在看，似乎满堂的女人都没有自己的一双手耐看，心不在焉地回话，"怎么没有呢？当年大王力排众议娶申后，宠爱至极，捧在手心里如若至宝，后来为何却又将您冷落在一旁了呢？"

申后的脸色霎时间变得苍白。

褒姒并没有给申后说话的机会，用柔和缓慢的语气说道："若非申侯仗着自己女儿已成太子正妻，在朝中极力揽权、目中无人，借上谏劝阻为名，满足自己欲望为实，想要将大王控制在自己手中，在大周的版图疆域之内索求无度，只怕……您也未必落得如今冷遇吧？"

"胡说！本宫父亲心系朝廷社稷，为政为民，岂容尔等宵小污蔑！"申后暴怒了。

"弹劾三公独揽朝政，却也不想自己在这王宫之中，如入自家花园，来去自如，对朝中旧臣召之即来、挥之即去，这又何尝不是独揽朝政？三公掌权、申侯掌权，人虽不同，实则相似，何必将自己名姓置于国家安危之上，却又将别人踩入万劫不复之地呢？"言毕，褒姒站起身来向申后行礼，"褒姒若迟迟不归，怕大王等急。申后若非逼人太甚，自然也不会被人逼入绝境，告退。"她说完这番话就转过身离开，丝毫不等申后的应允。白色的长裙在空中甩开，划出一道白色的光晕，面无表情地从东宫大殿之上告退，自始至终不看任何人。

东宫的大殿安静了良久，一时之间竟无人回过神来。

褒姒这番话看似对申后所说，实则对所有后宫在言说，朝中旧臣大多是大国的诸侯一派，和后宫中的各位娘娘自然有着扯不开的干系，这番话的言外之意便是如今群臣将大王逼急了，他日"享用"这后果的就只能是后宫中的各位娘娘了。

“申后，”卫夫人第一个回过神来开口向申后说道，“我忽然想起今日还有些功课未做，可否请退回宫？”

申后挥了挥手。

立时夫人、嫔妃纷纷告退，一脸焦急之态，申后甩了甩袖子：“都下去吧！”她早已怒极，语气中火气甚大。

人群渐渐退去之后，只余下秦夫人，她原本和申后不和，此刻不走倒是叫申后觉得有些意外了：“秦夫人还有话说？”

“申后还记得一句话吗？”秦夫人看着申后问道。

“哪句？”

“申侯离开琼台殿之时说的那句。”秦夫人暗指的则是那句——月将升，日将没，檿弧箕箙，几亡周国——“当日先王找人解此签，话中暗含周朝基业终将亡于女人，起初我当这女人是郑夫人，现在想来，只怕郑夫人也不是这新主的对手！”

“何出此言？”

“倘若换作赵公要带人强闯东宫面圣，申后可拦得住？”

申后摇了摇头。

“可褒姒却能！她不是郑夫人，恃宠而骄、目中无人，只怕是她盛极荣宠也是一早计算好了的！”

申后被秦夫人一番话说得有些心烦意乱。

秦夫人又小声提醒道：“姐姐可还记得当年得宠的容妃？”

申后点了点头：“容妃临盆，赶上这谣言四起，那可怜的孩子却被当作祸水，要被自己的父王杀害！”

“先王为了江山社稷不惜杀自己的女儿，容妃为了保住孩子，将这女婴顺清河之水漂走，不知去向，如今生死未卜。”

“妹妹的意思是……这个女婴便是褒姒？”

秦夫人点了点头。

“褒姒自小生在褒家，养在褒家，这不可能！”

“不可能就让她变为可能的！若知道这褒姒身上有何胎记或痣，我们只要将此安在那女婴身上，她又如何推脱？褒家主母向来与褒姒不和，此事一出，褒家绝不会施以援手，届时如何处决便全在你我之间了！”

“大王若要保，你我也无可奈何。”

“先王对此事念念不忘，意必除此女婴，便留下诏书，一旦发现此人便施以极刑，这封诏书现在何处？”

“在我手中。”申后明白了秦夫人和自己说这番话的缘由，满面为难之色，若是因为后宫争宠便要让别的女人去死，此事叫申后多少觉得为难。

秦夫人似乎看穿了申后心头的顾虑：“申后此举不仅关系到后宫，更是牵扯到周朝百年基业，难道就什么都不做，叫褒姒的算计一次次得逞？”

“秦夫人打算怎么做？”

“再传童谣。”秦夫人口气笃定。

“一旦童谣传开，文武百官必会旧事重提，要求大王除去妖孽。若想指证褒姒是此妖女，怕是要费些工夫。秦夫人以为该从何人下手？”

“桑珠！这郑夫人的下人桑珠，陪嫁入宫之后因为勾引大王而被郑夫人赶出了华辰殿，如今在琼台殿中侍奉左右，这个人倒是可以利用一番。申后若是愿意许诺事成之后，将桑珠升为女御，她必定愿意铤而走险。”

“何以见得？”

“不然她又怎么会明知郑夫人的性子，还打大王的主意？”秦夫人看着申后笑了出来，面上通透的表情是对人情世故的练达。

而褒姒离开东宫之后，出门便问身边的桑珠：“哪位是郑夫人？”

桑珠低着头小声答道：“右侧最前面的那位。”

“年纪最小？”

“入宫最晚。”

“余下两位呢？”

“是卫夫人与秦夫人。”

“秦夫人坐在三位夫人之末？”

“是！”

“回宫之后，我要沐浴更衣，今日这一身，替我拿去丢掉。”褒姒吩咐道。桑珠有些疑惑，不免脱口而出问道：“为何？”

“不好闻。”褒姒淡淡地说道。

“是。”桑珠随着郑夫人入宫多年，她自诩阅人无数，见过后宫中的女人无数，睿智冷静如秦夫人，是周王的红颜至交；端庄贤淑如申后，与周王算不上琴瑟和鸣，却堪称后宫之首；天真任性如郑夫人，一朝得宠便目中无人，专横刁蛮，不懂谋略运筹；审时度势如卫夫人，与申后同进同出，也能在其他夫人身边周旋……

但桑珠从未见过一个女人如褒姒这般，永远也揣测不透她的心思，更无法预知她的下一步行为。她从未展颜一笑，神情肃穆得让你永远都不知道自己做得是对是错，终日惶恐不安，像是一种强大而无形的压力，将人生生逼入绝境。

桑珠跟在褒姒身后，一句话都不敢多问，伺候她更衣沐浴，将那白色的长袍拿出去丢掉，再折回来看着褒姒在热水中闭目养神，侍立在一侧。

褒姒的肌肤白皙，肩膀上一枚红色的胎记甚是显眼，桑珠匆匆一瞥，并未将此事放在心上。褒姒忽然伸出手，吓了桑珠一跳，桑珠立刻从旁取过了一条宽大的浴巾递给她。褒姒从水中站起，如若出水芙蓉，皮肤白皙剔透仿佛能被阳光穿射而过。手臂那道丑陋的疤痕，反倒像是一朵妖冶的花，在褒姒的肌肤上绽放，她看着桑珠随口问道："你几岁入的郑家？"

"自幼便在郑家长大。"

"侍奉郑夫人左右？"

桑珠点点头。

"大王既然喜欢你，她就不该赶你出来，"褒姒伸出手抬起桑珠的下巴，让她仰起头，仔细地端详着她的容貌，"倒当真是生得好看。"

桑珠立时跪在了地上："还请娘娘明察，奴婢和大王已无私情！"

"起来吧。"褒姒淡淡地说道，"若大王有意宠幸廿七，我也不会阻拦。廿七自小跟着我长大，情同姐妹。郑夫人既不能专宠，将大王的心拴在自己宫里也是好的，何况又有了身孕，迟早会母凭子贵，何必咄咄逼人。"

褒姒越过桑珠，从架子上取下搭放在那里的白色长袍，披在身上，对着铜镜整理着自己的衣裳，并没有将注意力放在桑珠身上。

桑珠犹豫了半晌之后，仰头看着褒姒说道："桑珠该死！请娘娘恕罪！"

"何罪之有？"褒姒看着铜镜中的桑珠问道。

"桑珠并非自小侍奉郑夫人，其实桑珠一直是郑伯的婢女。"

"无妨。"褒姒挥了挥手，宽大的衣袖微微地摆了摆，她转身朝着寝宫的方向慢慢走着，"宣膳吧，大王也该起来了。"

"是！"桑珠在褒姒面前不敢多说一句话，低头侍立，待褒姒走出沐浴的房间之后，才撩起裙摆急匆匆地朝着膳房跑去。

看着桑珠渐行渐远的背影，褒姒的面色沉凝，心中一瞬转过了无数的想法，最终却归于平静，朝寝宫的方向走去："大王醒来了吗？"

站在床边的廿七摇了摇头："睡得不踏实，一直没有醒。"

褒姒在床边坐了下来，伸手摸了摸他的额头，温度没有起来，她松了口气。

廿七问道："我先出去？"

"桑珠曾是郑伯的婢女，不妨从她身上探听探听此人。"

"桑珠居然和郑家有关系？"

褒姒点了点头。

"那让桑珠留在琼台殿不是引狼入室？"

"无妨，她同郑夫人交恶也有些日子了。"

廿七也只好不再作声，忽而想起了别的："今日谒见申后，娘娘见到了郑夫人？"

"见过。"

"好看吗？"廿七十分好奇。

"好看！"

"廿七还是觉得娘娘最好看！"廿七凑过去对褒姒娇嗔地说道，像是只邀宠的猫，满面期待地看着褒姒。褒姒轻轻摇头，点了点廿七的眉心："下去吧，一会儿桑珠宣完早膳回来，你端进来。"

廿七笑着，转身离开了寝宫。

"咳咳……"不久之后，周王宫湦翻身咳嗽了两声，从睡梦中挣脱出来，脸上还有些细细密密的汗水。褒姒便用手里的帕子将汗水一一擦去："好些了吗？"

"你去过东宫？"周王宫湦冷冰冰地问道。

"一回来就沐浴更衣过了，还是被闻出来了？去说了些话，又匆匆回来了，担心大王起来，没人照顾。扔下一群夫人、嫔妃的，又得罪了不少人。"

"寡人一人保你足矣。"周王宫湦说着坐了起来，眉头紧紧地蹙在一起舒展不开，"可寡人要你死，却没人能留得住你。"

"你不会的。"褒姒看着周王宫湦很温柔地说道。她的声音如泉水撞击着石头，十分悦耳清脆，脸上严肃的表情也柔和了下来，唯独不会泛起别的女人那般娇俏的笑意，让人觉得即便是她十分亲昵，却仍然有三分的忌惮。

"你就这么确信寡人不会杀你？"周王宫湦捏住了褒姒的下巴，看着她的眼神中露出了一道凶光，寒意凛然。

"大王若要臣妾死，臣妾去死便是了。"褒姒的语气满含包容，像是母亲对待自己顽皮的孩子，"躺下……让臣妾看看伤口，该换药了。"她说完手伸到了周王宫湦白色内衬的衣服上。周王宫湦忽然捏住了褒姒的手，他的手掌粗糙而温热，有种厚实的安全感，他一把将她拉到了自己的胸前，用近乎呢喃的语气问道："我昏睡了几日？"

"两天了。"

"没人踏入过这间房？"

"廿七。"褒姒对答着，顺着周王宫涅的力气伏在了他身上，她的耳畔传来的是这位周朝地位最高的男人坚实而有力的心跳声，他肌肉紧实，线条明显，胸部的肌肉让他看起来比别的男人都要健壮。

"会不会有人觉得我死了？"

"不好说。"褒姒觉得也许很多人这么想。

周王宫涅猛地翻身将褒姒压在了身下，他的手轻抚着她的脖颈："我总要证明自己还活着！"

"会挣裂伤口的。"褒姒小声说道。

"那就重新再包扎一下，反正死不了人！"周王的嘴角含着鬼魅的笑意，解开了褒姒身上的衣带。那寝宫之中传出的娇喘与低吟，打消了多少人的疑虑，又勾起了多少女人的辛酸与嫉恨。

"大王？"桑珠魂不守舍地看着廿七。

廿七点了点头，满含笑意地从桑珠手中接过早膳，朝着寝宫方向看去，此刻谁也不敢再踏入其中了，只得候在外面等这一对不忍分离之人的传召。

廿七将早膳的餐盒又推到了桑珠手中："怕是得换午膳了。"

桑珠接住餐盒，面色中带着些苍白，不停地深吸气压抑住自己的情绪。

廿七端详了一番桑珠："身体不舒服吗？"

"没有。"桑珠的声音不由得大了一些。

廿七被桑珠的语气吓了一跳，半晌缓过神来又说道："这两日娘娘身体欠佳，需要吃些清淡的滋补品，不妨我和你一道去一趟膳房嘱咐一声。"

"我将话带到就是了。"

"娘娘的口味你不清楚。"廿七摆了摆手，不等桑珠再说些什么就已经迈步出去了，走在路上又扭过头问道："桑珠姐姐以前可是郑伯家中的下人？"

"是！"桑珠没有心情接廿七的话茬儿，敷衍地答道。

"听闻郑伯才华横溢、爱民如子，为天下传颂，又是大王叔父，连大王都要忌惮他三分，如今还设计将他软禁在京城之中，不肯放他回去，是真的吗？"

"郑夫人入京当日，大王便下旨命郑伯送亲，入了京之后却不肯让郑伯折回郑国，郑国国中大小事务交给郑伯的弟弟公子启之来打理。”

“郑伯在郑国必定十分受人尊敬吧？”

桑珠点点头：“前些年，郑国深受旱灾，百姓苦不堪言，郑伯开仓赈济，疏通河流，引水灌溉解干旱灾荒，受百姓的爱戴。又修改了祖上礼法，降低了田间赋税……”说起这些，桑珠如数家珍，脸上的得意之情不可言表。

廿七见状便挽住桑珠的胳膊，央着她说了不少郑伯的事，这人的个性一来二去的，她也摸了个七七八八，心中对如何回复褒姒也有了个轮廓。只是莫名地，廿七就对这位连周王都要忌惮三分的人物产生了莫大的好感。

手握重兵如秦大夫，手握大权如申侯……没一个是被周王放在眼里的，可如今竟然有这样一个男人，温润如玉、不卑不亢，却叫这位周王杀不得、用不了，扔在镐京城无所事事，这也未免太过蹊跷了！

在膳房中，廿七撑在案俎之上看着膳房的膳夫，叮嘱着午膳要清淡、不腻，还得能进补。这可让膳夫为难了，看着廿七也不好多言，如今个个都知道褒姒受宠，谁也不敢直言驳斥廿七，只好捺着性子应着她的要求。

“这一二日，宫里安静得有些不太寻常。”廿七看着膳夫说道，坐在案俎之前的墩子上，审视着膳夫挑选出来的食材。

“你还不知道出了什么事情？”膳夫问道。

“能有什么大事儿？”廿七挑眉说道，“大王日日都在琼台殿中，这宫里能有什么事儿比大王还大的！”这话中有令人恼火的傲气，叫膳夫瞥了一眼廿七，冷不丁地说了一句：“太宰亚卿前天夜里去了。”

这话叫廿七一愣，看着膳夫小声地问道：“什么叫去了？”

“就是死了呗！这你都不知道？”膳夫不满地哼叽道。廿七有些发呆，敷衍着点了点头，只想着怎么快点回去琼台殿将此事告知褒姒。

第
四
章

投石问路窥时局，步步惊心亲不待

午膳之时，琼台殿中的旖旎之声早已褪去，陷入了夏日午后的寂静。廿七端着膳盒站在寝宫外伫立良久，屏气凝神地听着屋子里的动静，听不见声响她才敲敲门，里面传出了一声清冷的“进”。

“娘娘。”廿七将餐盒放在了桌上，下意识地环顾了一圈。

褒姒慵懒地转过身来看了看廿七，她的白色长袍只是在身上随意地搭放着，周王宫涅已经不知去向了。炎炎夏日让人疲于梳理，褒姒的脸颊还带着汗水，头发也有些凌乱，倚在窗边透过那层薄薄的纱看着外面的风景，伸出一只手吩咐道：“扶我起来。”

“是。”廿七走到了褒姒面前，搀住了她的胳膊，“大王又出去了？”

“扶我沐浴。”

“娘娘不妨先用膳？”廿七担心地问道，从晨谒到此刻午时已过，褒姒还水米未进，她的脸色看来越发苍白，她转而看着廿七轻声说道：“大王肯放了父亲。”

“什么？”廿七愣在了当下，深深地吸了口气，几乎要哭出来，声音也就难免有些哽咽，“娘娘此番入宫……总算是没有白牺牲。”

褒姒不知道褒珦的出狱对于自己来说究竟是好是坏，更不知道周王宫涅此刻释放褒珦到底是什么目的，是要留在朝中还是要打发回褒地，他都没说。“晚些时候虢上卿来琼台殿，与我同去地牢。”

廿七立刻点了点头，扶住褒姒朝着门外走去，生怕耽搁了此事大王便会反悔，路上廿七在褒姒身边小声说道："太宰宫的那位常亚卿前天夜里去了，听说赵公昨日来琼台殿也是为了此事，却不知此事……"

褒姒示意廿七不要再继续说下去："此事不要再提了，就当是不知道。"

"是！"廿七应声道，"郑伯的事情，我也打听了一二。"

"说来听听？"

"郑伯与先王是兄弟，是大王的叔父，先王在世时受封郑国，深受百姓爱戴。桑珠说前些年郑地干旱，郑伯开仓赈灾，疏通河流，引水灌溉一解旱情，郑国百姓对郑伯十分尊崇。他为人儒雅，在朝中并无任何派系，郑夫人嫁入镐京城，便是大王要郑伯送亲，却不愿再放还，只怕是心中对这位叔父多有防备！"廿七向褒姒说道，褒姒眉头轻蹙："说听来的就好，不必分析大王的想法。"

"是！"廿七应声道，"眼下这位郑伯在朝中担着个闲职，听闻与赵公倒是相交，似乎属于申侯派系的，可也不尽然。郑国眼下是郑伯的弟弟公子启之在打理，而郑伯在年少之时迎娶了晋穆侯的女儿为妻，只有一子，如今戍守郑国边关，似乎颇为公子启之忌惮。"

"申侯派系？"

"是这么说的，郑伯如今时运不济，诸侯、大夫大多疏远他，可唯独赵公不嫌，日日与郑伯在府上对弈，讨论天下的时局。郑夫人虽有些刁钻蛮横，可郑伯的性子却温润如玉，郑夫人自小长在郑家，听说是郑伯远亲，称他一声叔父。大概就是郑伯那性子，才把郑夫人惯得如此吧？"

廿七说着为褒姒放好水，她迈步走入沐浴的汤中，靠在木桶之中仰头闭目思忖着刚才廿七说的那番话。常亚卿的死只怕和周王的受伤脱不了干系，可周王宫涅为何要这么做？太宰负责整个宫廷的大小事务，大到祭祀礼拜、帝王加封，小到每日膳食、衣物器具都要由太宰过问……

"廿七。"褒姒唤了一声。

"是，娘娘。"

"如今太宰一职是谁在暂代？"

"虢上卿，他将大小官员挡在宫外，没有大王旨意任何人不得入宫。难怪那日我去请他帮忙，他答应得那么痛快，当真是卖了一个顺水人情。"

"不要妄加揣测。"

"是。"廿七垂首侍立不再说话。褒姒再次闭目思忖这盘棋局间的关系，若是将虢石父放在太宰上卿之位，他的权力就会扩大，而周王宫湦则免去了被架上朝的麻烦。如今申侯不在、常亚卿身故，朝中最有分量的二人被端了去，余下的不是无能，就是怕死，眼下尚有一个赵叔带敢做这个出头鸟，若再被端了去……褒姒微微地摇了摇头，她觉得周王宫湦绝不会这么做，这就有违他的平衡之道了。

褒姒觉得这一步步棋，看来随意，可细细思忖，又没有一步不是经过深思熟虑的。她想要洞察周王的目的，可眼下唯一的方法就是在他的棋盘上加一颗棋子，能活还是死，就能试探出这局了！

褒姒从水中站起身来唤了一声廿七，廿七立刻从架子上取下褒姒的白色浴巾，擦拭着她身上仍旧冒着热气的水渍，然后为她披上了白袍。

“娘娘可是想到了什么？”

“是，”褒姒应声道，这宫廷的诡谲因为周王的费解而充斥着血雨腥风，她无法预测自己何时气数将尽，若不能保住这一时的宠幸就比死都不如了，“我在想，不知郑伯在镐京城可缺个侍妾？”

“娘娘！”廿七满面潮红，跺了跺脚，“听闻郑伯夫人生怕郑伯在京中寂寞，便在自己的母国寻了些好看的女人送到郑伯府上，想要叫郑伯纳了做妾。郑伯却统统将这些女子拒之门外……娘娘可不要拿我寻开心！”

“我若求大王做这个主送你出宫，大王想必也会应允的。”褒姒看着廿七，见她又急又气满面绯红，是个十足的娇俏少女。褒姒笑看着廿七，心中所想却是何必让这个半大的孩子锁在这红墙深宫之中，至死方休呢。

浴室的门外忽然传来了一阵脚步声，然后停在了门口。

廿七立刻转过身去问道：“谁？”

“是我。”桑珠的声音传来。

“怎么了？”廿七问道，和褒姒交换了一个眼色，得到应允之后走到了门口，打开了紧锁的木门。

桑珠立在门口：“虢上卿已经在殿外候着了，差我前来通报一声。”

“在大殿候着吧，就来。”褒姒应声道。

“是。”桑珠行了礼退了出去，廿七转过身便拍着自己的胸脯：“老爷见到娘娘一定欢喜得不得了，一定会拉着娘娘问东问西，关心娘娘和三年前相比变没变、瘦了没，来京城这一路上可是辛苦。”她面露喜色，憧憬着不多时之后的父女重逢而喋喋不休。

褒姒却满面愁容地在铜镜前坐了下来：“帮我梳头吧。”

“是。”廿七拿起了桌上的篦子，小心翼翼地帮褒姒梳理着头发。她的发质很软很柔，紧贴在头上，很难打理。她要别人替她梳头的时候便是不想做接下来要做的事情，廿七在褒姒身边太久，熟知自己主子的脾性。“娘娘不想见老爷吗？”

“你可还记得他是因何入狱？”褒姒问道。

“岐山地震，传是不祥之兆，老爷与士大夫上朝劝谏。如此说来，如今大王一门心思都在娘娘身上，老爷必定……”廿七不敢再说下去了，褒姒的脸色已经变得十分难看，她的手紧紧攥着香粉盒子，看着镜中的自己。廿七从未见过自家主子如此魂不守舍，刚刚才感到的兴奋劲儿已经过去了，余下的满是担忧。

褒姒这句“就来”足足让虢上卿在大殿等了一个时辰，这叫桑珠面色紧张，小心翼翼地说道：“娘娘必定是有事儿耽搁了，虢上卿莫急。”

“不急。”虢石父语调短促，满面尽是不耐烦的神色，只是如今褒姒得宠，他再不悦也得忍着。褒姒虽姗姗来迟，却让桑珠松了口气：“虢上卿，娘娘来了。”

“微臣参见……”虢石父的话说了一半，忽然尴尬了起来，褒姒入宫至今虽然人人都将她看作嫔妃，但是没有正式下旨册封过，他一时之间不知道如何称呼褒姒，只好说了句，“参见褒娘娘”。

“虢上卿不必多礼，”褒姒伸了伸手，指着门外，“有劳虢上卿了。”

“应该的，”虢石父转身走在了前面，褒姒带着廿七跟在了他的身后，然后吩咐桑珠留守在殿内，以备不时之需。褒姒的步子极为沉重，虢石父走两步必定要停下来转过身看看褒姒，关心地问：“娘娘可是身体不适？”

“无碍的，虢上卿带路便是。”

虢石父点点头，转过身走在前面，他大概猜测得出来褒姒在害怕什么，一面带着阴沉的笑意走着，一面把玩着手中的黄玉。一个人只要有害怕的事情，就总是有办法叫她按照自己的想法行事。

行至地牢前，褒姒早就给自己做了无数的心理准备，可真正看到这里的场景，心中还是陡然一惊。常年不见阳光与沿着石壁滴漏下来的水让这里看起来十分潮湿与晦暗，她简直无法想象父亲是如何在这里度过整整三年的。

站在地牢门口，狭长的甬道甚至一眼看不见尽头，褒姒双手紧紧地扯着手中的帕子企图让自己冷静下来，怦怦不止的心跳，压住了这屋子里其他一切声响。

“出来了，出来了。”廿七在褒姒的身边叫嚷道，她的脸上挂着兴奋的笑意。饶是有诸多担忧，也始终比不上此刻真的看见褒珦被释放出来时的兴奋，她拉住褒姒的衣角，唤起她的注意。

“爹……”褒姒沉吟一声，上前一步，她面上的表情柔和了一瞬，可又很快地僵硬了起来。从那暗不见天日的甬道中，她窥得了这位年迈父亲的轮廓，已不似当年离开时的意气风发。老人家的背已经佝偻，整个人颤巍巍地瑟缩着，离开时满头的黑发此刻已经苍白，平滑的脸部也是褶皱丛生。从他的身上褒姒已经辨不出几年前自己父亲的模样了，不免心中酸楚。

牢房中的侍卫上前一步试图扶住褒珦，他却顽固地挺直胸膛，甩开侍卫，慢慢朝前行走，满脸的肃穆。

“怎么会这样？”廿七用手掩着唇哭了出来，而褒姒仍旧站在那里一动不动。

“娘娘请谅解，”虢石父从旁解释道，“毕竟褒大夫当年冲撞大王，投入地牢三年难免不受侵蚀，今后只要稍作调理必定能够容光焕发，再现当年的神采。”

“大王只关押了父亲三年，已算是格外开恩了。”褒姒转向虢石父作揖，满面梨花带雨的娇艳容颜，语气中也尽是温柔，可眼神中却没有一丝的光彩，就像是牵线木偶为客人作秀时的表演，“多谢虢上卿在大王面前帮褒姒美言。”

“娘娘客气，这是虢某的分内事。”虢石父对褒姒的献媚十分受用，喜形于色。

褒珦一步一步沉重地走到了褒姒的面前，目光中没有一丝的欣慰神色，更加不似慈父的神情。褒姒欲伸手扶住父亲备受摧残的身体，老人家却闷哼了一声甩开褒姒伸过来的手。

“爹……”褒姒的声音止不住地颤抖。

“哼……”褒珦冷哼一声，他对外界发生的一切有所耳闻，褒姒从入宫到被宠幸，一步步走来叫褒珦的心越来越沉，这无形的担子压在了他的背上，让他原本就佝偻的身体越发蜷曲。他心中有怨，这怨恨就撒到了褒姒头上，他冷冰冰、直勾勾地看着褒姒：“褒某没有这么好的福气，生养不出你这样的女儿！”

“老爷。”廿七脱口而出，她没有想到自家主子担心的事情真的会发生。

“褒珦啊，”虢石父插嘴说道，“这就是你的不是了，有如此美艳动人又深知大王心意的女儿早就该献出来了，又何必受这牢狱之苦。”

褒珦看都不看虢石父一眼，只是冷哼一声，然后对着褒姒行叩拜的大礼。这叫褒姒心中一凛，知道这一世的父女情分便缘尽于此了，她强撑着自己的身体站立，听着父亲用那苍老而熟悉的声调说道：“褒某叩谢娘娘大恩。”

褒姒仰着头，没有哭出来，木然地转身说道：“虢上卿？”

“微臣在！”虢石父也跟着褒姒转了身，只余下跪在地上的褒珦像是个虔诚的祭拜者，眼神抓在泥土之上不再松开，佝偻的身体让他越发渺小，也越发伟岸。

“备马，送褒大夫回国。”褒姒冷冰冰的句子就像是三尺寒冰，廿七猛地转向褒姒，她几乎不相信这话是从褒姒的嘴中说出来的。她迈步朝着琼台殿的方向走去，每一步都像是走在刀尖之上，无比艰难。仿佛岁月佝偻的不是她父亲的脊梁，而是她稚嫩的娇躯，这一刻，她忍住了即将崩塌的情绪，像她的父亲那样，努力地挺直了身躯，越走越远。

褒姒还记得，自己母亲去世的时候，她年纪还小，不知道什么叫死亡，只知道以后再也见不到母亲了。她日日跑去母亲的坟头看，看一看母亲还会不会回来，可是她发现那个家里的每个人都渐渐地将那位慈眉善目的太太忘却了。新的主母处处斥责她的行为，试图将她身上的一切习惯尽数改掉，抹去过去那位主母在褒家留有的最后一丝气息。她忍耐不住，便偷偷溜出家，趴在母亲的坟前痛哭。

傍晚的霞光，烧透了半边的天空。

气温渐渐下去，冷了起来，褒姒一个人站在坟地之中，举目望去，一片荒凉。她害怕得不知如何是好，就在这时，远处一个身影越走越近，那身躯魁梧而高大，挡住了落日的余晖。

走到近前，那身影是熟悉的父亲，褒珦的手中拿了柳条，站在褒姒的面前厉声呵斥：“不许哭！”

洪亮的声音吓得褒姒猛地止住了哭声，只能空喘着粗气，发出呜咽的声响。她越是想让自己安静一些，便越是难以止住自己的抽泣，褒姒立刻用手捂住脸，期望这样就不会被看见，她从指缝中看见了父亲那张阴沉的脸，他的眸子闪烁着精光正盯着自己。

褒姒噘着粉红的小嘴，慢慢把手从脸上拿下来，双手摊开手心向上伸在面前，委屈地看着高大的父亲，不足一米身长的褒姒等待的是父亲挥下柳条的鞭笞，然而却没有等来。

褒珦举着手中柳条，终究是没能打下来。他伸出一只大手看着褒姒，年幼的褒姒疑惑地看着自己的父亲，将信将疑地将手塞进了褒珦的手中，他握住了她的手，牵着她朝家里走去：“要哭，就不要让别人知道。如果哭得没有价值，就别让眼泪流出来！”

“是！”褒姒的声音像蚊呐一样，她擦掉了眼泪，高昂着头跟着褒珦回到那个家中，从此再也不敢哭泣。

褒珦隔日便请人打造了两座编钟，亲自为褒姒奏乐，他找了三十二位佾人来教褒姒跳舞、配舞。有些事儿做就能忘了伤痛，叫一个半大的孩子承受丧母之痛，褒珦于心不忍，每每想起褒姒的母亲是因自己的冷落郁郁而终的，他心头就更加不是滋味了，只能以自己的方式对这个女儿更好一些。

他总以为自己的夫人并不爱自己，此生都因破坏了她的婚事而感到自责。他不敢见她，才娶了别的女人回来，却在兴之所至时要了她，怀上了褒姒。从此以后，这位夫人更加郁郁寡欢，他以为一定是他的错。

他爱自己的夫人，却爱得不得其法，始终不知道如何表达自己的那份心意，执拗地错过了终生。因此，他对自己年幼的女儿便冷不下脸，可又因为他那晚的一席话，叫褒姒再也不哭、不展颜开怀了。

她歪歪扭扭的童稚仿佛就在那一夜里，被抹得干干净净。

这就是褒珦，他在出声喝止住褒姒哭泣的时候，从未想过那个孩子只有五岁而已。

褒姒闭上了眼睛，深深地吸了口气。从离开褒国踏入镐京城的那日起，她就该知道自己和褒家从此再无关系。如今赤裸裸地面对这个现实，她发现自己仍旧是当初那个五岁的孩童，彷徨而手足无措，站在原地不知如何是好。

琼台殿中，大门微敞，晚风徐徐拂面而过，一阵阵令人酥麻的喘息声从大殿内飘然传出。她停在了大殿门前，透过门缝，一幅晚夏春色映入眼中。大王不知何时折返回了殿内，褒姒下午留下了桑珠一人侍奉。

桑珠此刻头发散落，披散在雪白的肌肤之上。她手撑在桌案上，口中发出呢喃之声，痛苦声中掺杂着多日来的渴望与忍耐过后的欢愉。

褒姒闭起了眼睛，恨不得自己什么都没有看到，不想在华辰殿发生的如今却也一样发生在了琼台殿。

廿七捂住嘴，她害怕自己会失声叫出来。

褒姒猛地退后了一步，拉了一把廿七，匆匆转身朝着殿下的台阶跨步而去，步子越迈越大，越走越快，她几乎都要以为周王宫涅是对自己动了真情，如今这一幕就像是个耳光恶狠狠地扇了过来，将自己打回现实。她只是枚棋子，一枚有利用价值的棋子。

“娘娘，”廿七有些跟不上褒姒的步子了，提着裙摆快步追赶，“咱们去哪儿？”

“赵公府上。”褒姒的语气中听不到一丝一毫的波澜，冷静到令人害怕。

“刚才大王……”廿七想要说些什么，却被褒姒打断了，她猛地转过身看着廿七，用严厉的声音说道：“今日就当你我尚未回宫，此番出去要稍晚些时候才能回来。”

“是！”廿七对面前的褒姒有些惧意，微微躬身应道。

褒姒点点头，转过身又朝着宫门外疾走，守门的侍卫知道褒姒身份，不敢阻拦，纷纷避让。她朝着赵公府上越走越快，依着哥哥洪德曾为她画过的地图，从弯弯折折的道路中识出舅父的居所。

赵公府与周朝宫廷甚远，褒姒与廿七连走带跑也用了小半个时辰，两人额头渗着细细密密的汗水，多少有些狼狈。廿七跟在褒姒身后，心如同打雷般隆隆作响，心中顾虑颇多，怕赵公会不由分说地将她们主仆二人驱逐出门，也害怕周王等不到褒姒，又对她起疑。

赵公府上门庭紧闭，安静得像是一座空无一人的千年古宅，幽静的门前回廊放大了行人的脚步声，重重叠叠的余音让这里像是魑魅魍魉的集会之所，令人望而远之。

褒姒伸出手轻叩着门上铜环，笨重的黄色铜环发出撞击的声响，穿越空旷的宅邸泛着悠长的音调。轻叩三声，褒姒立在门外静候。

许久之后，笨重的大门“吱呀”一声拉开了一条缝，门后的人费了很大的力气才将大门拉开，一张白皙的面容映入褒姒眼中，面前的男人文质彬彬、衣冠整齐、平和有礼，不见那些朝臣惯有的清高傲慢，更没有下人卑躬屈膝的惊恐和不安。

“郑伯友，”褒姒沉默良久，开口说道，她语气温婉，声调清幽，仿若邻家女子，不似内宫嫔妃，“烦请通报赵公，褒姒有要事相商。”

郑伯友抬眼看了看褒姒，微微点头，却没有应声，复将大门合拢转身回到了内堂之上。不多时赵叔带从门内走了出来，冷眼睨视着褒姒，和儿时一般的不苟言笑，对他来说她却早已不是自己当年那个外甥女了。

“舅父。”褒姒微微作揖，以示尊敬，卸下了往日的戾气，判若两人。

这让赵叔带心中一惊，却还是绷紧了面孔：“不知娘娘光临寒舍，有失远迎。寒舍简陋，就不请娘娘移步了，以免唐突了您。”

“舅父。”褒姒的声音放得更加缓和，柔弱到让人无法忽略，甚至带着一种娇羞的样子，她的面容梨花带雨，眼中含着泪珠，晶莹剔透。

“进来吧……”赵叔带竟狠不下这颗心。

褒姒作揖答谢，迈出步子踏入了赵公府。这座府邸并不大，庭院也谈不上气派，若说寒舍倒也真是不枉。大堂之上的草棚也仅仅能遮挡暴雨的侵袭，周遭的墙壁根本禁不起狂风肆虐，雨水的渗入让屋内潮气弥漫。

赵家在晋国算是大户，辅佐晋伯已有百年光景，赵叔带并非嫡出，亦非赵家宗主。多年来与列位诸侯相交被引为上宾，在朝中又颇得朝臣支持，在晋国本是备受礼遇的，出入皆受人尊崇。

可自晋穆侯大薨，他的弟弟殇叔褫夺了世子姬仇之位，赵叔带因辅佐世子姬仇，不得不奔走别国寻求庇佑。是以，在镐京城中虽常常受周王冷眼，并且深居简出，却不敢离开，只能在朝中任事。

褒姒无法理解自己的舅父如此是为何，逃往别国亦能寻求庇佑，前途自然是无可限量的，却偏偏寻了个最不待见自己的屋檐躲雨，还不懂敛其锋芒，处处与周王宫涅意见相左。渴望权势，却不迎合，这原本就是一件极其矛盾的事情。

赵家大堂中的桌案上摆着棋局，屋里没有任何陈设，郑伯友与赵叔带席地而坐，执子下棋，郑伯友执白子，赵叔带执黑子。

白子在棋盘上布得散漫，黑子步步逼近，眼看白子无处遁形，黑子占尽了上风，势如破竹、锐不可当。

刚刚为褒姒开了门，又回到桌案前的郑伯友准备向赵叔带请辞，从这默契中看得出二人是多年的至交。或许在申侯辞官归隐之前，这两位京城闲人就一直惺惺相惜。

"娘娘不辞辛劳光临寒舍，不知所为何事？"

"昨日舅父入琼台殿又是为了何事？"

"你还不知？"

"太宰宫的常亚卿前天夜里去了，可是为了此事？"

"不错，你知道什么？"

褒姒摇了摇头，干脆利落地问道："舅父打算推举何人？"

"此事和你无关，在后宫做好你的本分便是！"

"舅父要推举的可是朝中旧臣联名举荐的贤德之辈？"褒姒说这话的时候就猜出此人了，目光也不经意地朝门外瞥了一眼。

"娘娘！你若还当我是你舅父，赵某便有一句话要劝你，魅惑君主他日必定受天下苛责与非议，不得善终。"

"舅父以为我不在朝中，大王就会安心朝政了吗？"

"这个红颜祸水是谁都可以，却不能是我赵家的不肖子孙！"

"原来这就是舅父口中的忠孝之义。"褒姒冷笑一声堵得赵叔带无言以对，她斜视着面前身材魁梧的赵叔带，口气蓦地冰冷异常，"更何况，爹早已不认我是褒家之人了。"

"你已见过你父亲了？"赵叔带恍然大悟。

"午时，大王下旨释放爹，之后虢上卿就带我去地牢了，他老了……"褒姒说罢长长地叹了口气，坚硬的表情有了一丝动容。

"这是自然。"

"他跪在我面前叩首，谢我大恩。"

"听舅父一句劝，不要站在最前面，你根本挡不住天下非议！"

"褒姒一介女流，如何左右周王的意愿？"褒姒苦笑一声。

赵叔带心痛难当，却也无可奈何，看着褒姒的眼神之中满是歉意，若非当日的逼婚就不会有今日的褒姒，若不是当日的劝谏也不会有今日的宠妃了。此时此刻，他也只能问一句："你爹……还好吗？"

"已经差人送回褒国了，除了不想见我，一切与三年前无异。"

"我若有时间，必定去问候一声。"

"舅父不去也罢，主母不会欢迎的。"

赵叔带欲言又止，知道说什么都不合适了。褒姒也勉强地笑了笑，将话题岔开："舅父若有心助郑伯入朝为官，就不该推举他坐太宰之位，此事大王必定不悦，就算是拗不过你们的劝谏，只怕郑伯在这个位置上也坐不长久，兴许不日……又暴毙身亡了。"

褒姒这话让赵叔带惊讶地看着她："你知道什么内情？"

褒姒摇了摇头："太宰亚卿不过是个不祥的位置罢了。"

赵叔带停顿了片刻，细细地打量了一番褒姒，想洞察她内心的想法，却又因褒姒淡漠的神情而放弃了："你觉得推举谁最为合适？"

"司徒祭公。"

"你今日来要做虢石父那老贼的说客？"赵叔带勃然大怒。祭公是虢石父派系之人，受周王器重，如今祭公任司徒，地官之首，若从司徒转为太宰，便是由地官为天官，职位距王权更近，整个周王朝怕都得由虢石父一家说了算了。"若是大王用祭公，老臣必定以死劝谏！"

"舅父若死了，大王就清静了。"褒姒平平淡淡地说着，这话惹得赵叔带怒急，目眦欲裂，双拳紧握，浑身发抖。褒姒只是瞥了一眼，而后继续说道。"申侯辞官之日，我便在大王近前，申侯请求折返封地，大王便赠予了申侯一个字。"

"是何字？"

"滚。"

这个字似乎有千斤之重，竟然压得赵叔带说不出一句话来。

褒姒继续说道："祭公若为太宰宫亚卿，司徒之位便有了空缺。舅舅又何必争一时得失？大王得到了他想要的，虢上卿心中满意，你再讨价还价，事半功倍。"褒姒说罢转过身朝门外走了去。

廿七的神思这才从郑伯友还未下完的棋盘上抽出来，跑了两步追上了走在前面的褒姒，待离开了赵府之后才开口和褒姒说道："这个郑伯也没有传言中的神乎其技嘛！"

"怎么讲？"

"娘娘同赵公说话，我不便插嘴，那盘棋我看了很久，娘娘若是不来，只怕郑伯就要投降了。"廿七欢快地说道，"谦谦君子倒真的是君子，温润如玉也都看得出来，才华横溢嘛……这怎么算得上呢？"

褒姒看着廿七摇了摇头。

"我说得不对？"廿七问道。

"以退为进，以守为攻，上者……"褒姒说道，"舅舅的棋杀得凶猛，郑伯的着围得温润，等舅舅厮杀得过了瘾，再回过头来看，只怕是这棋盘上的黑子就所剩无几了，已在不知不觉中被郑伯的白棋替代了！"

廿七挠了挠头，听不懂褒姒在讲什么，只得将信将疑地"哦"了一声，继续随着褒姒走着："那娘娘看，这个郑伯友是人中之龙吗？"

"不知道。"

"那娘娘看，大王真的和传言中说的一样，是忌惮郑伯夺王位，才将他软禁在镐京城中吗？"

"不知道。"

"那娘娘看……"

褒姒转过身去，打量着廿七，打断了她的话："我看将你许给他，你就没有这么多问题了！"

廿七"哈哈"笑出了声，然后面色通红，使劲儿地跺着脚，抿着唇："廿七不问了，娘娘欺负人！"

二人折返入宫，已是夜幕降临，路旁的夹道几乎难以辨认。

第五章

褒姒良计开言路，申后苦心清君侧

灯火微弱，衬着褒姒的肌肤雪白，挂着一抹淡淡的橙红，南门守卫立刻让出了道，请褒姒入宫。琼台殿中，又恢复了往日的喧嚣，莺歌燕舞，大殿之上的佾人袅袅婷婷，编钟管乐余音绕梁，周王宫湦坐在殿宇一头闭着眼，单手撑着下颌斜靠在椅榻之上等待着他爱慕的女子回来。

褒姒长裙及地，头发高高绾起，神情肃穆地从大殿门庭朝台阶上缓步走去，殿内所有佾人眼神一瞬都凝聚在了褒姒的身上，她微微抬起一只手，将食指放在嘴唇之上做了一个噤声的手势，悄无声息地走到了周王宫湦的面前，帮他整理着他凌乱的衣袍和不安的青丝。

周王宫湦握住褒姒的手，将她猛地朝前拉了一把，褒姒跌撞着扑进了周王宫湦的怀中，呢喃地问了句："大王？"

周王宫湦挥了挥手，祭公迅速心领神会地将在场佾人带了出去，一瞬之后，大殿之上只剩琼台殿的人了。廿七盯着桑珠。

周王宫湦站起身将褒姒抱在怀中，她双手揽在他的脖颈上，低头斜靠在他的胸前，感受到了一片湿润、温热的血腥之气，只怕是今日剧烈的活动让刚刚愈合的伤口挣裂开来，只因着周王宫湦的一身黑袍和琼台殿内的脂粉香气，才将此事遮了起来。

"让我看看。"褒姒从周王怀中滑下，落在自己的床榻之上，她伸手拉住周王宫湦的袖子，顺势从床上跪起来，解开了他的衣襟。伤口挣裂的程度比她想象的要重，不但浸湿了他的衣袍，血液甚至从肌肤上流下，整个肩膀都是干涸的深红。

“怎么会这么严重？”褒姒皱着眉头，心头像是被人掐着般生疼。

“有些事情必须去做，”周王宫湦抚摸着褒姒的面颊，“我总不能让人以为我死了。”他说这话的时候还在笑，对自己的伤口浑不在意。褒姒咬了咬下唇，一言不发地从床上下来，找到了之前包扎用的白色棉布：“伤口挣开，很容易感染，会要了你的命的！”

“要我的命还没那么容易。”周王宫湦笑了出来，这笑比这鲜血还要腥气。

“下午见到你父亲了？”周王宫湦问道。他的话音才落，一滴冰冷的泪水滴落在了他的手背上，泛起一层层的寒凉之意，他心中陡然一惊却也猜得出：“他说了什么？”

“他说……叩谢娘娘大恩。”褒姒委屈地哭了出来，下巴抵在他没有受伤的肩膀上，汲取着他身上的热度，她的心仿佛已经冷透，再也无法回暖了。

这一夜，周王宫湦都紧紧地抱着怀中的褒姒，仿佛捧着自己挚爱的宝物。

晨光洒入，褒姒看了一会儿躺在自己身边的周王，翻过身从床上滑了下来，轻轻地推开寝宫门出去。

“娘娘。”桑珠的声音将褒姒骇了一跳，只是她的面色没有任何变化，平静地转向桑珠：“何事？”

“大王还在睡觉？”

“是！”

“昨夜可是发生了什么事情？”

“没有。”

“可是……”桑珠有些犹豫，“可是，昨夜从寝宫中传出了白布撕裂的声音，那是……”

“我爱听！”褒姒看着桑珠忽然笑了出来，“不行吗？”

桑珠浑身一个激灵，被褒姒这笑意吓得不轻，使劲儿地摇了摇头：“奴婢不是这个意思！”

“搞清楚谁才是这里的主子！”褒姒冷哼了一声朝外走去，叫桑珠立在原地几乎支撑不住自己的身体。褒姒朝着沐浴更衣的房间走去，廿七正在吩咐别的下人去准备热水，她知道自家主子有这个习惯。

“廿七。”褒姒唤道。

“是，娘娘！”廿七应声朝着褒姒快步走了过来，“我已经差人备好热水了。”

“替我走一趟赵公府。”

“要带话吗？”廿七压低了声音问道。

褒姒小声地在廿七的耳畔嘱咐了几句，廿七连连点头，然后就朝着宫外疾走，一路朝着赵公府上去了。而另一头，褒姒正在沐浴之时，周王宫涅却忽然转醒，在睡榻之上找不到褒姒便出门大声地唤着桑珠，正在服侍褒姒的桑珠一听，立时面色苍白，连看都不敢再看褒姒。

“出去看看！”褒姒吩咐道。

“是。”桑珠应声，转身出门。

周王宫涅见她走出的房间，便知道褒姒也在其中，不待桑珠开口便吩咐道：“你先下去吧！”说罢就推开房门走了进去，褒姒闻声抬头：“大王？”

“怎么不叫廿七服侍你？”

褒姒有一瞬的紧张，她差廿七出宫之时的确没有想到周王宫涅竟然会苏醒得如此之快。他对这个问题似乎饶有兴趣，看着褒姒等着她回答。褒姒抿了抿唇，面上的颜色不算好看：“我差廿七出宫了。”她的眉头紧蹙微微隆起，周王宫涅便伸出手去将皱起的眉心又按了下去，温柔的笑意浮现在唇边眼角：“为了褒大夫的事情？”

“差廿七去一趟赵公府上，拜托赵公。”

“我早前就吩咐了虢石父，琼台殿的人出入不必阻拦。以后……”周王宫涅斜倚在木桶边缘，眯着眼睛看着水中如白色芙蓉花一般的褒姒，“这里就是你家，家就该有个家的样子。”

褒姒一滴眼泪从眼眶中挣脱，毫无阻拦地掉落在了水中，溅起一丝不易察觉的水花，她企图将这种辛酸硬压下去，可心头波澜不止、五味杂陈，周王宫涅的这句话就像是她受尽委屈后的一声安抚，能动摇铁打的心。

周王宫涅宽大的手抚在褒姒的脸颊之上，轻轻地擦拭掉她的眼泪。

……

赵公府上，廿七因为一路小跑，喘着粗气，看着赵叔带半晌也无法说话，赵叔带只得呵斥了一句：“气儿理顺了再说！”

廿七只能站在那里，一边看着郑伯友与赵叔带对弈，一边拼命地呼吸，就像是被人掐住了脖子，手扇着风试图让自己凉快下来。赵叔带手执黑子，郑伯友手执白子，棋局仍旧是昨日郑伯友离开之时摆放的位置，因为廿七看了太久，都背下来了。

赵叔带下棋，一招一式虎虎生风，郑伯友的白子正以迅雷不及掩耳的速度锐减，黑子像是压城黑云，排山倒海，赵叔带将白子从棋盘上取下来扔进了棋盒之中，面色却仍旧没有丝毫的松懈。

郑伯友执子落棋，忽然间如枯木逢春，豁然开朗。

白子连成一线，将棋盘之上的黑子歼灭了不少，赵叔带眉心一紧，摇了摇头。几步对弈下来，棋盘上的黑子已经难成气候了，最后赵叔带不得不承认自己败局已定："老夫仍然不是郑伯对手啊！"

"赵公谦虚了！"郑伯友站起身将手中白子放进了棋盒之内，"既然还有客人，郑某改日再来叨扰！"

"无碍，一个小丫头而已，一会儿老夫还要再和郑伯对弈几局！"赵叔带摆了摆手，请郑伯友坐下。

"赵公倒是好雅兴！"廿七插嘴说道。

"我能如何？"赵叔带看着廿七轻哼了一声，"如今虢石父把持宫门，我等想要面见大王数次，被他一人就挡了回来，若不在这里下棋消遣，何以度日？"

"娘娘托我传句话，"廿七撇了撇嘴，"赵公若是有事启奏，不妨叫申后转达。"

赵叔带皱了皱眉头，褒姒支的招儿倒是不错，遂问："不知申后是否愿意为我等代为转达？"

"娘娘没说。"

"何不由娘娘代为转达？"赵叔带又问道。

"娘娘没说！"廿七想起什么，瞧着郑伯友又补充了一句，"郑伯若是想进宫见见自己的侄女，想必虢石父不敢开罪于您，不如……倒是避开申后，您来？"

郑伯友什么都还没说，就被廿七数落了一顿，看了廿七半晌，竟生生地将廿七看得面色羞赧，后悔得想将自己的舌头咬掉，到底怎么想的才说出了那番争一时长短的话？

"姑娘见笑了！"郑伯友并没有要同廿七计较的意思，只是淡淡地说了句。

廿七抿了抿嘴，咽了口唾沫："娘娘没有别的交代了，廿七告辞！"她说完转身就走。赵叔带也并没有打算留客，待廿七出门之后才和郑伯友交换了意见："郑伯以为如何？"

"申后不好说服。"郑伯友叹了口气。

“郑伯有话不妨直说！”

“昨日褒娘娘前往东宫谒见申后。”

“谒见申后原本就是礼仪之事，有什么值得大惊小怪的？”

“娘娘只说了一件事便走，”郑伯友补充道，“她说大王曾宠爱申后，力排众议求娶，却在申侯独揽朝政、专权结党之后冷落于她。这话一出，东宫所有娘娘纷纷告辞离开，听闻几位大夫已经不愿再插手朝政一事……”他伸出手攥成拳掩在嘴上咳嗽了两声，“不知娘娘又为何在这个时候让赵公找申后代为呈递奏折。”

赵叔带摇了摇头：“褒姒进宫不过几日，居然如此熟稔生存之道。”

“既然娘娘说了，也不妨试试。”郑伯友虽看不懂褒姒，却对这件事情甚是好奇，连他自己都不知道，这个决定叫他入了别人的局，饶是隔岸观火，终不能全身而退。

……

申后看着手中下人呈递上报的信笺，满目愁容。

在一块并不算大的白布上，赵叔带陈情之词溢满百行，白底黑字密布，逐条陈述时下政情、军情，言辞激烈，用词恳切，请申后代众臣向周王转达重开朝堂之意。

如今虢石父把持朝政、闭塞言路，各地诸侯对周天子虎视眈眈、政令难行，番邦对中原之地觊觎已久、骚扰边关……周王对此内忧外患竟不自知，此为虢石父欺上瞒下而致，若长此以往，周朝基业必将毁于一旦。

常亚卿无故身亡，虢石父取而代之，狼子野心可见一斑。

申后为周王结发妻子，当代百官进言，请周王效仿先贤！太宰一职应另行选派，每日卯时早朝应恢复。

如此条目，如急雨密布而来，让申后几乎透不过气来。她拍着自己的胸口，将白布扔到一边，来回踱步权衡其中利弊。周王宫湦已有数日不曾上朝，虢石父把持宫门，拒绝群臣进谏。一旦虢石父权倾天下，他必会除去申后，推举褒姒。到那个时候，申后再去求百官相助，为时已晚，所以她必须帮赵叔带。申后想要的是两全其美的计策，既不开罪于众臣，亦不得罪周王，思前想后也没个稳妥的法子，却已过了卯时，身侧的女御子言提醒道：“申后，到晨谒的时间了。”

“卯时已过？”

子言点了点头。

申后只得朝着门外走去，东宫的大殿之上众位娘娘已聚齐，只等申后出现行拜谒之礼，顺便探讨各房之中的大小事务，琐事繁多。申后一手撑着额头，思忖着刚才那张陈情书，根本听不进去这些女人的絮絮叨叨。

“以后这些琐事，各房夫人拿主意就是了！不必事无巨细一一向我汇报，今日的朝谒就到这里，各位散了吧！”申后挥了挥手，示意众夫人可以先行离开了。

郑夫人瞧了申后一眼，站起身就迈步而出，华辰殿这一房也就尾随着离开了。余下卫夫人思忖了片刻也向申后请辞，只剩下秦夫人了，她对着自己一房众人挥了挥手，待到整个闲杂人等退去，才迈步朝着申后的方向走去：“近几日虢石父将众位大臣挡在宫门之外，申后可是正为此事心烦？”

申后挥了挥手，叫殿内其他下人告退，然后才说道：“赵公竟想到要本宫呈递奏折，本宫实在不知如何是好……”

“赵公一干怕不是要申后呈递奏折。”

“那是为何？”

“他们要的只是个进言的路子。”

“还不是一样？”

“不同，申后尽管接下这个差事，一旦奏折从宫外到了宫中，由何人经手就由不得虢上卿插手了，若是太宰宫内的官员所为，大王迁怒不到申后。”

申后听着不由得点了点头：“如此一来便可以确保万全了？”

“不只……怕是还能再参上褒姒一本，再将参这罪状归于赵公身上。”

“如何参她？”

“红颜祸国，申后忘了先王的遗旨吗？”秦夫人开口问道，申后就明白了其中的含义。此事她们二人已经商议过，如今再提，申后便问道：“桑珠是何态度？”

“娘娘只管吩咐。”

此事申后推到了太宰宫几位大夫身上，这几个人便在这一二日游走琼台殿，三番五次请求拜谒周王。偏偏周王宫涅伤重嗜睡，褒姒不敢打扰，也只得将几位打发了。被挡了两次，几位大夫商议之下干脆长跪门外，饶是桑珠与廿七费尽唇舌，几人就是如磐石般屹立不动。

“门外何事？”周王宫涅从寝宫内走出，问正在调古琴之音的褒姒。

“几位太宰宫的大夫请求拜谒大王，臣妾见大王还在睡觉，就请他们几位回了，却不想……”褒姒指了指门外，无奈地摇了摇头。

周王眯着眼睛瞧了一眼门外，兀自地笑了一声：“那便跪着去吧！”

“门外几位许是有要事请奏。”

“能有何要事？”

“许是……嬴德自知不自量力，要收回自己当日唐突之言了？”

“如此，寡人倒要看看这嬴德是如何将自己屙出来的屎再吃回去的！”周王宫湦说罢转身朝着殿上走去，端坐于榻椅上而褒姒则步履匆匆走向门外，拉开琼台殿笨重的木门，面色肃穆：“几位请上殿。”

几位大夫面面相觑，不敢相信她的话，片刻之后才起身朝着殿内奔走，看见周王在上，才行礼拜谒道：“参见大王。”

周王宫湦慵懒地挥了挥手，鼻音浓重、睡意不减，道：“几位如此着急，所为何事？”他的双腿搭放在桌案之上，像是随时要昏睡过去。褒姒朝着大殿之上走去，在周王宫湦身侧坐下。

几位大夫一起看向最右侧的一位，此人才想起什么，急匆匆地从袖袍之中拿出竹简递给桑珠，桑珠端着文书朝殿上走去，放在周王面前，他这才勉强睁开了眼睛：“是什么？”

“朝中士大夫被虢上卿阻拦在宫门外，众位大臣委托我等前来奏请圣上……”不待此人将话说完，周王宫湦便一脚踹在石案之上，案台“轰隆隆”地朝着台阶下滚去，掉落在地发出“轰”的一声巨响，竹片散落一地：“给寡人一个字、一个字地读！”

几位大夫的手都在颤抖，木立在当场不动。

“怎么？”周王宫湦用阴冷的声音问道，“还要寡人给你们拾起来不成？”

“微臣不敢……”一位大夫立刻应声，朝着那叠文书扑了过去，拿起竹简便大声诵读，“今有市井小儿传唱童谣：月将升，日将没，檿弧箕箙，几亡周国。臣等恐此乃不祥之兆，先王曾立下遗旨，但凡有惑乱后宫红颜者，杀……”

周王宫湦的眼睛猛地睁开瞪着这位正在诵读奏章之人，那人浑身战栗，手抖得几乎要看不清楚那奏折之上的词句了，手中竹简竟然因为颤抖而脱手，吓得他面色苍白地跪在了大殿之上。

周王宫湦从椅榻之上霍然站立，脸色阴沉，双拳紧握，呼吸之声宛若狂风呼啸，胸口起伏以竭力压制住心中的怒火，他站立片刻便朝着台阶下走去，一步一步，直至那位大夫身边，一双隼鹰般的眼睛几乎要勾出他的五脏六腑：“继续念……”

“如今……”大夫抬起袖子擦了擦面上汗水，爬过去将竹简捡了起来，冷汗涔涔。请求面见大王之前，几位大夫并未将手中奏折一一阅读，如今真是骑虎难下，只得咬牙将苦水吞了下去，“如今后宫妖妃得宠，乃先王在世时不祥之兆应验，请大王以国事为重。斩杀……”

周王宫涅一脚踹在了这位大夫的胸口。这位大夫朝后跌出去数米才停，一口鲜血喷涌而出洒在地上，他十分勉强地爬起来，不断地咳嗽。剩余几位也面面相觑，不知如何是好。

“给我滚！”周王宫涅低声说道，声音太小以至于没有人做出任何反应。他复又放大了声响对着几位大臣说道。“给我滚！”这一声当真是震耳欲聋，几位大臣立刻起身走到那位被踹翻的大夫面前，搀住他就恨不得立刻逃离琼台殿，几位跑到门口，周王宫涅却忽然又说了一句：“等等！”

这几位大夫的心便立刻提到了嗓子眼，使劲儿地吞咽了一口口水。

“带句话，明日卯时上朝！”周王宫涅说道，声线中没有一丝一毫的温度，几位大夫转过身来低头应声，又转身飞奔而去。

看着这一幕的褒姒心中五味杂陈，没有想到赵叔带会如此上谏，言毕正事还要参她一本，更有甚者是要将她置于死地。

“一群倚老卖老的东西，口口声声斥责寡人荒废朝政，整日却只知危言耸听！又是天兆，又是童谣，如此辅政大臣，我大周岂可不亡？”周王宫涅这话叫褒姒心头一紧，此前对他的认识与了解此刻被尽数推翻，他心中绘制了一本怎样的大周蓝图，她已无法洞悉。

“把奏折都给寡人拿进寝宫。”周王宫涅扫了一眼地上凌乱的竹简，转身朝着寝宫走去。

“是！”廿七应道，上前一步。

“不必了，你和桑珠去找人将这大殿上的石案收拾了，换个新的。”

第六章

君恩难测冷宫赋，旷野独行举步难

褒姒弯着腰将地上散落的奏折一卷卷拾起来，抱在怀中，再一次次地送入寝宫之中，木门开开合合，发出“吱呀吱呀”的声音。褒姒再一次推开木门，周王宫涅忽然说道：“够了！”

褒姒木立在当场，手足无措，二人之间的气氛就像是压在她胸口上的大石。周王宫涅再次将桌案上的所有奏折尽数推到了地上，怒极的呼吸声充斥着整间屋子。

“来来回回就那么几件事……打不了仗的司马就叫他给寡人死在外面！还要用女人的性命去交换，何不当场自刎？”周王宫涅说着使劲儿拍了拍桌子，“洪涝、旱灾、地震、虢石父把持朝政，来来回回的，从寡人登基起就这么几件事情。寡人明日就上朝听听他们还有什么可说的！”

“洪涝、旱灾、地震……大王若差人前往，天下便会说大王体恤民情，勤于朝政。派去的人若是解决了，功劳是大王的；若解决不了，罪责是大臣的。大王不会有任何损失。”

“哼……”周王宫涅冷哼了一声，没有用正眼瞧褒姒。

褒姒抿了抿唇，将一只手攥在另一只手中，汗水已经浸湿了她的手心。她有些惶恐，知道周王宫涅不喜别人插手他的事情，她说出这话时就已经有些后悔了。

“郑国洪涝，郑伯友治理有功，百姓拥戴，就说三叔爱民如子；齐国洪涝，齐国无人治理，没人说齐伯无能，倒是寡人不体恤民情……”周王宫涅沉默了良久在褒姒面前怒吼道，“周朝建立数百年，宋国扩张，占了卫国的土地，卫伯就来参宋伯一本；寡人若叫宋伯归还卫国土地，宋伯要说寡人处事不公，干脆和楚国达成一致，准备对抗我大周王廷！寡人让司马出兵征战六济，司马伯士无能、损兵折将，天下没人说他，都说寡人自不量力！寡人命嬴德出兵，嬴德要讨你的性命，寡人护着你，也没人说寡人心地善良，不忍妇孺受苦，只会说……寡人贪恋美色。”他说罢一把将褒姒揽在了怀里，压在她的耳边沉声说道，“这就是天下之争，这就是帝王之命！”

“大王？”褒姒轻唤了一声，周王宫湦又猛地将她推开了，“你先下去吧。”他的手撑着额头，不知道为何会忽然与褒姒说了这些话，心中一阵阵懊恼。

褒姒并没有回话，看了看周王的身影，觉得无比高大，可又无比孤寂。她作揖退下，退到了门口，手搭在木门之上，周王宫湦忽然又开了口：“叫桑珠进来伺候！”

褒姒站在门口没有回头，几次张了张嘴，最后也只能是深深地咽了一口唾沫，缓缓地闭上了眼睛，然后深吸了一口气，将这木门推开。看着褒姒纤瘦的背影，周王宫湦用力地按住了自己的胸口，眉头紧，对自己这番不受控制的情绪有一丝恼怒。

周王宫湦喜欢郑夫人，是因为这时候的她一定会跳脚大怒。此时此刻的周王，多希望褒姒也能如郑夫人一样，同他置气。

可这位周王不知道的是，褒姒也生气了，她在同她自己置气，气自己明知道周王铁石心肠，她为何还是忍不住将自己的一颗真心捧在他的面前，任凭他奚落？

“桑珠呢？”

听见褒姒的声音，廿七停下了手里的动作，叫几个下人处理石案的时候手脚麻利一些，就立刻转向褒姒回话道：“路上遇见个相熟的人，在外面说些话呢！”

“去叫！”

廿七打量了一番褒姒的神情，觉得自家主子有些不对，可又不敢多问，赶紧点点头从这大殿之中出去了。褒姒转过身接过了廿七的工作，指挥着几个下人赶紧收拾，再将新的桌案换上。她弯下腰抬了抬太宰宫新送来的桌案，重逾百斤，要两个男人使尽全力才能抬起，而周王宫湦愤怒之下竟然能一脚踹到台下。

褒姒皱了皱眉。

“娘娘。”桑珠的声音传来，褒姒连看都没有看她，只吩咐了一声去寝宫侍奉。

桑珠面上的颜色，先是一喜，然后才是一惊，故作糊涂地问道：“为何是奴婢？”

近两日的雨天，叫天边的云彩披上了晚霞。褒姒停下了手里的活儿抬眼看着桑珠，被霞光映衬得泛红的肤色叫她看上去有些可怖，严肃而不带有一丝温度的眼神，更是叫桑珠倒吸了口冷气不再发问，低头说“是”，转身便走。

“将古琴搬上去。”褒姒指了指已经摆好的桌案。

“是！”廿七应了声，看着褒姒发紧的神情，她哪敢多问，褒姒若要说，自然会说。她将古琴摆在桌案上，褒姒则一步步走到桌案前，抚琴坐下，轻轻拨动着琴弦，这古琴是大王赐的，音色极好。

可褒姒今日弹奏的音律却似乎有些慌乱，因为寝宫中已经传出一声声的低吟与喘息。廿七瞧了瞧寝宫的方向，再看看褒姒面无表情的脸孔，绞尽脑汁想要说些什么打破这尴尬的气氛：“娘娘，刚才我见郑伯入宫了。”

褒姒猛地用手按住了琴弦，抬起头看着廿七。

褒姒的反应叫廿七大吃了一惊，不知道自己是不是说错话了，指了指门外有些木讷地重复道：“刚才我回宫之时看见郑伯朝华辰殿去了。”

“郑伯……”褒姒咀嚼了一番这两个字，忽然站起身朝前走了几步，又忽然停住，转过身将一只手放在另一只手手心里，捶打着掌心，摇了摇头，“不对，不对……”

“何事不对？”廿七对此情此景十分不解。

“洪涝、旱灾、太宰宫……”褒姒将刚才周王宫湦的抱怨重复了一遍，无端地提起绝不会无缘无故，赵叔带的奏章里到底写了些什么？她瞧着寝宫的方向，似乎明白为何周王要宠幸桑珠——他要试探郑伯友。

褒姒拉了一把廿七：“帮我找首郑国的诗！”

“哪一首？”

“《缁衣》！”

“哦！”廿七点了点头，虽然不太明白发生了什么，可一定是褒姒想通了什么事情。廿七不敢耽搁，就朝着放了诗集的房间奔过去，喘着粗气，将竹简拿了出来，摆在了放置古琴的桌案之上。

褒姒席地而坐，手指在琴弦上轻轻拨弄，弹了几个音调，调不成曲，可很快她似乎熟悉了郑国的《国风》，将这首诗奏了出来：

缁衣之宜兮，敝，予又改为兮。

适子之馆兮，还，予授子之粲兮。

缁衣之好兮，敝，予又改造兮。

适子之馆兮，还，予授子之粲兮。

缁衣之席兮，敝，予又改作兮。

适子之馆兮，还，予授子之粲兮。

郑国地处中原，褒国则接近巴蜀，曲风截然不同：郑国地势一马平川，韵律坦荡和率直；巴蜀群山环绕，曲风则显得抑扬顿挫、起伏不定。这音调连成曲，曲又和成章，最终将这首《缁衣》淋漓尽致地表达了出来。

华辰殿与琼台殿相去不过三五百步，古琴饱满的音色足以穿过这段距离，到达郑伯友的耳中，他猛地一愣，微微皱眉。

此刻的郑伯友正站在琼台殿外看着这座金碧辉煌的宫殿，他驻足不前，眉头紧锁，一旁的当值下士在他身侧喋喋不休，郑伯友则伸出手指抵在了自己的唇上，示意对方安静一会儿，他想听听这曲子。

这曲子从生涩到熟稔，越来越浑然天成，郑伯友转向身旁的下士问道："今日宫里发生了什么事？"

下士摇头道："周王真是越来越暴戾了。"

"怎么说？"

"今日当值的几位大夫进谏，呈递您几位托申后送来的折子，大王竟将其中一位大夫踢倒在地。那位大夫胸口受到重击，虢上卿又不允许医官来看，以示警戒，叫我等不能再帮您几位传话了。"

"大王为何会盛怒？"

下士前后左右地看了看，确定没有人才小声说："因为有人说褒娘娘是大周祸水，按照先王旨意当诛。那大夫连卷轴都没展开，就被大王踹出去，鲜血喷溅得到处都是，这若不是红颜祸水，还能是什么？大王整颗心都放在她身上，哪儿容得下别人说她一句不是！"

下士看着郑伯友的表情，小心翼翼地问道："郑伯，咱还是走吧，这是非可千万不能碰。"

郑伯友还记得褒姒的容颜，上次在赵府之中，她神情肃穆、面色苍白，他从未见过她，她却叫得出他名字。无论如何他也无法将这个女人与那个魅惑君主的琼台美人联系在一起。她此刻在琼台殿中弹奏郑国《国风》，又是专为郑伯友而作的《缁衣》到底是为什么？

难不成……是要给自己提个醒？

郑伯友想起刚才见过褒姒的下人廿七，许是廿七多了句嘴。出了宫门，郑伯友向带自己入宫的下士道谢。

“不碍事的。”下士摆了摆手。褒姒虽然一时得宠，可众人都觉得这光景不会太长，只要郑夫人的孩子呱呱坠地，周王又会重回郑夫人的身边。

郑伯友同这位下士告辞，就转身朝着赵府的方向去，他必须和赵叔带商议一番。

褒姒曾提过推举祭公做太宰宫上卿，由郑伯友补司徒之位，这步棋叫郑伯友吃了不小的一惊，想不到褒姒能有如此计谋。其后发生的一幕幕，让郑伯友对她刮目相看，虽面上颜色不改，心中却着实惊叹。

郑伯友想不明白，赵叔带为何要参褒姒一本，还参得如此狠？

听到郑伯友对今日之事的转述，赵叔带也颇为吃惊：“我怎么可能这么做？”

郑伯友面色一沉，同赵叔带交换了一番眼色，心中已经猜测了一二。这二人本想借申后的手帮自己一把，可惜却被申后利用和陷害了……看来后宫女子，不论品行如何，到了攸关利益的时候，个个都机关算尽、手段狠辣。

翌日清晨，桑珠同大王离开的寝宫一片狼藉。想必是二人欢爱太久，周王宫湦索取无度最终筋疲力尽，倒在褒姒的床榻之上酣然入睡。这屋子里有股令人窒息的味道。

“廿七帮娘娘把这些床褥都换了去吧？”廿七的声音有些颤抖，强忍着不愿意哭。褒姒弯下腰，发狠似的从床上将白色的床单抽了下来，道：“去拿刀。”

“啊？”

“刀！”褒姒重复道，将白色的床单紧紧地拽在手中。廿七应声跑了出去拿着刀又折了回来递给褒姒。褒姒用尖锐的刀在白色的床单上划出了一条条痕迹，顺着这些印子将床单撕扯开来，发出“刺啦”的声响。

褒姒忽然笑了出来，脸上的红色晕染开来。

廿七见褒姒笑了，也拿起床单和被子，用手中的刀迅速地划割着。两人不知道忙活了多久，直到整间屋子都被白色的布条充斥，二人被环绕其间，就像是坐上了云彩，笑得越发放肆。

褒姒和廿七都未曾留意过时间的流逝，直到周王宫湦怒气冲冲地将这寝宫的门踹开，一声巨响将二人从尘世之外骤然拉了回来。褒姒转向周王宫湦的那一瞬她的脸上还带着笑意，眼神清澄，与廿七在尽情地嬉戏，仿若回到了童年，她尚未失去母亲，亦没有人让她将眼泪吞下去。

褒姒看着周王宫湦眨了眨眼，然后俏皮地笑了出来。

这是她第一次对着他如此毫无防备地笑，以往她的脸上大多是严肃而冷峻的神色，不论发生何事，不论她有多么温柔，她从不展颜，这早就让他习以为常，以为她本该如此。

“你在做什么？”周王宫湦敛着怒意问道。

褒姒迅速收起了笑意，又恢复了一贯的淡漠：“我不喜欢别人碰我的东西！”

廿七不慌不忙地收拾着地上的碎布，没有去看周王宫湦一眼。对她来说她的主子只有一个，她与她一荣俱荣、一损俱损。她向褒姒应声道：“廿七这就去给娘娘取些新的来。”

“快些，我困了。”褒姒打了一个慵懒的哈欠，转身看向周王宫湦。“大王退朝了？”她一步步走到他面前，手臂轻抚在周王宫湦的衣袍之上，将那些不平整的地方抚平，看着周王宫湦不善的颜色，“让我猜猜他们说了什么。乱匪降自天，生之妇人？若秦兵不出，司马不活，留美人何用？褒姒一条贱命，尚且能挽救六济众将士的性命，大王舍得还是不舍得？”

周王宫湦没有说话，抬了抬手要自己的侍卫、下人们一并下去，桑珠最后一个踏出寝宫，依依不舍地瞧着周王，他却一眼都没有看她。

“你不妨猜猜，今日朝堂之上，你舅父说了什么？”周王宫湦鹰一般的眼神盯着褒姒漆黑的眸子，她眼神闪烁的光辉如碧玉。

“妖人降世，必有祸患，褒姒狐媚，理应斩首吗？”褒姒的眼神只是盯了周王宫湦片刻，很快就转过身去，朝着窗棂走去，窗子被竹竿撑起，映入房中的是荷叶摇曳，“无非是太宰亚卿之位而已，祭公既然是地官之首、位居司徒，去做太宰，司徒一职必空，由郑伯友担任，如此知人善用才是为天子者的本分！”

“果然是你……”周王宫湦的手攥得紧紧的，一拳打在了桌案之上，言语的冰冷如若锋利的刀尖，恨不得直戳入褒姒的胸膛，取出她的心一睹为快。以他对赵叔带等人的了解，绝不会相信他们想得出权衡利弊、一失换一得的法子，起初他也只是怀疑，不相信这个位居幕后出谋划策的人是褒姒，他只是想试探一番，可她居然供认不讳。

褒姒转过头去看着周王宫湦，淡淡地问了句：“大王想怎么样？”这态度叫周王恨得牙痒痒，从记事起，就从未有人能让他的情绪如此起伏：“你说过，入了这宫，你的家人便只剩下我一个了。”

“赵公不也曾经说过，他视我为自己的女儿。”褒姒冷笑一声。

“所以你就如此帮他，让寡人在满朝文武面前丢尽了脸面，被他牵着鼻子走？”周王宫涅大吼道，挥袖将桌上的东西扫到了地上，陶瓷跌成粉末，散落一地，“你就是去死，也是理所当然，用你的命去换寡人的几千士卒！”

“大王难道忘了，你如此宠幸于我，不就是想等今天，所有人将目光集中在我的身上，这一步，不是大王一早就设计好的吗？就是为了保住你的儿子和你的郑夫人！”褒姒目光凌厉而愤恨，眼中波澜不止，再也无法平静了。

“所以现在要撕掉那层面具，不必再假惺惺地朝夕相处了吗？”

“是！”褒姒点头。

周王宫涅向前迈了两步，这叫褒姒下意识地退了两步，心跳不止，她害怕他大打出手，她承受不住。不过周王宫涅没有，他只是捏住她的下巴，捏得她生疼：“证明给寡人看，没有寡人你也一样活得下去！”他说罢狠狠地推了一把褒姒，她朝后一退，靠在了墙上，无力而颓然。

门一开一合，寝宫里空空如也，褒姒的力气再也撑不住她的身体，顺着墙壁滑落。

她哭了出来。

她的身体不停地颤抖，将自己蜷缩成一团，心中对周王所存的最后一丝希冀都落空了。

琼台殿中复又安静了下来，空无一人。

不知过了多久，殿门发出“吱呀”一声，褒姒以为是廿七回来了，带着浓重的鼻音说道：“东西放下，你先出去吧。”

“是我。”

听见这浑厚的声音，褒姒猛然抬头，擦掉了脸上的眼泪迅速站了起来，刚刚流出的眼泪尚未干透，神情却像是一切都从未发生过：“郑伯？不知郑伯光临，有失远迎。”

“娘娘折煞在下了。”

“郑伯前来，有何指教？”褒姒看着郑伯友问道，伸了伸手，示意郑伯友这里是寝宫不便相谈，不如前往琼台殿上有事容稍后再议。郑伯友作揖行礼，点点头，躬身跟在褒姒的身后移步朝着大殿走去。

“刚才见大殿空无一人，是以失礼……”郑伯友解释道，褒姒却挥了挥手，让他无须再说下去了，此事只有他们二人知晓便不必在此越描越黑了。郑伯友点点头，回到了正题上："在下前来是替赵公传一句话。"

"解释参我一本之事的话，就不必了。既然奏折途经申后之手，也必能为她所用，我是死是活，命数天定。"

郑伯友瞧着褒姒的模样有些于心不忍，她年纪还小，本来是不该承担这些的，恻隐之心油然而生，心底竟为她留下了一片柔软的地带。她脸上的泪痕已经干透，如往日般高高在上，褒姒虽只有一人，却仿佛将整个琼台殿占据，让人侧目。

"赵公要离开镐京城了，如有机会，不妨送送他。"

"舅父要走？"褒姒有些不解，"为何？"

"保我。昨日我路过琼台殿，你在弹奏《缁衣》，我已觉得不妥。折回与赵公商议，猜测大王今日的上朝必定没那么简单，大王猜得出大臣联名，必是推举我，那么……他就该先下手为强将我支开才是！赵公重新检阅了上奏的条目，加上我过往的政绩，我们猜测大王会提出由我去治理齐国水患，今日赵公一上朝便主动请缨，要求远走齐国治理水患，齐国水患一日不除便一日不再入镐京。"

"这就难怪了。"

"什么？"

褒姒摇了摇头，她发现原来周王是一位孤军深入的勇士，而她的自私则亲自斩断了他的后路，这就是他盛怒的原因。眼前这位温润的叔父威胁着他的王位，她还亲手将他送上司徒一职，管天下百姓、管大周土地、管礼仪……

褒姒闭上眼，恨透了自己。

琼台殿新主一夜失宠，此事也是一夜之间就传遍了后宫。

今日的琼台殿门可罗雀，清冷得令人揪心，宫里往来之人无不为君恩难测而扼腕叹息；华辰殿中又燃通宵烛火，莺莺燕燕地陷入了一场新的沉欢当中。

郑夫人重新得宠，所有人都没有预料到，她身怀六甲不能与周王行床笫之欢，对男女之事如此沉迷而让人觉得难以自拔的周王，竟然可以不在乎，日日拥郑夫人在侧，夜夜听乐师奏乐、看佾人起舞。

赵叔带远走齐国，无人再逼他上朝，落了个清静。

六济之战，主帅司马伯士已死，嬴德虽然迟迟不肯出兵，可是秦伯嬴其的二子嬴开却悄悄带着自己哥哥的部下前往六济发起奇袭，虽不能力挽狂澜，但很大程度上打击了戎狄的嚣张气焰，为大周军队的撤退争取了时间和机会。

如三九寒天的琼台殿里，褒姒还在大殿之上调她的古琴，琴弦能让琼台殿中有些声音。

“娘娘。”廿七匆匆跑了进来，手中端着白色的玉盘。

“何事？”

白色的玉盘上水晶糕点翠绿精致，廿七动了动嘴却没答话，朝着褒姒走去，将这盘糕点放在了她的桌案上。

“你还有这手艺？”褒姒拿起凉糕放入嘴里，轻咬了一口，荷叶的芬芳瞬间充斥着味蕾，与蜂蜜、桂花混合在一起，这清香缠绕着舌尖，冰凉的温度一解夏日的燥热，“倒做得用心。”

廿七吞了口口水，摇了摇头：“不是我。”

褒姒看着廿七，将没有吃完的凉糕放在了玉盘中央，手指抚在了琴弦之上，道：“昨日差郑伯置办的乐谱，你取过来了？”

“郑伯说不必我跑了，他会来。”廿七指了指玉盘，“这凉糕……是大王赐的。”

“为何？”

“昨日医官去为郑夫人把了脉象，是男婴，大王一高兴便说让膳夫做了解暑的凉糕给各宫娘娘送去。”

褒姒觉得心中微酸，眨了眨眼。

“娘娘。”廿七看着自家主子如此模样心头难过。

以往的褒姒，每日卯时必会沐浴更衣，坐在镜前梳妆打扮。可今日起来，她草草洗漱之后便坐在了琴台前，拨弄着古琴的弦，十分狼狈。廿七问起，褒姒便斜倚着身子反问：“我梳妆了又如何？谁来看？”这慵懒的模样不同于以往，让廿七觉得自家主子这次是真的伤到心了，上次褒姒的未婚夫君秦世子世父死的时候，她都没有这样魂不守舍，廿七劝慰道：“也许待赵公的事过去了，大王还会回来的。”

“是我把他逼得太紧了。”褒姒叹了口气，兀自笑了笑。

“娘娘自责什么呢？”廿七为自家主子鸣不平，“大王治理朝政、关心天下疾苦原本就是他的职责，娘娘不便插手朝政，从旁迂回提点，倒是他不识您一片好意……”

“你又何尝看得透他一片好意呢？”褒姒从玉盘中又拿起了凉糕，将尚未吃完的这半块含入了嘴里。

郑夫人怀孕至今才不足四月，此刻说能够辨明男女性别，委实有些让人难以置信；再加上后宫之人个个都忌惮郑夫人腹中胎儿，如今还堂而皇之地将男婴一事让整个后宫知道，不就是把郑夫人推向死路?

“郑伯?”廿七清脆的声音打断了褒姒的沉思，她这才收起盯着凉糕的眼神。

郑伯友手中拿着一卷竹简：“这一卷是《大雅》，我这些日子将宫中的乐曲整理了一番，便先拿来了几章。”

“郑伯也不必太过上心。”

“礼仪乐曲本就是郑某分内之事。”郑伯友不由自主地看了一眼桌上的凉糕，赵叔带临走之时虽然没有将褒姒托付给他照料，但郑伯友却因同情褒姒，难免记挂起她来，日日想着来琼台殿看看，花了不少心思、找了不少借口。

“郑伯不妨尝尝?”褒姒将凉糕推到了郑伯友的面前。

廿七站在一旁，讥诮地说道：“应该恭喜郑伯才是，郑夫人怀有王子，大王赏的，改日郑伯来我们琼台殿也当带些礼物嘛!”

“姑娘见笑了。”郑伯友面色潮红，被调侃得有些不知所措。

褒姒呵斥了一声：“莫开玩笑。”

“是!”廿七眼睛不停地转悠，朝着房梁看去。

褒姒从玉盘之上取了一块凉糕伸手递到了郑伯面前：“褒国很少吃甜食，我与廿七二人一时间也吃不惯，郑伯来，就当是替我二人分忧了。”

郑伯盯着褒姒如葱段般白皙的手指，也不知到底是接还是不接。也不好将褒姒晾在那里，犹豫了半晌，从她手中接过凉糕放入口中。那凉糕带着褒姒身上淡淡的脂粉香气，混着荷叶与桂花的清香，在郑伯友的心头发酵，变成了浓浓的酒糟，让他眩晕。

“郑伯善棋，娘娘也是，郑伯若是有意替娘娘消遣闲暇时光，不妨与娘娘对弈一局，让廿七长长见识?”廿七看着郑伯友忽然开口说道，这个想法连褒姒也未曾想到，看着廿七有些讶异，又看向郑伯友，好奇他的回答。

郑伯友将凉糕咽下，差点卡住，猛咳嗽了两声之后面色越发通红了。他不知道廿七的调侃是无心还是有意，但是有一点他很清楚，那就是他的殷勤已经引起了廿七的注意，所以待平静下来之后便作揖躬身看着褒姒说道：“下官尚有事情亟待处理，不便久留。若还有什么需要，差遣廿七去找我便是了。”他说完都不等褒姒回话就急匆匆地朝着殿外走去，留下褒姒看了看廿七：“你何必这么逗他?”

“这郑伯倒也有意思，”廿七看着褒姒说道，“不让他来吧，他非要来；现在我邀请他来，他又不敢来了。”

褒姒摇了摇头，只怕这琼台殿能清静些时日了，褒姒放纵着自己慵懒下去。

琼台殿就仿佛被尘世间遗忘了，不出一月，大殿上就结了蛛网，褒姒躺在台阶上仰头，睡在自己的长发之上，有种自己已不在时光之内的错觉。褒姒虽已渐渐淡出了众人的视线，可因过往存在的画面太过鲜艳生动，谁也不会叫她消失得这么轻易。

前几日，郑夫人怀了男婴的消息传遍整个后宫，秦夫人坐在殿内就着冷茶将这凉糕塞进嘴里，她看透了周王宫涅要用自己的孩子来保褒姒一命，心中很不是滋味。冷静下来之后，秦夫人便动身去了一趟东宫。

见秦夫人进来，申后挥了挥手，叫左右的人都下去了："秦夫人此番前来可是为了郑夫人？"

"不是。"秦夫人摇了摇头。

"那是？"

"红颜祸水一事，我们差不多该收网了，如今大王冷落褒姒，群臣上奏请求处死她，想必大王会应允的。"

"可是若如今启奏，这红颜祸水的罪名也安不到她身上了。"

"我们可以编一个故事。"

"怎么说？"

宣王静晚年，市井小儿传唱"月将升，日将没，檿弧箕箙，几亡周国……"，宣王静听后惶恐不安，回到镐京便请太史伯卜卦，太史伯说月属阴、日属阳，这童谣该解释为大周即将为女人所祸，宣王静深信不疑。

当日这童谣四起，恰逢容妃临盆，童谣所指女人将祸乱大周宫廷，而容妃诞下的正是一名王姬，令宣王静十分不安，欲杀这王姬而后快。姜后得知此事，差人去向容妃通风报信，容妃惊骇之余将自己的女儿丢到城中河水中，顺流而下。

容妃自知在劫难逃，在华辰殿中自尽而亡，企图用一死唤起大王的怜悯之心，可那时的宣王静已经陷入了疯狂之中，不但不肯放过自己流落宫外的女儿，一路追查，更是对整个镐京城中的女婴起了杀心，将那一年中出生的女婴尽数斩杀。

朝中大臣杜伯上奏曰：大王若是长此以往，国之不国，不需要别人来祸害，就已经岌岌可危了。若是大王能将追查谣言的心思放在治国上，何须惧怕红颜祸国？

杜伯的上奏激怒了宣王静，宣王将杜伯逐出朝堂，斩首示众。杜伯的儿子隰叔立刻收拾了东西逃往晋国，在晋国官任士师，与赵叔带一向交好。

杜伯之冤，待周王宫涅登基以来即刻平反，然而容妃之死却已成定局，宣王静临死前还念念不忘此事，因而留下了这样的一封诏书。申后看着秦夫人，不确定地问了句："秦夫人的意思是，让这褒姒做那流落宫外的女婴？"

"不错。"

"可……那就意味着褒姒就是大王的妹妹了，兄妹……"申后不忍再说下去，反倒是秦夫人在申后的耳边说道："就是因为如此，为顾及大周的颜面，大王才更要杀了褒姒，申后手中不是还有当年先王留下的遗诏吗？"

"如今褒姒已落得如此凄惨，何必再对她下这等毒手呢？"

"申后别忘了，刚才大王打赏了何物？"秦夫人早就料到了申后的妇人之仁。

申后并不明白秦夫人的意思，皱着眉头看了看她，又看了看那盘凉糕，始终不解："是何物？"

"大王为何会忽然离开琼台殿？毫无征兆。"秦夫人问道。

申后摇了摇头，看不透自己夫君的心思。

"此事只有一个解释，大王对褒姒的宠爱，因事态的发展而变成了对褒姒的威胁。如今所有人的矛头都指向了她，大王便借郑夫人腹中之子转移视线，这么一来倒也颇有成效。加上嬴开出兵六济，朝中无人再上书要求斩杀褒姒，连申后也不愿追究，大王的法子……不能说不成功啊！"

"大王怎么能那么做？郑夫人腹中怀着的可是他的孩子啊！"

"大王做事需要什么理由吗？先王又何尝顾念容妃之情、父女连心呢？今日大王可以让郑夫人母子为褒姒牺牲，他日就能为褒姒牺牲更多，只怕届时娘娘的日子也不会好过。"

"褒家人呢？指控褒姒是那流落宫外的女婴，褒家的人只怕不会承认！"

"前几日，大王已经下旨放了褒珦，他此刻已经回到褒城了。他一出狱便跪在褒姒的面前，叩谢娘娘大恩。这是要同褒姒断了关系，想那褒珦也是个忠义之士，这功德却为女儿所抹杀，也是可笑可叹！天下若要杀她，褒珦也未必不会同意。"

"此事必须有十分的把握！"申后心中惶恐不安，却已经被逼上了一条绝路。

"数日前，太宰宫前往琼台殿的大夫，因出言开罪褒姒，被大王踢伤，如今已不治身亡。太宰宫的人都憋着一口气，只等着一个合适的时机，替同僚报仇！"

申后咬了咬下唇问道："我们该怎么做？"

"静待时机！"秦夫人一字一顿地说道，"待这童谣人人都传唱之时便该有人要偿命了。"

宫中越传越紧的童谣就像是瘟疫在蔓延一般，起初周王宫涅还因为愤怒而将传唱的人关进地牢，却遏制不住时局攒动，这股弥漫在镐京城的红颜祸国的论调愈演愈烈。

天下形势如今错综复杂，秦国嬴开率兵前往六济与大周兵马会合，奇袭虽然成功，嬴开却缺乏长线作战的能力，旗开得胜之后节节败退；前往齐国的赵叔带，治理水患又不得要领，河水泛滥淹没良田，又有人说此事是因为周王失德而引天怒人怨……种种斥责之声虽已被虢石父与祭公等人百般阻拦，却仍传到了周王的耳朵里，他面色阴沉，双拳紧握，用低沉得令人害怕的声音说道："宣郑伯友！"

"是！"近侍官应了一声，退出了华辰殿。

而此刻还在周王宫涅身侧的郑夫人尚不知发生了何事，仍用娇嗔的语调说道："可是三叔又惹大王不高兴了？大王莫怪他，在京城的这些日子和那些旧臣厮混得久了……"

"够了！"周王宫涅冷冰冰的呵斥声，像是扇在郑夫人面上的耳光，叫她一愣，然后满面通红地瞪着面前的男人，眼眶中噙着泪水，不敢作声，无声的抽泣让人心生怜惜。可周王却连瞧都没有瞧她一眼，朝着显德殿的方向匆匆而去。

连日来的寻欢作乐叫这位周王得不到片刻安宁，途经琼台殿之时，他瞥了一眼这萧索而寂寞的殿堂，若是自己执意要将褒姒推向死路，她会不会来向他求饶，哪怕就说一句软话？

周王宫涅冷冽地笑了笑，摇摇头，继续朝前走。

郑伯友接到旨意，片刻都不敢耽误，从府上匆匆赶往显德殿。周王已经在桌案之前坐好，双腿搭在桌面上，仰头不知看着何方，听见郑伯友的行礼作揖之声，又沉默了良久，才问了句："听闻三叔对治水一事格外有心得？"

"是！恳请大王派下官前往齐国治水，让赵公折回朝中。"

"当年大禹治水，三过家门而不入，三叔打算效仿先贤？"周王宫涅将目光转了回来，凛冽地朝着郑伯友射了过去。这言外之意带着篡权的意味，叫郑伯友不得不立刻解释道："在下并非此意，只是赵公……怕并非治理水患之人。郑国境内有黄河流经，百姓受河水泛滥之苦，在下治理水患已有心得，如今两岸良田生长、百姓富庶，郑某有信心能将齐国水患治理得当。"

"三叔既然如此说了，"周王宫涅站起身来，朝着桌案前的空地走去，"郑国也常年为旱涝所扰，想必治理水患之人必定是不乏的……除三叔外，总还有其他人吧？"

"有！"郑伯友说这话的时候微微有些犹豫，"我治理水患之时曾深得师大夫等人相助，此后，师大夫同朝中几位上士将郑国近年来治理水患的心得整理成册，收录在案。”

“那就叫师大夫带着你的上士去一趟齐国吧！”周王宫湦这话倒是说得十分轻巧，郑伯友的面上却露出了难色，良久之后才缓缓答道：“是！”

周王宫湦调空了整个郑国朝堂，世子掘突还被公子启之调往边关，不敢轻易返回国都。公子启之与周王宫湦年纪相仿，自幼因身体孱弱被留在宫中调养，深受容妃照拂，同周王宫湦更是情同兄弟。

郑伯友知道周王猜忌自己，如今这一举动更是调走了朝中郑伯友一派的文臣谋士，将世子掘突架空，叫公子启之插手郑国的大小事务。周王宫湦如今是要除掉这个心头大患，从赵叔带上奏陈情齐国水患之事开始，此事就进入了周王宫湦预期的轨道当中，郑伯友看着面前这个晚辈，不能不感慨后生可畏！

前往郑国传旨的下士半月后复命，师大夫已经带着众下士出发，赶赴齐国了，同行者还有郑国兵马，是郑国将军文朔担心师大夫一行路遇难事而准备的防身之用，这一场郑国送别，气氛压抑至极。

谁都知道这一去，未来就是个未知数了。

周王宫湦就仿佛将此事忘却了，反倒是同郑伯友走得近了些，日日唤他来华辰殿为郑夫人布置礼乐一事，还盛赞这位三叔所奏出的音律之美。那日周王宫湦将郑夫人丢在了华辰殿中，径自离去，叫郑夫人颇为恼怒，足足三日不曾理会周王。

周王宫湦便挽起袖子和裤管跳进了位于华辰殿与琼台殿之间的水塘中，采摘水红色的大朵莲花握在手中，从淤泥里狼狈爬出，浑身泥泞地朝着华辰殿奔去，像是个被爱情冲昏了头脑的傻小伙儿。

琼台殿中，褒姒木立在窗棂前，竹竿支撑着窗户抬起个缝儿，这一幕深深地落在了她的心上，有一种刺痛缓缓晕染开来，她将竹竿推下，窗户“嘭”的一声就关上了。

而那边的郑夫人冷了片刻的颜色，就“扑哧”一声笑了出来，娇嗔地依偎在周王宫湦的怀中，拿过他手中的那朵莲花：“瞧大王这番模样！”她满面红晕，却掩不住眼角的幸福之意。

周王宫湦满身泥泞，拥着怀中的郑夫人，欲一亲芳泽，郑夫人用手抵着周王，口中喃喃说道：“大王不要！臣妾不能……”

周王宫湦的面色一下子沉了下去，这变化叫郑夫人心中一凛，将手放在了他的胸口，脸颊贴在他的心上：“大王不妨先去沐浴，臣妾吩咐殿内的嫔妃……”

“不必了，寡人先去沐浴更衣，然后陪夫人听听郑伯奏乐？”周王宫湦问道，这话叫郑夫人的面色中充斥着掩不住的得意。

“是，大王！”郑夫人回话道，整个人都轻快了一些，转身吩咐了几个人去一趟郑府将郑伯友请来，转而又跟着周王宫湦前往沐浴更衣的房中，一手撑在浴桶之上，瞧着已经闭目沉思的周王问道：“大王？”

“何事？”周王宫湦的语调中带着浓重的鼻音。

“那些个佾人跳舞，臣妾看腻了。”郑夫人小心翼翼地说道。

“夫人要为寡人献舞吗？”周王宫湦睁开了眼睛，坐了起来，手托在郑夫人的下巴上探出唇准备吻她，郑夫人却朝后仰了些：“臣妾听闻琼台新主艳冠后宫，能歌善舞，大王不妨宣她来如何？”

“为你献舞？”周王宫湦面色一沉，低声问道。

郑夫人被骇了一跳，面色有些难看，不知如何是好，好在周王宫湦没有板脸太久便“哈哈”大笑了起来：“无妨，为夫人献舞不就是为寡人献舞吗？”

“大王……”郑夫人推了一把周王宫湦的胸口，噘着嘴模样十分娇俏。

“来人……”周王宫湦吼了一声，下人匆匆走了进来，低头侍立在一旁，“叫郑伯去宣褒姒来华辰殿为寡人献舞！”

“是，大王。”下人应了声，转身朝外走去。郑伯友接到了这口谕还有些吃惊，也不难想象这主意必定是郑夫人所出，褒姒善舞一事，整个镐京城皆知。今日之事郑伯友虽知难堪，可又有些好奇，前往琼台殿的脚步虽然沉重了些，可心情却有些期待的悸动。

郑伯友自那日被廿七奚落以来，已经有一个月未曾前往琼台殿了，所以此刻褒姒与廿七看见郑伯友出现都十分吃惊，二人面面相觑之后，廿七才掩嘴笑了出来，用清亮的嗓音挑着眉、趾高气扬地问道：“郑伯可是想通了要来陪我们娘娘下棋的？”她说完自己没忍住，先笑了出来。

“廿七姑娘说笑了，在下奉旨前来。”郑伯友说话有板有眼，经不起廿七的调笑，面色带着些难堪，越是这样才越是叫廿七觉得这事有趣儿极了，免不了要和郑伯友调侃一二：“大王能有何事？”

“大王请娘娘移步华辰殿献舞！”

“献舞？”廿七尖叫道，“这个郑夫人可真是下作，何日曾看见娘娘受宠时叫她前来，在她面前耀武扬威的？我们不去！”

褒姒看了一眼廿七：“我们岂有说不去的资格？”她一袭白衣，发髻轻绾，面容慵懒似乎提不起什么兴致，从放着古琴的桌案旁起身，朝着大殿的门口走去，“劳烦郑伯带路。”

“娘娘不妨梳妆之后再移步华辰殿吧？”

褒姒转向郑伯友：“大王连此事都吩咐了吗？”

“没有！”

“那就不必了。”褒姒声音悠长，在郑伯友的前面跨出了琼台殿的门槛。她的身影孤寂而清冷、容颜凌乱而苍白，令人心生同情。后宫之中的所有女人都是为了迎合周王一人，他若不看在眼中，怎样都无所谓。看着褒姒挺直的身躯和瘦削的身材，郑伯友深吸了口气，只觉得胸口发紧，竟然有些痛了。

华辰殿中已经备好了佾人和乐官，只等着褒姒一到，编钟敲打、丝竹管弦的声音也慢慢扬起。郑伯友寻了自己的位置坐下，看着褒姒一步步地朝着周王宫湦走去，他在大殿上，俯瞰着她，面无表情。

郑夫人同样看着褒姒，轻哼了一声：“你明知要为大王献舞，却如此狼狈而来，可是有意怠慢？”

“臣妾不敢。”褒姒的眼睛却盯着周王一人，“褒姒自入宫以来，便是这副德行，郑夫人若不喜，不看便是！”她转过身，直起了身子，摆出了起舞的姿势。

第七章

自古君王多薄幸，主仆之争弄人意

褒姒站得很随意，慵懒的姿态让人觉得她恍若梦中，像是在敷衍了事。郑伯友看着褒姒，手指抚在琴弦之上，犹豫了片刻，拨下了第一个音符，大殿中被弦音充斥，褒姒的每个舞步柔软而慵懒。

她仿佛被音乐在空气中绘制的根根丝线缠绕，每个动作、每个步子都那么恰到好处，这种恰到好处甚至让她那狼狈而毫不修饰的面孔也显出恰到好处的美。郑伯友盯着褒姒，眼神再也无法挪开，原本编好的曲目此刻随着褒姒的步子被篡改得面目全非。

整支曲子缓缓地静下来，褒姒的动作慢慢地停下来，大殿之中仍然安静得连呼吸都显得有些多余，褒姒站在周王面前："臣妾告退！"

"站住！"郑夫人猛地缓过神来，呵斥道。

褒姒停住了脚步，却背对着郑夫人。

"大王尚未准许你离开，你竟然敢如此怠慢？"郑夫人一手拍在了桌案上，语调尖刻、语速急促，拉了拉周王宫涅，想要叫他说几句话好让褒姒难堪。褒姒闻言，转过身来瞧着周王："臣妾舞毕，请大王准许臣妾离开。"

周王宫涅挥了挥手，他觉得自己更加疲惫了。如今中原之地诸侯林立，朝中官员各有异心……宣王静好战，晚年昏庸无能又叫这个国家千疮百孔，他若不想做诸侯的喉舌与傀儡，唯有运筹帷幄、步步为营，他必须煞费苦心地去经营。

身为帝王的周王宫湦，深知商朝灭亡的真相，并非商纣王失德宠幸妲己、制造炮烙、嗜杀成性，而是因为他的大举出兵、吞并诸侯，使殷商的国力达到了一个空前绝后的地步。这位高高在上的君主把玩自己手中的江山，企图结束在九州大地上维持了千年的奴隶制，统一横亘在中华大地上的城邦诸侯。

商纣王以迅雷不及掩耳之势大举出兵，扩展疆域，却使朝歌兵力薄弱。

姬昌率兵起义，诸侯群起响应，攻入朝歌，势不可挡，商纣王也不得不承认自己的颓势，自杀身亡，举国上下悲戚沉痛，而这一切随着历史的变迁被掩埋在了朝歌的废墟之下，无人记起。

他们记得的，只有胜利者书写的卷帙。

而此刻的周王宫湦正是有着和商纣王一样的抱负。如今他已密谋多年，这座冰山将慢慢浮出水面，越在黎明之前，黑夜才越是显得冗长而绝望。靠在椅榻上闭目沉思良久，他猛地站了起来。

郑夫人仰头去看他，拉了拉他的手，唤了声："大王？"

"寡人还有些事情！"周王宫湦说完这话就大踏步地朝着门外走去，吩咐近侍官跟着自己。郑夫人不停地唤道"大王"，可发现毫无用处，又忽而弯腰躬身："臣妾忽然觉得腹痛难忍……"

"那就宣医官！"周王扔下这话人就从华辰殿中消失，漆黑的身影陷入深夜。此刻的周王再也按捺不住自己的性子，看过褒姒的舞姿，他蠢蠢欲动的心越发不安，像是被猫使劲儿地挠着，这痛痒只有褒姒一人能解。他步履匆匆自华辰殿紧随褒姒之后，入了琼台殿中。廿七刚刚才关好大门，开口抱怨着："大王也真是的，居然……"话都不曾说完，大门就被轰然推开，廿七也差点被这股力量掀翻在地，错愕地看着周王那魁梧的身躯。

周王宫湦目中无别人，唯有褒姒而已。

而褒姒则神情错愕，他们之间的赌局好像还没有一个结果，他莽莽撞撞冲来，她茫然不知如何是好，未及思忖，便已被一股热浪包围，脑海中一片空白，几乎要失去理智。

周王宫湦迈步上前，一把将褒姒揽过，唇覆在她的唇上亲吻，蛮横而毫无章法。她很快也陷入了狂躁当中，伸手揽住他的脖颈而深深地拥吻。

一旁的廿七瞪大了眼睛，呆愣愣地看着面前这一幕，半晌之后才眨了眨眼睛回过神来对着侍立在旁的桑珠说道："下去吧，下去吧，大王要就寝了！"她说完还推了推桑珠，桑珠却像是被人施了定身咒，木立不动。

周王宫湦将褒姒一把抱了起来，朝着寝宫的方向快步走去，将她放在厚厚绒毯之上。周王宫湦急不可待地解开了褒姒的长裙，她身体的温度传来，褫夺了他全部的理智。褒姒却忽然冷静了下来："大王别忘了，我们之间的赌局还没结束。"

周王宫湦身体一僵。

"大王还没看到臣妾没了大王，如何在这个后宫之中立足！"褒姒慢慢地坐起身，系上了刚刚被拉开的衣裙，在周王宫湦的耳侧说道，"大王要认输吗？"

"如果寡人想要你的命，现在就能杀了你！"周王宫湦一手扼住了褒姒的脖颈，将她再次按在了床榻之上，喘着粗气，竭力地遏制住自己胸口那团燃烧的怒火。

"臣妾知道，就像是你对太宰宫常上卿一样，对司马伯士一样！"

周王宫湦的手扼得褒姒更紧了，她满面通红，喘不上气，他提醒她："不要以为你知道了那么一两件事就可以恣意妄为！"

"臣妾不敢，只是臣妾也不喜欢接受施舍，臣妾要的东西就要自己去争取，也包括大王在内！"褒姒抬起自己的手臂指着周王宫湦的那颗心，嘴角露出的却是浅淡的笑意，这鬼魅的笑叫周王宫湦猛地松开了扼住她脖颈的手。

褒姒在咳嗽。

周王宫湦却在狂笑，他发狂的声音里带着戏谑之意："那就试试看！寡人的心……美人当真是野心不小。"说罢，他拂袖离开寝宫，走到大殿上看见了桑珠，一把将她拉过压在身下……

大殿上的动静一声一声地传入寝宫之中，褒姒的心就像是被放在油锅上煎熬，手紧紧地攥着白色的床单，竭力地遏制住自己胸口的那股随时可能迸发的情绪。她蓦地发现自己竟爱上了这个男人。

当她看着他在旷野中孤军奋战、厮杀；当她发现他和她以往遇见的任何一个男人都不同，藏起自己的真心，即使身陷寂寞、痛苦不堪也决计不肯皱一皱眉头。她的这颗心就已经放在了他的身上，如今终于后知后觉。

周王宫湦对桑珠的求欢就像是一种极端的报复，桑珠的尖叫在琼台殿中徜徉，最后变得惊恐而颤抖，长达数个时辰。褒姒趴在床上，觉得事情不对了。男女之事，长达数个时辰，也未免太过罕见。她能想到的唯一的解释，就是这种欢愉不能让他得到释放。

第二日的大殿之上，周王宫湦不知去向，留下了一片狼藉。桑珠身上披着被撕扯得破碎的衣物，躺在大殿之上，头发凌乱。她的下身还渗着淡淡的血丝，眼神迷离地看着天花板，就像是遇见了可怕的梦魇，她被困住而无法抽身。

褒姒将手中宽大的白色浴袍披在了桑珠的身上，桑珠开口问道："你不讨厌我吗？"

"后宫里，没人可以独享专宠。"

"郑夫人会觉得她是个例外。"

"我不是郑夫人，"褒姒挥了挥手叫廿七去为桑珠准备温水沐浴，"大王虽恼我，却也不敢奈我何，大臣们要我死，后宫的女人们要我死，他反而不想我死了。"她的语气就像是在和桑珠推心置腹。桑珠狐疑地看了一眼褒姒，回想起先前的种种，觉得褒姒所言非虚。

"温水放好了。"廿七踢踏着步子回来，满面不满。

褒姒却像是没有看见廿七的表情，继续问桑珠："大王呢？"

"一早去了华辰殿，昨晚将郑夫人气得够呛，道歉去了吧？若是又要跳下荷塘摘花，没准儿还会顺手捞个莲藕，再做成桂花糯米藕，给后宫打赏一番！"廿七故意这么说着，然后耸耸肩，她从不害怕褒姒会迁怒自己，她只想提醒褒姒，大王明明愿意将她捧在手中专宠，她偏偏却将大王推开，然后去告诉别人自己没那个运气。这事儿令廿七没由来地着恼，想和褒姒说一句："娘娘，您变了！"

可若是这么说出来，廿七也想象得到，褒姒必定就回一句："谁会一成不变？"想到这里，廿七就撇了撇嘴，决定将头一句都不要说出来了，听着褒姒的吩咐便是。

褒姒说道："去华辰殿请大王。"

"什么？"廿七几乎以为自己听错了，又问了一遍。

"去华辰殿请大王来，说我有要事相商。"

廿七瞪着褒姒，胸口堵了口气，恨不能对褒姒扔下一句："您怎么不自己去请呢？"

这宫里从来就只有大王要见某个女人，差人去请的，女人们就必定得放下手头大小事务，带着欣喜若狂的表情奔赴大王身边；可是天下从没有反过来的理儿，她简直无法想象大王听见褒姒差人来请自己走一遭的时候，脸上该是什么样的表情。

郑夫人上下打量了一遍前来报信儿的廿七，以为她已经疯了，沉默了半晌才回了句："褒娘娘要见大王何不自己前来？差个小丫头，当大王是什么？"

"娘娘没说。"廿七瞥了一眼郑夫人，又看向了沉默的周王。

郑夫人被廿七气得够呛："嘴贱的小丫头，拉下去杖责，看你是不是还这般伶牙俐齿！”

廿七没有下跪求饶，上前了一步冲着郑夫人嚷嚷：“大王还没开口呢，轮得到你一个做夫人的插话？”

郑夫人立刻朝着廿七冲了过来，扬起手掌：“没大没小的东西，我今儿就替你家主子帮你长长记性！”

“够了！”周王宫湦拍着桌子吼道。今早他从殿外回来，情况就和往日不同了。郑夫人知道周王若是惹恼了自己，必定会费尽心机来讨好，可今晨他没有，只是径直走入华辰殿的书房，差人收拾桌上的竹卷，统统搬去了别处。

郑夫人这一下就心慌了。

周王对于自己的行为也没有丝毫的解释，不说自己要走，也不说自己要留，要去哪个宫更是令人无从揣测。所以此刻琼台殿来了个廿七，郑夫人想拿廿七撒撒气，恨不得打她个半死不活的才好。

周王宫湦站起身：“寡人去看看，你好生养胎……”

这句话嘱咐得够长，从此刻一直嘱咐到了婴儿出生，说的是他再也不会回来了。郑夫人一面摇头，一面绝望地看着周王宫湦的背影从华辰殿上消失，体力不支地瘫在了椅榻上。

入宫那一日，有人对她说过，每个人都有气数将尽的一天。

她没有想到，这一天终究还是来了，褒姒的出现是为了替她的怀孕挡煞，可是这一挡，却挡走了周王的一颗真心，郑夫人捧着自己的肚子，垂泪不已，不知道自己的身怀六甲到底是福是祸。

周王宫湦大步在前，廿七碎步在后，低头跟着他回到琼台殿中。狼狈的大殿已经被收拾干净，椅榻之上被玷污的羊皮也换掉了，这里散发着焕然一新的味道。褒姒坐在地上翻着手中竹简，听见脚步声才抬起头。“你下去吧。”她看着廿七吩咐道。

“是！”廿七应了一声出去了。

“想通了？”周王宫湦盯着坐在地上的褒姒问道。褒姒则起身向周王行礼，一板一眼、极为严肃：“臣妾有事相求。”

“何事？”

“请大王封桑珠为妃。”

褒姒的话叫周王宫湦的瞳孔不断放大，复又平静了下来：“你再说一遍！”

“封桑珠为妃。”

“你别忘了，时至今日，你在后宫连个封号都没有！”周王宫湦提醒道，这就意味着若是将桑珠封为嫔妃，她的地位就将凌驾于褒姒之上了，那么这琼台新主就会是一个名不见经传的奴婢。

“臣妾知道。”

“仍然执意如此？”周王宫湦盯着褒姒的眸子，想要从她漆黑的眸子中窥探出她到底打的是什么主意，可是半晌之后，他发现自己失败了。

褒姒做的全部只是向周王宫湦再次行礼，用这样谦恭的态度告诉他她执意如此。桑珠站在大殿的石柱之后，眼中满是眼泪，迟迟无法掉落，紧紧地攥着手中的白色浴袍，几近哽咽。

“随后寡人会拟好旨意，让人来琼台殿宣旨。”周王宫湦终于还是点了点头。

“谢大王。”

周王宫湦看了一眼褒姒，张了张嘴，他想说些什么，可最终只是转身离开。

桑珠这才慢慢地从大殿之后迈步而出，看着褒姒的神情里充斥着不解的神情。褒姒拉过桑珠的手，关切地问道：“好些了吗？”

桑珠点了点头。

“大王封你为妃，稍后太宰宫上卿会来封赏的。”

“大王为何不封你？”桑珠反问道。

“难道要封一个死人？”

桑珠看着褒姒惨淡的容颜，心中“咯噔”一声，自己即将成为推褒姒去死的罪魁祸首，如今她觉得对褒姒于心有愧。

太宰宫亚卿祭公前来殿内宣旨，加封桑珠为嫔妃，赏下人数十，金银玉贝若干，布匹锦缎数尺……下人们端着赏赐的物品穿梭于琼台殿中，廿七站在褒姒的身侧看着这场景恍若隔世。褒姒想为何人要嫔妃之位，就能得到应允，而申后答应了桑珠的女御之位都迟迟不愿开口，这足以见得褒姒在周王宫湦心中的分量是非寻常人等可比拟的。

所以人人都不懂，为何褒姒不开口替自己央求一个地位来呢？

是褒姒的野心更大，还是周王宫湦许给她的前程远比现在似锦？

桑珠看着褒姒犹豫了起来，如果周王宫湦不让谁死，那么这个人就一定死不了，她不知道此刻该如何抉择。第二日一早，桑珠就依照宫中旧制，前往东宫拜谒。

桑珠被封一事叫宫中下人不由得兴奋了起来。这一二日，几个宫里的下人心思都已经不在伺候自家主子上了，时不时地总是要理一理自己的容颜、宽一宽自己的衣襟。这会儿东宫之中，卫夫人就在抱怨："大王这次真是太胡闹了，封一个下人做嫔妃。成何体统？"

"大王做事随性惯了。"申后答道。

"这样不就坏了后宫的规矩？"卫夫人不满地嚷嚷道。

申后瞪了卫夫人一眼，卫夫人尴尬地闭上了嘴。昨夜下过大雨，今晨有些凉意，申后披了件披肩，她下意识地紧了紧，继续说道："大王的决议，你少妄言，一会儿后宫的嫔妃们来齐了，莫在她们面前说这等话。"

"是！"卫夫人悻悻地说道。

后宫三位夫人中，郑夫人得宠、秦夫人精明，只有这卫夫人算得上是一无是处，紧紧抱着申后这个靠山，唯申后的命是从，也算是争得了后宫的一席之地。后宫的嫔妃女御碍着这重关系也都对卫夫人礼让三分，她洞察人心、左右逢源之术最是厉害。卫夫人瞧着桑珠进来拜谒，上下将桑珠打量了一遍，阴阳怪气地说了句："我还当琼台殿人人都没什么规矩呢！倒是生得有几分狐媚样子，难怪郑夫人说你下贱，只有下贱的女人才长得出这种狐媚样儿！"

桑珠生生地咽下了这口气，看着卫夫人行礼作揖，面上还浮着姣好的笑意。卫夫人自知没趣儿，只好安静了下来，静候其余的夫人和娘娘们鱼贯而入。今日的焦点是桑珠，众人低头小声议论，申后说句话也无人顾得上回答。申后清了清嗓子，沉声问道："我看，几位今儿还忙，不妨今日拜谒就此散去吧？"

夫人和嫔妃们都面面相觑，对着申后讪笑着道："申后有事尽管吩咐。"

"过几日便是祭天大典，莫将这件事情抛诸脑后了。"申后言简意赅地吩咐道。

卫夫人抱怨道："这几日准备置办祭天一事，哪里有人肯专心地忙碌？现在的下人不比从前了，难吩咐得很！"她将这个不满归咎在了桑珠头上。桑珠也觉得冤枉得很，昨日才被封为妃子，前些天的事情怎么说也怪不到她的头上吧？此刻的桑珠倒是有些理解褒姒盛极荣宠之时的高处不胜寒了。

郑夫人轻笑了一声："桑珠以前是我华辰殿的人，如今琼台殿中没有夫人，祖上的规矩不能乱，桑珠还是归在我华辰殿中吧？也就不劳烦几位夫人照料了！"

郑夫人的一席话叫桑珠遍体生寒。

申后对着郑夫人点了点头，算作应允。

"祭祀一事，我这一房便劳烦桑珠时时过来，别总叫我惦记着去琼台殿中找你！"郑夫人瞧着桑珠说道。

桑珠屈身应道："是！"

"奴婢就是奴婢，顶天儿也不过是叫大王封个妃子，不也还是自个儿夫人一房的吗？"郑夫人冷笑一声，"也不知这些个下人都打的是什么主意。"她摇摇头，起身向申后请辞："我身体有些不适，先行告退了！"

申后挥了挥手。

郑夫人起身慵懒地走了几步，又转过身来瞧了一眼桑珠："晨谒结束就来一趟华辰殿吧。"

"是！"桑珠应道。

郑夫人挑眉转过身去挺着肚子从东宫缓缓地走了出去，其他的夫人、嫔妃、女御也都依次离开了东宫，最后只余下了桑珠、秦夫人同申后三人而已。秦夫人起身，在申后一侧的椅子上坐下，招了招手，示意桑珠过去。

"申后，秦夫人。"桑珠谦卑地拜谒道。

"琼台殿里的那位……可安好？"秦夫人问道。

"近几日倒也消停。如今褒姒对申后、秦夫人已经不存在什么威胁了，何必欺人太甚非要她赔上性命？"

"到底是跟着大王日浅，褒姒请大王封你为妃他便封你为妃，若是有朝一日褒姒请大王封她为后，大王是不是也会答应封她为后？"秦夫人冷笑一声问道，心底里生出了些鄙夷之意，知道这些下人只看得见眼前利益，满是不屑的口吻，"如今你代褒姒成了后宫中人人议论的主儿，你却还以为受她的恩惠……你若是做个下人受大王宠幸，没人会要你的命，可如今呢，你以为郑夫人会轻饶了你？"

桑珠紧抿着唇，一言不发。

"如今褒姒知道收敛，不如此事就算了吧？"申后也替褒姒说着软话，先前秦夫人灌输的那番斩草除根的思想已经被涤荡得一干二净。

秦夫人恨恨地瞧了一眼申后："如今不除褒姒，他日她荣华加身，在你我之上，申后可还会说出这番淡然的话来？"

"但凭大王吩咐。"申后较真儿道。

"是吗？昨日我从父亲手中接到了信函，二公子嬴开与西戎之战原本打得好端端的，忽然大败后退数百里……申后可知道是为何？"

申后皱了皱眉，看着秦夫人不知道她到底要说些什么。

秦夫人和颜悦色地笑了出来："申侯与西戎大将满也速暗通书信，申后觉得这两件事有没有关系？若是叫大王知道了……"

申后的脸色霎时变得苍白，如今她叫秦夫人捏到了痛脚，只能任凭秦夫人予取予求。秦夫人变本加厉，继续说道：“申后您贵为一国之后，难道要看着大王沉迷于女色，不理朝政而不管不顾吗？”

“大王如今已重开朝堂！”申后驳斥道，“此刻早已上朝去了。”

“哦？我倒是不知何日起，大王竟开始向申后汇报起行程了。”秦夫人上下打量着申后。

“大王的行程，难道本宫不该知道？”申后不怒自威，站起身俯瞰秦夫人。秦夫人则沉住了性子：“你我二人还未将褒姒拖下水，便要在这里内讧了？”

桑珠原本还拿不定主意，如今听着秦夫人和申后的一人一句，总算是定下了心思：“你们想知道褒姒的秘密不难，可我有一个条件！”

“什么？”秦夫人和申后结束了对峙，一并转向了桑珠。

“我要郑夫人死！”桑珠一字一顿地说道，她对郑夫人早已恨之入骨，可单凭她一人，想要除掉郑夫人又十分困难，“除掉郑夫人对你们同样有好处，这孩子一旦出生，对太子是个威胁，只怕申后也不愿她活得太久吧？”

申后转过脸去：“若宜臼失德，被贬斥为庶人，也只能怪他自己而已。”

秦夫人看着申后上下打量了一番，她今日的一反常态令秦夫人起了疑心。三人商议了片刻，秦夫人与桑珠从东宫出来，向桑珠交代道：“你若取道华辰殿，不妨去看看大王是否还在。”

“秦夫人的意思是？”

“大王一面宠溺着郑夫人，一面又封你为妃，只怕是早已回了东宫，否则依着申后的性子，能说出这种话来？她若是个识大体的人，怎么会落得如今这个下场？当日若非申后进谏向姜后哭诉大王薄情寡幸，又有申侯联合众臣向大王请愿，大王能让她坐了这后位？”

“秦夫人既然痛恨申后，为何不与褒姒联手将申后除去？”

“褒姒还不配和我联手，那褒珦不过是个区区大夫，褒国也要受我秦国庇佑，如今却反倒陷我秦国于不义，明明与我侄子世父有婚约，却又嫁入宫中。就算后宫无人，也轮不到她来主事！”秦夫人说罢又扫了一眼桑珠，“这些还不是你要操心的，郑夫人只怕在华辰殿里准备了大礼恭候呢！”

“我不想去。”桑珠“咚”的一声跪在秦夫人面前。秦夫人叹了口气，很惋惜地说道：“那可没有办法，郑夫人开了这个口，总不能不给她这个面子，我们几房做夫人的，就算是对彼此再有意见，面上总要一团和气的，否则就叫新人看笑话了！”

桑珠惊恐地摇着头，快哭了出来。

“大王当日派医官为郑夫人把脉，说是男婴，照理说，此事该按下不表的，大王却生怕众人不知道，将此事公布于众。宜臼的地位受到威胁，很多人都会对这个孩子出手，只怕……大王不是不知道这个后果，而是要转移视线，等无人注意到褒姒之时，就无人再刁难她。妖女一事一旦平息下去，周王宫湦便想升褒姒就升她，想宠她就宠她了！”

“秦夫人的意思是？”

“大难不死，必有后福。就看这福气择荫在谁的身上了！褒姒越是被推在风口浪尖，大王就越是急于保她，说不定顺手一推，就让郑夫人死在褒姒的前面了呢！”秦夫人笑了出来，直起了身子挥了挥手，“快去华辰殿吧，去得迟了，叫郑夫人参你一本就不好了。”

“褒姒的右肩有个红色胎记。”桑珠脱口而出。

秦夫人挑了挑眉，不易察觉地笑了出来，看着越走越远的桑珠点了点头。

桑珠这一去迟迟未归，却忘了今日大王会去琼台殿宠幸刚刚册封的嫔妃一事。她虽忘了，总有人记得。晨谒之后，郑夫人见桑珠前来，倒是没有严厉训斥，只说了句：“我这身子如今也帮不上什么忙，祭祀之事，华辰殿就全靠你一人了，有什么不懂的只管开口问便是，不能给我们华辰殿丢人！”

郑夫人的客气将桑珠骇了一跳。

郑夫人继续说道：“太宰宫刚刚搬来的烛火和香要按照百官数目分成份儿，然后用丝线包好。祭天大典之时，大王要带领百官向天祈福，祈求来年风调雨顺，感谢今年的谷物丰收。太宰宫的那些下人会将香烛分给每个人，莫弄错了数目。”

“是！”

“那就去后堂吧，倒也不急，这一二日便做完了，我有些困，先去小憩一会儿。”郑夫人起身打着哈欠，半掩着嘴朝她的寝宫走了过去。桑珠看着郑夫人的背影总觉得哪里不对。

后堂的香烛杂乱无章地堆放着，不计其数，桑珠盘算着这一二日便要整理完，只怕是不知要忙到何时。以郑夫人的性子和城府，要要这种小手段也不足为奇。桑珠也就没有多想，坐在地上一点点地整理着，不知不觉就月上当空过了子夜。

周王宫湦一早就退了朝，在朝堂中留了几位官员商议今年的岁贡。如今夏至已过，秋收的时节倒也近了，列位诸侯要进岁贡，参加一年一度的祭祀大典，如今宫中人人都在为此事忙碌。

处理完政务，经过下人的提醒，周王宫湦才想起桑珠此刻应在琼台殿中等候临幸，便朝着琼台殿走去。前一夜近乎疯狂的索取让周王宫湦好奇褒姒的底线，能够容忍自己殿内的下人在自己面前与周王寻欢作乐，这不是一般女人做得到的。

周王宫湦踏入琼台大殿，想也不想地说道："宣膳！"

廿七得了令，转而朝着膳房走去，而这位周王坐下才觉得事情不对，他竟当是回了家，紧绷的神经在这一刻得到了放松。褒姒坐在周王身侧为他满上了水，将早晨送来还未享用的小米凉糕推到他的面前："大王先用些吧？"

"放着吧。"周王宫湦看着褒姒说道，从她的手一寸一寸看到了她的脸，用眼神将她浑身的肌肤抚摸了一遍，越是这样便越是饮鸩止渴，压抑不住内心喷薄而出的欲望。他的声音有些干涸，喉头发紧地问了句："桑珠呢？"

"一早去了东宫拜谒，还未回来。"

"拜谒这么久？话还真多！"

"大概是教桑珠些后宫嫔妃的规矩吧。"

"规矩？"周王宫湦冷笑了一声，"规矩"二字于他而言就是个笑话，他竭尽全力遏制住了自己想将褒姒揽在怀中的冲动，他不能再给她拒绝自己的机会。

"臣妾差人去请一下桑珠？"

"罢了，该放人的时候自然也就回来了！"周王宫湦话虽说如此，心中所想的却是今晚桑珠若不回来，总要有人侍寝，褒姒作为琼台之主自然无法推脱。他已经开始想着怎么折磨这位冷冰冰的美娇娘了，面上竟然露出了笑意："你去催催，寡人的午膳怎么还不来？不知道寡人正饿着吗？"

褒姒站起身，朝门外走去，而周王宫湦则挥了挥手，叫来了近侍官："去找桑珠，叫她今晚都回不来这里！"

"是，大王！"近侍官心领神会，知道周王要什么，离开琼台殿打探到桑珠去了华辰殿，找到了后堂，看着正在分香烛的桑珠，近侍官将这后堂的门闩从外面插住了，然后才小心翼翼地离开，没让任何人看见。

而褒姒走出琼台殿几步，便遇见了端着膳盒的廿七，她从廿七手中接过膳盒，吩咐她先退下去。廿七拉着褒姒的衣裙小声地说道："娘娘，大王摆明了是给你一个台阶，你可不要叫他又下不来台！"

褒姒没有回廿七的话，而是径直朝着殿上走去，她不能不承认这位君王的心思实非常人所能揣测。她将膳盒放在了桌案上，眼神不敢打量君王的冷峻容颜，只是用着谦卑的语气问道："臣妾服侍大王用膳？"

"坐吧。"周王宫湦冷冰冰地说道。

琼台殿中出出入入的是宫中佾人，司徒郑伯友得了周王的吩咐正在准备奏乐、献舞一事。郑伯友看着褒姒，心中不是滋味，褒姒若非因为褒珦入狱，又怎会入宫曲意逢迎、为人所不齿？她心中该藏了多少不愿，如今备受冷落却仍要对周王唯命是从。对褒姒的命运，郑伯友感同身受，这种同病相怜的惺惺相惜，在他的心中化作了对她的疼惜，免不了要去想若是褒姒从未入宫，他们是否有缘在赵叔带宅邸中一见？

郑伯友的琴音乱了个调，这叫褒姒猛地一惊。她的衣服松散地披在身上，头发也有些凌乱地散在身侧，依偎在周王怀中，当真是一幅不堪入目的画面。郑伯友的眼睛紧紧地盯在了自己的古琴之上，不敢左右环顾。

周王宫湦感到怀中褒姒的身体一僵，便开口问道："怎么了？"

"天色不早了，不如差人去找桑珠吧？"

"寡人临幸，还得亲自去请？"

"也许……是被什么事情耽搁了。"

"哦？比寡人还要紧的事？"

褒姒看着周王，转身跪在了他的面前："还请大王放过桑珠，前天夜里……"

"放过她可以，"周王宫湦抬起了褒姒的下巴，"只要有人肯代她。"

"大王什么意思？"

"寡人乃堂堂周王，连个妃子都宠幸不得，说出去寡人在朝堂之上还如何立威？"周王宫湦饶有兴趣地盯着褒姒，从她的脖颈到她内里耸起的温软肌肤上，他发现自己对于褒姒的渴望是别的女人无法代替的，越是在别人身上索取就越是深感自己内心的愁苦。

"请大王准许褒姒替桑珠侍寝。"褒姒犹豫了半晌终于说出了这话，而周王宫湦却反倒是敛起了对她的渴望，冷笑着问道："说代替就代替？也要看寡人有没有这个兴趣。"

褒姒垂首，面色通红，心中明白周王宫湦想要的是什么。

"先跳支舞吧。寡人不说停，就不能停。"周王宫湦靠在椅榻上，慵懒地眯起狭长的双眼，言语中多是鼻腔的音调。褒姒领了命，从殿上缓步而下，走到大殿中央，看着郑伯友致意："劳烦郑伯奏乐。"

"娘娘请。"郑伯友点了点头，手扶在了琴弦上。

褒姒的美在于她将一个女人的柔弱展现得淋漓尽致，调动起一个男人满腔的热忱，她越是弱不禁风，这男人心中的情绪就越是汹涌澎湃，最终这欲望将意志摧毁让人不能自拔。

周王宫涅慢慢坐直了身子，任由褒姒起舞一个时辰而不叫音乐停下来，褒姒几乎站立不住，脚下的舞步频频出错，她咬紧了牙关不肯向周王讨饶。周王宫涅挥了挥手，音乐戛然而止，大殿之中立刻又陷入了一片死寂。

佾人们有序地离开，大殿中的烛火也被吹熄了一般，已由宛若白昼变得昏暗暧昧了。郑伯友起身告辞，每走一步都觉得十分沉重，褒姒的舞跳在了他的心上，每多看一眼就多一分沉沦。他截断了自己的遐想，最后离开琼台殿关上了那沉重的木门，却迟迟不肯走。

近侍官候在门外，见郑伯不肯走，便同他聊两句："褒娘娘今夜怕是不会好受！"

"为何？"

"郑伯只怕是不懂。这褒娘娘进宫最短，却最得宠，皆赖她抓得住大王心思，懂得什么时候该进、什么时候该退。前些天，因着秦世子的事情，大臣都说她是祸国的红颜，请大王处死她以平秦国之怒。她便退一步，让宠于郑夫人，还知道请大王将桑珠封为嫔妃。如今秦二公子嬴开率兵抵御，大王又上了朝，文武百官再想弹劾，那都无从下手，她知道自己平安无事，这不……又铆足了劲儿地勾引大王。她不要嫔妃之位，这野心还大着哩！这妖女进退有度，我们做下人的也没法提醒大王，郑伯是大王叔父，还得多担待些，操着这份心啊！"

"此事你不必多心，褒娘娘并无此意。"

"我也在这宫中过了十几年的光景，看人的本事自问不错！只要是个男人，多见褒娘娘两眼，那都得被勾去了三魂七魄，真是当之无愧的美人！郑伯若不信，不妨驻足片刻，看看我说得对不对？"

郑伯友明知不该在此逗留，却还是按捺不住好奇，同近侍官一道站在门外静候。周王宫涅坐在椅榻之上，看着站在大殿之中的褒姒，泛红的烛光将她的肤色衬得格外好看，少了些素色的戾气，多了些魅惑的姿态。

他挥了挥手，示意褒姒上去。

褒姒从大殿中央朝着一侧的椅榻走去，每走一步，就脱掉一层衣物，一件一件，散落满地，直至一丝不挂站在他的面前。

周王宫涅闭目，却不说话，他在等她的主动，一解多日来的相思之渴。

褒姒咽了口唾沫，喉咙干涩，缓缓地在周王身侧跪下。她不再青涩，懂得如何服侍男人，她为他宽衣解带，挑逗起他的兴趣，尽一切可能取悦面前的周王。

郑伯友的眉头却越皱越紧，内里不堪入目的画面涤荡在他的胸口，她此刻的卑贱与他脑海中的褒姒相去甚远，仿若烟花柳巷里低贱卑微的女人，祈求着男人们一亲芳泽。“我先告辞了。”郑伯友说罢旋即转身，步履匆匆。

“郑伯不再听听了？”近侍官看着郑伯友的背影问道，得到的不过是一个越来越远的身影。每个男人都像是草原上的雄狮，竭力维护着自己的绝对权威，不会希望和任何人分一杯羹！

郑伯友自诩将心中悸动的情怀隐藏得完美无瑕，却始终逃不过周王那双毒辣的眼睛。

殿内的褒姒感到一股炙热的液体滑到了自己的嗓子里，腥味充斥着她的味蕾，她微微作呕，捂住了胸口。周王却猛地翻身坐了起来，掐住褒姒的下巴：“咽下去。”

褒姒的喉咙上下一动，有些不可思议地看着周王。桑珠之前被折磨了整整一夜，褒姒就察觉到了周王难以启齿的隐疾，他不断地寻欢作乐，却又很难释放。如今他从褒姒的身上得到了解药，宣泄了多日来压在心中的狂躁，便迫不及待地决定再次验证。

他拉她入怀，翻身压在了她的身上。

而她能感到这男人已经不同于过去那位蛮横的大王了，他小心翼翼、动作缓慢而又踟蹰不安，他在等待着褒姒，也在刻意地迎合着她，直到跃上云层，翻身而下。他紧实的肌肉与她柔软的肌肤触碰，他将头深埋在她的身上，像个撒娇的少年。他的温存叫褒姒觉得心安，他在她的身侧抚摸着她的长发。

周王宫涅从褒姒的身后将她紧紧地拥在怀中，挤在狭小的椅榻之中，他的脸贴着她的，恨不得与她融为一体。周王宫涅在褒姒的耳畔呢喃：“为什么你从来不问寡人要一个地位？”

“我不知道该要什么。”

“夫人的位置、嫔妃的位置，只要你开口，寡人都能给。”

这话是一个许诺，这个许诺的意义甚至在于，他愿意为褒姒开四位夫人的先例，褒姒却摇了摇头。

“难道你想要王后的位置？”

“像是做了一个冗长的梦，就担心随时会醒过来。如果是嫁给一个寻常的男人，每个女人最渴望的，都是他心里的位置。”

“寡人给不了。”

“臣妾知道，所以臣妾想要的，是你身边的位置。”

“那么……妖妃祸国，这罪名就不小了。寡人有错，他们不会说错在寡人，必定是奸臣当道、红颜祸水、天降异数……朝中这班人都是些善于措辞和寻找借口之徒，若站在寡人身侧，你又没有后盾，只能成为众矢之的。”

“我们打个赌。”褒姒提醒道。

“它可以随时结束。”

“难道大王不想知道结局？”

“若是个死局呢？你该知道你没有胜算，尤其是你处处挑衅寡人的极限，也许寡人随时就会对你失去兴趣。你应该在寡人对你兴趣最浓的时候运筹谋划，而不是任凭这个时机消失。”

“如果是那样，死对一个后宫女人来说就是最好的结局了。”褒姒闭上了眼睛，陷入了沉睡。他揽了揽她的肩膀，看着睡梦中的褒姒，就像是个孩子。周王宫湦起身将褒姒抱在怀中，朝她寝宫走去，他将薄薄的被子盖在了她身上，害怕她在露水浓重的清晨着凉。自己折回去捡起地上一件一件的衣服穿好，将束带彻底地系好，整理了发髻，迈步朝着门外走去，看着门外侍立的近侍官：“回东宫。”

第八章

后宫女子多善妒，借刀杀人除心患

东宫第二日的晨谒，桑珠迟迟没有出现，卫夫人坐在申后一侧喋喋不休地说道："还当桑珠这小贱人懂得收敛锋芒，知道规矩，可昨日大王刚刚临幸，今日就不来谒见申后，也不知郑夫人是怎么管教的！"

"卫夫人何必说我？你也说了昨夜是大王临幸，关我何事？"郑夫人反诘道。

"哟……桑珠昨夜可不在琼台殿内，今晨大王也不在琼台殿内，却不知大王现在何处？"秦夫人听着郑、卫两位夫人的争执，看着申后正说着，就瞧见周王打了一个哈欠，从寝宫方向走了出来："大清早的，就听见美人们议论寡人，寡人倒当真是福缘不浅啊！"

"参见大王。"东宫中所有女子行礼拜谒。周王宫湦却挥了挥手："你们继续问安吧。"他将申后揽在了自己的怀里，嬉笑着凑在申后的面颊上说道："朝上那几位怕死的老家伙应该已经等得不耐烦了！"说罢，他就带着笑意朝着门外走去。

"我当大王搬去了什么地方，原来是申后的寝宫！"郑夫人面上带笑，语气却咬牙切齿，"恭喜恭喜。"郑夫人面色一僵，觉得自己被人在背后捅了一刀，她同褒姒、桑珠在台前相争，却把好处都推到了申后的怀中，想到这里，郑夫人就站起身朝着门外走去，和一脸狼狈进门的桑珠撞了个正着。

二人都往后退了两步，郑夫人看着桑珠呵斥道："贱人，若是冲撞到我腹中胎儿，你负得起这责任吗？”

桑珠看着郑夫人，冷哼一声，满眼怨毒的神色：“你将我锁在后堂一夜，到底谁才是贱人！”

“啪……”郑夫人一巴掌扇到了桑珠的脸上，借着桑珠发泄自己心中的怒火：“你不要在这里血口喷人！”

桑珠原本狼狈的样子更加不堪了，怒目瞪着郑夫人。

“一个夫人、一个嫔妃，在这里争风吃醋，看看自己像什么样子？”申后居于中央呵斥道。郑夫人背对着申后说道：“申后要是觉得这贱人不错，不如放在东宫！反正昨夜大王侍寝，你也代桑珠领用了，还真不愧是一家人！”郑夫人拂袖而去，只留下一脸错愕的桑珠站在东宫大殿，还不清楚发生了何事。

……

周王宫涅迟迟不上朝，叫朝臣们又开始起了猜忌，按照惯例，昨日封了桑珠为妃，也该昨日前去临幸，大王必定是在琼台殿中过的夜。尹吉甫看着郑伯友小声问道：“如今卯时已过，怎的还不见大王出来？该不是又被琼台殿那妖女魅惑，荒废朝政了？”

“那时褒娘娘未曾入宫，大王也一样不理朝政！”

“郑伯，话可不能这么说，大王若继续宠幸那妖妃，大周的江山社稷就岌岌可危了！”

郑伯友皱了皱眉，觉得这其中的道理简直荒谬：“就因为在琼台殿中过了一夜，江山社稷就岌岌可危，尹公当大周的江山是用泥塑的吗？”

虢石父站在一侧，见二人抬杠，开口说道：“如此说来尹公的意思应该是申后误国，这罪名可不小，尹公若是冤枉了申后，自己也不会好过吧？”

“什么？”尹吉甫同郑伯友二人异口同声地问道。

虢石父捋了捋胡子，不再多言，因为周王宫涅已经到了。他从前殿大门大步朝着殿上走去，斜倚在椅榻之上，微闭着双眼，打了一个哈欠，满面的困倦。群臣整理了一番自己的衣袍，双手作揖向大王行礼：“参见大王！”

近侍官侍立在大殿一旁，开口说道：“有奏章出班，无事散朝。”

“臣等有事启奏，”尹吉甫站了出来，“今日街边巷口、宫廷内外竞相传唱不祥童谣，恐妖女复出，乃不祥之兆。先王曾留有遗命，若妖人祸国，必将杀无赦！”

“当日先王因此事错杀杜伯，寡人登基后，已为杜伯平反，今日尹公重提此事，可是要寡人重蹈先王覆辙？”

"妖人不除，只怕民心不稳！如今天下人心惶惶，还请大王定夺。"

"何为妖人？"

"当日后宫无故诞下女婴，乃不祥之兆。这女婴被送出宫去，先王斩杀未尽，宫中老妪都言妖女右侧肩膀上有一枚红色胎记……"

尹吉甫的话说到这里，周王宫涅就听出了他的目的。褒姒周身的每一寸肌肤他都熟稔于心，尹吉甫话中所指自然是褒姒，却不知他是如何得知褒姒身上的胎记的。周王宫涅眉头微皱，打断了尹吉甫："可还有些正事没有？"

"臣等有事启奏。"虢石父上前一步。

"虢上卿请讲。"

"赵叔带发回奏折，如今齐国水患治理得颇有成效，不日便可班师回朝。"

"好……他日赵公回朝，寡人必将封赏！以后这等消息就快快启奏，那些市井流言就不必知会寡人了！"周王宫涅说完拂袖而去，根本不问其他人是否还要启奏，几人面面相觑，摇头叹息。

一位官员开口问道："不想当日弄得后宫天翻地覆的女婴又出现了？"

"是啊！"尹吉甫点了点头，满面心痛的神情。

太史伯借势开口："近日来我夜观天象，不祥之兆已在紫微星附近，这妖女如今就在后宫，妖女不除，缠绕紫微帝星，必将祸及我大周百年基业啊。"

虢石父看着这几位无聊的大臣，转身朝着门外走去了。自从得知周王未曾在琼台殿过夜，他心中就惴惴不安，担心群臣逼得太紧，大王会将褒姒推出去受死。而他作为举荐褒姒入宫之人，必定受到牵连。为今之计是去一趟琼台殿，与褒姒商议对策。

此刻的琼台殿中，却是剑拔弩张。

桑珠头发披散、模样狼狈、满面香灰，身上的长裙也破碎凌乱，怒气冲冲，瞪着褒姒的眼神充斥着怨毒，像个寻衅骂街的泼妇，说道："枉我以为你对我好，不想你比郑夫人还卑鄙！用这种杀人不见血的法子来求大王宠幸，真是一条摇尾乞怜的母狗。"

"昨夜发生了何事？"褒姒心平气和，未曾动怒。

"你还在装什么？这里只有你我二人，你何必演什么好人？昨夜你明知大王临幸，却不差人叫我，分明就是你借郑夫人之手摆我一道！求大王将我封为嫔妃，说是为了我好，不过是你知道自己大势已去，借我邀宠！不过可惜……大王昨夜没有临幸我，却也没有宠幸你，他在东宫过夜，没着了你的算计。如今就算是你脱光了站在他面前，他也不会再看你一眼！”

“呸！”站在一旁的廿七听不下去了，从后面冲了出来挡在褒姒的面前，双手叉着腰指着桑珠骂道，“你也不撒泡尿照照自己那副德行，你趁着我和娘娘不在琼台殿之时勾引大王，龌龊卑鄙，你以为我们不知道吗？你才是只母狗呢！”

“啪……”桑珠血涌上脑，反手给了廿七一个巴掌。这个骂人的阵势她从未见过，一时之间竟然面色通红却不知该如何辩驳了。

廿七捂着脸，还未来得及做什么反应就被人拉了一把，再看清楚的时候她已经被褒姒护在了身后。“桑珠，今日我能让你坐在这个位置上，他日我就能把你拉下来，比过去还要不如，比在郑夫人身边还要破落不堪！”她一字一顿，表情骇人。桑珠气得手抖，抬起手准备打褒姒，身后的廿七忽然冲出来猛地推了一把桑珠，她往后退了两步没有站稳，跌倒在地，头磕在石案上，血缓缓流出，晕厥了过去。

廿七张大了嘴，惊慌失措地看着褒姒：“我……我不是故意的！”

“宣医官！”褒姒强迫自己镇定下来，深吸了几口气。廿七“哦”了两声也一动不动，被眼前血腥的场面给骇蒙了，褒姒从她身后推了一把，她才恍惚间回过神来，朝着太医院猛跑了去，一路上只祈求自己不要弄出人命来叫褒姒收不了场。

廿七前脚出门，褒姒就听见了虢石父拜谒的声音：“娘娘！”

褒姒紧张地咽了一口唾沫，深深地吸了口气，手紧紧地攥在一起，面无表情、佯装镇定地看着虢石父，却不敢开口说话，害怕颤抖的音调会出卖自己的情绪。虢石父上前探了探桑珠的呼吸：“还没死。”

这话叫褒姒多少镇定了一些：“廿七已经去太医院了。”

“发生了什么事情？”

“我与桑珠争执一二……”褒姒说到这里顿住了，“桑珠没有站稳，磕在了石案上。”她不敢将实情和盘托出，害怕廿七受到责难，毕竟廿七是奴，桑珠是主，这罪责可大可小。虢石父斩钉截铁地说道：“不能让她活下来。”

褒姒摇了摇头：“她不能死！”

“不论桑珠是什么原因受伤，只要叫她活过来，必会一口咬定是娘娘推她！如今朝野舆论对娘娘十分不利，若是任凭事情发展下去，会雪上加霜的！”

“朝野？”褒姒皱了皱眉，以为自己应该淡出这些朝臣的视野了。大王恢复了朝议，又任用郑伯，如今搬回东宫看着是勤于朝政，她不明白大家为何仍旧如此咄咄逼人。

“不瞒娘娘，今日朝堂之上有人搬出先王遗旨，说先王在世时曾有妖女顺水漂流出宫，流落民间，流落出宫，那妖女右肩之上有一红色胎记，若是发现应当遵从先王遗旨……杀无赦！”

褒姒的脸色瞬间变得苍白，她下意识地捂住了自己的右肩摇了摇头。

“果然是娘娘。”

“不可能，知道此事的人不会超过五个。”褒姒咽了口唾沫，觉得有一丝惊恐。

“大王自然不会出卖娘娘，廿七又与娘娘同心，此人只怕……”虢石父的眼神朝着地上晕厥的桑珠看了过去，暗示褒姒务必斩草除根。

褒姒摇头道：“我自有褒家庇佑，我乃褒家主母所出，赵公也可为证。”

“娘娘……”虢石父还要再进言，却被褒姒打断了：“虢上卿不必多言，琼台殿不能死人！”她说罢这话，廿七提着裙子跑了回来，满面汗水：“娘娘，医官到了。”

“这边请……”褒姒将医官请到了桑珠昏厥的位置，医官切了脉象之后捋了捋胡子，斟酌着说：“桑娘娘的情况有些复杂……”

“若是救不活，你就去给她陪葬！”褒姒吼道。

“有娘娘这话就好办了。”医官叫自己的徒弟小心翼翼地挪动桑珠，将她从地上搬起来，抬回桑珠的寝宫。

褒姒站在空旷的大殿之中，犹豫了一番，差遣廿七去东宫知会大王一声。

廿七不满地努努嘴，转身悻悻地朝着东宫走去。保桑珠实非不得已而为之，一旦桑珠就这么在琼台殿去了，满朝大臣和后宫女人都会对褒姒不依不饶的。廿七看着自己的手，只恨它们怎么就那么快。

桑珠被移入里屋，褒姒站在大殿看着往来的下人们手中端着草药、听从医官的使唤而愁眉不展。她木立凝神片刻，忽然伸出手，摆向一侧：“虢上卿，借一步说话。”

“请。”虢石父紧随褒姒的步子朝着大殿一侧走去。

“虢上卿，桑珠不日转醒，只怕她对我成见颇深，醒来后总会认为是我要谋害她的性命，却不知如何是好？”

“老臣既然在此，桑娘娘若想不起事情的经过，老臣自然要提点她一二的。桑娘娘受伤一事，毕竟是小事儿，可其他事情，就得从长计议了。”虢石父如今的相帮，是将筹码押在褒姒身上一赌，赌的就是日后褒姒得势，自己将凭借今日的献计献策而获得无上的权力。

“此事我自有对策。”

“如此甚好，在下愿随时听凭娘娘差遣。”

“虢上卿客气了。”

“虢某职责所在。”

“他日有人问起，虢上卿为何会在琼台殿？”

“娘娘差遣老夫将褒大大送至褒城，昨日接到消息，他已平安回府，嬴德压在褒国边境的大军已经撤回，娘娘尽可放心。”

褒姒长舒了一口气，想笑却笑不出来，她摇了摇头，满面悲戚。当日入京所为的便是解褒国之困、救狱中褒珦，如今她已经尽数做到了，而父亲却连她这个女儿都不再相认了。褒姒的语调之中有掩不住的悲伤：“有劳虢上卿费心了。”

“不敢怠慢。虢某是同娘娘一起待大王前来，还是先行回府，待日后传召再来拜谒？”

“虢上卿先请回吧。”

虢石父再次拜谒，从琼台殿中退了下去。而大殿之上，人来人往，从日头当空到夕阳西下，廿七才独自一人回到琼台殿。褒姒瞧着她的模样，就心知是大王不肯来，廿七不敢将刚才在东宫之中所见所闻转达给褒姒，只说道：“大王正在忙着，没有时间听我说琼台殿之事。”

褒姒点了点头：“这些小事，以后就不要去烦他了。”

廿七咬着下唇转过脸快速地抹掉了脸上的泪，然后昂着头带着笑意看着褒姒说道：“娘娘不叫大王宠幸你是对的，他日大王再来，咱们也忙着正事，不搭理！”

廿七不敢告诉褒姒，周王宫涅所以不来，是正在宠幸申后。忙于东宫的情色之事中，周王宫涅见廿七来报便叫她从东宫滚出去。此刻的周王，急不可待地将申后抱入寝宫，扔在床榻之上，解开了她的衣裳。申后挣扎了片刻，便彻底投降，面色通红得宛若一个娇羞少女，依偎在情郎的臂弯之下。

周王将申后揽在身侧，紧紧地贴着她的肌肤，炙热的温度让她沉溺于他的身下，早已将东宫的大小事务忘得一干二净了。这位大王继位不过才三年而已，她却已从天真烂漫的少女成为执掌后宫的天下女人之首，这地位赋予她的重重压力，让她步履艰难，几乎快支撑不住。

尤其是最近几日，申后觉得心头越发没了主意，就在她轰然坠地之前，周王宽大的手稳稳地将她接在怀中。仅此一点，就能让申后忘却过往所受的所有委屈，愿意听他在自己耳边的温言软语，忏悔多年来他的不是。他问她："这些年，你可怪寡人？"

申后不说话，默认了。

"你是寡人求娶的正妻，寡人以为你会懂。寡人在这个位置上有多艰难，你陪寡人一路走来，怎么能当作看不见呢？"

申后的胸口紧紧贴着周王，仰头看着这个熟悉却又陌生的男人："当年若不是姜后护着，如今坐在王后之位上的便是秦夫人了，若是秦夫人为后，她岂肯容我？"

周王宫湦的面色沉了下去，吓得申后有些后悔刚才那不经思索脱口而出的话。过了片刻，忽然听见一声长叹，他抚摸着她的青丝："寡人若不是知道姜后宠你，申侯说话的分量，又怎么会给秦夫人许下后位？秦国野心勃勃，拥兵在西，秦世子世父善战、嬴开善谋，秦伯嬴其数次请寡人加官晋爵，多亏你父亲几番阻拦。寡人看似不悦，却是感激申侯的。朝堂之事便是如此，实则虚之、虚则实之，若非如此寡人又如何保全大周的千秋基业？"

"大王娶秦夫人就是为了稳住秦国？"

"秦夫人是嬴德的妹妹，嬴德不服嬴其继位，早有谋逆之心，世父与嬴开迟早是寡人的心腹大患，不能不除。"

"所以世父之死其实是大王为之？"申后惊恐地问道，"那琼台殿的褒姒与世父曾有过婚约……大王如此宠幸她，只怕是引狼入室啊！"

"嬴德狼子野心、心狠手辣，也是要除，那时候褒姒这步棋，进可攻、退可守。"

"臣妾不懂。"

周王宫湦不再说下去，只是笑着绾住申后的青丝："不用你懂，你只要知道，你才是寡人求娶的正妻，日后与寡人共享江山的也是你。"

"既见君子，云胡不喜。"

连周王宫湦自己都不知道的是他今日说出的这番话，早在褒姒入宫之时，便已经揣测到了。她甚至能够猜到他迎娶申后无非是为了利用申侯在朝中地位，顺利继位。同时申侯与嬴开又能互相牵制对方，叫这位王者居于中央，运筹帷幄。

若非如此，天下又岂能在他三年的无所作为中显得有条不紊、国泰民安呢？

日光西沉，夜色渐渐地笼罩着大地，今日的周朝后宫不像往日那般喧嚣，而是彻夜长宁。

褒姒与廿七离开琼台殿，四处走走以解心头郁结，傍晚折回殿上，却正对上了郑伯友那双漆黑的眸子。他双拳紧握，满面怒意；她不慌不忙，镇定自若。

大殿之上，影影绰绰，昏黄的光晕让周遭陷入一种暧昧不清的境地。郑伯友闪烁的眸子泛着淡淡光泽，除此之外一切都显得十分黯淡。褒姒看着郑伯友，而他却竭力地按捺住自己胸口那股喷薄欲出的怒火，沉默了很长时间。

“郑伯？”

“娘娘。”郑伯友行礼作揖。

“郑伯前来，所为何事？”

“听闻琼台殿出了状况，便来看看。”郑伯友话未说完却按下不表，提起了另一茬，“今日几位大臣登门拜访，托我给大王转交几封奏折。”

“斩杀妖妃？”

“不错！”

“郑伯在朝中为官，这人情之事怕是拒绝不得！”

“我拒绝了！”

“所以呢？”

“你为了保全自己的地位而谋害桑珠，使她夜不能归；此事暴露，你便要杀人灭口。天下说你是妖妃，你不枉这个名号，若大周后宫嫔妃如你这般，大王焉能延续百年基业？”

“郑伯谬赞了……”褒姒一步步朝郑伯友走了过去，手指从衣扣上划过，人几乎是贴着郑伯友，而口中兰香也倾吐在他的面颊之上，在他耳边轻声问道，“郑伯可想看看褒姒肩膀上有无胎记，验明正身？若没有，是不是日后可不再叨扰？”她身上的那件衣服只要轻轻地一抖，她的肌肤就会映在郑伯友的眼中，他面色潮红，呼吸急促，连连退了几步，几乎要跌倒在地。这位镇定自若的谦谦君子此刻面上满是慌张：“你要做什么？”

“郑伯说呢？”褒姒的眼神中满是媚态，摄人魂魄。

郑伯友踉踉跄跄逃也似的离开，出了门惊魂甫定，手扶着门外檐廊的栏杆，弯着腰喘着粗气。他不明白自己为什么会这么生气，也不知道自己到底在气什么。

看着郑伯友离开，褒姒转过身，板起面孔，穿好了衣裳，朝着桑珠的寝宫走去。廿七踩着碎步，满是不解：“郑伯为何会忽然这么质问娘娘？”

褒姒不答话，一把推开了桑珠寝宫的那扇门。

桑珠已经转醒，见褒姒进来，瞳孔蓦地收缩。

“看来伤得不重，”褒姒扭过头看着房间里的下人，“你们几个先下去吧。”

“可是……”下人想要回话，褒姒的目光就凌厉地扫射了过去，宛若尖刀利刃，几个下人不敢再多嘴，低头退了出去。褒姒坐在床榻边上：“差人去叫过大王了，大王说这些小事儿就不要劳烦他了。”

桑珠看着褒姒，喘息声巨大。

“郑伯来过，说了些有的没的又走了。”

桑珠一个字都吐不出来，满头涔涔的冷汗。

“过几日你好了，记得要感谢虢上卿，若非他在，今日你不小心自己跌倒，我还真是会慌了手脚。”

“是你要杀我！”桑珠指着褒姒惊恐地吼道。

“是啊，”褒姒点了点头，“我能杀你一次，就能再杀你一万次，这次你大难不死，不是你命硬，是我不想在琼台殿闹出人命……行为处事，想好了再说，想好了再做，若是做点什么不该做的、说点什么不该说的，到了阎王殿上，你连自己是怎么去的，都交代不了！”她这话是附在桑珠耳侧说的。这话叫桑珠的面色越发苍白，她歇斯底里地叫道：“你这个恶毒的女人！我就是要叫全天下的人都看看你的蛇蝎心肠！”

“不自量力！”褒姒丢下这四个字，转身朝门外走去，脑海中盘算着什么事情。廿七跟在褒姒身后，瞧见桑珠转醒，已经彻底地不害怕了，扭过脸对桑珠说道：“琼台殿你若不爱住，搬去华辰殿就是了。”

“啊……”桑珠拿起了床上的石枕朝着廿七丢了过去，“轰”的一声落地，好在廿七眼疾手快地跳到了一边。

“滚！”桑珠指了指门外吼道。

“你叫我留下我也未必肯呀！”廿七好笑地说着，退出了门外替桑珠将房门关上，吩咐几位下人：“桑娘娘说了，她需要静养。你们几个出出入入的，耽搁了娘娘的病情，若是有个好歹，谁负得了这责任？”

几个下人面面相觑，褒姒与桑珠的不和到了如此地步，她们也不知该站在哪一边，万一此时站错了队，后果可不堪设想。

“你们都在门口候着，大殿之上那么多的活儿不做，可是要叫我一个人忙？你们几个，”廿七指挥了起来，“去把殿上的烛台都点燃了，不管大王来不来，琼台殿要日日灯火通明！今日没有做的清扫之事，现在都去做了，娘娘一会儿要沐浴更衣，再去烧点开水！”

“是，廿七姐姐。”下人向廿七行了礼，四散而去。

琼台殿两位妃子之争，第二日传得整个镐京城尽人皆知，成了街头巷尾人人热议的话题。这可给了那些好事之臣一个极好的上奏理由，个个都在周王面前呈请，说褒姒妒妇失德，谋杀嫔妃，罪不可恕！

早朝一事一传十、十传百，又传回了琼台殿。此刻的琼台殿如同被时光抛弃的废墟，静默苍白。

廿七清脆的嗓音打破了这里的静谧，褒姒抚琴的手按住了琴弦。廿七提着裙子往前奔跑，从距离琼台殿十步之遥就开始嚷嚷：“不好了，不好了！”跑到褒姒面前，喘着气说着：“不好了，不好了，刚才大王去上朝了！”

“大王上朝本就是本分，何来不好之说？”

“不是大王上朝不好了，我的话还没有说完呢！”

“慢点。”褒姒将面前一碗水推到了桌子的对案，廿七拿起瓷碗，将里面的温水一饮而尽，长长地出了口气，然后用手拍了拍胸脯：“群臣已经知道桑珠受伤的事了，一口咬定娘娘心生妒意，下此狠手！想必……”她咕哝了一下，拉长了脸，“是那郑伯四处游说，才叫人知道得如此之快，这下娘娘的处境就更加危险了。”

“不过是多了一宗罪而已，他们迟早是要置我于死地的。”

“可不能是郑伯害你啊，他怎么能是个不近人情、没长眼睛的东西呢？”

“桑珠曾是郑伯侍婢，于她于我，相信桑珠也是人之常情。”

“娘娘怎么冷静得下来？那郑伯认识了你之后，就不该再惦记着自己的奴婢了呀！”

“为何？”

“因为……因为……”廿七竟被褒姒这“为何”二字给问住了，半晌也答不出个所以然来，“不说这些了！那些个朝臣拿这件事情说事儿，说大王应当将你捉起来，然后再正了妖妃的名号，这样两个案子放在一起审讯，把你抽筋扒皮，千刀万剐！”

“他们日日上朝不都是这么说的吗？”

“也是。”廿七只得点头。

“大王怎么说？”

“娘娘关心大王怎么想吗？”廿七好奇地盯着褒姒。

褒姒看着廿七摇了摇头，她的心性未免变得太快，一时一个样子，褒姒却不知廿七只是想要每个男人都能将自家主子捧在手里疼着宠着，不能有一个人不爱她，因为在她简单的世界里，自家娘娘就是这世上最好的人。廿七见褒姒不回答自己，便将藏在肚子里的话说了出来：“大王那个时候威风凛凛，站在大殿之上俯瞰着那些蠢货说：‘你们说寡人的妃子争风吃醋，寡人倒是问问你们，齐国水患治理到何种程度了？如何力克犬戎可是想出了对策？寡人的妃子争风吃醋、有什么喜好，关你们屁事？’当时朝堂一片寂静，没有一个人敢说话的。”

褒姒低下头去掩了掩嘴。

“娘娘你笑了？”廿七蹲下身仰着头想要看出褒姒掩起的容颜，褒姒却摇了摇头，板起了一张肃穆的脸看着廿七：“就没有一个人站出来说话？”

“有！郑伯站了出来。”

“他说了什么？”

“说要回家服丧三年，未来三年这宫里都见不到郑伯了。想想还有些舍不得！”廿七嘟了嘟嘴，刚刚才骂完人家此刻又陷入了这种矛盾的情绪当中。

“嫁你去郑国，便可以日日看着他了。”

“娘娘！人家没有和你开玩笑。”廿七撒着娇。褒姒猛地站起身，理了理自己的衣袖和腰带，将身后的长发从衣服中撩拨了出来，拿起桌上那支碧玉的簪子将头发绾成了一个发髻：“和我走一趟。”

“去哪里？”

“华辰殿。”

“为何要去华辰殿？”

“你可知前一日桑珠未能及时赶回，是在何处？”

“我有听说，昨日清晨东宫拜谒申后，便和郑夫人闹了一出，现在整个后宫的人都知道她侍寝当日被郑夫人困在了后堂柴房，几房夫人的下人可都在笑话她呢！”

褒姒不再说话，迈步朝着华辰殿走去，两殿之间的距离不算太远，若是走那暗道就更加近了，当初修建华辰殿与琼台殿大概也是有什么特殊用途，只是褒姒入宫时日尚浅，不得而知。

华辰殿的下人见褒姒同廿七前来，转身就去和郑夫人说道：“褒娘娘来了。”

郑夫人扭过脸还有些不解地问了句：“哪个褒娘娘？”话音都没落下就看见褒姒与廿七站在了自己面前，她瞪了一眼自己的下人：“没出息的东西，又不是大王来了，慌慌张张的作甚？”

“娘娘恕罪！”

"恕什么罪？赶紧滚去后堂收拾祭天礼器。"郑夫人说话的时候，眼神一直盯着褒姒，想要从这个画面中找出到底她哪里比自己好，能让所有的人都说她才是艳冠后宫的美人。

"郑夫人。"褒姒作揖行礼。

郑夫人没想到褒姒会行礼，吃了一惊，有些语塞地张了张嘴，却又不知道说些什么，只好简单地问道："倒是稀客，不知找我何事？"

"前天夜里，桑珠被郑夫人关在了后堂，她说是我刻意安排，一状告到了郑伯那里，现如今人人都知道我二人有嫌隙，褒姒受不得冤枉，只想弄清楚事情的原委。"

"贱人！这小贱人居然敢说是我将她关在了后堂？"郑夫人指着自己气不打一处来。

"此事后宫已经尽人皆知了。"

"贱人！她居然还去找三叔告状？"

"郑伯也是刚巧路过！郑夫人现在这身子是不能动气的。"褒姒提醒道。

"那个贱人当年服侍三叔时就曾给三婶使坏，让她差点小产，好在老天有眼，三婶没事儿，三叔就更疼爱她了。此事被我撞破，说与他们，他们二人却不肯相信！我自幼寄养在郑伯家中，姑奶奶疼我，我便有些骄纵，府里的人非但不相信我，反倒相信桑珠那个贱人！我入宫之时，将那桑珠要了来，心想这样她便不能再兴风作浪了，谁知进宫不久，她又开始勾引大王，趁我不在与大王苟合，这贱人留着这贱命又有何用！"

郑夫人胸口的郁结，随着情绪的爆发而消失了大半，开始觉得自己的话太多了："你别误会，我只是陈述事实，你若觉得你与桑珠二人互有嫌隙，琼台殿容不下她，给我便是！"

廿七几乎要一口答应郑夫人了。

"郑夫人，我若要送桑珠过来，你会如何待她？"褒姒问道。

"难不成你还要替她说情？人贱自有天收，天不收我就帮老天收！"

"我只是问你，你如何待她？"

"我便是要杀了她又如何？"

"那我便不能将桑珠交给你了。"

"为何？难不成你还心生怜悯，要替那个贱人求情？我若是要她死，她便是在你琼台殿也一样会死，还省得脏了我华辰殿的地方，只是那样……群臣又要如何说你呢？”

“若是郑夫人想要桑珠死，最好的办法就是对她好。”

“什么意思？”

“你对她越好，日后她恩将仇报，你大可以杀了她，没人会觉得你错，错的是她不识好歹。”褒姒若是将桑珠送入华辰殿，郑夫人立刻将桑珠置于死地，那么即便桑珠死在了郑夫人手中，大家也只会说褒姒是借刀杀人。

因为郑夫人恃宠而骄、不耍心眼是人人皆知的事情。

褒姒看着面前这个张扬跋扈的女人，这会儿才觉得她聪明至极。

“那你说该如何是好？”郑夫人知道秦夫人与申后的联手，心里清楚若是除了褒姒，那么接下来要对付的就是怀着身孕的她了，褒姒的存在多少能为她挡煞。想要对付秦夫人这个难缠的角色，以褒姒的资质，大概是个不错的帮手。褒姒有心利用，郑夫人也觉得对自己有利，二人一拍即合，说话间的针尖对麦芒也不见了，平和了不少。

“如今人人都说我与桑珠争风吃醋，推桑珠撞向石案。郑夫人曾说桑珠是你这一房的嫔妃，此时若由你出面，将桑珠接入华辰殿，再说与众人是害怕我残害桑珠，不正好赚了个好人的名声？”

“所以我应当将桑珠奉为上宾了？”

“有求必应。”

“那我何日才能动手除了这个祸害？她一日不除，我心便有一日不甘！”

“桑珠恩将仇报之时，便是你动手除她之日。桑珠在你身边必定会战战兢兢，迟早她承受不住，原形毕露。届时你若杀人便是自保，朝中上下也会偏袒于你！”

“那你呢？此事听来，好像没你一点好处。”

“妖妃一事，郑夫人可知一二？”

“你的右肩确有一枚胎记？”郑夫人恍然大悟。褒姒并不否认：“能近我身的人除了大王、廿七便是桑珠，她一日不除，我一日不安。若是用火钳灼烧肌肤，桑珠那娇嫩的身体，想必也会留下红色的烙印吧。”

郑夫人心中一惊，明白了褒姒的用意：“与你为敌倒是可怕！”

“夕阳西下之时，我在琼台殿等你。”

“这就安排。”

褒姒从华辰殿转身而出，廿七紧随其后：“这个郑夫人和我想象的不一样呢！”

“美吗？”

"不是，不是，"廿七摆了摆手，强调自己不是在说美不美的事情，"只是想不到她那么坦诚，哪里会有人这么说自己的？她做了，就全认了，丝毫不加避讳。"

"这才可怕。"

"廿七不懂。"

"不懂就好。"褒姒叹了口气，知道后宫这一汪水，实在是太深了。她看了一眼廿七，寻思若是有机会，该将廿七送出宫去，莫再叫她牵扯进来。"你去一趟司徒府，请郑伯来。"

"还找他作甚？"

"就说……就说他明日便要回乡守孝，承蒙他照顾多日，我有几首郑国的'国风'尚不能完全领悟，请他过来指教，他若不来我也只好找桑珠帮忙了！"

"是！"廿七应道，准备转身。

"不急，"褒姒拉了一把廿七的胳膊，"晚些时候再去，傍晚来就好。"

"傍晚？娘娘不是约了郑夫人吗？"

"胎记也未必就除不掉。"褒姒的答非所问叫廿七有些摸不着头脑，可娘娘吩咐了，她也只能去做。不出褒姒所料，若非拿桑珠威胁，郑伯友的确不愿意在临别之时再走一遭琼台殿，如今返乡守孝，便可以将褒姒彻底放下，后宫祸患与他何干？他是郑国宗主，周王宫涅却将司徒之位留给了他，此事表面上看是器重，实则是摆了自己一道。

第九章

移花接木以命搏，九死一生避谣言

三年之后，郑伯友回朝复命，这郑国的宗主名义上是他，实则仍旧是公子启之。如今借机回国，最重要的事情应该是立下世子掘突，而后安排一帮辅政大臣，由掘突代政如此，便是三年后郑伯友离开了郑国，也不必担心公子启之夺位了。

兄终弟及，郑伯友怕就怕周王宫湦为了叫公子启之承袭爵位，不惜下手除掉自己。公子启之，生性狠辣，必定不会放过掘突母子。他不杀人，必定会为人所杀，如今回程在即，郑伯友的心始终静不下来。他开始怀疑世人对周王的看法，将他看作个嗜杀成性的暴虐君王，贪恋女色，无心朝政，自以为他们可以揣度大王的行为，摆布大王的政令，而如今的现实却像是一个笑话给了他们一人一个耳光。

郑伯友走到大殿之上，躬身作揖："微臣参见娘娘！"

褒姒指着一旁的古琴："有劳郑伯了。"

"无碍。"郑伯友朝着古琴的方向走去，席地而坐，将长袍掸开，手指轻轻地拨弄着琴弦，发出悠远的音调。司徒一职管天下礼仪，这音调音准远胜褒姒。

褒姒站起身朝郑伯友走了过来："听闻老夫人前些日子去了，请郑伯节哀。"

"谢娘娘关心。"郑伯应道他希望与褒姒之间的交集越少越好。他已经准备离开了，不想再给自己招惹任何麻烦。如果事情诚如自己所想，褒姒是周王宫湦手中一颗好用的棋子，那么赵叔带被调往齐国、桑珠的加封，都是二人一手策划的。既然如此，还有什么好说？他连奉劝褒姒不要祸乱宫闱都显得有些好笑了。

廿七站在门口给褒姒打了一个手势，褒姒微微地点了点头，轻声叫道："郑伯。"

待郑伯友抬眼看褒姒之时，她已经将身上的那件白色长袍脱下在地，肩膀和锁骨尽数露出，上身只剩下了一件亵衣。她肌肤胜雪、吹弹可破，脸上忽现的媚态让郑伯友一时之间竟无法呼吸。

暮色将至，影影绰绰。

琼台殿内的琴音戛然而止，陷入了死一样的寂静当中，只有褒姒身上的长袍飘然坠地的"沙沙"声扫过方圆几尺之地。窗外的橙色暮光西晒，光晕将褒姒的面颊映衬得通红，有种异样的情愫在郑伯友心中迸裂开来，他闭上了眼："请娘娘自重！"

"郑伯，"褒姒娇媚的声音由远及近，最后贴在了郑伯友的耳边，"我是否有本事祸乱宫闱？"

"娘娘！"郑伯友的声调变低，企图伸手去推开褒姒，但他骨头发软。他在漆黑之中感觉到褒姒的手挽住了自己的手，娇软的身体依靠在他的胸前，呼吸吹拂过他的面颊，令他浮想联翩，不能自已。

一切都像是发生在电光石火之间，郑伯友只觉得自己手中一凉，猛地睁眼，褒姒已经用刚刚塞进郑伯友手中的那把匕首深深地刺进了自己的右肩。她眉头紧锁，面色苍白，额头渗出了细细密密的汗水，连丁点声音都没有发出，整个人在郑伯友怀中慢慢坠地。

郑伯友下意识地扶住褒姒，抬眼便看见了进门的郑夫人，她眼神中露出一股怨恨盯着褒姒。

"娘娘！"廿七惊恐地叫道，她朝着褒姒跑了过来，看见一地的鲜血说道，"我去给你请医官！"

"不准去！"郑夫人呵斥道。

"不能去！"褒姒也同时说道。

廿七不解地转过身，脑海中一片空白。

"去我书房将上次包扎用的白布和金疮药取来，"褒姒的声音颤抖，她用尽全部力气保持着冷静和理智，"难为郑伯了。"

"真精彩！"郑夫人咬牙切齿地说道，在愤怒中不时地战栗，她想不到褒姒会这样摆自己一道，"你放心，我会好好对桑珠的！"她瞪着郑伯友，推了他一把："三叔，你先走，褒娘娘既然敢捅自己一刀，就知道怎么料理自己的伤口！大王今晚若要来就寝，你就走不了了！"

"你们在说什么？"郑伯友被两个女人的对话弄得云里雾里，问完这话，他就想明白了这件事情的始末。自从妖妃之事传开，所有人都知道这位后宫妖妃的右肩有个胎记，眼下看来此人必是褒姒，她能用匕首在自己肩上捅下去，就是在毁灭这个证据。

是否真的存在妖女，是否这妖女的肩头有胎记，这都已经不重要了，重要的是人们相信这个谣言。褒姒要保命，就得除去自己的胎记，不仅如此，她还将这个刺杀的罪名安在了郑伯友的头上，让他不能为谣言推波助澜。

她在防他，可他从没想过要加害于她，哪怕是他最为愤怒的时候。

而郑夫人为了保护自己的三叔，就不得不为这场妖妃之乱找出一个替死者。

这替死之人就是桑珠。

郑伯友不待褒姒与郑夫人答话，斩钉截铁地看着怀中褒姒说道："桑珠已经被你逼到如今这地步了，你还想让她替你去死？"

"郑伯，不是我将桑珠逼到如今这般田地，而是桑珠将我逼到了不得不出此下策以求自保的地步。知道我右肩有胎记之人，天下不过五人，娘、廿七、我、大王和桑珠，就那么巧朝臣会知道当年那位流落宫外的女婴右肩也有胎记？"

郑伯友沉默了。

"我是褒家嫡出，可却与褒家交恶，推我做祸水妖妃，爹绝不肯帮我说一句话。"褒姒的眼中含着滚烫的泪水，夹杂着她额头的汗珠一并顺着脸颊流下。郑伯友一把将褒姒从地上抱起："别说了，我送你回寝宫。"

"三叔！"郑夫人跺了跺脚，"你还不走？你就不害怕，她叫了大王赶过来要将你置之于死地。"

"你先走！"郑伯友背对着郑夫人冷冰冰地说道。

"我……我真是多余管你的死活！"郑夫人跺着脚站在堂上怒吼，看着郑伯友的背影从大殿消失，也不敢离开，叫自己贴身的下人秀秀随时注意大王的动静，又找了些人将尚在昏睡之中的桑珠搬去了华辰殿，买通了太宰宫内言路甚广的几位下士放出口风。

不日，褒姒与桑珠争执，郑夫人护短，将桑珠带走一事便传了出去。

郑夫人只当是桑珠一事，褒姒是有求于自己，却没有想到为了把自己和郑伯友二人拉下水，她费了这么大的苦心，狠心至此。一个女人若是对自己都如此之狠，那么在对待别人的时候，手段凌厉必定令人震惊。

郑夫人心中惴惴不安，摸了摸自己渐渐隆起的小腹，对未来充满了惶恐。

褒姒被郑伯友放在了床上，他吩咐廿七按住褒姒手臂处的动脉止血。郑伯友将白色的棉布撕成条，上过金疮药，给褒姒包扎伤口，边层层缠绕布条边嘱咐："这药必须每日一换，伤口要及时地清理瘀血和腐肉，用被火灼烧过的匕首小心处理，不要添新伤了。"

躺在床上的褒姒无力地笑了笑，她与周王宫湦倒也算得上是患难夫妻了，一人的胸口挨了一刀，周王宫湦凭借自己强大的意志和健壮的体魄挨了过来，而她只是一介弱质女流，根本不知道等待自己的飘零命运会不会比被推上断头台更加可怕。

"你何必要这么做！当初若是肯收敛锋芒，如今又岂会落到这般田地。"

"郑夫人比我命好，她懂装傻，可是我不懂。大王说，他会护我周全，他若不允，天底下没人能拿走我的命，可他若是为了保我，有失公允，那他便会政令不行，谋略无法施展。不作为，迟早都是一死，此刻虽伤了自己，总算有一线生机。若不幸殒命，日后他想起我，大概也会说一句，还真叫这个褒姒想出了办法！"她说完这话，咧嘴一笑，眼泪却顺着面颊而落，接着合上了眼，她想睡一觉，好好睡一觉。

郑伯友握住了褒姒的手，胸口的疼痛难以自抑，他以为的蛇蝎心肠、手腕歹毒，原来终不过是为了良人的那颗心。他不得不承认，他羡慕自己的侄子，这种羡慕近乎嫉妒与恨。

"娘娘？"廿七担心地唤道，抬起头看着郑伯友。

"只是睡了，这些日子好好照顾。今日我来过之事，不可告诉任何人，我为娘娘诊治一事更加不能说出去。"

"廿七明白。"

此事若是流传出去，郑伯友与褒姒有如此亲昵的接触，周王宫湦怕是不会再留褒姒的性命，她看着郑伯友准备出门忽然问道："郑伯这就要回去郑国了？"

"是。"

"三年都不回来了吗？"

"守孝三年。"

廿七不再多言，心中纵是不舍也始终不能说出口。郑伯友的轮廓柔和，与人交锋之时也是敛其锋芒，为人处世也好、对弈下棋也好，他总是让自己盘踞当中，进可攻、退可守，有的放矢，又不得罪任何一方。

周王宫湦是位不可一世的君主，而郑伯友则是谦谦君子；一位令人心寒，另一位则暖人心扉。这一次，郑伯友差点就害惨了褒姒，如今被她反将了一军，他不但不怨恨倒是有些欣慰，不知三年后再次踏入镐京城，是否还有幸为她奏乐。

前一天夜里琼台殿发生的事情被一场虚构出来的争执掩藏了下去，不改的却是再次将琼台殿与华辰殿推上了风口浪尖。自从周王宫涅下了禁令，不许朝臣讨论后宫琐事，几位老臣也不敢在朝堂上信口开河了，只有虢石父捋着胡子揣度着其中的利弊，一眼看透了郑夫人与褒姒的水火不容，实际上是二人联手，让桑珠李代桃僵，做这个祸国妖妃。

原来留下桑珠一条贱命的用意在此，虢石父点了点头，不能不佩服褒姒的深谋远虑。他只怕褒姒不是一个能任凭自己捏在手里的人物，想要让她为自己谋利还得费些神思，想到这里，虢石父便打起了褒家主意。

如今司徒之职暂缺，总有人要替上来。

“昨日齐国传来消息，治理水患已颇有成效，赵公一行不日便可班师回朝。”虢石父双手作揖，上前一步，在早朝上同周王禀报。

周王宫涅眯着眼睛看了看门外，过了夏至，进入秋分，黄河过了汛期，说赵叔带是治理水患有功，还真是个可笑的言论。他并不揭穿，而是顺着说道：“齐国水患已除，赵公居功至伟，如何封赏？”

大殿之内一片沉默。

“不让你们说话的时候，你们就没有停过，让你们发表些看法，就一个个低着头！”周王宫涅呵斥道，“依寡人看，既然司徒一职空缺，你们又没人推荐，不妨叫祭公回去，赵叔带……来做太宰宫上卿。”

周王此话一出，全场哗然。

赵叔带一向与周王不和，本该是最不受待见之人，如今不仅被任命为太宰宫的天官之首，还位居上卿一职与虢石父平级，一改虢石父一人之下万人之上的局面。当日祭公也不过是亚卿，而且他深受虢石父恩惠，本是一派。

虢石父惊慌失措地说道：“请大王三思。”

“思过了。”

“祭公在太宰宫从未失职，免官只怕不妥，三年后郑伯友若服丧归来，又如何安排？”

“那依虢上卿所言，如何是好？”

“依微臣看来，不妨赐予赵公爵位。至于司徒一职，不妨调任褒世子洪德前来担任，三年期满，又可将之放还。”

“洪德若是在位三年没有过失，叫他回去褒国，似乎也不合适。依寡人看，还是按照寡人所说的来办吧。祭公觉得寡人说得可合适？”

“微臣一向对宫内大小事务不熟悉，如今居于太宰宫内，战战兢兢，甚是为难。蒙大王不弃，愿效犬马之劳。”

“如此一来就再好不过了，那么……”周王宫湦的话还没有说完，大殿之上就跌跌撞撞地冲进来了一个不怕死的人。此人周王再熟悉不过了，是华辰殿的秀秀。他皱了皱眉头，瞧着秀秀，心中霎时间不安了起来，道：“秀秀？”

“启禀大王，秀秀有事禀告，擅闯前殿，还望大王恕罪！”秀秀说着，“咚”地跪在了地上。

“郑夫人怎么了？”周王宫湦紧张地问道。

秀秀抿了抿唇：“秀秀可否单独告知大王？”

周王宫湦猜测必定是出了大事儿，才会叫秀秀如此慌张，他招了招手，秀秀撩起裙摆跑了过去，挪到周王身侧小声说道：“郑夫人有些小产的迹象，只怕是……”

“什么！”周王宫湦猛地从座位上站了起来。

“还请大王回华辰殿再作商议。”秀秀说道，周王宫湦快步朝门外走去，一面说道：“今日散朝！”他只觉得自己大脑一阵发蒙，心中所惦念的都是床榻上的那一对母子。他曾经确实想过要让郑夫人腹中之子代褒姒受死，可是现在他为自己鲁莽的行为感到后悔，到底是父子连心，他能感受到胎儿带给他的不安，脚下的步子因此变得更大，走得更快。

宫中迅速封锁了消息，整个王宫闭门三日，任何人不得进出。

郑伯友本想将自己母亲的死讯告诉郑夫人，此刻也无可奈何，他甚至还不知道郑夫人危在旦夕。他打道回府，收拾了行李，买了马匹朝着郑国奔去，整个司徒府一夜之间人去楼空。而在琼台殿中的褒姒则陷入了高烧与昏迷当中，失血过多加上肩头伤重，叫她觉得无比困顿，勉强地维持着自己的意志。

这一场赌局，真是开得太大了。

廿七在褒姒身边侍候，昨日郑夫人来带走桑珠之时也一并带走了琼台殿的其他下人，此刻便只有廿七一人在偌大的殿中跑来跑去。她连个能商量的人都没有，十分不安，万一自家主子的病不见好转，到底要不要去太医院请医官来看看，还是去请大王？

廿七满头是汗，褒姒也同样冷汗涔涔。

郑夫人在自己的寝宫中也不好过，疼得难以自已，歇斯底里地大叫，叫声传遍了整个华辰殿，来往的下人们听着惶恐不安。周王宫湦改走为跑，冲到了华辰殿内，一手推开了寝宫的门，迈步而入，看见郑夫人满头汗水、不断挣扎，他的心就像是被刀割着，有种钝疼。

华辰殿内充斥着汗水和药石的气味，氤氲缭绕。

“大王。”郑夫人的床上已经有了一摊血渍，她大口喘着气，竭力地想笑。

“怎么会这样？”周王宫湦赶紧握住了郑夫人的手，坐在了她的身边。

“昨日娘娘去了一趟琼台殿，回来之后便有些不舒服就睡了，不料醒来发现娘娘竟然有小产的迹象，奴婢不敢耽搁，立刻去请了医官。医官说娘娘虽然没有性命之虞，但是腹中孩子……”秀秀说到这里顿住了，不想说什么不吉利的话来刺激周王和郑夫人。

“昨日夫人去了哪里？”周王转向秀秀问道。

“琼台殿。”

“为何要去琼台殿？”

“桑娘娘与褒娘娘有些口角，夫人前去将桑娘娘接回华辰殿。夫人说桑娘娘好歹是华辰殿出去的人，不能叫别人欺负。”

周王宫湦满目狐疑地看着郑夫人，这话说得未免太不合逻辑了。秀秀瞧出了周王宫湦的猜忌，赶紧补上：“桑娘娘说褒娘娘是借夫人的手在对付自己，夫人气不过，硬要去争这个理，干脆将桑娘娘接回华辰殿了。”

周王宫湦抬了抬手，示意秀秀不必再说下去了。郑夫人一向无谋，此番同褒姒的争执只怕也是褒姒借刀杀人的手腕而已，他的手不由得攥了起来，问一旁的医官：“情况如何？”

“娘娘一定要老臣保住孩子，这可难为老臣了。”给郑夫人施针的医官答道。

“绝不能伤到夫人，孩子保不住就算了。”周王宫湦当机立断地说道。

“是！大王。”医官松了口气，像是得到了特赦。

周王宫湦握着郑夫人的手：“日子还长，只要你还活着就够了，睡一会儿，一切就过去了。”

郑夫人被折磨的时间太长，实在太累，在周王宫湦温柔的宽慰中渐渐地闭上了眼睛，陷入了沉睡当中。

不多时，医官说道：“情况稳住了。”

“孩子呢？”

“孩子也稳住了，只要三日之内没有大碍，就不会影响孩子出生。只是往后，郑夫人得多加小心。”医官嘱咐道。

“是。”秀秀应了声。

“你先下去吧，此事绝不可外泄！”周王宫涅嘱咐着医官。医官看着周王：“只怕此事想要瞒住别人，委实有些难度。”

“罢了，你就说，郑夫人腹中之子已经没了。”周王改口道。

医官立时会意地点了点头：“郑夫人一事，需要早做安排！”

“知道了！”周王宫涅点了点头，打发了医官之后就吩咐秀秀好生照料郑夫人，起身朝着琼台殿走去。他已经被愤怒冲昏了头脑，推门而入，是来秋后算账的。

廿七借着余光看清楚了来者正是周王，却看不清楚他那阴沉的脸色：“大王来了？”她的眼眶之中溢满了泪水，就像是抓住了一根救命的稻草。

而周王宫涅根本意识不到此刻的廿七多么无助，只是低声呵斥道：“褒姒呢？”

周王宫涅的语气就像是一盆冷水将廿七浇了个透，她还不知道郑夫人小产的事情，却也猜出了郑夫人吃了这么大的亏一定不会善罢甘休。她下意识地伸出双臂挡在周王面前：“娘娘已经睡下了。”

“叫起来！”周王宫涅吼道。

“娘娘好像得了暑病，有气无力的，大王若是没有急事不妨改日再来。”

“轮得到你指挥寡人？”周王宫涅迈步绕过廿七朝着寝宫的方向走去，气势汹汹摆出了兴师问罪的姿态。廿七紧随其后跑了两步，再次阻挡在周王面前：“大王！娘娘不舒服，吩咐过了，任何人不能打扰！”

“包括寡人？”周王宫涅将廿七上下打量了一遍，“琼台殿的人真是越来越没有规矩了！”他说罢大手一挥，将面前的廿七推开，她娇弱的身躯抵不过他忽然袭来的力量，一个趔趄跌倒在地，委屈得紧咬着下唇。

“大王，”一个清冷的声音从大殿的一端传出，褒姒的衣服松松垮垮地在身上披着，墨色的衣料叫人看不出她有伤在身，她只是面色苍白，一步步走到廿七的身边蹲下来将她扶起，“廿七不懂事，你又何必与她置气？”

“昨日郑夫人来琼台殿带走桑珠可是你的主意？”

“是！”褒姒点了点头，推了推廿七，叫她退下去了，然后她才转向周王宫涅朝着他的方向走了过去，“大王若是心疼桑珠，不必如此兴师问罪，我们不还什么都没有开始做吗？”

“啪！”周王宫涅挥舞着衣袖铆足了力在褒姒的面上扇了一巴掌。她整个人吃不住这股力道，重重地跌在了地上，嘴角慢慢地往外渗出鲜血，而耳边嗡嗡作响让她几乎听不清外界的声音。周王宫涅看着地上的褒姒一字一顿地说道：“你想要借刀杀人不要将郑夫人拖下水，她腹中的孩子若是稍有差池，寡人要你来陪葬！”这句话就像是压褒姒心头的千斤巨石，她觉得自己正在朝着没有边际的深渊坠下。

扔下这句话，周王宫涅转身就朝着门外走去，然后重重地将琼台殿的大门摔上，廿七听见响动才匆匆跑出来：“娘娘？”

褒姒没有应答，她晕了过去。

周王宫涅的出现就像是压死骆驼的最后一根稻草，叫她能够强撑着身体活下去的意志都消失不见了。她又疼又累，在困厄中找不到一个解决的办法，死亡倒像是某种召唤，能够让她彻底地解脱，不必再背负红颜祸水的骂名，不必委屈隐忍地博周王宫涅的欢心，不必再奢求父亲的谅解……

“娘娘！”廿七惊叫着，哭了出来，她知道大事不好了，用尽了全身的力气将褒姒拖到了寝宫的那张软榻上，拆开了褒姒身上的绷带。伤口挣出了血，染红了所有的绷带，她清理着伤口，又涂了金疮药，用白色的布条将肩膀的伤口再次缠绕了起来。廿七探了探褒姒的呼吸，尚有一丝微弱的气息，这叫廿七松了口气，却坐在褒姒的床边号啕大哭。

三日之后，郑夫人的病情稳定了下来，腹中的孩子也保住了。周王宫涅因此下了一道旨，免去了郑夫人晨谒一事。此事引发了后宫不小的讨论，所有人的目光再次集中在了郑夫人的身上，都觉得她能够复宠似乎是因祸得福了。

东宫晨谒又热闹了起来，围绕的话题只剩下了郑夫人的因祸得福。这一日的晨谒散去，秦夫人留了下来，申后不想见她，委婉地说道：“本宫还有要事要去处理，秦夫人请自便。”

“娘娘最近真是忙得抽不开身了！”

“可不是吗，各地呈请的奏折多达数百份，事无巨细，本宫得一一看过。”

“大王当真是给娘娘找了份好差事。”

“能替大王分忧，也是后宫女子的本分。”申后知道今日推不掉秦夫人了，又转身坐下问道，“秦夫人想说什么？”

“娘娘应该已经听说了华辰殿一事吧？”

申后点了点头：“可怜这孩子了，还未出生便夭折了，好在郑夫人的性命总算是保住了。”

“太子这次倒是脱险了。”

申后的脸色却忽然冷了下来，厉声呵斥道：“本宫从未想过此事，吾儿是福是祸，皆有定数，怎么可以希望别人的孩子胎死腹中呢？”

“申后在我面前就不必装腔作势了……这郑夫人昨日才从琼台殿回来，领了桑珠，今日便小产了，这桑珠怕是要倒霉了。”

“什么意思？”

“申后如今是实至名归的后宫之首，还操心我说的话是什么意思？本是你我一起想出的计谋，娘娘玩到一半却忽然不玩了，丢下我一人，太不地道吧？”

“我只是于心不忍。”

“是于心不忍还是不想落人话柄？”

“秦夫人有话不妨直说，弹劾褒姒一事我若是说出去，你也不会好受。”

“昨日郑夫人前往琼台殿带出桑珠本来就十分不合理！人人都知道桑珠开罪于郑夫人，郑夫人又当着众位娘娘的面给了桑珠一巴掌，此刻说是护短，那不是给了自己一巴掌吗？第二日郑夫人就小产，这不就是为了嫁祸桑珠，再将桑珠推去问斩，解决了这两个女人的心头大患吗？”

“你的意思是郑夫人和褒姒联手了？”

“看来是这样了。”

“可是郑夫人一向与褒姒不和的。”

“后宫的事情谁说得准呢？为今之计是快些将褒姒正法，申后只要以褒姒谋害桑珠一事请她回来问话，怎么让她原形毕露就是咱们的事儿了。”

“你的意思是……用强的？”

“谁会知道呢？一旦发现她肩头的胎记，就可以用先王的圣旨将她正法了。”

“不行。”

“为何？”

“先王的遗旨，大王要去了。”

秦夫人吃惊地看着申后：“真没想到，大王是铁了心地要保褒姒。”

“现在该怎么办？若是桑珠这丫头将你我牵连了出来，只怕大王是不会善罢甘休的！毕竟当年的事情……”申后的话还没有说完，就被秦夫人制止了，她皱着眉头，口中喃喃道：“让我想想……如此说来只好让桑珠做这个替死鬼了，她一死，此事一了百了，其他人都好打点，也不会有人怀疑到你我头上。”

“就让褒姒逃过此劫？”

“娘娘不是宅心仁厚吗？”

“那褒姒心如明镜，我只怕她早已察觉出是你我二人合谋，要她去死，日后腾出手来便是要对付你我了。”

“或许她要对付你的可能性大一些，那褒姒请求大王封桑珠为妃，却不请大王加封自己，申后就没有想想是为什么？”

“你我可是同一条船上的人！”

“申后此刻倒是想起你我是同一条船上的人了，其实此时咱们根本不用作为，静观其变就是了！”

“此话怎讲？”

“既然孩子没有保住，郑夫人恐怕也是着了褒姒的道，她第一要除桑珠，第二绝不会纵容褒姒。一旦等郑夫人的身体恢复，她要做的第一件事就是要送褒姒去死，不管她们二人谁胜谁负，你我看着她们斗就是了！”

申后细细思量了一番，此话在理，心中总算是松了口气。

……

照顾郑夫人的事情，周王宫湦丝毫不敢怠慢，除却上朝就是在华辰殿中陪伴其左右。

郑夫人缓过来后，就开始惦记着桑珠一事，在华辰殿中又哭又闹，央着周王宫湦说道：“大王，臣妾越想越觉得不对，大王一定要为臣妾做主！”

“怎么说？”周王宫湦声音都不敢大一点，十分温柔。

“臣妾一向对腹中胎儿爱护有加，从来不会疏于防范，这次小产肯定是有人谋害。大王可要为臣妾做主。”郑夫人语气娇嗔，哭哭啼啼的，周王宫湦则抱着她：“依夫人的意思？”

“彻查华辰殿！此事一定是华辰殿的人做的，若不是有人刻意在食物、香烛上动了手脚，又怎么会忽然小产？只要封了华辰殿几日，此人就没有机会将这证物带走。”郑夫人猜想大概是前一日情绪的起伏叫她动了胎气，没有多想，正好顺水推舟，有了一个名正言顺将桑珠除掉的机会。

周王宫湦看得出郑夫人的用意，也不拆穿她：“依你，要怎么查就怎么查吧。”

郑夫人挥了挥手，秀秀上前拜谒。

“我对秀秀一向放心，由她带着侍卫搜查可好？”

周王宫湦点了点头，叫来了自己的近侍官吩咐了几句，不多时，近侍官便去太宰宫叫来了几位侍卫，由秀秀带领着挨个宫殿搜查，所有的物品都被拉扯了出来，一时之间华辰殿也热闹得一塌糊涂。

不足一个时辰，秀秀就慌张地跑回郑夫人面前："娘娘，在桑珠的寝宫内发现了麝香。"

瞧着秀秀手中的麝香，周王宫湦忽然大为光火："这些东西还不拿走，拿到这里来作甚？"

"大王恕罪！"秀秀这才意识到，匆匆转身跑了出去。

"来人啊！"周王宫湦吼道。

"是！大王！"几个侍卫立刻上前向周王宫湦作揖道。

"将桑珠收押审讯！"周王宫湦命令道，几个侍卫得令立刻将桑珠捉拿归案。从郑夫人将自己接回来开始，桑珠就觉得此事有些蹊跷，令她惶恐不安，总觉得会有什么大事发生。这一二日，桑珠企图离开华辰殿和秦夫人联系，整个大殿又被周王宫湦的侍卫包围得密不透风，根本没有出去的机会。

此刻侍卫忽然闯进来搜查，秀秀又从她的包袱里找到了麝香，谋害郑夫人一事人证物证都有了，桑珠这才明白郑夫人和褒姒这一局设得真好。她被侍卫拖出去，大喊着"冤枉"，声音凄惨，叫往来的几位嫔妃都捂住了耳朵，满面不忍。

郑夫人哭着说："桑珠随我入宫，自小便在我身边长大，臣妾不明白，她为何这般对我？"

"人心难测啊。"周王宫湦意味深长地说道。

"大王，可不可以允许我亲自审问桑珠？"郑夫人悲天悯人的模样，掩盖着内心的畅快。周王宫湦明明将此事看得无比透彻，却不愿揭穿。他对褒姒的大动肝火，只是为了让褒姒有所收敛，他害怕给她的太多，她会在这宫里肆无忌惮。

审讯安排在地牢之中的审讯室，太宰宫为了确保郑夫人的安全，多派了些人手保护，桑珠的手上和脚上都被上了锁链，防止她做出什么出格的事情来。她被押送到审讯室一看见郑夫人，原本暗淡无光的面孔就忽然露出了凶煞的表情："你这个恶毒的女人，我要是下地狱一定也不会让你好过的！"她大声地咒骂着，几乎要扑过去咬住郑夫人的脖子，目光中的凶狠像是一只草原上的狼，泛着幽幽的绿光。

地牢中的景象多是惨绝人寰的人间炼狱图，黑色的木质支架上浸染了无数人干涸的鲜血，桑珠被拖了进来，挂在了支架上，她的双脚踮起才能勉强够得到地面。郑夫人冷冰冰地笑了笑，挥了挥手。

"娘娘，这只怕是不妥，大王吩咐了要保护您的安全，万一这疯女人发起狂来……"

"这里不是还有我吗？"秀秀看着几位侍卫说道，"你们几个在这里也不是不行，可万一听到了什么不该听的，看见了什么不该看的，不要叫我们主子为难！"

几位侍卫咽了口唾沫，都朝后退了一步："我们几个就在外面。"

郑夫人点了点头，看着侍卫出去，叫秀秀将火盆中的炭火点燃，把火钳放在了炭火上灼烧，她围绕着桑珠来回地转着圈，然后停在了她的面前，一巴掌扇到了她脸上："贱人！"

"呸！"桑珠将血水含在嘴里猛地吐了出来，"今日落在你的手上我无话可说，你要杀便杀！我若做鬼，就天天缠着你和那褒姒，让你们永无宁日！"

"死到临头还嘴硬！没有那个能耐，就不要争这个宠，自寻死路。"

"你不要以为我不知道你做过什么，人在做，天在看！拿自己的孩子来做赌注，日后一定会遭报应的！"

郑夫人反手又是一个巴掌："我让你再说！"她伸出手，秀秀立刻将烧热的火钳递给了郑夫人，郑夫人捏住桑珠的嘴就将火钳塞了进去，发出"吱吱"的声音，飘散出了一股烤肉的腥味。桑珠再想咒骂，想大叫都已经做不到了，只能使劲儿摇头，企图将面前这位没有人性的女人甩开，只是她的身体被紧紧地钳制住，又被疼痛麻痹了神经，大脑一片空白。

郑夫人将火钳递给秀秀，秀秀再次将之加热又递了回来，郑夫人拉开桑珠的衣襟在她右肩上烙下一个红色的烙印，然后迅速上了烫伤的药物，再将衣服合上，将火钳丢进了火炉之中："咱们走！"

"是！"秀秀出门后塞给了侍卫一包毒药。

几日后，传来了桑珠在狱中服毒自杀的消息。

又过了几日，传来了给桑珠验尸之时发现了她右肩上有红色胎记的消息，至此整个后宫的妖妃之说彻底地落下了帷幕。先王的遗诏不知去向，而镐京城中传唱的那首童谣也一夜之间也消失了，此事就像是从未发生过一般。宫廷恢复了往日的宁静，仿佛这天下又一次太平了。

唯一令人费解的只有琼台殿的宁静，褒姒沉寂了半个月有余，没传出一点音信。

第十章

他日清明坟上花，爱恨情仇转头空

周王宫涅担心郑夫人留在华辰殿中会发生新的状况，距离待产不足五个月，便秘密将郑夫人移至自己的显德殿，除了秀秀之外，一个下人都没有带在身边。桑珠的事情告罄，郑夫人想起多日不见郑伯友了，拉住周王问道："为何这几日都不见三叔前来？"

周王宫涅这才想起他们还未将郑老夫人去世的消息告诉郑夫人，郑老夫人偏爱郑夫人，周王宫涅担心她受不了此事，随口说了句："郑伯回郑国了。"

"回郑国？"

周王宫涅只是点头，没有解释更多，此事却给郑夫人留下了遐想的空间，心中揣测是否褒姒从中作祟，试探性地问道："大王怎也不见去琼台殿了？"

"陪你要紧。"

"大王，"秀秀匆匆而入，"廿七在门外请求见大王一面！怎么赶都不走。"

"不见！"

"琼台殿的人，见见也无妨啊！"郑夫人劝道，以为周王宫涅会因为自己的帮腔软和下来，这样她也好知道廿七找周王所为何事，可没想到的是，他还是冷冰冰地说了句："说了不见！"

"可是……"秀秀指着门外，"她不肯走，来了三日了，怎么打发都不走，一直跪在殿外，风雨无阻，秀秀于心不忍，才来通报。"

“寡人的事要你来做主了吗？”周王呵斥道。

“秀秀不敢！”

“你若是同情那主仆二人，你就搬去琼台殿住！”周王宫涅的大发雷霆吓到了秀秀。郑夫人给秀秀使了个眼色，秀秀只得告退，出了门去告诉廿七，大王不肯见她。廿七叹了口气说了声“谢谢”。

“大王这次脾气发得紧，过一两年，这口气淡下去了，你们主子亲自来求大王原谅会有效果的。”

“那只怕就得劳烦您帮大王准备些白菊了。”廿七早就知道周王宫涅一定会将自己拒之门外，可就是想侥幸再来试一试。她的眼泪溢满了眼眶就是不肯掉落下来，用颤抖的声音问秀秀：“你可不可以替廿七带句话给大王？”

“什么？”

“就说，大王若是再不来琼台殿，明年就得去娘娘的坟上上香了。”廿七的话音颤抖，半个月不见，她整个人消瘦得惨不忍睹了。褒姒的伤口不断恶化，而廿七根本不会处理，起先她还遮着掩着不敢告诉任何人，最后却已经顾不得了，跑遍了整个皇宫的太医院，请过每一位医官，可人人都知道褒姒触怒了周王，谁也不愿意来琼台殿。

“这只怕是……你也别为难我，这话说出来，大王只当是褒娘娘在威胁他，娘娘若是得了空，亲自来向大王认个错，兴许此事也就过去了。总叫你来，这不是驳大王面子嘛！”

廿七苦笑一声，点了点头，不想再为难一个下人，她转身赶回琼台殿，午时将近，她还要去看一眼褒姒，再顺便上药，明知毫无作用也不敢怠慢。

郑夫人看着周王宫涅的表情，再联想自己三叔回国一事，她有些狐疑：“大王为何不肯去琼台殿？”

“挫挫褒姒的锐气，叫她知道知道这后宫谁说了算！”周王宫涅猛地站了起来，时至今日只要一想起那日即将痛失爱子的心情，他就怒不可遏。可事实上此事和褒姒的关系并不大，无非是他怒火无处发泄，只好迁怒于褒姒了。

若非褒姒自作主张，不叫自己插手此事，她也不会落得今日这个下场。

周王宫涅这么劝自己，心中多少觉得好受些。事实上，廿七每日来，他的心也每日受着煎熬。他以为褒姒无非是要彰显自己的手腕和聪慧，却不知她只是不想他夹在群臣与她之间为难，这一片苦心孤诣，两个人竟然无法心意相通。

郑夫人从秀秀口中得知，自己小产那日，周王宫涅去了一趟琼台殿，再回来局面就成了今日这般。思忖前后，她觉得褒姒一定是说了郑伯友的坏话，却不想此事没有说圆，将自己也拉下了水。

如今褒姒失宠，不如干脆趁此机会踩死她，日后若叫褒姒翻身，自己也迟早要交待在她手中。

一连七日，廿七日日都来。第七日，周王宫湦实在是不堪其扰，叫人将廿七拉下去，杖责二十，这一顿打之后廿七几乎是爬回琼台殿的，所到之处无不鲜血淋漓。

郑夫人看着廿七的惨状心中战栗，她强迫自己闭上眼睛、狠下心来，否则今日她们主仆所承受的，必定就是他日他们母子所遭受的。看着周王宫湦回来，郑夫人又换上了一副笑颜："大王辛苦了。"

"罢了，过几日赵公从齐国回来，太宰宫有了上卿，就能替寡人分忧了。"

"祭公呢？"

"暂代司徒！"

郑夫人面色一僵，话锋一转："大王，臣妾小产一事，总觉得还是不对。"

郑夫人犹疑的话音刚落，周王宫湦的脸色就蓦地沉了下去，身上的肌肉瞬间变得有些僵硬，走路的步子因此而放缓了下来，落在了郑夫人的身后。

这些细微的变化郑夫人并没有注意到，她以为此刻周王宫湦对琼台殿的怨怒正是自己落井下石的好机会："我小产前的一日从琼台殿回来便觉得有些难受，当时以为是和褒姒起了争执、动了胎气，没太在意。现在想来，我小产一事和琼台殿关系很大。"

"你不是都已经抓到桑珠了吗？如今人都已经死了，怎么想一出是一出？"

"那桑珠与褒姒一向交好，忽然反目成仇，本来就十分蹊跷。"郑夫人将自己撇得一干二净，望着周王宫湦的眼神十分殷切，等着自己的夫君能给自己一个满意的交代。

"你最近变得越发多疑了，若是闲着无事就去后院里修剪修剪花草吧。"

郑夫人原地跺了跺脚："大王，小王子可是您的血脉，现在是有人要谋害他，难道就让这件事情不清不楚下去吗？"

周王宫湦睨了一眼郑夫人："如果要彻查，要彻查到什么地步？为何桑珠寝宫会有麝香，这麝香经何人之手交给了桑珠，又怎样混入了华辰殿的香烛中？桑珠死前为何没有留下认罪状，又为何身上有那么多伤口？此事寡人是否要一一核查，然后给夫人一个交代？"

郑夫人的瞳孔瞬间放大了许多，惊恐地看着周王宫涅，她忘了若非周王有意纵容，事情怎么可能进展得那么顺利？整个案子尘埃落定，连个质疑声都没有。可事情发展到了这个地步，郑夫人也不想再让褒姒捏着自己的软肋了，既然周王默认了她的所作所为，此刻坦承，周王宫涅也不会搬起石头砸自己的脚，再治她的罪。权衡了一番，郑夫人“扑通”一声跪在地上。

这将周王宫涅吓了一跳，转向她想扶她起来，却没有动手，站在原地等她开口。

“大王请恕罪。”

“你何罪之有？”

“其实桑珠并没有谋害臣妾腹中之子，也并不是群臣口中的妖妃，这一切都是褒姒指使臣妾做的，借臣妾怨恨桑珠之事斩草除根，以除后患！”

“哦？”周王宫涅看着郑夫人发出了一声疑问，忽然发现自己过去对宫中这一个个女人的评价都有些不对，装傻充愣地问道：“桑珠的肩膀不是有个胎记吗？”

“是褒姒教臣妾，用烧热的火钳烫伤桑珠的肌肤，留下红色的印记，以此来冒充胎记的。此事绝不会有人深究，褒姒也就可以与妖妃一事撇清关系了。其实真正的妖妃乃是褒姒，真正要害臣妾腹中胎儿的也是褒姒！只怪臣妾一时迷了心窍，才着了她的道，若非我恨桑珠入骨，也不会被她利用！”

“如此说来，寡人便应当将褒姒捉来，送去审问？”

“没用的，大王！褒姒早就用匕首捅在了自己胎记的位置上，如今……什么都证明不了。”

周王宫涅只觉得脑海中一片漆黑，双拳紧握，几乎要站立不住了：“你刚才说什么？”

“那褒姒为了将胎记除去，用匕首捅了自己右肩一刀。”

郑夫人被自己编的这番谎言点醒，猛然意识到自己的小产可能真的和褒姒有关，她一开始就是打算一箭双雕，而不单单是除掉桑珠。

周王宫涅觉得自己有些发蒙。

郑夫人自小娇生惯养，拿匕首在一个人的身体上戳一个洞出来是什么滋味，她不知道，但是周王宫涅就再清楚不过了，如果稍有差池，就可能要了这个人的命。

“廿七来过几日了？”周王宫涅忽然紧张地开口问道，开始掐算着最后一次见到褒姒的时间，他希望一切都还不算太迟。

郑夫人有些不解，将目光投向了一旁侍立的秀秀，秀秀算了算日子说道："十余日了。"

"十余日。"周王宫湦倒吸了一口冷气，那日他去琼台殿，褒姒就已经身受重伤了，而他当时处在愤怒的顶点，竟然一点都没有察觉，她已经纤弱到摇摇欲坠，他却还能狠得下心给她一记重重的耳光。

"廿七有句话让我带给大王。"

"说！"

"廿七临走前交代道，明年今日，请大王为娘娘准备一束菊花。"

郑夫人面色煞白，无法相信自己的耳朵，待她再抬眼，周王宫湦已经朝着门外走去了，她急急地想去拉他，告诉他这一切不过是褒姒博取同情的伎俩罢了。可他走得太快了，像一阵疾风，转眼就消失不见了，只留下了一串尾音："宣太医院所有医官立刻去琼台殿。"

艳阳高照的午时，天朗气清。

琼台殿内却阴风恻恻。大殿之上时不时吹过穿堂冷风，令人心生寒意。这里十分安静，就像是一座弃置千年的古刹，已被尘世间遗忘。

这寒意从大殿之上沁入了周王的骨髓，他整个人都顿住了，没想到几日不来，琼台殿已经变成了这番光景。此刻挨了板子的廿七正跪在褒姒的床前，捧着褒姒的胳膊抚在自己的脸颊上，她已经不打算再挣扎，主仆俩能够共赴黄泉也算是缘分了，廿七的眼泪滴落在白布上，洇开了一圈圈水渍。

听见寝宫的门"吱呀"一声被推开，廿七抬起了头看见了周王宫湦："大王？"

"怎么会这样？"

"娘娘她……"廿七的话堵到了嗓子，怎么也说不出来，因为她不知道该怎么说，这件事情又要从何说起，更没有时间一一解释。她唯有拉住周王的胳膊，央求着："大王，您要救救娘娘，她会死的！"说完，跪在周王宫湦的面前号啕大哭，刚刚被杖责的疼痛与怨恨早就被抛到了九霄云外，她知道此刻这天底下只有一个人能救自家主子，就是这位大周的君主。

"医官都到了，在门外候着。"近侍官站在寝宫门口对内里的周王说道。

"叫他们进来！"

"是！"近侍官转身出了门，医官接踵而至。周王还吩咐了近侍官去一趟太宰宫，为琼台殿置办些下人来。褒姒濒死，廿七又身受重伤，这里看起来确实太过寒酸与破败，没法让人想到这是一座宫殿。

廿七被下人们扶了下去，让医官查看了她身上的伤势，确无大碍之后开了药。

轮番为褒姒号脉的医官们面上还算平静，但内心汹涌，只恨自己目光短浅，若非病情一拖再拖也不会变成今日这般。

“褒娘娘治不好，你们几个陪葬！”周王宫湦双手背着，站在窗边。

“是……”医官们的声音带着颤抖的调子，个个面色都难看至极，时而皱眉，时而板着脸，时而屏气凝神，时而交谈商议，最终大家尽数跪在了周王面前，“请大王恕罪，娘娘的病拖延太久，臣等回天乏术，只怕是……”剩下的“命不久矣”四个字，医官不敢说出来，沉默了半天，周王宫湦无力地挥了挥袖袍：“都给寡人滚！”

“是！”医官如获大赦，逃也似的奔了出去。

周王宫湦坐在褒姒床前，看着这个面色苍白的女人，她纤瘦无比，面上没有一点血色，眼睛上卷翘的睫毛已经不再颤抖，失去了生命的迹象。若非尚有一丝气息，大家都会以为她真的死了。

她额头滚烫，是伤口发炎引发的，为今之计也只有尽人事听天命了。

周王宫湦将褒姒抱起，解开了她的衣衫，露出了白布缠绕的肩膀，一层层地将白布揭开，露出猩红的血肉。伤口迟迟长不好，已经有了腐肉，看起来有些模糊了。

“来人！”

“大王。”门外进来了一名女仆侍立。

“取些酒来，再找把锋利的匕首。”

“是！”下人转身出去。

周王宫湦又叫进来了一位，吩咐她告诉所有的医官，拿最好的金疮药和内服治疗外伤的药。然后叫来了第三位下人，吩咐她去太医院取白布，在沸水中煮后放在太阳下暴晒，然后再拿进来。

下人们依次从琼台殿中进去又退出来，手里端着的盘子摆放着药物与其他用具，周王宫湦将已经被鲜血浸润湿透的白布扔掉，用燃着的蜡烛为匕首消毒，再在白酒中浸润，然后顺着褒姒伤口四周的方向，慢慢地将腐肉割下来。他的手在颤抖，动作奇慢无比，当年为自己疗伤的时候，他都没有如此小心翼翼。

周王宫湦的额头布满了细细密密的汗水，下人侍立在一旁递上了一块被水浸湿的布帕想为他擦擦汗，他却将帕子放在了褒姒的额头，不多时便叫下人再换一块，褒姒持续高烧退不下去，最后只得叫下人将白布浸润在白酒当中，然后敷在褒姒的额头上。

过去了整整一日，天色失去了最后一寸曙光，再到东方射下的第一寸朝阳。

周王宫涅终于将匕首丢在了地上，用手背将额头的汗水都擦拭了去。褒姒的伤口去除了腐肉，已经不似刚才那般可怖了，至少能看得见鲜红的血肉。周王宫涅将金疮药涂抹在她的伤口上，再缠绕一层白布只是用来固定金疮药，给伤口留下了充分的愈合空间。

周王宫涅转身，吩咐下人们去煮药。

“大王已经忙了一日一夜，不如去歇息片刻吧？”

“通知所有的大臣，寡人暂不上朝，她一日不醒，寡人一日不离开琼台殿。”

“大王，此事只怕是不妥。”

“寡人是大王还是你是？”

对方受到了惊吓，几个趔趄出了寝宫，赶紧将此事传达给太宰宫的暂代上卿。后宫里一片压抑的气氛缭绕，每个人每日都在往琼台殿打发下人去打探消息。

棕色的药汤熬好，下人们战战兢兢地端进来：“大王，药汤已经备好了，请娘娘用药吧？”

“褒姒？”周王宫涅小声地唤道。

褒姒没有反应。

周王宫涅加大了声音，她仍旧没有反应。他深吸了几口气，逼迫自己冷静下来，端起碗用勺子舀起汤药放在褒姒的唇边，他想往里硬灌，汤药却顺着脖颈流了下来。最后周王端起碗将汤药含在口中，吻住她的唇，想给她灌进去，褒姒却牙关紧闭，任凭周王如何努力都挑不开她的唇齿，汤药慢慢溢出。周王宫涅又气又急：“寡人要你喝！寡人不准你死！你怎么能死？”

周王宫涅将褒姒紧紧地抱在怀中，下人伫立在一旁一动都不敢动，他们入宫这么久，连上次郑夫人小产，也不见周王如此动情。

褒姒没有怨过周王，就算是他曾经想用郑夫人腹中之子来为褒姒脱险，可临门一脚又后悔了，不但吝啬那孩子的命，反而对褒姒如此嗔怒，就仿佛想用那孩子保住自己的就是褒姒一般。

这一局，秦夫人没有看懂，申后也是云遮雾罩，郑夫人却更加恃宠而骄了。

唯有褒姒，没有怨过。她知道，一个人不到失去的那一刻，永远都不知道自己会有多珍视。她曾经怨过自己的父亲，因为他对她母亲的冷落，让她在五岁就永远地失去了母亲，可看着父亲头上一根根白发和母亲坟前日日不断的香，她便知道，他是后悔的。

也许褒姒是曾经最接近周王那颗心的女人，只可惜这颗心越来越远了，他从没有试图去弄明白她在想什么，从没有想过她要的是什么。他问她，她说是他身边的位置，可是连这他都没能明白。

褒姒求的不是拥有后位与他共享江山，或者让他放下三千弱水只饮她这一瓢，而是在他与那些诸侯对峙的时候，用一种昏庸无能、暴虐狠辣的手段维持自己君王威信的时候，她能够成为他的伙伴，而不只是一个工具。

因为他是旷野独行的一匹狼，寂寞、孤独，她只想在他身边，让他明白他并非一个人而已。

不知道过去了多久，周王宫湦才从愤怒与恐惧中冷静下来："把太医院的药全部找出来，给我煮，有多少煮多少！"

"大王要作甚？"下人问道。

"沐浴！"周王宫湦说着，将褒姒从床上抱了起来，给她盖上了薄薄的毯子，从寝宫走到了沐浴更衣的房间。下人们依照吩咐，所有的人全凭周王宫湦差遣调度，很快温热的水汇进了宽大的木桶中。周王宫湦亲自为褒姒宽衣解带，送她入药水之中，直到她的额头渗出了细细密密的汗水，他才将她抱出，擦拭干净身体抱回到寝宫放在床上。

"好好睡一觉，快点醒过来。"周王宫湦俯下身子在褒姒的额头亲吻，他不敢睡在褒姒的身边，只好趴在床头蜷缩着自己的身体。

每日清晨，周王宫湦都会依着前一日的法子将褒姒肩头的那些腐肉尽数去处，然后再涂抹新的金疮药，重新包扎伤口再吩咐下人们煮水让褒姒沐浴，直到她大汗淋漓才抱出放回床上歇着。

情况终于有了好转，褒姒的伤口开始渐渐愈合，整个人的体温也慢慢地退了下去。后面几日，廿七都会守在褒姒的身边给周王搭把手，他看着为褒姒整理床褥的廿七，忽然就说了句："对不起。"

廿七整个人一抖，转过头不可思议地看着面前的周王。

"寡人若是早些知道，事情就不会变成这样了。"周王宫湦长长地叹了口气，将褒姒抱在怀中，等待廿七将床褥收拾好，再放她下去，可就在这时他觉得怀中的女人动了，那柔软的身体像是忽然间苏醒了一般。他从来没有过此刻这种感觉，就像是经历了一场梦魇，整个人愣在原地动弹不得，他感觉到怀中柔软的褒姒正在试图挪动身体，然后十分缓慢地睁开了眼睛，眼中满是不可思议，无法相信自己还活着。

褒姒的面色仍旧那么苍白，可是早就在周王的悉心照料下恢复了神采与气色，每个人都在这些日子里见证着这场奇迹，谁也没有想到周王宫涅真的能将迈进了鬼门关的褒姒拉回来。

“大王？”褒姒的声音十分缥缈，抓着周王宫涅的衣襟，虚弱无力。

这一瞬间画面如同静止，周王宫涅他木立当下。继而许多情绪划过他的心头，有欣喜、有震惊……百感交集，最终也只能用那惯常的冷漠声音问道：“你醒了？”

褒姒在周王宫涅的怀中：“臣妾参见大王，不能向大王拜谒行礼，万望恕罪。”

“寡人说过，只有我们二人在场的时候，不必对我行礼！”听着褒姒谦卑的语气，周王宫涅没有由来地生气。褒姒仰头看着周王，眼神中满是陌生之感：“臣妾不敢，宫中礼数是祖上定下的规矩，后宫嫔妃不能轻易逾矩，周朝王室依着这规矩已经立了百年，褒姒担不起祸乱朝纲之罪，更不想被人日日参上一本，时时有枉送性命之虞。”

“寡人不准你死，你就不会死！便是走到了鬼门关，也必须给寡人回来！”

“若大王心存仁慈，便放过臣妾，如何？”

“跟着寡人就这么为难？”

“是。”

“你别忘了，你的命是寡人救回来的，你没有资格要求寡人！”

“大王的命也曾是褒姒救的，我们两讫了。”

周王宫涅的心就像是立在悬崖的石头，从高处跌落，再无回旋的余地。此刻的褒姒，脱胎换骨，让人觉得陌生。廿七看了看褒姒又看了看周王宫涅，企图从旁悄悄退下，她才迈步，褒姒就伸出了手：“廿七？”

“是，娘娘。”廿七只好转过身看着褒姒。

“扶我去休息，大王还有政务要忙。”褒姒替周王宫涅做了主。她的话已经说到了这个份儿上，一向视自己颜面甚重的周王宫涅也只能是转过身去，朝着门外走。他将火气撒在了门上，狠狠地摔上了门，一拳砸在了门框上。他发现自己拿褒姒竟然没有半点办法。

“娘娘，若非大王，您根本就活不下来。既然之前的事情已经过去了，就不要再怨大王了好不好？”

“我昏迷了几日？”

“前前后后，一个月有余了。”

“他是第几日来的？”

“半个月之后了，但是这不能怪大王。大王日日在您的床边侍立，帮你剜去腐肉，又想方设法地让您喝药去瘀。您没有见着大王的模样，这些日子他憔悴了不少。”

“我见着了。”褒姒望着远方出神，刚才周王宫湦的样子她怎么能没见到呢？便是个铁石心肠的人，也该为此而动容，更何况这位在她身边日夜照料的不是寻常百姓而是高高在上的君王，他对她做的超出了他的底线，她的心并非铁石。

“娘娘，这口气，您置过便算了。咱们隔日去显德殿谢大王，给他个台阶下吧？”

“不去！替我去东宫走一趟。”

“东宫？”

“就说，褒姒这几日病重，无法在卯时向申后拜谒请安，他日病情痊愈，立刻前往东宫，绝不耽搁。”

“娘娘！您从来不去东宫拜谒的。”

“以后就去了。”

这一日的晚些时候，有人请求拜谒褒姒，她醒过来的消息已经因为拜谒东宫一事而传出去了。下午廿七去东宫代褒姒告假，申后也颇为意外，看着廿七半天回不过神来。

而此刻谁会前来拜谒，褒姒有些不解，她一向没有什么人缘。褒姒看着廿七，廿七也摇摇头，将目光又投给了前来通报的下人。

“是个男人。”

“男人？”褒姒以为是虢石父得到了消息，前来问候，便让廿七搀着自己朝大殿走去。走到近前，瞧见前来拜谒的人，褒姒才吃了一惊：“舅舅？”

“多日不见，娘娘别来无恙？”

“托舅舅的福，一切安好。”

“这也能算是一切安好？差点把命给丢了，你怎么有胆子出此下策？”

“落人把柄终究是不好受的，如今这危难总算是解了。”

“下不为例！”

“舅舅说我？”褒姒看着赵叔带，若说极端，赵叔带与周王宫湦都不失为个中好手，她不知道他怎么有脸来训她？“是大王让你来的？”

“听说你醒了，就来看看。你可知道，后宫女人的这一生，命可都是给了大王的！”

褒姒点头，这话也是当初她说给周王听的，可如今却反过来要被别人劝，不免有些可笑。周王宫湦的近侍官在周王离开琼台殿之后通知了赵叔带，希望这位舅舅能帮腔，替大王说两句好话。

赵叔带闻讯，不敢耽搁。如今天下困局窘迫，赵叔带不能让褒姒乱了周王宫湦的决定，他担心这位年轻的君主沉溺于爱情，就看不见天下大势了。赵叔带劝说道：“你应该信他的。”

“褒姒一直不明白舅舅为何留在镐京城，如今总算懂了。”

“我本是晋世子姬仇太傅，晋殇叔篡位后追杀姬仇同我等一干旧臣，我逃出晋国国都为郑国公子启之所救，启之引荐，将我推荐给大王任用。你也知道，今年之前，申侯未曾离开之时，大王在这宫中根本就没有决策的权力！想要帮大王，只能斡旋在敌人的阵营之中。”

“否则大王也不能那么轻易地就将所有反对自己的人全部清除，或送入牢狱，或逼走还乡，或暗杀……朝堂之上新旧朝臣更替以后，江山就任由大王操纵了？”

“毕竟不能尽如人意，大王若要做到万无一失、不落人把柄，就必须心狠手辣，不留余地。”

“我能做什么？”

“你可以不爱他，但你不能拒绝他。”

“我做不到，舅舅请回吧，我清楚自己在做什么！”

“你一点都不了解他。先王听信谣言斩杀宫中女婴，他不足弱冠之年，目睹了这场血腥的惨状，看着后宫中的人人自危。而这些人，是无辜的，只因为有人要从中获利！我大周十四年共和之治，先王九死一生得以登基，诸侯群起，个个蠢蠢欲动，到了大王这一代……一步都不能走错啊！”

“舅舅，大王娶申后是为了得到申侯的支持、赢得朝中大多数人，娶秦夫人是为了秦国兵权，娶卫夫人是无可奈何，娶郑夫人是为了钳制郑伯，那我呢？”

赵叔带动了动嘴，没有说话。

“我不过是个意外，不论我做什么、不做什么，对整个时局都没有影响，你们何必将我放在这个高度，非要让我去担如此大任？我不过是寻常女子，进求独宠、退求冷宫难道也不行？”

“就是因为你是个意外，才最有可能动摇他的心！”

褒姒看着赵叔带，摇摇头叹了口气：“不会的。”

“你不了解他！”

褒姒转向廿七：“送客吧，我累了，想回去休息了。”

“是！娘娘，”廿七无奈地看了一眼赵叔带，伸手指着门外的方向：“赵公，请。”

赵叔带只好迈步朝外，廿七压低了声音说道：“奴婢已经劝过娘娘了，只是娘娘这次只怕是伤透了心，好不起来了。”

“褒姒不是这样的性子。有什么事情，及时通知我。”

“嗯！时不时，我也会劝劝娘娘。”廿七将赵叔带送到了门外，琼台殿的大门再次关上了。褒姒回到寝宫，颓然坐在床上，抱着膝盖愣神，脑中一片空白。

“娘娘？”廿七轻轻地敲了敲房门，走了进来。

褒姒问道：“舅舅走了？”

“娘娘，你这气要生到什么时候？你这么气大王，自己心里不也一样难受吗？有什么话不能和大王摊开来说吗？”

“是他不肯给我摊开，”褒姒努力过了，却无法说服自己不怨，“帮我查看下琼台殿的香。”

“什么意思？”

“郑夫人小产，和琼台殿脱不了干系，琼台殿的香大概一直都是麝香。爹不喜欢香，所以褒家从不燃香，我便不懂，此事现在想来的确有些奇怪。”

“你怀疑大王……”

褒姒点了点头。

“可是大王为什么？”

“因为我是一颗可以随时丢弃的棋子。我初入宫得宠，人人都羡慕我盛极荣宠，可事实上，大王只是为了将众人的视线从郑夫人怀有身孕一事上移开。对他来说，我召之即来、挥之即去，申侯逼他，他便让我挡在前面，引群臣参我一本；申后逼他，他又将我推在前面，让我去得罪整个后宫；舅舅参我，他可以发脾气将我推倒在地，他身受重伤我却得悉心照料他；我承他的情，他和别的女子在宫中欢爱；我不承他的情，他就为别的女人摘花；连布下郑伯出任司徒的局，都是我被他利用了，他却反而恼我；郑夫人小产，他明明知道是他的错，却打在了我的脸上……他高高在上，呼风唤雨，我应他是应该，不应就是忤逆。如若这便是后宫女子，和一死又有何分别？”

“娘娘。”廿七哭了，趴在褒姒的床前。

“替我去查清楚麝香一事，”褒姒淡淡地说道，“我不想在一个地方连摔两次，和我娘一样郁郁寡欢而亡。”

第十一章

心灰意冷退为进，帝王韬略逐天下

如今的褒姒缩在寝宫之中，不肯踏出一步了，每日不是靠在床头，就是坐在窗前案边看着窗外荷塘发怔。廿七不敢耽搁，第二日就去了太宰宫。如今褒姒的舅舅是太宰宫上卿，而周王宫湦又为照顾褒姒半月不出琼台殿，引为宫中一段佳话。人们见到琼台殿的人都要礼让三分，对她要调查的事情，几个并不懂药理的下士都是知无不言、言无不尽，真相很快就被勾勒出了一个轮廓，余下的便不需要再多说什么了。

“娘娘。”廿七从外面回来，神色有些难看，她希望整件事只是个误会，却偏偏成了板上钉钉的事实。

“调查出来了？”

“嗯……”

“是什么香？”

“麝香。”

褒姒轻叹了一口气。他总以为她什么都不知道，要一个女人膝下无子在宫中一生意味着什么，纵然是褒姒再乡野草莽也不至于如此无知，一种憋闷慢慢涌上她的心头。门外忽然传来了下人通报的声音，告诉褒姒大王来了。

周王宫湦没有让下人通传褒姒来迎，只是径直朝着寝宫走来，廿七紧张地看着褒姒。

“开门。”褒姒理了理自己的衣服。

廿七拉开门，仰头看着伟岸而高大的周王宫湦，他的眸子中饱含着对褒姒的温柔，廿七的语气却有些怠慢：“参见大王。”

“你先下去吧。”周王宫湦挥了挥手，廿七看着褒姒，见自家主子点头示意才迈步离开了。

褒姒从床上下来：“参见大王。”

“陪寡人下下棋，”周王宫湦似乎已经习惯了这般的褒姒，将她看成了一个还在置气的孩子，不作计较地在床前的桌案边上坐了下来，把放在一旁的围棋拿了出来。石质的桌案上有一副被磨损的不太清楚的棋盘，勉强能用。“听说你棋下得不错。”

“不敢造次。”

“赵公的对手不多。”

“舅舅太急了。”

“因为时间不多，”周王宫湦说罢摆好了棋盘，“寡人不客气了。”他先手，摆好了自己的黑子。褒姒在桌案前坐下来，拿起了桌面上的白子落下。

“昨天赵公来过了？”

褒姒点了点头。

“做寡人的说客？”周王宫湦问道，轻笑了出来，说是时间不多了他下棋却比郑伯友还要能忍。褒姒看着他没有抬手，没有落子。周王宫湦盯一瞬棋盘之后将目光落在了褒姒的面上：“怎么了？”

“是你变了，还是我从来都不认识你？”

“现在认识也不晚。”周王宫湦从褒姒的棋盒中拿起了一枚白子放在棋盘上，刚巧吃掉了自己的一枚黑子，他只好重新布局，然后笑了。

“可我没有兴趣了。”褒姒不再拿棋。

周王宫湦捏着棋子的手悬在半空，没有将手落下，把棋子扔进了棋盒中：“你是世父的未婚妻。”

“你想打齐国？”

“赵公和你说的？”周王宫湦的面色在告诉褒姒他生气了。褒姒不咸不淡地用波澜不惊的语气说道：“不用他说也猜得到。”

“哦？”

“你手中重臣不多，一个个替上了原有的旧臣，你对舅舅有救命之恩和知遇之恩，他便对你忠心耿耿，朝中那些旧臣有眼无珠，推举他出来顶替申侯。”褒姒冷笑一声，“齐国水患，你早不派人、晚不派人，偏偏在汛期结束的时候派人，若说不是去打探齐国军情，难以令人信服。齐国得罪过大周，先王下了狠手，大王一脉相承，压得齐国喘不过气来，齐国又与东夷接壤，想来想去，也只可能是东夷与齐密谋。齐伯上奏水患，大概也想不到你真的会派人去，他见着舅舅来了，表情应该好看得很。”褒姒的双手搭放在桌案之上，手里捏着一颗棋子思忖了片刻，又在棋盘上落了下来，等待着周王宫湦的对弈。

“这世上有两种人该死！”

“哪两种？”

“该聪明的男人不聪明，该蠢的女人不蠢！”周王宫湦说完这句话站了起来，双手撑在桌面上盯着褒姒，“你以为你能揣测得透寡人的一举一动吗？若不是你自以为是，郑夫人就不会小产，你也不会差点搭上自己的一条命！”他捏住了她的下巴，就像是被踩到了尾巴暴怒的猫，他扔下这句话就转身朝门外走去。

褒姒看着面前的这局棋，开了口：“琼台殿的麝香也是大王的一片好意？”

周王宫湦整个人都僵住了，木立当下，他没有回答她这个问题，连一个解释都没有给她就朝门外走去。这叫褒姒很无奈，她以为他至少会编个故事出来哄哄她。看着满盘错综复杂的棋局，褒姒长长地叹了口气：“你比舅舅还急，我都还没说世父兄弟的事情呢！”

当年世父死于与西戎的对峙，齐成公也是一样，如今褒姒总算是看透，他们都是死在了自己人手中。褒姒若猜得不错，这个暗箭就是周王宫湦放的，如今齐国兵变，他又打算故技重演了。

时隔几日，褒姒的病情稳定了下来，便真的前往东宫拜谒。她的出现叫所有的夫人和嫔妃都愣住了，起先还以为褒姒差人传话只是说说而已，不想她还当真了。褒姒看着申后，作揖行礼，谦卑地说道：“参见申后。”

申后愣了一会儿，才想起什么似的伸出手，指了指一旁空出的座位。这些天郑夫人告假，而且是周王亲自为她做主告了一个无限期的长假，她的座位便空了出来，如今留给褒姒来坐，竟无人提出异议。

最近几日的东宫朝谒，需要报备的事务繁多，几家夫人带着各房的嫔妃准备着祭天大典的种种，除却禾黍、香烛，还有洗涤与擦拭礼器、甄选谷物，拟出祭天之时诸侯官员的名单与排位……每日将这些琐碎报备在申后这里，她都要一一过目、定夺。

如今还有一样差事没人肯做，那便是沐浴斋戒，为周祖列位先王的牌位守夜供奉。

此事本应是几位夫人房中的女官更替前往，可自从闹出了郑夫人的事，秦夫人这些天又和大王走得很近，卫夫人一向心眼小在其中挑拨，这三位夫人竟然较上了劲儿，申后一向居中调停，这次失了效用，自己也不想搅进这浑水之中，一时没了方寸。

此刻几位夫人又重提起了此事，褒姒打断了相互推卸的争执："我去。"

众人的目光霎时间都落在了褒姒身上，满面不解。

"其他的忙我也帮不上，不如就去沐浴斋戒，供奉先祖牌位好了。"

褒姒的请缨让每个人都松了口气，这场争执总算是有了个结果。自从褒姒接下这差事，一连几日，显德殿的下人都前往琼台殿传褒姒前去，廿七用褒姒正在休息的借口给打发了回去。显德殿是大王的正殿，她本以为是大王传召，便挡了回去。可这下人请不动褒姒，也不知受了什么斥责，这一日就一直等到了傍晚还在殿外。

廿七为难地看了看殿中，褒姒则看了看门外的下人。

"娘娘。"显德殿的下人拜谒道。

褒姒看着廿七，不明所以。

"是显德殿的下人，来过几日了，说要传见娘娘，您当时在休息，我就打发回去了。"

"还请娘娘和奴才去一趟显德殿。"显德殿的下人趁机说道。

"回了，我没时间。"褒姒挥了挥手，朝着台阶下走去，吩咐廿七下次显德殿的人再来都给回了，就说是自己的意思。

"这样会不会不太好？"

"有何不好？"

"毕竟是大王差人来请您的，这么回了有些生硬。"

"不是大王。"

"不是大王？"廿七问完才想起今日的显德殿已不是大王一人居住，还有郑夫人也在，正被细心照料，"郑夫人找您可是要秋后算账，将小产这账算在了娘娘头上？"

褒姒没有说话，廿七便另起了一个话题："娘娘为何要帮申后收拾残局？看着秦夫人和卫夫人争斗，让那申后晾着，和我们又有何干系？"

“如此一来，事儿就少了。”

“娘娘明明就不喜欢和这些女人应酬，偏偏要和大王赌气去东宫拜谒，自讨苦吃了吧？”

行先祖的侍奉之礼，东宫晨谒可免，斋戒期间不能被临幸，一来二去几位后宫的女人也不会再找褒姒的麻烦。

“我做不了一个称职的妖妃，就不能享受因此而豁免礼仪的权利。”褒姒惨淡地笑了笑。

“您就是怕承大王的情，娘娘此举可是为了避开大王？如此一来，大王便不能要求您侍寝，若是逼急了，也能拿斋戒之事挡一挡，总归是合乎礼数的！不然哪里有嫔妃不能让大王临幸的道理？”

“你说是便是了。”

“娘娘，大王虽然有些不是，但始终待您不薄，您不能要求大王只爱您一个，这是没有的规矩。莫说是一朝君主，便是诸侯、大夫，能有几人一生只钟情于一位女子的？那郑夫人小产，大王也是气到头上了，如今他算是自食恶果，您也该体谅体谅啊。”

“郑夫人并没有小产。”

“啊？怎么会，明明就说是小产的啊，这消息可是从太宰宫的太医院里传出来的，没有人敢拿这种事情造假啊？”

“大王敢。”

“所以大王是为了保护郑夫人，故意叫人这么说的？”

褒姒点了点头。

“那您吃醋倒也是应该的。”

“我不是……”褒姒话音未落，廿七就接上了话茬：“娘娘，您不要嘴硬了，您当真骗得过自己的心吗？您摸摸自己的心，问一问，大王有些日子没来了，您是不是真的一点都不在意，巴不得他永远都不来？还是希望明日起大王就能赶紧出现？我可是都听说了，大王最近走西阳宫走得勤，这下那秦夫人该得意了，哼……”

褒姒没有回答廿七的问题。

自从那日周王宫涅扔下了棋局离开之后，就没有来过琼台殿。这几日有消息传来，说是齐国军队进犯东夷，举兵屠村，此事惹得东夷君主暴怒。

而齐伯已经前往镐京觐见，进岁贡。赵叔带离开齐国却将郑国的一行士大夫留在了当地。有人截杀了齐国传递消息的信使，先一步奏请大王。

如今镐京城的人都知道齐国危难，唯独齐伯本人被蒙在鼓里，从渤海之东行至镐京城中，需要一月有余，届时大王怎么安排，齐伯就得怎么顺从，没有回旋的余地！齐国与东夷的盟友关系会因此而遭到破坏，周王宫湦更是有理由利用这次东夷举兵一举荡平他们。

唯一的问题就是，谁去打这场仗？

周王宫湦同秦夫人亲近了起来，褒姒也知道了答案，他想用的、能用的，也无非就是嬴德的那一支兵马而已。

至于齐国如何会挑衅东夷，想来也只能是赵叔带留下的郑国士大夫一行所为，他日此事若是败露，也是郑国与齐国之间的纠纷，周王室可以置身事外甚至居中调停，一副高高在上的姿态。而此事的败露，也是迟早的事，只看是不是有这样一位有心人去推波助澜。

先祖牌位的大殿前，远远看去有人伫立在门外，灰黑长衫、孑立的身影，虽看不清楚五官样貌，但辨得出这是大王。褒姒没有加快脚步也没有慢下来，不疾不徐地走到周王面前，和往日一般作揖行礼："参见大王。"

"你回去吧！"周王宫湦看着廿七吩咐道。

廿七看着褒姒，得到颔首致意之后，她才向周王宫湦行礼："是。"然后转身朝着琼台殿走去，时不时地回过头看一眼褒姒，放心不下。

周王宫湦打发走了廿七，并没有急着说话，而先褒姒一步迈入了大殿。

殿堂内光线昏暗，阴风恻恻，自文王姬昌而后十几位先祖灵牌一一供奉其中。这里阴气逼人，常人都会绕道而行，褒姒偏要迎上来。周王宫湦背对着她说道："你大病初愈，根本不该应了这份差事的。"

褒姒换掉了烧得差不多了的香，将还未拆封的香整理好，每个牌位前供奉九支，正依次点上："齐国的消息传来，说是齐国军队寻衅滋事，与东夷陷入战局，大王最近应该很忙。"

"是忙。"周王宫湦说道，坐在了一旁的桌案上，只是用一条腿支撑着全身上下的力度，手里不知何时捏着一片翠绿狭长的叶子，低着头专心致志地折着。

"还来这里？"

"嗯，"周王宫湦心不在焉地点了点头，将全部的注意力集中在了手里的东西上。褒姒也不再接话，殿中便陷入了一片沉默当中，只有褒姒来回走动的声音，香火燃烧、香灰掉落的轻微响动。很久之后周王宫湦才看着褒姒说了一句：

"过来？"

褒姒看了看周王宫湦，走了过去。

周王宫湦拉起褒姒的手，将刚刚折好的东西套在了她的手腕上，是用嫩叶和老叶编制的黄绿相间的手镯。她不知道他还有这个手艺。周王宫湦盯着褒姒纤弱而白皙的手腕，伸出手摸了摸自己的鼻子，企图将面上的表情都遮掩起来。

褒姒仰起头看着周王宫湦，她觉得自己的心里有种被人挠的感觉，这份悸动充斥着自己那颗浅浅的心，随时都要溢出来："谢大王。"

"郑夫人叫你，你就去看看。如果是说之前小产的事情，说实话就可以了。如果是说点别的，顺着她的意思吧。"

"我将前来传话的下人拒之门外，也是不想和郑夫人有冲突，言语不和对胎儿总归是会有影响的。她大概看着我就生气，认定了我便是谋害她腹中胎儿的蛇蝎之辈，便是一味避让，也难让她顺气，这可就难办了。"

周王宫湦没有说话，他了解郑夫人的脾气。

"那可怎么办？若是郑夫人不满意我，是不是要将我杀了顺顺她的气儿，才好让那腹中的孩子平安降生？"她紧盯着周王宫湦的眸子问道，"可我为什么要看着她的孩子出生？"

周王宫湦盯着褒姒的眸子如鹰，如秃鹫，从那漆黑中射出的目光便像是盯住了到手的猎物，等待着它的濒死然后食其骨、啖其肉，这种拆其骨、吸其血的气势令人毛骨悚然。然而褒姒没有丝毫的动容，只是看着不言不语的周王宫湦问道："如果大王只是为了说这句话，就请回吧！"

"寡人一生赌过很多次，有赢也有输。寡人只希望，这一次没有押错注！当初那个不可一世的褒姒，扬言便是没有寡人也一定能在后宫之中活下去、要的是寡人身边之位的女人去了什么地方？"周王宫湦捏住了褒姒的下颌，盯着她一字一顿很缓慢地说着。

"死了。"

周王宫湦捏着褒姒下颌的手猛地将她推了出去，她连着往后退了两步，紧咬着牙关，像是只负隅顽抗的斗鸡，昂首阔步，不肯低头，却已遍体鳞伤。

"你想死很容易，寡人现在就能成全你，只要你开口！"

褒姒没有说话，只是看着周王。

"寡人说过，不要赌寡人的耐心！想要寡人身边的位置，也要叫寡人知道你有那个能耐，连自己的命都保不住，在后宫中还能有什么用？"他说罢这话已经走到了门口。褒姒没有像他想象的那样抓狂，也没有生气或者是暴怒，只是问了句："一个值得我毫无保留效忠的大王，也该叫我知道他有什么能耐。"

周王宫湦连停都没有停，走出了门外，摆满了灵牌的大殿只剩下了褒姒一人，夏末初秋的风呼啸而过，在窗棂中呜咽穿梭，发出可怖的声音，一个个灵牌就像是一个个先祖。褒姒闭目祈福："愿上天怜见，给大王足够的时间。"

第二日清晨，褒姒从先祖灵堂中回来，她打了一个哈欠和急匆匆准备冲出去的廿七撞了一个正着，廿七只顾着低头说了句"对不起"，还在继续猛跑，褒姒一把拉住了她的胳膊问："你急匆匆地赶着去做什么？"

"娘娘？"廿七抬起头才看清楚来人的样貌，"我正是要去寻您。"

"寻我？何事？"

"刚才我去膳房取娘娘的早膳，恰巧遇见几位大夫退了早朝，我打听了一二才知道大事不好了。要打仗了！东夷进犯齐国，齐国将领率兵抵抗却大败，消息从齐国一路传到镐京城，朝臣们都震撼了，要求大王举兵助齐，可是……"话说到这里，廿七顿了顿，兴奋的腔调一下子跌落了千丈。

"可是什么？"

"可是，大王派了郑国的军队，横跨几国抵达齐国边境，好奇怪的安排。郑伯才刚刚回去，这安排实在令人想不通。"

"郑国的将军是谁？"褒姒想起前一晚周王宫湦的不同，他不断遮掩着自己情绪的小动作，全是出自一种对未来的不确定。是她推了他一把，让他下了这个狠心，难怪前一晚他会说希望他赌对了。

没有人能够预料到一场战争的结局，周王宫湦也不能，将在外，生死由命！

得胜还朝还是马革裹尸，都是未知数。若是郑国援军落败，齐国失守，那么东夷不费吹灰之力就侵占西周的一个诸侯之地。借此立足，发难镐京，西周黎民苍生只怕是会陷入一场漫无边际的黑暗战火之中。

"郑国公子启之，听那些大夫的意思，他是郑伯的弟弟，自小体弱多病。也不知大王为何会这样用兵布局，现在整个太宰宫内的大小官员都是人人自危，生怕有朝一日这东夷就打到了镐京城中。"

"不会。"褒姒看着远方，周室想要一统河山实在是太难，中原几百个诸侯之国都要布局运筹，到时要推翻周室就十分简单了，直取镐京之日便是为周朝百年基业画上句号之时。至于以后天下会变成何等模样，那都不重要了，没有周王宫湦的天下，便不是她褒姒的容身之所。"去一趟显德殿。"

“为何？”

“没有为何。”褒姒回到宫中沐浴更衣，将守夜的衣服换下，换了一件长裙，轻绾发丝，用一根碧玉钗将之固定，站起身对着铜镜打量一二才转身朝门外走去。

“娘娘，娘娘。”廿七冲了过来，差点和褒姒撞个满怀。

“又怎么了？”

“不好了，不好了，郑夫人亲自来了，怎么办？”

“挡在门外！”褒姒紧张地说道，朝着门外快步走去。

郑夫人如今怀有六个月的身孕，纵然是穿着一件宽大的长袍肚子也十分惹眼。一路上秀秀想尽办法选择了偏僻的窄道，避开人群，总算是走到了琼台殿中。她几次传唤褒姒都置若罔闻，这叫郑夫人有些动怒，若是真的怒极攻心这后果可没人承担，趁着早晨周王宫涅早朝，郑夫人便开始收拾准备出门，东躲西藏等到了琼台殿竟然已经过了退朝的时间。

门外的下人伸手拦着郑夫人，秀秀啐了这下人一口：“混账，你可知道这是谁？”

“娘娘吩咐过，没她的命令，就是大王也不能进去！”

“区区一个嫔妃也有这么大的胆子？”郑夫人瞪了一眼下人，给秀秀使了个眼色。秀秀准备用强，二人扭打在了一起。郑夫人就上前一步准备推开琼台殿的大门，这大门却在这时霍然打开，褒姒迈步而出，廿七立刻跟在她的身后又将门关上了。

“贱人！”郑夫人一巴掌朝着褒姒的脸上打了过来，褒姒没有闪躲，硬生生地挨了，耳边“嗡嗡”作响，闭目之后才深深地吸了口气。廿七看着褒姒叫道：“娘娘？”

褒姒摆了摆手，示意自己没事儿：“气出了吗？”

“出了？”郑夫人冷哼一声，“你我商议合谋算计桑珠，却不承想，你心肠歹毒到连我都算计其中，又将三叔赶出了宫！”

“郑夫人消息太慢了，郑伯……”她话说了一半，心中揣度，此事周王宫涅自然也是知晓的，却不肯告诉郑夫人，必定是担心郑夫人现在的身体状况受不了郑老夫人去世的消息。话到嘴边转了个弯说出来的却是“郑老夫人急召，要郑伯回国，郑伯与大王对峙两日，大王放人了”。

“你胡说，分明是你有意陷害！”

“我若有意陷害，他如今就已经死了！大王将郑伯困在镐京城，无非就是担心自己的叔父谋反，大王能放还郑伯也是好事，郑夫人何必掣肘？便是我要大王如此做的，你也当感谢我才是！”

“如此说来，我倒是要谢谢你了。”

“不必客气，郑夫人的旧账若是清算完了，请回吧。”

“哼……”郑夫人冷笑一声，右手挥过来企图再扇褒姒一掌，却被她硬生生地攥住了，冷冷地盯着气焰嚣张的郑夫人：“我并非天生命贱，挨你一掌是为桑珠一事，我们两讫。没有理由再挨一次！”

“那我呢？你将我算计进你的阴谋当中，企图让我和桑珠玉石俱焚的时候，可曾想到我命大竟然能活下来？”

“大王也不会想到，他在设计我，不希望我怀有周朝王室血脉的时候，竟然会误伤到他最宠幸的女人，差点害死自己的骨肉。”

“你说什么？”

“时至今日，琼台殿用的香仍旧是麝香，郑夫人好雅兴，要移步殿内吗？”褒姒看着郑夫人一字一顿地问道。这话字字镌刻在郑夫人心头，一种截然不同的痛代替了刚才的愤怒，她看着褒姒的眼神转而变为了同情。

……

周王宫涅退朝回到显德殿，发现郑夫人竟然不在了，怒吼着问门外的几位下人。下人们尽数低下头去，连大气儿也不敢出。周王宫涅曾明令禁止郑夫人离开显德殿，但是殿内下人又不敢得罪郑夫人，两头为难之下也只好睁只眼闭只眼，盼她能早点回来，将此事蒙混过去。

如今事情败露，总得有个说话的人：“启……启禀大王，郑夫人说是去了琼台殿，去去就回，奴婢们不敢阻拦。”

周王宫涅只觉得血液上涌，转身向门外走去，以最快的速度赶到了琼台殿，以防不测。

琼台殿前郑夫人听了褒姒的那番话，忽然之间就觉得她可怜了起来，褒姒被周王宫涅利用，从而转移所有人落在郑夫人肚子上的视线一事，别人不知，郑夫人却再清楚不过了。一个人一旦发现自己站在高处就难免要产生一些因为优越而引发的同情，她尖刻的语气也就缓和了下来：“听闻之前那一刀差点要了你的性命，如今一切还好吧？”

“托郑夫人的福，郑夫人请回吧，否则大王找不到你又要向我寻人了。”

秀秀抬眼看了看天色，时间的确已经不早了："时候不早了，只怕大王……"

郑夫人点了点头，来时的愤怒已经尽数散去，如今只剩下对褒姒的怜悯了，她忍不住开口劝慰道："不管怎么说，大王始终待你不薄的，他日若有机会，我在大王面前替你……"

"我并不在乎！"

郑夫人又动了动嘴，最终却没有再说什么了，只是叮嘱道："你好好休息，先祖殿中守持斋戒也不是件轻松的差事，琼台殿若有什么需要我搭把手的，尽管向我开口便是了，你大病初愈，注意身体。"她简单地交代完了这几句，褒姒却不领这份情，面上的冷漠拒人于千里之外，郑夫人也只好道了声别，转身走下了琼台殿。

几乎是前后脚的，褒姒还没有从大殿门口回到堂内，就看见周王宫湦一副兴师问罪的表情怒气冲冲地从远处走了过来，他脸色沉凝，双拳紧握。褒姒将周王宫湦上下打量了一番，对廿七说："你先回去。"

"可是大王看起来好像……"廿七要说些什么，人却已经被褒姒推了一把，朝着里屋跌了两步，她只好努了努嘴关上了殿门，耳朵紧紧地贴在大门上听着外面的动静。褒姒看着周王宫湦由远及近，自己却没有动一动步子。

"郑夫人呢？"周王宫湦在距离褒姒还有几步之遥的时候就开口问道。

"里面休息呢！大老远从显德殿过来兴师问罪，总该缓口气儿吧？"褒姒看着周王宫湦，话语中带着浓浓的嘲讽。周王宫湦的面色蓦地就整个黑了下来，冰冷的眸子扫过褒姒，让人不寒而栗，像是即刻就要伸出手来将褒姒掐死一般。

褒姒不想拿郑夫人腹中孩子和自己来对赌，她已经输过一次了，不等周王宫湦开口她就说："刚才来过，殿门紧闭，连这里都没有跨过去！"褒姒指了指自己的脚下，"大王放心好了，你的一妻一子，母子平安！"她说完这话就转过身去朝前迈了一步，却被周王宫湦拉住了胳膊："郑夫人不能在琼台殿出事！"

褒姒愣了一下，他竟然给了自己一个解释，这是很罕见的事情。她有些动容："刚才郑夫人一路过来，只怕路上会被人撞见，还有四个月的时间，大王小心！"

"寡人知道！"

"臣妾告退。"褒姒这么说，周王宫湦却不肯松开抓住她的手，眼神黏在她的面上不肯撤去："寡人昨夜彻夜不眠！"他的嗓音都有些沙哑了，在努力地博取同情，"阅了一夜的奏折，又传召了一夜的大臣，和赵公商议今日上朝的对策，寡人很累。"

“我在斋戒期间，侍奉先祖，心诚则灵。”

“寡人不碰你。”

褒姒没有再说话，转过身推开了殿门，趴在门上的廿七立刻后退两步露出了一脸的讪笑：“参见大王。”

褒姒吩咐廿七去放水，让周王宫涅的下人替他沐浴更衣。她先行回到寝宫中，等待着稍晚进来的周王。原本熟稔的侍寝一事此刻竟然变得陌生起来了，褒姒也好，周王也好，都有种奇怪的惶恐之感，就像是相互陌生的两人，端端正正地各自躺在了一张床上。

“为什么不让秦国将领带兵出征？”褒姒侧过身子枕着自己的胳膊问道，她以为周王宫涅会用嬴德。

“启之同我一起长大，他的秉性寡人更加熟悉，这一仗……”周王宫涅说到这里就不再说下去了，只是一脸凝重地看着褒姒，“论辈分，寡人该称他一声三叔，不过年岁却与寡人相当，他自小体弱多病，父王就留他在宫中养病，年少的时候我们二人常常同进同出，他对兵法……颇有见地。”

郑国的这位公子启之是周王的一步暗棋，他将郑伯友调离镐京城，本意怕是要扶正这位年幼的公子，可碍于朝中大臣、在野诸侯，此举才不能不慎之又慎。可如今，郑伯友自镐京城中折返回郑国，而周王宫涅却将公子启之调离郑国。这一步棋褒姒委实有些看不太懂，她只是觉得奇怪，却也不敢再多嘴问周王，只是点了点头而已。

“启之出兵齐国和郑老夫人病逝的消息，寡人叫人瞒住了郑夫人，你这里千万不能走漏了风声。”

“大王请放心。”

“郑夫人那里，你有空就去陪陪她，她一个人在显德殿上也无聊，寡人如今又顾不上。”

褒姒转过了身，对周王的这句命令只回应了一声闷闷的“嗯”。

周王宫涅看着褒姒的背影笑了出来，他想将她揽在自己怀中，却害怕被再次拒绝，终于只是躺在一侧慢慢地睡着了。再醒过来褒姒已经翻过身面朝自己睡着，她大概也是累了，睡得很沉，睫毛没有丝毫的颤抖。

周王宫涅打量着面前的褒姒，他初见她时，并没有觉得她长得好看，可是日子久了，越发觉得她耐看，是那种细细品味仍不觉得甜腻的耐看。他翻身从床上下来，整了整自己的衣服，害怕再睡下去就会控制不住自己，只能迈步走出了这屋子。

公子启之得到了从镐京城中传来的圣谕，便带兵出发，预计一个月后直抵齐、夷交界处。启之得到的周王指令是：改守为攻，一举拿下东夷的两个郡县。

齐、夷交战，原本就令齐国将领十分为难，又因迟迟联系不到齐伯，只能消极抵抗，原以为能够将场面撑到齐伯回国，可没想到齐伯还没有抵达镐京，郑国公子启之就带领援军赶到。此时此刻，如何行军就由不得齐人说了算。

郑国公子启之、上卿赵叔带，都是周王手中的棋子。他的这一局棋还有多大？褒姒无法揣测，她只知道她也好、诸侯也好，对于这位蛮横、暴戾的周王，实在是所知甚少。对于公子启之的挥戈东夷，朝中大臣都以为是周王拉不下脸面去求当日同自己大动干戈的嬴德出兵，个个都抱着看热闹的心态，等这位年轻的将军铩羽而归。

如今诸侯已经陆陆续续地入了京。褒姒打理完先祖的牌位后从大殿门前跨出，而门外正伫立着一人。多日不见，他一袭白衣随着秋风摇摆，身姿挺拔，瘦削却神采奕奕，面上是如水的温柔，仍旧是那般书生模样文质彬彬。

褒姒顿住了脚下的步子，停在了门外："郑伯？"

"娘娘。"郑伯友向褒姒行礼拜谒，看上去心事重重。

"葬礼还算顺利吧？"褒姒象征性地问郑伯友，他点头说道："一切顺利，臣闻郑夫人在我离开之后……"

"母子平安。"褒姒打断了郑伯友的话。

"我以为……"郑伯友说了一半，摇了摇头，"谢谢你将此事告知于我。"

"郑夫人在显德殿，大王照顾得很好，也不会再有性命之虞，还请郑伯不必担心。"

"我去过华辰殿，他们将我走后那里发生的事情都告诉我了。你还好吧？"

"地府嫌弃，不肯收我。"褒姒孱弱的身体像是能被一阵风卷走，郑伯友只要想起那日褒姒挽住自己的手将那把锋利的匕首捅进肩膀，他就不由得心痛，眉头紧锁："好在……都过去了。"

"都过去了！"褒姒应了一声。

"郑某烦请娘娘代在下送郑夫人一样东西。"

见褒姒点头，郑伯友便将揣在身上的碧玉戒指交给了褒姒："郑夫人自幼与家母投缘，这枚戒指便是家母留给她的，还请娘娘帮郑某代为转交。"

"郑夫人若是问起老夫人，我该怎么说？"

"什么？"郑伯友有些不解。

"郑夫人还不知道老夫人过世的消息，公子启之又赴齐国作战，大王也不允我们告诉她，是担心她忧虑过度，所以一直瞒着。"

"大王费心了，"郑伯友说道，笑得僵硬，"就说……是家母送给她的贺礼吧？"

"好。"

"身上的伤如今都好了吧？"

褒姒点头。

"桑珠最后还是……"他没有把话说完，觉得自己有些较真儿了，当日若是桑珠不死，死的就是褒姒，二者相较，他就觉得眼下的结局还算是恰如其分的。可话说出来了一半，另一半不必说，褒姒也心知肚明，只是淡淡地说了句："对不起。"

"你若死了，大王只怕永远也不会知道你是因为爱他才出此下策。"

"他永远都不会知道。"

"值吗？"

"能用值不值来衡量吗？郑伯若是爱一个人，会计较是否能得到回报吗？"

"不会。"

"我也不会。"褒姒莞尔，笑意明快。这笑容却像是明晃晃的刀子，捅在了郑伯友的胸口，不知从何日起，这个苍白、倔强而又狠心的女人就渐渐地走进了他的心房，挥之不去。他问她："如此说来，又为何几次将大王拒之门外，还接下这斋戒守持的差事？"

"我若不这么做，大王又会陷入两难，我在朝中无人，只得收敛锋芒。他既要捧我，杀我的时候就不该心疼，如今不舍得了，我就不能不为他多想想。他日后宫苛责、朝臣刁难，大王要寻求支持之时，我能做的只有一退再退，不成为群臣要挟大王的把柄。"

"娘娘请放心，郑国愿听凭差遣。"郑伯友这番掷地有声的话叫褒姒愣住了，她第一次这么明显地感觉到郑伯友的情绪，心中一下子慌乱了起来，转而又平静了下去，只是用惯常严肃而清冷的口吻说了句："不必了，我既然能从妖妃之祸中全身而退，也能保自己一世平安。"褒姒说着捏了捏手中的戒指，"时候不早了，我去一趟显德殿探望郑夫人。"

褒姒的冷言冷语，眸子里的冰凉漫过了一颗炽热的心，让一份蠢蠢欲动焦躁的心情安定了下来。郑伯友立刻出言解释："娘娘不必误会，如今郑国也并非在我的掌控之中。"

这点褒姒并不意外："郑伯毕竟是朝中司徒，他日返京，仍要司其职。"

"是！"

"告辞。"褒姒说罢转身朝着显德殿的方向走去，手中这戒指仿佛又沉了一些，她背对着郑伯友轻轻地叹了口气，越走越远。而郑伯友却一直目送着褒姒的身影，直到消失在宫宇的尽头才转身离开。

周王宫涅放出风来说郑夫人腹中的孩子没有保住，这一招不但稳住了蠢蠢欲动的后宫女人，也稳住了千里之外镇守要塞的申侯。可郑夫人的孩子一旦降世，必将受到苛责，也许还会有性命之虞。

日后郑夫人必举步维艰，这一点褒姒心知肚明。正因为如此，她才会答应周王隔三岔五来同郑夫人说说话。然而这位看似浅薄的夫人也终究没有世人想象的那般愚钝，随着肚子的渐渐隆起，她的容颜却日日不展，仿佛是没几日好活了。这几日她不住地自怨自艾，常常看着远方失神地问褒姒："我若死了，是否就能住进大王的心中？"

褒姒不知如何作答，只好出言宽慰。

今日的镐京城飘舞着细碎的雨花，这座城市陷入了晦暗、阴冷当中，郑夫人提不起什么兴致，把玩着手中刚刚拿到的戒指，上面还蒙着一层雾气，泛着冰凉。她问："三叔还好吗？"

"看起来很精神。"

郑夫人握住了褒姒的手腕："我有些害怕。"

"大王会护着你的。"褒姒说这话，自己也觉得违心，谁也无法预测周王宫涅的下一步棋。

"我觉得大王有事儿瞒着我。"郑夫人凝重地向褒姒说道。周王下了死令禁止任何人出入显德殿，可朝中对于公子启之的不看好，很快也许就会变成对郑夫人红颜祸国的指责。消息传不进来，可不代表大家并不知道，身在显德殿中的郑夫人也越发察觉到什么事情不对了。

"怎么会？"褒姒端起桌上的茶壶，为自己斟满了茶水，掩饰自己的慌乱。

"在宫中这么多年，和申后斗、和秦夫人争，得到了大王的宠幸又如何？这宠幸也不过是过眼云烟，转瞬即逝。"

"夫人何出此言？"褒姒低着头问道。

郑夫人坐直了身子，看了看秀秀，秀秀立刻叫周围的下人都退了下去。郑夫人这才握着褒姒的手，眼神中带着犹疑和惊恐小声地问道："大王要对付三叔，对不对？"

褒姒摇了摇头。

"一定是，他要杀三叔，扶小叔叔上位！"

"夫人多虑了，郑伯的功绩，朝中有目共睹，大王为何这么做？"

郑夫人绝望地摇着头，眼中充斥着泪水，从郑伯友离京之后，她就一直在为他担忧。最近所有人瞧着郑夫人又都是一副欲言又止的模样，她脑海中迅速地想起了几乎要被她遗忘的事："当初大王就对三叔起过杀心，可碍于郑国百姓的爱戴，不敢妄动！我见机劝说大王给三叔封个闲职，留在京中，我央求大王说我在朝中势单力薄，备受冷落，大王最终采纳了我的意见。"

褒姒心中一惊，对郑夫人的通透着实有些意外，她拍了拍郑夫人的手背："大王赏识郑伯。"

"不是这样的。"郑夫人歇斯底里地叫喊着，一遍遍地重复这句话，企图通过这样的方式叫褒姒信服。褒姒看着她的模样心中艰涩，女人在宫中的时间久了，是不是总要变得如此？周王宠幸的一起一落，让这些将整个心都放在这个男人身上的女人筋疲力尽。

褒姒心中不忍，想将真话和盘托出："其实郑伯离开镐京城并非大王本意，只是发生了一些事情，他不得不走。"

"是什么？"郑夫人蓦地冷静了下来。

"老夫人……过世了。"

"你在说什么？"一声低沉而沙哑的声音在门外响起。郑夫人先是一愣，才坐直了身子转头看着门外，神情呆滞得就像是个失魂的孩子，摸着自己的肚子不解地看着褒姒："大王，她说……老夫人过世了，这不是真的，对不对？"

褒姒木立在当场，如同遭了雷劈。

郑夫人等待周王回答的这段时间里，对褒姒来说，简直是煎熬，最后那沉稳的声音传了过来，其间还夹杂了些对郑夫人的宠溺："老夫人过世了？这消息寡人怎么会不知道！"他说完，怒目瞪了褒姒一眼。

郑夫人喘了口气，像是放下了心中的巨石，露出了笑意，挽住了周王的胳膊："许是刚才褒娘娘与三叔见面时，听错了吧？"

"哦？"周王宫湦看着褒姒，"郑伯入京不来拜谒寡人，倒是先去见你了！"

“既然一切都是个误会，臣妾就告辞了。”褒姒作揖，双拳紧握，没想到郑夫人用了数月的时间做了个局又将自己陷了进去，她利用的仍旧是自己看似无知的天真，一而再，再而三，屡试不爽。褒姒有些懊恼，也不等周王宫湦答复便转身朝着显德殿外走去。

“你站住！”周王宫湦呵斥道，“寡人何时允许你离开的？”

褒姒转向周王宫湦：“大王还有什么吩咐？”

“来人！”周王叫道，秀秀立刻带着下人们从门外进来，向周王宫湦行礼等候他的吩咐，“褒娘娘如今分身乏术，无暇来显德殿中与郑夫人消遣，以后莫要再让她进来了。”

“是！”

“寡人还有事情交代她，”周王宫湦拍了拍郑夫人的胳膊，“你好好休息，等孩子出生后，寡人陪你回郑国，好好看看老夫人，再小住些日子。”

“好。”郑夫人笑着应道，依偎在周王身侧。

“你要再为寡人生个小王姬，寡人喜欢女儿！”

“是，大王。”郑夫人羞涩地低下头去，满面通红，摸着自己的肚子，露出了幸福的神情。这叫褒姒看着心如刀绞，诚如自己和郑伯友说的那番话，付出不计回报，可做起来却谈何容易？她觉得此情此景就像是一个巴掌扇到了自己的脸上，恨不得当初身受一刀就永远都不要再醒过来！

“走！”周王宫湦冷冰冰地对褒姒说道，大步走出了门外。

褒姒迈着小碎步紧随其后，几乎是一路小跑尾随着他：“大王请听臣妾解释。”

“闭嘴！”周王宫湦呵斥道，“寡人没有让你开口之前，你一个字都不要说！”

褒姒抿了抿嘴，不再出声。

周王宫湦一路是朝着琼台殿的方向疾行快走，进了殿内连下人们的招呼都无暇顾及，直接朝着寝宫的方向走去。琼台殿内死一样的安静，谁都看得出周王的盛怒，人人都屏气凝神站在一旁。廿七看着褒姒眼中满是担忧，可也只是动了动脚，不敢走过去。

“把门关上！”周王宫湦转身对着随后进屋的褒姒吼道。

褒姒把门慢慢地合上，等着他向自己发难。他深吸了一口气盯着褒姒，举起宽大的手掌几乎又要一巴掌扇下去，却迟迟没有打下来，只是空手一甩：“寡人有没有说过不准将老夫人去世的消息告诉郑夫人？”

“说过。”

“你不是个不知轻重的人，为什么？”

“我以为郑夫人……”

“你是以为郑夫人，还是以为寡人会将郑伯怎么样？你倒是很紧张他！你受伤的消息，他知道得比我早，你出事的时候是不是还是他在你身边照顾？”这句话叫褒姒猛地抬起头看着周王，用不可置信的口吻问道：“你找人跟踪我？”

“寡人没有那么无聊，下次调情就换个隐蔽的地方，免得被人撞见，你丢得起这个人，寡人还要这张脸！”周王宫涅大声地呵斥道，“真以为你有多厉害能从妖妃祸国一事中全身而退吗？”他说着将手中文书摔在了褒姒的脸上，叫她朝后退了一步，才攥住了手中的卷轴。这是近几日从秦国传来的申侯与西戎频频接触的密函，里面还有褒珦与申侯同谋的罪状，二人企图让西戎借道褒国、申国攻入镐京城，废了周王宫涅，辅佐太子宜臼登基。褒姒不停地摇着头：“父亲怎么会……”这件事情比扇在自己脸上的一巴掌更重更狠，叫褒姒整个人都蒙了，大脑中一片空白。

“怎么会？你出事的第一时间，寡人就差人去你家中请你父亲来朝中为官，主持大局。朝臣便会看在他的面子上放过你是妖妃一事，你可知道他怎么回答寡人派去的使者？”

“怎么回答？”褒姒的声音在不断地颤抖，不敢去面对这个事实。她以为褒珦只是气她一时，骨子里一定会心疼她为褒国的付出，却没有想到事情竟演变至此，明知她是周王的妃子，仍旧联合外族企图谋反，非要将她推到一个两难的境地，让天下苍生恨不得将她千刀万剐。

“褒珦说，你们褒家没有如此不肖女！他褒珦也从未生过你这等女儿！”周王宫涅看着褒姒一字一顿地说道，每个字都像是一把利刃砍在褒姒的心口，她疼得已经没有了知觉，“恩将仇报”四个字，字字剜心。褒姒不停地摇头企图麻痹自己：“不会的，爹不会这么说的。”她哭了出来，拉住周王宫涅的胳膊一直朝下坠，求求他骗骗自己。

“寡人不告诉你这件事情，是害怕你接受不了，你呢？”周王宫涅把褒姒拉了起来，让她站直了看着自己，他掐着她的下颌，“是怎么执行寡人的嘱托的，就因为寡人不让你生子，你就非要将郑夫人也置于死地吗？你以为这个后宫你已经可以随心所欲了吗？你根本不配做母亲！”

褒姒不可思议地看着周王宫涅：“臣妾从来没有这么想过！”

“没有？整个后宫敢把寡人拒之门外的除了你，还有谁？是为了什么？不就是为了证明你之于寡人有多重要吗？郑伯想保你，问问他有什么本事？”周王宫湦说罢将褒姒推到了床上，“明日就去告诉申后，当着众人的面，说寡人要你侍寝，后宫诸事请她这个做王后的多尽尽义务！”

“不要。”褒姒双手撑着身体朝后退，惊恐地看着周王。

“也对，你才是寡人的妃子，该你来侍寝才是。”

“不要！”褒姒的情绪有些失控，处在崩溃的边缘。周王宫湦只是冷冰冰地说道：“你若不肯，寡人让这琼台殿再多一个嫔妃也不是难事。”他看着门外大喝了一声：“廿七！”

“不要！”褒姒扑过去，捂住了周王的嘴，满面泪痕，不断地摇头。

“怎么？害怕和自己的下人争宠，这名声传出去不太好听？”

周王宫湦拿廿七威胁自己就绝不会只是说说而已，廿七已经是褒姒的最后一个堡垒了，若是将廿七也弄丢了，她无法想象自己的未来将会在怎样的悲戚与黑暗中溘然长逝。褒姒咬了咬牙，顺着周王的身体爬了起来，放下了她竭尽全力维持的高傲姿态，解开了他身上的一件件衣物。

琼台殿的寝宫中弥漫着一股令人绝望的气息，两个多月前从死亡边缘挣扎活下来的褒姒，直到此时此刻才是真正被推到了孤立无援的境地，如在旷野之中声嘶力竭地呐喊，却仍旧只能独自陷入一场无休无止的疲态当中。她感觉到自下而上的一种撕裂般的痛，却仍咬住了下唇不发出丁点的声响。

看见这样的褒姒，周王宫湦就越发着恼，人越发地暴虐无章，让褒姒痛苦地蜷曲在一起，又生生地被周王结实的身体按压住，将她摊开来承受着这样的痛苦与不堪。

他想过，如果她肯说一句求饶的话，他就放了她。

可是她没有，她的执拗达到了让他无法想象的地步，这种愤怒让这两个人谁也无法从中体会到哪怕一星半点的快感。

受折磨的人是褒姒，认输的人却是周王宫湦。

他从她的身上退下，血丝浸染着白色的被褥，散开成一朵朵红色的血花。周王宫湦抓过扔在一旁的衣服穿在了身上：“不要想着去死，否则寡人怎么对廿七你最好做最坏的打算。”

褒姒看着周王宫湦，就像是个死人，眼神中没有一点光晕。

“你以为不怕死很了不起了吗？寡人有一百种方法叫你比死更难受，不要妄图在一个没有寡人的后宫里活下去，讨好寡人才是你应该做的事情！”他说完这话，衣服已经穿好，甩了甩衣袖，迈着大步走出了寝宫。他连一句安慰的话都没有说。

在周王看来，褒姒原本是一个和自己不会存在交集的人，却为了救父入宫成了他的女人。如今她的目的达成了，所以她不必再费力去取悦自己了，生死大概也早已置之度外了。其实比起活着的不堪，死才是最简单的，在鬼门关走过一遭的褒姒，早就深谙这道理。

周王宫涅原本永远都不会告诉褒姒关于褒家的种种，可如今愤怒褫夺了他的理智，看着身下狼藉的她也没有一丝一毫的愧疚感。眼下的她，让他愧疚不起来，他不知道一个不爱自己的女人还有什么值得他心软。他曾经试图给褒姒她想要的一切，可是现在他知道也许这一生她都不会领情。

周王宫涅以为，褒姒和郑伯友说的那番话，只是不想让郑伯为难所以才步步后退，他以为，所谓的爱没有值不值，不过是个令人容易信服的借口罢了。她的拒绝，其实是对郑伯的保护。

他知道他因为什么而愤怒，为这种愤怒的由来更加狂躁。

天色微微泛黑，烛火已经点亮。

大王的前殿内，下人们来来往往，司徒祭公调度着所有掌乐之人为满座宾客奏乐，佾人们轻歌曼舞，袅袅婷婷。满座诸侯议论纷纷，因为周王宫涅迟迟未曾出现。齐伯焦躁不安地问身边的赵叔带："赵上卿，大王今日来还是不来？"

"急什么？今晚所有的诸侯都在，难不成大王还会缺席？"

"那可不好说！"齐伯摇了摇头，此事别人做不做得出他不知道，但是周王宫涅的话，凭着他的性子还真有可能缺席，"听闻大王下午去了琼台殿，只怕是……"

"胡说，褒娘娘负责着先祖殿内的灵牌侍奉，怎么可能？"

齐伯擦了擦额头的汗，还是觉得别人做不出的事情不代表周王宫涅也做不出来。今晚的晚宴是例行公事款待列位诸侯，却因为周王宫涅迟迟不出现，主持大局的工作便落在了申后身上。王与后同席，叫此刻的申后看来像是个笑话，她不断地催促着身边的人去看看大王去哪里了。

"大王到！"侍立在大殿两侧的下人高喊道，殿内的所有人这才松了口气。

周王宫涅沉着脸，迈着步子一步步地走来，周身还带着未退的愤怒，叫两侧诸侯心生畏惧，连呼吸都谨慎了起来。如今两国交战，谁也不想将战火从齐国引到自己身上，众人行礼拜谒："吾王万岁。"之后便各自低头坐在自己的位置上，眼观鼻、鼻观心，静候周王宫湦的发话。

“众位来到镐京，旅途劳顿，寡人在此设宴，为列位诸侯接风洗尘。”周王宫湦坐下便开口说道，然后举起酒鼎一饮而尽，诸侯也只得陪着一饮而尽。祭公见状立刻让编钟与管弦再次起乐，宴席这才算是正式开场。

诸侯向周王宫湦敬酒，而齐伯却被赵叔带死死按住。

“赵上卿？”齐伯看着赵叔带问道，“难道我齐国被战事牵连，我连句话都不能说吗？”

“你看不出大王今日的心情不好吗？在这么多人面前令大王难堪，你以为他就能让你如愿回齐国吗？倒是不如等酒席散尽，你再与大王私下说及此事。”

“私下？倒是得有私下的时间！我入京三日，日日请见大王，日日被拒之门外……”齐伯话说了一半，看着赵叔带上下打量，“莫不是赵公如今贵为上卿之位，为了保住自己的爵位就忘了当初为官的初衷？”

“齐伯……”赵叔带还想再劝谏一二，齐伯却没有给他这个机会，站起身说道：“启禀大王，臣等有事启奏！”

“今日设宴是为了款待列位诸侯，有事儿明日早朝再议。”周王宫湦慵懒地靠在椅榻上，始终没有动筷子吃一口菜，只是不停地喝着酒，面色泛着酒后的潮红。

“微臣等不得了！如今我齐国与东夷交战，只怕齐国没有将才，无人能够领军抵抗，请大王准许在下折返，率齐国一干将士誓死抵御外族侵略！”齐伯说得言辞恳切，周王宫湦却轻描淡写地给驳了回去：“齐伯不必着急，寡人早替你做了安排。如今郑国的大军已到了齐国境内，带着寡人的文书接管了齐国军权。公子启之正率兵相抗，齐伯尽管安心在镐京城参加祭天大典，列位诸侯可都是你的旧友，如今难得齐聚一堂，还不趁此机会叙叙旧？”他说完哈哈大笑，诸侯们也只好附和：“公子启之文韬武略，深谙行军用兵之道，齐伯只管放心，若是不日郑国战败，我等愿意率军前往齐国，共同抗敌！”

诸侯们阿谀奉承，郑伯友自斟自饮，既不抬头看一眼周王也不看齐伯，他想置身事外，淡化自己的存在。

齐伯一拍桌，对着对面的几人吼道：“如今不是你等疆域遭袭，这般胡言乱语。”说罢看着周王宫湦又说道：“大王请恕在下直言，那公子启之不过是个养尊处优的病夫，若说行军布阵，能侃侃而谈，在下不疑；可真上了战场，这种白面书生是靠不住的，上阵杀敌可是生死肉搏，书生见惯了礼乐诗书，如今换成刀枪棍棒，只怕是只会在战乱中丢盔弃甲投降了！还请大王体恤齐国百姓，让微臣折返东夷领军作战。”

周王宫湦眯着眼将齐伯上下打量了一遍：“寡人倒是不知，何时起，齐伯也成了领军作战的将才？想你齐国日日沉浸于权术博弈，忙着动迁你的都城，齐国百姓早已疲惫不堪，才致使如今人才匮乏，连齐伯都要亲自上阵杀敌了！”

齐伯的手攥在一起，盯着周王宫湦，没有丝毫的惧怕：“东夷与我大周交恶百年，我身为齐国之首，定当以死护国，何来人才匮乏一说？”他豪言壮语，一腔热血，此情此景本该博得满堂喝彩，只可惜眼下这齐聚一堂的都是些没有燃眉之急要解的看客而已，正等待着剧情如何发展，他们屏气凝神，大殿安静至极。

“难得列位诸侯齐聚一堂，我们不妨说些开心的事情。”周王宫湦打了个哈欠，看着齐伯，“这些打啊杀啊的，不吉利，不说也罢！”他摆了摆手，硬生生地要将齐伯的话题给按下去。所有的人都看着怒发冲冠的齐伯，生怕他会不给周王宫湦面子当场就将桌子掀了。

此刻的大殿之上，气氛尴尬至极。

周王宫湦停顿了良久，久到让每个人都几乎按捺不住了，才缓缓开口：“刚才来的时候，寡人接到了从齐国传来的捷报，将军启之首战告捷，齐伯现在可以参加祭天大典了吧？”

齐伯攥在酒杯上的手不住地颤抖，带着极为不信任的语气问道：“是吗？”

“将军启之说，齐国的将领已将捷报发给你了，不日便能到。如此，齐伯可否安心在镐京城中驻扎几日了？”

“如此说来，该恭喜齐伯了，倘若这次能够将东夷之师击退数百里，齐国必定居功至伟！”几位诸侯适时起身道贺，走到了郑伯友的面前，俯瞰着正在自斟自饮的郑伯友，“此事该恭喜郑伯了，你郑国才是居功至伟！”

“诸位所言甚是，”周王宫湦拍着手发出一阵清脆的响声，他的眼睛蓦地睁开，盯着坐在那里的郑伯友说道，“有功该赏！”

“启之初战告捷，与在下全无关系，”郑伯友站起身看着周王宫湦平静地说道，“臣守丧在家，尚不能尽绵薄之力，本已于心有愧，诚惶诚恐。”

“三叔不必惶恐，”周王宫湦大笑着看着他，“寡人定桩婚事，将王姬许配给你。”

“请大王明察，”郑伯友听罢此话，面色苍白，跨步而出跪在了大殿中央，“臣正为家母服丧，此刻不宜成婚。且臣已有妻室，王姬过门，日后必定会被怠慢，只盼大王收回成命！”

“这个媒可不是寡人要为你做的，”周王宫涅的眼神敛了起来，泛出一道寒光，“褒娘娘入宫时日尚浅，寡人极为喜爱。她自小视廿七为妹妹，她的妹妹便是寡人的妹妹，自然贵为我大周王姬。褒娘娘见三叔人品才学皆属上乘，有心将廿七许配与你，三叔可是要拒绝她这番美意？成婚也未必急于一时，如今只是先定了这门亲事，相信三叔也不会让廿七在郑府中受委屈的！”

郑伯友心中惶恐，不敢抬头，心中清楚周王能说出这番话来必定是洞悉了自己对褒姒那份于情于理都不应存在的情愫。周王做媒，他若是不承这情，就是害了褒姒。思忖片刻，郑伯友的一颗心就像是在被炭火灼烧，最后只能伏在地上作揖言谢：“谢大王、娘娘美意。”

“还是美人面子大啊。”周王宫涅仰天大笑，拍手击掌。

这一夜的觥筹交错，先是向齐伯道贺，然后是向郑伯道喜，二人面目通红，虚与委蛇，心中焦灼，这心思却早已不在这夜宴当中了。

从前殿传出的消息不久就到了琼台殿，下人匆匆跑进来，问过了褒姒所在，便朝着沐浴更衣的房间冲去，几乎是不顾礼仪推开了门。褒姒正在木桶中用温水浸泡身体，让自己的肌肤一寸寸舒展开来，听见门被推开的声音，整个人俱是一怔，心中一紧，还以为是大王再次折返，见到是个下人才松了口气，面色却仍旧苍白得有些严肃。

下人见状立刻跪在了地上：“娘娘恕罪。”

“何事？”

“刚才从前殿传来消息，大王宴请诸侯，廿七姐姐差遣奴婢前去打探消息，叫奴婢有什么消息第一时间传回来。”

“起来说话吧。”

“宴席上，齐国传来消息，说是启之将军初战告捷。”

“好事儿。”

“还有就是……”下人看着褒姒咬了咬下唇，面上透着为难的神色。

“有什么话就直说吧！”褒姒看着下人说道。

“大王将廿七姐姐许给了郑伯，说是娘娘的一番美意。”

廿七闻言倒吸了一口冷气，看着褒姒面色苍白，却又不敢多嘴，如鲠在喉。

“郑伯应了？”褒姒问道。

“应了。”

“也是个好事儿！”褒姒点了点头，从水中抬起了白皙的手臂，挥了挥，示意这下人先下去。下人告辞转身，将这屋子的门都关了起来，廿七这才跪倒在褒姒身边，带着哭腔说道：“廿七跟随娘娘数十载，虽没有半点功劳，可事事谨小慎微，从未有过大错，娘娘可是嫌弃廿七了？”

“你不是一向喜欢他吗？”褒姒问道。

“我喜欢他是因为他喜欢娘娘，他看您的眼神比大王温柔，对您的态度比大王和气，娘娘明知郑伯整颗心都放在了您身上，又何必将我推到他身边？让他睹物思人吗？”廿七哭着问道，她不相信褒姒会狠心做出这样的决定，她哪里知道褒姒同她一样，也是第一次听到这个消息。

褒姒从水中站起身，下腹有些隐隐作痛，她浑身莹白如玉，纤细而白皙的手拿起架子上那件白色长袍披在身上，转身看着廿七说道：“你刚才那番话，已经足以让我们两人被处死了！”

廿七赶紧掩住了嘴，神情惶恐：“娘娘恕罪！”

“郑伯必定会和我一样，护你一世周全。”褒姒拍了拍廿七的肩膀，算是对她最大的宽慰，除此以外她也想不出更好的话语来。

廿七仍旧在小声抽泣，拽着褒姒的裙角仰头看着她：“娘娘，廿七不想离开您，哪怕是一辈子在这宫里伺候您，廿七也心甘情愿。”

“一辈子……”褒姒重复了一遍这三个字，“你可知一辈子意味着什么？”

“就是从生到死。”廿七看着褒姒的目光灼灼，充满了期望。褒姒却摇了摇头：“一辈子的意思就是……你若要留在这里，就要成为大王的女人，做他的嫔妃，伴在他左右，与其他女人争宠，斗得你死我活，稍有不慎便有性命之虞、万劫不复。”

廿七猛地摇头：“廿七只想跟在娘娘身边，不会与娘娘争宠。”

“后宫的女人，就是大王的女人。你若愿意如此，我便开口求大王将你留在宫中。”

“不要！”廿七的眼中含着泪水。

褒姒拖着长长的裙摆向外走，赤脚踩在地上，没有发出一丝声响。她的头高高地昂起，黑色的发丝如瀑布般倾泻在背后，白色的长袍十分肃穆，周身是不可侵犯的斐然光彩，令人侧目。走到门口，褒姒顿了顿身子：“去一趟西阳宫吧，供奉先祖的牌位总该得有个人！”

“是！”廿七抽抽搭搭地在褒姒的背后作揖，等她离开才抹掉了眼泪，强打起精神从这屋子里走了出去。廿七将褒姒的话带到，请秦夫人从她的酉阳宫中抽调人出来接替褒姒侍奉先祖牌位。

秦夫人面色不悦，厉声问道："孰轻孰重，她没有分寸吗？"

"秦夫人这话，是说大王分不清轻重缓急吗？大王做事自有分寸，还要向你交代不成？今日这先祖大殿，空着便空着了，他日大王责罚下来，谁能担待得起？廿七的话已经带到，请秦夫人斟酌！"廿七扔下这话就转身离开了酉阳宫，心中也是一团火气无处发泄。

"这奴婢也太目中无人了！"酉阳宫的女御章柔瞠目结舌地说道，虽对琼台殿的人没有规矩一事早有耳闻，可如今见了，才算是开了眼。

秦夫人伸了伸手，示意章柔不要多言："她有这个资格！今日宫中发生了什么事？"

章柔思忖片刻说道："早晨褒姒去过显德殿。大王也好生奇怪，郑夫人早产后身体早就该恢复了，可如今还不让她搬出来，真是史无前例的恩泽。"

"只怕是郑夫人根本没有小产！"

"可小产这话，是大王亲口说出来的。"

"若非大王亲口说出来，我们又怎么会相信？"

章柔猛地回过神来，想明白了这其中的道理。在后宫之中怀孕生子是一件多么危险的事情，只要在这里生活过几年的便都清楚，饶是强悍如秦夫人，当年也同样没能保住自己腹中的胎儿。原本根本轮不到今日这郑夫人仗着肚子张扬跋扈，可就因为那次小产，秦夫人再也无法怀孕，周王对她的宠幸也日渐少了起来。他虽然常常出入酉阳宫，可所谈论之事大多围绕着秦国的兵马，这变化秦夫人不说，却也觉察得出来。

章柔心中明白，若是再叫郑夫人将这个孩子生出来，酉阳宫日后只会更加没有地位："如今，我们该如何是好？"

"静等齐国这一仗大败！"秦夫人咬牙切齿地喘着粗气。

"启之将军一定会败？"章柔问道。秦夫人没有接茬，冷笑一声说道："你去一趟先祖殿内，等明日东宫晨谒之后再做定夺。"

第二日的东宫谒见，褒姒已褪去了她那件素色长袍，换上了大红色的长裙，裙摆拖曳，就像是绽开的血莲。珠钗交相辉映，容颜华贵，一步步缓慢地迈进东宫大殿，面容中带着威仪，仿佛她才是王后，等待众人的问安。

"参见申后。"褒姒的声音清冷，神情淡漠，惹得申后十分不悦，将手中茶杯“砰”的一声猛地放在桌面上，厉声问道：“你可有将本宫放在眼中？”

褒姒看着申后，并不答话。

申后的话如同石沉大海，在诸多后宫女人面前十分尴尬，越发地愤怒。秦夫人一早就来告过状了，她自然知道褒姒今日出席晨谒所为何事：“当日你是亲自从我这里领走了侍奉先祖牌位的差事，我们没人逼你！如今两月之期未满，你却先犯了忌讳，倘若我朝来年运势折损，你可担得起这责任？”

“王后可曾因别的夫人、嫔妃得宠而迁怒于人？”褒姒伸出手指着在场的女人，替她们向申后问话。

“笑话！”申后的手越攥越紧，恨不得一把掐住褒姒的脖子将她活活扼死。这话着实戳到了她的软肋，饶是心虚也得底气十足地同褒姒呛声：“后宫妇人皆应尽力帮大王打理朝中事务，本宫怎么可能因为此等小事迁怒于人？更何况自古后宫无专宠，不要以为自己一朝得势，便能够长盛不衰，盛极荣宠的下场都悲惨至极！”

“那便是了。”褒姒收回了刚刚伸出的手，转过身背对着申后说道，“娘娘尚有如此见地，先祖怎会同我一般见识，迁怒于我朝运势和大周百姓呢？”她的话音越来越远，人已经走到了东宫门外。

“给本宫站住！拜谒东宫是我大周自立朝以来便有的规矩，本宫还未准许你离开……”

褒姒站在门外回应道：“大王自我入宫以来，便有过口谕，宫里的规矩，我不必遵守。侍奉先祖牌位一事，娘娘贵为一国之后、万民之首，该尽尽孝道。”这话说完，她的身影就越来越小了，渐渐地消失在东宫的视野范围内。年幼的太子宜臼仰头看着自己的奶妈问道：“那人是谁？”

“妖妃褒姒！”奶妈恶狠狠地说道。

“她怎么可以这么对母后说话？”

“那是妖女，专门魅惑大王、亡我周朝的！”奶妈危言耸听地说道。太子宜臼冷哼一声，手紧紧地攥成了拳：“有朝一日，我必要她死在我的剑下！”

褒姒的一番话，就像是掴在了申后面颊上的一记耳光。秦夫人瞧着褒姒离开的背影，若有所思。自从妖妃一事以后，褒姒节节后退，掩其锋芒，避开后宫纷争。今日之事，未必是她的主意，而这后宫中能支使得了她的，也只有一个人而已。

“申后，”秦夫人转向申后，“只怕这褒姒没这么大的胆子，敢和您这么说话。”

“什么意思？”申后问道。

“怕是大王不满申后，借她的嘴一吐为快。前些日子大王问及我秦国军力的部署，本想调度我秦国前往齐国作战，可臣妾得到消息，说西戎对我大周虎视眈眈，有趁火打劫的意思。”秦夫人这番话说得很慢，一面说一面观察申后的脸色。早在联手对付褒姒之时，秦夫人就透露过自己手中握有申侯叛国通敌的罪证，此刻她再说出这话来，申后果然十分慌张，呼吸都变得不规律了。

“说来也怪，我秦国的兵力一向强盛，几次西戎进攻，世子、世父同我哥哥嬴德拦截，大获全胜，将西戎的军队击溃数次。如今世父虽死，可我大秦兵力毕竟不减，西戎卷土重来，仿佛胜券在握，也不知这其中是否另有隐情？”

坐在一旁的卫夫人感到一丝不悦：“打仗是男人们的事情，我们只要管好后宫，不要让有心人趁势作乱就是了，秦夫人将话题扯得也太远了。”

申后接上了卫夫人的话茬：“如今诸侯觐见，朝中群臣忙乱，我等不能再添麻烦！”

“是！”秦夫人挑了挑眉，“臣妾只是揣测大王希望申后表率后宫，在先祖殿中供奉。不然依着褒姒的身份，怎么敢如此说话？今夜的先祖殿中不妨由我暂代，先祖会谅解的。”

“不必了，”申后说道，“此事由本宫去便是！”

秦夫人的嘴角挑起了一抹笑意，不再多言。秋意渐浓，冷意包裹着整个镐京城。申后除却供奉之事还要虔诚地跪拜，身旁不能有人侍奉，最多也只是在殿外守候，更别说用炭火取暖了。

一夜过后，申后就有些体力不支，晨谒时也是有气无力地浑身酸软，第二日之后干脆吩咐下人们停了东宫晨谒，到了第三日则卧床不起。

祭天大典一向由大王与王后一并主持，而今年，这事情却因此而有了些变化，后宫里的气氛立时又变得微妙了起来。

第十二章

天长地久君曾允，生死相随妾之愿

自从大王在夜宴之上为廿七做媒之后，廿七在后宫中的身份摇身一变，尚未封赏便已经被宫里大大小小的下人或者官吏当作是王姬在对待了，人人面上都是一脸的谄媚之态。连她去膳房取食盒的时候，膳夫们都殷勤地左右拥着：“廿七姑娘有什么需要尽管吩咐，怎么还亲自跑一趟呢？”

“娘娘口味特别，怕琼台殿里的人记不住。”廿七说着想从膳夫手中接过这食盒，膳夫却没有递还给她的意思：“瞧您说的，只要吩咐一声，我等便给娘娘送去了，何必如此麻烦？”

“娘娘喜欢什么口味？”廿七问道。

膳夫支支吾吾答不上来，注意力也从食盒上落到了这个问题上，廿七这才趁着空当将食盒抢了回来：“娘娘喜欢吃清淡的东西，不喜欢油腻，娘娘胃口不大好，你们做菜的时候就要花些心思！”她每每想起自己离开之后，褒姒便无人照料，就放心不下。

“就是别的事情都记不住，娘娘的喜好我们几个心里还是有谱的。”膳夫凑到廿七的耳畔小声地说道，“听闻这三日来，大王日日宠幸娘娘，今日申后又告病在东宫，只怕是今儿的祭天大典，娘娘要代替申后陪同大王吧？”

“这可不能瞎琢磨，犯忌讳！”廿七一本正经地呵斥着膳夫，心中却吃了不小的一惊。这三日来明明未曾见过大王身影，可大家都以为大王是在琼台殿过的夜，她害怕自家主子又被推到风口浪尖上去，“申后怎的忽然病了，祭天大典可不比寻常日子，真没分寸！”她抬起头眯着眼看着天边已经从地平线上升起了一半的太阳，只要日头出来，到正午也没多久了，而祭祀大典正是午时举行。

“一早大王就去东宫探望了，好像是前几日在先祖灵牌的殿内守候时受了风寒，如今这时节病倒，不好恢复啊！”

廿七从膳房中退了出来，就提起裙子，朝着琼台殿跑去。她大喘着气推开褒姒寝宫的门，瞧见褒姒早已收拾好了衣物，戴好了配饰同珠钗，脸上略施粉黛，整个人流光溢彩，十分好看。她扭过头看着撑着门框站立的廿七问道：“怎么了？急匆匆的。”

“娘娘可是要出门？”廿七瞪着眼珠子问道。

褒姒摇了摇头。

“那……为何如此梳妆？”廿七很少见褒姒梳妆打扮，更是极少褪下那身素色长裙，三日前她前往东宫谒见时有所改变，只是回到了琼台殿她又换回了先前那副慵懒的模样。

“今早起来便觉得心慌，不知道会发生什么事情，便先做好准备，免得慌了手脚。”

“早晨我去膳房的时候，那膳夫多嘴同我说了几句。原来申后这几日在先祖殿中侍奉时竟然受了风寒，只怕是些伤风的症状。午时便是祭天吉时，如今宫里人人都说……”廿七说到这里顿了顿，打量着褒姒的表情，“也许大王会带娘娘去参加祭天大典，若果真如此……申后真有个意外，不幸走了，娘娘就是王后了。”

“休得胡言！”褒姒呵斥道。

“只是说说而已嘛……”廿七嘟着嘴，“总要给人留些念想，而且依我看，以大王对娘娘的宠爱，倒也未必不可能。”

“踏入了这宫门，就该杀死一切虚妄的念想死。”褒姒看着廿七说道。想到几次的出生入死都没能剥夺廿七单纯的心性，褒姒的嘴角扬起了一丝不易察觉的笑意：“踏入了别人家的院门，也当收收这性子了。”

“娘娘！”廿七跺了跺脚，“大王的旨意都还没来呢，不许再拿我寻开心了。说不准，大王临了又后悔了，担心他日你若是没人照顾，患了疾也没人去通知他，思前想后，觉得这琼台殿不能缺了奴婢，便将我留下也说不定呢！”

褒姒笑着摇摇头。

“这才几年啊，娘娘就嫌弃我了。”廿七小声地咕哝道。

褒姒示意廿七坐到自己的身边：“妖妃祸国一事，大王曾派人去褒国，请父亲入朝，如此一来朝中大小官员必定会看在他的面子上放过我。可你知道父亲怎么回大王的话吗？”

廿七摇了摇头，觉得这必定不是一件好事。

“说褒家从未出过我这等妖女。”褒姒无奈地叹了口气。这话叫廿七有些惊诧，张大了嘴看着褒姒不知该说什么好，半晌才拉住了褒姒的胳膊问道：“若是我嫁去郑国，他日娘娘再受到非议，郑国是不是能帮您一把？”

褒姒看着廿七，忽然觉得这婚事变得卑鄙了。郑伯友曾向褒姒允诺，若她需要外戚支援，郑国将不遗余力相帮，赴汤蹈火在所不辞。如今若是将廿七嫁给了郑伯友，那郑伯友的赴汤蹈火就有了说辞，名正言顺。

周王宫涅是有意安排，还是无意促成的这个局？

申后患病，周王显得十分焦急，在申后的床边嘘寒问暖，让她安心养病，宽慰着她自责的心情，不时地在她的额上亲吻。见申后稍稍宽心，才起身离开。刚出了东宫的门，这位帝王的容颜就变得冷峻了起来。秦夫人正在门外侍立，等着他出来，上前一步小声说道：“已经派人打听过了，今年申侯果然没有入京。在申国的探子回禀，说是西戎将军满也速最近与申侯交往甚密。”

“早想到了！”周王宫涅冷哼一声，“秦伯呢？”

秦夫人面色一僵，听出了周王宫涅这番话中的责备意味：“路上耽搁，已经差人送了信，说是午时准能到。”

“秦伯一向不爱迟到，往年的祭天大典都会提前三日入宫，汇报犬戎的军情。”

秦夫人牵强地笑了笑：“也不知道是什么事情耽搁了。”她看来有些尴尬。齐国与东夷之战，周王宫涅原本想要调用秦国兵马，可秦伯一个借口就将他给搪塞了过去，这借口就是申侯叛国通敌，意欲让西戎的兵卒借道，直取镐京城。秦国兵力不能离开秦地，便是要提防西戎进犯！

周王宫涅派人去查证此事，虽真相不得而知，但秦伯抗命必定是有其私心的。自从世父死后，他越发倚重自己的弟弟嬴德了。嬴德是个野心家，当日周王借他的手铲除了世父，如今就得提防着嬴德生变。今年的祭祀，秦伯迟迟不出现，踩到了周王心中的底线。他瞥了一眼秦夫人拂袖而去，秦夫人却一路小跑追了上来：“午时的大典，申后不能参加，如何是好？”

“此事寡人自有安排。”周王宫涅不耐烦地说道，背着双手大步朝着琼台殿的方向走去。

“褒姒不行！”秦夫人撵两步追上了周王宫涅，挽住了他的胳膊，凝重地叮嘱道，“其他人都可以，她不行！”

“必须是她，”周王宫涅的语气没有一丝一毫商量的余地。一转眼，他的眼眸忽然又变得温柔了起来，抚摸着秦夫人的面颊，用十分温柔的口吻又重复了一遍：“必须是她。”说罢他俯下身子在秦夫人的唇上轻轻地吻了吻，带着笑意松开了她，就像是这个决定是个别有用心的阴谋一般，叫秦夫人如水中看月、雾里看花，瞧不出究竟，也不敢再去质问周王。

太阳已高悬于顶，午时已近，却不见传旨的下人来琼台殿，急得廿七原地打转，使劲儿地跺脚，口中喃喃地怨着：“怎么还不传旨，真是急死人了！”

“你急什么？”褒姒问道。

“娘娘若不急，何必一早起来就沐浴更衣，整理梳妆？祭天大典本就没琼台殿的事情，夫人有夫人的活儿，嫔妃有嫔妃的活儿，女御有女御的活儿。可娘娘什么都不是，就什么活儿都没有！娘娘今日大可在殿中安歇，何必准备？”廿七得意地拆穿褒姒的伪装，褒姒却并不解释，只问了句：“申侯来了吗？”

“没有。”

“秦伯呢？”

“也还没到。”

眼下这局势错综复杂，那日周王所说褒珦的今日所为，叫褒姒心凉如水，对自己所处之境也生出了绝望。那时她的脑海中是一团迷雾，眼前亦是，什么都看不见，什么也想不明白。如今冷静了下来，再回想起那日周王所说，难免有所怀疑。

褒珦是什么性子，为人儿女的褒姒再清楚不过。

厌弃自己祸乱后宫的女儿，却因此通敌叛国要攻下大周，这原本就是一个悖论，不合情、不合理。以褒姒对自己父亲的了解，他不再认她，任凭别人对她陷害栽赃而无动于衷，她是相信的。此事唯一的解释就是周王受人蒙蔽、被人掣肘……拿此事来掣肘之人是谁？再联想周王不惜将郑伯友放还，调度自己隐藏多年的暗棋——公子启之，只可能是因为秦国的威胁，以申侯同褒珦的谋反为借口，拒绝发兵齐国。

秦国是要脱离这位周王的钳制，而秦伯绝没有这么大的胆子和野心，在周朝为侯，秦伯谨小慎微，从不敢逾矩。如今这步棋走得实在是有失高明，难道是为了将秦夫人扶正后位？

褒姒还在思忖，门外传来了下人拜谒周王的声响，她这才抬起头同廿七交换了一个神色，站起身朝着门外走去。廿七则嘴角上扬，表情得意地跟在褒姒的身旁咕哝着："我只当是大王差人宣旨，谁承想他居然会自己来了。"

几日不见，周王宫湦瘦了，浑身是难以言喻的疲态。

廿七敛起笑意拜谒，周王挥了挥手："你下去吧！"

"是！"廿七应了声，转身离开关上了寝宫的门。周王漆黑的眸子盯着褒姒，他一身疲惫唯有这明眸还闪烁着精光。褒姒没有行礼，没有拜谒，只等着他开口。他瞧着她的模样也吃了一惊，以为依着褒姒清冷高傲的性子，必定又是不施粉黛，一身素色，所以他才来得早了些："这倒是不像你了。"

"一早起来，觉得心慌，总觉得要出大事儿。"

"于是便穿好了礼服，收拾了妆容？"周王发现今日的褒姒与往日不同。

"嗯，"褒姒轻声应道，"担心会用到。"

"申后病了。"

"廿七同我说了。"褒姒双手搭在周王宫湦胸前的衣服上，理了理他的领口，"大王看起来很累。"

"一到岁末便是如此，诸侯们事儿太多！依照周朝旧制，祭天大典该由寡人与王后主持，如今申后病了，她的位置得有人代替。"

"申后病了，自然有夫人。"

"于理不合，夫人们还有夫人们的事情。"

"于理不合，对大王来说又有什么关系？"褒姒这话一出，她的手便猛地被攥住，叫她有些吃痛，不由得皱起眉。

"寡人不是来问询你的意见，不需要你发表任何看法！"

"大王该问的，秦夫人祭祀的工作，我能替她。可她身后的秦国重兵，整个周朝没有一个女人能够代替，秦伯若要这个面子，大王为何不肯给？"

"不可能！"周王宫湦低吼道。

"大王总不希望秦伯发难镐京城吧？他要面子大王就给他，能值几个钱？无非是你心中堵了口气。权势便是如此，欲先取之，必先予之。"

"寡人不需要你来指挥，你要做的就是乖乖听话，按寡人说的去做。"周王宫湦怒目瞪着褒姒，而褒姒则踮起脚在他的耳畔轻声说道："大王太好面子了。"

"那你给还是不给？"周王宫湦轻抚着褒姒的面颊，眼中泛出了一丝难得的笑意，手揽在她的腰上。褒姒的手抵住周王宫湦的胸膛，在他的臂弯中仰头看着这任性的君主："大王，吉时快到了。"

"叫他们等等又何妨？"周王宫湦俯下身子，深深地吻住了她的唇，紧紧拥着她。他失去她的时间太长了，如今好不容易又将她找了回来，哪儿舍得马上放开。

祭天广场上乌泱乌泱的人群，诸侯与朝中士大夫齐聚在此。天坛就在人群的中央。周王同褒姒身上的黑色长袍绣着金线，妥帖中透着几分王者之气。人群一片哗然，虽然猜到了今日代替申后之人是褒姒，此刻亲眼所见还是觉得惊诧。

人群低声议论，有人恭喜赵叔带借了外甥女的光，有人恭喜虢石父慧眼识珠，还有人盯着刚刚抵京的秦伯。秦伯嬴其的脸色难看至极，本以为申后病倒，秦夫人必定会替代她出席祭天大典，可此刻看见这位曾经的儿媳，她的容颜肃穆，举手投足间充斥着无限威仪。她越是像一位端庄典雅的王后，就越是叫这位秦伯心中腾起一团怒火。

祭天大典一结束，周王宫湦伸出手看着褒姒，她将自己纤若无骨的手指搭放在他的大手中，随着他一步步走下了台阶。如此，这一年便真的过去了，入冬之后一切农耕将会休憩，等待来年春雪消融之时。

天若作美，瑟瑟冬季必定是皑皑白雪，若是稍欠福荫，来年必定难熬。冬季是冗长的闲时，诸侯若是不生些事端、不制造些麻烦，就对不起这漫漫长日。

入了秋，才是一位帝王该忙的时候。多事之秋、多事之秋，今年春夏的琐事繁多，为冬日的政务埋下了无数伏笔。祭天大典结束，周王宴请百官，共享这一年的收成，陪在他身边向百官敬酒的仍是褒姒，雍容华贵。

秦伯刚坐下，复又起身，略去了一切礼节说道："启禀大王！"

现场静了下来，人人都看着秦伯，面上都带着瞧滑稽戏的表情。今日的祭天大典简直就是一记响亮的耳光，扇在了这位自恃军功卓著的秦伯面上，他此番启禀也必定是寻衅滋事。依着众人的想法，秦伯只怕是要拂袖而去、折返封地了。

若是秦伯嬴其就那么甩手离开，周王也一定尴尬至极，他该如何化解这难题？是一笑了之还是神情自若，或是愤怒难当，砸了这场宴席？

谁也没想到，秦伯甫一开口周王宫湦就哈哈大笑，笑声畅快淋漓："原来秦伯到了！寡人早晨才询问过夫人你何时抵京，寡人还以为是被什么事儿耽搁了。如今到了便好，到了便好……"他说着这话从台上走到了台下，佯装看不出秦伯的愤怒，握住秦伯的手将他拉到了自己的位置上，褒姒立刻让出了地方让秦伯坐下，"夫人还与寡人说，秦伯入京要多住几日。你往日里行色匆匆，也没能与夫人好好叙旧！”

秦伯脸色一阵青、一阵白，甚是难看，此刻被周王架到了高处，根本就下不去了，周王更是搬出了秦夫人，他只能硬忍着心中的怒气。“大王费心了，只怕是……”他话都没有说完，褒姒已经斟上酒推到了秦伯面前。秦伯瞧着褒姒，内心血气翻涌，只觉得天意弄人，恶狠狠地瞪了一眼褒姒，褒姒的面容却平静得像是根本就不认识这人一般。

周王对这微妙的关系心知肚明，借着这个机会继续说：“秦伯此番入京虽稍作耽搁，也是事出有因。当日司马伯士带去秦地抗击戎狄的兵马，如今战事已歇，司马伯士却不幸殒命沙场，秦伯不忘送寡人兵马回京，寡人有此等诸侯，乃上天庇佑啊！”

“恭喜大王！”下面的群臣应和，这话说得秦伯面色一阵青、一阵白。当日司马伯士所带兵马抗击戎狄，战事陷入胶着状态，嬴德以褒姒相逼，要周王宫湦交还褒姒为秦世子世父殉葬，实则要铲除褒姒、囚困褒珦，将褒地收入秦国。周王没有妥协，嬴德便不出兵，秦二公子嬴开缅怀自己哥哥对褒姒的一片深情，私自率兵出击，扳回一局。此事被嬴其知道，勃然大怒，痛斥儿子，还收了他的兵权，将此事全权交给了嬴德处理。

褒珦回到褒城，嬴德见势不妙，意欲与褒国修好，免得褒国投奔申国成为自己的劲敌。褒珦却将嬴德拒之门外，嬴德因而编造了申侯同褒珦意欲谋反的话来搪塞嬴其。嬴其对此深信不疑，又借秦夫人之口上表周王。周王心中思虑再三，明白嬴其此举表明非但不肯出兵齐国，更是要扣留自己的百乘士卒，唯有此刻以言语相逼，叫这位秦伯在众人面前下不来台，不得不妥协。

果不其然，半晌之后，嬴其开口说道：“大军还有数日便能抵京。”

周王宫湦挽着秦伯嬴其的手，面上带笑，似是对这位秦伯十分敬重：“咱们今日得共饮一杯，众臣不必客气，如今好事连连、普天同庆，想我大周明年必定运势昌盛。”

声音久久回荡，不绝于耳。

此话一出，台下众声应道：“天佑我大周。”

秦伯满肚子苦水，也只能随着将杯中的酒水一同咽下。

周王宫湦转而看着台下的齐伯：“正好今日秦伯在此，如今齐国濒临兵患，齐伯该是好好请教请教秦伯如何带兵作战才是！秦伯定能知无不言、言无不尽的。”

“在下正有此意，”齐伯躬身作揖，“但只怕是如今齐国百姓身陷水火，微臣实在不忍一人在镐京城享受大王恩泽，只盼早日归国，统领士卒抵御外敌。”

“报……”一声长令响彻云霄，从宫外传来了下人的高喊，朝着周廷大殿不断地靠近。气喘吁吁的下人冲到大王面前，“咚”的一声下跪诵读道：“将军启之自齐国传来消息，已克敌一百余里，攻下东夷一县！”

“好！”周王宫湦拍着手掌，不停地叫好。齐伯刚刚出口的那番话就被淹没在人潮中，他便不得不展颜接受来自君王和群臣的道贺。周王宫湦猛地转向秦伯：“他日该叫启之同秦伯好好较量一番，让寡人也一饱眼福！”

秦伯心中一凛，不知道周王宫湦这话是否暗有所指，病夫启之能带兵，实在是一步怪棋，没人真的相信他能大获全胜。秦伯尴尬地笑道：“大王还是饶过在下吧，老朽怕是不敌这些年轻人喽！”

“今日启之虽然不在，不过郑伯在这儿！叫郑伯同秦伯过两招，我们也饱饱眼福？兄弟之间，应该相差无几吧！”周王宫湦似乎玩性大起，又瞧着郑伯友说道。

“大王折煞微臣了，只怕是不出三招，微臣必死在秦伯手中！”郑伯友拱手作揖，从他踏入大殿就在刻意降低自己的存在感，并不希望引起众人的注意。可惜今时不同往日，郑伯友将迎娶廿七的消息已经传开，频频有人道贺，他屡屡成为宴席中的焦点。

褒姒循着众人的目光看了过去，三日不见，郑伯友又瘦了。这三年有丧期挡着，他想完婚也不可能，廿七此行若是随郑伯友离开，也不见得就会嫁给他，可至少郑伯友这三年一定会护着廿七周全，更加重要的是他能带她出宫，给她自由。他日若与周王关系缓和，褒姒相信自己必能在他面前为廿七争取她应得的幸福。

宴会因为周王宫湦的屡屡搅和彻底乱了节奏。秦伯被人层层围住，褒姒也在不知不觉间被边缘化了，她的存在就像是个摆设的花瓶，一幅好看的背景，她站在这场戏外，看着戏里的人声鼎沸，一种了无边际的寥落却在心中四散开来。她站在台阶边上，忽然觉得手腕一紧，被人拉住，朝门外走去。

褒姒被周王宫湦拽着向前，她口中轻唤：“大王？”

周王宫湦没应声，只是紧紧地拽着褒姒一路小跑，不多时嘈杂之声渐渐远去，月朗星稀天地同寂，仿佛这世上就只剩下他们二人。他朝着马厩走去，牵了匹健硕的西域马，翻身而上，又俯身将手递给了褒姒。褒姒扭过头看了看前殿，那里还灯火通明，热闹非凡，她问他：“要出宫吗？”

“寡人累了，”周王宫湦说道，“随他们去吧！”

褒姒的手搭在他的手上，他双腿紧紧地夹住马背将褒姒拉了上来，双手环住她的纤腰，拉住马辔稳住二人的身体，拍马让它飞奔疾驰，朝着宫外奔去。褒姒的耳畔是周王的呼吸，身侧是他的温度，腰上是他紧紧环住自己的手，面颊上落下他蜻蜓点水般的轻吻。她的脸仿佛瞬间燃烧了起来，靠在他的胸前问："我们去哪里？"

"没有人的地方。"

镐京城外山谷的空地上，有一间茅草搭建的简陋屋舍，周王宫湦拉住辔头停住了狂奔的马，翻身下马，并将马背上的褒姒抱到了地面。他将马拴在茅草屋外，进屋取下了一副弓箭，又拿了箭筒挎在身上，宛若林间猎人踏着沉重的步子走到了褒姒面前："想要什么？"

"山中有狼吗？"褒姒的眼神漫过了周王宫湦的肩膀，看向漆黑的丛林当中。

"不知道。"周王宫湦的声音低沉。月亮高悬在空中，山谷被映衬得清晰可见，没有灯火与烛台的夜色反倒亮堂了起来。他调整着弓同箭矢，用舌头舔了舔自己的唇。

"秦岭中有。"褒姒说道。褒国地处秦岭山脉南部，蜿蜒崎岖、地势陡峭，自褒国附近一路延绵入周。

周王宫湦抬起头，停下了手中的动作："你去过？"

"听哥哥提起过。"

"洪德？"

褒姒点了点头："他常说些山中围猎的故事给我听，小时候总以为有朝一日也能像哥哥们那样骑马狩猎。长大了才知道，他们能做的事情，也许我一辈子都没有机会去做。"

"那要看你是和谁在一起！"周王宫湦将调好的弓箭重新挎在身上，从一旁取出火把点燃递给了褒姒，"狼怕火。"

"嗯。"褒姒接过了火把，照亮两人眼前的路。

"你和洪德关系好吗？"

褒姒摇了摇头。

"也是，否则谁愿意将自家的女儿送到宫里来？"

"不是……"褒姒的话没说完，就被周王宫湦打断了："不必安慰寡人，寡人在外是个什么德行、人们怎么诟病，寡人心中都一清二楚。"

"大王是个深谋远虑之人。"

“你从不是溜须拍马之徒！”

“所以大王就该相信臣妾说的是实话。”

周王宫湦听罢，哈哈大笑，笑声响彻云霄：“倘若他日周朝覆灭在寡人手中，你也如此看？”

“倘若大王只是个寻常人等，臣妾必定生死相随，不离不弃。”

“可因着寡人是周王，你便对寡人心存芥蒂？”

“如惊弓之鸟，步步惶恐。”

“那是寡人的错。”周王宫湦说道，拉了一把正在朝前走的褒姒，他听到了附近的动静，立刻将身体掩在了一座土坡之后，熄灭了褒姒手中的火把，目光洞察着不远处的情况。

山谷被月光笼罩，山与树披着淡淡的银光，万籁俱寂。花草丛中传出窸窸窣窣的声音，似乎是一只鹿在奔跑，起初声音很小，不易察觉。而后这声音才渐渐大了起来。褒姒连呼吸都屏住了，依偎在周王宫湦的身侧。他的目光紧紧盯着眼前的这片空地，手撑在岩石之上，目光灼灼地盯着远处。

黑暗中忽然有个身影掠过，周王宫湦立刻搭箭拉弓，长箭在空气中穿梭，发出吹哨的声响，带着杀气朝目标奔袭。还未等褒姒看清，就听见了一声哀嚎，转而变成呜咽，声音越来越小。

“鹿。”褒姒看清了猎物。

周王宫湦的眉头紧锁，目光如秃鹰般紧盯猎物，从箭筒中又抽出了一支利箭，搭弓瞄准，射出之后本想一击即中，却不承想，那只受了重伤的鹿却在这个时候翻身挣扎，朝着树林的深处飞奔而去，跃进灌木丛中，消失不见了。

褒姒猛地站起身，不经思索地企图去追，才忽然意识到什么，看着一动不动的周王问道：“不追吗？”

“不追，既然跑了就算了，是它命不该绝。”周王宫湦的声音淡淡的，转过身靠着岩石坐在了地上，伸出手拉了拉褒姒，示意她坐下。秋日的山谷泛着凉意，露水的潮气顺着泥土散发，他问她：“冷吗？”

褒姒一只手捏着另一只胳膊，摇了摇头，缓缓地在他身边坐了下来，丛林里再次传来“沙沙”声，不知道是不是有新的猎物冲出来。她显得很紧张，坐下的姿势也十分谨慎，环抱着自己的双膝。

周王宫湦轻声问褒姒：“你恨过命运吗？”

“在哪里都会有自己的问题，不是改变一个身份就不会有苦恼了。换个人便有换个人的痛苦。”

周王宫涅转过头看着褒姒，没想到她会这么说。

“你的舞跳得很好。”

“所以才将我留在了宫里？”

“嗯，寡人不能忍受一个寡人不喜爱的女人在身边晃来晃去。”

“所以娶申后的时候，也是因为喜爱？”

“嗯……”

“后来呢？”

“申侯太烦。”

“真的……”褒姒犹豫了再三还是问了出来，“不是因为申侯才娶的申后？”

“寡人说不是，你信吗？”周王宫涅问道，声音中有种无可奈何的颓然。

褒姒摇了摇头，不仅是她不信，只要是这后宫中对周王宫涅稍微有些了解的人都不可能会相信的，他并非看起来的那般简单、暴虐、昏庸无能！

“娶她说不上是因为爱，至少不讨厌，那个时候也很喜欢。想想帝王一生，能真心待几个人，又有几个人真心待自己？当初娶她回来，觉得定能相守一生，退而求其次，也能护她周全。只可惜世事难料……娶秦夫人是这样，卫夫人也是这样。寡人若在帝王之位，寡人同母后便只有死路一条，人在求生的时候，总是会做些超乎寻常的决定，让你觉得自己也不了解自己。”

“我也没有想过有朝一日我会杀人，”褒姒靠在周王宫涅的肩膀上，看着天上的星星，“可我不杀她就要死在她手里，死到临头内心的惶恐才是最真实的。那种痛苦、寂寞和绝望，我不想再体会。”

周王宫涅伸出手将褒姒揽在了怀中：“如果你有的选，当初还会不会进宫？”

褒姒没有回答这个问题，她反问道：“选我留下来，大王有没有后悔？”

“有，”周王宫涅点了点头，“推你那次是真的生气。”

“可赵上卿是你的人，他弹劾我，是你们布的局。”褒姒只觉得那次太委屈了。

“可就是觉得生气。”周王宫涅点了点头。他要在朝中顽固派的官员中安插自己的人，赵叔带自然是不二人选。赵叔带咄咄相逼、周王步步后退，每一步都走得很成功，只是没想到褒姒的事情会大而化之，也没人知道在妖妃祸国的流言之后，还有两位后宫的女人在推波助澜，周王宫涅解释道：“当时觉得自己忽然有了软肋，所以很生气。”

“所以扇我那次也是真的生气？”

周王宫湦侧过身抬起另一只手捧住褒姒的面颊问道：“还疼吗？”

“都那么久了。”

周王宫湦在褒姒的额头上落下了一个吻：“郑夫人不能出事。”

“是你推她到风口浪尖的，可为什么又怪到了我头上？”

“有些事情在心里放了很多年，以为自己已经忘了，可时不时地就想起来了。”周王宫湦的解释，褒姒没能听懂，他仍旧在说，“寡人知道那天说郑家老夫人的死也不是你的本意，只是……寡人不能让她有损伤，在气头上……”他不知道该怎么将这话说下去，总也组织不出合适的句子来。褒姒听见这句话，心中泛着一种被钝刀划伤的痛感，不会出很多血，但是很痛很痛。郑夫人对他来说同别的女子都不一样，他倾尽全力，哪怕是伤害身边的大多数人，也一定要护她周全，这叫褒姒感到难堪。“大王不用再说了，既然是出来狩猎，就不要再提那些事情了。”

“嗯。”周王宫湦点了点头。

身后草丛中窸窸窣窣的声音越来越大了，周王宫湦的眉头却越皱越紧，越发觉得不太对，他猛地站起身趴在岩石上朝着后面看去，灌木丛中一双双绿莹莹的眼睛泛着可怖的光泽，第一声哀嚎从灌木丛中传出，狼群缓缓地走了出来。

这片山谷周王宫湦常来，可是在晚上狩猎却是头一回，他对褒姒说道：“现在寡人可以回答你了，这山里有狼。”

“现在怎么办？”褒姒觉得紧张，手中沁着凉凉的汗水，没能因为周王的调侃而放松下来。

“可能得跑。”周王宫湦转向褒姒，“火把呢？”

“在！”褒姒蹲下身子去寻找刚刚熄灭的火把，递给周王宫湦。周王宫湦将火把点燃，火焰泛出了橙色的光泽和暖暖的温度。狼群猛地冲出来，他将褒姒藏在了身后，用火把在自己面前不停地挥舞，眉头紧皱。这一群狼有六只，十二只绿莹莹的眼睛盯着面前这二人，发出一声声低吼。

“真要是把寡人吃了，它们就赚到了！”周王宫湦拿着火把不停地在狼群面前挥舞。狼群龇着牙，盯着面前的一男一女，这是即将进入漫漫冬日最好的储备粮。周王还在试着调侃自己，缓和气氛：“只怕写寡人墓志铭的时候，得为难你舅舅了，被狼吃掉的帝王，自古以来也没有一个！”

“我来拿火驱赶，大王搭弓射箭，要是杀了它们，这样的帝王自古以来只怕也没有。”褒姒说着就伸手去拿火把，人却被周王宫湦一拽，又回到了他身后：“你老老实实藏好，别乱动！”

正说话间，一只狼迎面扑了过来，它凌空跳跃，似乎是找准了周王的破绽，他立刻挥棒直击这只狼的头部，这只狼呜咽了一声，倒在地上，翻了个身朝后退了两步。剩下的五只狼也迅速朝后退，警觉地盯着周王宫湦和褒姒，寻找新的机会进攻。

“拿着。”周王宫湦趁着狼群后退，将火把递给了褒姒，然后搭弓射箭，双箭齐发，直中刚才那只狼的腹部，这只狼呜咽一声倒在了血泊之中。它右侧的那只狼则忽然发疯了似的朝着周王扑来，让他没有时间再准备第二次放箭，只好一把夺过褒姒手中的火把朝那只狼狠狠砸过去，火光熄灭，狼也横飞而出，虚弱地倒在了地上。

另外四只狼立刻改进攻为防守，冲着周王宫湦低吼龇牙，企图将他吓退。周王宫湦拉住褒姒的手，转身猛跑。狼群忽然跃起，对二人穷追不舍。二人在山谷的灌木丛中穿梭，褒姒时而会被丛生的荆棘挂到，白皙的肌肤上留下一红色的伤口，隐隐作痛，她却连哼都没有哼一声只顾着朝前猛跑，努力让自己不成为周王宫湦的累赘——一如她往日那般。

月光下的土地，与往日不同，澄澈的水会变成一团漆黑，就像是个会将人拉入未知世界的深邃入口那般，让人敬而远之。石头会泛着淡淡银光，错乱人们的视觉。周王宫湦在夜色之下却仿佛如履平地，带着身后的褒姒从灌木丛中穿过，左右穿插以图甩下身后的狼群。一声声的嗷叫传来，让人心生绝望，不知道还要奔跑多久才能安全。

褒姒气喘吁吁，肺都要从嗓子里掉出来，一种钻心的痛蔓延开来，她却紧咬着牙关随着周王宫湦的步子朝前冲。不知道过去了多久，也不知道这样的逃亡有没有一个尽头。在绝望之中的褒姒一个步子踏偏，整个人瞬间失去了重心，朝一边掉落。她发出一声尖叫，然后沉沉地坠入了深坑。

周王宫湦想要拉住褒姒，却没来得及，整个人也跟着褒姒一起落入深坑。好在坑不算深，仅有两人多高，跌落到地也没伤到他。褒姒原本有过旧伤的脚踝在着地的一瞬，承受不住这个力道，又扭了一下。“啊……”她轻轻地叫了出来。

周王宫湦扶住褒姒，揽住她的纤腰：“伤到脚踝了？”

褒姒点点头，满面汗水：“现在怎么出去？”

“没关系，咱们出不去，狼群也进不来。”周王宫湦仰头看着漆黑的夜色说道。

“如果没人发现，我们会饿死在这里的。”褒姒的语气十分焦急，四面环顾，企图找个出去的法子。她摸着深坑的石壁，看着周王宫湦：“大王能出去吗？”

“这个深坑应该是猎户做的陷阱，用来猎杀猎物的。”

“那他们真是赚到了，”褒姒愁眉不展，“是我不好，该看看脚下的路。”

“那也没用。”周王宫湦耸了耸肩，拉褒姒坐了下来，“别着急了，既然是猎户做的陷阱，他们总要定期来看看有没有猎物掉进来，等一等就能获救了。”

“要是猎户不来呢？”

“那就……”周王宫湦说了两个字忽然笑了出来，像是发现了什么非常可笑的事情，笑得不可遏制。褒姒戳了一下周王宫湦的肋骨：“大王在笑什么？”

“笑我们刚从狼口逃生，又落入陷阱，若真的死在这里，倒也是生得平庸、死得传奇了！”周王宫湦点了点头，伸出手揽住了褒姒的肩膀，“也好，生没有让人传诵千古的美名，死却能叫后人嘲笑下去。”他这话说得有些自嘲，若是就这么死了，褒姒知道周王宫湦心中的不甘。

“会出去的。”褒姒违心地说道。

“不重要……”周王宫湦靠在深坑的石壁上，怀中揽着褒姒，看着天上的星空，觉得世界仿佛在这一刻才终于彻底地安静了下来，“再也没人烦寡人了。”他这话的尾音中透着破罐子破摔的意味，像是在和上天置气，怒斥不公的命运，刚刚有所起色的周朝会随着周王宫湦的失踪而走向乱世，从此永无宁日。

太子宜臼必定会请申侯出任辅政大臣，官拜上卿。而事实上，申侯远不及秦伯、楚侯、齐伯等人……申国只是凭借地理上的优势在朝中占据一席之地。宜臼没有城府，没有谋略，申侯又自恃得朝中官员的支持而妄自尊大，从此以后，大周王朝必将成为一盘散沙，中央形同虚设，强国相互争夺，陷入弱肉强食、中原逐鹿的时代。

褒姒从周王宫湦的怀中挣开，一瘸一拐走到石壁边上，拉着丛生的荆棘和茅草，转过头看着周王：“一定有办法出去的，你身上还有箭，试试看能不能找到一条好用的草绳，这样就能爬出去了。”

周王宫湦看着褒姒愧疚的表情，不想扫了她的兴，可这坑里的东西实在太少，能用的工具一眼就看得出来，这里本就是为了让陷入陷阱的猎物无法逃脱的，又怎么可能再画蛇添足地扔些合用的工具？

最后，连褒姒也放弃了寻找，一身疲惫地瘫软在周王宫湦的怀中。周王宫湦将褒姒揽住，在她的耳畔说道："睡一会儿吧？很快天就亮了，寡人告诉赵上卿明日傍晚前寡人一定要赶回去，他若看不见寡人，就会出来寻的。如今齐国军情紧急，容不得耽搁。"他宽慰着褒姒，也宽慰着他自己。事实上，赵叔带根本不知道他确切的去向。

"将军启之一路攻城略地不是很顺利吗？"

"怎么可能？"周王宫涅冷笑了一声，"打仗不是儿戏，随时能要了一个人的命。启之不过是去了齐国月余，到现在连攻守的地形和齐国与东夷的关系都没有摸清，又如何大败东夷，退敌百里？"

"大王向齐伯撒谎？"

"寡人要拖住他！最迟也只能拖到这一二日了。"

"大王不怕和齐伯撕破脸面？"

"他不敢。齐国困于内政，齐伯之位至今坐得并不稳妥，士大夫各怀心思，国都几次东迁，民不聊生。所以齐伯才转而向东夷寻求共同利益，以壮大自己的势力，只可惜……这个算盘打得太不精明了！"

周王宫涅的胸中有一幅完整无缺的江山画卷，他对自己的每一片土地、每一位诸侯竟然都了如指掌！他动一步棋，就捏准了对方的反应，绝不允许这一步棋走错。他用棋谨慎、深思熟虑，而又将自己用狂放、暴虐的假象藏起来，也对这场博弈做好了最坏的打算——周朝覆灭、天下大乱！

他要做什么？

……

第二日正午，廿七急得在琼台殿中来回踱步，褒姒与周王宫涅自昨晚就不知去向了。她想去太宰宫向赵叔带说明此事，可太宰宫政务繁忙，无暇应酬廿七，去了几次都被人挡了回来。思前想后，廿七决定去一趟郑府上寻郑伯友。打定了主意，她就以最快的速度朝宫外走去，起先是走，后来就变成了撒足狂奔。到郑府上的时候，她已经是上气不接下气，便扶着门外石柱大口喘气，一手拍打着门环。

郑伯友听见急促的敲门声，站起身朝着门外走去，拉开了笨重的红门："廿七？"

廿七喘着气点着头。

"怎么了？"郑伯友不解地问道。

"娘娘和大王一夜未归，我担心他们出事，可也不知道该找谁去说此事！"

郑伯友的眉头紧锁，昨夜看见周王拉着褒姒离开，却不知道二人一夜没有回宫。“娘娘和大王一夜没有回宫？”他忽然觉得事情可能有些不对，如今正是诸侯请辞离开镐京城的时候，周王不该在此时此刻失踪的。

廿七拍着自己的胸口，顺了顺气：“我差人打听了一圈，大王昨夜骑马从东门出去后就一路向东走了，怎么说今天也该回来了，可一点动静都没有，我担心他们……”

“可有问问赵上卿或者虢上卿怎么说？”

“一早就去太宰宫了，可被拦着不让进。我想去找虢上卿，他也将我拒之门外。我心里着急，拿不定主意，只好请郑伯出个主意。如今大王回来与否，我无从知晓，只怕大王与娘娘争执，将她扔在路边，她该如何是好？”

廿七急得眼泪都快掉下来了，不停地跺脚。

“不会的，不会的，便是置气，大王也不会扔下她的。”郑伯友违心地宽慰着廿七，“我们朝着东面走，也许会发现大王同娘娘留下的足迹。”

廿七看着郑伯友点了点头，却从他的宽慰中得不到丝毫的慰藉，只觉得自己心急如焚。在未见到褒姒之前她绝不相信她的主子是平安无事的，人们在绝望的时候总是容易做最坏的打算。

看着湛蓝的天色和雪白的云朵，褒姒趴在周王宫湦的胸前问道：“会有人发现我们吗？”

周王宫湦握住褒姒的手，靠在石壁上：“不知道。希望今天就会有人来看看。”

“希望舅舅能找到我们。”褒姒也看着天井祈愿。

“如果能出去，你想做什么？”周王宫湦坐直了身子看着褒姒问道。他以为她对能否出去并不关心，他对褒姒的了解不算太多，每次朝她走近一步，结果总要后退两步。他知道她聪明、要强，在褒家的境遇不算顺利，也差点嫁给秦国世子，她从不给别人添麻烦，也不喜欢别人来麻烦自己……他想了想，这样的了解其实不算少了，她的身世很简单，简单到一面石鼓就能篆刻完。比起她，他就复杂得多了。

他唯一不了解的是，她对自己，到底爱得有多深。

褒姒摇头，将头上的珠钗摘下，秀发一泻而下在肩上荡漾，她又将它们绾起，然后取过一旁的树枝，在地上画了棋盘，将树叶裁碎、将木枝掰断，然后将这些碎屑递到周王手中，她想找些事情来打发井底漫无边际的时光。

周王宫湦翻身坐起，捏着短木枝，看着地面上的棋盘笑了出来，亏她能想出这个法子来。他让她先手，上次的棋局没有分出高下，他也好奇他们之间的对决究竟孰强孰弱。

“大王呢？如果能活着回去，又会做什么？”褒姒捏着棋子反问周王。

“把那群老头儿都杀了！顺我者昌，”周王宫湦平静地说道，在地上落下了一颗棋子之后，抬起头看着褒姒，“逆我者亡。”

“那需要不少时间。”

“寡人比他们活得久，如果能活着回去的话。”

“若是回不去了呢？”

“那就……”周王宫湦知道褒姒说的才是现实，不高的深坑，偏偏却让他们无可奈何，“先分出这场棋局的胜负。”

“大王就这么想赢了臣妾？”

“若是你赢了，共赴黄泉，下辈子你做大王，寡人做你的嫔妃。”

褒姒一怔，想不到周王宫湦会说出这样的话：“臣妾若是输了呢？”

“那么大王还是寡人来做，只能再委屈委屈你了。”

周王宫湦落子已经吃掉了褒姒的大片棋子：“你不在状态？”

“是吗？”褒姒又落下几步棋子，一改颓势，她的棋局变化莫测，转守为攻，让周王宫湦先前的优势荡然无存，被步步截击，“大王心太急了……下辈子除了王与女人，没有别的选择了吗？”

“别的事情……寡人不会做。”

“后宫嫔妃，大王也做不来。”

“是吗？”周王宫湦又落了几个棋子，棋局再次发生变化，这叫褒姒也叹为观止。周王宫湦先声夺人，占据了场上的主动权；褒姒的布局温润如水，将这种步步紧逼的棋局扭转为自己的优势，反而让先前周王宫湦霸道的棋眼相互掣肘，十分狼狈。

可这场面又在褒姒准备长驱直入的时候发生了微妙的变化，周王宫湦的小路棋子异军突起，破除了褒姒进可攻、退可守的局势，连成一线的长局从中断裂，周王宫湦又占据了优势。褒姒惊讶地抬起头看着周王，又看着棋盘，最后举起双手，丢掉了手中的树叶：“臣妾认输了。”

“寡人只好勉为其难，再做一世君主了。”周王宫湦摸了摸鼻子，将手中的树枝扔在了地上。“你输在……”他指着褒姒慢慢地说道，“太相信你自己。”

褒姒似乎没有听明白这句话的意思，满眼疑窦。

“你知道的事情太少了。”周王宫湦看着褒姒，捋着她额前的发丝，“宫里水有多深，你并不全部了解。你不了解，不是因为你不够聪明，是因为寡人不想你知道。现在这样，就很好。”

周王宫湦在褒姒耳侧说话，口中轻吐的热气从她耳畔划过，带起一丝悸动撩拨着褒姒的心，让她白皙的面色变得绯红。她朝后退了些，低下头去看着地面：“棋局胜负已分，大王现在要做的事也做完了。”她的手心满是汗水，潮热温润，紧张到心脏几乎会喷薄而出。她自己也不知道自己到底在紧张什么，她入宫小半年，和他之间水乳交融，有着肌肤之亲，如今困在这深坑之中，反倒是像两个陌生男女，情窦初开，爱情之火灼灼。

“还有一件事。”周王宫湦捏住褒姒的下巴，看着她羞涩的神情十分喜欢，温柔地捧着她的脸，轻轻地吻着她的唇。蜻蜓点水的触碰诱发着心底更深一层的欲望，褒姒慢慢地躺下去。周王宫湦伸手拔掉了她的珠钗，黑发披散，她便躺在她的秀发之上，回应着他热烈的吻。

几乎是千钧一发之间，周王宫湦猛地顿住了自己的身体，眉头紧锁，停了下来：“在这里不行！”他的手撑在地面上，看着身下露出莹白如玉肌肤的褒姒，大喘着气，闭目沉吟道。

“为什么？”褒姒问道。

“这里不行！”周王宫湦长长地舒了口气，翻过身颓然地坐在了地上，“我们也许还会出去。”

“大王怕臣妾会因此怀孕？”褒姒想了良久才想起琼台殿的香火，麝香的味道十分清淡，却是种杀人于无形的利器，差点夺了郑夫人的命，也差点要了褒姒的命，“即便如此，臣妾也不可能会傻到和郑夫人争宠，大王到底忌惮我什么？”

“先王在位之时，后宫有妖女乱周的预言，你可知道？”

“知道。”

“先父在位之时，民间曾有传言说，月将升，日将没，檿弧箕箙，几亡周国。太史公卜卦预言，说后宫将有妖女亡我大周。”

“臣妾曾经听闻，后宫有位老奴受孕多年诞下妖女，太史公卜卦言及此奴，先王欲斩杀，可先后于心不忍，便将这女婴放入木盆之中顺着清水河漂流出宫，逃过此劫。”褒姒接着周王的话说下去。

周王宫湦满面苦笑，看着褒姒，摸着她的头发，摇了摇头：“你入宫时日尚浅，后宫中的尔虞我诈、你死我活，你不会明白。先父曾宠幸容妃，喜爱有加，难免疏离了先母，母亲心中愤恨，这恨意日久不消，待容妃有孕，从太医口中听闻容妃腹中是个女儿，便指使自己的心腹之臣在民间乡野散布谣言，说‘日将没，月将升’……便是直指容妃的腹中之女会为祸我大周的江山社稷。彼时先父已经不再英明，对鬼神之说深信不疑，太史公听凭家母差遣，将祸患指向后宫，先父更是下了死令。容妃自知难逃此劫，待孩子出生后便将孩子顺着清水河送出宫去，自己则自缢身亡。先父愤怒至极，忘记了当日对容妃的宠幸，将她曝尸荒野，又搜查全城找寻此女婴，定要斩草除根……好在先父始终寻访无果，这孩子也算是命不该绝。”

“大王知道这孩子的下落吗？”褒姒问道。

周王宫涅点了点头，转而看着褒姒：“秦夫人初入宫时，曾怀有寡人的孩子，当时秦世子、世父几次抗击戎狄大胜，朝中秦国势力势不可挡。而申侯又占据着我大周同西戎相交的险要地势，申国与秦国的关系微妙至极，这孩子若是叫他出生了，只怕是……”

“所以大王便？”褒姒觉得腹中一痛，下意识地捂住了下腹。

周王沉痛地点了点头，一手揽着褒姒的肩头：“所以你能明白寡人的苦衷吗？”

“那孩子呢？”

“寡人同启之年幼的时候曾深得容妃的照拂，心中对她感激不已。可后宫之争，你若不死，便是我亡，此事寡人虽知是母后所为，却也到底无可奈何。”周王宫涅声音苍凉地说道，“照拂这孩子，也是寡人欠容妃的。”

“郑夫人……”褒姒的眉头紧锁，从周王话语的字里行间听出了这番意味，扭头看着周王宫涅问道，他沉重地点了点头。这个肯定叫褒姒心中一惊，坐直了身子惊诧地问道：“那她和大王……”

“她并非容妃同先父的孩子。容妃自知理亏，不敢辩驳此事，唯有选择一死。寡人不希望重蹈覆辙，有了宜臼之后，便不想再让后宫有子嗣之争、嫡庶之争，寡人并非单单针对你一人而已，至于郑夫人……”

“臣妾明白。”褒姒没让周王宫涅再说下去，而是依偎在了他的怀中。周王宫涅当日能为了救她，想过要牺牲郑夫人的腹中之子，虽然最后还是狠不下这个心，如今褒姒也承了这个情。她紧紧地抱着周王，只觉得心如刀绞，他对她的狠从来都是一种保护，她却从没领过这份情，诚如周王宫涅说的那般，她输在太相信她自己。

“可我们也许出不去了。”褒姒沉默了良久，忽然坐直了身子看着周王宫湦，她吻着他的唇，他想要推开她，拒绝她，可是她似乎下了狠心，硬生生地贴在他的身上，自他的唇一路向下亲吻……他的手猛地一攥，捏紧了手边的枯草，长长地低吟了一声，不再拒绝。

第十三章

君心难测帝王命，佳人苦候后宫情

出宫的廿七同郑伯友一路向东，寻找褒姒与周王的身影，待行至山谷茅草屋前，郑伯友翻身下马仔细地察看屋子前后，这里有刚刚来过人的痕迹，弓箭已经从墙上摘下，箭筒也不知去向，他目光微沉打量了半晌：“有人来过，取走了弓箭。”

“是大王？”廿七问道。

郑伯友摇了摇头，无法断言，只能出言安慰道：“如果是大王的屋子，那么他们的确是来过，并且到现在为止应该还没有再回来！”

“一定是出事了！”廿七一只手砸着另一只手的掌心，在空旷的屋子里发出“啪啪”的声响，来回地踱步，“夜里在山中过夜很危险的，大公子曾说山中有狼，不会是遇见狼群了吧？”她急得几乎要哭了出来，脑子里充斥着各种不好的想法，“再或者有人洞悉了大王的去向，便在这里行刺？”

“你别往坏处去想了，”郑伯友看着廿七劝慰道，“一定只是被什么事情耽搁了。”

“对对对，一定是这样！”廿七点着头，“那一定还在附近，咱们快去找啊！”她拉着郑伯友的衣服往外走，二人四处搜寻，在不远处发现了一摊血迹，廿七见到大叫了起来，惶恐得几乎要晕厥过去。

郑伯友蹲下，用手指蘸来闻了闻：“这不是人的血，应该是猎物的。”

廿七深吸了一口气，镇定下来，拍着胸脯。

“也许是大王行至此地，咱们不妨再找找看。”郑伯友揣测道。廿七点头应着，可脑海中却是一片空白，惊惧褫夺了她的理智，根本无法思考。郑伯友走在前面跨越林中的灌木，忽然顿住了身体，这叫廿七猛地撞到了他的背上。廿七揉着鼻子仰头看着郑伯友问道：“怎么了？”

“是娘娘的。”郑伯友弯下腰捡起了一条黑色的布条，上面还有少许的金线，他瞪大了眼睛看着手中的东西，转而看向廿七。廿七捂住自己的嘴，不停地摇着头。周王宫涅和褒姒在丛林中失踪，刚才发现血迹，现在又找到了破碎的衣服。“娘娘一定是出事儿了，我就知道……我就知道……我应该昨晚就来找她的！”她歇斯底里地大喊，双手抱住自己的头不停地哭泣。

“也许只是被钩住，挂下来的？”郑伯友劝慰道。

“不是的，”廿七哭着摇摇头，“挂到怎么可能会这么狼狈。”她指着地上的丝线和碎布问道：“没有娘娘我怎么办？”她使劲儿地拉扯着郑伯友的胳膊，“娘娘不能出事的，没有她我也活不下去了！”

“够了！”郑伯友一声大喝，止住了廿七的哭泣。她愣愣地看着面前的男人，他面容冷峻，面色比起自己也好不到哪里去。片刻的安静之后廿七又开始号啕大哭，郑伯友一把拉过廿七，将她紧紧地抱在怀中：“娘娘不会出事的，她自有上天庇佑，大王更不可能出事，他武功了得，绝不会被困在荒郊野岭，没见到他们之前我们的阵脚绝对不能乱。”

廿七在郑伯友的怀中点头，他伸手拍着她的头，一种暖心的依靠从廿七的心中流淌开来，慢慢地侵蚀着她原本就不算坚强的心。郑伯友将廿七推开了一段距离，看着满面泪痕的她说：“娘娘那么多大风大浪都熬过来了，一定会没事儿的。”

“嗯……”廿七战栗地应声道。

“走。”郑伯友扶住廿七的手从她的肩膀滑到了她的手边，拉住她的手带着她继续朝前搜寻。廿七走了几步之后开始大声地呼喊：“娘娘……娘娘……娘娘……”

“大王。”郑伯友也跟着廿七喊了起来，如果这二人是被困住，听到了呼喊就一定会回答的，他们抱着这样的想法，不断地向前搜寻。

褒姒躺在周王宫涅的身上用长裙盖住了胴体。他们肌肤相亲，此刻已浑身无力，满面汗水。二人都是饥渴难耐，却都抿着苍白的唇一言不发，谁也不提希望的渺茫，谁也不说现状的困窘。

天色从白昼又渐渐地陷入了漆黑。他们享受鱼水之欢，在这个无人的地方肆无忌惮地释放与攫取，一解多年来压在心头的痛与不甘，直到精疲力竭才停了下来，彼此紧紧相拥、眷恋尘世繁华，心中却知道死亡越来越近了。

“大王？”褒姒忽然坐直了身子，看着周王宫湦，他也同样听到了从不远处传来的一声声呼唤。起初声音遥远缥缈，此刻越来越近。周王宫湦心中却越发地紧张了起来，“扑通扑通”的心跳几乎要湮没周遭一切的声响，他握住了褒姒的手：“有人来了？”

“是！”褒姒点了点头，“是廿七和……”她仔细地听了听继续说道，“郑伯，他们在找我们。”她指着天井，带着欢欣的神情看着周王。她拿起地上的衣服穿好，将自己同周王身上的长袍整理得妥妥当当，又正了正自己的颜色。

廿七的声音此刻已经清晰可辨了，褒姒仰头朝着天井的方向喊道：“廿七，廿七？”

廿七听见褒姒的声音，愣在了原地。她放眼周遭的景物，都是低矮的灌木丛和挺拔的树木，偶有人们走出的羊肠小道。秋意不浓，风霜不寒，山谷中还是一片浓重的翠绿。廿七环顾着四周，找不见声源，转身问身后的郑伯友：“郑伯可是听见了娘娘的声音？”

郑伯友摇了摇头，除了风声呼啸之外，他没听见别的动静。

“廿七？”又是一声呼唤，廿七指着某个地方拉着郑伯友的衣角，面上掩不住兴奋：“你听，你听……是娘娘的声音，我们找到她了！找到了！”她高兴得几乎要跳起来，大步地奔跑、大声地回应：“娘娘，娘娘？”

“廿七！”褒姒在洞中叫道，用自己最高的音调呼喊。她转而看向周王，眼眸泛着光华、灼灼闪烁，是从绝望中得到救赎的兴奋。可周王看起来并没有褒姒这般开心，神色暗淡。这怏怏的表情像是一盆冷水，扑灭了褒姒身上那团小小的火焰：“大王有何顾虑？”

周王宫湦摇了摇头，只是觉得这个与世隔绝的地方十分简单，就是一对相爱中的男女凭着自己的性子和喜好行事而已。可一旦从这里离开，他们之间的关系又将变得复杂，牵扯了太多的人、事、物，还有关于权力的博弈。

褒姒明白周王心中的顾虑，她看着他说：“从这里出去，你仍是大王，我是你的女人，不会逾越你的底线，也不会去验证什么！”褒姒下意识地摸了摸自己的小腹，心中对周王的担忧十分明了。周王宫湦动了动嘴，却没有说话，事已至此，无论再说什么都显得那么不合时宜，最后他也只是点点头，长叹了口气。

“娘娘……”廿七叫着。

“廿七！”褒姒应着。

廿七指着前面的方向扭头对郑伯友说道：“应该在那边！可是好奇怪，为何不见人呢？”她拿着手中的树枝将面前的灌木拨开，迈着大步朝那个空无一人的方向走去。褒姒一声声的呼喊越来越清晰，让人分辨出这是从地下传来的，她这才俯身看见了那个深坑。“娘娘！”廿七在坑边蹲了下来，“你们怎么会在里面？”

褒姒仰头看见廿七的表情，终于心安了下来。天色已经很晚了，若是廿七和郑伯友的动作再慢一些，只怕要么是无法发现这里，要么就是一起掉下来。

郑伯友从马背上取下随行带着的绳索，丢下深坑之中。周王将绳索的一端绑在了褒姒身上：“你先上，寡人扶你！”他说罢蹲下去，用自己的手臂和肩膀给褒姒做了踏板：“踩上来……”

“这是怕……”褒姒的表情十分为难。

“按寡人说的做！”周王宫湦命令道，语气中满是不可辩驳。褒姒蹙着眉犹豫再三，踩在了周王的手臂上，他用力将褒姒托了起来。上面的郑伯友同廿七一并使劲儿将井底的她拉了上来。临到洞口，郑伯友同廿七一起将手递给了褒姒，褒姒看着自己面前的两只手，又抬起头看了看廿七，再看看郑伯友，将自己的手搭在了廿七手中。廿七铆足了全身的力气，将褒姒拉了出来。

郑伯友尴尬地收回了手，擦了擦手上渗出的汗水，拜谒道：“娘娘。”

“多谢郑伯。”褒姒轻抿着唇淡淡地说道。

“臣等应尽之责。”郑伯友说罢，又将绳索丢了下去。周王拽住绳索，借着这坑洞的边缘使了些力气，就从洞底爬了上来。他双手在深坑的边缘一撑，便一跃而出。脱离了窘境，周王看着郑伯友同廿七哈哈大笑道：“看来寡人这个媒算是做对了！郑伯和廿七救驾有功，待寡人回到宫里，必定好好打赏。”

廿七面色通红地低下头去，双手紧紧抓在裙摆之上。

郑伯友也没有出声，此刻说什么都不合适。

褒姒帮周王宫湦整理了一番他的衣袍，口中喃喃道：“廿七随我多年，她若要出嫁，我必定让她风风光光的。”

“听你的。”周王宫湦拍了拍褒姒的手。

“郑伯此番离京，我将廿七交给你，你要好生照顾才是。”褒姒转向郑伯友说道。廿七不停地摇头，动了动嘴，郑伯友却拉了她一把，廿七只得将这话咽下去，闭上了嘴。郑伯友谦卑有礼地说道：“请娘娘放心。”

四个人从山谷折返，两两同乘一骑。这一路上廿七都觉得十分别扭，坐在马背之上连动都不敢动一下，更不敢同郑伯友说一句话。先前婚约一事到底只是听说，她姑且可以当作自己并不知情。

可是眼下事情被挑明了，郑伯友更是坦诚地认了，让她觉得自己好像被人戏耍了一番，想要发火却又羞于面对郑伯友。她使劲儿朝前挪着自己的身体，想要和郑伯友保持一定的距离，然而马背太滑，她根本就坐不稳，身体微微一动，差点掉落下去，好在郑伯友眼疾手快将她抱住："别乱动。"

廿七霎时间僵住了，忘记了呼吸，满面羞赧。

"廿七姑娘见谅，"郑伯友在她的耳畔说道，"当下时局，大王赐婚，微臣若是拒绝，只怕会牵连娘娘，为今之计也只好暂避大王锋芒，再做打算。"

"你与娘娘的恩怨，为何叫我白白牺牲？"廿七没来由地一股火气蹿上心头。

"娘娘并非是要牺牲你。我服孝三年，不能成婚。娘娘看准了时机，允我带你离开，她是不想你留在宫中受到折损，更不愿别人捏住你来威胁她。"郑伯友解释道，褒姒的一言一行他已洞察了其中的利害，如今和周王对抗，绝不是一个好主意。他日褒姒若能在宫中立稳，自己在郑国羽翼丰满，廿七的事情也就由不得大王的性子来了。

"我不想离开娘娘。"廿七沉默了良久才说道。

"廿七姑娘请放心，郑某待你必定如同对待自己的亲生妹妹，不让你受到一星半点的委屈。"

"我不怕受委屈，我只怕娘娘一个人在宫中，连个合用的下人都没有。她性子又执拗，不肯对大王服软，只怕是有个事情，娘娘一人伤心难过，连个说话的人都没有。"

"有赵上卿从旁关照，你无须太过担心。"

"那不同！"廿七摇了摇头。宫门越来越近，光线也越来越亮，周王宫湦策马到东门之外，一拉辔头让马停了下来。才刚站稳脚跟就立刻有人来报："启禀大王，郑夫人这一二日身子不适，大王不在，太医在显德殿也拿不定主意。"

周王宫湦的眉头蹙在了一起，低声急切地问道："哪里不适？"

"胸闷气短，太医说是无碍，可是郑夫人缓不过这劲儿来。"

"快去看看！"周王宫湦紧张地说道，走了两步才想起自己并非一人回来的，他转身看着褒姒。褒姒向他点了点头："臣妾先行回宫。"

"你也早些歇着吧。"周王吩咐了一声，大步朝着宫门内走去。廿七仰头看着郑伯友："看吧，我就是担心这样的情况时有发生，娘娘心中郁结，她却连个说得上话的人都找不到。”

褒姒看着周王越走越远，那翘首的身姿在廿七眼中寥落孤寂。自古君王多薄幸，从来就不会有哪位君王能够将自己的心思只放在一个女人身上。廿七觉得周王给予郑夫人的太多，给予褒姒的却太少，对褒姒的怜爱就像是有条件的付出，只有在确保了郑夫人的安然无恙之后，才能从那一碗爱中分出一杯羹来赏给褒姒。

夜色中再也找不到周王轮廓的时候，褒姒才回过神来转向郑伯友：“多谢郑伯。”

这句话不仅仅是谢郑伯友的救命之恩，还有他对廿七的照顾之情。他满眼都是温柔，关切地问道：“娘娘身体无恙吧？”

“无恙。”

“野外风霜雨露，不比宫中，娘娘回宫小心休息。”郑伯友嘱咐道，然后又看着廿七吩咐：“叫膳房准备些姜汤，娘娘与你身子骨弱，喝些能暖暖身子。”

“嗯。”廿七抿了抿唇，看着郑伯友盯着褒姒的眼神，心中的失落又一点点地蔓延开来。他看褒姒总是不同于看其他女人，如褒姒看周王时候的专注。只可惜，他们望着别人，却不知还有人望着他们。

“郑夫人想必已经知道老夫人去世的消息了。”褒姒忽然想起这件事情，开口说道。

“倒也不奇怪，若是秀秀知道，舍妹就必定知晓。我离开得仓促，未及辞行，她必定会差秀秀去打探我的去向，这其中的来龙去脉，一窥便知。”

“如此说来，就不必为郑夫人担心了。郑伯此番离去，可以放心了，他日若是有喜讯传来，就是双喜临门。”

褒姒言喻郑夫人诞下龙种与公子启之得胜还朝，这两件事情郑伯友都没什么兴趣，径直岔开了话题：“廿七随我一并离京？”

“郑夫人的孩子一出生，这后宫就会变成多事之地。”

“所以廿七更不能离开娘娘了。”廿七焦急地说道。

“大王要保我容易，可人家若盯上了你，该如何是好？让大王为难，还是让你自己承担？”褒姒问道，语重心长，“郑夫人诞下龙种，太子宜臼必定受到威胁，届时……东宫与秦国绝不会罢休，郑夫人也未必肯让自己的孩子屈居于宜臼之下。如今大王将我推上高位，无非是要借我挡住视线，保全郑夫人同小王子。你若不走，申后拿你来要挟我，我该如何是好？”

廿七从来没有考虑到这些事情，此刻被褒姒说得无言以对。

“更何况，此番你离开，三年后郑伯才会大婚，你何去何从也是个未知数。无论如何，最重要的是先活下去，才能讲希望。”褒姒转向郑伯友：“廿七交给你照顾，我也放心了。”

“娘娘放心，舍妹承你的情，在下绝不敢忘，他日便是粉身碎骨为娘娘效劳，在所不辞！”

“郑伯言重了，我不过是不想大王为难，与郑夫人无关。”褒姒的语气一如往日那般威严，看着身边的廿七吩咐道：“廿七，回琼台殿。”

“是，娘娘。”廿七小声地说道，看着郑伯友依依不舍。

郑伯友站直了身子，目送着褒姒一步步踏入宫门。这就是他们之间的距离，一步之遥。他有正妻，有嫡子；她有夫君，是后宫女人，他们之间就差那么一步，这就是命了。直到眼前的人再也剩不下丁点的影子，他才转身朝着自己府上走去。三日后他将在正殿向周王辞行，而褒姒也将亲手把廿七交给他带出宫。

夜里，褒姒忽然发起烧来，浑身发冷，口渴异常。

先前与周王在那深坑之中，两人肌肤相亲时没有在意山中的露重霜浓、寒风入骨，当时的心头也悬着一根线，不知道是不是活得下来。如今没了这重压力，褒姒才觉得通体异常难受，脚踝处的伤口也隐隐作痛。

廿七猛地从床上坐起来，仿佛能感受到褒姒的不安，敲了敲寝宫的门，得不到一声应答的她迈步而入。褒姒正在床上辗转，意识有些迷糊。

“娘娘？”廿七小声唤道。

褒姒没有回答。

“娘娘？”廿七又唤了一声，将烛台上的灯芯点燃。

褒姒的面色通红，廿七探了探她的额头，滚烫滚烫：“娘娘？”

“冷。”褒姒紧紧地攥着身上的被子。

“糟了，”廿七跺了跺脚，“看来感染了风寒。”她从门外端来一盆水，将毛巾沾湿敷在褒姒的额头上，希望能带走多余的热量，然后从寝宫退出来，叫殿内下人去太医院请医官速来。下人不敢耽搁，领了命就朝着太医院撒足狂奔。

这一晚，周王宫涅回到郑夫人的殿内，她哭闹了几句，他温言软语地安慰着。或许是因为肚子越来越大，每日都显得疲惫不堪，郑夫人的坏脾气没有彻底发作出来就已经困得哈欠连连了，周王宫涅立刻让秀秀送郑夫人去睡了。

赵叔带也得到了消息，说是周王宫涅回宫后直奔显德殿，他也随即跟了来，通报之后进了显德殿的书房中，行礼作揖道：“参见大王。”

“何事这么着急？”

“大王昨夜离去，今晨迟迟不归，齐伯等不到大王，便请辞回国了。太宰宫内的宰夫再三为难岁贡一事，留他不住。岁贡尚未核对清楚，他便出发了。”

周王宫涅吩咐赵叔带一行将齐伯困在镐京城，以免成为公子启之攻城的阻力。听到这话，虽然是意料之中，周王却显得格外不满：“秦伯此刻何在？”

“秦伯倒是没有走。”

“宣他入殿，”周王说罢，觉得不妥，摆了摆手，“别宣了，寡人亲自走一趟秦伯府，只怕这次要借他一支军队了。”

“大王，秦伯如今不可尽信！世子、世父一事，想必他有所怀疑，若是嬴德有意从中挑拨，秦伯与我大周的关系，日渐危矣！”

“与东夷这一仗，寡人必须要赢！传寡人一道密旨，直接交到启之手中。”

“让启之提防齐伯？”

“寡人要给他实权，凌驾于诸侯之上！”周王宫涅说道，目光笃定，扔下这话他就朝着门外走去。此刻已经临近子时了，月亮悬在空中，地面一片惨白。周王宫涅离去不久，廿七就差人来显德殿请大王探望褒姒。

前来的下人却被打发了回去，在显德殿外值守的下人说大王曾有旨意，不准琼台殿人进入，这下人回来将此事说给廿七，却是说道：“廿七姐姐，大王说不见琼台殿的人，我没能说上话。”

廿七手攥成拳，捶打在了桌面：“也不知道娘娘为谁才落得如今这般地步，他倒是狠得下心。”她恶狠狠的口吻中满含着不甘，看着面色苍白，在床上痛苦辗转的褒姒，心如同被放在火上炙烤那般。廿七捋着褒姒额前的发梢，自言自语：“如今这样，我怎么走？”

周王宫涅同赵叔带走了几步，顿住身形，吩咐道：“你先回太宰宫，密旨我明日给你，你来显德殿取。记住，除了你、我和密使之外，此事不能经第四个人之手！”这话中密集的节奏感叫赵叔带听得出齐国将上演一场血雨腥风，他拱手作揖，应声说道：“是，大王。只是此去秦伯府，不妨由微臣作陪。”

“不必了，你去的话，此事就不好说了，寡人同这岳父喝酒叙旧也没有不妥之处。”

赵叔带只好作罢，转身告辞，回太宰宫去了。

秦伯府上灯火通明，没有休憩的意思，这在镐京城中实属罕见。这个偌大的京城，除却宫中的歌舞升平，无人会在子时仍旧点亮烛火，秦伯的高调就像是一种姿态，宣扬他手握重兵与秦夫人荣宠加身。

周王重重地叩着门上铜环，很快有人出来开门。年长的下人上下打量着周王宫湦的着装和样貌。见他目光炯炯、皮肤黝黑、肌肉健硕、身形魁梧，身上又是金线黑缎的宽袖长袍、器宇轩昂，下人立刻谦恭地说道："参见大王，不知大王莅临，有失远迎，望大王恕罪。"

"秦伯呢？"

"秦伯早已就寝了，只怕是……"老者颤巍巍地说道，企图将周王宫湦拒之门外。周王根本不给他将话说完的机会，推开大门径直朝着大堂方向走去："睡了就去叫！"

下人擦了擦额头的汗水。周王一把推开大堂的门，秦伯却还在大堂之上把酒言欢。他让祭公安排了宫中掌乐的下人前来献乐，而他自己则带着自边陲而来的舞姬入京为他献舞，整个大堂一派富丽堂皇，好不热闹。

看见进门的周王宫湦，秦伯轻轻地挥了挥手，乐曲戛然而止，屋内一片安静。

"寡人以为秦伯已经睡了！"周王宫湦走进这大堂，丝毫没有客气。

"参见大王。"宫中下人说道，祭公也站起身来向周王宫湦拜谒。周王挥了挥手，祭公立刻带人离开了秦伯府，只剩下几位站在原地不知所措的舞姬，等待着秦伯下令。

"不知大王深夜来访，有失远迎！"秦伯站起身慢慢悠悠地说道，连拜谒之礼都完全舍去了，挥了挥手叫尴尬伫立的舞姬也下去了，余下周王同自己二人对峙。

周王宫湦坐在了秦伯对面，对秦伯的怠慢毫不在意："原本一早要带着夫人来的，不过……昨夜出宫不幸遇着歹人袭击，差点丧命，好在郑伯救驾有功，否则秦伯日后可就见不着寡人了！"

"何人如此大胆？"秦伯一拍桌子愤怒地说道，然后才看着周王嘘寒问暖道："大王可受了什么伤？情况严重吗？"

周王宫湦摇了摇头："今晚回宫，寡人才知道齐伯折返齐国，扔下了岁贡这个烂摊子要寡人来帮他处理，如此一来叫寡人在诸侯之中还有何颜面？日后若是诸侯效仿，寡人可如何打理这江山？"

秦伯揣摩着周王宫湦的用意，觉得他有敲山震虎的意思。如今齐伯一走，秦伯就失了先机，想要请辞，就不太妥当了，此事只好按下不表。"大王莫怪，齐伯也是关心战事，如今他领兵作战，大王也可以安心了。"

"安心个屁！"周王宫湦一拍桌子大声喝道，"如今公子启之攻无不克，这姜老头急匆匆地回去，分明就是有意褫夺启之军权！如此一来，寡人颜面何存？那启之莫说是有功，便是有过，也是寡人派出去的，岂是他说废就废的？”

“大王息怒。”秦伯慢悠悠地说道。

“当日我向夫人提起，请秦伯带兵攻打东夷，如此寡人也可高枕无忧，可那申侯太不地道，居然与西戎里应外合，钳制你秦国兵力，叫寡人不敢妄动！”

“还有褒珦。”秦伯提醒道。

“哼……”周王宫涅戏谑地冷哼了一声，摸了摸鼻子，带着一种莫测的笑意，“寡人所以宠幸褒姒，将她捧上高位，就是想申侯与褒珦决裂，谁知褒珦浑然不在意他的女儿，只怕申侯未必能如此。秦、褒、申三国位居要地、连成一线，如今这二人一旦决裂……”他说着叩了叩桌面，露出了一丝不易察觉的笑意，让秦伯觉得脊背发凉：“大王的意思是？”

“西面危机若除，寡人恳请秦伯发兵，助齐国一臂之力。”

“公子启之不是战无不胜攻无不克吗？”秦伯当日以申侯与褒珦通敌为借口拒绝发兵，就是想摆周王一道，为自己谋利。却没想到周王宫涅绕开秦国，布了郑国的兵，让秦伯打错了算盘。如今周王来求，秦伯心中便猜测启之必定是不能力敌东夷，毕竟是个初生牛犊，不怕虎，但也不是虎的对手。

“莫提此事，提起来寡人就气！”周王宫涅怒气冲冲地对秦伯吼道，“这郑夫人如今恃宠而骄，仗着腹中之子要寡人重用郑国之人，先是郑伯友，再是公子启之……如今郑夫人身怀六甲，寡人开罪不起，再忍耐两个月，孩子一出生，寡人就要撤下公子启之的军职，烦请秦伯借寡人一支军队前往齐国助阵。”

“郑夫人没有小产？”秦伯惊讶地问道。

“没有，郑夫人非说有人要害她，央着要搬去显德殿，非要寡人对外宣称她小产。她毕竟怀着寡人血脉，寡人也只好听命于她了！”

秦伯摸了摸自己的下巴，心中不得不感慨这郑夫人的张扬跋扈看来真是一种掩饰，当真是个聪明至极的女人。此事一说，秦伯想起了另外一件事情，正好也顺口一提：“当年秦夫人怀有身孕，却无故小产，如今却叫郑夫人占了上风，此事只怕是另有文章。”

“秦伯的意思是？”

“老臣以为，有人嫉恨小女受大王宠爱，便在其中动了手脚，还请大王彻查此事。”

“秦夫人当年小产，寡人也万分痛心，可郑夫人那时还没有入宫啊。”

“老臣所说另有其人。”

周王宫湦看着秦伯思忖良久，刚想说话又觉得不对，摇摇头，再酝酿一番，然后凑到秦伯面前小声问道：“以秦伯的意思，这幕后黑手是？”

“申后！”

这两个字将周王宫湦骇得不轻，坐直了身子擦了擦冷汗：“可申后并非歹毒之人啊！”

“知人知面不知心，这女人若是发起狠来，比蛇蝎还毒。当年申后还未诞下太子宜臼，大王又未继位，只怕是秦夫人诞下长子，她必定地位不保，才下了狠手。如今郑夫人怀孕，不也差点小产吗？也许是申后故技重演，害怕郑夫人之子会威胁到宜臼的地位呢！”

“如若诚如秦伯所说……如今该如何是好？”

“废了申后！”秦伯慢慢说道，气定神闲。

周王宫湦觉得自己可能没听清秦伯的话，开口问道：“秦伯是说让寡人废了申后？”

“正是，王后失德乃大周祸患，请大王三思。”秦伯气势咄咄逼人，这根本不是劝谏，是威胁，是要让大王用废后来换秦国兵马。周王揉了揉自己的太阳穴，试探地说道：“如今申侯在朝中余威不减，大臣都帮衬着他，只怕寡人废后，会引起轩然大波！”

“大王不必担心，如今申侯与犬戎勾结，企图引犬戎入侵，此事若是为其他诸侯所知，绝不会再有人相帮，大王也就不必担心废后引起的轩然大波了。”

周王宫湦面色阴沉了下去，目光如秃鹰俯瞰大地时候的光华：“那么……依秦伯之言，寡人要如何让诸侯得知此事？如果秦伯能从申侯手中拿去号令群臣的本事，这后位自然也就是秦夫人的了！”

秦伯敛住了笑意，捋着下巴上的胡子：“秦兵抵达齐国要两月有余，大王允诺，老臣即刻便可发兵。”

“辛苦秦伯了。”周王宫湦眯着眼睛看着秦伯，心中却打着自己的算盘。秦伯若能瓦解申侯的党羽，他自然就可以趁势安插人手，此事变成了秦伯同申侯在明面上的对弈，倒将这位大王变成了局外人。

第二日，宫里就传来了消息，大王赏赐了秦夫人青铜鼎尊、苍璧黄琮、锦缎丝绸……又是陪秦伯与秦夫人游园赏湖，又是将宫内的牡丹园更名为易园（秦夫人名易）此番安排有意彰显帝王恩宠。

整个后宫乱作一团，好不热闹。几房女人各有算计，人人心中滋味不同。

三天后，郑伯友前来大殿辞行，周王一早就让人来琼台殿宣褒姒和廿七午时上殿。褒姒的身子虚弱，从高烧中才刚刚恢复，面色还是一片惨白。

这一二日在后宫里流传的流言蜚语，廿七没敢让褒姒知道，怕她受不了。

褒姒说话也有些有气无力，但今日要送走廿七，无论如何也要强打起精神。这几日周王宫涅没来过琼台殿，廿七就是不说，她也知道外面发生了什么。

周王宫涅不来她就不动作，安居养病，既然选择了这个男人，也只得将全部的身家押在这里。

褒姒一身素白的装扮出现在前殿之上时，周王宫涅皱了皱眉头，这模样倒不像是嫁妹妹，像是奔丧。他对褒姒的装扮不满，便觉得她有意挑衅，以宣泄心头不满。褒姒目光无神，从入殿起就没找到合适的焦距，睁着眼也好像什么都看不见一般。

原本周王要和褒姒寒暄几声，至少将她揽在身侧，可现在他一点都不想搭理她。他只是斜倚在桌案之前，满面懈怠的神情。他身侧的褒姒勉强撑住了自己的身体，只觉得头晕目眩。赵叔带站在一侧，宣读大王的诏书，加封廿七为周朝王姬。

廿七跪在大殿上谢恩。

周遭站立的群臣恭贺，待廿七谢恩完，众人将目光投向了褒姒。另有一封诏书在褒姒手中，由她来诵读，内容便是赐婚与廿七同郑伯友二人，此番郑伯友离京，带廿七同去。褒姒手中攥着诏书，眼前却一阵眩晕，甫一站起身就觉得大脑一片空白，还没出声，整个人就晕了过去。

“娘娘！”廿七喊了一声，周王宫涅这才注意到褒姒摇摇欲坠的身体已经松开了手中的诏书，朝着一侧倒了过去。

……

周王很生气。

太医院的医官们在琼台殿内出出入入，周王宫涅的脸色低沉，几进几出之后，声色僵硬地问道：“到底怎么回事？”

“启禀大王，娘娘偶感风寒，需要静养，”医官们回禀，“并无大碍，只是娘娘的身子骨虚弱，怕是要好好调养。”

“娘娘生病为何没人来告诉寡人？”周王宫涅低吼道，声色俱厉。

几位医官面面相觑，此事可不在他们的权责范围之内，交换了神色之后都看着廿七。从旁侍立的廿七忽然跪了下来，发出“咚”的一声巨响，她替自己的主子觉得委屈："廿七差人走了显德殿几趟，大王要么不在，要么就将人赶了出来……"她的声音越来越小，最后是一串长长的尾音，辨不清内容。

周王宫涅一手拍在了大殿中的桌子上，发出一声巨响，他想将面前的石桌直接踹翻了去，但是硬忍住了这个冲动，胸中郁结难消。

没人知道周王宫涅在气什么，他这个火儿发得有些莫名其妙了。

廿七看着郑伯友，郑伯友却紧抿着嘴唇，一声不吭，他的眉头紧蹙。刚才褒姒在殿上的苍白大家都看在眼里，依着医官们的话说，褒姒从山谷折返之后就感染了风寒，一病不起。

风寒一事，可大可小，若稍有不慎，也可能要了人命。

周王宫涅黑着一张脸，让这些医官要是医不好娘娘，就提头来见！医官个个咽了口唾沫，这个君主难伺候得很，他们擦着额头的冷汗，不住地给褒姒施针、下药，为今之计就是叫褒姒尽快醒过来。

不多时，有人前来回禀："娘娘醒过来了！"

周王宫涅这才朝着寝宫的方向走去，背对着身后跟上来的人说道："给寡人站住！"他走进寝宫，就让侍立的下人和医官们都滚出去了。褒姒睁着眼，却眼中无神，被病痛折磨得憔悴不堪，像一片干枯的荷叶。

"臣妾给大王添乱了。"褒姒的声音中还带着颤音。

"别说了，"周王宫涅皱着眉头，坐在床边，伸手探了探褒姒的额头，又用下巴抵住，感觉还是有些烧，"早晨怎么不直接回了寡人，就说你身体不适，此事可以逾期再说！"

"臣妾以为自己的病好了十之八九，可谁知道……"她苦笑了两声，脸上布满了细细密密的汗水。周王将被褥向上拉了拉，将褒姒紧紧地裹在其中，脸贴着褒姒的面颊："一回宫郑夫人来请，她的脾气还没发完，赵上卿又来了，说是齐伯匆匆离开，寡人担心启之在齐国的情况，连夜去见了秦伯，请秦伯出兵。一早回来，拟了密旨给赵上卿，再宣太宰宫的人去打赏秦夫人……"

"大王，"褒姒伸了伸手，将手指放在了周王宫涅的唇上，"不必同臣妾解释。"

周王宫涅看着褒姒笑了出来，他从来没有和人解释的习惯，此番却为褒姒破了例："让廿七留下来，不去郑国了，好好照顾你。"

"臣妾可以照顾自己。"

"寡人说不去就不去了！"

"可大王已经拟了旨，诏书也在太宰宫备了案，大王若出尔反尔，恐怕会招来话柄的。”

“寡人只说要廿七嫁给郑伯友，可没说什么时候嫁！何况郑伯友要守丧三年，寡人总不能让王姬在郑家等他三年吧？这三年让她在你身边照顾着，别人……”周王宫涅顿了顿，“寡人不放心。”

“大王说怎么办就怎么办吧！”

“多睡一会儿，”周王宫涅温柔地问道，“想吃什么？寡人吩咐膳夫给你去做。”

“没什么胃口。”

“那就吃些清淡的？”周王宫涅问道，看着褒姒点了点头，又继续说道，“睡一会儿，寡人陪陪你？”

“大王去忙吧，臣妾只是身子弱，休息休息，就能恢复。”褒姒劝道，眼下是千钧一发、危在旦夕，从周王宫涅进门就对自己的种种解释来看，褒姒猜测秦伯一定是用出兵一事威胁周王，可威胁的是什么，她不知道，也无法想象一个诸侯敢叫大王废后！

废后一事，叫周王宫涅头大如斗，此刻尽显疲态，他翻身坐在了床上，拉过褒姒的被褥：“寡人累了，就当是陪寡人睡一会儿？”

褒姒点了点头。

此刻的大堂之上，朝中官员面面相觑。刚从前殿退出来，周王宫涅抱着褒姒赶回琼台殿，一路上差赵叔带去宣医官，让虢石父准备汤药，叫廿七先行一步回琼台殿准备寝宫……他没让任何人离开。

这会儿褒姒醒了，几位大夫和医官、下人们则在大殿之上走也不是，留也不是，周王宫涅到底要做什么，谁也揣测不透。郑伯友本要出发离京，此刻也不知如何是好。

“赵上卿，”医官启禀赵叔带，“如今娘娘醒了，我等可是可以离开了？太医院的医官们都被大王请来，此刻若是又有哪家娘娘有个闪失，在下承担不起这罪责。”

赵叔带看着虢石父，虢石父的眼睛一挑，不接赵叔带的询问，他看着头顶横梁，口中微哼一声，言外之意便是：“你才是太宰宫上卿，你看我干什么？”

赵叔带心下一横，挥了挥手，叫几位医官都回去了。

余下朝中大小官员纷纷议论：“咱几个总杵在这里，也不是办法，大王进去探望娘娘，如今过了一刻，也不见动静，这可如何是好？”这话也是说给赵叔带听的，他没接茬，又看着虢石父，虢石父眼看不能再装傻充愣了，只得反问几位大夫："大王既然没有吩咐，就等着吧，你公务繁忙到比赵上卿还忙吗？"

"没有，没有……"说话的人赶紧摆手讪笑，然后将郑伯友拉下水，"郑伯的牒文还没办好，怕误了郑伯的事情！"

"我不急。"郑伯友自进殿以来一共就说了这三个字，转过身去继续眼观鼻、鼻观心。

琼台殿内再次陷入一团寂静，每个人都在思忖着自己的小九九。

不多时，大王的近侍官重进殿内，看着虢石父问道："虢上卿，大王此刻何在？"

"寝宫，"虢石父指了指寝宫的方向，看着这位前来问话的近侍官，琢磨着必定是有事发生，"有什么急事？若是不急，等等再说。"

"秦伯来了，要拜谒大王，我们将他拦在了前殿，可大王若再不去，只怕……"他说着就皱起了眉头，觉得这些诸侯实在是难伺候得很，一个个的，丝毫没将自己当成是外人。

虢石父看着赵叔带，赵叔带反观虢石父，最终还是虢石父开了口："赵上卿，依您看，此事该如何是好？"

"得去请示大王一声。"赵叔带眉头紧锁，秦伯答应周王出兵一事他已经知道，可秦伯开出什么条件，他还没揣测出来，以为是寻常的减免岁贡。

"那么赵上卿，请吧？"虢石父指着寝宫的方向，脸上露出了狡黠的笑意。赵叔带看了看虢石父，咽了口唾沫，心下一横，硬着头皮朝寝宫方向走了去，敲了敲门。

褒姒已经迷迷糊糊地陷入了梦中，听见敲门声又被惊醒了。

周王宫涅躺在她的身侧根本就没有答话。褒姒轻轻地拉了拉周王宫涅的衣袖："大王？"

"让他等着去！"

"事情若不重要，他们也不会来叩门的。"

"现在没有什么比你的病情更重要的事情了！"

"大王还是听听何事吧？"褒姒劝慰道。周王宫涅翻了个身，大吼了一声："说！"

赵叔带浑身一凛，理了理自己的思路，恭恭敬敬地在门前拜谒："启禀大王，秦伯求见！"

"不见！"周王宫涅没好气儿地说。

赵叔带在门外驻足，明知不讨喜仍要说："秦伯已在前殿等候，娘娘的病若无大碍……"

周王宫湦猛地从床上坐起，大喝一声："叫他等着去！都给寡人滚！"

"大王，"褒姒拉了拉周王宫湦的衣袖，"已经忍到如今这个时候了，总不好在此时激怒秦伯，那前面的气不是白受了？"

周王宫湦闭起眼睛，深深地吸了口气，知道褒姒说得不错。

门外的赵叔带松了口气，褒姒忽然能开口，此事便可放心了。

周王捧起褒姒的脸："寡人是心疼你。"

"如今东夷与齐国对峙，齐国是我大周东面要塞，齐国失守，不日东夷便能兵临城下，你我若化为亡魂，来生只怕更难相见。"褒姒的声音柔和，宛若轻抚，让周王宫湦焦躁的心慢慢平复，"唯有他日秦国大胜，大王才好思忖下一步。臣妾和大王来日方长，大王太急了。"

周王眯着眼看着眼前的女子，从骨子里流露着一种心疼，让他觉得这样的女人怎么爱都是不够的。他亲吻她的唇，然后翻身下床。褒姒的眼睛弯了起来，笑意盈盈，看着周王宫湦披上长袍，理好衣冠，迈步而出，他走到门口，褒姒忽然叫住了他："大王？"

周王宫湦停住，转头看着她。

"臣妾等你。"

周王宫湦扭过头，背对着褒姒拉开了寝宫的门迈步而出。赵叔带在门外行礼，紧随其后，匆匆离开，朝着前殿去了。周王走到大殿上向廿七吩咐了一句："好好照顾娘娘。"

廿七张了张嘴，见赵叔带摇头，只好轻咬着自己的下唇应了一声："是。"

"廿七暂时不能出宫了，郑伯一人上路吧，三年后丧期一过，寡人要廿七风风光光地嫁入郑家！"周王宫湦指着郑伯友说道。郑伯友低头拜谒，答谢周王宫湦的赐婚。

"路上小心。"周王宫湦意味深长地拍了拍郑伯友的肩膀，这句话，好像话中有话，郑伯友却不敢多问。

"郑夫人如果生产顺利，寡人一定带她回老夫人坟头清扫。"

第十四章

秦伯其咄咄逼人，周王涅杀人夺权

周王的话让郑伯友陷入了不安当中，未来的两个月，皇宫只怕是会陷入水深火热之中，世事难料。

“行了，都散了，别在琼台殿上戳着了！”周王宫涅挥了挥手，人们这才纷纷离去，最后只剩下赵叔带与虢石父，询问大王要不要他们作陪一同去见秦伯。

周王宫涅摸了摸自己的鼻梁，面色透着阴沉，深吸了口气调整了一下自己的状态，冷冷地哼了一声就朝着前殿走去。

虢石父看着赵叔带问道：“大王最近好像变了不少？”

“是吗？”赵叔带冷笑一声。

虢石父看了一眼赵叔带，二人从来都是政见不合，虢石父也不知道自己同赵叔带说的是哪门子的话，甩了甩衣袖就朝着门外走去。

秦伯在前殿候着，早已怒发冲冠，见周王步履缓慢而来，便大声质问：“大王如今可真是事务繁忙，老臣想见一见大王，还要吃下人们的脸色！”

“别提了！”周王宫涅皱了皱眉，摆摆手，“诸事不顺！秦伯来找寡人所为何事？”

“大王可还记得先前与老臣的约定？”

“废后？”周王宫涅揣测不透秦伯的来意，可总不至于如此着急操办此事吧？不等秦伯开口，周王宫涅自己接上了话茬：“秦伯可是答应了寡人先将申侯那一干人等弄出寡人的朝堂，如今怎么事情还没做就先着急地邀功了？”

“如今齐国与东夷交战，国难当头，百姓忧心忡忡，担心被战事波及，为稳军心大王总该做些表率，废后不合时宜，总有合时宜的事情来做！”

“比如？”

“褒姒。”秦伯嘴角滑过一道凉薄的笑意，“妖女惑乱宫闱，当初人人都想得而诛之，却让自己的婢女代死。如今只有除了她才能让万民归心，大王在朝中才可以站稳脚跟！”

“寡人在朝中的位置，难道已经需要用女人的性命相搏了？”周王宫湦眼睛眯得很长，看着秦伯用一副慵懒的姿态问道，“或者说，有妖女惑乱宫闱，那是寡人有眼无珠，难道也该连同寡人一并铲除？只怕……”他朝前走了一步，咄咄逼人地看着秦伯，“只怕这才是秦伯的真正用意吧？”

“大王误会了，要说有眼无珠，识人不清，当数虢上卿。”说着秦伯从怀中取出一份卷轴扔在了周王宫湦的面前，“此乃各路诸侯入朝，向虢上卿进贡的器物，若不给，虢上卿则百般打压！如此上卿当道，天下岂有太平之时？”

“依秦伯的意思是？”

“除妖妃，斩奸臣！”秦伯坚定地说道。周王宫湦连面前的卷轴看都没看就扔到了地上。“寡人差点忘了，虢上卿从各地给寡人搜罗了一批美人入宫，寡人真是被你们这些人的女儿烦透了，如今要去散散心了！”他说着就大步朝门外走去，秦伯却在周王身后问道：“大王难道要弃齐国于不顾？”

周王宫湦打了一个哈欠：“天下大事何时能轮到寡人做主？不一向由你们这些诸侯说了算的吗？齐国失守是齐伯无能，反正寡人无能惯了，天下不会对寡人有所期待！”他扔下这话，迈步离开了前殿，出门吩咐一旁的近侍官：“给寡人通知虢石父、祭公，寡人要看美人歌舞！”

“那……娘娘呢？”

“娘娘？你看寡人还没有被这些女人烦透是吗？”

“是……”近侍官的声音颤抖，“在下这就去宣虢上卿和司徒祭公前来拜谒。”近侍官说罢擦了擦面上的汗水，朝虢上卿府中疾步赶去，也不知道周王宫湦和秦伯到底说了什么，居然如此怒发冲冠。

琼台殿上，郑伯友转身出门驻足片刻，又折返回来。琼台殿的下人见郑伯友回来，面面相觑，一个立刻拽了拽另一个的裙摆：“快去叫廿七姐。”

另一名下人立刻点头，张着嘴一路小跑到了褒姒的寝宫之中敲了敲门。

廿七坐在褒姒床边问道："何事？"

"郑伯在殿外等候。"

廿七转向褒姒："娘娘，郑伯？"

"你去殿外应一声吧。"褒姒高烧不退，人有些困乏，提不起精神，躺在床榻上倒是尚好，一旦有什么事情要去应付又显得力不从心。

"郑伯定是关心娘娘的身体……"廿七皱着眉头揪心地说道，帮褒姒将头顶退热的湿布帕给换了去，她苍白的唇色实在是让人看着心疼。

"琼台殿人多口杂，谨言……"褒姒的话还没有说完，廿七就接了茬："慎行嘛……廿七知道！"她说完就放下了手里的活计，朝着门外走去。

午后的琼台殿被一片金色的光晕环绕，郑伯友一袭白衣，身影映衬在这金色的光晕中显得十分肃穆。廿七匆匆走到大殿，看着两旁伫立的下人叫他们都下去了。

"郑伯？"

"微臣是来辞行的。"

"一路小心。"

"此去郑国，三年间变数尚不可知，廿七姑娘保重。"

"多谢郑伯关心。"

郑伯友点了点头，迈步而出，走了几步又停下来转身问道："娘娘身体抱恙，现在可是有所好转？"

"娘娘一日在宫中，就一日不会好转。"廿七觉得褒姒伤的不是身体而是心，郑伯友面上露出的担心神色，叫廿七觉得心中刺痛，"有我从旁照顾，郑伯大可放心。"

"宫中若是有事儿，郑某愿听凭差遣。"

"多谢郑伯关心，只是宫中波澜诡谲，郑伯还是关心好自己一方百姓。娘娘自有天佑，大难不死又得大王宠幸，日后是要享尽荣华富贵的。"

郑伯友点了点头，拱手拜谒，转身离去。他走得很快，疾步带风，很快从廿七的视野之内消失，她伸长了脖子望着那颗小小的白点，心中怅然若失。折返寝宫，廿七的表情就写在脸上，卧床的褒姒打量了一番："怪我这病生得不是时候，不能叫你随郑伯离开吗？"

"娘娘就不要取笑廿七了，您明知郑伯根本就不是想同廿七告别。男人啊……我算是看透了，都没有真情。当日娘娘命悬一线，大王不肯宽衣解带，床前侍立，直到娘娘病情好转，可一转眼，他为郑夫人三番五次地伤了娘娘，如今还将秦夫人捧上了天！倒是连娘娘生病了都不知道……郑伯也是，明明就爱娘娘爱得紧，恨不得掏心掏肺以表真情，可大王赐婚，他连一句'不'都不敢说，欣然接受，将我放在中间当磨心，真是可恨至极！"

"人在这世上，总有许多事身不由己。大王无可奈何，郑伯又何尝不是？不是拿你做磨心，有心要辜负你，而是想带你离开，许你一个看得见的未来。郑伯已有妻室嫡子，娶你过门，若是寻常人等，你必受妻室制约，可郑伯必当处处护着你。你心性天真，唯有如此才不至于被人欺负。"

"娘娘的意思是我在这宫里要是做了娘娘，就定要被人欺负了？"

褒姒没有答话，廿七才猛然觉得自己说错了，立刻跪在地上："廿七说错话了，廿七说错话了，廿七只是随便说说，拿后宫嫔妃好有一比，娘娘不要在意。"

"你若是后宫娘娘，只怕又是一位郑夫人。"

"郑夫人？郑夫人也没什么不好，娘娘就是心高气傲，不肯对大王低眉顺目。若像郑夫人那般，巧言讨好又懂审时度势，如今怎会被大王晾在琼台殿中？"

"大王比之你我，更不自由。"

"大王能不自由？普天之下莫非王土，大王若是不自由，别人又要如何自由？"她问着，满脸不屑。对于周王宫湦的受困，廿七无法理解。不多日，又传来了新的流言，周王宫湦变成了往日那个昏庸无道的帝王，在华辰殿上寻欢作乐，享用虢石父进献的从各处搜刮来的美人，殿内日日歌舞升平。

赵叔带来了几次，满面焦急的神色，请大王上朝，都被虢石父给挡了回去。

"劳烦虢上卿通报，如今齐国战事告急，臣等必须面见大王。"

"赵上卿，如今大王不愿理会朝政，你就是将大王架上了朝，他也还是不理会。大王登基三年有余，他的心性你还不了解？"

"虢上卿请让开！"

"你若想进去，就从老臣身上踏过去，如若不然，赵上卿还是请回吧！"虢石父伸手看着赵叔带。

"如今秦伯不肯出兵，齐国与东夷之战若是战败，虢上卿可负得起这责任？"

"虢某就是愿意让你上殿又如何？大王也不愿听你说这些。"

"虢上卿只须让步，赵某替天下百姓谢过上卿了！"赵叔带佯装谦卑。虢石父心中思忖再三，先前周王对齐国战事颇为关注，这一二日又抛诸脑后，整日寻欢作乐。如果这齐国失守，不知大王会作何感想？末了，虢石父挥了挥手："若大王不愿意见你，还请赵上卿立刻离开，否则也休怪我虢某翻脸不认人！”

“虢上卿请放心！”赵叔带拱手道谢，大步迈入了华辰殿中。

周王宫涅斜倚在榻上，身后披着薄纱的女人跪在他的身侧为他捶背，怀中另有美人相伴，将桌上水果送入他口中，他“啧啧”品尝，兴之所至往往将怀中女子拉过亲吻、缠绵。

台下轻歌曼舞，烟雾缭绕，一派靡靡之风。

“大王。”赵叔带拜谒行礼，大声叫道，压过了大殿之中的丝竹之音。

周王宫湦打了一个哈欠，眯着狭长的眼睛看着赵叔带：“赵上卿？赵上卿来得正好，帮寡人看看，这几位美人寡人该封谁做嫔妃？”

“大王！”赵叔带皱了皱眉头，“如今齐国战事告紧，恳请大王重开朝堂与众臣议事。”

“战事？”周王宫湦重复了一遍这二字，忽然哈哈大笑了起来，将桌上的水果扔到赵叔带面前，吓得赵叔带朝后退了两步。周王宫湦敛起神色，生硬地问道：“战事不是由你们这些人把持着，何时轮到寡人说话了？齐伯不是自诩能率兵统战吗？叫他去，关寡人屁事？赵上卿若是没有别的事情，少来扫了寡人的雅兴……”

“请大王三思！”

“三思个屁！”周王宫湦看了一眼虢石父，“虢上卿，你真是越来越不中用了！”

“赵上卿请……”虢石父擦了擦额头的汗水，伸出手看着赵叔带说道。

“大王，如果您今日不上朝听政，只怕他日东夷大军就会……”赵叔带仍在上奏。周王又将桌面上石盘扔了下来：“滚！不要叫寡人再说一遍！”

赵叔带看着台上的周王，周王则闭目喘息。

对峙良久，赵叔带转身拂袖，朝着门外走去。这消息不胫而走，传遍了整个镐京城，如今后宫无人不在谈论大王所为。廿七看着褒姒小心翼翼地试探道：“大王如今这般是为何？”

“郑夫人骄纵、秦夫人霸道、卫夫人妇人之见、申后又不懂大王心思，不去找别的女人，难道要对着她们几人？”褒姒心中惴惴不安，那日周王是见了秦伯之后才如此作为的，这个架势，怕是要杀秦伯了。

“便是如此，”廿七一愣，没想到褒姒会说出这番话，一时之间不知如何接茬，“大王也可以来寻娘娘，何必让虢石父进献美人在华辰殿上寻欢作乐呢？”

“我不也是虢石父进献而来的？”

"那不一样。"

"没什么不一样，入了宫，后宫的女子就都一样。有品级差别，有外戚差别，有容貌差别，除此之外，再无差别。大王对后宫厌弃，我也是其中一员。"褒姒坐在窗边，看着窗外的荷塘，寻思着琼台殿内有通往别处的秘道，华辰殿中必定也有。

"娘娘，娘娘……"有人匆匆跑了进来。

"何事如此着急？"廿七看着进来的人吩咐道，"理顺了气儿再说话。"

"申后来了。"下人说道，满眼惊恐，申后此时造访，绝不是什么好事儿。

廿七撇了撇嘴："看吧，到底还是有人将自己看作不一样的！"

褒姒拢了拢身后的长发站起来，窗外秋风萧瑟，灌进屋内，早已没了往日的潮热。她朝屋外走去，廿七就紧跟在她的身后："申后是要做什么？"

褒姒摇了摇头。

自祭天大典申后病倒之后，东宫拜谒一事好像就一直废了，除了卫夫人每日前来与申后数落秦夫人、郑夫人、褒姒的不是之外，东宫里一片清冷。

虽未被废，亦不远矣。

申后先前与秦夫人走得近，秦夫人却邀了祭天大典的功劳，得了大王赏赐的易园。两人干脆撕破了脸皮，两房不再来往。申后差人给申侯送信，质询窃国一事，申侯接到信函便勃然大怒，将竹简扔在地上踩踏："昏君！昏君！将申某赶出朝堂还不算，还要污蔑申某！如此昏君，大周又何须我通敌叛国？"

此事由送信使者转达给申后，这叫申后松了口气，她自诩对自己的父亲有几分了解，此事疑点一除，不得不考量秦伯污蔑申侯的用意了。

申后站在大殿中，只带了随身的下人，这是她第二次来琼台殿。第一次的回忆算不上愉快，也正是因为第一次的不愉快，才在褒姒入宫的这半年中，她处处都想着法地让她死。可事到如今，秦夫人觊觎自己的后位，郑夫人又有子嗣傍身，卫夫人太妇人之见，只能选择拉拢褒姒来抗衡秦夫人。

"申后。"褒姒走进大殿。忽然传来的声音将申后骇了一跳，猛地转过身去，脸上的笑容抽搐了一番才自然下来。"听说你病了，本宫今日特意前来探望。"

"这天儿易感风寒，娘娘不也大病初愈？还能记挂着褒姒，褒姒感激不尽。"褒姒语气温婉，礼数齐备。

"只怕不是天气原因吧？"申后挥手示意自己的下人下去，褒姒看了看廿七，廿七点头带走了余下的人，这偌大琼台正殿只剩下了褒姒与申后二人。

"申后总不是还在迁怒褒姒吧？当日叫您侍奉先祖牌位，也不是褒姒的主意，人在屋檐下总要低头的，万望申后见谅。”

“你从来都是个聪明人。”

“褒姒愚钝。”

“你该知道，在这宫里锋芒太露容易折损，先前妖妃之言指向你，你可知为何？”

“申后有话不妨直说。”

“自你入宫以来，大王没有再差虢石父挑选美人入宫，想必对你是十分特别的。”

“申后曾夸我艳冠后宫。今日您来，总不是再同我提及旧事吧？华辰殿中，载歌载舞，大王当初只图一时新鲜，如今腻了便弃了。”褒姒说到这里，眸子里的流光溢彩忽然消失。

“你可知大王为何如此？”

“申后知道其中原委？”

“因为秦伯弹劾你！”

这让褒姒一愣，却没有开口。

申后的语速很快，将自己知道的事情和盘托出砸在了褒姒面前。“秦夫人三番五次栽赃嫁祸，说你父亲叛国通敌，又说你祸乱君心，甚至买通桑珠指认你为妖妃！秦伯威胁大王将你处死，以慰民心，大王才会如此！”

“申后知道的倒是不少。”褒姒看着申后的神情极为复杂。

“后宫之中，没有本宫不知道的事情。秦伯与大王交恶，秦夫人在宫里发脾气，有人将此事告诉本宫，本宫才得知。褒大夫为人，满朝文武皆知，说他通敌叛国，当真是个笑话！至于你……后宫女子是好是坏哪有定数，全凭舆论！大王这半年来，勤政上朝，要说这功劳，也该是你的。”

“申后谬赞了，大王如今又是为我不理朝政，那么如今，这祸国妖妃的帽子扣在我头上倒是刚刚好了？也不枉你们当初费尽心思编造的名目了！”

“你以为本宫要置你于死地？”

“难道不是吗？”褒姒看着申后的眼睛，目光咄咄逼人，由不得对方说一句谎话。申后避开了褒姒的目光：“希望你能谅解，王后不仅仅是后宫的一个女人、大王的一位妻子，她更要帮助大王，辅佐朝政，你若祸乱宫闱，本宫绝不会留你。”

“哦？”褒姒好奇地问道，“我倒是不知道什么时候这后宫的人命都由申后做主了。"

"我要杀你，大王必定不允。你这半年仗着对大王的言听计从，便在后宫横行。可我若真的要取你性命，也不是没有办法，凡事不一定要放在台面上！"申后看着褒姒不怀好意地笑了笑。这句话叫褒姒头皮发麻，转身环顾着琼台殿后堂，不知琼台殿中的下人又有几位是申后安插的眼线。

"你放心，你琼台殿的下人都是侍奉过大王的，是他的人，对他忠心耿耿。我便是有心，也无力。"

"申后今日前来，就为了和我聊这些？"褒姒心中莫名地淌过一阵暖流，她的痛脚捏在周王宫湦手中，也只有他才能让她死。

"如今大王失道太久，天下民心不附。当日大王发兵犬戎，司马伯士战死沙场，我大周兵马战败。如今东夷又与齐国交战，若是再败，举国只会诟病大王失德，秦伯若是举兵，天下诸侯必定响应，只怕是大王的地位……"

"申后说与我听，我也不能代大王执掌朝政，又有何用？"

"本宫一生从不求人，可如今本宫求你前往华辰殿拜谒大王，请求他重回朝堂，执掌朝政。东夷与齐国这一战，便是败了，也要让大家知道，大王尽了全力。"

"尽了全力却还做不好，就是无能。申后若是有心，就在华辰殿外跪上七七四十九天，大王兴许会被您感动，从此钟情于申后一人。至于我……只求能在宫中安闲度日，望申后放过褒姒。"

申后的手攥在了一起，没有想到褒姒会如此无情。申后正准备开口训斥，门外却忽然冲进来一人："申后，申后！"这人是东宫女御子言，褒姒曾见过一面，还有些印象。子言看着面前二人，不知她们打算说些什么。

"秦伯遇刺了。"子言没有避讳地向申后说道。她话一出口，褒姒同申后二人面色俱是一阵泛白，脱口而出地问道："什么？"

"秦伯，"子言理顺了自己的思路，向申后娓娓道来，"从太医院传来的消息，说是秦伯遇刺，秦夫人将所有医官都调往秦府了，秦伯病情一日不见好转，医官就一日不得回来。听说此事叫秦国勃然大怒。"

"大王呢？"申后问道。

"说是赵上卿都去过华辰殿数次求见了，大王就是不肯见。"子言说道，"只怕此事还得申后拿个主意才是！"

褒姒问道："秦伯伤势如何？有消息传回来吗？"

子言摇了摇头："医官们都还没有回来，也不知道情况如何，只听说伤势不轻，怕是医官们这一去就是月余了。"

"怪了，秦伯武艺超群，朝中无人能出其右，怎么会遇刺呢？"申后喃喃自语道，"莫不是演出戏诓骗群臣？"

"月余……"褒姒喃喃地重复了一遍这两个字，心中有些惊慌。

"怎么了？"申后看着褒姒问道。褒姒张了张嘴，又摇摇头："没事儿，觉得秦夫人此举太过蹊跷了，将宫中医官都调离至秦伯府上，也起不了作用。"

"这是在逼大王！"申后说道，"我们得走一趟西阳宫！"

"是！"子言点了点头，转身跟着申后。申后最后看了一眼褒姒，知道自己说服不了她，可还是心有不甘："你要知道，入了这后宫就与大王一荣俱荣、一损俱损，若我大周国运受损，你我也必受牵连，好自为之吧！"

褒姒在申后迈步出门的时候忽然叫住了她："申后。"

申后转过身看着褒姒。

"若要民心，其实不难。如今齐国与东夷交战，若有人告诉天下：公子启之率郑国士卒抵死相抗，齐国军民上下一心，大王驻守宫中运筹全局，统率全军……诸侯操练士兵以御外族，如此一来，秦伯纵有谋逆之心也不能表现出来，他若不与天下共同进退，天下必会群起而诛之。"

"可本宫要如何叫天下百姓知道此事又相信此事？"

"朝中大臣皆可用，申后最得朝中人心，只要申后肯开口，大臣们必定相帮。"

如今若是将全民御敌的风声传出去，秦伯发兵与否就失去了主动权。如今秦伯遇刺，伤势不轻，不能动作，正好给了申后与一干朝臣好机会，她点点头算是向褒姒道谢了。

申后前脚离去，廿七就赶紧进殿，狐疑地问道："申后没有将娘娘如何吧？"

"她会将我如何？"

"看她来势汹汹，以为必定没有好事！"

"想请我走一趟华辰殿。"

"前几日赵上卿就前往华辰殿游说大王了，可被轰了出来，这吃力不讨好的事情，她怎么自己不去？"

褒姒轻叹了口气，岔开了这件事情："帮我沐浴更衣。"

"娘娘不会真的要去华辰殿吧？"廿七瞪大了眼睛，末了又点了点头，"娘娘要去也好，兴许大王就在等娘娘呢！您见了大王，千万不要顶撞他，说些软话哄哄，大王就会顺着娘娘给的台阶下来了。”廿七自顾自地说，只要想象着一会儿褒姒与周王见面的画面，一颗心就怦怦直跳，紧张得不得了。

褒姒并不应声，沐浴更衣后带着廿七朝宫外走去。这绝不是去华辰殿的方向，身后的廿七瞧着周围的景色开口问道：“娘娘不是去华辰殿？”

“不去！”

廿七左右环顾着，跑了几步追上了走在前面步履匆匆的褒姒：“是去太宰宫？”

“对！”

“找……赵上卿？”廿七问道，“可是赵上卿已经被大王从华辰殿中轰了出来，找他有什么用？”

褒姒将刚才申后女御子言转述的事情详述给了廿七，廿七这才恍然大悟地点了点头：“娘娘是想让赵上卿去秦府上要人？”

“郑夫人临盆在即，宫里若是没有医官，只怕是……”

“那也是她郑夫人的事情，同娘娘有什么干系？您若是强出面，得罪了秦夫人不说，兴许郑夫人也未必领这个情！夹在后宫女人之中，左右为难，大王也未必见得就记着您的好。娘娘这么做到底能讨到什么好处呢？”

“我这么做，不是因为知道能得到什么好处，而是知道这么做是对的！”褒姒和廿七说着，人已经走到了太宰宫的门外。太宰宫门外侍立的侍卫伸出手将褒姒拦了下来：“赵上卿有令，没有他的同意，任何人不能出入太宰宫！”

“你可知道这是谁？”廿七上前一步瞪着侍卫问道。

“褒娘娘，得罪了！”侍卫躬身作揖说道，“只是赵上卿吩咐下来，在下不敢不从，若有得罪之处，还请褒娘娘见谅。”

“去通报一声吧。”褒姒说道。

“赵上卿此刻不在。”侍卫说道。

“不在？”褒姒狐疑地看着侍卫，如今宫中出了这么大的事情，周王撒手不管政务，按说太宰宫应该忙得不可开交才是，偏偏这赵叔带竟然不在宫中，还不允许旁人出入。当日太宰宫大夫与申侯一行里应外合，周王便下了杀手，如今秦伯遇刺，只怕是周王故技重演，那么……选择在华辰殿中荒淫度日，可是因为华辰殿中也有离宫的秘道？赵叔带当日能和周王一唱一和演一出戏，欺骗满朝文武，如今他被周王轰出华辰殿是否也只是做戏给别人看？

“最近赵上卿常常不在殿中，待赵上卿回来，我们几个自会转达。”

“有劳了。”褒姒看着几位侍卫微微地点了点头，扭过头去带着廿七又朝着琼台殿的方向折了回去。路上廿七还念念有词地叨叨着："这赵上卿可真是有意思得很，不处理公务，还不允别人进去这太宰宫，何日，这太宰宫竟然是他的了不成？"

"少说两句。"

廿七撇了撇嘴，满面不悦的模样。行至琼台殿的一侧，华辰殿外吵吵嚷嚷的人群都聚集在一处，从远处看是一位穿着水红色长裙的女子在拉着虢石父的衣袖，楚楚可怜地央求着他。虢石父板着脸，几次想要将这女人的手从自己的衣袖上拿开，那女人便跪在地上，满身狼狈。

"去看看怎么回事。"褒姒吩咐廿七说道。

"是，娘娘……"廿七应了声朝着华辰殿的方向走了去。走近了才看清楚原来这穿着水红色长裙的女子是秀秀，一早知道了秦夫人将太医院中的大小医官都调入秦府，可郑夫人临盆在即，她担心自己的主子因此受到牵连，才前往华辰殿想要请大王定夺的，可是虢石父却将她拦在门外，无论如何都不允她进去。

廿七走了过去："哟，这不是秀秀吗？怎么在这里？"

秀秀快速地擦掉了脸上的泪痕，深深地吸了口气，别过脸去不看廿七。郑夫人与褒姒之间微妙的关系，叫秀秀觉得在廿七面前丢脸是一件十分不堪的事情。

虢石父向廿七躬身作了个揖："还未恭喜王姬。"

"恭喜就免了，如今这大王是怎么回事？将自己关在华辰殿中，就不打算出来了？"廿七看着虢石父问道，从怀中取了些刀币塞在了虢石父的手中，"大王不出来，怎的？还不允我们进去拜谒他吗？"

"大王有令，除了进献的美人之外，任何人都不能进出华辰殿。"虢石父笑眯眯地将廿七递过去的刀币塞进了自己的衣袖之中，"吩咐老臣可得将这华辰殿的前门给看好了！"

这话一出，秀秀立刻反应了过来，不声不响低着头从廿七与虢石父的身边退了下去。华辰殿除了有正门，还有侧门，别人纵然不知，她对这里却再熟悉不过了。廿七陪着虢石父唠嗑，有意无意地想要委婉探听一番大王最近的动向，可虢石父的嘴严得很，问什么都是摇摇头，然后答一句："老臣委实不知。"

"这进献的女子可都是您给带进来的，怎么能说什么都不知道呢？"廿七不满地问道。

"褒娘娘也曾是我献给大王的，可是依王姬看，我对褒娘娘所知多少呢？"虢石父反问道，叫廿七哑口无言，转而再看秀秀已经不见了，心中便揣测她必定是寻着法子进去了，这才向虢石父告辞："好吧，好吧……您就在这里守着吧，这大冷的天儿，虢上卿也不容易，我先回琼台殿复命去了。"

"王姬慢走！"虢石父微微弯下腰，满面老奸巨猾地笑着向廿七说道。

廿七回到琼台殿将刚才秀秀那一番遭遇向褒姒描述了一遍，末了说道："瞧着秀秀不见了，许是进去见着大王了。可廿七说句不好听的，秦伯府上这么大的事情，廿七才不相信大王一点不知。整个太医院被秦夫人这个强盗给搬空了，大王要是毫不知情怕是讲不过去，只是大王不动作、不说话，也不表态，更是不愿意从华辰殿中出来，娘娘就没想过……"

"别说了！"褒姒呵斥了一声，只觉得脑海中极为混乱，周王的目的是什么？他到底想做什么？

"娘娘不想听，廿七就不说了。可事实如此，便是娘娘捂着眼睛不愿看，事实还是那般……"廿七悻悻地嘟囔道，"怕是秀秀这一遭华辰殿走了也是白走，还徒增一个伤心欲绝，不知她回去怎么和郑夫人交代！"

褒姒揉了揉自己的太阳穴，觉得心里慌得很。

到了傍晚的时候，廿七同褒姒都以为秀秀的事情应该已经过去，却忽然听见下人来报，说是秀秀前来拜谒褒姒，褒姒和廿七交换了一个眼神，然后对来报的人吩咐道："叫她进来吧！"

"是！"下人下去将秀秀请了进来。秀秀一看见褒姒就"咚"的一声跪在了地上，带着哭腔向褒姒说道："请娘娘救救我家夫人！"

"我家娘娘凭什么一定要救你家主子，郑夫人素来张扬跋扈、目中无人，人缘可不怎么好！娘娘要是救了她，岂不是与后宫一干女人为敌？"廿七站在褒姒身后看着秀秀说道，秀秀抬起头也瞧着廿七："我家主子千不该、万不该，就不该是郑家的人！别人可以不管，你不行！"

秀秀的一句话堵得廿七满面通红，竟想不出反驳的话来。

"告诉郑夫人，如今大王有要事在身，待到他日分娩，大王会去看她的。"褒姒向秀秀吩咐道，"医官的事情，我会想想办法。"

"大王有什么要事在身？"秀秀仰起头不解地问道。这话叫褒姒眉头微皱，呵斥了一声："撒谎你不会吗？"

秀秀反问道："那么娘娘说你会想想办法，也是撒谎吗？只是为了将我打发了去，然后看着我家主子送死？"

"你家主子想得到今日，就不该有当初。"

“娘娘果然还在记恨老夫人一事，老夫人离世，大王却连消息都不让夫人知道，她想去凭吊也没有资格。郑夫人自小寄养在郑家，老夫人待她从来都如同亲女儿，她犯错从不追究。夫人的性子张扬，得罪了郑府里不少人。郑伯是谦谦君子，温润如玉，待夫人从来都是宽厚温柔。公子启之，天性聪颖、睿智，待人却有些严苛，自小与夫人不对付，常将夫人任性骄纵之事告之郑伯，郑伯同老夫人也总是护着夫人。许多人都说老夫人的宠溺其实害了夫人，可是夫人却说，人生短短百年，转瞬即逝，何必要处处取悦于人，牺牲了自己呢？”

“你家夫人倒当真是聪明！”褒姒叹了口气。

“夫人当初是想借娘娘的嘴，捅破老夫人过世的事，叫大王准许她在宫中凭吊。毕竟夫人知道大王对娘娘宠爱有加，只可惜夫人下错了注，还连累了娘娘。”

“我答应过郑伯要照顾郑夫人，就不会食言。”

“希望娘娘能记住您的许诺。”秀秀跪在地上，对褒姒磕了三个头，站起身走出了琼台殿。看着她离去的背影，廿七才开口说道：“这郑夫人倒是聪明得很，人活一世，何必取悦于人，这话说得真好！”

“若人人都这么想，就谁也开心不起来了。”褒姒轻声说道。

星辰布满夜空，在天空闪烁。苍穹华贵，世间惨淡。赵叔带前来琼台殿拜谒，褒姒支开了身边的人，连廿七都没有留下。空旷的琼台殿大殿上，唯有赵叔带与褒姒二人，赵叔带向褒姒行礼作揖：“参见娘娘，臣听闻娘娘有要事相商？”

褒姒将自己这位舅舅上下打量了一个遍，然后才问道：“赵上卿晒黑了？”

“政务繁忙，东奔西跑，黑了也不意外。”

“仗难打，兵难带。”褒姒这番话叫赵叔带的面上露出了讶异的神色，不免皱了皱眉问道：“赵某不明白娘娘是什么意思？”

“不明白就算了……我找赵上卿，无非是秦伯遇刺一事，秦夫人将所有医官调离了太医院，他日谁要是有个病、有个灾，可如何是好？”

“娘娘病了？”赵叔带佯装不明褒姒话中意思地问道，“赵某为娘娘号号脉？”

“我是说郑夫人。”褒姒目不斜视地看着赵叔带。

“郑夫人？”赵叔带狐疑地看着褒姒，“你关心她？”

“奇怪吗？”

“我以为你和她不对付。”

“我自入宫以来，就没想过要与谁结怨。如今郑夫人临盆在即，秦夫人若执意如此行事，只怕是郑夫人的处境就危险了。”褒姒说着这话也打量着赵叔带的神色，企图从中窥探出什么。

“当日大王因郑夫人一事儿苛责你，你全不怪她？”

“我为何要怪她？大王爱谁我便怪谁，那又如何在这后宫中安身立命？”

“你信不信，若是有朝一日事情反过来，郑夫人绝不会出手帮你。”

“舅舅，我今日找你不是为了后宫中争风吃醋一事，也不问你大王的事情，只想知道太医院一事当如何处理？”

“你愿意帮郑夫人只能说明一个问题，”赵叔带就像是没听见褒姒的问话，将他的见解继续说了下去，“你根本不爱大王！”

“太医院！”褒姒加强了语气说道。

二人对峙着，不知道过去了多久，桌面上油灯的烛火不停地跳跃，赵叔带总算是退了一步：“产婆还在，尚有半个月的时间，若秦夫人执意不放医官回来，我就去秦伯府走一趟！”

“有舅舅这话，褒姒就放心了！”

“你为何不问问大王的近况？如今他将自己锁在华辰殿中，你就一点也不担心？”

“若是郑夫人和她腹中的孩子有个三长两短，他定会痛苦不堪。如今国难当头，他够累了，我说过会等他，就会一直等下去……”

“微臣告退。”赵叔带看着褒姒，欲言又止，最后只是扔下这话转身离开了琼台殿。仅仅是几天的时间里，时事便跌宕起伏、风云诡谲。齐伯抵达齐国之后，与公子启之发生了军权上的争夺，公子启之带兵打仗为人狠辣，齐伯更是发现先前周王宫湦所谓的战报不过是莫须有的虚报，他深知此事是周王宫湦所为，如今却将计就计，上表朝中公子启之无功请功，欺上瞒下，请周王予以惩戒。

不仅如此，当日赵叔带曾带领郑国治水的士大夫前往齐国，他走后将这群人留了下来，如今齐伯却查出此事乃郑国士大夫从中挑唆，齐国同东夷之间才上演了这场战事。两本奏折前后递到镐京城，直指郑国的狼子野心！

如今周王宫湦拒不上朝，这弹劾的奏折到了太宰宫中，便不再上传。

赵叔带本以为自己拦得住此事，可那齐伯却思虑缜密，早就料想到公子启之同周王串通一气，便写了数封奏折呈递给朝中不同派系的官员，此事霎时间闹得沸沸扬扬，朝中舆论一片哗然。几位年迈的大夫将太宰宫与赵叔带的府上围了个水泄不通，要赵叔带逼周王出面给出一个解释来。

雪上加霜的是东夷强攻齐国，竟然攻下了一座城池……流言如雪花般纷纷飘至镐京城中，一时之间人心惶惶，太宰宫门外被这些士大夫围了个里三层外三层。

“你们就是逼我也没用……”赵叔带也满腹的怨言，看着前来找自己告状的士大夫们，“你们也不是不知道，大王刚刚住在华辰殿我就前去与大王交涉此事，请大王定夺，可结果呢……”他探了探双手，摆出了一副无可奈何的姿态来，“我还不是被大王轰出来了？”

“赵上卿，此事非同小可啊，先不提追究郑国过错，如今齐国如何是好，大王若再不做定夺，不出兵援救，只怕是……”

“你以为我不想叫大王出兵吗？”赵叔带生气地质问道，“大王倒是得听得进去我的话才是。此事我看要怪就怪秦伯，若非他对大王咄咄相逼，不肯前往齐国救援，大王至于如此消极，不愿理会朝政吗？”

“赵上卿何出此言？怎么此事又同秦伯有关系了？”

“难道你们还不知晓？”赵叔带反问道，“那秦伯，见后宫中褒娘娘得宠、郑夫人因小产而备受重视、申后为我大周之后，唯独自己女儿什么好处都没有落着，心中愤愤，便要大王废后封秦夫人才肯出兵！”

“秦伯这也太仗势欺人了！”说话的大夫啐了一口，“申后哪里得罪到他了？”

“还不止，他还要大王杀了褒娘娘！大王心中气不过，干脆撒手不管天下事务了，便是齐伯这会儿心焦，只怕也无济于事，郑国已经出兵，宋国、魏国又都是小国，若是秦国不肯相帮……只怕是任谁都没有起死回生之力的！”赵叔带叹了口气。

“这东夷的目的可是要借道齐国攻入我大周啊，这群宵小都是些虎狼之心，我们若不作为，迟早天下都会被这东夷给侵占的！当日大王励精图治，指点江山，胸中自有一番定论，偏偏被这不识好歹的秦伯给打乱了阵脚，如今胸中抱负搁浅，必定气不过啊！你们要想……大王不叫虢上卿从各地搜罗美人可是有一阵子了！”其中一位大夫立刻接上了赵叔带的话茬说了下去，这话说出来连赵叔带都惊讶了片刻，此人是申侯一派的士大夫，也是先前申后安排好的一颗棋子。

废后一事，牵扯到的层面就太广了，朝中这些大臣要说成事未必足，可坏起事儿来绝对是绰绰有余的。此事绝不能叫秦国一国得利。一人一句，三言两语间，大家竟然将如今这形势的错归咎到了秦伯头上。另一位大夫说道：“赵上卿，此事既然是秦伯的过错，依我看，咱们不妨去华辰殿请大王出来主持大局，如今天下可不能缺了大王啊！秦伯那边，咱们替大王去斡旋，这天下诸侯也不是只有秦伯一家，若是秦伯不肯，魏国、宋国虽然孱弱，却也都是些不畏死的猛将，害怕区区一个东夷不成？”

“这……”赵叔带的面上露出了为难之色，自己也没有想到最后这场争论竟然会这样收场。此事对于周王宫涅的安排来说到底是好是坏，他现在还看不出。可如今周王能夜袭秦伯，就意味着他早已放弃了秦国出兵这步棋，下一步要怎么走，赵叔带心中有个轮廓，可眼下被这些个大臣推着走，他就显得有些被动了。

“不必去了！”人群中忽然传来了一个令人扫兴的声音，众人“嗡嗡”的争论声忽然静了下来，纷纷将目光投到了门外，瞧见了进门的虢石父。他捋着自己下巴上的一小撮胡子，道：“大王如今已经不在宫里了！”

“什么？”众人带着疑问的语气将目光投到了虢石父的身上，对他说的话表示出了一种强烈的怀疑。

“你们若是不信，华辰殿大门敞开着，几位有兴趣就不妨随我同来。”虢石父说道。

“大王去哪里了？”赵叔带问道。

“大王说是宫里的日子实在是无聊至极，带着几位美人去山中打猎了，这一走都好几日了……也不知在山中何处，几位若是想要进山搜寻倒也不是不可以，只盼要尽快找到才是，否则齐国没准就真被东夷给大举拿下了呢！”虢石父冷笑了两声，扔下这话就转身朝着门外走去，余下的几位士大夫面面相觑，却不知道如何是好，讨论到深夜仍然难以达成一个共识。

一面是朝政的混乱，另一面就是后宫里的动荡。

秀秀每日都去琼台殿走一趟打听医官一事，随着临盆之日越来越近，褒姒也开始急了。此刻的她就像是个举棋不定的人，看不透这棋局，更不知如何落子。眼下这局势，被几方势力交错控制，变得越发复杂，令人摸不透周王的目的。褒姒拿不定主意，只得开口反问秀秀：“郑夫人怎么说？”

“此事秀秀不敢告诉郑夫人，依着您教的，撒个谎瞒过去了。”

“只怕未必瞒得住，郑夫人在大王身边多年，他多日不去，其中必有蹊跷，郑夫人却既没有闹，也没有问，也许是……”褒姒说着摇了摇头，如今这个孩子对郑夫人来说就是一道龙门，跃过去飞身成龙，过不去则粉身碎骨。

“许是做好最坏的打算了！”

“如果实在……”褒姒决定走一步险棋，话还没有说完，廿七就急匆匆地冲进来，双手扶住自己的大腿，喘着粗气，“呼哧呼哧”地说道：“不好了，不好了，大事不好了！如今人人都在说东夷与齐国的战事是郑国一手挑起的，公子启之明明败多胜少却谎报军情，如今人人都在议论这件事情，还将太宰宫围了个水泄不通的！”

“赵上卿呢？”褒姒紧张地问道。

“眼下是稳住了局面，不过还在太宰宫中同那般朝臣拉锯，得不出一个定论来！”廿七慌乱地说道，“申后和秦夫人也在对峙，秦夫人要去找大王给秦伯的事情要个说法，她人却被申后挡住了。”

“大王呢？”秀秀问道。

“听虢上卿讲，大王几日前就出宫了，留下我们在这里闹腾，他扔下一个烂摊子就打猎去了！”廿七不满地说道，“他倒是图了个清静，现在多少人在替他收拾烂摊子！”她说着双手叉在腰上，颇有些指点江山的模样。

“郑国……”秀秀念叨了一番，“糟了，此事如果继续蔓延下去，夫人迟早会受牵连的！”

“你先稳住郑夫人，我们做最坏的打算，实在没办法了就请镐京城的郎中！”褒姒果断地说道。秀秀应了声就折回了显德殿中，此事必须要瞒住郑夫人。

褒姒又转向廿七吩咐：“任何人来琼台殿找我，就说不知道我去哪里了。”

“是……”廿七点了点头，也莫名地觉得紧张了起来，就像是这琼台殿有一场硬仗要打，而她的任务就是誓死守住琼台殿这最后的堡垒，至于褒姒的全局战略，她没有问，也不需要知道她到底要做什么。

褒姒步履匆匆行至太宰宫外，士大夫们已经渐渐散去了，门外的侍卫见她纷纷作揖行礼，她看着他们问道：“赵上卿呢？”

“还在里面同几位大夫周旋！”

褒姒皱了皱眉：“方便见我吗？”

“赵上卿早有吩咐，娘娘请随我来！”侍卫将褒姒领进去带入了后堂当中，“请娘娘稍等片刻，赵上卿这就过来。”

褒姒点了点头，站在大堂之中等候。不多时，赵叔带从前厅步履匆匆地走了过来：“参见娘娘。”

“听闻大臣们将太宰宫围了？”

“是！”赵叔带点了点头，“娘娘已经知道了？”

褒姒点了点头：“问题严重吗？”

“已经散了，如今大王不在宫中，便是火烧眉毛的事儿，也只能不了了之。”

“我想去秦伯府上，还请舅舅一同前往。”

“去秦伯府？”赵叔带有些吃惊。当初周王宫涅启用赵叔带前往齐国治水，借了郑国大夫便是为了挑起东夷与齐国争端，同时嫁祸郑伯，为的就是方便将公子启之推到郑伯之位上，但是计划总归是赶不上变化。此事别人纵然不知，可赵叔带相信褒姒必定略知一二，他本以为她是担心郑伯，才前来问询的，却不想自己看错了这位外甥女。

“请医官。”褒姒的口吻十分紧张，眼下时局变化万千，她害怕晚一步，事态就无力回天了。

“我和你去！”赵叔带转身出门，叫了一队侍卫随行。门外百官云集，几个问清了去向，刚才还信誓旦旦地说愿做秦国说客，此刻竟然没有一人跟上。太宰宫的侍卫将秦伯府团团围住，赵叔带居中站立，一位侍卫前去砸门，“哐哐”几声，大门缓缓而开，门内露出了一张谨小慎微的脸，畏畏缩缩地看着门外之人：“来者何人？”

“太宰宫赵叔带！”

“不知赵上卿远道而来，有何贵干？”

“太医院的医官如今都被秦夫人借走，赵某前来是问可否归还了？”

“我家主子重伤未愈，生死未卜，医官若是离开，我家主子有个三长两短，这责任你负吗？”秦府下人目中无人地问道。

赵叔带小声咕哝了一句：“都半个月了，还不赶紧死，一了百了。”面上赵叔带却正了正颜色：“秦伯便是重伤不愈，也不需要将所有医官留下吧？宫中的娘娘、太子若是此刻有个病、有个灾，这责任，秦府负得起吗？”

“宫里的人如今可都好端端的，还能说死就死了？赵上卿莫不是要嫁祸我等，寻个这理由来？”秦府的人也不甘示弱地回话。

“如今郑夫人临盆在即，宫中没有医官，若出了什么差池，你们秦府上下谁来担这个责任？”褒姒双手叠放，昂首挺胸地站立在赵叔带身侧，看着来人冷冰冰地问道。不等对方答话，她继续说道：“给我进去，带医官们出来，谁若阻拦，格杀勿论！”

“你敢！”秦府的人拔刀看着褒姒，满目狰狞。

褒姒却淡淡地别过脸去：“秦伯的三长两短，责任我负，给我把所有医官都带走！”她最后一句话几乎是吼出来的，声音之大叫在场的人无不为之动容。褒姒下了命令，太宰宫的侍卫立刻动手，准备强攻。

第十五章

腹中子命丧秦府，郑夫人血染京城

秦府的门霍然被打开，里面慢慢走出了一位绿衣男子，身材修长，站在那里就显出器宇轩昂，比赵叔带高出一头，肌肤泛黑，是久经日晒之后的样子，眼眸中透着狡猾的目光，满面一副有恃无恐的模样。他的嘴角挑起了一个邪魅的笑意，带着戏谑的腔调向褒姒说道："嬴某参见娘娘！多日不见，你竟入宫做了娘娘，可怜我那侄子……还以为与娘娘能死生与共呢！如今这般兵戎相见，娘娘难道不看旧人的面子吗？这般薄情寡性，也不怕落人话柄？"

"话柄？"褒姒冷笑一声，"话倒是都叫你说了去，正反都是柄，公子倒是别来无恙！"

身着绿衣的男子正是秦伯的弟弟嬴德。他奉命入京，带司马伯士当日带入秦国的抗击西戎的兵马还朝，却刚巧赶上了秦伯病重一事。嬴德与周王联手杀了秦世子、世父，尝到了甜头，野心膨胀，欲以秦国的一己之力与大周抗衡，更是挑唆自己的哥哥秦伯与周王讨价还价。如今他在这里出现，只怕是秦伯的日子真是所剩无几了。褒姒无心关心他人，只要嬴德肯将医官都交出来，多余的事情她绝不插手。

嬴德周身都是阴恻恻的鬼魅气息，天生便有种阴险狡诈的小人之感："我兄长身受重伤，娘娘就这么将医官带走，未免有些不近人情吧？"

"郑夫人如今临盆，你们占着所有医官，才是不近人情吧？公子若是肯借我一二医官随我回宫，日后这份人情褒姒必还！”

“娘娘，”嬴德的脸上浮着一种虚伪的笑意，“如此绷着脸不累吗？”他上前一步，距离褒姒更近了一些，看着她那张素色的面孔“啧啧”了两声，在她的耳边问道，“你在床上也是这个表情吗？应该不是，否则我那侄儿同大王为何如此迷恋你？”说完他伸出手还想在褒姒的脸上抚摸一下，褒姒却很快地退了一步，盯着嬴德，从齿缝中蹦出了一句话：“进府，带医官们出来，一个不留！”

“是，娘娘！”几位侍卫应声道。

“你敢！”嬴德恶狠狠地说道，拍了拍手，秦伯府上忽然冲出了一群统一装束的侍卫。这些秦兵都是冲锋陷阵、杀人不见血的一把好手，若叫宫内侍卫与这些人对峙，只怕讨不到便宜。

“住手！”褒姒说道，众人停下了准备冲向秦府的动作，转而望着褒姒。

“你最好期盼郑夫人不要有任何差池！”褒姒看着嬴德一字一顿地说道，“否则大周这笔血账、郑国这笔血账，我一定记在你头上！”她说罢转身带着太宰宫的一干人马走远了。她突然觉得身下传来了一阵剧痛，眼神顺着小腹看到脚下，一滴滴的鲜血正顺着腿滴到地上。这剧痛叫她不得不放缓了脚步，停了下来。锥心的痛让人喘不上气，她只得伸出手去抓住了赵叔带，赵叔带一惊，看向面色苍白的褒姒：“娘娘？”

“我……”褒姒艰难地说道，“好痛。”

“娘娘！”赵叔带意识到事情不对，一把将褒姒抱起，吩咐侍卫开道，朝着城中郎中的铺子狂奔。侍卫们走在街上驱散人群，不多时便行至郎中门前，赵叔带大喝一声“开门”，不等里面的人应门就一脚踹开了门廊。郎中露出恐惧的眼神看着这帮不速之客：“不……不知几位……几位有何事？”

“快看看她！”赵叔带吼道。

郎中对面还坐着一位问诊的男人，被赵叔带拎起来推了出去：“你稍后再来！”

“喂……我先……”这位男人的话都还没有说完，几位侍卫就已经拔刀了，寒光射在男人的脸上，他倒吸了一口凉气，退了两步讪笑着：“呵呵……有话好说，有话好说……”说着退着，越跑越远。

“这……这是……是怎么了？”郎中显得无比紧张。近几日太医院的医官都在秦府上的事情，这些百姓并不知道，自然也就不会知道眼前之人就是传闻中天怒人怨的褒姒，还以为是达官显赫者的妻室。

“看看是不是怀了身孕？”

这一二日宫中事务繁多，褒姒不停地为郑夫人一事奔波，怕是因为这样才让腹中孩子小产。一个孩子对于女人来说意味着什么，对于宫里的女人来说意味着什么，赵叔带太清楚不过了。子凭母荣，母凭子贵，更何况母子之间，血脉相连。

郎中替褒姒把了脉，时而眉头紧锁，时而摇摇头，最后松开手看着赵叔带：“孩子保不住了，瘀血和秽物残存在小腹中要及时清理出去，这一二日我暂且先开些药，可能会有些疼，夫人要卧床休息。之后再用些进补的药物，调理身子，不过……”郎中摇了摇头，不知道后面的话该说不该说。

“不过什么？”赵叔带问道。

“不过……”郎中咂巴咂巴嘴，他还搞不清楚这些人的来路，担心万一自己一句话惹得对方不高兴了，直接将他斩杀在这里，可就得不偿失了。褒姒吸了口气，腹痛难当，用十分虚弱的声音说道：“先生但说无妨。”

“夫人的身子骨太过虚弱，”郎中看着褒姒说道，看着她才觉得心中恐惧之情小了些，“只怕小产之后想要再怀的机会不大。”

“什么？”赵叔带脱口而出地问道。

“在……在下……在下只是实话实说，您莫动怒！”郎中战战兢兢地看着赵叔带说道。

褒姒挥了挥手，闭起眼睛，怕眼泪忍不住会掉落下来：“这大概就是命了。”长长一声叹息之后，又睁开眼看向郎中，“先生开个药方就是了，我自己去抓药。”

“是！”郎中跌跌撞撞地冲到桌边抓过旁边煮药用的白布，将药方写在上面，注明了如何用药，便将白布递给褒姒，根本就不敢去看赵叔带那张愤怒的脸。褒姒看着赵叔带：“留些赏钱吧。”

“是。”赵叔带瞪了一眼郎中，从身上摸出些赏钱给他，再看向褒姒，将她从床上抱起，转身对着后面的侍卫说道：“你们几个散开从东门回去，我们从南门回，免得招惹到不必要的注意。”

“是……”几个侍卫应声道，从这家药铺中离开。褒姒看了看郎中，又看了看赵叔带，赵叔带明白她的意思，不满地冷哼了一句：“这些事情你就不要操心了，当务之急是养好你自己的身体！”

“是。”褒姒没有再坚持什么，从下腹传来的剧痛叫她额上满是冷汗，却又不敢表现出自己的软弱，只能强打起精神保持清醒。此事已尘埃落定，她在赵叔带的怀中晕了过去。

夜里，太宰宫中的烛光影影绰绰，昏黄中一个熟悉的身影朝着坐在桌案前的赵叔带走了过来。他听见脚步声猛地抬起头，看见周王一张阴沉的脸，心头一惊，然后才起身拜谒："参见大王！"

"嬴德到了？"周王宫湦开门见山地问道。赵叔带前脚离开秦府，此事后脚就传到了周王宫湦的耳中。所谓他去了山中狩猎，不过就是对群臣避而不见的幌子罢了，他心中对这场局自有安排，如今万事俱备，只欠个不追究郑国上下责任的借口罢了，他是在等这个时机。

"到了，"赵叔带回禀道，"今日，下官与娘娘前往秦伯府上，本打算强行带医官离开，嬴德出动了秦兵，我同娘娘……无功而返。"

"好个嬴德，寡人就看看他能得意多久。"

"郑夫人临盆在即，此事只怕不宜拖得太久。"

周王宫湦从身上拿出了一枚竹牌，上面是郎中的信息："依着这枚竹牌上所述，请这位郎中回来，一旦郑夫人出了什么状况，就请他问诊。"

"是，大王。"赵叔带应道，将竹牌装好。

"可还有别的状况？"

"娘娘……"赵叔带顿了顿，很艰难地说了两个字。

"她怎么了？"

"小产了。"赵叔带想不出更加合适的词汇出来，只得将这三个字和盘托出。周王宫湦闻罢，倒吸一口冷气，整个人俱是一惊，手紧紧地攥在一起："这笔账记在秦国身上，寡人要嬴德血债血偿！"他这话说得一字一顿，是一种痛及心扉之感。

周王宫湦整个人都是颤抖着的，一手捶打在太宰宫的柱子之上，满眼猩红。

"请大王冷静，如今秦国局势不明，秦国不能妄动。"赵叔带就知道此事一旦说出来，一定会让周王暴怒，忍了再三，他还是觉得此事周王应该知道。

"寡人要去一趟琼台殿！"周王宫湦勃然大怒地说道，他已经能够想象得到褒姒躺在床上奄奄一息的模样。扔下这话，周王宫湦要出门。赵叔带冲到了周王面前，跪了下来："大王，您忍了这么多天，此刻一动，便是功亏一篑！您此刻若去琼台殿，那么娘娘必定会被后宫女人们、朝堂大臣们围攻，娘娘忍了这么多天，也是不想大王为难，何不再等等？"

周王宫湦拂袖转身，胸口上下起伏，转过身去不再看着赵叔带的脸，眼下这一局他的确一步都不能错。周王宫湦的眉头紧锁，忽然觉得身上的压力和重担将他整个人都压得佝偻了起来。记得那日在野外深坑之中，褒姒手里拿着碎叶，吃掉了一大片他的枯木棋子，说道：“大王太急了。”她清丽的容颜，让周王觉得心头流过一股清泉，许久之后他才用无比疲惫而沙哑的声音问道：“她还好吗？”

“娘娘比大王想象的要坚强。”

“好好照顾她。”周王宫湦嘱咐道。赵叔带点了点头：“只怕是这一二日郑夫人也要临盆了，娘娘肯定放心不下……”

“郑夫人的事情，就劳烦赵上卿多担待些，其他人……寡人不放心。”

赵叔带点了点头，周王皱着眉，迈着沉重的脚步悄无声息地从太宰宫里消失不见了。如今只有他来找你的份儿，你却绝没有去找他的机会。赵叔带捏着手中的竹牌，已经浸满了汗水。

褒姒被他从宫外抱回琼台殿时，廿七瞧着褒姒面上苍白，像是血被人抽空了一般，整个人都被惊惧攫取，不知道该如何是好，还是赵叔带呵斥了一声，叫她搭把手，她才莽莽撞撞地推开了寝宫大门，将床褥铺好。

“娘娘这是怎么了？”廿七焦急地问道。

“小产。”赵叔带压低了声音说着。

廿七满眼的不可思议：“不可能啊，娘娘明明就不能……”她说着这话眼神就看向了香案。赵叔带打断了她：“此事不可张扬，”他说着给廿七递了块布帕，“按照这个方子写的去太医院抓药，此事不能让别人知道。”

“廿七明白！”

目送着赵叔带离开，廿七便帮褒姒将身上收拾干净，然后准备去太医院跑一趟。医官们都不在，不过掌管药物的却留了一些，以防万一。廿七将手中方子分开誊写，让抓药的人将每种药材分开来拿，又吩咐了几个下人分别前去，用来掩盖自己的目的。

夜半，褒姒才从昏迷中转醒，睁大了眼睛看着漆黑的屋子。她动了动身体，朝着墙面转过身去。感觉到褒姒的动静，廿七猛地从睡梦中惊醒：“娘娘？”她站起身点亮了寝宫之中的烛火，橙色的光晕充斥着整间屋子，却暖不了人心。褒姒孤单的身影在这个夜色之中显得越发凄凉，她转过身去面朝着墙壁，不想让廿七看见自己此时此刻的表情，泪水顺着面颊滴落在枕上，滑下又落到了被褥上，浅色的被褥很快就晕染开一片深色水渍。

褒姒整个人蜷缩成一团，腹中的阵痛叫她浑身战栗。廿七站在床边不知说什么才好，她感受得到蔓延在整间屋子里的情绪，是一种难以诉说的伤痛。她知道褒姒希望此时此刻在身边陪伴的那个人并不是自己：“娘娘，廿七去找大王吧？”

褒姒吸了口气开口说道：“你去睡吧，不用陪在我身边。”

“还是让我留下来吧，我不安心。”

“让我一个人静一静。”褒姒的声音很小，稍不注意就听不清楚她在说什么。廿七忽然发现自己词穷了，不知道怎么安慰人，只能轻声应道：“廿七下去了。”说罢吹熄了烛火，走到门口，蹑手蹑脚地离开。

褒姒躺在床上哭出了声，腹中再痛比不了心口的痛。她的手紧紧地攥着床单，脑海中满是关于过去的回忆，从初见周王的那一晚，到他动手推她让她扭伤了脚踝的夜里；从他身受重伤被她照顾的那一晚，到他负气而走在华辰殿对郑夫人百般讨好的夜里；从他一个巴掌扇在自己脸上的那一晚，到不肯宽衣解带在身边陪伴她的那些时日……她如此地想得到他的心，就像是着了魔。

她不知道他此刻在哪里，她想止住哭泣，想让自己不再去想那些孤单的事情，可是却不能阻止脑海中奔涌的儿女情长，她发现自己不过是个最最普通的女人，渴望的也不过是最普通的夫君。

现在，这一切都化成泡影——从她踏入宫门的那日起，她只能倒下去很短的时间，然后就拍拍身上的尘土站起来。从此以后，周王宫涅再也不必为她怀孕一事而担心，她勉强自己笑了，不能总是哭丧着一张脸嘛！

可是这对她来说太难了，这世界上最大的痛苦莫过于母亲失去孩子，褒姒哭得越发伤心了。

过了几日，身上的伤口渐渐地恢复了。入宫时日不多，却饱受创伤。

“娘娘。”廿七将膳房取来的早膳放在了褒姒面前的桌案上，唤回了她的神思。她收起漫无边际的遐想，拿起食盒之上的筷子，将早膳送入口中：“显德殿可有消息传来？”

“还没有，不过这一二日秀秀不敢离开郑夫人身边，怕突然生产了，身边没个人。”

“怎么还没有动静？”

“不知道，按说也该生了……娘娘不要想这些了，该来的总会来的，宫里医官说的也未必准。不知道秦伯伤重不愈如今怎么样了，老不死的东西，还挺能活的！”

“少说这些！”

"赵上卿托我带句话，这两日他抽不开身，没有前来探望，还请娘娘别放在心上。赵上卿还说，郑夫人的事情有着落了，请娘娘不用担心。"

"秦夫人肯放人了？"

"哪儿能啊，秦夫人还天天闹事儿呢！看这状况，这老头离死不远了，耐心等等就是了。赵上卿说是郑夫人有惯用的郎中，这一二日请进了宫里，随时奉命。"

"郑夫人？"褒姒摇了摇头，"郑夫人哪里知道这些事情，舅舅真是连说个谎话都不会了！"她不用费思量也知道这是周王安排的，看着廿七吩咐道，"这几日你多去显德殿走动走动，有帮得上忙的地方，就去搭把手。"

"也得郑夫人肯记着您的好才是！"廿七翻了个白眼，"您为她……"她话说了一半，知道自己说错了，赶紧用手捂着嘴"呸呸"了两句，不想提起褒姒的伤心事，"我从太宰宫还探听到了点别的消息，原来琼台殿的香早就换了。"

"什么时候的事情？"

"从狩猎场回来就换了，已经换成龙涎香了，娘娘闻不出来？"

"我又不懂香。"褒姒说道，心中不知该作何感想。她想要孩子这点周王宫湦是知道的，可在这宫里生一个孩子有多危险他也知道，尽管如此，他还是顺了她，他是不是做好了保护她的准备？这么想着总归是能让自己好受一些了，遂问廿七："大王还没回华辰殿？"

"娘娘还是放心不下！"廿七笑了笑，有点得意。

褒姒抿了抿嘴，没有说话。

"大王回来了，出事儿了。赵上卿说，你若不问我便不答，只等娘娘开口问了。"廿七说道，面上的颜色紧了紧，"公子启之的军队在齐国受到东夷重创，来人说启之将军目中无人，听不得劝谏，孤军深入求胜心切，却中了埋伏，被东夷所杀、身首异处。大王如今正为这事儿烦呢！就在华辰殿里，朝中百官、诸侯联名，说一定要追究郑国的责任，只怕是……郑夫人有罪受了！"

"这么大的事情，怎么不早说？"褒姒猛地站起身紧张地看着廿七，公子启之是周王至关重要的一步棋，若他折在了沙场，周王该怎么办？

"便是有天大的事情，娘娘又能做些什么？赵上卿不让说是不想娘娘在这个时候担心，他们男人的事情他们男人总是有办法解决。"廿七的面上摆出一副无所谓的态度。可其实谁都知道即便是所有人都置身事外，她不行，她是郑伯友尚未过门的妾室，已经是郑国之人了。

"大王可说了些什么？"褒姒愁容满面。

“大王把人都挡在华辰殿外了，谁也进不去。”

“秦夫人呢？”

“秦夫人？最近在秦府来往得紧，秦伯快不行了。”

“多事之秋啊！”

“可不是吗，尽给人添麻烦！”

“娘娘，娘娘……”一个清脆的声音传来，打断了褒姒与廿七的对话。两人交换了一下神色，褒姒立刻站起身来，从廿七的手中接过她递来的披风。这声音是显德殿下人的，此番匆匆跑来只可能是为了一件事情。果不其然，这下人跑到褒姒面前连作揖行礼都来不及了，匆忙地说道：“夫人羊水破了，只怕是要生了。”

“通知了赵上卿吗？”

“差人去通知了。”

褒姒点头朝着门外匆忙走去，尚未走到，就已经听到殿内寝宫传来的声嘶力竭的哭喊，产婆不断给郑夫人说“再使点劲儿”，郑夫人抓着产婆的手，整个人几乎都要虚脱了，满面汗水。

待褒姒走到，赵上卿已经在大殿中等待了，看着进门的褒姒说道：“郎中已经候着了，若是有个状况也能及时处理。”

“我去看看郑夫人。”褒姒点头应着，朝寝宫的方向快步走去，看见床上被汗水浸湿的郑夫人，心中一凛。那凄苦惆怅的神情叫褒姒看了都觉得心头泛疼，若是周王瞧着郑夫人眼下的模样，只怕是这一劫过去，会更加疼惜这个为王室添丁的女人。想到这里，褒姒的手就摸了摸自己的下腹，愣了愣神。

郑夫人侧过脸看见是褒姒进门，立刻伸出了手示意褒姒抓住自己，褒姒回过神赶紧将自己的手递上去。

郑夫人看着褒姒，艰难地说道：“大王呢？”

“大王……”褒姒的话在嘴里倒了几遍，才看着郑夫人说道，“大王只怕是来不了了，齐国和东夷的战事出了状况，主帅死了，大王得处理此事。”

“你骗我！”郑夫人的眼中满是泪水，埋怨地看着褒姒。

褒姒的心中触痛，这种痛从胸口蔓延到小腹，如今小产一事已经过去了数日，她总是觉得自己身上的伤口还没有完全愈合。郑夫人捏着褒姒的手，企图从她的身上汲取生产的勇气和力量。这句“你骗我”叫褒姒也心虚了起来：“大王会来的，把孩子生下来，一切都会好起来的。”

“你要帮我好好照顾他！”郑夫人听见褒姒这话，竟然再也不能自已地哭了出来。褒姒不知道这个“他”指的是谁，也不想郑夫人再去分神解释，只好用手拍着她被汗水浸湿的手：“别再说话了，再用点力！”

产婆不停地告诉郑夫人要用力，她使尽浑身力气，发出狰狞的叫喊声。在秋末冬初的时候脸上布满了一条条的汗水，从额头流下，与泪水掺杂，将发丝浸湿，她的手紧握着褒姒，过往的一切恩怨到此时此刻都烟消云散了，郑夫人和褒姒之间的恩怨已经无须再作计较了，她抬眼看着褒姒：“秀秀是个用得上的人，她能帮到你！”

褒姒心中蓦地一抽：“什么意思？”

郑夫人摇了摇头：“你告诉他，我爱他。”

“这话要留着你自己去说。”褒姒摇着头，明白郑夫人这么说的原因，只怕是她觉得自己命不久矣，在给褒姒做临终嘱托。

褒姒有些焦急，看着郑夫人脱口而出道：“如今大王被诸侯围攻，郑国又饱受非议，你不能再出事了，否则他怎么办？”她紧紧地抓着她的手，就像是抓住她迈向黄泉的灵魂。

“你告诉他，我不恨他。”郑夫人的脸上含笑，小憩片刻又开始使劲儿。这孩子生产的过程极为不顺，就像是怀孕的过程一样多舛，汗水浸湿了整张床褥。郑夫人歇斯底里的嘶喊和全身肌肉的紧绷才叫褒姒觉得的确是没有什么痛能够比得过母亲分娩时的阵痛。

郑夫人侧过脸看着褒姒，轻声地说道：“大王护我是因为容妃，我以为能凭这个身份，在这宫里多活几年，可没想到这孩子却要了我的命！”她的泪水流下来，泪眼模糊，她多么希望此时此刻陪在她身边的人是周王宫湦，可是这个高高在上的周王心太狠了，“他早就计划好今天的这一切。”

“你在说什么？”褒姒佯装不知地问道。

“他们都以为我蠢钝如猪，是仗着大家的宠溺活到现在，其实不是的，”郑夫人竭力说道，“我自小生在郑家，被老夫人照顾，她待我如同亲生女儿，年长时又嫁入宫里。在这里，我听到了不少关于容妃的事情，她悬梁自尽，将自己的女儿顺着清水河送出宫去，你信不信……女人天生就有一种直觉特别敏感。我就是那个顺着河水漂流出宫的女婴，所以你设计桑珠，我便帮你，不仅仅是因为我恨桑珠，更重要的是……我害怕自己被揭发，我害怕大王为了保你，将我推出去。褒姒……我恨你，为什么你要出现？为什么……”她越哭越狠，声嘶力竭，这模样让人从心底里泛酸，只觉得她太过可怜。

"把孩子和大王交给你，我也就放心了。"郑夫人轻声说道，破涕为笑。

"别说傻话了，没人要你死，"褒姒靠着郑夫人又近了些，摸着她被浸湿的发丝，"再努把力，孩子就出来了。"

郑夫人点了点头，最后一次铆足了全身的力气。

一声啼哭响彻整个显德殿，在殿外侍立的每一个人都长长地舒了口气。秀秀抓住了廿七的手，又跳又笑，脸上的表情天真得就像是个孩子。廿七也像是将刚才憋在胸口的那股气长长地喘了出来，口中喃喃道："太好了，太好了！"

"我要去看看！"秀秀的眼睛十分明亮，看着廿七说道。

"去吧，去吧，回来告诉我这孩子长什么样，像大王还是像郑夫人。"廿七也受到了这情绪的感染，高兴了起来，这世上最高兴的事情大概莫过于此。只是下一刻褒姒的声音斩断了所有人的兴奋，她大喊道："郎中！郎中！"

赵叔带猛地转向那位在外侍立的郎中，郎中不紧不慢地点头，朝着寝宫内走去。一种不祥的氛围笼罩了显德殿的大殿宁静而压抑，没人愿意开口。郎中坐在郑夫人的床边号着她的脉，褒姒在一旁踱来踱去，想开口问问郎中到底怎么了，却又害怕打断郎中的思路，只能忍住不语。

"娘娘不必担心。"郎中站起身来，理了理身上的袍子。

"郑夫人情况如何？"褒姒紧张地问道，手心都是汗水。

"娘娘生产过后，气血太虚，开些药进补便是。"郎中说罢写下方子交给褒姒。褒姒唤了秀秀进来，吩咐她去太医院抓药："不要让任何人接近这药。"

"是！"秀秀踮起脚尖看了看躺在床上虚脱无力的郑夫人，她的呼吸越来越缓慢，面色也越来越难看。秀秀一刻都不敢耽误，冲出显德殿将药抓回来熬好给郑夫人端了进来。

郑夫人奄奄一息，靠最后一些知觉将药喝进了自己口中，但是她不但没有好转，事情反而更糟了，鲜血顺着郑夫人的大腿流下，溢满了整张床褥，开始滴滴答答地落在地上。

"夫人！"秀秀看着郑夫人惊叫出声，看着地上的血迹，心中不住地抽搐，"夫人，你怎么了！夫人，你醒一醒！你还没有看看你的孩子呢，大王马上就要来了！"

褒姒听见秀秀的惊呼也朝着郑夫人的方向看了去，目光凌厉的一瞥之后猛地盯住郎中，郎中退了两步颤巍巍地在地上跪下："娘娘饶命啊，我只是抓了些补气血的药，我也不知道怎么会变成这样的。"

"方子！"褒姒伸出了手。

秀秀赶紧将攥成一团的方子递到了褒姒手中，褒姒展开来看，将廿七叫了进来："去，找本《神农本草经》，一一核对这张方子上所有成分！"

"是！"廿七应了声转身出门。这却让郎中慌了神，看着褒姒使劲儿地跪在地上磕头："娘娘饶命，娘娘饶命，我什么都不知道，这……"

"住嘴！"褒姒呵斥道，"你们都下去！"她看着在场的其他人。产婆、秀秀、奶妈，还有些杂七杂八的人一一从屋子里退了出来，不多时寝宫就只剩下了已经没有任何呼吸的郑夫人、褒姒与郎中三人。褒姒问道，"说，到底是怎么回事儿？"她转身在寝宫中四处走动，不知道从什么地方找到了一把匕首捏在手中。

"这方子是一个人给我的，我什么都不知道！那人就说这一二日会有人到我府上寻我来给宫里的娘娘看病，只要见到了那娘娘，就把这方子开出来就是……"郎中举着双手看着褒姒求饶，"至于这方子什么作用，我什么都不知道，也不知道怎么会这样，我根本就不是什么郎中，也不懂什么医术！"

褒姒转身看着郎中，朝他慢慢地走近了，想起刚才郑夫人对自己说的那番话，心头一痛。后宫女人无一不知自己的命运，这并不是一种聪慧，而是一种本能。郎中的一番话，叫褒姒惊觉的确是大王要郑夫人的命，她走到了郎中面前，拍了拍他的肩膀，替他整了整衣裳："有人要郑夫人死？"她脸上带着一种肃杀的气氛，眼睛直直地盯着郎中。

"我什么都不知道……"郎中还是紧张地说道。

"你说这方子是什么人给的？"褒姒又问了一遍。

"是个魁梧健硕的男人！"郎中惶恐地说道，然后深吸一口气，不可思议地看着褒姒，顺着她的手看向了自己的胸膛，鲜血顺着匕首流出，慢慢地滴到了地上。郎中连呼喊的时间都没有就轰然倒地了。

褒姒看着自己染满了鲜血的手，一种反胃的感觉强烈地翻涌，几乎要吐出来。她浑身上下失去了力气，头晕目眩，可还要强撑住自己的身体，镇定自己的情绪。她迈步走出了寝宫，朝着朝堂上走去，对秀秀吩咐道："替郑夫人收拾吧，让她在路上走好。"

褒姒满目悲戚，从一旁下人的手中接过那孩子，抱在自己怀中。

秀秀使劲儿地摇头，不能相信这是事实，前一刻还好端端在自己面前的人，这一刻就走了？

"郎中不知被何人收买，企图谋害郑夫人，已经畏罪自杀了，还请赵上卿彻查此事，还郑夫人一个公道！"褒姒抱着孩子朝赵叔带走去。赵叔带心中一凛，没想到大王居然会为了保全郑国，对郑夫人下了杀手。

郑夫人死，是周王置之死地而后生，如今听了这消息的人各个心惊胆寒，只怕这厄运马上就要降临在自己身上了。喧闹的王宫陷入了一片冗长的宁静，死气沉沉的就像是一个被瘟疫蔓延的灰色地带。

酉阳宫中的秦夫人听到了这个消息，连退数步，几乎跌倒在地，一旁的女御章柔将她扶住，问了句："娘娘，您还好吧？"

秦夫人只想要大王的一句软话，他却狠得下心肠叫郑夫人去死？如今若是怪罪下来，她罪责难逃。周王宫湦嘴上什么都没说，自己却在幕后看着这场闹剧，他根本就是个毫无人性的男人，为了达到自己的目的，不惜牺牲一切。

"秦伯的病情如何了？"秦夫人问道。

"说是有所好转，脉象渐渐地稳定下来了！"章柔回话道，"太医院的医官们不妨……还是请回来吧？此事若是追究责任，只怕是……"她看着秦夫人苍白的面色不敢再说下去了。

"我去一趟秦府，任何人来，你都给挡回去！"秦夫人吩咐道。

"若是……"章柔看着秦夫人神色瑟缩着问，"若是大王来了呢？"

"就说，我给秦伯哭丧，如今没心情在宫里待着！"秦夫人这话叫章柔的心头猛地一惊，秦伯的情况明明已经有所好转了，秦夫人却要去哭丧，只怕这是去杀人！她明白了这话中的意思，却什么也不能说，只能是强作镇定地点头说道："章柔明白！"

秦夫人离开之快，连申后都扑了个空，待她赶到酉阳宫，只得了章柔一句："秦夫人不在，去秦府了。"

申后相信章柔所言非虚，只怕应该是找个地方避难去了。郑夫人若是活着，秦夫人软禁医官的事情还有可能不了了之，可郑夫人既然不幸遇难，此事总得有个担责任的人，秦夫人怕是也没几天好日子过了。"如今郑夫人过世，按照规矩要由宫里的医官确认，请秦夫人看在人死为大的分儿上好歹让一两名医官出来，孩子刚刚降生，若是再有个病有个灾的，再不幸……"她说着顿了顿，目光凌厉地扫过章柔的脸。

章柔猛地一惊，连连点头："我这就去找秦夫人！"

"速去速回！"申后说罢，转身就走。

消息从显德殿一路传回了华辰殿，华辰殿门外里三层外三层的侍卫在这一瞬忽然全部撤空，连同那些各地进献的美女，也一夜之间不知所终。周王宫湦一个人坐在台阶上，呆呆地看着远方某处。

如今大门敞开，却没有人敢进来。

申后走到这里，驻足观望了片刻，转身便离开了。此刻谁去，若是踩在了周王宫涅的尾巴上，怕是只有死路一条。文武百官为了保命，也只好将郑伯友、公子启之的事情抛诸脑后。可齐国战败，节节后退一事迫在眉睫，只怕是战事日久，齐国恐有覆国之难。

申后长叹了一口气，转而朝着琼台殿去了。

琼台殿中，褒姒正在看着手中的药方和廿七拿来的《神农本草经》，这本书中记录了神农氏尝过的百草药性和药效，描绘相对准确。褒姒将几味药材一一核对，心中彻底地凉透了，这不是对周王宫涅品行的失望而是对眼下时局的惊恐。若非没有后路，周王绝不会走出这一步棋的，当日接郑夫人入宫，他一定以为他能保她一世平安。

褒姒闭上了眼睛，深深地吸了口气，用沙哑而低沉的声音叫道："廿七！"

"娘娘？"廿七朝她走了过来。

"去把这方子烧了吧。"褒姒将手中的方子递给了廿七。

"这方子是毒药？"廿七并不知道方子是谁开出来的，只当是郎中真的被后宫某位嫔妃买通，想来想去，也不知道这幕后凶手到底是申后还是秦夫人。

"不是，寻常的活血化瘀的方子。"

"活血化瘀的方子怎么会要了郑夫人的命？"

"郑夫人……是大出血而亡。"褒姒这话叫廿七捂住了嘴，使劲儿地摇头："还好娘娘小产，若是没有小产，只怕分娩的时候这群歹人也会要了娘娘的命。"

"廿七？"褒姒转向廿七，觉得她离出宫的日子不远了。

"是，娘娘！"廿七看着褒姒皱着眉头，表情严肃。

"郑夫人的死，是件好事儿。"褒姒淡淡地说道，眼光漫过廿七看着自己的寝宫，刚刚出生的小婴儿正躺在褒姒寝宫的小木床上，奶妈正看着他，是个男孩儿。郑夫人到死都来不及看一眼自己的孩子。

"娘娘这话是什么意思？"廿七听不懂褒姒话中的意思。

"若是郑夫人不死，公子启之既亡，只怕郑伯友就得以命来偿还齐兵的血债了！别忘了，眼下所有的朝臣都在联合起来弹劾郑伯友同公子启之。如今郑夫人殒命，是秦夫人造成的，丁是丁、卯是卯地算起来，郑伯友若要为齐夷之战负责，秦夫人就要为郑夫人的死负责，那么……秦夫人也只有一死了。"褒姒解释得很慢，希望廿七能听明白。以前她从不对廿七说这些，是觉得廿七无须知道，可如今廿七要嫁给郑伯友，她就必须成为一个能扛得起一个家、一个国的王姬，不能再像往日那般天真无邪。“秦夫人为了保命，就要让秦国帮郑国说话，如今诸侯之中，秦国兵强、楚国国大，秦国若不追究，诸侯与朝臣也无话好说，齐夷之战只要最后的结局是好的，郑伯之过也就不了了之了。”

廿七捂着自己的胸口，那颗心在里面“咚咚”直跳，她觉得很紧张。

“如今秀秀在整理郑夫人遗物，你没事儿的时候就去搭把手吧，毕竟你和郑家关系特殊，你去也是应该的。”褒姒看着廿七吩咐道。廿七的表情十分艰涩，她第一次真正感觉到这宫里的暗流涌动和诡谲，往日里靠自己观察的那些不过是表面上的风浪罢了，事实上，这片海域的暗礁太多，远比她想象的复杂。

廿七很庆幸，好在自家的主子是褒姒。

外面的下人进门通报说是申后来了，褒姒点了点头，示意他们请申后进来。她看着申后行礼作揖，然后挥了挥手叫廿七下去了。廿七告退，从琼台殿的正门飞奔出去，朝着显德殿方向去了。

申后看着褒姒说道：“本宫来看看郑夫人的儿子。”

“王子刚刚出生，气虚体弱，不宜见客。我将他从显德殿抱出来已经是犯了忌讳，不妨待他日王子身体恢复些，褒姒带着王子前去东宫拜谒。”

“你怕我？”

“娘娘多虑了，只是大王还没有见过王子，褒姒不敢有任何纰漏！”

“我们之间就不必再绕弯子了，我知道郑夫人的死绝非偶然，是谋杀！”

褒姒并不否认，点点头说道：“只可惜这位郎中死得太快，如今死无对证，也不知道凶手到底是何人。”

“所以你就怀疑到我头上了？只怕是你的嫌疑最大吧？”

“娘娘来这里就为说这些？”褒姒不做解释，也不想同申后争执。

申后有些懊恼，她来不是为了说这些，可不自觉地就想要压一压褒姒的风头。她私心太重，永远不能真正地居于中央俯瞰后宫。申后平复了自己的心情，开口说道：“我来只是想请你去看看大王！”

“娘娘为何不自己去华辰殿看看？”

“我去只怕是没有用，我如今还要主持整个后宫事务。郑夫人离世，我要一手操办，早前就派了女御前往华辰殿去通知大王，现在就等秦夫人手中医官的确认了。”

“秦夫人若不肯放，申后可以去抢，公道总归是在你这边的！”褒姒揭穿了申后伪善的面具，丝毫不留情面。华辰殿褒姒是要走一趟，可叫申后在后面推着就没什么意思了。“去抢了医官回来，处理了显德殿的事儿，申后也该面见大王陈述这些天发生的事情，不好总这么拖着。”

“大王此刻想必只想见你。”申后这么说却未必这么想，她只想推个人出去试探一番。

“你又没问过大王，怎么知道大王怎么想？娘娘是不愿见大王还是不敢见大王？如今人人都在华辰殿外观望，谁也不敢踏入这殿中一步，何以娘娘会觉得褒姒如此没有自知之明？”

申后被褒姒堵得无话可说：“大王不会在这个时候想见我的，连秦夫人这位先前吵吵嚷嚷一定要进华辰殿和大王说个明白的人都已经不再提此事了，我又凭什么进去？作为王后，为这个国家牺牲是应该的，可我不想和郑夫人一样不明不白地死。”

褒姒没有接申后的话茬，郑夫人比她们大多数人都聪明，她的死不是不明不白。郑夫人明白得很，明白是谁要置她于死地，也明白她的死能带来什么。最后，这场对峙是褒姒退了一步：“晚些时候吧……”

申后松了口气：“郑夫人的后事你不必担心，不管她生前与我有怎样的矛盾，人死为大！我们之间的恩怨也就一笔勾销了，我会待她如自己的亲妹妹来操持后事的。”

“多谢娘娘体谅。”

申后拍了拍褒姒的手臂，发出一声轻叹从这屋子里走了出去。子言为申后撑起伞，一步步地走下琼台殿高高的台阶，消失在阴雨绵绵的幕布之中。傍晚下起的雨淅淅沥沥，就像是一个悲伤的人在哭泣，乌云压着镐京城，灰暗的色调透不出一点点生机。人人背上都有一口硕大的鼎，被压得连喘息都要小心翼翼。

褒姒放了水，沐浴更衣，重新梳妆打理，一扫满身的疲态。

屋外天色渐黑，雨越下越大。

华辰殿外冷冷清清，大雨顺着屋檐落下，在门前汇成了长长的水幕，褒姒撑着伞披着蓑衣投入暮色大雨之中，走进了华辰殿内。听见由远及近的脚步声，周王宫涅缓缓地抬起头，褒姒的面容便映在自己眼底，那是一种黑白的画卷渐渐增添颜色的韵律，他费了很大的劲儿才看清楚来人。

周王宫涅没有说话，褒姒也没有，她解下身上的蓑衣坐在他的身边，看着门外的风景。从这个方向看去正好是那片荷塘，如今秋末冬初，荷叶已经败落，留下一片狼藉与残骸。

再也无人踏入荷塘，采撷荷花为博美人一笑了。

周王宫湦捏了捏自己的鼻梁，躺在了地上，褒姒扭过身去捏了捏周王宫湦的手，他攥住了她的手，就这样捏着。屋子里安静极了，被门外的风声、雨声充斥得满满当当，天色漆黑，屋内的烛台上燃着稀疏的灯火，泛着橙色的光晕，整间屋子被这光晕衬托得无比晦暗。

两人的默契被虢石父打破，他急匆匆地从屋外进来，掸了掸身上的雨水，看见褒姒先是愣了愣，然后才向周王作揖、向褒姒行礼。周王宫湦仰面朝天，用沙哑的声音喝道："说！"

"秦伯……大薨。"虢石父说道，白天周王差遣他去打听秦伯府上的情况，好像早有预感。秦夫人自诩捏得住周王痛脚，却不知道周王反而更了解她一些。虢石父继续说道："医官已经回来了，秦夫人在秦伯府上痛哭，不肯离去，说要操办完秦伯后事。"

"派人去探听秦国的消息！"周王宫湦吩咐道。嬴德有意篡权，世子世父死后，二公子嬴开不是嬴德的对手，这场宫闱之乱就叫秦国有一场好戏上演了，要想再分身来对付大周，只怕是困难重重。

没有了秦国这重阻力，周王可以放手去走他的下一步棋了。

也许是心头的巨石已卸，也许是沉痛的哀思已去，周王宫湦忽然从地上站了起来，拉着褒姒的手将她从地上拽了起来："走吧！"

"去哪儿？"褒姒问道。

"回家！"周王宫湦只丢下了两个字，掷地有声。他帮褒姒将蓑衣又披在了身上，将伞举过了头顶，将她娇小的身体护在自己的臂膀之中，冲向雨中，朝琼台殿猛跑。褒姒步子迈得小，跑起来很吃力，周王宫湦干脆一把将褒姒横抱了起来，她为他撑着伞，他在雨中撒足狂奔，冲上了琼台殿殿前那数百级台阶，然后将她在殿门前放下，理了理她鬓角的发梢，看着她温柔地笑了："寡人回来了。"

褒姒的手轻抚在周王宫湦的脸庞上，眼中也含着泪水。多日不见，他憔悴了很多，原本略显白皙的肌肤变得黝黑而沧桑。

她满目心疼，轻声唤道："大王。"

"她是什么时候走的？"周王宫湦的声音有些沙哑。褒姒答道："午时前后。"

"说了什么？"

“郑夫人叫我转告大王，她爱你，并不恨你。”

这番话让周王感到一种由心到脑髓的抽痛，他想不到郑夫人竟窥出了他的心思。周王眉头紧锁，身体微屈，褒姒扶住他说道：“她很了解你，也比我们想象的更聪明。”

“后宫中每个女人都比寡人想象的更聪明，不是吗？”周王宫湦自嘲地笑了，他捧着褒姒的面颊问道：“你恨我吗？”

褒姒摇了摇头。

“如果有一天，你被推上了这个位置呢？”

“我不会输给郑夫人。”褒姒答得很平静。一个死人就是一个烙印，永不磨灭。郑夫人用这样的方式换取了在她所爱之人心中的永生，从今以后，她变成了他无法忘怀的记忆。

“郎中呢？”周王宫湦问道。

“死了，他杀了郑夫人，自然是要畏罪自杀！”

“辛苦你了。”周王宫湦捧着褒姒的脸。

“我只会为你拿刀，”褒姒摇摇头，“去看看王子吧？”

“好。”周王宫湦走在了前面，拉着身后的褒姒不肯松手，就像是一松手她也会消失不见。小王子吃过奶，已经睡了，他刚刚丧母，却好在还什么都不懂。褒姒看着这孩子轻声在周王耳畔说：“他像你。”

“从今往后，你就是这孩子的母亲。”

褒姒早就想到了这个结果：“大王还没给孩子起名呢？”

“伯服。”周王宫湦脱口而出，这名字应该是早就想好了。浑厚的声音让褒姒愣了一下，伯是嫡出长子，将庶出次子如此命名并不合适，但褒姒没有多嘴，只是说了句：“郑夫人大薨，华辰殿要有人主事。”

“郑夫人大薨，申后主事，至于以后的事情……从那一房中挑一个吧。秀秀跟你，她是她最信任的下人，她跟着你，寡人也放心，廿七一走，你身边没个能帮衬的人。”

“谢大王。”褒姒的面容平静，内心却汹涌澎湃。这样的安排很难令人不多想，眼下这个局势，所有人都以为周王会让褒姒成为夫人代替郑夫人，可他没有。不但没有，还将这孩子取名伯服，似乎要将宜臼取而代之，并且让褒姒做了这孩子的母亲，这是要推她坐上后位。

第十六章

守灵无眠登华辰，东宫狠戾踏琼台

周王宫湦正在逗弄着木床之中的伯服。他沉睡的时候眉头微攒，像极了他的父王。

褒姒看着周王，纤细的手搭在了他的肩上，准备为他宽衣解带："今夜就好好休息吧。"

周王一手揽过褒姒的腰，盯着她漆黑的眸子用无比沉痛的语气说道："孩子的事情寡人知道了。"

褒姒别过脸去，避开了他的眼神。"我们出事的时候多想你能陪在身边，多想你不是那个高高在上的君王，只是个寻常的夫君。"她的眼泪顺着面颊而落，这泪水中充斥着的是郑夫人与她两个人无尽的委屈。如今这依靠是多少个孤枕难眠的夜换来的，她的头抵在他的肩上，手放在他的胸口，眼睛微闭，睫毛轻轻地颤抖，脸贴在他的身上才觉得悬着的一颗心终于放了下来。

这一觉他们睡到了天色大亮。他握着她的手，也像是找到了一个停靠的港湾，不用继续在风雨中飘摇。他看着她，伸出手将她揽进了自己的臂弯，靠的距离更近了些，仔细地盯着她，细细地看。

清晨的露水还没有散去，廿七便匆匆踏入了褒姒的寝宫，像往常那般推门而入，还未张口就看见了躺在床上的二人，他们是和衣而睡的，紧紧依偎在一起。周王宫湦听见动静将刚刚闭起的眼睛又睁开，看了看还在沉睡中的褒姒，对廿七比画了一个噤声的手势，然后将褒姒放在了枕上，指了指门外，示意廿七出去候着。

廿七尴尬地吐了吐舌头，对着周王频频点头，转身退出了寝宫，看着周王出来，赶紧开口说道："大王恕罪！廿七刚刚从显德殿回来，不知大王从华辰殿回来了。廿七急着向娘娘汇报显德殿的情况，很多事情我同秀秀做不了主，才冒冒失失的。"

"郑夫人那边是什么情况？"

"昨儿夜里，太医院的医官们总算是回来了，确认登记过后，现在才正要请示娘娘呢！也不知郑夫人的灵堂该设在什么地方，虽说人是在显德殿走的，可显德殿到底是大王的正殿，郑夫人又一向是华辰殿的人……"

"放在华辰殿吧。"

"是！那我先回去了。"廿七说着指了指门外。

"守灵的事情……"周王宫湦说话的速度很慢，说到这里停了一阵，廿七以为他是在向她询问，便说道："我和秀秀商议过了，我们二人为郑夫人守灵。"

"不用了，"周王宫湦摇了摇头，"还是寡人去吧！"

"这……"廿七尴尬地张了张嘴，看着褒姒的寝宫，"不合规矩呀！自古以来就没有大王为后宫夫人嫔妃守灵的先例。"

"没什么规矩不规矩的，那是寡人的夫人。"周王宫湦觉得自己亏欠着郑夫人，只好在她死后弥补，纵然她无法收到，他也算是求得安心了。灵堂要设七天七夜，第七夜是还魂夜，相传亡者的灵魂会在这一日回到她所熟悉的地方，彻底放下对这尘世的眷恋，而后踏上黄泉路，饮下孟婆汤，从此与周王宫湦路过不相识。他们的缘分尽于今生，周王宫湦希望郑夫人以后生生世世都莫要生于王室，不然人生只能是一场无尽的灾难。

廿七看着周王宫湦的样子，心中泛着酸楚："大王为何不在郑夫人死前来看看她？人走了，再怎么关心，也无济于事啊！若是死前能见上一面，走得也满足一些吧？"

周王宫湦转过头去，手攥成了拳。

廿七知道自己说错话了，可是忍不住。褒姒小产的时候他不在，郑夫人难产的时候他又不在，他虽是君主，可也是她们的夫君，是她们唯一能够依靠和信赖的人，也是她们在痛苦和绝望中唯一的希望。

周王没有怪廿七，只是吩咐道："处理完灵堂的事情，就和秀秀一起回琼台殿。”

“是！”廿七应了声，什么都没问。

“郑夫人下葬之后，你同郑伯完婚！”

对周王的话，廿七没有丝毫的吃惊，只是顺从地行了礼、作了揖，表示一种遵从和谢意。此事褒姒早有预料。用王姬出嫁、郑老夫人过世、公子启之生死未卜、郑夫人大薨和郑夫人之子取名伯服……来保住郑国从此往后的安宁，廿七如今已经坦然接受这个安排了。她转身退出琼台殿，飞奔猛跑。她把腰杆挺得很直，昂首阔步，绷紧了颜面，她知道从今往后她的一言一行是代表着大王、代表着褒姒的态度。

“廿七好像长大了。”褒姒在周王身后说道。

“你醒了？”周王宫湦微微点了点头。

“我去放水，大王沐浴更衣吧，得换下这身衣服了。”

周王在温水的浸润中十分沉默。褒姒一瓢一瓢舀进热水，浇在他的肌肤之上叫他发出一声闷哼，像是得到了某种满足在这温热的水中舒展开来，躺在了木桶的边缘。水温渐渐地冷却了下去，周王猛地从水中站起身来，身上的水倾泻而下，发出“哗”的一声巨响：“叫赵叔带传旨，让郑伯友即刻进京，不得有误！”

“是。”褒姒应声道，拿过一旁的丧服替周王宫湦换上。他抬着手站在她的面前，说话很缓慢：“秦伯那边怎么样了？”

褒姒诧异地看着周王，秦伯过世的消息她也是昨儿和他同时得到的消息，这一夜他们二人一直在一起，这话是在问谁？褒姒沉默了一会儿，抬起头询问道：“要宣虢石父觐见吗？”

“不必了，寡人不想任何人打扰到夫人。”

“臣妾会留意的，”褒姒说道，又继续将注意力放在了周王的衣服上，“想必秦伯是要送回秦国安葬的，如今嬴德在，由他送秦伯就再合适不过了，不过嬴德此番入京，应该不是为了这件事情。”

“他来之前也不知道秦伯会死！”

“需要他送秦伯回封地吗？”褒姒不确定齐国的战事周王宫湦是怎么安排的。

周王宫湦点了点头，拉了褒姒一把：“你别去，叫赵叔带和虢石父去和秦国交涉！你传令给他们二人就可以了。嬴德不是省油的灯，万事由寡人来处理。”他捧着褒姒的脸，面上的神色竟有些紧张，让人从中窥探得出，嬴德绝非一个好对付的人。

褒姒系好了衣服上的最后一根带子，轻声应了句："好！"

周王宫涅看着镜中的自己，比起昨日来时已经干净多了，又恢复了往日健硕的模样，一扫身上那些日积月累的颓废与不堪。不多时廿七折返回来向周王宫涅禀报灵堂已经设好，可秀秀不肯离开。

"由着她吧，也就这几日了。"周王宫涅挥了挥手，迈步走出了琼台殿。褒姒与廿七目送着周王宫涅离去，他的背影越来越渺小，却在褒姒心中越来越高大。待到那身影完全不见，她才转向廿七吩咐道："我去一趟太宰宫，你留在这里！"

"是！"

太宰宫里的大小官员，不但要为郑夫人的丧事奔波，还得时刻洞察着秦府的状况，不能让任何一件事情脱离他们的掌控。因此，没有人敢停下休憩，整个院里的人都是一脸疲态。赵叔带的神色就更加沧桑憔悴了，听着门外响起的脚步声，才缓缓抬起头看着褒姒。

"不必行礼了！"褒姒示意赵叔带不必站起来。

"多谢娘娘，听说大王昨夜就去了琼台殿？"

"王子出生，总要去看看。"

"就怕后宫传闻太多，最后传走了样。郑夫人刚刚过世……"赵叔带为褒姒此刻的处境感到担忧，怕她再次被推到风口浪尖上，怕她会让周王分了心思。

"无碍的，"褒姒摇了摇头，"大王要为郑夫人守七日七夜的灵堂。"

赵叔带轻笑一声，摸不透周王宫涅的套路："大王是去看看王子，还是去看你？那日小产一事我告诉大王了，若非我拦着，他当夜大概就去琼台殿了。"说罢，他顿了顿，看着褒姒问道，"你不会恨我吧？我知道那时候你需要他。"

"舅舅也是为大局着想，大王给孩子赐了名。"

"叫什么？"赵叔带紧张地问道。褒姒沉默了良久，才开口说道："伯服。"

"这……"赵叔带不知该如何评价这个名字，与褒姒想到了一处。伯服本该是嫡出长子的名字，只怕周王宫涅给伯服赠予这名姓，是要在未来废东宫的。

"我会处处留意，名字一事，不如暂时不要提起。若是有人问，就说……大王还没决定。"

赵叔带凝重地点点头："只怕此事要辛苦你了。"

褒姒不想继续在这个话题上说下去，将这对话拉回了正题："大王要我来转告舅舅，宣郑伯即刻前来镐京城，不得有误。"

"是。"赵叔带应道。郑国和镐京城毗邻，此刻传旨下去，快马加鞭，七日之后郑夫人入土，郑伯友也就抵达镐京城了。想到郑伯友入京，赵叔带不得不问一句："廿七呢？怎么安排？"

"风光出嫁，此事无须舅舅操心，我来置办。"

"红白二事，不吉利啊！"

"也是无奈之举。"

"大王当日本是想杀郑伯友，让公子启之取而代之，可公子启之为人狠厉，郑伯这位置……只怕让不了旁人！更何况，郑伯是大王的三叔，他只怕也下不了这狠手。"

褒姒不知还如何接茬，转而问道："秦府上的事情，舅舅打算如何安排？"

"这两日，嬴德应该急着面见大王，我们不动，让他动！"赵叔带这话的言外之意就是不去理会秦府的白事。褒姒点头又问道："郑夫人的案子呢？"

"交给申后去查，我们等结果就是了。"赵叔带将自己身上的担子就这么一推三六九，以逸待劳了。他已经分身乏术，无暇事事亲力亲为了，接下来的事情才是真正耗费心血和精力的，更是容不得出一点纰漏的。

周王穿着素色的丧服呆呆地坐在郑夫人的棺木前，像极了深爱着妻子的鳏夫，对前来行礼的宾客一一回礼。华辰殿的嫔妃要帮忙，也被周王一一挡了下去。除了秀秀在跑前跑后，周王宫涅没让任何人插手守灵的事情。郑夫人面色如雪，安静地躺在那里。

申后带了宜臼来行礼，向郑夫人表达敬意，然后向周王宫涅拜谒："大王请节哀。"

周王宫涅语气沉重，略带沧桑，有气无力地询问："葬礼的事情安排好了？"

"都已安排妥当了，请大王放心！"

"郑夫人的死因呢？"

申后的面色变得有些难看，不知如何回话："郎中死得太快，临死前又只有褒姒一人过问，臣妾手中没有线索，宫里知道郑夫人怀有身孕的人又不多，此事只怕……"

"你认为是褒姒下的毒手？"周王宫涅没让申后将话说完，眯起了他狭长的眼睛。申后赶紧摇头："臣妾并非这个意思，只是调查还需要些时日！褒姒若没有其他事情，希望大王让她协助我。"她自知此事是个泥沼，稍有不慎就会泥足深陷，想拉个人下水。若是去求褒姒，褒姒一定不会应允，只好向周王开口了。

"七日之后郑伯前来镐京城参加郑夫人葬礼，还要迎娶廿七，琼台殿没人，没什么事儿就不要去烦她了！”

“臣妾知道！”申后只得硬生生地将自己嗓子眼的话给咽了下去。此事如今一筹莫展，秦伯去世，又不好拿秦夫人开刀，怕惹恼了秦夫人自己收拾不了场面。申后又咽不下这口气，不想悻悻离开，又起了一个话题：“如今华辰殿还缺一位主事，总得从嫔妃中选个人替上来，大王觉得褒姒如何？”

“够了，”周王宫湦示意申后不必再说下去了，“此事寡人自有安排，你不必费心了！没什么事儿，你就先下去吧。”

“是。”申后拉着宜臼向周王辞行。离开华辰殿后，宜臼仰头看着自己的母后问道：“母后，父王可是为了那个妖女同你置气的？”

“不得胡说！”申后将宜臼揽在自己怀里，左右看了看，蹲下来帮宜臼理了理衣领，“以后休得再叫妖女、妖女，她是你长辈，要叫一声娘娘。”

“呸！”宜臼从申后的怀里钻了出来，跑了出去，将申后远远落下。

午后的太阳晒在了褒姒寝宫之中，她正在逗弄没有足月的伯服，伯服看着褒姒的手咧着嘴，极力表达笑意，他喜欢褒姒，变着法地撒娇黏着褒姒，才刚刚出生，却那么可爱。褒姒给他取的乳名叫念儿，取思念郑夫人之意。

透过寝宫的窗户，华辰殿就在眼前，偶尔周王转过身来看着褒姒，微微点头，叫她放心，她报以一笑，有时抱起床上的念儿，冲他挥手。

“娘娘。”廿七小声地叫道，褒姒猛然回过神来。床上的念儿已经睡着了，面上浮现出满足的表情。褒姒比画了一个噤声的手势，站起身蹑手蹑脚地从屋子里出来，轻轻地合拢了门：“何事？”

“太宰宫来人了，说是娘娘吩咐他们过来的。”

“对，是我叫他们过来见见你。”

“见我？”廿七不解地指着自己。

褒姒点点头，朝大殿走去：“不见你，怎么做嫁衣？”

廿七追了上来，憋得满面通红。

褒姒在她前面说道：“你若有什么要求只管说出来，女儿家一辈子就这么一次，你要风风光光地坐上郑伯的八抬大轿。”

“娘娘？”

褒姒回过头去看着廿七。

“你想穿嫁衣吗？”

褒姒没有回答，只是径直往前走。她没有穿过嫁衣便做了大王的女人，到今时今日，连加封都没有。周王宫涅给褒姒留下的是一个怎样的位置？她揣测过，却不敢相信。她害怕希望太大，失望会让人痛不欲生。

殿内司服大夫帮廿七量了尺寸，又向褒姒请示了款式，嫁衣要用大红色的绸缎来做，手工绣上纹路。司服大夫用极尽可能的华美之辞修饰这嫁衣，让廿七叹为观止，她张大了嘴看着褒姒，忽然跪在地上，向她磕了三个头："谢娘娘大恩。"

褒姒将廿七从地上拉了起来："你我之间何须客气？"

"从入褒府那日起，廿七就没想过这一生能穿上嫁衣，更没奢望过能嫁给郑伯这样的人，娘娘用心良苦，廿七无以为报！"

"你倒是不怪我让你嫁了个或许一生都不会爱你的人。"

廿七笑着摇头，在这宫里她看到了太多的生死离别，从桑珠到郑夫人，每个人的死都是一步险着，为后来的人留下了生还的机会。桑珠不死，褒姒不能活；郑夫人不死，郑国不能活……如今她方知，在这宫里，有太多的事情比两情相悦更重要，从周王的不屑一顾，到他对褒姒视若珍宝，自己的主子就是一个很好的例子。廿七打定了主意，便是既然不能让郑伯友疼爱有加，至少也该在他身边不离不弃。

琼台殿的寝宫中忽然传来了一阵啼哭声，念儿从睡梦中转醒，哇哇大哭，接着这哭声又渐渐小了下去，马上就要消失殆尽。褒姒和廿七对视一眼，心中陡然一惊，意识到大事不好，二人朝着寝宫的方向跑了过去，只见宜臼拿着被子捂住哭闹的念儿，一手扼在他的脖子上，掐得很紧。

"别进去！"褒姒拉住了廿七，叫她站在门外，宜臼是太子，廿七不能在这个时候和太子发生任何争执，以免影响大局。褒姒一人冲进去，一把将宜臼拉开，挡在小小的念儿面前，厉声呵斥道："殿下要做什么？"

"妖女！"宜臼瞪着褒姒，突如其来的一脚踹在了她的小腹上。前些日子的小产，褒姒还没有好利索，这些天的忙碌又叫她缓不过劲儿来。宜臼人不大劲儿却不小，如今这一踹，小腹疼痛无比，像是数千把刀子贯穿，疼得褒姒额头渗出了豆大的汗珠，大口大口地喘着粗气。

"你居然还敢跟我动手，我杀了你也是你自找的！"宜臼说罢拔出了腰间的短匕，见褒姒躺在地上，双手扶住小腹动弹不得，便拿着匕首朝褒姒冲了过去。褒姒凭着自身的反应一脚踹倒了宜臼，将他踢出几尺。宜臼从地上爬起来："你胆子不小，要谋害我吗？"

“殿下小小年纪，心肠居然如此歹毒，念儿是你的弟弟，你要杀他？”褒姒忍着剧痛指着宜臼控诉道。这个孩子如今只有七八岁，却满面的凶戾之气，他用匕首朝着褒姒袭去的时候没有丝毫的犹豫，恨不得一击即中。

“谁会知道？”宜臼冷笑了一声，“大家只会知道你要杀我，我是为了自保才不得已要杀你！”他举着匕首，朝褒姒一步步走过去。他痛下杀手，褒姒举起双臂护着自己，做最后的挣扎。

寝宫的门被猛地踹开，身材伟岸的周王宫湦站在门外，眼神低沉而凶悍。

“父……父王……”宜臼看见周王的时候整个人都缩在了一起，十分紧张，“是这个妖女要杀儿臣，儿臣不得已才这么做的。”他哭喊着，一瞬间便是满面的泪痕，哭得歇斯底里、痛彻心扉，像极了一个七八岁的孩子在寻求自己父亲的庇佑。

周王宫湦抬眼看着远处的华辰殿，宜臼这才循着周王宫湦的眼神看向了自己刚才爬进来的那扇窗户。从这里望出去，恰好是华辰殿的正殿，而周王宫湦刚刚也正是在那里见的申后与宜臼。

宜臼的心沉到了谷底，惊恐地看着自己的父王。

“带下去，关入地牢！”周王宫湦发了狠，此刻的念儿还伸着胳膊和腿儿在空中乱蹬，哭着喊着想要找人抱抱。周王宫湦三下五除二地走到念儿身边，将他从木床中抱起来，轻声哼着小曲儿，哄着他。他眨眨眼，破涕为笑，娇憨的样子惹人怜爱。周王俯下身，在褒姒的面前蹲下来，吩咐廿七：“快去传医官。”他另一只手紧紧地抓住她的手，下巴抵着她的额头，用近乎呢喃的声音问道：“痛吗？”

褒姒摇了摇头，表情却十分痛苦。

周王宫湦的随行侍卫都慌了手脚，将太子打入地牢是从未有过的事情，几人面面相觑，不知如何是好。

“大王，”褒姒劝慰道，“宜臼年纪尚轻，不辨是非，念他是初犯，就原谅他吧？”

“身为东宫太子，如此德行，日后如何服众？”周王宫湦转向自己的侍卫，厉声斥责：“寡人说的话，你们都听不见吗？给寡人拉下去，押入地牢，什么时候悔过什么时候放出来！”

“妖女，要你在这儿假惺惺扮什么好人？”宜臼冲着褒姒的方向“呸”了一声，被侍卫架起来，脚还在空中乱踢、乱蹬，一脸凶狠的模样。

周王宫湦一面哄着念儿将他放回了床上，一面将地上的褒姒抱起：“你帮他说话，他岂会领你的情？也不知道申后是怎么教孩子的。”

“不准你说我娘！”宜臼指着周王宫湦大吼道，“自儿臣懂事以来，你就没有好好待过母后，日日和别的女人你侬我侬，母后夜夜以泪洗面，只有儿臣相伴，你凭什么说我娘？”

褒姒抓住了周王宫湦的手，害怕他暴怒：“宜臼毕竟是太子，若是闹大了，朝臣们只怕要围了华辰殿为太子说情，郑夫人头七未过，大王请慎重！”

“松手！”周王宫湦叫住了侍卫，“叫申后过来领人！”得了这令的侍卫们都松了口气，立刻将宜臼从寝宫带到琼台殿的正殿，只余下了大王、褒姒同念儿三人。

周王坐在褒姒的床边，轻抚着她额前的发丝，心疼地问道：“还疼吗？”

“臣妾没事。”褒姒皱着眉头，语气发紧，她拉住周王的手，“太子是大王的儿子，便是有千错万错，大王都不该这么对他。”

“怪寡人，自他出生以来，寡人就没有好好教过他。一转眼，当初那个小不点就已经长得这么大了。”周王伸出手比画着宜臼的身高，谈到自己的儿子，天下间没有哪个男人会不自豪的，他朝着褒姒傻呵呵地笑了，“好像现在再想教，也来不及了。”

“只要想做，就不怕晚。”

廿七敲了敲寝宫的门，提醒他们医官们已经在门外候着了。周王站起身在褒姒的额前轻吻，然后嘱咐道：“看完叫医官去和寡人说一声，你在这里好好休息。廿七出嫁的事情若是忙不过来，寡人找人给你们搭把手。”

褒姒努力做出了一副让人放心的表情，目送着周王离开。

周王从寝宫出来，申后才跌跌撞撞地赶到，看见狼狈不堪的宜臼，立刻扑了上去，像母鸡护雏那样将自己的儿子一把揽入怀中，用凶狠的眼神瞪着几个侍卫。侍卫下意识地都退了一步，苦叹这差事可着实得罪人！

“你怎么管教的儿子？”周王宫湦怒吼一声，慢慢走到了申后面前，刚刚才答应褒姒的那番话，早抛到九霄云外去了。这番狠厉，叫申后一蒙，根本无从思索刚才宜臼到底做了什么。

“小小年纪，如此狠辣！不但要杀害刚刚出生的弟弟，还要杀害后宫娘娘，你就是这么教儿子的，就是这么让他做太子的？”周王宫湦的质问叫申后倒吸了口气，连退了两步，无法相信这是真的，只是喃喃自语道：“宜臼小小年纪怎么会……”

宜臼发了狂似的大吼道：“这妖女该死，人人得而诛之。儿臣不过是代天下人除掉她罢了，那妖女的孩子是歹人所降，让他存活于世，只能为祸四方！”

“啪……”申后一个巴掌扇到了宜臼的面上，宜臼不可思议地看着自己的母亲，不相信她居然会动手打自己。“母后！”他大叫了一声。而此刻的周王宫湦已经盛怒，胸口起伏喘着粗重的气息，手攥得紧紧的，在竭力压抑心中这股怒气，阴厉的神色扫过面前这对母子，用低沉的嗓音说道：“既然连儿子都管教不好，后宫的事情你也不用再管了！”

“什么？”申后大惊失色。

“从今天开始，后宫大小事务交给褒姒来打理，郑夫人的下葬、死因，你原本就不想管，现在可以彻底撒手不管了！”周王宫湦说这话的时候根本没有经过大脑思考，丝毫意识不到这话的言外之意就是王后这个位置你既然不想坐，也就别坐了，后宫中又不缺女人。这话令申后趺趺撞撞、踉踉跄跄，宜臼赶紧冲上来扶住她：“母后，你怎么了？”

周王宫湦跨步迈出了琼台殿，只余下这一对母子。

申后紧紧抱住自己怀中的宜臼，就像有人要和她抢孩子一般，她喃喃自语，整个人看起来疯疯癫癫，琼台殿内下人见状也都觉得于心不忍，可又不知道如何是好。

“申后，不如还是我们送您回宫吧？”一位胆儿大的悉人上前一步向申后问道。申后抬眼看了看这位悉人，猛地站起身，拉着怀中宜臼就朝着褒姒的寝宫走去。

褒姒旧患未愈，新伤又起，医官号脉良久才缓缓开口：“娘娘刚刚小产？”

褒姒点了点头。

“小产尚未恢复，娘娘又如此奔波，身体吃不消啊！”

“你只管开些补气养血的药便是了，我的身体我自己知道。”

“虽说娘娘身子薄弱，可好好调养一番，过个三五年，总不是太大的问题。可是如今太子殿下这一踹，只怕是……”医官“啧啧”了两声，也不知道接下来的话该说不该说。褒姒微微点头示意他但说无妨，医官这才开口：“只怕是，日后都不可能再有了。”

“如此也好。”褒姒觉得身上的一股力气被抽空了一般，无力地靠着墙壁，支撑着自己的身体。她看着床上的念儿，强自镇定地说了一句：“此事没有大碍，照着往日里给后宫嫔妃们调养的药给我就是了，大王那边不必提起此事。”

“可是……大王问起，我该如何答复？”

“说我气血不足，需要调养就是了。”褒姒不想再挑起周王宫湦和宜臼之间的事端，如今战事频仍，后宫若再起祸乱，朝臣们必会将周王宫湦的全部计划彻底打乱。

“微臣明白。”

褒姒挥挥手，示意医官可以下去了，他向褒姒行礼拜谒之后转身离开了。褒姒这才看见站在门外的申后母子：“申后？”

“本宫来看看你！”申后牵强地笑了笑。刚才那番话她都听见了，小产绝非什么小事儿，先有秦夫人、后有郑夫人，小产一事都闹得尽人皆知。唯有褒姒，不声不响，若非此刻撞见，她还全然不知情。褒姒为宜臼所累，身受重伤却没有计较，申后自问比之褒姒相去甚远，此刻也只能拉着宜臼走到褒姒的面前，推了推宜臼：“给娘娘说对不起！”

“哼！”宜臼把脸别了过去，不去看褒姒。

“你这孩子！”申后掐了一把宜臼。褒姒却伸手拦住了她：“宜臼是护着你才会如此，父子间没有隔夜仇，劝劝太子殿下，向大王服个软，说几句中听的话，此事便翻篇了。”

“你不同宜臼计较，本宫实在惭愧，只是你的身子……”

“不打紧的，”褒姒温润地笑了笑，“劳烦申后记挂了。”

“晚些时候我差人送些进补的药材来，都是些宫里难寻的东西，你可千万不要推辞。”申后惶恐地说道。褒姒点了点头，没有再拒绝申后的这一番好意。待申后走后，廿七才匆匆进门，带着几分抱怨的口吻：“娘娘何必为太子求情，叫他受受牢狱之苦才好！”

“将太子送进地牢，群臣必定上谏游说。大王如今处理国事分身乏术，难道还要让他去应对这些口舌之争吗？”

“后宫女人，只有你一个这么想！其他女人哪个理会这些？您啊……其实是吃定了大王没您不行，这话您只敢同我说说，若是叫后宫里那些女人听着了，指不定怎么背后捅您心窝子呢，说娘娘这是恃宠而骄，站着说话不腰疼呢！刚才大王说了，以后后宫的事情娘娘做主，申后什么时候管教好了太子，什么时候再说！”

“大王当真这么说了？”

“嗯！”廿七点了点头，朝着寝宫的窗户看了过去，用下巴指了指窗外，“哪……才说着，这捅心窝的就来了！”

从窗外看去，嬴德和秦夫人正在华辰殿内向周王行礼，三人面色和表情各不相同，心中的打算自然也千差万别，嬴德正向周王宫湦行礼拜谒：“微臣参见大王！”

秦夫人在一旁先为郑夫人上了炷香，才转向周王站在他的身边。

“嬴德入京了？”周王宫湦的嗓音沙哑、神情疲惫，“何时到的，竟然没人来通报一声。”

“微臣奉命带大王兵马自秦地折返，却不知刚刚入京就得知兄长遇刺！”嬴德的语气悲戚，眼中却满是暴戾之色。秦伯一死，世子未立，公子嬴开在朝中既无人脉，又没有攻城克敌的建树，眼下夺权实在是天赐良机。原本嬴德奉命入京，除却送还当日司马伯士带入秦地兵马外，还带了一行秦兵意欲前往齐国助战，如今秦伯已死，此事嬴德便闭口不谈，只想立刻回到秦地谋划篡权一事。

“哦？秦伯……遇刺了？”周王宫湦显得十分惊讶，这才将秦夫人与嬴德上下打量了一番，发现他们二人竟然也是一身缟素，“如此大事，为何不向寡人上奏？”

秦夫人与嬴德面面相觑，不知周王这一脸震惊的表情几分是真，几分是假。秦夫人开口说道：“本打算上奏，可是郑夫人如今离世，此事不敢再来叨扰大王！此事是臣妾不好，请大王降罪！”她说罢就“咚”的一声跪在了地上。

“这话怎讲？”周王宫湦伸手去扶秦夫人，不解地问道。

秦夫人哽咽地说道：“臣妾以为郑夫人早已小产，不知她临盆在即。秦伯遇刺，臣妾救人心切，将所有医官召之家中为秦伯看病，却不想……”她越说便哭得越伤心，“臣妾并非要害妹妹性命，还请大王降罪，让臣妾心中好过一些！”

“唉……”周王宫湦转向郑夫人牌位，“如此说来，倒是寡人害了夫人……若非寡人说夫人小产，你也就不会大意了！”

秦夫人赶紧摇头：“臣妾不是这个意思！”

周王宫湦伸手示意秦夫人不必再说，沉痛地坐了下来，将头深埋在双臂之间。嬴德皱眉瞪了一眼秦夫人，今日前来是推卸责任的，可没叫她将责任推到周王头上，秦夫人也懊恼地跺了跺脚，不知该如何下台。

“大王，”嬴德只得狠了狠心，“如今舍妹酿成如此大错，微臣愿领军赴齐，以弥补舍妹之过，若能得胜还朝，必振我大周声威！”

周王宫湦的手捂住自己的脸，声音沉闷：“罢了，秦伯过世，你们兄妹二人心中必定不好受，我若再勉强你去齐国，天下人又要说寡人失德。你带秦伯回国，安顿后事吧。公子嬴开年少，如今秦伯之位落在他身上，只怕西戎闻讯会大肆进攻秦地，莫叫寡人失了齐国又乱了西秦。”

“微臣领命！”这话正遂了嬴德的愿，可他心中还是有些担忧，天下诸侯皆力薄，如今齐、郑皆已失手，周王还能差遣何人相助？嬴德免不了问一句：“却不知东夷那边……”

周王打断了嬴德，生硬地说道：“东夷一事如今我自有安排！”

嬴德闻此只好作罢，不再多言，只是谢恩。秦夫人也松了口气：“如今秦伯一事处理得七七八八，只等改日启程回国。郑夫人一事若需要帮忙，大王尽管吩咐便是。”

“此事褒姒接手，你若要帮忙，找她就是了。”周王宫湦这话叫秦夫人面上一惊：“此事不是一向由申后做主吗？”

“寡人要知道是何人谋害了夫人性命，”周王宫湦的眼神阴沉，望向远处，“申后妇人之仁，此必会查无结果，不了了之！”

秦夫人心中一惊，料定郑夫人之死和褒姒绝对脱不了干系，而如今周王却叫她来查此事，也不知是有心偏袒还是另有目的，再或者是褒姒媚术太深，迷了周王心窍！秦夫人心中愤懑，又无从发作。眼下周王宫湦一副要将凶手千刀万剐的模样，褒姒又大权在握，只怕下一个步桑珠、郑夫人后尘的，就得是她了。想到这里，秦夫人只觉得遍体生寒，却还是硬挤出了个低眉顺目的表情来：“大王记挂郑夫人走得不明不白，可曾想到家兄也是如此？那刺客至今还没有任何线索，难道此事就不再提了吗？”

“寡人不也才听说此事吗？此事叫虢石父去查！”周王斟酌了半天只扔下了这句话，“寡人最近心烦意乱，外出狩猎，一回来，宫中大乱，夫人总得给寡人个时间理个头绪！如今前来华辰殿拜谒之人繁多，不宜逗留太久，夫人还是先回吧！”

秦夫人作了揖，与嬴德一并退出了华辰殿。二人前脚出门，嬴德就一拳捶在了柱子上：“浑蛋，如今在这里装傻充愣，以为我们真相信他什么都不知道吗？”

“我们信不信不重要，”秦夫人皱眉说道，“重要的是别人会信。”

“现在怎么办？”

“你先带秦兵回封地。嬴开如今势单力薄，你若是能将他赶出朝堂，他无力与你抗衡，朝中的大小大夫又未必肯相帮。眼下夺了秦伯之位才是正事，余下的总归是可以从长计议！只要西戎一日对大周虎视眈眈，大王就一日不可能奈我何！”秦夫人的语气有些孤注一掷。事实上，周王给自己留了什么后手，又是怎么安排和打算的，从来就没人能够真正看透。

秦夫人同嬴德走后，周王宫湦差秀秀去琼台殿中传个话，就说将秦伯遇刺的案子交给虢上卿去查证，叫褒姒将此事告知虢石父的同时自己也关注着案子的进展。褒姒闻罢秀秀的转述，若有所思地点点头："我知道了，你去回话吧！"

秀秀转过身走了两步又折了回来："夫人灵堂设了数日，娘娘不来敬一炷香吗？如今王子还小，娘娘若不能来，也该有个说法。如今后宫女人都来过了，只差娘娘了。"

褒姒无法解释，这隐情实在难以启齿。

秀秀似乎能理解个中曲直，没再咄咄相逼："眼下大家都在看着娘娘了，娘娘若不作为只怕不合适。"

"头七那日我去上香。"褒姒思前想后，挑了这个时间。

秀秀应声离开，褒姒转向廿七吩咐道："宣虢上卿来琼台殿！"

秦伯与郑夫人两条人命的确是同一个人所为，只是这同一个人又绝不能是凶手。褒姒忽然明白了周王为何将自己推上这个位置，其他人若被逼急，误打误撞找到事情的真相，那个时候可就难以收场了，唯有叫她先下手为强。

虢石父上殿参见褒姒，行礼拜谒，垂立一旁："不知娘娘宣下官前来所为何事？"

"往后这殿上若是无人，虢上卿这番礼数能免则免了吧。"褒姒起身走到了虢石父面前，"若没有您，只怕褒姒也没有如今这地位，褒姒该感谢虢上卿才是！"她面上洋溢的媚态，倒真像个妖妃。

"娘娘客气了，下官职责所在。"虢石父心中暗喜。

"上卿不必拘礼，我宣你来，也是有事吩咐。秦伯遇刺一案，大王差你去调查个中缘由，无论如何，要让秦伯入土为安。"

"秦伯遇刺一案？"虢石父吃了一惊。

"有什么问题吗？"

"请恕下官直言，秦伯武功盖世，刺客却能出入秦府取秦伯性命，放眼天下……"虢石父说着为难地皱了皱眉，褒姒却摆摆手："此事大王让你去查，他只要个结果，至于过程，大王不会过问！"

虢石父回过味来，微微颔首："下官明白了，娘娘请放心，微臣定不负大王所托。娘娘若是没有别的吩咐，下官这就去调查此事！"

褒姒挥了挥手，示意他可以离开了，见虢石父渐渐远去的身影，又转向一旁吩咐廿七："将我今日会见虢石父，企图诬陷嬴德与秦夫人一事传出去，知道的人越多越好！"

廿七理解不了褒姒这话的目的："这么做是为何？"

"做贼的人，心是虚的！"

"娘娘的意思是秦伯之死果真是秦夫人下的狠手？"廿七觉得此事难以置信。

"此事叫来太宰宫的医官一问便知。"

"若真的如此，娘娘又何必让秦夫人知道您怀疑她呢。不如启禀大王，参秦夫人一本！弑兄之罪不小，更何况那人还是秦伯！"

"秦夫人现在还不能得罪，毕竟嬴德手握重兵，与西戎在秦地相持。当日申后为大王造势，说秦伯拒绝出兵，置国家存亡于不顾，如今秦伯薨，倒是给了嬴德拒不出兵的理由。大王给全了秦国颜面，秦国不敢妄动，否则民情激愤、口诛笔伐，嬴德也未必招架得住！可眼下若动了秦夫人，拂了嬴德面子，他撕破脸，于你我而言绝无好处！"

"秦伯薨，哪里轮得到嬴德做主？不是还有嬴开吗？"

褒姒面露难色，拍了拍廿七的肩不再多言，反倒是给廿七解释了秦夫人一事："如今将此事传出去，就是给秦夫人提个醒，找替死鬼一定要快，不然若是虢石父查得快了，将她拉下水，到时候就谁都下不来台了。"

廿七恍然大悟地点了点头，人人都以为褒姒恨不得将秦夫人置于死地，可如今案子到了她手里，她却反给了秦夫人一条活路。廿七无不伤感地叹了口气，愁云满面："廿七看不透人与人之间的关系，只怕是以后做错了事，还要连累娘娘和大王……"

"不碍事的，"褒姒的语气有所缓和，不再那么一本正经了，"不做就不会错。"

廿七悻悻地咕哝道："我也是想帮娘娘分担嘛。"

"你夫君可是个聪慧的人，你啊……"褒姒指了指廿七的额头，"相夫教子就是了。"

"娘娘……"廿七跺了跺脚，满面绯红。

第十七章

褪下白装易红服，洞房花烛情断肠

不足七日，郑伯友就快马加鞭一路赶到了镐京，赵叔带差人来琼台殿询问该如何安排。郑伯友实在是没想到如此之短的时间内郑家竟然连续发生了两桩不幸。入了镐京城，才知公子启之兵败战死，对群臣弹劾也是略有所闻，心中对眼下形势感到蹊跷，便急于入宫弄个明白。

褒姒思量一番，向前来传话的人答道："宣郑伯来琼台殿。"

"是。"这人回了话，便急急赶回太宰宫回赵叔带。

褒姒又转而看着廿七吩咐："你走一趟华辰殿，告诉大王郑伯到了，看有没有什么需要特别吩咐的事情。"

"是！"廿七提起裙子就朝着华辰殿飞奔。看着她的背影，褒姒摇了摇头："莽莽撞撞，还是像个孩子一样！"她话虽这么说，眼中却满是羡慕。

郑伯友很快便到了，他身上那件白色的袍子泛着淡淡的青，头发梳理得十分整齐，脸色不算好看，昼夜奔波让他看起来疲惫憔悴："参见娘娘！"

褒姒向郑伯友微微致意："郑伯节哀。"

"多谢娘娘关心。"

"如今天下形势，郑伯可知晓？"

"赵上卿言之一二，略知原委。"

"公子启之一事实在是可惜了，大王当日调用他时也未曾想到如今的马革裹尸之命。”

“启之为人，一向毫无章法。”郑伯友强自镇定地说些场面上的话来搪塞。他和褒姒有君臣之别，纵然一颗心满是真情，也无法捧着它示人。

褒姒叹了口气，面有难色。

“娘娘有话不妨直说！”

褒姒欲言又止，摇了摇头：“先去看看念儿吧！”

走廊中昏黄的光线，叫郑伯友蓦地想起了那日褒姒在这大殿之中，倚在他的胸前、握着他的手，将那把匕首插入了自己的肩头，鲜血潺潺的画面。时光仿佛倒流，又回到了那个昏黄的傍晚，他看着她的背影有些出神。褒姒走在前面，郑伯友紧随其后，寝宫中念儿正在熟睡，褒姒为念儿掖了掖被子：“他的眉眼长得很像郑夫人。”

“她走的时候，你在她身边？”郑伯友也低头看着念儿的眉眼，稚嫩的模样叫人心疼。

“阴差阳错的，就和你们郑国结下了种种缘分。”

这话叫郑伯友的心怦然一动，伫立良久，看着念儿的眉眼轻声说：“但愿不要像她那般任性。”

“郑夫人不是任性，她很聪明，也很勇敢。”褒姒说着走到窗前，推开了窗子。华辰殿上廿七正向周王宫涅禀报郑伯友前来的事情，周王与褒姒的目光相撞，他微微颔首。

“她怕吗？”郑伯友在褒姒的背后问道。

“怕什么？”褒姒竟被问得有些紧张，总有种做贼心虚之感。

郑伯友揣测郑夫人的死另有隐情，对褒姒难免是有几分怀疑，她既有动机又有机会。一个人面对另一个要置自己于死地的人，总会感到害怕的，这心思在郑伯友的脑中一闪而过，没有再说下去。他知道即便是褒姒这么做了，也解的是郑国之围、周王之围。他继而岔开了话题：“大王给念儿起名字了吗？”

“伯服。只是和我说了一声，还没宣此事，就先叫他念儿。”

“伯服？”郑伯友将这名字在口中重复了一遍，心中掠过一丝惊恐，“这意思可是要取宜臼而代之？”

“不过是个名字而已，郑伯多虑了。过了明日，郑夫人就要下葬了，郑伯琐事繁多，怕是没时间再看看念儿了，所以今日带你前来。”话说到这里，褒姒就不再绕弯子了，“你与廿七的婚事也等不到三年后了。”

郑伯友的手猛地一握，眉心也纠缠在一起，此事若是拖到三年后，结果是什么样的，谁也无法准确地预料。即便是带着廿七走，三年后若是廿七有了意中人，他也可以成全她。可是若当机立断，那只有一种结局。“你一向心疼廿七，将她这么草率地嫁给我，舍得吗？”他生怕褒姒误会，又加了句：“我有妻室，有子嗣，待廿七也许不及你对她的万分之一。如此，还是要将她嫁入郑国？”

“舍得舍不得，又能如何？”褒姒声音有些发紧，“入了宫，还由得了自己吗？”

“就为了大王？”

“嫁廿七也是为了保全郑伯，如今郑家琐事太多，总得有件事冲冲喜。”

“我母亲刚刚过世，弟弟战死沙场，郑夫人又在宫里难产而死，你却叫我冲喜？”郑伯友问道，声音大了些，将睡梦中的念儿吵醒了，“哇”的一声哭了出来，像是梦见了伤心事，哭得极为动情。

褒姒到床边弯下腰抱起孩子，一面轻轻拍打着怀中的婴儿，一面看着嗔怒的郑伯友说道：“你吓到孩子了。”她发出柔软香甜的呢喃声哄着念儿重新入睡。到了褒姒怀中的念儿就像是找到了自己的家，小脸凑着褒姒的胸口，贴着她的肌肤汲取着她的温度，紧紧地捏住自己的小手，又沉沉地闭上眼，发出均匀的呼吸。她这才继续说道：“郑伯不必与我争执，我告诉你这些，不是商量，这是大王的旨意！廿七三日之后必须嫁，婚后随你回郑国。日后，你若有负廿七，我绝不饶你。”

这话叫郑伯友心头一痛，很长时间才扔下一句：“你太自私了！”转身离开寝宫。褒姒看着郑伯友的背影若有所思，又看了看熟睡中的念儿，将他放在了木床上，紧随其后走了出去。

廿七已经从华辰殿回来在殿上候着，见郑伯友同褒姒出来，上前拜谒：“娘娘，郑伯。”

“大王怎么说？”褒姒问道。

“要郑伯去为郑夫人守完头七。”廿七不敢看郑伯友，只能紧紧地盯着褒姒陈述。

“我知道了！”郑伯友的口气十分不满，有些暴躁地出了大殿。这怒意显而易见，叫廿七不解地问道：“郑伯怎么了？”

“母亲过世，弟弟战死，又要为侄女守灵，心情大概好不起来吧？”褒姒拍了拍廿七的肩，“有时间就去宽慰几句，他需要个人在身边。”

廿七没有答话，只是点了点头，她很清楚他需要的那个人绝不是她，可他需要的那个人却只能佯装不知他的心思，还要将别的女人亲手交给他。

郑伯友守夜，周王宫涅便得了空去太宰宫安排丧事和往后的事情。丧礼一完还有一件大事在等着他，此时也只有赵叔带一人知晓而已：“大王还不打算告诉褒娘娘吗？”

“让她和其他人一起知道吧。”

“只怕是不妥。”

“她心头的事情太多，少一样算一样吧！我没封她，她算不得是后宫女人，我若活着回来，必定给她一个交代，可若是没有……”周王宫涅顿了顿，面色凝重地交代赵叔带，“务必送她出宫。”

“她若不肯呢？”

“打晕了再送，若是宜臼继位，她只有死路一条。”

“送她离开，她必定生不如死。”

周王摇了摇头：“你太小看她了，她是个求生的人，不会求死的！”

“是大王太小看娘娘对你的情意了，若非情之所至，又岂会为大王拿起屠刀、遭人唾骂也心甘情愿？”周王对褒姒的看法叫赵叔带有些愤愤不平，情绪有些激动地反驳。而这番话却只是叫周王宫涅平静地笑了：“如今有了伯服，她就不会想着死了。待到将伯服抚养成人，他为人夫、为人父的时候，她就不会再记着寡人了。”

“大王此行必定会得胜还朝！”赵叔带惊觉这对话的不妥，“太史伯占卜此战大吉，大王大可放心出征，不必为些不会发生的事情费神！”

公子启之的出师不利，叫周王深知单凭一己之力来攻克大周多年的宿敌是有些好大喜功，可既然事已至此，不能半途而废，不如一鼓作气解决多年积患。秦伯居功自傲，叫周王另谋出路，在华辰殿闭门不出之时，就已经差遣了楚军奔赴齐国救援，楚国国大，兵却不强，加上齐伯不愿克敌，此事叫周王不得不动用大周的军队。

周王培养了五千人的精锐之师，训练有素，十年磨一剑。这一战，他决定亲自出征，收复失地，同时以彻查公子启之一死为由，捏住齐伯把柄，叫他不敢再轻举妄动，以这一役永除东面祸患。如今周王再次通读公子启之发回的情报，几番推敲与赵叔带重新拟定作战的方案，他打算带三千人组成二十乘从镐京出发，前往齐国与东夷交战。

这一战绝不能败，周王宫涅深知自己必须慎之又慎，至于余下的两千人是他留给褒姒和伯服的，以防宫中不测。他合上草拟的作战图，看向赵叔带问道："秦府那边情况如何了？"

"嬴德已经带着大队人马匆匆回国了。"

"倒是走得够快的，"周王宫湦冷哼一声，还以为他至少得在京中再请战二三日以表忠心，不过眼下回秦国夺郑伯之位对于嬴德来说才是迫在眉睫，"秦国的事情安顿好了吗？"

"早就差人去通知嬴开了，是留是逃，他自己决断！"赵叔带回禀道。嬴德与嬴开之争是所有人都能预料得到的，嬴开若是逃走留下一条性命，日后就是嬴德在秦伯之位上的祸患，不知何时就能要了他的命！

"十之八九是逃，嬴德心狠手辣，不会对自己侄子留情！"

"太医院有消息传出来，秦伯遇刺之后病情有所好转，忽然暴病身亡，实在是说不过去！"

"这一双弟妹，心倒是够狠的！"周王宫湦冷哼了一声，手指轻轻地敲打在桌面上。

"微臣担心若是将秦夫人与申后逼得太狠了，不知她们二人还会做出什么来！"

"怎么？担心褒姒？"

"臣只怕日后娘娘会成为众矢之的！后宫女人若是联起手来对付她，她便是有神助，也是力不从心。秦伯的案子好处理，可是郑夫人的案子若非要个说法，怕不好办！"

"此事不劳赵上卿太过忧心，"周王宫湦宽慰了两句，站起身迈步而出，向赵叔带交代了一声，"寡人去趟琼台殿！"

"是。"赵叔带只好应道。

褒姒差了廿七去一趟华辰殿。今夜只有郑伯友一人守灵，隔几日他便要被迫迎娶廿七，心中有些焦灼不安，在殿前踟蹰。廿七踮着脚走进来，没发出丁点的声响，直到近前才唤了一声："郑伯？"

郑伯友吓了一跳，转过身去才长长地舒了口气："廿七姑娘。"

"娘娘叫我来陪陪您。"廿七觉得这华辰殿中有些阴森之气，灵堂中静得可怕，到了深夜，冷风呼啸，从耳侧划过，就像是生在墓穴之中。

"替我谢谢娘娘美意，在下一人就可以了。"郑伯友婉拒廿七一番好意，转身盯着棺木中的郑夫人，她面色苍白，容颜越发模糊不清。他早已叫秀秀去睡了，此刻想一人在这儿安静地思考连日来发生的事情。

"若来的是娘娘，郑伯还要送客吗？"

"你多虑了。"

"我曾问娘娘，明知郑伯心思不在廿七身上，却又为何非要我嫁给你。"廿七在案头插了炷香，转过身看着郑伯友说道。

"她怎么说？"

"娘娘说，郑伯会同她一样护我一世周全。"廿七轻声地笑了笑，像是种自嘲，"'周全'二字说来简单，做起来却太难了。郑夫人深得大王宠爱，难产而死，如今还被怀疑是被人谋害；娘娘那日自山谷回来便有了身孕，却为帮郑夫人寻找医官一事奔波而小产，娘娘以后都不能……"她没说下去，兀自地笑了笑，豆大的泪珠从面颊滚落，砸在了地板上。她啜泣两声，又擦掉了面颊的泪水，故作坚强地说下去："'周全'二字便是你有心也是无力，后宫的女人一进了这宫就身不由己了。郑伯宽厚温润，你不会理解娘娘的惶恐，也就不能体谅她的言行，你怪娘娘逼死桑珠，可你哪里知道，桑珠一心想置娘娘于死地！"

"'周全'二字，郑某定当尽力而为。"郑伯友一直以为廿七只是个孩子，从没想过她看得比他更透彻，也为褒姒的颠沛流离感到一阵阵心痛。

"如今我若嫁入郑家，他日娘娘遇险，郑伯若要发兵救她不就有个理由了！所以廿七想嫁给郑伯，因为廿七知道，娘娘有事，大王也许会冷眼旁观，可你不会！"

郑伯友的呼吸在夜色中颤抖，心头有股滚烫的热浪流过，一时之间竟然接不上话茬。

廿七走到了郑夫人灵牌前参拜："夫人走的时候我虽然不在身边，可是夫人死后却是我同秀秀一起照顾的，她走得很安详。娘娘说，郑夫人才是这宫里最聪明的女人。"

郑伯友双手撑住了棺木的边缘，低着头痛苦地说道："是我没用……若不是因为我，她也就不必……"

廿七打断了郑伯友喃喃的自责："郑伯仁义，这才是郑国百姓最大的福分。廿七常想，若娘娘没入宫，有朝一日与郑伯萍水相逢，事情会不会有所变化？"

"她嫁为人妻，我为人夫，不过是擦肩而过。是我太小看大王了！"郑伯友闭上眼长叹道，如今总算是明白秦伯之死、郑夫人之死的真相。若再推演，当日太宰宫亚卿忽然暴毙只怕也是因为事事都掌控在周王宫湦之手。

这么想来，郑伯友也猜测启之绝没有那么容易就战死杀场，也许这是周王的另一盘棋。

周王宫湦趁夜去了琼台殿，褒姒正趴在念儿的小床边上看着他，似乎陷入了沉思当中，直到周王靠近，拍了拍她的肩头，她才猛地回过神来："大王？"

周王将下巴抵在褒姒的肩上看着念儿："长得一点没随我啊！"

"皱着眉头的样子像您，平日里就像郑夫人，"褒姒侧过头看着周王宫湦，"总算是个慰藉吧？"

"在想什么？"

"怕带不好别人的孩子，正想着等念儿大了要怎么教。"

"教成你这样就好。"周王吻了吻褒姒的面颊。

"不好，太累，"褒姒话一出口才惊觉自己说错了，屋里蔓延着长长的沉默，她只得自顾自地圆场，"也是，生在宫里哪有不累的道理？"

"别把他当作别人的孩子，"周王宽大而温热的手压在褒姒肩上，"把伯服交给你，寡人放心。饶是日后你如何怨我、恨我，终究不会迁怒于孩子，也就不会教出第二个宜臼了。"

听了这话，褒姒心头像是被一桶冰冷冰冷的水浇透了，她扭过头不去看周王，眼中溢出的泪水砸在了念儿的床上，一滴又一滴。她赶紧擦了擦脸，将泪水抹去了，勉强自己镇定下来："大王还要给郑夫人守夜，念儿年幼，大王不该来的。"

"我只是来看看……这就走了，你好好休息。"

"嗯……"

周王宫湦仔细地看了看褒姒的眉眼，会心地笑了。此行东去，若是能活着回来，他身边的位置、他心里的位置，他都能给她，可是现在不行，他用一颗冰冷的心，将她的柔情拒之千里，这样，他战死沙场的那天，她才不会不肯走。

周王宫湦三年末，晴空万里。

西周王陵是黑压压的人群，人们面上泛着沉痛的哀思，悼念眼前这位被慢慢挪入石穴中的故人。阳光泛着金灿灿的光晕，就像是郑夫人生前的模样——艳阳无边。褒姒正带着后宫的夫人、嫔妃、女御……向入土为安的郑夫人表示敬意，礼数繁复，整整一日才落下帷幕。

郑夫人一事如今告罄，褒姒坐在床榻边上斜倚着，出神地望着窗外的华辰殿。这桩死讯还缺个结局——一个合理的结局！

周王宫湦没圈定一位代替郑夫人的人，后宫今日的局面，令人一头雾水。

褪下白衣，郑家的葬礼才结束，廿七就要穿上喜服过门了。

出嫁前的廿七在褒姒寝宫门前徘徊踟蹰，想敲这房门，却又不敢，丧葬大典上褒姒始终没有看周王一眼，这细微的变化别人察觉不出，但廿七感觉得到。

廿七的待嫁让她觉得紧张，和郑伯友共处一夜后两人便达成了默契，坦然地面对这桩婚事——即便是它在人们不幸的预言中渐渐临近。这对廿七来说，是件值得期待的事，郑伯友是个良人，即便是他不爱她，也会倾其最大的温柔护她周全。

此刻的廿七在惶恐中想和褒姒聊一聊，却又觉得不太合适。

“怎么了？”秀秀走到廿七身边，看着她奇怪的模样问道。

廿七转向秀秀，蓦地想起什么，拉着秀秀的衣袖：“你同我讲讲郑家的事呗。”

“你找娘娘是要说这事啊？”秀秀指着寝宫的门问道，“那干吗不敲门？你如今要远行出嫁，娘娘总要对你有所嘱托。郑家没什么事好说的，大夫人敦厚善良，世子机敏健硕。大夫人生了世子后就再无子嗣了，才一直张罗着要为郑伯纳妾，开枝散叶。你嫁过去，她不会刁难你的，喜欢还来不及呢！”

廿七拉了一把秀秀，将她带离了寝宫门口：“你就不能小声些？”

“又不是见不得人的话！”秀秀不解地皱眉。葬礼结束后她就搬来了琼台殿，从今往后出入褒姒的左右。这事郑夫人生前也交代过，仿佛对自己的死早有预料。

“难道你看不出娘娘和大王吵架了？如今娘娘因为大王不开心，我却拿婚事去烦她，分明是戳她痛处嘛！”

“吵架了？在葬礼上不还好端端的吗？”

“好什么？娘娘和大王之间若没有嫌隙，就不会处处回避大王的眼神了。你刚来琼台殿，很多事你不懂，娘娘生性如此，便是不高兴也不会同人说的。她不说，可你得去问，便是问不出来，也要叫她知道，你在关心她。”

秀秀撇了撇嘴：“娘娘总是一个表情，谁揣测得透？”

廿七忽然觉得委屈，她跟从褒姒多年，对褒姒的一言一行都很清楚，但秀秀不同，她是被拉来硬塞给褒姒的，而以褒姒的性子一定会诸多迁就。廿七忽然拉着秀秀的手：“不如我们去求大王，你替我嫁，让我留在琼台殿？”

“你别折腾了，大王一怒之下，兴许就让咱俩去陪葬了。”秀秀摆了摆手，“行了……娘娘我会注意的，你去准备吧！能有机会嫁给诸侯是很难得的事情，别总在这儿晃悠了，叫别人看着心烦。”秀秀说罢哼唧一声折回褒姒的寝宫门前，轻轻地敲了敲，里面传出了褒姒的声音：“进！”

“娘娘？”

“来了？”

“刚从华辰殿搬来，不知娘娘有何吩咐？”

“早些休息吧，廿七的婚事在即，这几日怕是得不了闲。”褒姒示意秀秀可以下去了。秀秀却循着褒姒的眼神看出去，竟然是华辰殿的正殿，惊道：“原来琼台殿的寝宫正对着华辰殿的正殿。”

“这样，就算是在这里，他也可以看见她。”褒姒伸出手指了指对面的正殿。

“反过来说，大王即使在华辰殿，也看得见娘娘。”

褒姒看向秀秀：“廿七又和你胡说了吧？”

“娘娘与廿七倒当真是心意相通。”

“廿七口无遮拦，你别上心，你按照以往的方式行事就好。”

“廿七给我准备了一张每日例行的竹简，”秀秀将两臂伸到最头还在使劲儿地朝外够着，她在给褒姒比画，“有这么长。”

“这个廿七！”

“廿七放不下心，每日膳食要找哪些膳夫，准备什么口味，和膳夫聊哪些话题，回来之后又要吩咐谁干些什么，定期不定期地和哪些士大夫套话，都在里面写着了。廿七这份心啊，后宫里当真是无人能及。”

“把她嫁给郑伯我也舍不得。”若非形势所迫，褒姒绝对不会动这个心思，可如今事已至此，只能求上天怜悯了。

“当年送郑夫人入宫，老夫人也舍不得，眼泪汪汪地嘱咐大王一定要照顾好夫人。”秀秀的神情忽然低落了下去，“娘娘也该知道大王名声在外，听说要入宫，人人都闻之变色。夫人出嫁那天十里红妆，惹得郑家其他人都羡慕，可郑夫人在轿子上却偷偷抹眼泪，这事只有我一个人知道。”

“郑夫人不想嫁？”

“当然不想了！娘娘若非迫不得已，也不愿入宫吧？”

褒姒没有回答，只问了句：“然后呢？”

“后来入了宫，大王对郑夫人宠爱得深，只要夫人要，只要大王有，他从不吝啬。从此，夫人荣宠加身，后宫人人羡慕。可郑夫人也惶恐，她发现她竟然爱上了这个令人捉摸不透的大王，夫人的任性和恣意妄为无非是要证明大王是真的爱她而已，夫人说，若有一天大王不愿再忍受，那一天她对这深宫也就无所眷恋了。”

“她生得令人羡慕，如今死后得了大王的一人心，从此无人能替代。”

秀秀眨着眼，几乎要哭出来了：“我是来安慰娘娘的，怎么反倒成了娘娘安慰我？”

“一个人安慰另一个人，从来都不能拿更糟的事情作比。”

“那要怎么说？”

“这世上，唯有真相，最动人、最动情。”褒姒的表情平淡，却泛着一种欣慰，她总能这么一直等下去，等到他来。

寝宫的门被慢慢推开，虽然小心翼翼还是发出了“吱呀”的声音，褒姒和秀秀的对话也戛然而止，转而看向门外。能够不做任何请示进来的，若非是急得发慌的廿七，就只有周王一人。

秀秀心中掠过一分惊讶，立刻转过身去，对周王行礼：“大王。”

周王宫涅抬了抬手，示意礼数可免。

“奴婢告退。”秀秀看着周王宫涅说道，然后又向褒姒请辞，得到应允后从寝宫中退下。周王宫涅满面疲态，一身酒气，脸颊泛着红意，眼瞳深邃而迷离，他几乎站立不住朝褒姒跌跌撞撞地走来。褒姒立刻伸手扶住摇摇欲坠的周王宫涅，白天的葬礼之后还有一场宴请百官的宴席，她看着他问道：“散场了？”

“结束了。”周王宫涅一把将褒姒抱住，深深地拥在怀中。她在他的怀中扭动了两下，企图推开他的怀抱，周王宫涅却发出了憨憨的笑声，将她抱得更紧了。“为什么和我生气？”

褒姒咽了口唾沫没有说话，周王宫涅喝醉了，已经有了明显的醉意，这很罕见，大概是想起郑夫人的离世，心中悲愤难当，借酒浇愁吧！

“因为寡人前一晚说的那些话吗？”周王宫涅亲昵地问道，他感觉到褒姒已经停止了挣扎，他低下头去看着她，用手抬起了她的下巴，“寡人只是吓唬你的！”

“大王，你醉了，就寝吧？”褒姒的眼神飘忽闪烁，有意避开周王。

“是喝多了，但还清醒！寡人还记得，你说过你要寡人身边的位置，要寡人心里的位置。”

“褒姒一时戏言，大王不必当真！”

“寡人说不给你，可你怎知寡人说的不是戏言？”酒精似乎已经褫夺了周王的理智，他可能根本不知道自己在做什么，也可能知道不应该这么做，可趁着酒劲儿，任凭这情绪肆无忌惮地发泄。他紧盯着褒姒，口吻中夹杂着怒意：“寡人逞口舌之快，你却比寡人心狠多了，简直就是言出必践！寡人要你，你拒寡人于千里之外；寡人帮你，你不让；寡人封你，你也不要！寡人不知道你身受重伤，出手扇了你，你以为寡人就好过了吗？在你的床榻之前不眠不休地照顾，自寡人有生以来除了太后，就从未这么对待过任何一位女子！你呢，拒绝寡人却不是因为生气，只是不想同寡人有任何牵扯，你情愿一个人老死宫中，也不想让寡人碰你，这份心，无人能及！”

褒姒被控诉得有些发蒙，周王宫湦在感情上绝对是个极为内敛的人，他会用放荡来掩饰自己的真情，更不会承认自己爱上了一个人。褒姒的眼泪再次掉落，和上一次的心情却完全不同：“臣妾只是不想用一颗真心换一声冷笑。”

“谁敢笑你？”周王宫湦捧住褒姒的脸，自己的额头抵住了她的额头，“你那么厉害，谁敢笑你？你不是爱寡人，你是爱下棋，你不相信寡人能一直赢下去，所以你要看着寡人输！然后证明你才是那个能赢到最后的人，是不是？没人逼你进宫，你进宫是因为你清楚，在这里，你能得到你想要的：天下这盘棋和自由这件事！”

褒姒的表情十分惊恐，不可思议地看着周王宫湦：“什么意思？”

周王宫湦推开了褒姒，颓然地坐在了床榻上：“你献计给洪德要他送你入宫，如此一来全天下的人都以为你是为了救褒珦才被洪德逼入宫中，褒珦纵然迁怒于你，却也绝不会让洪德与他母亲好过，这招玉石俱焚确实漂亮！”

“还有什么？”

“你明明知道你父亲不喜欢秦世子，却向主母暗示你想嫁给他，她又急于让你离开褒家，便帮着你，如此就是和你父亲交恶；你刚入宫，对寡人顺从，让寡人将你推上风口浪尖，让群臣诟病，因为你知道，这么做寡人就会心生怜惜，对你另眼相看；你以要做寡人心上人为借口，将寡人拒之门外，可你清楚，越是得不到，男人才越是惦记；你对郑夫人好是因为你知道寡人对郑夫人的感情；你救宜臼也是因为你知道，如果宜臼出事，寡人必定会对申后怀有愧疚之情……”周王宫湦仰头看着褒姒，双手撑着自己的身体，“还有什么没说的，你替寡人说了吧，寡人累了。”

“大王今晚来这里，就是为了说这些？”

“寡人很累，寡人喜欢郑夫人，除了她的身世，也因为她简单，她聪明，却从未将这聪明用来陷害别人。她的简单，叫寡人觉得舒服！”

“是，她够简单，三番五次差点要了臣妾的命。”

“可死的人是她！”周王宫湦对着褒姒吼道。

“大王只要下令让臣妾陪葬，臣妾就会去。”褒姒冷冰冰地说道，深深地吸着气企图让自己胸口的疼痛有所缓解。她觉得嗓子疼，说话的声音也有些失真，泛着奇怪的音调。

“寡人很累了！”周王宫湦站起来，“有时候，寡人也希望能永远留在那个深坑之中，不要出来。你随寡人离开王宫，就知道廿七一定会不遗余力地寻找，所以才要寡人要了你！只要不在琼台殿，你就有机会怀上孩子，你怀孕不是为了生下这个孩子，就是为了小产！这么做，寡人就会对你有一分歉疚。廿七嫁给郑伯友也是你日思夜想的，如此一来，你就有了郑国这个靠山，在后宫的女人之中就有了权势！”

褒姒的手紧紧地攥在一起，深深地吸了口气：“大王果然明察！所以大王今晚来，就是为了拆穿褒姒的面具，怕郑夫人黄泉路上太孤单，要臣妾去陪她吗？”

周王宫湦拉住了褒姒的手，将她的手抬了起来，轻轻地捏了捏：“后宫交给你打理，寡人就放心了。”他微微笑了笑，“你的这盘棋，没有寡人，也一样能下得很好，你的输也是一早就算计好的。”他跌跌撞撞地朝着门外走去，褒姒站在原地一动不动，待他走到门口，她忽然问了一句：“如果大王猜错了呢？”

周王宫湦顿在了门口。

“大王有没有想过，褒姒怎么能算得到你会宠幸我？又怎么能算得到你会利用我来保护郑夫人，将我推上风口浪尖？怎么算得到郑伯会帮我？又怎么算得到你会将廿七嫁给郑伯？怎么算得到我会大难不死，从重伤中苏醒过来？怎么算得到我们出宫就一定会跌落深坑？怎么算得到宜臼会来杀害伯服？怎么算得到我就这么容易怀孕？”褒姒看着周王宫湦一条条地罗列，她慢慢地朝他走过去，从他的背后轻轻地抱住了他，“大王，从一个结果去推论一个带着阴谋的过程，实在太容易了，大王若是要听，褒姒能一一说给你，几天几夜也说不完，就像是一个个完美无瑕的故事，衔接得严丝合缝。可是，大王有没有想过，越是没有破绽的故事，才越是破绽百出，因为没有人能顾虑得如此周全！”

周王宫湦整个身体都僵硬了起来。

“进宫的事情是我向哥哥提出来的，因为嬴德对褒国虎视眈眈，秦世子又过世了，我在褒家处处受到主母忌惮，我入宫是因为没有别的路可走。大家问我进宫的时候是否惶恐，我不回答，不是心虚，是因为我惶恐、太惶恐了，以至于我什么都不敢说也不能说，因为我是褒姒，一个什么风浪都不会惧怕的女人，是个站起身要保护一切的女人！不管大王心里怎么想，后宫嫔妃和朝中群臣如今已经这么看臣妾了。大家问我后不后悔来了这宫里，臣妾最后悔的事情是，明知大王不近人情，心系天下，却还是爱上了大王，就像扑火的飞蛾，明知前途荆棘，也执意要去。”

“大王说，倘若您日后负我，我也绝不会将怨恨迁怒于伯服，这话就是一柄锋利的匕首剜着臣妾的心。臣妾可以大度，但是大王不能要求臣妾不会痛、不会哭，没有感情。”褒姒的脸贴着周王宫湦的背，眼泪“簌簌”地向下滴落，“若非大王今日告诉褒姒你的心情，褒姒绝对不会向大王说这番话，因为臣妾害怕将一颗真心捧出来，得到的不过是一句‘活该如此’的嘲讽。”

这屋里流淌的气氛太过诡异，仿佛是周王宫湦与褒姒的促膝长谈，将自己的心捧出来、擦干净，然后拿给对方看。周王宫湦以为自己的心事能藏一辈子，想这一辈子都将褒姒捧在手心里宠着，不去弄明白她的生存之道。

他却不知道，她的生存之道就是想活得高傲一些，有自尊些。

而这，在这宫里，根本不可能！

她的高傲在他面前，被击打得支离破碎，然后不得不去承认，她太爱他了，以至于她为他承担了太多本不该她去承担的事情。她越是强悍地撑起自己的翅膀，庇佑了一方水土，她就越是永远都要如此屹立不倒，因为她所系的早已不只她一人之命。

“大王并不了解臣妾，就如同臣妾也不了解大王一样。臣妾不知大王何时会临幸，也不知道大王何时会疏远。不知宠幸是为何，疏远又是为何。和大王一样，臣妾也只能从一件件事情的结果，去推断一件件事情的原因。臣妾只有大王一个选择，大王却有后宫嫔妃诸多的选择。大王若是将臣妾打入冷宫，起码知道没了希望，反倒是心下安定。臣妾不喜欢惶恐而不知所措的生活，所以将您一次次拒之门外，臣妾不想做大王手里的利剑，却又一次次执刀杀人。如此大王对臣妾还是有诸多怀疑，臣妾已经不知道该如何是好了。”她忽然放下了紧紧抱住周王宫湦的手，转过身朝床榻走去。她关上了窗户，因为冷风瑟瑟，也因为不想再看见对面的华辰殿。

“大王要臣妾做的事，臣妾会做好的。大王要找一个简单的女子，便去吧，像郑夫人那样对大王死心塌地又无怨无悔的女人必定很多，还请大王节哀。”

周王宫湦放在门上的手，忽然放了下来，心头一种说不上的悲戚。他转过身朝着褒姒走来，拉住她的手，扶住她的腰，轻吻着她，她的唇是咸的，因为被眼泪掠过，他狠狠地吮吸着她的面颊，企图将那一切的悲伤都尽数吞下：“我若不爱你，又怎么会怀疑你？我纵然怀疑你，可还是将一切都给了你。”

“大王。”褒姒仰头看着周王宫湦，她的手搂住了他的脖颈，他轻抚她的肌肤。漫漫长夜，他们不肯舍下对方炙热的温度，似乎不知疲倦那般无休无止，最终还是在晨光中沉沉睡去。褒姒挽着周王宫湦紧实的臂膀，脸贴在他的肌肤之上，沉浸在这一夜欢爱当中。

一夜之后，人们又开始了忙碌。

赵叔带前往琼台殿拜谒周王，廿七却伸手拦住了他：“赵上卿还是晚些时候再来吧。”

“怎么？”赵叔带看向寝宫，“大王和娘娘还没起？”

“刚睡下。”

“刚刚？这一夜都在做什么？”

廿七的面色“唰”的一下红了，结结巴巴地说：“娘娘怪大王不爱她，大王就……只好证明给她看了。”她说完眉头一挑，转过身去，闭上了眼睛，为自己说出的这番话感到十分羞涩，原地跺了跺脚。

赵叔带眉头一皱，也不知谁前脚才说完要让褒姒就这么怨下去，以防日后他出事的时候她能带着伯服离开。如今这话说完，三日都没出，就迫不及待地来琼台殿临幸，还如此急于证明自己的真心。“昨夜就不该让大王来琼台殿。”

“赵上卿！难得大王如此温柔，娘娘又肯放下面子同大王说句真心话，您别总是棒打鸳鸯成吗？”

“你就……听了一宿？”

廿七再次面色通红，鼓起了腮帮，怒气冲冲：“我只是担心娘娘被大王欺负了，便听一听！总之，大人还是晚些时候再来吧。”

“那你的婚事呢？马上要出嫁，也不需要娘娘张罗吗？”

“婚事我自己操心就是了，娘娘和大王和好如初，你就不要瞎起哄了！”廿七说着将赵叔带一路推出了琼台殿，“今日能不来就别再来了！”说罢一把关上琼台殿的门，转过身去敛起了笑意：“今日谁也不准靠近寝宫，谁也不准打扰娘娘！”

“是。”几位下人各自交换了一下眼神，谁都能猜到昨夜发生了什么事。

周王与褒姒醒来已是午时过后的事情了，他觉得头疼无比，每每宿醉必定如此。他揽着褒姒，手指轻抚着她的肌肤，昨夜的事他还记得一二，但是恨不得是自己记错了，竟趁着酒意跑来这里撒酒疯。周王宫湦闭起眼睛，觉得自己从小到大都没有这么丢人过。更让人难堪的是，他刚刚才下定决心要让褒姒彻底死心，结果就表现得像个争风吃醋的少年，跑到这里来质问她是不是爱他。

周王用手按住自己的额头，恨不得将这段记忆彻底地抹去。

褒姒感觉到身边的人醒了，便睁开了眼，看着周王："大王醒了？"

周王宫湦试探地问道："昨夜，寡人喝多了？"

"喝得不少。"褒姒坐起身，靠在周王宫湦的胸前。

"寡人说了什么？"

"一句一句地质问臣妾，然后骂了臣妾。"褒姒满面委屈，含泪看着周王。

"然后呢？"

"和过去一样，逼臣妾侍寝。"

"没别的事了？"

"没了。大王若是这么恨臣妾，又这么怀疑臣妾，不妨赐臣妾一死，便可以一了百了了。"褒姒的语气带着置气的口吻，让周王信以为真："寡人昨夜只是喝多了！说了什么，做了什么，现在没有印象了。"

"酒后说的话，只怕才是真话。"

"寡人是怀疑过！但是又觉得这些事情未免太过巧合，不像是人为的安排，可能……可能是这些天事情太多，寡人觉得压力太大才会迁怒于你，你别放在心上。"周王宫湦说着捧着褒姒的脸，满面紧张的神色。驰骋一生，竟栽在了一个女人的手上，而他竟然还没察觉到自己对她的关心、紧张和喜爱……早就超出了过往对其他一切人。

褒姒的表情忽而变得温婉了起来，坐直身子，伸手帮周王按压他的头，舒缓宿醉之后的疼痛："早知会酒后失言，又何必喝那么多，也就不必让臣妾知道在大王心中，臣妾竟如此不堪。"

"昨夜寡人还说了什么？"周王宫湦猛然意识到事情绝不止这样，否则以褒姒的性子怎么可能此刻会如此温婉。褒姒在周王宫湦的耳畔说道："大王不记得就算了吧！"她的身体轻轻地蹭在他的肌肤之上，像是种灼热的撩拨，让人心中一阵阵酥痒。

"你敢欺骗寡人？"周王宫湦一把捏住了褒姒的手，翻过身将她按在床上，双手紧紧抓住她的双手，按在了头上。

"大王还说……若是不爱就不会怀疑。"褒姒看着周王宫湦的眸子十分深邃，这句话却叫他松开了抓住她的手，面上露出了深深的担忧，他没想到自己喝了酒竟然如此把持不住，整个人都有些颓然。

“大王怎么了？”

“这些话，不该让你知道的。”

“大王不让臣妾知道，是要留在以后的清明在臣妾坟上说吗？”

周王宫涅翻过身，将她揽在自己的身侧，看着房顶的房梁，怔怔地出神：“齐国与东夷一战，寡人打算领兵亲征。”

“臣妾知道。”

“你知道？”

“从你拒绝嬴德出兵之后，多少会这么猜。这世上能取秦伯性命的，非你莫属，你不借秦兵，楚国又靠不住，齐国掣肘，郑国又失了主帅，唯有大王领兵亲征了！”

“刀剑无眼，只怕寡人有命去、无命回。”

“明知道得胜还朝希望不大，大王还是坚持要去？”

“身为帝王，有些事，你不得不做。”

“那就去吧，等大王回来的时候，念儿大概就会叫爹了。”

“寡人留了两千兵马，若宫中有变，你带着伯服逃走，一定要活下去！”

褒姒看着周王宫涅的眉眼，凝重地点了点头，心中止不住的是一阵阵的怅然，恨不得时光停滞，永远留在此时此刻。然而时间的步伐不紧不慢，离别之期则越来越近了。第二日廿七大婚，她被褒姒送出了宫，坐在轿子上颠簸着朝远方去了。

褒姒站在大殿外凝视着她离开的方向，廿七掀开了轿子的帘布，探出了头，看着褒姒招了招手。褒姒微微点头，目光中满是对廿七的祝福。

郑伯友在郑府上迎亲，廿七从花轿之上跨步而下，穿着喜袍的郑伯友接住廿七递来的手，猛地一拉，将她拉到了自己身边。今日的郑府格外喜庆，人人笑靥如花，向郑伯友献上祝福。郑伯友彬彬有礼，一一向宾客还礼，笑意满面，眼中却平静如水。

这场婚事是周王亲自主持，出于对一个晚辈的祝福和帝王的恩赐，从行礼到礼成，他看着廿七的眼神宛若兄长，叮嘱郑伯友要给自己的妹妹幸福。酒宴持续到夜里，朝中同僚将新郎推入洞房，非要看着这对新人礼成。这叫郑伯友面上掠过一丝不易察觉的难堪。

周王宫涅转过身，伸了伸手，让哄闹的宾客停止了喧嚣。

郑伯友酒过三巡，面色通红，他原本就不胜酒力，若非今日这白酒中掺了不少水，怕是已经栽到床上没一点儿反应了。饶是如此，还是有些跌跌撞撞，脑中一团糨糊。

廿七静静地坐在床边，手紧捏着裙子，低着头不敢去看屋外的人。

“今儿就闹到这里，咱们先告辞吧，剩下的时间留给新人！”周王带头离开，剩下的宾客也佯装离去，门外很快静了下来，却不知周王等人又转回来，耳朵贴在屋子的墙壁之上听着里面的动静。

廿七抬头看着郑伯友，郑伯友却不敢看她，似乎还没做好接受这场婚事的准备，从未为彼此的以后做过打算。廿七站起身，走到了烛台边上吹灭了烛火，踮起脚尖，站到了郑伯友的面前：“今晚就由廿七来服侍夫君就寝吧？”她将手放在郑伯友的衣襟之上，他却忽然退了两步，用十分生涩的语调说：“不用了，你今日也累坏了，早些休息吧！”他说完要走，却被廿七拉住，踮起脚尖在他的耳边说：“今日这洞房不入，大王就始终对你心存芥蒂，你绝不能走。”

郑伯友有些发蒙：“我不想委屈你。”

“你怎么知道就是委屈？闭上眼睛，把我想象成她，就不会那么难过了。”

“廿七，”郑伯友轻声唤道，“我不能……”

廿七已经揽住了郑伯友的脖子，吻住了他的唇。她出门的时候拿了褒姒的香囊，用她惯用的香料沐浴，衣服上也散发着琼台殿里的香味。郑伯友半醉半醒，没有理智可言，只能凭着身体的本能做出判断。

当一切陷入漆黑之后，廿七与褒姒的相仿就变得让人难以分辨。她的味道勾起他的回忆，脑海中满是那天傍晚，落日余晖，琼台殿被暧昧的光晕围住，褒姒在他的面前脱下长裙，露出雪白的胴体，她拉着他的手，指引着他朝一个万劫不复的地方走去。

回忆的混乱让郑伯友将廿七当成了褒姒，脑中的道德被酒精压制，身体因癫狂而越发痴迷。猛然间，他一手搂住了廿七，肆意汲取着她的味道……

这情欲压抑了太久，如今一触即发，不可收拾。

此情此景，让门外的聆听者会心一笑。

“好了，好了！”周王宫涅压低嗓音对周围的人说，“走吧，走吧！别羡慕郑伯了，让新人好好休息吧。”

“臣等告退！”几位朝臣作揖告辞，退出了郑府。

周王宫涅乘兴而归，终于觉得自己这位王叔不再是个威胁了。

郑伯友与廿七纠缠在一处，难舍难分。氤氲与恍惚之中已分不清身下的人到底是谁，一种悸动攫取着他的心房，情到不能自已之时却忽然叫了一声“褒姒”。这声音沙哑却充斥着心底的渴望，却让廿七的眼泪应声而落，明知事情如此，还非要亲自验证，现在变成了一个无法收场的难堪。

郑伯友抱住廿七，鼻尖贴在她的脖颈之上，呢喃耳语：“我不会丢下你的。”他紧紧抱着她，沉沉地睡了。这一晚的记忆在郑伯友的脑海中残存的并不多，可在廿七的回忆中却像是烙印，挥之不去。

这经历必将伴她一生，每每想起，便痛苦难当。

回到琼台殿的周王连步子都站不稳，褒姒正斜倚在桌案前，即使天色很晚，烛火依然通明。今日，秦夫人宫中的下人尽数被带到琼台殿审问了一番。此事和廿七的出嫁就是前后脚，此刻她有些累了，闭上眼昏昏欲睡。

褒姒正在琢磨明日该从西阳宫中带谁了。这一日秦夫人去了几次东宫，可申后总是避而不见，宜臼一事已经叫她焦头烂额，秦夫人之事她更不能插手了。

褒姒总有自己的办法揪出所谓的真凶。这一点，大家都心知肚明，却无法言之与人。褒姒若说秦夫人是凶手，那她就是凶手！知道自己处境艰难，秦夫人不得不做些什么来力挽狂澜。这一日的后宫，剑拔弩张，满是紧张的气氛。到了夜里，周王从外面回来，下人拜谒的声音将褒姒从思绪中拉了回来，她朝他走去，闻到他满身的酒气道：“怎么又喝了这么多？”

“高兴！”周王宫湦“哈哈”大笑了出来。

“也不是大王的大喜之日，”褒姒将周王扶回寝宫，解下他外面的那件黑袍挂起来，又拆下了他头上发髻的束带，“大王该就寝了，今日赵上卿来过。”

“哦？王叔大喜之日，他不去喝喜酒，来这里做什么？”

“大王兵马即将远征，不是谁都像大王有这么宽的心。明日要朝议，赵上卿今日前来就是嘱咐臣妾务必提醒大王早起。郑夫人的案子这一二日也该有结论了，秦伯一事……”

“够了，够了，寡人现在不想听这些。寡人领兵亲征，一去数年，你见不到寡人，今日不妨好好侍寝？这点……”周王宫湦指着褒姒，“廿七都比你更像是个夫人，你像是太后，每天都念叨、敦促、教诲……”

“大王若早些发现，可是要将廿七娶回来做夫人？”

周王宫湦醉眼迷离，确实喝得不少，一听这话乐了出来，捏着褒姒的下巴笑眯眯地问道：“你倒还吃醋了？寡人的夫人多一个少一个，寡人哪里察觉得出来？”

“如今廿七出嫁，大王日后再想威胁臣妾，就没招了。”褒姒将周王扶到床上，安顿他躺了下来，她拿过布帕浸湿，擦拭着他的身体。

“那不是还有伯服吗？寡人让伯服做太子，你若是不从，寡人就废太子，你就不敢不从了！”周王宫湦说着痴痴地笑了出来，像极了孩子，这半年来压抑的气氛将他逼到极点，如今尘埃落定，反倒是放松了下来。

“大王喝得太多了，都说起醉话了。”

“一国之君不能小家子气，胸中若无城府，如何调遣诸侯？只能被诸侯牵着鼻子走了。这些人，只顾着自己的利益，不能放眼天下，却盯着寡人，这位置若叫他们坐一坐，他们就知道有多难了。所以……你要把伯服教好。寡人若和宜臼一般，怕是早就将王叔活剐了，那如今就是死一百个郑夫人也换不回启之一条命，诸侯一定弹劾死他。”扔下这话，他翻了个身就沉沉地睡了。

褒姒却愣在那里，半晌回不过神。

周王宫湦在宫中眼线密布，她与郑伯友说过什么、做过什么，他都知道，还因此事发过怒，将廿七嫁了过去。如此说来，那日在宫中，她在郑伯友面前褪去长裙，握着他的手刺伤她自己，周王或许也已经知道了。

更可怕的是，周王话中的意思分明就是公子启之没死，郑伯友不过是替代品。对于周王而言，他还是要将自己的棋子放在棋盘上，做一个进可攻、退可守的棋眼。郑府婚事的第二日，大周重开朝政将周王布好的这局棋搬上了台面，叫全朝士大夫出乎意料。

早朝之上，赵上卿迈步而出：“臣等有事启奏。”

周王宫湦打了一个哈欠，还觉得有些头疼，每次喝完酒第二日都头疼得紧。早晨褒姒已经调了蜂蜜水，可丝毫作用都没起，他还是有气无力地说：“赵上卿请讲。”

“楚侯前日来传回战报，楚国大军与齐郑联手，不敌东夷。如今退兵百里再作打算。”赵叔带这句话的声音越来越小，而朝中士大夫的议论声却越来越大，都在讨论东面战局，刚有所好转的战况如今又急转直下，令人心焦。

“众位有话就说，不必小声议论。”周王宫湦此话一出，朝堂中陷入沉默。

许久之后才有人站出来说道：“启禀大王，东夷军队强大，只怕是需要秦国……”

“报！”有一名悉人匆匆上殿大声吼道，跑到了前殿的台阶之下，跪在地上向周王请示。

“何事？”周王宫湦皱了皱眉头，这一段不是他事先安排的，连他自己都不知道发生了什么，只有种被人打断的不悦之感。

“启禀大王，褒娘娘差在下前来传话，杀郑夫人的凶手已经找到了！”传话之人说道。这话一出就引发了朝堂之乱，周王宫涅立刻坐直了身子，紧盯着面前的人问：“你说什么？”

“西阳宫女御章柔今晨上吊自尽了！”

“什么？”周王宫涅站起身，满面的惊惧之色，“怎……怎么会这样？”

“娘娘今日本打算盘问秦夫人房中女御，辰时有人去叫她，却发现她已经自尽，只留了封书信，说是自己买通郎中谋害郑夫人，如今不堪其扰，害怕被人揭穿，生不如死。”

“章柔与郑夫人远日无怨、近日无仇，为何下此狠手？”周王宫涅的声线战栗。章柔大小也不过是个女御，便是再受赏识也不能在郑夫人死后去做华辰殿夫人，这个结果简直令人哭笑不得。此事若追究下去，就只有一种可能了，章柔受秦夫人教唆对郑夫人痛下杀手，如今秦夫人急于杀人灭口，再回想起前一二日虢石父盘下了秦府的宅子，也昭示着这家人做贼心虚。

来人只管摇头，对此事其中的曲折一无所知：“褒娘娘差在下来请示，此事如何处置？”

周王宫涅颓然坐在椅子上，后宫争斗，何其心寒！他看向虢石父叫道：“虢上卿？”

“微臣在！”虢石父上前作揖，心中却尽是冷笑。褒姒这招确实高明，知道秦夫人不能动，就逼她断臂保命，却还是将罪名推给了她。

褒姒虽不动秦夫人，秦夫人却不好过。

“从今往后，不必再进献美人了！”周王宫涅闭目，满面疲惫，像是个看破红尘之人，对人间百态再无眷恋。这话叫虢石父却甚为惊恐，如此一来就断了他一条财路，面上有些难看，不情不愿地应了。

余下的士大夫尽数说道：“吾王英明！”众人俯首拜谒。

有人以为是郑夫人的离世，叫周王看破了红尘，可是也有清醒的人猛然间意识到从此以后后宫的局势既定，褒姒一人独宠！刚刚还在推举嬴德领兵出征的人，都沉默不语了，静候别人的高明论断。这是褒姒送周王的一份礼，叫他不必再去费神解释自己不启用嬴德的原因——虽然也许他并不会解释。

周王再问：“如今齐夷战事，你们还有什么看法？”

“启禀大王，微臣有个想法！”赵叔带站了出来低头拜谒。

“赵上卿请讲！”

“齐夷之战日久，齐、郑、楚三军合力，实力不乏。若论两军交战，只怕未必并非东夷敌手，可三军士气萎靡，又不懂两军对垒的阵法，楚军抵齐，首战告捷，便是因为士气大振！如今溃败只是一时困顿，若是能重振军威，攻下东夷，指日可待！”

“赵上卿言之有理！那么依上卿之言，寡人该如何是好？”

“领兵亲征！”赵叔带的四个字重逾千斤，前殿霎时变得鸦雀无声，士大夫纷纷低下头不看周王，生怕他怒不可遏让自己做了炮灰。

“寡人亲征，就能攻下东夷？”

“正是！”赵叔带的话让群臣侧目，觉得他简直就是信口开河，难为了周王居然会信：“如此，寡人就亲征吧！”

士大夫这一听慌了神，纷纷跪在前殿低吼：“大王请三思！”

“不思了，如今都火烧眉毛了，还思什么？”周王宫涅挥了挥手，又看了看赵叔带问道：“只是寡人这一走，朝中上下大小事务如何是好？”

“臣等愿为大王分忧！”赵叔带说道。

“如此……”周王宫涅思忖片刻，“那么朝中大小事务就由两位上卿共同打理吧！”

“臣等遵旨！”虢石父与赵叔带齐声说道。

“后宫事务由褒娘娘打理。”周王宫涅的话引发了阵阵唏嘘，各自交换着眼色。如今后宫为褒姒把持，朝政是赵叔带做主，舅甥一家，如今可算是褒家独揽大权了！赵叔带权力在握，而周王宫涅似乎受其蒙蔽，被动行事。褒姒得宠，桑珠、郑夫人与章柔之死一前一后，她的手段不可谓不凌厉。

自褒姒进宫，这一年内，血雨腥风。

可谁也不敢开口说一句不是，满朝士大夫只能眼观鼻、鼻观心。

褒姒将章柔的后事交给了秦夫人，还劝慰了秦夫人几句：“人若走错了路，只要肯悔过，就不算太晚。”

秦夫人面上敷衍着悲天悯人的表情，内心却将褒姒鞭笞了数百遍：“我实在不知章柔竟会行差踏错！”

“这案子水落石出也算是对得起郑夫人的在天之灵了……”

秦夫人面上仍带着痛苦的神色：“百年之后我是没有面目去见她了，章柔出自西阳宫，是我管教无方。”

"此事与你无关，秦夫人不要太自责！此事到此为止，余下的便是你西阳宫的事了，我不插手。"褒姒这话的言外之意很明显，郑夫人之死秦夫人难辞其咎，可她既然找到了替罪羊，此事褒姒就不再追究了，也希望秦夫人好自为之。

晚些时候，周王去了一趟西阳宫中吊唁。他将秦夫人在这里晾了这么久，如今总算是出现了。秦夫人浑身一紧，手攥在一起，深深吸了口气，企图让自己紧张的心情平复下去，故作镇定："臣妾参见大王。"

"你们都下去吧！"周王宫湦的声音低沉，吩咐着周围的下人。转瞬之间大殿上只余下他们二人，周王开口道："秦伯过世，寡人就该来看看的，知道寡人为什么现在才来吗？"

秦夫人"咚"的一声跪在了地上："臣妾知错了，绝不会再犯了！"

周王宫湦没有让秦夫人起来，只是伸手捏住了她的下巴，将她的头抬了起来看着自己："你们一个个都以为能给寡人设局，野心也太大了吧？"

"臣妾没有，臣妾只想给哥哥求个公道！"秦夫人满目含泪。

"公道？你若是求个公道，就不必急着杀人了，秦伯醒来，谁杀的他不就知道了？"

"大王，"秦夫人只觉得自己随时都要晕厥过去，惊恐得不停地颤抖，"臣妾知错了，臣妾害怕大王要臣妾给郑夫人陪葬，何况他的伤势迟迟不见好转，这么拖下去，让家兄陷入痛苦中，臣妾也于心不忍……"

"够了！对自己的兄长都能下得了手，他日可是要杀寡人？"

秦夫人使劲儿摇头，满目泪痕："臣妾绝不会背叛大王！"

"是吗？寡人就是太信你了，才会屡次被你出卖！"

"臣妾没有！"秦夫人心中盘算，事已至此干脆倒打一耙，"臣妾在大王身边这么多年，尽心尽力，从未想过专宠，也从未替兄长在朝中揽权。反观其他人，一朝得势便独揽大权，如此野心，大王却可以视而不见！"

"你们都打的什么如意算盘，以为寡人不知吗？"

"大王明察！"

"寡人就给你和嬴德一个机会，寡人如今征战齐北，却苦于没有行军用兵的经验，就叫嬴德将秦国兵书整理成册，快马加鞭送去齐国！"

"大王还请三思，出征齐国路途险阻、刀剑无眼，赵叔带只怕是用心险恶，若是他把持朝中势力、辅佐二王子同褒姒，大王就受了奸人蒙蔽啊！"

"蒙不蒙蔽用不着你费心思！寡人若战死沙场，你就亲传寡人旨意要嬴德领兵出征，收复东夷失地，寡人割城相赠。太子宜臼登基，你与申后同为太后，辅佐太子，治理我大周江山，再将赵叔带等人逐出镐京城，不得回来。”

“大王天佑，您不会战死沙场的！”

“如你所说，路途险阻、刀剑无眼。”周王宫湦捏在秦夫人下巴上的手猛然撤去了力量，“至于褒姒与王子，流放千里，不得再返镐京，这是密诏。”他从袖口拿出了一卷竹帘递给秦夫人，“不到万不得已，绝不能将密诏拿出来！”

“是！”秦夫人万分惊恐，仿佛真到了天下危难之时。

周王宫湦的运筹帷幄让秦夫人倍感欣慰，他似乎为每个人都做好了安排，听起来褒姒与伯服最为不济、流离失所。秦夫人看着周王宫湦有所顿悟，猜测周王对褒姒的宠幸只是为了寻求赵叔带一派的支持。

一如他惯常的做法。

这封密诏秦夫人不敢告诉任何人，这是一个保命的护身符，一旦周王死讯传来，褒姒若是篡权，拥立郑夫人之子登基，只怕是天下就是褒家与赵家平分了。唯有这封诏书能够逆转乾坤，这命运，秦夫人要紧紧攥在自己手中。

秦夫人不知道的是，周王宫湦看似冷酷实则是为褒姒打算，他担心嬴德狼子野心，若是起兵谋反、长驱直入，褒姒与念儿就必定性命堪忧，与其等那一日到来，不如周王壮士断臂，为一妻一子绝处求生。

待周王宫湦离开之后，秦夫人的腿已经跪得没了知觉，她想站起来却直直地跌下去，“咚”的一声坐在了大殿上，腿上刺痒难忍，眼泪“簌簌”而落，面上却痴痴地笑着，仿佛得到了此生最大的慰藉。

……

廿七大婚的第三日，郑伯友陪她回门。

褒姒与周王宫湦在琼台殿设宴为二人饯行，今日一别，就不知什么时候才能再见了。舅公也好，父亲也好，都等不到伯服满月。这孩子一出生就注定了比别人多一份凄苦与寒凉，却很懂事儿地看着天花板和大人们的来来回回，不哭不闹。

廿七与郑伯友向周王宫湦、褒姒拜谒，嫁为人妇的廿七将发髻绾起，一身素色。

“嫁了人果然不一样了，”周王转向褒姒，“一夜之间长大了不少。”

廿七温婉地低下头去笑了，两颊泛红，被周王宫湦说得满面羞赧。

褒姒看了看秀秀，秀秀立刻转身朝着后堂走去，拿出了一个锦盒，里面满是金银玉器。“如今你出嫁，我也没什么好送的，这些便做我的贺礼吧。婚……结得太仓促了，也没好好准备。郑国虽远，可只要我在一日就绝不能让你受了欺负。”

这话看似是对廿七说的，实则是给郑伯友听的，不待郑伯友答话，秀秀就插了句嘴：“娘娘放心，大夫人同郑伯一样，待人宽厚。大夫人早年就催促郑伯纳妾，如今大王赐婚，倒也了了大夫人一桩心事。”

“娶妻如此，难能可贵，郑伯倒是对夫人情深，莫要委屈了廿七才好！”

“这事儿得怪寡人，”周王宫湦说道，“若非寡人将皇叔调入镐京城，也就不会耽搁这传宗接代一事了。王叔同廿七有缘，如今排除万难成婚，也算是段佳话！日后廿七你可要为王叔开枝散叶，我镐京城与郑国毗邻，全仰仗王叔庇佑了！”

“听凭大王差遣！”

“如今伯服承褒姒照料，他又是郑夫人的孩子，得叫你一声舅公，日后他们母子若是有难，你要记住今日说的话。”

“赴汤蹈火，也必定护娘娘与王子周全。”

“说好的今日不谈朝政，怎么又说起来了？”褒姒不满地嘟哝了一声。周王听着笑了出来，揽着褒姒入怀，伸出手示意她来说，她便转向郑伯友：“郑伯。”

“是，娘娘。”郑伯友抬头回话。

“我一向视廿七为亲妹妹，如今她嫁入郑国，隔山隔水，我不放心。你要替我照顾好她，若是你有负廿七，我一定追究到底，绝不轻饶。”褒姒深谙诸侯家中主母与妾相争的门道，谁也不愿和别人分享自己的夫君，若是嫁给贫贱人家，廿七的日子还能好过些，可贵为王姬，这位大夫人不可能不忌惮。

郑伯友眼底闪过一丝失落，对褒姒的吩咐兴致缺缺地应了一声：“是，娘娘。”

“娘娘，”廿七抬起头看着褒姒，眼眶里溢满了泪水，心中满是不舍，“廿七不在，娘娘要照顾好自己。您身体不好，不要总是不以为然，便是为了大王，为了念儿，也要好好保重。”

“放心吧，”秀秀说道，“娘娘有我照顾，不会出纰漏的。”

褒姒笑着又转向周王：“廿七跟我的时候，”她用手比画在大腿的位置上，“才这么高，就是个孩子，扎个冲天的小辫，人来疯一样地在府中上蹿下跳，被主母责罚也不长记性。一转眼，她都嫁人了，也许过两年就该抱着孩子来看我了，再往后那孩子就像是当年的她……”说到这里，褒姒的声音有些哽咽，这离别就像是诀别，永远无法预知以后什么时候相见，过去十多年相依为命的主仆二人终要天各一方了。廿七的声音也有些哽咽，时间如白驹过隙，天下无不散之筵席，这情景令她不忍离别，生怕把气氛弄僵了，娇嗔地叫了声：“娘娘！我这么高的时候，您也只有这么大而已。”

“她不同，”周王宫湦面上泛着得意的笑，“就是只有那么大，也不是个孩子，也不会上蹿下跳，被主母责罚，大概是每日琴棋书画，俯首案前吧？”

“大王偏心。”廿七撇了撇嘴。

“寡人是！”周王宫湦在褒姒的额前落下了一吻，转而问秀秀：“宴席备好了吗？”

“随时可以开席了。”秀秀答道。

“走吧，给你们饯行，也算是给寡人饯行！”周王出征的日子定了下来，太史伯占卜，三天后为黄道吉日，这几日便是最后的欢愉。四人落座，满桌菜肴，一壶酒水。秀秀拿起酒壶准备倒酒，褒姒却按住了她的手腕：“换茶，大王不能喝酒。”

周王宫湦听了这话，愣了愣，扭头看着褒姒。

褒姒说道：“大王亲征，路上少喝些酒，这一路凶险难测，待大王得胜还朝，褒姒必定设宴陪大王尽兴。”

“你可说好了，陪寡人尽兴，是要不醉不归的！”

“是，臣妾在这里等大王。”

周王宫湦满面喜色，侧过头在褒姒的耳畔小声问道：“寡人醉了是什么模样？”

“话多。”褒姒轻声地回道，这声音娇俏得惹人怜爱。

周王宫湦哈哈大笑，转向郑伯友：“郑伯何时启程？”

“今日辞行之后，就准备离开。大王此去齐国，中途经过郑国，姬某先行一步，也好派人一路迎大王兵马。”

“好！待寡人入郑，再亲自去老夫人坟头一拜，寡人照顾不好启之和夫人，要向她赔罪。”周王宫湦这语气中满是落寞。

“生死有命，大王不必太过自责。”郑伯友说道。

“今日以茶代酒，为你们饯行，不要辜负寡人赐婚的美意！”

郑伯友与廿七举杯，向周王表示感谢。

“他日得胜还朝，若能途经郑国，寡人再与王叔痛饮！”

“臣等在郑国设宴，等大王还朝。”

午时过后，郑伯友一行就从镐京城的东门出发，褒姒与周王宫湦亲自送行。

站在东门外，看着马车越行越远，廿七探出头回首褒姒，目光中满是不舍，朝着褒姒不停地挥手，泪水就像是断了线的珠子不停地往下流。褒姒的眼角也泛着泪光，直到她彻底看不清这驶往远方的马车，才擦了擦眼角的泪水。

“怪寡人吗？”周王宫涅将褒姒揽在怀中。

褒姒将头靠在了周王的肩上：“聚散终有时，臣妾能与大王相知相携相守便已知足了。”

“寡人为这天下所累，不堪重负，有时候想想这天下不要也罢！”周王宫涅这番话在褒姒看来是最为情真意切的表白。她满含笑意，轻挽周王：“大王运筹帷幄，又岂会为天下所累！”

第十八章

而今褒家拥天下，为避锋芒举申后

周王宫涅四年，初春。

镐京城沐浴在一片春风暖阳当中，阳光自云层穿射而出，金灿灿地覆在雨后的薄雾上，京城的繁华在雨后焕然一新。

锦绣山河，生机勃勃。

数月前，三千兵马自镐京城出发，赴齐国与东夷交战。三千兵马列队成行、整齐划一，将士们的脚步声汇在一处，发出沉重的声响，震慑大地。人群中鸦雀无声，只有衣服的摩挲声和脚步的踢踏声。

送行的那日，满朝官员全体出动，拥着大军行至城门。

周王带兵出征东夷，举国无不震惊。国难当头，暴虐的君王身先士卒，一改往日无为之态；勒令虢石父停止搜罗各地美人，一改荒淫无耻之态；安抚秦、郑二国，免除东齐、西秦、中郑三国因战乱而无法上缴的岁贡，一改暴虐骄奢之态。

一时之间，民心所向。

全城百姓纷纷走出家门，涌上街头，送行的队伍越发壮观浩荡，训练有素的三千人后跟随着看不见尾的人群。周王宫涅坐在马上昂首挺立，拉着辔头威严肃穆地从城中穿行而过，他没有说一句话，甚至没有牵动嘴角露出一丝笑意。

庞大的队伍犹如他的头领一般，没有一个人说话，也没有一个人笑。

人人都知道，征战沙场生死难料，他们所面对的是战事无常、马革裹尸，没人能笑得出来……那一日的镐京长街，浩浩荡荡、沉寂灰暗，天地间仿佛失去了颜色，让人备感压抑……这画面秀秀给褒姒描述了数百遍，每日坐在琼台殿后的荷花池旁，褒姒总要问一遍："那日大王临行，城中是怎样的场面？"

秀秀不明白，问道："娘娘为何不亲自送行？"

褒姒低下头去不答话，她不去是因为不能承受离别之苦，也不愿周王承受同样的撕心裂肺之痛。去年冬日，自周王出发以来，月余便抵达齐国开始强攻被东夷夺下的城池，往后便无书信传回。而今周王是生是死、是胜是败，镐京城中无人知晓。

褒姒不厌其烦地听着秀秀讲那日周王率领军队出发的情形，仿佛从中便能窥见周王的眉眼。去年今日的周王宛若陷入爱河的少年，跳入这荷花池中为郑夫人采莲，如今荷塘还在，荷花已开，佳人已逝，君子远行。褒姒轻声叹了口气。

"娘娘？"秀秀将褒姒从沉湎于过去的思绪中拉了回来，"赵上卿来了。"

褒姒闻声，将视线转向了朝自己走过来的赵叔带。他行礼拜谒道："参见娘娘！"

"可是大王有信传来了？"褒姒急切地问道。赵叔带摇了摇头，面色严肃地说："嬴开逃走了！如今嬴德已经坐上了秦伯之位，叫使臣前来向大王送文书。"

对此事，褒姒虽然早有预料，可真的听到，她心中还有些难过。自己毕竟曾和嬴开的哥哥世父有过婚约，她本该念在故人的面上保全他的，可如今嬴开与嬴德二人相争，对周王来说是件好事儿，褒姒明知嬴德回国，必会对付嬴开，她仍缄默不言。

"有他的下落吗？"褒姒问道，赵叔带摇了摇头。

褒姒眉头微蹙，赵叔带宽慰道："没有消息就是好消息。大王一早就做了准备，通知嬴开秦伯过世的消息，嬴开心中自然有数，你也不必为他担心。"

"大王？"褒姒有些吃惊，"既然嬴德继承爵位做了秦伯，叫人前来递文书也是应该的，赵上卿何必急急忙忙地找我？"

"前来递帖之人你认识！"赵叔带说罢，褒姒面色一僵，半晌才从嘴里吐出了两个字："哥哥？"

"从你走后，洪德一直是嬴德府上的幕僚，直至今日才在秦国国中任职。"

"他到了？"

"正在前殿。"赵叔带做了一个请的手势请褒姒前往前殿。

当日嬴德企图以秦国的强大之师吞并褒国一尺之地，是得了家中主母的应允，二人里应外合，褒国几乎被拱手相让。那时世父刚刚过世，嬴德趁褒国国中无人前来欺辱，褒姒便同洪德相商入宫救父。洪德不敢违抗主母，私下帮褒姒打点了一切，顺利地将她送入宫中。洪德生性软弱，有谋却无勇，虽是嫡出长子，可褒珦健在，洪德就不能继承褒珦的大夫之位，主母肯帮嬴德，必是嬴德许了好处。

洪德当日虽有心偏袒，又不敢违逆主母，想必做嬴德幕僚也是从了主母之愿。洪德一向心思缜密，嬴德挑唆周王与已故秦伯嬴其的关系，十之八九也是出自洪德之谏。嬴德其人，贪财好色、好大喜功，虽有狠厉的手腕，却缺乏精明的算计，否则当日在镐京城中与周王对峙，也就不会如此被动了。

大殿之上，洪德不停地踱步，心里平静不下来，手心里也满是汗水，心跳声几乎盖过了周遭的一切声响。下人几番前来询问，他都一副恍惚的模样，正在思忖如今的褒姒该变成了什么模样。他不知她在这宫里过得是好是坏，不知对他的出现，她是否会感到高兴……

“娘娘什么时候来？”洪德在大殿上焦灼不安地问。

“如今娘娘主掌后宫，事务繁忙，赵上卿已经去请了，应该很快会来。”

洪德点点头，手心里满是汗水，忆起儿时曾躲在屋外看褒姒跳舞，见她的动作柔美而魅惑，此后再没见过一个女子及得上她。当日的相熟，让洪德对入宫后的褒姒感到陌生，再加上褒珦对此事的嗔怒，也让洪德觉得在褒姒面前抬不起头。

“哥哥久等了。”褒姒的声音将洪德从惶恐中拉回了现实，她面容苍白、身材瘦削，一如以往的模样，声音中带着些沙哑，口吻极为严肃。

洪德看着褒姒，半晌说不出一句话来。他的目光紧随褒姒，看着她苍白的容颜和凌乱的发髻，直到一旁的赵叔带唤着他的名字提醒，他才猛地回过身，行礼拜谒道：“参见娘娘！”

“哥哥不必同我客气，远道而来，路上辛苦了。”

“不过是几步路！比不了当日……”

“过去的事不必再提，如今哥哥是嬴德手下良将，我是大王宠妃，立场不同，公事便公论。于私，你是我长兄，我已差人在琼台殿设了宴，为你接风。”

“其实我……”洪德急于解释，怕褒姒误会。

褒姒闻言看着洪德，等着他说，可洪德沉默了半晌，最后只是兀自摇头：“没什么。”

“哥哥若有嬴开的消息，还请告知于我！”褒姒微微点头，示意自己明白洪德有口难言的苦衷。对她的这番吩咐，洪德立刻应道：“我已差人去找了。”

"莫要叫嬴德知道！"

"我明白。"

"赵上卿……"褒姒看向赵叔带，"秦国一事你去安排，晚些时候我再差人送哥哥出宫。"

"也好。"赵叔带和褒姒交换了一个眼神，是要她去探听秦国的现状。褒姒报以一笑，和赵叔带交换了这番心思，然后看着洪德："请哥哥移步。"

"是！"洪德应声道，随着褒姒从前殿出来。三月的春风和沐，暖意融融，洪德的心中却不是滋味，人还是故人，情却早已不是旧情了。他紧跟在褒姒身侧，急切地问："大王对你还好吗？"

"怎样算好？"

洪德苦笑两声："当日我送你走后，心中不安，本是褒家长子，却不能护你周全。这宫里不比别的地方，大王荒淫，后妃阴险，难为你了。"

"大王待我不错，妖妃当道、后宫独宠，哥哥难道没听说？"褒姒面上的笑意像针一般扎着洪德的心，她说，"你若有的选，又何至于沦落到在嬴德身边做个谋臣？"

"我并非执意要同你作对……"

"你娘的主意？"

"是父亲！"洪德这话叫褒姒感到震惊。她看着洪德，希望他能说一声"我说笑的"，可洪德没有，非但没有，还越发一本正经："你入宫后不久深得大王宠爱，却被指为妖妃。大王差人前来请父亲去朝中任职，父亲却说……"

"说褒家没有我这等歹人？"

"你知道？"

"大王告诉我了，"褒姒面上一副轻描淡写、浑不在意的样子，"我不来他也就出不去，他在牢里，或者我在宫里，总归是这一世父女缘尽，无碍的。"

"父亲若不领情，就浪费了你一片苦心！自那之后，他叫我寻求嬴德庇佑，褒国倒是暂时安全了。他恼你，无非是恼你扰了社稷，可嬴德狼子野心，我也不知道父亲在想什么。"

褒姒拍了拍洪德的胳膊，宽慰道："改日去酉阳宫中向秦夫人问安吧？"

"听凭娘娘安排。"

"明日。"褒姒说着，迈步进了琼台殿。秀秀见褒姒回来，上前拜谒："晚膳已经备好了，还请娘娘与世子移步。"

“念儿呢？”

“喂了奶，刚睡下。”

褒姒有些遗憾地转向洪德：“念儿睡下了，本想叫你看看自己外甥的。”

“你……”洪德听着这话，满面震惊，无法相信自己瘦弱不堪、面容憔悴的妹妹，竟为大王生了子嗣，“他是你同大王的……”

“不然呢？”褒姒好笑地反问道。

“恭喜……恭喜……”洪德言不由衷地喃喃重复道，觉得心头又压了一块巨石。而褒姒的面上是母亲提起孩子时的得意，笑着说了声：“谢谢！”

今日这顿饭洪德吃得魂不守舍、心不在焉，每口都觉得难以下咽。褒姒见状，放下手中碗筷：“宫里的饭菜不合哥哥胃口？”

“可能是旅途劳顿，”洪德环顾大殿上佾人们载歌载舞，捏了捏前额，“叫她们下去吧。”

褒姒挥了挥手，佾人鱼贯而出，秀秀将余下的下人带了下去，只留了褒姒与洪德二人。气氛一静，洪德便从心不在焉变得有些紧张了。

“哥哥既然来了，就多住些时日吧？”

“好！”

“秦伯会怪罪吗？”

“不会。”

“莫耽误正事才好。”褒姒温婉地说道，她的语气叩着洪德的心扉，令他蓦地有些飘飘然了。褒姒为他斟了酒水：“当日秦伯扣押大王兵马，又在祭祀前后施压，是嬴德的主意？”

“是！公子嬴开几番劝谏，秦伯都听不进去。”

“是哥哥进言嬴德去挑拨秦伯与大王的关系，叫大王对秦伯下杀手的？”褒姒的目光忽然凌厉地扫过洪德，叫他莫名心虚：“其实……嬴德已经将兵马调入褒城，褒国国小，根本不是嬴德的对手，所以父亲才叫我……”

“为何不早说？”褒姒语气颤抖。

“父亲不让我同你说。”

“担心我帮不上忙，只会添乱吗？”褒姒的声音提高了几度，有些尖锐。她硬忍着没让泪花泛出来，心中却暗涌不断，恨不得当日与嬴德对峙之时，就结果了他的性命。

“你还是不要知道了……”

"说！"褒姒一拍桌子，大声吼道。这气势吓到了洪德，他从未见过自己妹妹如此强势的一面，咽了口唾沫才缓缓开口："他说你已不是我褒家之人，我褒家的事便与你无关。"

褒姒忽然跌坐在案前苦笑，再也提不起一点力气了，眼中的光华也褪去二三，她为自己斟上酒水，一饮而尽，拿起酒壶重复着刚才的动作。嬴德压住了褒姒的手说："父亲的脾气你知道的！"

"我没事儿……时间不早了，哥哥请回吧……"褒姒扭过头冲着后堂喊道："秀秀。"

秀秀立刻前来："娘娘？"

"送世子出宫！"褒姒吩咐道。秀秀点头向洪德做了一个请的手势，洪德关切地看了眼褒姒，宽慰道："你也别太往心上去了，此事只是父亲一时之间想不开。"

"我没事儿。"褒姒仰头看着已经站起身的洪德，勉力笑着，然后给秀秀使了个眼色，秀秀再次伸出手："世子，请！"

洪德看着秀秀指了指褒姒，嘴唇张了张却又不知道说些什么。秀秀颔首，领会了他的意思："我会照顾娘娘的，时间不早了，世子留在琼台殿难免落人话柄，还是请回吧，明日早朝过后，世子再来拜谒吧。"

洪德只能点头，一步三回头地瞧着坐在桌案前呆愣着的褒姒，对她放心不下。出宫的途中，他想从秀秀口中试探褒姒的近况，可秀秀始终对他的问题避而不答，顾左右而言他。夜里回宫，褒姒仍坐在大殿上，捏着手中酒爵出神地看着远方。秀秀拢起长裙走到桌案前，叫人把酒壶收了下去。"世子一路上向我打探了不少娘娘的事情，还问起廿七，他很关心娘娘。"

"还说了什么？"

"问了些念儿的事情，问念儿出生后谁在照料，我说自有大王操心，宫里没人敢怠慢娘娘。"

"此事瞒不了太久。"褒姒不知道这话传到自己父亲的耳中又会变成什么样，大抵会觉得她是杀人夺子，日后念儿也一样会从别有用心的人口中探听昔日之事，届时他又会如何看待自己的父王和母后？

"娘娘放心，后宫里没人敢多嘴！"

褒姒站起身："随我去东宫。"

"东宫？"

"后宫大局还得申后来主持！"

周王离开之时曾将后宫的大权交给了褒姒，可如今他不在，一切都要变通。如今秦国形势危急，若褒姒再让申后感到威胁，为保太子宜臼之位，她必会同秦夫人联手，届时大周将有覆国之难。后宫的一时之争，于褒姒而言，自然没有江山的长久社稷来得重要，更何况她本来就无意同申后争。

此事褒姒说出来，秀秀却一时之间不能接受。娘娘的不争就是等死！您是不愿争还是不愿为念儿争？秀秀曾是郑夫人的贴身侍婢，如今跟着褒姒，是看在了念儿的分儿上，若褒姒不能将念儿视若如己出，秀秀也不会将褒姒当成可以竭力尽忠的主子。

"我不能生育。"褒姒轻声应道。听闻此话，秀秀面上掩不住惊讶之色问道："什么？"

"我先前小产，疏忽大意了，以后再难怀有身孕。于我而言，念儿就是唯一的孩子。就因为这样，我才不想他和宜臼去争长短。做了周王又如何？大王在位可曾有一天随心所欲？他日夜都在惶恐中算计，步步都竭尽了全部的才智来运筹。此番出征，九死一生；郑夫人离世，他心痛不已，却为了保全郑国不能去探望。所爱不能爱，所想又不能做，这就是一朝君主的命。我宁可念儿同我活在乡间田野，与世无争。若大王有的选，他或许也曾有过这期盼。"

秀秀不再言语，紧跟在褒姒身后行至东宫门外，东宫的下人将二人拦住："申后如今正在闭门思过，不见任何人，褒娘娘还是请回吧！"

"劳烦通传一声，就说褒姒求见。"褒姒口气谦卑，这让下人感到十分不安："奴婢这就为娘娘通传。"她进去不久，回来说道："申后请褒娘娘里面一叙。"

这些天，申后一直闭门谢客，多日不见，她憔悴了不少，人也瘦了，眼中的光华越发暗淡，身上的威严也消失殆尽，觅不到往日后宫之主的神采了。

褒姒上前一步，不失礼数地拜谒道："参见申后！"

"莫折煞本宫，你肯来，本宫就很高兴了。本想着宜臼懂点事儿，亲自登门道歉的，如今让你走这一趟，倒显得本宫怠慢了。"

"申后见外了。"

"大王走后后宫没有再生事端，全赖你一人处置公允，本宫自愧不如。秦伯遇刺、郑夫人难产，你都处理得没有落人话柄。三位夫人在我面前争吵多日，我却没法能令她们各退一步，大王把后宫交给你打理……"申后说到这里说不下去了，自嘲地笑笑，别过脸去，不再看着褒姒，"大王如今还好吗？"

“我也许久没有大王的消息了！”

“怎么会？”申后又回过头来，面上显露出了一丝担忧的神色。

“只盼着没消息便是好消息，愿天佑大王。后宫一事到底该申后做主，我也只是略尽绵薄之力。大王离开时曾经嘱咐我，时机成熟时就要将权力还给娘娘。”

申后有所怀疑地看了褒姒良久，分不清她这话的真假：“大王怎么可能如此交代？”

“太子一事，大王若不责罚，只怕难以服众。如今既然责罚过了，亲生骨肉、结发妻子哪儿来的深仇大恨？既然殿下与申后都吃了苦头，若是再不让事情过去，只怕又要让人觉得是大王不近人情了！”

褒姒将申后端了上去，她就不得不顺着褒姒的话下来：“如今本宫该做些什么？”

“朝谒一事废止已久，是时候重开了，否则后宫便要失了规矩！申后若不肯重整后宫秩序，只怕是殿下会更恨大王的，若让殿下与朝中士大夫们学治国之道，早些明白事理，体谅他的父王，岂不更好？”

“你觉得合适？”申后十分惊讶，不敢相信褒姒会帮她，“倘若大王回来，看见我有悖他当日离宫时的惩戒，未经他的应允便主持后宫之事，又让宜臼参与政事，他怒火中烧、责难我们母子该如何是好？”

褒姒掩着嘴，微微抿唇，像是在笑。

“怎么了？”申后不安地问道。

“大王只是要娘娘引导太子，如今太子的症结在大王身上，若能让太子先了解何为国、何为民、何为君、何为臣，难道还怕他体谅不了大王的一番苦心吗？如今娘娘闭门不出，后宫中人人窃窃私语，揣度时局，人心惶惶，长此以往，人心难复啊！”

申后犹豫良久，几番思绪交织。褒姒肯将权力交回，对申后来说是好事。尤其是如今大王没有音信回传，怕是凶多吉少，她若能掌控后宫，将宜臼放在朝中也是占了先机。思忖至此，申后说道：“真是让妹妹见笑了，本宫这就通传各房夫人，明日起在东宫晨谒。”

“申后若有需要之处，褒姒愿效犬马之劳。”

“谢谢你……”申后拉着褒姒的手，满脸感激之情。

“大王曾同我说当初娶了申后，便是要护你周全。可惜时移世易，大王成了周天子，才发现自己太天真了。当年大王要立秦夫人为后，算准了申后会找姜后求助，姜后必定不允。于秦国而言，此事便不是大王之过，是申后之过。大王既然没有对不起秦夫人，秦国也就没有理由不帮衬大王，此事申后何尝不知？不也甘之如饴地替大王背了这口黑锅吗。”

此事周王曾同申后说过，褒姒此番提及打消了她心中的怨怒，道：“他要维持他的国，我们就该帮他维护他的家。”

“我在琼台殿等您差人前来通知了。”褒姒起身作揖，向申后辞行。

申后还有诸多事情需要准备，不便留客，遂道：“改日再叙。”

褒姒拜访申后一事很快传到了各房夫人的耳朵里，不等后宫之人揣测她此行的用意，申后就差了人去各宫各殿通知明日一早的晨谒。此事令秦夫人心中不安，在酉阳宫中来回踱步，思忖褒姒去东宫到底在谋划着什么。

第二日晨谒，后宫中无人怠慢，生怕因为此事而得罪了褒姒。因久不开晨谒一事，后宫的确是疏于管理，这一日的晨谒足足到午时才渐入尾声。待褒姒回琼台殿，都快日暮西沉了，她甫一踏入大殿，就有下人来报：“刚才太宰宫的人来，说是王姬给娘娘送了封信。”

褒姒接过下人呈递的信笺，说了句“知道了”便朝寝宫走去。

秀秀没有跟上，停了下来向褒姒请示：“娘娘昨日曾应允世子洪德今日前往酉阳宫见秦夫人。”

褒姒顿了顿，因着今日的繁忙竟将昨晚答应了洪德的事情给忘了：“你去跑一趟，带他入宫，就说是我吩咐的。”

“是！还需要去太宰宫请赵上卿相谈吗？”

“晚些时候再说吧，我打算亲自去一趟。”

“是！”秀秀目送着褒姒进了寝宫才急急朝着门外奔走。

廿七的这封信写得很简单，向褒姒问安并表述自己的思念之情，也为在郑国的未来感到惶恐不安。同时也在信中提及郑伯待她十分温柔，请褒姒放心，如今她正努力理顺郑国之事，日后再向褒姒呈报。

褒姒合上布帛，叹了口气。

廿七几句话，何为真、何为假，褒姒心中有数。她知道廿七过得不好，若是幸福，廿七就会在字里行间都透露着得意忘形的样子，可这信里的语气十分沉重，压抑而低沉。褒姒阅过信笺，久不见秀秀回来，便只身前往太宰宫。赵叔带正在批阅手中奏折，见褒姒前来便合上卷轴起身拜谒：“廿七在郑国可是过得不好？”

褒姒轻叹了口气，算是默认。“大王有消息传来吗？”

赵叔带摇了摇头。

“当日出征，大王有几分把握？”

“大王未曾提及。”

“只要他能回来，是胜是败都不重要……”褒姒的情绪有些低落。

“当日临别之际，他还在回望，应该是在等你，你何不来送送他？”

“生怕离别之意，乱了他的心思。更何况，若是没能相见，便会急着回来相聚……”褒姒苦笑一声，她何尝不想去，却不敢去，“更何况，我若去了，后宫女子必定随行，一群女人围着出征将士哭哭啼啼，成何体统？”

“你这姿态倒当真高得很，叫满朝文武侧目了！”赵叔带赞叹道，“听说你如今交权给申后，又恢复了晨谒，可是有什么打算？”

“申后一事总不能晾在那里，我若不作为，他日别人参我怕是又多了条罪名！”

“话虽如此，也不尽然。要看日后谁是王后，谁是太子！”赵叔带笑了出来。周王给孩子取名为伯服，叫人浮想联翩，这个名字透出的乾坤，便是要废太子。

“话可不能乱说。”

“是是，”赵叔面带讪笑，“你打算帮申后立威？”

“也不是拿了后宫权力就能立威的！”褒姒这话中像是藏了一个不为人知的巨大野心，停顿了良久才接上自己的话茬，“还有一事请舅舅帮忙。”

“你说。”

“太子被大王勒令在东宫闭门思过，我始终觉得不妥。太子与大王的嫌隙就在于大王鲜少关心他，我想让太子参与朝政。”

“你是想借此修复同太子的关系？”

褒姒点点头。

“难！”赵叔带脱口而出，“此事太难！”

“便是知道难，才来请舅舅帮忙的。”

赵叔带看着褒姒无奈地摇头道：“你呀！别人当你是处事公允，没有私心！我只当你是爱已成痴，无怨无悔！太子的事情我考虑一下，虽然参与朝政，却不能让他插手。他若插手，日后他若做出决策，我们听还是不听？听，怕欠妥；不听，又加深矛盾……”

“全凭舅舅做主！”

“你啊，”赵叔带指着褒姒，“算计到我头上了，行了，放心吧。昨日洪德可有说些什么？”

听到赵叔带问起此事，褒姒的神情又低落了下去："嬴德将秦兵驻扎在了褒国，如今想要保全褒国怕是唯有依附秦国。哥哥对我必然会有所保留，还不知他此番入京是否还有别的目的。"

"洪德入京不外乎游说各地驻派的官员，如今楚国与大王联手，楚国国大，嬴德必会有所作为。不过秦国虽然兵强，到底是个小国，他们必会联合小国与楚国分庭抗礼。洪德是你哥哥，朝中士大夫多会看在你的面上敬他三分，这影响力不容小觑！他若出面游说，也会给人你与秦夫人联手的错觉，对秦国势力的发展是个不小的助力。"

"秦夫人几次拜谒申后，应该是想说服申后同她联手。申国的影响力远胜秦国，占据的地理优势更是令大王都不得不忌惮，若申后被说服，我大周就危险了。"褒姒心中清楚，洪德面上对自己再客气，将自己说得再不情愿，她与他之间的敌对形势早已成了定局，要么牺牲褒国，要么牺牲镐京，此事绝不会有一个万全的良策。

"大王若执意废太子，申国与秦国结盟也是迟早的事。"

"嬴德生性多疑，洪德生性软弱。我游说哥哥参与朝政，赋予他权力，嬴德必会对此起疑；利用兄妹情分，再说服哥哥……若能离间他们二人，于我大周的时局实在是再好不过了！"

赵叔带举起手阻止了褒姒继续说下去："如今褒国被秦兵所围，若他们二人失和，你就不担心会祸连褒国？"

"我在这里，嬴德要动，也得顾忌大王。"

第十九章

世间聚散终有时，情寄千里相思意

赵叔带看着褒姒，欲言又止，这表情中所蕴藏的含义他们二人都明白，可谁也没有说出来，怕触了霉头。大王万一战败，褒姒就什么筹码都没了。赵叔带话锋一转：“这么做风险太大，给洪德放权是在赌，若他顾虑褒国，对嬴德忠心不贰，只怕是……”

“那就杀了他！”褒姒敛起了面上的一切表情，口吻冰冷，犹如一桶冰水浇在赵叔带的身上，叫他木立良久回不过神来。商定了此事，褒姒便起身告辞了，回到琼台殿中，夜幕早已降临，秀秀却仍未回来。

下人前来询问用膳之事，褒姒吩咐了句“待秀秀回来再叫她”，然后转身回了自己的寝宫。她用叉杆撑起了窗户，斜倚在窗边看着窗外的荷塘，疲惫之意涌上心头，

这宫里没了大王，她扛着他的家、他的国，却不知能与谁分享，如今朝堂上，诸侯中暗涌不断，这一年注定了不太好过。

夜越发深了，窗外渐渐起了风，褒姒这才将窗户关起来。

秀秀刚从酉阳宫回来，大殿上的下人就急切地说：“娘娘正等着你回来用膳呢！”

“不是让你提醒娘娘按时用膳吗？”秀秀边说着从下人手中接过了膳盒，朝着褒姒寝宫走去，下人跟在一旁回话：“娘娘说要等你！”

“知道了。”秀秀敲了敲门，得了应允后推门而入，关切地对褒姒道：“娘娘身体不好，再不用膳怕是身体会吃不消的。”

“没那么娇气，不急这一时半刻。”

秀秀仔细打量了一番褒姒的神情，然后让下人都退下，在褒姒的对面坐下来开口问道：“娘娘好像有些不悦？”

褒姒摇了摇头。

“娘娘骗不了我，”秀秀将饭菜放在桌上，为褒姒摆好碗筷，“如今洪德入京，娘娘可是思乡心切？”

褒姒摇摇头。

“那就是思念大王，”秀秀笑了出来，“大王出发也有半年了，也不知如今在齐国战况如何？不知是赵上卿嘴太严，还是真的没有消息传回来……不如改日我去为娘娘打探打探。”

“莫给他们添乱了，”褒姒夹起一筷子饭菜塞进了嘴里，岔开了话题，“怎么这么晚？”

“洪德世子有事要和秦夫人相谈，秦夫人叫我下去，我就找了机会绕回去。如今秦伯除了将兵力调入褒国，还以大军压在周围小国施压，企图要这些小国臣服，与秦国结成盟友。世子这番入京便是说服朝中大臣，与秦伯同进同出，听说……秦伯正在游说申侯咧！秦夫人想从申后身上下手，洪德询问此事是否能成，秦夫人答说假以时日，叫申后助自己一臂之力不成问题。”

褒姒皱了皱眉，洪德入京的目的果然如同赵叔带所说。

“娘娘可得小心提防，宫里人心叵测！大王若很快回来，倒也无妨，怕只怕……”秀秀这话虽然说得艰难，可还是说了出来，“日久生变啊！”

褒姒放下了手里的碗筷，忽然站起身来。

“娘娘怎么了？”秀秀将嘴里的饭菜囫囵咽下，也跟着站了起来。

“去看看念儿。”褒姒有些担心还在襁褓之中的念儿，不知他往后的命运如何。若是没了父亲庇佑，待他再长大一些，只怕宜臼忌惮，会对这个孩子下狠手，而她一介女流又如何护念儿周全？秦夫人如此自信能和申后联手，她凭借什么？思忖着这一件件理不出头绪的事，褒姒坐在了念儿床边，轻轻地拍打着他。他也感觉到了褒姒的出现，立刻睁开了圆圆的眼睛，看着褒姒“咯咯”地笑着，伸出双手要褒姒抱。

“有件事情，不知道娘娘清不清楚？”秀秀站在一旁问道。

“说。”

“齐国与东夷交战不是第一次了，先王时两国交战，我大周一败涂地。东夷侵占齐国郡县，先王也拿东夷无可奈何。如今两军对阵，就仿佛……”秀秀说到这里停住了，后面的“历史重演”怕说出来不吉。褒姒虽曾听闻此事，却不知其中详情，如今秀秀提及，她便吩咐道：“说具体些。”

“具体的秀秀也不清楚，只知道这场战事牵连甚广，结局凄惨。当年受到这场战败牵连之人也数不胜数，先王之位得来不易，在位多年十分贤德，南征北战，屡战屡胜。这一败却大大挫了先王的锐气，叫他在后来的决策中举棋不定，最后才陷入听信有女乱后宫、天降征兆的预言当中。当时大王十分宠爱齐伯之女，却因为这场战事的牵连，这位夫人在后宫中服毒自尽。”

褒姒记得周王曾对自己说过，为了在这宫里活下来，让自己顺利登基，姜后可谓是机关算尽。此事或许也和姜后有着莫大的关系。这宫里，当真是白骨皑皑，每个女人的荣华背后，无不由别人的血泪奠基。

“齐国为何会战败？”褒姒问道。

“齐国多年来内政混乱，各方势力争夺权力，一方出征、另一方掣肘，直到今年大王登基，齐伯三迁都城，肃清朝中别派的士大夫们，以大伤元气为代价，才稳住了齐国。还有人说齐伯就是当年通敌叛国之人，领兵出征的是当时朝中颇受大臣推崇的公子，这场战败，这位公子性命不保，稳住了齐伯后来的地位。”秀秀知道的这些事都是过去从郑伯口中听来的，多少是真，多少是假，她自己并不清楚。

褒姒恍然大悟周王亲征的目的，他不只是要夺回齐国失地，将东夷逐出九州，更重要的是要彻查齐伯与东夷里应外合之事，捏住齐伯把柄。秀秀见褒姒恍惚的模样，立刻改口宽慰道：“秀秀知道说这事不吉利，只是忽然想到便说了，娘娘不必担心，先王是先王，大王是大王，大王必能得胜！”

“生死由命，我们做好自己的事就是了。”

“娘娘若是思念心切，何不将自己的相思之意写在布帛之上，寄予大王？”

“如今军驿全力传送军情，我若传递私情怕是有妨碍军务之嫌。”

秀秀知道褒姒不愿落人把柄，就又提议道：“那我们放只信鸽？”

“信鸽又不知大王身在何处，还是罢了。”

“娘娘写些寄情的话，让信鸽去飞，若到了大王手中，大王自然知道是娘娘的信函，便是落在别人手中也无碍的！娘娘千里相思，又岂知大王不是？”

“便真是如此，怕也会影响他的。”

“娘娘，情人的话是治愈恐惧最好的药，能给大王上阵对敌勇气的，唯有家中妻儿的思念。”

褒姒被秀秀说得有些心动，思忖再三开口说道：“拿笔和布帛来。”

“是！”秀秀笑了出来，转身跑回书房将笔墨布帛都拿了出来。褒姒在白色的布帛上写道：“妾于深宫，念远方……”写到这里她觉得有些不妥，便扯掉了这块，重新写道：“妾于深闺，念远方故人。”写着写着又停了笔，看着这句子也觉得不好。思前想后，来回数次，她又拿出了一张布帛，只写了首诗：

投我以木瓜，报之以琼琚，匪报也，永以为好也。
投我以木桃，报之以琼瑶，匪报也，永以为好也。
投我以木李，报之以琼玖，匪报也，永以为好也。

墨迹在白布上晕染开来，散发出淡淡的墨香，褒姒的字迹清秀，每一笔都经过了深思熟虑，看着慢慢干涸的字迹，觉得这次才算稳妥。她将布帛递给秀秀，秀秀忍不住笑了，从未见过褒姒这番举棋不定的样子。

秀秀拿着布帛去找人讨了些大王的信鸽，将信笺拴在鸽子腿上放出去。那天夜里，褒姒便做了一个梦，梦里的周王英勇无比、所向披靡，带着三千兵马，调度楚、郑、周、齐四军朝东夷进发，所到之处无不缴械投降。从睡梦中醒来，褒姒还能感觉到血液中流淌的兴奋之意，这个梦叫人安心不少，总算是个好兆头。

赵叔带与褒姒有意放权，将公子洪德引荐给朝中重臣，叫他参与早朝议政一事。褒姒几次开口请洪德留在宫中任职，洪德几番犹豫，始终没给褒姒一个明确的答复。

时间一晃，杏花凋零、桃花次第开了，三月一转眼就到了月末。秀秀从膳房听到些消息，拿了早膳回来就迫不及待地同褒姒说道：“这两日从西阳宫听了些传言。”

“什么？”

“秦夫人这一二日叫了几次世子洪德，世子都推了。”

“是吗？”

“去得越来越少了，听说秦夫人正为此事发脾气呢。”

“也好。”

“这么瞧，世子对娘娘总归是不错的。前些天又去狩猎了，还送了些鹿肉给膳房。”

“前些天吃的是鹿肉？”

“世子说他日再打些别的，叫娘娘尝尝鲜。”

褒姒轻叹了口气，含着笑意说：“他就这个爱好，随他去吧。”

“能念着娘娘，总归不会帮着外人，娘娘放心吧！”

“但愿吧……”褒姒也不想有朝一日拿起屠刀对着自己的哥哥，可她也了解自己哥哥性子的软弱，最易摇摆不定，前路难测。

廿七从郑国又送来了信，褒姒坐在寝宫中翻看着。秀秀则拿着带线的玩偶在空中荡来荡去，念儿伸手去扑，每次扑空之后就“咯咯”地笑，口水顺着小嘴流出来，眼睛弯成了一条线，扭过头来再瞧一眼，见褒姒正忙又继续扑着自己的玩偶。

那日廿七踏上马车随郑伯友一路西行，郑伯友曾撩开帘子看着这退后的景色，对这座困了他数年的城，心中满是不舍。这一走，不知何日再见。大王不在，朝岁不开，他没了入京的理由，不会知道她一个人在宫里过得好不好。

“娘娘有赵上卿照顾，郑伯请放心。”廿七看着魂不守舍的郑伯友宽慰道。虽然他们成了婚、拜了天地、有了肌肤之亲，可郑伯友却更加疏远廿七了，对她总有股疏离的客气。

郑伯友放下了帘子，有些局促地说：“我担心大王远征伐夷，艰难险阻，待抵达之时已损耗过半，两军对垒若再僵持不下，日久生变……”他看着廿七的眼眸闪烁，兀自笑了，“不该和你说这些。”

“郑伯想说什么就说吧，廿七听着，虽不能帮上什么忙，可总比憋在心中要好吧？”

郑伯友伸出手，下意识地想摸一摸廿七的头发，可手悬在空中又放了下来：“跟着我，让你受委屈了！若不是形势所迫，娘娘他日必会为你找个好人家的。”

“你就不是好人家了？”廿七轻快地反问道。

“还是委屈你了！”

“委不委屈我知道，不要你说！”廿七赌气地扭过头拉开了帘子，看着大大的镐京城变得越来越小，最后缩成一个点，才嘟着嘴放下了帘子，“不知道秀秀能不能将娘娘照顾好。”

“秀秀在郑家长大，她办事从来都很让人放心。”

廿七撇了撇嘴说：“桑珠呢？还不是陷娘娘于不义！”

"桑珠一事，是我错怪娘娘了。"

"这事儿娘娘才不会同郑伯置气，只是大王倒真是伤了娘娘的心，娘娘苏醒之后，一直不肯理大王。好在如今这都是往事了，大王如此待娘娘，娘娘以真心相赠，是天造地设的一对。"

这一路上，两人的话题时断时续，廿七闲不住那张嘴，问了很多事情。偶尔廿七也会与郑伯友说起褒姒年少的趣事，郑伯友的眸子便会泛出温柔的色调，这让廿七心生羡慕。

初到郑家，马车停在了大门外，郑伯友掀开帘子从马车上跳下来，转身将车上的廿七抱在怀中，放到地上说："到了。"

廿七面色羞赧，抬头打量着郑府。郑府上下的人都聚在府门前，早前接到信，知道郑伯友今日抵达，他们拜谒过廿七之后，众人便随着郑伯友回了府中。

"王姬就交给我吧？"大夫人同郑伯友说道，"几位大夫和上士还在前殿等老爷回来。你这些天不在，许多事拿不了主意。"她说着帮郑伯褪下了身上那件皮袄，捋了捋他衣服上的褶皱，然后看着他进屋，再看向廿七。

郑伯友离开前同大夫人也是举案齐眉，虽然不至如胶似漆，倒也是琴瑟和谐。几年来他虽常驻镐京，可逢年过节偶尔回来也总是和大夫人有鱼水之情，小别胜新婚。然而这一次，他变了，心思再也不在这位夫人身上，连碰都没碰过她一次，相处之时也越发客气疏离了，这叫大夫人知道自己的夫君心里有了别人。

廿七看着大夫人，想起大家都说她温婉贤惠，再瞧着她慈眉善目的模样，心中对她也有几分好感。

大夫人低眉顺目、语气恭敬地说了句："王姬同我来吧，已经差人安顿好了。"

"不必叫我王姬，叫我廿七就是了！"

"这怎么敢？"

"我过了门便是郑家的人，姐姐不嫌弃不妨叫一声妹妹。"廿七在后宫中见惯了女人们的尔虞我诈，这大夫人一颦一笑一开口，她都知道是冲着自己来的。没有哪个女人愿意和别人分享自己的夫君，大夫人不想，廿七也不想，她的语气不由得失了分寸，尖刻了起来，大夫人却仍是那副温婉的样子笑着说道："好，那我日后就叫妹妹了！"

廿七笑了出来，心中却很惶恐，看着越走越远的郑伯友，她想叫住他。

大夫人一面走，一面同廿七说："今年这郑家气数不好，启之战死沙场，如今连郑夫人也离开了，老爷本该守孝三年，毕竟红白二事有所冲突，有进有出不吉利。”

“大王的旨意，谁也不敢拂了。”廿七冷冷地说道。

“大王一定十分宠爱妹妹吧？”

廿七看着大夫人，停下了脚步：“我倒也不想嫁入郑府，可我若不嫁，红事冲白事，那启之将军欠下的债谁来还？大王倚重郑伯，全力保他，才让我做了这个砝码来平衡朝中的利益！”

“妹妹别动怒，我没别的意思，是下人们不懂事儿，爱嚼舌根，”大夫人这么说着，自己却没着急，这一回合下来，她对廿七有了个大致的了解，深知廿七并非郑伯友的意中人，“我是想同妹妹商量，可否为老夫人守孝三月、吃斋沐浴，也叫那些下人无话好说？”

廿七立刻就明白了大夫人同她争的不过是一晚的床笫之欢，她能忍，于是笑着向大夫人点头道：“应该的！”

廿七写信告诉褒姒她很好，其实一点都不好，她处处被大夫人盯着、防着，在这郑府中如履薄冰、战战兢兢，生怕自己说错了、做错了，叫人抓到了什么把柄。若郑伯友有情倒也罢了，偏偏郑伯友的一颗心在褒姒身上，她在这郑府上孤寂一人，无人帮衬。

几日下来，大夫人见廿七并非郑伯友的心上人，就又动了别的心思，言语中对廿七的身份诸多试探，知道郑伯友是大王王叔，大王再胡闹也不能嫁自己的妹妹过来。可从廿七口中得知她是褒姒的随身侍婢，大夫人不无惊恐。嫁入郑家多日，廿七已经弄清楚了郑府的内务基本都是由大夫人打理的，郑伯友鲜少插手，廿七仗着自己的身份在郑府中未必会有多为难，可也不会好过。郑府的女人不简单，各个都心口不一，桑珠如此，大夫人也如此，她整日都在担心秀秀是否也是如此。

夜里，郑伯友前来探望廿七，只是给她带了件厚衣服，廿七将衣服披在身上说了句：“谢谢！”

“天气寒凉，别害了风寒。”

“这些天夫人来，同我说了些话。”

“说了什么？”郑伯友上了炷香，转身朝门外走，廿七也跟在他身后出了门：“问我出自哪一房的夫人。”

“你怎么说的？”

“说的实话。”

“她只是好奇，待她过些天给你安排些人手，凡事就不必你亲自去做了。”

“安排还是安插？郑伯宽厚温润，家中之事便撒手不管，大夫人做主惯了，如今我的出现对她而言是个威胁，这郑府可比王宫里可怕多了。我在宫中尚有娘娘庇佑，她常教我谨言慎行，当日不知好歹，如今才知道娘娘顾虑得颇对。好在我若有个三长两短，你也没法向娘娘交代，郑伯自然也是要护着我的！”

“你想得太多了。”

“你太小看女人了，你可知郑夫人为何不喜欢桑珠？”

郑伯友没有答话，不知道廿七到底要说什么。他同廿七在一起总有和小辈在一起的感觉，廿七和世子掘突年纪相仿，他实在很难将廿七视作情人，这个看来天真的少女，却在自己面前喋喋不休地数落家中夫人的不是，这多少惹得郑伯友有些不悦。

“郑夫人不喜欢桑珠，是因为桑珠曾害大夫人小产，此事虽然被郑伯当是个误会化解了，您同大夫人都没有嗔怪桑珠，可也叫桑珠陪着郑夫人出嫁离开了郑家。郑伯怎么就知道，那件事情不是大夫人利用了郑夫人的心直口快呢？”

“你初到府上，凡事有所不适，我再不堪也会护你周全，这些旁的，你不要疑心太重！”

廿七皱了皱鼻子，拳微微一攥说：“不劳烦郑伯再送了，免得闲言碎语传到别人耳中，说我侍奉期间不守规矩，也是件麻烦事！”她明明是在置气，可郑伯友却当是没听出来，只嘱咐了一声：“早些休息吧！”

几日后，大夫人给廿七安排了下人，几番打听她才知道这些人平日里都是跟着大夫人的。廿七不知道自己在大夫人眼中是不是真傻，她每日离开房中，总会留意一番自己的物品。等晚上回来，总发现自己的东西都被人翻过，几次三番的，廿七都想去郑伯面前告大夫人一状。可想起郑伯友对自己的态度，她又觉得自己只不过是个郑府上的客人，心头一凉也就咽下了这口气。

三个月后，侍奉期满，大夫人差人去廿七的房中来传话，说是今晚该与郑伯同房了。大夫人有意如此，是想借廿七来试探郑伯友。见廿七进门，郑伯友坐在书案前吃了一惊：“你怎么来了？”

“大夫人念我劳苦功高，特恩赐前来与郑伯同房！”

廿七这话堵得郑伯友不知道怎么回答，只说了一句：“辛苦你了。”

“不辛苦！我只管去侍奉牌位而已，倒是辛苦大夫人了，还得日夜提防着我！”

“她没有。”

“反正在你眼中没坏人，当年你也说桑珠没有要害娘娘的心！”

郑伯友不想同廿七争辩：“我有事尚未处理，先叫人送你回去吧？”

廿七拿起桌案上的蜡烛一口气吹灭，一步步靠近郑伯友小声问道：“怎么？怕我留下，郑伯把持不住？”

郑伯友往后退了一步。

“你知道洞房那晚你和我说了什么吗？”廿七离他很近，声音就在耳畔，温热的气息拂过郑伯友的耳侧，令他觉得莫名紧张：“什么？”

“你与我洞房，叫的却是别人的名字！所以你才不敢和大夫人同房，怕控制不住自己的情绪，说了什么不该说的话吧？”

郑伯友心中酸涩，良久才说了句：“对不起！”

“你没有对不起我，你从没说过要娶我！女人有种天性，夫君的心中若是有了别人，总能觉察得出来。如今大夫人多方试探，就是想知道郑伯的心上人是谁，所以你不能赶我走，这个人是我总比是她好！”廿七一步步地将郑伯友逼到了床边，抓住他的衣襟，解开了他的衣服，“就算什么都不发生，静静地睡一宿，这戏也得做了。”

郑伯友猛地握住了廿七的手说：“那就不必宽衣了。”

廿七紧咬着牙关，连呼吸都觉得痛，好在一切都在黑暗中，郑伯友觉察不到她的变化。她的眼泪不自觉地滑落，知道这个男人终究不会爱她。这一整晚，他们二人和衣而睡，廿七醒来的时候，郑伯友已经开始处理政务了。她在屏风之后，他在书房的前厅，大夫们鱼贯而入例行公事、拜谒汇报。

冬日休耕，事务不少，有几位大夫还来报了晋国派来使臣意欲同郑国结盟。秦晋毗邻，如今秦国之变叫晋国觉得不安，便前来寻求南面郑国的联合。郑家大夫人是晋穆侯的妹妹，如今晋穆侯虽死、晋殇叔篡权，可毕竟还是大夫人的母家，晋殇叔自以为恃着这重关系，郑伯不会不结盟。

可郑伯友听后，只说了句：“郑国绝不结盟。”

朝中大夫进言道：“郑伯还请三思，此事若不结盟只怕不妥。楚国势大，秦国为了制衡楚国，便联合诸小国结盟。如今我郑国居于中央若不作为，晋国必会依附秦国，若大王再兵败北齐，我们可就有亡国之祸了！”

“郑国不会与任何诸侯结盟！”郑伯友重申了一遍自己的观点，“此事不用再议，若还有人因此进言，就不必说了！”他声音低沉，有种难言的威慑力，将坐在床榻之上的廿七吓了一跳，她不知道郑伯友还有这样的一面。

“郑伯，此事只怕你说了不算！朝中上下都认为和晋国的联盟势在必行，如今我等达成共识，特此前来知会郑伯！”此人说完转身就走，目中无人的姿态达到了极致。郑伯友待他出门之后，就将桌面上的卷轴全部推到了地上，浑身上下因为愤怒而颤抖。

他在镐京城数年，如今郑国朝政为公子启之派系把持，根本轮不到他说话。他虽为郑伯，权力却被架空，几番议政都让他觉得胸闷不已，使不上力气。

廿七从屏风后走出来，看着正在发怒的郑伯友。

郑伯友这才想起她还在，语气缓和下来说：“你先出去吧！”

“为什么会这样？”

郑伯友不想多说，当年自己离开，公子启之便将自己的人马调离了中央，周王又利用治水一事彻底调走了他的人，一方面削弱他的权力，另一方面也是为了嫁祸。如今周王嫁祸得顺理成章，郑伯原本就不多的威信再次下滑，如今回到这诸侯之位上，简直是如坐针毡。

廿七得不到回答，只得退下，她坐在屋里看着远方出神，脑中一片空白。郑府的院子很静，冬末春初，万籁俱寂。廿七趴在桌案上出神，听着往来人群的说话声、脚步声，大夫人在门外询问下人：“二夫人回来了吗？”

“刚从老爷房中回来。”

“刚回来？”

“是！昨夜去的，今早刚回来。大夫人要进去看看吗？”

“不了，我娘家人来，改日再说吧。今晚就不必她侍寝了！”大夫人厉声说道。

下人也应声道：“是！”

待大夫人走后，廿七从屋里走出来，对着这下人招了招手：“大夫人刚才来过了？”

“来过了！说是娘家来了人，今晚就不用二夫人去侍奉郑伯了，得忙一宿。”

“娘家人？”廿七琢磨了一番这三个字。

“晋伯便是大夫人的哥哥！”下人说道，“如今晋、郑结盟在即，可有大夫人的斡旋之功啊！”

第二十章

鞭长莫及难相顾，舅甥兄妹皆成仇

廿七心中冷笑，不想这郑府非但有外忧，还有内患。她在郑家过得好坏暂且不论，郑伯待她到底不错，可是郑伯的处境令廿七有些心慌，回到房中便抽出布帛，将这里的情况一五一十地告诉了褒姒。褒姒将这信笺看了数遍，眉头越皱越紧，公子启之未必已死，而大王捧谁杀谁，她无法参详，郑伯友的不作为想必是和她有一样的顾虑。

褒姒放下了手中的布帛，扭头看着念儿。

念儿见褒姒忙完了，立刻伸手要她抱。褒姒满面掩饰不住的笑意，弯下腰将念儿抱了起来，念儿扭过头去仍在追寻着秀秀手中的玩偶，惹得秀秀不停地抱怨："真贪心，又要娘娘抱，又要我陪你玩！"

"郑伯的大夫人是个什么样的人？"褒姒忽然开口问道。

"大夫人？廿七在郑府受欺负了？"

"随口问问，她什么都没说。"

"大夫人的性子和郑伯差不多，温婉、柔和，受了气也不会记恨。以前郑夫人还未入宫的时候和大夫人关系很好，大夫人很照顾她，将她当亲妹妹一样待她！"

"所以知道桑珠心怀不轨，郑夫人才如此生气？"

秀秀点了点头。

"郑夫人是怎么知道桑珠要害大夫人的？"

“郑夫人路过，就碰巧撞上桑珠鬼鬼祟祟的。”秀秀被褒姒问得一头雾水。

“碰巧？”

“那天大夫人叫郑夫人去取些东西，结果自己却被耽搁，就晚了些……”秀秀越说越觉得事情不对，猛地回过味来，“娘娘的意思是大夫人的温婉是装的？廿七遇着什么事了？”

“没提，不过也看得出来。她说如今秦国结盟意欲同楚抗衡。晋国毗邻秦国，担心会祸及自身，便邀郑国结盟，郑伯原是要拒绝此事，可郑国士大夫却倾向于结盟，将郑伯架空了。”

“怎么会这样？郑伯以前在郑国很有威望，百姓也十分爱戴他。”

“爱戴是一回事，权术就是另一回事了。”褒姒叹了口气，周王宫湦想扳倒自己这位王叔，可没少花心思，如今初见成效，可时局动荡，周王不能不倚仗郑伯友，事情才会变成如今这尴尬的局面。

“可娘娘怎么从这件事里看出了大夫人的为人呢？”

“大夫人不就是晋国人吗？”

“结盟也没什么不好。”

“结盟是死路！”

“为何？”

“诸侯若是各个联盟，要大王何用？秦国联合诸国，无非是要再作打算吞并诸国，若是秦国的势力越来越大，超过王权，届时天下该是周的还是秦的？”

“晋国联合郑国也是一样的原因，就是为了壮大自己？”

“不错……大王怎么可能任凭此事发展下去？”

“所以，如果郑伯结盟，大王就会杀了他？”

褒姒点点头。

“可大夫人没理由会害郑伯的。”秀秀焦躁不安了起来，将手中的玩偶丢在一旁，彻底没了逗弄念儿的兴致，她为陷入困境的郑国感到深深的忧虑，也为郑伯同郑世子的前途感到担心。

“大夫人不是要害郑伯，是不清楚这件事的利害关系，自以为和晋国联盟，郑伯便会倚重她。”

“我以为大夫人不会在意郑伯另觅新欢的。”

“你太不了解女人了，没人愿意和别人分一杯羹，一定会用尽一切手段将这男人据为己有。大夫人面善心恶，待自己的夫君尚且如此，又怎么会让廿七好过？”

“娘娘也是如此？”秀秀警觉地问道，褒姒看了看秀秀笑了出来：“是……”

“所以，郑夫人……”

“用尽一切手段一事说来简单，做来却满是学问，日后你会有所体会的。”褒姒拍了拍秀秀的肩头，如今大王征战在外，他的意思虽不明了，可若凡事不作为，只怕时局不稳，反掣肘前方战事。褒姒虽然忐忑，却已经打定了主意，决不能叫诸侯结盟一事蔓延开来。第二日，褒姒将赵叔带请来了琼台殿，支开了左右，将晋国意欲同郑国结盟一事娓娓道来：“如今诸侯效仿秦国，说是自保，却各个狼子野心。”

“郑伯怎么说？”赵叔带有点揣测不透廿七嫁入郑家的目的，是周王的眼线，还是褒姒放在郑国的定心丸？褒姒所说之事，他也清楚，可想要干涉诸侯结盟，也是心有余而力不足，眼下只能静观时局，再作打算。

“郑伯清楚自己的角色，只是眼下他被朝中士大夫架空，他怎么说都无济于事。”

“此事你可有良方？”

“若他在这里，会怎么做？”

“圣意难测。”

“我也是想不出，才叫舅舅来，此事不能再拖，也不知这场仗何日才是个头啊？”

赵叔带走到了窗前，背对着褒姒说：“怕是比你我想象的最久还要更久。”

“什么意思？”

“齐国自知这场交战一旦大王得胜，齐伯绝不会好过，所以一开始就以参战为名，将公子启之的军事布防图交到了东夷手中，公子启之也算是天降英才，若非如此不至于节节退败得要大王去收拾残局。如今几方势力交会仍受制于人，唯有出奇制胜。可主帅一换再换、阵法一换再换、军事布防一换再换，都是兵家大忌，这结果的确是难以预料的！”

“没有别的办法了吗？”

“除了秦国，天下都快聚齐了，仍不能胜，怕是凶多吉少。”

“打仗的事，我帮不上忙。”褒姒脑中一团乱麻，不敢开口说些什么，只能着手处理些错综复杂却无关性命的事情，“秦国结盟一事也没法阻止吗？”

“如今你得宠、我掌权，若是能离间洪德，将嬴德的野心公之于众，借诸侯之间的利益制衡，兴许能破除结盟之势。”

“有几分把握？”

褒姒看着赵叔带，赵叔带转过来看着褒姒，此事有几分把握应该是他来问她。褒姒看懂了赵叔带眼中的意思，心中慌乱，更加举棋不定：“不行，父亲如今要置身事外，甚至帮着秦国来加速大周灭亡。而洪德听父命，不敢有违，他又是褒家嫡长子，此事难成。”

“让洪德架空你父亲！”赵叔带语气坚定地说。听到这里褒姒才恍然大悟，今日的赵叔带不是来同自己商议的，而是来命令自己按他的计谋行事。一种无力感袭上心头，她发现自己对赵叔带的摆布无计可施，便也不想揭穿他，不想失去这最后一个盟友，只好话锋一转：“眼下大王战事不顺，还有多少人知道？”

“不多，可若战败，必定满城皆知！若再不能离间洪德，大王这一战就是给嬴德做嫁衣了！”

“我知道了。”

“请娘娘斟酌！”赵叔带转向褒姒请辞。

褒姒叫来秀秀送客，一个人坐在屋子里出神：她入宫的时候从未想过，自己以后的命运会和这大周朝紧紧地拴在一起。秀秀送赵叔带出去，没有片刻又折了回来：“虢上卿来了，要不要回了他？”

“不必！”褒姒掂量道，换了一脸肃穆的神情。

眼下朝堂二分，赵叔带一派、虢石父一派，虢石父能在这个时候拜谒，大概是念着自己曾有恩于褒姒，看她是否愿意念及旧情。赵叔带一心想要拉拢洪德，将他安置在朝堂中压制虢石父，而虢石父也想从后宫寻找突破，钳制赵叔带的权力。秦夫人虽有意同虢石父联手，可虢石父审时度势，还是看好褒姒。

褒姒从屋子里出来，虢石父正站在大殿看着窗外的风景，听见响动才敛了身形转向褒姒：“参见娘娘！”

“虢上卿不必客气。”

“娘娘可否借一步说话？”

褒姒看了眼秀秀，秀秀将殿内的下人都带了下去，只余下他们二人。褒姒问道：“虢上卿现在能说了吗？”

“娘娘恕老臣直言，世子洪德绝不能留在朝中任职！”

“为何？”

“娘娘信老臣，还是信自己的哥哥？”

“不好说……许是虢上卿得了什么密报，世子洪德入京是要来拉拢诸侯，意欲对抗大周！嬴德狼子野心，秦国兵强马壮，此刻若是西秦对我大周施压，只怕……我们也无力阻挡！”

“娘娘已经知道了？”

“略知一二。”

“如今赵上卿执意要将洪德留任朝中，老臣只怕洪德人在周廷心在秦，反倒于我大周不利！”

“虢上卿多虑了！哥哥不会留任朝中的！”

“娘娘所言当真？”

“哥哥再逗留几日便回了。”

“可在下听赵上卿的话，可不是这个意思。”

“便是不走，臣妾也会请他离开的！”

“娘娘最好记得今日您所说的！”虢石父看着褒姒说道，褒姒却反以一个凌厉的眼神射向虢石父，这眼神中的意思是要虢石父弄清楚自己是在同何人说话！虢石父心中一凛，发现褒姒已经和刚入宫的时候有所不同了，他咬了咬牙，看着褒姒做出了谦卑的姿态：“娘娘既然这么说了，在下也就放心了。”

“恕不远送！”褒姒说罢，转身朝后堂去了，留虢石父在原地攥了攥拳。如今时局未稳、大局未定，周王与西秦的较量胜负难辨，若是将自己的砝码全部押在褒姒一人身上，非但显得自己很蠢，只怕褒姒也未必记得自己的好。虢石父转身出门，朝西阳宫的方向走去了。却不知道秀秀正跟在他身后，待见着他进了西阳宫，秀秀才转身回来琼台殿。

褒姒在桌面上摆了棋局，身上披着件大王的袍子，斜倚在桌案一侧，一手执白子，一手执黑子，一面落子，一面参详着残局。

秀秀回禀道：“和娘娘料想的一样，虢上卿去了西阳宫！”

“大概是在我这里没讨到好处，就想起秦夫人了。”

“娘娘这么冲撞虢上卿好吗？虢上卿在朝中权势不小，若他和秦夫人联手，他们不会轻易放过娘娘。”

“不知道。”褒姒落下了手中的棋子。

“不知道？”秀秀十分惊讶。

“下棋总不能老捏着棋子不落，不管死局还是活局，总得走几步才窥得出先机，落得对未必赢，落得不对也未必输，”褒姒解释道，她又放下了一枚棋子，“虢上卿向来与诸侯派不和，嬴德若要与诸侯结盟，却不能拉拢申侯，就失了先机！”

“所以当日娘娘才请申后主持后宫？”

褒姒没有说话，只是将刚刚吃掉的一片棋子扔回棋盒，秀秀看着棋盘笑了出来：“有子未必输！”

褒姒虽看着轻松，可脑子里很乱，也很紧张，手心细细密密的满是汗水。如今宫里的这步棋是一步都不能错！虢石父同秦夫人说了些什么，几日后答案就浮出了水面。洪德怒气冲冲地朝着琼台殿冲了过来，满身的酒气，满面通红，将琼台殿内的下人们都吓了一跳，下人去通知褒姒，褒姒回了句：“请进来吧！”

“是，娘娘！”下人小心翼翼地答话，褒姒却看向秀秀吩咐了句：“带她们先下去吧，没我的命令谁也不准靠近这里！”

“是。”秀秀应声，带着下人出了房间。

洪德从大殿一路走到后堂，歪歪扭扭、跌跌撞撞地冲进来，狼狈地扑在门上，发出“哐当”一声巨响。褒姒赶紧过去将洪德扶住，将他搀进屋，然后关上了木门：“怎么喝这么多酒？”

洪德看着褒姒冷笑了一声：“你担心什么？”他指着褒姒的鼻梁说道，“我告诉你，我不娶虢石父的女儿！”

这话叫褒姒心头一紧：“我没说过要你娶她。”

“你没说？”洪德点了点头，“你是没说，你只是嫌我碍眼，要赶我走。一面还假惺惺地装作同我兄妹情深，其实不过是想要离间我和秦伯的关系对不对？如今虢石父帮秦国，秦夫人做媒要我娶虢石父的女儿，为什么？”他的表情十分痛苦，“为什么你不相信我？你从未想过要留我在宫中，又为何叫赵上卿来劝我？就是为了让赵叔带钳制虢石父在朝中的权力吗？”洪德就在褒姒耳畔大吼，震耳欲聋，他说完这句话就朝一边倒去，褒姒上前扶住，他身体的全部重量就倚在了褒姒的身上，“我谁都不娶，谁都不要来劝我！”

“你喝多了！”

“呵呵……”洪德复又憨憨地笑了出来，伸出手搂住了扶着自己的褒姒，“那日送你出城，我以为这辈子再也见不到你了。”

褒姒将洪德放在卧榻上，转过身要去拿水壶给洪德倒水，他却一把拉住了褒姒，从她的身后抱住了她：“我在这里真是受够了，我是个男人……要靠你的面子维系朝中关系，赵叔带拿我挡在最前面，陷我于不义。这镐京城中，我每走一步都战战兢兢，我不能错，更不能连累你！秦夫人想将虢石父的女儿嫁给我，是因为害怕……”他说到这里整个人猛地顿住了，看着褒姒良久，摇了摇头，“辛苦你能在这里待这么久，步步荣华，成了那昏君的宠妃。”他的手猛烈地捶打着自己的胸口，一下一下发出沉闷的响声。

“秦夫人怕什么？”褒姒转头问洪德。

“没有，没有什么……”洪德一手捏住自己的额头，使劲儿地摇着头企图让自己清醒过来。褒姒在他的面前慢慢蹲下去，仰头看着洪德：“如今褒家为他们挟持，你想一辈子受制于人吗？”

这屋里满是洪德的酒气，他带着三分醉意，有些不在状态。褒姒难得抓住了机会，想从洪德的口中探听出真相：“你与秦夫人往来甚密，她到底想让你做什么？”

褒姒本想套话，却没想到被洪德一把拉入怀中，紧紧钳住：“我带你走，离开这里，不管这里也不管褒国，不必受制于人，也不必再同这群庸脂俗粉争宠，我带你离开！”

“你放开我！”褒姒挣扎着，想要推开洪德。

洪德却一个翻身将褒姒压在身下，一手抓住褒姒两只纤细的手腕按在头顶，让褒姒有种赤裸裸被窥视的感觉，只能拼命挣扎，却又不敢大声呼喊。她此刻的感受就像是受到重击，大脑发蒙，甚至感觉得到自己哥哥身体的变化，突如其来的恶心泛上胸口。“放开我，你想干什么？”她压低了嗓音说道。

“那昏君根本不配占有你！”洪德低声嘶吼着，俯下唇想去吻褒姒，他笨重的身体压得她动弹不得，他的唇抵在她的脖颈上，“你知不知道我爱你，却要把你当成礼物送给别人，心里有多痛苦？”

“你喝醉了！”褒姒在有限的空间里竭尽全力躲避洪德，她不想同他争吵，浑身都像是被针扎似的难受。洪德失去了一半的理智，任凭褒姒怎么挣扎就是不肯松手，他体内的兽性冲破了一切，想将她据为己有。他充斥着酒气的吻迅速侵占着她的唇，褒姒一口咬在了洪德的唇上，没有丝毫留情。剧烈的疼痛袭上洪德的心头，他低吟一声，猛然清醒了，他用手掌撑住自己的身体，俯瞰着被自己压在身下的褒姒。

褒姒冷冷地盯着洪德，眼中泛着一层怒意。

“我……我不是故意的，对不起……”洪德的手悬在半空，想要抚摸褒姒，却又不敢再进一步了，“我喝多了，对不起……”

“滚！”褒姒只吐出了一个字，面上充斥着厌恶的神情。

洪德朝一边倒了下去，口中喘着粗气，不敢再看褒姒。褒姒整了整自己的衣服和发髻，站起身来。

“我刚才只是喝多了。”洪德再次强调。

“褒大夫，喝多了就早些休息，我差人送你回去！镐京城人多口杂，褒大夫总要有所顾忌！”褒姒扔下这话，离开了后堂，却瞧见站在门外的赵叔带，整个人都倒吸了一口气：“舅舅？”

“他说了什么？”

“喝多了，什么都没说。”褒姒的面容平静，佯装什么都没发生。赵叔带盯着褒姒看了很久：“这几日你告病卧床吧！”他的语气冰冷，盯着褒姒的脖颈，她白皙的肌肤泛起了红晕，褒姒下意识地用手捂住了脖子，低下头去。

“烦请舅舅送他回去。”

赵叔带眉头微皱道：“此人留不得！”

褒姒没有答话，转过身朝着寝宫走去，秀秀在半道迎了上去：“赵上卿说有要事，我们拦不住……”

褒姒摆了摆手，没有说话。

“娘娘没事儿吧？”

褒姒仍旧一言不发，推开寝宫的门又立刻关上，将秀秀挡在门外。她这才靠在门上小声地抽泣了起来，眼泪顺着面颊掉落，卸掉了身上的一切伪装。秀秀看着猛然关上的房门，木立当下，她从未见过情绪如此失控的褒姒，更猜不出刚才发生了什么。

如今的褒姒就像是独自行走在戈壁旷野，四处豺狼虎豹对她虎视眈眈，唯有摆出一脸凶相，才能让这些野兽忌惮，她不敢松懈，害怕这些豺狼会逮住机会朝她扑来，食她的骨、啖她的肉，她强撑住自己娇弱的身躯，却连一个同伴都找不到。

她的心被一种空旷的寂寞吞噬，陷入无助与惶恐之中，拖着疲惫的身躯，倒在了床上。回想起刚才的画面，褒姒只觉得胃里翻江倒海般难受，她无法想象哥哥竟然对自己觊觎了那么多年。

“你为什么还不回来？”褒姒侧过身躺在床上哭着，轻轻地拍打着床面，她不想一个人孤军奋战，她抓着被褥，将头埋在棉被之中，浑身上下一阵阵地泛冷。天色从白昼陷入昏黄，秀秀张罗着将洪德送出琼台殿后，又折回褒姒的寝宫外候着，不敢离开。晚些时候，褒姒总算是从屋里出来了，她面色煞白，没有一点血色。她站在秀秀面前，有气无力地吩咐道：“去一趟东宫，替我告假一个月。”

“可是……”秀秀看着褒姒，想起前些天才同自己说要拉拢申后，这话到嘴边溜了一圈始终没说出来，只应了一声“是”就转身朝门外跑去。褒姒差人拿了自己的晚膳，坐在桌案前一口一口艰难地咽下。她用厚厚的衣服将自己包裹起来，连脖颈都没有露出分毫，眼看着春意渐暖，这模样委实奇怪。秀秀从东宫回来看着褒姒问道：“娘娘病了？”

“申后怎么说？”

秀秀摇了摇头：“没说什么，脸色不太好看，肯定会多想的。”

“吩咐下去，琼台殿这个月闭门谢客，任何人来了都不见。”

“任何人？”

“对！包括两位上卿、洪德、申后，任何人！”褒姒加重语气强调了一遍。

“是，娘娘！”秀秀看着褒姒不善的面色，却不敢问发生了什么，“要宣医官吗？”

“不必了。”褒姒表情坚韧，可内心惶恐，好不容易才理清后宫的时局，如今却因为这场变故不得不得罪所有人。诚如她所想，她的告假引发了东宫一场不小的猜忌。

人们在东宫议论纷纷，待人群依次离去，余下申后一人独坐大殿，怅然若失。她看着远处发愣，料峭的春寒灌进来叫人觉得有一丝冷意，她这才回过神来，想起要去一趟琼台殿。

琼台殿门庭紧闭，春日中一番寥落之景，跟在申后身侧的女御子言问道：“门关着，还要上去吗？”

“去看看！”申后继续朝前走。

申后往前走，就遇见了折回的洪德，他面色难堪至极。申后停下脚步，看着洪德嘴里念念有词地朝自己走来，低着头也没瞧见申后，申后只得开口叫道：“褒大夫？”

洪德猛然顿住，一个趔趄几乎滑倒在地，狼狈不堪地向申后作揖：“参见申后！”

“来看褒娘娘？”

“是！”洪德的声音木讷地回答道。申后没有察觉到异样，继续问道：“她病情如何了？”

洪德指了指琼台殿的大门：“没进去，叫秀秀给挡了回来。”

“为何？”申后吃惊地问道，她自己会被挡回来倒是能想得到，可是她一直以为褒姒举荐洪德，让他入朝为大夫的，是因为她坐稳了天下，准备和自己翻脸了，可不想连洪德都被拒之门外了。洪德被申后的话问得有些慌张，吞吞吐吐地说道：“说是病重，这个月都闭门不见客。”

“害了风寒？请了医官问诊吗？”

“没有，她不见医官。”洪德吐了口气，褒姒的病是什么他再清楚不过了，这病不在身上却在心上。洪德虽责怪自己，可只要想起她在周王身侧忍受着永无止境的索取，他就无法抑制地颤抖和愤怒，恨不得立刻将周王宫涅除之而后快！

申后看着狼狈的洪德，不知他们兄妹之间发生了什么事。但前几日褒姒在她耳边的话如今又回响了起来：秦伯与小国结盟，意欲直取王廷。洪德既然是嬴德的谋士，今日入京也必定是听命于秦夫人。申后瞧着洪德，开始怀疑褒姒是被软禁起来的，便试探性地问道：“既然是病了，为何不肯见医官？”

“秀秀没多说，她既然不见我，还有劳申后娘娘代为照顾开导了！”

洪德的话引起了申后的疑虑：“开导什么？”

“也许是娘娘心中郁结难消，患了重病。”洪德知道自己说多了，自圆其说，“在下还有要务在身，先行告退了。”待他离开，子言问申后：“娘娘，咱们还进去吗？”

“去！”申后点点头，朝前走去。走到近前，子言叩了叩门，过了许久才有人拉开一条缝探出头，见是申后，又慌里慌张地将门彻底拉开行礼道：“参见申后！”

“你家主子呢？”申后问道。

“娘娘……”下人看了眼寝宫的方向，又转回来，“娘娘她病了！”

“申后亲自前来探望，还不去把你家主子叫出来！”子言厉声呵斥道，这下人犹豫了一下，瞧着秀秀出来了才长长地舒口气，退至一旁给秀秀让出了路。秀秀走过来解释道：“申后来得不巧，娘娘如今重病缠身，怕不能见客了，还望申后体谅。”

“我只是来探望一番，总不至于要闭门谢客吧？”申后问道。

“娘娘病得下不了床，如今正卧床休息，娘娘生怕将这风寒传给了别人，如今宫里物资紧俏，人手又十分不充裕，总归是多有不便。”

“病得这么严重还不传医官？”

“娘娘说了，医官来了总不免要开些药，这琼台殿一煮药，药味就散得到处都是。念儿年纪还小，闻了不好，所以不让请医官。”秀秀随意找了个借口搪塞过去，“娘娘重病，十天半个月的肯定好不起来，昨夜又折腾了一宿，如今才刚刚睡下，申后不妨稍等片刻，秀秀去叫醒娘娘，请她前来？”

申后一听，立刻说：“罢了罢了，既然是刚刚才睡下那就好好养病吧，本宫改日再来。”

“是！”秀秀作揖恭送申后，看着她出门的身影才舒了口气。褒姒没有细说自己的病情，更不提闭门谢客的原因，秀秀猜不出其中的缘由，可既然难得同申后建立了同盟的关系，就这么随意破坏了，未免有些可惜。

褒姒睡了一整天，断断续续地做噩梦，总是梦到主母在家中毒打自己，打得遍体鳞伤、满身是血，褒珦坐在旁边看着，既不插手也不喝止主母。有时从梦中醒来，她也分不清楚是梦还是现实，心中被褒珦那冷漠的眸子刺痛着，一股委屈占满了心头，她不停地啜泣着，哭得十分伤心，泪水湮没了面颊，一滴滴浸湿了自己的玉枕。

到了傍晚，褒姒才从这梦魇的困缚中脱身，猛地坐起来，脑海传来的眩晕叫她觉得恶心。扶着床、拖着疲沓的身躯走出寝宫，人还有些颤抖。

瞧见褒姒出来，秀秀赶紧冲过去扶住她：“娘娘还好吧？”

褒姒有气无力地说道：“宣晚膳吧。”

“是，吩咐膳房煮了梨汤，娘娘喝些润润嗓子？”

“谢谢！”

秀秀愣了一下，才看着褒姒笑了出来：“娘娘何必同我说这些客气话？只要娘娘不要同自己的身体过不去就好，若真的病了，还得宣医官来看看。”

褒姒摇了摇头：“我的身子我清楚！”

“娘娘可不要逞强，患病可不是什么好事儿！”

“我心里有数儿的。”褒姒拍了拍秀秀的肩膀。

“娘娘去看看念儿吧，一日不见，就使劲儿地冲我撒娇，像是我将您藏了起来。”秀秀指了指念儿的房间，“我先去膳房一趟，叮嘱他们饭菜要做得清淡些。”

褒姒应声朝念儿的房间走去，念儿听见有人走进来，原本闭着的眼睛忽然就瞪得圆圆的，歪着脑袋看着褒姒，张大了嘴，口水顺着嘴角流下。褒姒用袖子擦了擦念儿满面的口水：“瞧瞧你这模样，也不知是随了谁的，大王若有你这般娇憨……”褒姒说到这里兀自笑了出来，“那还了得？”

念儿不管褒姒在说什么，只是伸出手看着她，等着她来抱。褒姒将床上的念儿揽在怀中，一手托住腰，一手托住头："也不知你父王什么时候才能回来，他不知道你娘一个人在这里，会撑不下去吗？"

念儿在褒姒的肩头擦着口水，然后伸出手去拍了拍褒姒的背，一手搂住褒姒的脖颈，头抵在她的耳侧就这样一动不动。这让褒姒心中一恸，哭了出来，将念儿紧紧搂在怀中。

秀秀将晚膳端进去，见褒姒正抱着念儿哭，吓了一跳："娘娘怎么了？"

褒姒转过身去，赶紧擦了擦面颊的泪水，摇摇头，将念儿放在床上，转过身看着秀秀有些不好意思："只是想着都快到夏天了，也不知大王仗打得如何了。听说这仗打得不顺利……"褒姒垂眸下去，神情黯淡。

"还指着飞鸽可以传书，这鸽子却一去不复返了。"秀秀帮褒姒摆好了碗筷，退到一边请褒姒用膳。

褒姒拍了拍睡在床上的念儿，转身朝桌案走去。坐在地上看着这一桌饭菜，梨汤清亮，笋衣香甜，一桌子翠绿樱红。褒姒看着秀秀，指了指自己对面："坐下一起吃吧。"

"谢娘娘！"秀秀走过来有些腼腆地坐了下去。

"我们之间没有必要谢来谢去的。"褒姒拿起筷子，将餐碟中的笋衣放在了秀秀的盘中，然后才端起自己的碗舀了些梨汤润润肺。

"今天世子洪德与申后都来过，世子那边我只说娘娘病了，这个月琼台殿不待客，他没说什么就走了。申后那边，我怕得罪她对娘娘不利，就说娘娘正卧床休息，要不要请娘娘。申后嘱咐了句'好好养身子'，就走了。"

褒姒点点头，没有答话。

第二十一章

山穷水尽疑无路，梦中相会解千愁

秀秀看着褒姒的模样，其实还想再问些事情，可又开不了口，只得叹了口气，夹起盘中笋衣放入口中，不再多言。褒姒显然对这些事情都没有什么兴趣，也没有什么要交代的。秀秀吃了几口还是忍不住问道："下次申后来，要怎么回话？"

"就说不见。"

秀秀看着褒姒恬淡的表情有些吃惊："是不是……昨天世子来与娘娘争执了？"

褒姒摇了摇头："我只是觉得累。"

这话的意思秀秀明白，这话郑夫人也曾说过，这后宫中虚与委蛇一事最费人心。可她从来没有将褒姒看作是郑夫人，以为郑夫人觉得难熬的日子，褒姒只是轻描淡写地稍费些心神而已，可如今褒姒说出这话，才叫秀秀意识到无论是褒姒也好，郑夫人也好，都不过是个爱慕周王的寻常女子而已，谁也没有一颗铁打的心，能刀枪不入。

再坚强的人，总那么撑着，早晚会有撑不住的一日。

"已经撑了四五个月，大王明年之前肯定会回来的。"秀秀劝慰道，"就这么放弃了，岂不是功亏一篑吗？"

"大王回不回来，没有差别，在宫里的日子，不到死，就没有尽头。"

"可大王临走之时将后宫交给娘娘，现在您这么撒手不管……"秀秀的话还没说完，褒姒就打断了她："他还不是将我扔在这里撒手不管？"

“娘娘生大王的气？”秀秀料想不到褒姒还有这样的一面。

“我不过是他们手里的棋子，没人会管棋子的死活，下棋的人要的是赢，不会在意眼前的一得一失。”

褒姒这话叫秀秀皱起了眉头：“他们？”

褒姒点点头。

“娘娘说的是赵上卿？”秀秀回过这个味来了。褒姒不是同别人置气，而是同自己的舅舅，她与赵叔带一个后宫、一个朝堂，可是说到底赵叔带总要褒姒听命于他，如今她大概是受够了。

褒姒既没有承认也没有否认，这让秀秀知道自己猜得八九不离十：“可大王怎么办？娘娘同赵上卿置气，将大王扔在一边，那么大王得胜还朝后，看见这里一片狼藉，会作何感想？”

“他从没要求我将后宫打理得一团和气，”褒姒说道，她退叫申后进，不过是她自作主张，“便是回来看见后宫其乐融融，也未必会高兴。既然如此，我又何必忤逆他们的意思，他们要我做什么，我做什么就是了，也就不必费尽心机地做些吃力不讨好的事情了。”

秀秀不知该说什么，只好再次闭嘴吃饭。

褒姒神情淡漠，看不出她心中所想，也说不上这番话是气话还是认真的。褒姒一面咀嚼着嘴里的饭菜，一面还在思忖如果和洪德上床能套出秦国的动向，赵叔带是不是还要将自己送上亲生哥哥的床榻？

“若赵上卿要见娘娘呢？”秀秀又问道。

褒姒想也没想地说：“不见。”

“是！”秀秀依言应承。

如此，褒姒真的过了半月有余的清闲日子，琼台殿一片黯然，将所有来访的人都挡在门外。头几天，来拜访的人还比较多，后来就门可罗雀了。时间一长，连对褒姒的猜忌都没了，人们开始淡忘她了。如今的琼台殿唯有洪德每日求见，企图得到褒姒的原谅，他为自己找了无数个理由，可秀秀每日都只用一句“不见”将他拒之门外。他心中的愧疚与日俱增，对周王的恨意也就同样盘旋而上。

申后不再过来，只是偶尔差个人问问情况，她起先还担心褒姒是被人软禁了，可时日一长，宫里也没发生什么大事，申后便又卸下了警觉。

赵叔带也来过，秀秀照旧将他挡在了门外，赵叔带对自己也在不受欢迎的名录上感到不可思议，同秀秀置气之后便拂袖而去，让褒姒什么时候愿意见客了再去太宰宫知会他一声。临走还扔下了一个用竹筒封好的信笺："廿七从郑国发来的，给她！"

秀秀回了寝宫和褒姒说："赵上卿来过了！"

"嗯。"褒姒连问都没问说了什么。赵叔带会说什么，她心中清楚，如今的褒姒眼里就只剩下念儿一人了，也不知若是大王此刻得胜还朝了，在门外求见，褒姒见还是不见。秀秀捏了捏手中的竹筒："廿七差人送了信来。"

"替我看看吧。"褒姒连信都懒得看了。秀秀将布帛从竹筒里取出，展开来读，廿七在信中从不提自己的好坏，说的都是郑国的事情。上次没有从褒姒这里接到回信，她以为是信丢了，如今郑国的状况越发惨淡，郑国士大夫架空了郑伯，他的号令群臣置若罔闻，能用得上的人真是寥寥无几。

郑伯友企图阻止结盟，可总显得力不从心，终日在书房中闭门不出，与大夫人的关系也日渐恶化。大夫人不明白，郑伯为何不肯接受结盟，郑伯却无法对大夫人言明这其中的利害。

郑伯友在犹豫该不该大刀阔斧地修剪朝中关系，他摸不清形势，不敢贸然动手。

秀秀看着这信笺，"扑哧"一声笑了出来。

褒姒转向秀秀："怎么？郑国的问题解决了？"

"不是，"秀秀摇摇头，"郑国的问题更严重了。"

"那你还笑？"

"廿七来信说，郑伯终日将自己锁在书房中闭门不出，天下之事，无独有偶。"秀秀看着褒姒笑得意味深长，"郑国的事情如今越发难缠了，娘娘当真不管？"

"便是想管，也是鞭长莫及。"褒姒叹了口气。

"郑国若是他日易主，对娘娘来说绝非好事儿。此事到头来也会牵连廿七，她的日子也不会好过。"

"郑伯性子温润如玉，让他关心民生做个司徒倒能胜任，叫他出谋划策做个大夫上士也不错，可拿捏手中权力做一方诸侯，还差些火候。"郑伯友缺的是狠心和铁腕，而这一切在他那位身体孱弱的弟弟身上，又显得有些过剩，二人都不完美，周王才如此不知如何取舍。

秀秀说："可就这么放着不管，郑国只会更乱。"

"轮不到我来管。"

秀秀不再争辩，拿着布帛请示："如何给廿七回信？"

"改日再说吧，我累了……"褒姒站起身，吩咐奶妈来给念儿喂奶，她转身回寝宫，秀秀紧随其后："娘娘才刚起来不久。"

"又困了。"褒姒打了一个哈欠。

秀秀为难地看着手中的布帛，这信也不知赵叔带看没看过，竹筒送来的时候，蜡封还是完好的。或许他是觉得，两个女人的话题自己一个大男人不宜过目，却不知这布帛中隐匿的却都是大事。

秀秀思前想后打定了主意，见褒姒睡下就朝太宰宫步履匆匆而去。如今郑国危难，她决不能任凭事态如此发展。褒姒不肯作为，可赵叔带不会不管。太宰宫外的侍卫见秀秀前来，纷纷赔上笑脸和她打招呼。

秀秀算是下人里命好的，大家都巴结着她。秀秀也清楚自己的斤两，是沾了别人的贵气。"赵上卿在吗？"

"在，在下带秀秀姑娘进去。"侍卫答道。

"你忙你的，娘娘差我来给上卿带句话，我自己进去就是了。"

"也好。"几位侍卫点点头，没将这事太放在心上。秀秀迈步进正殿，还未落脚，赵叔带的一声怒吼就叫她心头猛地一抽，退了一步站在门外。她侧过身子，捏着手中布帕，屏住呼吸，仔细听着里面的一举一动。

"浑蛋！"赵叔带将桌上的竹简尽数掀翻在地，"有没有查出来消息是怎么走漏的？"他猛地一拍桌案，发出一声巨响。站在桌案旁的人使劲摇头，颤抖地回话："肯定不是从我们这里流出去的，我接到消息的时间和秦伯接到消息的时间前后无差，可见……秦伯在大王身边安插了人，消息比我们还要灵通。"

"秦国打算怎么办？"

"尚未商议，小的就是赶紧来给赵上卿捎句话。如今秦伯已经知道大王在前方战事吃紧的消息了，怕是迟早要动！"

赵叔带双手撑在桌面上，喘着粗气瞪了一眼正在说话的人："看来嬴德是要将自己的野心大白于天下了，如今倒是给了他这个机会，我绝对不能让他如愿。否则……"他不敢继续说下去，这话生生顿住了，"你先下去吧，我想想该怎么做。"

"是！"回话的人点声道，走了两步又忽然转过身来说，"赵上卿得注意洪德。"

"怎么说？"

“嬴德的谋划，洪德早就知道。秦国若是出兵，以攻打东夷为借口横跨大周，秦伯想要横扫九州是迟早的事！”回话的人说道。

“行了行了！”赵叔带有些不耐烦地挥挥手，“我知道了，你下去吧！”

“是！”回话的人这才左顾右盼地从侧门下去。看着他消失的身影，赵叔带从口中吐了两个字：“添堵！”说罢又恶狠狠地拍在了桌面上，事赶事地都发生在了一起，他双手叉着腰深吸着气，胸口一起一伏的，努力遏制着自己即将爆发的情绪。

“你都站了那么久了，还不进来？”赵叔带板起面孔冲着门口喊道，能在太宰宫来去自如的也只有琼台殿的人。如今褒姒发了脾气，一竿子打死一船人，迁怒到整个镐京城了，谁也不愿见。能来太宰宫的就只剩下秀秀了，看见秀秀迈步而出，赵叔带也没显出惊讶，气定神闲地坐在自己的椅榻上，翻看着手中的竹简。

“参见赵上卿！”

“应该不是娘娘派你来的吧？”

“不是，只是来和大人回禀一声，娘娘的病情不用担心，不重了。”秀秀的面色有些难看。如今前方战事吃紧，这才是一等一的大事，而郑国的区区小事郑伯若解决不了，也不该在这个时候拿出来扰乱赵叔带的视听，秀秀只得将这话咽下去。

“说实话吧，我也不是第一天认识你们！”赵叔带合上了手中正在翻看的竹简，抬起头看着秀秀，秀秀下意识地朝后退了一步：“这就是实话！”

“既然不说，我也不勉强你！”赵叔带起身朝秀秀走过来，“回去帮我给你主子捎句话，国之将亡，她是打算抱着念儿死还是打算扔下念儿死，好歹给老夫回个话，他日为大王殉葬，老夫也好早作打算，趁早为娘娘安排了。”

“赵上卿！”

“刚才的事情你也听到了，就这么说吧！”

“是！”秀秀很艰难地点头，退了一步朝门外走去，走了几步又停下来转向赵叔带，“赵上卿还去琼台殿吗？”

“明日早朝后，娘娘一日不见，老夫就登门一日！”赵叔带正在算计眼下想要解决秦国一事，洪德是个缺口，而洪德对自己的妹妹又存着不可告人的心思，看来唯有褒姒出面才能将此事彻底解决。

“是！”秀秀回到琼台殿，心里却像有只鹿在乱跳，七上八下的。以至于琼台殿的下人给她打招呼，她都没看见，只顾低头猛走，直到撞到了褒姒寝宫的门框才猛地顿住，然后抬起头看着这扇门，不知该敲不该敲。犹豫良久，秀秀才准备敲门，门却猛地开了，褒姒看着她："站在这里这么久，有事？"

"娘娘，"秀秀瞪大了眼睛，"您不是睡了吗？"

"你的人影在门上晃来晃去，谁能睡得踏实？"褒姒瞥了秀秀一眼，转身回到床榻边上，秀秀紧随其后将门关好："娘娘，有些事情我想您该知道。"

"你去太宰宫了？"

"是！"秀秀不敢撒谎。

"就知道舅舅有些本事，"褒姒的话中带着嘲讽的意味，听得秀秀有些后怕，褒姒问她，"他让你来劝我？"

"不是，娘娘误会了！"秀秀赶紧摇头。

"误会？你还是不了解我这个舅舅，说吧，他要你和我说什么？"

"大王……战败了。"

这话对褒姒来说是一记重锤，她坐在床上沉默良久，不停地调整自己的情绪，不知该怎么面对秀秀这话，喃喃地再次确认般问道："就这一句话？"

"这话是我去的时候正巧听见的，如今秦国对我们虎视眈眈，发兵是迟早的事情，一旦秦伯发兵，天下大势……"秀秀咬着下唇，不敢再说了。

"赵上卿打算怎么办？"

"没办法，赵上卿也无可奈何，还有就是……"秀秀说着停住了，停了很长时间都没有接上自己话茬的意思。

"还有什么？你直说吧！"

"世子洪德应该在帮秦国。"

"废话！洪德是秦国大夫，不帮秦国难不成还指着他倒戈？赵上卿到底要我怎么做？"褒姒一早就担心赵叔带为了得到秦国的消息，不惜将自己送上别人的卧榻，如今看来他还真存着这份心思！

"赵上卿要娘娘想好……"秀秀使尽了全力，才将剩下这句看来大逆不道的话说出来，"打算怎么为大王殉葬！是要带着念儿去，还是自己去？"

褒姒没有答话，只是轻哼了一声。

"娘娘……您再这么闭门不出，局面会失去控制的。"秀秀十分焦急，褒姒则显得十分平静："我能做什么？派兵？我没有这个权力。阻止嬴德？我没这个能力。杀了洪德，我又狠不下这颗心……我能做什么？就是我敞开琼台殿的大门，后宫的人能够来去自如，我又能做什么？他们又能从琼台殿得到什么？”

秀秀被褒姒问得哑口无言，只觉得眼前一片漆黑，似乎走到了穷途末路。

褒姒心中何尝不是被这样一种无力感充斥着呢！只是她无法将这种恐慌与不安表现出来，只能强作镇定：“放心吧，他是一个不将万全的退路想好，就不会朝前走一步的男人，他不会战败，更不会战死，一定会得胜还朝，荣耀加身的！”她这话与其说是在说服秀秀，倒不如说是在说服自己。这么说出来，好像真的一般，褒姒的脸上泛起了淡淡的笑意，这笑意中带着一层浅浅的光晕，让人心中存着带了疑窦的希冀。

秀秀抿着唇点头：“明日，赵上卿还会来。”

“我不见！”褒姒的语气中没有丝毫涟漪，也没有丝毫商量的余地。

第二日赵叔带如自己所言，一下早朝便赶来了琼台殿。秀秀挡在门外，不敢抬头看一眼赵叔带，一双眼直勾勾地盯着自己脚下的绣花鞋，用含混的声音搪塞道：“娘娘说不见。”

“还是不肯见？”赵叔带有些不肯相信秀秀的话。如今大周面临着生死存亡，而秦国蠢蠢欲动企图加速这种衰败，周王宫涅在前方命悬一线，随时可能一去不返，而褒姒给予的回答竟然就只是不见。

“娘娘说了，她一介女流，便是见了，也无计可施。”

“好！好一个女流之辈。”赵叔带生气地扭过头朝门外走去，可心头又咽不下这口气，竟又猛地转过身来硬闯。秀秀下意识地挡在赵叔带面前，他伸手将秀秀推到一边，秀秀一个踉跄朝后跌去，幸亏两位下人眼疾手快将她扶稳了，她急匆匆地说：“赵上卿，娘娘说她不见就是不见！这么做只怕是不合适吧？”

“我现在还管她见不见？！”赵叔带大喝一声，吓到了整个琼台殿的女人们。

赵叔带推开寝宫的门却不见褒姒，又推开了念儿的房门，念儿听见动静“哇”的一声吓哭了，奶妈赶紧冲上去抱着念儿低声哄着。他复又摔上门，怒气冲冲地寻找褒姒，直到推开后堂的门，总算是看见了她坐在桌案前，一手执白子，一手执黑子，在与自己对弈。

“舅舅要看我，来就是了，何必闹这么大的动静？”褒姒淡淡地说道，连头都没有抬起来，盯着眼前的棋局，仿佛能窥得什么天机。赵叔带双拳紧握：“你若肯见我，我还至于将事情闹得如此之大？”

“瞧舅舅说的！”褒姒将手中的白子落在了棋盘之上，“褒姒不是照着舅舅说的闭门不出了吗？舅舅嘱咐我的时候，可没说要将您算作是例外，我只当是要一视同仁，舅舅说得不清不楚，如今倒怪起我来了！”

“你同我置气不要紧，但是大王呢？”赵叔带无视褒姒的这番说辞，直接质问道。

“我能做什么？”褒姒将手中的棋子扔进棋盒，站起身朝门口走去，将门关了起来，转过身，“我能做的不过是叫后宫一团和气，饶是如此也改变不了秦夫人的决定，甚至连申后对我的怀疑都无法打消。我能做的不过是看着念儿长大，也动不了宜臼的太子之位。舅舅想让我做什么？带领他留给我的那两千士兵，干脆上阵杀敌吗？好啊，等秦人来了，我就身穿铠甲，披着战袍，手拿戈矛，上阵杀敌就是了！大王若是九死一生，有幸还朝，你就和他说，我也没有丢他的脸面！”

“你是个女人，你有你的办法！”赵叔带咬着牙关，因为愤怒而浑身战栗。

“舅舅，有什么话还是直说吧。你不想同我绕弯子，就不必这么晦涩！”

“我要秦国的军事部署和这次作战的方案！只要让秦伯知道我们已经洞察了这些，他们就不敢轻举妄动，不得不为自己的安危做思量，这样就能为大王争取时间了。”

“我为什么要这么做？”

“因为你是周王的女人！你是伯服的母亲！”

“当初秦世子若没死，我便会嫁入秦国，那么如今为秦国出谋划策、献计献力、与周王对抗的人也是我。那时候我就会恨不得你们这些朝中士大夫、恨不得镐京城中的军队侍卫统统归降才好！我又怎么肯为大王思量？只是世事无常，我与秦世子缘浅，他早亡，我无奈入京，如今竟与秦国势同水火。命运真有意思。”褒姒叹了口气，这话说得宛若凭吊过往一般，有些哀怨。

“你现在说这些，是要算账吗？”

“他日秦军席卷而来，你我尘归尘、土归土，哪里还有心思算这些？我在这宫里，命途多舛、起起伏伏，几番差点送了性命，可也成全了大王数次。这么精于算计的大王，难道会让自己处于焦困之中吗？会让自己腹背受敌，要一个女人来护他的周全吗？这就是那个处心积虑才得到王位的君主吗？”

“对！本来是不会！可你别忘了，当日你同他置气，反过来他也一样同你置了气！这场仗我们谋划了多年，为一举拿下做了充分的准备，可就因为你对他的质疑叫他赌气发兵，才落得如今这个下场！若是当时肯等等，假以时日，操练好兵马，熟悉阵法，再成功地离间褒、秦二国，令嬴德与嬴开叔侄相争，假意与犬戎互通有无，那么……你认为嬴德如今还敢放肆吗？”赵叔带的声音极大，几乎是吼出来的，吓了褒姒一跳。

褒姒看着赵叔带没有说话。她知道他说的是实情，那一晚他要她证明她的价值，她就要他证明他有什么地方值得自己效忠。褒姒的面色难看至极，赵叔带知道自己的机会到了，语气缓和了下来：“洪德知道的事情比你我想象的更多，从他下手，就一定能得到我们需要的！”

“他若不肯说呢？”

“一个男人在什么时候意志力最薄弱，你应该清楚。”

褒姒的瞳孔在不断放大，惊讶于赵叔带竟会说出这种话来：“舅舅也说了，我是周王的女人！”

“这件事情，你不说，我不说，洪德也不会傻到自己和别人说，他就是无所谓，也要考虑你。如此一来，还有谁会知道？如今想要存活就只有这一个法子，只有知道了秦国的计划，我们才有胜算，否则……大家只有一起在这座城中困死！”

褒姒无力地瘫坐在桌案前，赵叔带扔下这句话，不再逼迫褒姒做决定。他知道有些事情点到即可，也相信褒姒是个识大体的女人。

褒姒的牺牲换来的是大周的延续，赵叔带相信以褒姒对周王的感情，她是会同意的。

褒姒呆坐良久，怔怔地看着宫里的青石地板，脑海中是她第一次见到周王的场面。他是高高在上的君王，而她是卑微到尘土之中的罪臣之女，她盯着他的那双鞋，站起身为他跳了一支舞，然后他们的命运纠缠在一起，从未想过分离。

“娘娘？”秀秀担心褒姒会出事，特意跑来后堂。褒姒猛地抬头看着秀秀：“宣洪德进殿！”她说话的时候有些心不在焉，眼中空洞无物，仿佛根本不知道自己在做什么。

秀秀应了声“是”，不敢怠慢，赶紧从后堂的厢房中退出，朝着大门外走去。她甫一出门便被琼台殿外的“咕咕”声给牵绊住，停下了脚步。她看着一侧挥舞着翅膀的灰色鸽子，让灰白的宫殿瞬间变得流光溢彩。秀秀先是一愣，然后深吸了口气，不敢相信自己的眼睛。

“娘娘，娘娘……”秀秀抬脚朝后堂飞奔而去，翻查着鸽子橙色的细腿，上面拴了一个很小的竹筒。她站在后堂屋外，喘着粗气，拍打着自己的胸口。

褒姒扔下手中棋子，不满地问道：“不是叫你去宣洪德了吗？”

秀秀将鸽子推到褒姒面前：“娘娘，你看！”

“咕咕……”鸽子发出叫声，褒姒的手僵在半空，她看着秀秀手中的鸽子，难以置信：“是大王的？”

“还没有拆。”秀秀边说，边将鸽子腿上的那只小竹筒取了下来递到褒姒手中。竹筒上有蜡封，内里卷着的是一张白色的布帛，上面用浅色的墨水写了一行小字：

信不知从何处来，亦不知往何处去。

死生挈阔，沧海茫茫。纵横之道，欲胜者，非顺其所想，唯善从之。

吾妻善者，忍也，等也。

非卿不思，非卿不念。

……

褒姒将布帛捏在手中，笑着笑着就哭了出来。她仰着头，泪水沿着眼角滴落，浑身颤抖。

这封信到底是谁传来的，无从验证。

只是这内容，却叫褒姒笃定这信来自周王宫涅。他在信中说，他也不知道飞鸽传书是何人所写，也不知这封信又终将会回到何人手中。但愿意寄希望于信鸽，千里传情。如今天下战乱频仍，诸侯肆起，绝不能因为眼下之乱，失了方寸。能在对弈中有所得者，未必是大智大慧或者深谙权谋一事之人，但他们一定是懂得使用自己所擅长的方式去迎战的人。

这话最后几句最为暖心——吾妻善者，忍也，等也。这句话，周王宫涅是说他的妻子最擅长的是等待和忍耐。褒姒的嘴角微微上扬，空落落的心瞬间被填得满满当当。

这是最好的情话，带着对她最大的理解和信任。

“还要去宣世子吗？”秀秀问道。

“不用了！”褒姒站起身，收拾了一下自己的裙摆，“不必特意去宣了，改日他若是前来也不必拒之门外，带来见我便是！”

“是，娘娘。”

“拿笔和布帛来，我要给廿七回信。”

秀秀的脸上露出了笑意，感觉到褒姒从一种极端的消极变成了如今的春意盎然，她准备好布帛和笔，问道：“娘娘有对策了？”

“不是我，是郑伯。”

秀秀大惑不解：“什么意思？”

“此事郑伯自然明白。”褒姒相信郑伯友不作为，只是忌惮周王宫湦。他害怕启之未亡，郑国的时局未定，若是废了这些得寸进尺的士大夫，会打乱周王宫湦原本的布局，打乱公子启之在郑国多年的谋划。他给别人留足了后路，却将自己逼上了绝路。褒姒提笔在布帛上写了两个字：“收局。”

秀秀有所怀疑地问道：“郑伯看得懂吗？”

“可以。”褒姒相信郑伯友知道她在说什么。

“难怪郑伯会将娘娘视为知己。”

“这话可不能乱说。”褒姒将布帛封好装在竹筒中递到秀秀手上，秀秀接过竹筒却摇摇头：“这话不是我说的，是郑夫人曾经说与我的，说郑伯对娘娘十分敬重！”

“是吗？”褒姒淡淡地说道，面上无动于衷。

秀秀不再接茬，岔开了话题：“廿七呢？不交代她些什么吗？虽然信上不说，可娘娘也说了，她在郑府上的日子并不好过啊！”

“朝政一事，外人尚可以干涉，感情一事……”褒姒说着叹了口气，“就看个人的福分了，我便是想插手，也无可奈何。”她转而吩咐秀秀，“去给赵上卿，请他代为传送。”

“是！”秀秀走到门口又转过来看了一眼褒姒，“东宫晨谒的长假要消了吗？申后差人来问过几回，只怕再不答复，不太合适。”

“不用，等我见过洪德再议吧。”

“是。”秀秀作揖告退，褒姒一人独坐房中，揉了揉太阳穴。这些天她几乎都是从噩梦中醒过来的，如今总算是有所慰藉，心头一块大石也落了下来。这些日子以来，她常在睡梦中梦见主母不断地虐打自己，而父亲则坐在高堂之上冷眼旁观。

她也梦见洪德惨死牢中，遍体鳞伤血流不止，身上一条条深深的伤痕泛着白色的肉骨，让人看着心惊胆战；她还梦见廿七在郑伯府上备受欺凌，浑身是血朝着镐京城缓缓爬来，身后带着一条长长的血迹；她同样梦见了郑伯面色惨白，似乎在怨她……

梦中情景纷乱繁杂，却唯独没梦见过周王宫湦。

如今回到寝宫中，褒姒点上了一段安神定气的檀香，多日来被疲惫侵袭的身体渐渐陷入困乏，双眼开始变得沉重，呼吸渐渐变得均匀，这一觉睡得极为安稳。再醒过来时，褒姒发现眼前的一切都发生了可怕的变化，安静的寝宫竟变成了嘈杂的军营；柔软、温暖、散发着淡淡香味的床榻也变成了硬板床，褒姒发现自己一丝不挂，就又下意识地拉过身上的被褥，将自己掩藏起来。

门帐忽然被人掀开，褒姒下意识地用被子捂住身体，只露出了一双眼打量着正要发生的事情。

“你醒了？”浑厚而又熟悉的声音传来，叫褒姒一个激灵，猛地坐起身看着面前这个自己朝思暮想了多日的男人：“大王？”

周王宫湦坐在褒姒的一侧，粗糙的手指轻抚着她的面颊。

“我怎么会在这里？”褒姒环顾着四周问道，黑色的眼眸之中泛着闪烁的光芒，炫目异常。

周王宫湦俯下身子吻在了褒姒的唇上，鼻子贴着她的鼻子睁眼瞧着她：“让寡人多看看你。”他的声音拂过了她的面颊，散发着炙热的温度，潮气打过她的肌肤，让她不由得面颊通红。她的手紧紧抓着床单，他的手环住了她的腰肢，另一只手则捏起她的下巴：“你瘦了？”

褒姒猛地想起什么，抓住了周王的手问道：“听说大王出师不利。”

周王宫湦带着种诡异莫测的笑容反问道：“你觉得呢？”

“大王的局？”

“寡人没这么厉害，”周王宫湦将褒姒推倒在床上，自己侧身在她身边躺下，“寡人是低估了形势，东夷熟知我们的排兵布阵，一直竭力避开寡人所带的主力，所以到现在，寡人都还没有和他们正面交锋！”

褒姒松了口气，悬在心中的那块巨石总算是落了下来：“可大王战败的消息屡屡传回，怕时间长了，民心不稳。”

周王宫湦轻抚着褒姒额前散落的发丝，面上带着戏谑的笑意，一如他往日那般。她能够感受到他身上的温度，炙热到灼烧着她娇嫩的肌肤，饶是能想明白这或许是场梦，可褒姒却不愿醒过来，她贴得他越发紧了，凑在他紧实的胸膛上，满眼深情。

“民心不稳，还是诸侯贼心不死？”周王宫湦冷嘲道，“如今天下，唯恐不乱的就是嬴德！早有消息说嬴德四处结盟，明面上是与楚国抗衡，怕楚国威胁我大周的统治，可实际上……他根本就是打算号令诸侯，取寡人而代之。他如今觊觎褒国、申国二地，这二者进可攻退可守，能凭天险防御，往南入楚，可借楚国鱼米弥补秦国物资匮乏；向东则如同一支长矛，直插我大周心脉……”

“是我不好。”褒姒穷尽了一切方法始终保不住褒国。

“这和你有什么关系？如今洪德若能争取便争取下来，争取不了……”周王没有再说下去，面上是种复杂的表情。他不说，褒姒也知道，褒国如果为秦国所利用，就要将自己的父亲和哥哥赶尽杀绝！周王宫涅不想继续说这个话题了，转而问道：“郑伯如今在郑国举步维艰，他打算怎么办？”“将自己的白子布在棋盘之上，把别人的黑子围而取之，如此一来，郑国的权力就会紧紧掌控在郑伯手中。”

“可你别忘了，郑伯的白子是寡人抽走了！如今他空有郑伯之衔，却没可用之人，在郑国又如何作为？”周王宫涅的话叫褒姒陡然一惊，先前的回信总觉得有所遗漏，竟忘了当初挑起齐国与东夷战事的，正是郑伯友一派的士大夫。

“那该如何是好？”褒姒看着周王笃定的神情，猜他早有准备，他的肤色较之前更加黝黑沧桑，看起来就像是历经磨难的容颜，这份淡定的神情宽慰了褒姒一颗不安的心，他沉着的语调叫她仓皇不安的心渐渐平静了下来。

“郑伯就算只有一人，他也是郑伯。”

褒姒皱着眉头看着周王，周王宫涅笑着摸了摸她的眉心，想将这份褶皱平展开来：“寡人就算不得民心，也还是天子，他们只能弹劾你，弹劾虢石父，却不能让寡人不要做这个帝王了。

“就算郑伯手中一无所有，他大权在握，虽有些士大夫不从，可总有听话之人，一个不行就换一个，一批不行就换一批。至于对付秦伯，嬴开逃走后音信全无了，嬴德的势力越来越大，想撼动他也着实不易。

“他要发兵，不准便是！硬来的话……”周王宫涅轻吻着褒姒，用近乎呢喃的语调问道，“如何收买民心，你不是最擅长了吗？”他紧贴着她的肌肤，让她沉溺其中无法自拔，恨不得长眠于梦中，伴他左右。

可只要是梦，终归有清醒的时候。

图书在版编目（CIP）数据

后宫·褒姒传 / 飞刀叶著. — 北京：中国友谊出版公司，2016.7
ISBN 978-7-5057-3761-7

Ⅰ.①后… Ⅱ.①飞… Ⅲ.①长篇小说—中国—当代 Ⅳ.①I247.5

中国版本图书馆CIP数据核字（2016）第139817号

书名	**后宫·褒姒传**
作者	飞刀叶
出版	中国友谊出版公司
发行	中国友谊出版公司
经销	新华书店
印刷	北京鹏润伟业印刷有限公司
规格	710毫米×1000毫米　16开 60印张　1042千字
版次	2016年8月第1版
印次	2016年8月第1次印刷
书号	ISBN 978-7-5057-3761-7
定价	69.80元
地址	北京市朝阳区西坝河南里17号楼
邮编	100028
电话	（010）64668676

如发现图书质量问题，可联系调换。质量投诉电话：010-82069336

后宫褒姒传

Hou Gong BaoSi Zhuan

{中}

飞刀叶／著

Feidaoye Works

中国友谊出版公司

后宫褒姒传

Hou Gong BaoSi Zhuan

目录 — CONTENTS

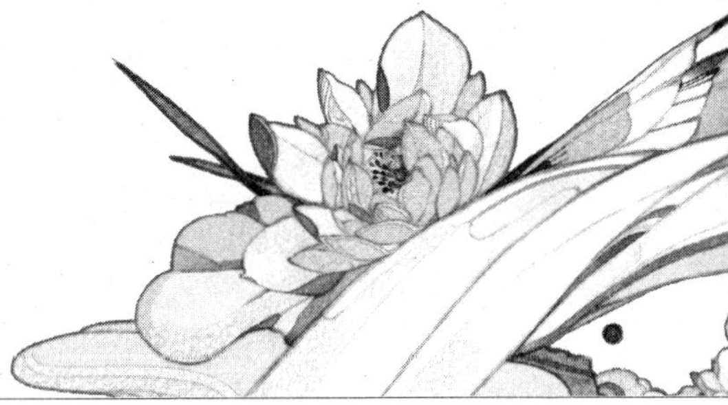

第二十二章

运筹帷幄心意决，翻手江山覆手权

“秀秀！秀秀！”从梦中醒来的褒姒开口唤道，门外的秀秀听见褒姒的声音撒腿狂奔，推开了寝室的门：“娘娘？”

“准备笔墨和布帛，我要给廿七回信！”

秀秀有些吃惊，说道：“世子在门外求见，我以为娘娘睡了，正准备打发他回去，可是娘娘刚才忽然唤我，他还在门外……”

“我去见他，你去准备！”

“是，娘娘！”秀秀知道褒姒是放不下廿七的，终究还是要写这封信。

褒姒从床上下来，对着铜镜整理了一番自己的妆容，将散乱的头发拢好，披了件白色长袍从寝宫中迈步朝着大殿走去：“听说这几日哥哥总来探望褒姒，可我因身体欠佳一直不能出来相迎，倒是怠慢了！”

褒姒的低眉顺目叫洪德越发紧张，他双手攥在一起，手心都是汗，清了清嗓子又咳嗽了两声：“那天……”

褒姒挑眉看了一眼洪德，叫他把这话咽了下去。褒姒吩咐周围人先下去，只余下自己与洪德二人。洪德立刻上前一步关切地问道：“娘娘好些了吗？”

褒姒看着洪德紧闭双唇不言语，面上一切表情都收拢了起来，转过身走了两步，沉默的气氛就像是座山压在了洪德身上，让他局促不安：“我那日喝得太多，控制不住自己，若有地方唐突了娘娘，还请恕罪……”洪德“咚”的一声跪在了地上。褒姒转过身请他起来。

“哥哥这般大礼，妹妹怎么受得住，既然是酒后之事，此事不再提便是了。”褒姒的表情十分严肃，让洪德放心不下。他又不确定地问道：“娘娘当真不怪我那口唐突？”

“我的命都捏在你手中，我怎么敢？”

洪德的面色霎时变得无比难看：“娘娘这话是什么意思？”

“是什么意思还要我解释给你听吗？”

“在下不明白！”

“好一个不明白！”褒姒走了两步，叹口气转身看着洪德，“我自问待你不薄，让舅舅将朝中大小官员引荐给你，你若有心留在朝中任个士大夫之职，我也愿意成人之美！可惜……哥哥却不买我的账，令我心寒得很，如今还要连同外人将我置于死地，既然如此，你又何必在意我是否介意那天的事情。生杀大权在你手中，我不过是个弱质女流而已。”

洪德动了动嘴，避开了褒姒的眼神。

褒姒没有等他说话，自己又接上了话茬儿：“我的话既然已经说到这个份上了，哥哥也不必装傻。你入京是嬴德的安排，让你利用我在朝中建立自己的人脉，与秦夫人互通有无，如今大周国难当头，你们计划着取大王代之。这事……”褒姒指着洪德的胸口问道，“以为我看不透吗？”

“我没有办法！”洪德声音战栗，“褒国为秦国所胁迫，我若不这么做，还能怎么办？”

“所以就让我做这个替死鬼，代替整个褒国的人去死吗？当初送我入宫，你就是逼不得已；如今你要将周王置于死地，让我做这个陪葬，你又是逼不得已。”

“你不会有事的！”

“嬴德会放过我吗？我逼秦夫人动手杀了秦伯，又逼她杀了她的心腹，如今后宫中的女人对她都敬而远之。我一日活着，秦夫人就一日不会安心！更何况，你为嬴德效命保全褒国，真不知日后会不会有人领你这个情。”

洪德不停地摇头，这事褒姒若是不提，他也想不到，只以为自己是嬴德的功臣，想保全一个无伤大雅的女人应该不成问题。可是诸多时日不见，他却忘了，如今的褒姒早已不是当年的褒姒了。

“他们许了你什么？”褒姒直切要害地问道，“是官职还是封疆？这两件事，只要你想要，我现在就能给你。秦国给你的不过是些虚无缥缈的愿望，秦夫人狠得下心杀自己的兄长，你以为他们日后当真会以上宾之礼待你吗？”

“我带你走，离开镐京城就安全了。”

“我走了念儿怎么办？”

“那孩子根本不是你的！”洪德大嚷了一声。

“我是念儿的母亲，”褒姒一字一顿地说道，“那也是我唯一的孩子，不管生死，我都不能丢下他！我请赵上卿送你回秦，你能看着我死，我却不愿意置你于死地，如今我们虽然立场不同，可我也不想和你举刀相向！”

洪德摇了摇头。

“今日一别，他日再相见你我也不再是兄妹了，我不必留情，你也无须烦恼！”

褒姒的话越说越绝情，就像是一柄锋利的匕首剜在了洪德心头：“那男人就这么好，值得你做这么多？”

“当初我入了宫，就走不了了！刚才你说离开镐京城就安全了，是嬴德要发兵攻打镐京城吗？那正好，你请令做先锋，若取了我项上人头，将我的头带回去，扔在父亲面前，也了了他一桩心愿！”

“我绝不会杀你！”洪德的声音近乎颤抖，一伸手将褒姒揽入自己的怀中。他紧紧抱着褒姒，褒姒就这么呆立着任凭他抱着，他在她的耳畔说：“我不知道该怎么办，我留在秦国至少还知道他什么时候要对付你，还能护你周全。可若我离开，不但褒国难保，我也一样无法保全你。”

“他若真的要我的命，你以为你能拦得住？”

“我不知道……我不知道……”

“嬴德要怎么做？”褒姒试探道，“如今大王在前线抗敌，民心所向，若是他贸然出兵攻打镐京，民心不顺，日后大王再反过来斩杀嬴德，天下势必站在大王一边。那时候，你就为千夫所指！”

“不是他！”

“什么？”

“是你！”

“什么意思？”褒姒整个人的神经都绷得很紧。

“如今大王在齐国的战事陷入胶着状态，几次战败损兵折将，情况并不乐观。虢石父给秦夫人建议，嬴德出兵途经镐京城，以大王的名义向娘娘请九鼎，以慰军心！你若给了，大王会要你死！你若不给，民心向背，天下又会与你为敌。不论给与不给，始终是你的不是！”洪德将秦国的计谋和盘托出，这条计当真狠辣。所谓九鼎，相传是上古铸造，是君主的象征，周朝森严的等级制度规定了每个阶层所能配备的器物，九鼎是天子的象征，嬴德要借的，不单单是九鼎，更是号令九州的天子之尊。

“果然是狼子野心！”褒姒咬着牙，心头一紧。

“如今还有时间，你可以早作打算。”

“申后才是后宫之主，此事又何须问我？”

“大王在临走时将整个后宫托付给你，如今这九鼎也只有你有权代他使用！”

“虢上卿真是个人才！”褒姒拍了拍手，推开洪德转过身去。她的面色铁青，一时之间也想不到什么好方法，甚至这才发现原来自己已经重要到非被人除掉不可的地步了，借还是不借都是问题，“我心中有数，哥哥请回府吧。”

“我该怎么做？”洪德满面茫然。

“你该怎么做，又何须问我？以前的十几二十年没问过，以后也不必问，我不是褒家的人，你走什么路我都负不起这个责任。”褒姒唤来殿上下人，“送褒公子出殿。”

“是，娘娘！”下人回话道，然后伸手看着洪德，“褒公子，请吧。”

洪德看了看褒姒：“改日我再来看你。”

褒姒转过身，连停都没有停地朝着后堂走去，除了能等能忍，她也一样能狠下心来，只是褒姒没想到洪德会这么轻易地说出秦国的部署。赵叔带要的东西，她已经略知一二，剩下的便是秦军的行兵布阵，这点洪德不一定是不想说，很可能是不知道！虽然如此，可褒姒还是有些不放心，想要潜入洪德府上。

打定了主意的褒姒，已经全不似前几日那般慌乱了，她坐在桌案前，用笔在布帛上写着繁杂难懂的小篆，修长的字迹印在白布之上，她用了很大的篇幅教廿七利用自己王姬的身份在郑家来去，她需要讨好的只有郑伯一人而已，至于如何对待郑家主母，根本不必去费心。

廿七一方面是王姬，身后有自己和周王撑腰；另一方面，郑伯友也曾答应要护廿七周全……这位主母对廿七是无可奈何的，便是有意刁难也是不痛不痒之事，伤不了廿七的筋骨。

褒姒写了一半忽然叹了口气：“当日她出嫁赶上郑夫人下葬，大王出兵，几件事在一起，本以为嫁妆是办齐了，可如今才发现到底还是缺了最重要的一样。”

“什么？”秀秀问道，“那清单是我点的，没看出少了什么。即便是少了，郑家是大户，难道还不能为她置办吗？”

“少了几个合用的人。”

秀秀恍然大悟：“这倒当真是重要。不过娘娘不必担心，郑夫人嫁入宫中之前也曾有几位合用的下人，如今我将这名字写下来，你再交给她，她向郑伯去要，郑伯不会不给的。”

“也好！”褒姒没法千里迢迢地从宫中送批人去，这算是最好的法子了。她低下头继续提笔，向廿七交代别的事情。阻挠郑晋结盟，一方面可以彻底瓦解晋国吞并郑国的野心，另一方面也可能会促成秦晋结盟。秦晋两国相距不远，同为大国，两者的结盟就会诞生一个可怕的势力集团。

晋殇叔同嬴德一样，篡权夺位，二人的野心也就可见一斑了。

褒姒猜测郑伯友的不作为，也是害怕将晋国逼到秦国那边。思忖前后，褒姒倒觉得此事不必太过担心，秦晋两国若是结盟，势均力敌，嬴德和晋殇叔阴险狡诈，在日后的利益分配方面必定存在诸多分歧，到时候再离间二人，总比今日就牺牲郑国好。

如今郑国居于九州中央，东临齐国，西接镐京，所以郑国决不能落入别人之手。

褒姒写完这信函，待墨迹晾干，折起手中的布帛，却有些愁眉不展。

秀秀见状不解：“如今一切都有了应对的计策，娘娘这是怎么了？”

“除了赵上卿，还有别的方式与郑国通信吗？”

“娘娘不想将信笺交给赵上卿？”

褒姒点了点头，她根本不想和赵叔带商议此事，也不打算和赵叔带提及秦国下一步的动向。她怕自己一说，赵叔带又要嗤之以鼻，然后逼自己按她的方法行动，她也害怕自己给廿七的这封信会被赵叔带拦截。

“郑国在镐京城中有驿站，往日郑夫人同老夫人通信便是通过郑国驿站，娘娘若是放心，秀秀替您跑一趟？”

“此事千万不能让赵上卿知道！”褒姒将手中布帛交给秀秀，千叮咛万嘱咐。她害怕赵叔带发现自己没有按照他的方法行事，会五花大绑地将她按在洪德的床榻上，让洪德索取他想要的一切。

“我会小心的！”秀秀将褒姒的布帛封在竹筒中，揣进了兜里，口中喃喃重复着“千万不要撞到赵上卿”的句子一路小跑，眼看着就要出宫门了，却被人给挡住了。秀秀颇不耐烦，抬起头准备呵斥拦路之人，这话到了嗓子眼儿又咽了下去："赵……赵上卿？"

"要出宫？"

"娘娘差我去办些事情。"

"何事非要出宫？"

秀秀答不上个所以然来，也没想着先准备个什么理由来搪塞赵叔带，看她惊慌失措的表情，赵叔带冷笑了一声："娘娘托你去郑国驿站送东西？"

"没有！"

"没有？"赵叔带说得慢条斯理。褒姒放在他那里的竹筒他起初兴趣不大，可因为与褒姒的嫌隙越来越大，就忽然来了兴致去拆，将里面的布帛拆出来，里面一共就写了"收局"两个字，这话叫赵叔带摸不着头脑，不相信褒姒写这两个字廿七就能读懂，揣摩了一番，忽然意识到这话是说给郑伯友的。

如今郑伯友在郑国所遇的困厄赵叔带也略有耳闻，看来如今褒姒是急了，若说这两人真没私情还确实令人难以信服，比起洪德的不伦之爱，褒姒与郑伯友之间的惺惺相惜才更令赵叔带担心。他要扶褒姒坐上王后之位，让伯服取太子而代之，褒姒就决不能踏错一步。他差人盯着琼台殿的一举一动，见秀秀从琼台殿里鬼鬼祟祟地出来，盯梢的侍卫便立刻回禀。赵叔带停下了手里的一切工作去拦秀秀，他看着惊慌失措的秀秀伸出了手，面上带着洞察世事的笑意："还是给我吧，不然今日你连这个门都踏不出去！"

秀秀看着赵叔带，一步步朝后退。

"是我搜，还是你自己交出来？"

"秀秀真不知道大人在说什么，娘娘托我给世子洪德带句话……"

"洪德这会儿正在酉阳宫呢！"

"不是，"秀秀眼神乱飘，"是托我给家中带句话，这话要带回褒国去！"

"哼……"赵叔带冷笑一声，挥了挥手，对着两旁的侍卫说道，"带走！"

"是，大人！"两旁的侍卫说罢将秀秀架了起来。秀秀双腿在空中乱蹬着，口中不断地嚷嚷着："赵上卿，若完不成娘娘的叮嘱，娘娘会怪罪的！"

赵叔带从兜里掏出了一块布帕，将秀秀的嘴严严实实地给堵住了。而此刻的褒姒正在前往东宫的路上，对这里发生的一切全无察觉。多日来对申后闭门不见，她想申后的容忍应该已经到了极限，如今强秦当前，她必须和申后联手，为大王制造舆论。

申后的下人来报，说褒姒前来拜谒，申后吃了不小的一惊。下人又问了句：

“见还是不见？”

申后这才反应过来：“快宣！”

“是！”下人退出殿外，宣褒姒上殿。褒姒走进东宫正殿，向申后拜谒：“参见申后！”

“你我之间就不必有这么多礼数了。”

褒姒从申后的表情里看出了她对自己多日来闭门不见的不满，却又因为申后的身份不便发作：“春夏之交，褒姒体弱，偶感风寒，全身困乏无力，每日卧床休息，怠慢了申后，还请申后恕罪。”

“既然是感染了风寒，好好休息也是应该的。只是你这风寒未免太严重了，这都快一个月了，祭祀你都不参与，别的夫人嫔妃都向我抱怨，本宫这一碗水都快端不平了。”

“多谢申后庇佑！”褒姒语气温顺，放低姿态。

“罢了罢了，如今倒是全好了，看起来气色也不错。”

“风寒怕是一时半刻还好不了！”褒姒意味深长地说。申后看着褒姒的表情愣了一下，又转而看着屋里的下人：“随本宫去后堂说话吧，这大殿有些冷。”

“是！”褒姒跟在申后的身后。

后堂的厢房中空无一人，小小的房间透着春日的阳光，暖意融融。褒姒看着下人们退下去，房门关起，才小心翼翼地开口问道：“申后可知道这些日子里发生了什么大事儿吗？”

申后一脸茫然地摇头。

“那日洪德酒后失态失言，我也是从他口中探听而来的！”

“说了秦国的事情？”

“听说大王在齐国战败，情况不乐观。”褒姒满面悲戚，说得有模有样，“这事年前就传来了，舅舅却一直瞒着，所以镐京城知道此事的人不多。哥哥说出来我才知道，秦国竟要利用此事大做文章！只怕不日，这消息就会传得天下皆知了。”

申后极为惊恐，半晌说不出话来，虽然早做好了战败的准备，可消息真的传过来，她还是觉得难以接受：“大王有何打算？不然不要打了，让齐国去处理这事就是了！”她眉头紧锁，拧在了一起，拉住褒姒的手腕十分急切地说道。

“大王自然还要整兵再战，”褒姒的语气并不急切，“虽说首战不利，可我觉得或许大王早有计划，兵败只是佯装的，为的是叫东夷因此掉以轻心，对大王疏于防范，届时就是大王横扫东夷的时候了！”

申后听褒姒这么说，也觉得颇有道理，长舒了一口气：“确定吗？”

褒姒摇摇头：“赵上卿既然拦截这个消息，怕是原本没这么打算。”

申后能够理解褒姒的想法，便点点头：“你这几日在琼台殿闭门不出，可是为了此事在四处奔波？”

“是赵上卿不准我出门！”褒姒颇为嗔怒，“他担心我将此事拿来与其他人商议，会有几个口风不严的将消息泄露了。此事若过早泄露，叫天下知道大王战败，民心会不稳，秦国也就有了出兵的理由。一旦秦国出兵，这时局可就控制不住了！”

“如果告诉天下这是大王的计谋呢？”

“如今嬴德也想在这事上做文章，我从洪德口中探听到秦国打算借此事出兵助阵。就算是赵上卿千防万防，秦国还是得到了消息，正在进一步验证，之后就会点将出征！”褒姒的话叫申后面色惨白，可她也觉得褒姒的话不能尽信：“洪德毕竟是你的哥哥，又是秦国大夫，嬴德的左右手，本宫怕你到时候夹在中间为难啊！”

褒姒苦笑了一声：“便是我认褒家，也要褒家认我啊，便是我护着褒家的周全，也要褒家领情才是！如今父亲恨不得从未生过我，我又怎么会被夹在中间？我根本没有利益两头，又何来左右为难一说。”

“唉……”申后叹了口气，“真是难为你了，改日该和你父亲好好解释一番。”

“还有这个必要吗？此番若不能争取到洪德，只怕也就没有以后了，若非我将褒家置于死地，便是褒家将我推上绝路。”

申后不知道该如何出言安慰，目光中充满怜悯和同情：“此事你也不必太过勉强，顺其自然就是了，朝中士大夫不少，也不乏诸侯，不是每件事都要我们女人挡在前面强出头的！”

“好赖我如今也算是有个归宿，若护不住镐京城，便会落个不能善终的后果，便是不想强出头，又能怎么办？”

这话令申后动容，心中被褒姒悲戚的音调所俘：“如今该如何是好？”

“若秦国发兵，上奏质疑大王行军布阵的能力，天下都会被秦国欺骗，认为大王战败是带兵不力所致。秦国一旦出兵，天下就会拍手叫好。战场上的事情，刀剑无眼，嬴德插手其中，秦国又兵力强盛，他若心怀鬼胎，会对大王不利。”

申后思忖片刻问道："没有办法了吗？"

"如今败局已定。"褒姒眼神中充斥着希冀的目光，在期待申后给出一个合理的建议。申后站起身在厢房中来回踱步，回想刚才褒姒所说，若将战败归咎在大王的计谋上，这话太动人了，人们常常只愿意相信自己想相信的事情，而这个解释便是人们愿意相信的。

"我有个法子，"申后顿住了脚步，转向褒姒，"与其等秦国将此事捅破让我们被动，不如由我们先说，大王战败是为东夷设下埋伏，叫东夷掉以轻心，大王才好不费吹灰之力攻下东夷。一旦东夷为我大周所有，这东面就都是周朝的疆域了，这宏图一经描绘，怎么可能不动人？"

"可行吗？"

"只要我们先说，手中就握有主动权。一旦让人们先建立了这样的想法，那么日后嬴德想来颠覆这说辞，也要费一番工夫。"申后点点头，在战争开始时她曾在褒姒的建议下如此帮大王笼络过人心，如今也不过是如法炮制，唇齿如刀剑，舆情危机或许比沙场战况更可怕。

"如何叫天下相信呢？"

"此事交给本宫，只要朝中士大夫们相信我，天下百姓自然也会相信的！"

"那就全凭申后做主了！不过此事要快，不能叫秦国窥探先机！"

"放心吧，秦国便是兵强，也在千里之外。"

"秦国在千里之外不错，可是秦夫人……"褒姒提点道。这厢房之中迅速安静了下来，申后看着褒姒良久："秦夫人不能不防！"

褒姒并不反对这个看法。

"秦夫人势力不小，防范起来不是易事。"申后表情有些苦涩。她和秦夫人斗了这么多年，每次都会落下风，如今秦夫人能将郑夫人置于死地全身而退，她绝非简单的角色。

"有一个人或许可以用上。"

"谁？"

"卫夫人与秦夫人最近走得近，若她能从秦夫人口中探听到什么，申后便能有所防范了！"

"此事根本不可能。"

"若是连申后都觉得她不可能从别人口中探听到消息，秦夫人又怎么会防她？"

这话叫申后陷入了深思，看着褒姒又转过脸思忖了片刻，起先还不觉得卫夫人是个角色，可细细听着褒姒的分析，才发现卫夫人也不简单。多年来凭借着粗浅的功夫，令后宫众人从未将她当回事，可她不也搅得几位夫人和申后没有一天相安无事的吗？

褒姒和申后的一番长谈，令她达到了前往拜谒的真正目的。

而秦伯嬴德，便是从现在开始确认消息点将出征，也要耗去不少时日。而他刚登诸侯之位，此事必定要确保万无一失，还要不给嬴开留任何机会，他必须慎之又慎！嬴德越谨慎，镐京城就越安全，他们就能争取更多的时间阻止嬴德。

只要时日拖得足够久，褒姒就有把握叫嬴德扑个空，可所有的这一切终归还是要大王在后续的战事中传来捷报，这才是真正逆转镐京城之困的方法。而这件事他们身处镐京城中的人却都插手不了，唯有等待。

此刻，秀秀还在太宰宫中，没能抵达郑国驿站。

赵叔带命人将秀秀架起来，双手双脚捆缚在绞架上，像对待一个犯人。秀秀拼命挣扎，可没有丝毫的作用。赵叔带一遍又一遍地问她，她却一次又一次地摇头。赵叔带逼不得已，让人动了手搜身，秀秀拼命挣扎，捆缚她的架子剧烈地晃动着。

秀秀被几个男人如此摸索，觉得备受羞辱，面色从通红变成了绛紫，两眼的泪水止不住地下落，滑过面颊。她从未受过如此不堪待遇，恨得牙齿紧紧地咬在一起。

侍卫们从秀秀的身上搜到了信笺，递给赵叔带，赵叔带展开来看，眉头渐渐地皱在了一起，似乎不相信自己费了那么大的劲儿找出来的就是这么一个东西，他一把拽出了堵住秀秀嘴的白布："娘娘只说了这些？"

"娘娘同廿七姑娘叙旧，不想被上卿瞧见自己的女儿态，所以才叫我前往郑国驿站送信的，赵上卿以为呢？"秀秀狼狈不堪，却气势逼人。

赵叔带叫侍卫将秀秀松开，她浑身无力差点跌倒在地。赵叔带眼疾手快将她扶稳，小声在她的耳侧说："老夫多有得罪，也是出于无奈。这一二日，我与娘娘的关系你也看见了，如今形势危急，大王在东夷又受挫，此事只怕会被诸侯拿来大做文章。郑伯与大王关系微妙，他又曾经钟情于娘娘，我怕娘娘自作聪明，做了不该做的事情！"

秀秀瞪了一眼赵叔带："大人这话无非就是不让我告诉娘娘今日发生的一切。"

"你若是说了，只怕对你对我，都没什么好处！"赵叔带说罢，叫侍卫下去将竹筒又封了起来，递回秀秀手中。秀秀一把夺过这竹筒，面上带着讽刺的笑意："我也不傻，说出来只会让娘娘认为我办事不力，如果没有别的事情了，我就告辞了！"

"你今年多大？"赵叔带这话令秀秀一惊，转而问道："和上卿有何关系？"

"廿七跟着娘娘，如今能嫁给郑伯做二夫人。此时也不该亏了你，老夫可以为你做主，将你婚配于朝中士大夫，你也到了该嫁的时候了！"

秀秀却反过来诘问赵叔带："赵上卿这么急着将我嫁出去，就不怕娘娘对你起疑？"

赵叔带眯着眼睛上下打量着秀秀，却不说话。

"赵上卿，小动作越少越好，做得多了，容易被人察觉！给廿七的那封信还请赵上卿尽快送到，虽只有收局二字，却省不得。否则……廿七在郑府之中怕是要慌了手脚，大夫人处处针对廿七，廿七若还不收局，就没有胜算了！我若再不出宫，娘娘也等不及了！"

秀秀回来的时候天色已经全黑，褒姒就猜到她途中遇到了事情，瞧着她进屋时狼狈的模样，轻声说道："沐浴的水我差人放好了，收拾一番吧！"

"娘娘？"秀秀有些惊讶。

褒姒拍了拍秀秀的肩："舅舅下手不会顾及情面的，你受委屈了吧？"

秀秀的眼中溢满了泪水，鼻头酸酸的，看着褒姒忍不住哭了出来，浑身颤抖轻咬下唇。

褒姒叹了口气："看来比我想象的还要严重。"她轻轻抱了抱秀秀，秀秀将头抵在褒姒的肩上，抹掉了面颊的眼泪，直起身子吸了口气："没事儿，秀秀只是没想到娘娘安排得这么妥帖。"

"先去沐浴吧，一会儿水凉了。"褒姒的语气像是沁着某种芬芳。

"谢娘娘！"秀秀"咚"的一声跪了下来，仰头看着褒姒。褒姒立刻俯下身子将秀秀扶了起来："你我之间就不必客气了。"

"他日若是娘娘有难，秀秀就算是粉身碎骨，也在所不惜！"秀秀的誓言叫褒姒轻笑一声："我怎么会让事情发展到这种地步，他日若有机会，也该张罗张罗你的婚事了，女人总是要成家的。当日郑夫人就想过让你嫁回郑家，我怕你受委屈，不敢做主。"

"秀秀不要嫁人！秀秀只求做娘娘一世的奴婢。"

"那怎么行呢？"

“我知道娘娘是为了秀秀好，可我在这宫中待了这么多年，又在郑府中多年，对女人之间的尔虞我诈看得虽透彻，可始终比不了娘娘玲珑剔透。想要活下去，讨自己夫君的欢心，又能在女人堆中游刃有余，秀秀自问不是那个料。娘娘若怜惜，便叫秀秀跟你一世，纵是无爱无欢，可这一世求个平安，睡个安稳，岂不是人生最大的幸事？”

褒姒看着秀秀怔了怔：“你才是真正的玲珑剔透，再不去沐浴，水就真凉了。”

“是，娘娘！”秀秀带着哭腔笑了，朝着沐浴的房间走了过去。褒姒看着秀秀的背影，面上温柔的神情又敛了起来。赵叔带竟然开始对她起了疑，连往来的书信都要一一查验，褒姒若是舍了郑伯友这枚棋，日后公子启之再夺了郑伯之位，那她叫群臣忌惮的优势也不复存在了。

秀秀揣着那封信临出门前，褒姒就叫住了她：“你把这封信背下来，然后烧了。我再写一封信，你带着我写的那封出宫，至于烧掉的就等到平安出宫后，在郑国的驿站里你再写下来。”褒姒再次提笔，写的不过是女人间的琐事。

廿七先收到褒姒写的“收局”二字，她参详了很久，却不得其解。

第二十三章

温言软语请君心，只言片语定臣意

嫁入郑家至今，廿七给褒姒一共写了两封信，每一封都写了数百字来阐述郑国的情况，不管褒姒会不会对郑伯施以援手，可她觉得褒姒是想知道郑伯近况的。然而褒姒不是没有回信，就是只回复了两个字，这叫廿七觉得心寒。

廿七甚至不知道自己是不是应该再写一封信给褒姒。笔墨放在桌上，这支郑伯友送的狼毫中锋却仿佛重逾千金，让廿七无法提起。她坐在桌案前放空，什么都不想思考。她恍然的神情被门外传来的敲门声拉回了现实，还不等廿七说声“进”，敲门的人就推门而入，廿七下意识地将手中布帛藏进了衣袖：“姐姐？”

大夫人笑了笑，随意踱了几步，关切地问道：“这几日怎么不见你去老爷那儿？”

廿七不知道大夫人又开始打什么主意了，虽然与她认识的时日不多，可廿七觉得大夫人实在令人难以忍受，看起来温婉大方，实则处处透露着一股控制欲，越是如此，还越是要表现出自己的大度与从容，简直令人作呕！

廿七满脸堆笑地应付：“近日老爷为了郑国的事情颇为烦躁，廿七也帮不上什么忙，不敢去打扰，怕是只有大夫人才能为老爷分忧了，毕竟晋国是姐姐母家不是？”

“老爷被琐事缠身，情绪不佳，你刚刚过门，总是这么窝着，得出来多走动走动，便是帮不上忙，和老爷说说话也是好的。”大夫人的一反常态叫廿七面上透着股毫不掩饰的冷笑："姐姐说的是。"

"灶上炖了汤，一会儿你给老爷端去吧。"大夫人吩咐着，廿七则温顺地应道："是！"

大夫人这才满意地点点头，转身出门，临走时还不忘和这屋子里的下人交换了一个眼色，廿七竭力按捺住自己的怒火，佯装什么都没看到。大夫人的一席话点醒了还在懵懂中的廿七，她想"收局"二字自己虽然看不懂，可郑伯也许明白。想到这里廿七就迫不及待地转身吩咐房中的下人："你代我去灶上将煨的汤取来，我要去一趟书房。"

"是，二夫人。"下人躬身应道，去后厨将热气腾腾的瓦罐端了回来。

廿七要接过这托盘，下人却向后退了一步："还是叫我跟二夫人一道过去吧，这瓦罐太烫，怕伤到夫人。"

"也好，"廿七明白这人是得了大夫人的命令才执意如此，平日里她要个帮手找不到人，如今上赶着来搭把手，不用问也猜得出原因。这宅子里女人们的手段低劣，叫廿七觉得啼笑皆非。她走到郑伯友的书房门前轻轻敲了敲，内里传来了郑伯的声音："谁？"

"是我！"廿七答道。

里面沉默了一阵，廿七才听出郑伯友的书房里有客人。窸窸窣窣了一阵，没过太久，门忽然打开，郑伯友站门口看着廿七问道："有事儿？"

"大夫人说，老爷这几日辛苦，嘱咐了后厨给您炖了汤，差我端过来。"廿七挥了挥手，身后的下人上前一步，郑伯友霎时间露出了些失望的神色。这表情，廿七明白，今儿一早她接了宫里来信一事儿郑伯友是知道的，他大概以为她是来替娘娘带话的。

廿七从下人的手中接过了瓦罐，迈步进入书房，这里已经没有人了，只剩下桌上翻得乱七八糟的竹简。她小心翼翼地环顾着四周，猜测这里还有密道。

郑伯友关上房门，折回到桌案前："汤放下吧，我一会儿会喝。"

廿七从袖口抽出了布帛交给郑伯友，郑伯友皱着眉头准备说话，廿七却用手指堵住了他的唇，指了指门外，故作夸张地说道："还是我来伺候老爷吧？我怕下人服侍不周。"她从汤羹中舀了一勺放在郑伯友的唇边，替他吹了吹。郑伯友尴尬了一下，头下意识地往后仰，却还是张开了嘴。

瞧着郑伯友被人强迫的样子，廿七忍俊不禁，用袖子掩着嘴，小声说道："娘娘送来的信，我看不懂，所以觉得这信大概是给你的。"

郑伯友的身体僵住了，想要展开布帛，却被廿七按住：“也不急于这一时半刻！”说完这句，她的声音又大了，换成了娇俏的笑意，“老爷，不要啦，还没有入夜，这么做不好吧？”这话中充斥着得意的娇嗔，言语中的拒绝根本就像是迫不及待。

郑伯友愣住了，整个人都僵在了那里。

廿七的目光瞥向窗外，复而又喊了一声，坐在书桌上荡着自己的双腿。她娇嗔的声调不免令人血脉偾张，一声又一声，口中还喃喃地说着“不要，不要……”口吻却满是欲拒还迎。窗外人影忽然朝远处跑去，消失不见了，廿七这才安静下来，从桌上跳下来，“郑伯也不配合，我一个人在这里自说自话，怪丢人的。”

“大夫人找人监视你？”郑伯友已经明白了廿七的用意。他浑身上下都有些不舒服，被一种燥热充斥着，褒姒的来信和廿七的娇喘简直就像是一剂春药，叫他下意识地绷紧了身上所有的肌肉去控制蠢蠢欲动的心。

“这几日你对大夫人闭门不见，她是想差我来套话。你对她有微词，却要将我拉下水，如今我自保都尚且不能了，还要蹚这浑水。郑伯若是怜香惜玉，也该在我身上放几分柔情吧？”廿七走过去坐在了郑伯友腿上，一手钩住他的脖子，一手从郑伯友的手中拿过轻飘飘的布帛，“娘娘只写了两个字，收局。”

“收局？”郑伯友听到这话也是一头雾水，想去拿廿七手中的布帛，廿七却将自己的手塞进了郑伯友的手中。郑伯友猝不及防，紧紧地将廿七柔若无骨的小手捏在了自己手里，她媚笑着，郑伯友却僵住了，动都不敢动。

廿七站起身，俯瞰着坐着的郑伯问道：“我嫁的夫君能如此坐怀不乱，你说……我真是该高兴啊！”她俯下身子在他唇上落下一吻，带着冰凉的咸咸的泪水，然后直起身子擦掉了脸颊的眼泪，“娘娘的话我带到了，不打扰了。”她直起身子走出书房，不断地擦拭着往外涌的泪水，小声地啜泣着。廿七想忍住心头的委屈，却又控制不住，她不想在他的面前哭，可泪水就是那么不争气地一颗颗往下掉，她越走越快，最后跑了起来。

郑伯友的脑海中十分混乱，摸了摸留在脸上的泪水，又展开了被捏成一团的布帛，上面的的确确只写了两个字：“收局。”

“收局……”郑伯友重复了一遍，手指在桌面上轻磕。他想起第一次见褒姒，他正在和赵叔带下棋，进门的褒姒打断了这场棋局，褒姒只是轻轻地扫了眼残局，就知道了他的棋路。

是的，郑伯友猛然醒悟过来，如今他的棋盘上只有别人的黑子，却没有自己的白子，该是反击的时候了。这种心意相通的快感让郑伯友莫名地血流上涌，心口翻腾着一股难耐的悸动，越发烦躁。他起身锁上书房的门，朝着大夫人的厢房走去，步子轻飘飘的，落在地上的脚印无比凌乱。

郑伯友推门而入，那个从书房跑回来的下人，还在给郑夫人绘声绘色地描述廿七在书房中勾引郑伯之事，听得大夫人面色苍白、手握成拳，青色的血管浮在白皙的皮肤上，手用力拍在桌上，还不及开口发怒就瞧见郑伯友进来了。她的瞳孔瞬间放大，嘴巴张得很大，半晌吐不出一个字来。

郑伯友皱了皱眉，将下人请了出去。

大夫人赶紧起身相迎，还不忘解释："她来找我是为了……"

"不用解释，把你的人从廿七的房中撤出去！"郑伯友不满地说着，却解开了自己衣服上的扣子，松了松衣领，想借此透一口气。这画面难得一见，大夫人也有些怔住，盯着郑伯友木讷地应声："是！"话音落地又觉得不妥，"可廿七没人使唤也不合适啊，毕竟是王姬，我是怕服侍不周，才将我这边的下人差遣过去的！"

"这事我自会安排的，"郑伯友有些不耐烦，"以后廿七的事情你不要插手。"

"我也只是……"大夫人想要抱怨两句，却被郑伯友打断了，"你得罪不起她，她如今不计较便罢，日后若是计较起来，我们整个郑府也担不起这责任！"

大夫人这才猛然意识到，或许娶廿七并非出自郑伯友的本意，她毕竟了解自己的夫君，他绝不是一个到处留情的男人。她转而用温婉的声音说道："你这几日都在书房里处理政务，都没休息好吧？"她朝前走了一步，帮郑伯友继续解身上的衣服，冷风灌进来，叫郑伯友觉得异常舒服，整个人也似乎好了些。

"是有些累！"郑伯友没有去阻止大夫人的动作。

"我服侍你休息吧？你也不是铁打的，总要缓缓。"大夫人踮起脚尖在郑伯友的耳畔说道，温热的空气吹拂着郑伯友的耳垂，令刚才就已经躁动不安的心陡然变得更加无法平静了。见郑伯友这副神情，大夫人的面上浮起了笑意，将唇从他的耳根移到了他的唇上，浅浅吻着他，灵巧的手将他身上的衣物一件件褪去。

郑伯友闭上眼，一手揽住了大夫人柔软的身体，一把将她抱了起来，朝着厢房之后的卧房大步走去。按捺不住心中的欲望，动作也莫名粗鲁了起来，全不似那位谦谦君子的彬彬有礼，可是这样的莽撞在女人这里通常都很受用。

郑伯友被廿七撩拨起来的情绪却只能发泄在大夫人身上，对他来说，大夫人纵有千般不是，也是他的正妻；廿七纵有千般好处，可他对褒姒那份难以言喻的情分让他不敢动她。洞房那晚若不是因为自己喝得太多，怕也不会和她有了那番关系，既然有了，本来也应该对她负责，可是他又做不到。

在娶廿七这件事上，郑伯友恨透了自己，深感自己的无能与无用。

从午饭过后缠绵到傍晚时分，郑伯友耗尽了自己身上的每一寸力气，大夫人也觉得全身酥软，就像是被泡进了醋坛子中的骨头，如一摊烂泥般躺在床上，紧贴在郑伯友炙热的臂膀。

郑伯友闭上眼，声音中带着疲惫的沙哑："我是不会和晋国结盟的，此事你也不要夹在中间。"

"你说什么？"大夫人强撑着自己的身体看着郑伯友，刚刚到了情绪的制高点，又被人一桶冷水泼下来给拉回了现实，"结盟对你有什么坏处？就因为我是晋穆侯的女儿，你才拒绝的？"

"郑国永不结盟，只要我在郑伯之位上一日，这情况就一日不会变！"

郑伯友的语气淡淡的，却令大夫人感到害怕，她劝说道："如今天下都在结盟，我们若不结盟，那么迟早有一天就会被秦国的铁蹄碾碎！"

"不管别人怎么做，郑国是我说了算！"郑伯友伸出手将大夫人揽进了自己的怀中，"睡吧，郑国的事不用你操心！"

"我……"大夫人转向郑伯友，发现他已经睡着了，也不好再说些什么，内心的翻涌让她无法入睡，即便是身体已经到了极度困乏的境地。

郑伯和大夫人缠绵半日的消息不胫而走，很快就从大夫人的厢房传到了廿七这里，那下人得意地转述着二人的房事："郑伯体力倒当真是好得很哩！大夫人过门十几年，郑伯也从未娶过别的女人，爱大夫人爱得紧呀！"

"怎么？你想嫁？"廿七瞪了一眼说话的人，手重重地砸在了桌面上。

"没有啊，"下人看着廿七的怒意，颇为得意，"我也只是随口说说，二夫人不爱听，我说别的就是了！"

"给我出去！"廿七指着自己厢房的门，大吼道。

"是！"下人敷衍道，带着不加掩饰的高兴从这屋子里退了出去。廿七双拳砸在桌案上，恨不得大喊出来，可理智压过了她的情绪，她硬生生将这口气又憋了回去。输给褒姒她认了，可输给大夫人算什么？她哭了出来，浑身颤抖，将头掩在了胳膊里，趴在桌上觉得无比绝望。

她不知道该怎么办了，对郑伯的感情捆缚着她的理智，可如今只落得一个举步维艰的境地。

还没过晌午，就有人传话来，说要将廿七房中的下人都调走。廿七觉得有些烦，根本没有仔细听对方说了些什么，恨不得这些人赶紧从自己面前消失，可这种感觉却又十分不好受，心里空落落的，像是被打入了冷宫的嫔妃。

不知过了多久，郑伯差人过来了一趟，问廿七需要多少人手，他从他的身边调人。

“你回去叫郑伯亲自来一趟！”廿七打发道。

“二夫人，郑伯如今正忙着处理正事儿呢，没这个时间，还望夫人谅解！待此事尘埃落定，郑伯说会来看二夫人的！”下人口中虽然叫着二夫人，可眼中却没有什么尊敬的意思，现在形势明朗，谁都看得出这位新过门的王姬并不得宠。

廿七咬着牙，太阳穴上青筋暴起：“告诉郑伯，今日不来以后就不用再来了！这责任他最好担待得起！”她发完脾气，转身进了里屋，将厢房的木门重重摔上，发出“哐当”一声响。被扔在门外的下人愣了一下，嗤之以鼻地撇撇嘴：“有什么了不起的？”然后转身就回郑伯友书房回禀去了。

“她怎么说？”郑伯问道，眼神投在竹简上，一扫往日的消极。郑国大小政务事无巨细，他都要问询决议，如此才好决定如何收拾这个周王布了一半就撒手不管的残局。

“二夫人要老爷今日抽空过去一趟！怕是生着老爷的气哩，她毕竟年纪太小……”

“我知道了，晚些时候吧！”

屋子里的廿七心头郁结难消，将手掌握成拳使劲儿地捶打着自己的胸口，几乎能吐出一口鲜血来，怎么都觉得心里很不是滋味。只要想到昨日大夫人与郑伯友云雨的画面，她就气得浑身战栗，恨不得能将郑伯友爱慕褒姒的事情和盘托出，最好还能嘲讽大夫人几句，好看看她哭丧的嘴脸：“冷静，冷静，一定还有别的办法！”廿七不断地劝慰着自己，可再想起褒姒的回信，心头的这股怒火又“噌”地一下子冒了起来。

就在这个当口，忽然有人前来敲门，廿七大步走过去，不耐烦地拉开门，冲着门外嚷嚷：“还有什么事儿？”

“二夫人，驿站有您的信。”送信的人客客气气地说道。廿七有些不解，打量着这信函问：“何人寄来的？”

“不知道，从镐京城的驿站发出来，今日才收到，没敢耽搁就给送来了！”

廿七从身上摸出了些散碎的钱币，信差却不敢接：“二夫人客气了，在下职责所在。”

“就当是茶水钱了！”廿七说着将钱币推了出去，对方也不再拒绝：“日后二夫人有要吩咐在下的事情，差人去驿站说一声便是！”

“多谢！”廿七目送着信差走远，立刻回房将信笺拆开，里面白色的布帛上密密麻麻地写满了字，可字迹不是褒姒的，所以她先看了落款，上面写着秀秀代笔。代何人之笔，不用问也猜得出，可为何发来的信要一前一后经过两个渠道，还要找人代笔，这令廿七心中满是疑窦，深知褒姒在宫里的日子不好过。

廿七跺了跺脚，心中焦急不已，也不知如今宫里发生了什么事，她紧张地捏着这布帛，布帛很快被汗水浸润。她坐立不安，逼迫自己冷静下来去看信函的内容，廿七费了很大的力气才读懂褒姒是要告诉她如何在郑府中安身立命。

褒姒一是告诉廿七将郑夫人的几位贴身奴婢要来，用着要比大夫人差遣给她的人放心；二是告诉她做自己就好，大可以仗着郑伯一定会护着自己，慢慢地拉拢郑府中人；三是请她转告郑伯，待人接物要狠得下心，杀一儆百。看完这封信，廿七的心跳得很快。她将信放在胸口，默默地背了一遍，然后将这布帛烧掉了，她感到有场大战即将上演了。

第二十四章

秦伯野心匡天下，乱世各人怀鬼胎

褒姒正站在翠绿的湖水旁，放眼眺望远方，神情肃穆。吹过的微风撩起她的裙摆和青丝，白色的衣袂飘飘，显出一派清远和淡然。去年今日，她刚刚入宫，离家的狼狈、入京的茫然，同她的今时今日相比，那早已是另一个人了！

那时，这荷塘里的荷花还没开，这琼台殿还没有主。

这一面湖水翠绿，却远没有表面上看起来这么平静。如今申后利用申侯在朝中建立的威信造成了一种大王深谋远虑、放弃短期利益追逐最终胜利的假象，事实是否如此已经不再重要了，因为大家已经相信战局不利已经得到了解决。而远在秦国的嬴开得知此事简直是暴跳如雷，连写几封信函要召回洪德！

申后造了势，剩下的就交给褒姒了。

嬴德的兵最迟也不会超过今年五月动身，秦国和别的国家情况稍有不同，毗邻犬戎常年戒备，因而秦兵骁勇善战。秦兵虽强，但秦国不富，越是如此，才越是叫嬴德想要扩充疆域。这种扩充的欲望，却因为周王的铁腕叫他不能肆无忌惮，他本以为东夷战场的兵败是他最好的机会。

钳制嬴德的方法有两个：一是内忧，嬴开的存在始终对他是个威胁；一是外患，诸侯绝不会纵容嬴德肆无忌惮地扩张疆域。更何况，褒姒并不相信嬴德的兵马有横跨大周作战的能力，毕竟当年跟随世子世父出生入死的那批将领是效忠于二公子嬴开的，他们也随着嬴开一起潜逃了。而留在朝中的不过是些阿谀奉承、见风使舵之徒罢了！褒姒需要的是大王的捷报，哪怕只有一个，这场局她就赌赢了！

而周王不胜，褒姒就会面临一个两难的抉择。

一旦秦国索要九鼎，给还是不给？

褒姒的后路是，大王的捷报传不来就只能依靠赢开这个内忧了，此事唯有洪德去安排最为合适。如何走好洪德这步太过容易失控的棋，褒姒始终不得要领。

如今这担子压在了她身上，她感到无比沉重，也不知道自己是不是应付得来？天色渐渐暗了下去，月亮从黑暗中爬起，挂在宫殿的屋顶之上。褒姒才与秀秀从门外回来，一进大殿就瞧见赵叔带站在那里，正背着手来回踱步，似乎有什么重要的事情今日一定要说。褒姒瞧着他，又抬头看了看这天色："舅舅这么晚过来，发生了什么事？"

"我来和你说几件事情！"

褒姒看了一眼秀秀，秀秀就准备带着下人撤下去，赵叔带却忽然开口说道："你留下！"

"舅舅想说什么？"褒姒意识到事情不太妙了。

"听说你安排了申后为大王制造了些言论，如今看来这效果不错！"赵叔带没有直接回答褒姒的问题，顾左右而言他，"如今虢石父在朝中暂时失去了权力，最近又和秦夫人走得近，怕是在谋划着帮赢德争取出兵的机会！"

"没有大王，虢石父自然什么都不是！"

"话是这么说没错，可连虢石父自己都不清楚，赢德并非要扶秦夫人坐上后位，而是要取代大王。他以为赢德此举的目的不过是立功而已，真是可笑！"

"等等！"褒姒忽然觉得有什么不对，"赢德的野心，秦夫人知道吗？"

"不知道她是否知情，你不是让申后利用卫夫人去套秦夫人的话了吗？秦夫人的想法，不日你也就知道了。若是她知道，那么可怕的就不仅仅是秦夫人和赢德了，而是整个秦国，这只能说明他们对此已谋划多年。"

"我明白，可秦夫人若不知情，我们安插卫夫人也无非是图个心安，不能指望她的挑拨离间能令秦夫人与申后决裂！"

"如果秦夫人不知道赢德的野心，那有一个人就至关重要了！"赵叔带不用说出这个人的名字，褒姒也知道赵叔带话中的含义。她转向秀秀，忽然明白了赵叔带为何独独留下秀秀。褒姒想都没想，脱口而出道："不可能！舅舅若想这么做，派自己的人去。我在朝中有一两个合用的人，也不是件容易的事情，动我的人，想都别想！"

“当日大王将廿七嫁入郑家，难不成只是为了帮廿七寻个好的归宿？”赵叔带这话叫褒姒冷笑一声：“舅舅言下之意，是要将自己和大王相提并论？”

赵叔带只知廿七嫁给了郑伯友，时时向褒姒回传郑国的消息，却不知道当时周王宫涅将廿七许给郑伯友的前因后果！褒姒时常宽慰自己将廿七许给郑伯友，至少温润如玉的郑伯会护廿七的一世周全，可如今看来，她算错了廿七毕竟是个女人，会动情的。所以，褒姒决不能让秀秀重蹈覆辙。

“秀秀入宫时曾有注籍，这事由不得你来做主，她只要是宫里的下人，我要如何分配，也就由不得你来过问！”赵叔带的语气强硬，言下之意就是他不是来和褒姒商量的，只是来通知她一声。

“舅舅若是逼得太过，弄得玉石俱焚就不好看了。”褒姒不咸不淡地扔下了一句，“舅舅要秀秀嫁，就得看你有没有本事将人从琼台殿中带出去，你同我撕破脸没什么好处，只能让别人看笑话。如今大敌当前，你却为难我们后宫女子，此事若传了出去，舅舅不怕被人笑话吗？”

赵叔带猛然转身，挥舞袖摆，胸口上下起伏着，竭力遏制着一腔怒火，用近乎呵斥的声音说：“你也知道如今大敌当前，你却拘泥于自己的一得一失，你如何对得起大王临行时的嘱托！”

“舅舅若是真有这般无私，那就用你自己的人，少在我的人身上打主意！舅舅拿我的人当你的棋子，还要将整件事说得如此大义凛然，不觉得脸红吗？我累了，赵上卿请自便吧。”褒姒说罢看着秀秀，示意她随自己一起回寝宫。秀秀看了眼赵叔带，又转过头来，沉默不语地跟上了褒姒。

待到寝宫的门关好，秀秀才小声问道：“娘娘，这么和赵上卿争执合适吗？”

“没什么合适不合适的。”

秀秀心下一横，咬牙说道：“如果真的能帮上忙，便是要秀秀……”

褒姒示意秀秀不必再说下去：“此事不是那么简单，如今若是叫舅舅将你带走，那么日后人人都能来我琼台殿踩上一脚了。”

“可赵上卿说国难当头，若是将秀秀嫁出去，便能阻止事态恶化。”秀秀不知道整件事情的来龙去脉，单凭这段对话便以为将自己嫁出去是有好处的。而褒姒口中的意思似乎也知道这么做的好处，却碍于她们的主仆情分，才和赵叔带起冲突的。

“他们男人没本事，便要将我们女人挡在前面，若天下朝臣皆如此，大周怎能不亡？”褒姒拍了拍秀秀的肩膀，算是安慰，“如今廿七嫁入郑家的情况你也看见了，自顾不暇，更遑论帮得上什么忙。郑伯到底还算是个谦谦君子，可我哥哥……”褒姒叹了口气。

“赵上卿的意思是要我嫁给世子？”

“他日若遇到个好人家，我一定替你做媒。可如今不行，舅舅就算是说出天大的理由，也不过是为了安插他的人在我身边。”

秀秀愁眉不展，忧心忡忡：“为何是世子洪德？”

褒姒没有回答这个问题，转过身将自己头上的玉钗取下来，乌黑的头发倾泻而下披散在身后：“时间不早了，你早些休息，凡事听我安排就是了！”

“是！”秀秀转身出了寝宫。她被今日的事情一搅和，再也静不下心来。纷杂烦扰的事令琼台殿一次次卷入别人无法想象的混乱当中，这如履薄冰、步步惊心的感觉令秀秀胆战心惊。

褒姒靠在床上，脑子里异常混乱，若再不决断，怕是局面会更加失控的。

第二日，褒姒让人宣洪德。洪德听见褒姒要见他，心怦怦地撞击着胸腔，几乎要跳出喉咙。他一路飞奔，用最快的速度冲到了琼台殿，口中还喘着粗气。在门口候着洪德的秀秀，见他这个模样，忍不住笑了出来：“世子倒是来得快。”

“怕误了娘娘的事！”洪德尴尬地说。秀秀对男女之事所知甚少，没察觉到洪德的异样，她以为褒姒与洪德的嫌隙是因为各为其主：“世子这边请，娘娘正在后堂的厢房等您。”

“多谢秀秀！”

秀秀抿了抿唇，觉得很怪，身边的男人差点就成了她的夫君，而他却什么都不知道。秀秀敲了敲厢房的门，得到了褒姒的应允，秀秀这才推开门给洪德做了一个请的手势。洪德报以感谢踏步而入：“娘娘。”他十分谨慎地向褒姒行礼，眼神不敢扫视褒姒的面容，不敢冲撞她漆黑的眸子，生怕惊起心中骇浪，无法抑制。

“唉……”褒姒叹了口气，摆弄着手上的翠玉镯子看着窗外，心事重重。

“娘娘怎么了？”洪德看出褒姒定是遇见什么难事了。

“你看秀秀怎么样？”褒姒仍然没有看洪德的目光，只是带着试探的口吻问道。

“娘娘这话是什么意思？”洪德心中一慌，没想到褒姒叫自己前来是谈婚事的，立刻朝后退了一步，警觉起来。

“昨儿夜里，舅舅关心你，特意前来，想向我讨个人给你说门婚事，”褒姒收回了放在远处的眼神，“他大概是觉得秀秀知冷知热，想将她嫁入褒家，你能享享福。”

“我不会和任何人成婚。”洪德斩钉截铁地拒绝道。

褒姒的口吻漫不经心，像是潺潺的流水抚过燥热的大地：“哥哥到了这个年纪还不成婚，别人就不可能不操心，秦夫人不也一直想给你做媒，将虢上卿的女儿许给你吗？如今你的事倒成了大家的心事了，再不处理，怕是热心的人会越来越多。”

“秦夫人不是为了关心我，只是为了有人能监视我。这门婚事我是不会接受的，还请娘娘放心！”

“你又怎么知道舅舅向我讨了秀秀去，不是为了要让秀秀监视你呢？不管怎么说，你到底是嬴德的重臣，秦夫人未必知道自己哥哥的野心，可你却知道得一清二楚。”

洪德愣了一下：“赵上卿想要什么？”

“他野心不小，秦国的行军布阵、嬴德的目的和动向，他统统都想知道。若不打探清楚，就不敢定夺。如今舅舅替大王治理国事，他悬着一颗心，身上又扛着一番责任，这决策做得不好，难免要被人诟病，算起总账的时候，舅舅做得多，就错得多！”

“秦国的行军布阵图我没有，只知道嬴德将秦国分成了几个军事重区，他之所以要控制褒国，是为了入侵楚国。”

“嬴德没打算杀了父亲？”

“父亲不知道这事。离开镐京城后，他生了重病，索性不打理国中事务了，在秦国一事上也是十分消极！”

“倒是称了嬴德的心愿，不过哥哥说不知道，舅舅怕是不会信的！”

“所以，你答应嫁秀秀了？”

“他想要监视你，和我本来没什么关系，可要动我琼台殿的人就不行！”褒姒这话像柄匕首戳在了洪德心口，言外之意就是她对他的关心还不及对一个下人，“如今赵上卿对你有所怀疑，秦夫人也不信你，倒是如何是好？”

“你希望我怎么做？”

“若选了一方，另一方自然不会再打你的主意。”

“若两边都不选，是不是两边就都不会再打我的主意了？”洪德问道，声音之大骇到了门外的秀秀。褒姒却仍旧平静地坐着，一副慵懒的姿态：“若是辞去在秦国的职务，回到褒城，你想保住褒国也未必是一件难事！”

“如何保？”洪德问道。

"哥哥可有想过用嬴开造势？嬴德要准备出兵，还得防范嬴开，一旦他出兵，攻他不备，褒国必能保住！"褒姒分析道，"若是哥哥还能趁着这个时候辅佐嬴开坐上诸侯之位，嬴开必会力保褒国的！"

"你放心，念在过去同世父的关系，嬴开我会留意的。若有消息传来，我再走不迟，此刻留在镐京城也无大碍！"洪德对褒姒感到一阵阵的心寒。她为了个暴虐的君主，竟将自己变成了这副模样，与他站在对立面上，越走越远，越来越陌生。

"哥哥要记住今日说的这番话。如此一来，我也就不必夹在秀秀与赵上卿之间为难了。"

"你的心真是太狠了！就是要利用我对你的感情，将我当作牵线木偶拴在台前，看起来何等地风光，却处处受你摆布，还不能得偿所愿。"

"谁不是这样呢？"

褒姒站起身甩过自己宽大的袖袍冷笑了一声，冲着门外唤道："秀秀。"

"是，娘娘！"秀秀推门而入。褒姒吩咐了句："送客！"

"世子请吧。"秀秀指着门外看着洪德，她没想到褒姒推掉这婚事的法子，竟然是要牺牲洪德在秦国的地位。"褒世子，"秀秀带着洪德走出琼台殿才唤了他一声，"娘娘出此下策也是迫不得已。赵上卿将娘娘逼得走投无路，她只好如此。"

洪德看秀秀的眼神远没有进来时候的单纯，甚至不想和她有过多的接触，最终也只是叹了口气："在下告辞！"

"路上小心！"秀秀站在琼台殿门口目送越走越远的洪德，直到他的身影消失在台阶下才转身朝后堂厢房走去。褒姒抬起头上下审视了秀秀一番："刚才的话你都听到了？"

"娘娘这么和世子说话，未免也太伤人了！"

"伤就伤了吧，如今这局面我也想不出什么更好的法子来了。"

"娘娘其实是想保护世子吧？将他踢出局，反倒是不用再左右为难了。"

"对于他们男人来说，权势和生命没有轻重之分。"褒姒苦笑道，男人们若分得清权势与生命的轻重，这世上又怎么会有诸多战乱？几天后，传来了洪德辞去秦国职务的消息。此事让赵叔带猝不及防，铆足了全力，费尽了心思后，才发现自己对付嬴德的这一拳竟然抡空了。

此事不用说，赵叔带也知道是褒姒授意的。所以他无计可施，只能硬生生地将胸中的怒意压了下去，没想到自己动秀秀的想法，竟引起了褒姒这么大的反抗。

过了午时，赵叔带专程去拜访了洪德，嘘寒问暖，想要将他拉为己用，干脆让他入朝为官。洪德冷笑一声："赵上卿有话不妨直说，免得我给你绕进了要命的陷阱，还忙不迭地谢你呢！"

"你这话是什么意思？"

"必要的时候，赵上卿不也可以将娘娘推出去，让她挡在你前面去死吗？"

"我想将你拉入朝中为官，你却这么看我？"赵叔带心中有些愤怒，像是被踩住了尾巴的猫，被人拆穿了不可告人的用意而勃然大怒。

"赵上卿无非就是想通过我探听秦国的消息，我不妨告诉你，虢石父眼下和秦夫人联手，或许他知道的比我还要多得多！"扔下这话，洪德又站起身来看着赵叔带警告道，"如果娘娘有个三长两短，我一定要你偿命！"他拉住赵叔带将他拽到了自己面前，使劲一掼，又将赵叔带一推，怒目圆睁地说道，"送客！"

洪德与秦国的交恶引发了新一轮的猜测。秦夫人也好，申后也好，都清楚洪德此举的目的。申后觉得褒姒的心里大概不会好过，特意登门拜访，算作宽慰，申后描绘着秦夫人在酉阳宫中急得跳脚的场面，可褒姒就那么静静地听着，不悲不喜，没什么表情。

申后自诩对褒姒有几分了解，表面上看着冷冰冰的，心里却如同温水般企图温暖身边所有人。可申后只知道褒姒的善，却不知道她的狠，不知道她将洪德踢出局的来龙去脉。"我差人将秦夫人往来的信件都拦下了，嬴德要出兵了！"申后话锋一转忽然说道，这才是她今日前来的目的，这话叫褒姒心头猛地一抽，手攥在一起，这一天终于还是来了："什么时候的事情？"

"五月底，嬴德带兵从秦国出发，徒步跋涉半个月余，先锋部队就抵达镐京城了！"

"他们凭什么出兵？"褒姒拍着桌子问道。

"凭大王手谕。"

"什么？大王下令让嬴德调兵？"这句话叫褒姒始料未及，没想到最终掣肘的人竟然是周王，那么……他是不是同样可以有一个手谕让嬴德请九鼎以慰军心？

"不是……大王离开前曾授意秦军，大周一旦战败，就请嬴德调动秦国兵马支援，嬴德便是仗着这封手谕调兵的！"

"这手谕是真是假？"

"不会有假。从宫中发出去的政令，太宰宫都有记载。如今赵上卿什么都不说，这手谕肯定是真的。"

"大王怎么会这么下令？"

"大王同秦夫人的关系，你还不能完全了解。当年大王能顺利登基，除了我父亲在朝中的游说，更重要的是有秦国在他身后做强大的后盾。秦国与犬戎毗邻，这些年大小战事数百场，全赖秦国助阵才能维护大周安宁！所以秦夫人不管有多大的过错，大王始终不曾责罚，而后宫女人的命运起起伏伏，唯有秦夫人始终都能称大王的心意。在你来之前，很多政务大王都会同秦夫人商议的，此事也不足为怪！"申后劝慰道，知道褒姒不会爱听这话，因此话说得很慢。

"秦夫人到现在为止，知道嬴德要夺天下吗？"

"要是知道，还能这么冷静？"

"不知道便好，还有回旋的余地。"

"要告诉秦夫人吗？"

"现在说，她不会信的，只当你我是要挑拨他们兄妹，等我们占了上风，再去点醒她。"

"也是！那依你看，现在该怎么办？"

"等！"褒姒的手心中满是汗水，十分紧张。

"等秦国的兵马行至镐京城，再见招拆招？"

褒姒点了点头，其实根本没有将申后的话听进去，只觉得脑海中乱成一片，"嗡嗡"作响。她为了拦住嬴德的大兵煞费苦心，可最后才知道掣肘的人就是她要保护的那个人，心中的失落流淌在自己的心房。她要等的不是嬴德的兵马，而是郑国的消息——郑伯控制兵权。从上一封信发出到现在已经有些日子了，算时间虽然有些紧张，可若换成是周王宫涅来做此事，倒也绰绰有余。

周王宫涅夺权只需要一个昼夜，他会去杀人，但郑伯友不会。

送走申后，褒姒将秀秀唤来，在布帛上写了"速来"二字递给秀秀："拿去给赵上卿，叫他差人跑一趟郑国……"褒姒说了一半，觉得这事有些复杂，她又收回了手中的布帛，"算了，我还是亲自去一趟吧！"

"娘娘没问题吗？"

"此事事关重大，我必须亲自和他说，有一句话交代不清楚，此事都会失去意义。"

"娘娘要郑伯立刻来京？"秀秀想着速来二字，应该只有这么一个意思。

褒姒点点头，当日郑伯友既然说了他听凭自己调遣，不管当日的褒姒是不是接受这份情，如今都到了该兑现的时候了。她匆匆跑到了太宰宫，许多日子不见褒娘娘，几个侍卫一开始还没反应过来，大声地嚷嚷，可话都没说完，就立刻跪在褒姒的面前："娘娘饶命，恕小人眼拙！"

"无碍，赵上卿在吗？"

"刚刚去褒大夫府上了，这会儿应该快回来了！"

褒姒指了指大殿说："我进去等，他回来了告诉他一声。"

褒姒走进太宰宫，才发现这里乱得一塌糊涂，满是文书与资料。她走到桌案前，看着上面乱七八糟的竹简，一份份按时间顺序排列着，从开始打仗一直到此时此刻，褒姒拿起一一阅读，果不其然，大王一次次的出征，然后一次次的战败，这里对战况记载的精确令人感到匪夷所思。

褒姒将手中的卷轴再次查阅了一番，每个卷轴中都记录有兵败的缘由，从第一封到第十封，每一封中所写的阵列、将军、攻击范围都不一样，更不用说取道的路径和交锋的部队了，看似惨败的卷轴中藏着某种玄机。褒姒虽然不懂，可猜到了战败的缘故。

周王是在试探，他要一举拿下东夷，诚如她当初命申后去散布的谣言。

褒姒的嘴上咧开了笑意，她不必去赌拦截了秦国兵马之后大王是否会得胜，她要做的是相信。听见门外的脚步声，褒姒猛地敛起了面上的笑意，背对着门口，将卷轴一一摆好。

"我以为你这辈子都不会再踏入这里了！"

"我再是同舅舅置气，还是要操心大王的死活，这些就是前前后后这半年来的战况？"

"是，惨不忍睹！"

"惨不忍睹？"褒姒反问道，赵叔带点点头："大王将所有布阵方案都试验过了，还是没有战胜的转机。当初大王离开便是担心此事发生，特意留下了手谕给嬴德，若是战争长期败北，就请嬴德发兵，越过周朝的疆域，前往东夷支援。"

"可是你从来没有和我说过此事！"

"我以为不会有这一天的！"

"后来嬴德要出兵，你也没有和我说过这件事情！"褒姒竭力地让自己冷静下来。

赵叔带转向褒姒，此事只有他与嬴德知道，褒姒又是从何而知？赵叔带眉头微皱，解释道："你也没有问过我！"

"舅舅从来不和我说你们的安排与谋划，大王在齐国与东夷是如何战败的，你也从未向我提过！”褒姒看着赵叔带说道，语气平和。她并不是来吵架的，将手中布帛递给赵叔带：“我来只是请舅舅代我送封书信给郑伯，请他见字速来。”

“什么？”赵叔带以为自己没听清褒姒这话中的意思，此时此刻叫郑伯友入京，难不成是要他这个书生带领着郑国剩下的兵马挡住嬴德大军？如此做，倒是可以拖延嬴德发兵，可天下就当真要大乱了。

“请郑伯带重兵速来镐京城，声势排场越大越好！这封信函决不能被拦截，所以请舅舅安排个靠得住的人传送。”

“你叫郑伯来有何用？”赵叔带问道，“大王临走时给你留了两千人马，只怕这郑国的军队还不及这些人有用！你何必舍近求远？”

“我需要的只是郑伯大张旗鼓地来一趟再回去！让人知道他来过就足够了！”

“你要演给嬴德看？”赵叔带忽然反应了过来，“从镐京城出发前往齐国的路上必经郑国，你要的是威慑？”准备完全的嬴德一定会惧惮路上的突发状况，他也一样不能承担这种意外带来的风险，更加不确定郑伯友对褒姒的渴望会不会叫他失去理智，真的让两国陷入战局。

褒姒左右踱了几步：“大王为何要这么做？”

“什么？”

“为何要请嬴德前往齐国？”褒姒问道，“既然大王开口请他了，舅舅又为何非要拦截，是嬴德真的有谋取天下的野心，还是……这只是舅舅为他捏造的罪名？只是为了在大王折回镐京城之前将嬴德铲除？”

“你就如此看我？”

褒姒拿起桌上的卷轴：“我想舅舅大概也知道大王不是陷入困境，而是在试探东夷。这么多的战败，总试探得差不多了吧？如今正是反败为胜的时机，舅舅却什么都不说，你难道不是要看着嬴德带兵行至齐国，然后才发现自己违抗了王命吗？”

“我从来没请过嬴德的大军！”

“你是在逼嬴德造反！”

“嬴德若是没有野心何至于如此？可大王明知秦国有这个野心，为了保我大周疆域不受外族侵犯，也只得出此下策！嬴德绝非合适的秦伯之选，大王也差了不少人去寻找嬴开。而我要做的就是什么都不说，看着他错，为秦国之变做好准备！”

“后有强秦，前有东夷，大王再强，你以为他能全身而退？”

“秦国再强，也敌不过诸侯联手！秦兵一出，后防自然空虚，眼下大国慑于秦国的军威，不敢贸然出兵，可嬴德一走，这机会就千载难逢了！”

“舅舅可知嬴德为何一定要先抵达镐京城，再前往东夷？秦国先抵镐京，再前往齐国，舅舅不得不劝秦伯退回，否则大王日后得胜还朝，你就交代不了了！更何况，一旦发兵覆水难收，从此天下百姓流离失所，战争频发，诸侯各自为战，连大王都不敢让事态如此发展，舅舅的心倒是够狠的！”

赵叔带还有一事未被褒姒看透，那就是他不需要大王活着回来，如今宜臼与伯服都在宫里，他可以辅佐太子！褒姒的一颗玲珑心，窥探到的事情太多，对赵叔带已经是种威胁了。他不得不暂时收起自己的谋划，顺着褒姒的意思。

褒姒叹了口气，用无奈的口吻说道：“更何况嬴德发兵，要请大王九鼎，借口以慰军心！嬴德的确野心不小，可此举却将我推上了两难的境地！给还是不给，舅舅以为如何是好？”

“什么？”赵叔带大惊失色。

“舅舅以为全天下只有你一个人会谋划全局吗？这样的局面不是早该想到的吗？你要除掉嬴德，嬴德又何尝不想除掉你？更何况……想要除掉太宰上卿的人，又何止嬴德一个？一旦我给了九鼎，而大王没有陷入颓势，那我就犯下了死罪！到时候，舅舅也脱不了干系，你的仕途也就走到头了，你以为眼下你的做法真的合适吗？”

“便是由我去说，劝阻嬴德不要发兵，你以为他还会听我的？”

“从一开始我就制造了舆论压力，让天下以为大王的失败是谋划之中的事情，本来只是想编造个理由获得民意。可如今却歪打正着，说了句实话！”

“如果嬴德肯信，他就不会出兵了！你只看见我陷嬴德于不义，却没有看见嬴德的狼子野心，他若是没有征服天下的野心，为何不修书一封送至镐京城，先询问战况？”

“我正是知道他有野心，才来请舅舅拦住嬴德！”

“他岂是说拦就能拦得住的？”

“能够拦得住嬴德出兵的，只有大王战胜的消息！”

“天下诸侯皆有驿站设在齐国，难道你要我在众目睽睽之下谎报军情？”

“我们要做的就是拖，等真正的战果传回来！”

“怎么做？”赵叔带又看向自己手中的布帛，“你要郑伯大张旗鼓地来一趟，就是为了告诉天下，你在郑国安排了重兵？”

“不错，既然要借九鼎，我总要思忖几日！”

“然后借？”赵叔带似乎已经看出了褒姒要怎么做。她点了点头：“所以这封信格外重要，请舅舅务必送到郑伯手中。”

“我知道了！”赵叔带将白布攥在手里，将此事答应了下来。如今他已经技穷，只好按照褒姒的想法行事了。褒姒向赵叔带请辞，临行前再次奉劝道：“还请舅舅就此收手，此事日后若为大王得知，大王该如何想你？”

“你打算告诉他？”

“我若要告诉大王，今日就不必同你废话了！大可以让郑国驿站送信，一样能到郑伯手中！舅舅的棋……走得太急了。”她说完便转身离开了。赵叔带却怒气难消，将桌面上竹简尽数推到地上，撑在桌上的手不断地颤抖，如今这局面被动到要听一个女人的差遣，令他倍感耻辱！

第二十五章

为君造势平乱局，夜探郑府引纷争

不出十日，郑伯便接到了这封只写了两个字的信函，疑惑地看着信差。

“这信是娘娘差人送来的，娘娘还有句话叫我转达。”信差说道。郑伯友没有插话，示意信差继续说下去。

“娘娘请郑伯入京，排场弄得越大越好，动静越大越好！”

“娘娘这么做……可是宫里出了什么事？”

“这小的就不知道了，在下只是奉命送信的！”

“我这就令人备宴，先生一路辛苦了！”

“不必，我还要立刻回京复命，如今事事都催得很紧。郑伯若没有要事处理，也请速速出发，娘娘请您，那肯定是有事！”

“我知道了，多谢先生提醒！”郑伯友叫人送这位信差出门，将手中布帛又看了一遍，心中惴惴不安。褒姒能想到用他这步棋，那必定是发生了天大的事！

从“收局”到“速来”两封信一前一后，他已经一改常态，用铁腕将朝中的异己肃清了，安插的虽不是自己最为得力的干将，但也总算是比先前用着顺手得多。原先启之一派的士大夫几乎都被发配到边远地带，或者被贬为庶民，如今再有旁人想要插手郑国事务，真是难上加难。

不过郑伯友到底是人手匮乏，处理起事情还是觉得力不从心。如今要走，安顿郑国未来数月的事情也是个不小的压力。

深宅中的廿七向郑伯讨了几个合用的下人，总算是摆脱了大夫人的监视。几位知道廿七是王姬，因着郑夫人的关系，都对她十分客气。廿七虽然欠缺对时局把握的能力，但自小伴随褒姒左右，总能和奴婢、下人、贩夫、走卒打成一片，在宅子里的人缘也莫名地好了起来。

常有下人在郑伯友面前询问要不要去廿七那边，问得多了，就叫郑伯友觉得自己似乎是该去走走了。廿七打听到郑伯友爱吃的几样菜，常下厨为郑伯友做些饭菜，偶尔也会备些酒水。廿七能对郑国民间乡野的事情娓娓道来，对于民间疾苦也深有体会，因而说起政事，也总有自己独特的视角。

廿七的背后还有褒姒相助，指点她该如何在郑府立足，帮自己的夫君渡过险关。郑伯友亲近廿七，郑府中也就没人敢再怠慢了，她总算一场恶战迎来了胜利的曙光。

郑伯友得了褒姒的书信，匆匆去了廿七房中，说要出一趟远门："娘娘来信了，要我速去。怕是宫中有变！"

"娘娘给你的信？"廿七虽有不悦，可马上意识到出大事儿了，"不会有性命之虞吧？"

"不知道，应该是为了秦国的事情。"

"秦国？"

"具体情况还要到镐京城才知道，你有没有什么要我带给娘娘的，收拾一番，我帮你捎去。"

"你来，就是问我这个问题的？"廿七眼神中一丝希冀的光晕彻底消失不见了。郑伯友沉默良久点了点头，他的行李早些时候就差人叫大夫人收拾了，如今来找廿七也无非是看看有什么物件或者是言语要捎的，他始终没有拿廿七当过自己人，只是个在郑府上的客人。

"娘娘能叫你速去，一定是发生了不得了的事，你一定要保护娘娘。"廿七吩咐完，又尴尬地笑了笑，"这话其实不用我说，你也会做到的。帮我转告娘娘一句，我在这里过得很好，大夫人待我如同姐妹，郑国上下安定，郑伯大权在握，没什么可担忧的事情了。"

郑伯友觉得胸口憋闷，令人窒息，他在同情这个女人——为她一生多舛的命运，虽然不是生死难料，可也颠沛流离。而导致了这一切的，是他的无情。他对她越是同情，对自己就越是自责，这屋子一时间满是令人压抑的气氛。

"再给娘娘说一声，你待我也很好，廿七嫁入郑府已经心满意足了。"廿七眼里含着泪花，盯着郑伯友的眼睛。郑伯友下意识地后退了一步：“廿七……”他唤了一声，不知该不该捧起她的脸，帮她拭去面颊的泪水。廿七深吸了口气，又咧嘴笑了出来：“就说这些吧，娘娘如今一定自顾不暇，才找你去镐京城救命的，不能再让她操心我了。”

“我知道了！”

“如果当日娘娘被大王拒绝了多好！娘娘离宫，一定会拜访在镐京城中落魄的赵上卿，届时你也在和赵上卿对弈，也许赵上卿会将棋局交给她，也许她会赢了你，也许会输给你……不论是哪样，结局一定不像现在这样。”

“廿七，别说了。”郑伯友感到莫名的心疼。

“我常常问娘娘，如果她没有成为后宫妃子，那她和你之间会不会有另一种可能。”

这次郑伯友没有试图阻止廿七，他期待听见答案，廿七却只是轻轻叹了口气，继续说道：“娘娘说，这个世界上一切都没有假设。去吧，早些出发。”

郑伯友点了点头，感觉自己什么都无法许给廿七。他转身走了两步，廿七忽然跑过去从背后抱住了郑伯友，将脸埋在了他的背上。郑伯友拍着廿七的手，什么话都没有说，只觉得背上满是廿七冰凉的泪水。

这个女人为他付出了多少他很清楚，越是这样，他越是不敢动她，不想辜负她的心意，不敢给她希望，更不愿将她当成另外一个人，否则便是对廿七的不公，却不知他以为的公平已经成了一柄利剑，深深地戳在她的心头。

“今晚就留下来吧？”廿七用近乎祈求的声音说道，“就算是把我当作她也好，今晚就留下来吧？”

“廿七，”郑伯友感到一种奇异的感觉爬上了自己的心头，“我晚上还有些事……”

“能不能不要再避开我？能不能不要让我觉得自己可怜？”廿七带着哭泣颤抖地问道，“就算把我当成她，也不要这么将我拒之门外。一个女人就算再坚强，也无法忍受自己的夫君对自己坐怀不乱！娘娘不也曾经因为大王对郑夫人的宠幸，而将大王拒之门外吗？天下有哪个女人不吃醋、不嫉妒，若不会，那便是不爱！人非草木，我同你在一起生活了这么长时间，你对我真的就没有一点感情吗？”

“廿七，我怕伤到你。”郑伯友转过身去将廿七揽进了自己怀中。

廿七依偎在他的胸口：“可你如今做的才是真的伤害！”廿七身上的麝香味令人在昏黄中分不清她是谁，琼台殿一直用的都是麝香，褒姒身上也有这股淡淡的味道。廿七来了郑府，一直没有叫人换过香，一来是叫大夫人对她放心，二来就是想要郑伯的旖旎之欢。她对他的爱，因为求之不得而深入骨髓，就如同他对褒姒那份不该存在的感情一般。

廿七揽住了郑伯友的脖颈，踮起脚尖将自己的唇贴在了他的唇上，在这场欢爱当中她扮演着主动的角色，而他的身体也在发生着某种变化，闭上了眼，捧起了她的面颊。

长久以来的求之不得让她如同干涸的大地迎来了一场春雨。她倒在他的身下，依偎在他滚烫的肌肤上，在他的怀中沉沦。这屋子里除了那喷薄欲出释放的张力外，便静得无法言喻。

廿七沉沉地睡去，似乎十分安心，像是得到了某种保证。

郑伯友却根本就睡不着，撑着自己的头看着廿七，轻抚着她额前的发丝，然后猛然坐起身，小心翼翼地从床榻上翻身而下，穿好自己散落一地的衣服，心中的愧疚之感不但没有随着身体的释放而减淡，反倒是变得更浓了。

他轻轻带上了廿七厢房的门，发出很细微的“咯吱”声。廿七的眼睛猛然睁开，眼泪流了下来，她紧咬着自己的下唇不发出声音，手紧紧地抓住床单。他唯有将她当作褒姒，才能与她共眠吗?

当理智恢复，发现她并非他爱慕的那个女子，他便急不可耐地抽身离去。

郑伯友坐在书房里翻着桌案上的卷轴，竹简上的字迹忽然扭在了一起，然后绘成了一幅水墨画，刚才氤氲的气氛、缠绵的欢爱、低迷的呻吟缠绕着他，似乎还沉浸在那样的氛围中无法抽身，他的面色通红，身体炙热。

站在身旁等他交代事情的大夫唤道：“郑伯？”

“啊？”郑伯友猛地回过神来，看着面前说话的人。

“还有什么要交代的吗？”

郑伯友的面色越发红了，看了看手中竹简，又看了看对面站着的人：“传我的令，将掘突从边关调回来，郑国发生任何事，叫他决断！”

“是！不知娘娘此刻将您召入镐京城有何要紧的事情？！”

“应该是发生了什么大事，否则她也不会叫得这么急！”

“她？”

“哦，我是说褒娘娘。大王离开时曾经将处理后宫事务的权力交给她了，如今可能是因为秦国的事情才召我入京。”

这大夫皱了皱眉，连个封号都没有的女人居然可以调度诸侯：“若是要我郑国以弹丸之地与秦国相抗，这娘娘就太天真了吧？郑伯此去一定要量力而为。”

“放心吧！”郑伯友话是这么说，可心里清楚，他就算真的殒命在与秦国对峙的战场上，还是有启之回来接管郑国。他的地位也好，命运也好，实在是一件令人扼腕叹息的事情，即便是对一场无法得到的爱情的憧憬，也要受诸多阻碍，连心底的爱慕都无法酣畅。

夏日的镐京城内一派金戈铁马、刀光剑影。秀秀撩起裙摆在宫里飞奔，从琼台殿到太宰宫，再从太宰宫回到琼台殿，留下一抹水红色的身影。她迈着碎步登上台阶，大殿中一声声的古琴弦音，曲调抑扬顿挫，紧张的节奏流淌在整个琼台殿中，像是夏日竞艳的湖光山色。

秀秀进殿便匆匆说道：“秦伯发兵了！”

褒姒眉头微蹙，没有搭话，专注地盯着手里的琴弦，终于还是到这一天了。

“还有，”秀秀见褒姒不搭话，继续说道，“郑伯到了！”

“这么快？”褒姒掐算着时间，一来一回也应该有大半个月，如今还不足日，想必这一路都是快马加鞭地在赶。

“今天早上到的，一到就马不停蹄地向宫里赶来了，许是怕娘娘有什么差池吧。”

“人呢？被舅舅扣住了？”

“以往郑夫人在，郑伯倒可以来去自如，可是如今郑夫人走了，他若要进宫就得经过赵上卿的准许。早晨赵上卿在早朝议政，刚散朝又赶上我去打听秦国的事，和我说了几句，此刻才和郑伯说上话。娘娘不必担心，您叫的人，赵上卿也不敢阻拦！”

太阳从正午开始西沉，一路到了地平线上，发出一束束红光，晚霞密布，未来几日又是晴天。夜色即将降临，有人匆匆来琼台殿传赵上卿的话，请褒姒去一趟太宰宫。

“所为何事？”褒姒问道。

“赵上卿要设宴款待郑伯，娘娘同他颇有渊源，所以赵上卿差在下来请娘娘去一趟，叙叙旧。”

褒姒心中盘算：赵叔带无论将理由说得多么冠冕堂皇，他无非就是要防着自己。既然如此，她就顺着他，今日这情况也不宜硬碰硬。

“先去回话吧，请他们不必等我，我梳洗片刻就去。”褒姒说着就准备转身朝寝宫走。对方却又拦住了她：“赵上卿说了，只是顿家常便饭而已，娘娘就不必刻意打扮了。”

褒姒顿住了脚步，意味深长地看了眼这传话的人，她不知道赵叔带怕什么。她没再说什么，而是随传话的人一并走出了琼台殿。太宰宫今日还挺热闹，为了给郑伯友接风洗尘，或是说为了讨好他，赵叔带特意命人前来奏乐献舞，如此热闹的场景许久不见，令人不免眼前一亮，莫名地兴奋了起来。

此事一经传开，宫里的人都知道郑伯友来了。各房的女人们都差人盯着太宰宫，大王不在宫中，郑伯友只是一方诸侯，谁都猜不透他出现的原因。

能够明白个中原委的只有申后与秦夫人。秦夫人按捺不住自己的心，在西阳宫中来回踱步，下人被她差出去了四五个，可带回来的消息都没什么用。她恨不得自己前往太宰宫中去说：“我来助助兴。”

以她的见地，她料定此事必定和嬴德出兵有所牵连，今日若打探不回消息，明日不妨在晨谒时探探申后的口风。这么想着，她惴惴不安的心也就平静了下来，还没等她稳坐，又有人前来回禀：“褒娘娘赴宴了！”

秦夫人“噌”地站了起来。

褒姒一袭白衣，素面朝天，发丝轻绾，有几根散落在身后。她的脚步很轻，几乎没有发出任何声音，若非郑伯友面对着进屋的那个甬道先抬头看见了她，只怕是一行人在她落座之前都注意不到她来了。她一进门便抱怨道：“舅舅催得急，也来不及梳妆，失礼了。”

“你一向这么出入后宫，若是梳妆才奇怪吧！”赵叔带提防的是她趁着梳洗的时间着手准备书信，趁他不备交给郑伯友，可是褒姒自己都不知道该写些什么。

“参见娘娘！”郑伯友起身作揖拜谒。

褒姒微微颔首，示意郑伯友坐下，她的眼神扫过赵叔带，试探性地问道：“郑伯远道而来，改日我在琼台殿设宴，郑伯可要给我几分薄面。如今念儿过了半岁，越来越像大王了，那俊俏的模样让人喜欢得紧。”

“设宴就免了吧……”赵叔带出言阻止道，“郑伯在后宫出入多有不便，娘娘有何事宣他，在这儿说就是了！”

郑伯友看了一眼赵叔带，又意味深长地打量了一番褒姒。当日褒姒通过驿站给廿七发信，他就猜测她与赵叔带之间起了争执，眼下看来，果不其然。“娘娘和赵上卿有事尽管吩咐，姬某力所能及，必定赴汤蹈火在所不辞！”郑伯友试图缓和眼下的气氛。

“我能有什么事情吩咐郑伯，无非是问问廿七在郑伯府上过得可还好。”褒姒给秀秀使了个眼色，秀秀立刻拿起了酒壶给赵叔带与郑伯友满上了。

"一切都好。"

"可我听说的却不是这样。"

郑伯友看着褒姒的眸子，褒姒从自己身上取出了两封信函递给郑伯友："廿七来过两次书信，说郑伯被郑国中人逼得左右为难，如今事情都解决了吗？"

"娘娘费心了，已经没有什么大碍了！"郑伯友看着廿七一字一句都没提自己的处境，他有些疑惑，不知褒姒是怎么从字里行间得知廿七过得不好的。

褒姒看出了郑伯友的疑窦："廿七这个姑娘你大概还不太了解，她向来是报喜不报忧，她不报喜便是忧。"

郑伯友张了张嘴，不知道说什么才好。

"与晋国结盟一事，郑伯处理得很好，若还有什么需要帮忙的尽管开口，我手中也有些合用的人马，愿前往效力。"

"那倒不必，前些日子大王将我惯用的士大夫差遣回国了。"

赵叔带看着郑伯友感到不可思议："不正是他们挑起的战事吗？"

"这话别人说出来倒也无妨，赵上卿这么说，合适吗？"

"两位若要谈公事，就不必叫我来了，都谈了一整日了，还没有说完？"褒姒举起酒杯看着二人，赵叔带只能"哈哈"大笑，用手拍了拍自己的大腿，然后将杯中酒一饮而尽。郑伯友看了看褒姒，慢慢地将酒咽了下去。

褒姒的手指敲打在杯壁上，对话一来二去，她对赵叔带的认识越来越清晰了。如今赵叔带十分忌惮这位周王叔，一是因为褒姒的信任，另一个则是因为周王的态度转变，所以赵叔带才不想褒姒与郑伯友单独见面，他不想他们越过自己做决定。

褒姒抿了口茶水，打量了一番赵叔带的面色，她几次起身劝酒，赵叔带与郑伯友这一晚都没少喝。郑伯友的酒量褒姒是清楚的，而赵叔带鲜少喝酒，今晚必定大醉而归。

席间起舞的佾人们穿梭，郑伯友的视线几次在褒姒的面庞滑过，不敢停留，怕自己的心事被别人窥探了去。褒姒三言两语挡住了他们谈公事的节奏，赵叔带和郑伯友只能说些无关紧要的话。天色稍暗时，褒姒便起身告辞："念儿还在琼台殿中，我该回了，舅舅和郑伯还请尽兴。"

"你没什么事吩咐郑伯？"赵叔带觉得有些奇怪。郑伯友是褒姒叫来的，她却什么都不说。褒姒摇了摇头："我只是关心廿七的情况，已经问完了。"

赵叔带不知褒姒为何不说实话："只是关心廿七，就要将人叫到面前询问？"

"是！叫郑家的人知道，廿七是我褒姒的人，纵在千里之外，也绝不能让人为难她、欺负她！"褒姒只字不提嬴德出兵一事，赵叔带则面红耳赤、语无伦次，显然是有些上头了。

"我曾向娘娘保证，我在一日，便一日不会委屈廿七！"郑伯友的心也在一点点地往下沉，自己在褒姒心中只有这点作用吗？他看着她的身影，觉得有些烦躁。

"廿七当真不委屈吗？"褒姒这话犹如一壶冷水从郑伯友的头顶浇下来，他猛地从晕晕乎乎的酒醉中清醒过来，木讷地看着褒姒，这眼神撞上，他没有再将自己的目光挪开。她当日将廿七嫁入郑家就该知道廿七的命运了，他能保证的只是她不会受到性命的威胁，不会挨饿受冻，其他的委屈他无可奈何。

"告辞了。"见郑伯友不搭话，褒姒转身朝着太宰宫外走去。秀秀紧跟在一旁，走出很远才开口说道："娘娘走后，郑伯看了娘娘很久。"

"是吗？"

"郑伯对娘娘好像有些不同。"

"是吗？"

"以前只是听郑夫人说起，如今亲眼所见，当真是不同。郑伯看娘娘的眼神，比看大夫人要用情，也难怪赵上卿不敢让你们在后宫中单独会面了。"秀秀心中有些不安，若是郑伯友对褒姒动了真情，那褒姒夹在郑伯友和大王之间……她不敢再想下去。

褒姒只是轻描淡写地又问了句："是吗？"

"当日大王忽然就将廿七许给郑伯，就是因为这件事？"

褒姒看着秀秀沉默不语，秀秀才知道自己多嘴了。

"在宫里这么多年，你也该知道隔墙有耳。"

"秀秀谨记娘娘教诲。"秀秀十分后悔同褒姒说这些话。以褒姒的模样来看，她对郑伯友的这份情愫并不陌生，更何况早就听说褒姒在备受冷落的时候，郑伯友日日前往琼台殿陪伴，两人之间若真的什么都没发生过，倒叫人生疑。秀秀看着褒姒的身影，心中揣测两人是否曾经……她掐断了自己的思绪，不敢再让这个危险的想象蔓延开来，赶紧跑了几步追上走在前面的褒姒。

天色不早了，念儿早已入睡。褒姒看着念儿，在他的身边坐了很长时间，才起身让秀秀放了水。她沐浴之后便回了寝宫，吩咐秀秀自己要睡了，任何人不要来打扰。

秀秀应声，一夜也没敢睡得太实，得竖起耳朵留意着褒姒房中的动静。褒姒说是睡了，其实并没打算休息，她换了身衣服，从一身的素白到一身的漆黑，掐算着太宰宫宴席结束的时间。其实她什么都不说，就叫郑伯友回去也无妨，毕竟不会有人相信她千里迢迢地叫来郑伯友，只是为了问两句廿七可好。可褒姒觉得这么做不妥，若下次再叫郑伯友，他来还是不来？更何况她有些话如鲠在喉，必须要说出来，夜里便利用琼台殿的暗道离开宫中，俯首朝郑伯府上走去。

郑府一片漆黑，只有门上悬挂的灯还闪着微弱的亮光。褒姒行至后门，轻拍门上的铜环，无人应声，她有些着急，又使劲儿地拍了拍。里面传出了脚步声，连问都没问，门就被缓缓打开，开门的人正是郑伯友。

郑伯友看着褒姒愣住了，他不敢相信自己的眼睛。很久之后才猛然将门拉得更大了，请褒姒进来。看着侧身而入的褒姒，他有些不解地问："娘娘半夜造访，所为何事？"

褒姒转过身看着郑伯友，他竟然穿着内里的衬褂，应该是已经睡下了，听见敲门声又翻身而起的。只是没有想到半夜造访的是个女人，也没想过要将衣服穿得整齐，此刻被褒姒打量了一遍，郑伯友这才觉得有些难堪："我……我先去换身衣服！"

"不必了，"褒姒拉住了郑伯友，"我不能逗留太长时间，万一夜里琼台殿发生什么事，秀秀一个人应付不来。"

"娘娘有话请讲。"

"我同赵上卿的关系，你也看见了，叫你前来之事大殿上我不便开口。"褒姒随着郑伯友往前走。郑伯友只能硬着头皮将褒姒带入了自己的卧房中，褒姒坐在靠窗的位置，借着月光还能看清些东西。郑伯友坐在床头，面向褒姒的方向："你和赵大人何以至此？"

"你和舅舅过去不也是至交？"

"只因我心胸狭窄，对赵上卿利用我一事始终不能释怀，娘娘大概不会拘泥于此。"

"郑伯客气了，你若心胸狭窄，那心胸宽广的人倒也不多。"

"娘娘专程前来，应该不是为了褒奖我的！"郑伯友的面上有些笑意，在黑暗之中难以察觉。他的声线发紧，喉咙发干，毕竟是喝过了酒，此刻觉得渴。他想去拿桌上的茶杯，又不好意思，这个意图被褒姒洞悉，她走到桌前为他倒了杯水，递到他手中。

郑伯友面色通红地接过茶杯："谢娘娘！"

"我也说不清我和舅舅到底是为什么交恶的，只是我总觉得他有些不妥。"褒姒觉得赵叔带对权势的欲望太甚，手腕又凌厉，控制欲强，绝不允许有状况外的事情发生，为此他甚至不惜命褒姒去勾引自己的哥哥，而这些褒姒根本就不知道如何开口和郑伯友说。

"娘娘也许只是想得太多了，"郑伯友宽慰道，"如今天下形势严峻，赵上卿做事小心，瞻前顾后些也是理所当然的。现在是非常时期，娘娘不必将此事看得太重。"

"我来也不是听你劝我的！"

"哦……"郑伯友这才猛然想起褒姒是专程到访，而不是信步所至，途中偶遇，互诉衷肠的，"我喝了些酒，有些不太清醒，望娘娘见谅。"

"下午舅舅可有和你说过嬴德发兵一事？"褒姒终于将话拉回了正题，郑伯友点点头，褒姒又继续问下去，"借九鼎以振君威一事呢？"

"没有提及，"郑伯友的眉头紧锁成一个川字，略带惊讶，"嬴德借什么九鼎？莫不是……秦国大兵借道镐京城，就是为了大王的九鼎？"他说着这话深深地吸了口气。大周礼制森严，等级制度不得僭越，嬴德不过是个诸侯，却向大王讨要九鼎，不就是将野心大白于天下吗？

褒姒点了点头。

"所以秦国的虎狼之心也不打算遮着掩着了？"郑伯友有些担心，此时能够听凭调遣的诸侯也不多，忠心护主的更是没有，"你是为了此事才叫我入京的。"

"是，但也不算是。"

"什么意思？"郑伯友被褒姒这番话说得有些摸不着头脑了，忽然又想起什么，瞳孔蓦地开始收缩，"嬴德是要从你的手中借出九鼎？"

"不错。大王离宫，将管理后宫的权力交给我。九鼎虽本该是申后掌管，此事也可由申后决定，可是眼下却因为大王的放权，嬴德决定向我开口！"

"情报准确吗？"

"八九不离十，若是假的倒是最好。"

"嬴德真够卑鄙的！弑兄在前，谋逆在后，还要将你拖下水！这九鼎你若是借，那么大王他日还朝你如何交代？若不借，此行东征，你如何向天下交代！"郑伯友说着这话，怒气冲冲地站起身来低吼道。褒姒吓了一跳，诧异地看着只穿了一件衬里白褂的郑伯友。

郑伯友起先是一愣，见褒姒看了看自己又别过头去，才猛地想起什么，一把拽过自己的衣服匆忙穿上。虽仍旧衣冠不整，总好过刚才那番。

褒姒轻轻发出了一阵喘息，在安静的房中越发明显，郑伯友系上衣带转过身看着褒姒。她用冰凉的手背贴住自己羞赧的面颊，一举一动在月光下格外清晰，如此娇羞的模样惹人怜爱，郑伯友忘了他与褒姒乃一臣一君，咳嗽了两声说："见笑了！"

褒姒抿着唇又转过来："是我来得不是时候。"

郑伯友朝着窗边走去，拖沓地发出"沙沙"的脚步声，这屋子里的气氛更加诡异了。谁也没有开口说话，任凭时光静谧。郑伯友斜倚在窗框上，俯看着褒姒在黑暗中的轮廓，许久才喃喃开口："半年不见，你瘦了。"

"这半年，发生的事情太多。"褒姒坐在郑伯友的面前有些局促不安，不断调整着自己的姿势。

"念儿难带吗？"

"他很乖，如今还没学会说话，倒先学会了看人脸色。"

郑伯友瞧着褒姒的样子笑了笑，又感叹道："如今你在宫中孤军奋战，若是再丢了赵上卿这个保命符，只怕这路越走越难！"

"所以，能忍的时候我便忍了。"

"赵上卿其人……"郑伯友犹豫了一番才继续开口，"为达目的有些不择手段，可初衷既然是为了大王好，他的法子便是粗糙些，可也是有用的法子。"

"若再不是如此……"褒姒想说若再不是如此，只怕当日周王就已经杀了赵叔带，何以会让他留到此时此刻？但这话褒姒不能和郑伯友说，甚至她渐渐发现，周王宫涅凌厉狠辣的手腕，竟成了他们两个人的秘密，她一手捏着另一只手臂："郑伯，我们跑题了。"

郑伯友早就意识到了此事，却没有要将话题收回来的意思。他双手撑在窗框之上，看着窗外影影绰绰的树林，在黑夜之下张牙舞爪，显得格外可怕："有的时候想想，你和廿七年纪相仿，本来就是个孩子，却偏偏背上了一个如此沉重的枷锁，常让人将你的年龄忘了，也忘了你本来不该承受这些的。"

"你以为……廿七的日子就过得轻松了？她为了你付出得太多了。我当日送她上花轿的时候，她还是个有一说一、有二说二的姑娘，只要占了理，大王她也敢反驳。可如今呢？她还是这样吗？"

郑伯友忽然沉默了下来。

“她为了你有所改变，你又是怎么待她的？她发给我的每一封信，字字句句都只有你如何危难，要我出手帮你，从不提她在府上的窘态。”

“你帮我是因为秦国。”郑伯友提醒道。

“不错！秦国独大，天下没有哪一国的兵力可以单独与之抗衡。郑国居于中央，与我大周毗邻，接壤的诸侯国也是最多的，是兵家必争的重地！”

“大王对我有所保留，企图叫启之取我代之。”

“郑伯功高，大王却从没有建树，他对你防备也是出自本能。”

“我知道。”郑伯友点了点头，当日宣王静能从朝中士大夫与诸侯手中夺回君主之位，重掌朝政，他是当之无愧的第一功臣，因而被封官加爵成为郑国之主。周王宫湦即位后，始终对这位王叔有所忌惮，郑伯友也深知此事，却因为无心与自己的侄子相争，选择了隐忍。“起初我想过要将原来的士大夫尽数换掉，用自己的人手掌管郑国内务，但是我奉命前往镐京城，你却告诉我启之未必战死，我以为我迟早要让贤的，才无所作为！郑国能不动则不动，却不想这些人得寸进尺！”

“你在等？”

“我在等有人让我收局！我不是凭你的能力才能在郑国站稳，而是因为你和大王才不敢妄动！他日大王若要我交权，我交，但也不是我怕他，是因为我不能让与此事无关的人陷入麻烦的境地！”

“他日我会力劝大王重新考虑的。”

“有用吗？”郑伯友朝褒姒跨了一步，他的呼吸打在她的面上，这情景当真暧昧至极，“他独断专行惯了，让启之来做郑伯，也有利于他将所有权力从诸侯手中收回，统一九州！”

“不可能。”褒姒退了一步，咽了口唾沫，这话还是没有再说下去。她觉得周王又扶正了郑伯，只怕是发现了启之的难以控制。而周王对郑伯友放心，是因为他捏住了他的软肋，郑伯友的软肋就是褒姒，这让褒姒觉得自己是时候离开了，于是将话题转到了没说完的地方：“如今请郑伯入京，只是为了给秦国做个姿态，让所有人知道，郑伯大张旗鼓地来了一趟镐京城，就足够了！”

“九鼎你借还是不借？”

“借！为什么不借？”

“不怕日后大王苛责？”

"我借得出，也要他拿得稳才好！"

嬴德原本从简出征，现在却要扛着九口大鼎，目标显眼。从镐京城出发前往齐国，路途遥远，沿途郑伯友若设下伏兵，从嬴德的手中抢夺九鼎，敌明我暗，只要成功一次，嬴德必死无疑！褒姒相信嬴德不会让自己冒这个风险，所以只要大大方方地将九鼎借出，再问一句嬴德是不是能保证九鼎抵达周王手中，让他立下军令状就是了。

剩下的，褒姒猜想嬴德也不笨，不至于搬起石头砸自己的脚。

此事与郑伯友商榷妥帖，确切地说是通知到位，褒姒便离开了郑府，郑伯友要送，却被她拒绝了。她带上郑府的门，一身黑衣在黑暗中行色匆匆，低头思忖着整件事情的来龙去脉，在脑海中再做一次预演，以确保自己将每个细节都考虑到了。

褒姒走到拐角处，和一个人撞了个正着。

褒姒退了两步，抬手揉了揉撞到的额头，仰起头看见对方的身影，吃了不小的一惊。对方看见褒姒这番模样，又刚刚从郑府出来，不由得一股怒气从胸口漫出，怒目瞪着她。

"哥？这么晚了，你怎么还在路上？"褒姒面上镇定，心中却暗叫不好。

"这话不该我问你？"洪德叫嚷了一声。褒姒左右环顾，怕将人引出，立刻捂住了洪德的嘴，将他拉到了一边："你干什么？"

"为何你三更半夜地出入郑府？如果我的消息没错，郑伯今日抵达镐京，不错吧？"洪德看着褒姒这番模样，脑海中浮现的是褒姒与郑伯友在床上交欢的画面，他捧在手中奉为至宝的女人，却屈身于别的男人身下，一股血气"噌"地涌上大脑之中，夺走了洪德的理智。

"你想说什么？"

"我想说什么？你看看你自己在干什么？"

"我怎么做事不需要你来教！"褒姒听着洪德的话颇为烦躁，那俨然就是赵叔带的口吻，"我今日前来郑府的事，你最好不要告诉任何人！"

"否则呢？你是打算割了我的舌头，还是打算要了我的命？"

"我找郑伯也是为了商议如何从嬴德的发难中全身而退，哥哥不必想太多。我夜探郑伯只是因为不想让赵上卿知道此事！"褒姒将实情告诉了洪德，可是她想不到嫉妒已经盖过了洪德的理智，他根本就听不进去褒姒的解释。

"对抗嬴德？"洪德冷笑一声，"我早就说过带你走，你肯吗？我难道没能力保护你，非得依靠这个靠不住的郑伯？你将廿七嫁给他，是方便你们二人暗通款曲吗？你就不怕我将此事告诉大王！”

褒姒觉得洪德简直不可理喻：“也得他肯信才好！”

“你不了解男人！”洪德将褒姒按在了墙面上，一手掐住了她的下颌，发起狠似的将她的脸抬起来，“一个男人若是听见另一个男人敢和自己抢东西，不论是或不是，他们出于本能总是先毁了对手，再毁了这东西！”

“你想做什么？”

“我想做什么？那就看你能给什么！”

“你疯了？”褒姒压低了声音，在洪德的钳制下放弃了挣扎，在他注意不到的角度里试图去摸身上的匕首。今晚若是杀了洪德，也没人会将这罪责安在她身上，褒姒将匕首从身上抽出来，紧紧握在手中。

“是！我是疯了，将你捧在手里，碰都不敢碰一下，你呢？骨子里就是个贱人！应该很懂如何对付一个男人吧？”洪德说罢要俯下身强吻褒姒，可还没有触及她的肌肤，就已经闷哼一声晕了过去。褒姒受到了不小的惊吓，整个人都浑身发软顺着墙壁慢慢地向下滑。郑伯友眼疾手快，一把将褒姒抱住，他也有点回不过神来，因为刚才看到的这幕实在是令人匪夷所思。

“他是……洪德？”郑伯友很艰难地问出了这个问题。

褒姒的眼泪顺着面颊流下来，浑身颤抖，小声啜泣着，将头掩在郑伯友的怀中。她的头抵着他的胸口，他紧紧地将她抱住了，拍着她的后背安慰道：“没事儿了，没事儿了！”

不知哭了多久，褒姒深吸了口气，将脸上的泪水抹掉了，站直了身体，将腰板挺得很直，面上又恢复了往日的严肃：“多谢郑伯，今晚所见，希望你不要告诉别人。”

“放心吧！我只怕他……”

“他也不嫌自己命长。”

“一个人若发起狂来什么都敢做。”郑伯友害怕洪德将褒姒深夜造访的事情捅出去，他无所谓，可是褒姒是周王宠妃，一定会受到牵连，就算大王能让褒姒功过相抵，她以后也免不了被打入冷宫的命运。更何况以郑伯友对周王的了解，他若知道此事，不待核查就会杀了褒姒的。

“你不了解他！”

“但愿……你还是早做准备，以防日后被人诟病，就说是秀秀陪你一起来的！”

“无妨的，此事你不必担心！”

褒姒既然这么说了，郑伯友也无法再同她争辩，只问了句：“我送你吧？”

“都已经闹成这样，郑伯再送，岂不是越描越黑？我告辞了。”褒姒说罢转身，朝前走了两步。郑伯看着她的背影，觉得不对，一把将褒姒拉了过来，褒姒眼中闪过一丝惊恐，下意识地就将匕首抵住了郑伯友的脖颈。

郑伯友虽不是行伍出身，但是褒姒也不是他的对手，更何况他早有准备，手一抬就将褒姒的匕首给推了回去，然后松开她让她站稳。郑伯眉头紧紧地皱在一起：“刚才我若不来，你是不是就要杀了他？”

“他若不死，毁的就是我的清白！”

“郑夫人的死和你有没有关系？”

“郑伯这话是什么意思？”

“你为了他，已经杀了不止一两个人了，现在连自己的哥哥也要下手，日后你能过得去自己心中那道坎儿吗？”郑伯友的口中虽是怒意，却是在疼惜眼前这个女人。如今杀了洪德容易，可是从今往后褒姒就会永远活在杀兄的阴影中。杀一个人多简单，可未必人人都承受得住杀人的后果，他疼惜的就是褒姒为了周王宫涅竟然丝毫不顾自己的感受和安危。

褒姒面色一僵，决不能让郑伯友再深入调查此事，若是叫他发现此事是周王所为，后果不堪设想：“郑夫人是我杀的，要铲除异己，还要借力打力，挫秦夫人的锐气。不过郑伯也要记住，我虽是为了一己私利，但郑夫人不死，你就得死！我绕了个远道，可救了你一命！”

“就为了大王？”

“就为了大王！”褒姒收起了自己的匕首，转过身去，只给错愕在原地的郑伯友留下了一个渐行渐远的背影。天边已经开始泛着浅淡的红光，用不了多久天色就会大亮，越是这种时候，才越是让人觉得寒冷。

第二十六章

兄妹反目下杀手，郑伯盟誓许真情

回到宫里的褒姒换下了那身黑衣，披上了白色长裙和衣躺着，睁着眼看着房顶的横梁，脑中一片混乱。她刚才差一点就亲手杀了自己的哥哥，而她哥哥也同样企图毁了她……她还是个孩子的时候，曾对褒河中的鱼甚为喜欢，虽不曾开口央谁去为自己捉鱼，可洪德总能洞悉褒姒的喜好，在炎热的夏季，跳入冰凉的河中为她摸鱼。

此事后来被家中主母撞了个正着，她勃然大怒地追打洪德。主母叫下人将他按住，当着褒姒的面痛打了一顿，用尖刻的语气说："你若再去褒河，那我就不是打你了，而是要替你去收尸！你要叫我这个白发人送你这个黑发人吗？"

褒姒站在洪德面前，鼻头很酸，洪德却仰起头咧嘴冲她笑了出来。

那时候他们还小，时间的力量太过可怕，已将他们变成了如此陌生的两个人。褒姒在床上叹了口气，翻过身，头枕着自己的手臂，不知道变了的那个，究竟是自己还是洪德。

更让褒姒觉得不安的是郑伯友对自己的态度。

她不需要得到谅解，也无须知道别人是怎么看自己的，这对她来说并不重要。而他若发现褒姒其实和自己想象的不同，也许就渐渐地忘记了心中的那份悸动，才能渐渐转身去发现站在他身后小小的廿七。

若是往日，这倒也无所谓，可现在不行！

如今天下形势紧张，褒姒在这里的每一步棋都关系着周王正面战场的成败，如若有丝毫闪失，棋差一着，就会让周王辛苦布下的局皆输！

所以她不能不计较郑伯友是怎么看自己的，刚才承认郑夫人的死和自己有关，实属无奈之举。而刚才对郑伯友的态度，也是因为失去了理智，现在冷静下来，她才觉得不妥。

晨光射入褒姒的屋中，下人起床梳洗，开始了新的一天。褒姒从床上下来，面色苍白，拢了拢身上的长裙，拉开门走出来，下人们立刻道："娘娘！"

褒姒用略带沙哑的嗓音说道："放些热水，我要沐浴。"

"是。"秀秀手中抱着还带着露水的月季，层层叠叠饱满的花瓣鲜艳动人。褒姒回过头去看了看秀秀："郑夫人喜欢花吧？"

秀秀大惊失色，磕磕巴巴地没回答上褒姒这话。褒姒的表情柔和了些："那日他惹恼了她，便跳入池塘为她采摘新鲜荷花，他脸上的欣喜之色，就像是个孩子。大概和郑夫人在一起的时候，他才觉得自己不过是个寻常男子，不需要去计较那些压在自己身上的重担吧？"

秀秀知道褒姒这话是什么意思："娘娘，郑夫人已经去了，她无法再和你……"

褒姒伸手制止秀秀再说下去："我想去看看郑夫人，准备些祭祀的用品，稍后出宫。"

这半年来，因为念儿还小，褒姒从未去过郑夫人的陵墓。而后宫里从来也没有这个规矩，所以她今天这个举动叫秀秀有些吃惊，忙问："娘娘为何忽然想起看郑夫人了？如今念儿年岁尚小，祭拜回来要过数日才能进念儿房中。"

"我知道。你去准备吧，是时候去看看了。"

"是。"秀秀决定先出门向赵叔带报备，如果他不让褒姒离宫，那说什么都是枉然。秀秀将此事转述给了赵叔带，他思忖片刻，知道郑伯友今日也要前往郑夫人的陵墓祭拜，心中虽有所顾虑，可昨日褒姒什么话都不肯说，此番他若再阻拦，怕误了事情，只好应了这请求："让娘娘路上注意安全。"

"我会小心的！"

得了赵叔带的应允，秀秀便请辞回宫准备祭拜的物品。郑夫人的墓穴在骊山脚下，整个周王陵建造得十分隐蔽，距离宫中又路途甚远，此番前往怕是要一两日才能折返。人一旦离宫，发生什么就都不在掌控之内了。赵叔带虽无可奈何，却也明白眼下应以大局为重，他在朝中虽然羽翼丰满，但调遣别的诸侯为己所用，他还没有褒姒这个本领。

褒姒如今连申后手中的势力都能利用得游刃有余，更遑论郑国的兵马了。

秦夫人这一日朝谒来得特别早，早在房中按捺不住，到东宫之时连申后还没梳洗完毕，她就坐在东宫正殿。

下人前来通报说秦夫人来了，申后拿着布帕擦干了脸上的水渍："哦？"她思忖了一番，嘴角露出了笑意。昨日郑伯友来镐京城一事已不是什么秘密了，整个宫里无人不知，而赵叔带设宴、褒姒出席，人人都在揣测郑伯友此刻入京的目的。

如今秦夫人急着从自己这里打探事情的来龙去脉，申后觉得，可以将这件事再推波助澜一番。

"秦夫人起得够早。"申后迈步而出，看着秦夫人。秦夫人脸上连敷衍的笑意都没有，神情十分疲惫，揉着太阳穴说："既然是来拜谒申后，自然该早些，以示诚意！"

"秦夫人的诚意本宫可承受不起，如今东面战事胶着，他日秦伯领兵入齐，怕是本宫就要向秦夫人略表诚意了！"

"为人臣子，尽忠职守，申后此话怎讲？更何况，我看褒娘娘还另有想法。"秦夫人急不可耐地将话题迅速引到了褒姒与郑伯友的身上，"要说这褒家也够奇怪的，洪德辞去在秦国的官职，郑伯友又带兵入京，申后一向和她走得近，可知道这演的是哪出啊？"

"入齐可不是什么好事！"申后故作淡定从容，她正用着早膳，说话很慢，成心要磨一磨秦夫人的耐性。

秦夫人竭力敛着性子，故作从容地问："娘娘此话怎讲？"

"齐夷之战，由来已久，齐国败北的次数繁多，这些年来齐国一蹶不振，内政纷乱不都是因此而起？此事秦伯赢了便罢，若输了，秦家上下都得受到牵连，祸及家人也不是没有先例，不是吗？"

秦夫人掩了掩嘴，不安地看着申后："郑伯带兵入京也是为了此事？"

"郑国和褒姒可没什么直接关系。郑国出兵驻守，胜了就是褒姒的功劳，败了也和她没什么关系！更何况，你别忘了郑伯友是何等人，大王的王叔，辅佐先王登基的第一功臣，虽不是武将，但上阵杀敌亦不在话下。再加上那郑国世子常年驻守郑国边关，要说抗夷，他的经验可不输给别人……"

"所以郑伯的确是要出兵？"

"我可没说过这话，先前褒姒曾和我提了一句，说是秦国若是要行军至齐，必经郑国，许是……交代一声吧？"交代什么，申后已经不再说了，只是略带着笑意打量着秦夫人。这交代的内容，恐怕不会对秦国客气！

秦夫人魂不守舍地从东宫大殿回来，下人就向她汇报道："褒娘娘一早就请秀秀去找赵上卿请了出京牒文，要去祭拜郑夫人。"

"郑伯呢？"秦夫人立刻问道。

"昨日与赵上卿叙旧时，就说了今日要前往郑夫人的陵墓祭拜。"

这两件事情撞在一起，秦夫人越发不安，如今褒姒竟要离宫和郑伯单独见面，那么他们之间商议过什么，更无从知晓了。加上郑伯与褒姒的关系微妙，听到二人私下会面，秦夫人实在是担心郑伯友的入京会对自己哥哥不利。

而褒姒却不知道事情这么巧，她原本打算让此事无意间传到郑伯友耳中，却变成了此刻的刻意，反倒显得褒姒功利。郑伯友微微蹙眉，神情不算太友善。这一路赶来，耗去了大半的时日，二人都有些疲惫之态，面上没有什么表情。

"参见娘娘！"郑伯友冷冰冰地拜谒。

褒姒略微点头，没有过多的言语，而是迈步朝郑夫人的墓碑走去。周朝的墓穴一切从简，没有繁复的刻字碑文，除却陵墓的甬道中镇守的神兽之外，外面根本看不出什么来。郑伯友也是同样静默，两人一言不发就像是素不相识的两位路人，各自祭拜。

秀秀盯着墓碑，神色有些悲戚，想起往日的时光，如今荷花依旧，故人却已经不在了。她觉得心中悲痛难当，眼泪止不住地往眼眶外溢，便扭过头去转身朝远处走了几步，再瞧着褒姒和郑伯，委实奇怪至极。

待到暮色降临，秀秀才开口问道："娘娘，天色已晚，下山回驿站休息吧？"

褒姒点点头，顺势将目光递给了郑伯友，用询问的眼神问他是否一道离开。郑伯友佯装瞧不见褒姒投来的目光，沉默不语。秀秀只好开口问："郑伯一道下山吗？"

郑伯友转向了秀秀，又看了看褒姒。

"一起下山吧？山路到了夜里不好走，郑伯不妨坐娘娘的马车。"

郑伯友看着褒姒，想等她说些什么。秀秀看着郑伯友，掩嘴笑了出来："娘娘若不应允，郑伯也不敢上娘娘的马车吧！"

"郑伯若要走，就一道吧？若凭吊还没结束，我可以等！"

"走吧！"郑伯友上前迈了一步，褒姒这话已经没有让他能拒绝的余地了。褒姒出门带的下人倒是不少，排场也够大，不知是为了辟谣还是为了彰显，总之这一切，郑伯友都不喜欢。

褒姒先上了车，然后是秀秀，她将马车的门帘拉开等郑伯友上来。郑伯友犹豫了一番，跨步而上，坐在马车之中与褒姒相对。车内空间狭小，三人一占便没有多余的位置了，秀秀掀开帘子又从中跳下来："夜色太重，我怕马夫走错，我看着路。"

褒姒点了点头。

门帘再次落下，这车上又只剩下郑伯友与褒姒二人了。她看着他，面容平静："没想到会在这里遇见郑伯。"

"没想到？娘娘难道不是得知了我今日上山祭拜的消息，才特意前往郑夫人的墓穴祭祀的？不就是为了让我收回昨日对你的苛责？"

"有这个必要吗？"

这话将郑伯友噎得不轻，他在不知不觉中将自己的地位看得太重了："我倒是忘了娘娘一向是不在意别人目光的，那今日前来是为何？"

"忽然想起了一件事。"

"什么？"

"郑夫人临终前只有我一个人在她身边，她对我说，这一世嫁入宫里她并不后悔，明知结局如此，可只要想到能用死帮上忙，心中已经不胜感激。我若有朝一日面对赴死的结局，怕是没有郑夫人这般坦然，这件事情上，我输给她了。"

"她知道你要杀她？"

"怎么会不知道呢？郑夫人是个聪明人，她在宫中的目中无人、飞扬跋扈和毫无城府都是保护色，就是想让大王认为她是个简单的女人，对她卸下心防。一个女人若是能令一个男人卸下心防，那么她已赢得了这个男人的一切！"

"所以你不得不杀她？"

"她若是有机会，也会杀了我！而她的确有过机会，小产是一回，我已经一脚迈入鬼门关了，而你前来镐京城朝岁又是一回，她是把握住了，可惜大王没狠下这个心。"

"不必在我面前炫耀大王对你的爱，此事天下皆知！"

"你知不知道，华辰殿与琼台殿只有一湖之隔？"

"知道，我去过不少次。"

"大王站在我的寝宫中，正对着的却是华辰殿。我初来镐京城，春末夏初，这窗户也永远不关，"褒姒泪眼盈盈，仰着头，"后来因为赵上卿的激进，我被打入冷宫。当日我并不知道此事是赵上卿与大王商议好的，心中万念俱灰，坐在寝宫中却看见大王为了讨郑夫人的欢喜，跳下湖中采摘莲花给她。此事他只会为她做，纵然是她犯了天大的罪行，他都不会怪她。我不行，在这宫里若是走错一步，就会被人挫骨扬灰，我不过是大王在这棋盘上布下的一枚棋子而已。”

郑伯友看着褒姒沉默了一阵，良久才开口：“你便是不说这话，差遣下来的事情我也还是会做，娘娘不必多心。郑国只是个小国，如今我回绝了与晋国的结盟，若再不依附大王，就无路可走了！”

“我知道你是谦谦君子，当日明知大夫人陷桑珠于不义，桑珠也是有意害大夫人，可你却不拆穿她们二人，反倒是将告状的郑夫人训斥了一番。桑珠受伤，却反咬一口是我推她，你非但不怀疑，倒是生了我的气。你心胸宽广，不肯苛责他人，为人大度又不计较得失，大智若愚从不无故怀疑。我知道你不会因为发现郑夫人是我所杀，就对我下狠手，却也知道你心里不会好过，可我始终迈不过心里的坎儿，不能当作什么都没发生。今日前来并不知道会遇到你，原本也只是想和郑夫人说说话而已。”

春日的晚风还带着凉意，褒姒说罢打了一个喷嚏，她用手轻轻地揉了揉鼻尖，将衣服裹得紧了些。郑伯友脱下自己身上的外套，披在了褒姒身上：“明知要进山却不多穿些衣服，让人怎么放心？”

褒姒抬眼看着郑伯友，郑伯友已坐到了她的身侧。四目相对，这漆黑的眸子就像是粘住了一般。他看了她良久，怨过她多少次，可每次都因为再看一眼，这怨就没了。他多想俯下身去亲吻她，多想将她拥入怀中，多想用自己的面颊抵住她的肌肤，可他知道他不行。

马车颠簸了一下，褒姒和郑伯友被猛地一震，都回过神来，眼神各自都看向了别处。郑伯友咳嗽了两声：“大王今日在齐国与东夷作战，屡战屡败应该是为了收集东夷情报，他打算一举拿下东夷，所以……你不用太过担心。”

褒姒猛地转向郑伯友问：“你怎么知道？”

“大王将士大夫差遣回来，和你的那封信一前一后。”虽然郑伯友不愿承认，可大王和褒姒之间的心意相通，已经到了常人无法企及的地步。

褒姒想起那晚近乎真实的梦境，心中被一种暖意包裹着，胸膛里被填得满满当当，再也没有孤身一人被深锁后宫的凄凉感。她的手贴着自己的胸膛，面上浮现出一种微暖的表情。

“你太会装可怜了。”郑伯友看着褒姒面上的表情无奈地叹息道。

褒姒不解地看向郑伯友，郑伯友才接上话茬儿：“他明明心里有你，可你总说他在利用你。”说罢这话，郑伯友掀开帘子看了看黑暗中的山路，对窗外说道，“可是说傻，也不是只有你一个，我明知你在利用我，不也没能拒绝你吗？”

褒姒紧抿着唇，郑伯友的声音很小，几乎要随风飘散了，却偏偏就传到了她的耳边。他的情愫从未隐瞒，从一开始便坦诚相待，只是有些惊慌失措。而她也正是因此才能利用自己的弱势，让他的爱慕变得令人啼笑，褒姒忽然觉得自己的心太狠了。

她说的不全是假话，也不全是真话。总是将一句假话放在三句真话之后，周王宫湦将她当作棋子是真，让琼台殿成为冷宫是真，差点让她去死也是真，可是她知道他将她放在了心里，却从来不曾对人说起过。

“生逢乱世，无可奈何。”褒姒最后只能从嘴里吐出这几个字作为对郑伯友的回应。

“若不是乱世呢？若是天下太平，你会如何？一世长安吗？”郑伯友带着一丝紧张问道。他想知道褒姒的答案，又知道她也许根本就不会回答自己。

“那我便不会入宫，也就见不到他了……”褒姒的语气变得轻快了起来，转向郑伯友说道，“那样就未免太遗憾了。所以，我倒是该感谢这天下了！”话音刚落，马车里陡然就亮堂了起来，郑伯友还来不及为自己所处的尴尬境遇感慨，就听见一阵窸窸窣窣的兵马声。他皱了皱眉，撩起帘子，又放下帘子压低声音对褒姒说道：“秦兵！”

“秦兵？”褒姒心头一紧，已经知道来人是谁了。

“娘娘，是世子！”秀秀对褒姒说道。

“他……”褒姒有些惊慌地看着郑伯友，二人的面上都泛起了担忧的神色。不待他跨步而出，洪德就已经迈步而上了，他身上挎着大刀，身上丝质的衣服绣着百鸟图，华丽异常，他面上带着三分戏谑和七分怒意将郑伯友与褒姒打量了一番：“娘娘出门在外，我担心娘娘的安全，如今这祭拜结束，也该回去了！”他最后这几个字说得一字一顿，说话间咬牙切齿地盯着郑伯友。

“你带着秦兵包围我的马车，却说是护我周全？”褒姒表情严肃，语气冰冷。

“你一面骗我与秦国为敌，一面叫我帮你寻找嬴开，现在却和这个男人在马车里调情！”洪德恶狠狠地说道，“我这么做也是为了你好。宫里的妃子不能败坏了大王的名声，你们二人孤男寡女独乘一辆马车，叫人知道了，难免会有流言蜚语。”

“你威胁我？”褒姒问道。

洪德冷笑一声，将视线飘到了郑伯友的身上："郑伯当真会挑地方，在大王夫人的陵墓前与大王的嫔妃私会。郑伯如此不顾及娘娘的清誉，可是要将娘娘推入火坑之中，日后若是有人在大王面前参娘娘一本，郑伯叫我妹妹如何自处？可是能解释得清楚？"

"除你之外，我想不出还有什么人会有这个闲情逸致去参我一本。"褒姒看着洪德说道，满眼都是嫌弃与厌恶之情。

"谁让我知道的事情那么多？"洪德坐在褒姒的对面，一把将褒姒身上披着的郑伯友的衣服扯了下来，扔到了郑伯友的怀中，"我妹妹与别的男人半夜私会，此事我既然知道，不告诉大王似乎不太好。可你毕竟是我妹妹，我说的时候又不会说是你的错！"

"你想做什么？"褒姒猛地警觉了起来，发现洪德今日是来和自己谈条件的。

"我要做什么，就看娘娘了！"洪德斜倚了下去，整个人几乎是躺平了，斜睨着面前的两人，心里完全比不上面上的从容悠闲。他看起来是在等褒姒给自己一个回答，心中却想要将郑伯友大卸八块，一块块生吞活剥了！

"你……"褒姒猛地朝前坐了起来，郑伯友却按住了她的手，温柔地转向褒姒的方向，另一只手捧住了褒姒的面颊："今生不能和你在一起，我们之间错过的太多了。若还有来世，没有大王，我定要与你偕老。"

褒姒惊讶地看着郑伯友，郑伯友微微摇头示意，叫褒姒不要冲动。如果今日他们在马车里将人杀了，日后根本封不住悠悠众口。褒姒抿唇不言，就这么看着郑伯友。

"死到临头还不自知！信不信我现在就能要了你的命？"洪德立刻拔刀，将刀放在郑伯友的脖子上，怒目瞪着他。

马车里紧张的氛围一触即发，褒姒的心就像是被人紧紧攥在手里，整个人都绷住了，她害怕洪德会真的杀了郑伯友，吓得面色苍白。郑伯友却只是看了看洪德那把刀，又抬起头来看了看她的脸。

"你杀啊！"褒姒看着洪德说道，"如果你还是个男人，你就动手啊！"她站起来冲洪德喊道，"那样我就可以名正言顺地杀了你，"她朝着洪德慢慢走去，"然后再自杀殉情！今天我们三个人就一起死在这马车上，一了百了！"

洪德不可思议地看着褒姒，她怒目圆睁，眼中满是血丝，面色苍白，唇齿之间没有一丝血色，因为彻夜不眠，眼睛被黑眼圈包着，除却疲态之外，她的模样还有些狠戾，让人看着觉得从心底泛上了层层寒意。洪德的手抖了一下，将郑伯友的皮肤割破渗出了血，伤口不大，血只是染红了一片刀刃。

“你就不怕他日大王还朝，我将此事捅了出去？”洪德看着褒姒有些害怕了，害怕她的发狂会让她失去了理智。

“你还不明白吗？大王能赐我们一死，那是我们的福分。如今我在宫中的日子生不如死，这都是谁造成的？”褒姒看着洪德问道，这话叫洪德的心底不由得泛上了一层冷意，浑身哆嗦，刀刃刺得更深了。褒姒的余光盯着郑伯友，心也被那个伤口牵动，面上却故作镇定。

“你若当真如此，早就一了百了了！”洪德强撑着强硬的表情说道。

“你不会明白的。”褒姒重重地坐在了马车的长椅上，她弯下腰去，看似将自己的头埋在了双臂之中，手却悄悄地从靴子里拿出了那柄匕首。洪德对郑伯友的威胁一旦跨越了她的底线，她就不会再顾及那么多了。洪德因为爱情已失去了理智，和一个疯子无异，和疯子谈条件讲利益都是不可能的，除非你满足他的要求，洪德要的是褒姒，她决不会让他称心。

“除非大王让你死，否则，你就死不了！”

她坐起身深深地吸了口气，看着洪德冷冷地笑了：“哥哥想说尽管去说，我褒姒若做得出，就不怕别人在背后议论，你认识我也不是一两日了！”

“想死？”洪德收起自己的刀，插入刀鞘当中，用手捏住了褒姒的下颌将她的头抬起来，“没那么容易，我有的是时间等，迟早有一天这世上既没有大王，也没有郑伯，就只剩下你和我，我看谁保你！”他说罢笑了出来，笑声可怖，扔下褒姒与郑伯友从马车中跳了下去。他无法再忍受和褒姒、郑伯友同处一室，可是如果嬴德夺取了天下，那个时候，褒姒也好，郑伯友也好，性命都捏在了洪德手中。

“你怎么样？”郑伯友立刻朝着褒姒靠过来，握住她的肩膀查看她是不是受了伤。褒姒仰着头大口喘着气，浑身不停地颤抖，她失去了全身的力气，如同一摊烂泥靠在马车上，手中的匕首再也握不住了，“哐当”一声掉落在地。郑伯友将褒姒揽入怀中，拍着她的头：“没事儿了，没事儿了！”

褒姒哭了出来，心头有种深深的无力感。

当日她一个人面对整个朝廷重臣的弹劾、后宫女人的陷害，她能从容不迫，不曾有过一次的彷徨，甚至在下手对付桑珠的时候，也没有一丝一毫的手软，也从来没有想过此事是不是对的。难怪廿七会说，入了宫的褒姒变了，对她来说，桑珠的死活和自己没有关系，她既不是亲人，也不是朋友，不过是萍水相逢，准备陷自己于不义的女人罢了。

她若不下手，死的就是自己，她若走了，廿七怎么办？

她能为自己的心狠手辣找到无数个理由，可今日，她觉得事情不是这样了。褒家带给她的痛太多了，这种痛难以抑制，也无法逃避，她只能抱着郑伯友无声地哭泣，泪水混着他的血水一滴滴流下，流到她的嘴角，散发着腥气。当日虢石父就曾断言褒家是褒姒的软肋，直到今日，褒姒发现的确如此。

她逼迫自己下定决心杀了洪德！

此事过了数日，郑伯友的伤口慢慢结痂，那日送褒姒回宫后，他再也没有见过她。每日夜里，郑伯友都会梦见褒姒披着那件夜行衣从宫里出来，站在他的床头，月光一片惨淡，她的身影单薄，她一件件地褪去自己的衣裳……无休无止的荒淫梦魇，让郑伯友每日清晨都陷于一种疲惫不堪的状态中。他眉头深皱，无法从梦中那种氤氲的气氛中脱身而出，整个人都有些魂不守舍。

他多希望那日与褒姒在马车之中的戏言是真话，哪怕这会儿要了他的命，他也渴望。对于得不到的，人们总是有一种近乎疯狂的执着，这种执着之深，让人只有在失去手中已有的东西之后，后悔莫及。

洪德频繁地进出宫中，与秦夫人商榷大事。此事屡屡传到褒姒耳中，她在琼台殿中越发感到形势危急，如今的洪德是被自己逼上了绝路，决定要不遗余力地将郑伯友与大王除之而后快，他会做出什么令人惊讶的举动谁也无法预料。褒姒将赵叔带唤来，叫他抽调五十余人潜藏在琼台殿中。

“你要这些人做什么？”赵叔带大惑不解地问道。

“最好是些骁勇善战的人，可以从大王留下的两千兵马中抽调！洪德绝不能留，决不能让他回到秦国，否则日后必成祸患！”

“你要杀自己的哥哥？”赵叔带根本不敢相信褒姒会说出这话。

“留下他，死的就是我！”褒姒盯着赵叔带一字一顿地说，手攥得紧紧的。她表现得十分强势、狠辣，意图蒙骗自己，让自己不再因对手是洪德而软弱、彷徨。嬴德身边能有几个合用的谋臣，褒姒清楚，铲除洪德对削弱嬴德的势力也大有裨益，更何况洪德、虢石父与秦夫人三人在宫中来去自如地密谋，还不知道要在这后宫里制造出怎样的混乱。“先是洪德，下一个就是虢石父！”褒姒的眸子盯着琼台殿某处，冷冰冰地哼了一声，让赵叔带的心陡然一惊，不自觉地后退了几步：“我知道了，我这就去准备！”

赵叔带甚至不敢在大殿上多逗留就仓皇地离开了，一旁的秀秀瞧着此情此景，掩嘴笑了出来："娘娘戏演得真好，只怕赵上卿日后不敢再逼你了！"

"我说的话，五分真，五分假……"褒姒看着秀秀苍凉地笑了出来，眨了眨眼睛，泪水在眼眶中打转。秀秀唇边的笑意渐渐变得僵硬了，然后很艰难地张了张嘴，什么话都没说，五分真是指杀洪德，五分假是指杀虢石父。

秀秀相信，褒姒必定希望五分假是杀洪德，对自己的亲人，她怎么下得去手？若非被逼到了今时今日，她怎么会走这一步棋？

几日后，郑伯友写下信函差人递给赵上卿，提出辞行。赵叔带不敢耽搁，接到信函就匆匆行至宫中，将书信呈递给褒姒。褒姒看完之后将这竹简又卷了起来，放在桌案上推到了赵叔带的面前："明日送行我就不去了，舅舅帮我带句话。"

"什么？"

"人生百年，转瞬即逝，就算是演戏，也请他对廿七好一些。"褒姒嘱咐道，赵叔带打量着褒姒试探性地问道："你与郑伯之间？"

"没事儿！"褒姒很快就回话道。可越是这样越叫人觉得心虚，她说罢就有些后悔了，岔开了话题："公子启之还活着吧？"

"是！"赵叔带不再多问。

"大王打算怎么做呢？"

"你了解他的。"

褒姒叹了口气坐在桌案前，撑着自己的下颌仰头看着房顶的横梁，口气清远地说道："我一点都不了解他，甚至……不知道他要做什么。他在下的棋，谁也插不了手，你我就是什么都不做，大周的江山也不会就此结束。任凭嬴德发兵，他也会有后招吧？"说罢这话，褒姒皱了皱眉。周王宫湦是一本无法看懂的天书，她对自己越发没有自信了。

"洪德的事情什么时候下手？"

"今夜！"褒姒说道，她等了很久就是在等郑伯友辞行的消息，"将郑伯友明日离开镐京城，我会去送他出城的消息传到洪德府上，今晚就将准备好的五十余人安插在我的寝宫中吧。"

"你打算怎么做？"

"区区一个诸侯大夫，若意欲行刺，我杀了他也不足为过吧？灯火若不明，看不清楚，就是失手杀了自己的哥哥，也不落人话柄。"褒姒的声音很轻很慢，却叫赵叔带很紧张、很害怕。他第一次觉得褒姒如此可怕，远不是自己所能操纵的。

郑伯友辞行一事，一时之间传得满城皆知，甚至人人都在说褒娘娘要亲自为郑伯送行一事，此事几乎连郑伯友都要当真了——若非赵叔带已经差人来说过，明日只有赵叔带一人为他送行。洪德听闻此事，火冒三丈，当即就准备冲到宫里去向褒姒兴师问罪，却按捺住了自己，硬生生地逼迫自己冷静下来，待到天黑再开始行动。

夜里，褒姒是在浑浑噩噩的梦魇中被洪德的声音惊醒的。她猛地坐起来惊惧地看着他："你怎么来了？"

洪德二话不说脱下了自己的衣裳："你既然能和两个男人同床共枕，应该也不会介意侍奉一下自己的哥哥吧？"

"你要干什么？"褒姒捏着被子朝后退去，洪德却冷冷地笑了一下："别叫，那夜我在马车里不能奈你何，现在想来硬的，你不是我的对手！你若喊的声音太大了，将此事闹大，知道的人太多，对你也没有好处吧？"洪德小声问道，似乎是早就做好了吃定褒姒的准备。

寝宫中一片漆黑，只有月色朦胧，洪德似乎觉得还不够尽兴，一定要看着褒姒惊慌失措和在自己身下屈辱的表情才觉得心满意足。他转过身点燃了桌上的烛台，温暖的橙色光晕迅速充满了整间屋子，褒姒的手已经摸到了枕下，冰凉的匕首触及她的肌肤。

洪德俯身看着褒姒，一步步朝着她走去，捏住她的下颌，想要去吮吸褒姒的唇舌。褒姒紧紧握住匕首，迅速抵在了洪德的脖颈之上："别动！"

洪德嗤之以鼻地笑了一声，手指在褒姒的面颊上蹭了一番。

"我说了让你别动！"褒姒有些紧张，声音有些凌乱，她害怕不能将洪德一举拿下，失了先机。洪德从褒姒的眼神中察觉到慌乱，他的手揽住了她的腰，抚摸着她柔软的胴体，这感觉令人厌恶到了极致："你别忘了，这琼台殿中有很多人，你想要她们一夜暴毙吗？我会傻到一个人夜袭琼台殿吗？"

褒姒眉头微皱，确实没有想到这重顾虑，她沉默不语，握着匕首的手都僵住了，十分犹豫。若是有秦夫人和虢石父给洪德做内应，只怕是能瞒过赵叔带的眼线放进来不少人。洪德趁褒姒失神的瞬间，隔着她白色的亵衣，将手按在她的肌肤之上，一寸寸贪婪地抚摸："如果你爱的是郑伯，却还能日日在大王身下承欢，叫你服侍一个男人，应该不是那么难的事情吧？明日去给他送行，你们要在郊外马车上寻欢作乐吗？想都别想！"他发狠似的将她按在了床上，整个人顺势压在了她的身上。她已经能体会到他身上发生的某种变化，令人惊恐。"我若是杀了你，就没有什么可担心的了！"褒姒挥刀朝着洪德的脖颈捅去，可心软还是让她刀锋一侧，只是从他的肌肤上划过，蹭破了皮肉，带了点血。可这却给了洪德机会，空气中的血腥味激起了他的兽性，他紧紧地攥住了褒姒的手腕，使劲一捏，褒姒吃痛将手中的匕首丢在了床上，猝不及防地叫了一声："啊……"

"哐……"一声巨响，门被踢开了，还在床上沉溺于欢爱的洪德浑身一紧，下意识地用自己的衣服裹住了自己的身体才看向门外，带刀的侍卫瞪着洪德："大胆刺客，竟敢对娘娘不敬，拿下他！"侍卫们说完，分别朝着他的两侧冲去，将不大的寝宫围了个水泄不通。

洪德这才意识到自己中了褒姒的埋伏，她甚至不惜拿自己的身体来做诱饵对他设局。她刚才的犹豫和彷徨此刻已经尽数消失了，她不慌不忙地将身上的衣服再穿戴整齐，用十分狠戾的口吻对门外的侍卫说道："洪德要谋害后宫嫔妃，罪加一等，不论生死都要捉拿！"

"你……"洪德一口血涌上心头，"竟然要对我下杀手。"

"是你逼我的……"褒姒看着洪德很慢地说道，从床上摸出那柄被震掉的匕首，朝着洪德的胸前毫不犹豫地袭去。洪德眼疾手快地将褒姒朝旁边一推，整个人翻身滚出一步，径直朝着窗外冲去。宫里的侍卫也立刻跟了上去，很快一群人就扭打在了一处，洪德不顾死活用身体撞开了一个豁口，从窗户上连滚带爬地翻了出去。"追！"其中一个侍卫挥刀说道，剩下的侍卫都应声朝门外跑去，褒姒忽然喊道："别追了！"

"娘娘？"侍卫都看向褒姒。

"别追了，你们都下去吧……"褒姒虚弱无力地挥了挥手，叫侍卫们统统离开。待人群散去，赵叔带才开口问道："为什么不让他们去追洪德，此番放虎归山，后患无穷啊！"

"我和褒家两清了！褒家对我多年的养育之恩，如今我已做到仁至义尽了……"褒姒说着，眼泪从眼眶中溢出来。秀秀站在一旁轻唤了一声："娘娘？"她上前递了块帕子，褒姒接过这帕子，拭了一下自己的泪水，深深吸了口气，板起面孔，故作镇定："洪德如今被权力的欲望蒙蔽了双眼，他想要得权、得势，就必须让褒国脱离秦国的钳制，所以他迟早会与嬴德为敌的。眼下我们既然奈何不了嬴德，也不妨作壁上观。"

"有件事情……不知现在当不当说。"赵叔带缓慢开口道。

褒姒看向赵叔带，不知道他还有什么事情瞒着自己："舅舅但说无妨，你我之间就不必客气了，若是此刻你我之间都还有隔阂，互相猜忌，只能叫外人看了笑话！”她感觉得到赵叔带对自己的惧怕，威慑过后便要为这位长辈宽宽心。

“当日大王抵达齐国之后，楚国的军队就回撤了一部分，这一部分军队驻扎在褒城之外蠢蠢欲动，随时准备拿下褒城向秦国发起进攻。如今这支军队已经完全部署好了，大王说听凭娘娘调令。”赵叔带此话一出，叫褒姒心中一动。周王此举是叫褒姒没有后顾之忧，也早就预想到秦国今日的威胁，早早就为褒姒铺平了路，她所面对的一切为难与风浪，似乎周王宫涅都早有预料，早已为她做好了挡风遮雨的姿态，这不禁令她心中一暖。

洪德意欲刺杀褒姒，被宫内侍卫追杀一事很快便传得人尽皆知了。第二日一早，郑伯友就得知了这个消息，来传话的人是太宰宫的上士，与郑伯友颇有交情。

郑伯友叹了口气，多希望时间能够停留在那日的马车上，她倚在他的怀中，他的下巴抵着她柔软的头发，她就那么任凭他抱着，一动不动，唯有灼热的体温刺激着他身上敏感的触觉，而他没能控制住地吻了她，从发丝到面颊，从嘴唇到脖颈，终于知道了她真正的味道。这种麝香环绕下的温润体香让人无比着迷，而她竟没有拒绝这一切的发生。

马车临行前，赵叔带前往郑府又走了一遭，将褒姒说的那番话尽数转达给了郑伯友，请他待廿七好一些。郑伯友沉默良久忽然问道：“她不来送我？”

“郑伯体谅，娘娘要避嫌的！”赵叔带看两人的表情就知道，他们在郑夫人墓前一定是发生了什么不可告人的事情。

“是！”郑伯友无奈地叹口气点了点头。他差点忘了，她是大王的女人，永远都不可能属于自己，“还请赵大人回宫给娘娘捎一句话，恕在下办不到！”

“这……只怕不合适吧？”

“给了人希望，却叫人失望，这比从来都没有希望过更令人难堪吧？”郑伯友不想这一辈子都让廿七活在一个谎言编成的世界里，他相信早晚有一日，她会遇到一个真正爱慕她的人。两次都没能拒绝廿七，郑伯友甚至觉得自己有些无耻，可即便如此，他还是不敢靠近她，廿七太纯真、太美好了，他不想玷污这情分。

“娘娘的意思是，人生不长，既然给了希望就给得久一点吧！还请郑伯体谅，你请我转述的话，我不会和娘娘说的！”赵叔带说罢，转身离去，越走越远。

郑伯友的马车一路颠簸行至镐京城外，今日的阳光格外明媚，微风和煦。他一人坐在马车中，看着两旁的风景慢慢退去，又在回味那一日在马车之中的场景，这实在叫人难以忘怀。他也不相信，那么轻易接受了自己的褒姒，对他就没有动过一次真情。

她给了他希望，如今却让他备受煎熬，这感觉还不如她从不曾正眼瞧他的好。

马忽然长啸一声停了下来，郑伯友的神思被忽然打断，回过神来问道："怎么了？"他问完就看见前面站了一个人，一袭水红色的长裙，笔直的身影伫立着。听见郑伯友的问话，那人才转过身看着他："还请郑伯下车一叙。"

"秀秀？"郑伯友从马车上跳了下来，朝秀秀走去。

"这边请！"秀秀做了个手势，面上浮现着一种诡异的笑容。郑伯友让自己的人马在原地稍事停顿，便迈步跟着秀秀朝着树林深处走去："娘娘来了？"

"因为不方便让人看见，所以才叫我来带路的！"

郑伯友忍不住笑了出来，心头涌出一丝甜蜜，她还是来送他了。

褒姒穿着一身白色的长裙，身上披着一件鹅黄色的披肩，听见脚步声才转过身看着郑伯友。她面容平静，表情严肃，丝毫不像是会情郎那般兴奋与娇羞，这样带着三分威严的模样，宛如一桶冷水从头上浇凉了郑伯友一颗炽热的心。

郑伯友的声音因而也变得十分平静，向褒姒行礼拜谒："娘娘！"

"我来送送你！"褒姒轻声说道。

"多谢娘娘记挂！"

褒姒挥了挥手，示意秀秀先去一边，她有话要单独和郑伯友说。秀秀应了一声退了下去，待到只剩下他们二人的时候，她才开口问郑伯友："你知道大王是个什么样的人吗？"

"知道，也不完全知道，只知道他不是个看起来那样的人。"

"大王当日要我，是不知道日后会爱我，就像是我当日入京，也不会想到我会爱他，事情不一定会按照你想象的发展，你以为的事情也不一定是那么理所当然！你认为你不爱廿七，可你想想，若廿七今日有难，你会不会不顾一切地去救她？"

"这不同！"

"大王曾说，他娶每个女子入宫的时候，都曾想要以一颗真心相对，只可惜世事无常，终不能如愿。那日我受惊过度，一个人在深宫中，若是没一个可以信赖的人，担惊受怕还要提防自己的亲人，这痛苦常人无法领悟。我抓住一根稻草就以为可以救命，所以才会牢牢抓住不放，可是站在岸上的人都知道，我若不放，就会丢了自己的命！"

"那日的事情我已经忘记了，请娘娘放心！"郑伯友忍痛说道。

"如果不是有人给了我一根浮木，或许我还会抓着这根稻草。"褒姒知道，能让她没有后顾之忧地对付洪德、敷衍赵叔带的人，并非眼前的郑伯，而是千里之外的周王。

郑伯友明白褒姒这番话中的意思，忍不住问道："他做了什么？"

"这你无须知道，我的卑鄙，郑伯应该早已清楚。"

"清楚！"

"你明知我在利用你，你也会按照我的吩咐去做？"

"万死不辞！"郑伯友目光坚定。

"那么请你好好爱廿七。她是我身边至亲的人，将她嫁给你是我的无奈之举，如若不然，大王会要了她。虽说如此，可廿七心里有你，从在舅舅家中见了你第一面起，她心里就装了你，再也拿不走了。她虽没说，我却看得明白。"

"大王为什么要这么做？"

"郑伯以为呢？"

郑伯友没有搭话，他对她的情愫如今人人都看得出来，也就不怪目光如鹰隼的周王宫涅察觉出其中的猫腻："大王怀疑你？"

"一个巴掌拍不响。"褒姒这句话又似一柄尖刀戳在了郑伯友的心头。他笑了出来，点点头："我明白了，我会好好爱廿七的，就像爱你那样。"他点着头闭着眼睛转过身，走了两步后忽然停下来，看着褒姒问道，"我能不能……再抱你一次？"

"何必让自己日后徒增烦恼呢？"

"真像你！"郑伯友无奈地笑了，"我该感谢洪德。"他扔下这话，越走越远，不敢再回头。那日的那个长吻，他抚摸着她一寸寸的肌肤，其实不能解他多日来心头的渴望。可是这已经是他能奢望的极限了，从今往后，她仍是高高在上的周王宠妃，他仍旧是尽忠职守的郑国诸侯，他们之间君君臣臣、世世代代，他会远远地守望，将这份情愫永远守在心底。

第二十七章

旧人如今已成仇，拱手江山为你安

郑伯友越走越远，马车的背影慢慢消失在血色的残阳当中。褒姒站在原地一动不动，不知道过去了多久，才忽然说道："秀秀？"

"娘娘！"秀秀应声道。

"该回宫了！"

"是！"秀秀跟在褒姒身后慢慢走着，赵叔带取消了对褒姒的监控，如今她可以在宫里自由出入，一如往日。赵叔带又开始和褒姒商议政令，也不再逼迫褒姒一定要让伯服成为东宫太子。通过这一次与洪德的对峙，赵叔带不得不承认他怕褒姒，她不但能对别人狠，也能对自己狠。

洪德一事算是有个圆满的解决，褒姒原本以为，再见到洪德应该是很久之后的事情了，却想不到世事弄人。几日之后，嬴德就差人前往宫中汇报，他的大军马上就抵达镐京城了，请赵叔带做好准备。

赵叔带与褒姒、申后三人商议，申后十分心焦："大王没有再传来新的消息？"

"没有！"赵叔带摇头叹气，他也在等大王的捷报，好阻止嬴德继续前行，"若是告诉嬴德此番战败是计划之内的，不日就能反败为胜了呢？"

"若迟迟不能反败为胜呢？"

"不会的！"褒姒很笃定，她相信大王已经没有耐心和东夷继续这样纠缠下去，情报已经获取得差不多了。如今四国集结，加上国内紧张的气氛一触即发，周王宫湦再不识好歹，也该收局了。“我们一定要拖住他们！”

“这一二日，秦夫人那边反倒没动静了。我以为洪德之事她得慌几日，如今这么冷静，可不是什么正常现象。”申后说道。

“如今天下都知道大王战败是权宜之计，就算嬴德发难，此事也不难对付。无论如何要将嬴德稳在镐京城，绝不能再给齐国的战事添乱了！”赵叔带说道，三人交换了一番神色，各自点了点头。对于嬴德抵京一事，宫中还是要准备接风洗尘的宴席，此事赵叔带和申后的意见一致，请褒姒不要出席这场宴席，以免发生任何不测！商议妥帖之后，三人才各自回了宫。

申后回到东宫，就发现宜臼不知去向，立刻叫来下人问太子的去处，下人支支吾吾的，半晌才答道太子去了西阳宫中，此事令申后始料不及，一时间脑海中一片空白。

洪德与褒姒决裂后，频繁进入西阳宫就为了给秦夫人牵线，让他结识宜臼。为防日后褒姒与申后的挑拨，洪德提前向秦夫人说明了情况，如今嬴德入京，野心在大周。而秦夫人在此事上没有选择，他日若是大王得胜还朝，嬴德谋逆必会牵连秦夫人，再加上褒姒在宫中建树太多，秦夫人的下场不堪设想！

秦夫人思前想后，便将自己有大王密诏一事说给了洪德。洪德当下心生一计，要秦夫人与宜臼多接触，不断离间宜臼与褒姒、赵叔带之间的关系，尽快让宜臼掌权、控制朝堂，再将赵叔带等人的职位免去，换上虢石父一派。

周王宫湦毕竟是征战在外，能立下诏书要秦夫人和申后力保太子宜臼，而流放褒姒与伯服，肯定就是料到了自己凶多吉少。秦夫人如今力捧宜臼，一旦周王战死沙场，宜臼继位，嬴德再褫夺虢石父的权力，接管镐京城。假以时日，以辅政为名，扩大秦国势力，架空宜臼，嬴德必能上位。

而如果大王回来，“保全宜臼”四个字就是嬴德入京的最好解释，周王宫湦也无法将罪责怪在秦夫人头上了。如今嬴德既然来了，秦夫人也只能采纳洪德的建议，否则他日大王追究起来，自己难逃冷宫厄运。

赵叔带设宴为嬴德接风洗尘，褒姒在琼台殿中来回踱步，不断地差人前去打探，一有消息就回来通知自己，生怕宴席上的态势失去控制。被派去的人传回来的第一条消息就是：洪德随嬴德一道入宫了！

这消息叫褒姒蓦地深吸了一口气，惊恐地退了两步。

秀秀立刻扶住褒姒：“娘娘？”

褒姒摆了摆手。“我没事儿，怎么这么快就和嬴德会合了？”她眉头微皱，自言自语道。

“怕是洪德有意寻找嬴德，他来若是要算总账，自恃有嬴德撑腰，恐怕……”秀秀感到眼下的状况实在是令人难堪。当日洪德逃出宫去，所有的人都知道洪德行刺褒姒未果，遭到了宫里侍卫的追杀，如今洪德就这么堂而皇之地回来，跟在嬴德身边。嬴德大军压阵，褒姒与赵叔带不敢小觑，此事褒姒也只能卖个笑脸，可这口气她咽不下去。

这无疑是一巴掌扇在了自己脸上，将大周王权践踏在地。今晚这场宴席注定了不会以和平的姿态结束，褒姒看着前来回话的人问道：“他们谈到哪里了？”

“秦伯说前方战事屡战屡败，他心系大王安危，奉召出兵，还请赵大人定夺！”

“舅舅怎么说？”褒姒十分紧张，眼下这宫里的态势剑拔弩张，稍有不慎便会酿成大祸。下人对着褒姒摇了摇头，面色也有些不善，这叫褒姒眉头微皱，深吸了口气：“再去探吧！”

“是。”下人后退了一步，还未走出琼台殿就又有人前来，是大王的近侍臣。“娘娘，”他叫嚷着冲过来，和准备出门的下人撞了个正着，差点一个趔趄跌倒在地，“娘娘，前殿请您过去一叙。”

“什么？”

“秦伯说，公子洪德与娘娘误会颇多，还请娘娘出面，他要为你们二人言和。”

褒姒的手微微一攥，自己担心的事情还是发生了，她敛着面上的颜色，不让人看出自己的慌乱，继续问道：“还说了什么？”

“还说……还说如今这宫里没个主事的人，要找个说话能算话的人出来，申后和赵上卿不敢回秦伯的话，定不了出军一事。秦伯说，既然大王临走时将后宫交给了娘娘，就请娘娘去前殿回话。”近侍臣说道。秦伯的话倒是有条有理，嬴德一介武夫，这话必是出自洪德之口。她挥了挥衣袖，对着近侍臣说道：“去回，我就来！”

“是……”近侍臣得了褒姒的话，又匆匆忙忙地转身跑去前殿回话。

褒姒叫秀秀将沙漏拿出来，计着时辰，掐准了快要散席的点才朝前殿去了。嬴德这话是个一箭双雕之计，一是让褒姒陷入两难——赵叔带和申后都无法做出的决定竟要她来；另一个则是当着申后的面说这种话，就是要在申后的脸上打个耳光，让她知道如今褒姒早已凌驾于她之上。

本指着他们将嬴德拖住，却不想被人占了先机，处处都陷入被动当中。

嬴德坐在大殿上，等不到褒姒入席，脾气越发急躁，怒目瞪着赵叔带问道："怎么褒娘娘还不来？赵上卿不如再派个人去催催。"

"急什么？娘娘既然说了随后便到，自然会来！"赵叔带笑着应承道，心中却全不似面上这般从容，他恨不得此刻就将这仗势欺人的嬴德生吞活剥了，"祭公专门为秦伯准备了歌舞，秦伯若不好好欣赏，怕是要拂了我们一番好意！"

"如今时日无多，战场上瞬息万变，赵上卿若再如此拖延，贻误了战机，这责任你可担待不了！"嬴德说着，拍案而起，"既然娘娘迟迟不肯相见，我就亲自走一趟琼台殿。"他摆出了一副凶煞的模样，前殿中的侍卫意欲拔刀相向，整个大殿满是刀光剑影的紧张气氛。门外响起的"参见娘娘"之声，霎时间破除了这殿内的气氛，褒姒穿着一袭白衣、长裙曳地，慢慢地朝着大殿上走来。众人的目光"唰"地落在了褒姒身上，她的姿态雍容典雅，面上泛着肃穆的光泽，让她的身份立时就与殿内的士大夫们区分开来。"秦伯急什么？"褒姒看着嬴德轻声问道，"秦伯便是立时就能从镐京城出兵，别的诸侯也未必就让你秦国的大军堂而皇之地借道，怕是路上总归是要耽搁的，更何况……"她说着走到嬴德面前，看着他笑着，笑容满是自信，"秦伯怕是根本出不了镐京城，又何必急于一时呢？"

嬴德咬了咬牙："之前倒是没有细看，如今才发现娘娘姿色不凡！"他说罢这话，以一种十分不恭敬的姿态向褒姒拜谒行礼。洪德就站在嬴德一侧，正用阴森森的目光打量着褒姒，让她面色一凝，手攥成了拳。嬴德注意到了褒姒的目光微变，淡淡地笑了笑，转向一旁："听闻娘娘与洪德多有误会，我二人在路上相遇，得知此事，便前来说和，也替洪德给娘娘赔个不是。到底是一家人，何必兵戎相见？"

"当日在下听闻娘娘被奸人所掳，一时情急赶往琼台殿相救，不想唐突了娘娘，还请娘娘见谅，撤回对在下的追杀！"洪德毕恭毕敬地在褒姒面前说道。褒姒冷笑了一声反问道："前来相救？你就是如此相救？"她说着将自己的袖子撸了起来，上面一条弯弯曲曲的疤痕看得人触目惊心，"哥哥如此伤我，如今却信口雌黄，此事倒成了我的不是了！"

"这绝非我所伤！"洪德指着褒姒手臂上的伤口说道，心中也有些凛然。没想到褒姒竟然还留了后手，不惜伤害自己来取信于人，她看洪德的眼神早就没了当日的犹豫，是一种杀伐之态。

"是吗？那么多人看着哥哥对我行刺，难道我后宫之人都是些说谎之徒吗？"褒姒的目光从洪德的面上一扫而过，"当日洪德已经辞去了在秦国的大小职务，难不成如今秦伯竟要为了一个不相干的人得罪周王吗？将洪德交给我，秦伯想做什么，万事好商量，否则……就别怪我翻脸不认人！”

褒姒冷冷的目光骇了嬴德一跳，他定了定神强撑下去继续说道：“先不管洪德是不是我秦国的士大夫，且说你与洪德同世父的关系，我身为叔父见你们交恶怎能不管？大王做事也要处置公允，不能有失于天下。娘娘说洪德行刺，洪德说是去相救，二人各执一词，此事也争执不下，娘娘可有证据说洪德行刺，洪德……”嬴德又转向洪德，“你可有证据说你是去相救的？”

“自然有！”洪德立刻将手中的竹简呈上，嬴德展开来看了看，带着笑意将这竹简递给了褒姒，褒姒看了一遍立刻转给了赵叔带，恨恨地瞪着他。赵叔带见褒姒与嬴德争执，本来以为没自己什么事了，可褒姒的目光忽然投来，他还觉得颇有些震惊。褒姒将手中竹简扔到了赵叔带面前，赵叔带赶紧蹲下去将这竹简捡起来，才看见内里是一封求救的信函，而这份信函的末了正是落了赵叔带的款，印了赵叔带的章。

“这……这不是……”赵叔带准备解释，褒姒却呵斥了一声：“闭嘴！不够丢人的。”

赵叔带身为太宰上卿，自己的笔墨与印章却能轻易落入洪德手中，此事也没什么可解释的了。褒姒盯着赵叔带继续问道：“宣那日赶来救我的人上殿！”

“他们……”赵叔带再次吃了个瘪，当日洪德对褒姒意图不轨，画面不堪，他生怕此事传到大王耳中，那日五十余人跟随赵叔带回去之后，他就立刻将他们尽数斩杀了，此事做得神不知鬼不觉，褒姒若非今日要当面对质，怕是一辈子也不会知道此事。褒姒瞧着赵叔带的表情就猜出了其中的缘由，手攥得更紧了，拂袖转身，输掉了与嬴德的第一局对峙。

“褒娘娘？”看着褒姒吃瘪的模样，嬴德戏谑地笑着唤道。

“既然是个误会，那我错怪哥哥了！”褒姒看着洪德轻声说道，面上的神情有所缓和，“改日哥哥不妨前去琼台殿，褒姒亲自为你斟茶倒水……”这笑意让人看着觉得瘆得慌。洪德连退了两步：“为娘娘效力是在下的职责所在，如今承蒙秦伯相助，这误会解开了便好，在下也不敢奢求太多。”

褒姒冷哼一声，转身朝着大殿的一侧走去，在申后旁桌案前坐下来，拿起茶水为自己斟上，然后轻抿了一口，才向申后同赵叔带说道：“秦国偏远，虽说消息迟滞，可也不至于知道大王兵败，却不知大王的用兵之道吧？”

“娘娘见谅，”赵叔带回话道，“还未及给秦伯说起。”

“那也不急，”褒姒挥了挥手，“我差秀秀去西阳宫里叫了秦夫人来。既然秦伯远道而来，没理由不叫秦夫人作陪，你们兄妹也多日未见，当日秦伯走后，西阳宫也着实凶险了一番！”她说着看向赵叔带，“舅舅也真是的，秦伯远道而来，怎么在礼乐之事上怠慢秦伯呢？”

“秦伯无心礼乐。”赵叔带答道。

“哦？”褒姒转向秦伯，“这音乐不合秦伯心意？”

嬴德的声音蓦地冷了下来：“在下今日前来并非寻欢作乐，我要发兵齐国救援大王，在下只要赵上卿一句应允的话，如今赵大人和申后既然定夺不了，还请褒娘娘做主！”

“既然赵大人和申后都定夺不了，论资排辈也到不了我，秦伯莫急！”褒姒慢悠悠地说道，“待虢上卿与秦夫人来了，再行商议。”

她看着洪德，轻叹了口气：“哥哥倒也沉得住气，如今大兵压境，褒城危在旦夕，你却能出入秦伯左右，真是忠肝义胆！”

“什么？”洪德诧异地问道。

“哥哥还不知道吗？楚国大军不知怎的，从齐国回撤便重军压在褒城。如今秦伯带重军前往齐国，万一楚国想不开，褒城失守，楚国据此可攻秦军。楚军虽不及秦兵剽悍，可也都是从齐夷战场上退下来的骁勇善战之人，秦国如今空虚，怕不是楚军对手，只可惜了褒城百姓啊……流离失所。”

“娘娘不要在此危言耸听！”秦伯呵斥道。“何来危言耸听之说？楚军数万人，秦伯只要派自己的人前往褒城一探便知……怎么？爹还没有将此事告诉你们吗？”褒姒“啧啧”几声，“褒城若是识相，大开城门请楚军借道攻秦倒是能减少伤亡，只是秦国的命运……”

“如今天下危难，楚侯难道不分轻重？”嬴德已经有些心虚了。

“正是天下危难，才不能再有犬戎攻城。秦伯大军跨境前往齐国支援，秦国疏于防守，犬戎自然蠢蠢欲动，如此一来，楚侯不也是急秦伯之所急吗？更何况……秦伯这位置，你不过是暂代，借了人家的东西，迟早要还给人家的！”褒姒看着秦伯笑着，末了又忽然想起什么，“说来沙场无眼，若秦伯身陷齐夷之战一去不返，哥哥带兵对敌，莫负了秦伯这一番忠君爱国之心啊！那时候嬴开有楚国相助，又有百里将军以一当十，秦伯大可放心。”

“你得到了嬴开的消息？”嬴德紧张地问道，他没想到褒姒在短短的时间内已经安排得如此妥当了。褒姒冷笑一声：“你以为……父亲真的会投你叛周吗？

若是如此，他何故与我置气？嬴开出走，百里成将军辅佐，天下最危险的地方，不也是最安全的地方吗？”

嬴德立刻将目光投向洪德，满眼疑窦，洪德不能不佩服褒姒这番挑拨离间的说辞，立刻压低了嗓音说道：“只怕这个消息是她杜撰出来，用来离间你我关系的！”

“倒也不怕她杜撰，若是褒城敢开城门放楚军入秦，你的性命就交待了。”

“绝不会！”洪德说着咽了口唾沫。

嬴德瞪着褒姒，双手紧紧地攥在一起，开始疑心周王宫涅的连连战败并非是给东夷做姿态，而是在给自己做姿态——引蛇出洞，此事越想越不对。褒姒看着嬴德说不出话的表情，立刻催促祭公：“祭公还是赶紧献乐，为秦伯排遣忧虑吧？”

“不必了！”嬴德拍案而起，“我等还要回秦府定夺行军布阵一事，请赵上卿做好决定，明日早朝再回我的话！”他说罢拂袖而去，大步走在前面，洪德紧随其后。待嬴德离场，几位士大夫才看着赵叔带询问接下来怎么办。

赵叔带挥了挥手，叫这几位也退下。前殿中的人渐渐少了，只剩下赵叔带、申后与褒姒三人，褒姒这才舒了口气，紧咬着下唇，面色忧虑。

“幸亏有你！”赵叔带的话令褒姒给他投去了一个冷冷的眼神，赵叔带深知自己的无用，“那竹简只怕是当日……”

“够了，不必向我解释！”褒姒呵斥道，“太宰上卿的刻章有多贵重不必我说，舅舅也应该清楚，此事我不希望再发生第二次。”

“我知道了。”赵叔带俯首说道。

“还有……”褒姒朝赵叔带迈了一步，她身上的气场令人生畏，赵叔带下意识地退了一步。褒姒继续说道：“我的人，只有我才能动！”

“不会再有下一次了！”赵叔带赶紧提心吊胆地说。

褒姒别过脸去在原地踱步，思忖着刚才发生的事情：“大王当初离开镐京城时拟旨给秦伯，一旦败北，就由秦伯发兵横跨整个周朝前往齐国作战。那么如今秦伯的发兵，大王早就应该预计到了。”

“是！否则何以会调度楚国的兵马，兵临褒城？”

“不对，调动兵马不是为了牵制秦伯……大王如果真想调秦兵助阵，何不在自己败北之际差人传书给秦军，为何要那么早安排？”褒姒眉头紧锁，这话说出来，申后也听出了一些门道：“你的意思是……大王就是为了要秦伯入齐？”

“不知道，大王的安排神秘莫测，实在令人揣测不透！”褒姒摇了摇头。

“那我们该怎么办？”申后问道，“刚才你还没来之时，嬴德飞扬跋扈、态度恶劣，丝毫不将我与赵上卿放在眼中，此人只怕是后患无穷。若不答应出兵，他必定不依不饶！可若是答应了出兵，违背了大王的意思，我等只怕……”

“等！”褒姒果断地说道。

“等？”申后问道。

“等到何时？”赵叔带也脱口而出，“大王若一直不动，我们拖不住嬴德的！”

“那就让他发兵，”褒姒思忖了片刻，看着赵叔带说道，“不仅是让，还要极力地请他发兵。嬴德其人生性多疑，你不让他走，他就偏要走，此刻你若是从容地叫他走，他又未必肯走了！”

赵叔带不能不多考虑一些：“可他若真走了呢？”

褒姒皱着眉，答不上话。

“我们就不要自己在这里瞎琢磨了，先看看明日上朝之后秦伯怎么说。此事能拖一天是一天。”申后打了一个圆场，褒姒和赵叔带也点头称是。不多时，秀秀踏入前殿向褒姒报说：“申后、赵上卿，秦夫人来了。”

前殿的三人将目光尽数投到了秦夫人的身上，唯有申后打量她的目光格外深邃。秦夫人看着杯盘狼藉的残局问道：“怎么这么快酒宴就结束了？既然如此，何必还请我来？”

“褒娘娘说了两句话，秦伯就仓皇离开了，也未料到他会有如此反应。”赵叔带说道，“叫秦夫人白跑一趟，实在过意不去！”

“哦？”秦夫人将目光投在了褒姒的身上，“妹妹说了什么？”

“都是些行军打仗的事情，秦夫人没兴趣的！”赵叔带替褒姒答道。

秦夫人觉得赵叔带的话未免有些好笑：“我倒是不知道，妹妹还懂行军打仗之事？”

“大王让说什么，就说什么，一字不敢多，一字也不敢少！”褒姒轻声应道，迈步向着大殿门外的方向走去，“我先告退了。”说完，她就带着秀秀离开了前殿。秦夫人看着褒姒的背影，眉头紧紧地蹙在一起，看着申后说：“申后，不如我陪你回宫吧？”

申后的表情蓦地敛在一起，面色有些不善。二人从前殿退出，朝着后宫走去。秦夫人用尖酸的语调和申后说道：“如今朝中大小事务，不管后宫还是朝堂，竟然都由褒姒做主了。眼下哥哥发兵与否，莫非也由褒姒决定？”

“赵上卿一时之间拿不定主意，便来和我来商议，我也没个想法，只好请她了！”申后冷冰冰地说道，她知道秦夫人是要挑拨她与褒姒的关系。申后虽不得宠，但对大周忠心耿耿，纵然不满周王的胡作非为，也绝不会和秦国联手，陷他于危难。

“申后不必硬撑了，该说是褒姒害怕你顾忌她，才将你拉进这件事中。要说褒姒也算是聪明，知道你是后宫正主，事事与你商议，早请示、晚汇报，看似在听取你的意见，实则她早有了主意。她的问询无非是诱导你按照她的思路来决议，他日大王还朝，功劳可都是她的，若是出了岔子，错可就在申后您了。我真不懂，您何必蹚这浑水？”

“如今大周有难，秦夫人怎能如此说话？”申后故作冷静，心里却十分慌乱。她并非不清楚褒姒这么做的目的，可一直不敢正视，如今被秦夫人揭穿，申后觉得十分难堪。

“说句不好听的，娘娘觉得大王真的能得胜还朝吗？”

“什么意思？”

“大王根本不是领兵打仗的料，如今忽然出征，不觉得奇怪吗？”

申后摇了摇头，秦夫人继续说道：“我听说此事是那褒姒撺掇的！”

“什么？”

“你想想郑夫人死的时候，只有褒姒在场，她却将矛头指向我这一房，要我将自己的女御供出来以求自保！如今郑国还偏袒她，这个女人手腕狠辣、心肠歹毒，申后自问……您是她的对手吗？若是他日你我落入她的手中，下场只比郑夫人更惨！郑夫人的子嗣落在她手里，她有那孩子傍身，若大王真的无法回来，宜臼的太子之位也就岌岌可危了！”

“不可能！”申后脱口而出道，声音有些发紧。

“怎么不可能？她除掉你，再除掉宜臼，然后扶那孩子上位，内有赵叔带处理政务，外有郑伯带领诸侯，从今往后，她就是大周正主。而这江山她能坐得比大王还稳，至于申后……”秦夫人指着申后说，“就是她的帮凶！”

申后不想再听下去，她的内心从来就不曾坚定，被秦夫人一说就更加动摇，恨不得捂住自己的耳朵落荒而逃。秦夫人知道申后的意志濒临被摧毁的边缘，继续咄咄逼人道：“你以为大王什么都不知道吗？他出征时就已经料到了自己必死的结局，所以将我们的后事都安顿好了！”

“你胡说什么？”申后大吼一声，几乎跌倒在地，她浑身颤抖得撑不住自己摇摇欲坠的身子，脑海中一团乱麻，根本无法抽丝剥茧整理出一条思绪来。

秦夫人从袖子里拿出了那封周王宫涅交给自己的密诏，递给申后："早在大王离宫之时，他就将这封密诏给我，为的就是防止褒姒篡权，逼死你和宜臼。"

申后颤抖着手将这密诏展开，心中大为震惊，内里诚如秦夫人所言，言明一旦周王宫涅战死沙场无法还朝，宜臼登基，申后与秦夫人共治后宫，将褒姒母子流放千里。此举虽让人难以置信，可申后看了几遍，确认是周王的字迹，也确实是宫中的印章。"这……"她看着秦夫人大惑不解，"既然如此，大王又为何一定要让褒姒掌权？"

"大王就算是不让，她也一样能掌权！即便是把权力给申后，如今面临的诸多决定，申后敢做吗？"

申后的面上火辣辣地烧着，秦夫人的话就像是一个耳光扇在了自己面上："这几日宜臼出入西阳宫，也是为了此事？你们决定提前执行大王的密诏？"

"那倒不至于，我可没有谋逆的胆子。宜臼无非是想学经世治国之道，他虽每日上朝，可赵叔带会教他什么？我虽才疏学浅，可也能将我所知的都告知于他！申后也该知道，若非褒姒，宜臼不会被大王冷落，他对褒姒是恨到了骨子里！"

申后的手紧紧地攥在一起，看着秦夫人呵斥道："你可别忘了，你是宫中后妃，大王的夫人，你哥哥如今咄咄逼人，谋逆之心昭然若揭，一旦大王战败，覆巢之下焉有完卵？"

"瞧申后娘娘说的，我哥哥岂会有谋逆之心？你不也是听褒姒说的吗？我们若不借他的力量，单凭宫中侍卫归赵叔带管辖一事，褒姒就能捏住我们的喉咙，这密诏恐怕永世不能公之于众！"秦夫人温婉的语调抑扬顿挫，倒真像是有这么回事。

"我有眼睛！"申后说完这话，将手中卷轴扔在了秦夫人怀中，转身朝东宫走去。刚刚踏入宫门，她便和宫内的下人说道："这几日不许宜臼出门！"

"是，娘娘！"下人们面面相觑，脸色十分难看。宜臼是太子，谁拦得住？申后是王后，她的命令谁又敢不从？这一对母子当真是要让人为难死。

秦夫人盯着申后的背影，发现自己低估了这个软弱的王后，本以为自己三言两语就能动摇申后和褒姒的联盟，而这封密诏作为最后的武器，也没能攻破申后的心理防线。若是申后将此事与褒姒和盘托出，褒姒先下手为强毁了密诏，自己就连自保的东西都没有了。她的心中有些不安了起来，匆匆朝西阳宫走去，才刚刚进殿就有人来报："刚刚有人送了信，要娘娘亲启。"

"知道了，下去吧！"秦夫人挥了挥手。今日嬴德入京，这信函不用说也知道是洪德差人送来的，内里只有“宫门外速来”几个字。看罢，秦夫人就将这布帛捏成一团放在烛火上烧了，她屏退下人，一个人转身出门，朝人迹罕至的南门走去。出了南门，就看见一团漆黑的身影在树林中若隐若现。

洪德在暗处的目光与秦夫人相遇，才迈步而出，行礼作揖道：“秦夫人！”

秦夫人环顾了一圈，最后将目光投向洪德：“哥哥有什么事？”

“不是秦伯。”

“你能有什么事情？若不是你叫我去拉拢申后，我今天就不会如此被动了！”秦夫人正愁自己一肚子怒火无处发泄，此刻看见洪德语气就尖锐了起来。拉拢宜臼与申后是洪德的主意，目的是要将褒姒孤立起来，也为日后利用申后在朝中的势力埋下伏笔。

嬴德必须要做好两手准备，若是周王宫湦无法回来，他就利用周王遗诏，先立宜臼为君，再使自己成为辅政大臣，然后架空宜臼取而代之；若是天佑大王，他得胜还朝，嬴德只要将自己的行为归在保护宜臼一事上，大王也无法苛责他，即便对他谋逆一事心知肚明，也要顾及颜面给天下一个说法，而不能动他。

所以申后是至关重要的一步棋，可洪德也没想到他们会在这里失算：“申后怎么说？”

“她说她有眼睛，分得清谁是人，谁是鬼！这个婆婆妈妈的申后，掀不起什么大风大浪，留在这里还真是会碍手碍脚！”

“那好办。”

“你说什么？”

“既然她不肯和你合作，那你就和褒姒合作，将她踢出局。到时候她自然会慌！”洪德这话叫秦夫人不解地摇头：“那有什么用，我可不想辅佐褒姒那孩子登基！”她只要想起最近在宫里的日子，就觉得心中郁结难消，扯着自己手里的绢帕跺了跺脚，一时之间情绪竟有些失控。

“听我说完！”洪德的声音微微大了一些，也少了谦卑恭顺的语气，这让秦夫人吓了一跳，盯着他等他说下去。洪德理了理思绪：“眼下这个情况，申后只怕是认定了秦伯要反，所以不肯和你合作，也不允许你接触宜臼。如果这个时候你和褒姒达成了协议、共同进退，申后也已经知道你手中有诏书，就一定会顾忌，她会认为你这么做是打算扶念儿上位。这时候，和谁合作，不和谁合作，决定权就在你手中了！”

秦夫人看着洪德良久，忽然笑了出来：“不错，可我应该如何与褒姒合作？”

“你不去找她，她也会找你的！”洪德在秦夫人的耳畔轻声说道。这叫秦夫人笑出了声，一手搭在洪德肩上，媚眼盈盈：“你说，褒姒怎么有你这么一个哥哥？”

洪德一手揽住了秦夫人，身子猛地一沉将她压在了宫墙之上，他捧着她的脸，声音中充斥着暧昧的味道，他在她的耳边问道：“天下女人是不是都只爱那昏君一人？”

“你想和他比？”秦夫人笑得很迷人。

“没兴趣，”洪德忽然松开了秦夫人，往后退了一步，整了整自己的衣襟，转过身去，“褒姒一定会找你的。届时怎么做，秦夫人自己决定吧！”他背对着她摆了摆手，朝远处走去。秦夫人站在原地咬牙切齿的，恨不得扑上去在洪德身上留下一个狠狠的牙印，看着他越走越远，心中这股不满越发难以抑制，最后才竭力冷静了下来：“我看你能忍到什么时候。”她娇俏地笑了一声，转身回到宫中。

五月的天亮得很早，五月的风也带着股热浪，郑伯友耗费了比去镐京城更多的时间才回到郑国，每走一步都仿佛十分艰难。回到郑府的时候，掘突早已从边关折返，正在书房候着自己的父亲，瞧见郑伯友进门，掘突立刻停下了同师大夫的交谈，转而看着郑伯友叫道：“爹！”

“长大了……”郑伯友捶打了一下掘突的手臂。这个儿子十岁之后，就鲜少在他的身边，如今过了弱冠之年，常年的风吹日晒、操练兵卒，让他看起来黝黑健硕。掘突咧嘴笑了笑，黝黑的肌肤上露出了一口白牙：“镐京城中可是发生什么大事了？”

“没有，”郑伯友问道，“郑国还有多少兵马？”

“要打仗？”掘突惊慌地问了句。

“不是……随口问问！”

“除去二叔带走的百乘，余下的不足百乘！”掘突算着，将目光投给了一侧的师大夫。师大夫点点头，示意掘突没有算错，他上前一步向郑伯友进言道：“如今秦兵压阵，天下无人不知，莫非娘娘此行叫郑伯入宫，是想用我郑国之力阻挡秦国？”

“可行吗？”郑伯友面色凝重地问道。

“郑伯……”师大夫语重心长地说道，“便是我郑国的军队都在，也未必是秦军的对手。秦军骁勇善战，常年与犬戎对抗，我郑国地处中原、罕逢战事，缺乏对敌经验，实力悬殊，如何相抗？这娘娘莫不是要借秦兵之手杀我郑国之人？”

“师大夫想多了，娘娘并无此意！”郑伯友拍了拍师大夫的肩膀说道，不想继续将这个话题说下去了，便转向了掘突，“我叫你母亲备了饭菜，我们爷俩好久不见，喝点酒聊一聊！”

掘突点了点头，转身与师大夫又说了两句。送走师大夫后，父子二人才从书房中出来，掘突的面色又变得凝重了起来：“父亲可是为了以防万一？”

“若是娘娘拦不住秦兵……”郑伯友思量道，“唯有我郑国拖着了！”

“为何不先同大王通信，明确他的意思？”掘突道。

“也好，此事你亲自去办。”郑伯友吩咐道，“若是真的打，郑国倾全军之力是秦国的对手吗？”

“未必不是……”掘突想了想说道，“秦国兵强，此事秦国知，我们也知，天下皆知，以常规的打法，我们未必是秦国对手。可既然是倾全军之力，不如发起奇袭，只要占得先机，此战必赢！”

“你去准备。”郑伯友吩咐道。

郑伯友这话叫掘突打起了十二分的精神，眼中也闪着兴奋的光芒，少不更事的他对战争充满了渴望。父子俩走到大堂，都很有默契地不再提此事。掘突恭喜自己的父亲讨了个王姬回来，哈哈大笑道：“这下娘可称了心愿了，父亲总算是愿意再娶了！”掘突迈步而入，看着廿七说道：“二娘可得抓紧时间给我生个弟弟妹妹的，一个人未免有些孤寂呢！父亲要求太高，压力太大啊！”

这话把廿七说得面色通红，低下头去站起身小声说道：“郑伯回来了？”

郑伯友点了点头。

“娘娘可还好？”廿七问道。

“有赵上卿从旁帮衬，放心吧……”郑伯友点了点头，席间他没有和廿七说太多，基本都是他们父子在聊，毕竟几年不见了，能说的事情太多。散了席之后，大夫人问郑伯是否要沐浴就寝。

郑伯友点了点头。

大夫人正准备出门去准备，郑伯友叫住了她：“此事叫廿七去准备就是了，我还有事情和她说。”大夫人皱了皱眉，廿七却猛然抬起头不解地看着郑伯友。

郑伯友看着惊慌失措的廿七，心中蓦地一抽，知道自己过去对她真的太狠心了，便轻声问道：“怎么了？”

“没有……”廿七赶紧摇了摇头，站起身随着郑伯友从大堂退到门外，“是不是娘娘出了什么事情，郑伯要同我单独说？”

“放些水吧，我一路奔波，现在只想休息……”郑伯友用疲惫的嗓音说道。这话叫廿七木立当下，她口笨舌拙地问道：“在……在我房中？”

郑伯友走了两步，停下脚步转过头看见木立在原地的廿七，微微点了点头反问道：“你不愿意？”

“不是，不是……”廿七赶紧答道，忙朝前跑了两步，面上掩不住的笑意，却紧紧地咬着自己的下唇，不想让郑伯觉察这兴奋的心情。郑伯友将廿七拉到面前，揽在身侧说：“这些天来，我不在，你一个人辛苦了！”

“我没什么辛苦的，这里也没什么事是我能帮得上忙的，”廿七仰头看着郑伯友说道，“不过晋国与郑国结盟一事，好像结盟派还没有完全死心，仍在极力游说。如今秦国已经到了镐京城，秦国若是继续东移，就会踏入郑国的，只怕是……”

郑伯友拍了拍廿七的肩膀：“这些事情我会留意的。”

“你是不是不喜欢我打探这些事情？”廿七看着郑伯友谨慎地问道，“你若是不喜欢，我不和你说就是了。可是这么多年，我侍候娘娘养成了习惯，若什么都不知道会不安的，也请您看在娘娘的分上，别拦着我！”

“你紧张什么？”郑伯友抬起手抚摸着廿七的脸，面上满是温柔，“我只是害怕你太累，要操心郑国的大小事务，又要防着大夫人，还要关心宫里的事情、娘娘好不好，我是心疼你而已。”郑伯友才发现，廿七根本就是个孩子、半大的丫头，当日跟着褒姒入宫，阴错阳差地卷入了这一出累人的戏码当中，他觉得于心不忍。

二人边走边说地回到房中，廿七的面色越发红润了：“是不是娘娘和你说了什么，为何郑伯今日和往日格外不同？”

“倒不是说了什么，”郑伯友用手抬起了廿七的下颌，离她很近，“只是让我意识到，我已经是你的夫君了，这一点无可更改。”

廿七的眼眸中闪过一丝失落，郑伯友却很坦诚地说道：“你我之间接触不多，往日里我甚至没有将目光放在你身上，你是个什么样的人我了解得不多，而我们之间的婚约既然不能解除，也曾发生过肌肤之亲。你不能指望现在的我会有多爱你，可是我保证会试着了解你，也试着开始。”他比廿七大了一个辈分，他的成熟和温柔经过时间的磨砺，磨去了一切的棱角，让人心安。

廿七在郑伯友的怀中点点头，眼里几乎溢满了泪水。郑伯友替她将泪水擦掉，吻了吻她的眼睛："去放水吧。"

"郑伯要在这里就寝？"

"嗯！"

"我这就去……"廿七从郑伯友的怀中钻出去，这番话虽不是什么甜言蜜语，却如此坦诚，胜过了廿七能够想象得到的任何情话，这是她第一次发自心底地笑出来。看着她的背影，郑伯友双手撑在了屋里的桌案上，叹息之后摇了摇头，自己也笑了出来。再抬起头看着廿七，看着她高兴，忽然之间，他觉得这样也不赖。

他差一点就得到了褒姒，这是不是也算是得到过了？这种执着或许已经可以放下了，郑伯友觉得心头的一块巨石仿佛被卸了下去。

第二十八章

朝堂上剑拔弩张，后宫里风云诡谲

郑国枕戈待旦，宫内风云诡谲。

卯时不到，天色被笼罩在一片灰白之中，无比昏暗，琼台殿大门上的铜环被人一下一下地拍打着。秀秀从睡梦中挣扎起身换上衣服，去前殿开门，她眯着眼睛看着来者打了一个哈欠问道："赵上卿？"

"娘娘起了吗？"

"不知道，赵上卿有急事吗？"

"去请娘娘！"赵叔带说道。秀秀想起昨晚的饭局，立刻点头，转身就朝着寝宫小跑，不想竟和褒姒撞了一个满怀。她退了几步，抬起头才看清是褒姒，立刻说道："对不起娘娘，我……"

"你先下去吧！"褒姒吩咐道。

"是！"秀秀立刻应道。褒姒的衣服还是昨晚那身，满面倦容，可能是一夜没有合眼，她的声音也有些沙哑，开口问道："舅舅是为了嬴德一事来的？"

"是！"赵叔带迈步而入，转身又关上了琼台殿的正门。

"我有个问题不解，"褒姒昨夜忽然想道，"为何此事不问问大王的意思？"

"问了，"赵叔带叹了口气，"可是又与大王那边断了联系，所以这些天我才将过往的信件都拿出来查阅一番，还被你给撞见了！"开战以来，沙场与镐京的通信就时断时续的，可还没发生过赵叔带几次派人前去，都不见消息回传的情况。褒姒皱眉问道："难道是有人在拦截消息？"

"很有可能！"赵叔带点了点头，手指敲打在桌面上，十分不安。"舅舅怀疑是嬴德做了手脚？"

"是！所以不能等大王来决定了。我思前想后摸不清大王的想法，现在是放嬴德去，还是不放？"赵叔带看着褒姒说道。褒姒则在大殿上踱步，心中思忖如果是大王，此刻该怎么做。

大王自去年十月出发以来，在外已有大半年了，与东夷的以命相搏得到了可靠的交战方案，重新制订了攻打的计划，现在应该正是反攻之际。他会希望秦国插上一脚吗？若嬴德去了，大周兵马临阵换将，犯了兵家大忌，周王宫涅不会不懂。可他若只是调虎离山，目标在秦呢？褒姒自我否定地摇了摇头，此事也说不过去。周王宫涅临出发前自己对战争也感到十分惶恐，绝不会有信心在对付东夷的同时，还能腾出一只手来对付狠辣的嬴德与骁勇善战的秦军，她猛地转身说："不能让他们出发！"

"那封密诏怎么处理？如今他们咄咄逼人，依仗的就是这密诏。"

"他们未必想去，咄咄逼人是不知道自己的处境，现在知道了楚军压境，若楚军进攻，褒城必破，你以为嬴德会相信褒国会拼死抵抗吗？再加上嬴开一事，嬴德虽不辨真假，但必定会对洪德有所怀疑。如今他们手持密诏，将此作为发兵的理由，半道折回有些说不过去，他们是在等我们强行阻拦。如此一来，不管功过，责任都是由我来承担了！"

"那可如何是好？"

"拦！"

"但若是拦了，拂了大王的意呢？若是贻误战机，大王追究，可就是你我的过错了。嬴德必定是算准了此事，才敢如此张扬！"

"眼下都什么时候了，难道舅舅的心中就只有推卸责任一事？舅舅放心，他日若是大王追究，就说是我把持朝政，大可将所有的责任算在我的头上！"褒姒心中十分不满，负气地对赵叔带说道，"楚军在这个时候压境不会是巧合，大王绝不会希望楚国攻打秦国的，他只是想要让秦国感到自己后防空虚而已。大王或许也发现了信函被拦，又不想让嬴德有所警觉，才用了这迂回的战术通知我们！"

"也有道理，"赵叔带点了点头。按照原先的计划，楚军攻打秦国就是最后一步棋，楚军以抵御犬戎为借口攻打秦国，嬴德虽赢了东夷却失了封地，秦楚相抗，镐京城能免于一难，可若是事情真的发展到这一步，那就是说周王宫涅早已与世长辞了。

“所以就直接告诉嬴德不必去齐国了，还是……娘娘打算去前殿议政？”

“陪他们玩一玩又何妨，反正现在我们不急，急的是他们！我就不去前殿了，虽说日后这个决定若是做错了，责任归咎在我的头上，可如今我不想落人话柄，让他们说我干涉朝政！退了朝来琼台殿说话吧。我让秀秀安排好午宴，为嬴德接风洗尘，再叫秦夫人作陪。”

“听你的安排。”赵叔带起身理了理自己的官服，“我先去前殿上朝！”

褒姒目送赵叔带出门，目光蓦地就冷了起来，漆黑的眸子上仿佛泛起了一层寒霜，她如今总算明白为何周王宫涅不愿与这些人共商国是。

如果决策做得对，大家会说，吾王英明。

如果决策做得错，大家会说，吾王三思。

总之，和他们没什么关系，一个国家、一个王朝是好是坏，这责任全都落在了帝王一人身上，担子之重，压力之大，令褒姒都替周王觉得疲惫不堪。所谓功过都是后人来评，所谓忠奸都是事后英明！送走赵叔带，褒姒坐在椅子上独自出神了片刻，才将下人们都唤了回来，吩咐秀秀前往膳房说一声，今日宴请秦伯嬴德，请膳房准备宴席。又吩咐了另一位下人，前往酉阳宫中请秦夫人午时来琼台殿一叙。秦夫人叫下人回话，说她会准时出现的。

此事叫秦夫人不得不佩服洪德的料事如神，褒姒果然自己找上门来了！

午时之前，赵叔带就带着秦伯与洪德来了琼台殿，洪德的出现让褒姒有些不安。她定了定颜色，不想让人从自己的一颦一笑中窥探出什么。

嬴德上前一步向褒姒拜谒，面上露出一贯的戏谑笑意，洪德则带着冷峻的笑盯着褒姒，上下将她打量一遍，令褒姒觉得浑身都不舒服。秀秀从褒姒身后走到她的面前，挡在了洪德与褒姒之间，洪德瞪了她一眼，她却昂首装作什么都没看见。

“昨日舅舅在前殿设宴为秦伯接风洗尘，安排不周，还请秦伯见谅！”褒姒说道。

嬴德笑道：“如今国难当头，不是寻欢作乐之时，我等在大殿上请赵上卿定夺出兵一事，只可惜……赵上卿竟做不了主！”

“此事也不能怪舅舅，当日大王出发之时，曾预想过朝中可能发生的大小事务，为舅舅留下了处理方案。唯独兵败一事，未曾料到，那诏书原本也只是做好万全之策，却并未想过真的会发生。”

“哼……”洪德冷哼一声，“若是料到了，就该有自知之明，不会将当日请战的秦伯弃之不用！”

褒姒看了一眼洪德，转向秦伯继续说道：“前些天，舅舅曾派人送信问询此事，过不了几日信就能回来了，秦伯再等等吧？”

“眼下军情紧急，战机容不得贻误，若误了事，这责任我可担当不起！”嬴德说道。他自以为占理，便咄咄逼人。可实际上他根本不想去齐国了，周王宫涅这一招螳螂捕蝉黄雀在后的安排，叫他深感自己入齐恐怕是钻进了周王的圈套，难以全身而退。可大军都已经行至镐京城了，自己撂挑子半道折返怕是不好交代。

“你看，打仗的事我也不懂，以为就是拿着刀枪棍棒两方人马在场上较量，”褒姒看着嬴德语气平平，不急不慢，就像眼下讨论的不是齐国军情，而是某个戏本子上的剧情，“我也不知道秦伯前往齐国能干什么，能扭转败局吗？”

“不然我何必去？”嬴德颇为不满。

“这样……”褒姒沉吟了一番，“看来领兵打仗一事，大王是比不上秦伯的。”她这话说完，叫嬴德浑身上下一个激灵，“大王……大王只是兵马不足，待我援军一到，自然能扭转乾坤！”

“兵马不足啊？”褒姒喃喃说道，仰头思忖了半晌，又低下头来看着秦伯，“那就再带点人手去吧，大王临走时还在宫中留了些人，秦伯不妨一并带上！路过郑国的时候，我吩咐过郑伯再给你添点人手，你也带上！”

嬴德皱了皱眉头，心里有点慌了。

“对了，”褒姒又补充道，“大王临走之时，还请太医院开了些治疗瘟疫的方子，听说眼下东面瘟疫肆虐，要是还没到齐国，秦伯就……”褒姒摇了摇头，面上带着讪笑“呸呸”了两声，“既然大王战事失利，援军就得做好万全的准备，秦伯既然请战了，我等拦着也就等同于拦着民意，这样不好。”“我……”嬴德觉得如今真是搬起石头砸了自己的脚，心里把洪德骂了个狗血淋头，若不是信了洪德，就不必在褒姒面前自取其辱了。他准备和褒姒理论，却被洪德拉住了，他用目光示意他：依计行事，切勿慌了阵脚。

嬴德瞅了一眼洪德，目光阴沉，微微颔首，这意思是说，就再信你最后一次。他又上前躬身作揖道：“既然出兵，还请娘娘借一样东西。”

“什么？”褒姒问道。

“九鼎！”嬴德缓慢地将这二字道来，这两个字就像是真的青铜九鼎，重逾千斤，说出之后整个屋子里便是一阵冗长的沉默。褒姒先是一愣，然后看了一眼赵叔带，他们等待的事情终于还是来了。

琼台殿中的气氛一时之间陷入了尴尬，褒姒看着嬴德，嬴德等着褒姒，赵叔带低着头眼观鼻、鼻观心，唯独秀秀左顾右盼忽然面上露出喜色，打破了这份沉默："秦夫人来了！"

"秦夫人！"在场的几位下人竞相行礼作揖，注意力全被秦夫人吸引了，都朝着门口看去。嬴德面色不善，眉头微皱，不满地瞪了一眼进来得不是时候的秦夫人。褒姒却离开了刚才的位置朝秦夫人走去，面上满是喜色。

"昨日老夫安排得不妥，本该叫秦夫人来为秦伯接风洗尘的，可惜秦伯离席太早，没等到秦夫人，今日褒娘娘在琼台殿设宴，算是为老夫向大家赔个不是！"赵叔带做出了请的手势，示意在场的人落座，"今日既然是在娘娘殿内，大家也就不必拘于礼数了，我还请了祭公司徒前来奏乐献舞！"

赵叔带的话音才落，祭公人就已经到了琼台殿中，布置好自己的人手围坐在大殿两侧，有人执编钟，有人弄丝竹，台上女子俱是一袭长裙、水袖长舞，一时间琼台殿就热闹了起来。音乐此起彼伏，时而清越，时而急促，环绕在席间，叫褒姒心平气和，却叫嬴德十分烦躁。若非洪德在他身旁几次劝说让他冷静，他只怕这会儿已经掀桌子了。

待到忍无可忍之时，嬴德忽然拍案而起："褒娘娘，刚才在下问你的事情考虑得如何？"

"你问了什么？"褒姒反问道。

嬴德冷笑一声，此事重复再多遍，也不过是拖延片刻，他再次提醒褒姒："在下出兵，为鼓舞士气，还请娘娘借九鼎！"

"九鼎是什么？"褒姒问道，又看着赵叔带和席上的其他人。秦夫人便出言解释道："九鼎相传是大禹在建立夏朝后，用天下九牧所贡之铜铸成的，象征九州。娘娘当日祭祀之时曾向九鼎行过礼的。"

"是吗？"褒姒装出似懂非懂的样子，"没什么印象了，那日发生的事情太多，现在想起来还觉得脑海中一片混沌，九鼎……能打仗吗？"

"这个……恐怕不行。"赵叔带说道。

"既然不行，秦伯一路上背九个笨重的大鼎怪沉的。不如一切从简，毕竟长途跋涉不比在国内抗敌，单单是粮草就不是个小数目了！"褒姒轻描淡写地说道，言外之意就是不借！她的目光转向了大殿之上的舞乐歌姬，忽然说道："下面由我为大家献丑一次如何？”

“若是如此，大家也可尽兴了！”赵叔带立刻附和道。

嬴德刚准备说话，洪德又拦住了他，嬴德这才将喉咙里卡住的话生生给咽下去，仰头看着褒姒在大殿中央摆好姿势。从来都听说琼台殿褒娘娘舞姿不凡，真正见过的却没有几人，洪德之所以会拦住嬴德，并非是要劝他小不忍则乱大谋，而是因为他想看褒姒绰约的舞姿。

音乐缓缓响起，许久不跳舞的褒姒动作并没有生疏，她随着音调起伏的姿态让台下的宾客叹为观止。起先嬴德还有些躁动，很快这舞姿就抚平了他烦躁的情绪，让他难以自拔了，直到音乐停下很久，都缓不过神来。

秦夫人皱了皱眉，早听过褒姒善舞，却没有想到是善到了这种程度。她就这么坐着时很是平淡无奇，难以想象会让大王一眼倾心；可一旦她随着音乐长袖曼舞，一切都不同了，她的美恍若人间仙境，绰约身姿让人心驰神往。秦夫人的手紧紧攥着手中碗筷，看了一见洪德，向他示意。

“许久不跳，竟然有些疲惫，舅舅代我招呼几位上宾，我先回房休息了。”褒姒吩咐赵叔带道。秀秀立刻过去扶住褒姒的胳膊。

“等一下。”洪德喊道。

“哥哥？”褒姒看着洪德表情平平，语气也平平，她藏起了自己的惶恐和愤怒，尽量让自己看起来根本就没有将洪德当成是一回事。

“刚才秦伯向娘娘借的东西，娘娘可能应允？”洪德问道。

“这九鼎若是我的，我必定借，可这九鼎又不是我的，也不是我说借就能借的。大王若是传书一封，我就让秦伯将九鼎拿走，只可惜……如今大王自顾不暇，哪里还分得出神来传书，借还是不借，我怎么拿得定主意呢？”

“娘娘，”嬴德站起身，“如今大王在齐国与东夷交战，九鼎代表我大周至高无上的权力，能够一统河山，以壮军威。我带九鼎出征，则象征问鼎中原，将领士兵必定士气大增，破东夷之兵指日可待！”

“谁问鼎中原？”褒姒不咸不淡地问道。

嬴德的面色慌了一下，才假惺惺地说道：“在下是说大王！”

“哦？”褒姒顿了片刻，“大王若要自然会说的！秦伯不必操心，还是领兵东去吧！”

“娘娘……”嬴德准备继续苦劝，褒姒却摆了摆手：“此事容后再议吧，我今日累了，秦伯请尽兴。”她扔下这话，也不管身后的几人还打算再说些什么，就已经转身朝寝宫走去。到了寝宫坐在床上，褒姒才长长地舒了口气："总算是扛过一日了。"

"九鼎是大王的东西，秦伯凭什么说借就借，咱们就不借，他能奈我何？"秀秀面上满是讥诮之意，发脾气似的说道，心中窝着的火也没处发泄。

"如今秦伯大兵压城，我若不借怕是不妥！"

"那……娘娘打算怎么办？"秀秀面露担忧，褒姒却从容地说道："我肯借也要他能拿得走！"眼下这是一场她和秦伯的拉锯战，就看谁的心理防线更脆弱，一旦一个人的防线崩塌，另一个人就算是从这场角逐中胜了。

这顿饭自褒姒离席后，吃得就有些尴尬了，众人各怀鬼胎，心中都在谋划着自己的如意算盘。洪德没想到褒姒竟然一口就拒绝了嬴德的请求，此事和他们的谋划稍有不同，怕是褒姒有意在拖时间等周王宫涅的消息回传，或者……楚军挥师北上。

无论哪一个，都不是洪德或嬴德想要看见的结局，他们没那么多时间可以耽搁，必须让褒姒亲口阻拦秦伯出征。这场宴席人人都无心继续，赵叔带虽说仍笑着作陪，其实也早就想离开了，所以秦伯提出要回府的时候，他立刻应允，秦夫人便起身陪同嬴德等人出宫。

回到秦府，关上了大门，嬴德一脚踹到了洪德的小腹上，疼得他连喊都喊不出来，直直地朝后跌坐在地。嬴德的眼神如同秃鹰般看着洪德："这就是你的主意？还是说，你是那褒姒派来戏耍我的？眼下还真是没什么比我更像是一场笑话的了，褒姒若不肯借九鼎，却愿意让我出兵，我去还是不去？"

"秦伯。"洪德觉得自己眼前一片黑暗，扶着地强撑起自己的身体。

"哥，你现在就是杀了他也无济于事，"秦夫人劝慰道，"我们必须重新谋划，要逼到褒姒同意为止。"

"秦伯要向娘娘借九鼎一事，娘娘早就知道了！"洪德的话叫秦伯和秦夫人同时吃了一惊，看着洪德问道："她是怎么知道的？"

"我一早就将此事告诉了她，"洪德还没说完，嬴德就要冲上来将他踢翻在地，却被秦夫人死死抱住，"哥，你听褒大夫说完啊！"

"这个人……"嬴德指着洪德气愤地说道，"这个人一点都靠不住！我现在算是知道了，褒姒要杀你也好，逼你辞官也好，都是你们兄妹二人演给我看的！信不信我现在就杀了你！"

“你杀了他，那下一步怎么办？”秦夫人大声喝止道。

“我们不是还有虢石父吗？”嬴德目眦欲裂，眼白充血，恨不得当下就将洪德斩成碎尸。洪德将嘴里的血水吐了出来：“秦伯以为虢石父当真是在帮我们？此人老奸巨猾，他洞悉了秦国兵力强盛，镐京城未必能抵挡住秦兵的攻势，他是在给自己留后路！一旦褒姒占据了上风，只怕他翻脸之快，叫秦伯都来不及反应！”

嬴德故作镇定地反问道：“此事我能不知？此刻他既然能利用我对付赵叔带，我自然也能利用他对付褒姒。以后大王若是还朝，我一样能将所有的责任推到虢石父身上去，大王也奈何不了我。”

“试问，”洪德看着嬴德问道，“虢石父自己亲手做过哪件事？”

嬴德一时之间语塞，竟然答不出来了。若非洪德提醒，嬴德还真的没有注意到自己只是虢石父手中的一把刀。洪德继续说道：“我若有心背叛，何不将秦军的布置与谋划对褒姒和盘托出，何至于还要被褒姒追杀，折返秦军军营？”

“我怎么知道你不是褒姒派来的细作，为了探听我的军情？”嬴德问道。

“哈哈哈哈哈……”洪德仰天长笑，推了秦夫人一把，“秦夫人，就麻烦您说说大王是个什么样的人吧。我若今日投靠秦国，便是帮了褒姒，他日大王会如何待我？”

秦夫人看着嬴德说道：“大王是如何待你我的，不就是最好的说明吗？”

嬴德一把抓过洪德的衣领，将他拽到自己面前：“现在怎么办？”

“煽动朝堂上的群臣，以他们之口来逼褒姒借九鼎！”洪德说道。

“煽动群臣怕是有困难。”嬴德皱了皱眉说。“如今天下被申后等人的舆论挟持，认为大王兵败是要图一举反攻，不管此话是真是假，想要让所有人摒弃这个观点，重新接受大王兵败的事实，怕是不易。而且……我们时间不多，不可能一一游说！”秦夫人看着洪德说道。

“不需要让他们相信大王兵败，只需要让他们相信秦伯疯了！”洪德的面上带着一丝戏谑的笑意，“只要让他们相信，秦伯如果在镐京城得不到九鼎，就会在镐京城挥师，取百官的性命就足够了！”

秦夫人眉头微皱：“你疯了？如果这么说，大王回来一定会杀了哥哥的！”

“这话又不是出自你嘴里，秦夫人何必担忧？大王若真的回来，”洪德说这话的时候，语气中掩不住的都是嘲讽的味道，“就说此事是有人刻意挑拨离间，撇清关系，大王又怎么会知道此刻的镐京城发生了什么。”

“若不由我来说，该由谁来说？”秦夫人问道。

“申后一向胆小怕事，性格软弱，在她的耳旁吹吹风，她动作比你快！”洪德这话叫秦夫人深以为然。此话若是由申后说出去，他日就算大王追究，也只能是申后捕风捉影，和他们秦国没有一星半点的关系。

“你能做到吗？”嬴德看着秦夫人问道。

“不难！”秦夫人手中就有一步现成的好棋，申后利用卫夫人来探听秦夫人的决定，如今秦夫人就可以反其道而行之，利用她向申后表示秦国一怒之下可能会在镐京城发兵，建议申后叫褒姒早早交出九鼎，以求自保。

此事如有天助，从秦府回来，卫夫人就已经在酉阳宫里候着了，秦夫人屏退左右之后同卫夫人寒暄了两句，卫夫人开门见山，连寒暄的心情都没有，只是问道：“我也只是闲来无事，四处跑跑，听说秦伯入京是为了齐夷之战。”

“大王临走时曾下诏，说他一旦在齐国兵败，就请哥哥带兵支援。如今大王屡战屡败，哥哥不敢违抗圣命，可褒姒与赵上卿却偏偏拦着哥哥。大王若是日后问责，这责任怕是我们秦国也担不起啊！”秦夫人眉头紧锁，显得十分忧虑。

“可我听说，大王的兵败是安排好的。”卫夫人压低了嗓音在秦夫人耳畔说道。

“大王可从未说过自己兵败诱敌，也不知是何人因何目的造的谣。便是撇开这谣言真假不论，我哥哥既然得了诏，大王又不传回新的诏令，便是说一切依计行事！现在有人刻意拦着，将来哥哥不好对大王交代，只怕是……”

“只怕是怎样？”卫夫人好奇地问道。

“哥哥军令在身，只好对镐京城多有得罪了！”

卫夫人吓了一跳：“你的意思是，秦伯要攻打镐京城？”

“我可没这么说。”秦夫人瞪了卫夫人一眼说。

“那什么叫对镐京城多有得罪？”

“只是逼他们同意出兵而已。”秦夫人皱眉说道。卫夫人虚与委蛇地敷衍了两句，就匆匆从酉阳宫中逃也似的出来了，出门后径直朝着申后的东宫走去，心中很是惴惴不安。秦夫人口中的他们，不必说她也知道是说赵叔带、申后与褒姒三人，卫夫人一向仰仗申后庇佑才能在宫中保全自身，如今城门失火必定会殃及池鱼。

夜半三更，卫夫人也顾不上礼仪之事，莽莽撞撞地去了东宫，将申后从寝宫中拉起来，把秦夫人的那番话添油加醋地又说了一遍。她告诉申后，若是不同意放行秦兵，只怕是秦伯要对镐京城不利，申后眉头微皱，满心怒火："他还敢反了不成？"

"那可不好说！"卫夫人小声地在申后耳边嘀咕，将如今秦国和镐京的关系分析得有条有理，虽然十之八九都是信口拈来的胡说八道，可申后也被愤怒冲昏了头脑，经过卫夫人的一番指点，也越发觉得若是褒姒与赵叔带再这么拖下去，秦伯真的会发难！

卫夫人火急火燎地说道："依我看，咱们还是速速放行吧。既然是大王密诏，何必拘泥呢？叫秦伯赶紧去齐国，怎么打那也是齐国的事，好赖保全我们一介女流的安危吧？"

"你满心满眼所思所想就只有你一人而已吗？"申后呵斥道，声音越大却越是心虚。卫夫人理直气壮地嚷嚷道："我连自己都保不住了，还管别人干什么？快叫秦伯他们滚，滚到齐国也好，滚回去也好，总之不能留在镐京城殃及我们！"

"你住嘴！"

"我住嘴有什么用？如今秦国的大军驻扎在城外，我住嘴秦军就能不践踏镐京城了吗？"

"你让我静一静！"申后大声喝止卫夫人的歇斯底里，然后试图让自己尽快冷静下来，用褒姒的方式思考该怎么办。卫夫人见申后如此慌乱，知道她心里并没有表面这般淡定，试探地问了句："不如去问问褒姒……"

"闭嘴！"申后又呵斥了一声。

申后将卫夫人打发了回去，想起先前褒姒教自己制造舆论施压的方法，打算依法炮制，若是能将嬴德大军驻扎城外一事描绘得尽可能居心叵测，他再有异动，就会引发动荡和导致天下大乱，朝中士大夫必定不会与之为伍，天下百姓更不可能拥戴他。

这谋略本来没有错，错就错在这就是洪德引申后走出的一步棋。

这步棋将褒姒与赵叔带又往前推了推，逼得他们不得不正视嬴德提出的要求，整个朝堂乱成一团。每日上朝士大夫都会向赵叔带询问秦军驻扎城外一事，不论赵叔带如何解释，士大夫们都难以理解："既然大王说了叫他去，就叫他去啊！你将他留在京城作甚？是要将刀剑对准我等的项上人头吗？"

"不是……"赵叔带还没来得及开口解释，声音又被士大夫们给淹没了，此事让他一筹莫展，唯有来琼台殿中搬救兵了。赵叔带步履匆匆地从前殿离开，一身的狼狈，褒姒正在摆弄秀秀采回来的槐花，趁着阳光正好，将花瓣一朵朵摘下，在清水中浸润，交代秀秀用槐花做麦饭，午时来吃。

念儿正坐在竹筐里晒着太阳，白皙的肌肤泛着红光，咿咿呀呀地自说自话，自己和自己玩得开心。他正在学习认识这个世界，给每样东西起一个褒姒无法听懂的名称，唯有她将他抱起来的时候，他才会看着褒姒认认真真地叫一句："娘。"

赵叔带的脚步声打破了这份静谧，躺在竹筐中的孩子眨着眼睛瞧着他，然后"咯咯咯咯"地笑了出来，手舞足蹈的。

褒姒和秀秀将目光投向念儿，然后相视一笑："这孩子……"褒姒吩咐秀秀："抱他回屋吧。"

秀秀点点头，将手中的花瓣放下，看着念儿。念儿已经伸出了胳膊，噘着嘴对褒姒每次要谈重要的事，就一定要支开他的行为表示不满和无奈。他的圆脸贴在秀秀的面颊上，耷拉着脑袋，悻悻的样子。

赵叔带看了一眼念儿："越来越像大王了。"

"那聪明伶俐的劲儿随了他娘了，"褒姒说道，看着秀秀抱着念儿离开的方向，眼底都是母性的慈祥。她很快敛了敛自己的表情："舅舅来得这么急，是为了秦伯的事情？"

"我在朝堂上就差被那些个火急火燎的人撕开来吃了，到底是何人在散布谣言，说秦伯要造反的？"

"能使唤得动那些人的还能有谁？"褒姒早已知道此事了，只是赵叔带不来，她就不必行动。申后也是想帮忙，可她贸然的举动不但没帮上忙，反而添乱。

"申后？"赵叔带不可思议地问道。

褒姒点了点头。

"她为什么要这么做，难道秦夫人说服了申后？"

"怕是有人有心利用申后制造舆论，向我们施压。若不做决定，秦军大军压境，镐京城内一片恐慌，真是算计得恰到好处！我竟然不知道洪德是个这等精明的人！"

"怪不得你，是他藏得太深了。"

"不是他藏得太深，只是我这个哥哥生性懦弱，遇见自己和别人意见相左，他会保留自己的想法。如今刀口上走过一回，算是死过一次的人了，反倒是无所顾忌了！"

“当日也不是你的错。”

“如今不管谁对谁错，再追究责任也来不及了，此事必须要有一个了断，否则大王还没战败，镐京城先破了！”

“你打算怎么办？”

“此事既然要决定，就不能是我一个人来，要拉上后宫所有人；放还是不放也不能你一个人做主，拉上朝中所有士大夫，谁也别想置身事外！如今大周有难，叫他们多担待些也不为过吧？将此事推上朝堂，那儿不是还有一个虢石父为舅舅分忧吗？”

“我知道了！”赵叔带领会了这话中的意思。

第二日上朝，朝中士大夫一一被通知必须要去，似乎有要事相商，大家心中都有杆秤，朝堂上会说什么也都猜得出来。而褒姒则一反常态去了东宫拜谒，此事叫众人吃惊得瞪大了眼睛，有些时日没见过她来了。

“褒姒？”申后也疑惑地叫道。

褒姒向申后拜谒：“参见娘娘！”

“你怎么来了？”申后问完才觉得说错了，“本宫以为你身体不适，无法出席晨谒！”

“本来是，可最近发生了件大事，令我寝食难安，必须向申后启禀，然后同大家商议，要尽快得出个结论才是！”

“何事？”申后问道。

“我来说，还是秦夫人来说？”褒姒看向秦夫人，然后走到她对面坐了下来。这话叫秦夫人面色难堪了一阵，没想到褒姒会走这步烂棋，烂得毫无美感可言。这也正说明，她越来越像大王了，周王宫涅就从来不在乎那些花枪，他要的就是一击即中！

“既然秦夫人不好说，那我来说，”褒姒看着秦夫人无法开口的模样朝后靠了靠，“如今各位也都知道秦伯驻扎军队在镐京城外一事了吧？整个镐京城人人惶恐，生怕秦伯铁蹄践踏镐京，不知秦夫人可否给大家一个解释？”

秦夫人轻瞥了一眼褒姒：“那是市井小儿的愚见，褒娘娘应该不至于信了吧？”

“我当然不信了。”褒姒说着，在场所有人都敛住了呼吸注视着说话的两人。褒姒话锋一转，看着秦夫人笑着说道：“我不觉得秦伯觊觎的是镐京城，大概是觊觎王位吧？”

东宫立刻陷入了沉默，紧张的气氛沁入了每个人的肌肤，人人都在竭力减弱自己的存在感，生怕祸及自身。褒姒目光灼灼地盯着秦夫人等她交出答案。秦夫人却嘴唇紧抿到有些泛白薄成一线，也这么看着褒姒，许久才轻笑出声，这笑声却没什么底气："褒娘娘也想得太离谱了，如今秦伯只是奉诏出兵，何来觊觎王位一说？"

"既然是奉诏出兵，要九鼎做什么？九鼎是何物不用我说，大王的诏书里有叫秦伯向我大周讨要九鼎一说吗？大王只是要秦伯攻打东夷而已。这若不是觊觎王位，秦夫人以为怎样才叫觊觎呢？"

以往这时候，女人们都该开始窃窃私语了，可今天东宫大殿安静得有些不像话，每个人心中都很清楚。剑拔弩张的二位，一个是在后宫一手遮天的大王新宠褒姒，一个是仗着外戚强势而无所畏惧的秦夫人，谁要是站错了队，以后就是万劫不复，每个人都在力图让自己远离这场争端。

屋子里静极了，只等着秦夫人回答了。

"秦伯借九鼎无非是要重振大周军威，攻下东夷。此去齐国千难万险，所有将领都有可能一去不回，以九鼎来鼓舞人心，将领们便知道大王与他们同在，这难道不是一个诸侯忠心为主吗？"

褒姒转向申后问道："申后以为如何？"

"九鼎是宫里最重要的礼器，决不能随意借出！"申后这话难免有些敷衍的味道，根本没有给褒姒与秦夫人任何裁决。秦夫人即刻驳斥道："若没有九鼎，将士们背井离乡出兵作战，心中必定会有所懈怠，若因此而贻误了战机，谁来承担这个责任？还是说，有人根本就不想秦伯支援才百般阻挠？"

"秦夫人，九鼎不比其他器物……"申后打算好言相劝，让她不再执拗于此事，甚至去劝说秦伯放弃这个想法。却不想申后话都没说完，秦夫人就问道："大王临走时将后宫决断权交给了褒娘娘，申后被勒令在东宫禁足，如今申后大张旗鼓地行王后之道，有违君命。若是大王日后怪罪下来，申后怎么解释？"

申后张了张嘴，哑口无言地看着秦夫人。

秦夫人又转向褒姒："九鼎是帝王祭祀器物，还请褒娘娘快点决定借还是不借吧。如此家兄也好决定发兵与否，免得停留在镐京城惹人非议。"

"九鼎并非我的东西，岂是我说借就借的？"褒姒发现自己对秦夫人的判断似乎错了。秦夫人不仅清楚嬴德的野心，甚至还可能已参与其中，也许是在大王这里等不到任何希望了，只好转身朝着更远更高的地方去了。

如果是这样，秦夫人就一定还有更加全面的谋划，甚至手中一定有所凭借。

“九鼎乃大王的祭祀礼器，当日大王将后宫托付于你，九鼎自然是你说借就能借的！”秦夫人咄咄逼人，褒姒却将目光转向申后。申后不敢再看褒姒的眼神，也不再回话，剩余的后宫嫔妃都不去看褒姒，唯有秦夫人冷笑一声，知道褒姒的本意是将所有人拖下水，可惜没人愿意蹚这浑水，也没有人敢。

此情此景就像是站在一条线上的一群人，当有人说他们当中必须有一个人往上走一步的时候，非但没人迈步，反倒是所有人都朝后退了一步，留下了站在原地的褒姒，孤零零地做了这个出头鸟。她忽然间明白了大王说的那句话，当初他娶她们的时候曾想护她们一生的，可是后来发生的事情却超乎了他的预计。

第二十九章

只身退敌红颜怒，未雨绸缪帝王计

大王当时并没说后来发生了什么，褒姒只当是形势所迫。可现在细细品味，才发现其实是大王的一颗真心无人领情，久而久之他就淡忘了爱情本身，直到他遇见了褒姒。她不计较回报的付出，打动了这颗冰冷了太久的心。

如果任性一点，褒姒也想跨上马离开这深宫，追随他在沙场南征北战，哪怕是马革裹尸也总好过此刻的窝囊。秦夫人看着褒姒，满面带笑等着她的回答。褒姒内心绝望地放弃了挣扎，她忽然站起身俯瞰着秦夫人说道："借，既然秦伯想要，我借就是了！"

"哦？"秦夫人有些吃惊，"褒娘娘不是说决定不了吗？"

"若日后大王追究，借九鼎是我一个人的主意，和各位无关。"褒姒站起身看了一眼申后，又看了一眼秦夫人，"明日叫秦伯到琼台殿走一趟吧。申后，祭祀的礼器一向由您保管，还请您明日将九鼎取出送至琼台殿上。"

申后看着褒姒的面色特别难看，十分艰难地点了点头。

秦夫人看着申后冷冰冰地笑了，那笑容里包含了很多意思，其中最重要的是告诉申后："看吧，迟早有一日褒姒会凌驾在你头上，你根本不是她的对手！"借用秦夫人过往评价申后的一句话就是，申后私心太重，又不敢承担责任。

看着褒姒离开大殿，申后不能不为自己的未来担忧了。后位已经岌岌可危，可她面对这窘局却是束手无策，只想到了秦夫人手中那封诏书，若是大王回不来，宜臼继承王位，她做太后的话，今日的一切担心就化作云烟了。褒姒从东宫回到琼台殿，秀秀立刻说："我差人去前殿打探了一番。"

"事态如何？"褒姒不再抱任何希望了。

"今日的早朝安静得不得了，连个说话的人都没有，只剩下秦伯与赵上卿二人对话。"秀秀描述的局势并不乐观。明明人人都知道形势危急，可是人人又忙着明哲保身，只好推赵叔带一人在前了。褒姒原本打算利用堂前后宫的众人之力向嬴德施压，让他不敢轻举妄动，到头来却发现这只是自己一个人的事情，根本没人关心大周的国运。

"虢上卿呢？"

"告病在家，谁也不敢将虢上卿怎样！"秀秀叹了口气。眼下褒姒与赵叔带当真是被满朝文武给孤立了出来，反正大王没有将权力放在自己身上，每个人都心安理得地保持缄默。这感觉就像是千斤的重担压在褒姒身上，叫她佝偻了身躯，直不起腰。

而西阳宫中，秦夫人也很紧张。他们将褒姒逼到了这个份上，目的其实是要褒姒拒绝秦国的提议，可若褒姒同意了也无所谓，秦国大可以拿着九鼎出发，走到一半再说秦国军情告急折回去。而刺杀大王的死士也早就准备好了，嬴德不惜重金收买军中伙夫，在大王的饭菜里下毒，双管齐下，相信周王宫湦在劫难逃。

日后周王宫湦驾崩的消息传来，秦夫人拿出手谕取回九鼎献给宜臼，再辅佐宜臼登基，嬴德便能成为新朝中的第一功臣，凭借自己的地位铲除异己，越过宜臼处理朝政，再谋后事。

此事盘算得十全十美，只等大王功败垂成了。

早朝和晨谒之后，洪德就来到西阳宫，秦夫人将他带去了后堂的小屋，屏退了左右，关上房门挂上门闩，坐在椅榻上拿起毯子盖在身上，半卧半坐，媚眼盈盈："刚才褒姒做决定了，明日就请哥哥去琼台殿拿九鼎。"

"她没说些别的？"

"没有，大概是被气得不轻吧。"秦夫人想起刚才东宫中的场景就觉得好笑，"原本她是想将整个后宫拉下水，逼我们不敢妄动，可惜后宫哪里有人买账？指望这些女人成气候真是笑话！更何况大王是不是还能活着回来，还得另议。"

"另议？此事就不用另议了，他回不来的！"

秦夫人心头一震，虽然早知如此，可还是觉得有些难以接受。洪德上前一步蹲在椅榻之下，捏住她的下巴问道："心疼了？"

秦夫人看着洪德的眸子不说话，这个男人和当初截然不同了，他变得更加狠毒、阴险。她摇了摇头，用怜惜自己的声音说道："他回来了又怎样？回来了爱的也不是我，明知褒姒野心不小，立了诏书，那又如何？大王若是回来，还是宠她、爱她……"

"那封诏书根本就是为了保全褒姒。宜臼是太子，就算没有诏书也一样会继位。宜臼和褒姒有仇，他若继位，必杀褒姒。大王留下诏书，无非是要保全褒姒母子的性命，你倒也真是天真得可以！"这话叫秦夫人发狂："怎么可能？"

"说起来……"洪德转了个身坐在地上，"你也跟了大王这么多年，为何你没个子嗣。若是有，咱们也就不必拉拢申后了，她真是个麻烦的女人！"

"我曾经怀过……后来没保住，以后就没办法再有身孕了。"秦夫人的语气有些凄凉，每每回想起此事总觉得十分难过。洪德的手却微微抽动了一下，背对着秦夫人的脸上浮现了一丝笑意："今日虢石父没来上朝。"

"早就想到了！"秦夫人冷哼一声，"果然是个老谋深算的人，两边都不得罪！"

"当日你不是要我娶虢石父的女儿吗？"

"当日你不是不愿意吗？"秦夫人忽然坐直了身子，一手搂住了洪德的脖颈在他耳畔问道。她口中温热的气息吐在洪德的耳廓之上，洪德的目光注视着远方，怔怔地思考着什么，他握住秦夫人的手臂沉默了半晌没有搭话。不知过去了多久，洪德忽然将秦夫人的手从自己的身上拿了下来："我担心虢石父另有打算，求娶他的女儿可以试探他！"

"我不许！"秦夫人一腔怨愤，她已经两次投怀送抱了，都被洪德拒之门外，这让秦夫人颇为不满。

"他也不一定答应。"

"若答应了呢？"

"那就是个合用的人，若非他，我们怎么能想出借九鼎的法子来？"

"只怕是不妥，此人与天下诸侯为敌，哥哥若是夺了江山，第一个就要除他来顺应民意，褒大夫若是娶了他的女儿，该如何自处？"

洪德心中冷笑，那时候他早已不在朝堂了，还担心如何自处？不过此事不必对秦夫人说。他脸上露出一种难以揣测的笑意，一边将秦夫人的腰肢揽住，一边低声问道："这可是在宫里，秦夫人就不怕隔墙有耳？"

"那要看你怕不怕了。"秦夫人的手在洪德的胸前摩挲。洪德轻笑一声俯下身子吻住了她，和周王宫涅的女人有肌肤之亲的感觉令洪德血脉偾张。

结束之后，秦夫人从洪德背后搂住他：“若哥哥大事可成，你打算怎么处理褒姒？”

洪德沉默了一阵，没有回答。

“必须杀了她，此人留下是个麻烦，那日在琼台殿中设宴，你可知她为何要献舞？”

“为何？”洪德抓住秦夫人的手翻了个身，面朝着她。

“她是在用自己的优势勾引我哥，那日我哥看她的眼神都有些不对了。这女人对付男人还真是有些手腕！起先是世父，后来是大王，现在就轮到我哥了，如此下去还了得？”秦夫人十分不满，“他日她若是落入我哥手中，迟早要翻身的，那时候她一定会为大王报仇，杀了你我，所以他日你们对决之时，你绝不可留情！”

洪德点点头，搂着秦夫人的肩头：“她当日对我就不曾留过一丝情面，和赵叔带联手置我于死地，如今我也没理由饶她，更何况如今你我都没有退路了！”

赵叔带退朝之后就去了琼台殿，转述今日发生的事情，言语中流露出对满朝士大夫的深恶痛绝。此事褒姒已经知道了，她也说出了自己的打算：借九鼎，请秦伯立军令状。

晚些时候，宫中侍卫将原本安置在祠堂的九鼎挪到了琼台殿中，整件事情是申后房中的女御子言在操办，申后连面都没露。子言指挥几个侍卫将九鼎在琼台殿中一一放好，再转向褒姒道：“申后抱恙，我替她来处理此事，还请娘娘见谅！”

“无碍。”褒姒觉得十分疲惫，已经没有力气去计较这些事情了。

“其实申后并非不想管这件事情，只是……”子言企图为申后辩驳，褒姒却只是淡淡地回了句：“你下去吧。”

“是！”子言向褒姒行礼，转身指挥着前来搬九鼎的侍卫依次从琼台殿上离开。琼台殿中又恢复了往日的静默，褒姒围绕着高大的九鼎转了一圈，眉头紧锁着在九鼎边上来回踱步，白色的裙子覆盖住了她的脚面。这九口大鼎每口都有一人多高，内里篆刻着铭文，说明九鼎的意义，得站在台子上才能看见里面的情形。褒姒转向秀秀吩咐道：“吩咐大家拿抹布将这九鼎擦拭干净。”

“是，”秀秀应了声，又问了句，“娘娘已经想好了？”

“我敢给，也要看他敢不敢接。”褒姒说道。当日叫郑伯友来一趟镐京城就是为了今日与嬴德对峙时让嬴德因为忌惮郑伯友而不敢贸然行军。可此事洪德早已想好了说辞，秦国兵马若是在郑国受阻，贻误战机，郑伯难辞其咎。洪德绝不相信褒姒会不管郑伯友的死活，让他冒天下之大不韪。

下人们鱼贯而出，拿着湿抹布一点点擦拭着因为长时间摆放而落了灰的九鼎。九鼎象征王室至高无上的王权，如今从祖宗的祠堂中拿出来，褒姒吩咐每一处每一寸都要好好擦拭，便是要从这王宫中离开，也要走得风风光光。她站在一旁看着大家忙碌，似乎若有所思，实则脑海中一片空白，只觉得自己如今已经技穷了。

“娘娘？”忽然，一个下人站在九鼎的边缘叫道。

褒姒猛地被人拉回了现实，她看向说话的人，眉头微微一皱。那说话的下人面上闪烁着兴奋的光泽，像是发现了什么至宝，指着这口鼎说：“娘娘快看，这里有卷竹简！”

听到下人这么一说，褒姒脑海中闪过了无数灵光，三步并作两步冲上前去，用干脆果断的声音命令道：“拿出来看看！”

“是！”下人听了褒姒的吩咐，便爬进去拿那竹简。这竹简若非仔细查看其实很难发现，若不是褒姒要大家仔细清理九鼎，这竹简便不可辨，漆黑的竹简在大鼎内与泛黑的青铜几乎融为一体。褒姒接过下人递来的竹简，一行行地浏览上面的字，她苍白的面色渐渐舒缓开来，最后化成了一团美妙的笑意，然后是几滴晶莹的泪珠从眼眶中落下，滴在竹简上浸出一团团的墨迹。

“是什么？”秀秀站在褒姒身边问道。

褒姒将这竹简递给了秀秀，胸口起伏、激动得难以自已。秀秀不解地展开卷轴看着上面的内容，几乎无法抑制地大张着嘴：“大王如何料到会有今时今日的？”

“只怕大王是有意让嬴德索取九鼎。”

“秀秀不懂。”

“你忘了，”褒姒拿回竹简揣在怀中，“借九鼎是谁出的主意？”

秀秀惊呼一声：“这么说虢上卿是大王安插在秦伯身边的一颗棋子？”

“倒也未必。”褒姒摇摇头。虢石父献计借九鼎也许是周王宫湦吩咐的，为了逼嬴德起兵，他怎么可能容忍别人觊觎自己的王位？可虢石父是个聪明人，知道这次周王迎战，胜少败多，明明清楚周王的布置，却就是不肯对褒姒言明，看着两方人马厮杀到势均力敌，他倒是两面都没有得罪。

而周王的行为也十分令人费解，留下诏书调秦军，再留下破绽让秦军折返，这一来一回数日，将楚军压在襄城边上威胁秦国……褒姒眉头微皱，思忖着周王宫湦此举的目的，却始终不得要领，她也只能是摇摇头不再多想，毕竟周王已经为她解了围。

第二日卯时，褒姒移步东宫，令后宫女人倍感惊叹。昨日前来是为借九鼎一事，褒姒已经吃了亏，按说今日不会再来一次才对。夫人与嫔妃们面面相觑，下意识地退了一步，生怕褒姒今日是气不过，来拉人下水的。

褒姒径直走到了申后面前："参见申后！"

"坐吧。"申后微微点头，故作从容。

"坐就不必了，今日来就是有句话要和申后说的，"褒姒看着申后的眸子有些冷淡。当日刻意与申后示好，她不论怎么努力，始终在关乎个人利益的事情上被申后摆了一道。既然如此，褒姒也不想再费力气："今日叫人将九鼎放回祠堂吧，秦伯取不走的！"

"你说什么？"秦夫人大惊失色。

褒姒转向秦夫人，没有解释，只是说道："有兴趣的话，一会儿就来琼台殿凑个热闹，没兴趣就留在宫里等消息吧！"她抿唇，面上泛起一丝冷笑，转身从东宫离去，身影越来越小，却仿佛又越来越大。褒姒这番话，惊得整个东宫中人面面相觑，个个都迫不及待地向申后请辞，去琼台殿凑热闹了。

大家对这场后宫嫔妃与西秦诸侯的对峙感到十分兴奋，都想看看这场达到白热化的争执是怎么被褒姒四两拨千斤化解掉的。或者说，大家根本不相信褒姒一介女流，挡得住秦军铁蹄的践踏。秦伯此刻还在沾沾自喜，为自己处处占尽上风的时局喜笑颜开，却不知就在昨天夜里，整件事情发生了颠覆性的变化。

褒姒坐在大殿上斜倚着身子，盖着薄薄的毯子，还宣了祭公来奏乐，她一手撑着自己的额头，眼睛微闭，直到听见大殿下传来一声问安。秦伯用不带丝毫礼数的嗓音说道："参见娘娘！"

褒姒这才缓缓睁开眼睛，打了个哈欠，扫视着嬴德。嬴德也在打量着褒姒的身体，一寸寸企图尽收眼底，企图从她薄薄的衣裙上看尽她的肌肤，这种冷漠的女人最能激起男人心底的兽性，令他想要将她完全占有。嬴德发出一丝冷笑，待到拿下镐京城，他必定要将面前的女子凌辱至死，以解今日心头的憋闷。

想到这里，嬴德面上就掩不住喜色地打量着一旁的九鼎："娘娘果真是说话算话，这九鼎都已经备好了？"

褒姒并不知道嬴德脑子里都是些什么龌龊的想法，她只是用尽可能困乏的声音慵懒地说道："秦伯不必再往东去了，九鼎看看就算是过了瘾吧。明日收拾收拾，请回吧！"

"你说什么？"嬴德几乎怀疑自己听错了，洪德也愣了一下。昨日才说好的事情一夜之间就变了卦，几人的面色霎时间都变得有些难看了，褒姒反问道："听不懂吗？请秦伯打道回府吧。"她坐直了身子，向祭公做了一个手势，弦乐声立刻戛然而止。此刻的大殿上一片静谧，安静到只剩下了人们的喘息了，而大殿之外却人声鼎沸，议论纷纷。

"在下是奉旨出兵。"嬴德眼神犀利地盯着褒姒。

"我也是奉旨请你回去！"褒姒将手里的竹简扔到了嬴德面前，上面一笔一画所写的是告知军情稳定、无需援军，非但是大王亲笔字迹，还有大王的印鉴。嬴德口中喃喃道："不可能的……不可能的！"他使劲摇着头。褒姒冷哼一声反问道："秦伯何出此言？"

"这一定是你这个妖女伪造的文书！"嬴德指着褒姒，面色煞白。

"秦伯，你这个指控的罪名可不小，大王如今连楚军和郑国的军队都已经差遣回去了，你以为……他还需要援手吗？"

"我不信！"嬴德的手攥得紧紧的，手臂上青筋暴起，他将手中竹简扔在地下，"这绝不可能是大王亲笔所写！"

"哦？秦伯若是不信，不妨派你军中的士兵前往齐国，去问一问大王如何？"

"如果是真的，你为何不早些拿出来？"嬴德话锋一转，刁难道。

"这你不能怪我，我刚刚收到。"褒姒从嬴德这话中听出，他果然派人拦截了大王与镐京城的通信，而大王似乎早就料到了此事，才会在九鼎中留下文书以备不时之需。大王与东夷的战况虽不得而知，但周王还有兴趣和嬴德玩一玩猫捉老鼠的游戏，就看得出这场仗打得虽不易却也不难。

"派人前往东夷，一来一回一个月有余，若是贻误了战机……"嬴德话还没有说完，褒姒就打断了他："若贻误了战机，责任我负。若秦伯证明这份文书是假，褒姒以死谢罪！"她这话铿锵有力，紧盯着嬴德。

嬴德紧咬着牙关："你的命抵得上千军万马吗？"他的本意就是让褒姒拦截自己的兵马，可此刻嬴德又觉得咽不下这口气。他的话掷地有声，说出之后身后就传来了更加掷地有声的应答："褒娘娘所言非虚，大王如今在齐国大败东夷，只因战事繁忙顾不上与朝中往来通信，又担心驿站送信效率太慢，大王特意差遣在下回宫报个平安！"一个皮肤黝黑的男人从琼台殿的门槛上跨步而入，十分陌生的面孔就这样出现在这里，所有人都有些错愕地盯着来人。

来人的衣着十分轻便，风尘仆仆，双手作揖在褒姒面前拜谒："在下掘突，参见娘娘！”

“世子？”秀秀惊呼了一声。

掘突看着秀秀点了点头，报以一笑，露出一排洁白的牙齿，继续对褒姒说道：“家父离京后，十分担心大王安危，特意差遣郑国兵马前往齐国查看。前些日子我郑国兵马回传大王战胜的消息，在下不敢耽搁，立刻启程来京中替父亲送信！”

“战胜！”嬴德冷笑一声，咬牙切齿，“真是恭喜大王了！”

“承蒙上天庇佑我大周，劳烦秦伯费心了，大王担心秦伯白跑一趟，要我向秦伯致歉！”掘突看着嬴德不卑不亢地说道，“何况秦兵虽然善战，但是与东夷一战多在水上，当日嘱托大王有欠思量，还请秦伯见谅！”

“好……好，”嬴德不断点着头，“我就看看，这个从来没有上过战场杀过人的大王，是怎么在海路上大败东夷之师，我在西秦等着娘娘的好消息！”他说罢，佯装毕恭毕敬的模样向褒姒作了揖，心中却怒火丛生，拂袖转身从大殿之上迈步离去。

嬴德走后，琼台殿周围看热闹的人群也作鸟兽状散去了，这里又恢复了往日的宁静。褒姒起身向掘突致谢：“多谢郑世子送信，大王如今在东夷可好？”

“娘娘……”掘突微微皱了皱眉，“大王在东夷的境况并不乐观，在下奉家父之命前来为娘娘解围，还得立刻折返郑国听凭大王调遣。”

褒姒听着掘突这话，面露难色，心中十分担忧周王宫涅的安危：“世子路上要小心。”

“娘娘还请放心，眼下形势虽不乐观，但大王必能取胜。”掘突宽慰道，“东夷并不熟悉大王的打法，水上较量虽不占便宜，但是大王诱敌深入将对方引到陆上作战，东夷对此十分大意，免不了会中我大周的埋伏，我二叔下手又狠辣，齐军则善水路，三军交会，假以时日我军必胜！”

“你倒是颇懂行军布阵！”褒姒微微点头说道。

“自小耳濡目染，叫娘娘见笑了。”掘突有些羞涩地低下了头去，挠了挠头，“娘娘若是没有其他吩咐，在下还得立刻回国，先行告辞了！”

“你爹最近还好吗？”褒姒问道。

“一切无恙，二娘颇得父亲喜欢，在家中也算安好。”掘突答道。

“替我谢谢你父亲。”

“为大王竭诚尽忠是职责所在，娘娘不必客气！”

“替我送送郑世子。”褒姒转向秀秀说道。秀秀应了一声，伸出手指着门外："世子请……"

掘突跟在秀秀身后走出大殿，一路打量着许久不见的秀秀，上上下下看了几个来回，"啧啧"地摇着头。秀秀瞪了掘突一眼，不满地问道："世子对秀秀有何不满，不妨说出来！"

"许久不见，越发亭亭玉立了！"掘突憨笑着说道。

秀秀又瞪了掘突一眼，满眼掩不住的笑意："听闻世子被二老爷支到郑国边界上去了，最近怎么忽然回来了？"

"爹手下无人，二叔又不在家中，凡事都自由了些。"

"二老爷真的要夺郑伯之位吗？"秀秀有些担忧地看向掘突。掘突笑着道："我爹淡泊惯了，一个郑伯不过是个称呼罢了，要还是不要都不打紧的，只是不要为了这虚名失了家中的和气就是了！"

"你们这么想，二老爷可不这么想！"

"我们顾好自己就是了，想那么多也没用，不是吗？"

"你说得倒轻巧，郑伯时任朝中司徒一职，若是不做郑伯了，一样是朝中士大夫，可你就没了爵位，二老爷忌惮你世子之位必定会除了你，你往后的路可不好走！"

"你关心我？"掘突笑着问道，一手搂着秀秀的肩膀问道。

"世子……"秀秀唤着掘突，弯下腰从他的手臂中跑了出来，"我在同您说正经的呢！"

"越长大越不可爱了，你我之间倒生分了起来……"掘突叹了口气，已经走到了宫门外，从门口的侍卫手中接过自己的马，然后翻身上马看着秀秀挥了挥手，"放心吧……我的事情我自有分寸，来日再见！"

秀秀看着马上的掘突身姿挺拔，再也不是当年她离开郑家时候的小鬼了，她满眼欣慰，抬起手冲着掘突挥了挥，看着他掉转马头消失在远处。

秦军来势汹汹，走得却仓促狼狈，一夜间就在镐京城外销声匿迹了。

第三十章

芙蓉帐暖宫闱乱，再见已是别样天

春去秋来，镐京城夏日的翠绿换成了秋季的金色，这一年匆匆而过，宫里风云诡谲。褒姒与后宫其他人的走动越发少了，常常在琼台殿内闭门不出。她大部分的时间都陪在念儿身边，一遍遍教他说话。念儿刚刚学会说话时，常常自言自语地念叨些什么，褒姒与秀秀听不懂，念儿却说得一本正经。

赵叔带仍旧与虢石父不和，朝中两派的争端越发尖锐。褒姒与嬴德的针尖对麦芒，让后宫的时局发生了一个十分微妙的变化，眼下秦夫人受挫，在宫里偃旗息鼓了好一阵子。

过了秋日，这场仗打了整整一年，终于从齐国发回了捷报，大王所率的大周兵马突出重围首次大胜东夷，并且势如破竹，一路攻城略地，眼看就能将东夷一举拿下。此事赵叔带问过申后，宫里要不要大摆筵席来庆祝一番，申后思忖片刻又将赵叔带支去请示褒姒了。

褒姒不理政务，赵叔带只好两宫来回折返，最后申后拿定了主意，此事就不铺张浪费了，一切从简，静待大王得胜还朝。秋日之中，祭天大典因为大王出征在外取消了，可诸侯该进的岁贡却不能少，甚至在申后与赵叔带的商议下，这岁赋又加重了。眼下是粮草急缺之时，他们便要求诸侯为这场旷日持久的战争埋单，诸侯们敢怒却不敢言。

秦伯嬴德前往镐京城进岁贡，依着洪德的计谋打算逗留数日，留在京中拉拢一向与周王不和的诸侯，将去年司马伯士战死六济一事重新提起，抱怨周王只是个穷兵黩武的好战之徒，自己没什么领兵之能，却叫整个国家为他的穷奢极欲埋单。此事倒是颇见成效，弄得镐京城中怨声载道，这场仗若再不结束，就要触及诸位诸侯心中的底线了。

周王攻打东夷，其实是不满齐伯日久，诸侯心中清楚，人人自危。

几方压力袭来，舆论和形势有朝着秦伯一边倒的趋势，此事在深宫之中的褒姒并没有听闻。褒姒深居琼台殿中，不理朝政一事嬴德并不知晓，待到知道时已经为时晚矣。他们以提高岁赋一事极尽所能地挑拨离间，这决定却是出自申后之手，叫诸侯们的怨气都撒在了宜臼身上，说他初尝权力便利欲熏心。

此举是搬起了石头，却砸了自己的脚。镐京城里无比热闹，秦夫人却在酉阳宫中烦躁不安，见洪德一进来，就一巴掌扇在洪德面上："你给我哥哥出的什么馊主意，如今人人都在说宜臼无德，叫我在宜臼与申后面前还怎么做人？"

"我怎么会知道褒姒如今不理朝政了？"洪德因为被秦夫人扇了一巴掌，也有些怒火攻心，说话十分难听，"宫里的大小事务你不及时通报，我们打探的渠道难免百密一疏，如今事已至此，不想着怎么弥补，只想着追究责任，干脆拆伙算了！"

秦夫人被洪德一番训斥，眼泪瞬间溢满了眼眶，洪德仍旧不依不饶："此事是你疏于传信，才造成了眼下的时局，要追究责任，是不是也该秦夫人来担？"

"你是要和我撇清关系吗？"秦夫人有些颤抖地问道。

洪德则冷眼俯瞰面前的秦夫人，口气冷冰冰的："是秦夫人要和我撇清关系吧？对我是招之则来，呼之则去，我是个男人，"洪德捏住了秦夫人的下巴，"不是你豢养的家宠！"他说完拂袖便要离去。秦夫人却从洪德的身后抱住了他："我害怕……我只是太害怕了，我害怕他会回来！"秦夫人抓住洪德，就像是溺水之人抓住了一根浮木，她寂寞得太久便对洪德倾心，根本分不清她的感情是爱还是发泄。

和洪德占有周王女人而引发的快感相似，秦夫人的偷欢也能让自己得到极大的满足。她本以为他与周王宫湦是不同的男人，她以为她在这场欢爱中能够占据上风，然而秦夫人不知道的是，洪德正是自那日目睹了褒姒衣冠不整地从郑府出来，目睹了郑伯友在马车上和褒姒的生死相许之后，他的一颗心就永远失去了温度。

他的心也许比周王更硬，也许比周王更冷。

洪德硬生生地掰开了秦夫人抱住自己的手，冷冰冰地丢下一句："秦夫人早些休息吧，在下先告辞了！”说罢就跨步而出，从西阳宫朝着宫门外走。鬼使神差的洪德决定去琼台殿看一眼褒姒。

诸侯齐聚镐京城，却没有祭天大典，这给了这些闲来无事的诸侯聚众议政的机会。今年的镐京城不同于往年，没了祭祀大典的庄重，反倒成了一场京城的盛宴，热闹非凡。宜臼的新政成为这场狂欢苛责的唯一话题，周王宫涅虽一直被看作昏君，可三年来无为而治，从未在赋税一事上为难诸侯们，各地进贡的多少，他从不过问，现在两相比较，大家竟然开始怀念周王宫涅的好处了。

往年来不受关注的郑伯与楚侯二人，今日却成了备受关注的焦点，原本门庭冷落的两家宅院，如今竟热闹了起来。郑伯友带着廿七入京，此刻廿七就坐在琼台殿外抱着念儿爱不释手，时不时地挑弄着他的眉眼。

褒姒回头看了一眼廿七，又转向郑伯友：“廿七这么喜欢孩子，你们也该要一个了。”

郑伯友没有接褒姒的话茬儿：“听闻娘娘现在不插手政务了？”

“原本后宫就不该插手政务的，我只是为形势所迫。当日与秦伯对峙一事，还得感谢郑伯。”

“只是在下应该做的。”

“如今天下太平，无须我再多此一举了。”褒姒端起桌上的茶壶为郑伯友满上了茶水。深秋的寒意袭来，院子里已经不复夏日般的温暖了，褒姒唤来秀秀，让她重新去换一壶热茶。

“我走后发生了不少事情吧？”郑伯友问道。

褒姒又转身看了一眼和念儿玩得起劲儿的廿七：“看廿七的样子，和郑伯之间的隔阂也总算是没了吧？”

郑伯友看着褒姒良久，点了点头，此事既然是她交代的，他怎么敢不去做?

“廿七身上有股淡淡的麝香味，这是谁的主意？”

“麝香？”郑伯友并不是很懂香，褒姒也是因为琼台殿常年日久的焚烧才渐渐分辨得出。看着郑伯友不解的表情，她才微微点了点头：“叫廿七把屋里的香换了吧。女人有个孩子好赖是个寄托。”

郑伯友点了点头：“大王就快回来了。”

“有什么消息？”褒姒面上泛着些期待的神色，不同于刚才那般淡漠。这细微的变化在郑伯友心中晕染开来，他有些难堪地答道：“启之差人传了信，已经大败东夷两百余里了，他们退兵至齐的东北部，未来十年不会再犯。只是大王野心不止于此，想要将东夷赶尽杀绝，大约再要一年就回来了。”

“启之将军与你联系了？”

“也许我还得回来当司徒。”

“我在一日，便为你争取一日。郑伯无大错，也没有失德，郑伯之位岂能说让就让？”

“娘娘有这心，在下便十分感谢了，只要我在一日，郑国就听凭娘娘差遣一日。”

廿七抱着的念儿，忽然在她怀里猛烈挣扎，一双大眼睛委屈地眨着，双脚铆足了劲地想要将廿七踹开。因为褒姒在，所以念儿忍着没哭，其实眼泪都已经灌满了一双桃花眼，马上就要溢出来了。他有些不明白，抱着自己的这个人到底是谁，为什么不能叫他和秀秀玩？

秀秀换了水出来，见廿七与念儿之间如此，赶紧走了过去：“王子交给我吧。你多日不见娘娘，和她去聊聊吧。”秀秀伸出手，念儿就立刻伸着胳膊朝着秀秀扑了过去。廿七转身看了一眼郑伯友和褒姒，转过身来对秀秀说道：“郑伯也多日未见娘娘了，也有不少话想说吧。”

秀秀想了想，问廿七：“你玩过纸鸢吗？”

“怎么了？”廿七不解地问道。

秀秀伸出一只手比画着：“纸鸢啊，你放的时候要讲究手里的松紧，线抓得太紧了，纸鸢要随风而飞，就会挣断绳子。可是你若不抓着，它无须挣断这绳子，也不会留在你手上。”

“说得倒像是你懂男女之事一般！”廿七不满地说道。

“我是不懂，可郑夫人懂，娘娘也懂啊，”秀秀转过身看了眼正和郑伯友相谈的褒姒，耸耸肩问廿七，“你还不去？”

廿七有些犹豫，准备抬脚之时忽然看见了不远处的身影，因天色还没有暗，所以一眼就看清了对方：“世子？”

褒姒听见廿七这么称呼，手一抖，手里捏着的杯子立刻掉在地上摔了个粉碎。郑伯友看着褒姒，又看着远处的洪德，他正迈步走来，拍了拍手，像是在鼓掌：“好一个月下会情郎的画面，难怪如今娘娘退居后宫不理朝政了，一颗心都不在这宫里了吧？”

褒姒定了定神色站起来：“没趁着岁贡一事参我一本，很失望吧？”

“失望谈不上，姬家的人能有什么本事？”洪德朝前迈了一步，企图靠近褒姒，褒姒却向后退了一步。郑伯友挡在了他们二人中间：“如今大王征战在外，少主年幼，诸侯应当尽心竭力辅佐，便是多进些岁贡又如何？秦伯是舍不得自己到手的利益，还是无能，根本拿不出余粮？若是如此，秦夫人如今在申后面前也说得上话，打声招呼，亦无不可。”

“你让开！”洪德沉声说道，快速朝郑伯友袭来。

郑伯友神色没动，脚下的步子也没动，抬手就挡住了洪德挥的拳，两人之间的架势像是要开打了。洪德怒目看着郑伯友一瞬，忽然大笑了出来，朝后退了两步，拍了拍手：“廿七真是忠心护主，为了帮你们二人私通不惜嫁入郑国，有这么个丫头，也是你几世修来的福分！”

“你……”褒姒刚上前一步就被郑伯友拉住，他将她护在自己身后，看着洪德，“褒大夫倒也羡慕不来，这辈子若是能行善事，说不准下辈子能有善缘！”

“我就要看着你们二人是如何近在咫尺，求之不得的！”洪德咬牙切齿地说道。郑伯友却连颜色也未变，轻描淡写地应了句：“我与娘娘不求此生，但求来世！”

“好！”洪德伸手指着郑伯友，“我就看你能得意到什么时候？”他说完拂袖而去。原本打算出宫的洪德，又忽然折回了酉阳宫，朝着秦夫人的寝宫径直走去，将正在脱衣的秦夫人吓了一跳。她猛地一惊，扭头望见洪德才舒了口气：“你怎么又回来了？”

洪德三步并作两步冲到秦夫人面前将她拦腰抱起，低下头去，狠狠地将唇覆在她的唇舌上用力吮吸，一手拨开了她身上的衣服，直到一丝不挂，将她压在了床头。

褒姒看着洪德的背影心慌意乱，失手将桌上的茶壶拨到了地上，胸中憋着一股恶气，使劲地捶打了一下石桌：“那日你就应该让我杀了他，也就不会留下后患了！”褒姒咽了口唾沫，这画面却惊呆了廿七。她站在原地一动不动，脑子里一直发蒙，不知道发生了什么事情，也不知道为何郑伯友与褒姒的关系进展得如此迅速。她本以为郑伯友的爱慕是一厢情愿，却不知两人竟然已是不求今生，但求来世。

“娘娘不管遇见多大的挫折，多大的困难，不管局面有多复杂，不都能应对过来？为何如今这对象换成洪德，你便乱了方寸呢？”郑伯友松开刚才拉住褒姒的手，朝后退了一步毕恭毕敬地说道。

褒姒嘴唇紧抿神情苦涩，就像是喝了黄连之水般颓然无力地坐在庭院之中。

她面色煞白、浑身战栗，只要看见洪德就难免想起那日在寝宫中发生的一切，她几次三番几乎失身于他，这种恐惧攫取着她的心房，令她无法冷静下来。

这件事情郑伯友并不知道，褒姒只是深深地吸了口气，将头埋在自己的双臂之中。秀秀见状，抱着念儿走到了郑伯友面前："郑伯先回府吧，娘娘累了，是时候休息了。"

郑伯友看着秀秀问道："是我走后又发生了什么？"

秀秀神情闪烁，不知该不该说，为难地看了一眼褒姒："郑伯还是先走吧。娘娘身体不适，以后若见了褒大夫，能避则避吧！那褒大夫就是条疯狗，他咬你一口，你又不能上去咬他一口，不然不是被别人看了笑话？若再连累了娘娘，日后娘娘在宫里的日子也不好过。"

郑伯友将手紧紧地攥在一起，深深吸了口气，敛住了自己的全部情绪，看了一眼廿七："咱们出宫。"

"是！"廿七不解地看着褒姒、秀秀与郑伯友三人，知道自己不在的这段时间，宫里发生了太多的事情，她只能站在褒姒面前说一句，"娘娘保重，廿七改日再来看您。"

褒姒没有回话，秀秀向廿七和郑伯友点头致意，二人便转身朝外走去。秀秀一手抱着念儿，一手放在了褒姒的肩膀上："娘娘，时候不早了，也该休息了，先回寝宫吧，即便是心里难过，也忍一忍。"

褒姒坐直了身子，站起身看着秀秀："他日大王得胜还朝，只怕我与他之间也回不到过去了。"她眉头紧锁，有种心痛袭上心头。她等了多日，也盼了多日，如今听见大王可能会得胜还朝的消息，却像是掉入万丈深渊。

"不会的，只要等大王回来，都会过去的。"

"不会了。"褒姒的口中满是绝望，伸出手将念儿抱了过来。念儿挺直身板，伸出手给褒姒擦着脸上挂着的泪珠，小声叫了句："娘。"

褒姒笑了笑，拍着念儿的背，总算是如今还有这个安慰。

郑伯友大步在前，廿七碎步在后，几乎是一路小跑才跟得上。回到郑府之后，天色已经不早了，廿七什么话都没问，只是伺候郑伯友更衣就寝之后，才忽然说了句："我去客房睡了，老爷好好休息，明日还要上朝呢。"

郑伯拉住了廿七的胳膊："我与娘娘……"

"老爷不必说了，"廿七打断了郑伯友的话，"我也不是才知道此事，你原本就爱慕娘娘，如今能看见你二人有个结果，也是好的！"她没能忍住哭了出来，眼泪不争气地一滴一滴掉在地上，“大王是整个后宫的大王，娘娘要与后宫女人分他一颗心。可郑伯不同，您心里只装了娘娘一人，有你在，守护着她，她就不会再受委屈了。”

“事情和你想的不同！”郑伯友想解释清楚。

“不同？”廿七抬起头看着郑伯，眼神中满是幽怨，“老爷可否告知廿七实话，这一年你对廿七的好是不是娘娘吩咐的？”

郑伯友没有答话，廿七便知道自己猜对了：“老爷的一厢情愿盼得娘娘回眸，我该祝贺你……”她擦掉了眼泪，故作坚强，“老爷好好休息吧，这几日在镐京城人多口杂，为保娘娘清白，老爷还要忍耐几日！”

“廿七，”郑伯友拉了一把廿七，“我与娘娘之间并非你看到的那般！”

“我都已经看到了，你还想让我怎么样？”廿七忽然大喊着痛哭了起来，看着郑伯友满心委屈地说，“我知道自己争不过娘娘，也知道你娶我不是因为爱我，可我已经嫁给你了，是郑伯的二夫人，看到此情此景，我心里能不难受吗？嫁给你这一年，我怎么熬过来的，郑伯可有为我想过？如今你和娘娘惺惺相惜，我能做的就是退一步成全，老爷还想要我怎么样？我还能做什么？”

“廿七，”郑伯友一把将廿七揽入自己怀中，看着痛哭不止的廿七，他心中不忍也不舍，“娘娘……”他的话说了一半，又不敢再说下去了。褒姒与洪德之间有悖人伦的感情纠缠不宜让太多的人知道，他想解释又解释不出来。廿七推开郑伯友，用颤抖的声音说道：“廿七告辞了，从今往后，二夫人该尽的义务我会尽，可绝不会再奢望老爷回头看一眼廿七了。”她深吸了口气，转身离开了这间屋子。郑伯友重重地跌坐在床上，捂着自己的心口，他没有想到小小的廿七这故作坚强、一退再退的行为，会让他如此揪心。

长年累月的耳鬓厮磨，即便是一番虚情假意，也会弄假成真的。而这样的感情，郑伯友不知道该怎么和廿七去说，他始终放不下褒姒，如今回到这郑府上，夜半惊醒，也总会以为褒姒正站在他的床头。

往日来那个长吻与褒姒身体的温度，长长久久地萦绕在他的心头挥之不去。

这情分是个死结，此生无解，他唯有哀叹一声，却也无可奈何。

秋日的岁贡对深宫中的褒姒来说只是个插曲，洪德鲜少来琼台殿走动，他也清楚褒姒并不欢迎他。嬴德特意拜访了琼台殿，为褒姒送上了蓝田美玉。清澄无瑕的碧玉一看便知价值不菲。洪德有些警惕地看了一眼嬴德，想起那日秦夫人提醒他提防嬴德对褒姒别有用心的话，心中思忖若是周王不在，人人都能当这个大王，他洪德为什么不行？

镐京城内的诸侯来了又去，吵吵嚷嚷的京城又陷入了宁静。郑伯友走得很晚，一直将秦伯送走才敢离开。褒姒在琼台殿设宴款待他与廿七，可是这一日廿七却没来。临出门时，廿七说："如今一别，下次再见要等明年了！"

郑伯友不知道廿七要说什么。

"老爷有话同娘娘说，我若在场，多有不便！"

"娘娘想见的人是你，不是我。"

"廿七请问老爷，您与娘娘之间可曾有过肌肤之亲？"

廿七说的肌肤之亲与郑伯友和褒姒之间发生的事不同，却让郑伯友无法反驳，他只能沉默不语。这让廿七的心更痛了，娘娘有大王宠爱，却还要和她争一个郑伯，她的心里何等寒凉。可廿七也知道，自己与褒姒之间地位悬殊，远比不上自家小姐，她更知道这大半年来恍若梦中的幸福也是褒姒赐予的，她不敢有怨："娘娘能如此待你，郑伯莫要辜负了这番情义。"

琼台殿中只有郑伯友与褒姒对坐，褒姒似乎早就想到了此情此景："那天发生的事，廿七放在心上了？"

"不论我怎么解释，她始终不肯相信。"

"那日郑伯在护着我的时候，若是能稍微体谅一下她的心情，那些话你就不会脱口而出了。也是我的不是，日后再遇见洪德，我会冷静的！"

"你和洪德之间发生了什么？"

"郑伯难道想不到吗？"

郑伯友深吸了一口气，面色变得苍白，褒姒一直掩饰得很好，他竟然没有察觉。他问她："所以是大王在千里之外，施以援手救了你？"

"是！"褒姒的眼泪顺着面颊掉下来，这份脆弱她曾在秀秀面前收敛，可如今再也抑制不住了，"可我和他或许再也回不到从前了。"

郑伯友看着褒姒，想伸手去抱抱她，可最终也只能那么坐着，对于洪德，郑伯友感到的是比褒姒还要多的无奈。

秦郑相去甚远，兵力天壤之别，郑伯友不可能怒发冲冠为红颜，将洪德斩杀于帐下；他更不擅长玩弄阴谋设置陷阱，将洪德逼入死局；他性格温润如玉，也不会拔刀相向，与洪德拼命。

郑伯友发现自己什么都做不了，只能默默相守，比之周王宫湦，他自愧不如。褒姒收起了眼泪和脆弱，抬头勉强微笑道："叫郑伯见笑了，沙子吹进了眼里。”她一面擦着眼泪，一面说道，“时候不早了，郑伯该离宫了。”

郑伯友的眸子深邃地盯着褒姒的脸：“我能为你做的，也只有这些了。”他只能在她哭泣的时候相守，却无法相帮，“当日我曾说过，郑国在一日，便是娘娘一日的靠山，可我这座山还是靠不住，天下能护你周全的也只有大王一人而已。即便是有来生，即便是你未嫁我未娶，这世上与你相配之人，也只有大王而已，这点他比你我都更清楚，所以绝不会扔下你不管的，还请娘娘放心。”

“借郑伯吉言！”褒姒将耳畔的碎发挽到了耳后，面上满是邻家少女的姿态。

“在下告辞了，请娘娘保重！”

褒姒又叮嘱了一句：“女人若是有了孩子，过往的一切都能既往不咎的！”这话的言外之意是告诉郑伯友，想得到廿七的谅解，就该要个孩子。郑伯友无奈地应了一声：“回去之后，我会叫人将廿七房中的麝香换下的，娘娘请放心！”

褒姒差秀秀将郑伯友送出宫了，郑伯友心中的无可奈何褒姒无法察觉，不仅仅是对她而已，也对廿七。廿七的性子倔强，自那日在宫里撞破了郑伯友与褒姒之间微妙的情愫之后，就一直睡在客房。面上以一个二夫人、女主人的姿态将郑府上上下下打理得有条不紊，可转过身去，她却再也不是那个任凭他招之则来挥之则去的小女孩了，如今他连拥她入怀都做不到，更不必说与她同榻而眠了。

周王宫涅的大军势如破竹，胜利的消息连连报入镐京城。

东夷一退再退，九州大陆之上已经难寻容身之所。周王宫涅此举看来是要一解中原多年的东面之患，若当真能够如此，他在大周王朝的历史上，就又添了一笔无可比拟的功绩。如今宫里人人面上都挂着喜气，唯有申后和秦夫人有些狼狈。

秦夫人日日在酉阳宫中来回踱步，周王宫涅的得胜还朝对她来说是一场无比可怕的梦魇。

褒姒趁大周兵马节节得胜的时候，为念儿办了周岁酒。念儿虽然还没学会走路，可说话已经十分利索了，能叫出夫人们的封号，问他什么也能吞吞吐吐、断断续续地回答，大家都说：“这孩子聪明”。

越是说念儿的好，申后的心中便越是不安，念儿生得聪明，褒姒又有母仪天下之态，这母凭子贵、子凭母贵，只怕日后就没有申后安身立命之所了。此事令申后感到万分的惶恐，秦夫人也就趁着这个机会向申后进言，申后虽然将她的邀请一一拒绝了，可到底心中还是种下了一根刺。

第三十一章

沙场之战未必还，恪守深宫为君谋

第二年的夏日，荷花依旧极美，褒姒入宫三年，周王出征两年。褒姒坐在荷塘边，看着碧玉般的池水，去年晚些时候，郑伯友说过今年岁贡的时候，大王就会回来了。

前些天，褒姒从赵叔带那里得知，周王宫湦的军队将东夷几乎赶尽杀绝，周王宫湦很快就会折返，余下的残兵交给启之或者别的什么人去打理。褒姒在宫里孤身一人的日子快要熬出头了，不过这个消息传来之后，就再没有别的消息了，日子一天天过去，褒姒又开始惴惴不安了。

如今的念儿已经能跑能走了，每日在后宫的院子里来回奔跑，越发难以看管。念儿已经学会喊爹了，可也一直没个对象实践，褒姒经常憧憬着周王回宫后将念儿抱在怀里，念儿用稚嫩的声音喊他一声“爹”，周王宫湦的表情一定很好看，想到这里，褒姒就忍不住笑了。

“娘娘最近心情不错？”秀秀说道。

褒姒牵着念儿摸了摸自己的脸颊：“也不知道什么时候回来。”

“赵上卿没说吗？”

褒姒摇了摇头，松开念儿，叫他自己去玩耍，眼神却紧紧地盯着这孩子，不敢有丝毫懈怠。琼台殿的下人匆匆跑来向褒姒说道：“娘娘，娘娘，虢上卿来了！”

“虢上卿？”褒姒几乎以为自己听错了。

下人应了一声："是，虢上卿说一定要见娘娘。"

"何事？"褒姒问，知道下人答不上自己的问题，便疾步朝前殿走去，转身又吩咐了秀秀一句，"早点带念儿回去休息吧。"

"是。"秀秀看着念儿伸出手，念儿乖乖地把小手塞进了秀秀的大手里，仰头不解地看着她。秀秀有些担忧，虢石父前些时候和秦夫人打得火热，洪德也来了几次宫里，似乎有什么重要的事情和秦夫人相商，这一切都叫人觉得不安，再加上最近一个月都没有接到大王的信函。褒姒眉头紧锁，看着拜谒的虢石父问："不知道虢上卿造访，有失远迎。"

"娘娘客气了，虢某来是有句话要说。"虢石父的态度与往日截然不同，褒姒心中一揪，觉察到一定是出事了。"怎么了？"她说罢，叫自己殿上的下人们都退下，只留了她与虢石父二人。

"娘娘要小心！"虢石父提醒道。

褒姒面色一惊："到底怎么了？"

"大王怕是……"虢石父说着顿了顿，"当日大王离宫时曾交代娘娘，他若回不来，还请娘娘带念儿离宫。娘娘手中的兵马保你们母子二人离开镐京城不是难事，大王又曾给过娘娘丰厚的赏赐，够这一世的花销了。"

"这话是什么意思？"褒姒觉得眼前一片漆黑。

"大王失联了，秦国派死士暗杀大王，先前几次因我知道些内里的详情，差人传书给大王，逃过一劫。可大王一日不回宫，他们就一日有机会，如今秦国再次派人暗杀之后，大王一直没有音信。太宰宫还不知道这件事，还请娘娘早做准备，否则秦国兵临城下，再走就来不及了。"

"我不走！"褒姒斩钉截铁地说道。

"我知道娘娘不信任我，可是此时此刻你走总比不走好！当日我虽陷害娘娘，可九鼎一事也是大王吩咐的……"

"我知道！"褒姒打断了虢石父的这番话。虢石父为人圆滑，她知道周王宫湦考虑到虢石父的手腕较赵叔带强硬，而赵叔带较虢石父保守，放他们二人在朝堂上同为上卿其实是相互制衡。大王临走给赵叔带安排的是明面上的事情，而给虢石父安排的是后招，虢石父倒是都做了，却不忘处处给自己留后路。今日他来提醒褒姒并非忠心护主，而是他担心周王宫湦大难不死，他还能凭这件事邀功。褒姒不想计较这些，只是问道："是生是死好歹得有个准信，现在这样叫我走，我不走！"

当日周王宫湦不肯承认自己对褒姒的感情，甚至不惜一刀刀伤在她的心头，就是为了有朝一日，他马革裹尸，她能断了对自己的念想，离宫出走。可是临走之时趁着酒意对褒姒苛责、质问，却叫他们两人坦诚了心意，不管日后如何，至少在那个时候，褒姒知道周王宫湦是深爱她的。

所以她怎么能走？镐京城倒是比齐夷战场更加凶险，一旦褒姒离宫，这里会变成什么样她无法想象。如果当日周王宫湦因为害怕将她折损而一早送她出宫的话，今时今日只怕周王宫湦便是得胜还朝了，这宫也不是他的宫了。

所以，任凭虢石父怎么劝，褒姒仍是岿然不动，最后她问道："此事还有多少人知道？"

"只有我一人知晓！"

"那就再探，再探再报，到有消息为止。"

"可是……"

"没什么可是，除非消息确切，否则我绝不走！"褒姒扔下虢石父在大殿中，一人转身回到了寝宫里，不安地坐在床上抱着双膝，将手指含在自己的唇齿之间噬咬，整个人不安地瑟缩在一起。

"你到底在哪里？怎么会忽然不见的？"褒姒的心怦怦乱跳，马上又是一年朝岁的时候，大王若仍旧未归，又没有新的消息传来，很容易引起诸侯怀疑。褒姒慌了神，往日里她能强作镇定是因为知道自己的身后尚有一个大王，可今时今日这个支柱不见了，她开始没底了，不管怎么做都感到无比害怕。

褒姒蜷缩着睡着了，深夜中的星辰下，月光淡淡地洒在她的面颊上，泛着青色的光泽，起初这表情十分不安，而后便渐渐舒展开来，慢慢进入了沉睡的梦中。褒姒发现自己站在一片月光下，放眼望去，这里无边无垠，大风呼啸着带来了海边独有的腥气，她赤脚走在沙土石上，肌肤没有半点感觉。

月亮又圆又大，将这个漆黑的夜衬托得宛若白昼，远处的空地上支着帐篷，白色的帐篷在月光下显得格外突兀，帐篷旁还燃烧着即将熄灭的篝火，应该是将士刚刚用过餐。

褒姒奔跑了起来，跑向军帐，她站在军帐之外整个人就被捆缚住了，一动不动的，错愕震惊。她看见了大王，可这画面本不是她该看的。

她看到的是一丝不挂的大王和看不清脸的女人，那女人被周王宫湦紧紧拥在怀里，她笑眼盈盈，满是女儿家的娇羞之态，双手扶着周王宫湦的肩膀，她手指修长宛若葱段，她的声音清脆，保持着少女的娇嫩，她随着他的节奏呻吟，却转向褒姒，带着一种胜利者的姿态在看她。

而周王宫湦，那黝黑而坚实的身体上满是汗水，在月光下泛着的光泽显得格外刺眼。

周王宫湦转过脸来，仿佛看见了褒姒，他在对她笑，他的眸子里分明有她的模样，可他的眼神却又是那么残忍，盯着她，却用尽全力去满足另一个女人心底的欲望。

褒姒用手捂着耳朵闭上了眼睛，她一步步地后退，然后歇斯底里地大叫着。她竭尽全力才挣脱了这可怕的梦魇，猛地坐起身的褒姒像是一口气没喘上来，胸口憋闷，她大张着嘴喘息着，满身都是细细密密的汗水。

"娘娘？"听见褒姒大叫的秀秀跑了进来，看见坐在床上被汗水浸湿的褒姒吓了一跳，"娘娘做噩梦了？"

褒姒这才缓过来，刚才只是一场梦魇，可这梦魇对她来说却是如此难堪，叫她闭上眼就流下了泪。周王宫湦身下那个女人银铃般的娇笑无法从耳畔挥去，这个梦到底预示着什么?

太阳升起，刺眼的阳光射入房中，秀秀坐在褒姒的床头，不知道该怎么办："娘娘，你是不是梦见了什么？"

"大王。"

"和昨夜虢上卿来访有关？"秀秀能想到的最坏的结果就是大王战死沙场，"不会是大王……"她捂着嘴，不敢再说了。褒姒一把拉住了秀秀的胳膊，歇斯底里地纠正道："大王还活着！"

"昨夜……"秀秀看着褒姒不知道该不该问，犹豫了半晌还是说了，"虢上卿和娘娘说了什么？"

"大王不见了。"褒姒无力地说道。

"娘娘梦见大王去了什么地方？"秀秀焦急地问道。

褒姒看着秀秀，沉默了半晌之后才说道："去了一个没有人的地方。"

"没有人的地方？"秀秀觉得这话听起来有些晦涩难懂。

褒姒从床上下来："叫赵上卿来一趟琼台殿。"

"哦！"秀秀点点头，眯着眼看着窗外，时间虽然不早了，却也还不够晚，赵叔带应该还没有退朝。褒姒也顺着秀秀的目光看了一眼日光："算了，还是先让我沐浴更衣吧！"

"娘娘，大王可能只是不想联系虢上卿，也许大王有自己的打算呢，您别太担心了。”秀秀宽慰道，褒姒木讷地点头，朝沐浴更衣的房间走去。热水已经放好，她褪掉身上那件长袍走到浴桶旁，迈步而入，将自己埋藏在温热的水中，暖起自己心头冷下去的温度。她闭眼沉思，从水里出来的那一瞬就做好了全部的决定，面上又带着一如既往的从容淡定，迈步而出，擦干了身上的水。

“我亲自去一趟太宰宫。”褒姒吩咐道。

“娘娘要亲自去？”秀秀觉得有些不可思议，这一年多来褒姒几乎不再涉政，“只怕娘娘一动，整个后宫都不安了，还是叫奴婢去请赵大人前来吧？”

褒姒想了想，也只好点点头：“舅舅一向什么时候来琼台殿看我？”

“隔三岔五就来了。”

“还是别去了。”褒姒抓了一下秀秀的衣袖，“一切照旧吧。”

“嗯！”秀秀从未见过褒姒如此不安，哪怕是面对洪德的时候，她也鲜少慌乱成这样。赵叔带不知是怎么了，一连几日都没来琼台殿，褒姒每日都盯着琼台殿的大门，只要稍有动静，就探头去看。每日半夜也都会从噩梦中惊醒，整个人像是被魔鬼纠缠，冷汗涔涔。

秀秀觉得这么下去不是办法，只好在给褒姒取膳食的时候抱怨两句：“这两日也不知怎的，娘娘的身体忽然抱恙了。”

“没请医官去看看吗？”膳夫问道，将她要的膳食放在了食盒中。

秀秀摇摇头，冲膳夫敷衍地笑着：“你也知道我家娘娘，她最不喜欢看医官了，说可能是暑热，好好休息一番便是了！”

“这么说，我还是给娘娘准备些绿豆、百合、莲子吧？”

“有劳了，”秀秀赔着笑，“要是见着太宰宫的人，也给赵上卿说说，劝劝娘娘吃上一两服药。”

“知道了！”膳夫将此事记在了心里，特意将这话转达给了赵叔带。赵叔带一听就停下了正在奋笔疾书的手，看着来送晚膳的下人问了句：“秀秀还说了什么？”

“秀秀姑娘说，赵上卿要是没什么大事也去琼台殿看看，娘娘许是感染了暑热，也不肯看看医官，叫赵上卿劝一劝。”

赵叔带挥挥手，叫这人下去了，自己却沉思了起来。

褒姒绝不可能是病了，她也没有拒绝看医官的毛病，几次拿这个借口来挡着，都是要掩盖什么，这次是为了什么？

想到这些，赵叔带就坐不住了，起身朝着琼台殿的方向走去。琼台殿还是一如既往地静谧，褒姒听见正门被“吱呀”一声推开，整个人都惊了一下，坐直了身子盯着门外，看见赵叔带终于来了，才站起身从大殿上“噔噔噔噔”走下来。

“娘娘！”赵叔带向褒姒作揖问安。

“随我来后堂。”褒姒很简短地说道，转身就朝后堂走去。

赵叔带随之进去，关上房门：“娘娘急着叫我来，是发生了什么事？”

“这话该我问你，舅舅多日不来是发生了什么事？”

赵叔带面上挤出了一个艰难的笑意：“娘娘多虑了，能发生什么？”

“大王若有消息，你必定会第一个到琼台殿告诉我。如今半个月没来，是为何？”褒姒语速急促，态度逼人。

赵叔带恍然大悟：“娘娘知道了什么？”

“我在等舅舅告诉我！”

“和大王的通信在一个多月前彻底断了，到目前为止还没有查出是什么原因。但是我想应该只是通信被拦截，大王毕竟快要得胜还朝了，你别多想，他不会出事的。”

“派人去探了吗？”

“派了，这些天才派出去的，还没消息回来，得再等等，你别担心了！”赵叔带虽然自己也很不安心，可还是宽慰了褒姒两句。褒姒摇摇头，神情极为不安，拉着赵叔带的胳膊说道：“大王可能出事了！”

“什么？你怎么会知道大王的行踪？”

“我这几天一直惶惶不安，”褒姒随口撒了个谎，没说出虢石父，“我梦里梦见了沙场，梦见大王不见了，在军营中消失了。我只怕……”她急得眼泪都快掉下来了，赵叔带拍了拍褒姒的肩膀：“不过是个梦而已……”

“不是这样的，以往我每次梦见大王，必是事出有因，这次也不会例外。”

“你常常梦见大王？”赵叔带有些惊讶，再回想起褒姒先前做的每个决定，或多或少都有大王的味道，若非是她与周王宫湦保持着某种秘密的联系，那就是他二人心有灵犀到无需书信的地步，如果当真如此……那么褒姒说的恐怕就是真的。

“我每次被逼到走投无路的时候，总是会梦见他，他会告诉我接下来怎么办。”

“这次呢？”

褒姒不知道该怎么回答赵叔带这个问题，只好将自己的梦境改造了一番：“梦见大王脱队了，没有和齐国大军在一起，只有寥寥数人，被困在某个不知名的地方。”

“因何被困？”

褒姒神情闪烁，因何被困？可能是秦国的暗杀，可若是照实回答，赵叔带又会再问，秦国暗杀一事褒姒是怎么知道的，所以褒姒说道："不知道什么原因，但绝非战乱，他被困在了没有人烟的地方。"

"没有人烟的地方……我差人再去探，从镐京城出发到齐国寻找大王，不管有无消息，一定尽快回传！"

"此事一定要瞒下来。"

赵叔带试图稳住褒姒的情绪："放心吧，战场上失去联系并不是什么罕见的事情，大王自有大王的妙计，他一定是可以全身而退的！"

褒姒没有回话，看着赵叔带转身准备离开又叫道："舅舅！"

赵叔带转过头来看着褒姒："嗯？"

"你说……大王会不会厌倦了这里的生活，趁这个机会离开镐京城，离开王位，离开……"最后几个字褒姒实在是不忍说出来，可她梦见的那个画面就是在印证这个事实。

赵叔带听见褒姒这么说，笑了出来："你呀！"他指了指褒姒，"当日我曾经劝大王，绝不可以对你说出他的真心，他却终究因为酒醉而和你坦诚相待。他一颗心都在你身上，自己出门迎战，带了三千兵马，留了两千于你，你还有什么不安的？他便是不要全世界，也不会丢下你一人的！"

"是吗？"褒姒根本无法因为赵叔带的宽慰笑出来，周王宫湦出门在外已一年有余，过了这个夏日就是整整两年了。两年的沙场征战，以他的性格身边不会缺女人，在刀尖上舔血的日子里，只要是个温香软玉的女人都能要了他的心，很快他就会忘了她，也许很快他就厌倦了这种颠沛流离的生活，和那个女人携手隐没江湖，将她置于此地不管不顾。

"你别乱想了！"

褒姒也只好等着赵叔带派出去的人传消息回来，可这一去仍不见回来，周王宫湦的消息依旧全无。派去沙场的人虽然没有传回信儿来，可派去齐国的使臣却回了话，得到的消息和宫里已经知道的相差无几，就是大王离开齐国边境之后越战越勇，如今离开了齐国数百里，齐伯暂时还没有收到战胜或者战败的消息。

此事令赵叔带勃然大怒，冲着使臣怒斥齐伯的不作为，使臣答道："齐伯说大王自有天佑，何须再探。"赵叔带盛怒难消，又不能和齐国大动干戈，生怕被人窥探到了其中的隐情，暴露大王遇难一事，如今天下动荡，只得一瞒再瞒。他能做的就是让使臣一探再探，周王临行前曾宣称这一战是最后一役，要一举歼灭整个东夷势力，让东夷的地盘尽归大周王室。他出发的日子是三个月前，如今没有任何消息传回，派出去的人在这一带不断搜寻，却没发现任何大部队作战的痕迹！

周王宫涅仿佛一夜之间就人间蒸发了，连同启之也杳无音信。

褒姒对周王宫涅的怀疑似乎已经成了一个定论，或许他真的厌倦了战争，决心归隐，将褒姒母子与一干旧臣扔在镐京城中不管不顾！赵叔带与周王宫涅相交数年，以他对大王的了解，他觉得大王绝不会做出这等事。

如若不然，大王又是因何失踪的？

赵叔带百思不得其解，也不敢告诉褒姒，只得拟了个谎话，向整个大周宣告："大王如今与东夷一役陷入最紧要的关头，东夷旧部顽抗，与大王大军作战三月有余，如今胜负未分，只怕还要再等些时日才能知道结果。"

褒姒怀疑道："舅舅当真探到大王的消息了？"

"我都已经发榜昭告天下，娘娘还担心什么？"赵叔带不敢将事实告诉褒姒，他决定再探再报，若是三个月之后还没有大王的消息，就必须要将褒姒母子送出宫了。一旦宜臼继位，这里就没有她的容身之所了。

褒姒虽不安，但以为赵叔带不会骗自己："如此说来，我也就安心了，只是梦里还是不安，总会梦见大王。"

赵叔带警觉地问："娘娘可还记得在什么地方梦见的大王？"

"那地方我也不认得，只是一片荒原，四下一马平川，遍地野草，离海很近，大王便是在那里安营扎寨的，看起来倒不像是战场！"

赵叔带极力记住褒姒这番话，褒姒看他的表情，怀疑地问道："舅舅有事瞒我？"

"没有，只是随口问问。你是太过思念大王，才做噩梦的！"赵叔带宽慰道，"快到进岁贡的时候了，郑伯又要来了吧？到时候叫廿七入宫陪陪你，你就不会胡思乱想了！"

褒姒不再搭话，只是敷衍着点头。

离开了琼台殿的赵叔带快步朝太宰宫走去，将备战前草拟的地图取出来，回想刚才褒姒说的那番话，在地图之上圈出了可能的几个位置，由于过去游历的经历，赵叔带对这里还是比较熟悉的。他一处一处地圈着地点，下人忽然来报："赵上卿，郑伯来了，请求入宫见娘娘！"

赵叔带想也不想地回了句"放行"，以为郑伯带着廿七来见褒姒，刚刚才说起，如今就到了，倒也很巧。可赵叔带忘了，如今还没到诸侯入京的时候，郑伯的动作未免有些太快了。

下人去回了话，将郑伯友放入了宫中，他熟门熟路地找到了琼台殿。郑伯友此时入京，褒姒吃了一惊，看着前来通传的秀秀，以为自己没听清，便又问了一遍："谁来了？"

"郑伯！说有要事禀告。"

"带去后堂。"

"是！"秀秀得了令，转身去通传。褒姒看见他，却没瞧见廿七，不由得皱了皱眉。郑伯友行礼作揖后说道："娘娘不必找了，廿七没来！"

"为何今年入京不带廿七？"

郑伯友转向秀秀："我有话单独和娘娘说，守着门外，任何人不得入内！"

"啊？"秀秀看着褒姒，得到了褒姒的点头致意后才出门，关上了后堂的房门。郑伯友坐在褒姒的对侧："我前些日子收到了启之的信，所以不敢耽搁就迅速入京了，只怕大王……"

"大王怎么了？"褒姒猛地一惊，身体前倾。

"只怕是……"郑伯友沉吟半晌，他不知道这话该怎么说，"不论如何，请娘娘早作打算吧。"

"什么意思？"褒姒瞪着郑伯友眼泪簌簌地掉下来，看着郑伯友满眼通红。她多日来的担心如今终于得到了证实，而这个消息居然是郑伯友告诉她的。"他没有出事，他不会有事的，他一定能得胜还朝的！"她说完这番话已经哭了出来，这是一种极不自信的不安。

"娘娘，"郑伯友看着褒姒这个模样，便猜测她已经知道了整件事情，"你已经知道大王失踪一事了？"

褒姒捂着嘴靠在了椅子上："为什么会失踪？启之还在，为什么大王却不见了？"

"启之来报，他们与东夷的残余势力相会，大王准备一举拿下东夷，兵分三路打算包抄。就在东夷溃败之际，我军三路合为一路追逐东夷残兵到了东夷东面人迹罕至的地方，此时却遭到了东夷的埋伏。他们人少势寡，虽然不成气候，但是仍然顽抗，冲散了大军。"郑伯友向褒姒描绘当时的战况，此事是启之转述的，多少真多少假不得而知。

"军中还有齐国士兵倒戈、背叛，整个大军陷入了混乱，启之带领郑国兵马杀出重围，大王却不知去向。他清点了郑国、楚国和大周的兵马之后，先藏身某处，正准备反击，可是……大王不在，启之手中没有实权，他毕竟是个已死之人！所以这几个月来，他也在寻找大王下落，却不见音信。”

“那他凭什么说大王遭遇不测？”褒姒拍着桌子怒吼道。

“因为……”郑伯友不忍将这件事情告诉褒姒，可若不说，褒姒必定会一直等下去，“启之派出去的大军在无意中探听到齐国与东夷勾结，出卖了我们，齐国要大王的命，东夷要他们的地，所以大王很可能是在战乱中被自己人杀害了！再加上先前不断有消息传来，秦国死士要谋害大王，几次刺杀虽然都被大王躲过，但明枪易躲暗箭难防，从大王那一路残存的兵马中探听到的消息是……”他说到这里几乎不敢再说下去了。

褒姒则面色惨白，瞪着郑伯友的眼睛显得格外大：“是什么？”

“他那时已经身中剧毒。”郑伯友的眼神朝别处看去，无法再继续盯着褒姒将这件残忍的事情讲完。

褒姒就像是个彻底被抽掉了身上线绳的木偶般轰然瘫坐在椅榻上，双目无神地看着远处，眼泪不停地顺着面颊流下：“不可能，不可能的，他是大王，能运筹帷幄，能决胜千里，怎么会中毒？怎么会死呢？”

“娘娘，”郑伯友看着褒姒心疼不已。他此行一人前往镐京城，将郑国托付给了掘突，他知道今年的朝岁不会太平，既然如今他得到了这个消息，那么秦国也应该早就得到消息了，只等着伺机而动。郑伯友必须送褒姒离开：“如今你已不是孤身一人，还有念儿在旁，得早些作打算！”

“一日没有大王的消息，我一日不走，活要见人！死要见尸！”褒姒站起身对郑伯说道，“这一定是大王的计谋，一定是的，他会回来的，他一定会回来的！”

“褒姒！”郑伯友一把将褒姒拉过来，叫出了她的名字，看着她的面颊，“现在不是感情用事的时候，大王身中剧毒回天乏术，绝无生还的可能。你若不走，他日秦伯来了镐京城，那就是你命里一劫，必死无疑。退一万步说，这便是大王的计，请君入瓮，逼嬴德造反，你认为嬴德第一个要对付的人是谁？”

褒姒看着郑伯友，长长久久地才从唇齿之中吐出了一句话：“你认为大王是要借秦伯的手杀我吗？他失踪让秦国发兵，我就会成为秦军的刀下亡魂，他再围剿镐京城，一举歼灭异党，从此平定大周河山吗？”

“我问你，大王临走前可是抱着必胜的信心去的？”郑伯友说服不了褒姒，只能从长计议。

褒姒摇了摇头，周王宫湦的发兵是在赌。

“那他有没有交代过，如果他马革裹尸，你如何打算？”

褒姒点了点头，眼泪不能自已地掉了下来，当日他就为她做好了全部的安排。

“他说什么？”

褒姒看着郑伯友很艰难地说道：“他有五千兵马死士忠心不二，此去东夷他只带了三千人，留了两千于我，嘱咐我一旦他不能得胜还朝就杀出宫闱，藏起来！”她说完这话已经泣不成声，双手捂着脸，心中的悲恸也到了极点。郑伯友伸手将褒姒抱住：“和我走吧，如今你执拗于此，对大局也没有任何益处，万一大王的用心真的是围剿秦兵，那你也该知道，你一日留在镐京城，就一日是嬴德的挡箭牌，他用你要挟大王之时，你如何自处？”

“可若不是呢？”褒姒抬起头看着郑伯友，满面泪痕，“若不是这样呢？大王是真的生死未卜，我却不留下来等他的消息，这么一走了之，他日他若是能还朝，得多心寒？”

“褒姒！”郑伯友低声吼道，“现在不是意气用事的时候！”

“我没有！”褒姒推开抱着自己的郑伯友，擦掉了自己面颊上的眼泪，“郑伯请回吧，我自有打算。”

“你以为你时间还多吗？”郑伯友急了起来，“如今嬴德正带着两万兵马自秦地发兵，他要向赵叔带讨个说法，大王是生是死不是只有你一个人关心。”

“两万兵马……”褒姒喃喃地算着这个数字，“如此一来，秦军是倾其大半兵力而出？”

“你也知道？”郑伯友反问道，“这样你还看不出他发难镐京城的决心吗？当日他欲夺权之时，你曾百般阻拦；如今他进驻镐京城，你认为他会放过你吗？嬴德其人是出了名地阴险，你不能让自己陷于险境之中。如今你不是一个人，你还带着念儿，就算是不为你自己着想，那念儿呢？”

“你带念儿走！”褒姒忽然拉住了郑伯友的胳膊——此时她断然不敢冒这个险——褒姒期待地看着郑伯友，“你带念儿和秀秀离开，我一个人留在这里，等他的消息。”

“你是不是疯了？”

“我没疯，如今天下都在等大王的消息，我若走了，天下就都会知道大王出事了！镐京城怕是连今年秋天都撑不过去了。”

“你以为你在这里能做什么？”

“至少能与嬴德周旋，更何况秦国边境尚有楚军压境，他怎么敢贸然行动？”褒姒想起去年嬴德向自己发难之时，便是这一路军马和大王的诏书救了她，她相信如今这一支军马应该还在褒城之外，可是时移事易瞬息万变。

“你别天真了，大王连连告捷，楚军怎么可能还将这一路兵马放在褒城压境？若是被秦国捏住痛脚，说楚军是要攻打秦国，楚侯要如何自处？”郑伯友说的这些道理其实褒姒都懂，但她就是不想去面对大王可能已经驾崩的事实。褒姒摇着头一步步后退：“我要留下来！郑伯请回吧！”说罢，她嘶喊了一声，“秀秀！”

“娘娘？”秀秀推门而入，狐疑地看着郑伯友。

“替我送郑伯！”褒姒轻启朱唇，淡淡说道，仿佛已经冷静了下来。

“是，娘娘！”秀秀应声点头，看着郑伯友做出了请的姿势，“郑伯。”

郑伯友看着褒姒长长地叹了口气，转身离去。他从琼台殿中出去，秀秀才问道：“郑伯是想劝娘娘离开吧？”

“你也知道此事？”郑伯友有些意外。

“娘娘一个人在宫里承受这么多压力，和赵上卿之间说不了真心话，只能和我说了。娘娘对大王一往情深，若是大王死了，她不会独活，郑伯不必再费唇舌了，娘娘若是肯走，早就走了！”

“必须要想个办法，这样下去只怕她……”郑伯友不敢再说下去。别的先不说，若是叫洪德得到了褒姒，她未来的命运就实在堪忧了，那时候她是想死也死不了了，洪德对她必定是百般凌辱。

“若是到了事态紧急之时，郑伯不妨用硬的！”秀秀说道，“我做郑伯内应，将娘娘迷晕送出宫去。郑伯您带娘娘走，余下的一切我来打理！”她的目光坚定，似乎将此事早就在心中计划得万全，“如今南门鲜有人至，疏于防守，从那里离开最为妥当，只是届时郑国将得罪秦国，免不了被战火殃及。”

“这只是我的个人行为，不会殃及郑国的！”

“可毕竟郑伯是……”秀秀的话说了一半，一个想法就这么蓦地从脑海中跳了出来。她惊恐地看着郑伯友：“郑伯打算为了娘娘放弃郑伯之位？”

“是！”郑伯友并不隐瞒。

秀秀摇了摇头：“那娘娘该怎么面对郑伯？”

“我来的时候就已经做好了回不去的准备。”郑伯友对秀秀实话实说，秀秀被郑伯友震惊得有些骇然：“郑伯做出如此决定，可曾考虑过两位夫人的想法，可曾考虑过世子？可曾考虑过郑国百姓？”

郑伯友笑得有些惨然，若是大王寻不到，那么启之将会折返郑国，他不愿与启之为难，宁可自己离开。更何况就算启之不争郑国，掘突也能将这个国家打理得井井有条，他唯一觉得有所亏欠的就是廿七与大夫人，可已经负了半生，另外半生也只好来世再还了。一个人总不能对天下所有人都负责，即便是周王宫涅也不行。

秀秀将郑伯友送出宫，回到琼台殿中，褒姒还在后堂坐着怔怔地发呆。秀秀知道，即便郑伯友真的能带走褒姒的人，也带不走她的心了，苦苦付出一世想必也得不到褒姒的爱，人生在世，一报还一报，居然如此公平。秀秀叹了口气说："郑伯已经出宫了。"

"帮我叫赵上卿来吧。"

"是。"秀秀应声，转身离开了后堂，朝着太宰宫跑去。赵叔带已经将大王有可能在的地方都圈了出来，如今唯一的困难就是缺乏寻找大王的人手，他皱着眉头在思考请哪个诸侯相助。

想来想去，赵叔带打上了郑国的主意，正准备敲定此事，就听见下人来报，说秀秀来了，带褒姒的话请赵叔带去一趟，赵叔带随秀秀前往琼台殿拜谒。褒姒正坐着发呆，自从知道了大王失踪的消息就常常如此，心中怅然若失，总像是少了些什么。她开始担忧，如果大王真的死了，她该怎么办。

每每想及此事，就不免要流泪。

"娘娘？"赵叔带进屋拜谒道。听见声音传来，褒姒才擦掉了面颊上的眼泪，抬起头看着赵叔带，吩咐一边的秀秀："你在门外看着，别让人过来。"

"是，娘娘！"秀秀退到门外，将门关起来。

赵叔带在褒姒的对面坐了下来："娘娘差人叫我，是发生了什么事？"

"舅舅今日问过我关于我梦境中的事情，对吧？"褒姒这个问题听起来有些好笑，他也只得点头："如若娘娘的梦境是大王所托，那么……大王所在之地我已经分析出了。"

"所以，舅舅还是骗我了？"

赵叔带沉默不语，褒姒不想再计较这件事情："舅舅打算找何人去寻找大王？"

"此事只怕要有劳郑伯。"

"舅舅可知嬴德带了两万兵马前来？"

"什么?"赵叔带明显吃了一惊。如今天下局势动荡，他将所有的目光放在了东面，却忽略了秦国的动作，今时不比往日，褒城附近没有楚军压阵，若秦兵攻打镐京城，镐京城很快就会失守，城中士兵不多，将领就更少了。

“舅舅早晨说大王如今只是战事胶着，所以才失去了联系？”

“我也只是想叫你安心。”

“是想叫我安心，还是想稳住我？知道我一动，天下势必群起而动，如今若是能扛过这次朝岁，也能为寻找大王再争取时间。舅舅可是这么想的？”

赵叔带沉默不语。

褒姒又问道：“如果我带着大王留下的两千兵马离开，我有多少胜算？”

“什么时候走？”赵叔带知道自己无法强行将她留下，毕竟当初大王离开时就有言在先，若是自己马革裹尸，就请褒姒带着两千兵马杀出镐京城，如今是到了她用大王赋予她的权力的时候了。

“我只想知道有多少胜算。”

“看什么时候走，你若是现在走，胜算不小。可改日若是秦国围困了镐京城，届时再走就……”赵叔带摇了摇头，两千对两万，饶是军中两千兵马都是以一当十的悍将，又岂知秦国两万兵马就不是精锐之师呢？嬴德对褒姒恨之入骨，加上洪德的居心叵测，褒姒此行怕是凶多吉少。

“就是没有离开的可能？”

“是！”

“我若此刻离开，镐京城必乱？”

“是！”

“我若留到诸侯朝见，能稳一时半刻？”

“是！”

“我将两千兵马借你，几日内能得到大王的消息？”褒姒看着赵叔带的目光十分坚定。赵叔带却倒吸了一口冷气，他只当褒姒是要保命，却不想居然是如此用心，“三月之内必有消息！”

“能再快点吗？”褒姒怕自己拖不到三个月。

“只能尽量。”

褒姒深深吸了口气：“两千兵马请舅舅调度，立刻离开镐京城去东夷寻找大王，活要见人，死……要见尸！”褒姒最后这句话说得无比艰难，眼泪无法抑制地又掉了下来，“念儿与秀秀我会请郑伯带走，还请舅舅派人护送，切记此事要低调，不能让人知道。”

“念儿你不用担心，此事我来安排。”赵叔带知道褒姒将所有的身家性命都拿了出来赌，他心中的压力也是空前巨大，“刚才郑伯来和你说了什么？”

“没有，叙叙旧而已，没别的了。”褒姒不想让任何人知道大王身中剧毒的消息，唯有将此事硬生生地瞒了下来，郑伯友对褒姒别有用心，此事已经是路人皆知了。赵叔带说道：“与郑伯之间，你要注意些，免得引起不必要的麻烦！”

“与郑伯之间我会保持距离的，舅舅先回去安排吧。”

赵叔带起身准备离开，忽然又顿住了自己的身体，狐疑道：“娘娘是如何得知大王是失踪，而不是战事胶着的？”

“我相信自己的感觉，当日若不是大王在梦中指点我数次，我也无力对抗秦兵。舅舅信也好，不信也好，事实就是如此。”褒姒淡然地说道，面上不曾显出一丝一毫的惊恐表情，由不得赵叔带不去相信她的说辞，只得点点头告辞。

距离朝岁的日子越来越近，郑伯友又来了几次请求觐见，却都被挡在门外。他便是有万全之策也无法对褒姒启齿，每日只能是无功而返，褒姒直至得知秦兵确切的入京时间后，才叫秀秀将郑伯传来。此事叫秀秀颇为不解，叫收到传召的郑伯友更加心慌，不知褒姒此举是为了何事，但心中总有种惴惴不安之感。

第三十二章

君赌江山妾博命，血染琼台待君还

郑伯友随秀秀回到宫里，褒姒正在后堂等他。与往日不同，今日的褒姒竟抱着念儿在怀中，一面喃喃地哼唱着歌谣，一面以一种慈母的眼神盯着怀中的孩子，他的眉眼越来越像大王了。褒姒紧紧地抱着念儿，企图从这孩子的身上得到一丝慰藉。

"娘娘！"郑伯友行礼拜谒道。

褒姒看了一眼秀秀，秀秀立刻点了点头说道："我去门外候着。"

"你关上门，不必出去了。"褒姒今日叫秀秀与郑伯友同来，便是有事情要吩咐郑伯友。秀秀将褒姒上下打量了一遍，心中惶惶不安，总觉得褒姒将这场面弄得有点像是诀别。她关上屋门，又折了回来，褒姒便将手中的孩子交到了秀秀怀中。

褒姒看着郑伯友深深吸了口气，"咚"的一声跪在了他的面前。

"娘娘？"郑伯友惊恐地大喊了一声，伸手就要去扶。褒姒却摇头，示意他不要，郑伯友只好勉强自己站着看着褒姒："娘娘有何事只管吩咐在下便是，何以如此折煞在下？"

"我入宫已有三年光景，与父亲断绝了关系，又与哥哥势不两立。大王诚心待我，却被我逼上战场，如今生死未卜。郑夫人以心相托，将念儿交给我照顾，如今我自顾不暇，无法完成郑夫人的嘱托，唯有请郑伯代替我照顾念儿。"褒姒语气悲戚，目光却无比坚定。

“娘娘想说什么？”郑伯友觉得身上的力气也在一点点流逝，几乎站立不住，眼下这场面叫人觉得滑稽。在旁的秀秀，心中惶惶不安，紧紧地抱着念儿，忍不住地掉眼泪，用很小的声音唤道：“娘娘……”

她本以为郑夫人的大限之日是她此生最为悲凉的时刻；却没想到，如今褒姒生离死别的嘱托，才更让人感到不可遏制的悲恸。“请郑伯带念儿离开镐京城，”褒姒看着郑伯友说道，“我已经嘱托舅舅护送你们离开，日后念儿便请郑家照料，请郑伯念在念儿是郑夫人所出，将他抚养成人！”

“哇……”在秀秀怀中的念儿先哭了出来，声嘶力竭，在秀秀的怀中不断挣扎。如今的念儿已经会说话了，也能听懂大人们的交谈，虽说无法确切地领会每句话的含义，可褒姒要将念儿送出去的意思，他却读懂了大半。念儿挣扎着从秀秀怀中跳下来，跑到褒姒面前抱住她的腰，使劲儿摇头：“娘不要念儿了吗？”

念儿泪眼汪汪，感染了褒姒的情绪，她的眼眶也同样是通红的，泪水不能自已，就像是断了线的珠子，一滴滴地掉落在地。她将念儿揽过来，看着郑伯友要念儿叫他三爷，郑伯友是宣王静的三弟，论辈分念儿该叫他一声爷爷。

念儿转向郑伯友，狐疑地看了他一眼，气呼呼地嘟着嘴不肯叫。褒姒深吸了口气，又轻笑了出来：“念儿，三爷带你去郑国玩，秀秀姐姐陪你，等你爹回来了，娘亲自去接你好不好？”

“念儿不要离开娘！”

“念儿，”褒姒将念儿抱在怀里，“听娘的话，和三爷去郑国，娘一定会去接你的。”

“不要！”念儿大吼了一声，声嘶力竭。念儿抬起头看着褒姒，“娘在哪儿，念儿就去哪儿！”说完他大声哼了一声，这已经不像是个一岁多的孩子了，讲话也莫名利索了起来。褒姒拍着念儿的头：“好，不走，咱们哪儿也不去，娘有话要和你三爷说，念儿和秀秀姐姐出去玩好不好？”

念儿仰起头看着褒姒，小手抓着褒姒的脸颊，点了点头。秀秀拉着念儿，看了看褒姒又看了看郑伯友，慢慢地挪出了这屋子，满眼不舍。褒姒不走，是在为赵叔带寻找大王争取时间，只要她在这里一日，嬴德想要得偿所愿就要多费些力气，起码要等大王战死的消息传来才行。可若褒姒走了，就无须确认大王的死活了，这谣言不证自明。

门“吱呀”一声关上，郑伯友站起来，扶住在地上跪着的褒姒，将她抱了起来。褒姒跪得太久，双腿发麻，任凭郑伯友将她放在椅榻上。他离她很近，几乎是贴着她的面："我会差人送念儿回去，家里有廿七和掘突，你大可放心，但我要留下来。"

"不行！我要你亲自送念儿走，别的人我不放心！"

郑伯友抬手帮褒姒整了整散乱的长发："我的人你可以放心，念儿交到他们手里一定会平安抵郑，何况还有秀秀带着念儿，你若不放心，大可以安顿自己的手下一路随行。我听说大王给你留了人。"

"都派出去了。"褒姒将脸别向了一边，不敢看郑伯友。

"派出去了？"

"派去找他了。"

"你疯了！"郑伯友原认为褒姒身边至少还有周王的几千兵马，再加上他郑国的援军，只要提前动身，杀出镐京城绝对不成问题。可他想不到褒姒竟会不顾自身安危，将所有的人都派出去寻找周王一人。"你明知道他身中剧毒，没有生还的可能，为什么还要这么做？"

褒姒猛地扭转过自己的面孔："他没死，我知道，他还没死！"

"那为什么还不出现，明知秦国对镐京城虎视眈眈，为什么他还不出现？"郑伯友的问题让褒姒不知道怎么回答，她若是知道答案又何必心神不宁。可她也许知道这个答案，却不敢相信这是事实。

"那我来替你回答，因为他的目的是嬴德。他以为自己早就做好了打算，你一定会平安无事的，可没有想到你竟然拿他留给你保命的人手去救他！你必须离开，为了不辜负他对你的情意。"

"如果不是呢？如果他真的身受重伤又身中剧毒，危在旦夕，我就这么一走了之了，然后他再返回镐京城，江山却已经易主，他会是怎样的心情？我不能这么做……"褒姒哭着摇着头，"我求求你了，送秀秀和念儿走，离开镐京城！"

"秀秀和念儿我会送，但我要留下来，万一嬴德起事，我就带你走！"郑伯友看着褒姒用强硬的口吻说道，此话的口气中蕴含着由不得褒姒拒绝的意思。褒姒看着郑伯友良久："那样，你会死的！"

"我不怕。"郑伯友捧起褒姒的脸，深情地盯着她。

"我不值得。"褒姒的两行清泪顺势而下，郑伯友轻吻了褒姒的面颊，咸咸的液体滑入他的喉中："这件事情上没有值得不值得，只有愿意不愿意。你愿意为他倾其所有，我愿意为你出生入死，如此而已。"他摸着褒姒的面颊，心中清楚，如果此刻他向褒姒提出更过分的要求，褒姒也可能会应允，感情几乎占据了上风，让他企图向她索取，可最终却被他的理智压了下去，他只是从容地笑了笑，朝后退了两步，和褒姒保持着距离。

很明显的，褒姒松了口气。

“我既然是念儿的三爷，自然会护他周全。他日若你我不幸殒命，念儿若不弃，可以认掘突为父，以嫡长子之位继承郑国。”郑伯友看着褒姒说道。郑家与大周虽同出一门，可这到底意义不同，这么做就让褒姒欠了郑伯友一个天大的情分，生生世世都还不了。“你定下他们离宫的日子就知会我一声，我好安排人。”

“如果可以，明日就走！”褒姒恍惚不定的神思被这句话拉了回来。

“我今晚就去安排。”

“明日我将秀秀与念儿送至南门，有劳郑伯了！”褒姒行礼拜谒，郑伯友点点头。他看着面前凄惨的褒姒心中所想的竟然是：如果大王再也不回来了，该有多好？他一定竭尽所能带褒姒离开，从此以后相守一生。

翌日傍晚，趁天色昏黄，褒姒将秀秀和念儿送到了南门外。褒姒在念儿的晚饭中放了少量的安神药，这会儿他已经睡了。待他一觉醒来应该离镐京城很远了，褒姒嘱咐秀秀：“这一路上辛苦你了，念儿醒来一定会大闹的。”

秀秀的眼眶通红，即便如此也没有哭出来：“辛苦了娘娘才是，如今秀秀不在，娘娘好好照顾自己。”

“放心吧。”褒姒的嘴唇微微上翘，眼神无比清亮。

秀秀用带着重鼻音的腔调说道：“娘娘笑起来真好看，为什么不多笑笑？”

“人生在世苦难良多，强颜欢笑，那笑就不好看了。”

秀秀只觉得这话太过悲戚，转身上了马车朝褒姒挥挥手：“娘娘要记得，他日您一定要回来接念儿，他还在等着娘娘！”

褒姒点了点头。

“放心吧，我会保护娘娘的。”郑伯友说道。

秀秀点头信了这个承诺，坐在马车上朝着越来越远的方向前进。褒姒心中悲戚，这悲戚涌到了面颊，她难以自抑地又哭了出来。

“还会再相见的！”郑伯友拍了拍褒姒的背。

褒姒极目看着这条孤独延伸的路：“再过三日，秦伯入京！今年秋天，才是真正的多事之秋。”她擦掉了面上的泪水，站直了身子，她还不能倒。

“大王有什么消息传回来吗？算算日子，你的人该到齐国了。”

褒姒摇摇头。

郑伯友因为担心褒姒，每日都前往琼台殿陪着她，虽然大部分时候都是相对无语，可是总好过一个人胡思乱想。

这一日，褒姒刚刚将手中的古琴交给郑伯友，请他为自己弹首郑国国风，郑伯友方才抬手，连第一个音符都没有弹奏出来，就听见下人匆匆来报："娘娘，秦伯请求觐见。"

郑伯友的手一滑，音调一拐便没了声音。

褒姒坐在大殿一侧，斜倚着自己的身子，请下人将秦伯请进来，然后又转向停下来的郑伯友："郑伯继续吧，不必停。"

"是，娘娘！"郑伯友回话道，继续拨弄着琴弦弹奏这首国风，屋里除却古琴的弦音，便再没有多余的声响。如今秦伯入京，赵叔带没有通传褒姒，就说明秦伯还没有正式拜会朝堂，便先来了琼台殿。

嬴德的人未到，声先至："娘娘真是好雅兴！"话音落下，才是嬴德那飞扬跋扈的脸出现在这大殿上，身后紧跟着洪德。

"如今大王不在宫中，我无所事事，恰逢郑伯来访，便叫他为我奏一曲。秦伯来得真是时候，不妨一同欣赏。"褒姒问道，面上的表情没有丝毫动容，就像是来了一个无关紧要的人，这种淡定多少叫嬴德有些失望，他期待的是褒姒的慌乱，面上的笑容也因为这种失望而显得有些僵硬。

"在下粗人一个，没有郑伯与娘娘这般好雅兴，如今诸侯还未入京，郑伯倒是来得早！"嬴德这话里有话的意思，在场的人都心知肚明。

郑伯友用手按住琴弦，跳动的琴弦忽然安静下来，大殿上变得无比安静。郑伯友抬眼看了看秦伯，面上也没有变色："我再急，哪里比得上秦伯？"

"我急的是我大周战况，齐夷之战的胜负，带兵入京也是要亲自出城迎接大王得胜还朝，只怕郑伯所急和我不同吧？"秦伯冷哼一声。郑伯友出自王室，就算是郑国国小势微，诸侯也要敬他三分，可郑伯几次三番坏了嬴德的好事，他对郑伯友颇为不满。

郑伯友反问道："秦伯怎知你我急的不是同一件事情？"

秦伯先是一愣，然后"哈哈"大笑，拍着手说："好一个急的是同一件事情！"

秦伯意在九州，不希望周王宫涅回来，此刻郑伯友如此说，秦伯的第一反应自然是郑伯友也同样希望周王战死沙场。如今周王生死未卜，嬴德急着确认消息，所以他按捺不住，一早从秦国出发，他绕过赵叔带直接来琼台殿拜谒，就是想让褒姒措手不及。

“不知秦伯今日入宫所为何事？”褒姒站起身走到了秦伯的面前。她走得很慢，表情严肃，目光灼灼地瞪着嬴德，这叫嬴德觉得有三分心虚，下意识地退了一步：“在下今日略备薄礼专程前来拜谒，望娘娘不要拒绝在下美意！”

“多谢秦伯美意！”

嬴德使了个眼色，洪德便上前将手中锦盒递来，锦盒中是一块浑然莹白的羊脂玉，这羊脂玉被雕成了褒姒的模样，精美异常。褒姒没有伸手去接，怕一伸手，手指的颤抖会出卖自己恐惧的心情，所以转过身看着郑伯友：“帮我收下吧。”

郑伯友听褒姒这么说，就觉得不祥，起身走到秦伯面前，看见这东西，心中一凛，如今觊觎褒姒的人越来越多。只因褒姒的性格和她备受周王宫湦宠爱的缘由，每个野心家都对她图谋不轨。郑伯友拿过锦盒，嗤之以鼻地哼了声：“玉是块好玉，可惜这雕工委实是粗糙了点，不妨请娘娘转赠在下，在下差人精雕细琢再送给娘娘可好？”这声音温润，像是情人间的呢喃。

“也好。”褒姒笑道。

郑伯友便将这玉揣了起来，转脸看着秦伯。

“我秦地之人，连年征战抗击犬戎，缺乏能工巧匠也是情理之中的事情，唯有中原各地受我西秦庇佑，才能安享太平。郑伯如此借花献佛，也太敷衍了事了。”嬴德看着郑伯友说道。郑伯友却坦然地笑了：“娘娘知道在下是借花献佛，自然会记住秦伯的好。秦国强盛，又何必与在下争一得一失？”

“说的也是，”嬴德一面点头，一面攥拳，手臂上青筋暴起，“就怕郑国人手巧，将娘娘雕得太栩栩如生，他日大王还朝，不要怀疑郑伯与娘娘才好！”

“这礼物不是秦伯呈上的吗？”郑伯友忍不住提醒道。

“如今诸侯齐聚京城，郑伯做事还是顾忌些好，就是不为自己考虑，也要想着舍妹。”洪德开口道，“每日在琼台殿中进进出出，叫别人拾了话柄始终不好。”

“褒大夫不妨劝劝秦伯，如今诸侯齐聚京城，若要图谋不轨还要谨慎些好。”郑伯友反唇相讥道。

洪德也不动怒，冷冷地说道：“秦伯是奉诏带兵入京，大王战事胶着时要出兵东夷的。赵叔带诏告天下说大王战事胶着，正是胜负难分之际，待齐伯一到，确认了消息属实之后，我秦兵自然要出征东夷。他日得胜还朝，秦伯便是第一功臣，真做些出格的，大王也不会在意！”

“怕是……”郑伯友从自己的怀中抽了封信函，看着秦伯与洪德，“秦伯又白跑了！”

“这是什么？”嬴德将郑伯友手中信函一把抽过来，上面写的是因为周朝大军将东夷追得太远，通信不便，大王不日便能得胜还朝，请郑伯友提前抵京待命。秦伯将手中纸揉成一团：“郑伯好大的胆子！”

“秦伯何出此言？”郑伯友问道。

“连大王的书信也敢捏造，以为我不认得大王字迹吗？”秦伯质问道。

郑伯友平静地说道：“还请秦伯再确认一下落款。”

嬴德将手中书信又展开来，下面二字却是“启之”。此事叫嬴德心中大惊：“启之不是早就战死沙场了吗？”

“齐军只是把具无头男尸错当成启之的尸体，如今大王出征遇到和大军走散的启之，又封为左路大将军领兵作战，他攻无不克，战无不胜，立下赫赫战功，足以与当日谎报战情一事功过相抵。启之与我自小情深，所到之处都会差人书信通知，如今天下对这场战事最了解的，唯有我一人而已！”郑伯友温润地笑着，说得绘声绘色。褒姒若非早就清楚事情的来龙去脉，此刻都得信了郑伯友的说辞。

“好，好一个功过相抵！请问郑伯，大王何日还朝？”嬴德怒目而视，丝毫不掩饰自己心中愤怒的情绪。

“这我就不得而知了，如今我也是奉了王命入京。娘娘思君心切，我便提前入宫告知娘娘！”

嬴德看着褒姒：“那在下倒是恭喜娘娘了，在下还有些事情，先行告辞！”说完也不等褒姒回话，就叫上洪德朝着门外走去。一出了琼台殿，他就怒气冲冲地问道：“怎么回事儿？”

“怕是郑伯所言不假！”

“不可能的，我们派出去的人回禀说他身中剧毒了，回天乏术，除非神农在世！”嬴德声音颤抖，心中已经动摇了。天下动植物相生相克，他能下毒，自然有人能解，当日神农氏留有百草经，他尝百草而熟知药性，自炎帝神农氏之后就再无第二位医术精湛之人，嬴德自以为做得滴水不漏，此刻被郑伯友将结论推翻，心中感到不安。

嬴德与洪德心里都清楚，一日不确定周王的死讯，他就一日有存活的机会，始终找不到周王的下落，不仅仅会叫褒姒惴惴不安，也叫嬴德更加惶恐，即便是想补刀以确保周王宫涅毙命，也无从下手！

秦夫人看着焦灼的两人问道：“褒姒与郑伯只是虚张声势吧？”“最好是！”嬴德看着洪德，等他的定论。

洪德沉默了良久才开口说：“只怕未必！”

“什么？”秦夫人与嬴德一同问道。秦夫人越想越怕，他与洪德的欢爱愈演愈烈，如今整个酉阳宫中几乎无人不知，她自恃大王不可能活着回来，就越发肆无忌惮。如今被洪德这么一说，她的心都要从嗓子眼里跳出来了，只觉得喉头发紧。

洪德背对着二人，宛若喃喃自语地说道：“现在只有两种可能，要么大王即将得胜还朝，要么大王战死一去不回！”

“这事不用你说我也知道！”嬴德没好气儿地吼道。“郑伯友所言不假，启之的确未亡，此事褒姒早就知道。”洪德面上镇定自若，就像是大王回来与否都和他的关系不大。

“为何你不早说？”嬴德大怒。

洪德只是淡淡地回了句：“早说与晚说，有何区别？”

秦夫人见状赶紧出来打圆场：“此事我也知道，当日启之的死讯只是为了保郑伯的爵位而已，加上郑夫人过世，朝中百官也就无法再弹劾郑国了。”

“这可能是大王留给褒姒的一步棋，”洪德揣测道，“我们几次入京为难褒姒，而郑伯友都先行一步入宫，他可能是褒姒的援军，也是大王的眼线，正在盯着镐京城的一举一动！”

“我就不信，那郑伯友不担心启之会夺他郑伯之位？”嬴德冷哼一声。

“郑伯友也许担心，可若是加上对舍妹的感情，就说不定不担心了！”洪德说罢，酉阳宫陷入了沉默。许久不见有人再说话，洪德接上话茬儿：“郑伯友若真是一个匿名联络点，那大王的很多动向不但你我不会知道，连赵叔带都不知道。只要赵叔带不知道，消息到不了驿站，我们的人就拿不到，而郑伯友和褒姒里应外合，可以做到的事情远超过我们的想象了。”

“对了，”秦夫人猛地想起了什么，“前些日子，赵叔带调用了大王留在京城的两千兵马，不知道所为何事？”

“这么大的事你怎么不早说？”嬴德看着秦夫人呵斥了一声。

“传闻这两千兵马是大王留给褒姒的，洪德此刻说来，怕是真有这个可能性！”秦夫人看着自己的哥哥说道，“也有可能是大王真的不见了，所以褒姒派出兵马去寻找大王，如此不就印证了大王的失踪属实了吗？”

“不错，大王此刻肯定是失去联系了，只是失去联系之前是死还是生？”

“也许已经死了，郑伯只是在虚张声势。”秦夫人将对话又拉回了最开始的地方，洪德却无奈地摇了摇头：“不可能！”他十分笃定，“若真如此，褒姒就应该已经被郑伯友接出宫了，哪里还会堂而皇之地在琼台殿舞乐作乐？”

秦夫人皱着眉头，嬴德面色不善。

“眼下唯有提前起兵一条路可走了！”洪德说道，“我们现在就辅佐太子宜臼继承王位，反正周王宫湦原本也不得人心，大家会给申后卖这个面子的。”

“好！当务之急是逼赵叔带和褒姒承认大王失踪，到时候你将诏书拿给申后，叫宜臼继位！”说完，嬴德瞪了一眼秦夫人的肚子，“你这个不争气的肚子，若是今日你的孩子登基，我们何必看宜臼和申后的面色！”

秦夫人满面怨怒，却什么都说不出来，只能目露凶光。

“今日我们若不是扶正宜臼，申后也未必帮忙，没了申后的支持，此事也难办！”洪德开口说道，秦伯冷哼一声先从酉阳宫中退了下去，他也知道秦夫人和洪德的私情，此事有利于他的谋划，他便佯装不知。见秦伯退出宫去，洪德正欲抬脚离开，秦夫人忽然从背后紧紧地抱住了他：“别走！我一个人害怕。”

洪德拍了拍秦夫人放在自己腰间的手，用尽可能温柔的声音说道：“不会有事的！”

“如果他……”秦夫人说话的声音都在颤抖，只要想起周王宫湦会怎么对付自己，就觉得不寒而栗，“如果他回来发现我们的私情，我会死得很惨的，你一定要带我走！”

“我知道了！”洪德的声音很冷静，没什么波澜。

“你不知道，你不知道……”秦夫人哭了出来，声音哽咽而颤抖，秦夫人旧事重提，说起周王宫湦杀世子世父和逼她动手杀了秦伯一事，周王不死，那么死的就是她了，他绝不会看在过去的情分上给她一条活路的。秦夫人的泣不成声也让洪德陷入了惶惶不安之中，周王宫湦的手腕狠辣怕是出嬴德之右，他若没死，天下江山也只能放弃了。他转向秦夫人，捧住她的脸：“放心吧，有我在就不会有事的！”

秦夫人并不知道洪德已经起了别的心思，他抱着秦夫人，拍着她的背，脑海中不时地涌上对未来的不确定，最后才缓缓开口：“你暂且出宫住在我那里避避吧？”

秦夫人身子一僵，仰头看着洪德："可是如今朝岁，宫中事务繁多，还需要我……"

"朝岁之后就没有机会了，"洪德粗糙的手指抚摸着秦夫人的面颊，"他如果真的没死，随时有可能回来，而且一定是悄无声息的。如果他回来了，你再走就来不及了！"他的眸子盯着她，如秃鹰盯着死尸般，看得秦夫人有些害怕。"我稍作收拾，你明日来接我。我会与申后说去哥哥家中小住些日子，朝岁的事情都已经安排妥当，酉阳宫中的人随时听从她的调遣。"

洪德点点头，看着秦夫人冷冷地笑了，却又极尽可能地显出温柔的眉眼。

第二日的朝堂颇为热闹，嬴德气势汹汹而来，与赵叔带对峙，对大王去向一事兴师问罪，口气嚣张傲慢至极，一口咬定大王早就失联，他谎报军情。

赵叔带坚称自己是据实以报，嬴德却冷哼一声问道："据实以报？为何我们所有人都探不到大王的消息，却只有你收到了大王的书信，你编造军情有何居心？"

赵叔带刚准备解释，嬴德瞪了他一眼："如今大王不在，我大周既有储君，为何不请太子执政，而要你一个上卿主理朝政？赵上卿岂不是越权了？还请太子上朝，与我等商议政事！"

此话一出，满场哗然。士大夫面面相觑，唯有虢石父率先应和："请太子上朝商议政事！"

申侯一派权衡利弊，也都跪了下来："请太子上朝，商议政事！"

"你们……"赵叔带猛地回头看着倒戈的申侯一派，心中满是怒火。

嬴德得意地笑了："赵上卿，众意难违啊！"

前殿一事很快传到了后宫，报信的人前往东宫请太子上朝议政，申后虽然心有疑虑，可经不住一旁的秦夫人煽风点火和卫夫人的见风使舵，正在犹豫之际，宜臼从后堂出来："如今父王不在，赵叔带等人野心不小，与褒姒那妖人勾结，把持朝政，企图窃国，我身为东宫储君，怎能坐视不理？"

"臼儿！"申后呵斥了一声。

"娘，臼儿不是小孩子了，做事自有分寸，请娘放心！"宜臼说罢这话，就迈开步子朝着前殿走去。这一日的晨谒是在众人恭喜申后之声中结束的，申后的脑中十分混乱，让大堂上的各房嫔妃都散了。她却唯独留下了秦夫人，让她跟着自己去后堂一叙。

卫夫人瞧着秦夫人与申后鬼鬼祟祟的模样，猜测这二人必是在联手谋划什么，如今大王生死未卜，站在哪边都是在赌，既然如此，不如两边都站一站，也就不会押错注而输掉全部身家。她出了东宫就径直朝着琼台殿走去。褒姒刚起不久，正在摆弄自己的古琴。秀秀、伯服走后，日子越发冗长得难以打发了。

下人们说卫夫人前来拜访，褒姒还愣了愣，看着卫夫人朝自己走过来，她斜倚在椅榻之上，轻声说道：“不知卫夫人前来，有失远迎！”

“娘娘最近可好？”

“夫人有话不妨直说！”褒姒挥了挥手，大殿之中的下人迅速退了出去。卫夫人微微点头：“和褒娘娘说话，我也就不绕弯子了，娘娘可知今日朝堂发生了何事？”

“我不关心朝政日久，卫夫人怎么会忽然和我说起这些？”褒姒不由得紧张了起来。昨日秦伯才到，今日卫夫人就专程跑来琼台殿给褒姒说朝堂出事了，这事怕是出得不小。

“若是寻常小事，我也不愿拿来打扰琼台殿的清静。可是如今这镐京城风云变色，还望您早作打算。”

褒姒皱眉看着卫夫人，如今连她都要劝自己离开这里了？她有些狐疑，坐直了身子：“卫夫人有话不妨直说！”她终于摆出了些严阵以待的模样来。卫夫人则立刻佯装谦卑地说道：“今日群臣上朝，力请太子宜臼执政，太子与娘娘素来有嫌隙，只盼娘娘早些为自己打算！”

“请太子上朝执政？”褒姒看着卫夫人皱着眉头，“可是那秦伯出的主意？”

“自然是了，如今秦夫人与申后二人同出同进，怕是正想法谋划着如何除掉褒娘娘呢。不知如今大王他……”卫夫人试探性地说着，看着褒姒的神色，“何时回宫？”

“不日便回。”

“若是大王耽搁了，褒娘娘也不妨出宫暂避。此事非同小可，没有大王庇佑，太子先斩后奏杀了娘娘，只怕是……”卫夫人说着“啧啧”两声，观察着褒姒的神色。她以为如今大王的消息只有褒姒最清楚，她若离宫，那么自己就可以彻底站在申后与秦夫人一侧了。而褒姒若不走，则可能是知道大王的归期，如此一来，自己也不必得罪褒姒。褒姒淡淡地说了句：“有劳卫夫人记挂，大王不日便回，太子也掀不起什么风浪。”

“如此甚好，甚好！”卫夫人假惺惺地笑了笑，又寒暄了两句从琼台殿上退了下去。

卫夫人走后，褒姒就感到十分不安，眼下嬴德被逼到绝境，不打算再等大王的消息了。赵叔带手中那封所谓的大王书信原本就是假的，而郑伯友的也一样不是真的，那两千兵马派出去也不见消息回传。郑伯友与赵叔带几次三番劝慰褒姒“没有消息就是好消息”，可谁都知道大王回来的希望越发渺茫。

郑伯友与赵叔带退了朝就朝琼台殿匆匆赶来，如今已经顾不得许多，必须及早定夺。赵叔带进门不由分说就对褒姒说道：“收拾东西，准备离开！你逃往楚国，楚侯不会为难你，现在就走，否则就来不及了！”

“不行，我若是现在走了，那天下都知道舅舅当日的榜文是子虚乌有，秦伯便可以以谎报军情罪处罚你，舅舅一样在劫难逃！更何况我们派出去的两千兵马如今还没有消息传回来，大王可能还活着。我若走了，江山就真的要易主了！”

“你以为你留下来还能做什么？”郑伯友有些情绪激动地问道，“这里还有我和赵上卿，你能做的，我们一样可以！”

“可是如今人人都在盯着琼台殿，你以为我能逃得出去？我一旦离宫，就给了秦伯捉拿我的理由，我现在唯一能做的就是在这里守着，寸步不离！就是死，也要死在这琼台殿！”褒姒发了狠似的说道，叫郑伯友同赵叔带面面相觑，一时之间不知道说些什么劝慰的话。郑伯友愤怒地砸着一旁的柱子：“早就叫你离开，你不走！”他恨自己当日为何不用强将褒姒带走，也就没有如今这许多事情了，“如今太子掌权，第一个要对付的就是你！”

“不会，他第一个要对付的必是舅舅，先褫夺上卿之位，再换上他自己的人，然后才会考虑怎么除掉我。你是太子的三爷，他不敢动你，还望郑伯日后照顾念儿。”

“这时候还说这些？”赵叔带看着褒姒与郑伯友问道，“我们三个都是在劫难逃，现在得想出对策才是！”

“拖！”褒姒说道，“拖到拖不下去为止，能为大王争取多少时间就争取多少。如今两千兵马到了东夷，只要他们能找到大王，我们就还有胜算！”

“若找到的只是一具尸体呢？”赵叔带问道。

“他没死！”褒姒尖叫了一声，瞪着赵叔带，心里的惶恐终于还是漫了上来，委屈地哭了出来，不停抽泣着，口中喃喃着，“他没死，他没死，他还活得好好的，他一定会回来的！”

“不要自欺欺人了。”郑伯友忽然看着褒姒悲观地说道。

第三十三章

穷途末路尽绵力，已是无计可施时

褒姒的情绪已接近崩溃的边缘，因为郑伯友的一句话彻底崩溃了。她将脸埋在自己的手臂中，蹲在大殿上，呜咽声传遍了整个琼台殿，空荡荡的屋子里尽是“呜呜”的声响。郑伯友咽了口唾沫，转过身去背对着褒姒，胸口不停地上下起伏，竭力深呼吸以压抑自己的情绪。

赵叔带转过身拍了拍郑伯友，又看着褒姒：“待娘娘想好对策，再差人去太宰宫传唤老夫，我先告退了！”他退着走了几步，忽然又停下来叮嘱褒姒，“娘娘不要犹豫太久，只怕老夫也没命等那么长时间。”

“等一下！”褒姒擦干眼泪站了起来，“楚侯什么时候到？”

“尚未有人来报。”赵叔带回话道。

“如今秦国觊觎天下，若叫嬴德执掌大权，怕楚侯第一个不同意。一旦楚侯抵达镐京城，舅舅一定要前去拜访，寻求支持，请楚侯一口咬定大王仍在作战，请各位诸侯不要妄动！”褒姒的脑子里很乱，已经想不到还有什么退路了。

郑伯友转向褒姒，看着她不可思议地问道：“你还不走？”

“就是死，我也要死在这里，请郑伯不必再浪费唇舌劝我，倒是你……”褒姒的语气忽然柔和了下来，“遭我连累，为了保全郑国，郑伯要及时和我划清界限才好。如今嬴德针对的是我，若是镐京城真的沦陷，我唯有以死谢大王。”

郑伯友的手紧紧攥在一起，赵叔带见状躬身对褒姒说道：“老夫知道了，先行告辞，我会差人去打探各路诸侯进京的时日，除却楚国，尚有几路诸侯与秦国不和，想必可以利用诸侯的势力牵制住嬴德，暂且为大王争取些时日，不过……最多也不过是半月时间，还请娘娘早作打算。”

“我知道了！”褒姒沉重地点了点头。

赵叔带一步步退出琼台殿，转身飞快地朝着太宰宫奔去。他也不知道自己还能做多久的上卿，在位一刻便尽职一刻。琼台殿空荡荡的大殿之上只剩下了郑伯友与褒姒二人，褒姒敛了敛面上悲戚的表情看着郑伯友说道：“郑伯也请先回吧，未来的事自有定数，由不得你我。”

“你答应过念儿，一定会去郑国接他的！”郑伯友拉住褒姒的胳膊，将她朝着自己的方向拉了一下。褒姒抬起头看着郑伯友，想要将自己的手臂抽回来，奈何郑伯友手上的力气比她大了太多，所以她只能看着他说：“此一时，彼一时！我若走，镐京城就乱了！”

“镐京城乱不乱与你何干？”

“我是他的女人，他临走前将这里嘱托给我，你说与我何干？”褒姒戚戚然笑了笑，“就算拼尽全力，我也不会让秦伯好过！郑伯请回吧，若是再想强行带我离开，你我之间……就不必再往来了。”她说这话时眸子冷冷的，出于一种必死的信念。

褒姒明白，洪德与嬴德绝不会让自己走得这么轻松，与其想着离开，不如留下来和秦夫人、申后一伙斗得鱼死网破！只是她不想连累郑伯友，这位王叔已经被他们连累了太多。

宜臼登基后嬴德很可能会挥师东去，以报仇为名泄私愤，郑国则会变成众矢之的。褒姒不免为郑伯友担忧，不愿他再为自己得罪秦国：“郑伯以后不必再来了，便是来了，我也不会见的！请离开吧……”她指了指门外，看着郑伯友。

郑伯友的眉头皱成一个川字，盯着褒姒的眸子：“我得知你有难，不顾一切从郑国来到这里，只为了带你走。为此，诸侯之位我可以让，郑国我可以拱手让给他人，你给予我的，就仅仅只是利用，然后再踢开？”

“郑伯不是早就了解我了吗？若想要我的回报，郑伯就失算了！”褒姒一副拒人于千里之外的冷峻面容，令郑伯友无比心寒。他拂袖转身，走了两步又顿住了，他多想拿念儿、秀秀与廿七的三条人命来威胁她离开，可这话他又说不出口，只能转身再看看她苍白的面容，然后迈步离去。

看着郑伯友渐行渐远的身影，褒姒的身体如同一摊烂泥般朝着地上滑了下去。有下人前来将褒姒扶住，小声问道：“娘娘，如今该怎么办？”

“帮我制造一场谣言！”褒姒紧盯着远方，小声对身边的人吩咐道。琼台殿的人都是当日周王派来的，起初褒姒以为是在盯她的梢，可后来才渐渐明白，这是他能给她的最好保护。

“娘娘请讲！”

“就说……秦伯派人谋害大王，申后与秦夫人意图造反，说后宫嫔妃要在新王登基之后殉葬！”褒姒想了想这么说道。如今大势所趋，她不知道还能做什么，她能做的不过是叫宜臼的登基变得不那么顺利而已。宫中一乱，朝岁也必定会乱，如此一来，宜臼要想上位就得得罪整个镐京城逆天而行了。

下人听了褒姒的话心中一惊，这是置之死地的背水一战：“若是这话传遍了镐京城，太子登基之后若真的让所有嫔妃殉葬，只怕娘娘……”她深皱着眉头看着褒姒，很是担忧。

“那就殉葬！”褒姒说道，转身看着下人，“按我说的去做！”

“是！”下人不安地点了点头。

如今褒姒与申后的合作已经彻底结束了，两人分站在两头，若是往日，褒姒还能指望申后去催促朝中大小官员来为大王营造舆论氛围，可是如今一切只能依靠自己了。除却朝中士大夫的舆论外，最有效的莫过于民间传言，这种传言因为无法论证真伪，又无法追究责任而传播迅速。下人们听从褒姒的吩咐，将这话传了出去，起先只是在膳房与医馆中流行，很快便传遍了整个后宫，又经由太宰宫传了出去，再接下来整个镐京城都知道了这个传言，人人心中都惶惶不安。

宜臼狠辣仿佛更胜周王宫湦。

后宫的嫔妃们不愿再前去东宫朝谒，而是每日拥在琼台殿请褒姒主持后宫政务。在闭门谢客三日之后，褒姒打开了大门，请后宫的嫔妃们进来。人们在褒姒的面前躬身作揖，痛哭流涕，只求褒姒替她们做主，放她们离宫。

褒姒看着在场的女人们，叹了口气：“如今我自顾尚且不能，何以保你们的性命？”“娘娘！”大家悲戚地叫道，她们不相信褒姒已经没有办法了。

“如今秦伯带领重兵围困镐京城，朝中太子殿下掌权，申后又得秦国支持，即便让太子即刻继位，我也是无可奈何！”褒姒的眼神中透着忧伤，她已有一年多的光景不理朝政了，这些女人面面相觑，试探着问道：“娘娘可是一早就知道申后与秦夫人密谋王位一事？”

“去年秦伯借道镐京城，向我索取九鼎之时便已经知道了。当时秦伯的目标在我，大王临走时要我掌管后宫，我却不忍申后受到如此冷遇。却不知，申后与秦夫人竟然要将我置于死地。你们如今逃出宫去，尚可以自保，我只怕是……”她说着叹了口气，然后摇了摇头。

“如今我们如何逃出宫去？整个后宫除了申后与秦夫人，我等俱有性命之虞，眼下是真的没法子了吗？哪怕只有一二分的胜算，我们也不能任由他们如此妄为啊！还请娘娘定夺。”

“请娘娘定夺！”所有女人尽数低头说道。

褒姒看了看在场的女人们，沉默良久，这里的女人她虽然不是每一位都叫得上名字，可是大家却有着极为相似的命运：入宫做了大王的女人，然后因为命运的起伏而随波逐流。褒姒站起身朝着人群走去：“如今诸侯即将汇集镐京城，想要制衡秦伯，唯有诸侯合力抗衡了！”

褒姒一番话叫吵吵嚷嚷的琼台殿立时安静了下来，秦伯挑选的时间最好，但是也最糟，若是其他时候辅佐宜臼登基，怕是诸侯们鞭长莫及，也管不了朝中大小事。可如今不同，诸侯们齐聚京城，不会任由秦国任意妄为的，谁不想在这个时候分一杯羹？

“此事我可以帮上忙！”人群中的一位嫔妃说道，紧接着是剩下几位嫔妃的应声，然后是所有的女人想尽了一切自己在朝中的关系，向褒姒信誓旦旦地保证。这些女人的保证其实没有任何意义，诸侯此刻考虑的，恐怕是和秦国对峙之后是否能全身而退。

所以，与嬴德对抗最要紧的是找到一个大国。

前一日赵叔带得到了楚侯抵京的时间，就匆匆来褒姒的琼台殿汇报。楚侯熊仪带的人手繁多，怕是要过些时日才能入京。但他早有预料，知道秦伯可能会谋逆，因此除往日来进岁贡的人之外，还带了些兵马。

楚国在南面独大，曾与大周分庭抗礼，可因为厉王时期诸侯渐强，楚便担心中原诸侯的夺权会愈演愈烈，从而殃及到南面楚国，便将自己楚王的封号自降为楚侯，屈居大周的诸侯之位，从此以后年年进贡，俯首称臣，如今楚侯之位传至熊仪。熊仪是个在政治上颇有远见的诸侯，甫一继位就提出了治国的原则：尊重周王、和好邻国、发展自己、富国强兵。

熊仪与周王宫涅在利益上达成一致，共同抵御番邦的侵略，安定诸侯的动乱。如今周王宫涅生死未卜，熊仪的野心还没有实现，若是叫秦伯占了这个便宜，熊仪是绝对不会应允的。

赵叔带借此机会要使者顺势打听楚侯是否清楚大王的消息，无奈的是楚侯只是摇了摇头："前些日子还一直有信来，从褒城撤军也是大王的命令。可这些天……"他说罢长叹了口气，语气十分沉重。

赵叔带向褒姒作揖道："如今唯有公布伯服的名号，再以宜臼有谋逆之心弹劾东宫。伯服坐稳太子之位，娘娘则为太后辅政，只有这么做才能保证娘娘没有性命之虞。"

"若是秦国来硬的呢？"

"如今秦伯已经失了民心，现在所有人都在传秦伯谋逆、刺杀大王，只怕是秦伯坐不稳这个位置。"

褒姒并不认同赵叔带如此乐观的看法："只能尽人事听天命了！"

赵叔带点点头，准备告辞，忽然又想起了一事："对了，郑伯也差人去调动兵马了。"

"早就叫他不要管的！"褒姒的口气有些着急。

赵叔带打量了一番褒姒，有些感叹命运弄人："当初若不是你入京，老夫也很愿意帮你们说一个媒啊！我与郑伯友在京城相交的时日，世父死后，我曾数次想过为你与郑伯说这段媒，只是担心你父亲不同意，才作罢了。"

"舅舅不要再说此事了！我入了这宫从未后悔过，大王以真心待我，我不能辜负大王的恩情。"

"自古君王多薄幸！便是他日他回来了，你也未必能丹凤朝阳，荣宠一生。他对你的情分，很快他自己就忘了。曾以为能抓住大王一颗心的女子何其多，比你为他做得多的女人也不是没有，只是最后谁能善终？"

"舅舅的意思我明白。"

"我知道你心里有数，只是若是日后大王负了你，你也不要太计较，毕竟他是君，你是臣！"赵叔带叮嘱道。这话周王宫涅早就给褒姒说过了，不需要别人再来说一遍，自古帝王多薄情，不管是出自他们的本意，还是被逼得如此，人生在世的确是世事难料。

如今后宫女子们纷纷跪在琼台殿前，任凭褒姒如何叫她们起来，她们也不肯。人人都说自己说得上话，祈求褒姒告诉她们该如何去做。褒姒沉思良久，叹了口气："只要诸侯联合，嬴德不敢轻举妄动，虽然未必保得住大王的江山，可保你们的性命不难。"

"娘娘，"一个嫔妃忽然说道，"申后失德，宜臼狠辣，江山若是落入他们之手，只怕未来不可期。还请娘娘请出念儿，我等愿尽绵薄之力辅佐念儿登基！”

“你们不要胡说！”褒姒没想到，如今这些后宫女子竟然与赵叔带想到一起去了，唯有念儿登基才能永绝后患。可即便如此，也非万全之策，念儿登基一定会激怒秦伯，他会不顾悠悠众口，发兵攻打镐京城的，到时候镐京城将难以抵御！

“我等没有胡说，句句出自肺腑！”嫔妃们个个面色凝重。

“此事容后再议，为今之计是请众位诸侯配合楚国，与秦国相抗。不能褫夺赵叔带太宰宫上卿之位，不能让太子宜臼顺利登基，要给大王返京争取时间！”褒姒向众位女眷下达了命令，此话却令在场的人十分惊讶：“依娘娘的意思，大王如今可是还活着？”

“自然！天佑大王，所以请念儿登基的话，以后不可再说！”

“是，娘娘！”众位嫔妃面露喜色，一颗颗惴惴不安的心总算是放了下来，若是辅佐念儿登基，罢黜宜臼只怕是十分困难，但只要拖延到大王回来，此事的难度就小了很多。在前殿中，这谣言也传到了秦伯耳中，他必须再次推进事态的发展，便在朝中向宜臼奏明：“启禀太子，如今市井忽然流传谣言，说是本侯谋害大王，也不知是何人别有用心！”他说这话的时候看着赵叔带，赵叔带却没有看秦伯。

“何人造谣？”宜臼的手拍在了大殿的椅榻之上，发出“咚咚”的声响。

“只怕是那造谣大王战事陷入胶着之人！”秦伯看着赵叔带，“赵上卿，不知您这么做，用意何在？”

“百姓之心，心如明镜，何须我赘言？”赵叔带冷眼瞥着秦伯问道。

“启禀太子，不仅如此，”有一位士大夫紧随其后进言道，“百姓还说……”

“说什么？”宜臼被下面这位官员的吞吞吐吐整得很是烦躁，大声质问道。站在下面的官员“咚”的一声跪在了地上：“在下说出来还请太子恕罪！”

“说什么，孤都不会与你计较的！”宜臼许诺道。

“百姓还说，殿下弑父夺位，天理难容，褒娘娘才是东宫之主，她的儿子才是储君。”这位大夫话说到最后颤抖不已，连头都不敢抬起来看着宜臼。宜臼因为愤怒而浑身战栗，一半的士大夫都已经跪了下去：“还请太子定夺，后宫妖妃祸乱朝政，留不得！”赵叔带气得浑身发抖，他俯瞰这些跪下去的大小官员，冷哼一声用发紧的声线说道：“众位想要除去念儿与褒姒何等容易，可如今竟然造谣中伤娘娘，说她有谋逆之心。去年此刻，秦伯想要借九鼎以正谋逆之名，是何人拦住的秦伯，你们都忘了？”

“此事不说便罢了，”秦伯看着赵叔带说道，“一说，我倒是想起了，我依王命出征，褒娘娘却意欲阻拦，不准我等前往东夷助战，才使得大王如今音信全无……娘娘的心思到底何在？”

“此事并非娘娘意欲阻拦！”一个人忽然踏步迈入，正是楚侯熊仪，他声线粗犷，却是白面书生的俊俏模样，他的样貌与气势有些不符。熊仪从容淡定地俯瞰着下跪的士大夫，他原本定于七日之后才抵达镐京城，可因为得到了赵叔带的书信，放心不下便提前入京了。“当日是大王下诏拦截秦伯的兵马，秦伯明知大王不允，仍旧执意借道镐京，还要娘娘定夺！也不知秦伯此举是为何？”熊仪看着嬴德质问道。他与嬴德年纪相仿，虽不是出身将门，可浑身上下的武将气势也不输给嬴德。

“你胡说！”嬴德当即就急了，指着熊仪斥责道，“楚侯为何要血口喷人！”

“血口喷人？”熊仪大笑了起来，“秦伯可是忘记了我围困褒城一事？”

“是了，”嬴德盯着熊仪，两人虽不是头一遭见面，却是头一遭对峙。嬴德对熊仪怀恨在心有些时日了，他指着熊仪说，“你围困我褒城一事，我还没有与你计较！”

“在下也只是得了大王的令，要我牵制住你谋逆的大军，”熊仪说着就将手中诏书扔到了嬴德面前，“可见你狼子野心，天下皆知，如今连街头巷尾的红口小儿都清楚此事，秦伯难道还不该自省？普天之下莫非王土，率土之滨莫非王臣！”熊仪双手作揖，对天行礼，他的出现叫现场的情况瞬间逆转了。嬴德双拳紧握盯着熊仪，恨不得将他拆开来食肉吞下，心中已将他大卸八块了。

但嬴德还是忍住了，此事必须和洪德商议后再作定夺。他冷笑一声：“我忠心为主，却不想大王如此怀疑，真是叫人觉得心寒啊！”嬴德仰天长啸，出门去了，留下宜臼对着熊仪。宜臼心中一惊，当真是不知道此刻该如何是好了。

秦伯拂袖而去，气得浑身发抖，恨不得直接举兵起事，不再看这些人的脸色。他将此话说于洪德，洪德立刻劝阻道：“秦伯万万不可！”

“难道我还打不过这帮人？”嬴德怒吼道。

洪德摇了摇头：“此事需要从长计议，如若贸然出兵攻打镐京，以秦伯的兵力与作战能力，必定能够在弹指间拿下镐京城这方寸的地界。但是诸侯群起一呼百应，秦伯抵挡不住的是他们日日进犯，秦伯只要败一场，就功亏一篑了！”

“那你说……”嬴德指着洪德问道，“如今我该怎么做？难不成就任由熊仪凌驾在我头上，说什么奉大王之命？哼……如今大王生死未卜，想怎么说都行了！我还有大王诏书请太子登基呢！”他气呼呼地说道，却提醒了洪德。“秦伯少安毋躁，此事只需要再等一等！”

“还等？”嬴德问道，“我要是从一开始就不等，直接扶正宜臼这个太子为王，今日何须如此被动？再等下去，是等诸侯全部入京，联楚抗秦吗？”

“秦伯莫忘了，如今齐国还未到！”洪德说道。此番战事原本就是齐国与东夷的对峙，大王横插一手，一方面是要阻止齐国的反叛，另一方面则是想要直接控制齐国才出此下策。因此，最希望大王此战大败的，除了秦便是齐，而这两国中齐国是大国，秦国则兵强，若是两家联手，加上洪德游说、虢石父朝中权力、秦夫人手中诏书与申后的地位，想要破除以楚国为首的联盟，只是翻手覆手之事。

“快！”嬴德立刻吩咐道，“速速修书一封给齐伯，叫他速来镐京城，城中有变！”

“是！”洪德应道，与嬴德打道回府的步子越走越快，一路不敢耽搁。

被秦伯扔在大殿之上的宜臼对着熊仪，一时之间不知如何是好。毕竟他从未有过亲政的经历，周王宫涅也从未培养过他，坐在帝王的椅榻上，宜臼感到惶恐不安，清了清嗓子定了定神：“不知楚侯可是得了父王的诏书，奉旨前来镐京城的？”

“岁贡一事，无须诏书，各路诸侯也是要到镐京城中一聚的，太子殿下还请放心，大王不日便能折返。秦伯纵然狼子野心，怕也撑不了多久。大王返京之后，必会论功行赏、以罪定罚！”熊仪看着宜臼说得信誓旦旦，也十分谦卑，更让人有些揣测不透。

“如此一来，孤就派孤手中之人马出城速速打探父王消息，如今人人都忧心忡忡，还是要早些知道父王的战况为好。”

“老臣愿为殿下分忧，即刻差人去做此事！”虢石父上前一步向宜臼说道。宜臼点了点头：“虢上卿愿意替孤分忧就再好不过了！”宜臼在上朝之前，就深得洪德等人游说，以为虢石父可亲而赵叔带不可信，朝中大臣在他眼中自然也是亲疏有别。作为少年太子，他手中的人手还十分有限，此事虢石父愿意帮忙，他自然高兴。

“在下也愿意出动太宰宫……”赵叔带这话还不及说完，太子宜臼就立刻伸手制止道：“无须那么多人，如今诸侯入京，赵上卿还是安心打理此事吧！今日议政到此为止，散朝吧。”

百官作揖行礼，恭送太子离开，几名士大夫围拢在一起纷纷议论着。

熊仪环顾一圈，朝赵叔带走了去："赵上卿，不知……"

赵叔带立刻伸手制止熊仪继续说下去，压低了声音对熊仪说道："这里人多口杂，楚侯请随我移步。"

"是！"

赵叔带说罢，又看向了郑伯友："不知郑伯可有时间去琼台殿一聚？"

"郑某还有事未做，你们商议应对秦伯一事便是，在下就不去了！"郑伯友向赵叔带辞行，然后转身离开了朝堂。此事不能勉强，赵叔带也只能看着郑伯友的背影摇摇头，叹了口气。

"郑伯何以如此？"熊仪大惑不解。

赵叔带并没有回答熊仪的问题，而是看着他伸出手说道："楚侯请吧。"

"请……"熊仪朝着后宫的方向走去。琼台殿住着哪位妃子他最清楚，赵叔带与褒姒的舅甥关系他心里也有数。褒姒正在大殿调琴、校音，听见脚步声才看了眼门外，瞧见赵叔带带着一位陌生男子入内，便放下古琴，站起身来，朝着赵叔带走去。

"参见娘娘！"熊仪向褒姒行礼拜谒。褒姒看了他一眼，又将疑惑的神情递给了赵叔带。赵叔带这才回话："这位是楚侯熊仪。"

"原来是楚侯。"褒姒轻声说道，语气温婉，扣动人心。

熊仪低头称"是"，抬眼看着褒姒，因为她曾被人传得神乎其神，今日一见难免有些失望。虽说这长相也算是美的，但不至于美到坊间传言那般。大王还在镐京城中的时候，熊仪曾远望过褒姒一次，因为没看清也就没有什么印象。再回想当日受宠的郑夫人，褒姒的容颜怕是要逊色几分。

"舅舅今日前来，可是朝堂又发生了什么事？"褒姒问道。

"今日秦伯请百官……"赵叔带看了看褒姒，叹了口气，"除妖妃！"

"妖妃？"褒姒看着赵叔带问道。

"是，"赵叔带点了点头，"说娘娘与念儿随时可能谋逆，为今之计应当是及早铲除。"

"是了，"褒姒叹了口气，"我又碍着他的事情了，大王可有消息传来？"

赵叔带摇了摇头："太子派了虢上卿的人马去寻找大王，只怕是……"他顿了顿，然后接上自己的话茬儿，"只怕是不日会将不好的消息传来，再加上齐伯入京，必定会佐证大王驾崩一事，届时……我们若还没有找到大王，就覆水难收了！”

“赵上卿何必长他人威风？”熊仪说道，“若真是如此，秦伯若是占据镐京城，我等诸侯难道会任凭他谋逆犯上？毕竟大周江山还在太子手中，大王驾崩，太子继位也是应该的！”

熊仪并不知道赵叔带心中打的是什么算盘，赵叔带也不方便说出来：“楚侯有所不知！前些时日，因为大王的消息迟迟没有传来，朝中上下将我逼得太紧，我也只好出了个下策，伪造大王文书，此事一旦被秦伯证实，我脱不了干系！”

“舅舅无须担心，只要将这件事情算在我头上就是了，我就是将妖妃之名坐实了又何妨？”

赵叔带看着褒姒诚惶诚恐，几乎跪在了地上：“娘娘切不可如此，莫忘了您还有念儿，无论如何也要留一条命逃出宫中！”

“逃？”褒姒出神地看着某处，“逃到哪里？当日我与太子已有嫌隙，他继承王位后会第一个拿我祭他父王，既然如此，我有幸陪葬也算不枉此生！”

“娘娘……”赵叔带心中陡然一惊，才知道原来褒姒根本没有打算离宫，他打算再劝，话一出口就被褒姒阻止了。她看着熊仪作揖行礼，这叫熊仪大惊失色，下意识地朝后退了一步：“娘娘莫要折煞我！”

“褒姒有一事相求！”褒姒说道。

熊仪惊慌地说道：“娘娘有事直说便可，无须对下官行礼！在下只怕是承不了如此大礼！”

“此事唯有楚侯能做，”褒姒看着熊仪吩咐道，“他日若是叫秦伯得逞，有幸辅佐太子继承王位，怕是上卿之职必定落入秦伯手中，届时秦伯会借上卿之名掌管天下。时日一长，对我大周有损无益，只怕是九州就都会是秦伯囊中之物，届时还请楚侯调查大王在东夷失踪一事，此事启之将军必定帮得上忙，还请楚侯务必要找到启之将军，证实秦伯谋逆、弑君犯上，将他正法！”

“在下明白！”熊仪低声说道，此事便是褒姒不吩咐，他也一样会去做。强秦一事等同于削弱楚国，助长嬴德的野心等同于打击楚国的气焰。

“只要大周的江山不为秦伯控制，便一切都好。”褒姒看着远方，面上浮现着淡淡的光晕，这是她能为大王尽的最后一点力了。

第三十四章

盛世琼台转头空，一抔焦土遍枯骨

所有的事情如同褒姒预料的，不出十日，齐伯就已经抵达镐京城了，此番诸侯入京唯有秦国带领了数万兵马，其余诸侯都只是寥寥数人随行。虽然赵叔带力劝诸侯，可他们碍于秦国兵力，也都是敷衍了事，朝堂上更没人肯为赵叔带执言，而太子与秦伯一派，极力打压赵叔带与熊仪二人，倒显得他们势单力薄了！

这一日的早朝之时，大殿上的侍卫宣："齐伯到！"

众人的目光一并投向了门外的齐伯身上。齐伯其人，谨小慎微，恭恭敬敬地从大殿之外迈步朝着王位的方向走去。他走到大殿前行礼作揖，大声说道："参见殿下，我等一路赶来，耽搁些时日，还望太子殿下恕罪！"

"齐伯入京尚早，何罪之有？"宜臼笑着挥了挥手，示意一切礼数尽可免去，"如今父王正在齐国与东夷交战，赵上卿说父王的战事陷入胶着，还不知具体如何胶着？望齐伯详叙此事！"

"胶着？"齐伯看了眼赵叔带，"不知赵上卿如此传话有何居心，大王已失去联系数月之久了，数月之前曾有我齐国士兵前来相报，大王身中剧毒，怕是命不久矣。当时我等力劝大王带兵折返，大王却要力克东夷，将之赶尽杀绝！如此一来，就种下了祸根，终于在和东夷正面对峙之时兵败。我大周兵马霎时间溃不成军，大王也因此而失去下落，恐为东夷人所掳，时至今日都没有消息传来，怕是……凶多吉少！"

“哦？”宜臼惊惧地在朝堂之上站起身来，而朝堂之中的群臣则全部跪了下去，发出悲鸣之声，叩首在大殿之前：“吾王万岁！”

宜臼仰天片刻，深吸了口气又环顾大殿之上，长长叹了口气：“天不佑我大周啊！父王此行，竟然是一去不回！”他深深闭目，心中悲恸难当。虢石父环顾四周，发现形势已经呈现出了一边倒的局面，立刻上前：“老臣派出的人手前些日子也传回了消息，已经抵达了大王最后出现的地方，找到了大批死尸，他们正在追查大王的下落，只怕是……”此话出口，又是一阵长叹。

宜臼闭目，重重地拍打着椅榻的扶手。

赵叔带与熊仪交换了一下眼色，事态果然如同褒姒预料的，楚侯与太宰宫都是大势已去，只有附和秦伯等人了。赵叔带环顾了一圈朝堂，发现郑伯友已经不在了，这些日子似乎未曾听见郑伯友进言，他多日不朝竟然没人发现。

赵叔带皱了皱眉思忖片刻，想起前些日子他调度兵马入京，难不成此刻是要……赵叔带深吸一口气不敢再往下想。郑伯友一片情深，褒姒也算不枉此生。事到如今，褒姒既然必死，那么他也只好将先前假诏书一事推在褒姒头上，自己再做权衡，总不能叫大王一派全军覆没。

赵叔带如此宽慰自己。

“如今既然大王已经凶多吉少，朝中需要人主事！”嬴德进言道，“还望殿下尽快登基，继承王位！”

“大王的尸首尚未找到，太子就要继位？”熊仪质问道，“我已联络了启之将军的部下，他们正在返京途中，待他返京之后，我们彻查过大王如何中毒一事，再做商议吧？”

嬴德皱了皱眉，没想到熊仪这些日子也没闲着：“大王一日找不到，太子就一日不能即位的话，你找个十年八载的，我大周可是要十年八载无君？更何况……那启之原本就是罪臣，他的部下也是罪人，说不准就是他们谋害了大王，便是等到他们入京又如何？大王临行之前曾留下诏书交予舍妹，诏书中言及，若是大王一去不回，就请太子登基，流放褒姒与二王子！”

“什么？”在场的所有朝臣都惊呼道，“大王竟然留了诏书？”

“是！”秦伯点了点头，“大家若是不信，可以请舍妹出面对质，由两位上卿验证诏书的真伪。”

“宣秦夫人！”宜臼当机立断，立刻说道。

赵叔带颓然，几乎跌倒在地，如今大势才是真的已去，而压死自己和褒姒的最后一根稻草竟然是大王的一纸诏书。此事瞬间传遍了整个后宫，每个女人俱是心中一凛，连褒姒都遭此下场，她们个个都担心自己留在宫中也是凶多吉少。

而褒姒在琼台殿上听到这个消息传来，也是一惊，她万没料到大王会做出如此安排。她不安地在大殿上来回踱步，曾经设想过一百种被嬴德逼死的方法，可如今，她想不到压死自己的那最后一根稻草竟然是大王的驱逐。

这是为何？难道他觉得她会独揽朝政吗？

褒姒用自己的睿智和坚韧筑起的那座守卫了太多人的堡垒，就这么轰然间坍塌了，她饶是再有奇谋，也回天乏术。褒姒觉得脑中一片混沌，跌倒在地，下人们大叫一声"娘娘"，围上来扶住褒姒，将她抱回了寝宫，放在床榻上安歇。

秦夫人奉诏在前殿宣读诏书，赵叔带提出最后的质疑："为何这诏书不曾在太宰宫登记？"

"赵上卿与褒娘娘是舅甥关系，大王怕赵上卿不能公断，此事便交给臣妾，虢上卿可以做证，这诏书不假！"秦夫人对答如流，心中无所惧惮，"当日赵上卿假传大王文书，说大王战事胶着失去联系，贻误了救援的最佳时机，你这欺瞒之罪怕也是重罪吧？"

"当判绞刑！"嬴德立刻说道，决不能给赵叔带任何时间去收拾他的残军，起兵谋反，"请大王立刻下令，将赵上卿贬为庶民，收押监牢！"

"来人啊！将赵叔带等人带下去，孤要亲自审问，为父报仇！"

赵叔带知道已经回天乏术了，便是让褒姒为自己顶罪，秦伯也不会放过自己，只能仰天长啸之后，大喊一声："天要亡我，是天要亡我啊！"他的声音越来越小，却引得人们无端地烦躁了起来。虽然不知诏书的真假，可嬴德已经开始掌权干政了，他必定会借此机会除掉一切挡在他前面的人。

熊仪仗着楚国国大势大，并不惧怕嬴德。

嬴德只好从郑伯下手，环顾四周，才发现郑伯友居然不见了："郑伯人呢？"

"不知道！"群臣面面相觑。

"糟糕了！"嬴德看着宜臼说道，"怕是郑伯去搬救兵了，一定是准备营救还在宫中的褒娘娘，望大王下令将褒姒一干人等暂且收押监牢！"

楚侯站出来质疑道："秦伯，大王诏书里说的是将褒姒放逐，怎么到你这里就成了收押监牢？"

嬴德冷笑一声："便是要放逐也得先收押，免得褒娘娘援军甚多，万一逃了，不就成了忤逆先王了？"

"不如派在下传诏，收押娘娘吧？"虢石父忽然站出来主动请缨。

"如此甚好，速速将那妖女收押！"宜臼立刻点头说好，看着虢石父催促道，"虢石父脚下可要快些，莫让那妖女得了先机溜了！"

"是！"虢石父得令带了些侍卫朝后宫走去。此事简直是发生在电光石火之间，一点时间都不留给褒姒，宜臼除之务尽，恨不得斩杀褒姒于当场。虢石父步履匆匆，心头也有些焦躁，只怪褒姒当日不肯走，否则何至于落得如此下场，令他为难。

虢石父之所以主动请缨，是想在必要的时候杀了褒姒，免得她再受凌辱之苦了。杀了褒姒，也能为虢石父免除后患，在宜臼面前立下头功，争夺上卿之位。到时候，就是虢石父与秦伯嬴德之间的一场生死角逐了！

嬴德担心镐京城中眼下鱼龙混杂，诸侯之心难测，万一他们存有二心，会对时局不利，他上前一步向宜臼进言调秦兵入京，封锁镐京城。宜臼这个周王之位坐得有些心虚，也觉得此法甚好，二人一拍即合，浑然不管这样是不是也将自己围困了起来。

嬴德势必要将赵叔带、褒姒一干人等除去，免除后顾之忧。宜臼也要杀了念儿，以免日后有人拥立新君。政令下达，再也无人为褒姒谏言，几乎是在一夕之间，琼台殿就成了众矢之的。褒姒从昏迷中渐渐转醒，头昏脑涨地坐在床头看着扶自己进来的下人问道："现在情况如何了？"

"还不清楚……"不等这下人的话说完，就有另外一名下人从大殿上冲到了寝宫中，连敲门的礼仪都顾不上了："娘娘不好了！"

"什么事？"褒姒的手心满是冷汗。

下人说道："虢上卿带着大批的人马过来了，说是要带娘娘与王子受审的。娘娘还是快走吧！"这下人看着褒姒的目光坚定，当日被送来这琼台殿就是为了保护褒姒。如今大难临头，这群人倒也并不是十分害怕，没了周王宫涅的镐京城，便不再是昨日的镐京城了，留着一条命又有何用？

区区一个下人都有如此想法，身为主子的褒姒就更加不会走了。她执拗地说："我不能走。"

"娘娘不要固执，念儿还在宫外等着娘娘。娘娘现在离开，还有时间。"下人匆忙说道，可话音未落，就听见了大殿上传来的沉重撞击声。琼台殿大门紧闭，已用木闩将门关死，虢石父带领一干人等正在门外撞门。这些下人满眼担忧地看着褒姒，不知道要怎样才能劝说动她。

“只有我死，秦伯与太子才会作罢！”褒姒站起身朝着大殿走去。下人们低着头一言不发，迈着细碎的步子跟在她的身后。褒姒走到门外，恰好虢石父撞开了大门，发出“轰”的一声巨响，他站在门外看着门内的她：“在下奉太子之命，捉拿妖女褒姒受审，请娘娘莫叫下官为难！”

“我随你去！此事与琼台殿其他人无关，还请虢上卿心存仁厚，放过她们。”

“娘娘请放心，还请娘娘请出王子，好叫我等回话。”

“念儿早就去了别的地方，怕是虢上卿也找不到！”褒姒虽然视死如归，却没打算带着念儿奔赴黄泉。虢石父一面欣慰，一面又皱起了眉头，不知道该怎么和宜臼交代，他也只能看着褒姒伸出手侧开身，让出了路：“娘娘请吧！”

褒姒才迈出一步，就听见了兵器撞击的声音，大队人马的铁蹄之声响彻琼台殿，兵戈与矛矢刺入身体中发出一阵阵闷响。虢石父带领的宫中侍卫一个一个地倒了下去，血流满地。这群不知哪里来的士兵包围了琼台殿，将虢石父围在最中央，郑伯友手握长剑冷眼盯着虢石父：“今日我在，谁也别想带娘娘走！”

“郑伯！”褒姒仰头看着面前的郑伯友，没想到他真的要拼死救她。

虢石父转向郑伯友，毕恭毕敬：“郑伯不要为难下官，在下也是奉太子之命收押娘娘审问的。大王留有遗诏，将娘娘与王子放逐，如今审讯过后，才能放逐。”

“屁话！”郑伯友忍不住破口大骂，“如今大王生死未卜，活不见人，死不见尸，太子当以孝为先去找寻大王！娘娘尚且能够做到不离不弃，而身为太子的宜臼迫不及待地登基称王也不知是何居心。大王若是留有诏书驱逐娘娘，请问虢上卿，当日又何必留下两千兵马和一帮下人护娘娘周全？”他看着虢石父质问道，手紧紧地攥住手中长剑，用阴森森的语气对着自己的手下喊道，“今日琼台殿虢石父一帮人手，一个不留，杀！”

褒姒喊了一声：“不要。”

郑伯友看了一眼褒姒：“娘娘放心，我已发回书信请掘突继承爵位，从今往后我与郑国再无瓜葛！下手！”他最后两个字无比冰冷，将士们得令，在宫中大开杀戒，天地之间因之变色。虢石父退了一步，不知何时走到了褒姒的身边：“娘娘快走，郑伯怕是冲不出去了！”

“不行。”褒姒十分惶恐，声音都有些颤抖，从小到大，她自诩见惯场面，可如此血腥的画面还是第一次亲身目睹，她的意志几乎要撑不住自己沉重的身体了。

"娘娘这个时候再不走，只会死更多人！"虢石父问道，"娘娘身上可带着利器？"

"匕首。"褒姒从短靴中抽出了匕首，不解地看着虢石父。

"打开！"虢石父说道。

"是！"褒姒慌乱地将匕首抽了出来。虢石父架住褒姒的胳膊，一刀刺入自己右肩，然后一个翻身用褒姒的匕首抵住了自己的脖颈，他大喝一声："大家住手！"

琼台殿忽然安静了下来，侍卫们看着被褒姒挟持的虢石父，郑伯友虽然兵强，但所带的人不多，而虢石父手中的侍卫却胜在数量庞大，源源不断。郑伯友先声夺人出奇兵占了上风，但是两方一交战，他渐渐又趋于颓势了。虢石父知道琼台殿有密道，但又不清楚密道在何处，他是在褒姒身上下注，赌的是周王宫湦没死，他觉得至今都没找到周王尸体，只怕是周王还活着……他一步步后退，褒姒就要跟着一步步后退，虢石父用颤颤巍巍、垂垂老矣的恐惧之声向面前的人下达命令："往后退，再往后退！"

郑伯友借机冲进了琼台殿内，看着褒姒，手中的长剑紧握，企图趁这个时候杀了虢石父。

侍卫们不敢妄动，只能慢慢后退着退出琼台殿。褒姒若是再不逃就会累及更多人，她对身后的下人说道："放火！"

"什么？"下人们大惊失色。

"放火，烧了琼台殿！"褒姒慌乱的目光渐渐安定了下来，抬眼看着郑伯友。郑伯友手握成拳，以为今日若与褒姒葬身火海，对他来说是个再好不过的结局。褒姒挟持虢石父与侍卫对峙，郑伯友站在褒姒一侧关上了半扇木门，火越烧越大，温度在秋日的寒风中能将人灼伤。褒姒反手攥住了匕首，一把将虢石父推了出去，郑伯友企图一剑杀了虢石父，褒姒却拦住了他："别伤他！"

郑伯友诧异地看了一眼褒姒，收起手中长剑，一脚将虢石父踹出门外，关上了另外半扇木门。侍卫见自己首领的危机解除，纷纷上前问道："大人，我们还冲进去吗？"

"算了！"虢石父伸手阻拦，"料他们也跑不了！让火烧！"

"是！"众位侍卫答道，就站在琼台殿前看着滔天的火光。郑伯友带来的一队人马被尽数消灭，唯有他一人站在琼台殿内，褒姒转过身看着郑伯友说道："走！"

"什么？"郑伯友以为自己没听清，褒姒的这番话夹杂着燃烧时候的"噼噼啪啪”之声。她看着郑伯友，拉住他的手带着他朝寝宫方向走去。褒姒打开了这条地道，看着郑伯友说道：这条地道可以通往宫外，这火势只怕还要再烧些时日，趁大火未熄，我们逃出琼台殿！”

“娘娘，您与郑伯先行！”下人们说道。

“不行，要走一起走！”褒姒知道这些下人如此说话，是不打算走了。

“一起走就不能一起活，火烧完了，太子差人来清点这里，就会发现连一具尸体都没有，到时候娘娘就危险了！”下人们劝说道。

“不行……”褒姒的眼中含着泪水，使劲地摇头。郑伯友容不得褒姒再继续说下去了，以手为刀切在了她的后颈上，褒姒眼中一黑便晕了过去。下人们看着郑伯友说道：“拜托郑伯了。”

郑伯友看着这几个琼台殿的下人，眉头紧锁：“几位再生之恩，在下来世再报！”

“郑伯莫要再说，赶紧离开才是！”下人们催促着郑伯友，郑伯友艰难地点了头，将晕厥过去的褒姒背在身上从地道离开了，上面的下人们将地道门关上，在琼台殿中等死。

半日之后，褒姒从晕厥中转醒，摸着自己的后颈觉得还有些麻，她此刻正睡在废弃的房屋中，郑伯友紧紧地攥着她的手，趴在她身边，因为过度的劳累陷入了沉睡。褒姒抽了抽手，郑伯友攥得更紧了，她感觉嗓子里满是烟灰，便咳嗽了两声。

郑伯友埋头趴在褒姒的臂弯下，听见响动，从睡梦中转醒，用沙哑的声音问道：“你醒了？”

褒姒满目悲戚，心口剧痛无比，她深深地吸了口气，要将自己的手从郑伯友手中抽回，他却攥得很紧。她今日已经不是当日那个高高在上的王妃了，不过是沦为逃犯的一介女流。郑伯友看着褒姒说道：“镐京城被秦兵包围，我们只能藏在城中，等宜臼的位置坐稳，再谋划离开之事！”

褒姒的眼泪一滴滴掉落，滴在稻草上：“我为他死守镐京城，派出所有兵马去找寻他的下落，得到的却是一纸要将我置于死地的诏书。”她闭上眼仰着头，“他就算是要让我陪葬，我也没有一句怨言，可为什么要留给秦夫人那样的诏书？他以为我会觊觎宜臼的王位吗？”她哭得哀怨，终于将心头的一腔委屈都化作泪水流了出来。

郑伯友起身坐在了褒姒的身侧，将她揽进自己怀中，紧紧地抱着：“他是不想让你死。”

“他分明就是想将我逼死。”褒姒下巴抵在郑伯友的肩上痛哭着，咽了一口唾沫，感觉嗓子极疼，除却烟灰，大火的热度也灼伤了她的声带。郑伯友拍着褒姒的头：“那诏书也许是假的呢？如今大王生死未卜，又杳无音信，你怎么知道不是秦伯伪造了诏书来助宜臼登基，为了自己摄政，以图自己的霸业！”

褒姒的哭声渐渐小了，她希望事实如此。

毕竟不管周王宫涅出于什么目的，交给秦夫人一封那样的诏书，她都无法从感情上接受这件事情。诏书中字字句句都指向自己，周王宫涅怀疑她会谋反，才在她谋反之前下了死令。褒姒一旦入狱，根本无法活着出来，这么简单的道理，难道周王宫涅会不明白？

他是真的不明白，若是两年前他出征战死，宜臼登基称王，他也许会放褒姒一条命。可是两年后，褒姒为他做得太多了，他们已经容不下这个女人了。郑伯友抱着渐渐安静下来的褒姒，长长地松了口气：“你一定要好好活着。”

“为我死了那么多人，”褒姒闭目说道，眼泪簌簌落下。郑伯友将她推开些距离，看着她：“就是因为这样，你才要代替他们好好活着。”

褒姒艰难地点头，郑伯友终于露出了笑意，他捧住她的脸，抚摸着她的面颊，又将她拥入怀中，爱不释手。她抓着他，因为他是她溺水时唯一的浮板了，她任凭他这样将自己抱着，心中所有的希望之火在此刻燃烧殆尽，她不再关心周王宫涅是否还能活着回来，不再关心念儿在郑国是否安全，不再关心秦伯是否狼子野心要吞并天下……她心中一片漆黑，活着也犹如死了，眸子中亮晶晶的神色此刻变得暗淡无光。褒姒靠墙坐在铺满了稻草的床上，怔怔地发呆。

郑伯友以为褒姒只是一时接受不了现状，给她更多的时间总能弥补心中的创伤，然而她根本没想过要好起来，这几日她在房中发呆。他去街上探听消息，寻找逃出城的机会，却没想到风声越来越紧，几日后，他回到房中对褒姒说道：“我们必须换个地方！”

褒姒神色无光地看着郑伯友，眼中没有疑问，就这么看着。

“宜臼发现你没死在琼台殿，正四处搜索城中民房，我们必须换个地方藏身，这里太容易被发现了。”郑伯友知道自己的郑府已经被人搜过了，秦伯短时间内不会再回去，他决定带褒姒藏身其中。

褒姒似乎听进去了这番话，也似乎没有，任由郑伯友将她带回了郑府暂时栖身。他说：“我们先在这里待些时日，他们找不到我们，也许就会松懈了！我们再谋划离开的事情。”

褒姒点了点头。

这天夜里，一如往常地睡下，郑伯友只觉得白日里巨大的压力让自己疲惫不堪，双眼沉重得合拢在一起无法睁开，和衣睡在了褒姒的不远处。这天夜里的月光皎洁，泛着璀璨的光芒，褒姒看着郑伯友安详的神态，翻身从床上坐了起来。她知道他一心想要带着自己离开这里，可她的心早已死在了镐京城中，不愿再走了。

若是她的性命能换他一条活路，她也算不负他此生的恩情。

褒姒蹲在郑伯友身边，轻轻为他理了理发丝，在他耳畔说："只有我死，秦伯才会善罢甘休。我不是为了救你，这是大王欠我的，也是我欠大王的。"她笑了，开始正视这场梦魇，开始相信他已经死了，无论这世上或地府里，她都想陪着他。

嬴德本以为宜臼年纪尚小，可以借他控制周廷使诸侯臣服，让秦国渐强。却不想周王宫湦的儿子也遗传了他的习气，登基大典定于朝岁之后，他将派出去搜寻大王的重兵调了回来，为周王宫湦立了衣冠冢，等七日后入土为安。

宜臼坐稳了王位，设宴款待诸侯。

第二日他就单独召见了楚侯与虢石父，请虢石父出任太宰上卿，而赵叔带假传圣意被赐死罪；楚侯被拜为左上卿，与虢石父平起平坐，二人位居百官之首。虢石父明白宜臼的意思："既然大周祸患已除，不妨请秦伯撤军，退出镐京城一百余里！"

"寡人也是这个意思，不知这秦伯愿意否？"宜臼问道。

虢石父捻着自己的胡子："褒姒与郑伯既然葬身火海，赵叔带又认罪伏诛，褒家起不了什么风浪，我看秦兵也就没有再围困镐京城的理由了！"

宜臼叹了口气："我当日只怕有人图谋不轨反引狼入室，如今想要送走，只怕是难了！"

"大王不必担心，在下也带兵前来，既然秦伯愿意为朝廷出一份力，在下也愿意！"楚侯作揖说道。宜臼会意地笑了："如此说来，齐伯、晋伯、陈伯、宋伯、卫侯、鲁侯等人也都愿意为寡人尽一份力了！既然如此，那寡人岂不是要大开城门请所有诸侯入京，此事寡人要好好问问秦伯。如此一来，如何是好？"

楚侯不再说话，心中登时一怔，没想到生性冲动的宜臼有如此机敏的性格，他赔上笑脸奉承道："如此一来，秦伯断没有将兵力留在镐京城的理由了！"

“如今我得虢上卿与楚侯二卿，是天佑我大周！”宜臼起身拍了拍两人的肩膀说道。第二日上朝，楚侯依前一日的吩咐进言，请楚军入京，这话一出，各地诸侯纷纷要求效力，都想入京帮大王立威。

宜臼摆了摆手：“这可为难寡人了，镐京城就这么大的地方，诸侯的兵马都来，将士们也无立锥之地啊！可若不这样，大家又必定会责怪寡人处事不公，秦伯……”他说着看向了秦伯，“您看此事可如何是好？”

秦伯将目光看向洪德，面色黑沉，眉头紧锁，他没想到宜臼过河拆桥会如此之快。洪德上前一步行礼道：“启禀大王，此事不妥。”

宜臼看着洪德，想起此人与褒姒的关系就觉得十分讨厌：“有何不妥？”

“褒姒与郑伯还活着……”洪德阴森森地看了一眼宜臼，心中吃定了他对褒姒的惧意和恨意，“臣还听闻，大王临走时留给她两千精锐，若叫褒姒逃出城去，只怕……”

“他们没死？”宜臼听闻洪德此话，就已经吓得面色惨白了。

洪德点了点头：“在下已经去查看过琼台殿的焦尸了，诸多尸体中却没有一具男人的尸体，恐怕郑伯带着褒姒逃出生天了！”他这话说出来，整个朝堂中的人无不侧目，大家都以为洪德是为了权势不惜如此待自己的妹妹，现场之人无不唏嘘。

听罢此事，刚刚才下定决心要驱逐秦兵的宜臼又犹豫了起来，城中若是没有守军，只怕单靠自己单薄的羽翼挡不住褒姒那两千兵马的进攻：“那还有劳秦伯将城中躲藏的褒姒找寻出来了！”

“是，大王！”嬴德冷笑一声，退了下去。

隔日，城中就张贴了捉拿褒姒与郑伯友的榜文，而郑伯友正是这时候带褒姒从原有的民居中离开，搬到了郑府上。褒姒深知宜臼一日找不到自己，就一日不会罢休，时间一长，他们也躲不过去，与其两个人一起等死，不如用自己的性命去换郑伯的活路，她从郑府出来，走街串巷到了秦府门前。

第三十五章

镐京城秋后算账，褒姒以死报恩情

此刻嬴德正在府中踱步，刚刚差人去请了虢石父前来一聚，他府上的下人却回话说虢上卿身体不适，来不了！

“浑蛋！”嬴德将桌上的茶壶掀翻在地，双手叉腰站在庭院之中。洪德听其差遣从褒府匆匆赶来，嬴德双手撑在石桌上喘着粗气，胸口上下起伏，目眦欲裂，“虢石父那个老浑蛋，忘恩负义、过河拆桥！”

洪德却十分平静，只说了句：“虢石父一向是这样的人，秦伯总不是对他还有什么指望吧？”

“那你倒是说说，我们如今该如何是好？打道回府吗？”

“秦伯可还记得，当日坊间传言说大王驾崩，宜臼继位便要让后宫女子陪葬吗？”洪德问道，嬴德点了点头，等着洪德继续说下去，“如今宜臼既然登基，立了大王的衣冠冢，那么后宫女子就到了该陪葬的时候了。”

“此事和你我有何干系？”嬴德原本就没把这个谣言当真，而洪德居然还特意提了出来，仿佛胜券在握地说着：“自然有了，秦夫人也是后宫女子。”

“舍妹难道今时今日不在你府上？”

“在，可别人不知道她在啊！秦伯大可以以无道昏君意欲杀害秦夫人为由，带兵强行入宫，如今京中的几千兵马被赵叔带与褒姒调度出去，郡县的大周兵马不见大王印玺、司马令牌不会出兵，司马一职自伯士死后又空缺良久，无人上位。我们包围镐京城胁迫宜臼，不必再听他的指挥，宫中女眷繁多，牵扯朝中派系甚广，个个惶惶不安，他们也未必就不想入宫救人，只是苦于没有兵力。”

嬴德听着频频点头：“不错，既然不能来软的，我就来硬的！虢石父这个老东西，我不除他心中不快，你有何计策，快快说来！”

“秦伯不妨请大王赐婚，让虢石父将女儿嫁给您。”

“我呸！”嬴德啐了一口，“还要娶那个老家伙的女儿？”

“秦伯，成大事者不拘小节，何必吝惜此事？娶了虢石父的女儿，就等同于与虢石父有了姻亲，日后这个老家伙行事就要卖秦伯几分薄面了！”

嬴德思忖片刻，微微颔首：“此事你去安排，我要我的兵马今日就踏平镐京城。”

“是！”洪德领命从嬴德府上出去。不多时，又有人来报：“启禀秦伯，褒姒来了！”

“什么？”嬴德转而浮现出戏谑的笑意，“褒姒来了？”他喃喃自语地品着这句话的滋味，手摸了摸自己的下巴，掩饰不住眼中的兴奋之意，“快……快带进来！”

“是！”下人得令将褒姒带到后堂。她站在嬴德面前，面色苍白而平静：“听闻秦伯日日都在追查我的下落，倒是叫秦伯费心了！如今我送上门来，自求一死，唯有一事相求！”

“要我留郑伯一条性命？开城放人？”

“我既然已死，还请秦伯放过郑伯！”

嬴德看着褒姒，朝她靠近了一步，手指轻抚在她的面颊上，感到一种从心底深处发出的渴望：“要我放过郑伯也可以，那就看你怎么做了。”这话中的意思再明白不过了，褒姒却没有后退，冷冰冰地说了句：“成大事者，若在这等小事上折损，秦伯就不明智了！”

“什么意思？”

“你欲成天下霸业，却因我一个女子得罪宜臼与你的谋臣，值还是不值？”褒姒的声音充斥着一种不容辩驳的味道，“秦伯不如直接杀了我，将我的头颅献给宜臼，他大悦，自然会对秦伯疏于防范。”

“此事不用你操心。”秦伯对褒姒的建议嗤之以鼻。虽然他几次和褒姒对峙都没占到便宜，但他却将缘由归咎于周王的安排及赵叔带的计谋，也没想过那些让他觉得窝囊的法子到底出自谁。

“那谁来操心？洪德吗？秦伯也不过是哥哥手中的一枚棋子，你居然如此信他，真是可笑！”

“什么意思？”嬴德语气一紧。

“洪德会效忠于秦伯，无非是要借你的手铲除大王，如今目的既然达到了，他就无须再为你卖命了！他要的……”褒姒盯着嬴德说道，“是我！洪德计谋之高明，别人不知，秦伯必定清楚，若是洪德投靠楚军或者宜臼，你对付他，有胜算吗？”她看着秦伯的表情变化微妙，继续说道，“与其将我禁锢起来，倒不如将我杀了，取悦于宜臼，再将此事推到宜臼与洪德头上，你出面做个好人，为郑伯求情，而后你便能联合郑国围剿镐京城。届时，再说宜臼失德，将大王之死嫁祸给他，你辅佐念儿继承王位，拥立他为王！念儿年纪尚小，不能掌权，如此一来，朝中大小事务不就都听命于秦伯了吗？”

秦伯一把扼住了褒姒的脖子，将她推到了石桌的边上，面上泛着一种杀伐的暴虐：“杀了你倒还有些可惜了！”

“不杀我，秦伯的脖颈之旁就悬了一把寒刀，不怕你终有一日死在我的利刃之下吗？”褒姒盯着嬴德问道。嬴德对褒姒的觊觎，无非来自于男人的欲望，并非出自真情，他如今感到了褒姒带来的威胁，立刻大呼道：“来人啊！将褒姒给我收押在地牢之中，听候发落！”

几位下人领命将褒姒带了下去，嬴德则立刻前往宫中向宜臼禀告此事，对洪德也存了一丝芥蒂，竟没让人去通知洪德。宜臼一听，心中大喜：“好，秦伯真是助寡人一臂之力，如今褒姒自投罗网，我就没有什么可担心的了！”

“大王王位既稳，在下意图在朝中谋个官职辅佐大王，不知大王意下如何？”嬴德进言道，宜臼的表情难看了稍许，然后摆摆手：“秦伯一向拥兵西秦抵御犬戎进犯，寡人若是强留，只怕是人家说寡人褫夺秦伯兵权，此事不妥，不妥！”

嬴德不再逼问，转而说道：“褒姒只怕不宜秘密处死，不妨斩首示众，以安天下民心！毕竟褒姒祸乱朝纲多年，不知大王意下如何？”

“好！”宜臼立刻拍手附会，“就这么办！此事我下诏，秦伯你去办！”

“是，大王！”秦伯冷笑一声，又说道，“郑伯当日救娘娘乃是受人所托，如今既然娘娘已经被收押监牢，不妨请大王收回成命，不再追究郑伯的罪责，以免天下诸侯心有不平。”

“既然秦伯这么说了，郑伯一事就随他去吧！”宜臼点头称是。

“监牢重地，还请大王不要让任何人靠近，若是再有差池，只怕局面就失控了！”秦伯继续说道，此话得到了宜臼的响应，他点头让秦伯放心。此举是防洪德私放褒姒，经过了褒姒那番话的提点，嬴德再细细想来，发现他的一举一动好似都是针对褒姒一人而已。

洪德安排好了军中之事，散播后宫嫔妃将殉葬的谣言，又回到秦府上报秦伯，秦伯却并不在府中。问了下人才知道，今日褒姒已经来过，被收押在监牢中，秦伯匆匆入宫邀功去了。洪德心下一惊，立刻朝地牢赶去，不明白她为何会自投罗网。若再坚持几日，他们两人就都能平安出城，如今却跑来送死！思前想后，褒姒这么做的理由，无非是要以死来保全郑伯友。

这么一想，洪德就觉得愤怒难当，恨不得掘地三尺也要找出郑伯友，再将他身上的肉一片片割下来。他匆匆来到地牢，亮明身份，却被门外的侍卫拦住：“大王有令，任何人不得入内！”

“连我都不行？”

“任何人！”侍卫重复了一遍。

洪德掏了些钱币给侍卫：“小哥行个方便，叫我进去看看吧？”

“褒大夫，不是我等不愿给你行方便，只是如今地牢中关押着重犯，我等实在无能为力！”

“重犯？”

“是，今日送来了褒娘娘，大王传令后天褒娘娘与赵叔带一并斩首！”

此事宜臼拟了诏，第二日就准备诏告天下。此事一旦传开，郑伯友便会知道杀褒姒的人是宜臼，而救他的则是嬴德。嬴德相信郑伯友必定知道念儿在哪里，再两相谋划辅佐念儿上位。

洪德进不去地牢，只能回秦府，见秦伯从宫里回来，便上前拜谒道：“秦伯！”

“事情都安排妥当了？”嬴德的语气透着他的猜忌，已经全不似之前对洪德的态度了。既然嬴德已经见过褒姒了，褒姒必定会将洪德的私情和盘托出，从而离间他与嬴德的关系。既然如此，洪德自觉无须再同嬴德商议，当务之急是救褒姒。

“已经安排妥当了！只要秦伯下令，秦军就会立刻接管王宫！”

“此事容后再议吧！褒姒已经收押监牢了，后天问斩！”嬴德说这话的时候，仔细打量着洪德的表情，想从中窥探这位兄长的不伦之恋。洪德听后满面吃惊：“舍妹已经被秦伯找到了？”

“不错，大王还下令要后天问斩。毕竟是自己的妹妹，褒大夫也于心不忍吧？可惜大王对褒姒恨之入骨，否则我也可以安排你们再见一面！”

“褒姒曾几次三番挡秦伯之路，如今被宜臼处死也是应该！”洪德话中的低落之情，被秦伯尽数洞悉，秦伯道：“褒姒一死，我们就撤军！”

“为何？”洪德不解地问道，这和当初的计划不同。

“如今大王既然要我驻守秦国，我也先退再谋！”嬴德哀叹一声，他要先除掉虢石父与楚侯，再陷宜臼于不义，联合郑国拥立念儿。此事要从长计议，可惜褒姒是个女人，否则为己所用，真是帮得上大忙了！

洪德知道自己的仕途已经到了末路，心中不免哀叹一声，而后从秦府退了出来，重回镐京城城门，收回了对军中将领刚刚下达的命令。他还未及转身，就有人匆匆来报：“报……”

“何事？”洪德问道。

“启禀褒大夫，前方发现一路人马正朝着镐京城赶来，大约还有一日便能抵达！”报信士兵的这番话叫洪德大吃一惊，转而看着远处。他紧锁的眉头豁然开朗，看来是天佑褒姒，天佑周王，他立刻说道：“备马！”

“褒大夫，此事可要向秦伯汇报？”

“不必了，此事我与秦伯商议便是！不过我要先去查看一番。”

“是！”士兵回话道，待洪德走下城门牵了马来，便开门放行。洪德跨马出城，然后朝着远处奔去，大队兵马行至镐京城需要一天的话，他单枪匹马只需半日。将士们得了他的令，秦伯又忙于周旋在褒姒与宜臼之间，一时半刻怕是得不到这个消息，若来的真是周王宫涅，那褒姒就有救了。届时只要他哄骗城门上的将士开门，周王大军一旦入城，镐京城的形势就会被彻底逆转！

褒姒即将问斩，嬴德却莫名地感到不安，决定去牢里看看她。

被关押了一日的褒姒面无人色，肌肤惨白而泛着淡淡的青色，嬴德吩咐一旁的狱卒：“将褒娘娘带入里间，我有话要问。”

“是，秦伯！”来人回话道，将褒姒拖入了里屋用来严刑拷打之处，他将她悬挂起来，双手绑住吊了起来，她整个人浑身无力地垂头看着地面。嬴德挥了挥手，叫牢里的狱卒都出去了，将铁门紧闭，只剩下他们二人。褒姒缓慢地抬起头看着嬴德问道：“秦伯还有何事请教？”

“在下是来请教娘娘如何能得到大王宠幸，让大王迷恋娘娘的，七天不出琼台殿，内里必然大有文章。”洪德的手中捏着审讯要犯的长鞭，话音落地，他便抽打在褒姒的身上，留下了一条长长的血迹，褒姒发出一声惨叫，惊恐地看着嬴德问道："你要做什么？"

"反正你也活不了多久，不妨就叫我享用，看看你到底是什么滋味！"嬴德说着，就迫不及待地将身上长衫脱了下来。褒姒倒吸一口冷气，被凌辱比死更让人不堪，她再镇定，此刻也慌乱了起来，对着秦伯惊恐地叫道："不要……不要，请秦伯放过我吧。"她眸子中充斥着令人怜悯的祈求之意，不断地想要踩住地面朝后退去。

看着惊恐的褒姒，嬴德感到一丝满足，手舞长鞭抽打在褒姒身上，令她一次次发出惨叫声，这画面让嬴德热血沸腾了起来，撕碎了褒姒身上那件长裙，几乎与她赤身裸体地相对着。

褒姒心中的惊恐早已超过了身上的疼痛，让她瑟缩在一起，不断地朝后退着，却因为双手被缚而无法动弹。嬴德露出的笑意格外残忍，企图要吸食褒姒的一寸寸骨髓那般，朝着她慢慢走来，一把抓住她的头发把她的脸抬了起来，欣赏着她惊惧的表情："这是你自找的！"嬴德说罢这话，一个巴掌扇在了褒姒的面颊之上，她的嘴角微微渗出了血。

"我死都不会放过你的！"褒姒将口中的血水啐在了嬴德的脸上，怒目瞪着他。嬴德一手掐住褒姒的脖子，紧紧扼住她，褒姒痛苦地挣扎着，离死亡的边缘越来越近。她希望自己就这么死了多好，嬴德看着她气若游丝之时，忽然松开了手，出于本能，她大口大口地呼吸着。

褒姒的身上只剩下最后一件遮挡着自己身体的长衫，她诱人的胴体此刻伤痕累累，因为整个人被悬挂起来而摇曳在破碎的衣裙之内。嬴德已经无法控制自己兽性的欲望，低吼了一声，一把揽住了褒姒的纤腰。

…………

秦兵压境，将镐京城封锁了半月有余，城门紧闭，往来已经断了联系。城中的气氛越发压抑，人们行色匆匆压低了眉梢，从大街上快步走过，生怕久作逗留就会被当作奸党同伙而下了大狱。连日对郑伯友与褒姒下落的追查，叫整个镐京城的人如同惊弓之鸟，人人自危。

褒姒与赵叔带明日被处斩的告示贴了出来，扼在整个镐京城脖颈上的手总算是拿了去，人们都兀自喘了口气，像是获得了久违的自由。郑伯友戴着斗笠遮住自己的面孔，站在告示前木立良久，他心中清楚褒姒必定是觉得他们逃不过这一劫了，与其两个人一起死，不如用她的一条命换他的。他神情肃然，明知褒姒放不下周王，可还是想拼尽自己一条命去救她，他握住手中的剑，紧咬着牙关，一心想拔剑杀去地牢。

身后忽然有人拖住了郑伯友的手腕，将他手中的剑压了下去，在他耳边低声叫道："三哥……"

郑伯友愣在了原地。

"娘娘不会有事的。"旁边的人上前一步与郑伯友并排站立。郑伯友转身去瞧："启之？"

启之微微点头，四下看了看，拉着郑伯友走出了人群，到了僻静的角落："你单枪匹马想干什么？以为从这里能杀到地牢去吗？"

"大王呢？"郑伯友压低了声音。

启之没有回答郑伯友这个问题，反问道："哥你疯了吗？为了一个女人连命都不顾了，你清不清楚自己的处境？你以为你杀到地牢去，就能将她救出来了吗？太子千错万错，总归有一句话没有说错，这女人是祸水，是妖孽，把你们这些男人都迷晕了眼！"

"够了！"郑伯友呵斥了一声自己的弟弟，又问了一遍，"大王呢？"

启之看着郑伯友，不情不愿地答了句："去地牢了！"

地牢中，褒姒惊恐地瑟缩在一起，整个人抽噎着几乎要喘不上气了，面对着面前如豺狼一般的嬴德，她的内心感到深深的绝望，对嬴德是一阵阵的恶心。嬴德的手抚摸在褒姒的肌肤之上，就像是一条冰凉的毒蛇蜿蜒缠绕在她的身上；他的舌尖轻触她的肌肤，迷恋着她的味道。

"咚……"一声巨响，地牢审讯室的铁门被人踹开了。

周王宫涅看着这血腥的画面，感觉空气在这一刻都凝固了。他的褒姒竟凄惨至此，他为她留下的保命诏书，却成了她的催命符咒，想到这里周王宫湦就觉得怒不可遏。他不待嬴德转身，就一刀从他背后刺了进去，刀刃回转撕裂了嬴德的腹部，他再一把抽出刀刃，嬴德肠裂气断，转过身不可思议地看着周王宫湦，连一个字都没说出来就轰然倒地。

周王宫湦的模样刺痛了褒姒的双眼，她的声音哽咽了，泪水溢满了眼眶。她张了张嘴却发不出声音，喉咙痛得难以言语，而心头的痛则更加无法描绘。周王宫湦暴喝了一声："都出去！"

随周王进来的士兵连同洪德一并退出密室，周王宫湦将悬在绳索上的褒姒解下来，她沉重的身体几乎要坠落在地，她被周王接住了。他脱下衣服盖在她的身上，捧住她的脸，手不停地颤抖着，眼中满含着疼惜，用嘶哑的声音说道："寡人回来晚了。"

褒姒的眼泪终于难以抑制地流了出来，她缓缓闭上眼睛，意识渐渐模糊了，就像是找到了安全的港湾沉沉地睡了，多日来紧绷的弦终于可以松开了。周王宫湦将怀中的褒姒抱起，走出了这间地牢。看着褒姒又重回到周王怀中，洪德也舒了口气，总算是不必再让她遭受凌辱之苦。

接到城墙上士兵的报信，洪德就猜到远处朝镐京城进发的若非大王，必是启之，不论是谁，都是褒姒的救命符。若是大王，自不必说；若是启之，受郑伯友诱导，他也会发难镐京城。洪德自诩口才了得，为了不让城中人早早戒备，才要守城的士兵无须知会秦伯。

洪德带周王一行绕过守城的将领径直进入城中，若非他们及时赶到，周王宫湦就再也见不到自己心爱的褒姒了。她睫毛微颤，在他的怀中瘦瘦小小的，比他离开时更加瘦弱。他将她放在马上，然后翻身上马朝宫里去了，行至宫门前，却被拦在城门外："何人未经准许擅闯宫门？"

周王宫湦憋着怒火盯着这侍卫，手里的剑不待这人反应，就一刀取了他的项上人头，寒光一闪刀已入鞘。

"宣医官来显德殿！"周王宫湦背对着洪德，用低沉的嗓音说道。

"是。"洪德立刻点头称是，下马撒腿狂奔，朝太医院赶去。

医官闻讯不敢怠慢，拎着医箱就朝显德殿疾步而去，迈步而入。周王宫湦正黑沉着面色坐在褒姒床前，手紧紧攥着她，将她的手贴在自己的脸上，满面悲戚。医官行至床前为褒姒号脉，沉吟半晌说道："娘娘没有大碍，只是体质虚弱，又惊吓过度，才昏了过去，多加调养就能好转。"

"你们都下去吧……"周王宫湦挥了挥手，语气十分疲惫。

医官站起身向周王请辞，临了又不忘叮嘱道："娘娘身体无碍，醒来后开些滋补的药便可，还望大王保重！"

"下去吧！"周王宫湦又重复了一遍。医官与洪德退下，屋子里静得只剩下他们二人的呼吸声。褒姒脸色苍白得近乎透明，睫毛微颤，周王宫湦看着她苦涩地笑了起来，手指轻抚在褒姒的面颊上："你又救了寡人一命，还保住了寡人的王位，不管发生什么，你都得活下去，陪在寡人身边。你入宫三年，我欠你的，以后有的是时间还你，寡人再也不走了。"

周王宫湦掀开被褥，脱下身上冰凉的铠甲，躺了上去。褒姒都还没好好看看自己的夫君呢！他历经了沧桑和生死的磨难，皮肤越发黝黑，肌肉越发坚实，比起两年前更加健壮与魁梧。他卧在褒姒身侧，将她紧紧拥入怀中，头靠在她的肩上沉沉入睡，心中感到无比踏实。

这一觉睡得长而香甜，从梦中醒来，看着娇妻在侧，周王宫湦觉得自己的心被填得满满的，他掐了掐胳膊，提醒自己这不是一场梦。那场如同梦魇的战争如今已经结束，他将东夷击退数百里，换取大周东面百年免受侵扰之苦。

周王宫湦回宫的消息，一时之间传遍了整个王宫，启之出城带领大周将帅自城门而入，秦兵为大周军马让位，在洪德的指挥下后退二百余里。虢石父与楚侯二人闻讯，丢下正与自己商议政事的宜臼前往显德殿候着了，余宜臼一人木立当下。待到回过神来，他立刻回东宫收拾细软，连夜奔出镐京城，连申后都不敢知会便奔走申国。细细思量后他决定倒打一耙，说大王返京后以为宜臼威胁自己王位，要废除东宫，改立褒姒之子，申侯必定会对此深信不疑。

秦夫人虽然还不知道此事，可总觉得不安，待到洪德进门便匆匆问道："宫里是不是发生什么事了？"

眼下的秦夫人是一柄抵在洪德脖颈的利刃，随时能要了他的命。他故作镇定，满面疲惫地摇头："明日舍妹要与赵上卿一同问斩了，我只是有点……"

"我明白，可褒姒不除，日后会威胁到咱们！"秦夫人宽慰了他两句。

洪德点了点头，用疲惫的嗓音说道："我知道。"他从背后抱住秦夫人，亲吻着她的耳垂，秦夫人耳朵烧得通红，对他没有任何防备。

洪德的手顺着肩膀向下摸到了秦夫人的前胸，她娇嗔地低吟了一声，用手握住了洪德的手，眼睛微闭着靠在他的胸前。却不知洪德正冷眼俯瞰着自己，如秃鹰盯着死尸般，他用手勒紧了她的脖颈。秦夫人挣扎着，喉咙中混沌不清的声响中满是惊恐与不可思议："为什么？"

"大王回来了，你死还能保全我，你若不死，我们都得死！"

秦夫人张着嘴、睁着眼，无法相信眼前发生的一切，那眼睛慢慢地又闭上了，手垂了下去，彻底没了气息。尸体被洪德送回秦府，再伪造成上吊自杀的场面，才匆匆回显德殿候着。

郑伯友与启之是随后到的，拥挤在大殿上的人越来越多，闻讯的士大夫挨个赶来，等着周王宫湦这一觉睡醒传唤自己前去问话。

褒姒的呼吸十分均匀，面色仍旧苍白，眼睛仍然闭着。周王宫湦叹了口气，从床上翻身下来，他的气色比昨日进宫时好了很多。大殿上已经人满为患了，候在一旁的下人见大王醒了，立刻进言道："朝中百官已经在门外候了多时，要不要将他们打发了？"

"洪德在吗？"

回话之人点了点头，周王宫湦便将床榻上的纱幔放下来："请进来！"

"是。"这人应声将洪德请了进来。这叫门外的士大夫们面面相觑，洪德卖主求荣、临阵倒戈，如今却备受器重，这宫里又会变成褒家的天下了。人人都对他嗤之以鼻，可个个又都在急于同宜臼划清界限，正想着编纂出一个什么理由来向周王控诉自己的无奈。

洪德进了里屋，向周王宫湦拜谒，满面坦然，如今能够指证他助纣为虐的证据都不复存在了，而赵叔带投鼠忌器，更不会主动揭发自己对褒姒的不伦之恋。褒姒对大王患得患失，也不肯说，他算是保住了一条命和日后的荣华富贵。

"秦军撤了吗？"周王宫湦问道。

洪德的眼神在床榻的纱幔之上停留了片刻，立刻回过神来："撤出镐京城二百余里，如今秦伯大薨，秦国宗主一事还请大王定夺！"

"不必定夺，秦国自有嬴开，不用寡人费心！"

洪德面色一惊，他早就差人四处打探嬴开的消息，却一无所获。周王此刻的语气分明就是说他与嬴开始终保持着联系，如今嬴德带兵入京虽是洪德的主意，可好像正巧中了周王的请君入瓮之计："嬴开已经回到秦国了？"

"嗯……"周王宫湦的应答极不耐烦，"启之在吗？"

"在殿内候着！"

"叫他把楚夫人带来！"

"楚夫人？"洪德脱口而出，从未听过这宫里还有一位楚夫人。瞧着周王宫湦投来的凌厉目光，他不敢多问，立刻应声退了下去，转身走出内堂同启之说道："大王说带楚夫人来！"

"楚夫人？"启之怔了怔，"娘娘怎么了？"

洪德摇了摇头，不敢向周王探听褒姒的病情，周王的不悦让他提心吊胆、战战兢兢，处事更是小心斟酌，不敢有半分懈怠。启之狐疑地转向郑伯友，小声说道："娘娘的情况怕是不容乐观，三哥要按捺住，如今大王在，万事轮不到你去操心。"

郑伯友瞧了一眼自己的弟弟，没有应声，看着他离开。

士大夫们伸长了脖子等着这位楚夫人出现，楚夫人生得瘦小，一袭红衣，就像是个还未成年的少女，进殿见了楚侯立刻唤了声“哥哥”，这声音也十分稚嫩。洪德瞥了一眼这夫人，心中冷笑，褒姒在这后宫的路还难走着呢！

启之走在前面，楚夫人紧跟其后，进了寝宫向周王拜谒：“参见大王！”

周王宫湦站起身，将床边的位置让给了楚夫人：“快看看她的伤势，为何还不转醒？”

“是，”楚夫人拢起裙子坐在椅榻边上，把着褒姒的脉搏，时而眉头紧锁，时而又舒展开来，面上满是疑惑，“褒娘娘的伤势没有大碍。”

“那为何还不醒来？”周王宫湦问道，情绪有些激动。

“怕是……”楚夫人为难地看了眼周王，“怕是娘娘一心求死不求活，身体虽没什么大碍，却不愿醒来面对大王。”

周王宫湦的手蓦地一抽，知道褒姒一定是在怨自己。他面色痛苦，他让她备受欺凌，还要遭到那封诏书的羞辱，他觉得自己没用，连他爱的女人都保护不了。他发了狠似的命令道：“不管用什么方法，必须要让她醒过来！”

这口气吓了启之与楚夫人一跳，楚夫人赶紧摇头：“娘娘身体无碍，假以时日必定要醒，不会一直这么睡下去，只是时间的问题。”她看着周王宫湦，拉了拉他的胳膊，“娘娘吉人自有天相，大王不必担心，之前那么多苦难不也一样过去了吗？”对她的宽慰，周王宫湦只是敷衍地点了点头，却一点都轻松不起来。

启之的目光转向床榻：“是褒娘娘？”

周王宫湦点了点头，吩咐了一声：“叫郑伯进来吧。”

“是！”启之领命，心中有些担忧，以郑伯友对褒姒的用情之深，他担心他们叔侄会为了一个女人起冲突，为此也有些迁怒褒姒。见启之出去，楚夫人问道：“要开些药吗？”

“她的事情你不用管了。”周王宫湦吩咐道。楚夫人饶是看着天真烂漫，可用心之狠、手腕之毒，周王是领教过的。若非楚夫人相伴，他无法从这场战事中全身而退，楚夫人自小生在南楚，熟知药性医理，楚侯熊仪出征，楚夫人熊宁便女扮男装混在军中。她对这位威风凛凛的周王一见倾心，他救她于沙场上，她便只爱周王一人，几次对秦伯派来的死士下了狠手，杀人于无形之中。

周王身中剧毒回天乏术，也是她一口一口地将他的毒从体内吸出来，碍于重重压力，周王不能不封她为夫人，可他的一颗心自被褒姒占据后，就再也容不下别人了。他用浑厚的声音吩咐道：“你与楚侯数日未见，应该有不少话要说。朝岁之后，楚侯离京就是一年，你们叙叙旧吧。”

"是。"楚夫人应了一声，依依不舍地离开，扭过头又带着七分羡慕三分嫉妒的目光瞧了褒姒一眼。她只是出现得比较晚，自诩若是比褒姒先遇到周王，他的心中便应该只有自己了！楚夫人自负，相信假以时日她一定能打动周王的一颗心，再慢慢走进他的心中，成为他唯一的挚爱。

郑伯友得了令进入内堂，向周王拜谒，然后盯着褒姒的纱帐看了许久。周王宫湦的目光顺着他的眼神看去："都说她没事，可就是醒不过来。"

郑伯友转而看着周王，他已经听说了褒姒被囚一事，自然也明白褒姒去找嬴德是为了保全他的性命，他深感愧疚："是我没能护她周全，还请大王降罪！臣没能将娘娘带离镐京城，有负大王所托。"

"若是为此事降罪，寡人要杀多少人？可事情为何会变成这样？"

"去年此时，秦伯领兵前往东夷，是娘娘拦住的。如今的嬴德，容不下娘娘。"

"寡人不是给了她兵马叫她走吗？她为什么不走？"

"娘娘说她若走了，天下就乱了，那时候大王再回来，这宫就不是您的宫了。她是在为了大王返京争取时间，将两千兵马借给赵叔带，希望能尽快找到大王，迎大王还朝。若是大王不幸……"郑伯友的话是犯了忌讳的，可他还是说了下去，"娘娘一心想为大王殉葬。"

周王宫湦沉默良久，自嘲地笑了："原本是想保她和念儿一命，以为秦夫人与申后不敢违逆寡人的旨意，以为那两千人足以保她周全……是寡人太天真了。"他坐在她的身侧，握着她的手，"她被抓之前，一直和你在一起？"

"当日琼台殿大火，我带兵杀入宫里带她离开，本想诈死躲避秦军的追查，却无力带娘娘脱困，只好东躲西藏。娘娘以为大王已经战死沙场，心中绝望，去找秦伯一心求死，微臣保护不力，还望大王降罪。"

"王叔为何一心想要寡人降罪？"周王宫湦有些狐疑地看着郑伯友。

"娘娘与微臣独处数日，大王若不杀微臣，会毁了娘娘清誉。"郑伯友面无惧色，叫周王宫湦有些讨厌。他的语气发紧，带着居高临下的王者之态对郑伯友说道："我若杀了你，才会毁了她的清誉！"

"离宫一事，是我计划不周，没能为娘娘考虑周全。"

"是没能为娘娘考虑周全，还是没想到寡人活着？是想保全娘娘性命，还是想与娘娘厮守半世？"周王宫湦一句句问了下去，句句存着苛责之意，愤怒的情绪再次涤荡着他的胸腔。郑伯友心中惶恐，却没想到自己为了保全褒姒的清誉，却让周王宫湦怀疑，此刻悔之晚矣，只能硬着头皮说下去："大王多虑了，琼台殿大火当日，是我强行带娘娘离开的，娘娘本打算……"

"够了！"周王宫湦忽然站起身来喝道，"当寡人是三岁小儿吗？琼台殿密道，整个宫里也只有寡人与她知道，若非她带你走，你怎么可能在大火中生还？"

郑伯友不再争辩，这屋子陷入了令人惶恐的沉默当中，他像是正在做一个艰难的决定，表情肃穆地缓缓开口："我救她离开，确有私心，一心想让她以身相许，就是不要爵位，也了无遗憾！只可惜……娘娘不愿从我的意志，宁死也不愿委身，"他盯着周王宫湦，一步步朝前逼问，"你扪心自问，她的爱，你配吗？对你来说，江山重要，你的帝王之尊重要，你的一切都比她重要不是吗？秦伯一事，她不正是被你推到风口浪尖的吗？她在后宫的艰难处境，不正是你一手造成的吗？她便是有性命之虞，也是你一手将她推落悬崖的！"

周王宫湦手攥成了拳，口中喘着粗气，怒目瞪着郑伯友。郑伯友不卑不亢继续说道："你作为她的男人，她的依靠，却无力保护她，她有难的时候，你一道诏书可以落井下石。她崩溃的时候，心寒的时候，孤立无援的时候，站在她身边的那个人是我而不是你！你到底凭什么？就凭她爱你，你就可以这样肆无忌惮地一次次伤她吗？你以为她是个贪生怕死之人，才苟延残喘地留在你身边的吗？"

周王宫湦一把扼住了郑伯友的脖颈："信不信我现在就能要了你的命？"

"信，"郑伯友咳嗽了两声，喘不上气的痛苦叫他面色通红，"我若不是爱她，早就对她用强了，我既然爱她如此，你以为我会怕吗？"

周王宫湦猛地一推，将郑伯友推出了数米之外，周王盯着郑伯问道："如果她醒来，寡人放她走，你觉得她会不会和你离开？"

郑伯友心头一抽，他纵是再富有想象力，也无法想到周王竟然会说出这番话来，可他也知道，褒姒绝不肯和他走的："大王想害死她，尽管这么做！"

"寡人放她走，她走后，你带她隐匿于世，再也不要出现在寡人面前，对外寡人可以宣称郑伯是为保寡人王位而不幸被害，她是重病身亡！"周王宫湦的声音低沉而沙哑，心中痛苦而绝望。郑伯友却无法冷静下来："你觉得这是她想要的吗？她入宫三年，不知道你还能不能回来，也要死守在这里，你觉得你给她的是她想要的吗？"

"她若不肯走，就麻烦郑伯把自己的爵位稳稳地坐好，别叫别人得了机会将你赶下台，到那时候，你再想想自己还凭什么保护她。"周王宫湦冷眼盯着郑伯友说道，这话才是周王宫湦的真正目的。这话也叫郑伯友不解："大王何出此言？你不是从来都忌惮我三分，想让启之取代我吗？”

“三叔多虑了，念儿与秀秀在府上打扰多日，还请三叔速去速回将他们送来！”

“是。”郑伯友心中纵有千言万语，可眼下也只能汇成这一句话。见郑伯友出来，启之才长长地舒了口气：“大王为了那个女人有没有为难你？”

郑伯友瞥了一眼启之，没有搭话，他发现自己还是低估了周王宫湦作为王者的气度，如今留他一命是买褒姒的安心，也是要限制启之的权力。郑伯友明白，郑伯之位，他不但要坐，还要坐稳。

“你何时回郑？”郑伯友忽然问道。启之摇摇头：“大王没说，如今京中乱局未定，只怕还要再逗留数日。”启之对郑伯友操刀裁减朝中自己一派士大夫之事心中有数，眼下要避其锋芒，日后再迂回拿到郑国军权，以军权逼郑伯友交出政权。郑伯友没有一点能赢启之的信心，对于夺权一事他本想避让，可如今形势所迫，他看着启之的神情复杂，为日后两人的反目感到忧虑。

郑伯从内堂出来，下人就从里屋出来向大殿上的众人转达周王的意思，任何事情留待明日早朝再议，今日就请大家先散了。人群逗留了片刻，发现真的再不召见任何人了，才各自回府，准备明日早朝。而人散去之后，显德殿陷入了一片寂静，这种静像是一种巨大的压力扑面而来，压得其中的每个人都惶惶不安。周王宫湦攥着褒姒的手坐在她的身边，看着她脆弱而苍白的模样：“反正早晚都要醒来的，不如早些醒来吧？”他用温柔的口吻哄着褒姒，躺在床上的褒姒却无动于衷。

“当日你不想让寡人在你与朝臣中为难，背着妖妃之名却不要寡人帮你，”周王宫湦捧着褒姒的脸说道，“为此差点送了自己的性命，寡人怪你不是怪你倔强，而是怨你为何宁可找三叔，也不要寡人的援手。”

“你每次命悬一线都是因为寡人，若不是跟着寡人，你本来可以活得很好。”周王宫湦叹了口气，“明明都逃出去了，为什么又要回来？镐京城当日已经沦陷，为什么你不肯走？不能再有下次了，知不知道？决不能再有下次了！

“寡人被困大泽之时，曾经夜里梦见你来找寡人。寡人当时有多高兴，却被你撞见寡人宠幸熊宁一幕，你转身就走，我追在你身后想向你解释，你却越走越远，寡人怎么努力都追不上你。早晨起来，心头怅然若失，怕这辈子都见不到你了，若非你的援军，我可能永远都无法从大泽回来。

“当日寡人不肯告诉你寡人爱你，就是怕你知道了会死守在这里不肯离去，如今果然如此。”周王宫湦俯下身子在褒姒的唇上吻了下去。褒姒的眼角流下一滴眼泪，落在了枕头上，冰凉的液体触及周王宫湦的面颊，叫他为之一惊，猛地坐直了身体："你能听见寡人说话是不是？你寻死是因为寡人的诏书，还是嬴德的羞辱？你怎么就不能明白，寡人不是怕你篡权，寡人是害怕秦伯夺权后会处死你，才想用一封诏书叫他们相互制衡，免你一死。你若有篡权的心思，寡人高兴还来不及，何必防你？你与褒珦断绝父女关系，褒家又陷你于不义；郑国兵马大半为寡人所用，郑伯友保不了你，寡人以为他们若要名正言顺地夺权，就得让宜臼继位，寡人以为他们让宜臼继位，就得要你和念儿活着。只是寡人想不到，你这两年来为寡人付出，已经到了他们根本就容不下你的地步了。

"嬴德已经死了，这仇寡人一定为你报！"周王宫湦轻声说道。除了那一滴眼泪，褒姒仍旧无动于衷。他心中有太多的话对褒姒说，喋喋不休像是个碎碎念的老太婆，最后他自己也察觉到了自己的失态，笑出了声，"你看，你难得睡一会儿，寡人还不让你安静，你恨死寡人了吧？"

虢石父离开显德殿又匆匆返回，下人进了内堂向周王启禀。周王宫湦深知虢石父绝不是个不分轻重的人，便叫人将虢石父请了进来。虢石父见着周王的面，诚惶诚恐地拜谒道："参见大王！"说罢就"咚"的一声跪在了地上，"老臣没能护娘娘周全，罪该万死，还请大王责罚。"

"现在不是计较这些的时候！"周王宫湦压低了嗓音说道，"虢上卿此刻来见，是发生什么了？"

"秦夫人自缢而亡，微臣不知如何定夺。"

"自缢而亡！"周王宫湦的手指微微敲打着床榻边沿，"人在何处？"

"正在秦府，微臣领命前往秦府搜查，才发现此事。"

"她为什么在秦府上？"

"微臣不敢说！"

"说！"周王宫湦怒吼了一声。虢石父心中一颤，挺直了身子，颤颤巍巍地说道："秦夫人……秦夫人以为大王战败难返，便与洪德有了私情。宜臼继位前，洪德将秦夫人接出宫，如今她却死在秦府上，此事必有蹊跷。或许是秦夫人得到了大王回宫的消息，怕大王责罚才……"

"洪德？"周王宫湦将这两个字在口中念了一遍。

"娘娘离宫那日是微臣奉命去捉拿她的，我有意拖延时间放娘娘一条生路，娘娘一把火烧了琼台殿逃出去。大火过后，我本想鱼目混珠将此事瞒过去，让太子以为娘娘已死、不再追杀。却不承想，洪德拆穿了微臣的计策，还让太子下令满城搜捕！”虢石父将洪德的事情一一回禀，“此人用着绝不会安心，还望大王三思。”

“还发生了什么？”周王宫湦有些震惊，没想到褒姒的身边内忧外患。

“洪德当日以秦国大夫之名入京，留在京中数日不返，甚至辞去了秦国的大小官职。往后就不知为何传出了洪德要刺杀娘娘之事，娘娘下令追杀，却叫他逃回了秦国，继续辅佐秦伯。秦伯谋逆，胁迫镐京，洪德居功至伟，如今反过来又出卖秦伯，实难揣测……”虢石父说到这里，意味深长地看了一眼褒姒，他这一眼周王就知道他想说什么了，伸手制止道：“此事不必再议了，洪德我自有对付的办法！”

“是！”虢石父应声道，“秦夫人呢？”

“以夫人之位，葬于王陵吧。”周王宫湦淡淡地说道。人既然已经死了，他也不想再去计较了，更何况徒劳的计较，只能让天下人看王室的笑话。

虢石父起身领命：“微臣这就去办，不知娘娘身体如何？”

“说是无甚大碍。”周王宫湦答道，站起身走到窗边，看着窗外背对着虢石父问道，“你们当时为什么不强行带她离开，非要由着她的性子？”他的声音有些颤抖。

“大王恕罪。”

周王宫湦摆了摆手：“算了，这不是你们的错，是寡人的错！你下去吧，寡人想单独陪陪她，我欠了她两年……”他嗓音低沉而悠长，再次陷入深深的悲痛之中。

第二日上朝，城中诸侯与文臣武将都齐聚前殿，周王宫湦俯瞰众士大夫，如今到了秋后算账的时候。有人面带喜色，有人面露悲戚，这场豪赌有的人赚得盆满钵满，有的人输得倾家荡产。

群臣参拜，前殿满是嗡鸣的低音：“参见大王！”

“宜臼呢？”周王宫湦环顾了一圈，独独不见宜臼，“他既然能执掌朝政了，也该来上朝议政了吧？”

“启禀大王，”赵叔带上前一步，“太子自大王入京之日就离开了镐京，不知去向！”

“不知去向？”周王宫湦眉头微皱，“除了去申国，他还能去哪里？”他冷哼一声，“派兵将太子追回来！功要赏，罪要罚，身为东宫，篡改寡人诏书，引狼入室，此事一并处置……”

“大王请三思！”几十位官员同时下跪。

周王宫涅捏了捏太阳穴，觉得这些个士大夫真是成事不足败事有余：“寡人还不稀罕太子的一条命，只是如此恣意妄为，拿王权来胡作非为，丝毫不考虑我大周的江山社稷，他有什么资格坐在东宫之位上？”

“太子年幼，请大王恕罪！”群臣力谏。

“年幼？”周王宫涅冷哼一声，“不幼了，都能在朝堂之上独当一面了，算什么年幼？他自己做的决定就该自己承担这后果，给寡人召回来！”他怒吼一声，语气中丝毫没有回旋的余地。宜臼掌权时，秦兵据守镐京城，党同伐异，铲除周王宫涅时期重用的士大夫，更害得褒姒至今昏迷不醒，人人都觉得周王若不杀了宜臼，是不会泄了心头这愤的。

“臣愿为大王效犬马之劳，领秦国兵马将太子追回！”洪德忽然上前一步，声如洪钟。

几位士大夫听到这话，低头小声议论着，如今朝中又要出现个虢石父那般的奸佞之徒了。秦伯谋逆，如今连秦夫人都自缢身亡，可洪德非但没有论罪处罚，倒成了有功之臣，实在不能不让人啧啧称奇。

“准了。”周王宫涅说罢，话音未落地就有人进来，面色慌张地说：“启禀大王，申后娘娘请求觐见，正在门外侍立！”

“朝政干后宫何事？打发了！”周王宫涅表情颇为不耐烦，继续将目光投向在场的群臣，“如今秦伯大薨，虽说是谋逆之罪罪不可恕，但念在秦国抗戎有功，此事不再计较。”

“吾王英明！”群臣下跪应和。

“送回秦国交给嬴开准备后事吧。”周王宫涅这话叫在场的士大夫都倒吸了一口冷气。嬴开对嬴德恨入骨髓，即便嬴德已死，嬴开也绝不会善待他，周王宫涅的睚眦必报与借刀杀人，让他们都为自己捏了把汗。这话叫洪德也很震惊，怕自己回到西秦之后的日子不会好过，唯有带兵投诚，才能博得嬴开的信任。

周王宫涅的话未说完，申后就忽然冲进了前殿，朝着周王走去，面色悲戚，妆容威严，头发整齐地束着，衣服也严严整整。她的眼睛紧紧盯着周王一人，旁若无人，虢石父站出来挡在申后面前：“申后，早朝尚未结束，大王还在处理政务，还请申后暂退东宫。”

申后看了眼虢石父，又仰头看向周王宫涅，“咚”的一声跪在大殿上：“太子失德是臣妾教子无方，还请大王看在与臼儿的父子之情上，放过臼儿！”

"你既然教不了他，寡人就亲自教他什么叫作为人臣，什么叫作为人子！"周王宫湦对申后的忽然闯入颇为不满，怒斥道。申后仰起头，泪眼婆娑，心中难过："臼儿无德，还请大王废除东宫，另立贤能！"

申后此话一出，大殿内立刻起伏着"嗡嗡"的议论之声，宜臼若是回到镐京城，周王宫湦也不会轻饶他，申后是想放弃太子之位保全宜臼的性命。周王宫湦坐在椅榻上如鹰隼般俯瞰着申后，心中度量着整件事情，面无表情，很长时间没有开口。

申后慌不择路，周王宫湦不说话，她拿捏不准他的想法，又开口说道："臣妾教子无方，招致天下大乱，还请大王将臣妾与宜臼放还申国。"

殿内瞬时如同一锅沸腾的开水。申后自知宫里已经容不下她与宜臼了，只能主动让贤来保全性命。秦夫人已死，她便是想将挑唆的罪名怪在秦夫人头上都绝无可能，而周王宫湦为了照顾褒姒，两日不离显德殿，可见他对她用情至深。

如果论功行赏，褒姒居功至伟。申后不敢奢求其他，只要能保住性命便是最好的结果。

坐在大殿上的周王宫湦沉默了一阵，才缓缓开口："既然如此，就拟道诏书请申侯好好教臼儿！"他丝毫没提废太子一事，继而又扫了一眼申后，"寡人离开时曾留下诏书，你忤逆寡人旨意，又纵容臼儿引狼入室！寡人在外征战，宫里屡屡遭到胁迫，你却明哲保身，退居幕后，连宫中大小事务也要假手他人，你这个王后做得怕是不妥！寡人失去音信，你还要后宫妃子为寡人陪葬，心不可谓不恶毒！"

"请大王废了臣妾的王后之位。"申后无理由反驳周王宫湦对自己的指控，全都认了下来。她只是有些意外大王没有废太子，周王宫湦深知宜臼无德，但伯服年幼，此刻若废宜臼改立伯服，会引发申侯与申侯一派的忌惮，太子一事唯有按兵不动，静候时机。至于申后，周王宫湦觉得大可以动一动，褒姒曾向他要过他身边的位置，眼下是时候给她了。

"既然你承认自己失德无能，做不了王后，那改立也是应该的，后宫虽乱，总有人要主持，你以为何人有此贤德？"

"琼台殿褒娘娘。当日秦伯围困镐京城，全赖娘娘解围；大王带兵离宫，褒娘娘主持后宫，处理妥当，无一人有微词；大王不归，褒娘娘死守琼台殿不离不弃，忠君之心，日月可鉴！"申后这句话，每个字都像是一把刀砍在了自己的心坎上，但凡有一丝一毫的回转余地，她都不想这么做。

“哦？褒娘娘……”周王宫涅将这名字琢磨了一番，用商量的口吻看着大殿上的士大夫们，“你们以为如何？”

百官你看看我，我看看你，谁都不肯做第一个说话的人，明知申后所说正是周王所想，可众臣又不愿附和此事，遂了周王的愿。周王宫涅既然不提废太子一事，废后若再不遂了他的愿，后果又十分难料。一时之间，人声鼎沸的前殿竟然安静了下来。

“臣以为褒娘娘有此贤德！”虢石父上前一步说道。

“臣以为褒娘娘有此贤德！”紧接着的就是虢石父一派的祭公，继而越来越多的人站出来说：“臣以为褒娘娘有此贤德！”

赵叔带环顾左右也上前一步：“臣以为褒娘娘有此贤德！”

“这么说来，大家都没意见？”周王宫涅的嘴角泛起了一丝冷笑，看着余下没有表态的人笑道。众人跪倒在周王面前：“吾王英明，褒娘娘有此贤德！”

“既然如此，赵上卿，草拟寡人旨意，废申后，立褒姒！”

“臣遵命！”赵叔带应声道。

周王宫涅将目光又投向了申后：“你也不必走，留在后宫吧。自古以来就没有出嫁之女再送回家的道理，寡人当日娶了你，你与寡人就是夫妻，如今只是一时糊涂，就罚你在后宫思过！”

“多谢大王！”申后眼含泪花，深深地跪了下去，复又起身退出了前殿，她紧咬着自己的牙关，以往的荣华终于散去。周王宫涅不让她走，比逐她出宫还要惨，申后心中悲戚却回天乏术，如今后悔已经来不及了。

周王大喜，黑沉的面上泛出了喜悦之情，废后实在是个意外的收获。此事本打算与虢石父商议之后再做定夺，却不想今日白白捡了个便宜。今日上朝，本只打算处理秦国之乱，如今褒姒的后位已定，周王宫涅说道：“既然如此，洪德就不必南下追宜臼了，赵上卿替寡人修书一封送去申国。”

“是！”洪德与赵叔带同时应声道。

“东夷已定，西戎不能乱，秦军如今驻守京中，只怕嬴开戍边无人！”周王宫涅琢磨道。洪德立刻会意：“臣愿带秦军返秦，辅佐秦伯戍守大周边关！”他这么说着，却有些忌惮周王了。周王去年调秦兵入京，再给褒姒一道旨意叫秦兵无功而返，看似无用之举，其实不然，周王调兵让楚侯压境，是去寻找嬴开的。今年嬴德二次带兵离秦，给嬴开敞开了大门，洪德自以为自己善谋，却着了别人的算计，心中有火，面上也只能赔笑。

周王宫涅许了洪德的请命："准备妥当就出发吧，还请嬴开修书一封亲自送往京城！"

"是！"洪德领命道。

"此事已定，算是了了寡人心头的一件大事。不过嬴开初立，寡人担心嬴德旧部不服，启之，你也走一趟秦国，待到嬴开稳住政局，你便随嬴开一道回来！"

"是！"启之上前一步应声道，说是叫他去帮嬴开，实则是要押送嬴开来京，至于嬴开到了镐京还能不能回去，就要另议了。启之此行任重道远，嬴开年少已有建树，并不是一个好对付的人，洪德又卖主求荣不能信赖，虽有诸般不愿，可启之感到周王身上的压力，只得欣然领命。

"祭天大典，立后加封之后，你二人就可以启程了！如今我大周力克东夷，论功行赏，将军启之是首功！当日战报传来，寡人以为启之已死，心中悲戚，到了齐国才知，启之只是去打探敌情，为攻打东夷屡建奇功，司马一职自伯士死后一直空缺，寡人封启之为我大周大司马如何？"

"不妥。"虢石父忽然站了出来。此举令赵叔带不禁皱了皱眉，今日的早朝像是周王宫涅与虢石父二人的表演，他们一问一答叫赵叔带心中颇为不爽，虢石父的存在就像是打在赵叔带心中的死结，此人不除，他便不能安心。

"怎么说？"周王宫涅立刻拉下脸问虢石父。

"当日弹劾将军启之的文书有一尺之厚，控诉将军启之谎报军情。如今他虽有大功，亦有大过，需功过相抵以示大王公允！"虢石父上谏道。

周王宫涅大怒："这算是哪门子的公允？没有启之，何来寡人今日的得胜还朝？便是先有过却后有功，如今功大于过，寡人封其司马何来不公之说？"

"将军启之谎报军情，难以服众，还请大王三思！"虢石父面无惧色，一副谏官直言耿谏的模样。此事除了赵叔带，也无人看出其中门道，因此赵叔带只得缄默不言，怕揣测不透大王的心思说错了话。他忽然感到自己距离权力的核心越来越远，也担心此番褒姒醒来之后，会因为这两年他对她的胁迫，挑拨他与周王的关系。

"虢上卿考虑周全，若封将军启之为司马，只怕军中不服！还望大王三思！"虢石父一派的人纷纷站出来声援，朝中安静得没人敢出口大气，只能任凭这轮番劝说，丝毫不顾启之颜面。

此事令周王勃然大怒，启之见状立刻站出来向周王进言："谎报军情，在下难辞其咎，大王若委以重任，恐朝中士大夫不服，还请大王收回成命！"此事虽非启之之过，可也只能由他来承担。他一松口，周王的气势也就弱了：“启之虽瞒报军情，确系将在外寡人之命有所不受。两军对垒，为将军者应确保行军布阵不受朝中之人干涉，才能大获全胜。寡人若是责罚，恐军心不服！启之既擅兵马，待从秦国折返，便率郑国兵马回郑，与郑伯文武相治，他日攻戎克蛮，还要你二人鼎力相助，此事不用再议了。”周王宫湦面色黝黑，启之眉头微皱地看着虢石父，心中颇为不爽。可既然已经拿到了郑国军权，假以时日，郑国的诸侯之位也是囊中之物。

几件大事商议完毕，余下的论功行赏都是小事，周王宫湦听取群臣意见后再做出定夺，这早朝就一直持续到了傍晚。直到黄昏橙色的夕阳射进大殿，群臣才纷纷告退，鱼贯而出。周王宫湦从前殿下来，急匆匆地赶回显德殿，生怕自己不在，褒姒再有个三长两短。他走进寝宫，开口便问：“白天可有人来过？”

“楚夫人来过，”下人回话道。熊宁的封号还未定，但显德殿的人都已经知道，大王出征带回了一位新夫人，自然而然地如此称呼。“说是要为娘娘看看脉象。”

“你叫她进去了？”周王宫湦心中一紧，立刻问道。

“没有。”下人摇了摇头，周王宫湦这才松了口气。熊宁若愿意，能杀人于无形之中。若是熊宁要杀褒姒，他拿不到任何证据。她还曾救自己于沙场，有强楚作为后盾，他拿熊宁没有办法，只能盼着她在宫中不要妄动，周王问道：“娘娘醒了吗？”

“半日在下才去看过，还在昏睡。”下人回话道，叫人喂了水，可还没有要转醒的意思。

“宣膳，一会儿拿入寝宫之中。”周王宫湦疲惫地捏了捏自己的鼻梁。

“是！”下人答道，周王宫湦便大步迈入寝宫。褒姒正靠着床头坐着，神情呆滞地看着远方，听见周王宫湦的脚步声，转过头空洞地看着他，就像是在看一个陌生人。她的面上没有一丝表情，就那么盯着进屋的周王。

第三十六章

周君主得胜还朝，美人心一去不返

今日的周王本想告诉睡梦中的褒姒，他终于将他身边的位置给了她，从此他们比肩而立，她是他的妻子。心中思忖着这件事情，周王有些兴奋，走进了屋里，却看见褒姒已经坐起来，抱着自己的双膝呆呆地看着窗外，听见门外的脚步声才蓦地回过自己的眼神，淡淡地看着周王，面色没有丝毫的动容。

看见这一幕的周王如同被雷击中，呆立在原地，看着坐在床上眼神空洞的褒姒，一时之间竟不知道如何是好。该说什么，还是该做什么，或者装作若无其事，就像是从未分别？她眨着眼睛，从床上慢慢下来，走到周王宫湦面前。他做好了准备要将她拥入怀中，口中喃喃轻唤：“褒姒？”他害怕声音太大惊扰了眼前的静谧，他害怕这又是一场梦。

“还请大王赐臣妾一死！”褒姒走到周王面前跪下，他的手在半空悬着，她低头没有看他，这冷冰冰的一句像一柄寒刀插在了周王宫湦的心头。他沉默良久才收回准备去拥抱她的那双手，转过身踱了两步，用生硬的声音说道：“这就是我拼尽全力回来，你给我的惊喜？”

褒姒没有说话，就那么跪着。

“为什么？”周王宫湦转过身大步走到了褒姒的面前，一把将她从地上拉起来，拽到了床边推倒在床上。他俯身压住她娇弱的身躯，俯瞰她苍白的容颜。褒姒却忽然慌了，四处挣扎，大声叫嚷，声音歇斯底里，连哭带喊：“别碰我！”

“是我！”周王宫湦大吼一声，把褒姒在空中挥舞的胳膊压住了，让她看清楚自己的脸，然后才将声调降了下来，用尽可能温柔的语调说道，“是我！是我啊……”他将褒姒抱起来，抱入怀中，他想将她嵌入自己体内。两年的时间过去，他想不到他们会变得如此疏离，他只有用这种方式证明她还是他的。

其实他早该想到，两年，足以改变一切了。

“不要碰我，”褒姒无力挣扎，哭了出来，声音中带着一丝颤抖的音调，她想推开面前的周王却使不上劲儿，“大王还是赐臣妾一死吧！我无颜再活在这世上了。”

“你说过要寡人身边的位置，如今寡人给了你。”周王宫湦将褒姒推开了些距离，盯着她的眸子，紧紧地捏着她的肩膀，企图将她从她的梦魇中掐醒。这种疼自皮肉传到了心底深处，让她痛不欲生，她不停地摇头，不敢去接周王宫湦那灼灼的目光，她扭过头盯着床面，满眼都是泪水。

“是寡人不好，如今寡人回来了，就绝不会再叫你身陷险境，你不能死，寡人也不会让你死！寡人已经杀了嬴德，为你报了仇，是寡人没能将你保护好，你若一心求死，你叫寡人怎么办？”

褒姒觉得无比疲惫，两年来在宫中的苦难、洪德的背叛与羞辱、周王宫湦令人失望的诏书、嬴德暴虐的行为，如同一团阴云笼罩在她的心头，让她对生感到无比绝望。她带着哭腔向周王诉说：“臣妾太累了……臣妾担不了后位之责。”她的眼泪“簌簌”而落，“更何况臣妾几乎失身于嬴德，大王为了王室清白，也该将臣妾赐死！”

“寡人不想和你争论这个问题，你若累了，寡人等你；你若对寡人失望，寡人弥补你；你若害怕，寡人陪着你。”

褒姒转向周王宫湦，泪眼婆娑，心痛得不能自已，早知今日又何必当初？从得知那封诏书以来她就一心求死，不断地扪心自问，自己哪里做得不好，才会令周王对自己下此狠手。可周王哪里料得到，她将他留给她保命的兵马都差遣出去找他了。

褒姒也不明白，为什么这么简单的事情他却想不到，她岂是个自己苟活的女人？料到了所有人、所有事的周王宫湦，为何就是料不到两年之后的褒姒已经变成了宜臼心头的一根针、嬴德眼中的一根刺了？“大王便不杀我，我也不愿再留在你身边，你留我何用？臣妾自入宫以来，就知道大王一颗心坚如磐石，从不会为任何人动容。如今臣妾求死心切，还请大王赐臣妾一死，正后宫之名、除妖妃之实，两全其美，何乐不为？”

周王宫湦的手紧紧攥了起来，用极低极低的声音问道：“你若要死，陪葬之人绝不会少！”

“大王还会立宜臼为储君吗？”

周王宫湦猛地站起身看着褒姒，这话才真像是刀割在了他的心头。如今伯服在郑国，对褒姒来说所有重要的人都在郑国，她拿伯服当作郑伯友的护身符，这让他觉得自己像个傻子，好不容易爱上了一个女人，而这个女人却将他的心践踏在地。

爱就是这样，容易叫一个人卑微。

当日卑微的曾是褒姒，而如今褒姒却将那卑微变成了一个耳光，狠狠地扇在了周王脸上，打得他耳畔嗡嗡作响：“就为了保他，你连伯服都可以牺牲？”

“对。”褒姒说道，眼神瞥向了一旁，知道周王宫湦误会了自己和郑伯友的关系，可也不肯对他解释。周王一面后退着一面点头：“好！好，寡人真是没有看错你！这一招真漂亮……”他停顿了很长时间，然后忽然笑了出来，绝望中透出的寒意凛然，“你听着，寡人敢封你做后，就能承担你不爱寡人的事实，既然你那么在乎他，你若敢死，他也得死！伯服这个儿子，不要也罢！半月之后，祭天之日，你做好准备受封！”

周王宫湦觉得无比难堪，褒姒同郑伯友一前一后跑到自己面前求死，倒是相爱得很，可即便如此他还是舍不得杀了褒姒，也深知是自己对不起褒姒在前。褒姒苦笑一声，不知该喜该怒：“大王何苦呢？后宫中深爱大王的女人何其多，何必要在我身上浪费时间？”

“寡人怎么做事不用你来教！”周王宫湦大吼道。

“我既然敢死，就不计较你是不是会杀他，我都死了，哪里还能知道这些事？”

周王宫湦看着褒姒，连呼吸都在颤抖，他是个男人，心痛的时候不能哭、软弱的时候不能倒：“你还有半个月的时间，有本事你就逃，寡人成全你和他双宿双栖，给寡人滚远，不要再出现在寡人的视线里！”他扔下这话就转身离开了寝宫，余下的他已经不能面对了。

“大王。”下人向怒气冲冲离开寝宫的周王宫湦行礼，周王边走边对着已经在身后的下人说道：“娘娘要走，不必拦她！”

“是！”下人问道，“娘娘醒了？”

“嗯，”周王宫湦淡淡地应了一声，“通知赵叔带，娘娘若要离宫，任何人不许阻拦！”

“是！”下人得了令转身就去太宰宫了，而周王宫涅却站在显德殿的门口发呆，他发现自己不知道该去哪里。回去有褒姒，可她不愿见他；离开这里，宫里的每个人他又不想见。所以一如往日，他去了华辰殿，当日大兴土木造就的琼台殿如今已变成焦土，遍地漆黑，当日褒姒从火场中死里逃生，也不知她这辈子死里逃生了多少回？周王宫涅的脸上露出了淡淡的笑意，只要想到这些事情，心中就觉得满满当当。

若在往日，盛怒之下的周王也许会召集宫中女子侍寝索欢而忘却尘嚣烦恼。可如今，连这件事情都让他觉得索然无味。他坐在华辰殿的正殿上，看着窗外荷塘，仅仅两年而已，这里的一切都变得不同了。他在宫里见惯了生离死别，见惯了恩怨情仇，可没有哪一次如同这次这般痛击心头。

“大王？”华辰殿的宋妃走到大殿上，惊觉周王宫涅正在大殿中坐着，立刻仓皇拜谒，“大王何时来的？怎么不让人通报一声？”

“怎么连个人都没有？”

宋妃走到周王身边，她是宋伯之女，曾得宠一时，可花无百日红，很快又被人取代。她叹了口气：“宫里出了这么大的事情，人心惶惶的，”她顺着周王宫涅的眼神看去，是门外烧成焦土的琼台殿，“这两年臣妾日思夜想，总算是盼回大王了。”她坐在了周王宫涅的身侧，倚在他的肩头。

周王宫涅沉默不语，宋妃便揽住周王脖颈轻吻着他的面颊，在他耳侧喃喃说道：“大王如今能平安回来，臣妾便是百死也觉得无憾。”她索取周王亲吻，周王宫涅心头一震，一手揽住宋妃的腰，一面吻住了她的唇，将她按倒在地。一手扯开了她的衣裳，手顺着她的肌肤抚摸，有了一种报复的快感。

“疼……”宋妃忽然喊道，周王宫涅的手掐疼了她。

周王宫涅仿佛没有听到，手上的力度丝毫没有减弱，越来越用力。宋妃越叫声音越大：“大王不要，疼！”她试图推开周王宫涅，这疼自肌肤而来，传到心中变成了一种恐惧，他从不是个怜香惜玉的人，如今却变得越发暴虐了。

“闭嘴！”周王宫涅一手捂住了宋妃的嘴，一手扯开了宋妃身上的衣服，眉头深皱在一起。宋妃知道今日活罪难逃，闭上了眼睛等待这种不堪，这一切却在电光石火之间发生又在电光石火之间结束，大殿之内忽然就静了下来，加诸在自己身上的一切力道都猛然撤去。

宋妃用了很长时间才接受了自己身上发生的一切，她试探性地睁开眼，发现周王宫涅竟然呆坐在一旁，久久地盯着门外的荷塘。刚才发生的一切就像是个荒诞的梦，宋妃紧了紧身上的衣服，理了理散乱的青丝。

“臣妾该死！”宋妃向周王宫涅请罪。

“该死的是寡人！”周王宫涅应了一句。

“不是，”宋妃使劲儿地摇着头，“臣妾只是一时无法适应，还请大王恕罪！”

周王宫涅看了宋妃一眼：“殿里的人呢？”

“当日大王失去联系，秦伯围困镐京城，申后与秦夫人把持后宫政务，一心要铲除褒娘娘，竟要整个后宫为大王殉葬。宫里的人，能走的走，能逃的逃，如今一派落魄。我们是大王的女人，走不了，也逃不掉，唯有留下等殉葬之日，却不想大王竟回来了。”宋妃跪在周王宫涅面前，拉住了他的手，下巴抵在他的肩膀上，向他解释他不在的这些时日宫里发生的一切。

周王宫涅看向琼台殿：“她什么时候走的？”

“褒娘娘是唯一逃出去的人，她放火烧了琼台殿，让下人们替死，本来是万无一失的计策，偏偏郑伯来的不是时候，二人从火海中逃离，叫褒大夫发现了破绽，说死的焦尸中没有男尸，便推断娘娘还活着。”

“她什么时候走的？”周王宫涅又重复了一遍自己的问题。

“宜臼登基当日，下令捉拿娘娘归案之时，虢上卿亲自来带人的。”宋妃感到一丝尴尬，褒姒背叛了周王却仍能得到他的心，而自己死守在宫里多年，却没能得到一丝回报，可她忘了，褒姒一人与秦伯对抗的时候，她们这些人都瑟缩在她的庇佑之下。

“直到那时候才走？”周王宫涅攥紧了自己的拳头，“等了太久，等不下去了吗？”

“啊？”宋妃不解地问道。

“收拾一下郑夫人寝宫，寡人今晚在此留宿！”

听了周王这话，宋妃立刻以娇媚的声音说道：“郑夫人的寝宫多日来都没有人住，大王不妨在臣妾寝宫中就寝吧？臣妾可以服侍大王……”

“寡人不想再重复一遍！”周王宫涅冷冷的眸子盯着宋妃，令宋妃心头一慌，立刻起身说道：“是，臣妾这就去收拾！”说罢也不敢再停留，整了整乱糟糟的衣物低头走向寝宫。

周王宫涅看着眼前的满目疮痍，琼台殿果然是个不祥的宫宇：“寡人频频战败，秦伯以助寡人之名南征北战之时，你没放弃，一个人对秦伯整个军队，不肯借九鼎；寡人失去联系，太宰宫都慌了，你也没放弃，派两千兵马寻找寡人；寡人凶多吉少，所有人都失去希望的时候，你还是没放弃，送伯服出城；就连虢石父围困琼台殿之时，你也一定没放弃，火烧琼台殿！可是为什么一离开，你就放弃了呢？寡人回来得是不是太晚了？”他摇着头，心头剧痛。

赵叔带听到显德殿下人的传话，觉得此事有些不对，问传话的人，他也答不出什么，赵叔带只好亲自走一趟显德殿，心中揣测二人必是又起了什么争执。周王宫涅那么爱褒姒，把什么都给了她，问题应该出在褒姒身上。赵叔带迈步踏入寝宫，褒姒正抱着自己的膝盖坐在床头发呆，脑海中一片空白。

她负郑伯友的情，又不肯接受周王的爱，她觉得活着太累，死又太奢侈，害怕贸然一死，大王真的会迁怒他人。听见赵叔带进屋唤道“娘娘”，褒姒才猛然收回神思，转向门外：“舅舅？”

“娘娘还没走？”赵叔带松了口气。褒姒看着他问：“舅舅在说什么？”

“没有，”赵叔带欲言又止，将周王宫涅的叮嘱咽了下去，此事不能让褒姒知道，他害怕她一知道就真的走了，“什么时候醒来的？”

“下午，睡不着了。”褒姒轻叹了口气。

“你与大王说了些什么？”

“嗯？”褒姒不解地看着赵叔带。

“这些天你昏迷不醒，医官说你没有大碍，他不信，将所有医官一一叫来。大家都说你没有大碍，他还是不信，守在你床边彻夜不离，生怕一个不注意你就离开他了。可现在你醒了，他却不在了，若非你说了什么，他怎么舍得走？”

褒姒的眼泪像是断了线的珠子掉落在地。

“发生什么了？”赵叔带站在床头看着褒姒问道，褒姒抱着自己的膝盖哭泣不止，不停地摇头，她明明心中觉得委屈，可又对自己的执拗感到费解，她渴望这份爱，却因为惶恐而将他拒之门外。其实诏书的事情、嬴德的事情，她在见到他的那一瞬就已经不怪他了，可她就是松不了这个口、过不去这道坎儿。

“你还在怪大王？”赵叔带问道。

褒姒没有回话，赵叔带只好继续说下去：“当日大王留下诏书给秦夫人是有原因的。宜臼一旦登基，必定会除掉后宫中申后外的其他女人，所以将这诏书交给秦夫人，她必定要拿出来保全自己。诏书中让宜臼继位、让秦夫人与申后共同执掌后宫，而诏书要他们流放你，也是想保你和伯服的性命。”

“我没怪他，他便是真的要我去死，我也不怪他。”

“那是为什么？秦伯的事？”

褒姒没有回答。

“你是觉得因为此事而对不起大王吗？”赵叔带猜道，“你昏迷的时候我就和大王说过，若再晚来一会儿后果不堪设想，你知道大王说了什么吗？”

褒姒抬头看着赵叔带。

“那都不重要，只要你能活着，他就能陪着你忘记过去的创伤。”赵叔带试图用这句话来宽慰褒姒，却不知道她的心反而更疼了，她知道周王宫湦领兵打仗有多艰难，九死一生换大周朝东面的永世太平。褒姒咬着自己的下唇哭了出来：“舅舅先出去吧，我想一个人静一静。”

赵叔带看着褒姒叹了口气，走到门口，脑海中闪过一个念头，他猜测褒姒的态度多半和郑伯友有莫大的关系，是他带她离开的，可为什么后来她被锁进了地牢，他却安然无恙？人心是把刀，妄自揣测也能无端生事，褒姒便是明白这一切，才不知如何面对今时今日的周王，很多事情他可以不在乎，可只要有人在乎他就得去堵悠悠众口。她做得再多，不能错一步，否则千夫所指，前功尽弃。褒姒心中有种深深的疲惫，总觉得自己因为这疲惫再也轻松不起来了，甚至连坦然地接受周王的爱意都做不到了。

翌日上朝后，大殿之上唯独留下了周王宫湦、郑伯友与赵叔带三人。周王坐在大殿一端，脚踩着长桌，手抵在椅榻上撑着自己的头，打量着还不肯走的赵叔带与郑伯友。赵叔带上前说道：“在下昨日见过娘娘，虽然醒了，气色却不太好，只怕身上的病好了，心头的病还未痊愈。”

“我不是差人说过了？”周王宫湦从台阶之上匆匆而下，走到了赵叔带与郑伯友的面前，“娘娘若要走，我绝不留！”

“她不会走的，那日在琼台殿若非我强行带她走，她不会离开琼台殿半步。我与琼台殿内一干下人逼她，她也不愿走，是我将她打晕才强行带走的。她一心求死不求活，骗过了我逃出郑府去找了嬴德！”

“你以为寡人是三岁小儿吗？”

“事实便是如此，我救出了她的人，却没救出她的心，她早在宜臼奉诏继位当日就想随着大王去了。只是没想到，大王并没有……”

周王宫湦攥了攥手。

“你如今放她走，是要逼死她！你若不要她了，她还有什么可眷恋的？”

“你以为是寡人不要她了吗？”周王宫湦暴怒地低吼了一声，目眦欲裂、神情可怖，盯着郑伯友，恨不得将他掐死，“她说，她早有算计将念儿作为质子放在郑国，寡人还能说什么？”

“娘娘只是为了激怒大王，求死心切。”郑伯友的口吻十分无奈，过往一件件事情历历在目，郑伯友所知道的、所看见的，才是实情，“当日送念儿离开是因为我们逼得太急，此事赵上卿可以做证！”

“不错。”赵叔带点了点头。

“那日你带她离宫之后，她可曾经委身于你？”周王宫湦瞪着郑伯友问出了这句话，郑伯友却苦笑了出来：“大王到底怀疑什么？我若有这个本事，早就带她走了，不会留下她任你羞辱！”他的手紧紧攥在一起，几乎要按捺不住胸口的冲动一拳揍到周王宫湦的面上。郑伯友还没动手，周王宫湦却一把拽住他的领口，一路将他拉到了显德殿中，一把推了进去，指着寝宫看着郑伯友，压低了嗓音对他说道：“我给你这个机会带她走！”

郑伯友负气而入，胸口剧烈地起伏，为褒姒的付出感到不平。

褒姒正出神地看着窗外，脑海中仍旧是一片空白，听见有人进来，她才收回自己散漫的神思和目光：“郑伯？”

“听说你醒了，过来看看。”

“郑伯不必如此劳烦。”褒姒的语气有些生硬，无形中将郑伯友拒之于千里之外。郑伯友看着褒姒问道：“大王下令，你若要离开，他绝不留，既然如此，何不与我离开？以大王的性子，他说得出这话，你留在宫中就不会有好日子！”

“我也只求一死。”褒姒淡淡地说道。

“死都不愿意和我走？”郑伯友一字一句地问道。

“当日我入宫，这里就是我唯一的栖身之所，我能走到哪里去？”褒姒站起身看着郑伯友问道。

“天大地大，哪里不能去？”郑伯友拉住了褒姒的胳膊，“他曾经答应过我，你若同意和我走，他放手，不会为难你我。”

“我不会走的，”褒姒又说了一遍，“我想陪在他身边。”

门外的周王宫湦听见了这句话就想冲进去，将褒姒拥在怀中。赵叔带却死死拉住他：“大王冷静些，娘娘如今不愿面对你，让郑伯继续说下去！”

周王宫湦手攥成拳，真想一拳砸在门框上，但最后也只是把半空中的手垂了下来，紧紧地咬着牙关，听着里面的动静。郑伯友对褒姒的回答并不意外，他早就知道她有多爱周王，如今不过是自取其辱地再证明一遍："既然想陪着他，又为什么要一心求死？你没做过一件对不起他的事情！"

"入宫三年，我竭尽所能，却发现自己非但什么都改变不了，到头来还要成为他的负累，他待我越好，我便越是愧疚。你救我出宫，我们二人销声匿迹，孤男寡女便是什么都没发生，但人言可畏不能不防；嬴德对我用强，大王及时赶到，可我被关在牢狱中两日，谁能保证嬴德没有得逞过？我没能守住琼台殿，火烧琼台殿让宫里的下人替死，用心险恶……我有太多被人诟病的地方，那些士大夫随便揪住一样就能掀起后宫的轩然大波。我觉得太累了，在这宫里一日就要忍受一日，到头来还要被人质疑，被人怀疑与你有私情、被人怀疑要篡夺王位。我对自己的未来感到无望，甚至没有一点信心配得上这后位！"

"褒姒，你听好！"郑伯友看着褒姒，盯着她的眼眸严肃地说道，"天底下若是你都配不上这后位，就没人可以！当日他离京，将后宫权力交给你。申后朝中关系错综复杂，秦夫人有强秦在后，你没惧惮，将这后宫打理得井井有条，将权力还给申后，没有落人话柄。

"他留下诏书，在大败时要秦伯奉命入京，调虎离山就为了给楚侯机会寻找嬴开。嬴德索要九鼎，图谋不轨。你不惜得罪嬴德，扣下九鼎，力排众议让嬴德打道回府，若非如此，嬴德怎会如此恨你？

"后宫女子争权夺利，你心疼他在外出征，为这些女人的行为心寒不已，退居幕后不再露面，带着念儿一天天地长大，你教念儿叫爹，日日重复大王在这宫里的点点滴滴，不让念儿对大王感到陌生。

"大王失联，你不顾自己安危，送两千兵马出城。为了给他争取时间，你不惜牺牲自己的性命挡在前面……"郑伯友一一数出这些年她为他做的一切，"你还有哪里做得不够？是他欠了你的，他是不是也要以一条命还你的恩？他肯给，你也不会要，既然如此，你又何必逼他杀你？你是在赌气，却不肯承认。"

褒姒的眼泪垂落在地。

"你和嬴德说过什么？"郑伯友忽然话锋一转，"你去找嬴德，不会什么都不说，你和他说了什么，才能叫他将洪德避之门外而不见？"他虽问出来，却不是要等褒姒回答，"不用问也知道，宜臼重用虢石父和楚侯，却没有将嬴德放在眼中，嬴德必定十分恼火。你向秦伯坦言，洪德的目的不在于帮他，而是要杀大王。嬴德一介武夫，论计谋不是你的对手，你向他献计，让他与我合作，以伯服之力推翻宜臼，才能使秦国在朝中立足，他才能继而称霸九州，不错吧？"

褒姒没有回答。

“别人以为你是在救我，可你救的却是他的天下！临死你都不忘帮他，现在他回来了，你却过不去你自己这一关了！”郑伯友摇了摇头。

褒姒跌坐在床头。

“你若是死了，他陷入痛苦，你舍得吗？”

褒姒没有答话。

“如今东面虽定，犬戎必定会顾及自己的安危而变被动为主动，攻打大周；楚国一向在南面称王，自厉王之时诸侯渐强，楚王熊渠才不得已臣服于周。如今熊仪虽肯帮大王一时，不会帮他一世！大王的未来，一片荆棘，你却为了这些小事执拗于此，止步不前，你还是我认识的褒姒吗？你记得你杀桑珠、除妖妃之名时，用的是什么借口、什么方法吗？当日能不在乎，今日为何如此忸怩作态？

“王后之位，只有你能坐。你若要扔下大王不管，你爱死便死！”郑伯友扔下最后一句话，转身从屋里离开。他今日前来，无非就是要向周王宫湦证明她爱他，向褒姒证明他爱她，这已经是他能做到的最多的了。靠在门外，郑伯友绝望地看了一眼周王宫湦，他已经为他证明了褒姒对他爱得至死不渝，剩下的事情他无暇顾及。褒姒是个顾全大局的人，只要不继续寻死，和周王宫湦化干戈为玉帛也是迟早的事情。

周王宫湦深吸了一口气，却没有进寝宫，而是转身朝着门外走去，这一举动叫赵叔带与郑伯友都有些意外：“大王要去什么地方？”

“不必跟来！”周王宫湦挥了挥手，郑王叔既有文臣谋略，又不乏武将勇猛，还兼具如此治国韬略，一眼就看准了天下形势。周王宫湦深知东夷一战虽胜，可以后的路还长，楚国的威胁不能不除，犬戎的进犯不能不防，他长长地叹了口气，觉得很累。

褒姒斜倚着坐在床头出神地看着远方，原来不知不觉中她已经为他做了这么多的事情，郑伯友不说，她都不察。她的面上露出了难得的笑意，心中空洞的地方竟然被这番言辞渐渐填满。她知道，能站在他身边不遗余力帮他的人，只有她一个。

第三十七章

褒美人丹凤朝阳，冠后宫得一人心

夜色渐渐笼罩了大地，昨日周王宫涅离开后，就再也没回来过。褒姒理了理自己的情绪，吩咐下人：“叫赵上卿来一趟，就说我要和他说祭天大典礼服的事情，请他带人过来。”她说完这话便闻到屋子里有股米香，抬头顺着香味看去，竟是周王宫涅亲自端着食盒迈步而入，眼神深邃地盯着褒姒。

褒姒下意识地捋了捋自己耳际的发丝，迎上周王宫涅的目光，不易察觉地笑了：“大王？”她盯着他手中的食盒，满面疑惑地等待周王开口，“明日早朝后再去传话吧！”他先吩咐下人道，下人应了声识趣儿地退了出去，将大殿让了出来。

褒姒走了两步又顿住身子，竟不知道该开口和他说些什么。久别的重逢如此陌生，她看着他，一片静默。周王宫涅见褒姒无言，自己先开了口，他问道：“饿了吧？”他将食盒放在桌上，坐了下来，伸手示意褒姒坐下，“尝尝看，合不合胃口？”

“大王？”褒姒有些不解，在他对面坐了下来，拿起放在食盒上的筷子，是些清粥小菜，格外清淡。粥熬了很久，浓香四溢，以鸡汤下米，肉味渗入米中，米香留在肉汤里，二者相得益彰、相辅相成，散发着令人垂涎欲滴的气味。褒姒轻抿了一口，香气扑鼻而至，包裹着味蕾。她咽下口中清粥，微抿着唇，“有劳大王了。”

“怕那些膳夫做得不合你的口味，寡人亲自下厨烹制的。”

褒姒不知周王还有这手艺，低头轻声道："大王美意折煞褒姒了。"

"为你做什么都值得。"周王宫湦伸出手拉住了褒姒纤弱的手，她用力想将手抽回来，他却看着她叹气道，"郑伯若是不说，寡人都不知道你为寡人做了这么多事！"

"臣妾做什么都是应该的，大王不必介怀。如今你封我为后，王后就该有个王后的样子。承得住流言蜚语，经得起惊涛骇浪，前些日子的寻死觅活现在想来，太过矫情，也只是放不下与大王赌的这口气，还望大王见谅，恕臣妾不敬之罪。"

褒姒接受了后位，却没有接受周王宫湦，这点他清楚，如黄连在口，这苦味弥漫到了心中。他在想，或许连褒姒自己都不知道，她当日随着郑伯友离宫之后，从心底已经接受了那个男人。她被迫同他离宫，接受了这样的命运，余生与他共赴。可惜镐京城被围困，洪德揭穿了假死一事，宜臼满城搜捕，他们两个人绑在一起是逃不了的。

周王宫湦觉得或许褒姒不是在和自己赌气，而是变了心，只是她自己还不知道。他打量着她的眸子，将她的心事看在眼里，他觉得她可能不了解自己，他不会告诉她这些事，如今她既然选择了留下，他们之间还有无数种可能。

王后之位，非褒姒无人能当。

"寡人若是早些回来，有些事本来可以避免的。当日交付于你的事情，寡人也没有想到会是这么大的包袱。寡人将你看得太强，以为你没什么承担不了，以后不会了。"

"如今褒姒既然还活着，就没什么是迟的。"

"寡人身陷大泽，曾有一晚梦见过你。"周王宫湦将盘子里的菜夹到了褒姒的碗中，褒姒看了一眼自己的碗，重复了一遍他口中的地名："大泽？"

"东夷北部，有个地方叫大泽。当日寡人与启之攻下东夷都城，并未找到东夷君主，有人来报信说他逃到了大泽之地。寡人为了抢头功，带兵马追击，让启之留守城中收缴粮草。却没想到此事正中了东夷的奸计，大泽是一片乱地，一入其中便有迷雾挡路、鬼魅丛生，我军身陷大泽，安营扎寨，不得而出。"周王宫湦向褒姒解释道，"我当时身中剧毒，行至第十五日，毒发濒死时，有人救了我。"

"是个女人？"褒姒问道。

周王宫湦点了点头。

"若是如此，大王许她夫人之位也是应该，后宫既然由我做主，我该见见她。"

"此人……"周王宫涅犹豫良久，不知该不该说，"你能避则避。"

"为何？"

"她是楚侯的妹妹，如今东面既定，北狄与西戎既有我大周挡在中央，楚侯居于南，无战乱之困，必定不肯臣服于我大周。寡人封他妹妹熊宁做楚夫人无非是想要稳住楚侯，算是报个恩情。这位楚夫人既能解毒，就能用毒，小心些总归是好的，寡人担心她对你不利。"

"既然能用毒，防也防不住，倒不如开门相迎，反叫人无处落脚了。"褒姒曾在梦里梦见此人，心中虽有不悦，面上却没什么变化，"改日还是带她来见见臣妾吧？"

"也好……"周王宫涅只得点点头。

"大王当日是想借楚攘秦，如今楚国独大又在朝中得势，大王才封了楚夫人稳住南面局势，又扶嬴开继位成为秦国宗主，可是大王可否想过，嬴开的野心不输嬴德？"

周王宫涅长叹了一口气："天下之事便是如此，总不能叫你一人占尽了便宜。熊宁救了寡人，寡人许她夫人之位……"他说到这里，褒姒便捏了捏周王的手，示意他无须再解释了。周王宫涅示意褒姒坐到自己身侧，揽着她的肩膀说道，"寡人在大泽时曾梦见过你，梦见你从镐京城出发找到了寡人，却因为撞见寡人临幸熊宁便转身就跑，越跑越远。寡人要追你，向你解释，你却只顾着朝前走，最后在一片大雾中消失了。"

褒姒心中一凛，感到不可思议："大王还梦见过臣妾吗？"

"头一年的时候还有一次，梦见你追随寡人出征。梦醒之后寡人就想，早知如此，何不当初就带着你？"

褒姒看着周王宫涅的眸子越发温柔："大王可知道臣妾是如何找到你的？"

"不知道，寡人只知道你手中两千兵马根本没去东夷都城与启之汇合，而是直接行至大泽前来接应，莫非你早就知道寡人在大泽？"

"臣妾曾在梦中见过大王安营扎寨之处，便告知赵上卿要他详查。赵上卿曾遍访多地，对东夷地形尤其熟悉，听了臣妾的描绘，便派兵寻到大王。"

周王宫涅大笑了出来："如此说来，你我竟是心灵相通。"

褒姒面色羞赧，低下头去："臣妾改日见一见这楚夫人吧？只是臣妾不知该如何待她。"

"纵容着吧？"

“大王是想借此还楚夫人的恩情？”

周王宫湦摇了摇头，褒姒思忖片刻，明白了过来：“大王要的是一个能名正言顺除掉她的借口？”

“否则，她就会变成第二个秦夫人。”周王宫湦并没有否认褒姒这话。

褒姒忽然开口问了句：“臣妾若有一日专权、揽权，大王会除了臣妾吗？”

周王宫湦揽着褒姒的手忽然握得紧了些，褒姒明白了其中深意：“臣妾明白，绝不敢有此心，还请大王放心。”她想挪开些距离，不再被周王揽着，可周王却忽然攥住了她，将褒姒拥在怀里：“若有朝一日你要篡权、夺权，谋害别人，谋害寡人，寡人也不知会怎么做，只怕是真有这么一天才会知道。”

“大王这么回答臣妾，就不怕臣妾为了验明大王的心，以身试法？”褒姒在周王宫湦的怀中没有动，冷冰冰地问道，周王宫湦用手拍着褒姒的头：“怕，很怕。”

“大王放心吧，臣妾不会。”褒姒以柔弱的声音说道，周王宫湦长长地舒了口气，吻在了褒姒的脖颈之上，手顺着她的肌肤抚摸。没过多久，褒姒便忽然开口：“大王？臣妾累了，想回去休息了。”

周王宫湦心头一怔，将褒姒推开了些距离，看着她的样子艰难地点了点头：“你去吧。”

“臣妾服侍大王就寝？大王也累了吧？”

“就寝？”周王宫湦反问道，“寡人若与你同床共枕，你却不让寡人碰你，便是睡了也休息不好。”

褒姒低下头去不应答。

“你早些休息吧，明日早朝过后，寡人叫太宰宫的人过来。”

“那大王在何处就寝？”

“华辰殿中。”周王宫湦答道，褒姒以为熊宁被安置在华辰殿中，便点点头：“也是应该的。”

“你身边没个人照顾，寡人放心不下，过些天三叔就回郑国将念儿与秀秀送回来，你暂且忍耐些时日。”

“接念儿一事改日再说吧。”褒姒这话像是一柄利刃戳在周王宫湦的心头，良久之后他还是允了她：“那就改日。”他只当褒姒是担心他会对郑伯友不利，却不知道褒姒如今担忧的是此刻接念儿入京，熊宁若是下了狠心对念儿下手，念儿就会因此受损。只有接触过熊宁，确定她的为人，褒姒才能安下心来。这话她并没有对周王提及，只是缄默不语，就像是默认了他对她无言的指控。

第二日一早，褒姒吩咐下人宣楚夫人熊宁来一趟显德殿。楚夫人如今还住在楚侯府上，因为还未正式册封，周王宫涅忙于处理政务，仅有的空闲也拿来陪大病初愈的褒姒了。褒姒这才知道周王前往华辰殿只是为了落脚，她对周王为自己做的一切感到感动，可始终过不了自己这一关，总觉得心中放不下什么，无法敞开心扉接受周王。褒姒也在犹豫是不是应该对自己狠狠心，不再拂了周王的意思。可末了，还是不受控地将拒绝的话脱口而出。

褒姒为见熊宁做好了准备，可见到她的时候还是吃了一惊。这女人身材娇小，像是个孩子，声音娇俏稚嫩，看着无害，反倒是令人觉得心疼："参见娘娘！"

褒姒坐在大殿中央，白裙及地，头发松散地绾在一起，有几根青丝在耳际落下，在阳光的映衬下变成了金色。褒姒瞧见熊宁，伸了伸手示意她坐："听大王说，此行东夷，万分凶险，幸亏你救了他一命。"

"当日我女扮男装混入军营，便是为了追随他的。"熊宁笑得很娇俏，宛若少女般明媚，明晃晃地能刺痛这个算不上艳丽的大周后宫，而褒姒的神情却没什么变化："你随大王入京，住在楚府上多有不便，秦夫人的西阳宫晚些时候我差人重新收拾一番，你先住进去吧？最近大王事多，诏书晚些时候会下。"褒姒不接熊宁的话茬儿，而是以后宫之主的口吻向熊宁吩咐。

"西阳宫？"熊宁琢磨了一番，觉得褒姒的安排有深意，"娘娘可知为何我们在大泽之地耽搁数日才返，几乎要害得你丢了性命？"

褒姒平静地看着熊宁。这让熊宁略感尴尬，只好自己接上自己的话茬儿："大王说他为宫中权势争夺所累，无心朝中政务，一心想带我归隐山野。若非我苦劝多日，大王几乎不肯回来！"

"所以呢？"褒姒问道。

"他欠你，但是他爱我！"熊宁收起了娇嗔的笑意，面上严肃了起来，褒姒用风轻云淡的语调说着："那多谢楚夫人带他回来了。"

"我这么说，你不会生气吗？"熊宁有些被褒姒的平静激怒。

"生什么气？"褒姒问道。

熊宁平静下来，笑出了声："娘娘入宫是为了救父，为了保住郑伯性命曾不惜去秦府寻死，娘娘或许从没爱过大王。你病重昏迷时，我曾为娘娘把过脉，你一心求死才难以苏醒，如此说来让你一心求死的事情是什么？作为大王的女人，却爱上了别人是吗？"

“楚夫人以为，听你这番话，本宫该作何反应？”

“你若是足够爱一个人，绝不会这么平静了！”

褒姒笑了：“楚夫人觉得本宫若是爱大王，面对你的时候就该歇斯底里吗？”

“你若爱一个人，自然想要占有他的全部。”熊宁理所当然地说道。

“如此说来，大王若不是借我的手除你，便是借你的手除我，我们二人他更希望谁死呢？”褒姒站起身叹了口气，摇摇头转身朝着寝宫走去，留下熊宁愣在原地，对于她来说爱就是占有，要不择手段地除掉爱的人身边所有的人。

而对于褒姒来说，唯有除掉熊宁，才能在后宫中保住性命。

她们二人交手，必有一死，周王宫湦希望死的人是谁？褒姒虽然看似不知，但熊宁却再清楚不过了。她不明白为何周王宫湦放着能够为他做任何牺牲的自己不要，选择的却是一个根本就不爱他的褒姒。

可爱情是不是只有一种姿态，谁也说不清楚。

前殿后宫的事情这两日乱作一团，嬴德已死，秦夫人自缢，洪德投靠了周王宫湦，眼下镐京城之乱的始作俑者只剩下一个间接肇事者——齐伯。多日来周王宫湦早朝一事只说有功当赏，却始终没有提及有罪要罚。

这叫朝中大小官员看不大懂周王宫湦到底要做什么。齐伯想离开镐京，又不敢请辞；想淡出周王视野，可他真的无视自己又令齐伯觉得焦躁……周王宫湦忙于处理政务，褒姒提了几次加封楚夫人一事，都不见动静，便不再说了，隔了几日去了趟东宫。

东宫里一片苍凉，人去楼空，安静异常，只有零零散散的几个奴人按部就班地打扫着屋子，等待着新的主子。几人听见脚步声，转头看了看发现竟然是新主子来了，立刻迈着碎步迎了上去，褒姒问了下人，得知申后已经搬去了南门内的殿，便吩咐了自己身边的环莺去宣申后来显德殿。

褒姒回到显德殿，太阳已慢慢西下，秋日里寒风瑟瑟，湮没了夏季的炎热，以往这个时候大王也该退朝了，今日却一点动静都没有。如今大周弊病太多，诸侯们希望能弱化中央，而周王宫湦又要加强中央的控制力度。今日的朝堂之上，不见郑伯身影，他环顾了两圈，待退朝后才问赵叔带：“郑伯呢？”

“郑伯……”赵叔带犹豫了片刻说道，“郑伯差人送来信函，说是准备回郑了。大王要郑伯送念儿回来，他不敢耽误大王的事情！”

“不是说此事再议吗？”周王宫湦皱了皱眉。

赵叔带没有回答这话：“郑伯说启之在这里定夺就是，当日离开郑国时有些仓促，如今再不回去，怕掘突难以应付朝中之事，才急匆匆离开，郑伯说临行前会来向大王辞行的。”

“怕掘突应付不了？”周王宫涅冷哼一声，“所以先回郑国安顿，怕启之回去夺权吗？”

“郑伯应该不会这么想的。”赵叔带这话叫周王宫涅没由来地十分生气，如今天下都当郑伯友是谦谦君子，他却成了不折不扣的小人，他若杀了郑伯友就真成了以小人之心度君子之腹，为天下人所耻笑。莫说如今念儿还在郑国，便是念儿不在，他也不能妄动。看着周王宫涅不善的表情，赵叔带赶紧补充上：“郑伯一心求死，此番回去也是安顿好妻儿的，若启之夺权，他总得保全家人吧？”

“启之夺权？”周王宫涅念了念这几个字，“他倒是担心得多！”

“如今郑国军权被启之控制，政权虽在郑伯手中，可政令不行。要么郑伯将政权交给启之，要么启之将兵权交给郑伯，大王以为……他们二人会如何做？”赵叔带问道。

“他若是执意如此，便召入京中继续做他的司徒吧！”周王宫涅的语气软了下去。

“此事……只怕也不妥。”

“赵上卿有什么想法还是一次和寡人说清楚吧！”周王宫涅被赵叔带这也不行那也不行的说辞弄得有些烦躁，吼了一声。

“郑伯在位多年，如今又掌控郑国实权，想让他让位，便是他愿意，他的那帮朝臣、幕僚也不会同意。启之一旦上位，这些人必定处心积虑帮郑伯复位，如此……启之就不得不杀了郑伯。”

周王宫涅沉默了一阵，才缓缓开口：“此事寡人知道了，改日郑伯辞行，请他来一趟显德殿吧，既然要走，还是见一见他。”

“依臣下看，还是不要让郑伯见褒后了！”

“寡人怕什么？”周王宫涅脱口而出地反问道。

赵叔带的面色十分难看，褒姒之死如今人人都知道是怎么回事儿，她已逃出却又找嬴德自投罗网，在别人眼中她无非是要救郑伯友一命。褒姒既然能为郑伯友去死，这份情就不轻，或许郑伯友是身在局中看不清楚这情分，可这些旁观者都自诩心中透亮，相信褒姒在宫中两年孤独，早已沉湎于郑伯友的温柔与呵护当中，说他二人相处数日而清清白白，谁也不肯相信。

“是寡人的，谁也拿不走，不是寡人的，强留也没用！”周王宫涅说罢转身拂袖，回了显德殿，走到殿前却开始犹豫该不该进去见一见褒姒。赵叔带说的话犹在耳畔，郑伯友的辞行会给刚刚平静下来的褒姒带来怎样的刺激，周王也无法预料。他觉得心烦意乱，转过身准备离开，却被环莺唤住：“大王？”

周王宫涅转过身看了眼环莺，顺口问了句：“褒后今日怎么样了？”

“从早忙到现在，一刻都没有停过。”

“在忙些什么？”周王宫涅朝前走了两步，迈步进了殿里。

“一早就去了东宫，差奴婢宣申娘娘来。申娘娘说大王早朝该退了，她明日再来，料想大王不愿见她。”环莺转述道，周王宫涅则环顾了一圈：“褒后呢？”

环莺摇了摇头：“奴婢回来复命，就不见褒后了，只怕又在别的宫里稍作停留吧？”

周王宫涅点了点头：“褒后回来告诉她一声……”

“告诉我什么？”褒姒轻声问道，出现在了周王宫涅的身后，她手中端着食盒，里面盛着从膳房中取出的菜肴。环莺见这一幕倒吸了口冷气，赶紧冲过去接过褒姒手中的食盒：“这等小事，褒后吩咐一声就是了。”

褒姒将手中的食盒交给了环莺，吩咐道：“先备了吧，大王刚刚退朝，应该累了。”她上前一步，帮周王宫涅整理着他的衣服，仰着头，眸子里泛着闪闪的光泽，“这些天来只怕是事务繁多，大王也是重伤初愈，还得保重身体才是！”

周王宫涅清楚褒姒为何要这么做，根本就高兴不起来：“你就一点都不肯欠着寡人吗？”

褒姒并没有急于作答，只是转身吩咐环莺将食盒放在寝宫中。环莺看着大殿的气氛，赶紧扭头退出了寝宫，将大殿留给了褒姒与周王二人。周王宫涅刚刚处理完郑伯友的事情，心情不算太好，加上褒姒对自己的敬重，反倒是疏远了两人的关系。

“寡人不吃了，还有些事情尚待处理！”周王宫涅说罢就要转身，褒姒却拉住他的手，她用细腻柔软的小手拉住了他粗糙宽厚的大手，仰头看着周王：“再忙也要吃过了再说。”她转身朝寝宫走去，拉着正赌气的大王，用如水般的温柔企图抚平他满心的暴躁。

环莺放好了午膳就退了下去，寝宫不大，这里只有周王宫涅和褒姒两个人。褒姒转过身将周王宫涅的衣带解开，这举动将他吓退了一步，捂着自己被解开的衣带问道：“要做什么？”

“大王下了朝该更衣了，这衣服穿着又不舒服。”褒姒被周王宫涅的样子逗乐了，只是强绷着颜面没笑出来。周王宫涅松了口气，而后又是一阵失望，他以为褒姒是要侍寝。褒姒为他褪去了黑色金线的朝服，换了件很平常的衣服，穿在身上舒适了很多。周王宫涅俯下身子在褒姒的面颊轻吻，双手拉住了她的双手："谢谢。"

"大王给臣妾些时间。"

周王宫涅看着褒姒，眼神无比深邃。他点了点头，松开了拉住褒姒的手，转身朝着放了午膳的桌边走去，桌上摆的满是烹调好的佳肴、菜品，倒也十分丰盛。周王宫涅坐在一侧，褒姒坐在另一侧，她看着他说："臣妾去了趟西阳宫，当日秦夫人强势压制宫里的女人，如今她一走倒有些反弹，各个嫔妃都喜欢拿主意，需要个人去压着她们。"

"后宫的事你安排，寡人不插手。"周王宫涅不爱听这些。

"不过楚夫人不太高兴去西阳宫。"褒姒没有急着动碗筷，她并不觉得饿，只是看着周王宫涅狼吞虎咽地吃着桌上午膳，脸上有种说不出的温柔。

"哦？"周王宫涅发出了一声疑问，"华辰殿也无妨。"

"不行。"褒姒笃定的回答叫周王宫涅停下了手里的筷子，抬眼看着褒姒，盯着她的眸子看了半晌，猜测她是忌惮自己对郑夫人的感情，不想让别人染指华辰殿，不由得笑了出来，此事过去了这么久，她还是没有放下吗？周王微微颔首道："此事你安排吧，小心些就是。"

"嗯。"褒姒应声道。

"西阳宫是不太合适。"周王宫涅知道因为秦夫人一事，人人都对西阳宫有些看法，他看着褒姒问道，"她还说了什么？"

"说大王迟迟不还，是因为为朝政所累，不想回京，一心想带她隐世。若非她的苦劝，大王未必会回来。"褒姒说着，面容平静。

周王宫涅的表情则一点一点地定住，最后彻底僵硬了。他深深地吸了口气，不知该说些什么，他想解释，可看着褒姒的表情又觉得自己连解释的机会都没有。果然爱上一个人早晚会变得卑微，他不喜欢这种被动的感觉："你想问问寡人吗？"

褒姒摇了摇头。

周王宫涅点了点头，有些失神地低下头去吃饭，努力将神情集中在桌面上。

"臣妾不问是因为觉得没什么可问的。"

"寡人知道。"周王宫涅低头不看褒姒，他不想看见她那冷漠的眸子，与之相比，熊宁的热情如火反倒叫人觉得可爱。看着什么都不说却显然是在发脾气的周王宫湦，褒姒犹豫了良久还是开口了："只有大王说过的话，臣妾才信，所以……臣妾觉得没什么可问的。"

周王宫湦愣住了，缓慢地抬起头看着褒姒："为什么？她说得也合情合理，寡人在大泽逗留的时日是多，当日既然能走进去，就不该走不出来；所有的人都以为寡人中毒不治，寡人其实一直带着熊宁。怎么看寡人都有意用假死蒙蔽世人，不再回来！"他最后这句话说出口带着三分的怒意，死死地盯着褒姒，要她一个解释。

"大王不是回来了？"褒姒笑着看着他，觉得周王宫湦原来也这般的孩子气，居然会因为自己没有吃醋而怒不可遏，"楚夫人曾说臣妾对此事不上心，是因为臣妾心中没有大王……"褒姒的话音说到这里哽咽了一下，面上带着自嘲的笑意，盯着桌面的那些菜肴，"怎么可能呢？"她说罢长长地叹了口气，却颤动了周王宫湦的心，他伸出手握住她放在桌面上的手，心中怅然。

褒姒抬起头看着周王宫湦，嘴角微微上翘，抿了抿唇："大王还记得伯服出生后，您和臣妾说过什么吗？"

"什么？"周王宫湦说的话太多，有很多连他自己都记得不清楚了。

"大王说，便是你日后负我，我也不会迁怒于人，会将伯服好好带大，不会让他承袭臣妾心中的哀怨，不会像宜臼那般。大王一番话，何尝不是如刀割般剜在臣妾心头，可是能怎么办呢？"褒姒看着周王宫湦问道，"臣妾就是这样的人，有再多的委屈，也会想那是大王想要的啊！臣妾早就说过，踏入了这镐京城，臣妾便没了家，嫁入了这深宫中，臣妾便没了亲人。唯独大王是我的家人，臣妾不说、不怒、不作为，不是因为臣妾不在乎，是因为对臣妾来说，大王不仅仅是个需要臣妾的男人，更重要的，是臣妾的夫君、家人，臣妾只能不遗余力地去支持这个高高在上的大王。所以臣妾不能喜形于色，不能贪嗔痴怨，有多少委屈也要自己吞下去，因为臣妾所嫁之人不是一个普通人。"

"褒姒？"周王宫湦叫着褒姒的名字，站起身越过挡在二人之中的桌案，将她拥在了怀中，"寡人不知道，不知不觉间，竟要你承担了这么多！"

"如今大王能如此待臣妾，往日有多少委屈也都不觉得苦了。楚夫人曾说臣妾的不动容是因为不爱，臣妾反问楚夫人她以为爱该是什么样子。楚夫人答臣妾，爱是占有，不会和任何人分享……"

周王宫湦将褒姒搂得更紧了一些，就像是搂住了一团空气，稍有不留神就会跑走了。

“楚夫人如今贵为夫人，得偿所愿；臣妾为一国之后，站在大王身边。大王以为，她会如何待臣妾？”

周王宫湦从头到脚俱是一震，放在往日，他此番回来，必定不会将对褒姒的眷恋表现得如此深重。可是，只要想起褒姒在深闺之中苦苦等了自己两年，心中就不好受，更不想让褒姒再承受多余的冤屈。

褒姒躺在周王宫湦的怀中。他抚摸着她柔软的头发，躺在床榻上。他有些沉默，眉头紧紧拧在一起，面色黑沉。熊宁入宫他就该知道后果，可除此之外他别无他法。熊宁在沙场上出生入死，几次救他性命，又是楚侯熊仪的妹妹，他根本动不了她。

“所以臣妾才不让大王将念儿接回，”褒姒看着周王宫湦解释道，“臣妾能对楚夫人处处小心，可是念儿年幼，一旦接回宫中，只怕……”

周王宫湦点点头，一手握着褒姒的手：“寡人知道，寡人知道，你想得比寡人周到。让寡人再想想，如今这局面和寡人当初预想的不太一样。”

“楚夫人根基浅，羽翼未丰，也不敢轻举妄动，大王不必太过担心。”褒姒宽慰道。周王宫湦知道她这话只是为了宽自己的心，刚刚入宫自然是羽翼未丰，可时日久了，一旦在宫中建立了人脉，就会开始对付褒姒，取王后之位了，此事不能不让人担心！

“别再想了，”褒姒坐起来看着周王宫湦，“臣妾不和大王说这些，就是不想大王费神。可若不说，又不知大王到底是怎么想的。”她将头抵在他的胸口，“臣妾一人在这宫中两年，若非想着大王得胜还朝，也无法撑到今时今日。”

周王宫湦将褒姒紧紧搂在怀中，他总以为褒姒对郑伯友早有情愫只是自己不察，如今看来他将她误会得太深了。她说得不错，爱不是只有一种姿态，他们最容易犯的毛病就是以自己的心去揣度别人的情。如今看来，倒是郑伯友更了解褒姒一些，知道她至死不渝在维护、在爱的都只有周王宫湦一人而已。她有求死之心是因为她以为周王已死，而将她留下的最好方法就是给她看看，她若不在了，这大王将多么孤独、困苦。

“郑伯准备离京了。”周王宫湦将褒姒放在床上，自己躺在她的身侧，想起这事儿忽然就开口说。褒姒转过身面朝着周王宫湦：“公子启之和郑伯之间只怕是不能共存，大王打算留谁？”

“你觉得呢？”周王宫湦伸出手轻轻地摸了褒姒的面颊。

褒姒摇了摇头："臣妾对公子启之并不熟悉，也不知道大王要作何安排。只是，郑伯曾经规劝臣妾，如今天下大势看似太平，实则暗涌不断。楚侯的称臣只是他的权宜之计，朝中的势力若被削弱，楚侯随时可能称王而一统大周南面疆域，届时大王就很被动了。"

周王宫湦只要想及此事就觉得无比疲惫，可又不能指望楚侯不要妄动。

"此事能看透的人不多，郑伯有如此远见，必是朝中良将，只是……"褒姒说了一半，这话却不再说下去了，她不能为难周王宫湦。

"寡人打算放手不管，让他们各凭本事。"周王宫湦盯着褒姒的面色，她思忖了片刻，点点头："如今看来也只好如此。"

"所以不能将念儿放在郑国。如果启之想赢郑伯，说不定会拿念儿做文章，寡人不能叫念儿冒这个险。比起秀秀和廿七的看护，寡人反倒放心他在你身边。"周王宫湦担心为了嫁祸郑伯友，启之会不惜杀害念儿，他是这样的人，为达目的不择手段。当初为了对东夷施威，他曾大肆屠城，血洗东夷，铁腕之狠令人发指，念儿留在郑国未必比留在宫中安全。话说到这里，周王宫湦又不免觉得十分遗憾，毕竟当初不想要褒姒怀孕的人是他，如今想给褒姒一个亲生子嗣的人也是他，"你若能有个自己的孩子该多好！"

"臣妾将念儿视如己出，不胜欢喜。郑夫人为了这个孩子搭上了一条命，那日便是医官在宫中，也未必能救。生个孩子，就是在鬼门关走了一遭，臣妾明白大王不愿让臣妾冒险，如今有了念儿臣妾也知足了。"

"自从跟了寡人，你在鬼门关前已经走了一圈又一圈。"

"甘之如饴！"褒姒在周王宫湦的额前轻吻了一下，周王宫湦揽住褒姒的腰肢，想要解开她的衣带。这一举动却将褒姒吓到了，整个身子一下子就僵硬了起来，在床上久久不敢动一下，她不想再拒绝周王宫湦的要求，只能强撑着。

第三十八章

虽挽情心结难消，两人心不通则痛

周王宫涅知道褒姒一时之间放不下嬴德那日对她的凌辱，她还没做好准备。他也不再勉强她，只能强行收起自己心中的欲望，从床上坐起来："寡人还有事要去处理，你先歇着吧。"

褒姒背对着周王宫涅，咬了咬下唇，不发一声。

周王宫涅拉起床褥上的被子，替褒姒盖好，自己套上外衣从寝宫中退了出去，吩咐环莺将桌上的残羹冷炙收拾了，叫她声音轻一些别打扰到褒后。环莺点头，盯着周王宫涅出门，嘟了嘟嘴："怎的大王一直不在寝宫中休息？难道不需要褒后侍寝？"想到这里，自己就像是找到了什么答案，"啊……对了，一定是有了新宠，忘了旧人！"她说完点点头，又替褒姒扼腕叹息了一番，果真是自古君王多薄幸呀！

环莺收拾了碗筷和食盒从寝宫中退出去，还给膳房。膳夫见今日环莺伺候褒后，便巴结奉承着企图叫环莺在褒后面前美言两句，环莺却指了指食盒中的饭菜："哪有心情吃你这菜，没看都没怎么动吗？"

"嫌我做得不好？"膳夫问道。

"倒也不是。"环莺环顾着左右，伸手示意膳夫过来，"我跟你讲，你可别和别人说！"

"我是那碎嘴的人不成？"膳夫说道。

“大王有了楚夫人，便不怎么待见褒后了，每日虽然也来显德殿，可很快就出去了。”环莺小声说道，眼神四处瞅着，生怕自己这话被泄露了出去，“娘娘整日以泪洗面，可怜死了！哪儿有心情吃你这饭？”

“不对不对，怎么会是楚夫人呢？我听说的可是大王日日去华辰殿，夜夜在华辰殿临幸，连宋妃身边的小丫头都趾高气扬得很，好像不日那华辰殿的夫人就是她了。”

“不可能！”

“怎么不可能？此事人人都知道，华辰殿的人倒真是厉害，我看啊……”膳夫“啧啧”了两声，“这褒后受宠的日子也就到头了，谁在东宫，谁就是宫里最可怜的人！”

“谁说不是呢！不过这宋妃可做不了夫人！”

“为何？”

前一二日，环莺就多嘴问过褒姒此事了，今日听人说起，就迫不及待地嚼起了舌根：“娘娘说了，大王要求娶齐姬，一旦齐姬入宫，华辰殿夫人之位就非齐夫人莫属，还有那宋妃什么事？”环莺说罢，还不忘嘱咐一句，“此事你可千万不能和别人说，还没人知道呢！”

“看你说的，我是那种人吗？难怪这大王事到如今也不责罚齐伯！”

“可不？”环莺得意地说道，“这家里的花儿哪有路边的野花香，大王处处风流，风流债都惹到齐国去了！大王连洪德都愿意重用，重用齐伯也是迟早的事！”

“哟……”膳夫看着环莺说道，“那你什么时候被大王宠幸，叫我们沾沾喜气？”

“别开我玩笑，我可不嫌自己命长呢！”

“这怎么能是开玩笑呢？如今你跟在褒后身边，接触大王的机会自然多，不都是机会？”“你也不想想桑珠的下场？”环莺说完用手搓了搓自己的胳膊，一身的鸡皮疙瘩。

后宫里的流言是长了脚的，从一个宫到另一个宫，从一个殿到另一个殿，几乎人人都知道了大王此番回来虽将褒姒封后，却对她早已没了往日盛宠，一门心思都放在楚夫人和宋妃身上。大家还知道，大王在外面惹下了风流债，与齐姬私订终身，如今骑虎难下，无法责罚齐伯。

此事越传越真，最后干脆变了味道，说齐姬怀了数月身孕，人人面上都带着一种诡异莫测的笑容，每相视一笑这故事就必定会被再加工一次。流言成了决堤的洪水，淹没了整个后宫。午时过后，未及傍晚，赵叔带亲自来了一趟显德殿，为褒姒量体裁衣，她的衣服都要改制。褒姒站在铜镜前伸展胳膊，一旁的下人度量着，向制衣的下士报上尺寸，待测量完毕才向赵叔带请示："赵上卿，褒后的尺寸已经有了，我们可以回去赶工了。"

赵叔带挥了挥手，屏退旁人向褒姒说道："郑伯要走了。"

"此事大王已经说过了。"

"大王说，安排郑伯临走前与娘娘辞行。刚才我去过郑府，给他说了这事儿。"

"他怎么说？"

"郑伯就不该来这一趟，你对他无情，他来了也只是徒增伤心，我劝过他，可是……"

"他还是要来？"

赵叔带点了点头："不过刚才回到太宰宫接到了消息，郑伯又未必走得了。"

"什么？"褒姒有些惊讶，不知道又发生什么事情了。

"嬴德一死，犬戎得了信，屯兵关外准备进攻。若真是如此，朝中上下能委任的将军里，启之是不二人选，启之一走，祭祀大典郑国不能缺席，郑伯友想走也走不了了！"赵叔带说道。

"怎么这么快？"褒姒眉头深皱，以为犬戎进犯还需要些时日。

"一旦秦兵重整，犬戎的胜算就少了。"赵叔带解释道。启之入秦对周王宫湦来说是个机会，如此秦国的军权、政权便在周王宫湦的掌控之中了，东夷虽鞭长莫及，可是秦国却实在不远。

赵叔带揣度，大王届时一定会力排众议封启之为司马，郑伯友想必是一时半刻走不成了："郑伯若是不走，就得看着娘娘加封受赏，同大王一并主持祭天大典，也是个不小的打击。"

"便是如此，也无可奈何。"褒姒叹了口气，手指轻捻，心中怅然，"隔些日子把念儿和秀秀接回宫里来，总放在郑国也不是个事儿！"

"祭天大典一结束我就安排。"

"有劳舅舅了。"褒姒点头致意，赵叔带又想起了一件事儿，"你怎么看洪德的事情？"

"什么怎么看？"褒姒明知故问。洪德引兵入城，拿下嬴德，顺利地完成了城中权力的交接，没叫周王宫湦浪费一兵一卒，立了大功；褒姒的加封，也叫身为哥哥的洪德地位水涨船高，又辅佐嬴开，秦国朝中或许会看在他与世父出生入死的交情上，委以重任。此事洪德都是托了褒姒的福，大王若是知道洪德曾对褒姒犯下那种天诛地灭的罪行，怕是不会轻易放过他的。

“你应该知道洪德不会效忠大王，此人留着必有后患。”

“大王自有安排，你我也不必急于一时！”

“他在秦国最好也不要掀起什么大风大浪。”

“父女反目，兄妹成仇。”褒姒心中悲戚，兀自感慨，一想起自己的父亲还是忍不住悲怆。

“你也不必忧心，你父亲迟早会谅解你今日的一番苦心。如今你们父女虽然势如水火，也只是他轻信了嬴德或是有人从旁挑唆，假以时日，他看见你没有辜负他的教导，心中安慰，也会知道错了！”赵叔带试图宽慰褒姒，褒姒却伸手示意他不必再谈此事了：“我父亲是个什么样的人，我再清楚不过了，如今我既然已成为了王后，也就不必再执着于此等小事儿了。”

赵叔带不再劝说，从显德殿请辞告退。

隔日，申后一早就来了显德殿中拜谒。清晨的阳光才刚刚洒进这屋子，褒姒还没起来，秋日的寒凉让人有一丝慵懒之意，加上重伤初愈总有些疲惫。环莺见申后来了，心中一惊，转头朝寝宫走了两步才蓦地想起申后已经不是王后了，想及此又转回来：“参见申娘娘。”

“我来拜谒褒后。”申后口吻中十分平淡，看着环莺面色也无甚变化。

“褒后身子刚好些，医官嘱咐要多休息，此刻……”环莺的目光朝着寝宫的方向瞥去，看着里屋，申后明白她的意思：“我在这里等等就是，不急。”

“娘娘请……”环莺伸手示意申后坐下。

申后上下打量环莺，她出入显德殿时曾和环莺有过接触，对她也有些了解，便开口问道：“大王昨夜在殿内过夜的？”

“不在，大王每日只是来一会儿，就离开去华辰殿了！”环莺说罢才意识到自己多嘴，咬了咬下唇，面色苦恼，“申娘娘可不要将此事说出去，褒后会怪罪我的！”

申后点了点头：“大王为何会去华辰殿？新来的楚夫人要分到华辰殿吗？”

环莺张嘴又接上了话茬儿：“褒后虽说是将楚夫人分到了西阳宫，可楚夫人毕竟尚未进宫，大王对西阳宫中的女人又无甚兴趣，听说一直是宋妃侍寝！”

申后想了想：“莫不是宋妃要做华辰殿的夫人？”

“不会，褒后说大王准备求娶齐伯之女，华辰殿夫人的位置是留给齐姬的。”环莺说得扬扬得意，没有她不能捯饬的是非，直到听见身后有人咳嗽，才面色一变，惊恐地退了一步，转过身看着褒姒说道：“褒……褒后，您什么时候起来的？”

“哦？”褒姒看着环莺，“我何时起来，也要向你汇报一声吗？”

环莺“咚”的一声跪在地上：“奴婢知错，请王后恕罪。”

褒姒看着跪在地上的环莺，眼中射出一道狠戾的目光，口气却极为平淡：“你下去吧！”

“是！”环莺得了这话，像是得了大赦，逃也似的连滚带爬逃出了显德殿。褒姒又吩咐了其他下人都退下去。褒姒坐在申后对面，为她满上茶水，看她的眼神算不上友好：“申娘娘如今退居冷宫，对大王的事情还如此热衷，倒也是忠心！”

“我既然来了，你又未起，随便聊两句而已。”申后口气也很生硬，“大王能从那野地里带回一个女子，并不罕见，罕见的是大王明明忌惮楚侯，仍不惜和他结亲，只怕……大王待她不薄。”

“楚夫人日后进了宫你不就知道了？”

“前有楚夫人，后有宋妃，你当真一点不担心？”

“大王不愿在显德殿多留，华辰殿中有个知冷知热的人从旁伺候也是好事儿。”

“是吗？”申后冷笑一声，“那未来的齐夫人呢？”

褒姒看着申后并不搭话，眼神中也没有愤怒的意思，反倒像是申后自取其辱。申后见褒姒不搭话，只好自己说道：“这后宫中我比你待得久，也比你了解大王。如今后宫各个宫都换了主儿，唯独你做了王后，洪德不但是褒国世子，在秦国也必将一手遮天。大王为了制衡，不会再宠你，从此你只能做你孤独的王后，他做他风流的大王，你们之间就再没什么感情可言了。”

“各宫各殿换了主儿？”褒姒重复了一遍申后这话，“只怕未必吧？”

申后想起了卫夫人，当日自己最看不上的人，却能从这场风波中全身而退，她有些尴尬地将话题转移到别处问道：“你叫我来不是为了说这些的吧？”

“不是，”褒姒点点头，“就是叫你来看看，我做了王后而已。当日申后多有照顾，滴水之恩，竭力相报，日后在这宫里，我也会关照娘娘！申国地远，枕边却亲近，娘娘说话做事、申侯说话做事，得斟酌才是，臼儿若是行将踏错，我也会很难过的！”

申后的手蓦地一抽，心头一冷：“还请你放心，臼儿会小心行事！”

"不做就不错，别把把柄留给别人！"褒姒站起身俯瞰申后，申后如今失势，周王宫湦将她从后位上拉下来，理由之正当，容不得天下异议。申后再掀不起什么风浪，可褒姒还是忌惮远在申国的宜臼。若有人撺掇，请他借口大王失德而起兵，虽然不会伤到大周筋骨，可始终是个麻烦！

此刻废了宜臼改立伯服并不合适，褒姒必须稳住宜臼。

申后点头道："我知道了，若是没有别的事情，我就先告辞了。"

褒姒见申后走到门口又忽然叫住了她："申娘娘，以后我宫里的事情还请你少操些心！"

申后背对着褒姒，停了片刻，又匆忙地加快脚步离去。看着她越走越远的背影，褒姒想到了自己，在宫里一天，就一天不能松懈，直到老，直到死，这是宫闱里的宿命。

申后走后，环莺感到紧张异常，见褒姒朝自己走来，立刻说道："褒后饶命，环莺不知道那些话不能同申后说！"她泪流满面、哭哭啼啼，褒姒抬手一巴掌扇到环莺的面上："若是再多嘴，我就叫你以后再也说不成话！"

环莺十分惊恐，瞧了眼褒姒的身后又收回了目光："环莺知错了，请褒后饶命。"她拉着褒姒的衣角，哭得异常悲戚，"环莺不知道申娘娘是来套环莺话的，若是知道了，必定不与她说。"

"不知道就不会叮嘱她莫将此事说出去了，若不想别人泄密，就管好自己的嘴！"

"若是如此，褒后当日也不该将大王要迎娶齐夫人一事说与环莺！"环莺顶嘴道，褒姒再次抬起的手掌还未落下就被人抓住了，周王宫湦黑沉着脸色看着褒姒，手攥成拳。昨夜他就听到了这个谣言，今日上朝的第一件事就是齐伯请罪，请他降罚，有点有恃无恐的样子。这事儿弄得周王十分被动，正愤怒而奇怪，再听环莺这么说，才知道此事的始作俑者竟是褒姒。

褒姒看了一眼周王，又看了眼地上的环莺："去给赵上卿传句话，冬季风寒，为申娘娘殿中多加些被褥，添些暖炉！"

环莺应了声，得了空，连滚带爬地离开了。

周王宫湦一把拽住褒姒的胳膊将她拉回寝宫中，怒气冲冲地将她推在床上："作为王后，你的职责是管好后宫，至于寡人娶谁、不娶谁，还轮不到你来操心！"

褒姒抓着床单，害怕极了。

"还有，"周王宫湦继续说道，"寡人不留宿在显德殿的原因你最清楚，现在到处去宣扬寡人宠幸宋妃，日日在华辰殿中歌舞升平，你到底想做什么？可不可以清清楚楚、明明白白地告诉寡人！”他最后这句话是吼出来的，将褒姒骇了一跳：“臣妾怎么知道环莺如此多嘴，我随口一提，齐姬到了年纪也该婚配了，大王却迟迟不肯处置齐伯，臣妾听闻齐姬美貌异常，随便一猜，谁知环莺转身就说了出去！”

“寡人不是第一天认识你！”周王宫湦掐住褒姒的下颌，将她的脸抬了起来，“一个人在显德殿中如弃妇一般逢人就数落寡人薄情寡义，是要寡人宠幸你吗？”他说着，手就抽开了褒姒身上的衣带，“寡人回到宫中，忍了数日，既然你要，寡人成全你便是！”他说罢，将褒姒压在了床上，褒姒不停地挣扎，企图用手臂挡住脸，周王宫湦强有力的手臂抵住她的身体，让她动弹不得。

“臣妾只是自保。”褒姒急了，脱口而出道。

周王宫湦放慢了手里的动作，松开了褒姒：“你说什么？”

“臣妾只想留一条命，不想死得这么快。”褒姒坐了起来，喘着粗气，用战栗的声音对周王宫湦说道，“当日郑夫人怀有身孕，大王召臣妾入了宫，对臣妾盛极荣宠。看似冷落了郑夫人，对她无情，实则从琼台殿地道而入，夜夜陪伴郑夫人。大王能捧臣妾上天，是为了保她。可如今楚夫人威胁更甚于秦夫人与申后，大王却没能对臣妾拉下脸，拒之门外，楚夫人必定忌惮臣妾，第一个要下手对付的也是臣妾，如此说来，臣妾性命岌岌可危。臣妾原是可以将生死置之度外，可不忍看着大王一人在宫中孤军奋战，这种体会我在这两年里已经尝够了。”

“郑夫人……”周王宫湦重复了一遍这三个字，忽然笑了出来，坐在褒姒的身侧，从他的背后抱住她，下巴抵在她的肩膀之上问道，“郑夫人都过世两年了，你还在和一个死人争风吃醋？”

褒姒面色羞赧，咬着下唇，别过脸去不敢叫周王看，她在他的怀中无比僵硬，就像是他的一席话真的戳中了她的软肋。这叫周王宫湦玩味地看着褒姒通红的面颊，白色的肌肤里泛着透亮的红，比胭脂还要好看：“被寡人说中了？到现在你还在为郑夫人的事情和寡人计较？”

“没有。”褒姒低下头去，这话说得很轻，显得无比苍白。

“寡人倒是想去宠幸别的女人，叫你独守空闺，对寡人恨之入骨！”周王宫湦在褒姒的耳畔说道，温热的气息摩挲着她脖颈的肌肤，“可寡人舍不得，怕你寻死觅活，你这一招比其他女人都厉害！”

“臣妾哪儿有？”褒姒有些发急。

“还说没有？你要是寻常女人，第一次要死，寡人就叫你死了！”周王宫涅这话的尾音阴厉狠辣，褒姒身体一紧，心头像是被攫住。周王下巴蹭着褒姒的肌肤，让她缓缓放松下来，自然地靠在他怀中。“那臣妾是不是该多谢大王赐了臣妾这条命？”

“你和郑夫人不同，不能相提并论，她的事情你清楚！别人若在寡人背后捅一刀，那就捅了。可你不同，你若举起刀刃对着寡人，便只是轻轻划个口子，对寡人来说，这一刀也是要命的。”

“臣妾没有，”褒姒急急地解释道，“如今楚国威胁不除，大王心中不安，唯有联合其他诸侯才能与楚相抗，为今之计便是让齐国尊王。而齐伯与大王素有旧怨，唯有添门亲事才是。”

“寡人之所以迟迟不治齐伯的罪就是有所犹豫，寡人新娶楚夫人，若再添齐姬，怕委屈了你！”周王宫涅想过此事太多遍，捋不顺其中的利益得失，所以迟迟不走这步棋。如今他被流言逼到这一步，不得不做出决定了。

“大王把臣妾要的都给了臣妾，心里的位置、身边的位置，臣妾别无所求。如今大周王权岌岌可危，臣妾怎么能只顾一己私欲，置大王江山于不顾呢？”

“若纳了齐姬，寡人不会真心待她，齐伯入京，齐姬告状，如何是好？”周王宫涅问道，这话叫褒姒忍俊不禁，“大王不是一向擅长一碗水端平吗？”她眉眼盈盈，看着周王宫涅，“当日臣妾入宫，大王也没有因为宠幸臣妾就委屈了别人啊！”

“你又算旧账了……”周王宫涅捏了捏褒姒的鼻梁，“寡人宠幸齐姬，你就不在意？”

“不在意。”

周王宫涅指着褒姒：“还是吃醋的样子好！”

褒姒面色通红，低下头去：“臣妾不在意，不是因为不在意大王，而是……”她低声说道，话未说完就被周王宫涅制止了：“寡人知道，”他抬起褒姒的下巴，审视着褒姒的面容，“寡人觉得现在这样很好。”

褒姒不解地看着周王宫涅。

“你能把你的心里话说出来，寡人觉得很好。”

褒姒淡淡一笑：“大王能与臣妾开诚布公，臣妾已经觉得这份恩宠难以回报了。”

“郑伯离开，寡人本打算叫他来一趟显德殿，现在寡人不打算这么做了。”

褒姒不解地问道："为何？"

"如今寡人娶楚夫人在前，迎娶齐姬在后；冷落你在前，宠幸宋妃的名声在后。王叔前来显德殿与你道别，寡人担心……"

"臣妾明白。"褒姒依偎在周王怀中，无须他将这话再说下去，周王宫涅自己不在乎，可他不想褒姒被流言蜚语淹没。他轻拍了拍她的肩膀，微微颔首："寡人叫王叔将念儿送回来，他也该想你了。"他用手轻轻地摸了褒姒的鼻梁。褒姒点点头，想起念儿的眉宇，心中就泛起一片温柔："念儿越长大便越像大王了，简直就是一个模子里刻出来的。"

"你说起念儿，比说起寡人要温柔得多，"周王宫涅微微有些不满，"真是不想接他回来！"

褒姒伸出手揽住周王宫涅的脖颈："大王又不是个孩子。"

周王宫涅捏了捏褒姒的面颊："这些天我吩咐了膳房做些药膳给你补补身子，冬日将至，怕你单薄的身子难以御寒，趁着念儿回来之前寡人带你出趟远门？"

"去哪里？"褒姒不解地问道，心中蓦地一抽，担心又要出什么大事儿，胸口有些发紧。周王宫涅轻拍了拍她，似是觉察到她的担忧，宽慰道："带你去散散心，寡人也觉得烦了，离宫些日子，图个清静。日后时日还长，未来的事情实在难以预料。"他其实是想褒姒出了宫，出了城，能放下心中的阴影，或许他们之间能再亲近一步。为了等这一天，周王宫涅也算是按捺住了自己的性子，多日来没有亲近过任何女人。

"如今犬戎作祟，企图乘秦国内虚而入，借道秦地，挥军镐京，大王怎么走得开？"褒姒有些惊讶，被周王这番话触动了心底的一片温柔，却放心不下。周王笑了出来："此事自有嬴开主持，轮不到寡人管这个闲事！犬戎此行无非是要试探秦兵强弱，嬴开抗戎日久，又有百里成辅佐，秦国的防线没那么好破。寡人打算封文朔做司马，文朔是郑伯友当日随行军的统帅，与东夷之战，几出几进立下汗马功劳，封为司马也不为过！"

"大王是要郑伯与启之相互抗衡？"

"还没想好。"周王宫涅不想说太多关于郑伯的事情，笑了笑想轻松一下二人之间的气氛，可是笑过后这气氛反倒是更凝重了，"走一步看一步吧！"

"大王还要小心哥哥，他心不在大周。"

"在你身上？"

褒姒大惊失色，看着周王宫涅半张着嘴："大王怎么会知道此事？"

“洪德为嬴德出谋划策，拿下镐京城却又出卖他，带寡人入京为的是救你；洪德立下大功，你又是一宫之后，心中若没有嫌隙，早该见他了；寡人要封赏洪德，虢石父与赵叔带再三劝阻，这其中没问题才奇怪呢！想来想去，只有一个可能，就是洪德对你动了情，想将你据为己有，你因此对他下杀手，却因为狠不下这个心差点被他害了。”

“大王都知道，为何还要重用他？”

“日后的路还长，何必急于一时？”周王宫湦不动洪德为的是褒姒的清白，不想人们再生事端，对褒姒有所猜忌。他虽然不说，可褒姒却明白这份苦心：“臣妾只怕大王会被哥哥反咬一口，他拥地恃功，做些有损大周之事。”

“寡人一朝君主，若连个区区洪德都对付不了，何以有本事坐拥天下？”

褒姒看着周王宫湦良久，只能点头。

“只是你得委屈委屈了。”

“如今既然有大王护着臣妾周全，臣妾便不会觉得委屈。”

“任司马与处置齐伯二事还要寡人去处理，你好好休息，万事有寡人在。”

褒姒看着周王宫湦有些发怔，这些天每次都是他想临幸她，可都被她拒绝了。今日褒姒本已经做好了准备，强迫自己轻松，可他却提出要走，她有些失望地点了点头。周王宫湦审视着褒姒的面色，似乎看出了门道，面上浮起了笑意。他在想，自己若是迟迟不动，她是不是会主动？

周王宫湦的决定让人觉得十分费解，他没和任何人商议就封了文朔为司马。而一直盛传的齐姬将嫁给周王一事，剧情却急转直下。周王宫湦将齐姬赐给了启之，此事令启之非但费解而且不服，早朝之后就跟着周王宫湦步履匆匆地去了华辰殿的书房，关上了房门，压低了嗓音向周王表述自己的不满之意。他不满司马一事，不满不能回去郑国一事，也不满齐国的这桩婚事。

周王宫湦对此事的解释只有一句：“你早晚要回郑国，而秦、齐都是大国，日后必能助你一臂之力！”

启之心中一凛，似乎明白了周王用意，不再抵触。

宫院北门，赵叔带一早就在这里等郑伯友了，见他青色身影自远而至，赵叔带敛了敛面上的表情盯着他：“郑伯！”

“赵上卿？”郑伯友觉得有些奇怪。

“郑伯今日辞行，大王一早吩咐了老臣来这里等候您。”赵叔带说道，“大王如今在华辰殿处理公务，还劳烦郑伯随老夫去一趟华辰殿。”

“大王为何在华辰殿？”

“这不需要问老夫，郑伯心里也应该清楚吧？”

郑伯友看了看赵叔带，声音压得十分低沉：“赵上卿这话是什么意思？”

“除了褒后，还能是因为何事？大王留在华辰殿自然是因为显德殿回不去。”

“褒后她……”郑伯友不确定地问道，赵叔带很快接上了他的话茬儿：“无碍，大王如今既然不在显德殿，郑伯一人去显德殿也多有不便，去华辰殿与大王辞行就是了。”

郑伯友觉得有些不可思议，他在临出郑府之前还在担心该怎样和褒姒辞行，如今却没了这机会，心里就觉得有些空落落的：“我知道了。”

“郑伯，”赵叔带拍了拍郑伯友的肩膀，“与褒后还是保持些距离，清白一事对别的女人重要与否老臣不知，但对褒后……”

“我知道了！”郑伯友又重复了一遍。待到踏入华辰殿中，宋妃正在帮周王宫涅研墨，他正在竹简上批复，看着郑伯友随赵叔带进来，坐直了身子，示意宋妃可以下去了。宋妃点点头，从大殿退下，郑伯友与赵叔带上前一步行礼。

“郑伯何日离京？”

郑伯友应道：“明日便走。”

“一路小心。既然祭天大典你不愿参加，寡人也不勉强。褒后思念念儿心切，还劳烦你将念儿送回宫中，褒后本该亲自设宴，但如今事务繁忙，怠慢了。”

“这是为人臣子应尽的义务，大王不必客气。”

“若是人人能像三叔一样，天下就太平了！当日借你的大夫已经还你了，随行军你也可以带走了，不过文朔要再用用，寡人既然封了他做司马，怕是要留在镐京城了！”

“全凭大王差遣。”

“本来要为你饯行，可你走得匆忙，只怕是思念妻儿之心日笃，寡人也就不留你了！原本打算设宴显德殿，可是娘娘说她身体不适，待你回来，带着廿七一道，褒后给你接风！她与廿七姐妹情深，有些日子不见了。”

“大王就没有别的事情交代了？”郑伯友看着周王宫涅，周王宫涅也看着他：“还有什么寡人没考虑周详的？”

“启之的婚事？”郑伯友继续问道，对今日周王所做的决定有些不明所以。他本以为周王会将自己留在京中任职，让启之先回郑国。可如今却叫启之去秦国接嬴开入京，再与齐姬完婚，反倒是叫郑伯友占尽了先机。

“等你返京再议！”周王宫涅说罢转向了赵叔带：“赵上卿，下旨公布念儿的名字吧？”

“是！”赵叔带应声道，宜臼如今远在申国，被废只是迟早的事情，伯服的名字也就没有必要继续隐瞒了。周王宫涅想让伯服在储君的位置上坐稳，还需要在他年幼的时候就正他嫡子的地位。

看着周王有意岔开话题，郑伯友也是个识趣儿的人，不再继续问下去了，向周王宫涅告了别，从华辰殿中退出来，大步向前。赵叔带奉命送郑伯友出宫，跟在他身后。郑伯友猛走几步，又停下来，看见原先挡在华辰殿前的一片焦土，已经清理挖掘变成了荷花池，那座被烧毁的宫宇不会再复现了，一如过去的旧时光。

郑伯友心中满是酸楚，赵叔带上前一步站在他的身侧：“大王下令，将这里改建为荷花池，从此再无琼台殿！”

“她如今贵为东宫之主，又何需琼台殿？”

赵叔带长叹了口气：“不想这三年来这里的变化竟然如此之大，褒后刚得宠之时，从宫里摸索到我的府上，将你推上了司徒之位，就像是昨天之事，一转眼都三年了！”

“为什么要让我做这个司徒？”郑伯友想起什么，转向赵叔带问道。

“大王本是为了给启之清障。”赵叔带如实说道，“几派士大夫相互制衡，将你放在朝中大王放心。只是没想到褒后会出手帮你，为了此事，大王冷落了她，琼台殿寂静凄冷了好一阵。可是褒后毕竟是褒后，寻常人觉得已经无路可走的时候，她还是有办法，推桑珠做妃子，换大王回琼台殿。”

“她不是这样的人，”郑伯友看着远方说道，“从来都不是。”

“哦？”赵叔带的口气中满是疑问，“所以郑伯以为当初她推你做这个司徒是为了什么？”

郑伯友笑了出来，转身朝宫外走去：“她什么都没想，初入宫，惶恐而已。”

显德殿中环莺跌跌撞撞地从外面跑来，大声唤着“褒后”。自那日被褒姒掌嘴后，她就学乖了，在褒姒的面前有所收敛，不过在背后毫无悔改之意。她因此更加肆无忌惮地说三道四，完全忘记了自己是谁的人。

褒姒有些不耐烦地看着环莺：“什么事儿这么急？”

“郑伯来了！”

“来哪里？”褒姒面无表情地问道。

"去华辰殿拜谒大王了，说是辞行的，这会儿要走了，褒后不去看看吗？"环莺问道，这话说出来叫褒姒不禁皱起了眉，看着环莺，捏了捏自己的太阳穴，"除了来显德殿拜谒的人需要向我汇报，其他有的没的，就不用说了。"她说罢转身甩开自己宽大的袖摆，走进了寝宫。

褒姒推开了寝宫的窗子，从华辰殿离宫，显德殿门前是必经之路，打开这窗子，就能看见外面那条林荫小路。褒姒看着下面，而郑伯友恰巧就在这个时候经过，仰头看见了褒姒正看着他。

她有几分担心，似乎还有几分不舍，看见郑伯友的褒姒像受了惊吓，愣了一下。他看着她笑了，微微地点点头，算是对她那几分担心的回应。她看着他也笑了出来，轻轻地挥了挥手，算是对他一路平安的祝福。

他的告辞，就这样结束了。

第三十九章

兄妹仇杯酒释怀，后宫乱褒后力压

祭天大典前的几日，洪德与启之点好兵马，准备向镐京城西面行进。犬戎发起了数次进攻，秦军残存的兵马在百里成的带领下负隅顽抗，虽能勉强应对，但是碍于人手不足，一旦犬戎奇袭，秦国便会大败。是以，周秦联军不敢耽搁，在得到秦国求援的信函三日后的午时，从镐京城西门出发。

这一日退朝退得早，几日来鲜少去显德殿走动的周王宫湦一退朝便径直去了那里。环莺见了远处的大王，急匆匆地回屋，喘着粗气，看着褒姒，指着门外："大……大王……"

"把气儿捋顺了再讲！"褒姒花了几日总算是找到了环莺的好处，她虽然嘴碎，什么秘密都藏不住，可也同样的，想从她嘴里打听点别人的事情也就容易极了。环莺喘了几口气才说道："大王来了。"

褒姒猛地站起了身，这几日大王鲜少过来，因为犬戎进犯与启之的婚事一件件连在一起，周王宫湦每日忙于公务，几乎没有时间来显德殿。

前一日褒姒还煮了羹汤送去华辰殿，恰好周王在忙，宋妃在外守候。褒姒试探了一番，不忍打扰，便将羹汤交给了宋妃，拜托她送进去。宋妃拉着褒姒寒暄了两句，问起楚夫人一事。如今齐姬的事情是个乌龙，宋妃就觉得自己还有机会，褒姒若是失宠了，她就得仰仗楚夫人的提携。

今日大王来显德殿，必是有事发生。

见周王宫湦大步迈进了屋里，褒姒立刻起身相迎。

“你们先下去！”周王宫湦吩咐周围的人都退下去，只余下周王宫湦与褒姒二人，她抬眼看着他问道：“怎么今日来得这么匆忙？”

“寡人不来看你，你对寡人就不闻不问！”周王宫湦看着褒姒叹了口气，他来不是为了抱怨褒姒，所以没继续说下去，刚准备转了话题，褒姒就反问道：“大王何出此言？”

“寡人难道说得不对？”

“臣妾昨儿下午去过华辰殿了，大王正在忙，臣妾便将羹汤交给宋妃，难道大王没喝到？”照着以往的性子，褒姒断然不会说这话，可在鬼门关上走了好几遭的她明白了一个道理，有些事情你活着的时候不说，死了想再开口就来不及了。

“那汤是你熬的？”周王宫湦愣了一下。

褒姒扫了眼周王宫湦，佯装生气的模样，反将周王逗笑了，将她抱在怀中：“下次再去，寡人忙着也不要紧，即便是处理政务，避着别人也无须避你，你何不敲门而入呢？”

“怕耽误了大王的事情。”褒姒说道，“今日前来，应该不是专程来抱怨的吧？”

“下午洪德带军出发，寡人亲自送行，洪德是你哥哥，你若不去，不太合适！”

“我去！”褒姒沉凝了半晌说道。

“有寡人在，你不必害怕！”周王宫湦在褒姒的耳畔呢喃道。

“嗯。”褒姒抬起头看着周王，她能有今日的周全，是周王宫湦护着，让她一次次从祸乱中全身而退。如今他就在面前，她知道再也没什么可怕的了。她是一朝之后，洪德是有功之臣，他们是兄妹，这关系天下皆知，她不能漠不关心！

午时之前，褒姒挑了身红色金线的长裙，坐着马车行至西门，洪德与启之二人并排站立，等待周王的出现。将兵权交给洪德，是为了让他和嬴开之间相互制衡，好让疲惫的镐京城歇一口气。

周王宫湦跨马而下，褒姒探头望着，漆黑的秀发束成发髻，高高绾起，雍容典雅。她面色苍白，略施粉黛，一袭红色的长裙及地，扶着周王宫湦的手从马车上下来。

启之立刻拜谒道：“参见大王！参见褒后！”

洪德看着褒姒，半晌回不过神。他与褒姒多日不见，这一见仿若隔世，他已经按捺下去的心思又被撩拨了起来，手不由得握在剑上。褒姒注意到了这个细节，心中一凛，害怕洪德会对周王下杀手，秦军人多势众，他若一呼，秦兵百应。褒姒只得温言软语道："哥哥立了大功，本该设宴款待，只可惜本宫身体欠佳，不宜到处走动。"

褒姒的态度吓了洪德一跳，握在剑鞘上的手忽然松开了，这才向褒姒与周王行礼拜谒："参见大王，参见褒后，这是为人臣子的本分，褒后客气了！"

"听说褒大人要出征，夫人说什么都要来送行，如今略备薄酒为尔等饯行。寡人就在镐京城等你们二位的好消息。"周王宫涅看着洪德与启之说道。二人应道："臣等为大王效力，万死不辞！"

"出行前别说这么不吉利的话，此战必胜！"周王宫涅拍着启之的肩膀，褒姒从下人们端着的盘中拿过一杯酒递给周王，另一杯递给了启之。二人饮完，将瓷杯摔在地上，一声清脆的响声，瓷杯跌得粉碎。

启之"哈哈"大笑，用无所畏惧的嗓音说："区区犬戎进犯，微臣不日便能带回捷报！不出三月，我军必胜。""寡人就等着吃你的喜酒了，别让新娘子等急了！"周王说罢又拿起桌上杯子，转向洪德，褒姒却忽然开口："大王，可否让臣妾先敬褒大夫？"

"好！"周王宫涅看着褒姒的眼神满是温柔，将手中已经斟满了酒的杯子递给褒姒。褒姒微微颔首，又递给洪德一杯酒水："本宫的命是哥哥救的，蒙哥哥不弃，若过往还有得罪之处，也希望哥哥不计前嫌。"洪德并不确定褒姒的这番话是逢场作戏，还是出自真心，他盯着褒姒半晌不搭话，直到褒姒又唤了声他的名号，他这才回过神来："下官职责所在，没能劝阻嬴德起兵已是下官失职，总算还能力挽狂澜，天佑大王，天佑褒后！"他说罢举杯一饮而尽，褒姒也端起杯仰头喝了下去，唇上一抹鲜红落在了杯口。周王宫涅从褒姒的手中接过杯子，自己斟了酒。

褒姒则为洪德重新斟了酒。

周王宫涅大笑几声："褒大夫毕竟是自己人，秦国有你寡人就放心了。秦国地处秦岭山脉，易守难攻，有你们二人带兵，此去必能克敌。"他说罢搂住了身边的褒姒，拿起酒杯致意，然后覆在褒姒留下的唇印上，将酒喝了下去。

洪德这杯酒喝得不怎么舒服，心里绷得很紧，面上又不得不装着高兴的样子。

周王宫涅喝罢这杯，便叫随行的下士为在场的每位士卒分发酒水，鼓舞士气。周王宫涅松开褒姒朝军中走去，向众将士一一敬酒，不到一盏茶的工夫数两酒已经下肚了。

褒姒的目光随着周王而去，怕他喝得太多。她的人站在洪德面前，却仿佛根本没有看见此人。这叫洪德心生愤怒，手臂上青筋暴起，盯着褒姒一字一顿地说："没想到褒后竟会为在下饯行，受宠若惊！"

"若不是哥哥引大王入城，我已死在嬴德手中了。"褒姒长叹一口气，看着洪德的眼神也很深邃，"我们二人到底有血脉之亲，不能说断就断。我几次对你下杀手，又于心不忍。如今你救了我，我又怎能再说往事。大王既然将秦国托付给你，哥哥不要辜负了大王赏识。"

"他算什么大王？"洪德压低了声音怒吼道，"他先带楚夫人回宫，又传出娶齐姬一事，最后虽将这齐姬打发了，可后宫里的女人何时断过，就算给你王后之位又如何？申后就是前车之鉴！这么为他付出，值吗？"

"值。"褒姒淡淡地说道。

"值？"洪德冷笑一声，"对了，我差点忘了，你爱的是那个郑伯，他不是扬言要与你来生共赴吗？他人呢？大王一回来，他跑得比谁都快！不过是个逢场作戏的男人罢了。因为你是大王的女人，所以天下男人便想通过征服你来证明他们自己，如今这目的达到了，还真的留在你身边吗？这天底下，只有我一心待你，为了你，不惜出卖任何人，甚至再杀回镐京城！"

洪德的话叫褒姒深知此人若是不除，日后必定成祸害。褒姒也不清楚洪德到底是否善于带兵。若不擅长，兴许就死在沙场上了……想到这里，褒姒又推翻了自己的想法，不管洪德是不是领兵打仗的料，他肯定是个明哲保身的人，绝处逢生一向是他的拿手绝活！

洪德脸上泛着戏谑的笑意，没有继续说下去，因为周王已经回来了，他再次将褒姒揽在怀中，立刻便感觉出褒姒的身体有些僵硬，他面上带着三分醉意，脚下的步子也有些踉跄，他看着洪德说："上马吧，不要耽误了出行的吉时！"

"是！"洪德说道，启之早已跨身上马："大王放心，他日我等必得胜还朝！"

"好！"周王宫湦大喝一声，下令让大军向西开进，看着人群越走越远，周王宫湦才站稳扶住褒姒："没事儿吧？"

褒姒摇了摇头："有些冷。"

周王宫湦脱下了自己的褂子披在褒姒身上，翻身上马俯下身子伸手，褒姒将手搭在了周王手中，被他拽上马。他从她的身后将她抱住，在她的耳边说道：

"刚才你们的话，寡人听到了些。"

"听到了哪句？"

"此行东征，寡人先带楚夫人回宫，齐姬一事又传得沸沸扬扬，问你留在寡人身边值与不值。"周王宫涅其实全都听到了，可他不想提起令褒姒不安的事情，便只提了这一句，"如今天下都知道寡人有负于你，可寡人这莫大的冤屈该找何人去说？"

褒姒靠在周王宫涅胸前，仰头看他："已经带回了楚夫人，齐姬一事又何必放在心上，何况如今齐姬的婚事已定，大王无须在意这些闲话。"

"你是在埋怨寡人将楚夫人接回了宫？"周王宫涅用下巴抵住了褒姒的肩头，声音中带着笑意。

"臣妾不敢。"

"不敢就是埋怨了？"周王宫涅的声音欢快了几分，知道褒姒为他吃醋总觉得欢喜。褒姒面色羞赧，咬了咬下唇："臣妾只是怕楚夫人终有一日会掣肘。"

"找到机会，下手杀她。"

"大王若是找到机会，会不会也杀了臣妾？臣妾知道的事情太多，大王就不会不安？"

周王宫涅的心狠别人纵然不知，可褒姒却很清楚，他能杀郑夫人，能逼死秦夫人，那么有朝一日铡刀迟早也得朝向自己。

"寡人坐在这个位置上，就有很多的无可奈何。"周王宫涅握住褒姒的手，没能给她任何承诺。褒姒低下头，神情低落："大王哄哄臣妾都不行吗？至少也该说一句，你绝不会杀臣妾。便是大王说了，真有那么一天，臣妾难道会不死吗？"周王宫涅的脸颊蹭在褒姒的脖颈之上，用耳语的声音说道："寡人只能允你，纵然生不能同床，死亦要同穴。"

"够了。"褒姒轻声地说道，十分平静。

西门送行回到宫中，负责祭祀的大夫早就在华辰殿候着了。这两日忙于筹备祭祀，周王宫涅送褒姒回显德殿后，又疾步朝华辰殿走去。褒姒回到宫中思前想后，差人前往东宫，询问那边是否已经收拾妥当。

东宫回了话，说是已经能住了，只等褒后祭天大典搬入东宫了。

褒姒思忖片刻，和环莺说道："不等了，现在搬！"

"现在？"环莺惊讶地问道，"不是说要等祭天结束吗？"

褒姒凌厉地扫视了一眼环莺，环莺只好闭上嘴不再问了："是，那显德殿的人，您带谁过去？”

“你。”褒姒急着搬是为了给周王腾地方，他在华辰殿中，有宋妃出入左右，褒姒有些不放心。再者，搬去东宫就可以开晨谒之礼，行王后之便。至于选了环莺，是因为她实在是不放心让她留在这里。

环莺自由散漫惯了，不愿跟着褒姒，面色极为难看。

“差人去收拾吧。”褒姒吩咐道，“本宫先去一趟华辰殿，收拾完你直接去东宫吧！”

“是！”环莺作揖应声，踢踢踏踏地去寝宫收拾，她以为若是跟在周王身边，天长日久，总有被宠幸的可能。可跟着褒姒，不但这希望渺茫，还可能惹上杀身之祸。

再加上褒姒总是训斥环莺，叫环莺心中有股怨气，无处发泄。

褒姒朝着华辰殿走去，太阳已偏离了当空，缓缓沉入地平线。行至华辰殿门口，褒姒遇见了楚夫人。楚夫人正端着羹汤，恭顺地向褒姒行礼：“鲜少见褒后来此，还以为您不敢踏入这华辰殿呢！”

楚夫人暗指褒姒害死郑夫人一事，褒姒脸上敛了个冷冷笑意：“祭天大典前，总得有位夫人沐浴更衣，供奉先祖。今年情况有些特殊，焚香沐浴的时间虽有些来不及，不过本宫既然接手了后宫，此事还劳烦楚夫人了！日子虽短，心诚则灵，愿我大周祖上庇佑，百姓免受战祸之苦！”

“为何是我？”

“楚夫人若是不愿去，就通知卫夫人一声，如今宫里只剩下你们二位夫人，你不去就是她了！”褒姒很随意地答道，伸手示意楚夫人将她手中的汤羹交给自己。楚夫人退了一步：“听人说大王出征前也说过，贵为一国之后，就该尽尽责，别将所有的事情都推在别人头上！”

“本来是这样，可楚夫人是这宫里的新人，大家都盯着你呢！更何况这两年大王出征，沐浴焚香一事都是本宫在做，楚夫人以为本宫针对你吗？”

熊宁看着褒姒，只得伸手将食盒交到了她的手中。

“有劳楚夫人了！”褒姒说道。

“我曾听说褒后因为小产无法怀孕，我既然精通医术，别人治不好的疑难杂症或许我可以，大典之后，褒后不妨让我诊治一番？”

“劳烦楚夫人记挂了，本宫先行谢过。”

“无妨，顺手之事。我这番祈福倒该为褒后多讨些，褒大夫不知是否深谙兵法？沙场不比朝堂，危在旦夕，褒后必定十分担忧吧？”

“倒也不会，他与将军启之二人总不会连个区区秦地都守不住吧？更何况秦岭占据了天险，易守难攻，这仗若是输了，倒有些说不过去！”褒姒轻描淡写地说，熊宁没想到褒姒会懂这些，面色一怔。褒姒也没有继续说下去，做了个请的手势，示意楚夫人可以离开了。熊宁作揖告退，转过身去敛起面色，手攥在一起：“犬戎之战你能全身而退，那南蛮之争呢？”她的嘴角重新弯出了笑意，似是想好了什么。

华辰殿中，宋妃在大殿相迎，向褒姒躬身作揖：“参见褒后。”

褒姒致意，宋妃伸手准备接过褒姒手中的汤羹，褒姒却摇了摇头：“不必了，吩咐下去，明日卯时恢复东宫晨谒。”

“是。”宋妃应道，心里很不舒服，“大王正在书房，褒后可是要去？”

“嗯！”褒姒又吩咐了句，“随后去各宫各殿通知一番吧。”

“是。”宋妃说着伸手指引着褒姒前往书房的方向，上次褒姒来送汤一事，宋妃已经被周王训斥了一番，她此番心中隐隐有些不满，又不敢拦着褒姒，只得悻悻地说道，“刚刚大王差人送来了晚膳，只怕要拂了褒后一番心意！”

“也不是本宫的心意。”褒姒说罢径直朝着书房的方向走去，走了两步又停下来，转身吩咐道，“再劳宋妃帮大王收拾一下，今日晚些时候就回显德殿！”不待宋妃答话，她就转身敲了敲书房的门，留下宋妃一人大惑不解。

内里传来周王浑厚的嗓音：“何人？”

“是臣妾。”褒姒柔声说道，里面安静了片刻，周王亲自走过来将门“吱呀”一声拉开，看着褒姒手中端着羹汤，还有些诧异：“怎么过来了？”

褒姒走进书房，将汤放下，看着已经用过一半的晚膳叹了口气：“这后宫就您一个大王，却有那么多女子，当初真该趁着大王还未回来的时候，臣妾做个主，准她们离宫。”

周王宫湦放下手中竹简，将褒姒拉入怀中：“寡人可是给自己找了个善妒的王后？”

“大王后悔了？”褒姒眉眼盈盈。

“这样寡人是不是就不能再请虢上卿将搜罗的各地美人送入宫里了？”

褒姒躺在周王宫湦怀中，仰头看他：“那要看大王是不是怜悯这些美人了，若进来一个死一个，这后宫阴魂不散，怪瘆人的！”

“你下得了这狠手？”

“臣妾下不去，有人可以。”褒姒指了指桌上熬好的羹汤，“楚夫人送来的，臣妾差她去侍奉先祖牌位了，供奉的日子虽短了些，祖上定下的规矩总不能废了。”

“后宫的事你来安排，不过和楚夫人就不要起正面争执了。”

“臣妾明白，臣妾今晚回东宫，明日一早重开晨谒，刚才叫宋妃吩咐下去了。显德殿为大王腾了出来，今晚若没什么重要的事儿，就吩咐人将东西都搬回去吧？”

“怎么？担心寡人宠幸宋妃？”

“大王也说了，臣妾善妒。”褒姒话虽这么说，其实只是害怕华辰殿的嫔妃们为了得到大王的宠幸，会生出什么事端。

周王宫湦捏了捏褒姒的鼻子：“祭天大典一结束，我们就出趟远门。寡人刚看了虢石父报上来的军情，百里成正率军抗敌，只要大军一到，犬戎必退。”

“百里成随世父出生入死，深谙行军用兵之道，如今嬴开得他是如虎添翼。大王杀了嬴德，辅佐嬴开上位，他未必会领这个情，您又将嬴开押入京中，臣妾只怕此事对大周不利！”

“你算是嬴开未过门的嫂子，又为了救父入宫，你是担心寡人对他不利，还是担心他对寡人不利？”

“嬴德篡位是大王默许的，秦夫人又曾是您极为宠幸的夫人，嬴开是个聪明人，其中的门道未必看不破！他面上虽臣服大周，心中却未必服气，秦军又骁勇彪悍，只怕是嬴开恃秦而傲，意在天下。”

周王宫湦眯着眼睛看着远方：“你是嬴开未过门的嫂子，当日嬴德曾以出兵救援六济的大周兵马为要挟，逼寡人交出你。嬴开私率秦军前往六济抗敌，你在他心中是有分量的。而你与嬴德，日久不和，嬴德又因你而死，嬴开对你必定心存感激。寡人要他入京，面上他不敢拂了寡人的意，不日寡人放他还秦，是看在你的面子上！”

周王宫湦此话一出，褒姒大惊失色：“大王是在为臣妾争取诸侯？”

“是为伯服，他这储君之位……”周王宫湦叹了口气，“前路漫漫……此行郑伯友将伯服送还镐京城，你便替郑家多担待些启之的婚事，齐伯那边你去处理吧。”

“如今启之既然要迎娶齐伯之女，不妨让齐伯待大典结束后先回齐国，再送齐姬来京，在镐京城中与启之完婚。大王主持婚事，也好叫齐伯打消顾虑，一心侍奉大周。”

“齐伯是个有野心的人，一心想与楚国也攀门亲事，熊仪的年龄也该有个正室了，你若寻了合适的女子，寡人便下旨赐婚！”

“臣妾会留意的！”褒姒说道。此事周王给了褒姒一个不小的重担，他不想看见诸侯强强联姻，褒姒又不能让他们诸侯心生不满，她左右度量，慎之又慎。

祭天当日，褒姒一席金线黑裙，金线几乎覆满了整件长裙，长裙上绣了百鸟朝凤，寓意褒姒乃后宫之主。她站在天坛，与周王比肩而立，手执香火行王后之礼。在场诸侯、士大夫向褒姒行礼，黑压压的一片俯身在褒姒的面前。她神情严肃，举手投足之间一派大气，雍容华贵，威严的表情则叫人心生敬意。

大典结束后，周王设宴款待群臣，群臣纷纷向褒姒道贺，褒姒再一一回礼。周王宫湦今夜也显得特别高兴，与众人推杯换盏，不消片刻，已经数杯酒下肚了。

熊仪看着高台上的褒姒，犹豫该不该上前道贺。如今楚夫人与褒姒不对付，她命楚夫人供奉先祖，很难不让人觉得她是在挟私泄恨。犹豫再三，熊仪还是迈开步子，走到褒姒面前向她恭贺。褒姒端着酒水看着楚侯：“是本宫该向楚侯道谢，楚侯不负当日本宫所托，总算是等到大王得胜还朝。”

这话一说，熊仪惊出了一身冷汗，宜臼掌权时，他曾官拜上卿，此刻旧事重提，令熊仪有些尴尬。可当日褒姒的嘱咐无非是要熊仪顺应朝中大势，熊仪便回敬了一句：“褒后吩咐，下官莫敢不从！”说罢将杯中酒水一饮而尽。

褒姒看着熊仪，抿了口酒水，将话题拉到了她关心的地方：“听闻楚侯尚未娶妻？”

“楚国内政纷乱，熊某继承诸侯之位时日尚短，如今朝中士大夫多有不服，熊某殚精竭虑，无暇顾及成家一事！”

“如今这天下诸侯俱在，楚侯若是看上了哪家女子，本宫便为楚侯说个媒！若与别国建立婚姻，楚侯之位也就稳了！”

“多谢褒后美意，此事全凭褒后做主！”

“楚侯倒图个省事儿，如此说来，本宫便帮你在诸侯之中物色一二。放眼天下，秦国兵强，郑国居于九州中央，齐国国大，晋国国强……可惜了，若大王还有个妹妹，楚侯也该同王姬婚配……不过卫夫人倒是有个妹妹，不妨将她嫁入楚国？卫楚既然毗邻，于楚侯也是百利而无一害。”褒姒的决定叫熊仪吃了一惊，这婚事若是成了，楚夫人便等同于是在宫里多了卫夫人这个帮手，褒姒平白无故地给自己添堵，还让熊仪有些费解，可很快地，熊仪也就想通了此事，褒姒此举无非是要平衡后宫的关系，她是担心后宫的失衡会制约大王在朝中的权力，她宁可多退几步，不想日后士大夫们又咬着周王家事在朝上喋喋不休。

熊仪带着些许钦佩，向褒姒称谢，退了下来。

整个晚上，前来道贺的士大夫们源源不断，虢石父上前时，与褒姒默契地交换了一个眼神，这情景映入赵叔带的眼中，令赵叔带有些惶恐。他猜褒姒早就知道虢石父是周王宫涅安插的一步暗棋，再回想过去褒姒的绝处逢生，似乎总有虢石父在其中斡旋。如今褒姒竟然对自己瞒着此事，赵叔带发现自己的地位岌岌可危，他上前道贺，却全无喜意，反倒是问起了周王出行一事："为何忽然兴起要出宫了？"

褒姒答道："说是宫中沉闷，想带我出去散散心。"

赵叔带觉得此事不对。大王这么做必定还有别的原因，他知道从褒姒的口中套话，不是件容易的事情，只好偃旗息鼓，告辞退下。赵叔带如今十分担心周王宫涅对自己改变态度，如今周王既然能重用郑伯友，褫夺启之权力，赵叔带就不得不为自己的前程感到担忧了，越是想起此事，他便越是觉得宴席索然无味。

而周王宫涅心情大好，多年来想给褒姒封位一事总算是尘埃落定，他能让她站在他的身边，他也感到安心。他仰头灌下一杯杯群臣敬的酒，待到喧嚣结束，喝下的数斤酒水让他眼神迷离、脚下踉跄。诸侯们都退了下去，只剩下内侍臣还留在大堂。褒姒吩咐道："扶回显德殿去，安顿大王早些休息吧。"

虢石父还在殿中，听见褒姒这么说，立刻转过身去说道："按照后宫规矩，今夜该褒后侍寝，大王要扶回东宫。"

"大王喝成这样，本宫也无法侍寝了。"

"无法侍寝也该在东宫。"

"那就有劳虢上卿了！"褒姒不再辩驳，任凭下人们将周王扶回东宫的床上，刚挨着床褥，周王宫涅就发出了轻微的鼾声。几位内侍臣告退后，寝宫中就只剩下了褒姒与周王宫涅二人，门外的环莺不知自己该不该进来，将耳朵贴在门上，听着动静。

褒姒坐在床边轻唤一声："大王？"

周王宫涅翻了个身继续睡着，褒姒叹了口气，起身出门打水，想替周王擦拭一番。她刚拉开门环莺就差点跌进来，忙不迭地站好，手搓着裙摆。

褒姒厉声问道："你在这里做什么？"

环莺整个人绷得很紧，看着褒姒结结巴巴地说道：“我……我只是想来看看娘娘需不需要奴婢帮忙。”

“下去吧！”褒姒冷冰冰地挥了挥手。

环莺点点头，从寝宫门口退下，临走还不忘踮起脚努力看清屋里发生的一切，然后才恋恋不舍地越走越远。

褒姒出了寝宫打了水回来，将毛巾浸湿，擦拭着周王宫湦的脸和四肢，然后解开了他身上笨重的衣服，从他的身下将硬邦邦的衣服脱掉，留下内里的内衬。周王宫湦似乎感到自己舒展开来，便拉过被子翻了个身。

第四十章

宫门路前途难测，帝王意得失皆患

褒姒盯着他，面上泛起笑意，她的手贴在他的脸上。他的脸颊发烫，喉咙里卡着喘息的声响，看起来十分难受。他的眉头微皱，像是正为什么事情犯愁。感觉到贴在自己脸上冰凉的手，周王宫涅就像是在炎热中找到了一丝清凉，面容微展，抱住了褒姒的手腕，一把将她拉了过来，然后搂在怀中安心地睡去了。

第二日一早醒来，周王宫涅怀中还抱着穿着那身金线黑衣的褒姒。他眨着眼看着她，心中思忖着：昨晚不是又发生了什么吧？可看着褒姒穿戴整齐的样子，倒也不像……总不该是自己又说了什么，酒后失言？他越想越觉得忐忑，猛地从床上坐起来，捶了捶自己的脑袋，早知道就不该喝这么多，现在后悔都来不及了。

褒姒感觉到身边的人在动，自己也慢慢睁开眼，浑身上下的肌肉都已经因为僵硬而有些酸疼。她动了动身体，从僵硬中舒展开来，用手揉了揉肩膀："大王醒了？"

周王宫涅捏了捏太阳穴，窥探着褒姒的神情，看似随意地说："昨儿喝多了？"

褒姒起身帮周王揉着太阳穴："头疼？"

"有点。"周王宫涅躺了下去，靠在褒姒的腿上，闭着眼睛。

"臣妾帮大王备些蜂蜜水。时候不早了，还要上朝。"

"不想去……"周王宫涅拉住了褒姒的手腕，睁开眼看着她。以她的这番态度，昨夜应该没发生任何事情，这叫周王长长地舒了口气，而后又开始觉得什么事情都没发生也有些遗憾。褒姒的手从他的太阳穴挪到了头顶，捏着他的头部："从今日开始就有诸侯陆续离开，大王不能不去。"

"每天早晨一睁眼，只要想起接下来的事情，就会想，寡人若不做这个大王该有多好？"周王宫涅长叹一口气，褒姒从他的头顶捏到肩颈："若是寻常百姓，每日翻身要睡的时候，也会回想这一日面朝黄土背朝天，若能做做君主，指点江山该多好呢。"

周王宫涅笑了，翻身从床上坐起来："寡人不做大王也不会去种地！"

"那时候要做什么，还由着大王说了算吗？"

周王宫涅捏了捏褒姒的鼻子，从床上下来。褒姒也随着下床，取过周王的衣服。他张开双臂，她为他穿戴整齐，出门打了水浸湿了帕子交给周王宫涅，他随意地抹了一把脸，然后将褒姒拉到怀中，拿起刚刚擦完脸的帕子在她的脸上抹了一把，笑出了声。

褒姒闭着眼睛，将脸别到一边去："大王别闹了！"

周王宫涅根本不搭理褒姒的反抗，将她的手紧紧箍住，解开了她的衣带："你帮寡人更衣，寡人帮你更衣也是应该的。"说着她的衣服就从身上滑了下来，周王宫涅从柜子中翻出了褒姒平日穿的那件白色长裙，让她伸平双手，他为她穿上，然后才板起脸色问道："昨夜那么多人向你恭贺，都聊了什么？"

"大王醉成那般，还操心着我这里？"褒姒走到桌边，倒了杯温水递给周王，周王宫涅一饮而尽："所以不想当这个大王了！"说完揉了揉自己的眉心。

"臣妾思前想后，打算将卫夫人的妹妹许给楚侯，不知可好？"褒姒问道。

"卫夫人？"周王宫涅有些意外。

"若叫楚夫人在后宫处处被人掣肘，怕是楚侯会在朝中为难大王，成了第二个申侯。大王可以驱逐申侯，申国也掀不起波澜。可楚国不同，若楚侯执意为难大王，大王可就被动了！"

"这是在难为你！"周王宫涅有些心疼，忽然又问道，"你嫁给寡人可曾后悔过？"

"大王不停地问臣妾，是希望听见臣妾说一句，臣妾后悔？"

"寡人没有自信，不知何德何能，能留你在宫中。寡人怕你像是关在笼中的鸟，每日都想着如何离开这牢笼，寡人担心你会因此而闷闷不乐、郁郁寡欢。寡人为君数载，被诟病之处繁多，寡人常想，若换个人，天下是不是能更好？"

周王宫涅令褒姒感到意外，她常以为周王是个极度自信的人，却不想他内心深处的隐忧，常令他惶惶不可终日。褒姒走到了周王宫湦面前，双手搭在他的肩上："我周朝向前数两百余年，向后不得而知，前两百年臣妾未曾出生，是好是坏不得而知；往后臣妾则化作黄土，是好是坏无法预计……若不与别人相比，大王做的每个决定在褒姒心中已是极致，能绝处逢生、能化死局为赢面，大王所为是寻常之人不可为。大王若觉得自己做得还不够好，放眼天下就没人能做得更好了。"

"可这个王怎么就做得这么费劲儿呢？"周王宫湦语气低沉。

"世逢乱世，便是前朝先贤在世，对这乱世也无可奈何，兴许还远不及大王！"褒姒盯着周王宫湦的眸子，企图宽慰他不安的心。周王宫湦将褒姒紧紧抱在怀中，下巴抵在她的肩膀上，脸颊紧紧贴着她冰凉的肌肤。

环莺一早就去了膳房宣膳，昨日的祭天大典也是褒姒的加封礼，人人都对昨晚大王是否宠幸褒姒一事十分好奇，见环莺来了，便立刻凑上前去问。环莺摆摆手，撇嘴冲着膳夫嚷嚷："想害死我啊？上次和你们说齐姬一事，就让你们不要乱讲，结果闹得人尽皆知，娘娘可没少教训我！谁知迎娶齐姬的却不是大王，我倒是枉做这小人了！"

"环莺姐，这事儿可不是我说出去的呀！"那膳夫和环莺说道。

环莺瞪了他一眼："去去去，叫谁姐呢？我比你还小两岁呢！"

"那褒后训你，不过是找个借口罢了。她贵为王后，你又是显德殿侍女，她呀……担心你的姿色，便想着法给你治个罪，就怕大王对你动心。褒后善妒，后宫谁人不知？桑珠得宠，她便杀了桑珠；郑夫人得宠，她就杀郑夫人；申后和秦夫人在宫中地位牢固，却都不得善终……唯独那卫夫人要什么什么不行，苟活了下来。这王后，手腕可毒着呢！"

环莺有些担忧："你不是认真的吧？"

"不然你以为她为何独独将你带离了显德殿？"

环莺琢磨了一番，好像还真是这么回事儿，她凑到膳夫的面前小声地说："我跟你讲，大王册封褒后怕只是因为王子为褒后所养，如今太子被发配到申国，日后图谋再起怕是困难，能做储君的怕是也只有郑夫人所出的那位了。昨夜册封，大王装睡都没宠幸褒后，现在大王连碰都不愿意碰褒后了呢！"

"哟……听你这么一说，你更危险了啊！"膳夫危言耸听道。

"大王若不常来，我能有什么危险？"环莺瞪了一眼膳夫。

"你想啊……褒姒有郑国、秦国、褒国撑腰，秦、郑二国将我大周夹在中间，大王若不讨好褒后，日后战事不断。大王必定会常常出入东宫，可大王若对褒后没兴趣，东宫中最有姿色的女人不就是最可能被宠幸之人吗？何况大王一向荒唐，宣你和褒后一起侍寝也不是没可能啊！”

这么一说，环莺的面颊立刻变得通红，用手挡着自己的脸：“这可怎么办啊？”

“还能怎么办？那得恭喜你了！”膳夫笑眯眯地说道，将环莺上下打量了个遍。她的身段倒是不错，通体圆润，腰身玲珑。膳夫起了色念，说些好听的哄着环莺：“只是伺候男人这事儿，环莺姐姐还不懂吧？”

“呸……”环莺轻啐一声，端起食盒转身要走，又被那膳夫拉住了手腕，“侍寝一事，你可只有一次机会，若头一次就没把大王伺候好，就没第二次了！”

环莺瞧着这膳夫犹豫地咽了口唾沫：“那我该如何是好？”

“此事当然要多学多练了，日后你若贵为嫔妃，我也跟着沾光了！”膳夫心中起了邪念，环莺嘴上不愿意承认，心中却又觉得膳夫说得有理：“从来就没有下人能成为嫔妃的，你少哄我！”

“你想想桑珠？”膳夫提醒道。环莺将手从膳夫手中抽了回来：“再不回去，褒后吃不上早膳，又得训我了！”她说完就要离开，膳夫却在环莺身后补充了句：“姐姐夜里要是饿了，我这儿可随时备着宵夜呢！”

环莺跺了跺脚，面红耳赤地离开了膳房。

西阳宫的下人看着这一幕，目光随着环莺又收回到了膳夫的面上，两人相视一笑，西阳宫的下人便端了楚夫人的早膳回了西阳宫中去了。

祭天大典后，诸侯们纷纷辞行。周王宫涅将出发的日子定在了七日后，与褒姒从镐京城出发，向南而行，月余折返。朝中的事情他安顿给了赵叔带和虢石父，冬日闲时，没有太多的事要操心；至于后宫，褒姒还未想好该交权给谁。

东宫晨谒照旧，大家除了行礼拜谒外，话都很少，大家都在洞察时局。

褒姒受封当日没能被大王宠幸一事，经环莺的嘴传得整个后宫无人不知。周王宫涅忙于政务，这些天也鲜少再来东宫一事，人人都瞧在眼里。

褒姒的盛极荣宠似乎已成了过去，人们的目光投向楚夫人。这位被周王从边塞之地带回的楚夫人，又有强楚在背后为自己撑腰。如今楚侯更是准备迎娶卫夫人的妹妹，可见她如今是备受宠幸，迟早大权在握。今日朝谒散去，楚夫人留得稍晚，待东宫大殿内的人群散去之后，问起褒姒：“听哥哥说，褒后为他与卫夫人的妹妹谋了桩婚事？”

褒姒叫在场的下人都退了下去：“此事没能和楚夫人商议，倒是本宫疏忽了，楚夫人以为这桩婚事如何？”

“郎才女貌，倒也般配！只是没想到褒后会这么做。”

“既然楚夫人也说了是郎才女貌，本宫何不成人之美？”

“褒后指了这婚事，卫夫人昨日就来找过臣妾了。说了些有的没的，随便聊聊，看这意思是要和我这一房交好，褒后就不怕自己在这后宫里被动？如今你已经没了大王宠幸，又失了各房各殿的支持，怕冷宫里的申后就是您的前车之鉴！”

褒姒淡淡地说道：“楚夫人若在这宫里得了势，会留本宫活口吗？”

“倒也未必不会。”

“那就多谢楚夫人的不杀之恩了。”褒姒将自己与楚夫人暗地里的话抬到了明面上，“叫楚侯与卫夫人的妹妹联姻，是怕楚夫人在宫里不痛快，对本宫下了杀手。如今这番，本宫地位还不及你，楚夫人也能消停些！”

“言下之意就是你褒后有个三长两短的，都是我下的狠手？”

“这宫里人虽不少，能百步之外取人性命又不留破绽的，非楚夫人莫属了！”褒姒平静地说道，倒也不是真的怕熊宁，有点有恃无恐的样子。

“褒后漏算了一人。”

“谁？”

“大王要您的命，您给也得给，不给也得给不是？”

“倒也是了，楚夫人借大王之手杀本宫，本宫也无可奈何，只得去死。可若是大王借了你的手要了本宫的命，本宫就是楚夫人的前车之鉴，后宫女人命数如此。本宫既然进得了这宫门，倒也没奢望荣宠加身，一世荣华。”

“我有没有这个本事，褒后尽管看着！”楚夫人起身走到褒姒的面前，面上挂着戏谑的笑意俯瞰褒姒。褒姒却没有丝毫动容，很平静地应了一声，“大王若要本宫性命，为人臣子者，怎会不给？”

楚夫人的面色一敛，对褒姒的平静感到不满：“褒后不信？”

“从入宫的第一天，大王就说过，他要本宫活，本宫就死不得，他要本宫死，本宫就不能活！本宫信与不信，有何重要？”褒姒也站起身，不想这么仰头看着楚夫人。

“我不相信你不怕死！”

“没人不怕死，可也要看是因何而死。你口口声声说爱大王，那本宫问你，大王要以你的死来为他的基业奠基，你死还是不死？”褒姒不待楚夫人回答就替她说道，“你一定不肯死，因为你不甘心，你认为你活着比死了对他更有价值。”

"难道不是吗？"熊宁一甩袖子，尖声问道，"我活着的用处远比死了要大，此行若没有我，他能活着回来吗？能救你于嬴德的凌辱之下吗？"她说完冷笑了一声。褒姒却忽然觉得这个女人有些可怜："有你的棋有一种下法，没你的棋自然也能下。你若非说棋盘上的棋子一枚比另一枚重要，那不是自欺欺人吗？"

熊宁的胸口因为剧烈呼吸而上下起伏，她努力地稳住自己，企图平静下来。在控制情绪这件事上，后宫鲜少有人是褒姒的对手，褒姒看着熊宁继续说道："稍后，本宫与大王会离开些时日，还要劳烦卫夫人打理后宫，楚夫人有什么事便去找她商议吧！今日时辰也不早了，你早些回西阳宫吧！"

熊宁笑了出来，娇俏的神态又恢复了往日里豆蔻少女的模样："也是该早些回去了，这几日大王都在我那儿过夜的，早些回去候着才是！你如今窥得的不过是冰山一角，大王曾为宠幸我，下令驻军三日，众将士只得因我而等着……"说罢她作揖告退，离开东宫，临出门时，看了眼门外候着的环莺，早就听说她与褒姒不和，路过之时口中"啧啧"说道，"跟着这样的主子，也是难为你了！"

环莺听见这话猛地抬头，熊宁却已经越走越远了，她的眉头紧锁，看着远方，心中若有所思。

熊宁离开之后，褒姒久久怅然，嫁入君王侧，她纵是怎么努力，都不会成为唯一，这对一个女人来说，多少是有些难堪的。更何况大王是真的几日没来东宫了，甚至也没差人传个话来，她现在都不知道他们两人是走还是不走，细软是收拾还是不收。

褒姒坐在椅榻上怔怔地出神，听见了门外环莺报大王来了，她慵懒的身子斜靠在椅榻上，并没有起身相迎，只是盯着某处愣神。周王宫涅看了一眼环莺，满眼诧异："你怎么在东宫？"

环莺仰头看着周王宫涅有些紧张："奴婢是随褒后来的。"

周王宫涅皱了皱眉："褒后带你来的？"

"褒后点了名要奴婢随她来东宫伺候。"环莺的心口猛烈跳动，想到那膳夫对自己说过的话，就面红耳赤的，不敢直视周王。

周王宫涅没再多言，迈步而入，不同于往日，褒姒竟然没有起身相迎，周王宫涅对着跟进来的环莺说了句："你先下去吧！"

"是！"环莺偷笑着从大殿中退了下去，周王宫涅几个迈步走到了褒姒面前："你怎么把她带过来了？"

"大王舍不得自己的人？"褒姒仰头看着周王，慵懒地从椅榻上下来，走到他面前。周王宫湦看着褒姒良久："你这是在和寡人发脾气？"

"臣妾不敢！"

"不敢就是'是'了！"周王宫湦的声音微微地提高了一点。

"大王这是质问臣妾？"

周王宫湦皱了皱眉："你发什么疯？"

"没事儿。"褒姒捏了捏自己的眉心，将自己不善的语气又收了回来，"环莺一向多嘴多舌，大王在显德殿要处理政务，我怕留下她给大王惹麻烦，所以带来东宫。"说罢，她叹了口气，仰面看着周王说道，"不过臣妾忘了，大王鲜少留在显德殿，倒也惹不来什么大麻烦。大王要想把她带回去就带回去吧！省得又来一次主仆争宠，臣妾丢不起那个人！"

周王宫湦看着褒姒点点头，她这个语气，她这个态度，她这番话，处处都是在和自己置气，想来想去，能叫褒姒置气的大概是在西阳宫过夜一事："寡人不是你一个人的大王，更不是你一个人的夫君！"

褒姒不可思议地抬起头看着周王："此事不用大王说，臣妾也明白！若没别的事情，臣妾想休息了。"她说这话的表情不善，周王宫湦虽然清楚褒姒为什么生气，可他也不明白明明是她不愿侍寝，他找了别人，她又要生气。更何况，他以为褒姒能懂他的算计，可他忘了，褒姒有意避嫌，不理朝堂政务，他若不说，她怎么会懂？

褒姒也不是在同周王置气，只是为自己看不透周王的心而感到不安，一面想将熊宁置于死地，另一方面却又将熊宁捧在手中，到底哪个才是真的他？他能对楚夫人两面三刀，她怎么就知道他不会这么对自己？也许周王宫湦长期以来对褒姒若即若离的态度不是为了保护褒姒，反倒是顾忌褒姒对熊宁下狠手。褒姒这么揣测着，就觉得胸口发紧、一阵阵地疼，她的双手冰凉："大王这么喜欢楚夫人，不妨带她出游好了！"

"你在要挟寡人？"

"没有。"

"寡人要带谁，轮不到你安排！"周王宫湦压低了嗓音对褒姒怒吼道，"寡人就是来通知你，秦国那边传来了消息，犬戎之师败退，你哥哥又立下了汗马功劳！你哥哥也尚未娶妻，寡人是不是该派你去一趟秦国？"

"大王什么意思？"褒姒面色苍白，眼神惊惧，下意识地向后退了一步。

"你既然能用你的性命来报答三叔的恩德，是不是也能用自己的身体来替寡人赏赐有功之臣？”周王宫涅喘着粗气看着褒姒吼道，这话就像是个晴空霹雳，照着褒姒就劈了过来，她木立当下，脑中一片空白，仿佛明白了周王不肯宠幸自己的原因。

褒姒一巴掌扇到了周王宫涅的脸上，恨恨地盯着：“当初何不直接将我杀了，留我到今时今日就是为了如此羞辱我吗？”她眼睛通红，眼泪在眼眶中溢满，泛着灼灼的光华，她那么爱他不是为了自取其辱的。她曾以为没有她在，他真的会感到孤独，可如今看来，褒姒觉得自己或许错估了自己的分量。就像是她对楚夫人说的那番话，有她的棋有一种下法，没她的棋也一样可以下。

“出行不用去了！”周王宫涅长袖一甩，转身出了东宫的门，走到门口又忽然折了回来走到褒姒的面前，一把将她揽在自己怀里，紧紧地抱住。

褒姒哭了，当着他的面就哭了，哭得歇斯底里，痛彻心扉。

这次从东夷回来，他们之间发生了很大的变化，从过往的相互折磨、相互猜测，到如今事事坦诚，她努力地改变自己来迎合周王，而周王宫涅也在试图改变。可凡事不是一朝一夕、一蹴而就的，他竭力改变，还是会伤了她，一次又一次。他甚至开始后悔刚才对褒姒说的那番话，只是话已出口，覆水难收：“对不起。”

“大王没什么对不起臣妾的。”褒姒在周王宫涅的怀中说道，她的身体僵硬，语气冰冷，带着浓浓的鼻音，“大王说的是实话，大王若需要，可以拿臣妾取悦任何人。”

“那就先取悦寡人吧？”周王宫涅将怀中的褒姒推开了一个距离，盯着她说道。

“大王不必勉强自己。”褒姒别过脸去，不肯看着周王。

“寡人是勉强自己，还是在勉强你？”周王宫涅这话叫褒姒一怔。俏脸转过来看他，她慢慢地解开了身上的裙带，长裙蓦地滑落，掉在地上。周王宫涅今日的失态是因为最近他的心里一直很乱。发生了一些事儿，而褒姒不知道。

褒姒一件件褪去自己的衣服，无神地盯着周王宫涅，然后解开了周王宫涅的褂子、长袍、内里的衬衣。她踮起脚尖吻着他的唇、他的脖颈、他的胸口……她浑身只觉得一阵阵泛冷。

周王宫涅闭上眼睛，连呼吸都在颤抖。他忍耐了良久，一把将褒姒拽了起来，压在了大殿之中的椅榻之上。他纵是已经无法忍耐，仍极尽可能地耐着性子试探着她能承受的力道。她在他的怀中战栗，贴在他的身侧，她忽然伸手抓住了他的肩膀，面颊上的眼泪顺势而落，然后从默默地流泪到抽泣、到呜咽、到大哭了出来。

周王宫湦不敢再动，心疼得难以自已，将她柔弱的身子抱得很紧，嗓子又涩又疼，只怕褒姒再脆弱一些，他就要跟着落泪了。他知道她心里不好受，可看着她难受，他的心里又何尝好受过？他在她的耳畔问道："你明明知道寡人那么爱你，不是不想碰你，是不敢。"

褒姒恸哭，瑟缩在周王身下，他的肌肤灼热，帮她抵御了严寒。他将她抱在怀中，任凭她像个无助的孩子般哭泣，泪水沾湿了他的肌肤，很快又干了，他不知道自己该怎么办，褒姒从未像此刻这般将自己受的委屈统统发泄出来。只有在这样的一种时候，他才觉得自己像是个浑蛋，几次想开口解释楚夫人的事情，却又不知道从何说起："褒姒……"他轻声地唤着她的名字，用手擦掉她面颊上的眼泪，她的眼睛通红，瞪着他。

"换个地方？这里太冷了，寡人怕你受不住。"周王宫湦将椅榻上的褒姒抱了起来，用她的衣裙遮住了她的身体，将她抱进了寝宫，他拉过被褥盖在她身上，侧卧在她身边，尚未发泄的欲望叫他备受煎熬，很不好受，可是他舍不得碰她，尤其是此刻哭得梨花带雨的褒姒，实在是让人心疼。

褒姒躺在周王宫湦的臂弯之中，泪水慢慢收住，哭泣变成了呜咽，最后平静了下来，她看着周王宫湦唤道："大王……"

"嗯？"周王宫湦抚摸着褒姒的长发。

"臣妾觉得累。"褒姒轻声地说道，声音在颤抖。

"寡人再给你一次机会，你和郑伯走，他交出郑国，你交出王后之位……"周王宫湦说这话的时候不敢去看褒姒的眼睛，只能仰头看着床上的横梁，话里的意思是叫她走，手上却带了些力气，攥着她的手。

"为什么？"褒姒微微地撑起身体看着面前的周王，几日不见，她细细看他，才发现他憔悴了不少。

"寡人怕你会死。"周王宫湦捧着褒姒的面颊，"寡人夜里总会从噩梦中惊醒，梦见寡人亲手杀了你，满手都是血，你躺在寡人的怀里一动不动！寡人真的怕，怕有朝一日，要亲手杀了你。"

听到这话，褒姒的面色一阵阵苍白，她还记得今日楚夫人的那番话，楚夫人说有朝一日她一定会让大王亲手杀了褒姒。她一个激灵坐起身来："楚侯拿什么要挟你了？"

"没有，"周王宫湦的手揽在褒姒的肩膀上，"只是个梦，觉得不是个好兆头，若强留你在身边，怕你会落得和郑夫人一般……"他闭上眼深吸了一口气，想起郑夫人临死前曾经嘱托褒姒告诉他，她不恨他，他就觉得心痛得不能自已。

郑夫人尚且如此，他无法想象有朝一日自己若要杀褒姒，该是怎样的肝肠寸断。身为帝王，却连一个女人都护不住，别人只当是这天子有多尊贵、荣耀，只有他深受其苦。

“郑夫人都不怕，臣妾会怕吗？”褒姒又睡到了他的怀中，“大王哪怕是一刀砍在臣妾身上，也比一刀刀砍在臣妾心中要好受得多。大王什么都不和臣妾说，叫臣妾死守在东宫，臣妾有多惶恐，大王不会明白。臣妾明白大王的女人不是臣妾一人，可臣妾的夫君却只有您一人，一个女人若是失去了夫君的疼爱，那便是穷途末路，和死又有什么区别？”她的口气带着绝望和苍凉，看着周王像在等待一场宣判。

周王宫涅俯下身子，吻住了她。

在还能相爱的时候，总该做些爱人们会做的事情。

翌日清晨，褒姒依偎在周王宫涅的怀中从睡梦中转醒，浑身酸疼。她的脸贴在他的臂膀上，睫毛上还挂着前一晚没干透的泪珠，面色苍白里泛着羞赧的红润。

周王宫涅感觉到褒姒醒来，轻声问道：“醒了？”

“大王……”褒姒不敢去看周王宫涅的脸和眼。

周王宫涅长叹一口气，将褒姒揽在怀中：“差人去把晨谒一事推了，寡人今日也不早朝了。”

褒姒惊诧地转向周王宫涅，看见他眸子的那一瞬，她又猛地将自己的目光掉转，低头看着床褥，她的手抓在床单上，压出一道长长的褶皱。她点点头，用被子掩着身体，贴在周王宫涅的身侧伸手去拿衣服。她光滑的胴体贴在他的肌肤之上，让早晨还未完全从睡意中清醒的周王怦然心动，将褒姒又拽回了怀中。

褒姒猛地一惊，忘了自己这是要做什么。

周王宫涅的手轻抚着褒姒的面颊，爱不释手。他俯下头在她的额前一吻：“还是寡人去吧！”他轻笑了一声，翻身从床上下来，他早些时候趁着褒姒还在睡就已经把两人的衣物从大殿中取了回来，也差人向赵叔带说了今日不上朝。诸侯都已送走，他觉得需要休息片刻了，只是最近发生的事情叫赵叔带与虢石父都感到不安。

当日周王宫涅追逐东夷的残兵至荒原一带，他在乱石阵中迷了路，若非褒姒派出去的援军及时抵达，怕是要葬身在那片乱地。而东夷的旧部则利用地势成功逃脱，一路前往北狄，请求狄主为自己报仇。

自黄帝以下，九州建序，中原腹地就备受北狄、西戎、东夷、南蛮之困。如今东夷击灭，其他三族惶惶不安，西戎进犯给北狄壮了胆，北狄蠢蠢欲动，企图攻打晋北，借此长驱直入直抵郑国，再取道郑地进军镐京。

此一行，战线太长，狄主不得不经过一番深思熟虑。

此时恰逢洪德大败犬戎，犬戎绕过秦岭经太行抵北狄，与狄主商议二国合并攻打镐京之事。秦国善战，晋北却疏于防守。北狄、东夷、西戎三军交会，晋北屡战屡败，如今已后退数百里。若长此以往，晋国不保，这柄利刃如今正抵在周王宫涅的喉咙上。

大周不乏用兵之人，周王宫涅准备安排文朔做左先锋支援晋北，现在的问题难在了让谁做右先锋和文朔两面夹攻。东夷既定，楚侯野心勃勃，引楚兵去晋北，无异于引狼入室；可若叫启之带兵支援，周王又担心郑国失衡；叫洪德去，战胜倒在其次，若战败，此事会牵连到褒姒。

此事迟迟没有定论，弄得周王心神不宁，如今此事朝中还无人知晓，所以也就没能传到后宫。楚不能用，郑不能用，晋无能，齐国又在战后休憩……晋国战事告急，周王宫涅却迟迟无法派兵增援，心下大怒，将此事置于一旁不再理会。

晋北与北狄毗邻，边关互有动乱，原本晋北不该羸弱至此。晋兵若能反攻，战事必定会从眼下的溃败，转为长线的拉锯，两军对垒、互有胜负。晋国有大周在后，将士们必定有恃无恐，北狄一旦短期内无法攻下晋北，必会军心涣散……届时两军胜负就不得而知了，眼下既然找不到援军，周王宫涅打算先作壁上观。

此事一连数日拿不定主意，周王宫涅便出入西阳宫，试探楚军行程，也向楚夫人讨了一剂猛药，这药的药性之毒便是神农在世也解不了。待这些琐事尘埃落定，周王宫涅才前往东宫，想看看褒姒。

本来两人的话，可以好好说。偏赶上褒姒与楚夫人刚刚争执过，她要在熊宁面前展现大家风范，见了周王却又觉得委屈，便同周王抬起了杠。周王一腔热情遇了褒姒的冷脸，也没什么好心情，两人就这么吵了起来。

周王宫涅本想一走了之，可走到门口又后悔了。他居然拿最狠的话戳她的心窝，纵然是疼在她的心里，他又怎么可能置若罔闻？他转过身，拥她入怀，生怕抱不紧，她就走了。

而此时此刻，一番云雨之后，褒姒对昨日的态度也感到懊恼。身为东宫，本该忍别人不能忍，受别人不能受的痛楚，可她还是女儿态了一回。看着周王出门，差环莺向各宫告假，褒姒的脸上又挂了些许笑意。

待周王宫湦回来，褒姒才问道：“为何叫环莺去？”

“有何不妥？”

“臣妾只怕她多嘴，和后宫的夫人们不知又要说些什么！”

“能说什么，无非是说王后是个黏人的小妖精，缠着寡人不肯停。”

褒姒面色涨得通红，看着周王宫湦，竟说不出话来反驳，羞得将自己的脸掩在他的胸口。周王宫湦抱着褒姒，手轻拍她的背：“环莺一向是这个性子，郑夫人在世时也常同她置气，寡人不能杀她，若杀了，别人会迁怒到郑夫人身上，说郑夫人容不下一个下人。如今她在你殿里，还是同一个道理，所以寡人昨日才会那般问你。”

“臣妾知道，”褒姒在周王宫湦的怀中答道，“臣妾昨日……”

“是在同寡人置气，”周王宫湦笑了，“寡人知道你说的话再狠、再毒，心对寡人却冷不起来，寡人何尝不是以同理待你？也是如此，才能伤到你，你也才能激怒寡人吧？”他将她的下巴抬了起来，吻着她的唇，像是品尝人间美味。

这个吻绵长而清润，褒姒的唇软而弹滑，周王宫湦越吻越深，不能自已，他与她之间亲密到没有间隙，她伸手抱住他，空山新雨后尽是一片氤氲的气氛。

第四十一章

绕指柔成百炼钢，美人心存蛇蝎计

褒姒依偎在周王怀中，酸疼的身体提不起力气，被窝里被他的体温烘得热气腾腾，叫人不忍离开。周王宫湦的胳膊揽住怀中璧人，侧过身看着她娇艳欲滴的模样："昨日你发那么大的脾气是为什么？"

褒姒摇了摇头，不想说。

"楚夫人和你说过什么？"

褒姒仍旧是摇摇头，一个字都不肯说。

"看来真是她和你说了什么，大概是说了近几日寡人去西阳宫宠幸她，却不肯来东宫，你想到申后如今，自怨自怜了？"

"大王别说了。"

"看来真是这些，"周王宫湦点点头，"你信她还是信寡人？"他很凝重地问这个问题，褒姒却不肯回答，周王宫湦叹了口气，"你既不全信她，也不肯全信寡人。"

褒姒仍不搭话。

"你怕她？"

周王宫湦得到的仍是褒姒的默认，她怎么可能不怕？熊宁懂药、懂医、懂毒，她除了精通乐理、能歌善舞之外就没别的长处。听起来，她还真是个黏人的妖精。褒姒轻笑一声，贴在周王身侧，他身上的温度如此真实，让她再也不用担心一场梦境过去，她什么都抓不住。

“你怕她什么？”周王宫湦看着枕在自己手臂上的褒姒，盯着她的眸子，“论样貌，熊宁比不上郑夫人。你与郑夫人几次明争暗斗，寡人不说，不代表看不出来，你占了上风。她走了，伯服如今在你膝下，是你儿子。”

“大王在怪臣妾？”

“你太多心了，”周王宫湦捏了捏褒姒的面颊，“论背后撑腰军力、外戚的心狠手辣，楚夫人比不上秦夫人的强硬，秦夫人几次和你针锋相对，你也占了上风。最后她死你活，还丹凤朝阳，贵为王后。”

“论朝中大臣的支持，她比不上申后，可如今宜臼虽没被废，却离废不远，申后更是居于冷宫，让贤于你。论战场上的交情、救寡人的恩情，比起启之又如何？寡人能为你对三叔让步至此。该担心的人是她，而不是你。那个当日敢和寡人说‘朝中大臣要杀妖妃的言论不必担心，我自能处理’的褒姒哪儿去了？”

“这么多年来，你在一场场灾祸中从容而退，荣宠加身，你觉得只是运气好吗？”周王宫湦点着褒姒的鼻尖，“若你还是你的样貌、你的性子、你的气质……却蠢钝如猪，在后宫中捉襟见肘、朝不保夕，寡人还会爱你吗？”

“这话听着可让人高兴不起来。”

“寡人是在表扬你。”

“没听出来！”褒姒虽摇着头，可冷冽的眼神却因周王这番话彻底松动了。他若仍是他这个样子、他这个性子、他这个急躁的脾气，可却没有对江山在握的野心、没有与诸侯制衡的魄力，便是再钟情于她，她是不是还会爱他？

褒姒与周王宫湦十指紧扣，在清晨的露水中，陷入了梦乡。他们在彼此的梦境里、生活中都那么真实，一伸手便摸得着，这种踏实的心情让两人从多日来的困倦中脱身而出，彻底地放松了。

环莺前往各宫各殿转述今日不必朝谒一事，各宫各殿自然都要问环莺一二。在得知大王与褒姒一夜缠绵后，个个心里都不舒服，像是吃饭时误吞了苍蝇那般直犯恶心，对环莺也难免冷言冷语了几句。

环莺心说也不是自己要说的，那么爱问，现在恶心了，给她发什么脾气？

走到楚夫人的酉阳宫，楚夫人不必问也知道昨夜发生了什么。她娇笑一声，像是个豆蔻少女：“我也就是说王后一两句，她倒是急了！”

“楚夫人什么意思？”环莺眨着眼睛看着楚夫人。昨日楚夫人看环莺的眼神，叫环莺放在了心上，若能与楚夫人交好，日后便有恃无恐了。她以为楚夫人比褒姒得宠，跟着这样的主子，才能荣华显赫。

"昨儿我和王后说最近东宫有些冷清，大王也不常去。"楚夫人知道多嘴的人忙着说，无暇去想。她说什么环莺都不会起疑："所以褒后急着想证明自己没失宠，黏着大王，可大王这性子啊，她还是没摸透。"

"楚夫人的意思是？"

"我可没什么意思，随便说说。褒后在显德殿也住了些日子，大王时不时地总在外面过夜，独独不回显德殿，褒后急着搬，是怕说出去不好听吧？"

"白天里大王倒也回去，只是夜里不留宿！"

"毕竟还是病了嘛，大王也不是绝情的人，我在宫里日子不长，不知大王待你如何啊？"楚夫人看着环莺问道，"你这模样也不输给那些个嫔妃，大王应该也曾宠幸过吧？"

环莺闭上嘴，不好意思再说话。

"不会没有吧？"楚夫人显得格外吃惊。

环莺这才委屈地说道："我没钱请虢上卿行个方便，一入宫他就将我安置在冷清的显德殿里。以往大王不回来的，一年也见不着大王一次，难得见着也都是来去匆匆。"

"你倒有些心思。"

这话将环莺吓了一跳，赶紧解释道："楚夫人不要误会，奴婢心思浅，不敢奢望大王宠幸，只是娘娘问起了，便就事论事了！"

"如此说来，你和大王还真没有交情？"

"也不全是，当年郑夫人搬入显德殿，奴婢本该服侍她的。可郑夫人脾气不好，秀秀不叫我近身，每日只知道使唤我，我若说错话，她还扬言要割我的舌头。"

"那你如今不还是好好的？"

"给大王拦下了！"环莺一脸的委屈，楚夫人却笑了，脸上两个深深的酒窝看着很亲切："大王待你不薄，可惜了……"

"什么？"

"可惜你跟错了主子，褒后心胸狭窄，和她作对的没有好下场。若换作是我，必会让大王宠幸你。她非但不许，还生怕大王着了你的道，要你从显德殿搬出来，这是忌惮你！"

环莺这一听，咽了口唾沫，"咚"的一声跪在了地上："环莺不愿跟着褒后，楚夫人可不可以出面将环莺要来西阳宫？"

“要你也可以，大王如今宠我，总会应了我的要求。我也不怕得罪褒后，只是你若离开东宫跟了我，她会放过你吗？”

环莺害怕到了极致：“那该如何是好？”

“你虽不能来我西阳宫做个下人，我却可以去东宫做主子，怎么做要看你了！”楚夫人的眼睛眯在一起，温柔地看着环莺说道。

环莺往日里和大王的距离太远，她不敢想，也没奢望。可是如今不同了，大王常在她身侧出入，有时还和她聊两句，这让她心中便有了念想。如今楚夫人许了她荣华，她觉得自己熬出头了，回东宫的路上，步子也轻快了。楚夫人要环莺将东宫发生的一切事无巨细地说给她听，这对环莺来说不过是个举手之劳。

太阳从东面升起，又从西面落下，隐没在山川之中。褒姒动了动身体，睡得有些僵硬，她慢慢转醒才发现周王不知何时已经醒了，正看着她。她的面色一阵通红，贴在周王宫涅身侧：“大王醒了？”

周王宫涅点点头，摸着褒姒的头发。

“饿吗？”

周王宫涅摇摇头。

褒姒的目光极力朝门外看去：“环莺回来了？”

周王宫涅点点头。

“各宫的夫人们怎么回话的？”

“重要吗？”

褒姒轻叹了口气，又问道：“起来吗？”

周王宫涅扭过头看了看窗外的夜色：“现在？”

褒姒趴在周王宫涅的胸口顺着窗口望出去，天色又沉了下去：“臣妾饿了。”

“寡人喂你？”周王宫涅靠在床头坐了起来。

“不要。”褒姒面色羞赧，周王宫涅却没理会她的意见，将门外的环莺喊了进来。环莺不知是何事，推门而入，发现褒姒与周王宫涅都是浑身赤裸地躺在床上，一股淫靡的气氛。她吃了一惊，转过身背对着周王行礼：“大王有何吩咐？”

“去膳房宣膳吧！”

“是！”环莺得了令就转身出门，靠在床头的周王宫涅露出健硕的肌肉，线条硬朗、肌肉紧实，环莺心中“怦怦”直跳，平静不下来。她去膳房宣膳，今晚必不可少的话题就是：“听说大王昨日宠幸褒后了？”

环莺羞赧地点点头。

“哈……”膳夫笑了出来，“这褒后倒也有些本事，大王现在还没离开东宫？”

“没有。”环莺小声说道，将耳际的碎发别了过去，膳夫转过身和别的膳夫们说：“喂……我说，大王明日还不早朝，娘娘还不晨谒，大王还住在东宫里，咱要不要打个赌？”

“我和你赌！”一个人应声从灶台上跳下来，“我赌娘娘明日不晨谒，大王会早朝。”

“我赌大王早朝，娘娘晨谒，这难不成还没腻？也该换人了。”另一个膳夫说道。

你一言我一语，大家就像是褒姒和周王宫涅肚子里的虫，将他们的心思分析得淋漓尽致。膳夫将晚膳备好，放在桌上，环莺伸手去拿，膳夫便伸手摸在环莺的手背上，“环莺姐不赌点什么？”

“不赌！”环莺别过脸去。

“我说……”膳夫笑嘻嘻地说道，“大王如今宠幸褒后，你可就有机会了！你那事儿……学会了吗？”他说罢绕到环莺面前，掐了一下她的腰，整个宫里的膳夫都“哈哈”大笑。环莺涨红了脸，瞪着戏耍自己的膳夫，拿着食盒逃也似的离开，临了还听见身后的人问那膳夫是不是也想一亲环莺的芳泽。

第二日一早，还不到卯时褒姒就从睡梦中再次转醒，叫了叫身侧的周王。

“嗯？”周王宫涅从睡梦应了一声，这两日虽没下床，却不轻松，床上沁着两人汗水的味道，寝宫里也是如此。

褒姒拽了拽周王宫涅的胳膊：“大王该早朝了！”

“不去！”周王宫涅翻了个身。

褒姒从床上跨步而下，穿上了那件白色的长裙，将头发梳开、绾成发髻，戴上珠钗，然后在铜镜前理了理自己的模样，出门吩咐人打水送进来。她梳洗过后，拿着沾了水的帕子走到床前，将冰冷冷的湿帕子盖在了周王脸上。周王宫涅一个激灵，猛地从床上坐起来，然后反手将褒姒的手腕扭到了身后，褒姒不得不转过身去“啊……”的一声叫了出来。

周王宫涅这才反应过来，将手中褒姒一松：“吓到寡人了！”

“大王该上朝了！”

周王宫涅从褒姒手中抽过浸湿的帕子抹了一把脸，又远远扔进了水盆中：“不是说了不去吗？”

“该上朝了！”褒姒又重复了一遍，态度温和，“臣妾伺候大王更衣？”

"不去！"周王宫涅撒娇似的说道。

褒姒坐在周王身侧："我们出行得有数月，大王不能回朝，总要将事情吩咐下去才是！"

"不想去……"周王宫涅拉着褒姒的胳膊仰头看着她，嘟着嘴索吻。褒姒不由得笑了出来，凑过去吻在他的唇上。周王趁势又把她拉回床上，褒姒使出全力抵住了周王，用手肘将他与自己隔开："大王，该上朝了！"

"好了好了！"周王宫涅不满地翻身而起，一丝不挂地站在地上看着褒姒，"来，伺候寡人更衣！"

褒姒看着周王身体，竟有一丝羞涩。她忍不住低下头去拿周王的衣服，给他从内衬穿起，目光却别到了一处，不敢看他。周王宫涅弯下腰搂住了褒姒："你又不是没见过，害羞什么？"

"大王。"褒姒硬生生地推开了周王宫涅的牵制，为他更衣。环莺以为周王和褒姒还不打算起，便起得晚了些，刚从屋里出来就见着二人已经起了，心生惧意，再看见其他人备好了早膳，心里"咯噔"一下，硬着头皮蹭到前面，伺候二人用膳。

周王宫涅扫了一眼环莺，当初隐藏郑夫人怀有身孕的消息，不敢叫环莺近身，矛盾还不算大。如今褒姒将她留在身边，本是为了不让环莺乱说显德殿的事儿，可东宫里的秘密也不少。

"过几日出游你带着环莺吧？"

这话叫环莺和褒姒俱是一愣，都停下了手中原本的活儿看着周王。

"身边总归得有个合用的人不是？"周王宫涅戏谑地笑了笑，带着三分魅惑的神情看着环莺。环莺心里小鹿乱撞，脸颊发热，惶恐得抬不起头来。

"那就依着大王的意思吧。"褒姒微微地摇了摇头，心里寻思着这下自己头上又多了一笔血债。

周王宫涅离开东宫朝着前殿的方向去，太阳渐渐地从东面爬了上来，露出泛白的微光，整个大地从黑夜走向白昼，一点点恢复了它的本来面目。褒姒吩咐人收拾了早膳，环莺觉得局促不安，仿佛褒姒刻意冷落她似的。

一旦秀秀回来，环莺知道自己在东宫举步维艰。她站在东宫的屋外等待着前来朝谒的各宫娘娘，待楚夫人来时，环莺小声叫道："楚夫人！"

楚夫人微微点头。

"早晨大王去上朝了。"环莺凑在楚夫人的身边说道，楚夫人又点了点头，她神情严肃的时候看着还有些可怖。环莺也不知道楚夫人想从自己嘴里听到什么消息，只好继续说道："大王与褒后要出行！"

楚夫人仍旧只是点头，不说话。

"大王说，让奴婢一路随行！"

环莺这话终于叫楚夫人动了兴趣："哦？"

"褒后正和奴婢置气呢！"环莺嘟囔道，她还不知道褒姒如今已将她看成是个死人。她若死在宫里，人们会说主仆争宠，总归有些不堪……可死在外面，谁知道是怎么回事？

周王宫涅这番用心，楚夫人并不理解。还以为桑珠之事又要重演，她觉得周王宫涅的性子还没定下来，总对身边的下人格外有兴趣。这么想着，楚夫人面上也就浮起一丝笑意："知道出行走哪条路，去哪里吗？"

"大王和褒后说的时候，奴婢听到了些……"环莺将自己听来的事情细细给楚夫人说了一番，取道哪里，停留多少日，事无巨细，楚夫人满意地笑了："大王晚些时候还回东宫吗？"

"回，早晨走的时候说下了朝，还回来！奴婢真是不明白……"

"不明白什么？"

"不明白大王既然喜欢楚夫人，又何必还要在褒后身上浪费时间？"

"男人心中，从来就不是只有情情爱爱一件事情，更何况，他是君主。"

"奴婢不懂。"

"若是懂，你就做夫人了！"楚夫人也没什么耐心，这让环莺赶紧闭上了嘴，为楚夫人引路。待夫人们都进了东宫，环莺就退出来在门外候着。卫夫人进门时看了眼和楚夫人聊得热络的环莺，再抬眼看着褒姒，似乎猜出了楚夫人的谋划，她的嘴角不免泛起了一丝笑意。

晨谒之后，楚夫人仍然没走，同褒姒二人严阵以待，像是要打场恶仗。卫夫人临出门前瞧了瞧二人，心中寻思着自己只要当什么都不知道，坐山观虎斗，待到有一方显出疲态，再站在弱势的一方平衡一下就好。她自诩摸透了周王的性子，以为他绝不会让人在这后宫里独大。楚夫人与褒姒都屏退左右，楚夫人问道："环莺用着不顺手？"

"楚夫人管得倒是够宽的！"

"外面传得风言风语，褒后同环莺置气也无济于事！反倒叫人看了笑话，我前些天也说了大王，别总赖在西阳宫，到底王后才是正妻嘛！"楚夫人像是在唠家常，却紧紧盯着褒姒的表情，褒姒附和道：“本宫倒疏忽了，原来用个下人也这么多讲究？”

“今儿天气不错。”楚夫人扫了一眼窗外的阳光。

“楚夫人还是有话直说吧！”

“褒后不介意和我去外面走走吧？如今琼台殿拆了，改建成荷花池，就在华辰殿外，刚刚挖好，还没来得及放水。”

“好啊！”褒姒拖着长裙站了起来，朝前走着，走到门口转向环莺，问楚夫人，“楚夫人说，本宫该不该带着环莺？”

“褒后就不敢和我独处？”

“话倒是都叫楚夫人说了去！”褒姒朝着原先琼台殿的地方走，楚夫人紧跟在后。当日一座气势恢宏的宫殿如今化作焦土，然后被人挖开、填上新土，变成了夏日的荷塘。褒姒看着荷塘想起往事，难免有所感触。

“故地重游，勾起褒后的伤心事了？”

“本宫想起了郑夫人。”褒姒看着远处说道。

“是想起郑夫人，还是想起了郑伯？”楚夫人的声音冷了下去，褒姒回过神来看着熊宁，“楚夫人什么意思？”

“有些事褒后只怕还不知道，东夷旧部投靠了北狄，如今晋北之师节节战败，守不了太久。我虽是楚侯的妹妹，可也不怕说句实话，熊仪的野心在于天下、称霸九州。先王在世时一直竭力遏制楚国的发展，可先王晚年误信谣言，杀害了大批忠臣良将，周君主在九州之上失去了过去的威信，权力摇摇欲坠。虽说如此，倒给大王留了机会，不被那些鼠目寸光的朝臣掣肘，才能一举荡平东夷。如今北狄进攻，晋北又不敌，长此以往，只等镐京城支援。秦国权力更替，自顾不暇；公子启之与郑伯友看似相安无事，却暗涌凶险；能够出征的或许只有楚国，如此一来，我楚国就纵贯九州，从南蛮之地前往晋北，等于是将大周的江山一分为二，东西分治了。这后果，娘娘能明白吗？”

褒姒陡然一惊，这些事周王宫涅从未和她说过，她被这话惊得不轻，这才知道原来是晋北乱了，她不知道为何大王对此只字不提，还要在这个时候出游。

楚夫人看着褒姒的模样冷笑一声，知道她在想什么：“如今你贵为王后，做好王后的本分足矣，他和你说这些有的没的做甚？更何况……便是说了，你能为他做什么？先前大王从我这里讨了些药，你们出行回来，郑伯也就入京了，你觉得大王要做什么？”

"杀郑伯……"褒姒缓慢地斟酌着整件事情的来龙去脉，若是楚夫人说的是实话，那么放军权给启之就是唯一的解决办法，郑伯唯有一死。难怪当日他会和自己说，再给她一次机会，让她和郑伯私奔！

楚夫人的目的已经达到，她只是为了让褒姒起疑："你是他手里的一步棋，比起别人，你这个棋子更称手些，他便是心中没你，也要哄你开心，叫你以为他还一心爱你。我哥对你深表钦佩，我才肯对你说这番话，后宫女人的这一生当真是可怜得很啊！"

褒姒看着楚夫人，想起了周王宫涅的那话："你信她还是信我？"她正了正颜色，看着楚夫人："便是如此，也无碍！楚夫人早些回宫吧，后宫女人谁不是一进来就做好了死的准备？"

"只怕娘娘没有看起来这般淡定。"

"有与没有，有何差别？能改变什么？"褒姒不等楚夫人搭话，转身朝东宫走去，起先她还想问问赵叔带关于这事的始末，末了她又打消了这个念头。大王不说，自有他不说的原因，她又何必事事追究。周王宫涅从未辜负过她，想及此，她的面上就泛着淡淡的笑意。

她若是不停地怀疑，迟早，他会厌烦了自己。

…………

周王宫涅退了朝回到东宫，想催促褒姒收拾行装。晋北之战他被赵叔带催得烦透了，只想尽快离去，他也吩咐了朝中士大夫，这几日没有重要的事情就不要汇报了，又命太宰宫备马、备车、备随行军，从镐京城出发改南下为北上，去赏北国风光。

周王宫涅折回东宫，和匆匆忙忙的环莺撞了个满怀，环莺扑进了周王怀中，身体一僵愣在了那里。周王宫涅微微皱眉，不知道这东宫的人怎么会越来越没规矩了，可看清对方是环莺，又换上了温柔的表情。

环莺面色煞白，回过神来的第一件事就是跪在地上："大王恕罪，奴婢不是故意的！"说着这话，她还不忘将自己的衣服向下拉了拉，她姿色不俗，身段婀娜，确有几分魅惑之态。

楚夫人问环莺大王是否还回来，便是有意将褒姒支开，给环莺一个机会，这种机会只要是个女人就能把握住！环莺胸前一片雪白，她又拉了拉衣襟。周王宫涅眯着眼睛打量着她："起来吧。"

"谢大王。"环莺娇声说道，猛地站起身有些犯晕，脚下一个趔趄朝着周王怀中跌去。周王宫涅伸手扶住环莺，环莺便顺势靠在了周王胸前："大王，环莺跪久了，脚下发软，唐突了大王，还望见谅！"

"无碍。"周王宫涅仔细地审视着环莺，伸手撩拨了一下她的头发，手上用了些力道，从起初的扶变成了后来的抱，两个人之间的距离超过了环莺的设想，她的面色越发红润，垂下眼眸不敢去看周王。

褒姒从荷花池返回东宫，环莺正哼着小曲端着食盒，看模样是刚从膳房回来，也不知遇见了什么好事儿。褒姒叫住了环莺，环莺一怔，眼中闪过心虚的惶恐："褒……褒后？"

"大王来了？"

环莺点了点头，褒姒伸手示意环莺将食盒交给她："本宫进去就是了，你去收拾准备吧，别少带了什么！如今天寒，多收拾些衣物。"

"可大王……"环莺有些不服气，大王宣的是她去伺候用膳，却被褒姒截了，心中多有不服，仰头看着褒姒又不敢多话，只好悻悻地将手中食盒递给褒姒。看着环莺这副模样，褒姒就猜出了刚才周王宫涅与她之间必定发生了什么。周王宫涅听见门外传来脚步声，眯着眼睛斜靠在椅榻上手里打着拍子，用带着鼻音的声音问道："回来了？"

"看来大王心情不错？"

褒姒的声音叫周王宫涅一个激灵坐直了，睁开眼看见进来的是褒姒，伸出了手递给她。

褒姒将食盒放在桌上，将手递给周王，他拉了她一把，她坐在他的腿上，一手环着他的脖颈："怎么？臣妾只要不在，大王就打起这宫里下人的主意？"

"寡人哪里有那个胆子？"周王宫涅将头抵在了褒姒的额头上，"你忘了？寡人娶的可是个善妒的王后！"

褒姒含笑抵着周王宫涅的额头，既然他什么都不打算说，她就什么都不问。数日后，一支不算太大的队伍从镐京城一路向北，除了两位上卿，周王宫涅没有知会任何人。没人知道此行要去哪里，只知道是一路向北。褒姒相信周王宫涅将自己带出宫绝非散心这么简单，可既然周王不说，她就不问，他带她去哪里，她跟着便是。

褒姒坐在马车上，掀开帘子看着飞驰后退的景色。秋去冬来，麦地为皑皑白雪覆盖，她呢喃一声："但愿来年能有个好收成。"说罢放下了帘子，冷风灌进来叫人受不了。

周王宫涅从褒姒的对面坐到了她的身侧，搓了搓自己的手，捧住了褒姒被冻得有些发红的面颊："给寡人说说伯服的事情吧？"

"大王想听什么？"

"什么都好，随便说一些吧。寡人对这个孩子一点印象都没有。"周王宫涅又搓了搓手，将褒姒的手捂在自己手里，她原本就怕冷，出门在外就更加难熬了。周王临行前，伯服还只是个刚出生的婴儿，长得不算好看，皮肉皱在一起，眉眼中依稀能辨出郑夫人的模样，小胳膊小腿在空中乱踢、乱蹬，一点不叫人省心。

"那孩子……"褒姒想了想，"长得倒是越来越像大王了。"

"哦？"周王宫涅惊讶地问道，"寡人离开时还是郑夫人的眉眼，怎么现在就像寡人了？"

"嗯！一岁就会叫娘了，伸着小手朝你一步步走来，跌跌撞撞，让人心疼得很。再大一点就能跑能跳、闲不下来，秀秀操心他一个人都够费劲了，有一回秀秀没把他扶好磕了额头，他坐在地上号啕大哭，怎么哄都不听。"

"寡人可不是这副德行！"周王宫涅撇了撇嘴，有种和儿子争风吃醋的劲儿。

褒姒看着周王宫涅，摸了摸他的眉眼："我以为发生了什么大事儿，赶紧跑过去看，谁知道念儿立刻闭上了嘴，虽然还是眼泪汪汪的样子，问他什么，他都不说，硬说自己没哭过。"

"哈哈哈哈……"周王宫涅拍着自己的腿大笑了出来，"这孩子倒是会逗人！"

"看着一副小霸王的样子，打心眼儿里心疼人。"褒姒细细说起来就觉得十分想念念儿，那小小的模样，临走时拉着她的衣角恋恋不舍、眼泪汪汪的委屈表情。他被他们架上马车离开镐京，说好的她不会丢掉他，她还是食言了。褒姒又掀开了帘子看着窗外的风景，坐立不安。

周王宫涅看得出褒姒的心事，开口问道："当初和念儿一起走，不就不用受这母子分离的痛苦了？"

"臣妾能死，念儿不行！如今这一切不是都过去了吗？"

"你也不能死！"周王宫涅将怀中的褒姒紧了紧，"就算是为了寡人，你也决不能死。"

褒姒仰头靠在周王宫涅的胸口点了点头。

"受得住风寒吗？"

"大王这话是什么意思？"

"寡人行路，骑马入晋，你若受得住就跟寡人走！"周王宫涅在褒姒耳畔说道。和周王宫湦走的路，必定不是修好的大路，而是曲曲折折的蜿蜒小道，也不会有坐在马车中风雨无侵的闲适，思忖片刻，褒姒还是点了点头。她相信，周王宫湦说出这话来，绝不是简简单单地想和她独处，否则当日也不用调拨这一行随行的人了："臣妾受得住，跟着大王，什么风雨臣妾没见过？"

周王宫湦笑着捏了捏褒姒的脸颊，一手掀开了帘子："环莺？"

环莺是在外面跟着车队，不但冷，而且累，十分疲惫，听见周王叫自己的名字，立刻抬起头来，就像是看见了希望，周王宫湦挥了挥手："上来！外面冷。"

环莺看了一眼褒姒不善的神色，立刻摇头："奴婢不冷！"

"上来！"周王宫湦又强调了一遍。

褒姒看着环莺的眼神这才缓和下来，用看似随意的口吻说道："大王叫你上来，你便上来吧！"

"是。"环莺低头应声，脸上掩不住的是得意的神色，匆匆朝着马车的方向走去。车夫将车停下，环莺便坐上车去，在褒姒与周王宫湦的对面坐了下来。因为对面的褒姒不停地在上下打量自己，环莺片刻也不敢松懈，严阵以待，却没能按捺住自己的心情，小声问了句："褒后有什么吩咐吗？"

"哦！"褒姒回过神来，从思绪中抽出神来，摇了摇头。她不清楚周王宫湦到底想让环莺做什么，他的表演等同于给环莺许下了一个虚妄的愿，让她以为自己迟早会被宠幸。

"差不多了。"周王宫湦看着外面的景色，迈步而出，掀开了帘子，"停车！"

马车停了下来，后面的马队和行军也停了下来。周王宫湦跳下车，将手递给褒姒，扶着她下马车。周王宫湦看着环莺吩咐道："这一二日，你便吩咐着车队行进、停止，不出半月抵达晋国境内，我自会叫人来迎。"

"大王呢？"环莺急切地问道。

"褒后怕冷，寡人带她先行一步！你坐在车里，免得外面风大，冻着你！"周王宫湦温柔地叮嘱，这话暖到环莺的骨子里去了，叫环莺找不着北。直到周王宫湦带着褒姒策马而去，她还面色羞赧地沉浸在刚才的回忆里，凭着想象去勾勒周王宫湦与自己的床笫之欢，满心期待。

周王宫湦的大马从西戎之地掠来，比中原的枣红小马高大了不少，褒姒上去有些费力，要找个石墩。但这马的耐力比小马超出不少，扛着一人多的重量也不觉得吃力。他策马狂奔，将褒姒揽在怀中，尽量用宽大的身体为她遮挡风寒。褒姒仰头看着周王欲言又止，她对环莺的事实在太好奇了，总想问一问周王宫湦到底要做什么，到底要去哪里。

最后褒姒也没开口，只是在周王宫湦的怀中坐着。

纵穿草原，向西而去，又从广袤平坦的地势忽然陷入了崎岖蜿蜒的小路当中。山间覆着皑皑白雪，山里应该刚刚下过一场大雪，天空湛蓝得就像是被水洗过。阳光映射在雪地上，反射到人们的眼中，是一片片金灿灿的光泽。自镐京出发向北再向西，是秦国与晋国交界处，濒临秦岭山脉。从这荒凉的山中离开，人群又渐渐地出现了，他们抵达晋南的村落。

第四十二章

北国秋色掩宏图，山野游猎除异己

晋国之南，已是北国风光，北风呼啸，吹过坐落在山脚下的村庄，这里不比镐京的繁华，安静得仿佛被时光遗忘。晨光从东方露出眉眼，耀眼的色泽披布在白雪之上。秋去冬来，已下过好几场大雪了，鹅毛般的雪花漫天飞舞，挡住了赶路人的视线。

周王宫涅买下一处民宅落脚，他在山中打猎，她在家中煮饭，炊烟袅袅。

他们日出而作、日落而息，周王宫涅将心爱的人捧在手中，再也不必担心她的安危，她依靠在他的肩头，仿佛已得到了全世界。周王有时进山打猎，一去三五日，回来的时候手中却空空如也，抱怨一声这两日的时运不济。

她知道他另有要事，他不说，她就不问。

这几日又下了场大雪，村里的积雪漫过了人们的小腿肚，温度骤然下降了不少。褒姒总觉得身上的棉袄也御不了风寒，阳光照射在白雪之上，晶莹剔透的雪花将这白光反射得漫天都是。褒姒眯着眼、踩着积雪，从村里的集市上买了些当地农民储存的冬粮。她掐算着日子，周王宫涅前些天出去狩猎，今儿也该回来了。褒姒在锅里炖了肉，焖了饭，香气四溢，从屋子里弥漫到了门外。

下过雪的天气格外晴朗，褒姒站在炉火一旁，看着锅里炖着“咕嘟”冒泡的肉汤，肉汤已经开始慢慢收汁，变得黏稠了。门外响起了“嘎吱嘎吱”踩雪的声音，而后就是屋门“吱呀”一声被推开，这位身形魁梧的周王身上扛着刚刚猎到的山猪，手里拎了件白色的皮衣，他是用脚踹开的门，动静闹得不小："寡人饿了！"

"大王回来了？"褒姒站直了身子看着周王宫涅问道，瞧着他的样子忍俊不禁。她掩了掩嘴，敛起了笑意，朝着周王宫涅的方向走去，掸了掸他身上雪花的碎末："瞧大王这副狼狈的样子！锅上炖着肉，就快好了。"说罢接过了他手中白色的皮衣，"这是什么？"

"寡人在山中猎了只白狐，叫镇上的人给你做了件皮袄，说是特别御寒，喜欢吗？"

"给我的？"

"嗯！"周王宫涅一面应声一面朝着屋子后面走去，将身上扛着的那只野猪扔在了地上，然后转向褒姒，指着她手中拎着的那件皮袄，"穿上给寡人看看。"

"是！"褒姒应声道，这皮袄是一只完整的狐的皮制成的，覆着的皮毛异常顺滑，将暖意沁在褒姒的周身；这衣服的剪裁也十分得体，刚巧衬得出她玲珑有致的身段；虽说穿的是粗布麻衣，可褒姒莹白的肤色和淡漠的神情将这衣服撑起来，倒是显得雍容华贵……若说镇里有人有如此手艺，褒姒倒是不信，说周王一人一马进山狩猎就这么巧打到了白狐、猎到了野猪，未免也太夸张。褒姒转向周王宫涅问道："好看吗？"

周王瞧着褒姒出了神，她的询问才将他散漫的思绪从远方拉了回来。他朝褒姒走过去，从她的一侧将她拥入怀中，他的下巴抵在她的狐皮上，顺滑的皮毛抚慰着他的肌肤。周王宫涅的眼神微闭，褒姒伸出手握着他揽在自己腰间的双手："发生什么事了？"

周王宫涅久久地沉默不语。

"咕……嘟……"锅里炖的肉冒泡的声音越发缓慢，汤汁变得越发浓稠。褒姒轻轻地拍了拍周王宫涅的手，用很轻的声音说道："该起锅了，再煮下去锅就烧干了。"

周王宫涅松开了褒姒，靠在桌案上看着在灶台炉火前忙忙碌碌的褒姒，忽然开口问道："为什么你从不问寡人出来做什么？"

"大王若是觉得臣妾该知道，自然会告诉臣妾，否则……"褒姒一面将锅里的肉铲出来，一面扭过头看着周王，面上带着笑意，"臣妾便是问了，大王也不肯说，还觉得臣妾管得太宽。大王难道忘了自己曾说过这世上有两种人该死，该聪明的男人不聪明，该蠢的女人不蠢。"

周王宫湦愣了愣，“哈哈”大笑了起来：“寡人就这么不讲理？”

褒姒莞尔一笑，并不作答，将备好的饭菜端上了桌，将手中的筷子递给周王：“大王不是饿了吗？”

“你倒不是蠢，”周王宫湦夹起碗中的肉囫囵地塞进自己嘴里，又将肉汁浇在蒸好的饭里，一股脑地将这饭菜都倒进了嘴里，然后递给了褒姒一个空碗，才用含混不清的声音说，“你这装傻的本事越来越厉害了！”

“知道什么时候该蠢的人，怎么可能真蠢？”褒姒掩嘴笑了，帮周王宫湦又盛了饭，“吃慢些，锅里还有，没人同你抢。”她满面的温柔如同大地的春风，所到之处，抚绿了山野，绽放了百花。

周王宫湦一阵沉默，才缓缓开口：“寡人是要找姬仇。”

褒姒一愣，然后才微微点头。

她虽不认识姬仇，可听说过晋国的夺嫡之乱。晋穆侯过世，原本该继位的世子姬仇却被自己的叔叔晋殇叔褫夺了爵位，此后姬仇与弟弟成师便一直在逃亡。没想到周王竟找到了姬仇，这件事情就像是秦国夺嫡之乱的复刻，周王宫湦想做什么也已经不言而喻了。

晋殇叔自以为高明，却不想周王早就知道此战失利的原因。自从东夷被攻下，东夷的土地被郑、齐二国瓜分后，晋国就打上了周王的主意。这场仗与其说是外族的侵略战，不如说是晋伯的豪赌，他赌周王会倾举国之力力克狄夷，而北狄的疆域日后自然尽归晋国。

这个赌局，晋伯的赢面很大。

周王宫湦不会纵容狄夷大军南下，他必会挥师调兵。如今诸侯们摸不透周王心思都不敢妄动，正盯着镐京城的一举一动。谁知道镐京城却是人去宫空，留下的尽是不能主事的主儿，像是热锅上的蚂蚁，各自乱窜。

晋伯为此几乎咬碎了牙，才将这口气咽下去。几次派人去朝中问询大王归期，得到的回答总是“不详”；问大王的去处，回答也是“不详”；问大王对晋北一战的看法，回答还是“不详”……眼下西戎都已经从秦国撤了军，大周的兵马却还在秦国遛弯。眼看着这场豪赌的赢面越来越小，可这位晋伯就是狠得下心、沉得住气，任凭晋北官兵死伤无数，城池失守的消息频出，他就是咬牙熬着不派兵增援。

晋伯的作为，是忙着和熊仪与公子启之传书，楚侯出兵有利于在朝中站稳脚跟，启之带兵有利于他重夺军权，更有利于晋殇叔的这场豪赌，三人各取所需，一拍即合。

是以楚侯离开镐京城后又急急折返，回到京中发现周王宫湦早已离京，便与楚夫人商议此事。而启之同样急于还朝，可碍于他出征时接到的周王密令，一日还朝诏书不到，一日不可回。他虽对密令不解，却也不敢妄动。只得在秦地谋划，希望能借北狄之战独揽军权。

而晋伯与启之、熊仪的合作，周王宫湦也早已知情。

启之其人，胸无城府，周王宫湦之所以定文朔为司马，并非有意偏袒。当日的东夷之战，大周军队围困东夷都城，周王宫湦为免东夷百姓生灵涂炭，下令围困都城，待到粮草耗尽，夷主只得缴械投降。

然而启之眼看东夷可破，耐不住性子违抗军令，大破都城，而后其他士兵身先士卒，虽然锐不可当，却让夷主找到了逃生之路，从城中夺路而逃，才生了以后的事端。

而围困之乱，唯独文朔大军岿然不动，因而周王宫湦加封文朔，启之自知理亏，不敢公然反对。所谓千军易得一将难求，启之饶是骁勇善战、克敌狠辣，却并非周王心目中的将才之选！

周王宫湦从镐京城一路出发，撇开众人前往北狄，也是要让所有晋伯势力汇聚京城时扑个空。晋伯的这场豪赌，输不起的才是输家！周王宫湦借出游一事拖延战事，又找到了潜藏在晋南之地被废的世子姬仇，他便是要借刀杀人。

如今周王宫湦将此事向褒姒娓娓道来，褒姒才惊觉他的安排："大王有意利用环莺泄露行程，再撇开大军，孤身上路，就是要让人无从追查？"

周王并不否认，如果一开始他就不让宫里的人知道他的行程，宫里的人再差人尾随，到时候想甩掉就麻烦了。可如今宫里的人既然都知道他走哪条路，也就不必急着尾随，只要守株待兔，等候便是了："寡人担心的是他们会对你下手！"

"有人要杀臣妾？"

"现在还不清楚，不过很快就知道了……"

褒姒迅速地反应了过来："你叫环莺坐在车里就是为了替我……"

"是她多嘴泄露的行程，活该她来受这罪！"

褒姒叹了口气："可怜环莺到死都以为大王要宠幸她。"

"寡人看起来就这么饥不择食？"

"前科不好！"

周王宫湦"哈哈"大笑："寡人娶的王后善妒，哪儿敢同别的女人眉来眼去？"

"臣妾的身上又背了一条血债……"褒姒叹了口气，知道周王的话虽没有说满，不过这一路人必定是凶多吉少。褒姒心里清楚，周王宫涅看似平静的外表下，掩藏的是内心的不安。他并不能保证自己一定是对的，日后若再加上启之的倒戈、熊仪的野心，只怕这周天子的心中只剩下一团阴霾了。周王最近常常愁眉不展，却又不想将这种压抑的氛围带给褒姒，看着她的时候，他还能勉强一笑。

“难为你了……”周王宫涅握住褒姒放在桌上的手，“寡人定会叫始作俑者血债血偿。”

“臣妾并不在意此事，债多不压身。”褒姒故作轻松地笑了，可周王宫涅的心头却因为这个笑而感到无比沉重。她自入宫成了他的女人起，受了多少委屈，咽了多少泪，可时至今日，他都无法许给她一个未来，因为连他自己都不知道未来在哪里。

“寡人同姬仇合作，心中颇有顾忌，姬仇此人你可了解？”

“晋穆侯薨，晋穆侯的弟弟篡夺权位，带兵杀入宫中，姬仇与二公子成师守城无力，将宗主之位拱手相让，而后逃走。”

“姬仇出生的时候是晋穆侯抗狄功败垂成之际，晋兵大败，晋国国力大衰，因此他给自己的儿子取名为仇，是要记住这家仇国恨；后来二公子成师出生，晋军大胜，二公子取名成师是寓意无往不利、攻无不克、战无不胜。姬仇性格阴厉，成师则大气，晋穆侯偏袒成师，希望成师继承爵位。朝中一派誓死效忠姬仇，一派则是效忠晋穆侯辅佐成师，若非两派相争，也不能叫晋殇叔渔翁得利，讨了便宜。”

“可大王还要同他合作？”

“寡人同他合作，日后他一旦夺得自己需要的东西，必会反悔今日允给寡人的三座城池！他料定寡人同他的合作搬不上台面，寡人会认栽，吃这个闷亏。”

“大王已经料到了结局，为何还要同姬仇合作？”

“他若如此，寡人助成师一臂之力，就是师出有名了。晋国禁不起三番五次的折腾，成师若是夺嫡，不敢对寡人不从，不敢有违。”周王宫涅的这步棋下得太远，随时可能会因为时局变化而变化，最终致使整件事情的结局超出周王的预料，这虽令人担忧，却不能因此而不前。

“大王英明。”

“你就不必说这溜须拍马的话了。”周王宫涅笑了出来，微微地朝前探了探自己的身子，用手指抚平了褒姒眉心的褶皱，大手捧着她的面颊，“寡人知道此事变数太大，别人不说，单说赵叔带，就是寡人心头的疑虑。他是姬仇的太傅，日后寡人再借成师之手扳倒姬仇，只怕他……”他说罢叹了口气。

“所以大王决定不再重用舅舅了？”

周王宫湦有些艰涩地点点头。

“那就早些物色个合用的上卿吧？毕竟是个要职。”褒姒为周王宫湦满上了杯中茶水，“大王不必顾及臣妾，臣妾说过，臣妾与赵上卿之间舅甥情分寡淡，这些年的合作也是为大局考虑。”

“其实寡人带你来晋北就是散心，不想叫这些事扰了你的心情，便什么都没和你说，来找姬仇只是顺便。”

“臣妾明白。”

太阳渐渐地沉入了地平线，小木屋中也熄灭了暗淡的火光。第二日一早，太阳又从东面爬起，一轮红日重新挂回天空，昨晚很晚才睡下的周王同褒姒一直睡到了日上三竿，被门外的砸门声吵醒了。褒姒一个激灵从睡梦中起来，翻身下床，将裙袄穿好，她心头有种预感，这静谧的日子到头了。听见她窸窸窣窣的声音，周王宫湦也翻了个身慵懒地坐起来，打了个哈欠木讷地问道：“怎么了？”

“有人在敲门。”褒姒说话间已经将裙袄穿整齐，头发也绾成了发髻。

“叫他们等一等。”周王宫湦坐在床上发了会儿呆，然后才从床上下来。褒姒急急拿起一旁散落的衣服为他穿上，整理了他凌乱的碎发。他正了正颜色，如水的目光敛得坚硬如铁，面无表情地从这屋子里走出去。小屋的门推开，白雪“簌簌”而落，一支整齐的军队正候在门外，见周王宫湦从内走出，立刻下跪拜谒：“参见大王，参见褒后！”

“不必多礼！”周王宫湦随口应道。

站在队伍最前的是司马文朔，他一袭黑色长袍，上前向周王躬身：“臣等恭迎大王、褒后启程回宫！”

“事情都调查清楚了？”周王宫湦问道。

“诚如大王所料！”

“谁干的？”周王宫湦说这话的嗓音压得很低。他心里并不好受，毕竟死的都是出入自己左右的侍卫，被人按着打了这一巴掌，这仇周王无论如何都想报。

“死者的伤势我都验过了，现场没什么太过激烈的打斗痕迹，应该是中途遇伏，咱们的人一个活口都没有留下。根据查验，这些侍卫身上的伤势都是以长鞭锁喉，所以微臣猜测凶手和北狄有关，好在大王提前离开了，天佑吾王。”

文朔的话说完，众将士也齐声附和：“天佑吾王。”

周王宫湦沉声问道：“死因是什么？”

“中毒身亡。”文朔报道，准备继续说下去，周王宫涅却做了一个噤声的手势，示意他不必再说了，周王转向褒姒吩咐道：“收拾东西，即刻回京，向北狄宣战！”

褒姒点了点头，众将士则齐声应道：“吾王英明！”

大队人马浩浩荡荡地从晋南的边陲小镇朝着镐京城走去，此事传到晋伯耳中，这位晋伯满面惧色。为了帮他找到这位周王，整个九州上下几乎要闹得人仰马翻，可末了周王竟然就在自己眼皮之下！此事惊出了晋伯一身冷汗，半晌说不出话来，身后的大夫几番提醒，晋伯这才缓过神来：“去拿笔墨，给启之和楚侯修书一封！”

“是……”大夫应了声，匆匆朝书房走去，帮晋伯备下笔墨，中途正巧遇着了隰叔。隰叔是先王时期的大夫杜伯之子，杜伯因怒斥宣王误信谣言杀害女婴一事而被宣王处死，周王宫涅见状，立刻差人将隰叔送到晋国，隰叔在晋国备受器重，任太史伯一职。此刻与拿笔墨的大夫撞了个正着，他便拉住了这大夫问道：“出什么事儿了？”

大夫左右环顾了一圈，见对方是隰叔，也不避讳，小声地附在他耳畔说：“原来大王一直在晋南，晋伯刚刚得到消息，这会儿正慌着呢！叫我去给他备笔墨，给启之和楚侯修书，共商此事啊！”

“哦？”隰叔琢磨了一番，捋了捋胡子，“大王来晋南做什么？”

“那谁知道啊？”

“和启之、楚侯修书，又要共商什么？”

“你还不知道？”大夫问道，“晋伯同启之、楚侯谋划，要大王出兵晋北。楚侯想出兵，启之想要军权，三人一拍即合！如今大王忽然出现在晋南，此事怕不简单，不然你先去大堂为晋伯卜上一卦？”

“晋伯还没叫我，此事容后再说吧！”隰叔敷衍道，和这位大夫又寒暄了两句，急急回房也修书一封，差亲信送到周王手中，将此事先行禀告。隰叔早知他们三人素有交情，便一早告知了周王宫涅，如今隰叔越查越深，最后竟摸清了周王晋南遇刺的来龙去脉，又修书一封送入京中。

晋伯得知周王在晋南遇刺诚惶诚恐，立刻朝着镐京城赶了去，生怕京中有变、再生事端。

回京的路上，夜里大军休整，军队驻扎在山中。山中白雪皑皑、寒风阵阵，周王宫涅吩咐文朔去捡柴火，自己清扫出了一片空地。他们生了火，还架了锅，将刚刚猎回来的野猪炖进了锅里。柴火燃烧时发出噼噼啪啪的声响，火光将褒姒的面颊衬得通红。她紧了紧身上的狐皮，已经不觉得那么冷了，依偎在他的身边看着两个男人沉凝的面色，犹豫了良久还是问道："大王真的觉得刺杀环莺一行的是北狄将士？"

"怎么可能？"周王宫湦对这招低劣的栽赃嫁祸和挑拨离间的手法嗤之以鼻。

"不是？"褒姒坐直了身子。

"刚才文朔也说了，这一行人早就埋伏好了，他们早就知道我们会途经那里，看似为北狄的武器皮鞭所伤，可死因却是中毒，这凶手破绽如此之多，寡人又没瞎！"

褒姒心中一凛，楚夫人三个字呼之欲出，可看着对面的文朔，又生生地将这话给咽了下去。

文朔问道："大王以为是何人动的手？"

"十之八九是楚侯！"周王宫湦倒也不避讳，褒姒有些吃惊地看着两人，明白了周王是将文朔当成了自己人。文朔也是一惊，这答案叫他觉得一时半刻无法接受，可仔细思忖了之后，他问道："楚侯想要以援晋为名，纵贯中原？"

周王点了点头。

褒姒问道："大王打算怎么办？"

"北狄派人刺杀寡人，这口气决不能忍，回京之后就出兵晋北，拿下北狄，以慰寡人随行侍卫的在天之灵。"

"大王？"褒姒和文朔异口同声地唤道。

"楚侯费了这么大的劲儿去做这等出力不讨好的事情，无非是为了援晋！若叫他如愿，寡人的命怕是得交待在他手里！"周王宫湦用拳头恶狠狠地捶打了一下地面，发出一声闷响，"秦国权力更迭，又有犬戎虎视眈眈；齐国大战刚刚结束，百姓正是休养生息的时候；宋、卫两国兵不强、将不智；启之用兵狠辣，寡人忌惮他若握有兵权，郑国会陷入水火……这天下寡人就只好倚仗他楚国了！"

"臣等愿为大王分忧，肝脑涂地，在所不辞！"文朔忽然站起身长跪在周王宫湦的面前，语气凝重、口气诚恳。天地之间忽然万籁俱静，只余下那锅里的肉发出"咕嘟咕嘟"的声响。周王捏着手里一根细细的枝丫，如秃鹰般盯着锅里的肉："楚侯大概是忘了，我大周的人还没死完！我既有百乘之军，又何须依靠南蛮之邦？寡人就让他尝尝为别人铺路是什么滋味！"

"微臣绝不负大王所托！"文朔双手抱拳信誓旦旦地说道。周王眯着眼睛瞧着文朔，可并没能因此而安心。褒姒盯着周王的眸子，想从中一窥究竟，思忖了良久，才明白周王在担心什么。用文朔是每个人都能料到的，可还需要有另一路兵马与文朔配合，两路夹击出奇克敌，楚侯也好，启之也罢，争的是另一路大军。

周王宫湦的车马一回到镐京城，万人空巷，街道两旁挤满了人，都伸长脖子，瞧着这位放手河山博美人一笑的帝王终于舍得回来了！人群熙熙攘攘，对马车中的褒姒指指点点，都想一睹她的容颜。可马车搭了帐帘，一路紧闭，缓缓地从镐京城中最热闹的一条街驶向了皇城，回到了王宫。入了宫，赵叔带与虢石父带领朝中士大夫站在宫门外相迎，见周王宫湦从马车上下来，纷纷作揖行礼：“参见大王！”

周王宫湦旁若无人地转过身，掀开马车的帘子，看着褒姒。

褒姒一手绾着头上的碎发，一手搭在周王宫湦的手上，从马车上跳入他怀中。他将她抱住，扶稳，见她完全站好，才转向朝中士大夫，用十分不满的语气说：“不必多礼！”而后俯身在褒姒耳畔说道，“寡人今日上朝，你先回东宫，寡人晚些时候回去！”

褒姒点了点头，退了一步。

周王又转向文朔吩咐：“送娘娘回东宫！”

“是！”二人待周王与群臣走后，文朔才做了请的手势，“还请娘娘回宫！”

褒姒转向文朔，微微一笑：“有劳司马了！”

“下官之责！”

褒姒颔首，提着裙角朝着东宫的方向走去，这一路上褒姒虽从未向周王主动问起过朝中形势，可不问不代表不关心。褒姒放慢了脚步，转过来看着小心翼翼地跟在自己身后的文朔：“如今朝中局势如何了？”

文朔听褒姒这么问起，心中登时一抽，不知道该不该同褒姒讲：“眼下这情势……”他话说了一半，狐疑地打量了一眼褒姒，他觉得朝中之事不该同后宫之人提起，便咳嗽了两声，企图将这个话题岔开，“如今大家都等大王回来议政呢！大王一日不在，朝中大小官员就一日不安。赵上卿与虢上卿二人政见不合，在朝中针锋相对……怕是天下间，也只有大王能居中调解了！”

“为了晋北之事？”

文朔点点头：“如今晋北节节败退，赵上卿曾是晋国出身，主张开战，可虢上卿怕大周兵马经不起折腾，直言以晋国兵力，根本不至于如此狼狈。虢上卿说晋伯是别有居心，才拒不出兵，给北狄让路的！赵上卿则一口咬定是晋国权力更迭，如今朝中无人。二人各执一词，谁也说服不了谁！”

“如今战事又起，仗不能不打！司马恐怕双拳难敌四手，东征刚胜，又要北伐，怕将士们也是心有余而力不足啊！”

文朔的面色一阵尴尬，当日从晋南返回镐京城的途中，只要周王不提，褒姒便对时局不闻不问。如今刚到京城，褒姒便问起自己。文朔觉得褒姒话里有话，可又不能不接她的话茬儿：“此战微臣竭诚尽忠，万死不辞。如今北狄、西戎和东夷合为一路，在下虽愿竭诚尽忠、万死不辞，可并没有十足的信心！”

“以将军之见，这场仗还需要谁？”

文朔思忖再三：“楚国国大，秦军铁腕，郑国则有郑将军能克大军，只要有一路支援，我都能以百乘破敌，将敌军驱逐晋北，收复失地。”

褒姒微微点头，楚国、郑国自然不在话下，只是她没想到文朔的名单中还有秦国：“秦侯死后，秦国军权应该还在洪德手中，如今他带兵与西戎对峙，不知他是不是将帅之才？”

“自然是了。”文朔点点头，一来他不清楚褒姒与洪德交恶一事，不敢说洪德的不是；二来洪德确实擅长谋划与调兵，与启之一文一武，退敌几乎不费吹灰之力，“这次与犬戎对峙，全赖世子谋略！”

“如此说来，若举荐洪德与你御敌，司马可有胜算？”褒姒这话的弦外之音再明白不过了，文朔立刻说道：“待大王与卑职商议此事，卑职定当推举世子率秦军前往北狄之地与敌军周旋。”

褒姒点了点头，很满意文朔这番话，这叫文朔也舒了口气，深知宫里的波澜诡谲，好在他们二人已经行至了东宫门外，文朔向褒姒请辞：“大王还让在下前往显德殿候着，同虢上卿、赵上卿商议退敌一事。”

褒姒挥了挥手：“去吧，莫耽误正事儿！”

“是！”文朔目送褒姒进了东宫，转身朝显德殿的方向去了。瞧见褒姒回来，下人赶紧迎了上去，整个人都显得慌乱：“褒后恕罪，奴婢不知道褒后今日折返，未能出城相迎……”

褒姒摆了摆手：“无碍。”

“谢褒后。”下人作了揖，一路跟随在褒姒身侧，“褒后走后不久，郑伯就将王子送了回来，只等褒后回宫了！”

“哦？”褒姒停下了脚步，转向说话的人，“念儿回来了？”

“是！正在里面和秀秀姐姐玩呢，要奴婢进去通报一声吗？”

褒姒微微摇头：“不必了，他还好吗？”

“王子没什么不好，只是这些天褒后您不在，他总念叨您呢！”

第四十三章

母子重逢泪满襟，百官堂前逼周主

褒姒抬步朝大殿的方向走去，急不可待地想见一面念儿。念儿知道自己的母后马上就要回宫，日日都按捺不住性子，每天在大殿中候着，一步都不肯离去，不停地问秀秀：“怎么娘还不回来？不是说司马已经去接了吗？这都几日了，还不见动静？”他说完就想往屋外跑，秀秀跟在后面，追不上一个两岁的孩子。今日，念儿才抬腿踉踉跄跄地跑了两步，就瞧见褒姒从门口进来，她散落的发丝被阳光晒得金黄，白皙的肌肤透着光。她瞧见了正盯着自己的念儿，可念儿却硬生生地顿住了脚步、敛起了表情，怔怔地看着褒姒，就像在看一个陌生人。念儿眨了眨眼，委屈地哭了出来，他觉得自己曾经熟悉的那个母亲不见了。

“念儿？”褒姒急急地朝着念儿冲过来，想将自己的孩子抱在怀中。

念儿却带着哭腔跺着脚：“我讨厌你！”他冲着褒姒大吼一声，“娘说话不算话，将念儿送去郑国，又不来接念儿，念儿讨厌你！”他说完就扭头回了寝宫，留下褒姒愣在原地。一旁的秀秀不知所措，看着念儿的背影又看着褒姒，良久才想起了行礼作揖：“参见褒后。”

“委屈你们了！”褒姒目光沉凝道。

“褒后九死一生，如今丹凤朝阳，恭喜您。”

“日久不见，怎么生分起来了？”

秀秀张了张嘴，抿着嘴唇笑了。

"是我不好，当日答应了他又没能承兑。"

"不是……"秀秀赶紧摇头，"这两日得知您要回来的消息，他在房中一刻都待不住，这不……刚刚还吵着嚷着要去外面接你，奴婢在后面追都追不上。他不过是见着褒后了，心里踏实了，可一口气还没消，便要对您发发脾气。当日在郑国，王子没少哭闹，我和廿七两个人都哄不住他一个，如今见了褒后，心中必定欢喜得很。"

"这些日子辛苦你了。"

秀秀低下头："都是奴婢该做的事情，哪里辛苦了？郑伯同我说起您后来在宫里遇到的事情，此事我不敢和王子说，怕他受不了。在狱中，只怕嬴德不会放过你，若不是大王及时回宫，你们母子……"

"只是旅途劳顿罢了，过去的事情都过去了！"

柱子后面忽然传来了啜泣声，褒姒同秀秀转过头去，念儿才赶紧擦了擦眼泪，转身躲在柱子后面，深深地吸了几口气。褒姒看着念儿的方向蹲下了身子，用舒缓的音调叫道："念儿？"

念儿不搭话。

"念儿？"褒姒又叫了一声，"是娘对不住你，将你送出宫又没能及时接你回来，是娘不好，念儿不要责怪娘了。娘无时无刻不在记挂着念儿，这分离如锥心之痛，日后不管发生什么事情，娘都答应念儿，绝不扔下念儿好不好？"

"哇……"

柱子后面忽然传来了一阵大哭，念儿猛地转过身就朝着褒姒的方向跑了过来，径直地扑进她的怀里："娘不要丢下念儿！"

褒姒将念儿从地上抱起来，擦干了他眼角的眼泪："再也不会了。"

念儿不说话，伸手搂着褒姒的脖颈，紧紧贴着她的面颊。褒姒轻拍着念儿的背，和秀秀交换了一个笑意，很认真地说道："娘再也不走了。"

"念儿会保护娘的！"念儿用稚嫩的声音信誓旦旦地说，褒姒也很严肃地点点头，应了一声："娘相信你。"

后宫是母子情深，前殿却是刀光剑影。楚侯熊仪在京中等了数月，如今盼到周王回来，急不可待地要请战晋北。力挺出兵晋北的士大夫纷纷上奏陈情，肆意夸大眼下晋北战局，将晋北几座城池说成是血流成河，晋人流离失所，北狄势如破竹，仿若国之将破。如此危言耸听、骇人听闻的句子排山倒海而来，很快将那些并不在这个阵营中的人拉拢了过来，大家纷纷向周王陈情："请大王出兵晋北！"

"当日齐伯不能力克东夷，连累我大周兴兵，却遭嬴德乘虚而入，几乎有亡国之难。如今晋北又陷入战局，晋伯无能，又要我大周兴兵！晋伯不派兵增援，却找我大周这远水解他近渴，让北狄将士以逸待劳，也不知主张出兵之人都安的什么心？”虢石父站出来向周王上谏，朝中士大夫就此分成两派，吵得不可开交。

主张出兵的一派表述晋国虽是诸侯的分封之地，却也是大周疆土，大王今日不管，明日北狄军营的号角便会在镐京城外吹响，今日周王能坐看晋北失守，明日便是镐京之战；而抵制出兵的一派则援引当日镐京城失守，将晋北逼大王北伐说成是调虎离山的阴险计谋，待周王大军去了晋北，诸侯们便联手攻陷镐京，这一派的人甚至不惜援引商纣王时期朝歌陷落的案例。

楚侯据理力争，虢石父旁征博引，两派的激战相持不下，各自都是有理有据。

吵到最后，楚侯说起了周王此行遇刺一事，周王宫涅大喝一声“够了”，继而从自己的椅榻上猛然站起，径直朝着前殿大门走去：“等你们争论出个结果来，再向寡人汇报，吵得人心烦。”他扔下这话给众人留了一个背影，晾下满朝文武面面相觑。虢石父看了一眼楚侯熊仪：“楚侯还要继续同在下争辩吗？”

熊仪黑沉着一张脸，扔了句“哼”就从前殿退了出来。前殿中的士大夫原本就对周王宫涅的回朝和议政感到大惑不解，再听见楚侯熊仪说起周王遇刺一事，这些士大夫更是心中倒抽了一口冷气，为眼下凶险的时局捏了把汗。

赵叔带今日出奇安静，在这场争执中一言不发，静观时局，他拿捏不准大王的想法，只得在此刻问起虢石父。虢石父笑得高深莫测，什么都没说就从前殿退了出去。如今的赵叔带，心中为枷锁桎梏，让周王出兵，他怕别人说他有私心，身为太宰上卿，却只顾诸侯安危；不让大王出兵，也怕别人说他有私心，静观晋国时局，为世子姬仇夺爵争取机会……不管自己被说成哪种心思，往后的日子怕是都不会好过了。

周王从前殿离开，直奔显德殿，文朔和郑伯友早就得令候在这里了，郑伯友从文朔口中得知周王一行遇刺的事情，紧张地问道：“大王和褒后……”

“大王和褒后早就离开了随行的队伍，先到了晋南，所以路上没有遇到风险，在下刚刚送褒后回东宫了。”

“大王去晋南做什么？”

文朔摇了摇头，表示并不知情。可郑伯友的眉头却隆了起来，晋殇叔有意给周王一个难堪，周王也就不会让他好过了：“晋北之战大王做决定了吗？”

“要打，行刺一事虽然未必是北狄所为，可大王打算借此出兵，拿下北狄。”

“你做主帅？”

“只说了我率一路出征，但还有何人、兵分几路大王并没有说。”

“如今番邦三国联手，我大周却刚刚经历了齐夷之战、秦国之乱，这场仗不好打！加上晋伯拒不增援，如今恐怕敌军士气大增，我军相反，若是打，我们不占优势。”

“微臣也是觉得若只有微臣一人，恐难以应战。”

“十之八九由启之出战。”

“未必……”文朔赶紧摇了摇头，这叫郑伯友狐疑地看着他：“怎么说？”

文朔刚准备开口，周王就已经从前殿回到了显德殿，门外的侍卫向周王行礼作揖。听到周王匆匆的脚步声，文朔和郑伯友相互交换了一个眼神，没再继续说下去，都转向门外，待周王进来，二人躬身拜谒：“参见大王！”

“有劳郑伯将念儿送回！”

“微臣之责。”

“启之什么时候到？”周王宫涅开门见山地问道，他在案前坐下，看着郑伯友问道。这话令郑伯友和文朔二人再次交换了一番眼神，“微臣前些天接到启之来信，西面的局势已定，只是碍于没接到大王信函不敢妄动！”

“叫赵叔带草拟旨意将启之召回吧！”

“是！”

“再拟道旨命齐姬入京！”

“现在？”郑伯友吃惊地问道。

“有什么问题吗？”周王宫涅的口吻严肃，有种居高临下的威严之态，郑伯友不敢多言，只是说道：“微臣明白了！”如今叫齐姬入京，是要启之在京中完婚。可晋北一战，迫在眉睫，又等不及大婚之期。或许如文朔所说，周王这次未必会点启之出兵，可不是他又该是谁呢？郑伯友满腹疑窦地从显德殿退下，去太宰宫了。殿内便只留了文朔一人。

“晋北之战你有什么看法？”周王看着文朔问道。

“微臣以为，眼下北狄、东夷、西戎三路合一，若正面出兵，微臣恐才疏学浅、难以应对。若有一路兵马侧面夹击，我军转守为攻，必能力克北狄！”

“莫说是你了，如今这战局，谁也没有必胜的把握！”

“此战绝不能输！”文朔提醒道。

“寡人知道。”周王宫涅的面色极为严肃，这场仗对他来说有多重要他十分清楚，“依你之见，你还需要何人出兵相助？”

“楚国狼子野心不能委以重任，公子启之又大婚在即……”文朔的话还没有说完就被周王强行打断了。“不必替寡人考虑，你觉得何人可以，但说无妨！”

“是！”文朔双手抱拳作揖，“微臣以为褒国世子洪德颇善谋略，能以奇兵制胜，若与微臣两路合击，攻下北狄，指日可待！”

“洪德……”周王的手指轻轻地敲打在桌案上，发出“当当”的声响，令这屋子里的气氛变得安静而诡异。周王的面色一阵阵地泛青，口中轻哼，洪德并非武将，文朔能在这个时候举荐此人，怕是刚才来的路上褒姒同他说了什么。他还以为褒姒九死一生之后真的转了性子，现在看来倒是他错看她了。

落日余晖洒落，整个后宫都是金灿灿的一片。褒姒正坐在东宫前院里，一面和秀秀说话，一面看念儿耍着从郑世子掘突那里学来的拳法，打得是威风凛凛、虎虎生风的，褒姒对秀秀笑着说道：“这郑世子对念儿倒也用心！”

“王子在郑府上住，郑伯忙于公务，多亏世子照拂，他们二人倒是投缘，世子每日教王子念书骑马，不敢怠慢。”秀秀将念儿深得掘突照拂一事说给褒姒，褒姒听后颔首：“倒是虎父无犬子。”

“郑世子自小在军中长大，能文善武，这些年世子颇得郑国士大夫的赏识，在郑国也颇有声望。郑伯担心世子锋芒过盛受到折损，前些年便将他打发去边关驻守了，若非前些年的变故，世子也没这么顺利回来！只可惜……”秀秀说着叹了口气，说起郑家的事情，秀秀如数家珍，面上露着些欣喜之色。

“此事轮不到你我来操心！”褒姒知道秀秀担心什么，公子启之如今立下大功而返，郑国朝中公子启之一派必会死灰复燃，郑世子前路难料。褒姒知道此事周王早有安排，她不能直接插手，又顺口问了一句：“这位世子可曾婚配？”

“未曾……”秀秀摇了摇头，“褒后莫不是想替郑世子说和一门婚事，与邻国诸侯联姻？”

“本宫只是想起你也到了婚嫁之年，尚未婚配。”褒姒掩嘴笑了出来，这句话却令秀秀吃了不小的一惊，赶紧在褒姒面前跪了下去：“秀秀不嫁人，秀秀愿在宫中出入褒后左右，辅佐王子一世！”

“这宫里的女人不渴望嫁出去的，只有一个原因。”

褒姒这话叫秀秀心中一紧，面色无比苍白。这话里的意思再明白不过了，就是说宫里的女人若不愿意出嫁，便是一心爱慕周王。秀秀觉得百口难辩，张着嘴看着褒姒，重重地在地上叩了一个响头，磕得额角泛青。褒姒急着伸手去拦她，秀秀却很郑重其事地看着褒姒：“秀秀只想在宫中侍奉褒后、王子，绝无二心！秀秀愿在此立下毒誓……”

"什么事情这么严重？"周王宫涅的声音传了过来，两个女人都是一惊，朝他看了过去。他大步地朝着褒姒的方向走来，面色微沉，看着地上跪着的秀秀，眼眯在一起，用略带沉闷的音调问道："怎么还闹到要发毒誓的地步了？"

褒姒一听周王这话，再看他面上的颜色，就知道周王正在气头上。她走到他身边挽住了他的胳膊，故作随意地说道："臣妾只是同秀秀说，她也到了婚配的年纪，该嫁人了。"

周王的目光漫向别处，看着正在练拳的念儿，眉头紧锁，褒姒说了句玩笑话，可他的面上却没有一点笑意。褒姒赶紧给自己打着圆场："开个玩笑而已，大王也当真了？秀秀不愿意嫁便不嫁吧，等想嫁了，再说这话。"她看向远处，开口叫道，"念儿？"

念儿停下自己的动作，眼睛忽闪忽闪地朝着褒姒跑了过来，口中囫囵地叫了声："娘……"然后一把抱住了褒姒的腿，褒姒面上带着笑，弯下腰去将念儿抱在怀中，让他面向周王宫涅："叫父王。"

念儿看着周王宫涅，怯生生地叫了声"父王"，又转回来缩在褒姒怀中。

周王宫涅看着念儿的模样，倒真是越来越像他了，表情这才轻松了起来："一转眼……念儿都这么大了，寡人上次见他，他还只是个没断奶的孩子！"周王这话说得很慢，这让褒姒意识到了周王的盛怒，她转向秀秀，把念儿交到她手中，"带念儿先下去吧！"

"是！"秀秀领了念儿从大殿中退下，看着褒姒的目光中流露出了一些担忧，怕周王不知何故迁怒于褒姒。褒姒摇头示意秀秀没事儿，秀秀这才退下，将大殿的门轻轻关上。

"秀秀？"念儿仰头看着秀秀。

"嗯？"秀秀应声道。

"娘和父王怎么了？"

"没事儿。"秀秀拍了拍念儿的背，可自己也满面担忧。她拉着念儿回了他的寝宫，心思却都留在了大殿之上。看着大殿的门慢慢关上，褒姒转向周王宫涅，伸出手想要帮他理一理他的衣领，周王忽然抓住了褒姒纤细的手腕，目光阴沉地盯着她："你和文朔说了什么？"

"如今晋北之战，大周兵马想要完胜太难，大王这一仗不能输。"

"让洪德率兵攻打晋北，让他在军中得胜立功，你可以来和寡人说，不用假别人之口，寡人不想做你们弄权的对象！"周王宫涅大声地呵斥道，指着褒姒一字一顿，“面上做出一副不再插手寡人之事的样子，背地里却和寡人玩起了手段？”

“这场仗大王不能用楚军，唯有秦兵的实力可以与西戎、北狄、东夷三路相抗，臣妾担心大王碍于臣妾不愿用洪德，才请司马举荐他。”

“不要把自己说得这么大义凛然，便是楚军不能用，不也还有公子启之带郑国兵马前往晋北？举荐洪德是要保郑伯友的军权，是不是？”周王宫涅咬牙切齿地瞪着褒姒，“如此一来郑国便可为你所用，洪德若败，你除掉了自己的心腹大患；洪德若胜，你非但有了郑国这个靠山，在朝中还有立下赫赫战功的洪德……”

“大王你又妄自揣测臣妾了！”

“寡人说得不对？”

“晋北之战公子启之若不参与就夺不了郑伯爵位吗？洪德若是大败，臣妾便能高枕无忧了吗？当真不会受到牵连吗？臣妾不想和大王吵架，可是可不可以不要每次说到这些事情，大王就要质疑臣妾的用心？大王若不想臣妾插手，就不要在臣妾面前忧心忡忡，不要和臣妾说起朝中之事！”褒姒发了狠似的说道。

周王宫涅看着面前的褒姒，知道自己这番话又伤到她了，拉起她的双手：“你知不知道，妻子和臣子是不一样的！”

褒姒看着周王宫涅不明所以。

“是不一样的。”周王宫涅又重复了一遍这句话，“你既然能同寡人谈论家国政事，就不该以妻子的身份来要挟寡人。为人臣子者，君要臣死臣不得不死，你有忤逆寡人的心，却没有能说服寡人的理，寡人治你一百次死罪也是可以的！可为人妻子者，该是夫君想尽一切办法去宠、去爱的，便是有千般不是，万般不对，也要尽力去爱。”他抚摸着褒姒的脸颊，“别总是叫寡人有种你是寡人朝堂臣子的错觉，那寡人也就忍不住会用对臣子的态度来对你！”

褒姒没想过这件事情，如今周王说出来她才意识到自己和周王宫涅的谈论，和那些自以为聪明的大臣令人生厌的行为其实一样，她将脸贴在了周王的脸上，于心不忍：“臣妾明白了，只是大王为臣妾着想，不妄动郑伯，又拉拢嬴开，臣妾就不能不为大王考虑，这场仗若不是没有别的打法，您也不会整日愁眉不展了。”

“洪德出征，胜了自不必说，是个万全的结局。可若战败，楚侯熊仪、公子启之绝不会轻易放过褒家和你的。他们会借这件事情大做文章，届时你这条命便是不交待在寡人手里，怕日子也不会好过！”

“一个女人深居后宫，能为大王分忧的也仅此而已。”

“寡人有时在想，”周王宫涅也贴着褒姒的面颊，“若能为你不朝，卧榻不出，日日宠幸，夜夜欢歌，又有何不可？”

“过不了几日，大王就腻了。”褒姒说道，嘴角微微地弯成了浅浅的弧线，心中被填得满满当当。有些话她该直接对他说的，不必同他绕弯子，只是在宫里太多年的隐忍和谋划，叫她早就忘了如何开诚布公，“哥哥虽没上过战场，可是秦兵向来训练有素……”

“若以百里成带兵，此战必胜！”周王宫湦并不否认褒姒的观点，可这话说出口，褒姒的眉头却锁在了一起：“不能用百里成！若用百里成，犬戎必会回撤攻打秦国，秦国兵力匮乏，只怕不日便破！”

“如今寡人力排众议请洪德出征，怕是日后洪德若败，寡人再请诸侯救援难免被动；可他日若是秦国被困，寡人调兵，诸侯们也不能再说什么。”

褒姒明白这重顾虑，她只想着她不害怕被牵连，却没想到若真的兵败，那今日主张用洪德的周王才是真的众矢之的。犹豫再三，她朱唇微启又合上，犹豫良久之后才说道：“大王不必顾虑臣妾，若公子启之可用，但用无妨！”

周王宫湦没有明确地回答这个问题，只说了句：“容寡人再想想！”话音才落，秀秀就匆匆地敲门而入：“大王，褒后，赵上卿正在门外候着，说有要事启奏！”

“不见！”周王宫湦想也不想地答道。

“赵上卿说请大王务必要见，好像是从晋北带回了什么信。”

周王看了一眼褒姒，褒姒微微点头：“赵上卿不是个不分轻重的人，大王还是见一见吧。臣妾吩咐下去叫他们备些晚膳，你忙了一整日，也该休息了。”

“也好！”周王宫湦吩咐秀秀将赵叔带请到书房，他先朝着书房走了去。赵叔带从门外进来，身后还跟着一人，他走到褒姒的面前，向她问了安，褒姒打量了一番跟在赵叔带身边的人：“晋国使臣？”

赵叔带点了点头。

“要说什么事儿？”褒姒问道。

赵叔带摇了摇头：“除非见到大王，否则什么都不肯说，微臣见如今事态紧急，才出此下策，望褒后体谅。”

“本宫体谅与否并不重要，大王正在气头上，舅舅不要激怒大王就是了。”褒姒吩咐道，请秀秀为赵叔带带路，将二人送进了书房。秀秀转身折回来赶紧问褒姒：“大王没将您怎样吧？”

褒姒摇了摇头。

“王子有些担心……”

“我去陪陪念儿，”褒姒点点头，示意自己知道这件事情了，“你先去请膳房准备晚膳吧，清淡点，大王这一路旅途奔波，是该好好休息休息了！”她说罢朝着念儿的寝宫走去。念儿正握着笔在布帛上乱戳，满满都是鬼画符的墨渍，心不在焉地竖着耳朵听门外的动静。听见褒姒的脚步声停在了门外，他就从桌案前飞奔到房门口，一把拉开了那扇笨重的木门，掀起的风将褒姒耳边细碎的发丝撩起，她愣了一下，才莞尔一笑。

念儿瞧见是自己的娘，立刻一脸目眦欲裂的模样朝着门外就要冲去：“父王欺负娘，父王是坏人，孩儿要为娘报仇！”说完就发狠了似的要冲出去，褒姒却将念儿抱了起来：“父王只是和娘说些事情，不是欺负娘！父王保护咱们娘俩还来不及呢，怎么舍得欺负……”她说着，尾音拉得长长的，目光不知不觉地望向了远处。褒姒紧了紧怀中的念儿，拍了拍他的后背，觉得无限欣慰。她抱着念儿，想起了三年前在秦府门外与嬴德对峙，她难得怀上的孩子也因此而流产。

褒姒心中哀叹，向自己未及出生便殒命的孩子默默说道：“你父王替你报仇了！”

念儿感觉得到褒姒心中的冷意，伸出小手将她搂得更紧了一些。他们两个人，一个一出生便失去了母亲，一个失去了还未出生的孩子，从此相依为命。

“母后……”念儿轻声地嘟囔道，“父王是不是不喜欢念儿？”

“等你长大了，就知道当大王的人只能将喜欢与深爱埋藏在心底。”褒姒轻声说道，将念儿搂得更紧了些，“你父王，是最伟大的王。”

念儿似懂非懂地点点头，这一天让他觉得疲惫不堪，渐渐地睡了过去。自小他就常听褒姒给他讲周王宫湦带领千军万马冲锋陷阵的故事，那时候的念儿只能睁着明亮的眸子，幻想着自己也在那个故事里拥有一席之地，幻想着自己父亲的模样，拿身边熟悉的人去作比，有时猜测也许父亲像是赵叔带，有时猜测自己的父亲像郑伯友，有时又猜测自己的父亲会不会像掘突？

直到今天真的见到了父王，小小的念儿才觉得，父王身上的威严，别的男人都比不了，褒姒说：“这是王者的姿态。”年幼的念儿将这种姿态铭记于心，不敢忘怀。

东宫的书房中发出一声闷响，是书卷被掀翻在地的声音。褒姒的手下意识地一抖，将睡着的念儿轻轻地放回床上，疾步朝书房走去。门半掩着，赵叔带和晋国使臣已经离开了，只有撑着桌案喘着粗气的周王宫湦。他面色黑沉，地上满是散落的卷轴。褒姒敲了敲门，周王宫湦并不应答，她便推门而入：“怎么了？”

周王宫湦只是喘着气不说话，他正在气头上。褒姒弯下腰去将卷轴一一捡了起来，中间夹杂了一张很薄的竹片，落款写着隰叔二字，此人是谁，褒姒并不清楚，可内里的字，褒姒却认得，此人说公子启之、楚侯熊仪与晋伯三人密谋截杀周王，逼迫周王出兵，晋国并非没有兵力与北狄抗衡，是晋伯欲效仿齐伯借周王之手夺北狄之地。

"公子启之……"褒姒小声地重复了一遍这四个字，满面忧色。周王的愤怒并非是因为时局的凶险，而是手足背叛，启之与晋伯、楚侯合谋出兵倒罢了，连刺杀也有他的一份，周王回过神来就用低沉的嗓音说道："晋北一事，用洪德！"

"是！"褒姒应道。

"一会儿差人去给太宰宫送个信，说寡人不上朝了！"

"不上朝了？"

"嗯……"

"赵上卿问起来该怎么答？"

周王宫湦一拍桌案，发出一声巨响："寡人做什么还得向他交代吗？"

褒姒愣了一下，赶紧说道："是！"她正准备出门，周王又叫住了她："就说寡人要在东宫管教儿子，等公子启之回来了，再叫寡人上朝，寡人就看看他在朝堂上怎么说！"

"是！"褒姒点了点头，"晚膳大王是在大殿用，还是叫人端进来？"

"在大殿吧。"

"念儿刚才睡下了，今儿他也累了。"

"那就端进来吧，寡人想静一静。"

"是。"褒姒转身走到门口，周王宫湦忽然又叫住了她，"你陪陪寡人？"

"嗯……"褒姒抿了抿唇，朝大殿走去，吩咐了刚刚从膳房回来的秀秀将晚膳端去书房，又另外安排了人手去太宰宫说明周王这几日不上朝一事。周王说待公子启之回来再议，像是传达了他准备起用公子启之攻打晋北的态度，这几日镐京城人心惶惶。

此事也传到了掘突的耳中，他从门外奔进来，大声地喊道："爹……爹……"

"什么事儿一惊一乍的！"郑伯友重重地将手中的茶杯放在桌上，不满地看着还有些孩子气的掘突。他的一旁坐的是前来拜访的文朔，郑伯友准备出行迎亲，文朔是送行的。看着掘突跑进来，文朔也有些吃惊，掘突在军中多年，若不是有大事儿，决不会如此莽撞。

"宫里传出了话，说这场仗得小叔去打！"

郑伯友皱着眉头，闭着眼没说话，掘突以为自己的父亲还没明白，就解释道："就是晋北的那场仗！"

"怎么可能……"文朔难以置信地说道。

"怎么不可能，大王从来就当小叔是左膀右臂，他一直忌惮父亲，如今交了兵权，正好除掉父亲。此事爹得找褒后说说，看她能不能在大王面前说上话，让大王收回成命！"

"胡闹！"郑伯友一拍桌子，瞪着掘突，"你当朝堂是过家家吗？大王怎么安排自然有他的道理，说换谁就换谁、想换谁就换谁，还有没有规矩了！"

"此事……"文朔插了句嘴，"怕是褒后也帮不上忙，若褒后能劝得动大王，大王也就不会派启之出征了。褒后的意思想让洪德带秦兵，可如今大王若是决定叫启之去，怕是……"他说完，用担忧的神色看着郑伯，一旦让启之拿到军权，郑伯的爵位也就岌岌可危了。

"便是大王不信任秦国与洪德，我们郑国也不是只有小叔一人会打仗啊！"掘突扔下这话朝门外走去，一副怒气冲冲的模样。文朔有些不安地问道："世子这样贸贸然的，不会出什么事儿吧？"

"能出什么事儿？"郑伯友十分不满，"我这次去齐国迎亲，这里的事就交给你了，掘突性子顽劣，你得帮我盯着他！家里若有什么琐事需要帮忙，我叫廿七差下人去找你……"他说完长叹了一口气，摇了摇头。

"郑伯是放心不下褒后？"文朔揣测地问道。

郑伯友摇了摇头，目光盯着远方："我总觉得这一趟要有什么大事儿发生。"

这一日的镐京城，乱的不仅仅是郑府。郑伯友要出趟远门，操不上京中的心，文朔援战一事已经尘埃落定，只等大王下令，挥师北上。而楚侯的心也像是被猫爪抓得难受，此事是他做的铺垫，找人冒充北狄之人刺杀的周王，而后又联络朝中士大夫请战……最后领功的却是公子启之。这让楚侯怎么想怎么觉得咽不下这口气，正踌躇要不要进宫探听虚实之时，下人就来报说是晋伯到了。

晋伯从晋国都城匆匆而来，同楚侯寒暄了两句，便说起了晋北的战事，询问大王是否还朝。得知大王准备迎战，只是在等公子启之一事，晋伯便松了口气。同楚侯计较起在晋南行刺大王一事，直言楚侯这是在陷自己于不义，楚侯便将矛头转向启之，分析如今大王派启之作战，恐怕是意在晋国。

晋伯刚刚放下的心，又提了起来。

二人谋划半晌，晋伯为免除后患，答应了楚侯他日上朝必定请楚国出兵增援。

第四十四章

周王自有过河计，楚侯难为无米炊

此刻的周王在宫里，温香软玉、美人在侧，父慈子孝，日子过得惬意得很，却让其他人整日提心吊胆的。大臣们对眼下的时局拿捏不定，嫔妃们对眼前的形势判断不清，人人心中都有一杆秤，却不知道这个秤的两头该放些什么。

东宫的大门紧闭，除却每日前来奏乐的司徒府上的人和少数几个文臣武将之外，就再没有人能踏入其中了。褒姒为周王宫湦研墨，他在白色的布帕上绘制晋北的草图，根据探子发回来的消息，将北狄、东夷和犬戎的排兵布阵补了上去。褒姒站在周王身边静静地看，来去都不发出丝毫声响。

周王宫湦落笔，看着这绘制而成的图，已将自己的想法都写在了上面，这才放下笔墨，抬眼看着褒姒，惊讶地问："你怎么在？"

"臣妾若不在，谁为大王研的墨？"褒姒笑道。

周王宫湦大笑了出来，伸出手看着褒姒，褒姒将纤细的手指搭在了周王宫湦的手中，被他一把拉进怀里。他搂着她："寡人一时竟忘了自己还在宫中，以为是晋北草原呢！"

"大王是恨不能亲自去打这一仗？"褒姒佯装生气地问道。

"寡人从今往后不会再带兵出征了！"周王宫湦说这话的时候眸子里有着一瞬的暗淡，虽然转瞬即逝，可还是被褒姒捕捉到了，她仰头问道："为何？"

"寡人不能叫你再受连累，想多陪陪你。"

褒姒深知自己夫君向往征战沙场的戎马生涯，可为了他的妻子、他的褒姒，甘愿卸下金戈铁甲，从此只为一人心。她吻了吻周王的唇，他抱着她的手越来越紧，两人之间的距离也越来越近。

寝宫中满地衣裳，阳光洒在衣服上衬出一道道斑驳，灰尘正在光束中起舞。褒姒趴在床上，周王宫湦抚摸着她的肌肤，俯瞰着她。秀秀很着急地敲了敲门，推门而入，没想到周王宫湦今夜在寝宫，只得深吸了口气，面色通红地说道："大王恕罪，娘娘恕罪，臣妾不知道……"她越说越羞，头越来越低，准备转身出去。

褒姒扭过头看着进门的秀秀："何事？"

"念儿说，想出门去放风筝，今儿风大，奴婢拦不住！"秀秀回话道，不敢抬头，满地的衣物叫她觉得面色绯红，说话中也带着几分颤抖。

"去吧，看好他！"褒姒吩咐道。

"是，娘娘。"秀秀退了出去，将门关上。

褒姒又转向周王宫湦："大王真的不打算上朝？"

"嗯！"周王宫湦点了点头，抚摸着褒姒，爱不释手。

"不怕他们等急了？"褒姒问道。周王宫湦笑了出来："不怕，就是要他们等！"他俯下身子在褒姒的耳畔说道，"等得越久，就越容易屈服。"

"所以大王叫臣妾等了两年？"

"寡人舍不得叫你等。"周王宫湦摸着褒姒的面颊，"寡人宠幸桑珠的时候就想，让你等一等，挫挫你的锐气，可你却将寡人拒之门外。寡人求之不得，辗转反侧而夜不能寐。桑珠加封当日，寡人叫人将她锁在郑夫人的柴房里，才叫你代她侍寝的。"

"原来是大王所为，难为桑珠到死都以为是郑夫人和臣妾有意为难，却不知自己痴心错付。"

"后来郑夫人小产，寡人也想叫你等，让你知道在这宫里，不能由着你的性子。却不知，你走到那一步，是拼上了性命的，就为了不让寡人为难，就为了不让寡人在朝中失去威信！"

褒姒只是看着周王宫湦："如今时过境迁，大王不必再提了，只要日日看着你，日子怎么熬都不算苦。"

"从此往后，寡人的身边就只有你一人！"周王宫湦看着褒姒说道，表情严肃，这话绝非说说而已，他是认真的！褒姒心头一凛，此事于情不符、于理不合，“此事怕是不妥，若是大王只……”

“寡人已经决定了。”周王宫涅强行打断了褒姒的话，叫她不要再说下去，“从今往后，给寡人在东宫里安个家，寡人夜夜都要回家看看！看着你、看着念儿，听你教念儿读书认字，这才是为人夫、为人父的一世之福。”

“大王，如今天下未定，这么做多有不妥。”

“天下未定？两百多年的先贤都定不了天下，寡人何德何能！”周王宫涅问道。

这一日的晚些时候，阳光懒懒地褪去，冬季里难得温暖的一日叫人浑身上下都提不起劲儿来，寝宫中安静得能听得见时光的流淌。褒姒和周王宫涅的额前满是汗水，发丝被汗水浸透粘在了额头上。

两人一言不发地躺着，心事重重。周王宫涅若以天子之威，派遣任何一路诸侯发兵晋北原本都是一件再普通不过的事情，可如今却牵扯到诸侯们各自的野心，让人举棋不定。

门外忽然响起的敲门声打破了这静谧，褒姒转向门外问道：“何事？”

门外的秀秀向褒姒回话道：“王子被楚夫人带走了！”

“什么？”褒姒猛地从床上坐起身，拉过衣裙套在身上，匆匆过去开门。秀秀低下头去，慌里慌张地说：“刚才我带着王子在外面放纸鸢时撞见了楚夫人，楚夫人执意要将王子带回西阳宫，说什么都拦不住！”她说这番话的时候急得满头大汗。

“我去西阳宫看看！”褒姒理了理自己的头发，重新绾了一个发髻。

“还是寡人去吧！”周王宫涅拉住褒姒，褒姒摇了摇头：“楚夫人不敢拿念儿怎么样的，她掳走念儿无非是想知道大王的近况，这种事情还是叫臣妾去处理吧？我不开晨谒，大王又不上朝，踩到他们的底线了。”

“若她有意为难你，不要和她硬碰硬！回来找寡人。”周王宫涅嘱咐道，有些担心，不知自己将褒姒推上后位是不是有些为时尚早。褒姒点了点头，披上了自己的棉袄便带着秀秀一并出了东宫。走到宫门口，褒姒忽然停下来，她看见了候在门外的掘突，目光微凝。

秀秀心下一惊赶紧解释道：“褒后，他……”

褒姒伸了伸手，示意秀秀不必再说下去了：“这些日子有劳郑世子照顾念儿了。”

掘突只见过褒姒一面，他虽对褒姒记忆犹新，却没想到褒姒能记住他。因而他便对自己今日的莽撞感到有些惭愧："褒后客气了，在下只是略尽绵薄之力！"

"入宫……"褒姒说着拖长了音调，又看了看秀秀。

"不是！"秀秀赶紧摇头，"世子是为了……"她说了两句，说不下去了，只用手捂着嘴不再言语，秀秀沉默了片刻又回过神来，"我们还是赶紧去找王子吧？"

"秀秀说得是。"掘突赶紧接上了话茬儿，做了一个"请"的手势。褒姒颔首，却示意掘突过来，她随意地问道："何时入的宫？"

"一个时辰前！"掘突如实答道。

"怎么入了宫也不来拜谒大王和本宫？"

"在下失礼了，看见王子在放纸鸢，担心他跑起来，秀秀追不上，便同他们玩了会儿，未能及时拜谒，还请褒后恕罪！"

"这有什么罪？"褒姒轻笑了出来，"日后想来陪念儿，来便是了。这两日大王没有上朝，外面乱了方寸吧？"

"倒也没有……"掘突说完这话顿了顿，下定了决心，"在下听闻家父在镐京城中曾有恩于褒后？"

褒姒看着掘突，敛起了面上的笑意。

秀秀在原地跺了跺脚，不停地给掘突使眼色，只想让掘突将这话题收起来。今日掘突入宫所为何事，秀秀再清楚不过了，她已经劝过掘突了，却没承想他性子这么犟。掘突虽看见了秀秀的暗示，却执意说了下去："家父若有恩于褒后，如今你们为何要恩将仇报？"

"本宫如何恩将仇报了？"

"人人都在传小叔要前往晋北，这不就是逼家父将郑国的军权交给小叔吗？小叔原本就觊觎家父爵位，一旦放还兵权，小叔他们绝不会留家父一条活路！此事难道褒后看不透？"

"大王准备派谁前往晋北，本宫尚且不知，宫外之人哪里来的消息？"褒姒说罢迈开了步子，朝西阳宫的方向走去，她这话叫掘突长舒了一口气，秀秀也拍了拍胸口，赶紧替掘突解释："世子生性耿直，藏不住话，如今镐京城谣言四起，他也是担心郑伯才唐突了褒后！"

"派公子启之去又何妨？"褒姒说道，"战场之上刀剑无眼，胜负难料，马革裹尸也是常态。大王派遣何人，郑世子虽然决定不了，可是郑世子随不随军，别人不也都拦不住吗？"

掘突琢磨了一番褒姒这话，立刻向褒姒拜别："微臣年幼无知，唐突了褒后，还请褒后恕罪！”

“郑世子年少，血气方刚，正是该为国效力的时候，本宫怎会同你计较这些？”

“在下这就去拜谒司马，愿以绵薄之力向大周竭诚尽忠。”

褒姒挥了挥手，掘突请辞离开，看着他的身影越来越小，褒姒才转向秀秀说道：“郑世子待你倒是不错。”

“褒后又同奴婢说笑了！他今日来是想向大王请缨出战，他根本就没有领兵的经验，我害怕他进去了要和大王争执，到时候叫褒后夹在中间为难！本想着拦住他，可还是叫他说了出来！”

“这事儿郑伯都拦不住，才会任凭他进宫，你三言两语的差点将他搪塞过去，若不是心里有你，何必听你劝阻？”

“褒后……”秀秀跺了跺脚，“若褒后再同奴婢开这等玩笑，奴婢便不再同郑世子见面了！”

“他日若上门求娶，本宫如何是好？”

“褒后误会了，我们之间只是主仆情分，他绝不会上门求娶，还请褒后放心！”

“你能保证吗？他日他若得胜还朝，立了大功，向本宫要你，本宫岂有不给的理由？你若那时再想对策，就晚了。”褒姒继续朝着酉阳宫走，秀秀紧跟在她身后，心里十分忐忑。秀秀从未想过嫁人一事，更没想过对方是郑国世子，“他日若郑世子能立大功，还请褒后做主，为世子赐婚，选个门当户对的才是！”

褒姒看了一眼秀秀，颇有深意地笑了，不再多言。

酉阳宫中，熊宁正在逗弄念儿，变着法地想哄他，念儿却别过脸去，一脸傲娇的表情，根本不屑于搭理这位不知来路的女人。

“念儿不喜欢吗？”熊宁笑着。

“念儿要回去了，娘会着急的！”念儿转过来看着楚夫人，他觉得她也比他大不了多少，可莫名地，心中总有些抗拒这个女人。“娘？”熊宁冷笑一声，“你娘是谁？”

“我娘是褒后！”念儿噘着小嘴说道，这话叫熊宁大笑了起来，她轻抚着念儿的头说道：“你可知道你的亲娘早就死了，褒后根本就不是你娘。”

“知道！”念儿简简单单的一句话叫熊宁的面色难看至极，“我的亲娘生我的时候难产而死，父王便将她葬于王陵。所以念儿从不庆贺周岁，因为那一日是亲娘忌日，娘要我烧香祭拜，不忘亲娘赋予我性命的恩情！”

熊宁有些意外，褒姒的坦诚让她此刻有些无处下手。正犹豫间，门外传来了下人向褒姒行礼拜谒的声音，熊宁陡然一惊，敛起了面上的表情，转向门口看着褒姒走进来。

褒姒面上没有笑意，走到楚夫人面前，伸出手，念儿就从椅子上跳下来跑到了褒姒怀中，拉着褒姒说："娘，这人好奇怪哦！"

"叫楚夫人。"褒姒拉着念儿，盯着熊宁说道。

"楚夫人！"念儿乖乖地叫道，褒姒将念儿交到了秀秀手中："带念儿先回去！"

"是，娘娘。"秀秀领了命，带着念儿离开了西阳宫。熊宁沉默片刻，面上又泛起了甜腻的笑意："褒后是不是太紧张念儿了？我不过是看他稀罕，才想带他回宫玩耍。这不，天色也不早了，我正准备送他回去呢！"

"念儿我自会照顾，不劳楚夫人费心。"

"娘娘何必如此紧张？"熊宁朝着褒姒靠近了一步，"是害怕我去东宫见到大王吗？"

褒姒不想在这些事情上同她争辩："楚夫人要清楚自己的身份，宫里的夫人，不该对大王苦苦相逼！你要顺着他，不是让他称你心意。"

此事熊宁说不过褒姒，又找了别的由头："褒后深谋远虑，一早就将念儿并非你所出告诉他了，你就不担心日后念儿会联合外人来对付你？"

"楚夫人要担心的事情真是太多了。有空操心我同念儿，倒是不妨想想你自己的处境。你如今贵为大王夫人，日后若出了事，楚侯未必相帮，总得权衡自己的实力同国家的安危！可你若不对楚侯言听计从，亲人背叛之痛，本宫倒是可以分享于你！"

"我可没有褒后的本事，不仅能让洪德倒戈，还能让郑伯不计生死地真心相待。"

"人心是相互的，你若真心待人，人必诚心待你。如今楚侯咄咄逼人，借晋北一战想称霸中原，你以为如此便能要挟大王宠幸你，且不说这是不是太悲哀了，单说楚侯若败了呢？届时你将彻底失去后盾，后宫里也就没有你的一席之地了。若是楚侯出征，想让他胜我虽没有办法，可叫他输，我多的是效忠的死士！"褒姒丢下这话转身出门，楚夫人站在原地，半晌回不过神来。

"楚夫人？"下人唤了一声，将熊宁的思绪拉了回来，她看着自己的下人吩咐道："我要出宫一趟！"

熊宁此行是去楚侯府上的，还没进门便和准备离开的晋伯撞了个满怀，喝了点酒的晋伯言语轻佻、动手调戏，二人在门口就起了争执。待到弄清熊宁的身份之后，晋伯才忙不迭地道歉，吓出了一身冷汗。熊宁对此事不依不饶地要讨个说法，楚侯却做了个和事佬让晋伯先走了，此事令熊宁心中很不舒服，想起了刚才褒姒对自己说的那番话。

熊宁跟着自己的哥哥进了府上，同他抱怨这些天周王被褒后迷得七荤八素，不理朝政一事。熊仪宽慰道："你也不用急，褒后迟早会气数尽了的，大王待她也未必是真心诚意，如今不过为了安抚嬴开，稳住郑伯罢了。等她的价值被大王利用尽了，下场不外乎就是申后而已，你不必急！"

"哥哥此话当真？"

"十之八九！不然依着大王的性子，褒后同郑伯在外数日，他能不计较吗？不计较就是并不爱，如今宠着、捧着，无非形势所迫！不过你呀……"熊仪指了指熊宁的额头，"也敛着点自己的性子，女人可不是马，越野越有性格，男人就越爱，男人在外拼天下，回家就只想要温香软玉！你脾气这么大，一点都不肯吃亏，周王不比别人，能每天净想着法子哄你？当初让你不要嫁周王，你不听，他身边最不缺的就是漂亮女人，你同他要性子，自有别的女人投怀送抱！"

"我不是来听哥哥数落我的！"熊宁跺着脚不满地嚷嚷着，熊仪这才想起问："你出宫是干什么来的？"

"来劝劝哥哥。"熊宁这才想起自己今儿是听了褒姒一番话，为眼下形势深感忧虑，才匆匆走这一趟的。这话说出来，熊仪的面色一沉，表情冷冽："大王让你来的？宠幸的时候不见你被召去，如今要使唤你了，你倒是跑得勤。"

"此事还需要大王来说吗？前些天我就听宫里的人说了，文朔举荐洪德出兵！大王没说行，也没说不行，只是这事儿没传出来。大王要等公子启之，倒像是定了公子启之出征似的。文朔举荐洪德，别人不说，你也该知道是褒后唆使的，那洪德又没上过战场、没打过仗，怎么就想到要举荐此人呢？如今褒后让洪德出兵，想让洪德借此邀功，又想保郑伯，哥哥何不让启之同褒后斗，咱们坐收渔利便是，你又何必咄咄逼人，让大王下不来台呢？"

"我若想叫他下来台，就带着楚兵来镐京城了！如今我给大王这个面子，谁给我这个面子？"

"一方有难，楚军支援，楚军已是正义之师了！大王的手段，哥哥就算过去不了解，经过了东夷一役，也该清楚。哥哥想赢不难，可大王若想让你输也不难。便是叫你出兵，他反过来打楚国的主意，哥哥届时可是分身乏术了；大王先前从我手里拿去了些见血封喉的剧毒，若再买通楚军中人杀了哥哥，怕哥哥也难逃一劫！你本想称霸九州，却反而拱手让出了楚国。”

明知熊宁这话说得不错，可熊仪心中窝火，并不作答。熊宁又继续说道：“哥哥若执意前往晋北作战，就是步上了嬴德的后尘！洪德、启之皆可用，大军南下，楚国国危。”

熊仪揉了揉自己的太阳穴：“容我再考虑考虑。”

熊宁继续说道：“我们要给足褒后这个面子，洪德一走，秦国自然后防空虚，此刻若是犬戎进犯，嬴开无力抵挡，我楚国可以效法大王，压秦国之境，虽不能纵贯中原，西面却唾手可得！洪德要赢，不能不请百里成一并出兵，秦国无人，必破！不错，此举还能让洪德分心，再买通他身边之人，下毒害他或是栽赃污蔑！届时秦军落败，必要有人代替！”

熊仪因熊宁的这番鼓动提起了情绪：“我给启之做一次嫁衣就够了，何必再多此一举？秦军一败，大王必用公子启之。更何况，洪德若是无故身亡，褒后不会善罢甘休，她若查到了我楚国头上，便是给了大王对付我的借口！”

“洪德不死，秦国不稳！若秦军败，启之出征，那洪德之死谁会怀疑到哥哥头上？如今京中传公子启之出征一事，谣言太盛。若以洪德代替，怕公子启之心中不服，届时洪德之死归咎在启之头上，大王也必定深信不疑。至于褒后，想要深究，也得要有命啊！”

“你又想出什么鬼主意了？”

“若是洪德出征，哥哥要他立下军令状以褒家性命担保，此战必赢！若输了，输的就是整个褒家。这提议，公子启之必定应和！而对晋伯来说，这军令状就是保命符，他虽不敢提，可必会附和。若能让朝中舆论呈现出一边倒的局面，这个军令状洪德不能不立，他日战败，处死褒后一事大王也不能有所偏袒。如此一来，谁还会惦记洪德的死因？”熊宁的分析叫熊仪频频点头，褒姒死后，周王必定会对公子启之下杀手，他们鹬蚌相争，唯有楚侯得利。

第四十五章

昔日兄弟生嫌隙，褒后堂前许生死

周王一连几日不朝，朝中文武乱了方寸，纷纷派人去打探公子启之一行的消息。却不知道公子启之丢下洪德等人，一早就回到了郑府。他从后门溜进来，和廿七撞了个正着。

这两日整个镐京城盛传公子启之要出兵晋北，廿七正在为此事担忧，低着头端着汤羹朝自己的屋子走去，和从后门莽莽撞撞进来的公子启之撞了个满怀。廿七朝后跌了两步，手一扬，把碗里的汤羹洒了一地，瓷碗也跌落在地摔了个粉碎，她抬眼瞧见一个陌生而又鬼祟的男人，差点失声大叫。

公子启之眼疾手快，一手揽住廿七纤腰将她卡在自己怀中，一手捂住了她的嘴巴，在她的耳边小声地说："别乱喊，信不信我要了你的命！"他以为廿七是府上的丫头，看着她慌乱的模样和略显稚嫩的容颜，还想逗一逗她。

廿七只顾着使劲儿点头，囫囵的话也说不清了，哆哆嗦嗦地保证自己绝对不会大喊，只要不伤及她的性命，他便是想要什么她都给他。启之附在廿七耳畔："料你也不敢大叫！"

廿七使劲儿点头，紧咬着牙关。启之将她一推，她朝前扑了两步，勉强站稳身子，而后强迫自己迅速镇定下来："府上的钱财我都知道在什么地方，我带你去取！"

启之眯着眼为郑府感到一丝忧虑："我不要钱财，郑伯的文书你可清楚都在什么地方？”

廿七大惊失色，惊恐地盯着启之，知道他并不是一个毛贼，而是一个想要将郑伯友置之死地的政敌。可她还是忙不迭地点头：“我知道，我带你去！只要你不杀我。”

“走！”启之大喝一声，让廿七走在前面。刚刚对廿七产生的好奇，此刻都变成了鄙夷，一个能出卖自己主子的下人，日后决不可留在府上。廿七走在前面，越走越快，径直朝着掘突的房间走去。看着她的方向，启之问道：“书房是在这里吗？”

廿七赶紧解释道：“郑伯将信函都放在厢房里了，我哪里敢骗您？”

启之往前迈了两步，一手捏住廿七的纤腰，将她揽在怀中，一手将她的脸扭到了自己面前，用嘴唇和蓄起的胡须轻轻地摩挲着廿七的脸颊：“你该不是想拉我去房中让我一亲芳泽的吧？”他的语调极尽轻佻之态，廿七满面绯红，铆足了力气想要推开启之，启之抽出匕首抵在了廿七的脖颈：“还敢反抗？”

廿七一怔，盯着匕首：“你若杀我，我就扯破嗓子大喊，这样府上就知道有人闯进来了，你还想拿到郑伯的文书吗？”

启之一笑，收起了匕首：“就留你一命！”

廿七转过身继续朝前走，走到掘突房门前，径直推开了房门，迅速跑了进去。掘突正在擦拭自己的长剑，听见有人进来先是一惊，握紧了那柄重剑，瞧见是廿七，才不解地叫道：“二娘？”

“有人要偷老爷的文书！”廿七说罢躲在了掘突身后指着刚刚进门的启之。掘突皱着眉叫了声：“小叔？”

“小叔？”廿七叫道。

“二娘？”启之也叫道。

掘突将手里的长剑收了起来，问启之道：“小叔要父亲的文书做什么？”

“我偷偷回来，以为是新来的丫头，想逗逗她。原来是小嫂子，还望嫂子恕启之唐突！”启之的目光漫过掘突，盯着廿七，心中寻思着这姑娘倒也聪明，今天自己若真是个飞贼，怕是得交待在这里了。

“小叔是想逗二娘，还是想顺便找找父亲的文书？”掘突的问题叫启之大笑了出来，“我若需要，有必要这么麻烦吗？”他说罢又朝前走了两步，对廿七毕恭毕敬地说，“还请小嫂子不要将刚才的事情放在心上。”

廿七和掘突交换了眼神，都觉得没必要现在拆穿启之，廿七应声道：“小叔回府该差人通知一声的，郑伯离开时吩咐了我们为你设宴，接风洗尘！”廿七不再瑟缩在掘突身后，大方地上前说道，“大王如今在等小叔还朝，既然回来了，总该向宫里报一声的，何必要走后门鬼鬼祟祟的？”

“就因为大王在等我，才不能弄得人尽皆知叫大王被动。接风洗尘就不必了，小嫂子若是赏脸，做顿家常便饭便是了！”掘突担心启之为难廿七，便说道：“小叔若是要想吃家常便饭，也不必二娘来做，府上下人多得是。”

“我风尘仆仆回来，想吃一顿小嫂子做的饭都不成？”启之打量着廿七，他清楚廿七的出身，是褒姒身边的下人，被周王赐婚嫁入郑家，未必是因为她与郑伯有情，十之八九是周王的警告，启之心中“啧啧”了两声，可惜了个好姑娘！

“我去厨房。”廿七拉了一把掘突，摇了摇头，“小叔先休息吧，待酒席备好，我便差人去叫你！”

“你先备着，我入宫一趟。若我回来的事情闹得满城皆知，大王可就成最后一个得到消息的人了！”启之看着廿七，鬼魅地笑了，转身从掘突房中离去。廿七长长地舒了口气，转向掘突吩咐道：“赶紧给你爹修书一封，就说他回来了！”

掘突点了点头，有些紧张：“我这就去，还得去趟文朔的府上。”

廿七从掘突房中退出来，去厨房吩咐下人备了酒菜。先前听人说起郑家的爵位之争，她还没觉得事情有多严重，可是如今瞧见了公子启之其人，她整颗心都被提了起来，对于郑家无法预知的未来，廿七觉得无比忐忑。

东宫中，一片静谧祥和。念儿握着笔，周王宫湦正教他写“伯服”二字，念儿端坐在桌案前，有模有样的。周王教的是伯服，他写出来的就是白月。褒姒看着周王宫湦一遍遍地纠正，念儿一遍遍地重复错误，她忍不住笑了出来：“大王便是教再多遍，念儿也还是觉得他同你写的一样。”

周王宫湦指着念儿画出来的一团墨迹：“这怎么能一样？”

念儿咬着笔杆，委屈地看了看周王又看向褒姒，撒着娇说：“一样……”

“一样！”褒姒也很肯定地说道。

“你不能这么溺爱他，才多大的年纪就睁着眼睛说瞎话了？”周王宫湦严肃地说道，念儿瞧着自己发脾气的爹，委屈地眨了眨眼睛，跑到褒姒身边，抱着她的裙摆，“一样的……”

“是一样的。”褒姒将念儿抱起来，瞪着周王宫湦。

“你……”周王宫湦还没来得及同褒姒争辩，门外的下人就进来说：“启禀大王，公子启之请求觐见。”

周王眉头微皱，和褒姒交换了一番眼色，对着下人说："请进来吧！"

"是……"下人退了下去，褒姒转而问道："臣妾带念儿先行告退？"

"不必，你先带念儿练字吧。"

念儿听自己的父王这么说，从褒姒的怀中扭动着自己的身子蹭了下来，然后跑到刚才练字的桌前，拍了拍身边的空位置叫褒姒去坐，这画面叫周王宫湦吹胡子瞪眼的："他刚才是故意和寡人捣乱，你还帮着他？"

"大王还和个孩子较真了？"褒姒瞥了一眼周王，再低下头看见念儿在纸上规规整整地写了"伯服"二字，指着"伯"对着褒姒说："伯……"再指着"服"对着褒姒说："服。"

"现在你们俩欺负寡人一个是吗？"周王宫湦恨得牙痒痒。

念儿还煞有介事地摇头晃脑地说了句："爹爹多虑了！"

这场面把褒姒逗得笑了出来，周王只得无奈地笑道："寡人真是上辈子欠了你的！"话音才落，公子启之已到了近前，向周王宫湦行礼拜谒，再转向褒姒与念儿拜谒。

"他是谁？"念儿仰起头问褒姒。

"掘突的小叔叔。"褒姒答道。

念儿用稚嫩的嗓音叫了声："爷爷……"又低下头去写自己的字，这一声"爷爷"启之可不敢接，毕竟他是臣，周王宫湦是君，他只能尴尬地问了句："王子都这么大了？"

周王宫湦满面不悦，真不知道自己上辈子到底欠了这个小祖宗什么，让他处处都和自己作对："怎么你回来也不差人提前说一声？秦国兵马现在何处？"

"再有三日就入城了！"启之答道，"微臣先行回京正是向大王禀报此事！"

"寡人得到消息，如今犬戎大军虽退，可满也速又带兵朝晋北去了。"周王口中的满也速是犬戎的将军。

"微臣恳请大王派微臣出兵晋北……"启之言辞恳切，可是他的话还没说完，周王就打断了他，"你去不成，你大婚在即，寡人若将你支去了晋北，新娘子要抱怨寡人了！你还是好好准备婚事吧，郑伯已经去迎亲了，不日齐国一行就能抵京了。旁的事情，待洪德、嬴开回来，再作商议！"

公子启之满面的不悦、紧咬牙关。他本以为周王是等他入宫才开朝谒，再推举他去晋北迎战，名正言顺地交接郑国兵权，却不想自己领错了情。想到这里启之就不免怨怒地看了眼褒姒。褒姒低着头佯装着什么都没看见的模样，满面尽是慈母般的笑意，她教念儿写字，念儿却盯着公子启之。

启之只能暂且咽下这口气："多谢大王。"

"吩咐下去，备酒宴为启之接风洗尘。"周王宫涅转向褒姒说道。褒姒起身准备朝门外走去，启之忽然叫住了她："设宴就不必了，微臣今日刚刚抵京，特向大王前来拜谒，旅途劳顿，疲惫不堪，还望大王准许微臣回府。"

"也好……"周王宫湦点了点头，"今日你先回府，待洪德等人三日后抵京，寡人一并设宴，犒赏有功之臣！"

"是！"公子启之领命从东宫大殿退了下去。念儿扭过头看着褒姒："他好像不喜欢娘。"

"你娘有你父王喜欢就足够了，不必人人都来献媚！"周王不满地站起身将念儿抱离了褒姒，"吩咐下去，三日后出城迎秦伯！"

褒姒点了点头，可面色却舒展不开。

公子启之回来的消息，一时间传得满城皆知，郑府门前排起了大队，各路人马纷纷送上拜帖。晋伯更是急不可耐地登门拜访，都被启之给回了。启之整日在家中读书练剑，闭门不出，看起来气定神闲。

启之的姿态原本叫廿七还有些放心不下，可听说了从宫里传来的大王让启之准备婚事，不必操心晋北的消息，便又放下心来。春天将至，廿七想缝些薄一点的被子送进宫里。这一日她人坐在院子里拿着几个花样比画，琢磨着被面的花色。启之过来，看着廿七专注的神情"扑哧"一声笑了出来。

廿七仰起头，逆着光瞧见是公子启之的轮廓，莫名地羞红了脸，赶忙放下手里的东西，站起身问道："小叔怎么在这里？"

"远远就瞧着你在这里自说自话的，想过来看看你在做什么！"启之拿起放在石桌上的花纹样式，"怎么不让下人去做？"

"想送进宫给褒后的，怕下人做得不好，盖着不舒服。"廿七从启之的手中扯回了帕子。

启之"啧啧"两声："你还真是个下人命，褒后嫁你来郑家，不过是为了保全她自己！"

"你知道什么？"廿七将手里的帕子摔在了桌案上，怒目瞪着公子启之，"你不了解别人就不要在这里指手画脚！"她说罢又扯过自己的东西，抱在怀里回了厢房。

瞧着廿七的背影，启之动了动唇，嘴角泛起了一个弧度，忽然觉得心中有一丝悸动。

三日后，秦兵入城。周王宫湦带司马文朔在城外相迎，而后众人一并入宫。文臣武将早在前殿恭候多时，见到周王齐声拜谒："参见大王！"

周王宫湦迈入殿内，走向椅榻，坐在大殿之上俯瞰群臣："文朔！"

"微臣在！"文朔上前一步。

"率兵前往晋北，抗击夷狄，夺回晋北之地！"周王宫湦吩咐道。

"臣遵命！"文朔应声道，退下一步。

"洪德！"周王又唤道。

"微臣在！"洪德上前一步应声道。

"率秦兵前往晋北支援文朔，封你为右先锋，听司马调遣！"周王宫湦没打算和任何人商议，此事出乎了所有人的意料，晋伯一脸苦相地看着熊仪，面上满是对洪德的不信任。

熊仪也有些犹豫，不知道该不该站出来质疑洪德。他思忖良久，担心什么都不说，先前的计划就会落空："微臣有事启奏！"

"何事？"周王眯着眼看着熊仪。

"褒大夫从未上阵对敌，臣以为他不足以堪此重任！"熊仪说道，"攻打北狄，非同小可，还望大王三思！"

"楚侯说洪德从未上阵对敌……"他琢磨了一番，将目光转向启之，"出征秦国，力克犬戎，启之就说说洪德可有上阵杀敌的能耐？"

"褒大夫进可攻、退可守，调兵遣将，运筹帷幄，熟稔于心！大王可委此重任。洪德与文朔两军共进，必能力克夷狄，夺回晋北！"公子启之早就知道周王心意已定，他即便是这口气咽不下去，也只能暂避锋芒。启之的态度叫熊仪恨得牙痒痒，他把话传到启之那里，启之竟这么偃旗息鼓了。

洪德信誓旦旦地说道："晋北一战，微臣必当全力以赴，不日还朝！"

"说大话，谁都可以！"熊仪嘴上挂着一丝冷笑，如今秦、郑、齐已是周王囊中之物了，再拿下晋国，楚侯必定孤掌难鸣，熊仪今日打算孤注一掷，非要驳了周王的面子。

"是不是大话，晋北一战便知，此刻你我争辩又有何意义？"洪德问道。

"争辩是没有意义，可这一仗若是褒大夫输了，倾的可就是整个晋国了！如今难道就听凭你两句大话，就任由着你出兵吗？"熊仪一字一顿地问道，"当日犬戎进犯，若是没有百里成将军御敌数日，恐怕公子启之与褒大夫也只赶得上收拾残局吧？如今却将战功都邀到自己怀中，褒大夫倒也厚得起这个脸！”

“楚侯此言差矣。”嬴开转向熊仪说道，他满面儒生雅相，看似温文尔雅，“力克犬戎非一人之功，若无援军及时赶到，我与百里将军必已战死沙场。如今以洪德为主帅，调遣秦兵，必能与大周兵马配合无间，楚侯多虑了！”

“是我多虑，还是秦伯有意偏袒？”熊仪初见嬴开，对他没有了解，便不停地上下打量，“与犬戎一战，褒大夫之功甚微，而晋北一战，褒大夫要独当一面，稍有差池，后果不堪设想！”

“不错。”公子启之忽然迈步，应和了熊仪这话。一如早前熊仪兄妹的预料。公子启之启禀道，“秦国之乱，赖百里将军、褒大夫与微臣三人合力，如今让褒大夫单独率兵与北狄一战，风险太大！”

“你若出战，就能保证必胜吗？”虢石父忽然站出来，转向启之问道。

启之冷哼一声，不将这挑衅放在心头：“能。”

“何以为证？”虢石父问道。

这句话让启之犯难了，要他证明自己骁勇善战，这太强人所难了！虢石父这话给了熊仪机会，他立刻上前一步：“若大王愿意派微臣出战，微臣愿以熊家上下数百条人命立军令状，微臣若败，熊家满门听凭吩咐！”

“微臣也敢立此状！”公子启之得了灵感，也上前说道。他们二人一唱一和，都是演给洪德看。洪德权衡了一番，知道周王钦点，他不能不应这个差事，启之与熊仪质疑，他又不能不答：“微臣虽没有诸侯之位，却愿以褒家性命立下此状，若不能得胜还朝，血债血偿！”

周王最担心的局面还是出现了。

“褒家能值几个钱？杀了也就杀了……”启之觉得洪德未免有些好笑，而熊仪却面带喜色地接上了话茬儿：“公子启之说笑了，褒家的命，可比你我都值钱。”

启之一愣，这才反应过来，熊仪说的是褒后，他心中一惊，蓦地转向周王，看着他黑沉的面色，启之整个心都在慢慢下沉：“褒大夫怕是也不能替褒后做主吧？”

“为何不能？若以褒后立誓，必能鼓舞士气。她居于后位，自该为天下尽责！”熊仪反驳道，他将启之逼上了绝路，大殿中满是剑拔弩张之感。

此事立时分为两派，争执不下，周王宫涅微微坐直了身子，轻咳了两声，大殿霎时间寂静无声，他用阴恻恻的口吻问熊仪：“楚侯的意思，是要让褒大夫拿褒后来立誓？”

“下官就事论事，褒大夫的军令状若无褒后，何以服众？”熊仪此话得到了晋伯赞同，他也上前一步说道：“我晋国人虽不多，国虽不强，可此战若败，晋国百万之众将生灵涂炭，便是整个褒家也抵偿不了！”

“既然诸位不过想要个保证，我秦国愿为此战胜败承担全部责任！此战若败，我秦国就是你晋伯的，我秦国疆域收留你百万流离之众！”嬴开出列，一甩袖袍，看着晋伯与楚侯，一字一顿说得铿锵有力！这话一出，现场瞬间安静了下来。

嬴开这话乱了所有人的局。“你们在这里吵来吵去，眼中可还有寡人？”周王宫湦坐在大殿上阴恻恻地问道，他冷冽的语气犹如一柄利剑插在了大殿中央，他站起身，在殿前走动，“你们商量好了到底要谁出征了吗？”

“请大王做主！”众人齐声答道。

“你们不都有主意得很吗？”周王宫湦这一字一句在这屋子里来回地荡着，一重压在一重之上，声如洪钟，骇得所有人都咽了口唾沫。熊仪蓦地想起嬴德，擦了擦额角的冷汗：“一切凭大王做主！”

“晋伯。”周王宫湦叫道。

“微臣……微臣在，只要大王发兵，微臣没有意见！”晋伯颤颤巍巍地答道。

周王宫湦巡视了一圈，最后将目光定格在洪德身上：“既然如此，有劳褒大夫了！”

“微臣领命，定不辱大王使命！”洪德长跪说道。

“调拨秦军两百乘，再加上我大周兵马，选定吉日速速启程，勿贻误军机！”周王宫湦拍板道。

本以为此事已经尘埃落定，启之又站了出来，他纵然知道周王有自己的考量，可他也咽不下先后被司马一事、晋北一事摆了两道的气：“如今我大周能征善战者不发，褒大夫领兵自然能服众，既然褒大夫愿意立下军令状，何不借此鼓舞人心，誓死一战！”

“说得不错，此番立誓，秦国士卒必定全力以赴，力克夷狄！”熊仪趁机附和道，众臣听闻也都上前应声。周王宫湦眉头紧锁，若不让洪德立誓，只怕日后洪德若败，周王的威信也必将折损，想要调度诸侯便是难上加难。

可若立下军令状，周王宫湦也清楚，熊仪的目的是褒姒。更何况，他本打算借这一战除掉洪德，免除后患，可如今这局面却失去了控制。

不让洪德以褒姒为誓，搪塞不了满朝诸侯、士大夫。熊仪今日是有目的而来，不达目的怕不会作罢……正在周王两难之间，一声清脆的声响贯穿偌大的宫殿：

“这誓该立，领兵打仗不是游戏，不能以晋国百姓与疆域作赌。”褒姒从前殿正门而入，一身红色锦缎，满面笑意，宛若一朵牡丹，刹那间的芳华绚丽而夺目。

褒姒一步一步，走得很慢：“晋北一战，牵动天下，本宫怎可不尽些绵薄之力？既然是褒大夫出征，以褒家立这军令状，我自然是要算在内的！”

褒姒的笑容如此热烈地绽放，整个大殿一时间鸦雀无声，她走到周王面前行礼作揖：“参见大王！”周王宫湦满眼心疼，招了招手，褒姒一步步走上台阶，挽住他的胳膊，站在他的身侧，他紧紧握着她的手：“你说过，从你入宫的那一日起，你就没有家了！”

“大王。”褒姒柔情似水，盯着周王宫湦漆黑的眸子，“褒大夫此行必胜。”

周王宫湦捏了捏褒姒的手，凝重地点了点头。

“请大王和褒后放心，微臣必定不辱使命，全胜而还！”洪德跪在地，信誓旦旦地说道，褒姒转过身看着洪德，“本宫就在东宫中设好宴席，等褒大夫得胜还朝！”

“谢褒后！”洪德说道。

早朝退下，褒姒与周王宫湦一并迈步离开。刚刚走出了前殿，周王宫湦就松开了握着褒姒的手，用低沉而严肃的嗓音质问道：“为什么要自作主张？”

“大王不相信哥哥能赢吗？”褒姒问道。

“想要一个人赢不容易，想要他输就再容易不过了。寡人不是说过，任何事寡人来处理，为何你非要站出来？”周王宫湦大声吼道，褒姒敛起了面上的笑意，用近乎颤抖的声音祈求道：“臣妾可能时日无多，大王就不能对臣妾好一些吗？事已至此，还追究什么呢？”

周王宫湦一把拉过褒姒，将她抱在怀中：“你是怕寡人失去威信？”

褒姒将头抵在了周王宫湦的脖颈处，伸出手揽着他的腰，闭上眼，长长地出了口气：“大王还记得臣妾进宫时，您和臣妾说过什么吗？”

“寡人说得太多了，你问哪一句？”

“大王问臣妾，要什么位置。臣妾的回答，大王还记得吗？”

“记得，寡人身边的位置。”

“如今您连心中的位置都给了臣妾，臣妾已心满意足。即便是为大王再多做些又有何妨？更何况，只要臣妾活着，大王就要担心臣妾，臣妾若真不幸殒命，从此以后，你就再也不用担心有人用臣妾来威胁你了！”褒姒挽着周王的手，眼中满含着温柔的笑意，这是她能为他做的最后一点事情。

“寡人不会让洪德战败的！”周王宫涅的目光坚定。

“大王，”褒姒拉了拉他的手，“此事不要勉强而为，顺其自然吧。”

“不行，”周王宫涅摇了摇头，“寡人绝不认命！”

“大王，”褒姒好言相劝，“天下正是动荡之际，郑国权力争夺，形势尚不明朗；齐国正在休养生息，百姓流离失所，要重建家园；秦国权力更迭，嬴开之位未稳……你若再将晋伯、楚侯都给得罪光了，他们一旦起兵，后果不堪设想！”

周王宫涅摇了摇头。

“生死有命，若有来生，我们不是说好了，我还做大王的妃子，您还是大王吗？”褒姒平静地说道，周王宫涅仰头看天，深深地吸了口气，他的眼睛是红的，平静下来之后拍了拍褒姒的胳膊：“你先回东宫去吧，我去趟太宰宫。”

东宫之内，一片悲戚。

秀秀替褒姒感到不值，为朝谒之人的咄咄逼人感到愤怒。而念儿，拉着褒姒的衣角，满面都是泪水，哭哭啼啼地不让褒姒离开。褒姒挥了挥手，将念儿揽入怀中，轻声问他：“念儿乖，你看父王何时需要他的母后陪伴？”

念儿摇了摇头。

“男人便是如此，有朝一日，他们都要离开自己的娘亲，哪有让母后一直陪着？念儿将来是要做大王的，不能一直活在母后的庇佑之下。”

“娘，念儿不做大王，娘能不能不走？”

“你若不做大王，娘更无法留在你的身边了。”褒姒拍着念儿的头，“唯有你做了大王，像你父王一样的时候，娘才会回来。”

“是吗？”念儿的眼睛瞪得浑圆。

褒姒点了点头：“所以如果有一天娘不见了，你不要紧张也不要害怕，娘只是在暗中观察你，等你做得足够好了，娘就会回来了。”

“嗯！”念儿点了点头。

“男子汉是不会哭的！”褒姒揉了揉念儿的头。

“念儿没有哭！”念儿倔强地说道，褒姒抿着唇含着笑意点点头：“不论什么时候，念儿不能输给你父王。”

“嗯！”念儿点了点头，褒姒将念儿交给了秀秀，让她带他出去玩。秀秀擦干了眼角的泪水，和念儿一并退了下去。她知道褒姒的心里很乱，如今她能为褒姒做的，就是每日为洪德大军祈福了。

周王宫涅的手里攥着晋北的军事布防，一入太宰宫中就大喝：“将洪德和文朔叫来！”

“是，大王！”赵叔带见周王这番模样，心中有些惧怕，今日早朝上启之与熊仪二人联手，咄咄逼人地将褒姒推到了断头台。晋北一战凶多吉少，褒姒一脚已经踏入鬼门关了，这一局，连赵叔带都觉得绝望。

洪德和文朔接到消息不敢耽搁，立刻前来拜谒。周王宫涅省去了一切礼节，将晋北的军事布防铺在桌面，问洪德与文朔二人：“与北狄这一战，你们有几成的把握。”

“若有百里成相助，我有十成把握。”洪德说道。

“少说没用的！”周王宫涅呵斥道！

“八成。”文朔接上了话茬儿，指着桌面上的地图，“从原阳出兵，便可将北狄大军从中斩断，我与褒大夫兵分两路各攻一城。我固守原阳，斩断北狄援军；褒大夫攻打新城，新城若破，北狄耗损过半；若再有晋国援军赶来，夹击新城，此战势在必得！”文朔的回答颇得周王赏识，他的原意也是如此，出兵原阳，再救新城，得胜还朝指日可待。

第四十六章

若是马革裹尸还，后宫又是易主时

三人就出兵一事商议了整个下午，直到月色初上，这场长谈才到了尾声。

谈话结束，洪德又问了一遍百里成是否能够助战。周王虽没说可以，却也没说不行！可他并不知道洪德问这话，心思根本不在晋北，若能调离百里成，犬戎必定进犯秦国，届时周秦大军都在晋北，无人抵御犬戎的烧杀掳掠，大周江山必定拱手相送。洪德自以为心思缜密，这番用心良苦无人察觉，却不知褒姒早在一开始就说过：“百里成绝不能动！”

回到东宫的周王宫湦没能按捺住心头的怒火，进了大殿，不待褒姒反应，就一把将她拽进了寝宫，恶狠狠地摔上了寝宫的门。

周王宫湦将褒姒压在床上，发了狂似的吻着她，这让褒姒十分不解：“发生了什么事儿？”

周王宫湦吮吸着她的味道，这吻又深又狠。他抚摸着她的头发，含情脉脉，或许是这场生离死别刺激了他，才叫他如此渴望。

一场云雨之后，周王宫湦重重地躺在床上，在她身后紧紧地将她抱住。

“大王怎么了？”褒姒扭过头看着周王。

“想你。”周王宫湦抚摸着褒姒光滑如缎子的肌肤。褒姒轻笑了一声，转过身去看着周王，在他的面颊上落下一吻：“大王吓到臣妾了。”

“怎么了？”周王宫湦伸出手抚着褒姒的面庞。

“臣妾以为大王和洪德谈得不好，便同臣妾置气。”褒姒委屈地看着周王，周王宫涅皱了皱眉头：“寡人何时是那般的人？”

“何时不是？”

“你又要同寡人算旧账了？”

“大王问起了，臣妾只得说实话。”褒姒红着脸，将头埋在了周王的怀中，“刚才到底怎么了？你们谈得不顺？”

周王宫涅沉下了脸，叹了口气：“洪德打上了百里成的主意，他的野心倒是不小……”

“野心不小的又岂止他一个，大王何必计较？”

“寡人之所以生气，是因为……”周王宫涅说着顿了顿，有些艰涩地说出了下半句，“只要能保你，就算牺牲秦国，寡人也在所不惜！如果调用百里成，此战必胜！”

“不能动。”褒姒摇头。

“只要百里成在，即便洪德死了，只要这场仗赢了，军令状也就废了，所以寡人很犹豫。”

“百里成绝不能动！”

“那你怎么办？”周王宫涅想的只有褒姒的死活，只要她能活，什么都不重要。百里成一向驻扎在秦国边境，多年来让犬戎闻名色变。如今洪德带领秦军前往晋北，若再带走百里成，犬戎必会进犯。秦与周毗邻，犬戎一旦攻克秦国，拿下镐京城指日可待！

“臣妾抱着的是必死之心。”褒姒哀叹了一声，抵在周王怀中，她并不怕死，只是舍不得周王宫涅，“大王告诉洪德，人随后就到，让他安心备战吧。”

“寡人打算叫郑国备一支兵马随时候命，这场仗不能败，但洪德的命不能留。”

褒姒没有搭话，静静地靠在周王宫涅的怀中，总觉得还会再有什么波澜。

周王宫涅问道：“怎么？舍不得？”

“毕竟是兄妹，这么多年了……”褒姒轻轻地叹了口气，“大王，不管他是怎么死的，都告诉臣妾他是战死的。”

周王宫涅将怀中的褒姒揽得更紧了一些，他能理解褒姒的心情。她原本是为了救褒珦入宫，可褒家非但连句谢谢都没说，还要把她推上绝路。不论何人，心中难免觉得寒凉。褒姒对洪德提携有功，而洪德对褒姒的回馈却是凌辱与囚禁，一如褒珦。

可家人毕竟是家人，占满了褒姒儿时的回忆，怎么能说忘就忘？

褒家的军令状和东宫不再重开的朝谒，一石激起千层浪。后宫的夫人、嫔妃们走到一起，无不在讨论东宫的事情，大家都说这是周王准备借刀杀人，借机要除掉褒家依赖楚侯了。卫夫人也不知道这些女人哪儿来的灵感，如今这局面，楚国要真把周王逼急了，怕是最后闹得玉石俱焚，谁也捞不到好处。

本来人人都以为褒姒这番是必死了，听了卫夫人这话，好像褒姒还有活路，谁也看不清眼下的时局了。

楚夫人若是脑子还灵光，将来便是兵败也必定会让楚侯帮褒家说话，找大王去讨个人情。

这事儿传到了楚夫人耳朵里，熊宁冷笑道："这卫夫人倒是聪明！"

下人不屑地说道："卫夫人要是聪明，怎么会入宫这么久都不得宠？"

"她若得宠，也活不到现在了。如今郑夫人难产而亡、秦夫人自缢、申后被贬，当日的夫人们只剩下她了，她还不够聪明吗？能保得住命，还能搅浑一锅水，倒是厉害！他日，我们几位要是斗得几败俱伤，不就又剩下她一个了吗？也说不准，只要肯等，等到大王心灰意冷，将后位加封于她！"

"夫人说得有理，可眼下大王如此宠幸褒后，你说是不是褒后给大王施了什么妖法？"

"妖法？"楚夫人笑了出来，"大王只是不喜欢被别人牵着鼻子走，迟早他还得来求我……"正说话间，楚侯来报，求见楚夫人，楚夫人让人将他请了进来，屏退了左右，"哥哥是来辞行的？"

"晋北之事已定，我也得回去了，岁贡之时再来。"楚侯要回去谋划对洪德下手一事，他担心只除洪德，文朔会异军突起，大获全胜，两位主帅都留不得。将军一死，军心势必涣散，大周失了司马，日后再想同楚国抗衡，周王怕是也没底气了。

"哥哥打算怎么对付洪德？"

"我今日来，就是要向你请一味见血封喉的药！"

"下毒的话，大王一定能窥出端倪的！"熊宁觉得这个主意不好，下毒就等于是告诉周王凶手是谁，便是敌损一千也得自损八百，后宫就真的只剩下卫夫人主事儿了。

"人都死了，想毁尸灭迹还难吗？就说洪德做了逃兵，不知去向，可能投靠敌军了。如此一来，褒家性命难保，周王不得不起用启之，启之却成为他心头的一根刺。郑国内乱，齐、晋战后休养，秦国和大周兵马受挫，若能再拉拢卫国、宋国，那么天下就是我楚人的了！”

“哥哥说得是！”熊宁的嘴角露出了浅浅的笑意，坐在桌案前拿起笔墨写下了药方，“哥哥照我的方子抓药，将药下入酒中，不出两个时辰必定暴毙身亡！”

“你在宫里要照顾好自己，别动不动就要性子，男人嘛……都喜欢女人温柔些。褒后就聪明在这里了，知道大王心烦，就从不让他在自己身上再费心思，人简单点，自然会受宠！”

“知道了……”熊宁不满地嘟囔，站起身将单子递给了熊仪，“要我学那虚伪的模样，我可做不来！大王也是，褒后和那郑伯不清不白，他还不离不弃，真当是褒后可以为他生、为他死啊？这后宫里的女人，哪个不是为自己打算的？”

“褒后再虚伪，骗得过周王，就比什么都真！”

“一人有一人的法子，我干吗要学她？”熊宁跺了跺脚。熊仪瞧着也说服不了她，又寒暄了两句便告退了。看着熊仪出门，熊宁立刻差人将虢石父请了过来，送了重礼想向虢石父套个近乎，想让他向周王传递楚夫人的相思之情。

虢石父收了楚夫人的礼，却没应承她的话，只是好言哄骗道：“楚夫人也该知道，褒后没几日好活，就当是做做善事，成人之美吧！他日褒后去了，微臣必定为楚夫人美言，这后位不就是楚夫人的了吗？”

“虢上卿怎知褒大夫此战必输？”熊宁面露喜色，虢石父这番话深得她的心思，虢石父瞧着熊宁打量了一番：“本来是不一定，可既然楚夫人找了老夫，那就必输了！”

熊宁一惊：“虢上卿还请细说。”

虢石父压低了嗓音：“大王准备请郑伯出兵相助，洪德又问大王要了百里成。若郑伯出兵，百里成参战，北狄到底人少势单，此战必赢！就算洪德一死，那也是为国捐躯。”

“这哪儿是必输，这是必赢！”熊宁不满地说道。

“楚夫人何不将公子启之叫来，将此事告知他。他为了郑国兵权，自然会无所不用其极，拦住郑伯。至于百里成，由在下去游说秦伯，百里成一走，秦国后防空虚，犬戎一旦入侵，秦国必破！便是大王想要百里将军，秦伯也不敢放吧？”虢石父的计谋叫熊宁喜上心头：“虢上卿深谋远虑！”

“日后还望楚后多多提携。”虢石父躬身说道。

楚夫人莞尔一笑，如沐春风。

虢石父这几日上朝，似有若无地向嬴开说起百里成一事，提及了犬戎的蠢蠢欲动和楚侯乘虚而入的打算。嬴开听后，狐疑地看着虢石父，虢石父却自诩捏住了他的软肋：“如今秦伯在镐京城中小住，秦伯以为您还回得去吗？”

嬴开心中一惊，这正是他担心的事情。前些天忙于洪德出兵一事，还无暇顾及，这两日总听虢石父念叨，便开始担心起自己的处境。他心中虽乱，面上却镇定自若：“虢上卿多虑了！”说罢从容地离开。回到府上，早有宫里的人在府上等候，送来了褒姒的帖子，邀秦伯去东宫赴宴，恭贺秦国的拨乱反正，迎回正主。

“有劳褒后记挂，还请您回话说我随后就到。”嬴开拜谢道。如今晋北一事尘埃落定，周王是腾出手要对付自己了吗？他有些犹疑，不知道该怎么处理此事，留在镐京能换周王的安心，可他自己无论如何也安心不下来。褒姒嫁了周王后，人人都知道她可以为他生、可以为他死，指望褒后怕是个奢望。嬴开思虑万千，想要谋划万全。既不想得罪周王，又不想失了秦国，百里成若留在秦国，他尚且还能坐得住，可若去了晋北，秦国就真的将城门打开，恭迎犬戎了！嬴开思虑再三，想好了自己的底线，这才沐浴更衣，去了东宫。

东宫之内，褒姒在弹奏《秦风》。这曲子嬴开再熟悉不过了，是自己的哥哥世父为褒姒所作，她居然还记得。嬴开甩了甩自己的衣袍，定了定神，迈步而入。褒姒扶住琴弦，乐声戛然而止，她看着嬴开微微笑道：“秦伯来了？”

“微臣入京后忙于点兵布阵，未能前来拜谒，还请褒后恕罪。”

“晋北一战，有赖秦伯鼎力相助，这两日听闻大军已定，本宫才敢设宴东宫，请秦伯叙旧。”

“褒后客气了，朝中之事凡我能尽的本分定当竭力而为。原本也打算这一二日前来拜谒的……”嬴开说着环顾四周，不见周王身影，说话间也就顿了顿。褒姒看出了他的顾虑，解释道：“大王今日出城狩猎，说是趁启之尚未成婚，再散漫几日，本宫只是以故人的身份设宴，秦伯不必拘束。”

“还未恭贺褒后。”嬴开双手作揖道。

褒姒环顾下人，挥了挥手，大殿上便只剩下他们二人。褒姒敛了面上的表情，有些严肃地看着嬴开：“别人恭贺就算了，秦伯明知这其中原委，有什么可贺的？”

“大王待你不好吗？”

“好。”褒姒点点头。

“那便好，我哥也就放心了。”

"当日你哥哥还在世的时候。他武你文，在朝中配合默契，可惜后来……"褒姒叹了口气。

"我哥是为歹人所害，绝不是战死沙场！"嬴开的话锋一转，口气强硬，不容辩驳。褒姒站起身看着嬴开，面色沉凝："可你哥哥明明是在与犬戎对峙中为犬戎所杀，怎么说是为歹人所害？"

"这话我本来不该和褒后说。"嬴开的表情有些痛苦，"可你如今嫁给大王，我哥恐怕不能瞑目，还请褒后看清楚您枕边人的真面目！"

褒姒捂着嘴："你该不是说……杀你哥的人是……"

"褒后想想，犬戎何人能有本事取我哥性命？"

褒姒心中有些忐忑，周王杀世父一事她早就知道，可是今日却要在嬴开面前为周王洗清嫌疑，颠倒是非黑白，她有些慌。褒姒不停地摇头，想用这种方式来否认嬴开的控诉："满也速……"

"除了他别人想取我哥性命是难了些，六济之战褒后应该也知道，司马伯士狼狈出兵，大王拒不增援，让大军困死六济。而事实上，司马带兵迎战，还没见到对方主力就已经无故身亡了，一如我哥之死！我下令重新调查哥哥死因，发现确与嬴德有着莫大的关系，而那时候……"嬴开顿了顿，眯着眼睛用恶狠狠的语气说道，"正是秦夫人最为得宠之时，秦夫人和嬴德为同母所出，我哥死后，嬴德把持朝政，大王因此获益，稳住了太子之位，不久便登基了。此事若非大王所为，怕不会如此凑巧！今日你嫁入宫中，只怕是我哥走……也走得无法瞑目。好在大王对你不错，当日我带兵支援六济，是不想你被嬴德与大王当成利益交换的筹码推来推去！"

褒姒沉默了很久才说："我不想说服你相信大王不是凶手。"

"我知道你对他有情，否则也不会走到今时今日！"

"后宫之事，没你看得这么简单。秦国的爵位在先王时一直是大夫，到了先王晚年，大王要登基时，才封了秦伯。"

"是！"嬴开眉头微皱，不知道两件事有什么关系。

"秦伯未能加封，是因为申侯咄咄逼人，不允此事！"

"我知道。"

"封申后与封秦伯是一件事儿，都是大王一手促成的，他并没你想象中那么喜欢秦夫人，否则秦夫人何必背叛他？六济一战，大王对嬴德起了杀心，而杀死他的最好办法，不是把他逼到绝路、踩在脚下，而是有多高就捧多高！大王杀人的法子一向如此。司马伯士没有能耐，大王就让他在这个司马的位置上坐下去，终归是死在这位置上了！嬴德做了秦伯，大王调秦兵入京，让我挡在前面，将秦兵赶回秦地，看似引狼入室，却是在为你争取机会！天下人都有资格说他是杀你哥的凶手，你没有。”

“让我做秦伯是他的无奈之举，否则又何必要将我困在镐京？”

“谁说他要将你困在镐京？”褒姒满面惊诧。

嬴开没有回答，反问道：“他难道会放我回去？”

“你做了秦伯，来朝中觐见是理所应当的事情，大王从未说过要困你在这里的话！”

“那洪德出兵呢？大王是不是要向我讨要百里成？”

“谁和你说的这事？”褒姒问道，觉得有些奇怪，洪德向周王借百里成一事，知道的人并不多。今日嬴开提起，恐怕是有人刻意挑拨周王与嬴开的关系。

“虢石父！”嬴开如实答道。

褒姒叹了口气，没有想到又是虢石父：“洪德是借过，但是百里成不能借！此事大王比你我都更加清楚。”

“所以他就打算牺牲你？”嬴开大喝一声，叫褒姒一愣，看着嬴开有些惊诧，“秦伯也觉得洪德必败吗？”

“他得罪的人太多了，没人希望他赢。当日在朝堂上楚侯他们咄咄逼人，要洪德立誓，他们针对的是你！”

“放心吧，大王请郑伯再备兵马，这场仗输不掉的。”

“郑伯？”嬴开问道，“大王不是向来与公子启之交好吗？甚至不惜为扶正他，将郑伯困在镐京城数年，怎么如今公子启之有机会夺权了，他反倒是犹豫了？”

褒姒沉默良久，没有答话。

嬴开点了点头：“我明白了，恭喜褒后，这句话是真心的。”

褒姒抿了抿唇，苦笑一声。

夜里，周王自山涧而返，褒姒坐在床边看着月色洒落地面，听见了周王回来的声响也痴痴地坐着，神情漫过一切，飘荡在远方。秀秀迎了周王回来，接过他身上那件落满了雪花的袍子，轻声唤道：“褒后，大王回来了。”

褒姒这才收起自己的神思，看向周王，眸子里有了种陌生的神情，刺了一下周王的心，而后这冷漠的眼神才渐渐消散。她站起身，走了过来：“大王累了吧？”

“发生什么事儿了？”周王宫湦盯着褒姒问道。

褒姒摇摇头。

“嬴开走了？”

褒姒点点头。

周王宫湦转向秀秀：“你们先下去吧！”

“是。”秀秀叫走了殿上的其他人，余下褒姒与周王二人相对。褒姒仰面看着周王的模样，长长地叹了口气，想要笑，可嘴角却仿佛重逾千斤，笑不出来，这模样倒是让人觉得更加苦涩。周王宫湦捧住她的面颊，自己的鼻尖轻贴在她的鼻尖上：“怎么了？”

褒姒后退了一步，今日的单独宴请是周王宫湦留给褒姒拉拢嬴开的机会，让嬴开日后能竭诚辅佐念儿。周王想让嬴开以为自己打算强留，是褒姒从中斡旋。可如今嬴开知道得太多，没办法再依照当初的预设将这场戏演下去。她叹了口气，转身看着窗外那一轮皎洁的明月，日后黄泉相见，她以何面目去见世父？“嬴开知道杀他哥哥的是何人了！”

周王宫湦面色一怔，此事褒姒知道是周王所为，周王也知道褒姒清楚，可他们却从未谈过此事，都在刻意回避。不管褒姒是不是爱世父，可毕竟有过婚约，关系匪浅。周王心头一怔，这一击对他来说是致命的，他有些慌了神，问褒姒：“你怎么回答？”

“大王不会强留嬴开在京中，更不会请百里成出兵晋北，大王也看不上世父的命。”褒姒猛然转向周王说道，“大王要小心虢石父。”

“此事是虢石父告诉嬴开的？”周王问道。

“百里成一事是。”褒姒摇摇头又点点头，“嬴开原本笃定世父之死和大王有关，和我谈过后，又不确定了，所以大王必须放他回去，强留只能生怨。”

周王宫湦叹了口气，不知道说些什么。

“臣妾累了。”褒姒转过身朝寝宫走去，觉得疲惫不堪。在这条路上走得太久，有时候失了本性而不自知，如今恍然间回过神来，整个人茫然不知所措。周王宫湦看着褒姒的背影越走越远，心中越发地焦急，忍不住喊住了她：“褒姒！”

“嗯？”褒姒停住了脚步，站在大殿边缘，背对着周王。他很着急、很焦躁，也很不安，可他只说了一句，“对不起。”

褒姒转过身去，看着周王苦涩地笑了：“这就是命吧？”说罢，她转过身去，越走越远，就像是把她生命中的那扇门轰然关上，却将他拒之门外，只留下了那扇木门紧闭，生硬而冰冷。月光洒落，照在床褥之上，她一个人趴着，失魂落魄。有多少个夜她没有再体会过刚刚入宫时的孤枕难眠了，那种“暖炉侍其主，不知相思苦”的滋味如今已荡然无存，却因为对孤独和死亡的惧怕，她将自己变成了今时今日的模样。

杀桑珠的时候浑然不察，见郑夫人轰然倒下也心如止水，秦夫人、嬴德接踵而去，她都不曾心有愧疚。今时今日，事关那个曾向她捧着一颗心的人的时候，她仍能将谎话说得如此精妙，没有一丝一毫的破绽，用那张虚伪的容颜让嬴开打消顾虑，还为周王争取到了一个竭诚尽忠的诸侯。

嬴开的兄长为周王所杀，他的父亲之死也和他脱不了干系。

褒姒长叹了一口气，发现自己真的变了。不久的将来她和世父在黄泉相见，那个曾对自己捧着一颗心的男人看到现在的自己，只怕也会哀叹当年的痴心错付吧？而这能怪谁呢？

这是一个永远都不会有答案的问题。

周王宫涅呆立在大殿良久，转过身朝着显德殿走去，他像是个失去了家的男人，失魂落魄。坐在书房看着月亮一点点挪到当空，又沉了下去，太阳从地平线慢慢爬起，洒出金灿灿的光线，周王站起身，掸了掸衣袍，下人赶紧过来问道：“大王？要不要取消晨谒？”

“不必了。”周王宫涅摆了摆手，迈着沉重的步子去了前殿。隔日，洪德率领的秦兵同文朔率领的周军就要奔赴晋北。周王下令，要晋伯即刻回晋，点兵百乘做洪德与文朔的援军，另一方面也命令嬴开回秦，派百里成来镐京城复命。

嬴开心头一惊，昨日褒姒才答应过自己周王绝不会让百里成前往晋北，今日莫非周王就要出尔反尔了？他心头有疑虑，却没问出来，只是恭恭敬敬地说：“是，大王！”

“明日寡人同褒后为大军送行，秦伯和晋伯就不必耽误了，今日出城吧！”

“是。”秦伯同晋伯异口同声地说道。周王眯着眼看了嬴开半晌，自从入京，他就极为低调，同嬴德的性子截然相反。对自己的吩咐与命令谦卑顺从，这种人比嬴德这条毒蛇还要可怕。

晨谒散了之后，百官告退。周王坐在大殿上叫住了嬴开，嬴开本已走到了门外，听见周王的声音，顿了一下，转身俯首拜谒：“大王？”

周王宫涅屏退左右，而后站起身，走到了嬴开面前：“百里成一事，你务必请百里将军早日入京！”

“微臣遵旨！”

“你就不问问寡人为何要请百里将军入京？”

“大王请百里将军入京，自然有大王的用意！”

周王宫湦眯着眼睛打量着嬴开：“洪德出征，若有百里将军相助，必定能赢。如今褒后的性命压在这场晋北之战上，寡人不能不多做谋划。”

“大王顾虑的是，就请百里将军出征晋北，必能得胜！”

“可褒后不准。”周王宫湦叹了口气，“百里成一动，秦国就岌岌可危，犬戎回撤，攻打秦国，取我镐京城易如反掌。寡人虽然不惜以天下换褒后一命，可褒后不能对不起故人所托。她这条命，寡人得想别的法子来保！”

“微臣明白！”嬴开在入京之前曾设想过周王是个怎样的人，或者阴险狠戾，或者独裁专制，却想不到这个男人刚硬又不失温柔，能对褒姒一往情深至此，也叫嬴开觉得世父该放心了，王后这条路纵然走得凶险，却并不孤独，“还请大王放心，微臣愿倾举国之力保洪德此战大胜！”

周王拍了拍嬴开的肩膀，默不作声。

隔日是洪德的出征之日。褒姒差人叫洪德来一趟东宫，他入了京却不去东宫拜谒，难免要引起群臣的猜忌。褒姒犹豫了几日，一夜未眠之后的大早，差人去前殿请了洪德过来。

洪德以为褒姒与自己的隔阂彻底消除了，心中欢喜，到了东宫，再瞧见褒姒平和的面容也没了当日拔刀相向的戾气，颇为得意。再见东宫中没有周王宫湦的身影，他越发肆无忌惮，打量褒姒的眼神也变得有恃无恐：“参见褒后。”

“此番哥哥前往晋北，一路上必定艰难重重。本宫缝制了荷包，装了些花瓣，能凝神静气，哥哥行走军中，难免用得上。”

“有劳褒后了。”洪德盯着褒姒，“若非褒后从中斡旋，只怕在下也没机会立此战功。”

“能不能立功，还得看哥哥的本事。如今大王虽请了百里成入京，可还没有决定要不要派给哥哥。毕竟百里成的兵马刚刚力克犬戎，如今再长途跋涉、旅途劳顿，就怕事倍功半，拖了哥哥后腿！”

“不会！”洪德强调道，“秦兵早晚操练，百里将军用兵如神，深得秦军拥戴，有他出征，此战必胜！”

褒姒眯起眼看着洪德，心中寻思洪德的野心之大，连秦国都容不下了。她试探性地问道：“若没有百里将军出征呢？莫不是秦军的实力不足以御敌？”

“倒也不是，只是没有十足的把握，我倒不怕北狄，我是担心楚侯掣肘。”

“为何不让百里将军率兵深入楚地，造成威胁？如此楚侯就不敢轻举妄动了。”

“不妥。”

“有何不妥？”

“秦国经历了两代秦伯更迭，军力大减。如今我带走了两百乘兵马，若再叫百里成率兵去掣肘楚侯，这是无米之炊！”

“如此说来，若有人趁火打劫，便能一击即中？”褒姒顺着洪德的话说下去，洪德给自己挖了个坑，恍然间被褒姒点醒，有些惊慌：“此时……也不会有人对秦国出兵吧？”

“犬戎啊！”褒姒提醒道，满眼疑惑，仿佛对战争完全不懂。

洪德咳嗽了两声：“犬戎的主力都在晋北，腾不出手的。”

“万一呢？”

“万一……”洪德略一思忖，“万一的话，我秦军尚有其他兵力抵抗。”

“抵抗不了楚国，抵抗戎军却没问题吗？”

洪德的话并不合理，楚军即便善战，也不能和犬戎相提并论，犬戎是游牧民族，彪悍成性，而楚军则在鱼米之乡。褒姒顺势问道：“如此说来，楚军已经更甚犬戎了？”

“是。”洪德擦了擦额头的汗。

“倒是要叫大王随时提防楚国了！”

“是。”洪德敷衍地点着头，“楚军狼子野心，目标直指中原啊！”

“如此说来，该叫大王放下疑虑，劝说他允许百里成出兵了！”褒姒像是自言自语般地念叨着，洪德便跟着不住地点头，“若是褒后请百里将军出战，他一定会竭诚尽忠赢了这一局的！”

褒姒看着洪德面无表情，她想笑，却笑不出来，表情越发地严肃了。百里成会对自己竭诚尽忠，是世父对她最后的情分。世父之死她明知真相却不能言于嬴开，不说是不义，说了是不忠。她叹了口气：“此事哥哥只管放心，百里成必定前往晋北，此战我们必须要赢！哥哥若能告捷，必得秦伯重用。他日回秦，必是上卿的不二人选。若再拉拢百里将军，秦国便是囊中之物。褒家的前途与我的性命可就全赖哥哥此战了！”

“我绝不负你所托！”

“他日，本宫就在这里为哥哥设宴了！”褒姒叫人端上了酒水，敬过酒之后洪德原本还打算再作停留，秀秀却忽然来报："大王差人来吩咐，要为公子启之设宴，今晚在东宫宴请，好像是郑伯传了信回来，大王说要请您定婚期呢！"

褒姒听罢，微微颔首，再转向洪德："公子启之要来，此刻也不宜让你们二人相见，哥哥还是先行回府吧。明日启程，今晚该好好休息！"

"也好！"洪德有些失望，深邃地看了一眼褒姒，眼中满含不舍，流连再三才告辞离开，褒姒问秀秀："怎么公子启之忽然要来？"

"不知道，刚才大王差人来说的！"

褒姒瞧着秀秀又问："大王是不是来过了？"

"嗯，没进来，瞧见褒后和褒大夫，转身就走了，然后就传了话来。"

褒姒知道公子启之对拜访她必定是没什么兴趣，周王宫涅无非是要找个理由赶走洪德。这叫她忽然觉得心中一暖，露出些笑意，她这些天情绪不高不是怪他，只是觉得有些愧疚。如今也该把事情放下了，不能再裹足不前。褒姒设宴的排场给足了公子启之面子。而周王请来了廿七，还未踏入东宫大殿就大声对褒姒说道："看寡人给你请了谁进宫？"

"廿七？"褒姒许久不见廿七，两人生疏了很多。廿七觉得脚上灌了千斤重物，挪不动步子，呆立了半晌，才想起给褒姒行礼。

"我们都回宫这么久了，你也不过来看看？"周王宫涅说着廿七，"当日那个敢指着寡人鼻子骂骂咧咧的廿七怎么不见了？莫不是如今连进宫也前怕狼、后怕虎的？怕日后群臣苛责，连你也算褒家的人，推出去斩了？"

"不是，不是的……"廿七赶紧否认道，"我只是……"她咬了咬下唇，"我当年不懂礼数才会冲撞大王，如今懂了，不敢僭越。夫君不在，廿七不敢贸然入宫！"

"什么叫贸然？"周王宫涅反问道，"寡人封你为王姬，入宫便是回家。你夫君出入东宫，那才叫贸然！"

这话说出来，褒姒和廿七俱是一惊，抬头看着周王，周王宫涅却拍着启之大笑："还有你，你随便进出东宫，也是贸然！"

"微臣为何要进出东宫？"公子启之反问一声，应和着这句玩笑。褒姒朝周王宫涅走了过去，挽住他的胳膊："大王还没入席，就说起酒话了？此事也是臣妾顾虑不周，从晋南回来忙忙碌碌的，忘了宴请廿七夫妇同公子启之了！"

启之见了褒姒，上前行礼："参见褒后！"

"公子不必多礼，大王特意吩咐了要宴请你，说得匆忙，若有招呼不周的，公子莫要见怪！”褒姒说罢，又看向廿七，“本宫倒是疏忽了你，如今你在京中，若没什么事儿就来陪本宫坐坐吧。”

“是！”廿七向褒姒行了礼。

褒姒张了张嘴，想说些什么，可最终也只是微微一笑，不再多言。众人落座，宴席开始，褒姒再说准备不周，可佾人的表演却毫不含糊，根本不给周王同启之闲聊的机会。她知道周王眼下不想和启之多说，怕说多了，难免流露出不满来。

褒姒看着周王半晌，探过头去说道：“这两日臣妾只是心中有所触动，并非放不下，大王不要介怀。”

“寡人明白！”

“大王昨夜没怎么休息吧？”

“辗转反侧，哪里睡得着……”周王宫湦叹了口气，眯着眼看着大殿中舞姬起舞，又凑到褒姒耳畔，“寡人很久没有看你跳舞了！”

“大王要臣妾献舞吗？”

周王宫湦摇了摇头，捏住了褒姒纤小的手：“要跳也要单独给寡人跳。”

周王宫湦在褒姒的面前越来越像个小孩，而真的小孩念儿此刻早就心不在焉了。他盯着自己面前的一尺见方，不看启之也不看廿七，自己和自己玩得高兴。可纵是如此，你一会儿若去问念儿，刚才殿内都发生了什么？他可以事无巨细地回答，全不在意却全都知道。这场宴席人并不多，一曲终了，褒姒瞧着有些不耐烦的启之说：“大王吩咐了，这场宴席就是接待自家人的，本宫没通知士大夫们，可是无聊了些？”

公子启之本想站起身对周王辞行，可褒姒的话说到这里，他又不便说些什么了：“启之沙场征战数年，如今能偷得闲暇，也是难得！”

“婚事筹备得如何了？”褒姒问道。

“筹备大半，只等新娘过门了！”启之答话，廿七却看了眼启之，眉头微皱，这表情虽然转瞬即逝，却落在褒姒眼中。她不动声色，随意地说了句：“若是有什么忙不过来的，公子只管开口。”

“多谢褒后美意。”启之答道。

“他何时同寡人客气过？”周王宫湦大笑着说道，“家里有个女人毕竟是能帮衬上，他对自己的婚事不上心，三叔替他迎亲，婚事怕都是廿七在操持吧？这一家三个男人，没一个操心的人，也是难为廿七了！”

廿七有些尴尬，敷衍地摇头：“总不好叫郑伯和世子做这些琐碎的事情……”她说着捏着自己的手，手上满是汗水。启之从来不提自己的婚事，好像根本就不会结婚。周王和褒姒问起来，他又说得像有那么回事儿，廿七有些摸不着头脑，又不敢和启之的话相左，只得这么敷衍了。

“微臣哪儿敢叫嫂子累着？”公子启之狡黠地笑了，“这要是累着了，三哥回来得找我拼命！小嫂子和三哥还打算再要个孩子吧？”他说罢这话，却将目光投给了褒姒，想看看她的反应。褒姒的面容却无比平静，应和道：“是该准备要个孩子了，改日我叫秀秀去准备些滋补的药膳送到郑府上去！”

“褒后，你别听他瞎说！”廿七满面羞赧地捶了捶桌子，语气焦急。

褒姒掩嘴笑了，她的表现叫公子启之十分不满。本想看着褒姒不悦，却不想她倒好像很希望廿七同郑伯友如胶似漆似的，他只当是褒姒城府太深，越发地提防起她了。启之瞧着廿七的目光和瞧着褒姒的神色完全是两个样子，这差别虽然细微，可落在周王宫涅的眼中却分外清晰，他不动声色端起桌上酒水一饮而尽，心中打了别的主意。

酒席上，大家断断续续地聊天，断断续续地歌舞，持续到了夜色初上。公子启之起身向周王同褒后辞行，廿七也赶紧站了起来紧随其后。屋子里的音乐声戛然而止，周王宫涅斜倚着，“你们早些回去休息吧，明日还要为文朔、洪德饯行，启之你再送他们一程，入了晋国再折返！寡人担心……”

“微臣明白。”启之应声告辞，离开了东宫大殿。

瞧着两人离去的背影，周王的目光忽然深邃了起来。启之一走，祭公也立刻请辞，周王吩咐他留下琴，人可以撤了。而后念儿给自己的父王和母后问了安，也退了下去。很快，这里只余下周王和褒姒二人，周王看着褒姒，褒姒却盯着远方。

“怎么了？”周王宫涅站起身问道。

“这婚怕是结不成了。”

“刚才提起婚事，不见启之有反应，再问廿七，廿七慌了神。看来启之从未打算结婚，这齐伯千金的性命难保了。”

“难怪大王同启之交好，你们二人的脾性、行为处事的手段，太相似了！”

“相去甚远，他是在效仿寡人。”周王宫涅满面不悦，对着褒姒抱怨道。褒姒也只好点点头：“是是是，他哪里比得上大王睿智！大王叫启之前往晋南送行，可是为了将他支开？”

周王宫涅并不否认，他支开启之是要给郑伯时间去准备兵马，准备支援周秦大军。他深邃的目光盯着褒姒，信誓旦旦地说道：“我不能让你受到任何伤害！”

“嗯！”褒姒点了点头，“大王向祭公讨了古琴，可是要臣妾为大王献舞？”

“是。”周王宫湦捏了捏褒姒的鼻子。

“臣妾奏乐，臣妾跳舞，臣妾做不到啊……”

周王宫湦侧过身子看着褒姒，双眉一挑，语气轻佻：“你以为寡人不会吗？”

“大王会跳舞？”

周王宫湦大笑了出来：“去吧，寡人为你奏乐。”

“献丑了。”褒姒站起身，微微对周王宫湦作揖，然后朝着殿前的大片空地走了去。古琴的弦音慢慢地响起来，灌满了整间东宫的大殿，褒姒纤细曼妙的身姿舞动着，璀璨了年华。

第四十七章

廿七另觅良人心，郑家红事变白事

从东宫告辞，启之看着廿七满面笑意地问道：“刚才褒后问起，你怎么不说我根本无心婚事，所以从来没有准备？”

“多一事不如少一事。”廿七答道，“何况你以为我不说，褒后和大王就不知道吗？他们尚且睁一只眼闭一只眼，我何必要多嘴做个小人？可是二叔……”她说着顿了顿，“你若是要陷褒后同郑伯于不义，我便是倾尽全力也不会让你好过！”

“就凭你？”启之嗤之以鼻地轻哼了一声。

“男人有男人的法子，女人就有女人的法子；大人物有大人物的法子，小人物就有小人物的法子……小叔若存了害人之心，还得谨慎自己莫要被人害了！”

“多谢小嫂子提醒！”启之探过唇去在廿七的耳畔说着，廿七下意识地退了一步，面色潮红、心跳加速，喘息也不自觉地快了些。

启之得意地笑了出来：“褒后将你赐给三哥，不过是掩人耳目。镐京城沦陷，三哥不顾性命相救，褒后也情愿牺牲自己救三哥，他们二人生死相许之事早就传得满城皆知了。大王不说，不代表他不知道，只是丢不起那张脸。如今洪德一纸军令状，你以为就不是大王的意思吗？”

廿七的面色变得煞白，她不停地摇头：“不是这样的，大王深爱褒后，褒后也深爱大王，事情不是这样的！”她说话的声音很大，声音越大便显得她越心虚，她早就认定了郑伯同褒后之间有过肌肤之亲了，如今启之的话不过是验证了廿七的想法。

“你呀……”启之轻轻地推了一下廿七的头，“被人利用了还不自知，你把一颗心捧出来对别人好，别人可曾领你的情？只会践踏了你的一番好意……”

“你知道什么？”廿七瞪着启之的那双眸子几乎要滴出眼泪，她带着哭腔问道，“你可知道褒后为了大王受了多少罪、吃了多少苦？她宁被朝臣斥为妖妃，也不让大王帮她，因为大王一帮就失了朝中威信，她宁可剜了自己的肩头肉，还要被大王误会，差点死在琼台殿中。”

廿七抹了一把眼泪：“褒后和大王去野外狩猎，落入陷阱，回来不久，褒后怀了身孕。可那时候郑夫人临盆，秦伯又被人重创，秦夫人将宫里所有医官都调去了秦府。郑夫人性命堪忧，是褒后带着人马去秦府要的人，然后小产了。

“本来该是调养的病，却因为大王将自己锁在华辰殿，褒后要周旋后宫，为大王出征造势、为你的恶行善后……宜臼觉得褒后夺了他娘的宠，来琼台殿踹在了她的小腹上，从那之后医官说……”廿七的声音颤抖不已，深深地咽了口气，“褒后不能再生了！”她捂着自己的脸哭个不停，“哪里有女人不想要孩子的？你以为她今日的后位是怎么得来的，你凭什么那么说她？”

启之觉得心里有点难受，拍了拍廿七的肩膀：“我不是……不知道发生过这些吗？”

“你什么都不知道，就不要说！”廿七瞪着启之，恨透他了。

“好了好了，我说不过你！”启之做出休战的手势，他嘴里这么说，可心里却没什么感觉，谁不曾为大王出生入死？可又有谁知道在沙场七日不眠不休、断水断粮，还不知道援军什么时候能到的痛苦？

同样没人知道！

在那个位置，就要承受那份痛苦，你若享有权利就要承担责任！

可是启之见不得廿七哭，这瘦瘦小小的姑娘怎么就这么倔强呢？怎么就非得拴在褒姒和郑伯身上呢？他拿袖子擦着廿七脸上的泪，廿七打了他的手，倔强地抹干了湿润的面颊，这让启之由衷地笑了出来。

而此刻的东宫中周王抚琴，褒姒献舞，她妩媚的身姿曼妙，如雨后桃花，楚楚动人。周王宫湦的手一抖，琴弦在空中发出一声长长的颤音，他的手压住琴弦，乐声停止。褒姒扭过头看着周王：“大王怎么了？”

周王宫湦一手捏着自己的另一只手。

褒姒提起裙子朝着周王跑了过去，这才发现是琴弦划伤了他的手，血正从破了的地方渗出来。褒姒拉过周王的手放在唇上吮吸，咸腥的味道扑面而来。

“总觉得……要有事发生。”周王宫涅刚才莫名地心慌了一下。

“大王别太担心了。”褒姒的语气轻缓，希望这一腔温柔的语调能够抚平周王宫涅心头的躁动。他拉住她的手，用不确定的目光看着她：“寡人是不是应该亲自前往晋北，这样就不用拉你下水了！”

“如今楚国之危更甚秦国，大王若是丢下臣妾一人在宫中，臣妾该怎么办？”褒姒的下巴抵在了周王的肩上，“大王，天下没有万全的计谋，胜败乃兵家常事。”

“你怎么看？”周王宫涅微微地推开了褒姒，盯着她的眉眼。他都忘了他不喜欢她参政的，可此刻他就是想让别人来证明自己是对的，毕竟不受控的因素太多，谋事在人，成事在天。

“晋北一战，便是洪德输了，大王也不会输。晋北失守，晋军不能不去，这是世子姬仇夺权的最好机会。姬仇若能率晋兵，又有郑国为后援，大王绝不会输！”褒姒分析着眼下的时局，“嬴开虽然野心不小，可是他和楚侯相互制衡，谁也不会在短期内有所作为，更何况秦兵若败，大王可以借机将秦国收为己用……”

“寡人关心的根本就不是这些！”周王宫涅怒声说道。

“臣妾明白，可如果一个悲剧已经在所难免了，那只能让形势不会朝着更坏的方向发展！”对于死，她的悲戚之情未必就没有周王多。日后，她虽然不必活在思念之中，可如今想起要舍下周王，她的痛就一点也不比他少。只是一个人已经深陷痛苦了，她就不能再埋怨，那只会让事情更加糟糕的。

如今他们二人能做的，也只有相拥入眠，珍惜不知还剩多久的厮守。

第二日，大军启程，启之护送洪德一行进入晋国，周王宫涅在城外设宴，为大军饯行。

大军出发后数日，抵达了晋国。启之知会了一声便先行离开，折回镐京，趁着夜色翻墙而入。此番出行，他左思右想都觉得事情不对，就像是廿七说的，她都看得出启之无心婚事，大王和褒姒怎么可能看不出？周王宫涅不闻不问，又不着痕迹地褫夺了自己手中的兵权，再加上自己同晋伯、楚侯的一唱一和，周王也没有嗔怪……他不确定周王是要借自己的手除褒姒，还是要借褒姒的命除自己，他潜入郑府翻看郑伯的书信。

门外的廿七听到书房中传来的动静，觉得有些奇怪。最近府上无人，难道是郑伯回来了？她敲了敲门，推门而入。这突如其来的动静吓了启之一跳，一个翻身就从桌子下面钻了进去，待看清是廿七之后，这才忽然出来，从廿七身后抱住了她。廿七一惊，准备大叫，却被启之捂住了嘴：“小嫂子，是我！”

启之的声音就从耳畔传来，廿七羞得满面通红，使劲儿地扭着自己的身体让他放手。启之松了松手，廿七想转身，却没想到，自己刚一转身，启之又抱住了廿七。廿七面色一沉，用很严肃的声调说：“你松开我。”

“我走了些日子，小嫂子就没有想过我吗？”启之在廿七耳边问道，将她说得低下头去，整个人都提不起劲儿来，只能板着脸：“小叔放开我，请小叔自重！”她也不再挣扎，就那么冷冰冰的任凭他抱着。启之觉得无趣，松开了箍住廿七的手：“小嫂子不要见怪，启之是同你开个玩笑！”

“小叔开这种玩笑的时候，还是得顾及郑家的颜面！”

“下次不会了！”

“上次你悄无声息地回来，要我带你来书房；这次你又悄无声息地回来，径直就来了书房，小叔想找什么？”

启之讪笑了两声：“没什么，回来坐坐。”

“郑伯走的时候说过，小叔想去哪里下人都不必拦着，你若要来，不必这么鬼鬼祟祟的。你要坐就坐吧……今日傍晚大王从宫里捎了信出来，明日要我入宫，大概是交代迎亲的事儿，小叔若没什么安排，就随我同去吧，既然回了京，也该去一趟。”廿七这番话俨然是个长者的姿态，只能让启之恭恭敬敬地说了声“是”，然后看着廿七转身从这屋里出去，想着廿七的模样，启之整夜辗转反侧，只要合上眼就能想起她，让人周身燥热难耐。

郑伯从郑国传来的消息，赵叔带不敢耽搁，连忙送到了东宫。周王看完信函，用手生生地将那竹片折断了，褒姒与赵叔带交换了一番眼色，知道是又出大事儿了。周王宫涅压低了嗓音对赵叔带说道：“叫郑伯同齐伯一并入京！”

“是！”赵叔带答道。

“宣廿七明日入宫！”

“是！”赵叔带再次确认了周王的吩咐便从东宫退了下去。褒姒屏退左右，又找了些金疮药，刚才周王用力将竹片掰断的时候，竹刺刺入了肌肤。她坐在周王身边，小心翼翼地处理伤口：“郑伯那边发生什么事儿了？”

“齐国公子死了！”

“什么？”褒姒一怔，“郑伯怎么说？”

"路上遇到了打探军情的北狄兵马，两边起了争执，交战过程中唯独死了齐国公子一人！"

"又是北狄兵马，"褒姒琢磨道，"大王怀疑是启之故伎重施，所以才叫来廿七询问郑府上是否筹备了婚事？"

周王宫湦点了点头。

"此事如果真的是启之所为呢？"

"那这个人就绝对不能留！"周王宫湦每个字都说得十分沉重，这种背叛激起了他心底里的杀意。纵然是他动摇在先、放弃启之在前，可如今发生的一切才叫他真正下定了决心。

第二日，启之随廿七入宫，下人来报时，周王宫湦的面色就僵住了，褒姒捏着他的手："大王？"

周王宫湦回过神来，对褒姒摇了摇头，示意她自己不要紧，转而对下人说道："请他们进来吧！"

下人得了令将启之与廿七带入东宫大殿，二人向周王同褒姒拜谒行礼。

"怎么回来了也不提前说一声？"周王宫湦走到启之面前，捶了捶他的胳膊，"路上可还顺利？"

"大军所到之处，万民拥戴，都在颂扬大王英明！"启之答道，"昨儿夜里刚回来，今儿便入宫拜谒了。微臣时刻操心着婚事，生怕回来晚了就错过自己的大婚之喜了！"

褒姒仔细地打量着大笑的启之，不能不佩服他的镇定，他接到齐国公子殒命的消息应该比他们更早。

周王宫湦面上的表情慢慢敛了起来，而后才露出一抹浓重的悲戚，重重地拍了拍启之的肩膀，长叹了口气："寡人对不住你！"

启之雀跃的神情凝在了面上，不解地看着周王："怎么了？"

"齐国公子来京的路上遇到了北狄的埋伏，交战之后她……红颜薄命，这红事怕是要变白事了！"周王宫湦沉声说道。启之深吸了一口气，惊恐地盯着周王，不住地摇着头朝后退去，眼看着要跌倒在地了，廿七眼疾手快，扶住了他："小叔？"

启之看了一眼廿七，目光深邃，一手扶住自己的前额，一手摆了摆，示意自己没事儿。廿七松开了启之，站到了一旁，这电光石火间的一幕，没能逃过褒姒的眼睛，她静静地朝着周王宫湦的方向走了过去。

启之站稳之后看着周王，目光悲怆："还请大王允许在下率兵出征晋北报亡妻之仇！"

"此事不急，晋北一战自然能为她报仇，只是眼下这丧事？"周王言下之意是问启之丧事该谁来办，启之立刻接过周王的话茬儿："还请大王说服齐伯由我郑家操办丧事，齐国公子虽未过门，可我已将她视作夫人，虽有此不幸，也请由我安葬！"

"好……"周王叹了口气，"这事儿你去办吧。"

"如今婚事筹备了大半，却遭此横祸，郑伯不日入京，若再让齐伯瞧见了府上张灯结彩又要触景生情了。就让秀秀随你们将先前置办的婚事收拾了，准备丧葬吧？"褒姒说道。

启之正准备拒绝褒姒的这番好意，廿七却先开了口："如今晋北一事，大军都在外作战，小叔说婚事从简，东西原本就准备得不多，如今再改白事，郑府上人手够用，就不劳烦秀秀了。"

褒姒没想到廿七会替启之说话，看她片刻才点点头："若缺人手，只管开口。"

廿七抿唇不言，微微颔首。启之瞥了眼廿七，和周王又寒暄了几句，说了些场面话，就从东宫退下。离开东宫，启之挡在了廿七前面："我何时吩咐过婚事从简？小嫂子倒是护短……"他邪魅地一笑，瞧着廿七，似是想要将她的周身窥探个遍。

"小叔想做什么我不管，可你不能让郑府陷入灾难！更何况此事也是我疏忽了，日后郑伯问起你不张罗婚事，为何我也不操心，我倒是无言以对了！"廿七冷冰冰地说道，"只是人在做，天在看，大王赐婚，那齐国公子就一定会心心念念地想着自己未来的夫君是什么模样的人，心中必定惶恐，却也期待。便是没成为你的人，也定要自己的父亲面前处处护你的短，可你给她的是什么？是死亡……""你以为人是我杀的？"启之追上了大步走在前的廿七，拉住了她的手腕。

廿七回过头看着启之，再看着自己的手腕："小叔，我们还在宫里呢！"

启之这才意识到自己的失态，松开了自己的手，佯装着什么事都没发生过那般地朝宫外走去。而东宫里周王和褒姒二人此刻却绝不轻松，褒姒看着廿七和启之离开的身影，出神地望着远方："当日让廿七过门，却没想到事情会发展成今日这般……"她不知道这话要怎么说下去。

"谁也料不到这种事，你没必要自责！"周王宫湦按了按褒姒的肩膀，劝慰道。褒姒转过身仰头看着周王："大王打算一直同启之这样演下去？此事启之恐怕知道瞒不过你，大王若不提，会不会反倒是令他起疑？"

周王宫涅凝重地点了点头："找个机会吧，眼下若是将此事戳破，不好说启之会做出什么来。如今时局未定，不能再给自己添麻烦了！"

这天夜里，廿七怎么都睡不着，白日里她对褒姒信手拈来的谎话叫她觉得忧心忡忡、忐忑不安。跟随褒姒至今，她从未骗过她，可如今却因为启之对她最敬重的褒姒说了谎，此事令廿七感到心虚，她在床上躺着睡不着，便起身在院子里溜达，想散散心，让自己不再执拗于此。后院当中，月光下一袭白色身影坐在桌案边，他听见脚步声，转过头瞧见了廿七，"你还没睡？"他的声音略带沙哑，像是哭过，这声音触动了廿七，她开口问道："还在想白天的事情？"

启之点了点头："人不是我杀的，不管你相不相信，这事和我无关。"

"可是你早就知道你不会结婚！"廿七说道。

"是！"启之并不否认，"当日大王带褒后出行，随行军遇到埋伏，大王和褒后却逃过一劫，你以为是他们命大吗？"

"什么意思？"廿七警觉地问道。

"这是大王一手安排的，他要除掉褒后身边多嘴的下人，也为发兵找到了理由！"启之向廿七娓娓道来，"如今齐国公子之死，和大王遇伏一事如出一辙，你觉得这只是个巧合吗？"

"大王为什么要这么做？"廿七皱着眉头。

"你以为齐国公子真是同我有情吗？"启之自嘲地笑了，"当日宫中传出谣言说大王准备封她做齐夫人，可当时褒后的状态并不稳定，大王是想让褒后安心，才将她打发给我！如今眼看着她就要入京了，大王不能让此事露馅，才会杀了她！两军交战，所有的人都活着，唯独齐国公子一人死了，此事难道不蹊跷吗？"

廿七正是觉得事情蹊跷才会怀疑启之的，可被启之这么一说，又有些同情他："白天我不是有意苛责你，只是……"

启之打断了她的话："我知道你心地善良，不忍心徒增杀戮！我又何尝不是如此？齐国公子虽不是我杀，但是我却没能保住她的性命……"他说罢长叹了一口气，"觉得良心上备受煎熬，整夜都睡不着，才出来坐一坐。如今冬去春来，这春天也没有春天的样子，还这么冷。"他说着站起身将廿七抱在了怀里，这举动吓到了廿七，她有些挣扎地说道："放开我！"

"别动，让我抱一抱，就一会儿……"启之深邃地说道，他怀中的廿七渐渐地放弃了挣扎，而他炙热的怀抱却越来越紧，勒得她喘不上气来。他的面颊贴着廿七的面颊，廿七想动，他便在她的耳畔说：“我哥对不起你在前，你何必眼中只有他一人？”

“小叔……”廿七轻唤了一声，又推了推启之。

“我哥迎亲与齐国公子会有所接触，必定知道大王曾宠幸过她，你有没有想过人也许是他杀的？”

“不可能……”廿七脱口而出道，惊骇得大睁着眼。

“不可能？”启之嘲讽地笑道，“他为了褒后什么事做不出来？迟早他会为了褒后拿剑指在你我的脖颈，要了你我的性命，你信不信？”

廿七铆足了全力，一把推开了面前的启之，转过身跑回房中，留下启之玩味地在她身后笑，这笑意冷到骨子里了。

几日后，郑伯友一行抵达镐京城，直奔东宫，向周王汇报遇伏一事。此事发生得太过蹊跷，他们在郑国境内会合，也是在此遇到了佯装成打劫者的北狄人拦截了送亲的队伍，一场恶战之后，齐国公子死在轿中。齐伯始终觉得此事是郑伯所为，整日瞪着郑伯目眦欲裂，恨不得将他生吞活剥了。郑伯友也同样感到事发蹊跷，他们抓到的北狄人也都服毒自尽了，没留下任何线索。此事最大的既得利益者就是郑伯友，可此事并非他安排的，如今他成了最有嫌疑的人，一路上几次和齐伯大打出手。郑伯友思前想后，凶手如果不是自己，那就只剩下一个人了，那就是镐京城里的褒后。

褒姒要活，就不能让启之壮大，唯有依赖郑伯友所率的郑国援军支援晋北……所以褒姒不能容忍这段联姻。

郑伯友担心此事真是褒姒所为，对齐伯的控诉也不敢回应，甚至不敢彻查此事。他犹豫的态度更加激怒了齐伯，让齐伯认定了郑伯友必是凶手，只等回京请大王做主，为自己的亡女报仇！

如今这二人从郑国一路撕扯到了东宫大殿，褒姒带人退了下去，只余下周王宫涅、郑伯友与齐伯三人对质堂前。齐伯看见周王宫涅立刻跪倒在前：“请大王为小女做主，小女死得冤枉！”

周王宫涅将齐伯搀了起来，给足了他面子：“齐伯还请节哀，齐国公子之死实难预料，寡人同公子启之已经商议过了，这丧事就办在郑家，以启之夫人之礼将她安葬，置于祖坟之内，以金银玉器陪葬，让她走得风光。齐伯看，如此可好？”这已经给足了齐伯面子，可齐伯心中有结，如今咽不下这口气：“微臣求一个公道，还请大王彻查此事，还小女一个明白！这婚是大王赐的，却有人敢对小女下此狠手，太不将大王颜面放在心上了！”

“哼……”周王宫湦冷冰冰地哼了一声，这叫齐伯与郑伯友都将目光投在了他的身上，“这些人如今都不把寡人的性命放在心上了，哪里还顾得着寡人的颜面？”

齐伯不解地问：“大王此话怎讲？”

“寡人出京一样遇伏，整队人马无一生还。寡人若不是和褒后提前走了一步，也没命给齐伯主持公道了！”周王宫湦满面不悦，“你可知这杀人者是谁？”此事郑伯友一早就知晓，但齐伯当时还在路上并不清楚，齐伯便问道：“是谁？”

“这些人虽是商贾扮相，用的却是北狄的武器，哼……”周王宫湦从嘴里吐出这句话，他说罢看着郑伯友，“郑伯先退下吧，郑府如今缺个主持大局的人，你先回府吧。好好安顿齐国公子的丧事，寡人还有些话想要和齐伯单独说！”

郑伯友退出几步仍不忘回头再看周王宫湦同齐伯，两人面色黑沉，齐伯痛失爱女，周王则满面的怒意。如今周王宫湦单独和齐伯要谈的，必是让齐伯咽下这口气，不再追究。

若真如此，那齐国公子的死十之八九和褒姒有些关系，周王宫湦才会如此煞费苦心。郑伯友有些不安，洪德在前殿立下军令状不久，周王就差人给郑伯友送了信函，要他安排兵马支援晋北。郑伯友一面迎亲，一面去安排此事。他固然心系褒姒的安危，却不愿褒姒用杀人的法子来保命，他在她的心中难道就如此不堪？不堪到只要启之同齐国联姻，他就只能束手无策、坐以待毙？

郑伯友苦笑一声。

齐伯见周王宫湦有意支开了郑伯友，心中有所揣测：“大王可是有意要支开郑伯？”

“是！”周王宫湦倒也不否认。

“大王也觉得小女之死和郑伯有关？”齐伯询问道，他如今已经不敢再得罪周王宫湦了。东夷这一仗，让齐伯哑巴吃黄连，有苦说不出，在别人眼中是周王宫湦帮他打下了东夷，扩大了疆域。他若再和周王宫湦叫板，就是不识抬举。齐伯唯有感恩戴德，从此俯首称臣。

“齐伯为何会这么想？”周王宫湦问道。

“小女遇难后，微臣曾催促郑伯调查此事，他却迟迟不动！这些杀手前来，专杀小女，杀人便逃，其中必有蹊跷。小女生性贤淑，从未得罪人，谁会如此心狠？思前想后，怕是这婚事得罪了不该得罪的人！”齐伯心中的悲怆流于面部，表情凄苦。

“齐伯的意思是说，齐郑联姻可能威胁到郑伯的地位，他就将你的女儿除掉是吗？那他为何不杀了启之，却要绕个远路，再等你来指证？”

齐伯一听这话，便知道周王的态度了，他是有意偏袒郑伯，可齐伯觉得不服，再次长跪在地：“微臣只求大王彻查此事，若非郑伯所为，也能还郑伯一个公道！”

“你可知，这婚事是何人促成的？”周王宫涅忽然问道。

这话叫齐伯吃了一惊，抬头看着周王宫涅问道：“此事……总不至于是郑伯促成的吧？”

“你与东夷勾结，企图引东夷人中原窃取寡人江山，以为寡人不知吗？这场仗，寡人早就想打，只是时机不成熟！”周王宫涅的声音发沉、发闷，而齐伯额头上的汗水涔涔而落。

“寡人之所以不计较、不追究，不过是念在齐国与我大周同出一门，你们又世代忠心，你也只是一时鬼迷了心窍！”

“大王请恕罪！”齐伯使劲儿地磕头，“微臣绝不敢再犯，必定竭尽所能辅佐大王、侍奉大周！”

“有些事情寡人不说，不代表寡人不知道！”

“大王英明！”齐伯头上的汗水顺着自己的面颊滴落在地。周王宫涅绕着齐伯走了两圈：“起来吧！当日寡人想杀你，却没下定决心，至于寡人要娶令千金的谣言是褒后传的，她担心你我二人交恶，会让大周受制于楚国！褒后一心为寡人着想，寡人不能不为褒后考虑，才给令千金同启之赐了婚，寡人一向视启之为手足，齐伯却以为寡人的三叔就是个蠢货，看不懂寡人的用意吗？”

“微臣不是这个意思！”齐伯语调颤抖，双腿瑟瑟发抖，本以为自己占了理，谁知道周王宫涅却掐着自己的软肋，随时能要了他的性命。

“寡人的随行军遇伏一事与令千金的死如出一辙，凶手的手段之狠令人发指！”周王宫涅的话锋一转，叫齐伯不知道他的用意，只好顺着周王宫涅的话说下去：“大王正是借此事北讨夷狄的？”

“寡人出行的路线如此秘密，却泄露了，齐伯不觉得奇怪吗？”周王宫涅问道，“对方虽能取寡人随行军的性命，但想对付寡人还欠些火候，来者的目的不在于杀寡人！”

这话叫齐伯心中一惊，明白周王的意思了：“对方是冲着褒后来的？”

“褒后若在，必死无疑！”

“如今取小女性命，又是故伎重施，两件事可是一个凶手？可谁会想要同时杀褒后与小女呢？”

“自然是一个不希望齐国公子嫁入郑家又讨厌褒后的人！”周王宫涅卖了个关子，这话急得齐伯要跳脚了，却也不敢妄下判断，不知道怎么接周王宫涅的话才好。周王宫涅理了理自己的思路继续说下去，“如今能引北狄之人来杀寡人的，必和晋国脱不了干系，寡人已经差了人前往晋国的朝中去打探此事……”周王宫涅说着，从桌案上抽出了一封信函递到了齐伯手中，信函中的内容不是别的，正是当日在晋国的隰叔差人给周王传回的消息，言明杀大王的一行是晋伯、楚侯熊仪和公子启之三人合力，内容之具体甚至罗列到了用何人、用多少银钱收买的谁的死士。

信中虽没提到齐国公子一事，可齐伯也深知此事为同一拨人所为，他捏着这信函：“若说晋伯同楚侯熊仪对小女下此杀手，虽说无缘无故，却也说得过去，可公子启之是为何？”

“你以为令千金一死，获益最大的真的是郑伯吗？”

“什么意思？”

“寡人跟你打个赌，此事过后，启之必定请战晋北！”

齐伯蓦地跪倒在地，为周王宫涅的洞察力感到害怕。当年他自以为自己在朝中谋划的背叛一事滴水不漏，可此事竟然也滴水不漏地传到了周王耳中，他若再不识抬举，嬴其与嬴德之死便是前车之鉴。齐伯终于认清了眼前这个看似昏庸无能之人，才是天底下最不好对付的：“一切听凭大王做主！”

“这仇寡人一定会替你报！”周王宫涅的眸子如隼鹰般俯瞰着地面，面上泛着一丝冷冷的笑意，“当务之急还是要好生操办丧事，启之一事我自有办法，齐伯不要自作聪明。”

“微臣明白。”齐伯纵然心中不服，也不敢再辩驳。

郑府之内，郑伯友一回来便同公子启之交代齐国公子一事，下人前来知会廿七，老爷回来了，廿七便赶往了前厅。二人说话间郑伯瞧见廿七贸然地跑了出来，面上尽是久别重逢之后的笑意，他便停下了同启之的交谈，转而看着廿七。

廿七问候道：“老爷回来了？”

“嗯。”郑伯友心中仿佛有千言万语，想与廿七对坐长谈，可细细想来却又发现什么都说不出口。廿七面上原本的喜色转为苍白的容颜，用客套而又生疏的口吻说道：“我差下人去备些饭菜。”

“一会儿叫下人送去书房吧，我还有事要处理。”郑伯友答道。

“我知道了。”廿七转身离开前厅，出了门就跺了跺脚，怪自己沉不住气。久别不见的思念叫她放下以前强撑起来的自尊去见他，他给自己的又是一桶冷水，廿七咬了咬自己的下唇，满腹的委屈。

郑伯友看着廿七的背影消失在前厅，才转向启之接上刚才的话茬儿：“齐国公子一事是我疏忽了，三哥对不住你！”

“此事也不能全怪三哥，三哥也一定是尽力保护了……”启之叹了口气，“若非嫁入我郑国，或许还能躲过这个飞来横祸，怕是齐伯心中也不好受。我去齐府上看看还有什么需要帮忙的，这边就有劳三哥帮我张罗了！”

郑伯友点了点头：“你去看看也是应该的！”

“三哥不好怠慢了嫂子，她在府上等你太久！”启之提醒道，审视着郑伯友面上的颜色。见自己的哥哥没有动容，便知道了廿七如今的处境。启之起身告退，去了一趟齐府。齐伯纵然满心愤懑，却什么都不能说，什么都不能提，好在还有丧事做个幌子，便是拉着脸、提不起兴致也是能解释的。启之不知道齐伯心中的顾虑，和他絮絮叨叨地从下午一直聊到了深夜，再回到郑府已经是夜里的事情了。

后宫褒姒传

Hou Gong BaoSi Zhuan

{下}

飞刀叶 / 著

Feidaoye Works

中国友谊出版公司

后宫褒姒传

Hou Gong BaoSi Zhuan

目录 — CONTENTS

第四十八章

旧臣如今已二心，叔嫂情牵九州志

郑伯友自回来之后就一直将自己锁在书房来来回回地踱步，周王单单将齐伯留下来而有意将自己支开，摆明了周王宫湦是不打算追究自己保护不力一事。可见周王已经知道凶手是谁了，能让他煞费苦心去保护的，除了褒姒还能有谁呢？

天色稍晚的时候，廿七端着汤羹敲了敲门：“老爷？”

郑伯友走到门前将门拉开，看见是廿七，便退了一步让她进来。

廿七打量着神色憔悴的郑伯友：“老爷还是早些休息吧，这一路也累了。”

郑伯友端起汤羹一饮而尽：“你先下去吧，我得再看些东西，那么长时间不在，有很多事要处理。”

廿七并没有听从郑伯友的吩咐下去，只是从他的手中接过空碗：“这些天我入宫见了褒后几面，她瘦了。你走后不久，朝中发生的事你也该有所耳闻吧？”

郑伯友点了点头。

“你希望洪德赢吗？”

“什么意思？”郑伯友皱了皱眉。廿七靠在了桌案前动了动嘴，却没说话，她不想一次次地剖开郑伯友的心去看，一次次地验证褒后对他有多重要。如果这场仗洪德输了，大王为了保褒姒性命，一定会让郑伯友强行带走褒姒，再对外宣称褒姒消失了，天下能耐大王何？如此一来，他们两人就不必再受现实的困厄，而可以相守一生了。廿七知道这是郑伯友最想要的结局。

廿七朝郑伯友靠近了一步，依偎在他的身上，拔掉了自己头上的珠钗，头发一泻而下，披散在身后。她穿得很少，衬托着玲珑有致的身材，麝香也换成了龙涎香，表情中掺杂着几许妩媚。

郑伯友扶住了廿七，她抵在他的怀中，柔弱无骨。身上散发出的温度对男人来说是一种致命的吸引，这叫郑伯友的身体僵硬了半晌，握住了廿七的肩膀：“你在做什么？”他的声音带着小心翼翼的喘息。自郑伯友镐京城一怒为红颜以来，曾多次想在廿七的房中留宿，却被廿七拒绝了，今晚她投怀送抱叫郑伯友心口一紧，揽住了她。

廿七的那颗心也是一紧，她一只手攀在了他的脖颈之上，踮起脚尖轻吻着他的唇，柔软和细密的吻几乎褫夺了郑伯友的理智。他回吻着怀中的女子，可脑海中偏就有那么一个身影闪过，月光中的那袭身影是他此生抹不去的印迹，犹如一个晴天霹雳，他猛地推开了廿七：“对不起！”他丢下廿七从屋子里逃了出来。初春的夜里，冷风阵阵，将他从刚才那氤氲的气氛中拉了出来。郑伯友闭目长叹，这辈子他要有负廿七了。

廿七双手撑在桌沿上，豆大的泪珠一颗颗砸了下来。从起先的抽泣变成放声大哭，颓而无力地蹲了下来。书房的门“嘎吱”一声被轻轻推开，有人朝着廿七走过来，蹲在她的身边，递给了她一块白色的布帕：“早就知道是这个结果了，何必自取其辱？”

“谢谢。”廿七从启之手中拿过了布帕，深吸了口气，“为什么不管我做什么都无法撼动她在他心里的位置，为什么他看见的永远都是离他那么远的她，却不知道自己的身边还有一个女人在为他守候？”

“你到底有多爱我哥才这么委屈自己，他值吗？”启之觉得廿七不可理喻，廿七转向启之：“你这种人懂什么是感情吗？你在战场上驰骋掠夺的时候，从来不会体谅那些被你杀死的人有多无辜！你杀人如麻，心是冷的。”

“无辜？”启之冷笑一声说道，“今日我若不杀他们，他日我就会被他们所杀，你明白什么？你以为我喜欢厮杀吗？我是个正常人，渴望的是正常人的生活，平静一生，可别人允许我这么做吗？”他说着说着声音便有些大了，“连娶个妻子都由不得我自己做主，这种痛你能明白吗？你以为我想杀人吗？谁不知道让自己的手干干净净的，可我若不去，谁来换你们的一世平安？”

廿七被启之说得哑口无言，她盯着他。他目光灼灼，在月光下熠熠生辉，这是她从来没有见过的他。她一直以为他自负、轻薄、恃才傲物、冷酷无情，却不知道这样的桀骜不驯、放荡不羁之下还掩藏了一颗千疮百孔的心。廿七朝后退了一步，就像是害怕被卷入这感情旋涡之中。

启之拉住了廿七的胳膊，拥她入怀：“想要却得不到有多痛苦，你不是最明白吗？”他吻住了廿七的唇，廿七的眼睛睁得浑圆，不肯相信眼前发生的一切。她铆足了全力想将启之推开，这力气却如同泥牛入海。启之吻得很深，企图掠夺她唇齿每一寸的味道，这种占有欲与郑伯友的温润截然不同，让廿七感到害怕。

廿七挣脱不开启之的钳制，一点点身陷于他。

她的眼泪流了下来，这是绝望中无声的哭泣。她不停地摇头，用这种无声的控诉来祈求启之停下来。

这一夜发生的一切，让廿七和郑伯友之间再无可能。

夜深人静，月上当空，启之帮廿七穿好了衣服，将她抱在怀中离开书房。廿七失去了全部抵抗的力气，任凭他抱她回房。他握着她的手，俯身在她的耳畔说：“你若肯嫁，我就肯娶，我知道我哥不会介意！他若介意，我想要的东西，不择手段也一定要拿到。”

“我不是东西。”廿七的面色苍白，转向启之，“我若不肯给，也有自己的法子！”

“你的方法不过是在郑府中寻死觅活，你若如此，郑府二夫人自杀这种事传出去可不太好听，大王会怎么想，他那时会怎么看褒后，又怎么看郑伯？”

“你浑蛋！”廿七忽然坐起来捶打着启之的前胸，启之很轻易地捏住了她的手：“手段可能不太光明，可我不忍心你继续受这罪了，跟着我。”他盯着她的眸子，廿七咬着自己的下唇哭了出来，不停地摇头：“我这一生绝不二嫁。”

“他不爱你。”启之温柔地在廿七的耳畔说道，亲吻着她的耳垂，“好好考虑，迟早有一日这郑国是我的。你想护褒后周全，又想保全他的一条命，你没得选。”

廿七惊恐地看着启之，这是威胁。“为什么是我？就因为我是你嫂子？就因为我是他的女人？”

“怎么可能？”启之抚摸着廿七的脸庞，“因为我喜欢你，从见到你的第一面起就喜欢你，然后越来越喜欢。”他吻着她的面颊，“莫说你如今已经是王姬了，便只是宫里的下人，我也愿娶你为妻。”

这话不可能不打动廿七的心，她的脑海里乱成了一锅粥，事情发生得太多，让她心乱如麻。启之帮廿七盖上被子：“如今天寒地冻的，嫂子要我为你暖暖床吗？”

“你走！”廿七翻过身去，背对着启之。

“我明日再来看你。”启之笑了，饶是廿七再怎么挣扎，她已经是他的囊中之物了。

初春的天还在飘着雪，落在地上，白茫茫的一片。今晚的月亮很圆，泛着红光，有股血腥的气息，启之的夺位之心愈演愈烈。七日后守灵结束，那一日的早朝上启之便借口夫人之死要出兵晋北为夫人报仇，此事如同周王所料，让齐伯心中“咯噔”一下。

这场杀戮的受益者果然是启之，他拿自己夫人的命当作夺权的垫脚石，此人心狠手辣，令齐伯叹为观止。“先了了丧事再说，如今大军已到晋北，百里将军不日抵京，你这仇自然有人替你报！”周王宫涅用不容辩驳的语气说道。早朝结束之后，周王宫涅叫住了启之，叫他随自己去趟书房，刚进东宫书房，周王宫涅就从桌案上将先前那封给齐伯看的信函摔在了启之的脚下。他因为竭力遏制住胸口的怒意而大喘着粗气，启之不明就里地将地上的信函捡起来，看见里面的一字一句，腿下一软跪倒在周王面前：“这是莫须有的罪名，微臣从未背叛过大王。”

“你当寡人蠢吗？你以为凭你和廿七在东宫一唱一和的那两句话，就真能撇清自己和此事的干系吗？”

“微臣从未想过要杀大王，微臣虽同楚侯、晋伯同进同出，可也只想要个出征的机会。文朔虽是武将，从未独当一面，那洪德就更不用提了，他是个文臣！”

“寡人若不是知道你没有杀寡人的心，你以为你还能活得到现在？可齐国公子一事，你能发誓与你无关？”

“微臣不愿娶她，若我同齐国联姻，只怕日后受其牵连。齐伯能力不足、野心有余，微臣是以才出此下策，还请大王见谅！”

“你胆子倒是不小，自己杀了人，还要借这个名号出兵，好再杀了洪德、害死褒后，帮楚夫人坐稳后宫的位置，再叫楚国处处掣肘吗？”

“微臣不敢有此二心！”启之十分紧张，周王的质疑他早就想到了，可如今真的要对峙，他还是有些害怕，“微臣只想尽自己的绵薄之力，还请大王明鉴！”

“若真如此就给寡人老老实实地待在郑国，想要出兵，就等大军败了再说！”周王宫涅大喝一声。启之连连应答，而后才虚脱无力地逃离东宫，踏入郑府才觉得宛若新生。他长长地出了口气，证明自己还活着，可胸口的那口气他还是咽不下去，晋北之事他一定要插这一脚进去。

郑府上下定好了离开的日子，周王宫涅前往郑府为郑伯友、启之饯行。酒宴上各怀心事的众人经不起别人劝酒，都喝多了。周王宫湦环顾四周，不见廿七，问起郑伯友才知道，这几日廿七身体不适，一直在房中休息。酒酣之时，周王借口离开了酒宴，收起迷离的醉态大步朝廿七的厢房走去。他抬手敲了敲门，里面的廿七十分惶恐，声音中带着些颤抖："谁？"

周王宫湦没有答话。

"是谁？"廿七又问了一句，就像是家中进了贼。周王宫湦铁了心不打算说自己是谁，又敲了敲门。里面的廿七紧张地来回踱步，不知道该不该开门。她害怕开门看见的是启之，更害怕看见的是郑伯友。

廿七害怕惹恼门外的人，若再起什么冲撞，就麻烦了，只得把门一拉，连对方的面都没看清就说道："你能不能不要再来了？"

"寡人？"周王宫湦指着自己。

廿七大惊失色："廿七不知道是大王，还望大王恕罪。"

"你以为是谁？"周王宫湦问道，廿七很紧张地后退，使劲儿地摇头。

"到底是谁？"周王宫湦一步步地朝着廿七逼了过去，将廿七逼得一步步后退，最后"咚"的一声跪在地上。"奴婢说错话了，求大王不要追究！"

"你是说错话了，"周王宫湦点了点头，"怎么还自称奴婢？"

廿七的面色十分难看，不敢再开口多言一句，周王宫湦却伸出了手："起来吧。"

廿七自己站了起来，没接周王的手："大王此刻来访，不知所为何事？"

"不是什么大事儿，"周王宫湦随意地说道，"只想你替寡人杀个人！"

"什么？"廿七盯着周王宫湦的瞳孔不断地缩小，惊恐之心不言而喻，她不停地摇头，话音也在颤抖，"大王是不是找错人了？"

周王宫湦却仍旧十分平静："寡人的人寡人了解，启之和我一并长大，有什么爱好、什么习惯，我一目了然。你同他之间已经不再清白，刚才也是将寡人当作了他，才不想他进来的。"

廿七浑身颤抖，又不敢否认："大王让我杀谁？"

"你想杀谁就杀谁！"周王宫湦从怀中取了一包药，这是从楚夫人那里讨来的那服见血封喉的毒药，药性之烈天下无解。他将药递给廿七，廿七去接这药的手抖得几乎要将药撒出去："什么……什么意思？"她满面汗水，头发都被浸湿了。

"启之要杀郑伯友，做这个诸侯；郑伯友想要坐稳这个位置，就得除掉启之。寡人也不知道留谁比较好……思前想后，既然一个是你夫君，一个想做你夫君，就由你来决定吧。”

廿七咽了口唾沫，看着自己手里的药包，带着哭腔问：“大王要我杀的到底是谁？”她觉得周王话中有话，可她却揣测不出他的用意。

“随你！”周王宫涅又说了一遍，“你若不动手，他们也会自己了结的，寡人不过是给你一个先下手的机会。”

“大王要我何时动手？”廿七知道周王不是在开玩笑，她强迫自己冷静下来。她以为周王宫涅要除掉郑伯友，才借她的手来杀人。这让廿七不免心中冷笑，难道就因为她是个女人，毕生的愿望就该是得一良人厮守到老吗？

“你认为该动手的时候。”周王宫涅说道，“动手太早，万一北狄破了晋国直抵郑国，郑国内乱无暇迎战总归不好；动手太晚……”他考量了一阵，然后微微点头，“就轮不到你了！”

“为什么大王要我来做这件事情？”

“杀郑伯友，褒后于心不忍；杀启之，寡人于心不忍。此事得有个了结，寡人便交给你了，眼下没有人比你更合适！”周王宫涅拍了拍廿七的肩膀，这是一场豪赌，周王转身走到门口又转过来说道，“寡人的赐婚也可以反悔！”

廿七满面惊恐，她小心翼翼藏起来的情绪竟然如此轻易就被人看透了。她摸着自己的胸口，低头盯着地面。瞧着她的模样，周王宫涅忍不住笑了出来：“你也不是他第一个女人，也绝不可能是最后一个。寡人自小和他一起长大，论甜言蜜语，郑伯友不是他的对手。郑伯以为自己不爱你，不代表真的不爱；他说他爱你，也不代表真的爱。他的女人没有断过，你若嫁了他，要面对的就不是一个大夫人、一个褒后这么简单了，可能是数之不尽的奇怪女人，别被一时的冲动迷了心思！”

“大王是要我杀启之？”廿七惊愕地问。

“寡人不会左右你的决定，寡人只是提醒你。这也是看在了褒后的面上，若是日后做出了决定才发现事情的真相，你承受不住！郑伯若是对你无情无义，启之怎么可能在你的身上费这么大的劲儿？”他说罢踏出了屋子，帮廿七关上了门。这一日，周王宫涅回到宫里已经很晚了，褒姒刚刚沐浴过，正坐在镜子前挑着灯芯发呆，从镜子里隐约看见了一个人影，立刻起身去迎：“这么晚？”

“去了一趟廿七那儿。”周王宫涅犹豫了一下，还是和褒姒说了。

“廿七？找廿七做什么？”

"你看不出？"

"看得出什么？"

"启之喜欢她。"

褒姒恍然大悟地点了点头，上次问启之准备婚事的时候，她还和周王宫湦提过，她本以为周王没有将儿女情长之事放在心上，也就没再说了，今日周王说起来反叫褒姒有些意外。她叹了口气，回过身又坐了下来，看着镜子怅然道："臣妾曾嘱咐郑伯带廿七出宫，好好照应。郑伯曾答应我，待有朝一日遇见了真心待她之人，便成人之美……"她微微地摇摇头，"如今这个真心人总算是出现了，却偏偏是启之，这对廿七来说该是福还是祸？"

"寡人去找廿七，说了一件事！"周王宫湦走到褒姒的面前，手按在她的肩膀上，是要叫她安心，"启之的女人从没断过，她不是第一个，也不可能是最后一个。"

褒姒猛地抬起头看着周王："大王是在劝廿七不要离开郑伯？"

"寡人不想她再走错一步。"周王宫湦坐在了褒姒的身边，将她揽在怀中，"人非草木，三叔的心并非铁石，一个女人守在他身边，他怎么可能没有感觉？可三叔觉得自己对不起廿七，所以有些东西他不敢给，怕伤她太深。越是这样，才说明他在乎她，至少在乎她的感受。三叔不察这份情，是因为廿七一直都在，不离不弃。如果有朝一日，廿七不再陪伴在他身边，他就会明白，这个女人是他曾经用心去呵护过的，就会知道他有多么不希望她离开自己。"周王宫湦的下巴抵着褒姒的肩头，说得很深情，他虽说的是郑伯友，可表述的那份离别相思却是他和褒姒即将面对的。这话触动了褒姒，也触痛了周王，他吻了吻褒姒的脖颈以遮掩自己的失态。而褒姒的眼泪却不能自已地掉落下来，滴在手上，她点了点头，很用力地点了点头。

第二日清晨，周王同褒姒到城门外送郑伯一行启程回郑，他再次嘱咐了郑伯友晋北一事，郑伯友早已将此事安排妥当，如今回禀给了周王。此事映入启之的眼中，他对他们二人的协议多有猜测，转而将目光投向了魂不守舍的廿七，她正在同褒姒道别。

褒姒轻轻地抱了抱廿七，在她的耳边轻声说道："如今将你推到这个位置，真的是委屈你了。可你若想做什么，放手做便是，本宫在一日，定护你一日。"

廿七也抱着褒姒，鼻头一酸，眼泪差点掉下来："褒后要好好照顾自己。"

褒姒拍了拍廿七的后脑勺："这话该本宫嘱咐你才是！"

廿七抿着唇勉强自己笑出来："有郑伯在，廿七不会受委屈的。"她看了一眼郑伯友，郑伯友转而看向廿七。廿七朝他靠近了一步，挽住他的胳膊，向褒姒挥了挥手，转过身。郑伯友扶她上了马车，她坐稳便松开了郑伯友的胳膊，这叫郑伯友有些吃惊，看着廿七撤回去的手和漠然的表情，心头莫名地疼。

回到郑国，安顿好齐国公子下葬一事，启之便匆匆辞行，说想要周游列国。郑伯友象征性地挽留了几句，便随启之去了，也没多想。可启之前脚离开郑府，后脚又趁着夜色溜了回来，潜入郑伯友书房中，想找出郑伯同大王的书函，瞧一瞧他们到底达成了什么协议。

书房的门"吱呀"一声被推开，启之翻身钻到了桌案下，趁着月光瞧着进来的人，才发现原来是廿七。这让他松了口气，小心翼翼地从桌案下又钻了出来，从廿七身后抱住她，捂住她的嘴，小声说道："是我！"

廿七听清了是启之的声音，满面羞赧，微微地喘着气儿怒斥道："你松开我。"

"小嫂子想我吗？"启之在廿七耳边说道，轻咬着她的耳垂，让她整个人都提不起劲儿来，用很没有说服力的声音问道："你白天辞行，现在又回来做什么？"

"自然是想见你！"

"你在书房找什么？"廿七岔开话题责问道。

启之找不到信函，想从廿七身上打主意，便呢喃地叫了声："廿七……"然后轻吻着她。

"你放开我。"廿七的声音又小了一些，几乎站立不住。启之的一双手不老实地顺着廿七的衣服摸到了她光滑的胴体，启之浑身颤抖，呼吸粗重。感觉到启之身体的变化，廿七紧紧地抓住启之，"不要在这里，求你了。"

启之一手将廿七抱了起来："那去哪里？"

见廿七低着头不肯答话，启之只好问道："去你那里？"

"你哥会去。"

"我哥会去？"启之满面不悦，"去做什么？"他抱着廿七朝屋外走，回自己房里了。没生炭火的房间，冷飕飕的。

"这些日子他为褒后的事情心烦，常来我的房中走动。"

"只是走动，没对你做什么？"

"我是他的妾室！"廿七说道，启之却摇了摇头："我要你做我的妻子！"

"廿七何德何能？"廿七垂下了眼眸，泪水涟涟，如今他们之间有了肌肤之亲，她再也没有退路了。这些天，廿七每每见到郑伯友都十分惶恐，内心被一种罪恶感攫取。虽也劝过自己此事她没有错，可这劝慰非但不能宽心，反叫她更加难过了。

启之也不答话，一路吻着廿七，顺势解开了她的衣襟，整个人都有些发狂。廿七不敢发出声音，只得紧紧地咬着牙关，任凭启之这么折腾，直到廿七精疲力竭，他才心满意足。

启之从背后抱住廿七，一面轻抚着她还微微有些战栗的身体，一面在她的耳边问道："我哥最近在忙什么？"

"为褒后的事情烦心。"

"大王可是吩咐了什么？"

廿七转过身去看了看启之，思忖片刻，点了点头。

"是什么？"

廿七顿了顿，面色凝重地问道："你可不可以答应我一件事？"

"什么？"启之撩拨着廿七的头发。

"他日你若夺了郑伯之位，不能对他下杀手！"

"我若不除他，有朝一日他卷土重来，我如何自处？"启之这话叫廿七心头一惊，看着启之反问："你明知他不会这么做的！若是他死，我便以死陪葬！如此，也算是此生无憾了。"

"你拿死威胁我？"

"我还没蠢到以为自己能拿死威胁得了你，只是说些实话，郑伯于我有恩，我不能忘恩负义！"廿七的眸子很冷，冷得让人心寒。启之知道她不是说说而已，便应了她："好！我答应你，留他一条命，但我要你嫁给我，光明正大地嫁！"

"大王要郑伯派兵一百乘前往晋北援战，要不计后果地赢。"

"看来大王无论如何也要保褒后的性命，至于洪德，他必败无疑！"

"可是褒大夫曾立下军令状，要是他输了……"廿七很紧张地问。

启之打断了廿七："大王怎么可能让褒后薨？他便是想尽一切办法也会留下褒后的性命。"

"郑伯的一百乘兵马将会取道齐国，从原阳南面支援秦军，两面夹击，文朔带兵从中突围，北狄必会不支！"说罢这话，廿七哭了。

"真是万无一失的稳妥之计！"启之没注意到廿七哭了，"这一路大军可是要由掘突领兵？”

“是！”廿七说道，“掘突在晋北接应。”

“三哥是铁了心要让掘突做世子了，从此以后你在郑家若不跟我，你也没有立锥之地！”启之搂着廿七问道，“和我一起走？”

“便是老爷不立掘突，我今日和你说了这番话，在郑家也早已没有立锥之地了！”廿七心中怅然，“只是我若是跟你走了，郑伯就会知道我出卖了他，郑伯若再请别国相帮，此事就难办了！”

“说得也是，”启之将廿七搂得更紧了一些，“可我不想把你留在这里。”

“你哥哥两年多没碰过我，你根本不必担心。”

“只要此战归来，我必定明媒正娶！”

廿七没有再说话，说什么都是无用的。第二日清晨，暖意融融，窗外阳光从窗子里晒进来，让人觉得浑身慵懒，漫长的冬季已经过去了，大地回暖。廿七被送回自己房中，她穿戴整齐，走出房门，看见郑伯友正站在院中，仰天沉思，他许是在思念远在镐京城中的褒后。廿七哀叹一声，但愿他日后还能原谅她。

启之得了廿七的情报，差人打探到了郑伯那一支兵马，对周王宫涅亲郑伯而远自己的态度，启之迁怒于褒姒，心中对她已恨之入骨。那晚答应廿七的话也不过是缓兵之计，只为骗廿七说出郑伯友的安排。

启之与晋伯互通书信，说服了晋伯暂时按兵不动，否则援军太多，会叫人窥探出当日晋伯消极怠战；若是援军太少，未免又显得寒酸。而后启之便准备在郑伯友不察的情况下接管郑国兵马，他重组旧部，一路北上，昼夜不息地追上了郑国大军，用事先备好的带有郑伯印鉴的文书请这一百乘调转南下。他迅速将这数万兵马的将领换成自己人，又拦截了郑国与晋北的书信往来，致使郑伯友在自己大军出发数月后都不知道这场兵变。

而此刻的廿七坐在铜镜前，呆呆地看着镜中的自己。

“咳咳……”郑伯友咳嗽了一声，廿七的手猛地一抖打在了铜镜上，她慌乱地站起身看着郑伯友：“老爷？”

“想什么呢？”郑伯友走到了廿七面前。

“在想……”廿七又坐了下来出神地看着铜镜，“褒大夫和褒后小时候的事情。”

“他们小时候的什么事情？”

廿七挽着自己垂落的发髻：“小时候，褒大夫进山打猎，会打狐狸给褒后。”

“狐狸？”

“嗯，皮毛剥下来做成袄可以御寒，褒大夫一打就是三五只，只只都是纯色的白狐。他送给褒后，可褒后不要，说太残忍了。大少爷便说，狐狸已经死了，只有穿在身上才显得这死还有些价值吧？”

听到“死”这个字，郑伯友心中一凛：“你最近总是魂不守舍的，发生了什么事？”

“若是褒后必死，老爷会去救她吧？”

“她需要吗？”

“不知道。”廿七也摇摇头，“不过那狐狸不是褒大夫打的。”

“什么？”

廿七继续说下去：“秦世子的故事，郑伯可知道？”

“知道一些。”

“那狐狸是秦世子打的，又不敢送给褒后，怕褒后说他残忍，只得委以褒大夫的手，这事儿……褒后至今都不知道呢！”

郑伯友不知道说些什么好，只能叹口气：“若他还在，会护着她吧？”

“谁能说得清呢？”

“是啊……”郑伯友应声道，最近他总有种不祥的预感，总觉得宫里很快就会出事儿了。这几日因为这感觉越发强烈了，便想着来廿七这儿走走，和她说说话，让自己平静些。廿七看着郑伯友说道：“褒大夫……赢不了。”

“为什么？”

“秦世子曾说过，褒大夫不是将才！便是打猎，也极为逊色，褒后只怕要受他连累，大王或许不忍心杀褒后，可褒后为了正大王的威名，必是抱着一颗求死之心，郑伯一定要救她。”

“怎么救？”

“当日嬴德攻下镐京城，老爷是怎么救的，今日就怎么救！反正您也不稀罕这爵位！”

郑伯友看着廿七不知道怎么回答她，伸出手为她擦拭掉脸上的泪水。

廿七往后退了一步跪在地上：“老爷若是要救褒后，出发前就休了廿七吧。”

“你说什么？”郑伯友有些诧异。

“当日褒后请郑伯带我出宫，是怕大王拿我来要挟她。郑伯曾答应过褒后，有朝一日，我若寻到良人，郑伯绝不阻拦，如今我寻到了！”廿七这话叫郑伯友心头一阵刺痛，平日里廿七的一言一行早已深入他的骨髓，只是郑伯友不察而已：“他是何人？”

“待我出嫁那日，郑伯不就知道了？”

郑伯友深吸了口气，眼睛泛红，仰着头、紧咬牙关，这种锥心之痛与爱褒姒的痛不同，那是疾风劲雨，这是春风润物，一个又快又狠，一个又缓又长。“我现在就可以把休书给你！”

“若是褒大夫能赢，就不必了！”

“廿七？”郑伯友有些不解，廿七笑了笑：“以后，老爷只要记得曾经有过一个叫廿七的女子服侍过你就好。”

“廿七。”郑伯友又唤了一声，除了唤着她的名字，他已经没有别的事情能做了。

远在宫里的褒姒此刻正睡得蒙眬，猛然间从床上坐了起来，喘着粗气，满面冷汗。周王宫湦感觉到褒姒的不安，起身问道：“怎么了？”

“我梦见廿七了。”

“廿七？”周王宫湦打了一个哈欠。

“我梦见她死了！满身都是血，满身都是血。”褒姒激动地叙述道，周王面色一僵，很快有所缓和：“只是个噩梦而已。”

“她就死在我的面前，我却拉不住她……”褒姒越说越动情，很快哽咽了起来，抱着周王宫湦号啕大哭，“我拉不住她，我救不了她！”

“明日我差人送信去郑府。”周王宫湦拍着褒姒的背，“问一问廿七是否安好，你也就放心了！”

褒姒看着周王宫湦点了点头，重新倚在他的怀中又合上了眼。

第四十九章

两军相较难克敌，掘突出奇博一捷

洪德大军抵达晋北初战告捷之后又有战报传来，令人意想不到的是，北狄仿佛在一瞬间就猜到了文朔同洪德的打法，周秦大军十分被动。北狄以空城之状，诱大军深入，洪德掉以轻心，遭到北狄突袭，勉强突围后，损失惨重。

消息传到周王宫涅这里，他猜测北狄能如此之快调整战略，大挫周秦联军的密谋部署，其中必有内奸！而这内奸是谁，他也猜出了大半，要联军大败的不是熊仪就是启之，而楚侯并没有能力根据自己的部署想出应对之法，启之可以！

洪德大军节节退败，与文朔大军被北狄冲散后暂时失去了联系。为今之计本应该是重新会合，可洪德如今发现自己根本没办法奋勇杀敌，只能退居幕后，一时之间竟想不出突围的方法。

战事胶着了一个月，晋北始终没有捷报，宫里人心不定。周王宫涅不敢将此事告诉褒姒，每当褒姒问起，他也只能敷衍道："一切如常。"

连日来，周王宫涅退了早朝回东宫的步子一天比一天沉重。这一日他才走了一半，就有人前来拜谒："参见大王！"

周王宫涅点点头，没有回话，见是酉阳宫的下人，便想绕开她，可这下人不依不饶，挡在了周王面前，令他极为烦躁："好大的胆子！"

"还请大王恕罪！"下人长跪在地，"楚夫人差遣在下务必请大王去一趟酉阳宫。"

周王宫湦拂袖怒斥："不去！"

"楚夫人说，"下人十分紧张，"褒后的性命就在大王的一念之间，还请大王务必走这一趟！"

周王宫湦心头"噌"地就蹿起一股怒火，他生平最恨的就是被人抓住痛脚。可一听见"褒姒"二字，又只得忍下这口气跟着这下人去了西阳宫。

"大王来了？"熊宁听见了门外的动静立刻出门相迎，她满面堆笑，看着他的目光深邃，"若非为了褒后，大王是决计不肯来西阳宫了！我为你做了那么多，你却如此狠心？"她踮起脚尖，凑在周王宫湦耳畔，身体轻靠在他身上。

"你不是为我而做，你是为你自己！"周王宫湦推开熊宁。

"大王真是铁石心肠，忘恩负义得紧。"熊宁跺了跺脚，眼中含泪，梨花带雨的娇俏模样，让人看了忍不住心旌荡漾。

"寡人说得有错？说吧，救褒后，你想要什么？"

"大王倒是直接！"熊宁被周王宫湦的态度触怒了。

周王宫湦转而看着熊宁，打量着她的眉眼，瞧模样算得上好看，对自己也有过救命之恩，按说这情分也不浅，可是此刻看着就像是仇人。怎么走到今天这一步的，熊宁自己不明白，可周王宫湦却知道，熊宁的歹毒让他望而却步，心生提防。

熊宁说道："救褒后有两个法子，一是诸侯与士大夫请命；二是此战不败，洪德大胜！这两件事倒都不难。"

周王宫湦问道："你要什么？"

"废东宫！"熊宁敛起笑意，表情严肃，语气冰冷。她这么做是想看着褒姒失宠，她也相信，周王宫湦一定觉得让褒姒失宠总比让她死好。可熊宁却算错了褒姒，周王宫湦深知褒姒的求死之心，若再叫她知道自己为她委曲求全，怕是日后褒姒仍会寻死。周王宫湦想到这里，不由得笑了，这笑容棱角模糊，看起来那么温柔，却让楚夫人眉眼皱在了一起："大王对褒姒倒是爱得紧，连这点牺牲都不肯做？"

"寡人若这样保住了她的命，你下次害她的时候，寡人又要拿什么来交换？"

"可大王若是不作为，就要亲手把她送上断头台，连下一次都等不到了。"

周王宫湦的手攥成拳，瞪着熊宁。

"以后的事情，以后再说，眼下褒后的性命之虞迫在眉睫，大王就打算什么都不做？"熊宁一步步朝着周王宫湦走近，她知道他动摇了，熊宁抱住周王，

“为什么？我对你的付出并不比她少，你为什么就是不肯看一看我？”

“人与人不同，你和她不能比。”

“是我比不上她？”

“是没有可比性。”

“可你却爱她不爱我？”

“若留下一条命，活着的时候不能相守，那活着的意义何在？”周王宫湦掰开了熊宁箍住自己的手，迈步朝门外走去。熊宁咬牙切齿地盯着周王宫湦的背影，整个人都在颤抖：“迟早有一日，我要叫你来求我！”说罢，她转身吩咐，“给我叫虢上卿来一趟。”

出了西阳宫的门，周王宫湦走到了荷花池，看着初春新绿的水塘，心中游移不定：留下褒姒的命，她痛苦一生；或者让她死，他们阴阳相隔，到底该怎么选？他从日头当空站到了太阳西降，才艰难地迈步朝东宫走去，全身被冷飕飕的寒意包围，所到之处尽是一股冷风。东宫大殿，褒姒正同念儿嬉戏，在大殿上跑来跑去。见周王宫湦进来，念儿直直扑进了进门的周王怀中。周王宫湦将念儿抱起来，朝褒姒走了过来，又把念儿交给了秀秀。

念儿在秀秀怀中蹭了两下，站到地上嚷嚷：“我要出去玩！”

“别跑远！”褒姒在念儿的身后嘱咐了一声，念儿“嗯”地应了一句，人已经到了门外，秀秀紧赶慢赶追出了大殿。褒姒看着念儿的模样摇摇头，“这孩子越来越难管了！”

“你们不是说念儿像寡人吗？”

“臣妾又不知大王小时候服不服管。”褒姒说着，就被周王宫湦一把抱住：“现在是服管的，也要看是谁管。”

“大王，”褒姒轻声叫道，感觉到了周王身上的寒意，“怎么这么冷？”

“刚才在外面站得有些久了，冰着你了吧？”周王宫湦说着将褒姒微微推开。

褒姒帮周王宫湦脱下了那件冰冷的褂子，取过已经烘烤过的衣服替他穿上。冷气迅速被带走了，周王宫湦的身体也渐渐回暖，褒姒用自己温热的手握住了他冰凉的手：“大王是为了臣妾的事情在伤神？”

“不是。”

“大王请恕罪！”褒姒突如其来的话让周王宫湦微微攒眉：“你何罪之有？”

“臣妾知道大王不喜欢臣妾打探朝中政事，可事关我褒家数十口人命，臣妾不能不闻不问。”

“褒家的人何时当你是自己人，为何你要来背他们的过失？”周王宫湦的胸口憋闷，恶气难出。

褒姒纵然觉得委屈，却一点办法都没有。她宽慰道：“臣妾这么做不是为了褒家，是为了大王！本以为此战便是不能力克北狄，也可以牵制北狄，便是哥哥败了，还有文朔，可谁知……”说着她眼中便泛起了点点泪光。

“寡人也没想到，他们如此无用！倒是不如让百里成……”周王宫湦的话未说完就被褒姒打断了：“如今秦国刚定，百里将军走不得，他若走，秦国必乱！”

周王宫湦哪里还顾得上秦国？待百里成入京，他要百里成再率一百乘前往晋北。此事周王宫湦不愿同褒姒再提，他知道褒姒的性子，肯定不会让他为自己牺牲到这个地步。

夜半，周王宫湦猛地从睡梦中清醒过来，窗户似乎没有关严，冷风嗖嗖地灌进来，让人心寒意冷。褒姒贴在周王宫湦身侧沉睡，并没有察觉到身边的异动。自从洪德开赴晋北，周王宫湦就没睡过安稳觉，总是半夜惊醒后，看着褒姒还在才能暂时舒一口气。

今夜周王宫湦蹑手蹑脚地起身，穿好衣物离开了东宫大殿。夜色正浓，周王却十分清醒，他朝太宰宫走去，企图将所有信函再看一遍，重新制订一个攻打北狄的方案。

太宰宫中灯火通明，赵叔带也在翻看过往的信函。听见下人拜谒周王的声音，赵叔带才从沉思中回过神来，起身相迎：“不知道大王深夜来访，有失远迎。”

“寡人还以为只有寡人睡不着！”

“微臣想看看还有什么能做的。”

“看出什么了吗？”

“老臣愚钝。”赵叔带叹了口气。周王宫湦拿过晋北地形图，看着上面的圈圈点点颔首：“嗯！”

“大王有何见解？”

“两百乘！”周王宫湦皱了皱眉，赵叔带却不解地问道：“什么？”

“文朔带出去的兵是两百乘，镐京城还剩多少？”周王宫湦问道。赵叔带思忖了片刻答道：“八百乘！”

“那是对外宣称的，实则呢？”周王宫湦又问道。

“实则……”赵叔带有些不敢答话。当日周王带兵出征东夷，借助的不过是几千兵马，如今文朔带走了两百乘，镐京城中余下的也不过只有两百乘罢了。

“若文朔一去不返，寡人又得重整兵马了！”周王宫湦叹了口气。

“大王打算怎么做？”

“从今往后如遇战事，全民皆兵！”周王宫湦双手撑在桌案上，“以兵役代替赋税！”

“可若如此，我们的收成就会减少！如何供养兵马？”

“战时为兵，闲时操练。不用刻意供养，至于朝中士大夫们，不是还有诸侯的岁贡吗？”

“若大周不富，怕诸侯不服！”

“不服？”周王宫湦转而看着赵叔带，“若大周全民皆兵，谁敢不服？”

这虽然是句实话，可也是以后的事情了，当务之急还是眼下这一关。赵叔带问道：“眼下大王可有法子解晋北之困？”

“没有。”

“所以大王打算在这短时间内重整兵力，牵制楚侯，命诸侯为褒后请命？”

“是不是太天真了？”

“大王愿意听实话吗？”

周王宫湦点了点头。

“大王若是执意如此，长此以往我大周兵力必盛，可短期效果难以预见。大王若要以此制衡楚国，朝中无人能当此说客！”

周王宫湦叹了口气：“寡人知道！”

“晋北若不能保，大周危矣，就怕等不到兵力强盛的一日。晋北必须胜，洪德若不行，还请大王换人！”赵叔带说罢，跪在周王面前。周王宫湦的面色十分难看，他当初就知道洪德败多胜少，可仍执意如此，是因为他以为此战还有文朔，绝不会败得太难看，只要郑国援军一到，反败为胜也未可知。

可是谁知眼下会打得这么狼狈，让周王宫湦在朝中颜面尽失。二人正陷入踟蹰当中，忽然门外有侍卫冲进来报，说是文朔带兵突围了！

远在原阳城的文朔被北狄之人打得无比被动，对方仿佛早已知晓了他们的打法，处处有备而来。屡战屡败，大军损兵折将，文朔不敢贸然行动。几次的交战让掘突怀疑北狄早就知道周秦大军行兵布阵的方案，思前想后，掘突向文朔说明了此事。二人商议之后决定将计就计，借由自己原定的计划分析北狄的应对方案，从而拆了北狄之师的布阵。掘突提议由他和文朔各带一路人马，文朔攻城，掘突伏击，文朔牵制北狄主力，掘突拦腰斩断大军首尾，余下的兵马由第三位将军带领杀出重围，与洪德会师。

一旦破了北狄的阵法，北狄必会全线溃败。

文朔分给了掘突二十乘的兵力，他带三十乘，兵分数路从不同的地方杀出。针对北狄前后不同的将士，有的速战速决，立刻撤退；有的长期作战，牵制主力；有的将对方击散，打破阵形；有的将对方围住，尽数歼灭！

大战整整持续了三天三夜，两军相交，杀红了眼，大周的军队死了不少人，而北狄则死得更多。掘突几次突围，又被几次包围，五天下来手中余下的人马越来越少，他们仍能用自己的身躯挡住北狄的铁蹄。

掘突力不能支，手中的剑撑在了地上，喘着粗气，汗水顺着前额流下滴在了地上。一旁的将士也是疲惫不堪，嘴唇已经干裂了，身上的伤口涌出的血又结了痂：“将军，咱们赚了！”

“是！”掘突死死地盯着地面。北狄的数万人之师如今行动得越发缓慢了，三日三夜不眠不休的征战，让每个人都到了崩溃的边缘。北狄的人虽知掘突等人是强弩之末，却也不敢上前送命。纵然掘突大军只剩下了几十人，却还是那么令人肃然起敬。掘突一路以死相搏，为后方争取了最大限度的赢面。他的嗓子在厮杀中喊哑了，他强撑着身体，下了最后一道命令：“杀！”

“将军，如何出兵？”

“遇到一个杀一个，遇到两个杀一双！”掘突的眼睛死死地盯住了对方的将领，他的目的就是凭着最后一口气杀入人群，直取对方将领首级。

“是！”这声音短促而有力，掷地有声。

“掩护我！”掘突的目光紧锁目标，十几位士卒一起应声，饶是再体力不支，这一声响也能震动大地。掘突在士卒的掩护下，用血肉生生劈开了一条道。掘突杀了对方将领一个迅雷不及掩耳，不足一炷香的工夫，这挥舞的重剑就已经抵在了对方将领面前。一声呐喊，一刀挥下，拿下了那人的首级，斩断了北狄的军旗，而掘突自己也身受一刀，失去了最后的力气。

他的任务就这样完成了，在合上眼的最后一刹那，听见了远处传来的呐喊声，洪德的兵马杀到了。他闭起眼睛尚能带着一丝笑意，原阳之困解了。

……

文朔信中提及周秦两军的损失惨重，在士卒回京报信离开之时，他还在清点人数。周王口中不断重复着“好”，兴奋之情难以言表。半晌之后，蓦地回过神问道：“掘突呢？”

“掘突将军……”士卒沉默良久，掘突所带兵马全军覆没，无一生还。他们本来就做好了必死的准备，如今全数战死，用热血谱写成了一首战歌，鼓舞着后来的人们。

“他怎么了？”周王宫湦有些急躁。

“可能……可能战死沙场了！”士卒艰难地答道。

“什么叫可能？”

“我们亲眼看见掘突将军为敌军所杀，只是我在临行时，文朔将军清点人数时，尚未找到掘突将军，因此……还不能确认！”士卒答道，这话就是在告诉周王，掘突已死。

周王宫湦合上眼，疲惫地挥了挥手：“你去郑国报个信儿吧！”

“是！”

“顺便传我一句话，请郑伯核查派出去的那一百乘的去向。”

“是！”

“若是公子启之劫走了这路兵马，杀……无……赦！”周王宫湦很缓慢、很沉重地吐出了这句话。他说罢，在场的所有人面色俱是一阵煞白，谁都知道周王和启之的关系，看来此刻他已是怒极。

“大王不可！”赵叔带立刻劝阻道。

“为何不可？”

“大军还未取胜，若败了，为抵御北狄，大王不能不用公子启之！若启之已经劫走了兵马，应该会南下至楚。大王若是要杀他，他必投靠楚国！”

周王宫湦手攥成拳，使尽力气压下了心头怒意：“算了！你不必去郑国了。”

“谢大王！”士卒松了口气。

周王与赵叔带又问了些问题，就让报信的士卒先行退下了。周王宫湦不安地在太宰宫内左右踱步：“依赵上卿看，眼下如何是好？”

“不妨静待晋北时局变化，最差的莫过于请褒后……”赵叔带舔了舔自己的唇舌，犹豫良久还是将心中所想和盘托出，“请褒后赴死，再请启之率兵前往晋北！”

“寡人绝不能叫洪德战败！”

“此事由不得大王，洪德本就不是将帅之才，只是善谋而已！”

“那就够了！”周王宫湦反驳道，“如今文朔能冲出重围，就已经斩断了原阳和新城的联系，算是胜了一半。只要趁势进攻，很快就能夺回原二城！”

“就怕褒大夫自己不知道自己并非将帅之才，若与文朔意见相左，就是一步错，步步错，大军届时再想力挽狂澜，就没机会了！”

周王宫湦背着手继续踱步：“再派一百乘给文朔！”

“不行，一旦派兵，镐京城宛若空城！”

周王宫湦又思忖了片刻：“写信给洪德，就说百里成带镐京一百乘兵马不日抵晋。”

“万万不可！”

“若洪德与犬戎勾结，犬戎得此消息必定回撤，晋北的压力能小不少！而百里将军入京，寡人命他备战，就打犬戎一个措手不及！”

“大王是在赌啊！”

“若赌赢了呢？”

此事赵叔带知道自己劝不住周王宫湦了，只好前往东宫向褒姒问安，说起掘突之事，秀秀惊叫一声，只觉得眼前一片漆黑，口中喃喃道：“世子不会有事的！”

褒姒拍了拍秀秀的手：“既然还没有消息传来，应该是无恙的。他若有事，司马必定前来禀报，眼下没有消息就是最好的消息。”

秀秀泪水涟涟，咬着唇点了点头。

褒姒瞧着秀秀，心中多有不忍，长叹了口气，继续和赵叔带说下去。赵叔带将周王宫湦的部署和盘托出，请褒姒劝周王收回成命。如今两百乘的秦兵都在晋北，一旦犬戎进犯，只怕饶是百里成也无计可施。褒姒思忖片刻，用与周王同样的口气反问赵叔带：“大王若是赌赢了呢？”

“希望太渺茫了！”

“希望很大！”

“秦国几乎没有御敌的兵马了！”

“秦国是输是赢，都不重要！”

“什么意思？”赵叔带十分不解。

褒姒的嘴角露出了笑意，为周王宫湦的计谋暗暗叫好：“犬戎回撤，必定以为百里成已走，自然掉以轻心，百里成攻的是犬戎不备！洪德出战之时恐怕也想签这个军令状，以为只要捏着我的性命，大王就必定派百里成援战。他要的不是晋北之战的胜利，而是犬戎攻入镐京，他要趁乱打劫！那时候，他手中可有两百乘的兵力，大可杀了大王再赶走犬戎，辅佐宜臼登基，从此平步青云！”

“所以更不能引犬戎前来了！”

“犬戎赢不了！”

“褒后何以如此笃定？”

“便是百里将军败了，秦国失守了，不也还有整装待发的楚侯和蠢蠢欲动的启之吗？秦楚毗邻，出兵也是合情合理之事，如此晋北之围便解了。”

第五十章

周王料事如神助，洪德设计若蛇蝎

百里成奉命入京一事很快传遍了镐京，他入京时带了一路兵马，让镐京城中众人纷纷揣测起他的来意，这个消息很快就传到了洪德耳中。大周挫了北狄锐气后，正在休整，如今掘突生死未卜成了文朔的心头病，他下令清扫所有死在战场的士卒，将他们的尸首收拾之后好生安葬。掘突带领的最后一路士卒最为凄惨，大家都是拼尽了全力才殒命身亡的，为其余兵马争取了最大的机会。

一遍清扫过后有人来报："没有发现掘突将军！"

"再找！"

大家凭着记忆寻找掘突的踪迹，将地上一具具北狄士卒的尸体搬开，有人忽然发现了一张熟悉的脸："找到了！找到了！"

文朔立刻朝着说话的士卒冲过去，掘突合眼躺着，身上的伤口已经结痂。仔细看了看掘突的模样，文朔忽然大喊："传医官，快叫医官到这里来！他还没死！"文朔兴奋地拉着眼前这位士卒说道，"他还没死！快去……"说罢，文朔推了一把士卒，"快去请医官！"

士卒一时之间还没缓过神儿来，被文朔一推之后，撒足狂奔。军医闻讯放下手中所有伤员，冲到掘突面前为他探伤。

掘突的身体还很柔软，呼吸还很均匀，他只是太过劳累而陷入沉睡当中。这个消息让文朔长长地松了口气，腿脚发软几乎跌坐在地，黑沉了数日的脸总算是露出了一点喜悦之情。

两军对垒之后，原阳城仍未被拿下，文朔下令在原地休整，等待晋伯援军一到，一举攻下原阳。而洪德心中算计，若等晋伯援军到来，再夺原阳城，恐怕要被人抢了头功，不如先下手为强！他建议文朔趁眼下原阳城中北狄被重创赶紧攻城，否则胜负难料。洪德舌灿莲花，将文朔说得哑口无言，只得答应洪德休整几日立刻攻城。

诚如洪德所料，原阳城中的北狄士兵还没缓过一口气来，周秦大军这一仗打得气势恢宏。文朔城外叫阵，将对方将领斩杀于城下，大军攻入，攻无不克；洪德从背面突袭，效仿当日的掘突，大举歼灭了守城士卒，迅速攻占了原阳，收复城池。北狄大军群龙无首，犹如一盘散沙，纷纷缴械投降，然而洪德却下令关城门，屠北狄。

周秦大军因为长期战败而积攒了一口怒气，洪德一声令下，他们便大开杀戒，整个原阳城中横尸遍野，满眼放去，尽是血腥的红色。此事令文朔感到不安，却又无法说服陷入疯狂的大军，只得听任此事在自己眼下发生。他揉着太阳穴，正在准备给晋伯的信函，请他不日派兵接手原阳。

百里将军入京的消息辗转到了北狄，果然如周王所料，北狄立刻撤军，满也速带大军杀回了秦国西面。而洪德的屠城之举，却激怒了北狄。北狄放火围城，宁可将原阳城毁了，也决不让周秦大军一人生还，以此为北狄数万将士报仇雪恨！驻守在新城的北狄将士趁夜围困了原阳，趁着周秦大军尚无戒备之心，数万人静悄悄地将柴火堆积在城门之下，辅以煤油助燃，一把火烧了这原阳城。是夜，原阳城中的士兵经过了两场厮杀，精疲力竭，喝过庆功酒后都陷入了梦乡。唯有文朔睡得并不踏实，白天的杀戮让他此刻惶惶不安，在军帐中辗转反侧无法成眠。待文朔意识到城外起火的时候，这大火都已经将原阳城烧得宛若白昼了！

驻扎在城外伤员军帐中的掘突心口一抽，猛地坐了起来。

“将军？”守在掘突身边的士兵叫道。

“司马呢？”掘突睁开眼便问道。

“与褒大夫攻城去了！”

“攻什么城？”

“原阳啊……”

“有消息传回来吗？”

“说是攻下了！”

“然后呢？”

“听说褒大夫下令屠城，杀了城中已经投降的近万名北狄将士，可惜你我身受重伤不能去！”士兵的面上露出遗憾的表情，他的心思早已飞到了隔壁的原阳，恨自己不能身处其中享受胜利的果实。

掘突听见他这么说，重重地捶打了一下床面：“该死！”

“将军？”

“不该屠城的！”掘突紧紧咬住牙关，脸色看起来十分苍白，他的太阳穴突突直跳，“屠了城就糟了！”

“什么？”

“北狄根本不必保原阳，既然得不到便可下令毁了城，只怕是……”

士兵的面色一僵：“应该不会吧？”

“但愿不会！”掘突的眉头紧锁，他的话音才落，就有人从门外冲了进来：“不好了！”

“何事？”掘突的声音叫进来的士兵猛地一怔，惊讶地问道：“将军醒了？”

掘突微微点头：“发生什么事儿了？”

“原阳城起火了……”士兵指着屋外。掘突冲了出去，仰头看着冲天的火光，伤口隐隐作痛，心也像是被人攫住，他转身回到军帐中：“咱们还有多少人？”

“不足百人！”士兵答道。

掘突思忖了片刻，看着士兵说道：“撤！”

“什么？”士兵惊讶地问出了声，不敢相信自己的耳朵。一向所向披靡的掘突竟会说出撤军的话。

“撤！”掘突重复了一遍，一手砸在军帐上，“立刻收拾，趁北狄尚未发现，赶紧撤！”

“可是大军……”士兵指着远处的漫天红光。

“你救得了吗？”掘突说完这句话已经开始收拾军帐中七零八落的东西了，还不忘吩咐一句，“拣重要的拿，余下的就别管了！带得越少越好，我们要尽快回镐京！”

“不救一救怎么知道能不能救？”士兵怒目圆睁地反驳道。

“你这么贸然去，莫不说救得救不得了，你必死！”掘突已经将自己的行囊收拾好了，他只带了些水和止疼的草药，大步迈开走出军帐，“我们现在回去禀告大王，如果援军来得快，城中之人还有一线生机！”

“那时候他们都烧死了！”士兵仓促地收拾着。

“不会！”掘突自顾自摇了摇头，“一定不会的！”他说完就翻身上马，等余下的人一并启程，以最快的速度赶回镐京。如今晋国兵马未到，掘突对他们也不再抱有任何希望了，若能来早就来了。可令掘突感到大惑不解的是为何郑国的援军也未赶来？都数月过去了，也不见这一路的踪影，心中揣测大军怕是被启之拦截了，如今再不用他，也不可能了！

百里成抵达镐京城后，拜谒了周王宫湦，再前往东宫赴宴。此事传得沸沸扬扬，令朝中的形势越发复杂。

东宫筵席上周王有令，后宫不提政事，公卿士大夫们只能虚与委蛇地寒暄。待到酒席散去，朝臣们退去，百里成才跪地向周王宫湦说道：“秦伯已向末将说明了此番来意，末将谢大王待秦国之恩！可眼下晋北时局并不乐观，末将请战晋北，愿为大王效犬马之劳！”

“来不及了！”

“什么？”百里成惊诧地问道。

“寡人得到消息，犬戎杀回了秦国！”周王宫湦这话叫百里成大吃一惊，面色微变，周王宫湦继续说道，“如今秦国兵马不足，怕是无力抵御，百里将军纵然是以一当百的猛将，可双拳难敌四手，此事寡人另有办法！百里将军不必担心。尽管调动你的兵马前往秦国全力御敌，寡人要犬戎这一败就败得十年不敢进犯！”

“末将领命！”

“这场仗能决定秦伯在朝中之位，百里将军务必全力以赴！”周王宫湦叮嘱道。百里成双手抱拳拜谒道：“末将明白！”他回了话，忧心忡忡地从东宫退下，这话不仅叫百里成心惊，也叫褒姒顿时色变：“犬戎还是打来了？”

“是！”周王宫湦拍了拍褒姒挽在自己手臂上的手。

“多少人？”

“至少两百乘！”

“两百乘？”褒姒重复了一遍，“犬戎野心不小，大王打算怎么办？”

周王宫湦看着褒姒，自嘲地笑了，如今这困窘之局，他也觉得无计可施。周王转身回到桌前，拿起酒壶为自己斟了酒，而后一饮而尽，手重重地拍在桌面上。褒姒坐在他身边，她什么忙都帮不上，只能为他斟酒，听他一吐心中的苦水。

“自厉王以后，诸侯渐强，到先王在世时，虽有所遏制，但天子之尊已不复当初！先王差点无法登基，此事你知道吗？”

褒姒点了点头，周宣王在世时，曾经被诸侯逼到了朝中大夫的家中，杀了自己的孩子，以混淆视听，结束了诸侯对宣王的追杀。周宣王继位，历经了十几载的艰辛。这十几年是大周的共治期，或是诸侯谈不拢如何瓜分利益，或是处于众人野心的制衡，十几年后，宣王总算是登上了天子之位。

而到周王宫湦时代，他的野心更甚，不想做一个屈居诸侯之下的君主，他想要的是名副其实的天下。他上位之后诸多隐忍，佯装昏庸荒淫，不理朝政，请虢石父进献美人，沉溺声色，等的就是一个厚积薄发的时机。到褒姒入宫，他已登基三年，司马伯士战死，申侯辞官，太宰宫上卿更替，齐国水患难治，秦国犬戎之危……

周王宫湦自那时起，南征北战，在诸侯中制衡、威慑，才有了齐国尊崇、郑国和睦、秦国俯首，如今虽有几国未平，却也不远。晋国称臣是早晚之事，宋国一向不敢生事，至于南面楚国……东夷已平，犬戎既退，北狄受挫，迟早有一日要轮到楚国被动。

他要等的时机已到，条件却不成熟。镐京城兵马不足，天下战事频仍，这些事压在周王宫湦心头，无比沉重。眼下褒姒问起，他只能苦笑一声，将酒水一饮而下，辛辣刺激的感觉顺着食道灼烧着自己的胸膛："先王虽能登基，可始终被诸侯牵制，名为君主，却将大权拱手让给诸侯，顺应他们的是明君，不能顺应的就是荒诞暴君。寡人登基后，日日夜夜，如履薄冰，不敢妄动，如今有三国臣服，寡人才敢想扩充兵马、降低赋税之事。"

"臣妾敬大王一杯。"褒姒举起手中酒鼎，看着周王宫湦。每每设宴款待舞乐结束，人群离开后，大殿中最为寂寞，屋子里一片空旷、寂静，唯有褒姒的声音如同泉水叮咚，抚慰人心。周王看着她，也端起自己手中的鼎，再次一饮而尽。

褒姒挽住周王宫湦的手臂，靠在他的身侧："会过去的。"

"但愿北狄之事，洪德能平，不要再给我添乱了！"周王宫湦勉强站起身，他喝得太多，走路都有些趔趄了。褒姒紧随其后，将周王扶稳，朝寝宫走去，她轻声回应："北狄之事，必定能平。晋伯掀不起大风大浪的，大王不必心忧。"

周王宫湦点点头："你若是男儿，必是治国良将。"

"大王希望臣妾是个男儿？"

周王宫湦转过身，一手将褒姒的腰肢揽住，看着她明亮的眸子，另一只手抚在了她的衣袂之上："怎么可能？"

……

东宫的筵席散后，虢石父被楚夫人请到了酉阳宫中询问百里成入京一事，虢石父如实相告，百里成入京不过是个幌子，只是为了见褒姒一面，而后便会回到秦国驻地去。楚夫人大为吃惊，这才得知秦国如今也即将陷入战局，楚国虽不能前往晋北，却可以助战秦国，此事商议告罄，虢石父便请辞离开了。

如今秦国的形势不容乐观，嬴开脚跟刚刚站稳，若能控制住秦国，便等于是控制了大周的一扇门，这扇门可通往兴亦可通往亡，这就捏住了周王的痛脚。楚夫人送走虢石父回到桌案前，给熊仪写信，信中将京城中发生的大小事务一一详述于他。

熊仪接到这信函，立刻吩咐下人："准备兵马，我要亲自领兵出征！"

"大王传来消息，叫我楚军助阵晋北？"朝中士大夫问道。

"不是，"熊仪摇了摇头，"开道秦国！"

"秦国？"

"犬戎与秦国开战，秦军正在晋北，远水解不了近渴，咱们就会一会犬戎！"

"大王下了调兵的令？"

"兵是我的，我想调便调，何须他的同意？前往晋北只因中途或取道郑国或取道大周，我若大大咧咧地前往，他们必定不允，才向周王请命！如今这家门口的战事，还需要向他请命吗？"

……

北狄与犬戎万没有想到，自己在谋划大周之事，楚国也想分一杯羹。大周外患不断，危机四伏，可眼下，这外患却相互掣肘，给了大周一个喘息的好机会。

掘突一行马不停蹄地朝镐京城赶，途中跑死了数匹马，只用了三日就赶了回来。掘突忍着身上的剧痛，一路奔波到宫门外，向侍卫报道："在下是晋北大军中的掘突，有要事启奏！"

侍卫一听不敢耽搁，转身就奔向太宰宫。赵叔带一听掘突回来了，心中惊得不轻："快去东宫通知大王！"赵叔带吩咐前来通报的侍卫，自己则急匆匆去了宫门，请进了掘突。他们一路赶往东宫："先前文朔差人来说你可能已战死沙场，今日却又好端端地回来，可是发生了什么事情？"

"那日因在下失血过多而昏迷，好在司马清点沙场将我救了回来，待我醒来时原阳已经拿下了！"

赵叔带清楚掘突亲自前来绝不是报喜的："出了别的岔子？"

"是……"掘突说这话的时候已经有些中气不足了，这一路奔波而来，是提着一口气等着见周王。赵叔带不敢再问，匆忙赶去东宫。

周王宫湦得知掘突前来，心中一惊。

褒姒闻言也同样不安，手中拨弄的琴弦蓦地断了一根，伤到了她的手指，她捏着指尖，不敢作声。周王宫湦瞥了一眼褒姒："没事儿吧？"

褒姒摇了摇头："会是什么事儿？"

"搬救兵！"周王宫湦说道，想不到还是到了这一日了，他曾存过侥幸，希望文朔与洪德能赢，可眼下看来，前路漫漫，阻滞太多。

褒姒的心狂跳不止，异常紧张，待到掘突前来拜谒，褒姒的面色已十分难看了。她手心里布满了细细密密的汗水，心卡在了喉咙里，说不出话来。

周王宫湦的面色一成不变，声音还是很稳、很浑厚："能活着回来就好，先前士兵来报，说你战死沙场，寡人与褒后着实为你担忧了一阵，不知该怎么同你父亲交代！"

"劳烦大王记挂，末将一条贱命不足为虑！"掘突说完将面前的长袍甩到一边，然后"咚"的一声跪了下来，"还请大王支援晋北，否则司马与褒大夫所带的兵马都要尽数……"他费了很大的劲儿才将这话说出来，"战死沙场！"

"你说什么？"周王宫湦一拍桌子站起身来，从齿缝中蹦出了余下的话，"你再说一遍！"

"若大王不派援军，大军就要尽数战死沙场了！"掘突忽然仰起头来，漆黑的眸子撞上了周王宫湦的目光，"末将离开时，北狄下令毁城，如今大军被困在城内，若再不救援，他们得被活活烧死！"

褒姒有些动容，这场面可以想象，实在太过残忍。她捂着嘴低下头，深深地吸了口气，不想叫人看见自己的失态。周王宫湦猛地跌坐在地："怎么会这样？"

"大军夺城后，进展顺利，夺回原阳之后褒大夫却下令屠城！"掘突看着褒姒深感愧疚，艰难地说道，"此举激怒了北狄，他们弃新城不顾，用柴火围住原阳，浇上火油，放火焚烧。末将离开时，火势燎原，只怕是……"

"只怕他们已经被活活烧死了？"周王宫湦接上了话茬。

掘突点点头，又猛地摇摇头："不会的，司马一定还有办法！"

"还有什么办法？为何他们抱着城一起死，你却回来了？"

"大王，"褒姒忽然站起身挽住了周王宫湦的胳膊，轻轻地拍了拍，企图帮他将胸口憋的这口气理顺了，"大王，听掘突继续说。"

“大王若是再不派兵支援，晋北将士都逃不过被烧死的命运，还请大王派兵增援！在下擅离职守之罪，请大王来日再治！”

“请大王派兵增援！”赵叔带也同掘突一样跪下来说道。

周王宫湦因为愤怒而浑身战栗，一旦派兵增援就意味着承认洪德战败，那就意味着褒姒要被押入大狱，待洪德回来审讯过后一并处死。这是周王宫湦最不想见到的结局，他觉得眼前一黑，满是绝望。他最想留住的人如今却变得最难留住了，他当日曾梦见自己亲手杀死了褒姒，这场面如今却成了真。

第五十一章

曾以暖炉侍其主，不知妾心相思苦

褒姒松开了周王宫涅的胳膊，知道这个决定对于他们两个人意味着什么。她提着自己的长裙缓缓地走下了台阶，回身转向周王，跪在地上，深深地、长长地磕了一个头："请大王增派援军！"

"你？"周王指着褒姒。

"司马必有办法躲过这一劫，掘突能将这个消息传回来已是为大军争取了最大的活路，大王若是优柔寡断，这几万人的性命就得了结在那个火场了！"褒姒看着周王宫涅，眼神璀璨，他从没见过如此动人、绽放光华的她。

周王宫涅的目光死死地盯住了跪在地上的掘突："寡人若给你一百乘，你可能突围？"

"不行！"掘突斩钉截铁地答道。

"你连这点信心都没有！"周王宫涅大喝一声。

"在下无能，还请大王治罪！"

"晋伯的援军死哪儿去了？"

"大王，"赵叔带急切地说道，"眼下不是兴师问罪的时候，救那几万人才是正事！晋北一代常年干旱，若等天降大雨，难上加难！大王再不派兵，城中的士兵便是能躲过这场大火，也得被活活饿死！"

周王宫涅的表情异常痛苦。

"大王，"褒姒看着周王宫湦说道，"公子启之已经带走了郑国的兵马，还请下令请公子启之支援晋北！"

"褒姒！"周王宫湦又吼了一声。

"请大王下令！"褒姒、赵叔带与掘突三人一并说道，每个人的心都被紧紧攫住。周王宫湦闭上眼，手攥成拳，这是最后的一条路，他不走这条路就别无去处。他不能拿整座江山换褒姒一条性命，不是值或者不值，而是九州华夏几千年的尊严不会答应。

他若换了，褒姒会被斥为妖妃，被戳着脊梁，被骂成是祸水，人们见到她就会目眦欲裂。他几乎看得见，他和褒姒终将成为两头困兽被堵在墙角，来势汹汹的猎人们将他们围住，转身是墙，前方是数不尽的敌人，他们惶恐不安，手足无措。

在等待周王宫湦下令的这段时间，褒姒仿佛经历了百年，她看着他，像是看着一尊雕像，这是她能为他的江山所做的最后一件事情。此生如此结束，已经是最完美的了，命运这本书在她一出生就注定写好了。她温婉地笑了，笑得很美。

可他却没有看到，她的眼中一片漆黑。

"赵上卿！"周王宫湦终于吐出了这三个字，"传寡人的令，请公子启之前往晋北，请郑伯……全力相助，调用郑国军力，一战到底！寡人要北狄血债血偿！"他最后的几个字说得一字一顿，字字泣血。

"下官遵命！"赵叔带站起身离开了东宫的大殿，不忍再看褒姒一眼。她与周王宫湦之间没有几日相守了，她满眼含泪，却十分欣慰。从此以后，他不会再被人掣肘；从此以后，他可以安心于他的江山。若是日后黄泉相见，她希望他能告诉她，那些她后来没能经历的事情，那些后来她没能看见的辉煌。

"谢大王！"掘突也长长地松了口气，而后便晕了过去。褒姒吓了一跳，赶紧叫人去请医官。

周王宫湦走到褒姒面前拉住了她的胳膊："掘突的事情自会有人处理，寡人想要你陪陪寡人。"

"大王。"褒姒动容地看着这个男人，这个坚毅的男人。

周王宫湦快步走在前面，褒姒在后面踩着细碎的步子跟着。如今到了夏至时节，荷塘上铺满了绿色的荷叶，接天莲叶十分好看，当日毁了的琼台殿上开出了一朵朵莲花，成了这宫中最美的景色。

周王宫湦无暇顾及这美景，拉着褒姒闷着头朝后宫马厩走去。他选了匹马，翻身上去，俯下身来看着褒姒，褒姒将手搭在他宽大手掌中，他用力将她拉上了马背，抱她入怀。他贴得她很近，下巴抵在了她的肩膀上，呼吸就那么拍打在她的面颊上，天气很热，可此刻他的身体却是冷的，在炎炎的夏日中泛起的冷意，让人感到战栗。

“寡人带你出宫！”

“大王，”褒姒按住了周王宫涅牵起马辔的手，“逃不掉的！”

“寡人说过，”周王宫涅的声音有些颤抖，“寡人不许，你就不能死！”他夹了夹马肚子，马跑出了马厩。这是周王宫涅的坐骑，深知主人的秉性，便是不拉马辔它也知道自己的方向，一路顺着西门而出，藏进了城西的山麓。这地方褒姒来过，那是几年以前的事情，他带着她逃离那个偌大的镐京城，一两日的静谧时光，对她来说是在这宫里难得的回忆。

褒姒松开了周王宫涅的手，他调整了马的方向，在褒姒身后用十分艰难的语气说道：“寡人叫郑伯带你走，天涯海角，有多远走多远！”

“大王？”褒姒想要转过身看着周王宫涅。

“别转过来，”周王宫涅在褒姒的背后说道，“别转过来看着寡人，只要告诉寡人你愿意走就好！”

“臣妾同郑伯没有瓜葛，大王为何不信臣妾？”

“寡人信！寡人信你，寡人从来没有不信你，如今派启之前往晋北，他手中有一百乘兵马，这一百乘对郑伯来说不是个小数目。他日，启之若要借这一百乘起兵，三叔不得不让位。”

“大王是我大周君主，一诺千金。当日洪德拿褒家立誓，臣妾曾当着天下的面应了，如今大王让臣妾走，不是失信于天下人吗？如今失信，日后如何立威？若不能立威，又何以平定中原、攘夷安邦？”

“寡人只想让你活下去。”

“有那么重要吗？让臣妾活下去，哪怕臣妾跟着别的男人，对大王来说，那就比让臣妾死更好吗？”

“对！”周王宫涅斩钉截铁地答道，“只要让寡人知道你还活着，不管跟了谁，不管是不是忘了寡人，对寡人来说，那都是更好的！”

褒姒泪水涟涟，忍不住掉落了下来，掉在了周王宫涅的手上。他微微怔住，然后朝前坐了些，将褒姒抱得更紧了：“寡人舍不得你死，只要你还活着，寡人做的这一切就总有一个人看见，总有一个人分享。”

“大王，”褒姒颤抖着叫了一声，然后摇了摇头，“臣妾曾经说过，只要大王许臣妾天长地久，臣妾便愿意生死相随。生死相随便是不论生死，也只追随大王一人。”

“不行……”

“大王，”褒姒的声音忽而温婉了起来，带着柔和，抚慰着周王宫湦心中的躁动与不安，“臣妾若是去了，还请大王将申后从冷宫中接出来，重新封为后。”

“寡人做不到！”

“申后同楚夫人鹬蚌相争，您才能坐收渔利！伯服拜托给申后，母凭子贵，子凭母贵，申后忌惮您的好恶，必会待伯服如己出。申后之位既稳，申侯就不会乱！楚夫人对申后也自然会多有不服，在后宫中掀起一股风浪。若是楚夫人赢了，大王就能借此除掉申侯的势力，剪除他的羽翼，彻底将朝堂收为己用；若申后赢了，大王便有个合适的理由对楚国下手，也算是名正言顺了！二人相较，必有一伤，大王不能不用申后。”

“都这个时候了，你怎么还有时间去想这些？”周王宫湦恨恨地说道，翻身从马上下来，仰头伸开双手。褒姒将手搭在了周王肩上，侧着身子滑入了他的怀中，她看着他，表情尽可能平和：“总要做些准备！”

“褒家没有为你做过任何事情，如今凭什么却要你来担他们的责任？”

“父亲纵有千般不是，却给了臣妾性命，教了臣妾礼仪书画、舞蹈乐律。若非如此，你我此生也就无缘相见！”

“你入宫是为了他，可他如何对你？”周王宫湦觉得褒姒很可怜，只因为他的一朝宠幸便没了家人。褒姒趴在了周王宫湦的怀中：“入了宫，跟了大王，臣妾就没有家了，你在这里，这里便是臣妾的家。”

“你在这里，这里也是寡人的家，你若不在，寡人的家又何在？”周王宫湦捏着褒姒的下巴问道，轻轻地吻着她的双唇，贪恋着她的味道，不忍分别。

“那下辈子就换臣妾来做大王？”

“你便可以抛弃寡人了？”

“那要看，大王肯不肯取悦臣妾了！”

“肯！”周王宫湦点了点头，“做什么都肯。”

“暖炉侍其主，不知相思苦！”褒姒看着周王宫湦很慢很慢地说道。这话说罢，周王宫湦俯下身子吻住了褒姒的唇，将她抱了起来，抱在怀中，转身进了这屋子，一寸寸地解开了她的衣裳。

翌日，太阳初上，阳光洒进了屋子里，她依偎在他的身侧："大王，该回去了！"

"不想回！"周王宫涅负气地说道。

"就算是臣妾死，也得叫臣妾死个明白，让掘突把边关之事一一说于大王，好分析到底是何人泄露了我方的军情。若能借此捏住楚侯把柄，对大王来说，臣妾的死也就有所值了！"

"莫要和寡人说死不死的，来日方长！"

"大王……"褒姒支起了自己的身体，想要将周王宫涅劝回那个牢笼中去，周王宫涅却对褒姒的一番话置若罔闻，反倒是将她又拉回床上。这间小木屋在荒山之中，是周王宫涅打猎时候驻足的地方，唯有在这里他才觉得天荒地老最为静谧，时光流转仿佛与他们无关似的。他问褒姒："你想吃什么？"

"什么？"褒姒不明白周王宫涅这话的用意。

"寡人去为你猎来！"

"山中野兽比你我的寿命要短太多，何必再为难它们？"褒姒问道。周王宫涅抚摸着褒姒的长发，俯身看着她的五官和容颜："明知红颜易逝，天子易老，又何必将我们逼入如此的绝境。"

褒姒搂着周王宫涅的脖子摇了摇头："日后若没了臣妾，大王行为做事，或许不必有所顾忌，也是好事儿。"

"人若没了痛脚，不知道痛就不知道喜，不知道苦就不知道乐，寡人便是深知这个道理，才深知不能没有你。"周王宫涅俯身叹了口气，别过头去不忍心再看褒姒。褒姒躺在他的身侧，不知道该如何安慰他。良久之后，褒姒坐起身说道："这个时节，山中总该有些野花野草的可以果腹。大王打猎，臣妾就摘些果子和野草来，备好炉火，等大王。"

"好！"周王宫涅一个翻身也坐了起来。他下床取了身轻便的衣服，从墙上取下了那张重逾百斤的弓背在身上，但是看不出周王费力，他说道，"你在这里等着寡人，寡人去去就回！"

褒姒看着周王点了点头，他的身上还残存着一些孩子气，却只肯在她的面前展示出来。

回首过往四年，时光匆匆易逝，宫里的变迁沧海桑田。她入宫时曾被他捧在手心里仿若至爱，那盛极荣宠的地位惹恼了一干女人，她们个个想将她置于死地。浮华退去，她才猛然发现原来这份宠幸不过是镜花水月，一场虚空。

她为他做了那么多，等不来他的一次真心相待，他只是将她当作棋盘上的一颗棋子，她的心也曾冷过，可后来又被他暖热了。大战出征前那一夜的表白，他喝得有些多，踉踉跄跄地找她清算旧账，却变成了互诉衷情。

两年后的东夷战事，她在失去与得到之间来回辗转，备受煎熬，他是生是死、是福是祸无从知晓；她彷徨无助，看似淡定地守在后宫之中，却日日不安，怕若没了他，这日子便没法过了。

他从东夷回来，策马狂奔，出现在她最危难的时候。插在嬴德心口的那一刀，对他有多狠，对褒姒就有多温柔，而这种温柔也曾经变成过绝望，缠绕着她的心，她甚至不知道该怎么去面对他。

他也许不曾相信过爱情，却为她动了情，心甘情愿地让她成了自己的软肋。褒姒的双臂环抱着自己的双膝，坐在床上呆呆地看着地上斑驳的日光，印证阳光的是阴影，印证温暖的是露水，而印证爱情的就是心中对离别的恐惧。

他也曾经离开过她，如今换她走了，虽然走得有点久，可思念着思念着，也就习惯了，倒是不如不见了的好。褒姒抿了抿唇，对着地上斑驳的影子笑了出来。她的长发披散，衣服凌乱，却无心打理。她也觉得委屈，这辈子为褒家做了两件事儿，一件叫她被驱逐出门，一件叫她搭上了性命。也不知死后相聚，褒珦会对她说什么？

说："谢谢。"

或者说："滚！"

不外乎这两句而已，她有多久没见过自己的父亲了？褒姒叹了口气，也无怪乎周王觉得她委屈，她自己也觉得委屈，毕竟洪德对她那么狠，那么残忍。若是这外戚能有用点，是不是还能帮到他？她这么想着又摇了摇头，还好这个外戚没那么多的用处，若像申侯、楚侯、秦伯那就惨了。

想到这里她又笑了。

当日郑夫人离世，握着她的手，满眼都是对这个世界的不舍，对自己孩子的眷恋，对大王的思慕，她让褒姒告诉大王她爱他。那时候的褒姒觉得，郑夫人才是这个世界上最令人羡慕的，这人啊……就不能羡慕别人，若羡慕了，总要变成她。如今自己一只脚迈进了鬼门关，她也可以说："我也爱他。"

爱情是这个世界上最好的麻醉药，能叫人忘了痛、忘了苦、忘了伤与悲、忘了尘世间一切不幸，独独记得那份美好。褒姒看着自己的手，上面的线条很浅，褒珦曾说过："你命薄，和你娘一样。"

她原本不信有什么命，她觉得她娘的不幸不是命，是选择，可如今却由不得她不信。因为爱上一个人，根本就无法控制。如果可以，她也许会选择不爱周王，周王也会选择不爱她，这样的一生多轻松。

可是，是不是少了点什么？

褒姒又哭了，他以后一定还能遇见一个温暖的女人，让他忘了她。而她只能站在黄泉路口痴痴地等，等有一天他会不会来。这么一想，死亡又让人哀伤了起来，他们会在两个不同的世界，过得好与不好，自己体味，无法再和另一个人分享了。

褒姒很想翻身下床，穿好自己的衣裳策马回宫，逼他回去。可她也是个普通的女人，渴望着田间日头，平凡的夫妻生活。所以她没走，大王既然派了兵，掘突旧伤未愈又添新患，一时半刻也好不起来……那她为何不在这里停一停，她这一生本就来去匆匆。

她曾经以为爱一个人真是笨死了，现在想想原来那只是因为没有遇到那个人，遇到了就算笨死也甘之如饴。她从床上翻身下来，站在屋子中央，站在光束之中，看着阳光打在脚面上。夏至刚过，那是一年中太阳离自己最近的时节，过了那一天，日头就慢慢变短了，往后日复一日，太阳就越来越远。

盛极而衰是这个世上最大的不幸，就像是这个王朝。

她不知道自己恍恍惚惚发呆了多久，只是猛然间从千思万虑中抽出身来，决定要想些别的事情了。比如说……她答应了大王要准备些野果、野草的，好搭配他的猎物，他会猎杀什么呢？麋鹿？或者豺狼？

褒姒笑了出来，她不知道豺狼可不可以吃，若可以，也就报了当年被豺狼追逐的仇。这么想想就觉得人生还是挺有意思的，只要你活着一天就有翻盘的一天，没人能占尽所有的运气，也没人会倒霉一辈子。未来的每一天都很值得期待，她期待周王宫涅的翻盘，能为他赢得真正的天子之尊。

他一定可以做到他想做的事情，因为他的棋局令人瞠目结舌，她也不是他的对手。如今只是为了她，他才乱了自己的步子，等她走了，他又会变成那镇定自若、变幻莫测的君王了。

褒姒又愣神了，她发现她好爱他。

以往的时候不觉得，可眼下没了那些纷纷扰扰的俗事，她才发现，她是真的好爱他。

过了午时，又过了傍晚，他终于从山里出来，身上真的扛了一只豺狼，把那只没了气儿的狼扔在地上，恶狠狠地说道："总算是报了大仇了！"

褒姒"扑哧"一声笑了出来，抬眼看着周王宫湦的孩子模样。

"怎么了？"周王宫湦用手臂擦了擦额头，"早晨见着有狼就想着怎么都得猎杀回来，当年我们被它们穷追猛赶的，一路上那么奔波、那么艰辛，如今也算是大仇得报，凑合着吃吧！"他说完盘腿坐在了地上，"呼哧呼哧"地喘着粗气，箭矢剩下无多，身上的衣服也破了，头发也有些凌乱。褒姒拆开了他的发髻，重新帮他挽好了："没受伤吧？"

"怎么能呢？"周王宫湦一把将褒姒拉过来，"饿了吧？"

"狼肉能吃吗？"褒姒觉得有些瘆得慌。

周王宫湦想了想："吃得，宫里有个庖厨做得很好，吃得！吃得！"他挽住她的纤腰，"你看，我若是打猎，你随我私奔，咱们总能活得下去。"

"你舍不得。"褒姒点了点周王宫湦的鼻尖。

"我有什么舍不得的？"周王宫湦将寡人的称呼掩了去，是真的想和褒姒做一对寻常夫妻，可能会穷困潦倒，可不会死得这么无助，这么委屈，"区区王位不过是个束缚，我舍得，就是舍不得你。"他捏着褒姒的鼻子。褒姒摇了摇头，他不能舍得，因为他若不是周王宫湦，不是周朝天子，他也就不是他了！

"你去杀狼，我去架锅。"褒姒说道。

"你会吗？"周王宫湦问道。褒姒想了想，摇了摇头，反问道："你会吗？"

"会！"周王宫湦拍了拍自己身边的空地，意思是要褒姒坐下来，"让我休息休息，你陪我坐会儿。"

周王宫湦转过脸来看褒姒，头抵着她的额头，离她很近。时间一长，他发现自己也不觉得褒姒哪里不好看了，只记得第一次见她的时候，是觉得她没那么好看，可时间长了，怎么看都是美的。

周王宫湦吻了吻褒姒的唇："帮我捏捏？"他把胳膊伸给褒姒，像是个撒娇的孩子。褒姒把这胳膊抱在怀里，一寸寸地揉捏着，而后又站起身站在他的身后，从僵硬了的脖颈捏到他的背，最后他竟然坐着就睡着了。他倒真做不了一个谦谦君子，哪里也没生成温润如玉的样子，可她就是喜欢。

周王宫湦睡梦中的眉眼也显得那么不安，眉心隆起，板着张脸，不知道在和谁发脾气。他睡在褒姒怀里，极为安静，就像是怕惊动了什么，连呼吸都小心翼翼的，有的时候还会憋得自己喘不上气儿来。

褒姒看着他，手指在他的发丝间轻抚，白天的汗水将他的发丝浸湿了，她不知道这静谧什么时候会被打破。山中方一日，世上已千年。她与周王宫湦出逃，宫里一定乱作一团了。

不管宫里乱成什么样，那又关她什么事儿呢？她都是一个濒死的人了，人们应该宽容些。她看着怀里的他，俯下身子，在他的唇上覆上了甘甜的吻，她的手塞进他温热的大手中，他的身体总算是又一如既往地暖和了。

她的泪珠顺势而落，滴在了他的面颊上，她轻叹了一口气，这声音很轻很轻。

掘突入宫的消息一时间传得满城皆知，周王请启之出征晋北，请郑伯全力支援一事随着赵叔带的公函发出，也就不再是秘密了。如今人人都知道洪德败了，若非败得无力回天，周王不会出此下策，如今到了洪德履行当日军令状的时候了，也是该去找褒姒索命的时候了。东宫被人围得水泄不通，人人都想见褒后和大王。秀秀将大门堵上，不知如何是好，她曾为掘突能回来感到高兴，可现在，她宁可他战死沙场。

绝望的又岂止是秀秀，周王宫湦也同样想不到一点点法子来改变眼下这个局面。他坐在木屋里和褒姒对弈，他手执黑子，褒姒手执白子，两人都盯着这错综复杂的局面。

周王宫湦举着棋子久久地落不下去，褒姒便为周王宫湦续上了水，水声惊动了沉思中的他。他恍惚地将棋子落下去，又把自己憋死了一片，他叹了口气，兀自地摇摇头："就没一点办法了？"

"日后大王若要号令三军，眼下就必须严惩不贷！"

周王宫湦揉了揉太阳穴，再想起日后必会咄咄逼人的启之同熊仪，就觉得头痛："一定还有别的什么办法！"

"大王，"褒姒握住了周王宫湦的手，"我本就孱弱，便是活着，未来的日子也不会太长。你以我的性命立军威，日后可以依样画葫芦用军令状制裁熊仪，我不会白死的。"

"他岂可和你相提并论？"周王怒斥道，将手中的棋子扔在棋盒中，发出了一声脆响。褒姒看着周王又沉默了下去，周王宫湦忽然有些慌乱，不知道自己是不是惹恼了褒姒，"我只是有点心急，不是对你发脾气。"

"大王的心，我又怎会不知道呢？"褒姒苦涩地笑了，"只是朝中还有那么多事要去处理，你在这里消磨也想不出法子，既然事情已经发生了，就接受吧！若能顺藤摸瓜地找出洪德失利的人为因素，你也可以惩治其他人了！”

“你走，”周王宫涅看着褒姒说道，“你逃走，我就说你死了。”

“若当日大王没能回来，留褒姒一人在宫中思念，我该多痛苦，多悲伤？天可怜见，知道我承受不住如此的思念，便叫大王来承受，若是我们之中一定要死一个，大王怜惜褒姒，也该让我去！”

周王宫涅一把将褒姒揽在怀中，他已经无计可施了。他又有两日没有上朝，这一次士大夫倒也不催了。眼下需要的是耐心，人人都在静候有人挑头闹事儿，他日启之战胜回朝，必会咄咄逼人，褒姒这一劫根本逃不过。

楚夫人差人来请虢石父，虢石父算来算去，去了一趟酉阳宫。楚夫人如今是想把事情闹大了，从虢石父的口中撬出褒姒同大王的去处，虢石父也想利用楚夫人将他们二人带回宫中，平息纷争。

前些天打来的豺狼足够褒姒和周王宫涅吃好些天的，褒姒摘的野果和野草常常被周王嘲笑。他蹲在地上，挑拣着那些绿色的叶子，然后带着三分居高临下的口吻和褒姒说：“这个……喂羊的，人不能吃。”说着将手里的叶子扔到了一边，然后再拿起一个果子，“这个吃了现在就没命了，你摘的时候就没发现这果子满树都是吗？若能吃，动物早就拿去果腹了！”说完将这个果子也丢掉了。

三挑两拣的，一大堆野菜野果就没剩下几个了，气得褒姒瞪着周王：“你若嫌弃，自己摘去，我怎么知道哪些能吃哪些不能吃？”她的裙摆被树枝钩出了一道道口子，看起来狼狈不堪。周王宫涅听见褒姒竟和自己置气，“哈哈”大笑，一屁股坐在地上，然后拍了拍身边的空地：“坐！”

褒姒别过脸去不看周王宫涅，嘴里发出“哼唧”的声音，将周王宫涅彻底逗笑了。褒姒跺了跺脚，走过去捏住了周王的耳朵：“好笑吗？”

周王宫涅被褒姒捏得生疼，嘴里发出“欸欸欸欸”的叫声，头朝着褒姒拽的方向过去了。他握住了她的手，将她的手硬生生地给掰开了，然后将人拉了下来。褒姒敌不过周王宫涅手上的力气，只能乖乖地坐在他身边，瞪着眼睛瞧着他：“你笑我？”

“我只是笑笑，我打你的时候你没同我置气，我骂你的时候你没有，我娶别的女人时你没有，我不理你的时候你也没有，你现在生什么气？”周王宫涅伸手揽着褒姒，这几日的相处让他觉得心满意足，褒姒在这里和他一起生活，动手生火、采摘野果、清理猎杀回来的动物……每一样对她来说都难如登天，她一点点摸索，再苦再累，没抱怨过一声。

“你现在是嫌弃我！”褒姒指着周王宫湦的胸口，“你可以讨厌，可以不喜欢，可以同我生气，可你不能嫌弃我。”她仰头看着身侧的周王宫湦，这是一道命令，由不得他不从。他低头笑着，亲吻着她，褒姒在周王宫湦的怀里也“咯咯”地笑了出来，她的脸贴在了他的脸上，有种前所未有的满足。撇开宫里的时光，能够和王权在握的天子一起享受这样时光静静流淌的感觉，是一种奢侈。

周王宫湦吻着褒姒，将她压在了地上，褒姒贴着地面侧过头去，整个人骇了一跳，身体立刻僵硬了起来，用手抵着朝自己靠过来的周王：“大王，来人了！”

周王宫湦的面色一变，失去了全部兴致，连璀璨的眼眸也瞬间黯淡了下来，他的眉头紧锁：“多少人？”

“不知道！”褒姒摇了摇头，她只是从地面听到嘈杂的脚步声。周王宫湦立刻俯下身子仔细地听，这群人距离这儿并不算太近。他猛地站起身，理了理衣裳，一把拉起了地上的褒姒：“我们走！”

褒姒拽住了周王宫湦的手：“我们不能走！”

“为什么？以后就这样闲云野鹤不好吗？”

“一两天是调剂，三五日是放假，一两个月是休息，三五年呢？”褒姒看着周王宫湦问道，“三五年之后再想起今日的事情，大王会后悔的！你若不能高高在上运筹帷幄，就等于是被褫夺了性命。褒姒惶恐，不敢妄为！假以时日，大王会忘了褒姒的。”

周王宫湦的手攥得紧紧的：“寡人不要你来替寡人做决定！”

“大王，你若强行带臣妾走，臣妾就死在大王面前！”褒姒说着从头发上取下了发簪，抵在自己的脖颈上，“若是大王不肯回，那臣妾便死在这里，堵住悠悠众口。”

“褒姒！”周王宫湦吼了一声，“你为什么就这么犟？”

“大王，”褒姒反问了一声，“你又何尝不是呢？”

周王宫湦闭起了眼睛，深深地吸了口气，他不想被人看出自己的眼睛里泛着星星点点的泪光。这一瞬间他仿佛老了很多，身形蓦地就变得颓然了，而面颊也蓦地就变得沧桑了。周王宫湦靠在墙上，无力再与褒姒争辩：“这一回去，寡人就要亲手将你收押在监牢之中！”

“谢大王！”褒姒笑着说道。

"寡人不会去看你的！"

"臣妾明白。"褒姒很平静。

"晋北一事寡人会查得清清楚楚，给你一个交代，给你们褒家一个交代！"周王宫涅又说道，褒姒微微点了点头："但愿这一仗公子启之能胜。"

"他会的！"周王宫涅还想再说些什么，脚步声已经传进了屋里，"踢踢踏踏"的，一群人迅速地将这间屋子包围了起来。周王宫涅和褒姒交换了一个眼色，她笑一笑，他点点头，转身朝着门外走去，大喝一声："你们想做什么？"

"请大王随在下回宫！"赵叔带向周王宫涅行礼拜谒然后说道。

"请大王回宫！"众人应声道，跪在这里的都是朝堂上的士大夫。周王宫涅扫视了一圈，嘴里喃喃地说了句："好，好！你们都来了。"

"还请大王速速回宫，晋北之战还需要大王定夺！"众臣说道。

"赵上卿！"周王宫涅无力地叫道，他一个人确实拗不过天下人，连褒姒都在逼他。他心中觉得无力而颓然，这些人在他眼里变得十分模糊，只看得清轮廓。叫朝堂士大夫来请周王回宫的办法是虢石父想出来的，他自己却没有来。他叫楚夫人去太宰宫找赵叔带，以出兵秦国对抗犬戎一事要挟，赵叔带不得不请回大王。

赵叔带站了出来："臣在！"

"将褒姒收押在地牢之中！"周王宫涅往前迈了一步，十分费力地走到了自己的马前，翻身上马，马慢慢地跑了起来，越走越远，朝着宫里的方向。众人的目光盯着周王宫涅越来越远的脊背，心中竟生出了同情与怜悯。

褒姒迈步从屋里出来，赵叔带看着她行礼作揖道："参见褒后。"

"不过是阶下囚而已，这里再也没有褒后了！"褒姒叹了口气，看着赵叔带，表情无比平和。她的脖颈上还有一个血点，大概是刚才用簪子戳着脖颈时留下的，这叫赵叔带吃了一惊，他确实以小人之心度了君子之腹。

褒家似乎和这个地牢很有缘分，如今褒姒也沦落至此。这屋子是赵叔带特别吩咐人为褒姒准备的，他说："你父亲当年就关在这里。"

"承蒙舅舅照顾。"褒姒环顾着地牢中的环境，"父亲在这里的时候，你也常来看他吧？"

"是！"

"没想到当年我为了救父亲入宫，如今自己也来到这里，当年我能救他，如今却没人能救我。"褒姒坐在草垛上，仰头看着窗外的浮云。

“放心吧，你在这里不会受很多罪的！”

“什么时候行刑？”

“要等。”

“等到什么时候？”褒姒对无法预期的死亡感到忐忑，害怕时间越久就越发舍不得离开。

“不知道，得等大王下令，怕是要先彻查晋北一事。”

“还用查吗？”

“也许能反败为胜呢？”赵叔带宽慰道。

“可能吗？”如今大火攻城，那几万兵马能活下来就已经是个奇迹了，褒姒不敢奢望太多。

然而奇迹总会眷顾某些人，比如文朔。大火烧起的那一夜他因为无法入睡，所以很快发现了异样，叫醒了城中士兵，他们迅速地收拾了城墙与驻扎处中间的易燃物，大火虽然久久不灭，却也烧不过来。城中粮草不足，大火若是长久不息，上万兵马根本撑不下去。文朔寄希望于掘突，希望他能搬来救兵。而洪德也知道若非自己冲动，根本不必落得如此下场，如今倒是连累了褒姒。

洪德到此时此刻还能记得那日的褒姒穿着一袭红衣，从后宫走到了前殿，长袖摆动，长裙及地，发髻紧挽，环佩叮当，她身上那种睥睨众生的模样让人不敢直视。想及此，洪德觉得心痛，他连楚侯熊仪和公子启之都对付不了，何况是那位看似无所作为，却收拢了半壁江山的周王宫涅？

“只有一条路可走了！”洪德忽然站起身，从军帐中翻出了一件蓑衣，用城中的井水将蓑衣浇湿，然后披在身上，走到了士兵集合的地方，“我想到了办法，打算冲出城去，谁和我同去？”

众人目光呆滞地看着洪德，以为他疯了。

“将蓑衣淋湿，披上，然后骑马冲出去，你们谁去？”洪德又问了一遍，“反正现在在这里也是等死，横竖都是一死，不如闯一闯！”

“咣当”一声，有人将手中的铁锅砸在了地上：“我去！老子早就受够这股子窝囊气了，只要叫我出了这破火笼子，我一个回合就能拿下那群狗娘养的头！”他举起自己的青铜长剑吆喝，很快就有了此起彼伏的应和声。

晋北原阳城中，充斥着一股豪迈之情，他们把绝望变成了一种对求生的渴望，最终集结了一小队人马。即便是冲出去，可能也会同城外的北狄将士展开厮杀，这场对抗力量悬殊，谁都知道在这场冒险中生还的机会不多，他们不求活下去，只想为死气沉沉的原阳火海注入一丝活力。临行前，洪德惴惴不安，总觉得会发生什么事，因而交代道：“此行我若有什么不测，还望文将军能为褒后求情。”

“此战若胜，功劳必是褒大夫的！”文朔早就想好要帮洪德背罪，将功劳推给他了。

将士们消失在火海之中，渐渐被那红光吞噬，没人知道他们是否能活着冲出去，可只要出去了，就是一线生机。

这是文朔最后一次见到洪德。

第五十二章

如今伉俪伤离别，换君百年再逢卿

从山里回来，周王宫涅没去过东宫，褒姒被收押的消息如今尽人皆知。秀秀在东宫反复地捶打着掘突的胸口问道：“你为什么要回来，为什么？”

掘突握住秀秀的手腕，他无法回答她的问题，只想给她一个支撑的力量。秀秀蹲在了地上，抱着自己小声抽泣，她不敢把动静弄得太大，因为念儿还不知道。

“这件事情不告诉王子吗？”掘突问道。

秀秀不知道，她不过是个下人，能做什么决定？“褒后曾吩咐过我，如果她惨遭不幸，王子就托付给申后，希望借助申侯一派的力量寻求庇佑，可是我想王子他……”她想念儿不会认申后为娘的，可很快她又推翻了自己的想法，念儿不过才三岁，他长大之后还能留住多少三岁的记忆？“和他说实话吧，说褒后不会再回来了。”

“他不过才三岁，怎么受得住？”掘突于心不忍。

“他不过才三岁，怎么记得住？”秀秀的话音才落，这屋子的门就被轰然推开了。念儿一双天真的眼睛盯着房里的两个人，如今整个后宫都怪怪的，他知道他们一定有事瞒着自己：“我娘到底怎么了？”

“王子？”秀秀站起身朝念儿走去，刚下定的决心此刻又开始犹豫了。

“我娘到底怎么了？”念儿又问了一遍。

秀秀看了一眼掘突，掘突反过来看了一眼秀秀，谁也不肯开口。念儿踩着脚：“你们不说我就去找父王！”

“你不能去！”秀秀立刻说道。

“那你们就告诉我，我娘到底怎么了？”念儿重复了一遍，“她说她要去很远的地方，她是不是又将念儿丢下不管了？她说有朝一日等念儿坐上了父王的那个位置，她就回来看念儿，她是不是不会回来了？”

秀秀觉得嗓子痛，咽了一口唾沫勉强地说：“是！”

“我就知道！”念儿发着脾气，“她总是这样丢下念儿！”

“王子，褒后是有苦衷的。”秀秀说道。

“带念儿去见褒后吧？”掘突问道，秀秀转头看着掘突，摇了摇头。掘突却点了点头，目光中满含肯定，他看着念儿说：“王子，褒后如今在……”

“我不听！”念儿拿手堵上了自己的耳朵，“我不听，我不听，娘说只要我成了父王那样的人，她就会回来了！我不听你们说的，我不听……”他此刻的任性叫在场的人看了无比心疼，念儿那么聪明怕早就知道发生了什么事，他想骗自己，骗自己娘总会回来的，念儿指着掘突，“我去练剑，你陪我去！”

掘突看着秀秀，秀秀冲着掘突点了点头，这样也好，免得他们母子二人在地牢中抱头痛哭，惹人伤感。

夜里，精疲力竭的念儿是被掘突扛回来的。秀秀正在大殿等他们，见两人进来，赶紧从掘突手中接过了念儿，将他安置在寝宫里的小床上，然后小心翼翼地退出来，看着掘突问道：“我是不是个不祥的人？”

“怎么了？”

“我跟着郑夫人，郑夫人便在生念儿的时候难产死了；我跟着褒后，到头来又是一死。仿佛我跟着谁，就会把厄运带给谁。”

“这和你有什么关系？”掘突走到了秀秀面前，握住她一双冰凉的手，将她的手贴在了自己温热的面颊上，“这是后宫女人们一出生就注定了的命运。花若开得太灿烂，就会凋谢得很快，就像这宫里的娘娘，越是被大王捧在手心，就越是落得一个凄惨的下场。”

秀秀哭了出来，眼泪顺着面颊“簌簌”而落：“我想去看看褒后。”

“我替你去问问吧。”

秀秀对掘突点了点头，用含混不清的哭腔说道：“谢谢。”

“王子怎么办？若再不见褒后，只怕日后就没有机会了。”念儿若是执意不肯见，只怕会错过见最后一面的机会，掘突有些拿不定主意。秀秀想了想，摇了摇头，她觉得这件事情已经不再重要了：“褒后早就把以后的事情安顿好了。”

“娘娘从一开始就知道洪德会输。”

“从一开始就做好了逃不过这一劫的准备了！她说褒大夫赢不了，也不能赢，他若赢了，才是一场无休止的灾难。他该战死沙场，这才是最好的结局，那个一身傲骨的老褒大夫才会觉得心中甚慰。”

听了秀秀的这番话，掘突觉得可以理解为何父亲能对她如此痴情。褒姒的骨子里刻着悲戚的命运，这命运自她出生以来便伴随着她成长，一生一世，逃不开也躲不掉。她所遇到的一切，都是她注定要遇到的。

掘突前往太宰宫向赵叔带询问褒后一事，并请赵叔带安排自己和秀秀前去看望。赵叔带这两天忙得焦头烂额，这才想起早就该安排这事儿了，便从桌上拿过令牌交到了掘突的手中：“我忙得忘了安排！你们多陪陪褒后吧……”赵叔带兀自叹了口气，“王子怎么办？”

“已经知道了。”掘突的语气中是一种深深的无力感。

“什么反应？”

“不肯去见褒后。”

“那孩子的性子随了大王，这些天大王也将自己关在显德殿不眠不休，也不去地牢。只怕是时日无多了，只要启之抵达晋北……”赵叔带艰难地说着，他有种不祥的预感，启之很可能会借出战来要挟周王宫浧处置褒家。他不知道该用什么措辞继续说下去，掘突却能理解：“在下明白。”

“褒后这次在劫难逃，北有启之，南有熊仪，她得罪过的人太多了。”

“不能叫朝中大夫为褒后求情吗？”

“启之掐着大王的喉咙，熊仪抵着大王的命门，谁敢求情？褒后再怎么贤德，也不过是个女人，王后可以换，可大王只有一个，天下也只有一个！”

掘突闭上了嘴，这是诸侯与中央的角力，这次诸侯赢了，他无话好说。他如今也该是自顾不暇了：“我的处境只怕不比褒后好多少，一旦小叔夺权，怎么可能放过我？”

“放心吧。”赵叔带拍了拍掘突的肩膀，“大王器重你，启之就不敢动你，他要的无非是爵位，这原本是大王许给他的。”他说完这话意识到自己说错了，掘突狐疑地重复着：“大王许的？”

赵叔带缄默不言，不知该怎么解释。

掘突苦笑一声：“也是，也是，大王一向是和小叔交好。当日将我父亲强留镐京，也是为了让小叔在郑国迅速揽权，所以郑国易主一事也是大王早就算计好的！”

“大王改了主意。”

“为什么？”

“为了褒后。”赵叔带以为周王宫涅是出于这个理由才改变了对郑伯友的态度，而这个理由却叫掘突愤愤不平，他一脚踢在石阶上：“就为了一个女人？为了一个女人，江山说改就改？是不是有一天，洪德若是得胜还朝，我郑国还可以拱手相让？”

“掘突！”赵叔带厉声喊道。

掘突深吸了一口气，逼迫着自己冷静了下来：“这仗……我不打了！小叔要军功，要军权，给他就是了。可他日褒后走后，你们若敢动我父亲，我决不善罢甘休！”他说完这话，抓起桌上的令牌拂袖而去。江山政令因为一个女人说改就改，天下诸侯因为两人情愫说换就换，掘突真想啐一口在显德殿的周王宫涅，骂一声“活该你有此下场”。

走到了东宫门外，他又敛起了情绪，将不善的面色掩藏起来，他不想让秀秀知道得太多。秀秀站在东宫门外候着掘突，瞧他过来了，赶紧迎上去问：“赵上卿怎么说？”

掘突将手中令牌扔在秀秀怀中：“你想去随时都可以去！”他说完勉强地笑了笑。

秀秀打量着掘突，试探性地问道：“你和赵上卿起了争执？”

“没有！”

“我自小就与你相熟，这表情绝不是什么都没有发生的模样。”

“只是想起娘娘如今的境况，心中悲愤！你别多想了，如今天下大乱，前路难测，我也是为此事担心。”掘突将秀秀搪塞了过去，她点点头：“你随我同去地牢吗？”

“我就不去了，你去吧……我同褒后没什么交情，若是我在，你们就没法尽兴地说话了！”

秀秀没有再起疑心，捏着令牌不敢耽搁，着急赶去地牢中陪一陪褒姒。

“秀秀！”掘突忽然喊道。秀秀停住了脚步，转过头来看着掘突：“嗯？”

“如果小叔赢了，郑国便要易主！”

秀秀恍然大悟掘突为何心事重重的模样，她转过来走到掘突面前：“你是为此事揪心，所以不能展颜，心中惶恐？”

“我若决定离开这里，你可愿意随我一起？”掘突问道，他犹豫良久，终于把这话说了出来，他怕此刻不说，以后就没有机会了。“去哪里？”秀秀不惊不喜，仿佛早就知道掘突的心事。

“天下之大，难道还没有一个容身之所？”

“普天之下莫非王土，你哪儿也去不了。褒后若真的不幸，王子就是我的主子，他在哪儿，我就在哪儿！”

“你以为若是褒后不幸，王子之位还稳吗？”掘突没想到秀秀会拒绝，情绪有些激动，他拉住了秀秀的胳膊，“他一个三岁的孩子，能从别人的设计和谋害中全身而退吗？母凭子贵，子凭母贵，他凭什么？他何以自保？”

“就凭他是伯服！”秀秀很坚定地说道，“郑国的事情我插不上话，不能评价大王的对错，可褒后和大王为了郑伯之位，竭尽全力，事情发展至今是谁也不想的。齐伯之女不幸之后，褒后曾为你说过一门亲事，想让你和齐伯的二女儿结为连理，若郑伯真的不幸……”秀秀沉默了一阵，才继续说道，“你去齐国，齐伯必定会护你周全。”

“你难道不明白我说这话的意思吗？”

“便是明白才和你说这番话的。”秀秀伤神地轻叹了一口气，“世子，你不该是现在这样，若心中真的有想要守护的东西，想要保护的人，就该跨身上马去和别人厮杀，而不是畏首畏尾，怨天尤人。”说完，她转过身朝着宫门外走去，表情从容淡定。

掘突站在屋外怅然若失，本该睡下的念儿忽然跑了出来，看着秀秀的背影满面委屈神色。他分明就是想去见褒后，分明就是对自己的母亲有着诸多的思念，可是面上却仍旧故作坚强，有一种和三岁孩子不符的坚韧。掘突蹲下来看着念儿问道：“王子，去看看你娘吧？”

“不去！娘不想念儿，念儿知道她就快死了，念儿不去！”念儿强忍了几日的眼泪终于流了出来，号啕大哭，“就让娘以为念儿什么都不知道，还在好好地变强大，变得像父王那样，一直在这里傻傻地等娘回来吧！”

掘突觉得自己的嗓子干疼干疼的，念儿用哭腔对着掘突说：“父王一定会为娘报仇的！”

“别这么期待，否则日后便要失望了！”掘突苦笑一声。

“他一定会的！”念儿哼了一声对掘突嚷嚷道，“父王和娘说话的时候，我都听见了！父王和娘出行时，那半路截杀的根本不是什么北狄人，是公子启之和楚侯熊仪的人！父王说，公子启之这笔账他迟早要算！”

掘突猛地握住了念儿的胳膊：“他们还说了些什么？”

念儿噘着小嘴，摇摇头：“这些都是我趴在窗户上偷听的，天气那么冷，我也不知道他们还聊了什么。”他说着拍了拍自己的脑袋，“对了，他们好像还说过，齐国的那个姐姐也是被公子启之杀的！”

掘突倒吸了一口冷气，周王宫涅弃启之不用的原因不是褒姒，而是因为郑伯德行天下，而启之凶残暴戾，好大喜功……只怕日后会掣肘大周江山，掣肘帝王之位，所以他改变了初衷，就算是郑伯友与褒姒曾有过一段暧昧的情事，他的心胸竟也容得下！

掘突被念儿的一席话说醒了：“我去！”

念儿不明所以，看着掘突问道：“什么？”

“我去晋北，将褒大夫活着带回来！拼尽我这条命，也不能输！”掘突一字一顿地说道，这个誓言他用尽了全力。念儿茫然地看着掘突：“真的吗？”

“一定能赢的，相信我！”掘突站起身，“我去请战，只要给我十乘，他日我必得胜还朝！”

褒姒被关入大牢的消息很快从镐京传到了郑国，郑伯友得知这个消息，手中的卷轴应声跌落，他颓然坐在椅榻上：“我派出去的援军呢？”

“只怕是……”回话的人不敢讲，话在口中含了半晌吐不出来。

“说！”郑伯友大喝一声，吓到了面前的人，那人立刻回话道：“只怕是被公子启之拦截了！”

“什么时候的事？”

“有些时日了。”

“有些时日了，为什么不向我汇报？”郑伯友鲜少发这么大的脾气，这令答话的人更加害怕，每说一句话就朝后退一步：“之……之前一直没有接到他们的消息，我以为是战事紧迫。可这几日从京中传来消息，我才察觉到是……公子启之将我们的人拦截了。”

“真可以！一百乘……启之不过是一个人，纵有三头六臂，拦得住一万人？”郑伯友说完这话，感觉有人在自己背后放冷箭。

“您怀疑我们出卖您？”这位大夫立刻辩驳道，“我们跟了您这么久，当日二爷掌权，我们宁可告假在家也不愿入朝为官，我等忠心可鉴日月！”

郑伯友揉了揉自己的太阳穴："我不是这个意思，你先下去吧！"

"是！"答话的大夫应声道，转身走了出去。

郑伯友坐在椅榻上，莫名其妙地心烦，双脚搭在桌上，撑着自己的额头，思绪万千。此时此刻他最担心的还是褒姒的安危，想起褒姒如今朝不保夕，就恨不得立刻插上一双翅膀飞到镐京城去，可去了他又能做什么？

郑伯友闭上了眼，长叹了口气，起身朝廿七的房里走去。廿七正趴在桌子上看着铜镜出神，这大半年来她常常这样，也鲜少在府中走动，听见敲门声，廿七才坐直了身子，怏怏地说："进……"

郑伯友进门看着廿七问道："病了？"

"天气太热了，打不起精神来。"廿七很勉强地笑着，"老爷有事儿吗？"

"京里传来了消息。"

廿七的手猛地一紧，心虚地问道："怎么了？"

"褒后被收押了，洪德在晋北战败。"

"我一早就说过了，"廿七苦涩地笑了，"褒大夫赢不了！"她说着这话，眼睛里满是泪水，"褒后不会有事儿的，对吧？"

郑伯友回答不了廿七，他也不知道。

"不会有事儿的，"廿七自顾自地摇了摇头，"大王那么爱褒后，他是不舍得杀她的！"

"休书我这些天写给你。"

"你一定要救褒后！"廿七拉住郑伯友的胳膊，惶恐地祈求道。若是郑伯友不救，她就是杀褒姒的凶手，她欠下的血债用这一生都还不清了。

郑伯友摇了摇头："我不去了！"

"为什么？"廿七眼中满是绝望，"你当初说过要救褒后的，为什么现在不去了！"

"我什么都做不了。"

"当初褒后被嬴德的大军所困，你都可以将她带出来全身而退，为什么这次不行了？这次和上次难道不一样吗？"廿七说着哭着，不住地祈求着郑伯友，郑伯友却只能摇头："因为她一心求死，我再有本事，也救不了一个死人。"

"褒后为什么要求死？"

"若要她不死，此事也不难。只要朝中的舆论转了方向，士大夫们肯为她求情，她就不必死。"

廿七推了一把郑伯友："那你就去啊，去游说他们！"

"楚侯熊仪和我弟弟是绝不会被说服的！"

"那又怎样？这只是两个人！"

"启之掌了我郑国军权，这是一把抵在镐京城喉咙上的利刃。楚侯又出兵秦国，堵住了犬戎，也将镐京城禁锢在自己的权力范围之内了。大王若想让他们二人松口，必定要提出交换条件，这种事情，褒后怎么可能会让它发生？若硬要救，只怕她也是一心求死。"

"他骗我……"廿七绝望地瘫坐在地，捂着自己的嘴，不停地抽泣着。

郑伯友蹲在廿七面前，握住她的手："事到如今，我只想知道一件事情，我派出百乘兵马之事是不是你告诉他的？"

廿七看着郑伯友抿着唇，眼泪像断了线的珠子洒落一身："您什么都知道了？"

"怎么会猜不出来呢？"郑伯友发现这事他竟然无法责怪廿七，只觉得对不住她，"你每日只在郑府走动，若真有心上人，也只会是府中的人。"

廿七觉得心中苦涩，咬紧了牙关，太阳穴"突突"地跳："褒后真的没有活路了吗？不能再想想别的办法了吗？"

郑伯友摇了摇头。

廿七忽然笑了，笑得令人揪心："你什么时候去镐京？"

"等到留不住的那一日就去了。"郑伯友低沉着嗓音说道。如果启之夺权，郑伯友无法在这里停留太久，也许不久之后，他还会和褒姒在黄泉相见，想到这里反倒让他觉得豁然开朗。廿七看着郑伯友明亮的眸子就知道他在想什么："你死不了的！"

"你不了解他。"

"是你不了解，大王曾和褒后说，他若不让一个人死，那人就绝不会死！如今大王对褒后食言了，他又怎么可能再允许启之动你？他不能再对褒后食言第二次。"

"你是不是还有事瞒着我？"

"权当是廿七太傻，才会上了他的当，才会以为大王同郑伯真的救得了褒后。可是他的诡计，就算廿七知情，也还是会如此做的。一个人在郑府，真的太苦了。郑伯只要肯逃到京城，大王必会护你周全。"

"是我不好……"郑伯友的声音有些颤抖，想将廿七拉入怀中，可她却将他推开了，他只好兀自地说，"当日褒后将你托付给我，是怕你在宫中受了委屈，要我好好照顾你。你跟着我三年，我不但没能护着你，反倒是叫你更委屈了，是我不好。”

“那能怎么办呢？”廿七苍凉地笑了，“廿七不过是个下人，你若爱过了褒后，又怎么会再瞧上我？”

“这不同……”郑伯友企图辩解道，话一出口又觉得这个辩解多么荒诞可笑，事到如今他还有什么可说的？

“郑伯若是觉得对不住我，可否再为廿七做一件事？”

“什么事？”

“去镐京城，现在就走！替我陪褒后走完这一程，替我送送她……”廿七说着已经跪倒在地，郑伯友伸手扶住了廿七的胳膊，这场面他看着心恸。镐京城他也想去，只是没有去的理由，如今周王宫湦都护不了她的周全，他又何必走这一趟？

“我去有何用？”

“郑伯想去的，不是吗？”

郑伯友没有答话。

“郑伯替我送封信吧？一日为奴便终身都是，我能有今日富贵，是褒后所赐，如今她走在黄泉路上我不能陪她，总该说点什么吧？”

郑伯友犹豫良久终于应承了此事。

廿七几日后将信送来，内里用秦地的文字向褒姒叮嘱务必将郑伯留在京城。郑伯友帮廿七将这信函封好，带了行李便一人上路了。临行之时，他将休书交到了廿七的手中：“此去不知何时才回，这是曾经答应过你的，我去镐京城之日，就是给你休书之时，如今我们两讫了。”

“郑伯。”

“嗯？”郑伯友低下头看着站在马下的廿七。

“算了，没事儿。你一定要保重。”

“我会的。”

“千万不能为褒后殉情。”

“我知道！”

廿七挥了挥手，郑伯友策马而去，那一刻她真想问他，可不可以抱抱她，她知道以后没有这样的机会了。廿七转过身擦拭着眼泪，缓缓走回屋子，她趴在床上痛哭，对启之恨之入骨。可哭过之后，她还要去做那些她没做完的事。

掘突向周王请战，周王并没有允他，若是掘突再战死沙场，他不知道从哪里变出一个儿子赔给自己的王叔。这几日周王宫湦的面色越发难看了，这些天从膳房端出来的饭菜他都叫人原封不动地拿了回去；他没日没夜地处理公务，用这样的方式来麻痹自己，让自己不去想褒姒的事情。他的眼窝深陷，满面疲惫。

掘突三番五次来请战，都被周王给驳回了。这一日掘突再来，周王拍案而起，在掘突的面前踱了两步，思忖片刻："你前往秦国去迎百里将军！"

"什么？"

"如今楚国助战秦国，大败犬戎……"周王宫湦说到这里顿了顿，其实他宁可犬戎得胜，长驱直入镐京城，一了百了。他深吸了口气，平静下来继续说道，"请百里将军将褒家人送到京城，寡人要看看褒珦临死前还有什么话要说，即刻启程吧！"

"是！"掘突虽有不悦，但圣意难违。第二日太宰宫就备好了车马，在宫外候着掘突。掘突不能出征，感到于心有愧，念儿劝慰道："你且办父王嘱咐的事情，我会好生帮你照顾秀秀的！"

这话说出来，秀秀的脸蓦地通红，谁也没想到一个三岁的小孩子慧眼如炬。掘突咳嗽了两声，用手掩住唇，掩饰自己的不好意思。

"你们应该也有些话要说吧？"念儿问道，"先生还要来教书，我先走了。"他说罢，朝着门外走去，临了又转过头来看了一眼秀秀和掘突。两人都不敢直视对方，面色羞赧。前几日掘突也是一时冲动，将掩藏在心中多年的情愫宣泄而出，此刻二人独处，便有了些尴尬："我得前往秦国走一趟。"

"大王有意保你，你不必太过担心公子启之得胜一事。"

"我知道！"掘突沉默良久才接上话茬，"你在这里好好照顾自己，好好照顾念儿，多去看看褒后。"

"你不必吩咐，我会的！"

掘突点点头："我只是放心不下。"

"世子不必担心，大王不会让人欺凌东宫的！倒是你，秦国兵荒马乱的，要小心才是。"

"你……还有什么要和我说的吗？"

"路上若有机会就劝劝褒老大夫，人之将死，给褒后说两句软话吧？"

"我会的！"

"一路小心！"秀秀挥了挥手，这是和掘突道别了。掘突转身走了两步忽然又转回来，从身上掏出一支青铜质地、宝石镶嵌的簪子递到秀秀手里：“我从秦国回来后，你愿意跟我吗？小叔夺权，我父子在郑国无立锥之地，唯有留在京中受大王庇佑，你……愿意……嫁给我吗？”

“世子，我敬重您是郑家的嫡子，事事对您谦卑礼让。”秀秀拿起掘突的手，将簪子放在他的手心，“若秀秀做了什么事，让世子有所误会，还请世子明说，秀秀改！这簪子很好看……留着以后见了喜欢的姑娘，再送她吧。”她看着掘突笑着，这笑容明晃晃地刺痛着掘突的双眼，他甚至都不记得自己是怎么离开东宫，走到西门外跨马而奔的，这前往秦国的一路上心中备受煎熬。

郑伯友是在掘突离开之后的几日抵达镐京的，府上的人向他说了世子前往秦国一事，郑伯友便自言自语道：“看来是真的要动手了。”他决定先去一趟宫里，为廿七带信也好，为掘突谋一门亲事也好，他都不能无缘无故地来，若再触怒了王权，郑家上下就得陪葬了。

而盼走了郑伯友的廿七，从他的书房中偷走了印鉴和文书，趁夜逃离了郑府，扮作男人，打马狂奔，从郑国到晋北，一路上马不停蹄。公子启之用兵神速，接到周王宫涅的书函就连夜奔赴原阳，几日后大军就驻扎在了原阳城外数十里的地方。

打探消息的人向启之叙述这两日战况，揣测原阳城中应该还有不少活口。启之知道文朔的能耐，下令原地待命，不准行动！他是要困死原阳城中的所有人，以此来逼得褒家满门不得不血债血偿。

正在商议之时，有人来报说是发现了敌军的奸细，他们将捉拿到的鬼鬼祟祟的人扔进了启之的军帐中，此人正是前来打探启之下落的廿七。她重重地跌倒在地，浑身吃痛，紧咬着牙关才没发出声响，她身上的皮被擦破了几处，头发散落，满面尘土狼狈不堪，身上的衣服也十分破旧。

启之转向廿七，立刻就认出了她，他一手将她扶了起来，扯掉了堵住她嘴的白布，然后将她身上的绳索也松开了：“你怎么来了？”

廿七的声音有些沙哑：“我有事同你说。”

“你们几个下去！”启之挥了挥手，屏退左右，待军帐中只剩下他们二人，他一把将她抱在怀中，使劲儿抚摸着她柔软的发丝，“你怎么来了？”“我带了东西给你！”

启之扶住廿七问道：“什么？”

“郑伯的印鉴、文书。”廿七这话叫启之为之一惊：“你说什么？”

“郑伯去镐京了，他要去救褒后，他的心思都被她牵绊着，眼下是你最好的时机。郑伯若因此触怒了大王，这位置他坐不久的。他临走之时，我请他写了休书，如今我愿意将这些文件给你，可我有个条件。”

“什么？”启之的眸子冷了下去，他不爱听条件。

“这些东西给你，你就能不动声色地拿下郑国，郑国便能因此免于生灵涂炭，你便不会失去民心。所以，我要你放他一条生路……”廿七的心中打着小鼓，不知道这个条件启之会不会答应。

她等着他的答复，每一瞬都仿佛过去了一年。

启之看着廿七，上下将她打量了个遍，用奇怪的腔调说道：“你倒是关心他！”

“郑伯有恩于我，我不能看着他死。”

启之一把抓住了廿七的头发，将她拽到面前，廿七吃痛，疼得眼泪都要流出来了，仍旧咬着牙关不发出一点声音。启之用夹杂着三分暴虐的情绪问廿七：“我当日要你是因为你知道他的软肋，如今我只要杀了你，就能夺了你手中文书，你还敢来和我谈条件？我的虚情假意，你该不是当真了吧？”他一手捏着她的下巴，将她困在了桌案前，身体紧紧地压住她。

启之期待的是廿七眼中的惊慌失措、失望和害怕，可她没有，她平静如水，似乎早就预料到了这些。她就那么看着启之，像在看一个不相关的人，这样子触怒了他。

廿七笑了出来：“我看起来真的那么蠢吗？你说大王不会让褒后死，已经是骗我了，我这么做，无非是要你不以兵戎与郑伯对峙而已。滴水之恩，以死相报，我那日便是不从你，便是不和你说那些话，你也有你的法子。事到如今，不如让我来做这个坏人，今日我若是死，大王和郑伯倾尽全力也会为我报仇的，你敢不敢赌？”

启之捏着廿七下颌的手用的劲儿更大了。廿七瞪着启之，忽然哭了，眼泪一滴滴地落下来，浑身战栗，她哭过之后又笑了：“你可以赌，他们其实不会的，我逼郑伯写下休书，偷了郑家的马，拿着他所有的印鉴文书逃出来，就已经断了自己的后路。是我在赌，若是输了无非就是一死而已，这也没什么好怕的，你觉得高兴就杀了我吧！我先去黄泉路上等褒后，向她请罪，愿来生我也能有幸做一做富贵门中的大人物。”她闭上了眼睛，不愿再多看他一眼。

启之的眉头却舒展开来，松开了牵制住廿七的手，一手揽在了她的腰肢上，俯下身子轻吻在她的唇上。廿七长舒了一口气，她赢了。这一路走来，她十分惶恐，她不清楚启之对自己的利用有几分真情，若一分都没有，她就真的输了。

可她相信大王，大王觉得启之爱她，就一定爱。

因为廿七的出现，启之的决定发生了变化，他叫来了军中将领：“传我的令，点三十乘兵马，子时救城！”

“可刚刚不是说先等吗？”

“行军打仗，贵在出其不意！三十乘佯攻北狄，牵制主力，三十乘救火入城！最后三十乘埋伏在北狄退路上，一旦我们得胜，半路截杀……”他的眼睛阴恻恻地盯着某个方向，“一个不留！”

“一个不留？”将领闻言俱是倒吸一口冷气，此举如同当日洪德下令屠城。

“不错，进城的第一件事就是找洪德！我要见到活的……”启之的眼神如隼鹰，面上的笑意让人不寒而栗。

“是！”

“现在就去准备！”启之吩咐道。

“末将领命！”将领退了下去，启之才转身看着廿七：“满意了？”

“打仗的事廿七不懂！”廿七佯装道。

“若寻到洪德，战功给他，我不领……如此一来，你就不能说是我害死了褒后，至于郑伯……”启之摸了摸自己的下巴，“随他自生自灭吧，只要不两军相对，我保证不伤他性命，这可算是诚意？”

廿七不可思议地看着启之，面色有些动容：“为什么？”

“我做事……凭心情！你最好能日日取悦于我，若他日我心情不好了，说不定就出尔反尔了。”

廿七从身上拿出了郑伯的印鉴和文书，启之一一阅览，凭借这些，的确是能不费吹灰之力取得郑伯之位。当务之急就是即刻赶回郑国，而不是留在这里和洪德、文朔争抢军功浪费时间。对付褒姒来日方长，眼下最重要的就是趁郑伯友在京中，无暇顾及郑国，他立刻折返夺位！

第五十三章

了却尘间世俗事，心无旁骛赴黄泉

地牢的门外响起了一阵轻盈的脚步声，褒姒听出来是秀秀来了，秀秀每日到了下午总会带些糕点来与褒姒享用，再分享这些天镐京城里发生的事儿。褒姒知道周王宫湦差掘突去请了百里将军，让他将褒珦等人押送入京，一并行刑。她知道他这么做是为了她，为了在她弥留之际能从褒珦口中听到一句“对不起”。可周王到底不了解褒珦，褒姒清楚这位父亲的秉性，他绝不会承认自己错了，哪怕是对她娘，他也从未松口。

熊仪力克犬戎之后，便留在秦国不肯走了。如今若要救秦只有一个法子，可是……这和一个死人又有什么关系呢？褒姒忽然觉得自己操的心太多了。运筹帷幄与决胜千里，他是把好手，比她优秀得多，她还有什么可担忧的？天下大势，他迟早要为她报仇！她只要在黄泉路上、奈何桥边多等等就是了。

褒姒忽然希望他能来看看她，此时此刻的褒姒终于体会到郑夫人临死前的悲伤与孤独。她多希望自己是在所爱的人的怀中渐渐停止呼吸的，如此才能至死都觉得这个世界是如此美好。

看着所爱的人慢慢离去，却回天乏术，这对活着的那个来说是件残忍的事情，所以不管褒姒有多想，她都只能将这个愿望深深埋藏在心中，一言不发。

和往日一样，秀秀将膳盒中的糕点摆在了桌上，空气中掺着桂花的香气，一转眼竟然都八月了。

褒姒站起身，走到了桌案前。她比数日前憔悴了很多，也提不起精神，牢狱的束缚将人的欲望磨得消失殆尽，她整日斜靠在屋子的一角，仰头看着那扇窗子。

秀秀从膳盒中拿出了一封信递给了褒姒："是廿七托人从郑国带来的。"

褒姒接过信，拆开来看了一遍："郑伯来了？"

"本想来看看您，可如今这情况多有不便，我们几人劝着总算是拦住了。"

"所为何事？"

"是来为世子求亲的，当日您曾提过要给世子求门亲事，郑伯入京，便是请大王下旨的。"

褒姒点了点头，她数次和周王宫涅提过替掘突同齐伯的小女儿说一门亲事，此事兜兜转转郑伯友应该也略有所闻，如今便是寻了这个借口入京的。她轻叹一声："大王若赐了这婚便罢，若是不赐……"她微微攒眉，看着秀秀，"若是不赐，便托我一个信儿，请郑伯逃往楚国，寻求楚侯庇佑。"

"为何是楚国？"

"大王若是赐，就是保了掘突，启之不敢动他。若非如此，大王就是要杀郑伯了。"褒姒揣测道，此刻周王宫涅的想法，谁也拿捏不准，只能做两手准备。

"便是大王要将郑伯置于死地，他也不该去楚国寻求庇佑，毕竟楚侯同您针锋相对，全天下都将郑伯视为您的……"秀秀的话说了一半，余下的生生咽了回去，"褒后恕罪。"

"你说的也是实话。楚郑对立，此一时，彼一时，眼下虽是启之同楚侯联手，将我置于死地，可我若真的是死了，大王就无所顾忌了，派兵攻打楚国是迟早的事情，届时启之必为司马。楚侯能想到这一日，手中总要留些胜算，叫郑伯去楚国最合适不过了。"

"郑伯不会去的。"

褒姒叹了口气，她其实知道他不会去："希望大王并不想要郑伯的命，能应了这门亲。"

"褒后想见见郑伯吧？"

"我还有何颜面见他？"

"褒后爱大王，郑伯护着您，此事怪不得别人，您对郑伯尽了全力，为何无颜相见？"

"廿七，"褒姒苦笑了一声，将手中的布帛烧了，"我真没想到，廿七会在郑伯的背后捅这一刀，也真没想到廿七寻到的良人竟是他……”她摇了摇头，觉得心中溢满了苦涩的情绪，让这屋子的气氛忽然悲怆了起来，秀秀问道：“廿七说了什么？”

“你平日里不是多话的人！”

秀秀闻言忽然跪倒在地：“褒后恕罪，秀秀只是……”

“我也不是责怪你。”褒姒说着将秀秀扶了起来，“廿七来信要我将郑伯留在京城中，万不可再回郑国。算算日子，启之的兵马应该抵晋了。”

“廿七担心郑伯与公子启之会正面较量，郑伯会不敌，便请您将郑伯留在京中，等公子启之得胜还朝，请大王裁定。此事并无不妥，褒后为何会觉得廿七背叛了郑伯？”

“若没背叛，为何她不随着郑伯一起来？明知必死也要留在郑府，难道是喜欢死不成？”

“您也别多想了……便是廿七不背叛，公子启之也不会放过郑伯，您无须将这个罪责揽在自己头上。日后若有机会，还是见见郑伯吧。我想他一定想见您。”

“他若想，今日来的人就不会是你了。”

“那是我们劝了他，世子之事板上钉钉之前，他不能妄动。”

“莫见的好，徒增烦恼。”褒姒转身又坐在了床榻上的草垛之中。秀秀看着褒姒的神情，知道她是在等周王，而周王却不会来。这个道理别人不知道，秀秀却清楚，郑夫人就是这么孤独地离开的。大王明明能来，却不肯，为了他的天下江山，他不肯来。

秀秀有些替她们不值：“褒后为什么不让大王来看看您？”

“相见不如不见，越是见着，就越不忍心离开。”褒姒眼眸明亮，泪水却不能自已。秀秀应声而哭，眼泪像断了线的珠子，她使劲儿地擦着眼泪，可越擦越多，越哭就越是止不住悲伤的蔓延。

从牢里出来，秀秀低着头匆匆回宫，她不想被任何人撞见自己此刻狼狈的模样，却偏偏有人拦住了她的去路。秀秀朝左一步，对方就朝左一步；她朝右一步，对方就朝右一步……她有些生气地抬起头，刚想发脾气，却看清了来人，对方说：“大王有请。”

秀秀应了声，跟着这人去了显德殿。周王宫涅此刻的模样吓了秀秀一跳，几日不见，他比褒姒消瘦得更厉害。看来这些天他的日子比褒姒更难熬，褒姒要做的只是等死，而他要等的是漫漫长日，孤寂一生。

听见秀秀拜谒的声响，周王宫湦才从沉思中回过神来："她还好吗？"

"大王想知道，为何不亲自去看看？"

"会去的，只是不是现在。"

"大王会去？"

"总不能叫她这么走吧？"周王宫湦朝秀秀走来，伸了伸手，"坐吧！"

秀秀有些惶恐，她慢慢坐下，双手抓着衣裙，不停地擦着手心的汗。周王宫湦用缓慢而低沉的语调说："寡人害怕去见这一面，就无心政务了。"

秀秀不敢答话，也不敢接茬，揣测着周王叫自己来的用意。周王宫湦话锋一转忽然问秀秀："掘突应该到秦国了吧？"

"应该……到了吧。"

周王宫湦为秀秀倒了杯水，用手指将杯子推到了她的面前，这个举动叫秀秀更加惶恐："多谢大王！"

"她……说了什么吗？"

"每日只是问问大王和王子的近况，宫里发生的事情，除此之外，鲜少说起其他。"

"你何时入宫的？"

"我随郑夫人入宫。"

"你何时入的郑家？"

"自出生起就在了，奴婢的母亲是郑夫人的奶娘，我同郑夫人是一年里生的。"

"情同姐妹？"周王宫湦知道郑夫人有多么信任秀秀。

"蒙郑夫人不嫌弃。"

"为了照顾念儿，让你跟着褒后，她也始终不曾当你是下人。"

"蒙褒后不弃，秀秀无德无能，只能略尽绵薄之力。"

"若你算无德无能，其他人如何自处？"周王宫湦轻轻地笑了笑，盯着那杯子里的水，"喝吧……"

"是！"秀秀端起水杯，敷衍地抿了一口。周王宫湦站起身朝着自己的书桌走去，拿起桌上的卷轴："郑夫人和褒后都将你视为家人，你也就是寡人的家人，寡人的家人不多……"周王宫湦惨淡地笑了笑，他缓缓地朝秀秀踱步，"按说……寡人的家人，寡人本该不遗余力为你们谋些福利，可有些事情寡人也控制不了。"他将手中的卷轴放在秀秀面前。

秀秀盯着面前的卷轴，心中惶恐："大王的意思是？"

"打开看看吧！"

"是！"秀秀慢慢铺开卷轴，看着上面清秀的小字，然后平静地将卷轴又卷了起来，"秀秀已经知道了！"

"你已经见过郑伯了？"

"廿七托郑伯带了信，郑伯托我将信交给褒后！"

"廿七为何不自己来？"

秀秀低头沉默，不敢答话。

"为什么？"周王宫涅又问了一遍。

"褒后说……廿七可能已经背叛郑伯了，怕是她爱上了公子启之。"

周王宫涅长长地"哦"了一声，面上泛出了些不易察觉的笑意，继续问道："这奏折，你怎么看？"

"当日褒后就说过，郑世子与齐伯的小女儿是天作之合，郎才女貌。"

"你也这么想？"

秀秀十分笃定地点了点头。

"若是如此，寡人就复了这折子，只是有一件事你要清楚：既然寡人拿你当作家人，日后你也是这宫里念儿唯一能信任的人，那么……便是要嫁人，也不能做妾！如今寡人复了这折子，你和掘突就再无可能，你当真认为该准？"

"是！"秀秀"咚"的一声跪在了地上，"大王明察秋毫，奴婢不敢瞒报，世子曾向秀秀诉过真情，奴婢以为这只是因为世子自小同秀秀在郑府长大，他将对奴婢的照顾当作了情分，日后世子若遇见了其他女子，自会明白其中的区别。还请大王促成这门婚事，请世子迎娶齐伯之女！秀秀愿一生不嫁，永守宫门，还愿大王成全！"

周王宫涅看着跪在自己面前的秀秀，揉了揉太阳穴："这婚事寡人准了，郑伯留在京中任职司徒，此事你见着褒后就告诉她吧。先下去吧……"

"多谢大王！"秀秀跪在地上深深一拜，起身出了显德殿。她说不出此刻心里的感受，心中的波澜远没有面上平静，这是将近在咫尺的幸福推到了天涯，亲手斩断了自己和掘突最后的一点希望。可她却为郑家的未来感到欣慰，这是周王宫涅给郑家的免死金牌。

晋北原阳城外，启之一行杀了北狄一个措手不及。三路兵马斩尽北狄生机，北狄落荒而逃，却又被大军追击拦截。北狄溃不成军，无力反抗。战事停歇后，启之差人给晋伯送信，他的援军该来做做样子了。而后又差人给镐京城送了封信，说北狄大军已破，此战告捷，请示周王宫湦继续北伐还是折返中原。

信函到了周王手中，他一看就再明白不过启之的意思了："叫他继续北伐，何日破了北狄，何日折返中原！"说罢周王就拂袖而起，离开了朝堂。

众人面面相觑，谁也不敢说话。散朝后，显德殿的人在门外恭候请郑伯友走一趟。他一进门，周王就怒斥道："寡人当日叫你派军前往晋北，你当寡人的话是耳边风？如今启之破了北狄，你还有什么话好说！"周王宫湦一把拽住郑伯友的领子，将他拉到了面前，"你以为褒后必死，她就会跟你走吗？"

郑伯友早就料到今日之事，可亲耳听闻启之劫持了自己的兵马，数十日间大获全胜，他还是感到震惊。此事若非周秦大军的浴血奋战，启之不会赢得这么顺利，可如今早已没人记得，只是将启之说得神乎其技。郑伯友心中怆然萧索的情绪涌上大脑，化作一股悲悯，这让他越发想见褒姒，希望能由他亲自将这个消息告诉她："微臣从未有过这个心思，只是……我被启之劫持了兵马半年未查，直至前日来报司马失利，我才知道大军被拦截了！"

"你堂堂一个诸侯，手下的人都调用不了！"周王宫湦猛地将郑伯友一把推了出去，他朝后退了两步，踉踉跄跄地站稳："微臣失察，请大王治罪！"他双手作揖下跪，向周王请罪，他心中的痛并不亚于周王宫湦。虽然得不到褒姒，可郑伯友也希望她能好好地活着，而如今，正是他的失察才将她推入了死亡的深渊。

"依寡人看，你这个诸侯也没必要做了，区区几个兵都看不住！"周王宫湦冷冰冰地说道，"过两日，齐伯也该来进岁贡了，这婚事你们二人商议吧，寡人叫虢上卿拟了诏书！"

郑伯友没想到周王宫湦会应了此事，他深深拜谒，长跪于地："谢大王成全！"

"王叔最好别想着去死，你一死，寡人就要你家满门给你一人陪葬！"

"微臣明白！"

"这个诸侯……你有本事就做，没本事就留在京城留任司徒，至于掘突，是个将才！若是文朔不幸……"周王宫湦长叹了口气，"掘突就留下做司马吧！"

"谢大王！"

"去看看她吧……"周王宫湦的话忽然软了下来，只要想及褒姒，他的目光之中必定透着柔和。这话叫郑伯友大惊失色，他抬起头不解地看着周王。周王宫湦已经转过身去背对着郑伯友朝着桌案前走去，他坐下来打开了桌上的卷轴，"将这个消息告诉她吧！"

"大王为何不亲自去？"

周王宫湦只是挥了挥手：“趁寡人还没改变主意之前，你最好赶紧滚！不要一次又一次地提醒寡人，她的死是你导致的！”

“是！”郑伯友全身都在颤抖，朝着地牢走的每一步都十分沉重。他不知道该怎么告诉她事情的始末，该怎么说是他褫夺了她生的权利。走到地牢门外，郑伯友遇见了秀秀，秀秀心中一紧，有些紧张：“郑……郑伯？”

“去看褒后？”

“褒后一人在这牢狱中无聊，我来陪她打发些时间。”

“王子呢？”

“不肯来……”

“倒是像他父王！”郑伯友其实明白为什么周王宫湦不肯来，他是不忍。这话得到了秀秀的赞同，她也点点头，却不敢正眼看郑伯。掘突突兀的表白叫秀秀莫名觉得对不起郑家，可郑伯友的心思都在褒姒身上，没有察觉到秀秀的异样，只是说了句，“膳盒给我吧。”

“郑伯要去看褒后？”

“大王叫我来同她说启之大军告捷一事！”

“不知道这算是好消息还是坏消息！”秀秀将手中的膳盒递给了郑伯友，“褒后有些话也想同您说，如今您来了，我也就不必转达了……”她顿了顿又问，“真的没法子了吗？”

“难如登天！”

秀秀面上露出了一个凄凉的笑意，请郑伯进了地牢。褒姒听见了脚步声，却没太在意，掘突已经离开一个月了，她这几日静不下来，比起面对死亡的恐惧，她对即将见到的父亲更加惶恐，她不知道褒珦见到自己之后会说些什么。

是说：“对不起。”

还是说：“参见娘娘。”

这些其实都是些小事儿，不管褒珦说什么，她还是她，改变不了死的命运。明明知道，却还是在乎，从小到大，她做的每一件事似乎都是为了向褒珦证明她可以……在父亲的面前，孩子永远都是那个长不大的孩子。

褒姒笑了，然后哭了。

这间牢房门外的铁链子“哗哗”响了起来，门被打开了。褒姒闻声擦掉了面上的泪水，转过头去，正好对上了郑伯友一双深情的眸子。

褒姒看着郑伯友，郑伯友也同样看着褒姒，两人相对沉默，半晌忘了开口。

褒姒瘦了，模样也更加憔悴了，叫郑伯友看着心酸不已。难怪周王无论如何也不肯来看她，若是看了，就再也无暇去顾及别的事了。

而大周的江山此刻却岌岌可危，若为儿女私情而罔顾国家大事，褒姒就死得一点意义都没有了。这就是当权者的悲哀，权力在被制衡的时候，你会发现站在顶点时外力的不对等，是何等让人无可奈何！

“郑伯？”褒姒开口叫道，打量着他手中的锦盒，“秀秀呢？”

“我在门外遇着她，便叫她回去了。”

“郑伯还能惦念着本宫，倒也难得。”褒姒朝着郑伯友走过去，她本已收起的东宫气势，此刻却又显露无遗，为的就是同郑伯友拉开距离。她的一颦一笑、一举一动，充满了王后的做派，双手叠放在小腹之前，身体直直地挺立着，让人忘了她阶下囚的身份，“有劳郑伯跑这一趟了。”

“大王差我来告诉你晋北一战的结果。”

褒姒看着郑伯友的眼神，便是不听余下的内容，也揣测得出。她叹了口气，转过身背对着郑伯友，仰头看着那扇小小的窗户问道：“已经胜了？”

“是！”

“胜了就好。廿七一事，是我对不住你，万望郑伯见谅。”

“褒后客气了，廿七自三年前嫁入我郑家，就已经是我郑家的人了，褒后无须道歉，若非我负廿七，她不会如此。”说及此事，郑伯友感到有些揪心，可很快又想起什么，问道，“褒后是如何得知此事的？”

“廿七差你送来的信，你可看过？”褒姒转过身看着郑伯友。

“没有。”

“她要我无论如何要将你留在镐京城，这么想想，也就知道她背叛了你。”

“褒后恕罪。”

“你何罪之有？”

“若非我失察，也不会让启之拦截兵马而不知情，不会叫褒大夫身陷原阳，无法救援！”

“你也并非不了解我哥哥，便是你将兵马送至原阳，除了能和他抱在一起被大火活活烧死，还有别的路吗？你若是少了这些兵马，他日又如何与别国相抗？”

“这……”郑伯友不知道该怎么回答褒姒。褒姒不待郑伯友想出什么合适的措辞，又继续说道：“所以郑伯无须自责，这兵马若是到了，反倒是本宫该自责了！”

“谢褒后体谅。”

日虚度的光阴，越发蹉跎人。她看着他的眸子，他的棱角，发现他老了，也憔悴了：“大王……你太累了。”

“嗯！”周王宫湦的头抵着褒姒的头，轻轻地应声。

“睡一会儿吧？”

周王宫湦点了点头，应了一声便沉沉地睡去了。不知过了多久，周王宫湦大叫着褒姒的名字惊醒过来，看着褒姒还在，才松了口气。他摸着她的脸，感受到肌肤的温热，心跳才慢慢平复。

“大王做噩梦了？”

“梦见……”周王宫湦只说了两个字便没再说下去，只是说道，“你在这里就好。”

“大王该回去了。”

“让寡人陪着你。”周王宫湦拉着褒姒的手，“陪你到最后一天。”

“那该多舍不得。”

“就这几天了，”周王宫湦亲吻着褒姒，“本想可以趁着彻查一事多留些时日，如今洪德叛国通敌，证据确凿，启之发来信函就是要逼寡人处决你。掘突和百里成将你父亲押来之时，就是最后的时刻。启之是要寡人用褒家斩立决的消息换他击退北狄数百里，彻底歼灭狄夷之师，寡人……”他长长地叹了口气。

“臣妾明白，臣妾不怪您。”

“你不怪……可我自责啊，你最终还是敌不过寡人的江山。”周王宫湦痛苦地说道。他心里很清楚，是他放不下江山才保不住她的命，要真能做个昏君，碌碌无为一生是件多么幸福的事情，“寡人真的不想管了，不想管天下的纷纷扰扰，管不完的，这次是你……下次是谁？我是不是还要亲手将自己的儿子也送上断头台，才能定了这战事频仍的天下？”

“大王，”褒姒的下巴抵在周王宫湦的肩头，“你是一个无所畏惧的人，以前是，以后还会是……大王的棋，褒姒永远都赢不了，下辈子你还为王，我还要嫁入宫中，便是没有名分，没有子嗣……臣妾甘之如饴。”

一行清泪自周王宫湦的面颊掉落，心中的痛，痛不可言。

秀秀站在地牢门外，手中提着膳盒，看着依偎在周王宫湦怀中渐渐睡去的褒姒。他轻抚着她的面颊，手挽着她的青丝，满眼都是舍不得。秀秀手一抖，几乎将膳盒打翻在地，好在被人接住了，念儿不知何时跟在了秀秀身后，他托着膳盒，拉着秀秀退了出去。

“王子怎么会在这里？”

“你每日来，我都跟着的，就在门外偷偷看一眼，然后就走了。今日看你迟迟不进去，不知道发生了什么事儿，就走过来瞧瞧……”念儿说着，眼泪就掉了下来。念儿刚过了三岁的生日，这一年同去年一样，褒姒没能陪他。

未来多少个时日，褒姒都无法再兑现当日对郑夫人的承诺，都无法在念儿身边好生照顾他了。

“娘还能活多久？”念儿拉着秀秀的衣袂哭着问道。

“不知道。”秀秀的鼻子通红，她知道褒姒没有几日了，否则大王也不会来，他说他会去看她的，他果然没有食言。秀秀有点高兴，却也还是难过……这会儿心里的情绪就像是打翻了五味瓶，混杂难辨。

念儿走在秀秀身边，不说话，踢踏着自己的步子，耷拉着脑袋：“听说启之得胜了？”

“是！”

“听说郑伯为掘突求了门亲事？”

“齐伯家的女儿。”

“你高兴吗？”念儿问秀秀，秀秀点头：“高兴，郑家总算是有桩喜事了。”

“高兴就好，掘突能做司马吗？”

“或许吧。”

“掘突做了司马，郑伯是不是就不会被启之杀了？”

“是！”

“可还是没办法能叫娘不死吗？怎么他们都有活路，唯独娘没有呢？”

“这……”秀秀也答不上来，这个问题太难为她了，她也想问问这是为什么。

第五十四章

早有严父思虑深，满门求得一人安

十日后，掘突和百里成一行押褒家回京复命。一早郑伯友就同赵叔带前往城外等着了。这一行人，由远及近，掘突看见了自己的父亲，赶紧打马朝前奔走了一段，翻身下马："爹？"

"回来了？"郑伯友点点头。

"爹怎么来了……"掘突的问题问了一半，觉得不必再问下去了，褒姒出了那么大的事，父亲怎么可能还留在郑国。话已出口，他又咽了下去，问了句，"娘这些天还好吧？"

"差人去接了，过两天进京。"

"大王呢？"掘突又问道。

"在地牢里，谁也劝不出来。"郑伯友叹了口气，看了一眼赵叔带。赵叔带上前说道："先将犯人押到地牢吧，我去向大王汇报，看看怎么处理！启之发回了信函，褒家不正法，郑国大军就在晋北不出，如今……大王真是被逼得走投无路了。"

"二叔已经到晋北了？"掘突明知故问道。

郑伯友点了点头。

"胜了？"掘突又问道。

郑伯友照旧是点点头："大王下令乘胜追击，你二叔……止步不前，一定要将褒家就地正法！”

“我真是不懂，二叔和褒后有什么深仇大怨？”

郑伯友和赵叔带面面相觑，两人同时叹了口气。

“此事怪不得你二叔，”郑伯友开口说道，“洪德和犬戎互通有无，他调兵前往晋北只是个幌子，为的是调走秦军，让犬戎取道秦岭进犯我大周！你二叔也是发现了此事之后，才决定不铲除褒家，不多行一步！”

“什么？”掘突惊讶地问道，此刻百里成行至了近前，翻身下马：“此事褒后不是早就知道吗？”

“什么？”掘突和郑伯友一起看着百里成。

“此事褒后早就知道了，所以洪德要我去助战，她明面上答应了，私下却叫我守住秦国！褒后早就知道褒大夫会……”百里成的话说到一半，觉得有些不对，“所以她早就知道自己必死？”

郑伯友叹了口气：“只怕是了！”

“真是不懂这个褒珦！”掘突嗔怒地看了一眼远处还在囚车里的褒珦，“褒后不过是被人误会做了妖妃，他居然如此狠心不认这个女儿。如今大王求他，他也不肯说句软话，而那个洪德……”他说着冷哼了一声，“真想……”说着就从手中的剑鞘中将剑抽了出来，发出了“铮”的一声响。

郑伯友用手挡住了掘突的剑，手上带了些力气将这把剑打了回去：“不要妄自揣度！”

“是！”掘突又看了一眼褒珦。他的囚车离这里已经很近了，他们说的什么，谈的什么他都能听清。他的头高高昂起，仿佛不论发生什么事都不愿将那颗头低下去。

赵叔带看着褒珦有些尴尬，此人这一生就来过两次镐京城，第一次是坐牢，第二次还是坐牢。他走到褒珦面前，作揖说道：“褒大夫！”

“哼……”褒珦冷冰冰地哼了一声，“还未恭喜赵上卿！”

赵叔带面色有些难看：“赵某也只是为江山社稷略尽绵薄之力。”

“言下之意，倒是我挡了江山社稷？”褒珦问出口，大笑了起来，“我倒是不知，我还有如此能耐，这社稷我想挡就挡了？我褒珦一生无愧于心，无愧于天地，你们要我死便死，哪里来那么多废话？”

“褒后为了江山，付出得太多了！”赵叔带说道。

“那是谁的江山？”褒珦问道，“我的江山吗？她是大王的女人，后宫之首，身为一国之后，付出再多，也是应该的！”他一字一顿地说，仍旧昂着头。天色湛蓝，大朵大朵的白云飘浮在天空，褒珦的身体矗立，像一尊不屈的雕像。掘突三步并作两步走了过来，拉了一把赵叔带：“赵上卿不必再费口舌，我劝了一路，他始终不肯低头和褒后说句软话！”

“我褒珦一生几时向人低过头？”褒珦冷哼了一声，“我在镐京城坐了三年牢，一句怨言不曾有过，一次求饶也未曾说过，今日要死便死，何必说这些有的没的？自己养出的儿子没带好，我认了！”

“自己养出的儿子没带好，你认了？自己养出的女儿受了这么大的委屈，吃了这么多的苦，你看在眼里就不放在心上？”掘突气不打一处来，手里还攥着那把剑，几次想拔剑而出，都硬生生地忍住了。

“我可没有那福气！”褒珦又别过头去，不再看着掘突。掘突不知道都到了此时此刻，褒珦还在执拗什么！对这老伙计的脾气，赵叔带再清楚不过了，淡淡地说了声：“押回地牢，听凭大王处置！”就转身朝郑伯友一行走了过去，“我去请示大王！”

褒家被押入地牢后，一时间地牢中凄凄怨怨，一片惨淡的哭声。家中主母祈求褒珦去求大王，他或许会看在褒姒的面上放了褒家满门。褒珦却怒斥一声：“你当日若好好带你那儿子，便不会有今日之事了！”

褒夫人一听夫君这么说，立刻放声大哭，趴在草垛中：“我怎么这么命苦啊……那难道不是老爷的儿子吗？就是因为您不关心洪德，才叫他行差踏错！”褒夫人说着说着便泪流满面，喋喋不休地抱怨，让这地牢中哀怨的气氛更重。

赵叔带站在牢房门外说道：“我去请大王！”

“大王现在何处？”褒珦问道。

“在地牢中，稍后便来。”

“如今正是诸侯入京之时，大王放着天下江山不管，留恋于一个女人，这就是你所说的——为江山社稷付出的女人？”褒珦问道。赵叔带暴怒地转过身，一手捶在了地牢的木头栅栏上：“不是所有人的心都和你一样是铁打的！她一路走来，走过多少荆棘，几次有过性命之虞，她一声不吭，擦擦伤口继续往前，你作为父亲，可曾关心过她一次？”

“我说过了，她贵为一朝之后，这苦，这难，是她该受的！”褒珦一字一顿地回应道，赵叔带攥紧了拳：“天下怎会有你这般心狠的父亲？”

“我没有这个福气，做不了褒后的父亲！”褒珦生硬地说道。

赵叔带不想再同他辩驳。"我去请大王！"他大喝一声，转身朝关押褒姒的方向去了。

听见赵叔带轻唤自己，周王宫涅比画了一个噤声的手势，褒姒已在他的怀中睡着了。他轻轻地将她放在床上，然后小心翼翼地迈步而出，和赵叔带朝前走了些距离，才开口问道："何事？"

"褒珦来了！"

"说了什么？"

赵叔带面露难色："褒大夫生性倔强，不肯说句软话，只怕大王的心思要枉费了……依在下看，就别让他们父女见面了，省得褒后走得不安心。"

"随我同去。"周王宫涅朝着关押褒珦的地牢走去。褒珦坐在牢里的床榻上，草垛有些扎人，他却浑然不觉，闭目养神。周王宫涅走到了近前，赵叔带提醒道："大王来了！"

褒珦懒洋洋地睁开眼睛："参见大王！"他既不行礼也不拜谒，就那么端坐着，周王宫涅吩咐道："把门打开！"

"大王有话在门外说就是了！"赵叔带有些担心。

"打开！"周王宫涅大喝了一声，赵叔带这才将门上的铁链取下来，请周王进去。周王宫涅面色憔悴，十分狼狈，反倒是他更像个阶下囚，褒珦斜睨了一眼："为了区区一个女人！"

"她不是区区一个女人，她是寡人的王后！"

"大王的王后，说废……也就废了，还不及寻常人家的夫人，你们昨日莺莺燕燕，今日便凄凄怨怨，大王根本不懂夫妻之间的相处之道。将她逼上这条绝路的不是在下，而是大王，若非盛极荣宠，岂会遭人嫉恨？大王以为，自古以来，只有你这一位帝王是真性情，胸怀天下吗？"褒珦冷笑了一声，"大王自视未免太高了，那个傻女人肯定也如此仰望您，你们二人就把过家家当成是治国之道了，如此来说，我大周的江山当真是危矣！"

这话像是一记耳光扇在了周王宫涅的面上，就像是被踩到尾巴的猫，全身的毛都奓了起来："如今你已经命在旦夕，还敢和寡人说这些话？"

"我就是已经命在旦夕了，才没什么好怕的，横竖不过一死。现在怕的……是大王，你根本不敢杀我，你害怕你杀了我，就连累了她，能拖一日是一日，也不想想在晋北驻守的那几万人，还敌不过一个女人的命……这就是胸怀天下的大王？"

"你以为寡人不敢杀你？"周王宫涅目眦欲裂地问道。

“是！”褒珦站起身看着周王宫湦，他的举动和行为急坏了身边所有人。褒夫人不停地拉着褒珦的袖子，想让他不要再激怒周王了，可是褒珦却浑然不察。

“赵上卿！”周王宫湦背对着赵叔带叫道，赵叔带立刻上前一步：“是！”

“明日午时，推出问斩，点点人数，这些人头全给我送到启之帐下！”周王宫湦满口暴虐之气，赵叔带心中一惊：“大王，至少留个全尸吧？”

“褒大夫高风亮节，不在乎这些！”周王宫湦拂袖转身，他无须再多问什么了。周王说这话的时候难免觉得心痛，可褒珦却捏到了他的痛脚，叫他觉得自己不堪，没能成为一个好夫君，也没能成为一个好天子。

周王宫湦走到门口，褒珦却叫住了他：“等一下！”

周王宫湦微微皱眉，站住了，却没有转过身去。

“你们二人若是生离死别，你不舍得，她可舍得？”褒珦问道，周王宫湦咬着牙不肯说话，赵叔带替周王说道：“褒后三番五次以死相胁，大王若不处决，褒后便以死相逼。这才将褒后收押，你从来都误会她了，她没有错！”

“是你们误会她了，她根本不需要我说什么。”

“褒后到底是您的女儿，她看起来再坚强，但人心也是肉长的，这一生她付出了这么多，无非是想您能肯定她一句。”赵叔带说道。

“你太小看她了，她不需要任何人的肯定，她只做自己觉得应该做的事情。如果她认为需要杀人，杀人也是应该做的！她杀过的人还少吗？满手不都是为了大王而沾的鲜血吗？”褒珦盯着周王宫湦的背影说道。周王宫湦忽然转过身盯着褒珦：“你到底想说什么？你若不想去看她，就不用说这些了，是对是错，自有评论，若她下地狱受尽折磨，寡人百年后亦可陪她！你这一生，未曾爱人，人也未曾爱你，便是轮回一生，又有什么意思？一个人再怎么登峰造极，也不过是一个人而已。”

“你既然如此想，又何必来求我去向她服个软？”

“因为你是她父亲，就算是千万般的不是，你生了她。”周王宫湦说道，“纵有千万般的不愿，你也是她的家人。”

“我没这个福气，生不出这么有本事的女儿来。丹凤朝阳，居于后位，我褒家的祖上也没有冒青烟，没这个能耐……她不是我女儿。”褒珦说这话的时候语气平静，既不怒亦不喜，只是严肃而认真。

赵叔带使劲儿地给褒珦比画，叫他不要再说下去了，此刻激怒周王对他来说一点好处也没有。周王宫湦的心中却“咣当”一声，像是豁然打开了一扇门，他们寻觅的求活的路，如今总算有人将那条路指给了周王，他问褒珦："你说什么？"

"她不是我的女儿，也不是我们褒家的人，和我们死在一起，她还不配！"褒珦又说了一遍，这话叫在场的所有人都倒吸了一口冷气。周王宫湦盯着褒珦，上前抓住他的衣领又问了一遍："你再说一遍！"他的眸子泛着灼灼的光华，这是绝处逢生重燃的希望。

"她不是我的女儿，所以她不是褒家人！"褒珦又说了一遍，"亡妻不能生育，却因为内人生下了洪德，便去村子抱养。她是被一个叫姒大的人从清河中捡起抚养长大的，至于她生父、生母是谁，无人知晓！这孩子自小容貌秀丽，亡妻觉得投缘，抱入家中，教她琴棋书画、百般怜爱，我虽看在眼中却不曾说过。大王若不信，差人去请姒大便是，所以……她不必死，洪德的军令状也不过是用我褒家立誓而已！"

…………

八月，万物收获的季节。

过了这个月，诸侯该陆续入京进贡，而后相互道贺，普天祭祀。年年如此往复，到了寒冬腊月，年岁就翻了篇。熬过这一年，来年春日，和煦的阳光普照着大地，万物又将回暖。

可这一年的八月却显得肃穆而悲怆，整个镐京城静得只有秋叶落地的声音。褒家二十二颗人头分别被装在了二十二个锦盒中，安置在大周灵堂。周王宫湦吩咐百里成将这二十二个人的尸体运回褒地，葬在褒家祖坟。

送二十二颗人头的任务则落在了掘突身上。掘突的伤势已经复原，和百里成同行的几日也对行兵打仗一事有了更多的认识，得了些百里成的沙场经验。周王宫湦下诏书，封掘突为右将军，支援夷狄一战！

临行之前，周王宫湦特意吩咐掘突来一趟东宫。掘突左右扫视了一圈，没见到褒姒和秀秀，周王瞧着他的神色解释道："褒后在为褒大夫守灵，七日未过，不会来的。本该宴请你同百里将军的，可如今也顾不上这事儿了。将褒家人头送到晋北之地一事，寡人思前想后，只能劳烦你了！我手中还有五千士兵，是些以一当十的猛将，你带这行人前往原阳，助启之一臂之力。"

"是！"掘突下跪作揖，"掘突定不辱命！"

"几日前，你父亲向寡人寻了门亲事，如今你若能立下战功，寡人这赐婚也就有由头了！"

掘突的心猛地一抽，脱口而出道："末将……"

"廿七的事情，你可知道？"周王宫湦不待掘突说话，打断了他，先问道。

"什么事？"

"去了晋北你就知道了……当日我曾将廿七许给你父亲，本以为做了件美事，可到底算不上门当户对。你父亲待廿七不薄，廿七也为你家尽了全力，可天长日久的，还是疏远了。你小叔从来都不是个循规蹈矩之人，没想到他看上了她。"

"小叔和二娘……"掘突对这件事情惊讶至极，"这……这怎么可能呢？爹知道吗？"

"已经写过休书了，廿七拿着你爹的印鉴去了晋北。"

掘突不敢相信这是事实，饶是廿七和自己的母亲不对付，可他还是敬重廿七是自己二娘，周王说的这事儿让掘突心中一阵苦涩。

"所以你父亲来求这门亲事，寡人不敢定夺啊！寡人将人人都问了一遍，人人都说才子佳人，这婚事没什么不好，寡人才下了这决心。"

"将人人都问了一遍？"

"是啊！你父亲请旨那天，秀秀在，褒后不在，寡人只得问秀秀。秀秀说，简直是天作之合，听着就为你欢喜。"周王宫湦说着走着，说到这句话，忽然停住，转过身看着掘突，"说起来，你与秀秀自小相识，她总该了解你吧？"

"是！"掘突的心一点点往下沉，秀秀都这么说了，他还有什么可坚持的。掘突逼迫自己接受这个事实，如今只有大婚才是最好的局面，也是郑家唯一的出路，"谢大王成全，此事全凭大王做主！"

"好！"周王宫湦走过来拍了拍掘突的肩膀，"你放手一搏，回朝之日，寡人给你庆功，同你的婚事一起办了，办得风风光光！到时候齐伯可得给自己的女儿准备十里红妆，你压力不小啊……"

"谢大王……"掘突说这话的时候，音调中还带着些颤抖，"末将必竭尽所能，将北狄赶出我中原！"

"寡人相信你有这个能力，虎父无犬子！"周王宫湦面带欣慰的神色，与掘突交代了一两句之后，掘突便请辞离开了。出发的日子定在三日后，这是太史卜的良辰吉日。

这两日的东宫格外冷清，褒姒从牢中出来后再也没有展颜笑过。那一日对褒家行刑，褒姒就站在宫墙上，眺望人群。周王宫湦转述了褒珦说的那番话，褒姒看着周王一言不发。从那日离开地牢她就常常缄默不语，谁也不知道她在想什么。

那日站在城墙上看自己的父亲被斩首，她看完转过身便走了，没有丝毫动容。

斩褒后成了一个热热闹闹的笑话，除了印证褒后同周王鹣鲽情深，谁也没能如愿以偿。众人竭尽所能地将褒姒同周王逼到了这个地步，最后褒珦竟不动声色地破了这个死局，谁能想到褒姒不是褒家人！

周王宫涅披上外套，匆匆朝灵堂走去，褒姒就这么呆站着，看着掘突要押送的锦盒，寸步不离。

听见门“吱呀”一声被推开，秀秀扭过头看见了周王宫涅，正想要拜谒，周王宫涅做了个噤声的手势，示意秀秀先离开。秀秀蹑手蹑脚地退了出去，小心翼翼地关上房门，只留下他们二人。

周王宫涅缓缓地朝着褒姒走去，声音轻到几乎听不见，可这祠堂里太安静了。褒姒转过头去，以为是秀秀，可看见的却是周王，她蓦地又转回来，低下了头。

“冷吗？”周王宫涅拿了件长袍披在褒姒身上。

褒姒仰面看着周王：“谢谢。”

“还好吗？”周王宫涅双手压在褒姒的肩上。

“劳烦大王记挂，定下日子了吗？”褒姒问的是这二十二颗人头出发的日子，周王在她的耳边说道：“三天之后。”

“臣妾再陪他们三天！”

“嗯！”周王宫涅点了点头，“你要注意身体。”

“多谢大王。”

“在想什么？”

“父亲恩情，我无以为报，还叫他们身首异处，褒家是为我而死的。”褒姒哀怨地说。周王宫涅将褒姒抱在怀中，不知道该说些什么。褒珦说得不错，将褒姒逼到这般田地的，不是士大夫与诸侯，而是他——周王宫涅：“是寡人的错，若不是寡人，你怎么会被逼到这个地步？”他将她抱得紧紧的，生怕把她弄丢了。

褒姒轻轻地推开周王，语调十分平淡：“大王请回吧，臣妾想一个人静一静。”

“寡人陪着你吧？”

“大王请回吧。”褒姒从周王宫涅的怀中挣开，“请……”她的眸子冷冷的，表情也冷冷的。他不知道褒姒到底怎么想自己，是恨还是怨？周王宫涅从未有过如此无可奈何之感，只能退了一步，故作平静地说：“那你照顾好自己。”

褒姒点点头。

屋门关上不久，又被拉开，周王宫涅高大的身影踏入月色，秀秀听见动静转头瞧了过去："大王？"

"好好照顾她。"

秀秀看周王的模样就知道是被下了逐客令，这些日子除了秀秀，谁也没有在这里陪褒姒太久："前些天申后她们来过，只说了几句就被褒后请了出来。现在褒后谁也不肯见，什么也不肯说，秀秀担心再这么下去，她就将自己熬垮了。"

"寡人再想想办法……"周王宫涅也是一筹莫展，"三日后掘突启程，再回来，就是他大婚之日！"

"大王英明，世子此行必定能立下战功！"

"寡人也是这么考虑的。"周王宫涅说完就转过身回东宫了。他曾叫褒姒在东宫给他安个家，可如今家还在，夫人却不知去了什么地方。她人在祠堂，可心却跟着褒家走了……原来那个狠心的父亲，才是真正尽了做父亲的责任，拼尽全力将她护在身后。

…………

三日后，掘突奉命将这二十二颗人头搬上了马车。褒姒呆呆地看着眼前这一幕，一个个锦盒被送了出去，她的心也一点点被掏空了。她神情漠然，盯着地面，不忍直视这二十二个盒子，直到祠堂空了，她才猛然抬头，恍如隔世。

整件事都是秀秀在操持，褒姒想去找她，可还未踏出祠堂，就听见秀秀和掘突刻意压低的嗓音。门外的掘突将准备进去的秀秀拉住："我要去晋北了！"

"战场上刀剑无眼，公子启之对你有所忌惮，你要小心。到了晋北能避则避，不要和他起争执，你不是主帅，不必一味地冲。"

"你关心我？"掘突拉着秀秀，看着她笑了出来。

"你是世子，"秀秀语重心长地说道，"无论如何，我不想看着你出事。"

"放心！"掘突用手捶了捶自己的胸口，"我很快就会回来的，一定会立下战功。"他将手中的野花插在秀秀的头发上，"若我能立下战功，你愿意嫁给我吗？"

秀秀将头上的花摘下来，扔在了地上："你该娶的人不是我。"

"我会娶她，可也想娶你，我去求父亲和褒后，他们会答应的。"

"秀秀做褒后和王子的下人，我愿意；可若同你的夫人争一家长短，我便不愿意了！"秀秀拿掉了掘突握在自己手上的手，"便是为了世子，我也不愿意。我对您没有情分，若非因为您是主子，我曾是郑家的奴婢，也不会如此待您，叫您心生误会。"

掘突没想到秀秀如此无情，她冷着一张脸，转过身："我要去看褒后了，世子请便吧！"

"这是你的真心话？"掘突问道。

"先前不好和你将话讲开了，半推半就的，就是怕褒后不在，无人照拂我，所以不敢和你起争执。如今褒后回来了，凡事全凭她做主，世子您不是郑伯，还想再从她身边带走一个吗？"秀秀用嘲讽的口吻问道。

"你……"掘突忽然语塞，指着秀秀连说了几个"你"字都没能将这话说下去。秀秀不理掘突，继续朝前走，掘突只好将嘴里的话生生咽了下去，再也说不出来了。他捧着一颗炽热的心却被秀秀泼了一盆冷水，一瞬间就对她死了心。秀秀迈步进屋，正正地撞见褒姒，褒姒正站在窗边低着头，听见秀秀进来，才抬起头看着她。

秀秀一惊："褒后都听见了？"

"我并不知道此事。"褒姒说道。秀秀抿着唇："前些日子，褒后不在，世子同我说这些，我只当他是寻我开心，逗我的！"

"现在知道不是了？"

"他若逗逗我还好，现在反倒叫人为难了。我对世子无心，只愿一生照顾褒后，还请不要赶我走。"秀秀跪在褒姒面前乞求道。褒姒声音很轻，面无表情地说："你若愿意留下，我高兴还来不及，怎么会赶你走？"

秀秀叩头道谢。

"回东宫吧。"

"是！"秀秀起身跟在褒姒身后，"大王日夜思念褒后，如今您回了宫，可不可以不要拒绝大王？"

褒姒看了一眼秀秀，却没有说话。

东宫的院子里，周王宫涅正在教念儿射箭，多日不见，他射箭又精进了，可周王宫涅仍皱着眉头训斥："你这样不行，轻飘飘的，没一点力度，父王像你这么大的时候……"

"念儿！"褒姒轻唤一声，朝念儿招了招手，念儿扭过头，动了动脚，面上闪过一丝兴奋，正想将弓箭扔下朝褒姒跑过去，最后却没动。褒姒看着念儿眉头微皱，"过来！"

"可是父王……"念儿嘟囔着转向周王宫涅。

"过来，听娘的话……"

念儿看了看周王宫湦，又看了看褒姒，将手中的弓箭一丢，朝着褒姒跑了过去，一把抱住了褒姒的腿，脸埋在她的腿上："娘这么快就回来了，是知道念儿乖吗？"

"念儿乖。"褒姒摸了摸念儿的头，拽住了他的小手，将他交给了秀秀，"带他去玩吧。"

"是。"秀秀给念儿使了个眼色，褒姒这意思大抵是有话和大王说，念儿冲着秀秀点头，跑在前面拉着秀秀出了东宫。

周王宫湦屏退下人，这里只剩了他们二人。褒姒走到靶心前，将上面的箭拔了下来，扔进箭筒："念儿还小，大王何必这么心急？"

"不是心急，只是寡人的孩子，要做就要做到最好。"周王宫湦用低沉的嗓音说道，褒姒抬头看着周王："是大王的孩子，却不是大王，大王只能要求自己事事做到极致，却不能这么要求别人。念儿有念儿的性格，有他自己的路要走，他不是要做第二个您。"

"是他要学骑马射箭的。"周王宫湦不想因为这件事和褒姒吵架，经历了一番寒彻骨的生离死别，他们的感情不但没有更上一层楼，反倒是疏离了。

"他要学无非是因为晋北一战，大王该教他不能因为别人而自乱阵脚。"褒姒弯下腰，将箭筒拾了起来，递给了周王宫湦。他拿着随着她走进了东宫大殿，下人们看见自己的主子回来了，问安后都退了下去，留下空荡荡的大殿给褒姒同周王二人。

"你在怨寡人？"周王宫湦看着褒姒的背影问道。

"臣妾怨大王什么？"

"寡人知道你心里不好受，可你能不能不要将所有的事情都藏在心里？"周王宫湦的语气满是温柔的抚慰。他们都知道褒姒若长此以往，就真的像是一根一直都绷得很紧的弦，迟早有一日会忽然断裂。

"臣妾没有什么不高兴的，能活下来已是万幸，臣妾这话是为了念儿，也是说给大王的……生于帝王之家，不该因为别人的步伐而自乱阵脚，不是吗？"

"你是别人吗？"

褒姒叹了口气："人和人的关系也不过如此吧？今日大王喜爱臣妾，便同臣妾近些，他日不喜欢了，便同臣妾疏远了，凡事都长久不了。本以为那个人讨厌你，可蓦地才发现，他是用一种不同于别人的方式来保护你。有的时候……站在对立面，才能做得更好。"

周王宫涅走上前去，一把拉过了褒姒的胳膊，将她拽过来，盯着她的眼眸："寡人不要你站在对立面上！"

"臣妾怎么会和大王站在对立面上？夫妻之道，相敬如宾，举案齐眉，该是你扶我一把，我扶你一把的。"

周王宫涅将褒姒拥在怀中："你就不能和我说一说吗？"

"说什么？"

"说一说你心里的痛。"

"没什么可说的，痛得多了，就麻木了……大王不必担心臣妾。如今诸侯入京，大王该处理这些事，念儿有先生教他，大王不必亲力亲为。"

"他是寡人的儿子，寡人不放心那些人。前些日子有你看着，寡人少操一份心，这些日子你不舒服，寡人便多操持一些。"周王宫涅将褒姒推开些距离，粗糙的手指轻抚着她的肌肤，"寡人将你视作家人，你心里若苦，要同寡人说出来。"

"大王多虑了，这些年来什么风浪臣妾没有陪大王经历过，如今无非是褒家之死，不过是死了……"她兀自笑了，"想想他们便是都活着又怎样，于我而言，又有什么区别？"褒姒的一言一行看来都十分正常，虽然人有些冷漠，可她原本就冷漠。周王宫涅信了她的那番话，以为她真的没有将褒家的事放在心里，一转眼又投入到岁贡与祭天的繁忙当中了。

江南一带闹饥荒，诸小国的日子都不好过，说起岁贡，人人面上泛着难色。周王宫涅大笔一挥，免了岁贡。这一举动，是周王宫涅自登基以来从未有过的，诸侯们大惊失色。

眼下是非常关头，北有狼，南有虎，周王宫涅不能留下任人诟病的把柄，只能牢牢钳住这些小国的心，稳住自己中原之主的位置。

第五十五章

楚侯咄咄逼秦伯，熊宁以情动周王

今年的祭天大典，晋伯没有来，差了人将岁贡送到镐京。他也没有颜面和胆量来见周王，只想等着大胜北狄之后前来请罪。可这位晋伯怎么也没想到，这一年竟是自己的最后一年。晋国派出的援军离开都城之后，姬仇便杀入晋国国都，城中无人抵御，一举拿下了晋伯的脑袋。

齐伯先前曾误会郑伯友杀了自己女儿，后来误会解开，他见掘突少年英雄，因而对周王点的这门婚事无比满意。周王宫涅能点这婚，是他要保郑伯友的决心，齐伯深知这门婚事与其说是庇荫郑家，不如说是自己沾了褒后的光。

楚侯迟迟不到，三番五次差人送信来说秦地战事未息，还需要驻守数日。可嬴开驳了楚侯的面子，一早入了京，他还没有坐稳秦伯之位，想早些入京同诸侯建些交情，也因为嬴开同褒后的关系，人人都卖嬴开这个面子。

大国相安无事，小国又感恩戴德，这混乱的一年总算在结束的时候宁静了。

褒姒在后宫有条不紊地处理后宫事务，她出狱后就重开了朝谒，准备祭祀的时间虽然短了些，却也安排得十分妥帖，也没有哪里出错，甚至将大小官员的夫人们都一一照顾到了。

周王宫涅回到寝宫里，步子很轻，很缓。褒姒正看着窗外的月色，从这里极目眺望，能看见琼台殿上的那片荷塘，如今只有枯枝败叶，一片萧条。

秋季便是如此，是萧条的季节。

"在想什么？"周王宫涅走到褒姒的身后，双手搭在她的肩上，褒姒被周王吓了一跳，猛地回头："大王何时进来的？"

"你想事情的时候。"

"臣妾不知大王来了，失礼了。"褒姒转过身行礼，周王宫涅的眉头微攒："早和你说过，不必和寡人讲究礼数，谁会在家里如此麻烦？"他觉得有些不太对，褒姒最近确实是和他疏远了。

"君臣之礼怎么可以省了？"

周王宫涅懒得同褒姒计较，他脱掉了外面的褂子："今晚寡人在这里就寝！"

褒姒的面色陡然一变，周王宫涅看在眼里，却没有说出来。

褒姒问道："大王的大小政务都处理完了？"

"处理完了，"周王宫涅捏着褒姒的下巴，"你出狱这么久，也该侍寝了吧？"

"是！"褒姒没有表达出自己的不愿，她连这件事情都在勉强自己，却什么都不愿意和周王说。他明明看得出她不愿意，可因为她不肯说，他一股恼意便泛上了心头。他恼褒姒的缄默不言，更恼自己的束手无策，他以为她逃过一劫，他们可以双宿双栖了，可如今却变成了虚与委蛇。

他吻她，带着些狠劲儿，她就这么温顺地偎在他怀中。这是从未有过的温顺，没有一点拒绝，也没有一点迎合，像是在吻个假人，他将她拉到床上，将她压在身下。

她看着他，没有挣扎，也没有动，就那么看着他。

周王宫涅意兴阑珊，从床头站起来，甩开了衣袍，喘着粗气，觉得胸口像压了一块巨石。他动了动嘴，想说什么，却没发出声，最后只是将衣服一甩，转身出门了。褒姒坐在床上怔怔地出神，她不想伤害他，却又控制不了自己。褒家浩劫之后，她心如止水，对什么事都提不起兴致，处理事务时还好，可面对周王宫涅的时候，越发地木讷。

这是怎么了？她自己也不知道，只有一种深深的无力感攫取着整颗心，还会这样多久，她也不知道。

周王宫涅怒气冲冲地从东宫出来，想去显德殿，可显德殿的东西都搬到了东宫，他发现自己竟没了去处。去别的女人殿里过夜？他想了想，觉得不妥，褒姒已经变成了这样，他若再弃之不顾，不知道她还会变成什么样子。

周王思前想后，又回了东宫，他就陪在她身边，他就不相信她的一颗心一辈子都暖不过来了。赵叔带同周王说过，褒姒母亲去世，她在坟头哭了三天三夜，可这一次，她一滴眼泪都没掉。褒珦将褒姒心疼到骨子里去了，竟然用这种方式来保护她，她不哭不是不伤心，而是不知道心去了哪里。

周王宫湦对褒姒百般宠爱，这点褒姒十分清楚，当日他从东夷得胜归来，她将他拒之门外，他没有放弃过她，这份情意已经到了极致。褒姒知道自己不该要求得太多，可她的心里太乱，乱得她自己都理不清楚了。

周王宫湦没什么耐心，褒姒也很清楚，他们之间磕磕绊绊地走到了今时今日有多不容易，她比谁都明白。可她就是不知道该怎么和他相处了，她不喜欢他在这个时候碰她，可她也不想说出来，就这么一夜之间，她仿佛忽然明白了，他是君，她是臣，君为臣纲，夫为妻纲。

褒姒以为周王宫湦不会再回来了，她抱着自己的膝头坐在床上，一动不动，还保留着周王宫湦离开时的位置。他蹑手蹑脚地走到床边，把褒姒吓了一跳。

褒姒一个激灵回过神来，看见面前一团黑乎乎的身影，问了声："大王？"

"怎么还没睡？"

"嗯。"褒姒应了一声，又不说话了。

周王宫湦朝着烛台走去，将烛火点亮，屋子里瞬间被这橙色的温暖光晕包围。他朝褒姒走过来，坐在床榻一侧："睡不着？"

褒姒摇了摇头，让人不知道这摇头是什么意思。她问了句："大王怎么回来了？"

"寡人倒是不想，可这么冷的天，难道要寡人露宿在外？"周王宫湦挑了挑眉。褒姒确实很犟，她为自己付出了那么多，也值得他哄她这一次，她从不在爱情这件事情上计较得失，既然如此，他又何必在意？

"各宫各殿的，若知道大王临幸，怕是高兴得很。"

"怎么，"周王宫湦坐在了床榻上，轻轻地用手指剐蹭了一下褒姒的面颊，"想寡人去宠幸别的夫人？"

"这本来也是大王的权力。"褒姒皱了皱眉，似乎很反感周王宫湦碰自己，这叫周王有些不悦，可他又将这不悦藏了起来，语重心长地说："你我之间经历了那么多，难道寡人不是一个值得你诉说心事的男人？"

褒姒抬头看着周王宫湦。

"褒大夫的事，寡人知道你心里不好受，可你总这样寡人会担心的。你就不能说出来，我们一起分担？这事不是你的错，是寡人无能，你可曾想过，你自怨自艾，寡人的心有多痛？"周王宫湦拉着褒姒的手，褒姒盯着他的眸子却不说话，她咬着自己的下唇，不是不想说，是不知道从何说起。

“你害怕吗？”周王宫湦将褒姒抱在怀里。

褒姒在周王宫湦的怀中既没有摇头，也没有点头，这就是说，她害怕。

“寡人也怕，你父亲临死之前和寡人说的话，有些寡人从未和你说过，他说你的今日是寡人造成的，他说寡人对待江山就是小孩子过家家的把戏，不配做一国之君。”

“请大王恕罪。”

“恕罪？”周王宫湦笑了，“恕什么罪？他已经是死罪了，他还有什么可怕的？你呢，褒家是你最后一寸阵地，如今没了，你最不堪也就是如此了，从今往后你再无软肋，你还有什么可怕的？”

“我……”褒姒没想过这么多，一时之间无法回答。

周王宫湦轻轻地拍着褒姒的背：“已经没什么可怕的了，现在该怕的是当初咄咄逼人的他们了。”

“大王怕什么？”

“怕你父亲一语中的，最怕的是你。”

褒姒仰起脸看着周王宫湦，她不知道该和周王宫湦说什么，只是那么看着他，周王宫湦浅浅地笑了：“你父亲虽说得痛快，也许别人就会觉得他说得对，可寡人不会。没有亲自做过的事情，寡人不会认命；没有亲自试过的方法，寡人不会否定……就当是过家家也好，治国也好，你父亲不是君主，评判别人的是非对错容易，可要找一条对的路，要运气，要实力，更要毒辣精准的眼光……寡人有还是没有，留给后人品评，只要寡人此生无憾，也就足矣！”

褒姒伸出手，揽住了周王的脖子，跪在他的面前，将他抱住了：“大王怕臣妾什么？”

“你没了软肋，可寡人有啊！怕迟早有一日，他们又拿你来要挟寡人，你是失而复得的宝贝，寡人怎么舍得再失去一次呢？”

“大王……”

“睡吧，寡人听秀秀说，你这几日常常半夜惊醒，没睡过一天安稳觉。”

“不知道做了些什么梦，总是被惊醒。”

“今日寡人陪你，不管你做了什么梦，只要想想寡人在你身边，你就不必担心了。”周王宫湦吻了吻褒姒，轻轻地拍着她的背，“睡吧。”

“臣妾替大王更衣吧？”褒姒虽然有所动容，可并没有卸下心中的负担。周王宫湦知道此事一朝一夕解决不了，需要天长日久慢慢地来，也许忽然有一日她就茅塞顿开了。

周王宫湦点点头，从床上下来站直身子，褒姒站在他的面前脱去了他的衣服，只剩了里面的内衬。她吩咐下人打水送来，用温热的水沾湿了帕子，帮他拭擦着。

再次吹熄了灯，周王宫湦躺在褒姒身侧，月光照进来只能看清人的轮廓，他撑着头侧卧，看着身边的褒姒，想同她说些话，他用手抚摸着她的发丝："看着你还在寡人身边，寡人已经觉得上天待寡人不薄。你父亲曾经说，你的境遇是寡人亲手推到这个地步的，可相爱和生存哪个更重要谁说得好呢？即便是活了五十年，却心意不通，怨恨对方，也不及相爱五年让人觉得温暖吧？寡人若是为了你能活着，日日与楚夫人在酉阳宫中莺歌燕舞，你可愿意？"

褒姒想勉强自己笑一笑，可笑不出来，最后变成了一声轻叹，她伸出手解开周王宫湦身上的衣带，探着手抚摸着他健硕的肌肤。周王宫湦抓住了褒姒的手握在手里："不想做的事情不要勉强自己，你是寡人的王后，你可以恃宠而骄。"

褒姒没想到这一次周王如此有耐心，她的内心像是被什么温热的东西填满了，看着周王重重地点了点头："大王再给臣妾一些时间，臣妾会好起来的。"

"寡人信你。"周王宫湦在褒姒额前吻了吻，将她抱在怀中入睡。他温热的气息打在了她耳边，她那颗孤独寂寞的心仿佛找到了依靠，身体也在渐渐回暖，有种心满意足的幸福感，慢慢地合上眼睡去了。

第二日卯时，后宫的女人们照例在东宫集合，可褒姒还未从睡梦中醒过来，她睡得很好，很安心，是这些天来唯一的安稳觉。秀秀通知大家取消朝谒一事，卫夫人便同楚夫人打探了几句："又把朝谒取消了，楚夫人说……是不是大王昨夜在这里留宿了？"

楚夫人瞪了卫夫人一眼，转身就走。褒姒能以这样的方式活下来，让他们铆足力气的一记重击变成了空拳，楚夫人这几日胸中异常憋闷。

楚夫人气愤难当，越走越快，喘息的胸膛上下起伏。她从一开始就没想过非要褒姒的命，只想让周王为了褒姒向自己低头，可他竟然没来求她。

如今熊仪迟迟不来，楚夫人急得跳脚，回宫就给熊仪写了封信，落笔之后将手中的笔重重拍在桌面上："还不来，再不来你是不是想给我收尸了？"她的牙齿咬得"咯吱咯吱"地响，太阳穴上青筋暴起，"这次要是能让你们心里舒坦了，我还做什么楚夫人？"

祭天大典的前几日，朝谒散后，秀秀急匆匆地冲进东宫，气喘吁吁地说：“来了，来了，来了……”

“什么来了？”褒姒有些不解。

“楚侯来了！他这会儿就在大殿上呢！如今楚侯的大军在秦国不肯撤，秦伯又不给楚侯面子，楚侯说西秦还乱，秦伯就早早入京，如今楚侯心有不甘，竟要秦伯几座城池，这会儿朝堂上乱成一锅粥了！”

“割让城池？”褒姒大惊失色，怎么也没想到楚侯有这个胆子，“再探再报！”

“是！”秀秀跑回了前殿，来回传了几次话，将大殿之中商议的事情理出了脉络，无非就是如何对楚侯论功行赏一事。熊仪要秦国城池，嬴开不肯给，二人在这件事情上呈现了拉锯的态势，迟迟得不出结论。

日落西沉，几乎要没入地平线了，秀秀才来报今日退朝了，此事留作明日再议。祭天大典前，此事要有一个结论，不是嬴开退一步让出秦国利益，就是楚侯退一步放弃这几座城池。

周王宫涅会如何权衡？

若周王宫涅牺牲秦国利益，楚侯就成功地离间了嬴开同周王的关系，将原本就不牢靠的联盟彻底打散了。褒姒听了转述都能想象今日朝堂上剑拔弩张的情景，人群从前殿鱼贯而出，黑压压地散去。

这两日也有晋国内乱的消息传来，赵叔带惶惶不安，散了朝，和熊仪撞了个满怀，熊仪瞧着赵叔带笑得饶有深意：“赵上卿？”

“楚侯。”

“如今晋国一事我得了些消息，姬仇攻入晋国都城，该恭喜赵上卿了，此事若非你为他斡旋，怕不能这么快帮少主夺回晋国吧？”

这话戳到了赵叔带痛处，姬仇一事明眼人都看得出是得到了周王暗助，这招调虎离山正是周王惯用的伎俩。可此事从头到尾周王宫涅都没有和赵叔带提过，他也是如今才知情的，心中不禁感到一丝寒凉。姬仇若能夺下晋国，也是他这个上卿做到头的时候了。

大王已不再需要他了，他何苦再留？

自掘突抵晋之后，晋北频频传来捷报，大军在晋北苦寒之地乘胜追击。如今楚侯才发现自己当初还不如捧洪德，如今启之得胜归来，在朝中必定凌驾于自己之上，自己还得罪了褒姒。楚侯越想越觉得窝火，当日若没有将楚夫人送入宫中，如今也不会这么狼狈了！

周王宫湦退朝之后也是满肚子怒火，楚侯要的三座城池，给也不是不给也不是。若给，他就失信于嬴开，失信于天下，若不给……又如何收场？

他思前想后，没个合用的法子，今日算是搪塞过去了，明日他还得想个好办法。他步履匆匆地回东宫，觉得肚子有些饿，便打算先用过膳再思忖好了。行至荷花池旁，迎面走来了几位女官，纷纷向周王行礼，周王宫湦连话都不想说，挥了挥手，示意她们下去。

女官却挡在周王面前："楚夫人吩咐若是大王从此地经过，希望能前往酉阳宫一叙。"

周王宫湦神情冷冽，眸子里泛着股寒意："你们还敢命令寡人了？"

几位妇人立刻跪在地上："臣妾不敢，只是楚夫人说……她能解大王之围，若是大王不弃，希望能移步酉阳宫。"

周王宫湦双手背在身后，眸子泛着寒光，若非看在这几人是女子的份儿上，他怕是忍不住想将她们踹翻在地。他正要绕开这些人，就听见了楚夫人那宛如银铃的娇俏声："参见大王！"

"你现在胆子越来越大了！"

"你们几个先下去吧！"楚夫人吩咐道。几位女官赶紧退了下去，只剩下他们二人相对，楚夫人说："就知道她们几个请不动大王。"

"你还敢差人来请寡人了？"

"望大王恕罪！臣妾也只是想看看，臣妾宫里的人是不是请得动大王……今日若换作东宫的人，大王也就跟着去了吧？"

"你在和她比？"

"为何不能比？臣妾的城府虽不及褒后一分，但臣妾爱您，肯为了大王牺牲自己，只是臣妾不喜欢的事情就是不喜欢，所以常惹恼了大王。褒后则不然，只要大王喜欢，她就会迎合您，臣妾当真是甘拜下风。"

"你说够了吧？"周王宫湦根本没有兴趣再听下去。

"今日朝堂的事，后宫无人不知了！"

"所以？"

"人人都在等着看臣妾的笑话，周王对他不悦，自然会迁怒于我。"

周王宫湦没有答话。

"臣妾自见到大王以来，一见倾心，在沙场上你待我明明宠爱至极，我不惜牺牲性命也要救你，可为什么回了宫，就变了？就因为褒后付出得多吗？还是因为她早了些年月认识你？大王不问，怎么知道臣妾不肯为您牺牲呢？”

“寡人……”周王宫涅一时有些语塞。

“无碍的。”楚夫人笑了笑，这明晃晃的笑容像刀子一样割在周王心头。往事历历在目，沙场征战仿佛就是昨日之事，他对她，利用了一切能利用的地方，然后一丝愧疚也没有地将她丢弃一旁，他大多数时候竟然因为熊宁也不过是个女人：“是寡人对不住你，和褒后无关。”

“无碍的。”楚夫人又说了一遍，朝周王宫涅靠近了一些，伸手抱住了他，“只要还在大王身边，不管大王如何待臣妾，臣妾也甘之如饴，可不可以不要将臣妾拒于千里之外？不要将臣妾的一颗真心践踏在地，踩入泥中？”

“对不起！”周王宫涅硬生生地掰开了楚夫人的手。

“大王！”

“对不起！”周王宫涅又说了一遍，绕开楚夫人朝东宫走去。楚夫人几乎将牙都咬碎了，才忍住没对他说出威胁的话，她深吸了一口气：“楚侯的事情，臣妾兴许能劝一劝？”

“不必了，在这个后宫中，寡人虽不能给你一颗真心，但能保你没有性命之虞！”周王宫涅冷冰冰地说罢，头也不回地走了。他虽然有所动容，却清楚自己并不爱楚夫人，过去不爱，以后也不会爱上。

今日若对熊宁心软，给了她希望，日后只会让她更加失望。与其如此，不如果断拒绝。虽这么想，可周王宫涅的心里到底不好受，人心都是肉长的，想起如今酉阳宫的萧索，周王宫涅将瓷碗捏在手中发呆。

“大王？”褒姒唤了一声，周王宫涅才猛地回过神来：“嗯？”

“大王今日是怎么了？”

“没事儿……”周王宫涅勉强笑了笑，“今日后宫中没发生什么事儿吧？”

褒姒沉默着，继续用着晚膳，待到用膳结束，念儿告辞后，褒姒才问道：“臣妾伺候大王沐浴更衣吧？”

“寡人想去书房静一会儿。”

“臣妾帮大王研墨？”

周王宫涅摆了摆手：“让寡人一个人静一会儿。”

褒姒点了点头，今日的事情她也想不出什么更好的法子，只得交给周王宫涅去应对，她坐在大殿中拨弄琴弦，曲子刚劲有力。这一日的晚些时候嬴开来东宫拜谒，听见褒姒正在弹奏秦风，心中不免为之触动，经下人领路迈入正殿，行礼拜谒过后说道："褒后的曲子，弹得真好。"

"闲来无事，想起了你哥，这曲子本宫曾为他出征饯行时弹过，如此强大的军队，却因为洪德的过失背上今日之耻，本宫愧对你们。"

"褒后别这么说，我今日前来就是想同您和大王商议此事的。如今楚国要我秦国割地送城，我其实没有理由拒绝，如今朝中争执不休，令大王与褒后烦恼，你们是担心我会为难吗？"

"这是大王同楚侯的对弈，和你没什么关系。"

"今日若将秦国换成其他国家，大王和褒后还会如此心烦吗？"

"会！"褒姒站起身从古琴旁边绕步走下来，"怎么可能不会呢？周楚多年对峙，自文王起，发兵岐山得天下，凭仁义被诸侯共奉为王。楚国居于大周南面，意欲攻入大周，取而代之。有外敌欲掠我中原者，大王怎么可能视若无睹？若今日不是楚国，换作是郑国同晋国、晋国同齐国、齐国同宋国，此事亦难以抉择！为王者，必担负常人所不能担负的责任；为诸侯者，则负责一方安宁……如此天下便能太平，百姓方能安居乐业，才能让我大周长治久安，繁荣兴旺。"

"褒后教训得是！嬴开多虑了。"

"此事若没个定论，最难受的是你吧？"

"褒后和以前大不相同了。"

"翻了年关，就是我入宫第五年了。此事你不必多想，大王自有决断。"

"是！时间不早了，在下不敢叨扰，先告辞了！"嬴开说罢退出东宫。褒姒看着门外的一片漆黑出神了很久，然后才叹了口气回到古琴边上，正准备继续拨弄琴弦便听见了一连串的掌声。周王宫涅一面给褒姒拍手，一面从内堂中走了出来。

"大王？"褒姒再次起身，理了理衣裙。

"说得好，说得真好，叫寡人也茅塞顿开了。"

"大王谬赞了，不过是些粗浅的道理。"

"粗浅的道理，寡人却怎么也想不明白，还是你心如明镜。"

"大王又取笑臣妾了。"

"哪里是取笑？"

"怎么会忽然出来呢？"

"本来在听你弹琴，曲子忽然停了，还以为发生了什么事儿，便出来看看！刚才心烦意乱的，听了你这番话，倒是点醒了寡人，寡人知道该怎么做了！"

"大王？"

“寡人居于中央，为天下朝奉，天下有难，难道寡人坐视不管吗？”周王宫湦笑着说道。褒姒点了点头，不管周王做的决定是什么，她都相信这个决定是正确的，所以不必再问了：“臣妾伺候大王沐浴更衣？”

“累了一天了！”周王宫湦点着头就将身上的袖袍脱了去，一面脱一面朝沐浴的房间走去。褒姒跟在他身后一件件将他的衣服又拾起来：“大王……还在大殿上呢！”

“你没发现没人吗？”周王宫湦转过头看了一眼褒姒，将她拉入怀中，一个横抱将褒姒惊到了，手中的衣服蓦地脱手而出，一件件锦衣飞舞，挡住了人们的视线。周王宫湦将褒姒放进撒满了花瓣的木桶之中，俯下身子钻入水中便是深深一吻，到头来还是她最懂他，他是高高在上的君王，怎么能叫一个女人去向政敌言和?

夜里，月朗星稀，越是秋高气爽，天气寒凉，这夜空就显得越是灿烂。

褒姒在周王宫湦怀中沉沉睡去，直至第二日寅时，她猛地从黑暗中惊醒，坐直了身子。周王宫湦察觉到身边的异样，也睁开了眼：“什么时辰了？”

“寅时刚过。”褒姒觉得头痛，大概是昨夜没有睡好，“大王要起来了，今日还要议昨日未完之事。”

“不想去。”

“不急，晚一些也无妨。”

“领赏的又不是寡人，寡人急什么？”周王宫湦说完笑了出来，从床上一跃而下，拽了拽衣襟，转身看着褒姒，双手撑平了，等褒姒为他更衣。褒姒挑了身合用的衣服，帮他穿好，将袖口、领口一一抚平，拍了拍衣服上的灰尘。墨绿色的底，金色的线，黑色的绣花，这衣服看着都让人觉得压抑，周王宫湦说，这一身拿来和诸侯讨价还价刚刚好。

卯时刚至，太阳还未升起，夜色还未退去，而宫里的人早就开始了新一日的忙碌。

用过早膳之后，周王宫湦从东宫跨步而出，刚巧赶上了东宫朝谒。夫人、妃子纷纷行礼拜谒，周王的目光扫过熊宁，熊宁驻足行礼：“参见大王。”

周王宫湦颔首，迈步而出。楚夫人瞧着他的背影，昨日秦楚没能谈拢，今日再议，熊宁以为凭着褒姒的性子若知道自己能解争端，必定会成全此事。可熊宁还是算错了，褒姒三言两语就将她打发了，还敦促她不可怠慢祭祀一事。这叫楚夫人胸中的一团怒火越烧越旺，从东宫离开就去了趟楚府。今日的早朝结束得很快，熊仪同熊宁进门就是前后脚的事情，楚侯心中也压着团怒火，一进门就将大门重重地摔上，吓到了刚进门的熊宁：“这是怎么了？”

“周王真是厉害！”

“怎么说？”

“我向嬴开要三座城池才肯撤兵，大王竟将宛城周围给了我。他倒是厉害，给自己赢了个满堂喝彩，你没瞧见嬴开在朝堂上的那副嘴脸，恨不得跪下来舔大王的鞋！”

“宛城？”熊宁大惊失色。

“够狠的。我当日原是想要褒地城池，褒家既然亡了，这三座城池归秦归楚能有多大区别？没想到此事被大王摆了一道，他给我宛城，真是顾及了秦伯和褒后的颜面，也不惜自断一臂……”

“宛城本是大周疆域，大王怎么能为了保褒地就将自己的城给你？”熊宁因为生气而浑身发抖，她气周王宫湦宁可牺牲自己的利益，也不肯对自己说句软话。这就难怪今日辰时在宫中拜谒，褒姒那般不在意了，他们早就商量好了。

熊仪看着熊宁动怒的神色，火上浇油地添了句：“为了褒后，这点牺牲算什么？他为她做的事还少吗？无非是不想褒城落入我手！”

“现在要怎么办？”

“没什么怎么办的，既然给我宛城，我就要！今日是为了秦国，明日为了晋国，为了齐国……他还有多少地可分？你倒也不必担心我，此事最惨的还不是我！”

熊仪虽未能如愿以偿，可比他下场还惨的，恐怕大有人在。周王宫湦六年本已是个多事之年，可翻过年关，新一年的事情接踵而至，更令人应接不暇。

第五十六章

掘突断情娶齐姬，启之立功夺兄位

晋北一战到第二年夏季前后，大军稳操胜券，公子启之、掘突和文朔三路兵马一举攻下北狄，彻底击垮了东夷、北狄。大战不宜拖得太久，再加上晋中姬仇夺位的消息传来，启之心中颇感不安，怕郑国日久生变，便同文朔商议让掘突入京奏请周王如何处理北狄后事。

掘突一走，启之即刻回郑了，只留了文朔静候掘突的回信。而此时的朝中也发生了诸多变化，自晋伯易主后隰叔便回到大周。赵叔带请辞，回了晋国。周王准了赵叔带的请辞，将隰叔请入朝中做了太宰亚卿，朝中只余下了虢石父一位上卿，虢石父越发一手遮天了。

数日后，掘突率兵入京，同时带回了秦国兵马，交还周王，请秦兵还秦，以防犬戎再犯。同时也一解楚侯的威胁，让他没有任何理由继续在秦地逗留。

掘突抵京这日，褒姒早早起来为周王洗漱、绾发髻、戴头冠、穿衣、系腰带，然后看着穿着金线黑色长袍的周王宫涅半晌，又掸了掸上面的褶皱，总算是觉得一丝不苟了："臣妾同大王一并出城吗？"

"你在东宫候着，设宴等我们回来！"

"大王要在东宫宴请掘突？"

"是！"

"这于礼不合啊！"

“原本是该在正殿设宴，不过既然只有掘突回来，大军还在晋北，寡人设宴东宫是要说说掘突婚事的！这也就没什么于礼不合了吧？”

褒姒点点头：“如此我便叫秀秀去安排了，还不知该邀请哪些宾客？”

“上卿、上士大夫。”周王宫涅说道。

“臣妾知道了。”褒姒说罢，最后再理了理周王宫涅的衣服。

“寡人带念儿去接掘突。”周王宫涅这话叫褒姒吃了一惊：“念儿？”

“念儿五岁了，也该见见这些场面了。”

褒姒听了这话愁眉不展：“宜臼五岁时，怕是从未出席过任何朝事，大王就不怕别人说您一碗水没有端平吗？”

“寡人为何要将一碗水端平？”周王宫涅反问道，“做个一碗水端平的君主，天下百姓会因此而得福吗？宜臼的性子暴戾，心眼甚小，叫这样的人得了天下，那还了得？”

“大王？”褒姒的面色变得苍白，如今天下既定，只怕是到了废太子的时候了，这对周王与褒姒而言又是一场恶战。

“此事你就不要操心了，寡人自有分寸，寡人只有一个要求……”

“什么？”

“寡人要与整个朝堂为敌的时候，你……”周王宫涅指着褒姒一字一顿地说道，“不能掣肘。”

褒姒下意识地退了一步，良久之后才点了点头：“臣妾明白。”

“但愿你真的明白才好。”周王宫涅抬起褒姒下颌，吻了吻她，然后换上了笑颜，一扫刚才身上的戾气。

掘突兵马驻扎在城外，秦军原地待命，他带着副将朝镐京城赶去。镐京城的北门在辰时缓缓打开，阳光从漆黑的木门中缓缓泻入，金色洒满一地，整条路像是铺满璀璨的黄金。掘突眯着眼，再定睛的时候就看见城中大队人马，周王宫涅不怒自威，令人敬仰。

掘突打马朝前跑了几步，拉住缰绳，马嘶鸣一声停了下来，他翻身下马，走到周王宫涅面前：“微臣参见大王！如今北狄已定，还请大王定夺！”

“好！”周王宫涅大喝一声，“寡人果然没有看错人……待大军还朝，寡人重重有赏。”

“谢大王。”

周王宫涅也翻身下马，扶起了掘突，看着他被晒黑了的肌肤点了点头：“如今北狄之事你不必再操心了，有文朔同启之在那里！你现在要操心的，是更重要的事情。”他说完哈哈大笑了起来，身后的群臣也都会意地笑出了声，纷纷向掘突道喜。掘突原本已晒成了栗色的肌肤透出了红晕，有些生硬地说道：“多谢大王！”

“你父亲正在国中准备聘礼，寡人送了书信，他不日就来，你就等着大婚吧！如今郑家双喜临门啊……”

掘突一时语塞，不知该如何回答。

周王宫湦拍了拍掘突的胳膊：“走！先回宫，晚些时候，褒后还在东宫设了宴给你接风！”

“谢大王！谢褒后！”掘突惴惴不安，眉头微攒，他想趁此机会求娶秀秀，可又觉得现在不是最好的时机，他也只得按下不表，再找机会。虽然秀秀三番五次地拒绝了掘突，可掘突能感觉得到秀秀心里有他，只要周王开口，秀秀必定会随他。

回到朝中，周王定夺了晋北之事，同时姬仇也坐稳了晋伯之位，派人入宫致函，却闭口不提向周王献城一事。此事周王并不感到意外，不动声色地回了姬仇，仿佛自己也将当日定下的以城易爵一事忘得一干二净。眼下北狄由文朔接管并不合适，可周王环视一圈也找不到一个更加合适的人，只好将此事留着再议。北狄的疆域封赏何人，周王也并未提及。

散了朝，众人随周王前往东宫赴宴。东宫内，酒乐早已备好，只等士大夫列席。褒后在大殿恭迎周王，见群臣行至东宫门外，便走到周王面前屈膝行礼：“参见大王！”

周王宫湦走在前面，褒姒紧随其后，而后才是文武百官向褒姒作揖行礼：“参见褒后。”

褒姒随着周王宫湦走到主宾的席位上，转身坐下，看着百官说道：“今日为掘突接风洗尘，我大周完胜北狄，掘突又婚期将至，双喜临门。众位大夫不必客气，今日省了宫里的规矩，诸位尽兴。”

“谢褒后！”百官应道。褒姒虽叫他们不必拘泥于礼数，可谁也不敢当真，众人照着次序一一落座。周王宫湦手中执鼎，鼎中是黑米与紫苏草酿造的上等好酒，清冽甘甜，也是平日里难得一见的珍品。他带头举杯，众人端起酒鼎，向掘突道贺，然后一饮而尽。

“除了接风，寡人还有一件喜事！”周王宫湦缓缓开口，说这话的时候，他的手是按在褒姒手上的，目光盯着地面，“秀秀跟随褒后多年，如今照拂王子伯服有功，先后侍奉郑夫人同褒后二主，深得寡人信赖，如今东宫缺个女御，便封秀秀为女御吧！”

褒姒的手微微一抽，诧异地看着周王，周王宫涅用力握着褒姒的手。褒姒深深地吸了口气，将波动的情绪压了下去，面上恢复了一如既往的平静。秀秀更是不知所措，一颗心宛若跌落悬崖。

百官也是一愣，然后才想起向周王道贺，再向秀秀道贺。

周王宫涅待恭贺声散去，才伸出手指了指念儿的位置对秀秀说：“你随念儿落座吧。以后这些下人的事情，不必去打理了！”

“多谢大王。”秀秀不敢抬眼看一看周王，更不敢看褒姒。

褒姒的面颊微红，有些灼烧感，像被人甩了一个耳光，她没想到周王宫涅竟会这么做。她看了一眼掘突，掘突面色苍白，失魂落魄，凝视着秀秀回不过神来。他没有想到对褒姒用情至深的大王竟然会要秀秀，这种难过化作一种疼痛在心里越发深邃。

“如今我大周三喜临门，一扫多日来的阴霾，恭喜大王！恭喜掘突！”褒姒的声音很久之后才缓缓传来，“掘突离家数日征战在外，本宫特意嘱咐了司徒备一首郑国国风，以慰掘突思乡之情。”

“谢娘娘！”掘突强迫自己收神，将目光转向褒姒，耳畔已经响起了乐曲叮咚的声音。是当日郑伯友整理的《国风》，如今在大殿之上听来，倒真是慰藉了思乡之情，可也勾起了掘突对往日的怀念，不知不觉又朝着秀秀看了过去。

宴席上，觥筹交错，推杯换盏，十分热闹。

褒姒从周王手中抽出了自己的手，盯着周王宫涅的眸子里满含怨怒，站起身朝寝宫走去。秀秀盯着褒姒，见她离场，也想起身，却被念儿抓住：“咱们去向掘突道贺吧？”他说着，已经站起身，将秀秀从座位上拉起来，朝着掘突的方向走去，“掘突……”念儿用娇嗔稚嫩的声音唤道，将秀秀拉到了掘突的面前，“我就知道你必定能胜，如今百官道贺，多风光啊！”

“王子！”掘突行了礼，又抬眼看着秀秀，“如今再见，竟该叫你一声娘娘了。”

“世子不必客气。”秀秀惨淡地笑了笑，想去瞧一眼大王，可大王已经不在座位上了。褒姒前脚离开，周王宫涅就坐不住了，立刻随她回了寝宫。他进屋，她正站在窗边看着屋外，思绪不知道跑到哪里去了。

周王宫涅走到褒姒身后，抱住了她，在她的耳边小声说道：“今日之事……”

“大王不必解释。”褒姒很快回过神来，硬生生地掰开了周王搂在自己腰上的手，“封赏后宫女子，本就是大王的权力！”

“你生气了？”周王宫湦将褒姒转过身来，让她不得不看着他。褒姒想别过脸去，他就将她的下巴捏住，看着她的眸子，他的面上带着戏谑的笑意，像是小时候把喜欢的女孩子弄哭时得意扬扬的劲儿。

“大王说得对，秀秀跟着郑夫人，跟着我，前后照顾了两位娘娘；如今照顾念儿，从来没有过错。她便是没有功劳，也有苦劳，我却连最基本的幸福都不能给她，臣妾觉得自己没用！自己的人……永远都护不住。”褒姒说罢深吸了口气，眼中满是泪水，可硬忍着没哭出来。

寝宫中对立的气氛异常尴尬，周王宫湦做这个决定的时候就很犹豫，如今总算验证了这不是一个高明的法子，他扳住褒姒的手忽然就松开了，朝后退了一步，摇了摇头。

“先是廿七，后是秀秀，一个都保不住……”褒姒惨淡地笑了，“我曾一心想将秀秀嫁给掘突，哪怕只做个妾。秀秀却向我起誓不会离开王宫，不会嫁于他人，服侍我一生一世，服侍念儿一生一世，她都退到这个地步了，为什么还要这么做？”她一手捂着自己的胸口，愁容满面。

周王宫湦叹了口气，手轻轻地按在褒姒的眉心，想要抚平她隆起的眉头：“你可曾为寡人想过，若掘突以战胜为由，向寡人要秀秀，寡人给还是不给？如果寡人不给，天下如何看待寡人？”他的声音很轻很疲惫，“寡人若给了，齐伯之女嫁入郑府，还能幸福吗？不管秀秀对掘突是否有情，掘突对秀秀始终用情至深，齐郑若是因此失和，这个责任就是寡人的，”他指着自己的胸口不停地戳着，“就得寡人来承担！因为这个婚……是寡人赐的。”

褒姒看着周王宫湦，闭上眼睛浑身颤抖：“所以臣妾没有生大王的气，只是恨。也终于能体谅大王居于王者之位，有诸多无可奈何的心情了。”

周王宫湦将褒姒紧紧抱住：“寡人连你的命都无法保全，何况是别人。秀秀的事情就当是寡人自私，你不要自责……廿七的事情，是寡人对不起你，对不起她，可事已至此，寡人还能再做什么？”

褒姒在周王宫湦的怀中摇头，泪水沾在了他的衣服上：“臣妾觉得好累。”

“寡人也是，这才是开局，往后的事情没完没了。若先祖早知今日祸福，就不该阻拦商纣王一统天下的野心。”周王宫湦的语气中满是无可奈何。当年商纣王权倾天下，为底层拥戴，诸侯深感地位岌岌可危，联手推翻了商朝，却也为自己的江山埋下了祸患。自始至终，周朝的君主都没有绝对控制天下的权力，周王宫涅受够了这窝囊气，想要在自己的手中将天下大势拨乱反正，一统江山。

谈何容易？

褒姒的双手搭在周王肩上："郑伯入了京，就下聘书吧，也免得夜长梦多。"

"寡人知道。"周王宫涅扶住褒姒纤腰，将她抱了起来，将怀中的褒姒吓了一跳，脱口而出道："大王要做什么？"

"寡人多久没有宠幸你了？"周王宫涅问道。褒姒轻轻地捶打着周王的胸膛，满面绯红："大王，快放臣妾下来，大殿还在宴客呢！"

"那你就小点声。"周王宫涅笑道，今日气氛正好，他有些迫不及待，她满面绯红，却并未真的将他推开，几番扭捏反成了欲拒还迎。他们之间太久没有发生过的亲昵，让他们二人都沉醉其中，将满堂的宾客置若无物。

见主家不在了，大家猜想必是刚才封秀秀一事激怒了褒后，周王宫涅对褒后的宠爱叫他不得不追去解释。人人都在赞叹周王的风流与多情，却没人知道，这件事中隐藏了多少无奈。连秀秀都有些失魂落魄，若非被念儿抓住，怕是此刻也已经迫不及待地要去和褒姒解释了。

主家不在，念儿便当起了主家，叫秀秀拿着酒壶随自己去敬酒。念儿的酒是用甘草和少许高粱酿成，酒劲儿轻微，闻着虽有酒香，喝着却更像是甘洌的泉水。

念儿拉着秀秀和掘突寒暄过后，忽然松开她自顾自朝别处走去了。秀秀看着掘突，四目相对，二人不得不感慨时光荏苒如白驹过隙，只是一年时间，却沧海桑田，秀秀看着掘突，轻启朱唇："恭喜世子。"

"这对我郑家来说，并非喜事，对你我……更不是！"掘突面色凝重，没有丝毫笑意。

"以后你有齐郑二国相助，怎么不是好事儿？"

"你知道我想要的是什么！"

秀秀面色一敛："世子，大王刚才说的话，你不会没有听清吧？我自跟郑夫人起，就替她侍寝，如今跟着褒后，他能给我一个封号，也算我不是痴心错付！还请世子莫再纠缠。"

"秀秀！"掘突痛苦地摇头。

"你该叫我一声娘娘。"秀秀挺直了身板，冷冰冰地说道。她这个语调、这个表情，像极了褒姒，那冷冽的气势叫人望而生畏。远处的念儿又朝着秀秀跑过来，抱住了秀秀的腿，仰起头喃喃地讲："我醉了，想睡觉。"他说完打了一个哈欠揉了揉眼睛。

秀秀蹲下身将念儿抱了起来，她对着念儿温柔的模样刺痛了掘突的心，他对她，总算是死了这条心。

酒已酣，兴已尽。

东宫大殿从人声鼎沸到万籁无声。次日清晨，阳光洒入东宫，褒姒疲惫的身躯渐渐苏醒，睫毛微颤，她缓缓睁开了眼，看着屋顶发呆，过了片刻才转身看见早已醒过来的周王宫湦，轻声唤道："大王？"

"醒了？"周王宫湦轻抚着褒姒的头发问道，声音极轻。

"昨日又给大王添乱了。"

"不算。"周王宫湦捏了捏褒姒的鼻子，"你和寡人说句实话，寡人加封秀秀，你真的是气自己保不住秀秀，不是气寡人？"

褒姒垂下了眼，并不答话。她的模样叫周王十分怜爱："你要耍性子，寡人反倒是欢喜，若总摆着一副严肃的面孔，知书达理，审时度势，倒叫人觉得疏远！"

"大王本有一千种一万种方法来解决这件事，却偏偏挑了最不留后路的一种，大王可是有意要激怒臣妾？"褒姒反问道，这倒是叫周王宫湦无言以对了，只能苦笑："时间仓促，寡人也来不及细想，更何况……秀秀要在后宫一辈子，与其做个下人，倒不妨给个封号，你用她也顺手。"

"他日大王宠幸，也就名副其实、名正言顺了？"

"瞎说！"周王宫湦板起脸呵斥道，说罢这一句又忍不住笑了起来，"寡人若有那个时间，宠幸你还来不及，哪里还瞧得见别的女人？"

褒姒支起身子，拉过衣服披在身上，从床上下来为周王挑了一件上朝的衣服。

周王宫湦从床上翻身下来，褒姒为他穿戴整齐，挽好发髻。周王宫湦握住褒姒的手，站起身来将她按在桌案的铜镜前，从桌上拿起篦子，褒姒抬头不解地问："大王要做什么？"

"往日里，都是你伺候寡人，今日反过来！"周王宫湦说着将褒姒的青丝披散下来，长发倾泻在身后，周王宫湦用手中篦子自上而下轻轻地将这头发梳开，不敢弄痛了褒姒，手中的动作又轻又慢。

"还是臣妾来吧？"

"怎么？弄痛你了？"

"也不是，只是臣妾担心大王这么梳下去就耽误早朝了。"

周王宫湦撇了撇嘴："叫他们等着去！"他花了一番心思才将褒姒的头发理

顺，她坐在桌案前，他手中的篦子扯着她的头发，揪到了她心中每一根敏感而细致的神经，全身上下是一丝奇异的触感，整颗心霎时间被融化了。他捏起她所有的头发，问镜中的褒姒：“怎么绾？”

褒姒瞧着周王，掩着嘴轻笑了出来：“还是臣妾来吧？”

“不行！”周王宫湦和褒姒的头发较上了劲儿，紧紧地捏着不松手。门外却传来了匆匆的敲门声，“咚咚”两下，“咚咚”又是两下，周王宫湦咳嗽了一声，十分不满：“谁？”

“大王，褒后！”秀秀的声音从门外传来。

“何事？”

“亚卿来了，有急事同大王启奏！”

“等着去！”周王宫湦说了一声，又将目光从门外转到了镜子上。褒姒小声地说：“隰叔在早朝之前来这里，必是有重要的事情！”

“现在没什么事情能比为你绾好发髻更重要。”周王宫湦俯下身子在褒姒耳畔说道，嘴角露出笑意。门外安静了一会儿，不久之后又是“咚咚”的敲门声，周王宫湦还在研究如何将发髻绾好，因而更加不耐烦了：“先打发他走！”

“亚卿已经走了，”秀秀的话音传来，“只留了句话，说晋国传来消息，公子启之回郑了！”

周王宫湦捏住褒姒青丝的手忽然松开了，褒姒的头发就像瀑布一般倾泻，她扭过头看着周王：“还是先去上朝吧？”

“这发髻……”周王宫湦指了指褒姒。

褒姒拿起桌上的乌骨发簪，自发根轻轻缠绕了几圈，将头发高高束起，再将发簪插好，这发髻就已经整理好了。褒姒也站起身，从一旁取过周王宫湦的碧玉腰带，为他束好：“政务要紧！”

“寡人知道了！”周王宫湦看着褒姒的发髻，觉得好奇，吻了吻她的面颊便拉开了屋子的门。秀秀瞧见周王出来，身子一僵，看着他十分尴尬，立刻又垂下头去：“大王……”说罢这话良久，才想起自己还未行礼，想要补上，可周王宫湦却已经走远了，只给她留下了一个匆匆的背影。

“秀秀？”褒姒在寝宫内唤了一声。

“是，褒后！”秀秀从门外进来，头仍旧那么低着，不敢抬起来，走到褒姒面前，轻声问道，“褒后有何吩咐？”

“昨日的事情……”褒姒长长地叹了口气，秀秀却忽然“咚”的一声跪在地上："还请褒后恕罪。"

"你何罪之有？"褒姒停下手中的动作转向秀秀，不待秀秀答话，她便说，"是本宫该替大王和你说一声对不起，他害怕掘突将你要去，本宫会因此为难。如今大王这么做，你在宫中也不是个下人了，行为处事，多些便利，只是这身份叫你受委屈了。"

秀秀满眼含泪，对着褒姒摇头："秀秀不委屈，秀秀是害怕褒后和大王因此生了嫌隙。若是如此，秀秀不如一死，如此就不必担心掘突求娶了！"

褒姒拉过秀秀："本宫是怕委屈了你！此事大王不同我商议，便替你做了主……本宫已经很不好受了，本想着本宫在一日便能帮你一日，却不承想……这居于高位，太难抉择了，还望你体谅大王。"

"褒后，"秀秀哭了出来，"是秀秀该谢你们的恩德才是，原本秀秀就不打算出宫。当日郑夫人离世，秀秀就该陪葬了，可你们保了秀秀一条命，这命自此以后就是大王和褒后的，便是一生一世在宫中照顾你们也是理所当然的。任何人求娶，秀秀都不嫁！今日大王为了成全秀秀这份心意，以女御的身份保秀秀在后宫无忧，是秀秀该感恩戴德，只是怕褒后受了委屈。"

褒姒看着面前的秀秀泪水涟涟，心中不忍，蹲下去握住秀秀的手："起来吧。大王早就将你看作家人了，身份不过是虚名，重要的是，他能给予的照顾，一定会尽心尽力。"

"谢褒后！"秀秀被褒姒从地上扶了起来，她擦了擦面上的泪水，忍住了抽泣。褒姒说："晚些时候，我叫太宰宫的人来一趟，准备你的册封和打赏。先去把脸洗了吧，一会儿要朝谒了，叫大家看见你这个样子可不好！"

"嗯！"秀秀向褒姒告辞后回了房，洗漱整理了一番，又出来参加朝谒。女人们依次落座，可个个心中都在嘀咕这次册封，也不知道是主仆之争，还是褒姒为自己人争取到的身份，人人都在掂量。

秀秀比褒姒出来得早些，面色已经平静了，她站在褒姒的位置后面，风轻云淡地看着众人。不久之后褒姒才从寝宫缓步而出，在自己的位置上坐了下来，众人纷纷向褒姒拜谒："参见褒后！"

"昨日大王加封秀秀一事，众位也该知道了，往后我东宫事务便交由秀秀来打理。"褒姒坐下之后说的第一件事便是此事，众人面面相觑，这才赶紧向秀秀道贺。

"褒后身边的下人倒各个都能讨个高枝，褒后这胸怀，无人能及呀！"楚夫人在一旁轻笑。褒姒的目光随之转向了她，楚夫人便将玲珑娇小的身子朝着褒姒的方向坐直了，不待褒姒接茬儿就继续说道，“不过当日被封为妃子的下人却命丧琼台殿，后来在显德殿的那位也不得善终，如今又封了秀秀，啧啧啧啧……”

“楚夫人多虑了，”褒姒轻描淡写地说道，“日后若有人想要对我东宫之人不利，我必百倍奉还！”

楚夫人瞧着褒姒笑了出来：“谁有这个胆子敢和褒后作对，您的本事不单单是对付下人，郑夫人、秦夫人、申后哪一个也没见讨到便宜不是？”

褒姒也不否认，盯着楚夫人淡淡地说了句：“楚夫人知道就好！”

熊宁被这话噎了一下，即刻和褒姒杠上了，今日的朝谒就是在褒姒同楚夫人针尖对麦芒中结束的。离开东宫，熊宁气得浑身发抖，攥着手站在门外：“我就看看你能得宠到什么时候！”

“急什么？”卫夫人不知什么时候走到了楚夫人身边，悠悠然地接上她的话茬儿，“你同褒后那番口舌之争是何必呢？你说赢了还是输了，褒后能多一两肉少一两肉吗？如今大王封了秀秀，你以为她还会和以前一样与褒后同心吗？”

“什么意思？”熊宁硬是咽下了这口气。

“不管大王当日封秀秀是为什么，这宫里的女人被封了之后，心态总归会变化的，谁不期待大王的宠幸呢？而女人哪，不管多大度，多贤惠，谁能容得下别人来和自己分一杯羹？所以说，楚夫人急什么，你等着看戏便是了！”

熊宁打量了一番卫夫人：“难怪后宫里的女人改头换面，唯独你一人能从这风口浪尖全身而退，我倒是小看卫夫人了！”

“我不争宠，只求保命！”卫夫人说罢从楚夫人身侧走了过去。这么多年的后宫生活，她自诩看透了尔虞我诈的伎俩。卫夫人面上是个墙头草，四处煽风点火，又不成气候，因而谁也不会在意她。如今褒姒、秀秀、熊宁几人在后宫中的地位微妙了起来，这几人若是落得个几败俱伤，或许卫夫人能捡个漏。

前殿，隰叔并没有启奏公子启之一事，毕竟兹事体大，他一早去东宫觐见也是想先看周王的态度，而后再做安排。周王匆匆上朝，没顾得上和隰叔说这件事，刚刚落座，掘突便奏请晋北之战告罄，向秦伯借的兵也该还了，秦兵一回秦国，楚侯再无理由压境了。

如今洪德已死，掘突请命送秦兵回国。

周王思忖片刻，挥了挥手，批了他的启奏：“过些天郑伯就入京了，你不再等等？如今大婚在即，你还得准备婚事。”

“还请大王见谅……”掘突说罢“咚”的一声跪在大殿中央，“如今天下未定，战事未歇，掘突心性未定，怕委屈了齐伯之女，微臣恳请大王允许在下送还秦兵，再议婚事！”

周王宫涅眯着眼睛看了他半晌，掘突无非是在拖延婚期。秀秀一事上周王自觉对不起掘突，他不好逼人太甚，只得颔首：“也好，你先去！”

“谢大王成全！”掘突叩头，而后起身位列群臣之中。

散朝之后，隰叔留在前殿向周王报备公子启之一事：“如今郑伯友启程前往镐京，必定和公子启之错开了，公子启之有郑伯印鉴、文书，没有郑伯的郑国国都就是空城，他想要夺，不费吹灰之力！”

“随他去吧！”周王宫涅挥了挥手。

“大王将郑伯引入镐京是调虎离山？”

“郑伯若要走便走，若要回便回，启之有这个能力夺便夺，没有的话，就将郑国怎么吞下去的，再怎么吐出来！”

“大王不打算干涉？”

“不管！”周王宫涅点了点头。

“恕在下直言，此事大王若不作为，启之夺权你不相帮，也不阻挠，既得罪了启之又得罪了郑伯。启之认为大王偏袒郑伯，郑伯会认为大王纵容启之，他们二人不论何人当权，都不会再效忠大王，必有二心！”

“你怎么知道寡人不作为？”

隰叔眉头一皱，想起晋国之事，周王宫涅的声东击西帮姬仇打了一场漂亮的夺位之战，最终将晋国收为己用。如今对待郑国或许也是如此，隰叔揣测道：“莫非郑伯妾室偷盗印鉴一事，是大王指使的？”

“此事你就不要瞎猜了，寡人和你一样，在等这结局！”

“微臣倒有个想法，大王如今调郑伯友入京，是为启之入郑铲除了障碍。大王不妨再狠心一些，让启之铲除郑伯，而后大王再以平复郑国之乱为由出兵，收回封地！”

“此事不急。”周王宫涅摆了摆手，若放在五年前，他当真会按照隰叔所说去做，可如今他有些举棋不定，也对自己的叔父下不了这等狠心。掘突大军离开半月有余，郑伯友便到了镐京，出席了早朝，他事前未曾通报，满朝士大夫同周王都吃了不小的一惊。

散了朝，周王步履匆匆回宫，褒姒正在整理乐谱，一手拨弄琴弦，一手盯着竹简上的宫商角徵羽琢磨着。听见有人进来，才按住琴弦，起身去迎：“今日这么早？”

“你准备一下，郑伯友入京了，东宫得设宴。”

“定在何时？”

“越快越好，他来得悄无声息的……”周王宫涅对此事有些不满，“也不知道究竟何时入京的，今日上朝忽然出现了，还将寡人吓了一跳，以为看错人了！”

“怕是……”褒姒的话说了一半没有再说下去，“臣妾差人去宣膳吧？”

“你要说什么？”

褒姒摇了摇头：“没有什么，大王饿了吧？”

“到底是什么？”周王宫涅拉住褒姒的胳膊。褒姒看着周王长叹了口气：“大王可否告诉臣妾，启之大军到哪儿了？”

周王宫涅沉默良久，那日隰叔来说这事儿，秀秀传的话，褒姒也在，可她从未向他打听过。今日说起来，他才知道她还是把这件事放在了心上：“快到郑国了。”

“郑伯必是以为大王在调虎离山，大概已经做好了让位的准备，他如此悄无声息，心中对大王，对臣妾，怕是有诸多怨言！”

“成王败寇有什么可怨的？”

“成王败寇不假，可两军对峙，大王又怎么知道输的一定是郑伯呢？”褒姒明知这话说出来就是要和周王宫涅吵架的，可还是说了，她看着周王饶有些挑衅的模样。

“难道要叫他们两人在郑国打起来，看看孰强孰弱，你才觉得高兴吗？”周王宫涅对褒姒吼道。褒姒一愣，然后拉着周王的胳膊：“臣妾只是想要告诉大王郑伯为何愤愤不平，不是要和大王吵架，或者质疑大王！”

“你这么说，不是吵架是什么？”周王宫涅嚷嚷道。

“大王饿了！”褒姒说着瞪了周王宫涅一眼，准备出门找人宣膳，还未抬脚就被周王抓住拉了回来：“吵架吵一半算什么？你有话就说完，别弄得像是寡人在无理取闹！”

“臣妾要说的都说完了。”

“若我任由郑伯留在郑国，启之难道就不夺位了？到时候两军相较，苦的是郑国百姓，寡人这么做有什么错？”周王宫涅盯着褒姒问道，他也不知道自己从什么时候开始，行为处事就非得得到褒姒的认同。

“打不起来的，大王要不要和臣妾打个赌？若打得起来，就是郑伯不在郑国，他也势必会让郑国百姓同现有兵力拼死相抗。可是这场仗……根本就打不起来，启之从晋北回郑，必会不费吹灰之力拿到郑伯之位！大王若是不信，不妨拭目以待！”

“你就不能说两句好听的，你以为寡人这么做心里好受吗？”

褒姒看着周王的模样有些惊诧，然后忍不住笑了出来，头抵在周王宫湦的胸口。原来他也会惶惶不安，只是想要得到她的认同。褒姒抬起头，露出了好看的眉眼：“臣妾明白大王的苦心！您胸怀天下，眼光长远，放眼九州无人能及。”

周王宫湦拍着褒姒的后背，总算是笑了。如今这盘棋，到了一步都不能错的时候，若稍有差池，后果不堪设想。周王宫湦是在摸着石头过河，他的惶恐无人知晓，他面上笃定郑国之事必会有一个大家都满意的结果，可他自己都不知道将筹码押在廿七身上到底是赢是输。谁也无法预计今日每走的一步会带来什么，所谓谋事在人，成事却要看天了。

褒姒承了周王宫湦的要求，在东宫之中设宴款待郑伯友。她写好了信函思忖再三，还是将秀秀唤来，托秀秀亲自将书信交到郑伯友的手中。郑府中如今一片清冷，屋子里空荡荡的，偌大的院子几乎寻不见个下人。

“郑伯呢？”秀秀问开门的人。

“在里屋和夫人说话呢，娘娘先在大堂坐着，我去通报一声。”

“怎么这么冷清？”

“这几日上门道喜的人倒是不乏，可老爷不愿见客，就都回了，时间长了，这些人也就不来了。若非是您来，我也不会开门！”

秀秀的心头闪过一丝悲悯：“去请郑伯吧，就说是褒后差人来送信的。”

“这就去！”

下人走后，秀秀在府中踱步，看着这里的一草一木，回想当初郑夫人初嫁，郑伯友被周王强留镐京城，那时这儿才动工兴建。郑伯友为了一解郑夫人的思乡之情，便依着自己在郑国的宅院仿制了这座宅子，这里的一草一木，房屋檐廊都和郑国家中的一模一样。

以前随着郑夫人回到郑府，还能看见往来的下人穿梭……可如今这些人都被遣散了，这次郑伯友的脾气可闹大了，秀秀叹了口气。听见远处的脚步声，以为是郑伯友到了，转过身去瞧，见还是那下人，她便眉头紧锁地问道：“郑伯呢？”

"还请娘娘恕罪，郑伯说，不管娘娘有何事，都请回吧。"

"褒后在东宫设宴，我是来送帖子的，他若不来我怎么回话？"

"娘娘也莫难为小的，小的就是传个话，您应该也知道如今大王将郑伯召入京中，明面上是世子大婚，可私底下，二爷却带兵打来了，郑伯心中哪能好受？二爷若做了郑伯，这天大地大的，绝没有郑伯的容身之所，还请娘娘担待些！"

"可是……"秀秀捏着信函，"这信，褒后要我务必交到郑伯手中，能不能将这话转达给他？还请他在堂前一见，不管去还是不去，我也好回个话不是？"

"这……"下人面有难色，看在对方是秀秀的分儿上，还是点了点头，"老奴就替您跑这一趟吧！"

"有劳了。"秀秀的心中也不好过，郑府毕竟是本家，郑伯友这次连戏都不肯演了，将对周王的不满写在了面上，大概是真动了怒。郑伯友毕竟是周王叔父，又曾功高盖主，郑伯友之所以没有和周王宫涅公然相抗，是不想天下大乱，这是他的心怀仁慈，可谁又知道周王宫涅的一番良苦用心呢？又等了良久，总算是看见郑伯友移步大堂，他瞥了一眼秀秀，用淡漠的神情说道："去给褒后回话吧，东宫宴席就不必了！"

"郑伯若是推诿，百官怎么看？"

郑伯反问道："我哪里还顾得上百官怎么看我？我能做到这个地步，一退再退，我还顾得上别人的看法吗？"

秀秀一时语塞，沉吟半晌："郑伯就不想见见褒后？"

"大王怎么安排，我无怨无悔，既然是诸侯，就是臣子，他便是要我死，我也得死！便将这话转达给褒后吧，他们怎么安排，我无所谓，花在面子上的工夫，能省则省吧。演给别人看，我做不到，也不喜欢演，褒后要是喜欢看，就叫祭公寻些大小下人在她的东宫演给她，叫我去做这伶人，我做不到！"

"郑伯不去，也叫大夫人去一趟吧？婚事总要准备的。"

"婚事就等眼下的琐事了了再说吧，我们郑家已经欠齐国一条人命了，不好再叫他们搭上一条！大王若以为掘突同齐国联姻，便能保住性命，保住我与犬儿的爵位，那才真是天真！"

秀秀以前不知道讷于言的郑伯友竟是如此能言善辩，她只道他温润如玉，是个谦谦公子，原来讽刺挖苦起人来，毫不逊色。秀秀接不上话茬儿，只能是自顾自地说："郑伯不必担心……"

郑伯友打断了秀秀的话："你去给褒后回话，就说是我夫人身体抱恙，因而不能赴宴，辜负了褒后美意，待来日再登门道歉！”

秀秀说：“话我会带到的，只是褒后一向将世子看作家人，郑伯多虑了。”

“家人？你为何会被封为女御？”郑伯友问道，“以为我看不懂吗？”

秀秀胸口一紧，往后退了一步，心虚地低下头：“郑伯这话是什么意思？”

郑伯友不想拆穿一个晚辈的情事，没有再将这话续上：“你去回话吧，就说不必麻烦褒后设宴，我去不了！”他丢下这话越走越远，只在宅院里给秀秀留了个孤寂的背影，叫人看了，心里说不出地难过。

秀秀从郑府回来，褒姒正拿着笔蹲在地上蘸着清水和念儿写字，地上留着深深浅浅的水迹，两个人玩得不亦乐乎。念儿的字写得飞快，越写越好，简直快看不出他只是个五岁少年了。

听见秀秀进门的脚步声，褒姒直起身子，将手中的笔交到下人手中：“回来了？”

“娘……”念儿仰起脸，“先生该来了，我去书房了！”

“去吧！”褒姒挥了挥手，念儿就“嗖”的一声没了影子，服侍他的下人紧赶慢赶地追在他身后，气喘吁吁的。褒姒朝秀秀走了过去，看着她沮丧的神情，便猜到了：“郑伯不肯来？”

“褒后猜到了？”

“看着你的表情，也就知道了。”

“对不起，我没能请动郑伯。”

“什么理由？”

“夫人身体抱恙。”

“既然这样，就备些礼品，我去郑府走一趟好了。”

“褒后……不必了吧？”

“郑伯还说了什么？”

“没有。”秀秀不敢将郑伯友那番连讽刺带挖苦的话告诉褒姒，只能缄默不语。

“没有？”褒姒重复了一番，“大王将此事安排给我，便是相信我能做好，可如今郑伯不肯来，我只得走一趟了，大夫人若真是抱恙，宴席延期就是了！如今本宫将帖子发了下去，这主角不来，戏还怎么演？”

“郑伯就是不愿演这场戏，才不愿来的！”

“哦？”褒姒意味深长地点了点头，秀秀这才捂着嘴，知道自己说错话了：

“褒后恕罪，秀秀不是有意隐瞒的。”

“他还说了些什么？只怕你的事情，他也责备我了吧？”

“褒后怎么知道？”

“你呀！”褒姒指着秀秀摇了摇头，“都跟了我这么长时间了，还瞒着我。明知不管郑伯说什么我都不会怪罪，却不告诉我……备些东西，我去一趟郑府。”

“褒后既然已经知道了，何必还去？郑伯已经容忍至此，何必再去羞辱他？”

“羞辱？谁羞辱得了他，他铮铮铁骨的！”

“褒后还是别去了，郑伯已经一退再退了，退到了眼下这个地步，您再去，他该以何种心情来面对您呢？”

“那我便……不去了？”褒姒其实也拿不定主意。

“郑伯原本就不好受，见了褒后，只怕更不好受了。”

褒姒叹了口气：“那就备些东西，送去郑府吧，请大夫人不用太过思念掘突，秦兵一到秦地，掘突自然就回来了！郑伯的爵位，本宫虽爱莫能助，但可以给他出个谋。如今晋北以北刚刚攻下来，治理城邦需要些时日，文朔一介武夫，司徒祭公徒有其表。郑伯既然曾做过司徒，不妨请大王派自己前往北狄，留存实力他日再谋复位一事。”

“只怕不妥。”

“怎么不妥？”

“褒后以为郑伯看中的是这些虚名吗？”

“这是虚名吗？”

“褒后还不了解郑伯，诸侯之位，你给他做，他就做……若是当初不给他做，他也无妨，可既然已经做了，本来做得好好的，却忽然不让他做了，他心里就不好受了。这种不好受，不会因为你让他做别的，就舒坦的。他一定是在想，公子启之做这个郑伯就能比他做得好吗？凭什么非得从他的手中夺过权力？褒后也说了，北狄之地需要人打理，既然需要人，为何不是公子启之留下，就非得是他去呢？”

“因为够远啊！远到，他便是再也不回来，也没人会怨他。”

“原来褒后是这个意思。”秀秀叹了口气。

“去传个话吧。”褒姒拍了拍秀秀的肩膀。说出这番话的时候，她的心里何尝好受。郑伯没有做错任何事，可她也必须相信周王宫湦，相信他这么安排就一定有他的道理，褒姒只能等下去。

第五十七章

九州图序多动乱，郑伯意冷欲辞官

傍晚的时候，暮色金灿灿的，洒进东宫中，暖意融融。褒姒斜倚在暮色中，看着窗外夕阳，脑中一片混沌。

“怎么坐在这儿？”周王宫湦不知道是何时从屋外走进来的，走到了褒姒身边，在她身边坐了下来。这话将褒姒从沉思中拉了出来，她惊恐地转过身，看见是周王才舒了口气：“大王回来了？”

“嗯，刚从太宰宫出来！”周王宫湦说道。

褒姒从椅榻上跪起来，准备帮周王宫湦换下衣服：“大王累了吧？臣妾去宣膳？”

“陪我坐坐，说会儿话！”周王宫湦按住了褒姒，温柔地说道。

“说些什么？”褒姒很少见周王宫湦这般模样。

“在想什么呢？”周王宫湦问道。

褒姒这才想起自己刚才是在沉思下午秀秀来报的事情：“郑伯将我的邀请给推了，说来不了了。”

“为什么？”

“说是夫人身体抱恙，不能赴宴……不过听秀秀说，他将府上的下人都遣散了，应该是对大王有诸多怨怒，不来便不来吧！”

“叫他做这个诸侯的时候也不见他多积极，如今发这么大脾气，倒不像他了。”周王宫湦觉得有些奇怪，这次郑伯友的态度出乎所有人的预料，褒姒轻叹了口气：“他是和人较劲儿，咽不下这口气了。”

周王攒眉看着褒姒：“你该不是想看着寡人同郑伯友打上一架吧？”

“瞧大王，”褒姒佯装嗔怒地瞥了周王宫湦一眼，“您想到哪儿去了，郑伯同启之在置气，同您有什么关系？”

“同启之……”周王宫湦忽然之间恍然大悟，点了点头，“是说廿七？”

“看来是了，只怕是廿七走后，郑伯心痛难当，才体会到自己多年来对她累积起来的感情之深。如今还要让位于启之，心中必定不好受，可此事谁也不能怨，是他自己将廿七赶走的，若是早些发现这情愫，廿七也未必会走。”

周王宫湦赶紧摸了摸鼻子，遮挡着尴尬的表情，从褒姒的身后抱住了她，下巴抵在她的肩膀上：“那也没办法，此事寡人可为他做不了主，廿七是去是留，是她自己的决定，不管怎么说，启之在这件事情上付出的比郑伯还要多些。”

“那谁说得清呢？”

“所以，人还在身边的时候可得抓紧了。”周王宫湦说着抓住了褒姒的手，“如今秦兵返秦，总算是定下了西面。”

“大王不怕楚国再有别的动作？”

“有就最好，正好给寡人一个动它的机会。”周王宫湦冷笑一声。

褒姒看着周王宫湦半晌，跪直了身子帮周王宫湦将身上的束带去掉，然后斜倚在椅榻上。周王就这么靠在她的腿上，她的指尖在他的发丝间来回游走，她的手很凉，一丝丝沁人心脾的凉意从他的头顶传入心中，舒缓了内心的燥热。

他伸出手握着她冰凉的手贴在自己脸上，眉头微皱：“真想痛痛快快地打一仗！”

褒后知道这场仗打不起来。楚侯熊仪是个聪明人，此番见秦兵大胜而回，又有嬴开和百里成坐镇中央，他还没等秦兵回秦，就先同嬴开道别撤兵了，又修书一封送到周王手中，陈情这一年来的不得已，将周王的三座城池也尽数还给了周王。此事做得十分圆滑，滴水不漏，而周王宫湦如今还得仰仗楚国，也不敢轻举妄动。

周王宫湦的眼神盯在屋顶的房梁上，似是看着什么褒姒看不见的东西，怔怔地出神，良久才缓缓说道：“寡人年纪还小的时候，与启之骑马射猎，寡人曾允诺，我若为王，他为将，必定要打一场痛痛快快的仗！”

“大王做到了！东夷之战，够痛快了。”

周王宫涅笑了出来，收回了自己的眼神盯着褒姒的面颊："若能征战四海，一统中国，不枉此生。"

"快了，西戎南楚，二者一除，天下可定。"

"定不了啊……"周王宫涅长长地叹了口气，"你可知为何嬴德能轻易攻入镐京，犬戎和楚国却不能？"

"因为嬴德更善谋划？"褒姒找不到一个能说服自己的答案。

"楚国并非我大周的诸侯，厉王在世时，诸侯渐强，褫夺了中央的权力，楚国碍于诸侯的军事威慑，屈居我大周之下，以诸侯姿态求存。如今楚国若要入侵，齐、郑、秦三国必定竭力相抗，楚国想要入主中原，困难重重。秦国则不然，他本是我大周诸侯，想要杀入镐京……易如反掌。"

"大王的意思是？"

"外敌不可怕，可怕的……是内患。"

"所以大王的意思是，对楚国和犬戎不能赶尽杀绝，反而要利用这些威慑来钳制中原诸侯？"

"不错！"周王宫涅点了点头，"这盘棋，寡人下得太累了，若能痛痛快快打一仗该有多好！"

"是啊，那该有多好！"褒姒抿了抿唇，摇了摇头，他们都知道这不过是个奢望。当日同姬仇达成协议，周王宫涅助他一臂之力时，姬仇曾允诺周王献上三座城池。可如今姬仇夺位，对此事却只字不提，他相信周王绝不好意思开口问他，赖定了这笔账。

宋、卫居于中央，看似无事，却蠢蠢欲动。当年周王攻下东夷，东夷便分给了郑、齐，如今北狄之地虽为封赏，但人人都以为必是郑、晋所得，宋、卫没能捞到好处，据探子回报说，宋、卫同楚交往甚密。

申国则始终是钳制在大周咽喉上的一把利刃，若是犬戎绕道申国，便能直取镐京，是个兵家必争的重镇！如果处理不好和宜臼的关系，周王随时可能会被这位申侯胁迫……

诸如此类的事情还有很多，周王的位置是多方权力纵横交会的结果，哪一方的失衡，都足以导致天下大乱！看似周王心腹的郑国，其实内忧外患重重。启之带领的大军一个月后抵达郑国，每到一城，出具郑伯文书，请守城官员开城放行，然后派人策反守城大夫，不费吹灰之力拿下了大半个郑国。

直到郑国国都，启之将兵马驻扎在城外数日，对他来说，这是最后一战。廿七远远看着这座熟悉的城，悲痛之情弥漫开来，整颗心无比苦涩，她思念郑伯之心日笃，却也无可奈何，无能为力。

她本想回郑之路会艰难险阻，却没想到此事如此顺利，整个郑国几乎是拱手相送。启之并不知道他每经过一座城池，守城的大夫必会差人往镐京城中给郑伯送一封信。

郑伯友的这一颗心就因为这一封封信渐渐地凉了，常常拿着这卷轴坐在郑府的庭院中怔怔地出神，遥看着远方，遥看着天边。那日秀秀来郑府为褒后带了句话，请郑伯主动请缨前往晋北，他心中犹疑不决，拿不定主意。

"小心别着凉了，"郑夫人从屋里出来，手中拿了件衣服披在他身上，她坐在他的身边，"在想什么？"

"没什么。"郑伯友摇了摇头。

"我跟你这么多年了，你的心事，难道我看不懂？"郑夫人说道，"又是从郑国传来的城池失陷的消息？"

"无碍的，大局已定！"郑伯友勉强自己笑了笑，将手中的书信藏在了衣袖中，不想同自己的夫人讨论这件事。他站起身，身上披的那件衣服差点掉落，郑伯友伸手一接，袖子里的卷轴散落一地，无比狼狈。他的表情有些尴尬，动了动嘴，却又不知道和自己的夫人说些什么。

郑夫人蹲下去，将卷轴一一捡了起来："我知道你不想同我说这些事，可看着你心中苦闷，我也不好受。我们夫妻多年，便是你一颗心不在我身上，可我的一颗心却只能给你一人！"郑伯夫人面朝着地面说着，心中悲戚之情从她的语气中流转而出，满是辛酸疾苦。

"对不起，"郑伯友看着自己夫人的身影，也蹲了下去，从她的手中将卷轴一一接了过来，"对不起……时至今日也不是我所愿，嫁给我让你受委屈了！"

"不委屈，"郑夫人抿着唇笑了笑，"那日秀秀前来，说的话我都听到了。"

郑伯友没有接话，沉默着。

"去吧！"郑夫人问道。

"我是打算应下这份差事，前往北狄，但你不能随我同去！"

"为什么？"郑夫人不解地问道，"这些年来，不管你心中有谁，我都未曾放弃。如今廿七不在，褒后丹凤朝阳，你还将我拒之门外？"

"你是掘突唯一的母亲，所以你要留下来，留在这里，留在掘突身边。"

"为什么？"郑夫人哭了出来，泪水滑过面颊，湿润了整张脸。

“除之务尽，启之不会留我，但掘突他不敢动。”郑伯友拍了拍自己夫人的胳膊，转身朝屋里走去。秀秀那番话是褒姒的意思，北狄之城山高水远，启之想要拦截，想要刺杀，易如反掌。郑伯友实在不知道褒姒的本意是不是想除掉自己，为周王宫涅一统中原做好准备。

可她难道不知道，自己根本不是障碍吗？

翌日，宫中早朝。群臣聚拢在前殿，启之攻陷郑国城池一事，多少已经流入了朝中士大夫的耳朵里。掘突回京，搭上齐国这个亲家，还结识了秦国这个外援，众人都觉得局势诡谲难测，谁也不敢贸然站队，大殿上充斥着一种紧张而不安的气氛。

周王宫涅面色黑沉，坐在前殿，走过早朝的流程后，前殿死一般寂静，谁也不知道该不该把启之攻陷郑国一事汇报给周王。周王宫涅有意为启之夺权铺平道路，此事是朝中无人不知的秘密。

不知过了多久，郑伯友上前一步，向周王宫涅作揖行礼：“微臣有事启奏！”

“说！”周王宫涅说道。

“如今天下未稳，朝中兵马留在北狄，此刻若有战事，兵力未免孱弱。如今北狄之地已尽归大周，还请大王将司马召回，以备不时之需。”

“寡人也正有此意，文朔已经向寡人汇报了北狄之事，俘虏的士卒，编为我军。可司马到底是个武将，治理北狄一事，要个文官，王叔倒是提醒寡人了，册民一事还真需要个人。”周王宫涅对郑伯友的这番话似乎流露出了赞许，他这话说出来，众人仿佛都明白了什么。

“在下曾任司徒，对管理城中簿册、百姓安置一事颇有了解，还望大王差遣微臣前往北狄！”郑伯友声如洪钟，这句话掷地有声，大家自以为看得懂周王想要将郑伯友支往边缘的心思。如今郑伯友心如明镜，主动请缨，倒真是识时务者，可是周王宫涅却皱了皱眉，思忖了片刻之后缓缓说道：“嗯……王叔倒是提醒寡人了，此事需要一位司徒，不过你在朝中任职司徒之日尚浅，此事还是交给祭公吧！祭公准备一番，明日启程吧，寡人为你在北门饯行，此去路途遥远，收编番邦城池，你的工作比司马更重要！”

这话说出来，出乎所有人的意料。祭公先是一愣，然后才缓过神来，看着周王宫涅半晌不回话，他看了一眼虢石父。虢石父微微颔首，他这才上前一步拜谒道：“是！大王。”

“却不知道朝中司徒一职该由何人担任？”虢石父见状上前插话道。

“不是有位做过司徒的，主动请缨了吗？”周王宫湦一手撑着自己的头斜倚在椅榻上缓缓说道。虢石父将目光转向郑伯友，郑伯友也很惊讶：“微臣没有这个意思。”

“有没有这个意思，就这么安排吧。日后若有变化就再做定夺。为今之计，司马必须回来，所以祭公路上辛苦了，到了晋国传寡人的令，请晋伯调拨五十乘兵马相助。”周王宫湦派出去的差事可不是个轻松的活儿，祭公满面苦涩，笑得十分难看，还得忙不迭地点头称是。

郑伯友对周王宫湦的决定也感到惊讶，周王不是打算让自己同启之在今年朝岁之时在堂上四目相对，相互道贺吧？如今启之攻入郑国，郑伯友相信周王早就知道了，他心中也清楚启之做这个诸侯指日可待，他对周王宫湦的目的百思不得其解。朝中也无人敢向周王宫湦提起启之一事，都装作自己什么都不知道，眼观鼻，鼻观心。

郑伯友主动请缨，本是打算避开启之锋芒，此事却被周王宫湦驳回，整件事传到后宫，人人都在琢磨。

在别人眼中，周王宫湦能留郑伯友，是看褒姒的面。楚夫人以为周王是被褒姒迷昏了头，无论她再做什么，也丝毫不能再引起周王的注意。哪怕如今楚军兵临城下，她能退军，周王也绝不会来求她，楚夫人将自己的手攥得很紧，感到了褒姒非除不可。她在大殿中踱步，忽然叫了下人来，差这人去给郑伯友送一封信，就说褒姒请他入宫，有要事相商。

楚夫人以为郑伯友入了宫和褒姒相见必会颠鸾倒凤，忘乎所以，也就不会计较到底是何人将郑伯友召入宫中了。届时若能杀了褒姒再嫁祸给郑伯友，便是一举两得的妙计，若能借此再除掉郑国，楚国就又少了一个威胁。

从前殿下来，郑伯友的脑子里就很乱，他看不透周王宫湦的棋，揣测不透褒姒的用意。当日褒珦用褒家二十二颗人头保了褒姒一条命后，他就从掘突口中听闻褒姒的情绪一直不太好，其实郑伯友想看看她，可心头总觉得像是在和谁置气，不愿入宫。

郑伯友在大堂中踱步，大夫人便走进来将手中的水放在桌上，看着自己的夫君问道：“怎么了？今日从朝中回来，你便一言不发，去晋北一事定了吗？”

“大王封了我做司徒。”

“什么？”大夫人惊诧地叫了一声，对此事也想不透，“大王为何这么做？那日褒后托秀秀给你传的那话又是什么意思？”

“不知道。”郑伯友摆了摆手，他不想和自己的夫人探讨这些问题。

“褒后这个人不简单，只怕是……”

“够了！”郑伯友揉了揉自己的太阳穴，从今日早朝自己的奏书被驳了回来，又被任命为司徒一职后，他就被一种愧疚感包围，这会儿正在反省自己是不是因为廿七而在莫名其妙地迁怒褒姒？若是……她就太冤枉了。郑伯友对自己的夫人说了句，“你先下去吧，我想一个人静一静！”

大夫人叹了口气，迈步从这屋子里走了出去，走到门口又停了下来，转过身又朝着郑伯友走了回来：“你可知当日我嫁给你有多欢喜？”

郑伯友看着自己的夫人，满目不解。

“你的名号传颂于诸侯，他们说你性情儒雅、聪慧过人、谦谦君子、温润如玉。我心想能嫁给这样的男人，是我几世修来的福分！大婚之后，你待我以礼，你我相敬如宾，我便觉得天底下我该是最幸福的女人了！那时候的你，眼中仿佛只有我一人，我生下掘突，你待我更加温柔，我有时发脾气、耍性子，你都能包容。掘突渐渐长大，可是你……却送郑夫人入京，一去不回。

“本来也没什么，你对我毕竟还是一心一意，有人劝你在京中纳妾，你却将这提议拒绝了。我怕你一个人在京中苦闷，便在家中寻了人，给你送去，你将人又原封不动地还了回来，我心中不知有多欢喜。”大夫人的眼中满是哀伤和痛楚，回想起郑伯友曾经待自己的心意，再看着面前这个陌生的男人，免不了惆怅唏嘘。

“对不起……”郑伯友沉默良久，也只是说了这三个字而已。

“对不起？”大夫人冷笑一声，“说对不起又有何用？我本以为你曾经爱我，如今心思虽然在别人身上，可假以时日，我们朝夕相对，你还是会想起当日之情。可到头来，我才发现你当年之所以如此对我，是因为你守的是你心中的礼，却不爱我，那时的你不知道爱是什么。如今你遇到了那个令你魂牵梦萦的人，你的一颗心就再也不会回来了！我明知如此，却不动声色，只是不想看着你这样下去。你从京城回来为娘守丧，我便知道你心中有了人，当日大王赐婚，你带廿七回来，我以为你的心上人是廿七……可时日长了又觉得不像。起初还不知道是谁，直到秦伯围攻镐京城的时候，你乱了方寸，不远万里从郑国到镐京，整个人像疯了一样，我才知道，你的心上人……竟是褒后！”她说着眼泪掉落在地，滴在这屋子的地上。

“你太狠心了！”大夫人捶打着郑伯友的胸口说道，“为了她你就扔下郑家不管不顾，看着你出门我才终于知道，我是输了，输得一败涂地！你若救了褒后，与她私奔，我心里还能够好受些，可结果呢？她为大王所救，大王为她不惜杀了嬴德，废了申后，你根本什么都做不了，不是吗？

“明知是这个结局，为什么还要将一颗心都放在那个女人的身上？若非如此……廿七怎么会变了心去投奔二弟，又怎么会将你逼得如此狼狈？”大夫人看着郑伯友质问道。郑伯友也看着自己的夫人，只要回想起当日镐京城被围困，他在这城中与褒姒相守的短短数日，心痛就难以言喻。他摸着自己的心口，想起那段静谧的时光，这对他来说是一世难忘的情愫。

“你醒醒吧，”大夫人说道，“她有大王护着，你什么都做不了！”

“郑伯，夫人……”门外下人忽然进来，看见老爷和夫人正在聊什么事情，立刻尴尬地低下头。大夫人也显得有些尴尬，将眼角的泪水拭擦干净，然后转过身去，不再出声。

“怎么了？”郑伯友问道。

“刚才宫里来了人，说是褒后请郑伯去一趟东宫，有要事相商。”下人这话猛地揪着郑伯友的心，刚才大夫人那番言辞恳切而激荡心扉的话，霎时间就被他抛诸脑后了，他立刻应声道：“我这就去！”

“郑伯……”大夫人喊了一声，没能拦住急匆匆出门的郑伯友，明明已经拒绝了那么多次，还是抵不过心头的思念。大夫人不住地摇头，心中的难过溢满了胸口和心扉。

朝谒散去，不见周王宫湦折回东宫，褒姒与卫夫人商议了祭祀之事，又去念儿书房中走了一圈。及地的裙摆拖曳，看着教书先生教念儿读书识字，书上写的都是些文臣谋士对天下韬略的感悟。念儿时时发问，问题既刁钻又刻薄，问得先生无言以对，褒姒轻声呵斥：“伯服！不要为难先生！”

“褒后，”听见了褒姒的声音，先生向褒姒拜谒道，满面绯红，“在下才疏学浅，只怕是……”

“先生客气了，伯服提出的问题不过是同先生站在了不同的立场，看问题的方法和角度自然也会有所不同。同一个问题，一百个人来看，总归是有一百种方法处理，虽然解决起来只能用其中的一种，却未必就能证明另外九十九种不行。伯服有他的设想，先生也有自己的设想，说不上谁对谁错，可多了解一些别人的看法，总归是好的！”

“娘！”念儿站起身扭过头看着褒姒，褒姒冲念儿点了点头，念儿便咧嘴一笑，露出了一口白牙，“念儿没有为难先生！”

“是在下愚见……在下愚见！”先生擦了擦额头的汗水。

“先生讲得很好。”褒姒正要开口再嘱咐些什么，背后就传来了脚步声。念儿伸长脖子看着褒姒身后的人，又收回目光说了句：“秀秀来了！”

褒姒点点头，转过身去，秀秀说：“郑伯来了！”

“什么？”褒姒的眉头微攒，“有说什么事吗？”

秀秀看了看念儿和先生摇了摇头，褒姒立刻会意，转身同先生和念儿告辞，才带着秀秀往大殿的方向走，路上问秀秀：“郑伯忽然前来是为了什么事情？先前三催四请都不肯来，如今是为何？”

秀秀摇了摇头：“今日一早大王封了他做司徒，将祭公差去了晋北，兴许是因为这事吧。”

褒姒也有些不太明白周王宫涅为什么会这么做，她微微颔首，朝前殿走去。郑伯友正背着手站在大殿中央，已经过了午时，太阳开始西沉，阳光斜斜地洒入大殿，将郑伯友的身影拉得很长。他听见屋子里传来的脚步声，立刻躬身作揖道：“参见褒后。”

“郑伯不必多礼，”褒姒朝着郑伯友的方向走过去，“先前三催四请叫郑伯来，郑伯始终不愿，今日倒是来了！”

“先前褒后要在东宫设宴，商议掘突婚事，在下以为掘突尚未返京，又恰逢内人患了风寒，出门多有不便倒在其次，主要怕传染给褒后！”郑伯友低头说道，不敢抬头去看褒姒。

“多日不见，郑伯的话说得越发体面了！”

“今日褒后再差人前来叫在下，若是不来，怕拂了褒后的意，日后在宫中走动多有不便！”郑伯友这话叫褒姒大吃一惊，她不解地问道：“你的意思是本宫叫你来的？”

“难道不是？”郑伯友这才抬起头看着褒姒，发现事情好像有些不对，“若非褒后叫在下前来……那是何人？”

“谁去的府上？”

“不知道，只是下人前来传话说是褒后要见在下。”

褒姒思前想后不得其解，怀疑此事是大王所为，便伸了伸手：“也无妨，既然来了，就坐一坐吧。”

“若是没什么重要的事情，在下就先告辞了！”郑伯友躬身说道，褒姒却像没听见这句似的，转身在桌案前坐了下来，“郑伯赶时间吗？若是家中还有急事儿，就先去吧！”

“倒也不是……”郑伯友闻言，只得在褒姒一侧的桌案前坐下，“只是在下贸然造访，唐突了褒后，落人话柄就不好了！”

“不算唐突。掘突少年英雄，如今这场婚事加上郑伯被任命为司徒，本宫请郑伯前来恭贺，也是应该的。”褒姒抬起头看着秀秀：“去膳房吩咐些膳食来。”

“是！”秀秀转身出门，吩咐下人去宣膳便不再回大殿了。大殿内除他们二人外空无一人，郑伯友紧张的情绪渐渐放松了下来：“多谢褒后盛情！”

“廿七的事情，是我对不住你，当日将廿七嫁入郑家，我也没想到事情会发展到这个地步。”

“当初将廿七嫁入郑家，不就是为了他日找到她的如意郎君，我拱手相送吗？”郑伯友的口气微微有些生气，但他自己却没发觉。褒姒怔了怔，知道这件事是她理亏，只得岔开了话题：“启之的大军到哪儿了？”

“他没有和你说？”

“他知道？”

“他是一国之君，什么能瞒得住他？晋殇叔找了数十年的姬仇，寻不见踪影，他带你去了一趟晋国，晋国就换了主。天下一事他真是了如指掌，稳操胜券……”郑伯友冷哼一声，然后觉得这脾气发得有些没有道理，这才换上了柔和的声调，“交出郑国我认了，我不想和启之大动干戈，手足相残……更何况，若真的开战，受苦的也是百姓而已，我只得将郑国拱手相让了！”

“到国都了？”

“还没进城，应该是害怕我留下的人会奋力一击吧？”郑伯友苦笑道，这个弟弟真是太不了解自己了，一路上都给他放行了，怎么可能把他卡在夺嫡之路的最后一道关卡呢？

“本宫曾为此事同大王打赌，启之大军入郑，必定是不费一兵一卒……”褒姒叹了口气，“本宫多希望这赌局是我输。”

“褒后在乎吗？”郑伯友心中充满了期待，期待褒姒的答案。

褒姒看着面前的郑伯友，知道自己又说错话了，她几乎忘了他们二人是不能再当作朋友来相处的。可话一出口也无可奈何，只得无奈地叹了口气：“启之不费吹灰之力将郑国拿到手，廿七功不可没，此事是本宫的不是！”

“果然如此！”郑伯友冷笑一声，“你从来都是图你自己一人的感受！”

他说这话时觉得心如坠深渊之中，寒窟之底，“如果你只想图一个心里舒坦，那么我可以告诉你，我之所以放弃，不是因为任何人，是因为和启之是兄弟！我们之间的夺嫡之争，和外人无关！”他说着拂袖站起，俯视着面前的褒姒，满面怒意。她又轻轻松松地激怒他了，他因为这种感觉而变得更加愤怒，从嘴里蹦出了四个字：“在下告辞！”说完就迈着大步出了东宫大殿。他自己都忘了，今日前来是想问褒姒自上次褒家变故之后，她是不是已经将这事儿放下了。

秀秀身后的下人们端着食盒尾随着秀秀朝着大殿走去，正巧撞上了这位匆匆离去的郑伯友，秀秀扭过头去叫道：“郑伯？”

郑伯友顿住了自己的步子，看着秀秀。

“怎么了？”秀秀看着满面怒意的郑伯有些不解，“郑伯要离席？”

“既然是一场误会，我还是走吧。”

“如今正值多事之秋，天下大战在即，世子掘突的婚事临近，郑伯今日又任职了宫中的司徒，日后走动自然会越发频繁，褒后该有不少事要同郑伯嘱托的，怎的就这么走了呢？”秀秀问道，企图将郑伯友挽留下来，郑伯友同褒姒之间的隔阂不除，对眼下的形势不利，尤其是郑伯友需要倚靠褒姒从这场夺嫡之乱中全身而退。

“无碍的！”郑伯友说道，“日后褒后想起，再吩咐便是了！”他说完转身，越走越远。秀秀无奈地在原地摇头，以为郑伯友是放下了，其实根本没有，与其说他在因为廿七而生自己的气，倒不如说是因为褒姒在生自己的气。

“娘娘，还端进去吗？”下人看着秀秀问道。秀秀看着远处的郑伯有些出神，半晌不说话，下人只得又叫了一声：“娘娘？”

“啊？”秀秀猛地回过头来看着说话的下人，“什么事儿？”

“还……端进去吗？”下人尴尬地看着手中的膳盒，秀秀点了点头：“先端进去吧！”说罢就朝着东宫大殿内走去。褒姒一人斜倚在椅榻上，撑着头看着东宫地面，听见有人进来，又坐直了身子。看着秀秀将膳盒放在自己面前，将内里的东西一一取出，然后摆满了桌案，褒姒看着秀秀说道：“陪我吃一会儿吧？”

“是！”秀秀小心翼翼地回答，坐在褒姒对面，“刚才正巧撞上郑伯。”

“又是一言不合，拂袖而去了！也不知他心中到底有没有君臣之礼。”

“他在褒后面前倒是任性，”秀秀掩了掩笑意，“只怕是没将您当作王后。”

“偏偏我又不能奈他何，只得如此了。只是不知道到底是何人从中作祟，将郑伯唤来东宫拜谒，又是所为何事？”

“会是大王吗？”

“先前我也觉得是大王，可细细想来，若真是大王，他没道理不和我说一声的。”褒姒看着廿七说道，“知道大王去了何处吗？”

“好像被楚夫人叫去了……”秀秀说道，“这半年来，楚夫人前前后后请了大王数十次了。如今楚国示好，周楚的关系有所缓和，大概是不想驳了楚夫人的面子，大王去西阳宫了。”

“西阳宫……”褒姒说这话的时候猛地顿住了，看着手中的膳盒，又抬起头看着秀秀。

秀秀觉得不解：“怎么了？”

褒姒摇了摇头，挥了挥手，叫屋子里的人都退了下去，而后对秀秀说：“拿银针来！”

“褒后怀疑……”秀秀看着面前的膳盒。

第五十八章

启之率兵临郑都，昔日情人做路人

秀秀听褒姒吩咐拿了银针过来，检查了所有的食材之后发现银针真的变黑了。褒姒举着银针，面色发白，她若稍微迟钝一些，今日就命丧东宫了。

“怎么会这样？”秀秀惊恐地问道，不知道该说些什么，“秀秀失察，望褒后责罚！”

“和你没有关系，她若要害我，想方设法也会乘虚而入。”

“褒后的意思是？”秀秀意味深长地问道。此事不必说出来，两人也知道此事是谁下的毒手，见褒姒点了点头，秀秀继续问下去，“要让大王知道吗？”

“如今楚国同大周的关系刚刚好转，若叫大王知道，他未必肯放过楚夫人，没有必要节外生枝了。”

“可若什么都不做，楚夫人一计不成再生一计，防不胜防啊！”秀秀的眉头紧锁，十分忧心。此事敌暗我明，秀秀只要失察一次，褒姒就会中毒身亡，她不敢赌。褒姒思忖之后，吩咐道：“明日朝谒之后，留楚夫人单独说话。”

“若褒后能说服楚夫人收手，那倒好说。可她入宫至今，您不同她计较，她可没少给咱们找事儿，何不趁此机会叫大王杀了她？”

“别给大王添事儿了，”褒姒拍了拍秀秀的胳膊，叫秀秀把银针和膳盒都收拾了下去。第二日朝谒之后，褒姒留下了楚夫人。秀秀将大殿上的人都支开了，只余下二人，褒姒用冰冷的眸子打量着楚夫人，缄默不言。

楚夫人有些心虚，开口问道："不知褒后留我所为何事？"

"知道大王为何从来不爱你吗？即便是你有为他粉身碎骨、出生入死的决心，甚至可以牺牲你所有的一切，他仍然不爱你，知道这是为什么吗？"

楚夫人的手攥在一起，褒姒上来就是一通教训，这叫任何人的心情都好不起来，楚夫人说："你不过是比我早认识他几年，比我美几分，不过是比我通情达理，可大王也会有厌弃的一日！"

"如今中原未定，你哥哥虎视眈眈，你借此想博大王向你低头！你以为他是这种人吗？你自以为和他出生入死，可你有真的了解过他吗？你不过就是从你的立场出发，认为你倾尽所有去爱他，他就该如此回报你。若他不允，你便不择手段地抢……这么对一个男人，只会将这个人越推越远。"褒姒说着这话，面无表情。

"褒后特意将我留下，就是为了教我？"

褒姒看着熊宁，眼中有一丝苦楚，她抬起手在熊宁的面上刮了一个耳光，眼中满含晶莹的泪珠，她瞪着熊宁的眼神熠熠生辉："非要让大王将江山拱手相送，非要让中原失和，让楚国乘虚而入，你才觉得对得起你自己吗？"

褒姒这一巴掌来得太过突然，熊宁始料未及，想不到褒姒竟敢这么对自己，她歇斯底里地嚷嚷道："你疯了？保郑伯，封他为司徒，乱了大王的局，你敢说不是为了一己私欲？是你搅乱了他心系的江山，我什么都没做，怎么就变成掣肘了？楚国发兵了吗？对秦国怎么样了吗？如今我哥哥早已修书大王，愿为大王效犬马之劳，你凭什么说我？"

褒姒深深地吸了口气，强迫自己冷静下来："大王若是知道你要杀本宫，你觉得他会怎么做？"

"我听不懂你在说什么！"熊宁扭过脸去，不看褒姒。

"大家都是明白人，不必我将话说得那么清楚！昨日请郑伯来，支开大王，在我的午膳中下了剧毒，此事若非楚夫人所为还能是谁？楚夫人要杀人，选些高明的法子，做得这么拙劣，就差昭告天下是你心怀不轨了！"

"褒后是觉得我在后宫挡了你的路，碍了你的眼，所以要诬赖我吗？那好啊，你去给大王说我要下毒害你，去啊！"熊宁最后两个字是喊出来的，音调冲出去都有些破音了。

褒姒却平静得令人害怕，淡淡地说道："莫说的确是你，即便不是，只要本宫开口，要你的命……易如反掌。"

熊宁抓着裙摆，恨恨地瞪着褒姒，她清楚褒姒说的是实话，她没有办法反驳。

褒姒说："此事我不会告诉大王，如果硬要对峙也不难，何人请的郑伯，何人接触过我的膳盒，一问便知。楚夫人若要杀人，还是费些心思吧。可本宫若想你死……大可以挑拨你和楚侯的关系，如今你嫁入宫中，真以为楚侯还会同往日般待你吗？我根本犯不着让大王费神！"

"你到底想做什么？"熊宁尖声问道，褒姒这话利刃般刮在熊宁的面颊上，让她疼得难以自已。熊宁知道褒姒说得不错，如今她倒被动了。

"乖乖待在后宫，不要妄动！"

"你为什么不干脆将这件事告诉他？"

"还嫌天下不够乱吗？"褒姒扔下这话就朝着寝宫走去，走得很慢，很沉重，叫人看着心头发紧。褒姒身上染着光晕，显得无比威严。熊宁则像是打了败仗的丧家之犬，几乎站立不住，如今她总算是知道比起褒姒，她有什么不足了！

便是再年轻十年二十年，她也绝不会有褒姒的气度；便是再老十年二十年，她也绝不会有褒姒的从容。熊宁慢慢地蹲下，眼泪一滴一滴地砸在地上，晕染开来，变成了一团团泪花，这是一种无奈，更是对命运的深感无力。以往熊宁觉得自己并不输给褒姒，可如今却意识到她和面前这个女人的差距，即便是褒姒失宠，周王宫涅也绝不可能会去爱她。熊宁咬住牙关，想起卫夫人先前告诉她的那些话，何不看着秀秀和褒姒自相残杀呢？她嘴角浮起了一丝冷笑，她就再等等，总会等到一个最合适的时机将褒姒除掉——从周王的心中。

公子启之夺城那日，天狗食日。郑伯友看着漆黑的天色，心中不安。如今天降异象，他觉得会出大事儿，思前想后，他将家中大小事务吩咐给了自己的夫人，便带了些随从启程回郑，他无论如何都要去看一看。

郑国国都外，一支大军蛰伏。启之看着已经变得漆黑的太阳，觉得这光线比平日还要刺眼，他不敢多瞧便迅速低下头去，思忖了片刻，对身边的将军说道："攻城！"

"什么？"将军有些不解。

"攻城！"启之又说了一遍，朝军帐走去，擂响了战鼓，吹响了号角，身旁的将军急匆匆地问："现在攻城？时机合适吗？"

"合适！"启之板着脸命令道。

"可天狗正在食日，不妨等百姓将天狗赶走了……"

"那就不合适了，正好此刻人心惶惶……"启之说话时眼神凌厉，像是一把利剑，攻无不克。将军被启之的气势所慑，跑到军中调集了三路兵马，由启之带头，挥师入城，“我们苦战一年，为的就是今日得胜而还，绝不能让这些竖人贼子在城中坐享我们用性命换来的成果，给我拿下郑国！”

“拿下郑国！”士卒喊道，声音此起彼伏。从去年前往北狄以来，这些士卒杀红了眼，几乎忘了自己也是郑国人，从北狄一路掠过，各个城池的缴械投降叫这些人的欲望膨胀，强取豪夺。

“出发！”启之向前挥剑，身后的鼓响声震天，响彻云霄。大军开赴，到了城门之下，三次擂鼓，三吹号角，启之在城外叫阵，若能开门放行，他绝不动城中之人分毫。

可若不然，他攻入城中，难免伤及无辜。朝中郑国旧臣，一律处死。城中百姓们乱作一团，纷纷议论，忘了自己正在赶食日的天狗，各自跑回了家中。一时间街道无比空旷，一眼望得到尽头，秋风扫过，地面上的落叶在随风起舞，街道上的黄沙肆虐，让人看不清面前的道路。

一支队伍渐渐从街尾出现，起初只是个轮廓，他们迈着整齐的步子朝城门的方向走去。走在最前面的是郑国朝中上卿，他神情肃穆，衣冠整齐，端着一个托盘，一步步地朝前走着。天色还十分昏黄，太阳还没有露出光华，道路两旁的人都趴在窗户上看着窗外的街道。这位上卿身后跟着众多朝中大夫，除此以外一位士卒都没有。

上卿捧的是郑伯春日祭祀时穿的衣冠。

屋里的百姓瞧得真切，纷纷跑出了家门，跟在了队伍的末尾。

人们起先只是好奇，最后却和这座城融为一体，和郑伯共存亡。人们像是在守护自己最重要的东西，表情凝重，让人心生敬意。

人群的脚步声发出的闷响，在空旷的城中来回激荡。黑色的天，黄色的城……密密麻麻的百姓聚在街上，浩浩荡荡。

启之在城外叫阵，不足一炷香的时间，守城的士兵就不见了踪影。将军上前说道：“公子，此事怕是有诈！”

“能有什么诈？论用兵打仗，这城中还没有我的对手！”

“只怕……”将军皱着眉头，想要反驳，又知道他不喜欢，犹犹豫豫地不知该不该说。启之瞪了这将军一眼：“长别人威风、灭自己志气的话，就不必说了！”

“是！”将军闭上了嘴。

“再过一炷香，攻城！”启之下令道，“此城有东西南北四个城门，一路攻东面的城门；一路攻西面城门；余下中军，听我号令，从北面攻入！”

“还有一侧！”将军提醒道。

“就留给城中百姓逃命吧！”启之负气地说道，拿出麻布准备擦拭手中的青铜长剑，笨重的长剑看起来威力不小，在启之手中更是所向披靡。城外压境的大军格外安静，人人都知道这场仗是和自己人对决，你杀的每一个人，都可能是你所熟知所深交的至亲、挚友……没有人的心不沉重，没有人的呼吸不急促，有几个人偷偷地瞟着太阳，等着重见天日。

“轰……”一声巨响，还不等启之下令攻城，城门就被缓缓拉开了。

城内露出的光华叫人觉得刺眼，远处黑压压的人群，从百官到百姓，鱼贯而出。这画面叫启之心头一震，看着带头那人：“师上卿？”

“师某见过二公子！”师上卿说道。

“什么意思？”启之警觉地问道，总觉得事情有些出乎意料。他看着师上卿手捧郑伯衣冠，心跳极快，连对阵沙场都没有此刻紧张。此时此刻，郑伯友虽不在，可是他却正在和自己较量。

这种感觉叫启之颇为烦躁。

“老夫出城是迎接二公子的，二公子自北狄战胜归来，是国中一等一的大将，是我郑国之福！”师上卿缓缓说道，语气之重，重到启之坚实的身躯也扛不住这样的褒奖。

启之沉声道：“我此番回来，不是要你奉承的！”

“老夫代表郑伯迎接二公子，郑伯临走时曾留下话，若二公子得胜而还，我等倾城相迎，如今到这个时候了！”

启之攥着手中长剑，拿出郑伯印鉴：“你可知拿着此物代表什么？”

“代表郑伯之位是二公子的！”

“你知道就好，我今日便要入城！”

“郑伯临走时吩咐，这城二公子什么时候想入，就什么时候入！郑伯之位，二公子什么时候想坐，就什么时候坐！在下将郑伯的衣冠献上，还请二公子坐上郑伯之位。”师上卿盯着地面，面色无悲无喜，却极为骇人。城外嘈杂的对峙在这一瞬又安静了下来，天狗食日的晦暗渐渐退去，太阳的光华重新洒入人间。

启之面色红得泛紫，他牙关紧咬，快啐出血来了。

师上卿低着头继续说道：“还请公子接过郑伯衣冠，如今郑国大印在公子手中，接过衣冠，从即日起，郑伯之位就由郑伯友传至公子启之！”

启之没有动，一双阴毒的眼睛盯着师上卿。启之所珍视、强抢的，是郑伯友弃之不要的，这种尴尬令人难堪至极。

“公子？”将军在启之的耳边小声问道，“你看这……”

“接下来！既然他不愿做，拱手相送，我便勉为其难！”启之的声音很大，在寂静的街道上肆无忌惮地传播。人们面上的表情十分平静，既不惊恐，也不慌张，就那么看着在城门外对峙的启之同郑国大小官员，像是在看一场和自己毫无干系的戏。

将军从师上卿手中接过那袍子，端在手里，这是当日分封时，宣王静赐的。衣服无比沉重，也无比华丽，这成了郑伯的象征，加上启之手中的印鉴和文书，郑伯之位实至名归，可他却一点都开心不起来。

这种感觉太令人恼火了。

师上卿让开了挡住的路，站在一旁：“郑伯请……”他的话音才落，余下的诸位也都避开，留出了宽阔的街道请启之过去。正在这寂静之中，不知道谁家的孩子喊了句：“郑伯哪儿去了？”

“闭嘴！”大人呵斥了一声。

“我喜欢郑伯……”小孩子呜呜咽咽地哭了出来，声响传遍了整条街、整座城。空气中凝结着哀伤的气氛，每个人的神情都无比肃穆，他们低着头不敢去瞧这位新主。那大人捂住孩子的嘴，启之的目光凌厉地扫射着那孩子，可很快又当作什么都没发生似的继续朝前走着。

郑国国都的大殿内，启之端坐在上，看着下面的满朝文武，一时间不知该说什么。他一向不觉得词穷，可这一刻，脑海中一片空白。他不开口，有人替他开口，师上卿拱手作揖，上前一步：“还请郑伯允许老夫辞官回乡！老夫年岁已高，无法胜任朝中职务！”

师上卿是郑国旧臣，启之瞧了他一眼，手一挥：“师上卿想走便走！”

“多谢郑伯！”师上卿稽首，起身走出门外。他脊背挺得笔直，目不斜视地朝着远方走去，渐渐消失在太阳的光晕之中。很快，第二个人朝前一步：“请郑伯允许在下辞官，家中父母年事已高，需要有人侍奉！”

启之疲惫地挥了挥手。

第三个人出列：“请郑伯允许在下辞官，家中妻子诞下孩儿，无人照料……”不等他的话说完，启之就大喝一声：“要滚都滚！”

鳞次栉比的士大夫消失不见，只余下启之的旧臣和新加封的几位，屋子里虽有人，可对启之来说却已经空了。

廿七是因为郑伯友不爱，他才能得到。

晋北是因为郑伯友不战，他才能得胜。

郑国是因为郑伯友不要，他才能夺嫡。

启之的成就，变成了郑伯友的施舍，这让他对郑伯友的一切都感到厌恶。将军站在大殿上启奏："他竟在这个地方摆了郑伯一道，明知两军叫阵，他无法战胜，才以退为进，奚落郑伯的！"

"当日我也曾打理过郑国事务，用了你们这班人，自我走后，你们可有辞官归隐的决心？"启之指着门外离去的人。他的问题问完，下面的人各自往后退了一步，缄默不语。

"你们稀罕自己的地位，哪有忠臣不事二主的决心？论待人接物，我不如哥哥……"启之说完长长地叹了口气，"该干什么就干什么去吧！"

"可……"将军还想再说些什么，启之却勃然大怒："都给我下去！"启之的声音如同雷霆之钧，吓得在场之人心中大骇，哆哆嗦嗦、颤颤巍巍地朝着门外走去。这场景和自己预期中太不同了，本该属于胜利的欢呼和酒宴没有了，取而代之的是无尽的痛苦与失落。

廿七随着最后一批大军入城，下人将她送到郑府门前。她抬起头看着这牌匾，心中沉得发紧，艰难地迈步朝里屋走去，如今良辰美景，却已沧海桑田。她的腿像是灌了铅，每走一步就像有把刀在心口割一次，痛不欲生。

廿七推开了自己的那间房，陈设还保留着她离开时的样子，桌上干干净净的。铜镜里是她的身影，她却再也看不见郑伯友出现在自己的身后，握住自己的肩膀了。一滴泪水蓦地掉落在桌上，她擦了擦眼泪，深深地吸了口气，咧出了笑意，想要强迫自己笑出来。

"不想笑就不要勉强！"启之靠在门框上冷冰冰地说道。

廿七心中一惊，转过身看着启之："郑伯？我只是想起了……"

启之没有让廿七把话说完，生硬而冰冷地问道："你跟在我身边的目的是什么？给我送文书、印鉴的目的是什么？是为了今日给我安一个窃国的名声吗？"

"你如此看我？"廿七一怔，盯着启之。

"难道我还要自欺欺人吗？是，我是得到了郑国，可你们却得到了全部的赞颂！你以为如此，我便能知难而退？我偏要做给你们看……"启之说完转身，越走越快，越想越恨，一脚踹开了郑伯的书房，差人将刚才殿上的大小官员全部叫到房中。

启之上任，烧了三把火，一是减免赋税，郑伯府自负盈亏；二是将原先郑伯友派系的官员重用，朝中不可怠慢；三是让郑伯之位名正言顺，启之修书一封送到镐京城，请周王宫湦为他加冕。自师上卿辞官之后，一直深居简出，启之听闻，便前往拜访，苦苦相劝，求他重返朝堂。启之动之以情，晓之以理，师上卿不舍得郑国百姓，终为启之诚意所打动，回到了朝中任职。此事令启之一派的人多有不解："郑伯起用师上卿，朝中官员多有不满。若他日再叫师上卿越俎代庖，郑伯之位坐着还有什么意义？"

"哼……"启之尖刻地冷哼了一声，"说你鼠目寸光，果不其然，三哥给我留下的烂摊子，是赌我收拾不了这残局，百姓民心所向，朝中官员忠贞不贰，就算不做郑伯了，他也要将自己的名声留在国中！"

"他的确是这等阴险狡诈之人！"

"那我就依法炮制，减免赋税，起用他的人，叫人看看我胸襟不输三哥。官员掉转舵头，百姓自然会跟风，过不了须臾就该给我大唱赞歌了！"启之笑道，满面不屑。如何将这些官员、百姓玩弄于股掌之中，是他从周王宫湦那里学到的本领。居于高位，就是登台唱戏，要演得好，人们才爱。

"话虽如此，可这么将师上卿拉入朝中，委以重任，我辈多有不服！只怕郑伯得了那位旧党的心，失了自己人！"

"你以为我真的会用这些人？"启之站起身，拍了拍这位大夫的肩膀，"我也不傻，这些人绝不会忠于我的！"

"那郑伯为何？"

"政策可以是好政策，可是师上卿提出的好政策，下面的人去执行，说不定就将这好政策给毁了！我减免赋税，下面的士大夫就要自谋营生，你觉得他们会怎么做？"启之不待对方答话，继续说道，"下面的人只得向百姓伸手，如此一来，不是叫百姓陷入水火了吗？这些事情，我怎么能叫你们去做呢？当然得由师上卿这帮人来做了！师上卿固然能提出些好计策，想要将这些好的计谋、好的方案给毁了，易如反掌。天长日久，百姓能记得住的是这位上卿如何不好，谁还记得三哥的好？"

"郑伯英明！"

"更何况，我使劲儿提拔师上卿，再打压其他旧部势力，他们很快会分化，还轮得到我做什么吗？"启之大笑，忽然听见了门外窸窸窣窣的动静，面色一凛，呵斥了一声，"谁？"他说着就朝门外冲过去，拉开门却看见廿七端着一碗汤站在他面前。

刚才他们的对话廿七全都听见了，心中冰冷冰冷的。她早就知道启之是个不把别人当人的男人，可她万万没想到，他对权势的渴望，是为了将这种凌驾于他人之上，操纵他人命运的欲望发挥到淋漓尽致。

这里只是个秀场。

“是我。”廿七迅速地冷静了下来，“我听说郑伯这几日过度操劳，担心您的身体受不住，便煲了汤，想送过来……”她的话还没有说完，启之就说道：“我不想看见你，不要在我面前出出入入！”

“汤留下吧？”

“滚！”启之使劲儿地推了一把廿七，廿七踉踉跄跄地退了两步，羹汤洒了一地。启之就差在她面上啐一口：“我怎么知道你会不会存心害我？我就不信你心里一点都没有三哥！”

“不信就不信吧！”廿七满面自嘲，站稳身体，转身走远了。这倔强的背影有些戳痛启之的心，站在屋子里的大夫看着这一幕，出言提醒道：“郑伯如今这么对她，就不怕她改日再反戈去帮司徒？”

“我哥也不蠢！”启之冷哼一声，一把将房门关上了。

“既然她没用了，不如……”大夫小声地在启之耳畔说道，“就将她给杀了，免除后患！”

“若廿七死在我手里，你就等着为我收尸吧！”启之瞪了一眼这大夫，“你别忘了她是褒后的人，如今褒后正愁没理由将我铲除，我再动她的人，只怕我怎么死的都不知道！”

“可不能就这么放着吧？”

“此事用得着你管吗？”启之不满地大喝了一声，“你还想管什么？是不是还想要我将她赐给你？”

“在下不是这个意思，只是怕这女人会坏事儿！”

启之觉得心头烦躁，挥了挥手：“给我滚……以后少和我说这件事情！”

“是！”大夫撇了撇嘴，从屋内退了出来。

廿七回到房中，双手撑在桌案上，盯着桌面出神。自从启之得到郑伯之位后对她越发不信任了，如此下去，她就会变得没有意义了。廿七回过神，坐在桌案前，撕扯下一块白布，写了些字，而后将白布封在竹筒内，叫来了府中下人：“将这信送到郑伯手中，无论如何要看着他亲启才能走。”

“是。”下人应了声。

“麻烦你了！”廿七随手抓了支碧玉簪子递到下人手中，下人惶恐地收了簪子，出门朝启之书房猛跑。

廿七坐在桌案前，看着铜镜中的自己，自一年前拿着郑伯友的东西从这里离开，到今日返回，物是人非。她所熟悉的已经消失不见，换来的是一个冷冰冰的郑府。她对着镜子笑了，然后又哭了，抽泣声越来越大，最后趴在桌案上埋头使劲儿地哭。

拿着那信的下人跑到了启之的书房门外，恰逢有人端来启之午膳，那下人立刻截住了，将饭菜端过来，敲了敲书房的门。

“进！”启之的声音沙哑而低沉，坐在桌案前翻着竹简，心不在焉。刚才廿七离开时的神情刺痛了他的心，他不知道怎么了，在晋北的时候他是想要娶廿七的；可回到城中，他就后悔了，他不想见到任何和郑伯友有关的人、事、物。

启之如今将筹码都押在了周王身上，指望周王宫涅能支持他。尽管他曾经背叛过他，又擅自行事，对褒姒存有诸多恶意，可他仍相信自己和周王宫涅多年的交情，会让周王选择站在自己这一边。可启之却不知道自己送往京城中的那封信，周王扫了一眼就扔在了一隅。

下人进来，启之说道：“放下吧！”

“是！”下人将手中的膳盒放在桌上，将菜肴摆好，侍立一旁。

“下去吧！”

下人动了动脚，赶紧从怀中将那封被封好的信拿了出来：“这是夫人叫我交给老爷的。”

“夫人？”启之盯着下人问道。

“哦……”下人这才觉得说错话了，赶紧捂嘴，“是廿七姑娘。”

“是什么？”

“不知道，只说叫我交给老爷，别的话就没再说了，请老爷务必亲启。”启之这才细细打量了面前这下人一遍：“你是照顾她的人吧？”

“是！”

启之颔首：“照顾好她，信我先收下了！”

“请郑伯务必……”下人还想再说些什么，话一出口就被呵斥住：“够了，我怎么做事还要你来管？”

下人赶紧低下头：“奴婢错了，奴婢这就回去！”她说完低头转身朝着门外走，快步回到廿七的厢房。启之瞧了瞧这竹筒，几步路的事情，她想要说什么需要用这种形式？“故弄玄虚！”他说完将竹筒扔在桌上，看着手中奏折，可心里更乱了。

过了须臾，启之决定吃些东西，他去拿饭的手碰到了竹筒，心中一动，说服了自己，就当是小憩，还是看一看写了什么吧。这是廿七留给他的信，信中所言多是对不起郑伯友之语，当日留在这大宅之中却得不到一人之心，备受折磨而感到孤独无助，这个时候出现的启之对她来说像是一盏明灯，一根救命的绳索。她自小只是褒家豢养的下人，从没有人真正顾及她的感受，她随波逐流，阴差阳错地来到了郑府。

当日启之说要娶自己，廿七从未将此事放在心上，她是个下人，又是残花败柳，不配留在他身边。郑伯友说要去镐京，她便想着要帮启之，才带了文书逃走，千里迢迢，艰难险阻，从这里一路到了晋北。

廿七说，她明知道自己错了，却还要做。人生在世，并非受无可奈何所驱使，都是自己造的孽。如今启之夺得了郑国，廿七从未想过要他记住她的付出，相反，她宁可他忘了。可心中难免还有奢望，她期待与他大婚，期待举案齐眉。可这终究只是个奢望，如今这梦幻的泡泡总算是被启之戳破了，她又跌回了现实。

廿七说，请启之明白，她是爱他的。

如今既然坐上了郑伯之位，该娶一个门当户对的回来了，否则这位置终难长久。这原本是廿七的想法，被他一次次反驳，才叫她以为自己终于可以高攀，从一个下人成了一家主母。

如今又回到现实，她能够接受这个结果。当日背叛郑伯友之时，她就从未期待过自己还能有什么好的结果。如今她在这郑府之中，是碍眼了，是他的绊脚石了，她不想这样，与其两看生厌，倒不如就此别过，给彼此留一个念想。

信合上之后，启之陡然一惊，廿七信中之意是她已经决定离开，不再逗留。他先是冷哼一声：“走就走嘛……有本事别弄这些幺蛾子，我还能记着点你的好，写封信来，不就是为了叫我留你吗？我偏不！”

启之说完话，吃了两口菜，食之无味。先前在军中是廿七照顾他的起居饮食，井井有条，每顿饭菜必定荤素搭配得当，口感极佳。眼下这条件好了，可再看看桌上的东西，真是倒胃口！

启之想起了刚才廿七端来汤羹请他用的那一幕，他将廿七推了出去，汤羹洒了一地，好像还洒到了她身上，也不知道到底烫到她了没有。启之坐立不安，他猛地站起身：“就去看看她到底要闹什么，若是做场戏给我看，我不理她便是……”他这么想着，起身朝门外走去，想起廿七的那张笑脸，像六月的阳光暖人心脾，他一刀刀地伤害她，到底是什么道理？

启之觉得心中猛然一痛，脚步也加快了不少，拼命朝着廿七房中走去。他不好意思跑起来，只得越走越快，脚下像是生了风。还未走到，下人就慌慌张张地从厢房里冲出来，撞了启之一个满怀，启之将面前的人扶稳了，才看清楚是刚才送信的下人：“怎么了？”

“老……老爷……”下人显得更加惊慌失措了。

“到底怎么了？”启之心头掠过了一个不好的想法，廿七说要离开，她能去哪儿？她为了帮他，背叛的不只是郑伯友，还有褒姒。褒姒若寻到廿七，对付她的手腕何止千万……这点廿七必定清楚，所以天大地大，没有能容下她的地方，她能走到哪里去？只能去阴曹地府，在奈何桥上等他多年了。

这个想法掠过，启之一把将面前的下人推开，下人踉踉跄跄地跌倒在地，眼中含着泪花看着启之的背影，口中喃喃道：“是我不好……我没看好夫人！”她絮絮叨叨的话再也进不了启之耳中，他已奔到房门口，看见横梁上一根白绫，廿七悬于屋子的中央。她慢慢地摇晃，面色苍白，表情平和，再无一丝狰狞。

“廿七！”启之大喝一声，声音响彻云霄。

“廿七，你不能死！”启之说着就将廿七从白绫上抱了下来，将她抱在怀中，歇斯底里地喊，“你不能死！我答应过要娶你，就一定会娶！我一生纵横沙场，从未食言！你不能叫我背上背信弃义的骂名，你给我醒过来，你给我醒过来！”他不停地喊着、叫着，不知道廿七在那条白绫上吊了多久，更不知道她上去的那一瞬有多绝望。

这就是廿七吗？

宁为玉碎，不为瓦全。

第五十九章

廿七以死明忠贞，郑伯失爱察真情

不足月余，郑国国都一片喜气洋洋，大红灯笼挂满了整条街道，人人面上带笑。当日启之攻下都城，人人自危，可刚坐上了郑伯之位的启之非但没有对百姓痛下杀手，反而减免了赋税，百姓们便爱戴这位新的郑伯。如今郑府大喜，整个城也跟着在欢庆。

郑伯友与随行侍卫悄无声息地回到郑国，随从本以为郑国必是一片萧索，却不想这么热闹，惊诧地问：“什么情况？”

“去问问！”郑伯友压低了帽檐，牵着马缓步朝前，连店都不敢住，只打算趁着夜色前往郑府看一眼。那随从拦住路人，问询一二，路人笑着说：“两位是从外地来的吧？”

“是是是……今日途经郑国，不知有什么喜事儿，这么热闹？”

“你有所不知，郑伯今日大婚，我们正庆祝呢！”

“大婚？”随从脱口而出，再看了眼郑伯友的神情，表情十分尴尬。

“是啊……晚上更热闹呢，您二位赶紧找店住下，晚上出来凑热闹。”路人说完朝远处走去，脚步轻快，神情兴奋。而郑伯友脸色却有些泛白，随从走回他身边，啐了一口：“真是人走茶凉，老爷您还在世呢……这些人就忘了二爷夺嫡一事。”

“算了！”郑伯友示意随从不必再说下去，“只要百姓能安居乐业，谁做郑伯又有什么关系？”

“二爷的大婚只怕是和……”随从不知道该怎么继续和郑伯友说下去。郑伯友苦涩地笑了：“当日褒后将廿七交到我手中，曾嘱咐过我，日后若有人对廿七真心爱慕，还请我为廿七做主，将她交到那男人手中。如今……我也算是不枉褒后所托。”

“二夫人心中是有老爷您的……”

“怎么，你觉得我放不下？”

“老爷您放不下的是褒后，所以才冷落了二夫人，她便去了二爷身边，也许如今她还记挂着您呢！”

“又有何用？”郑伯友牵着马继续朝前走，寻了一处没人的地将马拴起来。等天色黑沉，他路过郑府，看见张灯结彩，好不热闹，鞭炮声、宾客的庆贺声此起彼伏、不绝于耳。郑伯友在郑府门外站了许久，脑中一片空白。启之请了师上卿来主持婚事，他一露面，随从就说：“师上卿背叛得好快，枉费了老爷您的信任！”

“他原本就是为官之才，启之能用，我反而觉得欣慰！”

“这……”随从还想再说些什么，鞭炮声又响了，不远处一顶红轿子摇摇晃晃地抬了过来。启之人高马大地走在前面，春风得意，丝毫不见前些天的烦躁不安了。

新娘披着盖头从轿子中迈步而出，启之站在府门前得意地瞧着新娘。一旁的宾客奔走道贺，孩子们笑闹，大人们奉承，郑府锣鼓喧天。而对郑伯友来说，此刻却万籁俱寂，他什么都听不到，只能看见这一片漆黑中的那一抹红，他的双眉紧缩，手紧紧地攥着，立在原地。

微风徐徐，撩起了新娘的红盖头，从飘浮的盖头之下看得见那苍白的容颜，是他熟悉而又无法忘怀的女人。廿七的明眸皓齿就像那日她嫁给他的时候，这么多年她一点变化都没有。他以为自己已经不记得廿七出嫁时的模样了，可如今瞧着才发现他一点都没忘，甚至记得那晚喝醉之后，廿七在他耳畔的低语，这叫他越发感到痛苦。

“郑伯？”随从叫道。

“嗯？”郑伯友猛地回过神。

“咱们还是走吧？”随从劝慰道。

“嗯……”郑伯友转过身缓步朝前挪动，他之所以在这里停留，只是觉得有些事情还放不下，如今见到廿七也该觉得自己的担心只是多余的。郑伯友的嘴角浮起一丝苦涩的微笑，这笑容久久不去，这苦涩的味道也久久吞咽不下。

廿七的盖头被大风撩起，她下意识地扭了头，看到了郑伯友单薄的背影。她的手蓦地一抽，眉头紧锁，眼中含泪，她深吸了口气，咽了口唾沫。大风散去，盖头又沉下来，挡住了满面愁容的廿七，谁也看不出这位新娘今天的异常。

郑伯友走了几步，停下脚步，转过头去又看了一眼廿七。他已经什么都瞧不见了，他兀自笑了，不知道自己还在期待什么。

大喜的郑府门庭若市，宾客来来往往，贺礼堆积如山。门庭内外人声鼎沸，前来道喜的人久久也没散去，而后院之中却安静异常。郑伯友蹑手蹑脚地从后墙跳了进来，心里打着小鼓，他不知道自己来干什么，只能劝慰自己既然来了，看一看也好。他当日不顾一切地回到郑国，就是放不下廿七，如今既然已经见到她了，看到她得到了幸福，他还有什么理由不走呢？

不知不觉地，郑伯友走到了婚房外，他驻足停留，想进去却也知道自己不该再打扰廿七了，可他又不想就这么走了，不住地徘徊。前院的人声鼎沸渐渐小了下去，启之踉踉跄跄回到屋里，一把推开了婚房的门。

红色烛火映衬的厢房中，影影绰绰，廿七坐在床头十分安静，双手抓着裙摆。屋子里的气氛很平静，平静到能从启之的脚步声中听见他的不安。他在廿七面前走着，手中满是汗水，他咽了口唾沫，走到了廿七面前，蹲了下来抓住了她的双手放在自己的胸口，却忽然间不知该说什么。

和廿七的关系在那次廿七自尽未遂之后，就变得生硬而冰冷了。许久之后，启之才喃喃地说：“对不起。”

廿七摇了摇头，喜帕上金灿灿的穗子随着她的头一点点摆动。

“是我太急了，回到这之后就莫名其妙地急躁。”启之说着，廿七的手反过来握住了启之：“不要和他比，你们是不同的，有不同的风格。你若硬要学他，最后反而会输掉一切。”

“我至少……还赢了你！”启之笑了出来，站起身坐在廿七身旁。

“不管你怎么对我，我都不怪你。”廿七这话就像是被拨动的琴弦，声音激荡在启之心中。他一手掀掉了喜帕，廿七唇红齿白，妆容映衬着她雪白的肌肤，看起来宛若桃花。他俯下身，吻住了她。门外窥探着这一幕的郑伯友觉得心口无比疼痛，他捂着胸口，眉头紧锁，想要离开，可又做不到。

郑伯友像是被什么力量按在了原地，眼睛锁在廿七身上不愿挪开。看着启之亲吻她，抚摸她，他觉得这一刀刀是砍在自己心头，恨不得推开门就将廿七拉走。

可廿七也说了，她是心甘情愿的，他还能再做些什么呢？

郑伯友听见不远处传来了脚步声，他立刻朝后退了一步，躲在暗处。来的是喜娘，手中端着酒杯和一壶酒，敲了敲屋子的门。启之用极为不满的口吻问道：“谁？”

“是我。”喜娘说道，“老爷和夫人还差一步，才算礼成。”

启之不满自己和廿七的温存被人打断，可又不能全不在意这些事情。他站起身，廿七却拉了拉启之的袖子：“不想去就打发喜娘回去吧？”

“无碍的，不耽误事儿。”启之说着朝门外走去，拉开大门，看着喜娘，一手将酒拿了过来，一面招呼道，“行了，你回去吧。”他说完从身上拿了些钱币递给喜娘，喜娘欢欢喜喜地接下：“恭喜郑伯，贺喜郑伯。”

启之不耐烦地挥了挥手，喜娘转身告辞，走远了。启之进屋将酒倒在了酒杯中，拿到廿七面前，递给她一杯。他又在廿七身边坐下，伸手抚摸着廿七的面颊，她的肌肤光滑而细腻，有少女般的触感，他说：“少喝些？”

她说：“这酒得喝。”

启之看着廿七点点头，二人的手臂交织在一起，廿七将杯中酒水一饮而尽，看着启之的眼神有些迷离。启之看着廿七笑着，也将杯中的酒水一饮而尽：“从今往后你就是我的夫人了！”他看着廿七，却没有注意到廿七的面色越来越苍白，最后一口鲜血涌上来，喷在了启之身上。这场景叫启之一惊，站起身叫道：“廿七？”他这话说完，也觉得自己腹痛如绞，再看着手中酒杯，不可思议地问道，“酒里有毒？”

“对不起……”廿七神情痛苦，喃喃地重复着，“对不起……”

“为什么？为什么？”启之的声音中充斥着无尽的痛苦，将廿七从床上拉了起来，他揪住廿七的衣领，“我哪里对不起你，你要为他杀了我，给我解药……解药呢？”

“楚夫人的药，怎么会有解药？”廿七的笑容异常苍白。

“大王？”

“黄泉路上没有我相伴，你也孤独！”廿七说道。启之一个反手将廿七的脖颈扣住：“一定有解药，大王绝不可能叫你杀我，你不要骗我！解药快给我，否则我今天就将你掐死在这里！”

“横竖都是一死，我害怕什么？”廿七的表情平静，“大王说，要找个最合适的时机杀了你！我在等。”

“为什么？你下手的机会太多，为什么要挑这个时候！”

“因为他所有的东西你都已经得到了，你再也抢不走他更多的东西了，现在下手……才最安全，不会有人再图谋为你报仇，你的党羽都暴露在了光天化日之下，我杀了你，他来接手郑国这个烂摊子刚刚好……更重要的是，晋北之战，不能败！绝不能败！让你不打败仗，大王又不能给你任何许诺，唯有我这么做，你才能没有顾虑地放手一搏。大王将郑伯友调走，给你夺嫡的机会，就是因为他知道，你夺不走。”廿七虚弱地说道，这话却叫启之无比愤怒和绝望，这种背叛比他正在承受的痛苦还要难受一千倍。

“为什么要这么做？他根本不爱你，他的心中只有褒姒那个贱人！”启之歇斯底里地说道，手上也忽然之间没了轻重。

“褒后说……咳咳，”廿七挣扎着，咳嗽的时候只觉得喉咙之中满是血腥味，“若爱一个人，就不该期待回报，若期待回报，便不能称为爱了。褒老爷爱他的千金，不正是如此？以一个敌对者的姿态站在她的对面，在她濒死的时候成了唯一能救她命的人……咳咳……”廿七越来越虚弱，眼前几乎一片漆黑。她的这番话叫启之震惊，他怎么也想不到这个只是半大孩子的廿七，城府之深、心机之重，能瞒得过他，他居然蠢到对她深信不疑……此刻再后悔已经来不及了，如果真的是楚夫人的药，他很清楚，绝不可能还有解药。

廿七觉得自己快被人掐死了，可脖子上忽然一松，新鲜空气争先恐后地涌入。她朝后一退，跌坐在床，启之的身后多了一个人，郑伯友一剑贯穿他的前胸后背，他不可思议地转过身，还没看清后面的人是谁就倒了下去，鲜血满地。

“廿七，”郑伯友将手中的剑扔在地上，发出了“当啷”一声，他三步并作两步走向廿七，一手揽住廿七，将她抱在自己怀中，“为什么要这么做？为什么？”他的眼泪再也抑制不住了，一滴一滴地滴在了廿七的面颊上，廿七的嘴角泛着笑意：“能死在郑伯怀中是廿七一世修来的福分，廿七先走一步，郑伯保重。”

“为什么……”郑伯友痛苦地问道，将廿七紧紧地抱在怀中，脸紧紧地贴在她的脸上，“你到底要叫我亏欠你多少才够？”他说完就猛地起身，将廿七抱了起来，“我带你去看郎中，一定能解的，这毒一定能解的！”

“别白费力气了，”廿七拉了拉郑伯友，“廿七从你手里拿走的郑国，如今总算是还给你了，若是不能，还不知要亏欠你到什么时候！”

“你到底欠我什么？是我欠你的，为什么连一个还的机会都不给我？”郑伯友歇斯底里地吼道，声音低沉而沙哑，看着自己怀中的廿七气息越来越弱，面色越来越苍白。可她的神情却静谧得很，嘴角还泛着笑，用很平静很轻的声音说：“替廿七和褒后说，廿七从未做过对不起她的事情。”

郑伯友皱着眉头沉重地点着头，眼中的泪水一滴一滴地往下流，滴在了廿七的面上。廿七看着郑伯友笑得很灿烂，她说：“廿七这一生从未后悔嫁给郑伯，如今在垂死之时能再见郑伯一面，是上天怜我。”

“别离开我……”郑伯友费了很大的力气才将这话说了出来，捧着廿七的脸。他宽大的手掌上残存的温度沁入了廿七的肌肤，温热的感觉传到廿七心中，让她此刻的笑意看来特别甜：“郑伯，廿七跟在你的身边多年，你对廿七，不是爱……是习惯、是亏欠，不要把这种感情错当成爱，拿来折磨自己。”她说罢想要伸手摸一摸郑伯友的面颊，可她已经没了力气，手伸到半空轰然垂了下来，缓缓地合上了眼，也停止了呼吸。

“廿七……”

这一夜对郑伯友来说是个悲凉的夜晚，一夜间他失去了两个最重要的人，为的就是这个郑伯之位。他紧紧地将廿七抱在怀中，几乎要将她嵌入体内。

这场婚事，这场喜事；这场丧事，这场白事。

消息传到镐京城，郑伯友暂时不能为掘突主持婚事了，他得留在郑国处理这偌大的烂摊子。此事令刚刚回来的掘突松了一口气，向周王请求回郑国帮父亲打理此事。周王宫涅在朝堂上挥了挥手，这么大的事情，他不能不让掘突去。大殿上蓦地沉重了起来，流淌着一股浓墨重彩的悲伤。

别人只道是廿七死得悲壮，可周王宫涅的心里却清楚，廿七的死是他设计的，廿七是被他一步步推向悬崖的。如今虽换来了赢面，却令他眉头紧锁，心中不安。当年褒姒失去父亲的伤痛就没有痊愈，她始终未曾哭过，可也鲜少再笑了，如今加上廿七的死，周王宫涅觉得褒姒无法承受这巨大的变故。

这几日，褒姒总是不经意间地想起廿七，想起她的一颦一笑，想起她的天真烂漫，想起自己重病不愈时，她去求大王来琼台殿的拼命……她坐在东宫大殿，手指轻触琴弦，许久也没拨弄出一个音符，只是那么呆愣愣地坐着，她最近觉得眼皮跳得厉害，可又不知道发生了什么事。

“在想什么？”周王宫涅的声音忽然传来，吓了褒姒一跳，她猛地回过神去看着周王：“大王什么时候回来的？”

“刚刚进来，想什么呢？”

“廿七……”褒姒如实相告，周王宫涅陡然一惊，表情也有些僵硬。他很快回过神来瞧着褒姒，手指轻轻地掠过她的头发，乌黑的发丝从指间滑过。褒姒转过身仰头看着周王，并没注意到他那一瞬的难堪，而是继续说着，“前些天，我梦见廿七来看我了。”

“说了什么？”周王宫湦的手僵住了。

“不记得了，梦醒了之后就记不住梦里的事情了，好像说了很多，大概是叫我不要怪她。”

“怎么不和寡人说这件事？”周王宫湦的胳膊揽住了褒姒的肩膀，下巴抵在了她的肩上。褒姒叹了口气：“我从来没有怪过她……”她说完神色中透着一股忧伤，却又不愿将这模样表现得太过明显。

周王宫湦想将此事告诉褒姒，可话到嘴边不知道该怎么说。这件事情整个朝堂都知道，传到褒姒耳中只是迟早的事情，他并非有意隐瞒，而是开不了口。那一日的晚些时候，周王宫湦前往显德殿处理些政务，秀秀从外面匆匆而返，瞧见大殿上的褒姒叫了她一声。

褒姒将目光从书卷上抬起，看着秀秀，等她继续说下去。

“褒后……”秀秀叫了一声，面有难色，嘴张了张又合上了。这样犹豫不决的表情还是褒姒认识秀秀这么久以来第一次看见，她放下竹简，朝秀秀走去：“发生了什么事儿？”

“郑国生变，掘突婚事延后，他带着大夫人晚些时候就要回郑国去了。”秀秀转述今日前殿的事情，这话叫褒姒一愣，已经想明白发生了什么，她问道：“启之死了。”

秀秀点了点头。

“廿七呢？”褒姒又问道。刚才和周王提起廿七的时候，他看着自己的神情闪烁。将郑伯友留在京中，对启之的攻打又不作为，周王宫湦表现出的听之任之，如今看来才令人恍然大悟，他原来早就安排好了。

“也跟着启之去了……”秀秀艰难地说道。她知道早晨周王来过一次，没和褒姒说这些，可她也知道这事儿瞒不住褒姒，秀秀不希望褒姒最后是通过管不住嘴的下人得知此事的，所以打听了始末，将廿七如何在郑府中殒命的事向褒姒娓娓道来，最后补了一句，“还当是廿七背叛了郑伯，原来她对郑伯用情至深已经能牺牲到这个地步了。”说罢秀秀眨了眨眼，眼中泛着涟涟的泪水，也为廿七一生的跌宕与不幸感到叹息。

第六十章

见周王褒姒伤情，拒门外熊宁得宠

褒姒颓然地坐在东宫，没说一句话，也没掉一滴泪，她怔怔地看着远方，一连几日都是如此。那日周王道别后，在显德殿坐立不安，他知道事情瞒不住褒姒，也恨自己没能亲自告诉褒姒。对廿七的死，周王宫湦于心有愧，他以为廿七应该有数百种杀启之的方法，怎么也想不到她会用这么惨烈的一种，替郑伯友免除了一切后患。

周王宫湦不敢回宫，日日在显德殿留宿，他盼着褒姒能来叫他，可过了好几日，东宫都没有来人。周王宫湦又只好一个人悻悻地回了东宫，褒姒正在大殿上拨弄琴弦，乐曲声既缓又慢，宛若哀思不止。听见周王进来，褒姒没有动容，也没有停下手里的动作，仿佛这哀乐就是弹给周王听的，让他看看他到底做了什么！无论他们做什么，廿七是无辜的啊。

“寡人这几日不在，怎么也不去请寡人回来？”周王宫湦佯装什么事都没有发生，朝着褒姒的方向走去。褒姒没有停下手中的曲子，只是淡淡地说了句：“大王想回来的时候，自然就回来了。”

周王宫湦越走越近，离她越来越近。古琴上飘出的音符越来越乱，躁动不安，褒姒将这琴弦按住，站起身看着他。他走到近前，一把将她拉到面前，一手捏住她的下巴，盯着她漆黑的眸子。

褒姒想要避开周王宫湦的目光，神情闪躲。

“寡人不和你说，是因为寡人不知道怎么开口。”周王宫湦的语调深情款款，可褒姒的回答却十分冰冷，她转向他，也看着他：“是不知道怎么开口，还是不知道怎么解释？廿七之死大王早就知道，启之纵然有千般不是，也绝不想死得这么不明不白。若非因为你的纵容、你的怂恿，今日的悲剧根本不会发生，他与你情同兄弟，你尚且能下得去这个狠心，请君入瓮再赶尽杀绝，利用了他对廿七的一片真情，你今日如何待他，是不是日后便如何待我？”

“你就这么看我？”

“若非如此，大王可不可以告诉我，廿七是怎么死的？”褒姒的泪水从眼眶中溢了出来，滴在地上，像是断了线的珠子，她终于哭了出来，“大王能不能告诉臣妾，你到底是怎么杀死启之的，为什么廿七会背叛郑伯？为什么……”她说着说着就呜咽了起来，整个人不停地抽泣，耸动着自己的肩头。周王宫湦想要抱住褒姒，可是他却僵在那里，他其实可以解释，可他却开不了口，最后只能问褒姒一句：“你在怀疑寡人什么？”

“我不能怀疑大王什么！普天之下莫非王土，率土之滨莫非王臣……大王要我褒家上上下下数十条性命，褒家便给了；如今既然是为了要除启之，廿七区区一条性命又算什么？我只想问问大王，你可曾利用过廿七对我的主仆之情？”她问的声音很大，声调高得已经开始颤抖了。

“好！”周王宫湦点了点头，“你总算将心里话说出来了。当日你褒家数十条人命寡人保不住，你就已经心生责怪了吧？憋到今日才说，难为你了！你既然这么瞧不起寡人，这么不信任寡人，那就等郑伯友回来，你去问他！反正他说什么就是什么，要不要寡人成全你们，这后宫多一个人不多，少一个人也不少！”他扔下这话，甩了甩自己的袖子，转身朝门外疾步劲走，冲动压过理智，启之的死，没人比周王宫湦更感到难过。

周王宫湦就是不想自己动手，才借了别人的手；他就是想保住廿七，才用了那样的法子……可他太不了解廿七了，不知道她是一个宁为玉碎、不为瓦全的人。他将这么重要的事情交到一个看似软弱的女人手里，并没有像过去一样，自己手握利刃，穿越艰难险阻，去取别人的项上人头，就是因为他在赌。廿七若真的爱上启之，她也许不会下杀手，而是从中斡旋，让郑伯友和启之维持在某种微妙的平衡关系上。

若真如此，周王宫湦也认这结局。

如今这赌局他明明赢了，却怎么都高兴不起来。短短数日，周王宫湦就前往王陵数次，不是去看容妃就是去看郑夫人，常常坐在陵墓前发呆。若非帝王之身，怎么可能连手足之情都保不住？

周王宫涅其实很喜欢启之，他虽然张扬跋扈、目中无人，偏偏将这位大王放在心上，看作挚友。他行事从来毫无章法可言，对他而言却是一把利刃、一个帮手，他们曾经驰骋草原围猎凶猛的野兽，常常把酒言欢，畅言天下在握的快感……可如今，天下还是那个即将分崩离析的天下，兄弟却早已不是那个能坦诚心扉的兄弟了。

他们甚至拔刀相向。

启之为了除掉褒姒和郑伯友不惜联楚抗命，褒姒难道不知道自己这样做都是为了护着她吗？周王宫涅坐在郑夫人坟头前喝酒，酒从喉头流到胃里，说不出的苦涩和火辣。他咳嗽了两声，呛出的泪花让他的视野一片模糊，整个人昏昏沉沉的像是掉入了无底深渊，再也找不到那根救命的绳索了。

“大王？”一个女人的声音传了过来，周王宫涅眯着眼定睛良久才看清是熊宁，她蹲在他身边，从他手中拿过那壶酒，“他不会怪你的，就是在九泉之下，他也不会怪你的。”她的眼中也含着泪。

周王宫涅看着穿着白衣的熊宁，恍若隔世，难能可贵地用软和下来的语气问道：“你都知道了？”

“这么大的事。”熊宁叹了口气。

周王宫涅闭起眼睛，颤抖地吐了口气，口中的酒气吹拂到熊宁面上，口中淡淡地说道：“你回去吧，寡人想静一静。”

“我也曾在沙场上受他庇佑，如今大王悼念，臣妾也想聊表心意。当日大王从我手中拿走那毒药，原来是为了杀他？你做这些，是为了褒后？”

周王宫涅冷冽地看了一眼熊宁，熊宁心中一颤，可仍旧继续说了下去：“当日从东夷回来，本该加官晋爵，为他坐上郑伯之位清理障碍，大王却改变了心意，为了自己的王后而不肯履行对兄弟的承诺。启之自己去拿，以为大王从未变过，心总是向着他的，死的时候他一定十分震惊。可震惊过后，想想既然是大王要拿走自己的命，那就给了吧！”熊宁说着，眼泪从眼眶中流了出来，砸在地上，“启之这么做，无非就是想留在大王身边，想在大王危难之时伸手帮大王一把……我们这么做，明知道大王不会感恩，还是想做，这是天性使然。”

周王宫涅叹了口气，摸了摸熊宁的头发，他将她揽了过来。她有两年的时间和这两个男人在沙场上出生入死，刀光剑影，沙场上的颠沛流离与官场中的尔虞我诈有太多不同。熊宁怀念那段时光，她趴在周王肩上，环住他的脖颈，唇抵在他的耳后。周王宫湦没有拒绝——无心拒绝也无力拒绝，任凭熊宁轻轻地吮吸着他耳后的肌肤，在那里留下了一枚深红的印记。

“臣妾没有想到哥哥会与大周抗衡，当日你们同仇敌忾，我以为哥哥对大王是心悦诚服的。臣妾愿取他性命，为大周免除后患。”熊宁在周王宫湦的耳畔轻轻说道，她嫁入王廷，诚如褒姒所说，她永远不可能再以楚人的身份自居了。不除熊仪，她与周王之间始终隔了一个楚国，可熊宁不知道，她这话说出来令心硬如铁的周王宫湦感到震惊：“他毕竟是你哥哥，手足相残，日后你会怪寡人的。”

“臣妾只知道，入了这宫，我便是大王的女人！”

“此事没什么意义。”周王宫湦将熊宁推开。熊宁不再多言，复又趴在周王肩头，他一动不动，难能可贵地没有拒绝。

东宫中，熊宁身边的下人特意来道谢：“多谢褒后告知楚夫人大王的去向。”

“楚夫人客气了，”褒姒面无表情地说道，“她利用楚国将本宫胁迫到这个份儿上，本宫倒想问一句，她打算做到哪一步才收手？”她说的时候，牙关紧咬，心中的痛不比此刻的周王宫湦少分毫。

“取褒后而代之！”那下人凌厉地答道，“不过楚夫人说了，便是日后她做了后位，也可饶褒后不死，放您一条生路！”

“楚夫人真是客气！”褒姒恨恨地说道。这几日宫里宫外的人都找寻不到周王，熊宁便来问褒姒，她猜褒姒必定知道。褒姒思忖片刻，让熊宁去郑夫人或者容妃的墓前看看，这一探果不其然，连对周王宫湦安慰的那番话也是褒姒想出来的，熊宁只是代为转达。

在东宫中吵了一架，褒姒心中并不好受，也深知周王宫湦要杀启之的原因，当日是启之逼周王在先，她知道他仁至义尽。廿七之死褒姒虽然不知道其中原委，可事已至此，也无可奈何，凡事是廿七的选择，她知道廿七有多忠心护主。褒姒的话一刀刀割在周王心头，她有多伤人，她也是清楚的，只得寄希望于楚夫人身上，希望她能缓解周王宫湦心里的愁苦和痛。

熊宁的下人来道谢，其实是来奚落的，瞧着褒姒哀伤的眉眼，得意地说：“刚才楚夫人雪中送炭，大王不免心生怜惜，此刻在一起相互取暖，今日应该能得到大王宠幸，我便回来同褒后交代一声。”

“转告楚夫人，她得守得住这恩宠才好。”褒姒本来无意同一个下人一争长短，以为自己能以平常心看待周王宫湦同楚夫人的事，可这话说出来，还是叫褒姒怒从心生，“想要煨出一锅好汤，要文火慢炖。楚夫人这把烈火，就怕把锅烧干。不是本宫有意看楚夫人笑话，那么多前车之鉴，还请楚夫人当心！”褒姒说完转身，身上的裙摆甩开，仿若一朵洁白的莲花，“时辰不早了，回去的路上小心些。”

西阳宫的下人离开后，褒姒背对着东宫大门出神。听见身后的脚步声就缓缓地转过头，瞧见是秀秀，用询问的目光看着她。

“褒后心里不好受吧？”

“你都听见了？”

“褒后明明知道大王只在乎您一个人，何必还要激怒大王，又把楚夫人推过去？”

“如今楚国大敌当前，我不能当作什么都没看到。秦国一事，他已经将大王逼到了一隅，如今虽有意同大周修好，可楚侯想要的必定更多！我若得到大王却让他失了江山，大王将不再是大王，本宫也不会是褒后了。”

“秀秀不知眼下形势竟然紧张到如此地步了！”

“天下形势也没有一日缓和过。”褒姒兀自笑了，如今启之一死，中原无大将；晋伯更迭，北面动荡；秦国更迭，犬戎觊觎……看起来中原之势是稳定了，可其实更加危险，褒姒不得不替周王稳住楚夫人，“忍一时之气总好过失江山大势吧？”

“褒后真的这么想？”秀秀眼中含着笑意。

“怎么了？”褒姒扭过脸去不看秀秀。

“褒后刚才分明就是在吃醋，若非如此，何必说那些话和一个下人计较？”秀秀掩嘴笑了出来，“大王若瞧见这一幕，怕是比楚夫人说多少话安慰他都来得有效。褒后明知大王心思，却还是将他越推越远，两个人心里都煎熬着，又是何必？”

褒姒笑得惨淡：“我也常常不知道自己做得是对是错。”

“你们二人的心在一处，与其决裂，何不朝一个方向使劲儿？”

“若是二人齐心就能千军莫敌，大王也不会忍到今时今日。”

秀秀不得不承认周王的深谋远虑，也不再同褒姒辩驳下去，只是问了句：“就没一点办法对付楚夫人了吗？”

“等一个能名正言顺将她除掉的机会……”

“若等不来呢？”

“那就是说楚夫人的心向着大王，何必再除？”褒姒其实知道产生这样结果的可能性很大。自始至终，熊宁想要的只是自己的位置，她的狠辣和秦夫人相比，是不同的，她要的是一人心。

秀秀不再同褒姒辩驳，开口问道：“若明日传来消息，楚夫人侍寝了呢？”

褒姒觉得胸口一痛，身体弓在一起，一手撑在桌案上，低着头长长地舒了口气。她的面色苍白，神情严肃，秀秀赶紧闭上了嘴，摇了摇头：“秀秀瞎说的！秀秀是瞎说的！”

“无碍的，此事我做得出，就该承担这后果！”褒姒虚弱地说道，声音缥缈。

第二日，还真的从酉阳宫传来了楚夫人侍寝的消息，东宫朝谒也不见楚夫人身影，余下的嫔妃、女御窸窸窣窣地小声议论着，声音嘈杂，几乎盖过了褒姒的说话声。她重重拍了拍桌面：“讨论够了吗？还是需要本宫给你们些时间，叫你们好好讨论？”

卫夫人瞪了一眼自己宫里的女人，这一房先静了下来，她这才赔着笑脸：“瞧这些没规矩的，在这里大惊小怪！娘娘不要同她们置气。”

“祭祀的事都准备好了吗？”褒姒问道。

卫夫人咽了口唾沫，面色“唰”地沉了下去，悻悻地回答着褒姒的问话。整个朝谒都在一片凝重的气氛中进行，更有甚者，整个早朝都因为周王宫涅早晨不起而休了堂。

后宫盛传楚夫人侍寝一事，如今大王又废了一日早朝，人们的议论中充斥着诸多猜疑。

此事除却东宫的褒姒心中难过，比她更难堪的就是传闻中的女主角——熊宁。她的一番话说到了周王的心坎，对她的示好，周王宫涅也不再拒绝，她吻他，他没有闪躲，她以为这是一种默认，可当她想再进一步的时候，周王宫涅却蓦地起身：“寡人要回宫了！”

楚夫人满面通红，这话如同一记耳光扇在自己面上。她跟在周王身后，本该按捺住性子一言不发的，可偏偏没忍住，三步并作两步地追了上去：“大王就这么嫌弃臣妾，连碰都不愿碰一下吗？”

“你说到哪里去了？”

“难道不是吗？”熊宁拉住了周王宫涅的衣袖，“今日前来的若是褒后，大王会拒绝她吗？你能为她杀了你的兄弟手足，为了她得罪朝中百官……她呢？可曾有一点点领过大王的情？”

"不要再说了，不要拿你和她比！"

"我哪里不如她了？为大王出生入死，我可曾有一丝一毫的胆怯？我付出的不比她少，为什么大王却连正眼都不肯瞧我？"熊宁的声音中带着委屈的哭腔，向周王宫湦喋喋不休地抱怨，"你为她杀了启之，她却怪你害死了她的下人……"

周王宫湦猛地站住了，身后的熊宁没反应过来，还在继续朝前走，撞到了周王的背上。熊宁往后退了一步，抬头看着周王宫湦，他黑沉的表情中带着一丝怒火："你说什么？"

"我说的哪一句不是实话？"

"东宫的事情，你为什么这么清楚？"周王宫湦的声音加大了少许，而熊宁的面上却露出了惊恐之色，哆哆嗦嗦地说不出话来。周王宫湦掐住了熊宁的脖子，手上使了些力气，熊宁面色通红，猛烈地咳嗽起来，从喉咙里蹦出来的字句断断续续："大王，不要……不要……"

"说！"周王宫湦猛地一吼，熊宁浑身一个哆嗦，指了指自己的喉咙。

周王宫湦将熊宁一把推了出去，他的面色可怖，熊宁连看都不敢看他，将目光别向了一边："是褒后说的！"

"你到底拿什么威胁她？"

"大王就这么看我？"

"寡人差点忘了，你在军中一向与启之不和，几次因为你违反军纪他处罚过你。今日启之若是夺了郑伯之位，除掉褒后，他日……他就会要你的命！他一死，你高兴还来不及，还会心生悲戚？谁告诉你寡人在这里的？"

"没有！"熊宁干脆地说完就扭过脸不肯再看周王。

"没有？"周王宫湦重复了一遍，"寡人再问你一遍，你到底拿什么威胁她？"

"大王，褒后心中根本没有你，你不在镐京城，她同郑伯友同进同出；镐京城失陷，她与郑伯友私奔；最后发现自己逃不走，又不惜以性命救他；你纵容启之攻取郑国，她难道就没和你置气……大王？你扪心自问，把那个郑伯友换成你，几次生死存亡之际，她会如此待你吗？"

"别把全天下人都看得和你一般龌龊！"

"大王要赌吗？如今朝岁将至，郑伯友召回掘突，他必来镐京，而回京的第一件事一定是拜谒东宫，他与褒后会说些什么，大王不好奇吗？"

周王宫湦眯着狭长的眼睛打量着楚夫人，而后将楚夫人一把拽到面前，他拉着她大步地走。周王宫湦没有回东宫，而是径直去了西阳宫熊宁的寝宫，进了寝宫一把将门摔上，将楚夫人推到床榻上。他坐在床边，一脚踩在床沿上，冷冰冰地丢给熊宁一个字："叫！"

"什么？"

"叫！"周王宫湦又重复了一遍，这话叫熊宁的面色一阵青，一阵白。周王宫湦想要触怒褒姒，引她醋意丛生，却连对着自己演戏的心都不愿费，他根本不想碰她。熊宁紧紧地抿着唇，周王宫湦却用手中的尖刀抵着熊宁的肌肤，"寡人没叫你停之前，不准停！"

熊宁从未见过周王宫湦如此慑人的表情，脑海中一片空白。她深知周王宫湦的秉性，行为处事不计后果，此刻若将他得罪了只怕他真的会对自己痛下杀手，即便是知道杀了她会挑起两国战事，他也不会犹豫。

楚夫人叫了一声，嗓子有些发紧，调整了一番，又叫了一声。她脑子动得快，以为这呻吟声能引诱周王身上的兽性，一声赛一声地入戏，偏偏周王宫湦就像是一块石头，稳稳地坐在床榻一边，闭上眼就这么听着。

西阳宫中进进出出的下人不知道发生了什么事，只见周王宫湦急匆匆地将楚夫人领回寝宫，便以为两人正在行床笫之欢。第二日卯时也无人敢去叫醒熊宁和周王，只得将她侍寝、大王恋战的说法传了出去。这一日的东宫拜谒火药味掺杂，而早朝更是被取消了。

楚夫人在后宫得宠的消息越传越盛，所有人都以为褒后失宠，纷纷对楚侯与楚夫人摆出了一张趋炎附势的脸。这几日楚侯府上登门拜访的人络绎不绝，不停地有人询问楚侯何日入京。楚侯接到消息，早些入了京，随即前往宫中拜谒，又重提了归还城池和撤兵秦国的事情。

又过了几日，郑伯友回京，对他而言郑国是个伤心地，他不愿再去面对。廿七之死对他来说震撼太深，连他自己都不知道在不知不觉间已经对廿七有了如此深重的感情。对于廿七的事情，他必须对褒姒有个交代，再加上京中传言褒后失宠，郑伯友也有些担心。

郑伯友前脚去了东宫拜谒，后脚西阳宫的下人便来汇报："郑伯入京了！"

周王宫湦猛地睁开眼，吓了楚夫人一跳，赶紧催促地问道："然后呢？"

"去东宫……"下人的话都没说完，周王宫湦就从自己坐的地方站了起来，朝那下人走去。这说话的下人只觉得自己面上带风，一眨眼就瞧见了大王黑着一张脸站在自己面前，心中一凛，腿上一软，"扑通"一声跪倒在地，"大王？"

周王宫湦连看都没看跪倒在地的下人，径直朝门外走去，他身边没带任何人，也没打算向任何人通报。领郑伯友前往东宫的是太宰宫的大夫，他将连日来宫里发生的事情一一转述给了郑伯友。郑伯友有意隐去了启之和廿七的死因，就是不想再生事端。

启之一派见到大势已去，低调了起来，再加上掘突如日中天、郑伯友又位居司徒，谁也不敢得罪这位有王后做靠山的诸侯，大家也都咽下了这口气，不再去追究。郑国之乱如此落下帷幕，令人唏嘘不已。

掘突想以此事回了与齐国的婚事，毕竟家中守孝，红白二事不宜冲撞，此事却被郑伯友呵斥住了，要他处理完家中事务立刻前往京中。郑伯友此番回京便会下聘书，郑家必须迎娶齐伯之女。这婚事是当日褒后同大王定的，为的是保自己和掘突，如今启之已死，郑伯友深知不能过河拆桥。掘突对秀秀的情愫，他身为人父心中清楚，可若非大王忌讳，当日又何必当着文武百官的面收了秀秀，他并非对她有情，只是给掘突摆个姿态。

若掘突不识趣，仍不肯迎娶齐伯之女，只怕郑国举步维艰。

郑伯友走到东宫门外驻足，请人进去通报来意。

褒姒正在大殿中与秀秀对弈，听见下人说郑伯求见，她琢磨了一番开口说道："说什么事了吗？"

下人摇了摇头。

褒姒将目光投给秀秀："就说本宫身体不适，你向他交代一下掘突的婚事吧，如今既然郑伯入了京，就该给齐国下聘书了！"

"是！"秀秀点了点头。

"委屈你了。"褒姒拍了拍秀秀的手，掘突三番五次地找理由抗婚，是什么原因，她们都心知肚明。可这婚不能不结，郑家两父子，命运竟然如此相似。秀秀应了这差事，还是忍不住地问："郑伯若是还有其他事呢？"

"你说我身体不适，他必定能明白。"褒姒说罢起身朝寝宫走去，走了几步又扭过头看着秀秀。她张了张嘴，良久也没有将喉咙里的那句话说出来，她原本想叫秀秀问问郑伯廿七是怎么死的，可忽然觉得没有必要了，她继续朝前走去，离开了大殿。

下人去请郑伯前往殿中相叙，郑伯觉得有些紧张，不知是因为许久未见褒姒，还是因为廿七之死，他惶惶不安地低头迈入东宫。

"郑伯。"秀秀见郑伯友进门开口唤道，朝他走去。郑伯友闻声先是一惊，然后环顾四周，未见褒姒，心中不免失望，而后才向秀秀行礼："参见娘娘。"

“郑伯同我就不必客气了，褒后今日身体不适，郑伯来得实在不巧。褒后让我同郑伯说一说世子婚事，如今到了该下聘书的时候了。”

“在郑国的时候，已经下了聘书。”郑伯友颔首。

秀秀的面色闪过一丝煞白，而后恢复了往日的平静：“此事褒后吩咐我来张罗，若有什么问题，同我商议便是。大王给世子赐了宅子，给他做婚房之用，褒后吩咐了要好生打理，毕竟是两国之事，不能怠慢。”

“有劳褒后记挂，她……病了？”

秀秀不答话，只是看着郑伯友，这眼神中的意思无非是告诉郑伯，他该明白的。良久之后，郑伯也只好点头：“婚礼定在祭天大典之后，还请娘娘代在下转达。”

“郑伯放心，齐郑联姻，大王甚是看重，隔些天，郑伯得亲自向大王谢恩才是。”

“我明白。”

秀秀将婚礼的事一一转述给郑伯友，郑伯友则一直在点头，对秀秀的安排没有提出任何疑义，待秀秀说完，她问郑伯友：“还有什么问题吗？”

郑伯友摇了摇头。

秀秀犹豫了一番，看着郑伯友还是问道：“公子启之同廿七一起过世，不知郑府中发生了什么？”

郑伯友不想再提往事，只说了句：“是个巧合。”

“巧合？”

“是我害了她，若不是我，她不必死。”

秀秀的表情是等郑伯友继续说下去，他却抬头看着秀秀，只字不提：“褒后同大王之事，同这件事有关系吗？听闻近日，大王都是在酉阳宫中过夜的。”

“后宫女人不能独宠，这道理郑伯难道不懂吗？楚夫人既然是大王亲封的夫人，在她宫中过夜，也是合情合理的。”

郑伯友没再说话，他问不下去了，看着东宫的眸子纵然满是深情，可情深错付。

第六十一章

此去晋北周王谋，戏假情真褒后忧

郑伯友请辞准备离开，寝宫中却忽然传来了声响，秀秀的面色通红，低下了头去。谁都听得出这是男欢女爱时的声响，谁都知道大王是在西阳宫过夜的，可现在……郑伯友皱了皱眉：“不是说大王不在？”

“这……”秀秀不知该怎么回答，急得面色发红。

早晨褒姒刚刚从大殿退出去，就遇见了正在门内守候的周王宫湦，二人俱是吃了一惊，谁也没想到会在这里看见彼此。

“大王？”周王宫湦一把拉过褒姒，将她的唇齿一捂就将她拽进了寝宫。她没来得及发出丁点声响，也就无人知道周王其实已经回来了。

回到寝宫中，周王宫湦一把关上门：“为什么不见他？”

“大王为何会突然来此？”

“寡人不该来吗？”周王宫湦压低了嗓音，“这是寡人的家，还不能回来了？”他说完才觉得自己说得在理，不知道在自己家里为何要和做贼似的，只好咳嗽了两声，直起了身子，声音又大了起来，“还是说，现在出入都得和你汇报不成？”

褒姒看着周王，满心都觉得委屈，又不能摆出委屈的模样。

周王宫湦朝前迈了一步，将褒姒抱在怀中，用下巴抵在褒姒的肩膀上，面颊贴着她的面颊。怀中的褒姒柔若无骨，他有些心疼了，后悔不该和自己的女人硬碰硬。

“大王，”褒姒用手肘抵住了周王宫湦的胸膛，想将他推开，可她哪里有推开他的力气，“为何会从西阳宫中折回来？”

“寡人这些天留宿西阳宫，你生气了？”周王宫湦抱着褒姒问道，褒姒在他的怀里摇了摇头，周王宫湦早就想到褒姒会否认，便不再深究，“为何不见郑伯？是怕寡人介意？”

“不是，”褒姒其实有许多话想对周王说，可眼下这个时候，她一句都说不出来，“臣妾只是觉得掘突婚事当前，此事交给了秀秀操持，秀秀见他便是了。”

“这不影响你去见他。”周王宫湦直起身子，看着褒姒的眸子，眼神深邃，用手捧住她的面颊，手指轻抚她的肌肤，“你就不想知道廿七是怎么死的？”

“这件事对我而言，已经不重要了。”褒姒看着周王宫湦的眸子里一片清冷，与他炙热的情绪形成了反差。

“不重要了？”周王宫湦没想到褒姒会这么说。

“嗯，”褒姒朝后退了一步，避开了周王宫湦追逐着自己的眼神，“廿七是怎么死的，对我而言不重要，知道也好，不知道也罢，有什么影响？所以郑伯说什么对我而言也没有意义，既然如此，何必再见？”

周王宫湦刚刚燃起的心被褒姒这一桶冷水浇得十分彻底：“意思是，寡人对你也不再重要了，所以寡人究竟做了什么，你也不在乎了，是吗？”

褒姒缄默不言，周王宫湦得不到回答，准备离开。他之前以为是楚夫人威胁褒姒，逼得褒姒不得不疏远他。可如今看来这么想是他的一厢情愿，她的绝情叫他对她死了心。

看着周王宫湦越走越远，褒姒的眼泪无法抑制地流了下来。在他彻底地跨出宫门的那一瞬，她几乎是不受控制地冲了上去，从他的背后将他抱住了。

周王宫湦只觉得这一瞬，自己的身体是僵硬的，他没想到褒姒会这样冲过来。她抱得很紧，一双纤细的手臂几乎勒得他喘不上气儿：“不重要的意思是，无论郑伯说什么，臣妾都相信害死廿七绝非大王本意。”她的脸贴着他的背，这一瞬间迸发的情绪叫她无暇再去顾及利益与得失了。

这句话说出来，周王浑身上下一个激灵，无法抑制住内心的汹涌，转过身去抱住褒姒，吻着她，抱着她，轻抚着她的肌肤。

褒姒忽然拉住了他：“不行。”

“为什么？”周王宫湦的欲望喷薄欲出，她的面颊通红，别过脸去，很小声地说："大王这些天应该很累吧？"

周王宫涅将头埋在了褒姒身上，身体一直在颤抖，褒姒不解，却又不敢多话。不知道何时周王宫涅才忽然抬起头，他是在笑，憋得满面通红："你吃醋了？"

"臣妾没有。"褒姒几乎是脱口而出地回话。周王宫涅平躺了下去，喘了口粗气，褒姒拉过被子盖在身上，仰面看着房梁，心中感到深深的失落。

周王宫涅解开了衣服丢在地上，拉过褒姒手中的被子将二人藏在下面，他压在褒姒的胴体上用三分调侃的语气说："试试就知道寡人累不累了！"他憋闷了几日，一腔火气总算得到发泄。二人都知道郑伯友同秀秀正在大殿中，却按捺不住，纵容自己。

秀秀瞧了一眼寝宫："好像是大王回来了。整个后宫都是大王所有，便是这些天宠幸楚夫人，可如今想要褒后，褒后也只得侍寝。"

"微臣明白。"郑伯友点了点头，"我来只是想给褒后带个信而已。"

"廿七的事，我会告诉她的。郑伯若没有其他事，就请回吧。"

"告辞！"郑伯友转身从东宫出来，走到宫殿之外又回头看了一眼。他摇了摇头，步子越迈越大，越走越远。

周王宫涅精疲力竭，额头满是汗水，从情绪的最高点而下，神情困倦。褒姒的手搭在他的肌肤上，有一丝凉意，他这些天恐怕并没有宠幸楚夫人，只是做个姿态，演场戏而已，褒姒发现自己这些天来自怨自艾的悲伤忽然被治愈了。周王宫涅抬着疲惫的眼睛瞧着褒姒，握着她冰凉的手，挪了挪身子平躺了下去："启之的死，让寡人想了很多事。"

"比如？"

"比如……"周王宫涅转过身去撑着头，看着褒姒的眉眼，"比如过去的事情，启之是寡人的亲人，可如今却要亲手杀了他……寡人是不是根本不会待人接物，才会将好端端的事情做到这个份儿上？"

"大王何出此言？"

"就像你说的，如果寡人一开始就不赋予他过分的权力，他就不会失去控制，让寡人不得不痛下杀手。"

"您是大周的君主，不是个普普通通的男人。于大王而言，你首先面对的是功过是非，而后才是兄弟情义。大王就是忘了自己是天子，才会叫启之忘了他是臣子，自以为在大王这里可以予取予求，却忘了一个臣子应当尽的责任。"

"论天子，寡人不是个明君；论朋友，寡人又不能义字当头。夹在其中，实在是两难，你若再同寡人置气，寡人当真不知如何是好。”周王宫湦轻抚着褒姒的面颊，褒姒转而看着他。良久的沉默，眸子中也是一片晦暗，没有平素的灵动，她这表情他能看懂，是担心，是不安，他将她的手放在自己胸前，“身为夫君，寡人却让你常常处于忧虑与被胁迫的境地，连这个角色寡人都做不好。熊宁三番五次想要你的命，寡人却不能奈她何，还让她用楚侯的名义，逼你一退再退。”

“不是的！”褒姒原本想说一两句恭维的话，可话到嘴边，她又说不出，只能握紧周王宫湦的手，依偎在他怀中，“楚夫人是没错的，不论她做什么也都是对大王的一片真心。”

“一片真心……是，寡人会对她好的，捧在手里怕吹着，含在嘴里怕化着的好。”周王宫湦这话说得咬牙切齿，一字一顿。他也害怕楚夫人，怕楚夫人会对褒姒下狠手，他说完这话就从床上翻身而起。虽然困顿，却不敢留宿，他拉过衣袍，背对着褒姒穿着衣服，“你再休息会儿。”

“大王呢？”

“回西阳宫，”周王宫湦不满地说道，将身上的束带系好。褒姒伸出手从他背后抱住了他，面颊贴在他的背上。周王宫湦握着褒姒揽住自己的手，“若不是碍着你在这儿，寡人根本不想演这出戏。”

褒姒的嘴角动了动，最后也不知道该说什么，她脑中乱得很。周王宫湦转过身去，俯下身子亲吻着褒姒，不舍地缓缓站直了身子，满眼温情。褒姒仰头看着周王，最后点了点头，眼中闪着灼灼的光华。

周王宫湦从东宫离开，径直回了西阳宫，一脚踹开了西阳宫的门。听见动静的楚夫人跑了出来，刚才周王宫湦是去做什么了，她再清楚不过了。此刻见周王黑沉着面色，心中揣测必定是和郑伯友、褒姒有关，兴许二人在东宫见四下无人，说了什么不该说的，做了什么不该做的，才惹恼了周王。

“大王？”楚夫人赶紧从寝宫跑出来，心里得意至极，“发生了什么事儿？”

“给我去把郑伯友叫来！”周王宫湦对着熊宁吼道，熊宁愣了一下，然后连连点头：“是，臣妾这就差人去叫，大王要在西阳宫中见吗？”

“有什么问题？”

“没有……”熊宁的心思转得飞快，一瞬间涌过了无数个猜测。瞧着熊宁出门的背影，周王宫湦摇了摇头，说到底她是个简单的女人，对他做的任何决定都不曾怀疑，因为这种简单使得她为人利用而不自知。

熊宁差人去将郑伯友唤来，郑伯友接到信，脑子里更加混沌。早晨大王还在褒姒的寝宫中，一转眼的工夫，又折了回去，难道说……他心中一抽，意识到大王此举就是为了给自己看，要向一个闯入自己领域的男人宣布他对褒姒的所有权。

若真如此，郑伯友不免为褒姒感到痛心。他换了身衣裳，随着前来通传的下人朝西阳宫去了。

在西阳宫中，楚夫人正在书桌旁为周王研墨，见郑伯友来了，起身说："臣妾先行告退？"

"不必。"周王宫涅一把拉住了楚夫人的胳膊。

熊宁又顺势坐了下来，面上露出一抹得意的神色，含着笑意继续为他研墨。如今他处理政务，却不避开她了。郑伯友注意到了这个细节，眉头微皱，上前拜谒："参见大王。"

"从郑国回来了？"

"是，在下正要前来拜谒，说郑国之事。"

"启之和廿七的事情寡人都知道了，节哀顺变吧，对你来说也是件好事。掘突大婚定在祭天之后，这些天劳烦你了。"

"在下斗胆恳请大王将在下调职晋北！"郑伯友话锋一转，长跪于地，"郑国祸乱因我而起，实在无言回朝，蒙大王不弃，愿委以重任，在下实难担当。如今郑国局面唯有掘突主持；朝中司徒一向是祭公任职，从未有过他人，如今调往晋北，只怕人心不服，还请大王准奏，微臣愿换祭公之职！"

郑伯友的这番话并没有令周王宫涅吃惊，但心中却不悦，这步棋别人纵然看不懂，他却清楚。郑伯友请辞不是为了保全自己，而是为了褒姒，他必定以为褒姒失宠和郑家脱不了关系。周王挥了挥手："郑伯先下去吧！此事明日上朝再做定夺。"

郑伯友跪在地上沉默半晌，最后只能缓缓起身："微臣告辞！"

楚夫人有些看不懂这棋局，待郑伯友离去后问道："大王不想答应郑伯的请求吗？"

"此事就算他不提，寡人也要逼他离开！三叔是个识大体的人，"周王宫涅瞧着楚夫人的眸子冷冰冰地说道，"至于郑国，掘突年纪尚小，心性纯良，像块璞玉，想要怎么雕刻，全凭寡人意志，培养他为寡人效力再好不过！"

"大王考虑得是！"

周王宫涅盯着楚夫人半晌，忽然捏住她的下巴，将她推到桌案上，身子紧紧贴着她，楚夫人蓦地紧张了起来，不知道周王宫涅想做什么。他打量着她的神情，像是盯着盘中餐，然后露出了戏谑的笑意：“寡人过去曾倚重启之，企图收拢诸侯权力，他本可取郑伯而代之，可他要的太多了！寡人只好动手杀他。寡人手中的棋子不少，他虽好用，可踩过了界，寡人也得除掉，否则给自己招来的麻烦就太多了。”

楚夫人觉得双腿发软，几乎站立不住：“臣妾明白！”

“寡人明知你数次对褒姒下杀手，甚至狠心到劫杀寡人的随行军，寡人不动你，不是不敢，是怜你一片真心。”周王宫湦这话说得极慢，而楚夫人的面色却极难看，立刻反驳道：“臣妾没有……”她使劲儿地摇着头。

“没有？”周王宫湦面带着笑意，看起来并不像是发怒，“你以为你做些什么，能瞒得住寡人？你若是以为寡人怕了你，一而再，再而三，那么启之就是你的前车之鉴！”

楚夫人腿一软，顺着桌案跪倒在了地上，满面泪水：“臣妾没有，臣妾从来没有想过要谋害大王，臣妾只想让大王生，不想让大王死……”她抱住周王的腿，“臣妾不愿看见大王夹在褒后与群臣之间，才处处针对她，可臣妾改了……难道大王看不出臣妾已经改了吗？臣妾不再为难褒后，也劝哥哥收手，他也还了当日掠走的三座城池……臣妾做的这一切，不是为了大王的一颗心，而是求大王怜悯，能记挂酉阳宫，记挂我这个楚夫人，偶尔前来探望一眼！”

周王宫湦俯视着跪在自己身下的楚夫人，捏起她的下颌，慢悠悠地用一种意味深长的口吻说：“寡人不动你，不是寡人怕你，而是寡人心中纵有诸多不舍、不忍，不愿意举刀对着你。你与寡人出生入死，救过寡人性命，这分量别人不能比。越是这样，寡人对你的期望就越高，你也就越令寡人失望。”他说完就将手从熊宁的下颌上拿了去，楚夫人的头立刻低了下去，碎发掩住了她的面颊。周王宫湦站起身，用严肃的声音向楚夫人说，“寡人所以在酉阳宫中见郑伯，没别的原因，启之的死总得有个交代。寡人要启之死，不是因为寡人要扶正三叔，而是郑伯这个位置，他们既然要争，就谁也别做！”

“臣妾明白！”熊宁低着头，她知道周王宫湦一向是棋高一着，却没想到他运筹帷幄到能叫对方依着自己的想法行事。熊宁哪里知道，不过是郑伯友有此一言，周王宫湦才有此一说，便是郑伯友真霸着这个郑伯之位、司徒之位，周王宫湦对他的三叔也无可奈何。

这种退步，并非为了褒姒，而是郑伯友其人与生俱来的大气、从容、淡定，就已经令启之黯然失色了。

郑伯友辞官一事，很快便传得尽人皆知。众人猜测这位郑伯是被逼到晋北的，周王宫湦大概也不会再下狠手了。如今郑国为掘突管辖，其实就是做了周王的喉舌。周王宫湦在大周科民，用了十抽一的方法，再次征兵；亲秦联齐，牵制晋国；替郑国拨乱反正，固守大周东面喉舌……这一切都是在为这位周王的野心做铺垫，他在旷野中越走越远。

秀秀得到消息，回东宫同褒姒说起此事："听说郑伯已经辞官，请大王将他调任晋北了。"

"如今启之和廿七走了，郑伯心中必定不好受。"

"郑伯说他们二人的死只是巧合。"

褒姒明白郑伯友将廿七的死说成是巧合的用意，无非是他不想她再因为这件事情和大王争执，请辞大概也是想退一步求海阔天空。褒姒吩咐道："掘突一回来就走一趟郑府，同他说一下婚事。"

"是。"秀秀应声道。

"委屈你了……"褒姒叹了口气，秀秀立刻跪在地上："褒后若再这么说，便是折煞奴婢了！"

"怎么还奴婢奴婢地自称？"褒姒将秀秀扶了起来，不再多言。

自那日郑伯友前往西阳宫后，周王宫湦便不住在那里了，熊宁照例前来朝谒，褒姒见着她也像是什么事都没有发生过。周王宫湦隔三岔五总会去西阳宫看看，就如同隔三岔五地也会来东宫一样，一切又回到了从前，居于中央的大王不偏不倚地宠幸着自己的每一位爱妃。

诸侯们陆续入京，前几年因为战乱而错乱的礼制，也慢慢重建了起来。姬仇在晋国思忖再三，才下定决心入京拜谒，毕竟第一年坐稳晋伯之位，若他不来，赵叔带揣测姬仇必会走上嬴德、晋殇叔等人的老路。赵叔带从姬仇口中打听出原来当日周王带褒后来晋南，就是为了和他碰面，二人达成协议，他日周王助姬仇夺位，姬仇给周王三座城池，如今他夺了位却想赖账了。

赵叔带进言请姬仇不要失信于人，反倒是令姬仇对赵叔带有些反感，执意不肯执行当日的口头约定。赵叔带自知劝不动姬仇，不再浪费唇舌，可晋北一事却令他颇为不安。

赵叔带以为从明面上看，郑伯友前往晋北科民，好像是将郑伯友贬谪去戍边了，可实际上这一着棋却走得叫人后怕。郑伯友一北，掘突、文朔一南，将晋国夹在中央，如今姬仇又处处和周王作对，只怕是周王宫湦一旦发难，晋国只剩下任人宰割了。偏偏鼠目寸光的姬仇看不透这局面，还自以为占到了便宜。

祭天之后，掘突从郑国返京，不日便要成婚。褒姒在东宫设宴，宴请郑伯和掘突二人。二人赴宴，晚宴中佾人在大殿中央随着奏乐起舞，音韵流淌，周王宫湦同褒姒坐在大殿一侧，二人交谈的眉宇中丝毫没有疏离之感。掘突看了看大王同褒后，转而向自己的父亲投去一个复杂的笑容，当日说褒姒失宠，如今看来全然不是这么回事儿。

褒姒与周王宫湦耳语了两句，谁也听不清他们在说些什么，褒姒面上泛着温润的微笑，面颊潮红，表情中不乏少女娇羞的姿态。音乐忽然停了下来，周王宫湦同褒姒便坐直了身子，周王宫湦咳嗽了两声，摆出了一副正襟危坐的模样："褒后设宴，是恭贺掘突大婚的。"

"谢大王，谢褒后！"掘突赶紧起身稽首。

"日后回国，便是一方之主了，身居其位，必定有为难之处，有任何需要寡人的地方，你只管说一声，寡人必定照拂！"

"他日大王若有需要，掘突定当全力以赴！"

"如今北狄既灭，郑伯前往晋北，是稳了一方；东夷当日已为我所除，东面自有齐国抵御；南面楚国横亘在中原与南蛮之间，我南面无侵扰之困，如今只剩下了西面犬戎……"周王宫湦说罢叹了一口气，"不说这些扫兴的话了，今日是恭贺掘突的。"周王说着，褒姒就给秀秀使了个眼色，秀秀便将先前褒姒准备好的美玉放在盘中端了上来，上面还盖着红绸，她走到掘突的面前："褒后为世子准备的美玉，雕刻有龙凤，寓意龙凤呈祥，恭贺世子大婚，祝世子同齐国公子百年好合，永结同心。"

"谢……"掘突看着秀秀良久，话堵在喉咙里说不出来。秀秀却面无表情，连一丝动容都没有，就那么平静地看着掘突，掘突转过身向褒姒说道，"谢褒后！"

"都是秀秀打点的，你谢她便是。"

"谢娘娘为在下费心准备，因家中之事，掘突未能留守镐京城，如今与齐国公子大婚在即，事事经由娘娘之手打点妥帖，娘娘大恩，掘突无以为报！"掘突说道，秀秀也以一种居高临下的姿态说："世子同齐国公子大婚，是大王与褒后钦定，秀秀不敢怠慢，世子若要谢，还是谢大王同褒后吧！"她说完便退了下去，转身离开了大殿。掘突的神色再也按捺不住地追随了秀秀的身影半晌，若非郑伯友起身以父之名代掘突向周王宫湦和褒姒表达谢意，怕是掘突的失态就会成为今日东宫晚宴的一桩笑料了。

听见郑伯友的声音，掘突才猛地回过神，紧随父亲向周王宫涅说道：“谢大王赐婚，谢褒后打点之恩！”

“郑伯是大王的叔父，如今你大婚，本宫自然要操持着些，”褒姒说罢将目光从掘突的身上又挪到了郑伯友那里，“这宴席，算是为郑伯饯行了，一去晋北，只怕此生未有再见之日！”

褒姒的声音如同从高处飘落，这种母仪天下的威严让人觉得有些不近人情。东宫内熟知褒姒同郑伯友一段情愫的人都因为褒姒的这句话，不由得将目光转向郑伯友。他的面色也没有丝毫动容，只是面上泛着温润的微笑毕恭毕敬地答道：“谢大王、褒后记挂，此行前往晋北，定不辱王命！”

“寡人知道你有司徒之才，本想留你在朝中任职；掘突是将才，寡人也不想放走，可你二人毕竟是郑国宗主，如今你既然不愿再回郑国，寡人只好忍痛割爱了！”周王宫涅看着郑伯友说道，“司徒之才，在晋北也能发挥，你且前去，他日若受不了晋北艰苦环境，一封书信，寡人就将你调回中原！”

“谢大王，”郑伯友双手作揖向周王宫涅拜谢，“姬某随听大王调遣，大王之命，绝不敢违，纵有粉身碎骨之险，也必定奔袭千里效力！”

“好！”周王宫涅大喝一声，端起手中酒鼎，“这杯酒，寡人敬三叔！”

郑伯友端起酒鼎，用长袍掩着，将鼎中酒水一饮而尽。

褒姒给面前的佾人们使了个眼色，音乐声又起，歌舞充斥，大殿上一派热闹的景象。在座的人纷纷前来道贺，向郑伯友辞行，同时也向念儿表达敬意……这热闹的场面少了一两个人，一时间也无从察觉，掘突不知什么时候已经离席，朝着东宫外走去。秀秀正站在门外，仰头看着天上的月亮，这月亮又大又圆，刚过了十五，正是一个月里月光最皎洁、最明亮的时候。她没什么表情，只是那么盯着，像是要透过这月亮看出什么。

“娘娘？”掘突轻声唤道，作揖行礼。秀秀扭过头来看着掘突，面上浮起一丝笑意：“世子！”说罢，她就将目光从月亮上挪开，盯着掘突，“怎么离席了？”

“不过是些场面话，听不听也无甚差别！”掘突神情疲惫。

“既然是在场面上，说些场面话总归是得体的，”秀秀双手从两侧垂立的姿态转而交叠在一起，“恭喜世子大婚了，听说齐伯之女人品既好，又懂音律、辞赋，容貌也属上乘，真是天作之合。”

“你不必同我说场面话！你明知我心中在想什么。”

“世子曾出兵晋北，剑戟之下，黄沙之中与敌人厮杀，从别人的手中褫夺城池，世子初出，便已经无人与你一争高下了。你的确有着过人的才华，所以世子便觉得这世上的事情，凭你予取予求，可秀秀却出乎你的意料，叫世子觉得挫败，觉得平生未有的不该，所以才会如此执着，不肯放手！”

“我没有！”掘突立刻辩驳道，“我从未把你看作什么必争的物件。”

“若是如此，世子为何还不肯放手？”

“放手？”掘突冷笑了一声，“你还想我怎么放手？看着你做了大王的女御我无可奈何，只要你高兴，我站在一边看，你若是不高兴，叫我一声，只要你要，只要我有，我都肯给！我如今定下亲事，聘礼也备了，热忱也备了，只等她来，我便与她百年好合，举案齐眉，这一演就是一辈子，像爹对母亲那样。你到底……还想要我怎么做？怎样才叫放手？掘突自问，没有打扰到娘娘吧？”

秀秀轻笑了一声，口中发出的笑声，听来却更像是一句叹息：“她于你并非是你母亲于你爹，怕是廿七于他，在的时候不知，死了才觉得爱过，纵有千言万语，始终不能对心上人说了。郑伯辞行，看似为了保全褒后，可他不肯留在镐京，不肯留在郑国，是怕睹物思人吧？如今……这天下未变，可陪自己看尽繁华的那人已经不在……”她说完挤出了一个笑容，“还请世子珍惜眼前人。”

“我会珍惜她一辈子，呵护她一辈子，叫她做诸侯世妇中最幸福的一个……就像是大王宠褒后，将她捧在手上，含在嘴里，一辈子死生契阔！叫你们这些女人提起她，都是一番羡慕！”掘突越说越急躁，声音越来越大，说完便拂袖转身，朝宫门外走去，将还未结束的宴席丢下，将大王与满朝文武丢下，自己越走越远。

秀秀看着掘突的背影，暗自出神，面上想笑可眼中却滴下泪来，一滴一滴像断了线的珠子，一颗颗打在了地上。

“擦擦吧……”褒姒的声音从秀秀耳边传来，她抬起头看见褒姒给自己递来的帕子，深吸了口气，满面委屈，像是饱受婆家欺凌的小媳妇见到了母亲，眼泪再也无法抑制，如同决堤的洪流。褒姒朝前一步，轻轻地抱了抱秀秀，如今这局面任谁也无可奈何了。她让秀秀先离席，早些去休息，自己提着裙摆又回到殿前在周王身边坐了下来。周王宫涅正在和郑伯友说晋北之事，见褒姒来了，挽住了她的手：“怎么了？”

“没事儿，屋子里一股酒气，臣妾不舒服。”

“先退席吧。”

“那你们先聊，臣妾先行告退。”

“寡人陪你，”周王宫涅在褒姒的耳畔小声说道，继而转向郑伯友，“时间也差不多了，掘突大婚之后郑伯再出发，寡人亲自为你在城门外饯行。今日寡人就将这宴席交给伯服了，招待不周，还请郑伯多担待些。”

“褒后身体重要。”郑伯友面色没有多大的变化，只是起身退了下来。刚才趁着褒姒出去，郑伯友来辞行时，周王宫涅拜托了他一件极为重要的事情，请郑伯友在抵达晋北之后，差遣一支人马去寻找晋穆侯的二公子师服。郑伯友应了此事，却有些不解。谁都知道姬仇是周王默许扶正的，可现在却又要找师服，他到底想干什么？

寝宫中，周王宫涅从褒姒的身后将她紧紧抱在怀中，贴在她的耳后轻声地问道：“你今天看起来并不高兴。”

褒姒抿了抿唇：“没有。”

“没有？”周王宫涅的面颊贴着褒姒，“你入宫六七年，见惯了生离死别，目睹了寡人的薄情寡性，你担心有朝一日你容颜不在，岁月流逝，寡人待你便会弃之如敝屣？”

“谁也不能保证明天，”褒姒转过身去看着周王，勉强自己起了一丝笑意，“尤其是在这个后宫里，大王今日能全心待我，褒姒此生无憾，不敢奢求更多。臣妾所想的并非此事，只是感慨人一长大，就有太多的无可奈何，有太多的悲欢离合，臣妾觉得自己既渺小又无力，只能任凭事态发展。”过往的一幕幕就像是还在眼前，仿佛廿七昨日才刚进褒家，刚刚成了褒姒的下人；仿佛秀秀昨日还跟着郑夫人，忠心护主……可时过境迁，褒姒纵然还在，可与当初的那个她毕竟不同了，从入宫到此刻，几生几死，未来难测。从廿七到秀秀，甚至到她自己，到这个国家高高在上的君主帝王，身陷在权势纵横交错的泥沼之中，再难抽身。

第六十二章

苦肉计斩掘突情，起争执断主仆谊

早晨醒来，周王宫湦的气味和体温都仿佛还在身侧，一股淡淡的香味在这柔软的床榻上晕染开来。褒姒缓缓睁开眼，这床上却是空空如也，只有她自己一人而已，周王宫湦又不知什么时候离开了。她拖着慵懒而疲沓的身子坐了起来，出神地看着宽大的床榻良久，然后才将发髻绾起，披上衣裙，出门唤了下人备水，沐浴更衣，略施粉黛，朝着大殿走去，处理朝谒一事。

朝谒散去，褒姒叫人去将念儿唤来，支退了一旁的下人，只余下了念儿同自己。掘突大婚在即，秀秀今日要去一趟郑府，褒姒思前想后觉得担心，便叫来了念儿。她翻阅着他做的功课，时而点点头，时而凝眉沉思。念儿瞧着自己的母亲，不知道发生了什么事，五岁的孩子忽闪着大眼睛只等褒姒开口："秀秀今日前往郑府同掘突交代婚事，隔些天便是大婚，不可怠慢，此事你同她一同前去，看看府中还有什么需要帮忙的。"

"是！"

"掘突是个不可多得的人才，郑国又是大周门户，同郑国多走动些是好事儿。"褒姒交代道，念儿点了点头。褒姒将如今天下的形势向念儿一一道来，她为念儿勾勒出了一个宏图，至于念儿怎么揣度自己父王的心思，就全凭他个人的才智了。今年的岁贡，申侯又没来，因为申后被废、宜臼躲在申国二事，叫他与朝中几乎断了往来。褒姒觉得今年周王宫湦大概会废太子了，一旦身居太子之位，日后的路就会越发难走。

褒姒将此事说完，又补了句："秀秀曾出身郑家，若是有什么话同掘突说，你退下便是，不要总黏着她，你可以同郑伯说上一二，晋北怕有大事发生，否则你父王也不会叫郑伯去。"

"父王不是迁怒郑伯吗？"念儿问罢才知道自己说错话了，赶紧用手掩着唇。褒姒并没有说念儿的不是，只是摇了摇头："你父王并非一个随意迁怒别人的人，他若是做出了什么决定，这背后必定有别的原因。"

"哦……"念儿长吟了一声，想起昨夜自己父王叫郑伯友上前长谈的画面，"昨夜父王同郑伯谈了很久，只怕是郑伯前往晋北必定有些别的缘由吧？我去郑家试探一番？"

褒姒点了点头，念儿俯首躬身："孩儿明白了，娘还有别的嘱咐吗？"

褒姒慵懒地靠在椅榻上，挥了挥手："下去吧……"

"孩儿告退。"念儿从屋子里退了出去，朝秀秀跑去，一把关上了秀秀房间的门，靠在门上盯着正在梳理发髻的秀秀。秀秀被忽然闯进来的念儿吓了一跳，从铜镜里看清对方是念儿才松了口气："怎么了？"

"刚才娘叫我去书房问话，同我嘱咐了郑家的事情，还说要是你同世子说话，叫我别打扰你们。"念儿说罢朝着秀秀走过来，靠在她的桌案前打量着收拾妥当的秀秀，嘴角露出了一抹会意的笑，"你同掘突要说什么秘密？说来我听听，我给你们出出主意？"

"去……"秀秀轻啐了一口，将簪子插在了发髻上站起身来，将自己身上的衣裙理了理，收拾妥当带着念儿去了郑家。眼下的郑府喜气洋洋，被红色覆盖着，唯有掘突的面色算不上好看，对他来说这婚就是人生的分水岭，从此以后将过上截然不同的生活。郑伯友并没有将夫人接来参加儿子婚礼，他担心她会随自己同去晋北，此行他不想带任何人，即使不知道什么时候才能回来，他也还是不想带任何人。

门外通传说是秀秀和王子来了，掘突和郑伯友先是一愣，然后才匆匆朝门外走去，亲自将大门打开，迎进了二人："参见王子，参见娘娘。"二人异口同声地说道。念儿走在前面："郑伯就不必同我客气了，掘突大喜，我是前来恭贺的，母后担心掘突还不清楚婚事安排，便叫秀秀来交代一番。"他用一脸稚嫩的模样瞧着郑伯友，语气也有些稚嫩。

"劳烦褒后记挂！谢娘娘一番美意。"郑伯友应道。

“无碍的，母后毕竟从未将郑伯当作过外人。”念儿笑着说道，扭过头去吩咐秀秀，“你有什么便同世子交代吧，这婚事也不是小事儿呢，要是咱们这边失了礼，怕是齐伯那边交代不过去！”

秀秀对念儿点了点头，看着掘突。

掘突看着秀秀的面色一片黑沉，盯着秀秀的眸子也十分严肃，半晌没说出一句话来。郑伯友瞧着这状况，先开口说道：“劳烦娘娘亲自走这一趟了，其实有什么话要说，叫人来传个话，叫掘突去东宫就是了。”

“不麻烦，世子婚房是我一手布置的，我要交代些细节，怕在东宫说不清楚。”

“当日父王封了掘突，赐了宅子，秀秀将婚房安顿在新宅中，父王也说了，便是掘突辞了官，宅子也还是他的，并不收回。”念儿补充说道，“此番秀秀前来交代你事情，你们就同去新宅吧？免得新娘子来了，你在家中却跟个客人似的，若将新娘子照顾不好，也失了礼！”

念儿小嘴一开一合，说得有理有据，听得郑伯友同掘突都无法辩驳。上一次和这个孩子深入接触，还是两岁有余的时候，那会儿正经是个孩子，正为褒姒强行将他送出宫在置气。可如今却如此能说会道，对朝中之事也有着和年龄并不相符的敏锐与练达。

“我差人备车一同走一趟新宅吧？”郑伯友说道。

“我就不去了，”念儿敲了敲自己的腿，看着郑伯友表现出了十分劳累的样子，“我在郑府中休息，你们去，说完回来我们再一道回宫，这路我可走不了！”

郑伯友看了看念儿，又转向掘突吩咐：“那我留下来，你同娘娘去，照顾好娘娘！”

“是！”掘突不情不愿地说道，昨夜的事情叫他现在还同秀秀置气，自秀秀进门后他就没有正眼看过秀秀。念儿听郑伯友这么安排，扭过头给秀秀使了个眼色，秀秀心领神会，转过身朝门外走去。从进门到现在她就说了一句话，余下的都叫念儿给说了。

郑伯友备了马车将他们送到新宅，他的面色有些凝重，对念儿的安排有一丝疑虑，可是念儿毕竟还小，他也不好多想，只在临出门之前交代了掘突一声：“路上小心，照顾好娘娘。”

“知道了！”掘突的嗓音很低，还有些沙哑。他转身出门上了马车，秀秀跟在掘突身后，提起裙子，想要跨步而上，却又有些吃力。掘突看着秀秀，伸出手递给她，秀秀看见一双大手伸来，又仰起头看着掘突。

掘突觉得有些尴尬，准备将手抽回的时候秀秀却将手搭在了他的手上，他一怔，一股微颤的感觉从心中滑过，然后猛地将秀秀拽上了马车。坐稳之后，秀秀从容地将手抽了回来，抚了抚有些褶皱的裙子，面色上什么表情也寻不见。

念儿站在郑府门外观望，看着渐行渐远的马车冲秀秀挥了挥手，然后转过身走在郑伯友的前面："郑府中近来喜事不断啊！"

"承蒙大王照拂！"郑伯友在念儿身后跟着，"需要叫下人为王子备一间厢房休息吗？"

"听说三爷擅长下棋？宫里的人同我下棋总让着我，我的棋走得是好是坏我也觉察不出，三爷陪我下两局如何？"

"褒后一向擅长下棋，王子说笑了！"郑伯友恭敬地说道，高大的身躯跟在念儿身后，低着头。午时的阳光将二人的身影拉得一样长，黑漆漆的在地上化作一团。郑伯友打量着念儿的一颦一笑、一言一语。念儿也是如此，他扭过头逆着光，眯起了眼睛说道："娘最近为祭天大典的事情操劳，忙过大典又忙掘突婚事，先前还能同念儿下几盘，可最近娘似乎不怎么开心……"他说着长叹了一口气，"她不怎么同我下棋了，父王又看不上念儿的棋，只余下宫里来上课的先生、大夫了，可他们又从不尽力而为，三爷应该不会同念儿客气的。"

"下棋一事，只是个人的喜好与棋路不同，输赢未必说明水平。"

"三爷还未同我下棋，便已开始宽慰我了，念儿年纪虽小，可未必不及您！"念儿稚嫩的声音里带了点赌气的意思。郑伯友赶紧摇头："我不是这个意思，只是随口说说，你别多想。"他给周围的下人使了个眼色，下人便立刻将棋盘布置好。念儿坐在一端执黑子，郑伯友坐在另一端执白子，手中捏着一枚白子等着念儿开口。

念儿打量着棋盘，然后执子落下："我就不同郑伯客气了，先手！"

"请！"郑伯友说了一声，将自己的白子随之落下。

念儿琢磨了一会儿，拿起手中黑子落棋。棋子大略布满了大半个棋盘之后，念儿便松懈了下来，开始有一句没一句地和郑伯友聊着："郑府中近日来喜事不断，必是廿七姑姑在天之灵保佑郑家兴旺了。"

"承蒙大王荫泽。"

"廿七姑姑若不死，也换不来如今这繁华，可廿七姑姑死了，娘便日日不开心，每日在大殿之上奏乐思人，同父王也渐渐疏远了。"念儿叹了口气，"掘突能迎娶齐伯之女，日后郑国有难，齐国必定相帮，想想还是为掘突高兴的！"

“王子小时候在我郑府寄居数日，与掘突倒是有些情分。”

“那是自然了，若是掘突有什么需要，念儿必定全力相帮。娘也说了，将郑家当作自己家，凡事都不必太见外！”

“承蒙褒后看得起，未能照顾好廿七，是郑某失职。”

“三爷你太客气了。”念儿落下棋子，仰头看着郑伯友。从念儿记事起到如今，他发现面前这个儒雅谦和、曾为了自己母亲出生入死的男人，如今已不再年轻了。岁月的沧桑洗礼，让他平整的肌肤上多了几道皱纹，如今的他波澜不惊，似乎什么事都无法令他动容，“论资排辈，掘突同我，就如同郑伯与父王一般，父王若非信任你，又怎会让你去晋北？”

郑伯友抬起头，将视线从棋盘上收了回来，停留在了念儿的面上。这个孩子年纪虽然不大，可心思却着实不小：“在下请辞前往晋北，给大王添了不少麻烦，好在大王不同在下计较，随了姬某的心思，这份恩德，无以为报。”

“父王可不是随随便便就要你让一步棋，若你让了，总不会叫三爷白让的。如今事已经吩咐你去做了，你做好就是了！”念儿顺着郑伯友的话说下去，从棋盒中挑出一枚黑子放在棋盘上，“毕竟晋国紧贴我大周的疆域，这里不宁，父王是不会心安的，若有了消息，早些报回来。”

“郑某明白。”郑伯友看着念儿，有些疑虑。周王宫涅同他吩咐寻找成师的事情十分秘密，周王宫涅也请郑伯友保密，不准告知任何人。郑伯友见昨日周王避着褒姒的样子，猜测周王宫涅不曾告知褒姒，如今念儿说得仿佛知情，他一时间不知该如何回答，只得顺着念儿的话说，“大王已经交代了，在下定不辱命，还请大王放心。”

念儿挑眉点了点头，看来昨晚周王宫涅的确是吩咐了郑伯友去做些事情，至于做什么，念儿无须再探，说得太多反而叫人起疑。他继续关注着眼前的棋局，不再多言，这一局是念儿输了，他笑着向郑伯友拱手作揖：“看来郑伯狂妄，总有些狂妄的资本。”

“郑某刚才那番话并不是……”郑伯友企图解释，念儿却没有让郑伯友将这话说完，而是接上了自己的话茬，强行打断了对方：“娘常说，郑伯擅长以退为进，如今见了果不其然！娘还说……我的棋路看起来同父王颇有几分相似，却少了些父王的运筹，看来虽形似，却总不能做到神似，看来念儿离父王之路，还长着咧。”

“说长其实也并不长。”郑伯友心中也掂量着如今也到了废宜臼、封伯服的时候了。周王宫湦有意疏远褒姒，似乎就是在为这件事做铺垫，他不想让自己的儿子第一日成为太子，就遭到大臣们的弹劾。

念儿摆手："同郑伯下棋过瘾得很，不如再来一局，等秀秀同掘突回来！"

"也好。"

念儿将棋盘上的棋子收了起来，继续先手。他仗着自己年幼，便请郑伯友让他，偶尔也要赖一番，叫郑伯友也无可奈何，只能是摇摇头，以长辈的目光看着年纪尚小的念儿。他余下的话题便离开了国事，转而说起了郑国国风，央着郑伯友给自己讲。

而那边的秀秀同掘突一路沉默抵达新宅，这里的下人少之又少，开了宅子的门秀秀便开口说道："这些天就得将郑府中的下人调过来了，否则结婚当日人手是不够的。"

"我去安排。"

"这里的东西世子可有一一过目？"

"看过了。"

"有什么不满意吗？"秀秀手中全是汗水，十分紧张，表情也显得僵硬，可心不在焉的掘突并没有察觉，只是魂不守舍地跟着秀秀："娘娘安排得妥帖，面面俱到，在下感激不尽。"

秀秀带着掘突一路去了婚房："拜过堂就送入婚房，新娘便坐在这张床上……"秀秀说着，拍了拍自己亲自挑选的红色缎面的床褥，手指轻轻地在绣好的鸳鸯丝线上拂过，面色中透着一抹悲戚。过些日子他就真的不会再纠缠自己了，或许就像掘突自己说的，他会让那齐伯之女成为人人羡慕的郑国夫人，秀秀的语气不无悲戚，"这床，也不知挑得好不好？"

"好！"掘突点了点头，看着秀秀失落的神情，心中一痛。

掘突的婚房是秀秀一手布置的，屋里的每样佩饰都是秀秀亲自挑选的，从床头龙凤呈祥的雕刻饰纹到床上铺的鸳鸯喜被，都是秀秀找的图案叫宫中的人亲自绣的。若是说这只是寻常的主仆情分，秀秀也未免太尽职了。如今她出神地看着这张床怅然若失，仿佛一直以来不肯承认的心事公之于众了。

掘突盯着秀秀，秀秀盯着床面上的鸳鸯，出神了良久才回过神来，看着掘突抱歉地说道："不好意思，想起了别的事情，世子怎不叫我一声？"

"在想什么？"

"琐事罢了，"秀秀的面色微红，低下头去，不想让掘突看出自己的失态，

"最近时局紧张，宫里的人都绷了根弦，总觉得像是有大事要发生了。"

"能不紧张吗？"掘突说罢坐在床上，"如今人人都猜申侯几年不带太子入宫请罪，不进岁贡，大王怕是会废了太子另立王子了！"

秀秀见掘突坐下了，面色"唰"地白了，赶紧走到他面前："世子怎么可以坐在婚床上，快些起来……"

"为何不能？"

"不吉利！"秀秀仓皇地说道，她担心掘突的失礼会带来厄运，因而十分慌张。掘突却面无表情，随意地说了句："吉利如何？不吉利又如何？我对这齐伯之女已有了些了解，你想听听吗？"

"你先起来再说话。"

"她刁钻、刻薄、任性、自私，若说容貌也算不上国色天香；若论性格自然是无法与你相比；若说学识，十分粗鄙；若说才华，贻笑大方……如今我娶了这等女子，你觉得如何？"

"世子所言只是有人挑拨离间，坊间传言，她是个名门闺秀，琴棋书画样样精通，怎会如此不屑？"

"是吗？这女子不出闺房，坊间的人怎会知晓她的秉性？我所听闻的，是从齐伯贴身近侍臣的口中得知，也是酒后真言……如此已是我郑国不幸了，我还求什么吉利？"

"世子先起来。"秀秀急着想要去整理这张床。

"为何？这婚不是我要的，是大王赐的，大王一番好意，我自然谢他。可郑国世子我不是非做不可，郑国我也不是非要不可，如此说来，这婚并非我的本愿。你们希望我这桩婚事顺顺利利，我可没许过这愿，你希望我这婚事吉利，我也没这想法！"

秀秀急得心慌意乱，在掘突面前"咚"的一声跪了下来："还请世子怜悯，褒后吩咐秀秀来打点世子的婚事，若是中间出了纰漏只怕是褒后会责怪秀秀的。"

"你既然这么说了，我也不好再为难你。"掘突嘴角浮起一丝玩味的笑意，伸出手看着地上的秀秀，"今日走的路太多，我有些累了，你拉我起来？"

"这……"

"反正是你要我起来的，我可没有起来的意思！"掘突一脸吃定秀秀的模样，秀秀虽然为难可还是站起身将手搭在掘突的手上，想要使些力气将掘突拉起来，掘突却猛地一使劲儿将秀秀拽到怀中，秀秀使劲儿地挣扎："放开我。"

“你想叫院子里的人都知道这里发生的事情吗？”掘突将秀秀抱在怀中在她的耳边问道。秀秀面色潮红地闭上了嘴，不敢继续挣扎，只是压低了自己的嗓音对掘突说道：“世子放开我！”

掘突揽着秀秀的胳膊忽然松了力气，秀秀赶紧站起身子准备离开。谁知掘突也跟着站起来将秀秀再次揽进怀中，转身将她推倒在了床上，欺身上去压住了秀秀，在她的耳边用很轻的语气说道：“你若挣扎得太厉害，只怕来往的下人必定知道这厢房中发生的事情，此事若以后传到了新夫人的耳中，我是无所谓，你呢？”他一边说着一边轻抚着秀秀的青丝，面上带着笑意。秀秀满面痛苦地闭上了嘴，也闭上了自己的眼睛，眼中含着泪水。

“我娶了别人，你一点都不在意吗？”掘突在秀秀的耳边问道，潮热的空气拍打着她的面颊和耳垂。

“你们门当户对，是天作之合。”

“我想听真话。”掘突亲吻着秀秀的耳垂，亲吻着她的脖颈。秀秀的身体一阵阵战栗，失去了全部抵抗的力道，她满面羞赧，声调很轻：“秀秀所言，字字非虚。世子当娶她，便是她无淑女之德，也不能相拒，如今郑国未稳……”

“我不想同你讨论这些事情！我若没有大局观，早将婚事拒之门外了，还需要听你教诲？”

“秀秀多事！”

“听你一句真心话，有这么难吗？你已是大王的女御了，我还能做什么？我已经要娶别人了，大王将郑国江山让给我，做到了如今这个地步，难道我还会不识好歹，带着他的女人私奔吗？大婚之日是你我彻底决裂之时，没有几天了，你就不肯说句实话宽宽我的心吗？”

掘突这番话说出来，秀秀的眼泪便应声而落，滴在了床上。她的身体颤抖得越发厉害了，闭起了眼睛，嗓音沙哑：“生为下人，秀秀无可奈何，你我之间尊卑有别，秀秀不能僭越。不是因为我害怕，而是因为我不想世子一时冲动，做出日后会后悔的事情来。”

掘突将秀秀一把搂在怀中，搂得很紧：“我想要你。”

秀秀闭上眼，她如今在他的身下，毫无缚鸡之力，便是他想要，她也无可奈何。她不愿意说话，既不说同意，也不说不同意，就这么同掘突僵持着。掘突轻抚着她的发丝：“你若不愿意，我不会对你怎样，如此抱一抱，晚些时候出去就当什么事都没有发生过。”他心疼秀秀，尤其是看着她这个模样，可又控制不住自己的身体，只能勉力保持着轻声，话语之间都是灼灼的欲望之火。

秀秀虽然没有作答，却抬起手，解开了裙带，扭过脸看着掘突，眼中含着泪水却显得含情脉脉。她将身上的裙带抽走，将裙子解开，冰凉的双手放在掘突的腰带上，掘突一愣，没想到秀秀会同意。

一股热血涌上心头，涌上大脑，二人已不受理智的控制，将一切礼仪、利益都抛诸脑后。彼此之间急于得到对方，他们在这张新床上——与别的女人，与自己爱慕了许久的人缠绵贪欢。掘突血气方刚，对秀秀爱不释手，而秀秀却咬牙忍痛，第一次的床事叫她觉得剧痛，手紧紧地抓着床单，满头汗水，却不肯叫出一声。

直到这份激情退去，掘突抽身而出才发现床上殷红的鲜血，他这才傻了眼，看着秀秀有些慌，他并不知道这是她的第一次："怎么会这样？"

秀秀的手紧紧抓着掘突的胳膊，将头埋在他的怀中。

"你不是被大王封为……"掘突心中的疑惑骤然开释，"大王是担心我向他要你？"

"大王何必担心这件事？"秀秀反问道，用苍白而无力的声音说，"是我去求大王和褒后封我做女御的，因为我不想重蹈廿七覆辙。一日是下人，这辈子都免不了为奴为婢的身份，你若是寻常人我也能嫁，可你是郑国世子，一举一动关乎整个郑国，我虽没有廿七那样牺牲自己成全所爱之人的勇气，可是……事情若是落到我的头上，我必不会推辞。世子若怜爱，还请放过秀秀，在宫中褒后的庇佑之下，虽不能与你长相厮守，不能大富大贵，可总能保一世平安不是？"

掘突将秀秀紧紧搂住，心里很不是滋味。他既然是郑国世子，就不能给秀秀任何许诺。掘突只能吻着秀秀的额头："我这一世，唯有此时此刻，觉得自己不像个男人，原来……我什么都给不了你。"

"我只希望他日你成婚之后，能好好对待你的夫人，便是真的如同齐伯近侍臣所言，你也不能嫌弃。"

"我知道！"

"时间不早了，我若再不回去，只怕……"秀秀看了一眼窗外的天色。

"天都黑了！"掘突顺着秀秀的眼神看着窗外夜色，可心中仍恋恋不舍，他拉过一旁的被子，"不能明天再回去吗？"

"我带着王子出来的，若回去晚了，只怕褒后会……"

掘突冷静了下来，不好再为难秀秀，翻身从床上起来将衣服穿上。二人从这里出去已是月上半空的时候了，下人们瞧见了也不敢声张，等两人离开之后才到婚房中将床褥铺平、铺展，口中“啧啧”地叹息道：“婚前就睡了这床可真不吉利啊！”

“可不是嘛！”另一个人说道。

“你们少说两句，那可是东宫女御，这话若传了出去，谁也救不了你们啊！”第三个收拾房间的下人训斥着，前两个便不再多言，专心致志地打理床铺，谁也没有注意到秀秀的处子之血留在了红色缎面的床上。

郑府中，郑伯友瞧着天色越来越黑，心中越来越慌，生怕自己的儿子同秀秀做出什么逾矩的事情，害怕掘突在婚房之中同秀秀情难自禁，把持不住。若此时此刻再生出什么事端，谁也不好预言郑国的吉凶。

“郑伯有些魂不守舍。”念儿将棋子收入棋盒，不再摆上新局，而是站起身朝着窗户边上走去，仰头看着漆黑的夜色，“时间不早了，也不知掘突同秀秀是不是路上遇见了什么危险？”

“只怕不会，”念儿瞧着外面自言自语，说罢他转过身看着郑伯友继续说道，“听闻郑府的厨子都是从郑国带来的，做的一手郑国菜肴？”

“是！”郑伯友点了点头，“前些时候内人在府中暂住，吃不惯镐京的饭菜，我便将家里的厨子都叫了过来。王子饿了，我这就差人去准备。”

“有劳郑伯了！”念儿走回大厅中央。

郑伯友唤来下人，吩咐了两句，下人频频点头退了下去。他转向念儿又问道：“时候也不早了，只怕是掘突忘记时间了，我差人去叫叫？”

“便是掘突忘了，秀秀也会记得的，若是还不回来，必定是秀秀觉得还有事情比及时回去更加重要，掘突的婚礼可不能唐突！”念儿说道。这话是在宽慰郑伯友上下不宁的心，头两局他赢念儿赢得毫无悬念，可到了第三局，过了傍晚的时候，他的棋路就有些乱了，丝毫不像是他从容不迫的风格。念儿知道他是担心掘突同秀秀之间会发生什么事情，念儿不懂男女之事，只知道母后交代了若是秀秀同掘突有悄悄话说，他就得拖住郑伯。

“王子说得是！”郑伯友依言说道，想着秀秀是个知分寸的人，不会任由掘突做出什么不该做的事情，只好耐着性子在大厅中陪着念儿。念儿央着郑伯友给他讲宣王静登基之事，他睁着圆亮的眼睛，当是在听故事，说到凶险之处，必定要问一句：“后来呢？”

饭局过了大半，秀秀和掘突才狼狈地回来。念儿瞧见秀秀进了门，立刻招呼道，“这郑府里的饭菜比起宫里那些个膳夫做得好吃多了，你快来尝尝。”

秀秀低着头，不敢看郑伯友：“王子，时间不早了，事情都已经交代了，咱们先回吧？”

“反正都迟了，你急什么？迟一会儿是被责骂，迟久了也是被骂，你坐下……快尝尝……”他说着将秀秀拉着坐了下来，然后伸出手去给秀秀夹了一筷子的肉，就像是从来没吃过郑府中的菜肴一样。

“这……”秀秀有些难堪，拿着筷子心中焦躁，她担心郑伯友会看出破绽，今晚的事情她不想让任何人知道，只想深埋在心中，可此事却偏偏被所有人看破了。秀秀和念儿离开之后，郑伯友就厉声训斥掘突：“你知不知道自己在做什么？知不知道自己马上就要成婚了！”

掘突知道纸包不住火，可他也觉得心里委屈：“那又如何？做这个郑国的世子，做这个郑国宗主，没人问过我愿不愿意！”

郑伯友明白掘突的苦衷，可他毕竟是个过来人：“诸侯之位也好，天子之尊也好，不是你想做就能做，不想做就可以撒手不管的！就算再难也要一步步走下去，就因为你是个男人，就因为你身在郑家！你没得选……你可以不在乎你的婚事，郑国的百姓，郑国的未来，你也要一并不管不顾吗？”

“爹……当日你扔下我和娘，带着褒后想一走了之的时候，用这话劝过你自己吗？如今你又因为廿七，辞去朝中大小官职，远赴晋北，不带娘，不带我，你又用这句话劝过自己吗？你没有……你都做不到，凭什么要求我？更何况，无论我对秀秀做什么，始终不影响我结这个婚，去坐那个你们都不愿意坐的位置！”

“就是因为你要结这个婚，要去坐那个位置，所以你就更不应该碰她，因为你什么都给不了她……我错过，才知道这错有多严重，才不想你重蹈覆辙，你是我儿子，我知道你什么秉性，也知道秀秀什么个性，你这么做的时候有没有想过她日后在宫里的路该有多难走？有本事，你带着她一走了之，郑国的事情不用你管，我一手安排，可你带得走吗？纵然你有心，她是不是愿意？”

掘突听了郑伯友这话，整个人像是被冷水淋了个透，连退两步，像是被人连击数拳，胸口一阵阵地痛：“我……我不会让她受委屈的，爹请放心！”他说完这话转身出门了，心中堵了口气，竟有些负气的感觉。他始终觉得他不会像自己的父亲在男女之事上处理得如此糟糕，他始终觉得郑伯友的这番话虽然在情在理，可他就是个特例。

然而这世上，真的没有那么多特例。

秀秀回到宫里，子时已过，褒姒坐在大殿上等着晚归的二人。这一晚大王也没有来东宫临幸，也没有去西阳宫过夜，而是留在显德殿处理政务。褒姒坐在大殿翻着手中卷轴，上面写的东西其实一样也没看进去。

褒姒心中怅然，举棋不定，对秀秀和掘突的事不知道该是默许还是阻止。

下人来报，说秀秀和王子回宫了，褒姒这才从沉思中猛然抬头看着大殿外由远及近的两人。这一夜的东宫彻夜亮堂，烛火将二人的身影拉得很长，念儿的小手放在秀秀的大手中，一步步地跟着她朝着褒姒的方向走去。褒姒看见秀秀先是皱了皱眉，带着些不悦的神情，这叫秀秀慌了神。

“怎么这么晚？”褒姒问道。

“娘请恕罪，”念儿稚嫩的嗓音说道，“念儿贪玩，在郑府中耽搁了些时间，所以……”

“闭嘴！”褒姒呵斥道，她看向了秀秀，上下将她打量了一番，而后才吩咐下人将念儿先带走。她起身在秀秀的身边环顾了两圈，忽然叫来了下人，“去显德殿请大王！”

“是！”下人应声出了门，朝着夜色中奔跑了去。

这话叫秀秀的心中一凛，不知道为什么要请大王：“褒后恕罪，是秀秀忘了时间才带着王子回来得晚了。”

“若只是迟个一时半刻，你说忘了时间我便信你，可是你转过头看看天色，难不成是郑伯把你二人留在府上不肯放人吗？便是你忘了时间，本宫不信郑伯也不识大体！”

秀秀面色苍白，跪在地上浑身颤抖。

褒姒的眉头紧锁，在秀秀的面前踱步：“你若要我成全，我今日就能放你出宫！”

“秀秀不后悔。”

“不后悔？”褒姒重复了一遍，“不后悔什么？不后悔在这个时候以身相许？”

秀秀的面色变得苍白，大张着嘴，仰起头看着褒姒。她以为自己同掘突在新宅中发生的事没人瞧得出，可褒姒却一眼就看出来了。秀秀的肌肤委实太过稚嫩，稍有些什么，就会泛着红晕。她无法辩驳，只得说道：“褒后要打要杀，秀秀一人受过，还请褒后不要为难世子。”

“我为难他就等于为难我自己！”褒姒说道，她的手搭放在秀秀的肩上，轻轻地拍了拍，“本宫最后再问你一次，你后悔吗？”

“不后悔！”秀秀咬着牙，眼泪如同断了线的珠子一颗颗滴落在地。褒姒松开了扶住秀秀的手，朝前走了两步：“你真的不离开？”

“不离开，臣妾知罪！”秀秀躬身趴在大殿上，“请褒后责罚。”

“唉……”褒姒叹了口气，“此事总该有个人来收场，先回寝宫吧！”

“什么？”秀秀不解地问道。

“回寝宫候着吧。”褒姒又吩咐了一声，秀秀这才起身，满是疑窦地朝寝宫走去。一路上几次回头，弄不明白褒姒要做什么。这件事情得有个人来收场，秀秀和掘突在宫外做了那件事，万一怀了身孕，褒姒不能再不让秀秀保住这个孩子，她若要生下来，这孩子总得有个名分。后宫里的名分，只有一个人能给，也只有一个人给的才算数。周王宫涅很快就到了东宫，看着褒姒匆忙地问道：“怎么了？这么急着叫寡人过来，发生什么事儿了？”

褒姒将今日秀秀和掘突身上发生的事情转述了一番，这话叫周王宫涅沉默半晌：“这件事情你怎么想？”

“秀秀既然坚持要留下，我不能赶她走。”

周王宫涅点了点头：“你叫寡人来是……”

“臣妾担心秀秀日后有了身孕，可宫里的人都知道大王从未宠幸过她，另外也担心日后掘突成婚，齐伯之女一旦发现他们二人情愫，齐伯会怪罪大王！所以大王要扼杀了掘突的心思，以防生变。”

“你真要寡人这么做？”

“嗯……”褒姒咬着下唇，“早知今日，大王何必当初那么对秀秀？我若成全了他们二人，也是一段佳话。”

“胡扯！”周王宫涅说道，“那是搬起石头砸自己的脚！如今秀秀在，念儿的事情你能少操些心。你一面要周旋在后宫女人当中，一面要管着寡人的江山，一面还得照顾念儿……秀秀在多少能分担些，她若嫁出去了，新来的人是不是值得信任还要两说！寡人可不想你一而再、再而三地弄死自己宫里的下人，这善妒也是够可怕的！”

褒姒听见周王宫涅这么说，忍不住笑了，她意识到自己的失态又板起了脸：“大王是在取笑臣妾吗？”

“要真是因为争风吃醋杀的，那寡人还能高兴些。”

“如果真的如此，大王就高兴不起来了，单单是郑夫人，大王就差点要了臣妾的性命。”

“你怎么老揑着这点旧事儿不放？”

“女人都是这样的。”

“以前不见你这样，现在是被寡人惯得脾气越来越坏了。”周王宫涅轻轻地摇了摇头，佯装嗔怒却面带喜色，他朝着秀秀的寝宫看了一眼，“那寡人去了。”

褒姒点了点头。

“寡人真的去了！”周王宫涅又重复了一遍。

褒姒再次点点头。

周王迈步朝着秀秀的寝宫走去，褒姒是要他宠幸秀秀，正好了秀秀这个女御的名分。可他才迈了两步，褒姒就唤住了周王：“不能来真的！”

周王咧嘴一笑，点了点头：“留给你，都留给你！”

第六十三章

宠秀秀后宫惶恐，新夫人八面玲珑

这一夜，秀秀得宠一事传得尽人皆知。第二日一早秀秀便迟了朝谒，褒姒板着一张脸罚她跪了祠堂，没她的准许不能离开。如今褒姒又卷入了主仆争宠的事情，再次被推上了风口浪尖。

掘突几番想来探望秀秀都被自己的父亲拦住了，秀秀被罚到底是因为争宠还是晚归，别人纵然不知，可掘突心里明白。这时候若再去探望，便是火上浇油。事已至此，掘突带不走秀秀，又不能给她未来，郑伯友苦苦相劝，让他早些放手，省得折磨别人也折磨自己。

周王宫涅有意冷落了褒姒一段时日，终于在早朝宣布了那个压在每个人心头的诏书，亲口废了宜臼，封了伯服。伯服自大殿之下缓步而上，走到周王面前受封，然后转过身去，满朝士大夫稽首。

伯服面上没有笑意，是种与年纪不相符的冷峻，他俯视群臣，从台上迈步而下。这消息从前殿传到后宫，申后听闻轰然倒地，晕厥半晌，人事不知，再醒过来她已经躺在了寝宫床上，一睁眼就长叹了口气，知道大势已去。大王如今能废了宜臼，不日就会举兵攻打申国，他若要一统中原，这一仗势在必行！

这一日的朝议整理了近来的大小事务，除却封伯服为太子外，还对郑伯友的安排、掘突的婚事，诸侯离京都做了说明。嬴开见时日差不多了，便提出辞行。

周王宫涅颔首："百里将军向寡人详述了眼下秦国的形势，如今秦兵到位，秦国也不必担心了，秦伯不妨留下喝了喜酒再回封地？”

“也好，”嬴开说道，转向掘突，“恭喜郑世子！”

“多谢秦伯！”掘突应道。

嬴开又转向周王宫湦：“承蒙大王庇佑，秦国才有此安定！”

“周秦关系一向交好，如今该是寡人谢你慷慨赠兵，以御北狄，结果自己疏于防守，叫犬戎钻了空！此事你可得好好谢谢楚侯，为了你们秦国的事情，他几年没有回楚啊！”

“多谢大王记挂！”楚侯的面色不算好看，心中将周王宫湦全家咒骂了个遍。

“嬴开多谢楚侯相助，若非楚侯当日派兵，只怕秦国已遭犬戎铁蹄蹂躏。”嬴开作揖向楚侯熊仪道谢。

“对，待掘突大婚，你再同楚侯喝上几杯！”周王宫湦吩咐道，“只是这犬戎一事，你还得在意，楚侯虽保得住秦国一时，却也对犬戎无可奈何，今日寡人就要你率兵驱赶犬戎至千里之外，你可有信心？”

周王宫湦这话恶毒极了，叫嬴开木立当下，半晌答了一句：“有！臣等必将犬戎驱逐。”

“好！”周王宫湦拍了拍手，满面笑颜。可熊仪的面色好不到哪儿去，甚至可以说有些绛紫色的难堪。这分明就是不给他台阶下，自己都打不了的仗，只好让嬴开来收拾这烂摊子，他心中岂能咽得下这口气?

这天的朝议商议了诸多事情，大多是周王亲自定夺，到了退朝的时候已接近傍晚，周王宫湦朝东宫走去，去找褒姒。他轻轻推开寝宫的门，褒姒正对着镜子卸簪子，没听见身后传来的脚步声。她忽然被周王宫湦一把抱在怀里，被吓得倒抽了两口气，瞧见是周王宫湦才长长地舒了口气：“朝议结束了？”

“嗯！”

“说了些什么？”

“每回寡人上朝，你都会差人去听，难道还得寡人告诉你吗？”

褒姒沉默良久，在镜中看着周王问道：“大王不担心申侯吗？”

“寡人忍他也有些时日了！他若不服，寡人正好借此发兵！”

“大王，继别为宗，你动他于礼不合。更何况，你们还是父子。”

“寡人顾及与他的父子情，他可曾顾念寡人？赏罚如果不明，寡人何以服众？”

褒姒无言以对，只能说道：“这些天我去看看申后吧？”

“有什么可看的？当日将自己的儿子教养成这样，今日就该料到被废的结局！”周王宫湦厉声说道，揉了揉自己的太阳穴，“不说此事了，寡人累了！”说罢朝着床榻的方向走去。褒姒扭头看着他，起身跟了过去，坐在床边叫周王宫湦将头枕在自己腿上，用手轻轻地揉捏着他的额头帮他舒缓。这几日来不间断的忙碌叫他很快陷入了沉睡当中，发出了均匀的呼吸声。褒姒捧着他的头，用手轻抚着他的肌肤，俯下身子在周王宫湦的面颊上落下一吻。

为了伯服今日的太子之位，这位父亲付出得太多了，他疲惫得都瘦了三分，这些天来扛在他肩头的压力委实不小，她却无法与他分担。要打便打这话，周王宫湦纵然说得轻巧，可远没有这么简单。今天散朝后，他留了楚侯，请他出兵申国压境，以钳制申国，此事楚侯得了令，心中纵然对周王有千般不满、万般抱怨，却不敢忤逆。

此事他不去做，自然有秦伯去。若再叫秦伯得了申国，日后楚国就更不是周秦的对手了，熊仪心中一凛，出了宫就立刻安排。

周王派兵威慑申国一事，人人都在揣测。从宫里传来了周王单独召见熊仪的消息之后，立刻就有好事者前去拜访嬴开，向他阐述了楚国战胜申国的利弊。若是叫楚国拿下申国，收为己用，日后秦国怕不是楚国对手，连周王都要忌他三分。楚国想何日践踏秦国，便何日践踏，从此以后，秦国封地岌岌可危。

嬴开听罢，深以为然，再探听到楚侯都不等掘突大婚就匆匆回国，他也立刻写了一封信叫百里成率军压阵申国，以防楚侯趁势攻秦。

这二人都忙着盘算自己的一亩三分田，却没人在意秦、楚相抗，到底谁才是得利之人？

隔了些天，褒姒差人向各宫发了帖，宴请夫人、嫔妃来东宫赴宴，同时也宴请了还未离开京城的世妇。这个安排叫卫夫人和楚夫人都提着口气，不知道褒姒到底想做什么。

如今后宫变数叫这两位夫人为自己的处境深表忧虑，卫夫人担心自己过去和熊宁走得近，现在褒姒得势便要算账了；楚夫人也害怕在后宫中蛰伏多年、隐忍多年的褒姒，今时今日熬出了头，便要有仇报仇，有怨报怨了。

打听了半晌，谁也没打听出褒姒设宴的目的，可到了现场，大家才恍然大悟。褒姒宴请的主角是齐伯之女，想瞧瞧她的模样和秉性而已。齐伯之女被安顿在了靠近褒姒的位置，她皮肤白皙，眉眼温婉，嘴角含笑，脸颊泛着桃花般淡淡的粉色，举手投足间一派大家风范，跪坐在母亲的身侧。

女人们到齐，东宫下人们一一记录了宾客，而后晚宴开始。宫中训练有素的佾人依次踏着弦乐同钟鼓声从大殿的两旁鱼贯而上，白色的长裙同水袖在大殿中央蜿蜒，轻歌曼舞宛若人间仙境。这音乐的调子清婉，曲风明亮，倒是合东宫主子的性子。一曲结束，褒姒才坐在大殿中央向在场的诸位嫔妃敬以清淡而甘甜的蜂蜜酒："每年的祭天大典大王设宴请百官，是要感谢他们这一年来对我大周效力。要本宫说，女人们的付出于我大周而言，更加重要，因此本宫便设宴东宫，款待诸位，略备薄礼，不成敬意！"褒姒举起手中的酒鼎，下人得了她的眼神，按着座位的顺序向在场的女人们发放了一个小小的青铜盒子。

"多谢褒后……"众位女人答话，举起桌上的酒杯，同饮第一杯酒。

褒姒为自己斟上了第二杯酒，站起身朝中央走去："年年的祭天大典，后宫中的事务都有赖诸位夫人同嫔妃了，这杯酒，本宫敬几位。"她走到了楚夫人同卫夫人的面前，端起手中酒杯一饮而尽。卫夫人同楚夫人交换眼神，也举起了酒杯，喝下了这杯酒。

这种客气，简直有些不像是那位高高在上、神情淡漠的褒后了。

卫夫人同楚夫人面面相觑，谁也不敢多话，只说了句："谢褒后。"

褒姒端着酒杯又走到了诸侯世妇们面前："若没有诸位在诸侯身边辅佐，只怕我大周难保如此太平盛世，本宫就代表大王向诸位夫人敬这一杯！"她说完再次端起酒杯将杯中的酒水一饮而尽，踉踉跄跄地走到了齐伯之女身边，脚下一个趔趄没有站稳，踩住了自己的裙摆，几乎要跌倒在地。

褒姒的身子微斜，在场的人都倒吸了一口凉气。齐伯之女眼疾手快，扔下杯子，还未喝完的蜂蜜酒洒了一桌，她伸手将褒姒扶稳了："褒后虽不胜酒力，却仍以酒水聊表心意，我等为人臣子诚惶诚恐，对这敬意愧不敢当！"她的声音如银铃，如清泉，如秋风吹入松林的沙沙声，如春雨沐浴大地的滴答声，让人心旷神怡。

她将褒姒扶稳后松开了手，不慌不忙地端起桌上已经洒了大半的酒水，为自己又斟满一杯，带着笑意，双膝微屈站在褒姒面前："在下姜婉，齐伯乃家父，谢褒后赐婚，赐予姜婉如意郎君、少年英雄，姜婉饮下这酒谢褒后恩情！"

"姜婉？"褒姒慢慢地品着这名字，眯起的眼睛里透着令人不易察觉的精明，嘴角泛起了一丝笑意。那日从掘突新宅回来，秀秀便同褒姒说起掘突探听到齐国公子生性刁钻、才疏学浅、任性妄为、粗鄙狂野……这个姜婉，真是聪明。褒姒点了点头，拍了拍她的肩膀："窈窕淑女，君子好逑。你名声在外，世子偶有听闻，机缘巧合，与婉儿有一面之缘，遥遥相望，便心生爱慕，请大王同本宫赐婚，我们自然会成人之美。愿这桩婚姻缔结百年，夫妻相敬如宾，举案齐眉，为人间传颂的一段佳话！"

"谢褒后祝福！"姜婉稽首，端起杯中酒水饮下，面颊的粉嫩已变成了娇艳欲滴的赤红，似是不胜酒力，模样却当真讨巧。这齐伯的小女儿能有如此才学与姿色，若是当初任凭自己自作主张叫那位大女儿入了帝王之门，做了大王的夫人，还真不好说今日这后宫的布局了。褒姒笑了笑，心中怅然良久，周王宫湦给她的已不仅仅是一份爱情，更多的是还为她解决了后顾之忧。

喧闹退去，洗尽繁华的安静最是寂寥，褒姒一人斜倚在大殿上，一手撑着下颌躺在卧榻上看东宫中的残羹冷炙与杯盘狼藉。如今居于高位，万人敬仰都是周王宫湦一手为她绘的，这感觉就像镜中花、水中月，亦真亦幻。月上当空，秋风瑟瑟，时间陷入黑夜，下人来报："褒后，人都散了，大殿也打扫干净了！"

"你们去睡吧！"

"褒后还在等大王吗？"

褒姒站起身："本宫先回寝宫了，明日一早不必朝谒，你们晚些准备吧。"

"是！"下人退到了一旁，目送褒姒拖曳着她疲惫的身躯，拽着身上的那件白色长裙慵懒地朝着寝宫走去，还未离开大殿就听见门外下人正在参拜大王。

褒姒顿住身子，转向大门，周王宫湦快步走来，风尘仆仆。他遥遥看见褒姒，又加快了脚步，走上前去为她拢了拢身上的长裙，一脸疼惜："怎么又瘦了？"

"大概是衣服松了。"

"胡说，"周王宫湦瞪了褒姒一眼，"这衣服是说松便松，说紧便紧的？"他伸出手捏了捏褒姒的面颊，"连点肉都没了，琐碎的事交给下人去打理就是了，朝中的事有念儿和寡人在，你养好身子要紧。"

"臣妾好着呢。"

"太医院的人给寡人告了几次状了，"周王宫湦轻轻地点了点褒姒的鼻头，伸出手将她揽在怀中，然后朝着寝宫的方向走去，"说是号了几次脉，你身子有些虚，得补补，怎么也不和寡人说？"

"身子有些虚，得补补，这话说得也太宽泛了。"褒姒依偎在周王身侧，"臣妾没什么毛病，太医院的人是吓唬大王的，大王不必放在心上。"她说罢抬眼看着周王问道，"莫不是大王听了太医院的人说起，才前来东宫探望的？"

"怎么寡人还非得找个由头才能来，这难道不是寡人的家吗？"

"如今大王政务繁忙。"

"就是繁忙，才想着来东宫走走。"周王宫湦推开寝宫的门，迈步而入，转身看着褒姒踏入，又将门关上，"回来这里多少能缓缓，那些琐事说大不大，烦人得很！"他坐在床榻上，褒姒走向一边，从桌上拿起壶倒了杯水递给周王，然后蹲下身子趴在了周王宫湦的膝盖上："大王才该注意身体，小事就放权给那些大臣吧。"

"事无大小啊！"周王宫湦叹了口气，将杯中水一饮而尽，一手捏着空杯，一手摸着褒姒的头发，"东宫晚宴原本想抽空来参加的，可实在腾不出时间，怎么样，没出什么乱子吧？"

"能出什么乱子？"褒姒哧哧地笑了，站起来将他手中的空杯拿走，转身回到桌案前，提起壶看了看周王。周王宫湦摆了摆手，褒姒便将壶和杯子又放下来走到面盆旁，将帕子浸湿了递给周王宫湦。周王胡乱地将自己的脸抹了一遍，将帕子还给了褒姒："见到齐伯之女了？"

"见过了，叫姜婉。"

"怎么样？"

褒姒摇了摇头。

"配不上掘突？"周王宫湦先前也从秀秀口中听到掘突打听来的事情，褒姒和周王还急了一阵，这才设下东宫晚宴。可宴席上的姜婉八面玲珑、伶牙俐齿、知书达理，绝非任性妄为的粗野之辈，从齐伯夫人的眼神中也看得出，她对自己女儿的这番仪态早就习以为常，并非是演给褒姒看的。

"这姑娘是个狠角色。"

"比你还狠的角色？"周王宫湦站起身解开衣带，褒姒放下手中帕子，回过身替周王宽衣。她将他身上冰凉的衣物解下来，瞥了一眼说话的周王，无奈地摇了摇头："臣妾没同大王开玩笑。"

周王宫湦揽住了褒姒的腰肢，为她解开了身上的衣物，笑眯眯地用鼻子蹭着褒姒的面颊，亲吻着她的脖颈："寡人也没同你开玩笑，小姑娘年幼，动些心眼，你一眼便能窥探，是她狠还是你聪明？"他说罢将褒姒抱上卧榻，"掘突自有掘突的福气，一个男人若连自己的女人都驯服不了，如何能掌管一方土地？"他解开了褒姒的衣服，"你能做到这一步，就已经够了，余下的便不必去担心了，这婚事是凶是吉，你我都爱莫能助。"

褒姒点了点头，如今也唯有期盼掘突同姜婉真能百年好合，相敬如宾了。她将头贴在他的胸前，轻声说道："臣妾想到了当年的齐伯千金，若叫她入了宫，以这般聪明之态和绰约的风姿，怕是大王也会一见倾心的。"

"寡人爱你，岂是爱你的聪明同姿色？你在东宫还是太闲了，才有这心情胡思乱想！"周王宫涅说罢吻住褒姒，拉起了一旁的锦被盖在身上。安静的夜色此刻显得越发安静，空旷而绵长。

姜婉同掘突的婚事，就在几天后。

褒姒差人将祠堂中的秀秀叫了回来，褒姒在寝宫的桌案上摆着一个个锦盒，听见门外敲门声，褒姒才一一合上锦盒，说了声"进"。

秀秀推开门，穿着身水红色的长裙迈步而入，向坐在桌案前的褒姒拜谒行礼。

"关上门吧！"

"是！"秀秀转身将门关上，"秀秀知错了，日后绝不敢再犯。"

"我也是不得已……"褒姒仔细地盯着秀秀，看得秀秀面色羞赧，朝后退去，心中小鹿乱撞，不知褒姒这番意味深长的话中包含几个意思。她低下头去不知如何应对，褒姒拍了拍秀秀的肩，又转过身朝自己的桌案走去，"身上的伤便是再重，好得也很快，可心里的伤便是再轻也难以治愈。掘突明日大婚，今晚你还想见他吗？"

"秀秀绝不再犯。"

"你没有错，"褒姒将面前的锦盒推向秀秀，"这是些滋补的药，你拿去吃了，退退身上的寒气，祠堂之地本不该让你久留。"

"承蒙褒后记挂，秀秀皮糙肉厚，无须金贵的药材滋补，褒后畏寒，您还是留在身边吧。"

"只要是宫里的娘娘都金贵，本宫身为后宫之首，替大王照顾你们是分内之事。你若同我客气，本宫只能用东宫之主的身份来压你，你大小是我这宫里的女御，便是出了东宫，做了夫人，也得听本宫的安排不是？"褒姒问道，这话叫秀秀无言以对，低下头去。

"你若不收，我只好每日叫人将汤药熬好送到你屋里了。"

秀秀猛然抬头："秀秀不敢劳烦褒后，我收了就是！"

"你何日同我也这般客气起来了？"

"身在东宫，一言一行，整个后宫都盯着，秀秀不想落人话柄，若只是个下人，无关痛痒，可如今身为女御了，秀秀不敢再失了礼数。"秀秀回话道，心中也莫名地怅然了。人和人的交情曾以为有多么牢固，可经久之后总会改变，世事无常，大概就是如此。

秀秀的面色还有些苍白，之前的那顿杖刑伤了元气，一时半刻也恢复不过来。褒姒看着秀秀，听着她的话，心中不免流露出悲戚之意，一时间只觉得满嘴苦涩，最后这浓稠的苦涩化作一声叹息。王后之位就像是受到了诅咒，只能眼睁睁地看着身边人一个个离去，褒姒看着秀秀，有种无可奈何之感："明日掘突大婚，东宫要去个人道贺。"

"褒后的意思是？"秀秀问道，手指微微地攥在一起，指甲进入了皮肉。

"你同大王去吧？"

"您呢？"秀秀有一丝惊慌，她既害怕跟随大王出入公开场合，更害怕跟随大王时撞见掘突，她害怕自己会控制不住感情。

"我就不去了，此事一向由你张罗，你若不露面，旁人会起疑的！"褒姒这番话说得合情合理，秀秀看了她一眼，低下头应了一声，然后转身告辞。秀秀入宫多年，在掘突身边也多年，可时至今日，她还是没学会如何和大王相处，如何同掘突相处。第二日的婚礼上，锣鼓喧天，熙熙攘攘的人群将郑家围了个里三层外三层。秀秀陪着周王宫湦，挽着周王臂弯，可二人之间却丝毫不显亲昵，秀秀的肢体无比僵硬，从她跨门而入，掘突就在远处看她，他一身喜服，面上带笑同来道贺的士大夫寒暄。

周王宫湦的到来让这场热闹的盛事安静了片刻，众人的目光集中在他身上，纷纷拜谒行礼。

"今日的主角不是寡人，是掘突，诸位在他府上，客随主便，寡人也不过是来凑个热闹！"周王宫湦摆了摆手，带着秀秀走到了掘突面前。他给秀秀使了个眼色，秀秀便拿出锦盒递到了掘突面前："大王赠予世子的新婚贺礼，愿世子同齐国公子百年好合，早生贵子！"

"谢大王，"掘突看着周王，神情有些恍惚，谢过半晌之后才想起秀秀，又补了句，"谢娘娘。"

"你是该好好谢谢秀秀，"周王宫湦点了点头，"褒后身体不好，这婚事便全是秀秀张罗的。"他说着环顾了一圈，眼神中颇有赞赏的意味。

"多谢娘娘操持，在下感激不尽！"

"行了，"周王宫湦打住了掘突的客套话，"时候也不早了，吉时快到了吧？"

"还有半刻。"

“寡人同你父亲聊两句，你忙你的！”周王宫涅说着拍了拍掘突的肩膀，转过身朝着坐在主宾席上和来客寒暄的郑伯友走去。众人见周王前来纷纷告退，郑伯友转身行礼，看了一眼秀秀，露出了诧异的神情，对秀秀的出现感到不解：“参见大王。”

“不必多礼，今日你们父子才是主角，恭喜郑伯了，不多日便能抱上孙子了吧？”

“大王说笑了！”郑伯友神情拘谨。

“改日请寡人喝满月酒，算是添一件喜事。”周王宫涅说罢兀自伤感了一句，“可惜啊……寡人想喝孙子的满月酒且得等了，莫说是孙子，就是儿子的满月酒也叫寡人给错过了！可怜褒后一人将伯服带到两岁，寡人连这个儿子的面都没见过几次！掘突如今青出于蓝，比你当日在京城中的大婚气派多了。”

“此事多谢大王照拂，若非秀秀张罗，今日也无法办这婚事。”郑伯友说着看向秀秀，“连累娘娘受罚，郑某心中有愧！”

“和你有什么关系……”周王说道，秀秀将目光投给周王，不敢多言，只看着两人应酬，也不知他们是真心还是假意。周王这话撇清了秀秀同掘突的关系，可承认了褒后善妒，而周王宠幸秀秀一事，令郑伯友心中不是滋味，却也无可奈何。周王同郑伯友继续说道，“秀秀出自郑家，如今为你操持婚事，算是报了郑家恩情，只是但愿这婚后……齐郑能结百年之好，可别叫寡人好心办了件坏事！”

郑伯友听得出周王话中有话，暗指秀秀同掘突的情愫，他给足了郑家面子，郑伯友却觉得十分忐忑：“承蒙大王眷顾，小儿行事自有分寸！”

“这齐伯之女褒后已经为你们打探了一二，是个角色！怕掘突逃不了这姑娘的手掌，必能被驯得服服帖帖，寡人一点也不担心！退一万步讲，你同我大周是本家，若是齐国同郑国不能修好，寡人也肯定是护着你郑国！”

“多谢大王！此事不敢劳烦大王，齐郑必定能结百年之好。”

“此事可由不得你做主！尤其是你还在晋北，鞭长莫及啊。何日启程？”

“明日上朝便准备向大王奏请此事，若大王允许，在下愿即刻启程！”郑伯友话锋一转，二人谈起了国事，秀秀坐立不安。起身告退：“臣妾在这里有些闷，想在院子里走走。”

“去吧！”周王宫涅明白秀秀在避嫌，“早些回来，别错过迎亲的热闹！”

“是！”秀秀起身离开了主宾席。男女原本不同席，只因为她是周王宫涅带来的，所以才能坐在那里。她起身去了后院，想避开前院的热闹，不知不觉秀秀走到了婚房前面，看着婚房内外的陈设，心中怅然。

掘突朝着后花园的方向走来，脚下发出“沙沙”的声响，秀秀回头看见掘突，便扭头要走，掘突眼疾手快，冲过去拉住了秀秀。

“世子！”秀秀挣扎着，求他放开她。

“秀秀，”掘突将秀秀抱在怀中，下巴抵在她的肩上，企图从她柔软的身体中寻求一丝慰藉，“别离开我！”

“世子，今日是您的大婚之日。”

“我不管！你明明知道我的心意，为何要将我拒之门外。”

“因为我是大王的女人，是后宫的女御，我便是知道你的心意也只能将你拒之门外，更何况如今你已有娇妻。褒后说姜婉是个不可多得的大家闺秀，世子还要怜惜眼前人，莫要等失去了她，才觉得后悔。世子所以记挂秀秀，是因为你求之不得。你征战南北，战无不胜，如今却在我这里翻了船，在世子心中作祟的并非爱情，而是你的占有欲，不相信自己会输给别人！如今世子输给的人是大王，您还有什么不服的呢？”

“你若真是大王的女人，我立刻退出！可你不是，守着女御的名分，在后宫中却行着下人之实，无非就是照顾太子，照顾褒后，他们对你不公平。”

“我虽是处子之身，不代表我同大王没有情愫，大王许了我什么，连褒后都不清楚，大王不动我，是因为褒后横亘其中，大王不敢贸然伤她。可如今允了伯服太子之位，事情就不一样了。你以为我为何会被褒后责罚，便是大王觉得不再亏欠她，也就不必避讳我了。你别忘了，我从郑夫人时候起就跟着大王了，和他之间的情分不浅，他不敢要是因为珍视。你们男人的心和我们女人不同，我们的心中只容得下一个人，我为了叫你死心，以身相许也只是想让你知道，便是得到了也没什么。我心中装着谁，世子还看不出吗？”

掘突就像是遭到了晴天霹雳一般，在秀秀面前僵住了，连同握住秀秀的那双手也变得无比僵硬。秀秀退了一步：“你们男人的心比我们女人宽，宽太多，能容得下好几个人，大王喜欢我，但仍旧深爱褒后；我们女人的心却只能容得下一人，这就是为何后宫里尔虞我诈，争得你死我活，我爱大王，甘愿为他付出一切。”

掘突不住地点着头，心痛难当：“是我枉做小人了，还以为你……”这话他已经说不下去了，连呼吸中都带着颤抖，“好……好，你爱他，我成全你！”他扔下这话，迈步离开。临走之时身子重重地撞在了秀秀的身上，秀秀往后退了一步，勉强站住。听着掘突越走越远的脚步声，她用尽了全力才让自己没有哭出来，佯装什么事都没有发生回到了席间。周王宫涅瞥了一眼秀秀的表情，知道刚才掘突去后院拿东西撞上了她，却也并不说破，此事他没法干涉，只好装作什么都不知道。

这一晚人们笑够、闹够，渐渐散去，只留下了掘突在洞房中与姜婉相对而立。白天行过礼之后，姜婉就被送到婚房，她坐在床上，屋子里空荡荡的，弥漫着一股令姜婉难受的气息。她站起身又坐下，几个来回，一旁的小惠觉得奇怪："怎么了？"

"没什么……"姜婉又坐了回去，"总觉得哪里不对。"

"哪里不对？"

"这屋子，好像还有别的女人。"

"夫人你别吓我！"小惠拍着自己的胸口，"这可是大王新赐的宅子，从未有人住过！"

"是吗？"姜婉从红盖头底下看着小惠的一双鞋问道。

"听说这宅子是东宫女御得了褒后的令，亲手布置的，世子婚事，事无巨细都是她打理的。可见大王同褒后有多器重世子，夫人过了门得好好谢谢褒后！"

"这是自然的！"姜婉摸着床上缎面的床单，缎面光滑，宛若女人的肌肤，叫姜婉觉得有种恶心感，"褒后不过是倚靠郑国才撑起了朝中势力，如今我嫁入郑家，这世子的心，我无论如何也要得到！"姜婉自小自视甚高，聪慧过人，与掘突的婚事定下之后，她就叫自己父亲身边的人对郑国统一口径：齐伯的小女儿任性乖张、张扬跋扈、刁蛮粗鄙、其貌不扬……总之，有多难听就形容得多难听。

姜婉深信，以掘突的阅历，绝不可能没有女人。只碍于两家门户不相当，才不得不娶自己做正妻。姜婉害怕自己嫁入郑国之后得不到夫君宠爱，会陷入妻妾争夺，所以她要掘突的一颗心，不管自己喜不喜欢，她都必须得到。

姜婉在这个缎面上来回抚摸的手，忽然停了下来，停在了一处并不显眼，已经干涸的血渍上，她的手来回抚摸着："小惠？"

"夫人有什么吩咐？"

"刚才你说什么？"

"哪一句？"

"你说这屋子是新的，以前从未有人住过？"姜婉终于知道自己的不安来自什么地方了，这张床是婚床，这间房是新房，可这位新郎却在结婚前夜将别的女人带入婚房中，同别人在自己的婚床之上行合欢之事。姜婉的心中泛起一丝恨意，手紧紧地抓着这缎面的床单。

“是啊，从没人住过啊！”小惠还不知道姜婉发现了什么。

“这样……”姜婉深吸了口气，定了定神又坐直了身子，“先前褒后派来置办婚事的人是谁？”

“是个叫秀秀的女御，听闻是不久前才封的，东宫的人。”

“倒是稀罕，褒后能容忍大王在后宫中再封个新人？”

小惠满面不解：“传闻大王荒淫无度，四处搜寻民间美人，先王过世，他沉迷于女色，荒废朝政，便是在东宫封个新人又有何不可？”

姜婉十分清楚褒姒在后宫的独宠并非是运气，入宫七年她如履薄冰、战战兢兢，为自己赢得了一席之地。如今大王却在东宫里封了个女御，此事未免太过蹊跷，左思右想，姜婉觉此事必和自己的夫君有关：“你去帮我打听一下这个秀秀的来历，再问问前两天她是不是来过。”

“干吗要问这个？”

“只是问问，这场婚事总归是麻烦了人家，该去一趟东宫道谢，若失了礼数可就叫人抓了话柄了！”

“是！”小惠点了点头。

姜婉在这张红色的婚床上安静了下来，心中却十分忐忑，焦虑不安。天色陷入漆黑，前院热闹的声响传到后院，笑闹声不止。月亮高悬在空中，星辰越发明亮，这前院传来的笑声、闹声渐渐变得稀薄了，淡薄的笑闹声从前院移至厢房，最后到了这婚房前。掘突在门外驻足，人们都已经等不及了，在掘突的身后猛推了他一把，掘突一个踉跄从门外冲了进来，“哐”撞开了门板，将坐在床上的姜婉同一旁的小惠都吓了一跳。

掘突看着新娘，憨憨地笑，面色通红，眼前却一片模糊，门外几人大喊：“闹洞房了，闹洞房了啊……咱们赶紧走，别坏了他们的兴致，快快，出门去了！”从晋北赶回来参加婚礼的文朔也喝得不少，踉踉跄跄地指挥军中的兄弟，然后一把将房门拉上了，只余下小惠站在一旁看着新姑爷同自家小姐。

小惠请掘突挑起姜婉盖头，掘突缓缓走到姜婉面前，拿起喜杖，挑起盖头，他的眼神迷离，心却早已沉到一片漆黑之中。早就听闻自己的夫人其貌不扬，可喜帕掀开，姜婉明眸皓齿，肌肤胜雪，灵动得如同东海里的珍珠，样子娇俏得讨人欢喜。掘突的手微攥，手心沁上了细细的汗水。

小惠请辞出来，将门关上，看着一众趴在门边上偷看的人："散了散了，有什么好看的！回家看自家媳妇去……"她一手叉着腰一手挥着手中的帕子，将准备闹洞房的文朔等人都给赶走了。而后屋内陷入了寂静，掘突拿着手中帕子站在姜婉面前，不知如何是好。

"累了吧？"姜婉的声音十分温婉。

掘突没有说话，痴痴愣愣地看着她，脑中一片空白。今日他同秀秀不期而遇，秀秀那番伤人的话，叫掘突缓不过神来。别人来敬酒，他就借酒浇愁，酒水已经褫夺了他的理智，连自己大婚都快要忘记了，若非文朔等人将他推入房中，他怕会是在书房里过夜了。他差不多已经忘了姜婉是谁，此刻他只觉得胃里翻江倒海，脑中一片汪洋。

姜婉看着掘突叹了口气，站起身朝桌案走去，拿起还温热的水壶倒了杯水递给了掘突。掘突见有人递水，痴痴地拿起来，一饮而尽，然后漆黑的眸子盯着姜婉。他的眸子里有种慑人的神色，紧紧地抓住了面前的姜婉，叫姜婉觉得心中紧张，连呼吸声都不自觉地大了起来，心里和打鼓一样七上八下。

姜婉没想到，自己会紧张。

这位京城中盛传的少年英雄肤色黝黑，身材健硕，五官棱角分明，表情严肃，他的声音沙哑中带着一丝浑厚，开口向姜婉说了句："谢谢。"

"你我如今行过礼，便是夫妻了，何须言谢？"姜婉笑着，走到掘突面前，"今日累了一天，早些休息吧！明日一早，还要向父亲大人敬茶。"

掘突用手指撑着额头，努力想将已经恍惚的神情从酒醉的迷离中拉出来，他闭目沉声说道："我去书房，你早些休息。"

姜婉拉住了掘突衣角："新婚之日，新郎便在书房中过夜，人家会以为是新娘不贤惠将夫君赶出婚房。听闻相公征战南北，是万中无一的大英雄，朝中人可都将目光盯在你身上，你若娶妻不贤，会遭人笑话的，姜婉还是侍奉相公休息吧？"

姜婉这一席温热的话暖着掘突的心房，让他一阵悸动，强忍住了想要将姜婉拥在怀中的冲动。掘突的理智一点点地从酒水的浸润中恢复了过来，对姜婉一向抱有的成见早已烟消云散，还为先前对她的误解感到愧疚，更加懊恼自己不该将她的不贤告知于人，如今像是无缘无故冤枉了一个好人，掘突满心愧疚地想要补偿。

掘突身上的衣服被一件件脱了下来，最后只余下了一件内衬。姜婉转了个身，走到桌案前吹熄烛火，又走回来挽住掘突，将他搀扶上床，自己退掉了身上的衣服直至一丝不挂，才掀开被褥滑了进去。光滑的胴体抵在了掘突身边，一种发自心底的欲望瞬间褫夺了掘突的全部理智，他还在忍受着这种煎熬，姜婉侧过身去问道：“头还疼吗？我替你按一按，明日起来能好些。”她将冰凉的手抵在掘突的太阳穴上，这股冰凉犹如压死骆驼的最后一根稻草，让掘突的理智彻底崩了盘，由着性子和冲动吻住了姜婉的唇舌。

二人如同点燃的柴火，一发不可收拾。箭在弦上，千钧一发之际，掘突的脑中闪过一丝灵光，秀秀的音容笑貌如在面前，整个人像是被人浇了一桶冷水，沸腾的热血霎时间冷却了下来，强忍住了冲动的身体，他双手撑着自己，硬生生地顿住了：“今日不行，太累了……今日不行……”他喃喃地说着翻了个身，很快发出均匀的呼吸，陷入了沉睡。

躺在床上的姜婉眼角留下一行清泪，内心满是不甘。

第二日清晨，天还未亮，新婚的府上已点燃了烛火，在寅时的夜色中发出微弱的橙光。桌台上的烛火闪烁，屋子里影影绰绰，姜婉撑着疲惫而饥饿的身体靠在放置烛台的桌案前揉着太阳穴。这一夜的折腾叫她头疼欲裂，面色也一片苍白，想起昨晚发生的一切，只觉得天旋地转，费了好一番工夫才将自己稳住。

她已不是那位被父亲捧在手中的掌上明珠了，嫁入郑府，成为人妇，未来的路说不清楚会有多难走。姜婉愣了一会儿，心中泛起了一阵失落，看着还躺在床上的掘突，她觉得有心无力，感到无法撑起这个家。

以后的路就像是此刻的夜色，漆黑而迷茫。

掘突前一天夜里喝得太多，屋子里的烛火点亮，他惯常的警觉将他从睡梦中给拉了出来。猛地坐直了身子，左右看了一圈，才意识到昨天是自己的大婚之日，他转头看着站在桌案前的陌生女人，不知道说什么才好。

“你醒了？”姜婉问道。

掘突揉了揉额头，头疼欲裂，宿醉的感觉叫他觉得随时会脑浆迸裂。

“头还疼吗？”姜婉朝着掘突走过去，用冰凉的手指按压着掘突额头，以缓解他的不适。掘突想拿开姜婉的手，又不敢去握，最后只是说了句：“这么早？”

“还要去向公公敬茶，今日他要启程前往晋北，不敢耽误了大王送行。早些起来，早些准备吧？”

“时间还早。”掘突说着拿掉了姜婉的手，转过身从床上下来，穿上衣服。姜婉想帮掘突一把，可他丝毫不给她搭把手的机会，淡淡地说道，“你再睡会儿吧，这会儿父亲应该准备去上早朝，等退了朝再走，至于这杯茶，喝不喝也不重要。昨日忙了一天，睡醒了再说吧！”他说话间，已将衣服穿得规规整整，丝毫看不出昨夜的宿醉，他迈步朝门外走去，没有给姜婉交代的意思。

“你去哪里？”

“去书房。”

“昨夜洞房时，你就说要去书房。”姜婉盯着掘突的背影，手攥着裙摆，“今日一早醒来，我不过是尽尽做媳妇的本分，去敬一杯茶都不可以吗？”

“不是说不行，是怕耽误你休息。”掘突不想伤害一个无辜的女人，说到底她嫁入郑家也不是因为她想，不过是一桩政治联姻，他们两个都是牺牲品。

“我知道你不想娶我，心有所属。”姜婉朝着掘突走去，“我们两个人在昨天之前甚至连面都没有见过，如今却被推到了同一间房要做夫妻，相守半生。你善战，天下皆知，万人敬仰，我不过是一介女流之辈，大门不出、二门不迈，略懂女红，略知琴棋！”

“我并不是说你配不上我！”掘突转过身看着姜婉企图辩驳道。

姜婉一双冰凉的手压在掘突唇上，示意他不要说话：“我们之间过去没有交集，我对你并不熟悉，你对我更不了解。如今你已经过弱冠之年，少年成名，征战沙场，说媒之人必已踏破你郑家大门，偏偏我齐国有幸，大王钦点了这门婚事。你如今未婚，我想大概是心上有人，若能娶回门中，我不介意你有妾室，也会同她们共同辅佐自己的夫君，相夫教子，尽女人的本分！你若爱我，自然是好，若不爱，也不勉强，此事人力难为，全赖天意。”

“我……”掘突看着楚楚可怜的姜婉，顿生怜惜，看着她如此委屈，只觉得自己未免太过分了。姜婉没让掘突将这话说完：“齐郑联姻，你不能辜负大王同褒后的一番美意。我父亲自小将我捧在手中，视如明珠，你若是如此冷淡，我带的随行、侍从必会将此事回禀给父亲，本是一番好意赐婚，反倒被你弄砸了，日后齐郑交恶，不是一件幸事。”

“我并非心中另有他人，是怕唐突了你。”掘突始终没舍得和姜婉说出实情，“毕竟你我相识不过一日，我始终觉得……贸然行事，总归是不妥的。”

姜婉莞尔一笑，斜倚在掘突怀中：“你虽不认得我，可我却早已听闻你的英雄事迹，仰慕良久，哪里能说是唐突呢？若时间还来得及，我去吩咐小惠备些早饭，你昨夜醉过，得吃点清淡的，再稍做休息，晚些时候去郑府拜谒公公吧？”

“嗯……”掘突点了点头。

姜婉的面上露出了娇俏的笑意，快步朝门外走去，她将小惠招呼过来吩咐了两句，又回到屋里看着坐下的掘突问道：“头还疼吗？”

“好些了。”

“灌你那么多酒。”姜婉抱怨道。

“都是军中兄弟，交情在那儿，难免多喝一点！”掘突宽慰着姜婉，姜婉看着他撇了撇嘴，站起身拿起水壶给掘突倒了杯水，又起身去打了水来，将布帕浸湿递给掘突擦脸。这感觉让掘突的心中一凛，一股清冽而甘甜的滋味在心扉绽开。

“就知道你会这么说，”姜婉娇嗔地说道，收回了被掘突抹完脸的帕子，“倒也是难得高兴的事情，他们是替你开心。”她放下帕子，转身回到掘突对面，手撑着身体靠在案前，气色有些不好。掘突这才将姜婉打量了一遍，她长得干净至极，眼中秋波涟漪，嘴角上的笑意让人觉得温暖，这样的女子做他的妻子该是多么委屈？“郑家……很久没有喜事了。”

姜婉顿了顿，看着掘突忽然黯淡下去的眸子，伸出手握住他放在桌上的手：“不要紧的，会好起来的。”

掘突用另一只手轻轻地拍了拍姜婉的手。

门外的小惠敲了敲门，将手中的早饭端了上来：“老爷，夫人，早饭备好了。”

“放下吧。”姜婉吩咐道，给小惠挥了挥手，示意她可以下去了，小惠冲姜婉眨了眨眼睛，是问昨夜情况如何。姜婉却佯装没看懂，将眉目掉转到一边去了，这一幕无比清晰地落入了掘突眼中，待小惠离去，他才开口问道：“昨夜的事情，若是你娘家的人问起……”

“这事儿你就别操心了！我赖好也是个姑娘家，同我说这些，你不觉得害臊，我还害臊呢！”姜婉面颊通红，咬着嘴唇，娇艳鲜红的双唇就像是可以掐出水来。

掘突也觉得有些不好意思，只得干巴巴地笑了。

不等姜婉和掘突去郑府，郑伯友就先来了。小惠过来通报，姜婉赶紧叫她去叫书房里的掘突，小惠跑了两步，又跑回来喘着粗气说：“早晨一忙都忘了说了，听下人们说，前些天那女御是来过，同老爷检查婚房，出了什么问题吗？”

“你快去叫人吧，晚了就怠慢了。”

小惠跑开，姜婉面上的笑意冷了下来，目光阴沉，难怪东宫除了褒后还要有个女御，也难怪昨日前来道贺时大王只带了秀秀……姜婉明白了其中的关系，觉得一阵阵恶心。

姜婉在大堂上向郑伯友行了礼，郑伯友喝了媳妇茶，看着姜婉说道：“掘突年岁尚轻，不谙世事，阅历也少，你是齐伯之女，今日嫁入我郑家，只怕是不少事情委屈了你，怠慢了你，夫妻间要相互包容，相携相伴，不离不弃，自然能长长久久。”

“谨遵爹的教诲！”姜婉低下头去温顺地说道。

“我虽为人父，不能常在你身边提点，”郑伯友又将目光转向掘突，“大小事务务必同师上卿商议。姜婉是齐伯手中明珠，齐伯不吝将至宝交托于你，你要用尽全力去爱她。”

“孩儿明白！”掘突说道。

郑伯友叮嘱了一切他不放心的事情便离开了，掘突想送送他，却被郑伯友拒绝了，孤身一人朝着门外走去。临行的马车早就等在屋外，他今日与其说是来喝媳妇茶的，不如说是来道别的，从此以后何日再见，是个未知数。姜婉同掘突的关系日渐亲近，可掘突到底还是不能完全卸下心防。

第六十四章

姜婉殿前窥私情，秀秀受封震朝堂

婚后几日，姜婉同掘突入宫道谢，姜婉虽和颜悦色，一副淡然之态，可内心却像是被猫抓着、挠着，一种深深的憎恨蔓延全身。她一步步地朝着东宫走去，手指甲嵌入掌中，疼得痛心，她的面上仍带着笑意，乖巧地跟随在掘突身后，向褒姒行稽首礼。

“东宫中也没外人，你们夫妻俩就不必客气了！”褒姒的目光扫过二人，掘突对姜婉并没有抵触之情，对她贴在自己身边也没有表示反感，可见掘突渐渐地接纳了姜婉，他们之间需要的不过是时间罢了。褒姒转向姜婉笑道，“如今嫁了人，看起来倒真是同先前不太一样了！”

“瞧褒后说的，这才几天，哪里能不一样？”

“本宫一见你，便喜欢得很，只盼着是给你觅得了如意郎君，这婚事，你可满意？”

姜婉羞红了脸，低下头去，露出了娇嗔的模样：“褒后不要为难姜婉。”

“莫不是郑世子唐突你了？”褒姒问掘突，神情蓦地变得严厉了起来：“世子对这桩婚事有何不满，新婚燕尔的，叫新娘子如此耿耿于怀？”

“在下……”掘突一时语塞，不知道怎么回答。褒姒同他父亲是深交，郑伯友一生对褒姒爱护有加，看在郑伯友的面上，褒姒本该对掘突多有照顾，可姜婉却能将褒姒拉到自己营中，这四两拨千斤的巧劲儿都没叫掘突瞧出哪里不对，只忙不迭地解释，可话到喉咙又说不出来，不知道此事怎么解释才好。

“褒后误会了！”姜婉赶紧说道，“郑世子待姜婉疼爱有加。”

“如此，本宫也就放心了，总算是指了一桩不错的婚事，日后要携手到老，相敬如宾。”

“不负褒后美意，姜婉一定珍惜。”

“不敢拂了褒后的美意。”掘突想去看一眼秀秀，可头上却像是压了千斤重担，抬不起来。自从秀秀被责罚之后，掘突做贼心虚，总觉得人人都在看着他掩耳盗铃，他的面色越发潮热，心跳剧烈，面颊上火辣辣地热。

“姜婉自齐国而来，穷乡僻壤，物产不及中原，实在没什么珍贵至极的礼物相送，唯有临近东海，父亲曾差遣千人四处搜寻，觅得这枚东海明珠，送给褒后！”姜婉将手中锦盒呈递给褒姒，褒姒将镂空雕刻的锦盒打开，内里一颗泛着熠熠光彩的夜明珠的确是稀世珍品：“这礼物太过贵重了，本宫受不起！”

“褒后赐予的夫君，千金不换，难道还抵不上一颗小小明珠？”姜婉问道，眼睛也微微上翘，满面欣喜之色。掘突下意识地握了握姜婉的手，心中有一份难以言喻的悸动之情。

“好……好……”褒姒笑了出来。姜婉的伶牙俐齿，叫褒姒想起了廿七，她们年纪相仿，娇俏的模样相似，不过廿七没有这么聪明，是个忠心护主的老实人，爱一个人也老老实实地用一种谁也不会用的笨办法，最后用生命在别人心中留下了一个不可磨灭的位置。褒姒看着姜婉，有种说不出的熟悉感，她疲惫地点点头，“这夜明珠本宫就收下了，你们二人早些得子，叫本宫安心才是！”

姜婉的面色又“唰”地一下红了，低下头去斜倚在掘突怀中。掘突推了推姜婉，不想和她在秀秀面前太过亲昵，这么想着，掘突看了秀秀一眼，秀秀对此却无动于衷。

姜婉顺着掘突的眼神看到了秀秀，瞧着这二人的神态，心中便揣测他们之间必有一段自己不太清楚的情分。掘突看秀秀的眼神，一往情深，却又总是避开；秀秀看掘突则是一副大义凛然，生疏冷淡。他们二人的关系千丝万缕，若只是寻常熟人，何必做出这种姿态。姜婉面上不动声色，心中却是冷笑，笑这秀秀倒是玩得凶险。

“这婚事，劳烦秀娘娘了，此事还未好好谢过娘娘！”姜婉转而看着秀秀，从袖中又拿出了一个锦盒，“小小礼物，不成敬意！”她说罢将这锦盒递给秀秀。秀秀有些意外，鲜少有人来东宫拜谒还给自己备礼的，她将锦盒打开，内里躺着一支玉簪，打磨、雕刻都十分精致，玉呈着半透明的色泽，透着光，一看就是上好的玉。这礼物虽比不上夜明珠，可也贵重至极，秀秀赶紧推辞道："此事是褒后吩咐的，世子夫人不必客气。"

"你收下吧！"褒姒说道，"否则，婉儿又要过意不去了。"

"是！"秀秀应了一声，褒姒对姜婉名号的改口几人都听见了，这一声"婉儿"便是认可了姜婉其人。姜婉心中松了一口气，秀秀的心却提起了一口气，她开始担心自己的处境了。

"秀娘娘看来有些不适？"姜婉问道。

"前些天累着了，"褒姒说道，"你就先下去休息吧！"

"是，"秀秀捧着怀中锦盒向褒姒告辞，"秀秀先行告辞，还请褒后恕罪。"

看着秀秀离开，掘突的心也跟着走了，扭过头去看了良久，直到秀秀消失在门外。褒姒唤了声："郑世子？"

"啊？"掘突猛地转过头，"褒后有何吩咐？"

"念儿说，多日不见世子，若世子进了宫，便前往一叙。"

"可是……"掘突看了一眼姜婉，为难地看了一眼褒姒。

"本宫还能吃了你的夫人不成？"褒姒这话将姜婉逗乐了，"我们两个女人聊天，你必定无聊得很，早想找个借口溜了！如今本宫替你说了，你打心眼儿里高兴，得了便宜还卖乖。"

掘突笑着摇头："这几日，太子没有同大王狩猎？"

周王宫涅早些天约了还没有走的诸侯和文朔等人去了围场，这几日就留褒姒一人在宫中，褒姒摇头说："诸侯中人才辈出，哪里轮得到太子献丑？若非世子恰逢婚事，也得在围场上一展身手呢！"

"褒后说笑了，不献丑便已经是余下诸侯给在下的几分薄面了！"掘突说罢作揖，退了下去。待他离开大殿，褒姒才向姜婉招了招手，请她移步上前："同本宫说说话，东宫许久没来过客人了……"

姜婉行礼坐下，目光扫视一圈，才看着褒姒说："爹常说褒后有恩于我齐国，您若需要姜婉效力，只管吩咐，纵有千难万险，姜婉万死不辞！"

"本宫虚长你几岁，该是你的姐姐；论辈分，大王是掘突的哥哥，我便是你嫂子……世上从来只有姐姐护着妹妹的道理，哪儿来的妹妹照拂姐姐之说？"褒姒将一旁的棋盒拿过来，用手指把玩着里面的棋子。

"呸呸呸……"姜婉拍打着嘴，"瞧我这不会说话的劲儿，褒后可莫要同我计较，打小父亲就说婉儿生性愚钝，难以点化，常得罪人。您有大王照拂，又有群臣效力，哪里轮得到我一个世子夫人相帮啊！只是那些大男人，褒后同他们说话到底不便，若心中有所思量，不吐不快，差遣姜婉便是。”

“快别这么说，”褒姒拉住了姜婉自己掌自己嘴的手，“一会儿掘突出来，还以为本宫欺负你了，若同本宫算起账来，本宫还得让他三分。”

姜婉吐了吐舌头：“叫褒后见笑了。”

褒姒将棋子拿出来看着姜婉，姜婉点了点头，拉过来了另一盒黑子。褒姒抬眼给周围的下人使了个眼色，下人们便退了下去，大殿上只余下了她们二人，褒姒这才说道：“你这般年纪，能如此聪慧，实在难得。”

“褒后谬赞。”

“这里只有你我二人，你虽聪慧，可年纪尚浅，在本宫面前如此做戏，与其叫本宫拆穿你，倒是不如爽快些承认了。掘突少年英雄，过往自不必说，想你嫁入郑府，必定战战兢兢，不敢懈怠，见你如此通透，本宫也就放心了。”

“褒后……”姜婉委屈地叫了一声，垂首眼泪就像是断了线的珠子一颗一颗地落在了棋盘上，打湿了棋子，“父亲说姜婉愚钝，便叫我少说些话，多察言观色。多年下来，姜婉也窥得人与人相处的道理，为人处世，自诩圆滑妥帖。可偏偏这心思就是太缜密了，嫁入郑府，我多有惶恐，知道世子少年英雄，美人红颜见过不少，我本不想和她们争长短，可一见到世子，我这一颗心，就落在了他身上，原本不想计较也变得计较了起来，原以为自己能大度从容，可到底是不行。我将心给了世子，可他呢？从未正眼瞧过我……”她越说越委屈，颤抖得越来越厉害，满腹的委屈总算找到了一个发泄的途径。

“掘突不比他人，过往不是一张白纸。”褒姒轻轻地拍了拍姜婉的手背，“能驰骋千里的野马纵然是难以驯服，可若驯服了，一生一世就只对一人忠心。便是掘突心中有千人万人，可你是他的妻，他迟早要回到你身边的！”

“那我该怎么做？”

“不论发生何事，莫同掘突对着干！只要叫他知道你的所作所为，是一番好意，用你的力量挡在他的前面，为他遮风挡雨。掘突的心不是石头做的，天长日久，会记得你的好！你若处处同他较劲，时间久了，他只觉得你任性，便是你再爱他，他也会躲得远远的。这世上，你若以诚待人，人必以诚待你，这道理就是用在夫妻间的。”

“姜婉明白，如今也依着褒后的法子去做，可世子他……”姜婉想说破掘突和秀秀的私情，可又担心此事会牵连到郑家，只好将话咽了下去，“我再努力些吧！”

“委屈你了。”

姜婉苍白地笑了：“瞧褒后说的，这门亲事面上般配，可惜我纵有情，世子却无意。可反过来想想，放眼天下，能比世子还好的如意郎君总归是没有的。日后若是有幸能得到世子眷顾，也算是姜婉三生有幸；若没有，就只能怪姜婉不懂男人的心思！”

“娶妻如此，夫复何求？”褒姒不管姜婉是怎么想的，可能说出这番话来，就是她识大体。这也叫褒姒放心了不少，碍着郑伯友的面子，她多害怕赐了一门不妥的婚事。

第二日深夜，褒姒从睡梦中惊醒，门外传来窸窸窣窣的声响，听动静像是大王。她猛地从床上坐起，拖着疲沓的身子走到门外，周王宫涅朝她走来：“还没睡？”

“睡下了，听到动静，就起来了！”褒姒说着话伸手接过了周王身上的铠甲，转身朝着屋里走去，“怎么回来了也不差人提前通知一声？”

“怕耽误你休息，还是吵到你了？”

“原本也没有睡得太踏实。刚刚狩猎回来？”

周王宫涅点点头：“总算是送走了诸侯，累！”他说着揉了揉太阳穴，“寡人这次带楚夫人是因为……”他想起这事儿觉得有必要同褒姒解释，如今褒姒失宠一事因为周王宫涅宠幸秀秀，流连于西阳宫，带楚夫人狩猎……而被坐实了，宫里的人打量褒姒的神色，莫不是同情和哀叹，不管当初如何盛极荣宠，后宫里的女人总归是逃不开这宿命的。褒姒没有让周王继续说下去：“臣妾明白，要休息吗？还是要再忙会儿？”

“寡人累了！”

“那先睡吧？”

“嗯……”周王宫涅点了点头，“昨日掘突来，没出什么岔子吧？”

“寻常的拜谒而已，秀秀不舒服就先离席了，念儿吵着嚷着说好久不见掘突，我便叫掘突去见念儿了。姜婉陪我下了会儿棋，聊了两句。”

“你怎么看姜婉？”

“当日我让大王娶她姐姐，大王不从，把她推给了启之，现在想起来真是……遗憾得很呢！”褒姒说着帮周王宫涅脱下了外衣，挂在了一旁的衣架上，

“姜婉的聪慧不输给后宫中任何人，她直言她姐姐在她之上，若入了宫，倒为难大王了。”

周王宫湦一把将她拉进怀中，紧紧抱住，他有多流连这里静谧的时光，不必为不可知的未来而感到惶惶不安，他吻了褒姒的额头，知道这样的日子以后只会越来越少。一觉醒来，周王宫湦又已经不在身侧了，屋子里还荡漾着氤氲的气氛，可这感觉却让人倍感寥落，看着天色未亮，褒姒的心里空落落的。

当今天下的局势微妙，齐郑联姻，宋卫结盟，姬仇与郑伯友相互不对付，几次三番差人想从郑伯友手中将北狄接管过来，此事奏到周王宫湦这里好几次了，引得这位大王勃然大怒：“告诉姬仇，晋伯这个位置他能坐了坐，不能坐就给寡人滚！”

送信的使臣颤颤巍巍地答了个“是”赶紧滚了出去，生怕滚得慢了这件事再迁怒到自己身上。前些天的祭天，姬仇倒是来了，可他不但不拜谒周王，还要在岁贡一事上讨价还价。周王宫湦若再同一个满目疮痍的国家计较，倒是他不占理了，姬仇就是吃定了周王宫湦的被动，自以为是地要了个小聪明。

北面乱作一团倒罢了，南面楚侯能稳住申国也罢了，这边楚侯才刚刚抵达申国边境，那边秦国也压在了申国边上。百里成率秦兵观战，只等着楚侯若下令攻打申国，自己就出兵相助，申国成了夹在他们中间角力的工具，一时之间局面僵持不下。周王宫湦居中调解，越调解火越大，最后发去的信函上直接让楚国和秦国在申国打一仗好了……好在这个气话被隰叔拦了下来，若真这么贸然地将信送出去，天下恐怕就此陷入大乱了。

周王宫湦废了太子，封了伯服，原本想让楚国威慑申国，免得申国生乱，结果却被秦国摆了一道。秦国同褒姒的关系众所周知，她再一次莫名其妙地成了舆论的中心。人人都在戳她的脊梁骨，说她是大周克星，红颜祸水。此事秀秀不敢同褒姒说……可此事他们便是不说，褒姒也不是聋子，还是知道了些。她现在能做的只有以不变应万变，本想用这种被动的姿态熬过这次危机，可谁知道整件事却愈演愈烈。

掘突成婚后的一个多月，安顿好京中大小事务，他就准备向周王和褒姒辞行回郑国了。他一直不愿辞行的原因是舍不下秀秀，可姜婉催促再三，眼看着年关就要过去了，这几天掘突总算是下定了决心，正准备吩咐姜婉收拾东西回郑。姜婉还没来得及动作，宫里就传来了信儿，说秀秀怀了身孕，被周王封为夫人，从东宫搬到了华辰殿。

将下人封为夫人，是史无前例的第一次。

满朝文武为之哗然，连褒姒都是在周王封赏的当日第一次听到这个消息。她无比震惊，而后又强迫自己冷静下来，将对周王的抱怨深藏心底，没让任何人看出来。

后宫的女人几乎要将东宫大门踏平了，周王宫涅对一个下人的封赏触碰到了后宫每个人的底线，楚夫人、卫夫人轮番的“好言相劝”也同样触怒了褒姒，在东宫大殿上她当着众人的面说道：“我东宫的事，便是闹翻了天，也轮不到诸位指手画脚；我东宫的人，便是被宠上了天，也轮不到你们在这里说三道四！”她一席凌厉的话，将人们堵在了东宫之外。秀秀心中惶恐，跪在褒姒面前，对她重重地磕了三个响头，额头上青了一片：“秀秀给褒后添麻烦了！”她满目泪痕，说话的声音都有些哽咽。

“你将你的一生许给了这王宫，我为你做的也只有这些。”

“奴婢惶恐！”

“怎么还说自己是奴婢呢？”褒姒将跪在地上的秀秀扶了起来，“如今多少人多少双眼睛看着你的华辰殿，你只要不出状况就不算给我添麻烦！做夫人不比下人，你要付出得更多，却可能什么都得不到。人在后宫，没人不想得到大王垂怜，你怀着孩子，却没有男人陪在身边，这才是最难熬、最寂寞的。”她说完长叹了一口气，并不知道这个安排是好是坏。

秀秀怀孕的消息很快就传遍了镐京，迟迟不肯离去的掘突心中燃起了一团火，他知道这孩子是自己的，于是再也坐不住了，从书房起身朝着门外就走。

“你去做什么？”姜婉问道，这声音让掘突忽然意识到自己娶了夫人，有了家室，他犹豫了一番，可心中的小鼓“咚咚”地打个不停，一边劝慰自己要与秀秀一刀两断，便是他去看她，她也不会领情；可另一边，又在想万一大王知道了秀秀腹中的孩子不是王室骨肉，一定会对她痛下狠手的，他必须去宫里。犹豫再三，掘突还是决定走这一趟，此事他本来可以对姜婉实话实说，可话到嘴边就改了口：“我想起有事儿还要同文朔商议！”

“那你早些回来。”

掘突点了点头，走到姜婉面前，拉起她的手，在她额头上亲了一下：“我去去就回，不会耽误太多时间，你备好晚饭，等我回来就吃。”

“嗯！”姜婉甜甜地笑着，待掘突的背影消失在这宅子里，她立刻叫来了小惠，“跟着世子，看看他去做什么。”

“夫人，您怀疑……”

“就看看他是进了宫还是去司马那里。”姜婉没和小惠说实话。

“哦！”小惠也没多想，一路上尾随在掘突身后，见他是去了宫里，还想着自家主子真是聪慧过人，急急从宫门外回来给姜婉回报此事。姜婉坐在卧榻上，沉思冥想，转而看着小惠又问道：“最近宫里有什么消息吗？”

“夫人还不知道？”小惠问道，然后打了打自己的嘴，“小惠忘记同夫人说了，大王新封了郑夫人。”

“郑夫人？华辰殿无主由来已久，怎么又有了郑夫人？”

“是东宫里的那个女御，就是那个张罗您同世子婚事的女御。”

姜婉惊诧道：“她怎么会被封为夫人的？”

“说是怀了龙种，大王便立刻加封她做华辰殿夫人了，一个下人竟然爬到了夫人的位置上，真是可怕！可怜那褒后，被自己的下人蒙在鼓里……”小惠撇了撇嘴，“这女人当着主子的面和大王媾和，真是不要脸！”“少胡说！”姜婉呵斥了一声，“这都是谁教你的？”

“我哪里胡说了，如今镐京城人人都这么说呢！”小惠不满地回嘴。

姜婉没了耐心，心里乱七八糟的，她挥了挥手叫小惠下去，自己躺在床上企图捋顺整件事，可越捋却越惊恐。秀秀与掘突在这婚床上曾经发生过肌肤之亲，又留下了处子之血，那时候秀秀已被封为女御，可见大王加封并非是因为爱慕。

当日封为女御便是如此，如今封为夫人或许也是无可奈何。如此说来，秀秀腹中的孩子极有可能是掘突的，掘突也是想到了此事才会急匆匆入宫。姜婉猛地从床上坐了起来，如果被大王发现秀秀腹中的孩子是别人的，一定会被严刑拷打追问孩子的父亲，染指后宫女人这罪名可不小，姜婉越想越怕，绝不能让掘突牵连进这场祸事之中：“小惠，小惠？”

“是？”小惠急匆匆地进屋来。

“去置办些进补的药材。”姜婉吩咐道，面上已恢复如常了。

“进补的药材？”小惠十分不解地问道，“要做什么？”

“秀秀与我同世子毕竟有过方便，如今既然怀了子嗣，又是龙种，也该登门拜贺，送些安胎的补品才是！你去置办些，看看怀了身孕的人喝什么比较好，叫药材铺的老板给足了分量，钱都不是问题！”姜婉说着往小惠的手中塞了把钱。

“这好吗？褒后对您也是多有照拂，你却急着去恭贺新夫人，这样好吗？”

“少想这些有的没的，我也没别的意思！更何况褒后才不会和你一样见地！”

“那可不，不然也不能我是下人，她是王后啊！”小惠理直气壮地说道，抓着钱币朝着屋外走去了。见小惠离开，姜婉从行李里翻出了致人小产的药材，这药性子很烈，当日带在身上便是害怕掘突同别的女人有染，若对方比自己先诞下子嗣，对自己始终是不利的！姜婉将手中的药包紧紧攥住，整个人都有些发抖，她深吸了几口气，稳住了自己！

入了宫的掘突急匆匆地朝着华辰殿的方向走去，他站在华辰殿外的荷塘旁，思忖再三，深吸了口气才迈步向前，门外的下人却将掘突拦住了：“何人擅闯？”

“烦请通报，掘突前来拜访郑夫人！”掘突在门外拜谒道。

下人前往通传，秀秀叫掘突进来了，她面上的妆容比之以往更浓了些，看起来竟显得妖娆，再也不是掘突印象中的那个秀秀了。他这么看着她，心里千言万语一句也说不出来。

秀秀身上的锦衣华彩，十分好看，全身上下都是精心雕琢，连头上的发簪都一丝不苟，身上的绫罗绸缎让她的人看着也高贵了起来，却让掘突猛然间意识到这个女人离自己越来越远了：“参见夫人。”

“世子不必多礼，”秀秀看着身边的下人吩咐道，“你们先退下吧！”

“是，郑夫人！”下人们从两旁次第离开华辰殿。掘突仰头环顾，郑夫人还在世时他曾来过一次，那时他还年幼，如今看着这殿宇的陈设丝毫也没什么变化，兀自地感叹了句：“大王倒真是个念旧的人！”

秀秀的面上没有波澜，听了掘突这话也没有动容，只是问了句：“郑世子今日前来是同我辞行的？”

“辞行？”掘突重复了一遍，看着秀秀有些不可思议。

“也该回郑国了吧？”

“郑国的事情有师上卿等人操持，又有娘在，无碍的！”掘突的眼睛紧紧地盯着秀秀，“我今日前来所为何事，你应该心知肚明！”他最后这四个字说得很慢，缓慢地从自己的嘴里吐出来，他盯着秀秀面上的表情，知道她不会同自己说实话。

“郑世子也是个念旧的人，我出自你郑家，今日前来恭贺，倒在情理之中……”秀秀摸着自己的肚子，露出欣慰的喜色，“如今我怀了大王子嗣，日后在这宫里也总算有所傍身了！”

“不可能！”掘突脱口而出。

“什么？”秀秀带着喜色抬头问道。

“这不可能，你与我那日……”掘突的话还没说完，秀秀就立刻接上了话茬："此事是我该谢谢你，大王当日封我做女御就是怕我被你要去，那日我为了断你心思，便同褒后商议演了跪祠堂的苦肉计，叫你不敢再对我朝思暮想！谁知此举叫大王对我生了情，多日来在宫中的付出也总算有所回报了！此事还得谢世子成全！"

"可是时间上也不对……"掘突使劲儿地摇着头，脑子里慌乱得很，他开始为此事设想的一切被秀秀淡定从容的否认击得支离破碎，秀秀反问道："此事是我清楚还是世子清楚？"

"你……"掘突指着秀秀，嗓子生疼。秀秀却笑得明晃晃的："郑世子，此事我说对就对，我说不对，便是对的也是不对！这意思，您还不明白吗？我随郑夫人入宫日久，与大王朝夕相对，受你照顾只是儿时，而后却承蒙大王庇佑，秀秀这颗心该给谁，难道你还掂量不出吗？郑夫人离世，我本该陪葬，可他却留了我一命，出入褒后身边也就每天都会见到他，他待我如同对待亲人，这情分放眼天下有几个女人会不心动？"

"够了！"掘突捂住自己的耳朵，"你就不怕他有朝一日知道事情的真相？"

"不怕告诉你，大王说，这孩子只要是我生下来的，他就认！"

掘突忽然上前握住了秀秀的肩膀："大王不爱你，他是在利用你，利用你来试探褒后，你怎么就不明白？"

"世子想多了，褒后对大王的感情便是不试探，大王心中也有数！"

"你看看这华辰殿，同郑夫人在世的时候有什么不同？他可能……"掘突顿了顿，十分痛心地说道，"他可能只是将你当作了她的替身，难道你不明白吗？他不爱你，你要到什么时候才能接受这个事实？"

"那你要什么时候才能接受我心中没你的事实？便是将我当作了别人的替身，我也甘之如饴！世子有空还是将自己的郑国打理好吧，如今新婚妻子还在家中，你却丢下她和我说这些有的没的，姜婉是个聪明人，别以为她看着天真就小瞧了她！"

"你闭嘴！姜婉是个什么人还轮不到你来说。"掘突大喝一声，这态度叫秀秀感到意外，像是被人扇了一巴掌木立当下："你吼我？"

"算我今日自作多情，郑夫人……"掘突往后退了一步，深深地作了个揖，"恭喜！"他扔下这句话就转身出门，越走越远。秀秀自己都不知道自己哭了，眼泪顺着面颊流下，一滴一滴，她没觉得有多心痛，可这泪水就是止不住地往下流，看着掘突远去的背影她觉得孤单又寂寞。

第六十五章

腹中子未稳先亡，众矛头皆指褒后

掘突打道回府，走得很慢。两旁退后的景色变成了一幅幅画，他像是个画外人，恍惚地看着这个世界，恍惚地走在回府的路上。小惠从药材铺出来，看见了自家姑爷，便叫了一声，声音从掘突耳畔穿过，没入他的耳，他还在兀自朝前走。小惠见状有些急了，拉起自己的裙子，提着药材朝着掘突跑了过去，在他的身边又大喊了一声："老爷！"

"啊？"掘突猛地回过神来，看见是小惠才缓了口气，"你怎么在这儿？"

"夫人差我来买些药！"小惠指了指手中提的药材，"老爷不回家吗？"

"夫人差你来……"掘突将这话重复了一番，盯着小惠手中的药材才明白她在说什么，立刻紧张地问道，"夫人怎么了？"

小惠看着掘突紧张的模样哈哈大笑了出来："瞧老爷紧张的，这不是给夫人买的，夫人听闻东宫的娘娘如今被大王封了华辰殿的郑夫人，这位郑夫人又怀了孩子，念及当日置办婚事的情分上，夫人觉得该去宫里向郑夫人道贺！可是……"小惠嘟着嘴摇摇头，"我觉得此事怕是不妥，这位娘娘被封了夫人，褒后未必高兴，若夫人前去道贺，褒后迁怒可如何是好？"

"褒后并非你想的那种人！"掘突从小惠手中拎过药材，"还是夫人想得周到，略备薄礼前去道贺，我贸然前去倒是唐突了……"他说罢自嘲地笑了，声音很小，小惠只听得见自己姑爷在嘀咕，却听不清嘀咕什么，又不好去问，只得将好奇心压下，跟在掘突身边回府。走过一处集市，瞧着摊子上在卖珠钗簪花，掘突停下了脚步，从摊上拿起了一支镂空的簪花问小惠："好看吗？"

"买给夫人？"小惠问道。

掘突点了点头。

小惠笑了出来："好看，只要是老爷送的东西，夫人都觉得好看！"

掘突指了指小惠摇摇头，将这簪子包起来，成婚多日掘突深感自己对不起姜婉，今日这行动便是想要有所补偿。可女人们敏感机警，见着掘突的殷勤，姜婉心中更加笃定掘突在感情上的背叛。

姜婉将簪子收了起来，笑着倚在他的怀中："多谢夫君！"

"应该的！"掘突轻轻地拍了拍姜婉的头发，姜婉拿着簪子问掘突："给我戴上可好？"

"嗯！"掘突点了点头，将姜婉扶到了梳妆镜前，插上了发簪，她仰头看着掘突："好看吗？"她的面色红润，嘴唇丰满，眼神清澄，这模样叫倍感沮丧的掘突情不自禁地俯下身子在她的唇上亲吻了起来。

一番云雨之后，姜婉看着躺在身边的掘突，心中很不是滋味。她是齐国的公子，如今连个卑贱的下人都比不上，心中苦涩的滋味溢满胸怀，看着掘突的表情也因此变得深邃，手抓着缎面的床单，咬着牙，下定了决心。

天色还未大亮，姜婉就翻身下床将原本还在犹豫的药尽数加在了给秀秀买来的药中，再若无其事地去做些旁的事情。待掘突从睡梦中转醒，他眯着眼睛先是揉了揉自己的额头，看着身边的床上没有人，才从床上爬起来。

"起来了？"姜婉温婉地招呼道。

"怎么这么早？"掘突迷迷糊糊地说道，翻身下床。

"你都忘了吧？"姜婉笑了出来，将洗脸的布帕用水打湿递给掘突，"昨日就同你说过了，今日得进宫恭贺郑夫人呢！"她说着站起身问掘突，"我这身衣服还合适吗？"

掘突拿着被温水浸润的布帕抹了一把脸，将布帕丢在水盆中，翻身又躺在床上："何必去恭贺？"

"当日我们的婚事有劳郑夫人费心了，今日前去恭贺也是不失礼数，否则不得被人诟病你堂堂郑国世子连这点礼数都不懂？"姜婉说着将布帕放入水中洗了洗，转身倒了杯温热的水递给掘突，"便是你不想去，也得装作要真心恭贺的样子，这才能不落人话柄不是？"

掘突忽然想起秀秀同他说的，姜婉是个聪明的女人，她一点都不简单。她温婉的笑意下藏的是什么居心！掘突摇了摇头，不知道自己在胡思乱想些什么："当日郑夫人肯帮你我打点婚事，是褒后吩咐的！如今郑夫人离开东宫，主仆争宠，人尽皆知，你现在去恭贺郑夫人，不就是在奚落褒后吗？这一趟走下来，得惹不少麻烦！"

"我何时同你说过是去华辰殿的？"

"那是去哪里？"

"你先同我说，你准备何时回国？"

"这几日吧。不是说了吗，你先收拾。"

"那我们不得去东宫辞行？"

"去东宫？"

"嗯！"姜婉点点头，"我们去东宫向褒后辞行，你再问询太子近来可好。我将给郑夫人的贺礼送给褒后，余下的事情我们通通不管，回来收拾，离开镐京，我也好去见娘！"

"她也等着喝这杯媳妇茶呢！"掘突挽住了姜婉的纤腰，"还是夫人安排得妥帖，你若不说我都忘了！"

"你公务繁忙，"姜婉整理着掘突凌乱的头发，"将此事忘了也是情理之中的事，你顾着大局，我来处置这些小事儿，若事事都得问你，你娶了我，岂不是比以前更忙了？"

掘突心中流过一股暖意，姜婉将头抵在掘突胸口："父亲和二娘的事情，我多少也听闻了些，郑国的变故，叫二娘送了性命，父亲心中必定悔不当初。如今在晋北孤身一人，必是不想再回首往事。人们对手中的东西视而不见，却对得不到的倍加珍惜，可得不到的永远都得不到，而手里的却会失去。"

"我知道……"掘突抱着怀中的姜婉拍打着她的背，"我明白。"

姜婉不再说话，她不再去逼掘突，点到这里，掘突也应该明白姜婉的意思。如今掘突娶了姜婉是不可更改的事实，心猿意马只会伤害他们三个人。

褒姒见姜婉同掘突一并前来，瞧着二人眉目间的神情就知道发生了什么事，心中甚慰。"还想再留你些时日，这么快就要走了？"褒姒听着姜婉阐述今日来意，拉着姜婉的手说道。

"姜婉也舍不得褒后，可是没办法……"姜婉嘟着嘴说道。

掘突向褒姒保证道："日后只要有机会入京，我便带着姜婉来陪陪褒后。"

“别只带夫人啊！”褒姒这话将掘突说得一愣，姜婉的面色却“唰”地一下红了，低着头十分害羞。一旁传来了念儿的话：“母后的意思是掘突赶紧生个孩子出来陪陪念儿啊！”

掘突听见念儿这么解释跟着笑了，握着姜婉的手点了点头。

念儿“噔噔”两步跑到褒姒怀中：“娘，你说这孩子像谁好啊？”

“嗯……”褒姒仔仔细细地看着姜婉和掘突，“若是个女儿的话，还得像姜婉，不然这媒我和大王可不好做，真不知哪家的公子敢娶！”

“依着我的意思也是！”念儿也打量着姜婉，“啧啧”两声摇摇头，“要是生个儿子也得像娘才好，不然将来也没有哪家的女公子敢嫁啊！姜婉姐姐生性善良，可日后再想找这等温婉贤惠的女子，难咧！”

掘突指了指念儿：“你还是先操心操心自己吧！”

“我不愁，”念儿摇摇头，“我凡事有母后做主，天下诸侯家的公子只怕都想嫁给我哩！”

“你倒是胃口不小……”掘突好笑地说道。

“不信你问姜婉姐姐啊！”念儿问姜婉，姜婉点点头：“是啊！不少呢，能嫁给太子殿下是福分呢……”

“你们合起来欺负我！”掘突指着自己看着姜婉和念儿，姜婉和念儿倒也不避讳地点头，惹得一旁褒姒掩嘴笑着：“你还同一个孩子计较上了？此去郑国你的事情不少，肩上的担子也不轻，有任何事情没办法决定的，多问问朝中大夫，或者常和你爹通信。”

“是，褒后……”掘突恢复了一本正经的态度。

“说什么呢？”周王宫涅的声音从不远处传来，声音有些低沉，不怒自威，将坐在堂上的四个人都吓了一跳。他们看着进门的周王，掘突和姜婉立刻向周王宫涅作揖道：“参见大王！”

“来了？”周王宫涅问道。

“正在向褒后辞行。”掘突说道。

“嗯……”周王宫涅沉吟了一声，“辞行的气氛倒是欢快！”

“带他们去院子里走走？”褒姒吩咐念儿，念儿立刻点点头向掘突说：“我还有话要同你说，咱们去后院吧？”

“寡人扫你们的兴了？”周王宫涅朝着四人走来问道，掘突和姜婉立刻摇头，气氛都被周王的忽然闯入弄得有些尴尬。褒姒从周王宫涅的手中接过他脱下来的长袍，递给下人拿去。周王宫湦在褒姒身侧坐下来，神情有些疲惫，声音也有些沙哑。先前封了秀秀就始终没在褒姒面前露面，后宫里猜忌不断，也就是褒姒还稳得住这局面。如今周王总算是出现了，可情绪又有些不对，怕是最近申国、秦国和楚国的对立闹得他疲于奔波。

“先别急着走，你父亲到晋北了吗？”周王宫湦问道。

“上次来信说是快了，最近这些天没有信送回来！”

“是吗？”周王宫湦冷冰冰地问道，对这件事情似乎并不关心，只是客气一句。褒姒又给念儿使了个眼色，念儿赶紧同周王宫湦说：“孩儿有些事情想请教郑世子，可不可以给孩儿些时间单独聊聊？”

周王宫湦用凌厉的眼神扫过掘突：“定好返郑的时间了吗？”

“不出十天。”掘突说道。

“去吧……”周王宫湦对念儿点了点头，让他们三人从大殿离开了。褒姒也向两旁的下人使了个眼色，大殿上很快就只剩下他们二人了。褒姒伸出冰凉的手捏着周王宫湦头上的几处大穴，他的模样实在是太疲惫了：“大王遇着什么事儿了？”

周王宫湦朝着褒姒的腿上躺了下去，闭目合眼：“只是来找你辞行？”

“不是同大王争人，放心吧！”褒姒轻声说道。

周王宫湦将褒姒的手握住贴在自己的面颊上：“我封秀秀一事未同你商议，又让你来收拾这个烂摊子了，可你该知道这其中的原委，饶是外人怎么说，你都不该怀疑寡人！寡人知道秀秀一事在宫里说得多了，你会承受不住，所以寡人这些天哪里都没去，就在显德殿。刚才瞧你同他们说说笑笑，忽然想起你也就是个半大的孩子，你知不知道，你从来没有和寡人用这种口吻说话。”

秀秀一事，褒姒嘴上不说，面上也处理得得体，可心中却不舒服。周王宫湦未同自己商议便将秀秀封为夫人，还将她怀了身孕的事情公之于众，褒姒知道这用意，是要让后宫的矛头都对准秀秀，她也知道周王宫湦的秉性，或许会在秀秀真的陷入众矢之的时心生怜惜。这些天来，周王宫湦不来，褒姒也不去，便是她心中太乱。她不知道自己生气是因为周王宫湦利用秀秀，还是担心日后秀秀会得到周王恩宠，成为名副其实的郑夫人。褒姒不想再给周王添乱了，只好将这情绪深埋于心：“发生什么事儿了？”

“楚军要休战……”

褒姒有些意外：“秦国压境，叫楚侯觉得畏首畏尾，放不开拳脚？”

“不仅如此，怕是申国说服了楚国，非但两国休战，还结成了同盟！”

褒姒有些心焦，当日楚国压境，未必要打，只是为了威慑，可如今非但没起到威慑的作用，反倒叫申国得了机会说服楚国结盟。周王宫湦非但无法帮伯服坐稳东宫太子之位，如今连自己的地位都受到了威胁，申国若起了谋反之心，天下的时局就当真难说了。“申、楚结盟是碍于秦国压境，只怕秦国同申国也达成了什么协议，此事要臣妾出面同嬴开谈一谈吗？”

周王宫湦摇了摇头：“还记得当日你初入宫，你同我说你想要我身边的位置，我怎么回答你的吗？”

“大王要我证明配不配。”褒姒还记得此事，当日简单的想法后来让她陷入深深的苦恼之中，无论如何也想不到有朝一日自己能得到这位置。周王宫湦点了点头，疲惫地叹了口气：“你也要我证明，我配不配拥有你的真心……”

“臣妾妄言了，大王何必当真？”褒姒不知道周王为何忽然提起了这个话题。

“当日寡人想……证明？何其容易！我出征在外，那场战争费尽了人力物力，九死一生终于获胜，然而这只是个开端。寡人这才知道这江山守着有多难，亲手杀了启之更是深感帝王的不易，我答应你的事情，还没有做到！”

“大王做到了。”褒姒有些心疼。

“有人说，一个男人足够强大的时候才能保护自己所爱的女人，才能撑起一个家，如今我连自己的儿子都保不住，算什么强大的男人……”周王宫湦自嘲地笑了，面上的表情是无尽的痛苦。褒姒知道他说的不是念儿，是宜臼。她的泪水不能自已，从眼中掉落砸在了周王的面上。周王宫湦松开了握住褒姒的手，拭擦了一下自己面上的泪水，然后抬起手给她拭擦眼泪，“怎么了？”

褒姒摇了摇头，她是心疼他，可这话她不能说出来，他多么要面子，多么大男人，她怎么能让他知道自己的女人在心疼他？褒姒稳住抽泣的身体：“任谁做了大王的位置，都不会比你做得更好。”

“真的吗？”周王宫湦的眸子明亮，认真地看着褒姒。

“嗯！”褒姒点了点头，“不论发生多大的事情，臣妾从来都对大王深信不疑，只要你在，这片天就绝不会塌。”

“真的？”周王宫湦又问了一遍。

“嗯！”褒姒又点了点头。

“你说是真的，我就信你。如今楚侯休战，寡人不能让他和秦伯平白占了便宜，寡人要去找申后！”

“去吧……”褒姒轻声说道，“大王也该看看她了。”

“这一生，是我对不起她，”周王宫湦从褒姒的腿上坐了起来，盘腿坐在她身边，“可这一生我对不起的又何止她一个，若是人人都不负，就每个人都负了！”

“臣妾明白。”

“寡人不想杀宜臼！”周王宫湦有些痛苦。

“臣妾知道。”褒姒应声道，柔软的声音包围着他，试图让他感到一丝慰藉。

“那我去找申后了！”周王宫湦站起身朝着门外走，走了几步忽然又停下来，转过身看着褒姒，“褒姒？”

“大王？”

“能抱抱我吗？”周王宫湦问道。

褒姒朝着周王宫湦走去，轻轻将他揽入怀中，他抱她抱得很紧，就像是末日的分别，就像是他们再也不会相见。他的面颊贴着她的肌肤，灼灼的温暖浸润着她的心脾，她看着他越走越远，身影越来越小，她忽然伸出手想要抓住他，可也只是看着自己伸出的手臂兀自笑了。“怎么这么傻呢？”褒姒说了这句话站在原地大哭了出来，像个惊慌失措的孩子。

“娘？”不知道何时回来的念儿拉了拉褒姒的衣襟，“父王又欺负你了？”

褒姒一把将念儿抱进怀中，一面说着“没有”，一面却将他抱得更紧。褒姒的呜咽声充斥着整个琼台殿，这叫念儿惊慌失措，他从未见过母亲这样，他只得佯装着大人的模样摸了摸褒姒的头发：“没事儿了，没事儿了，念儿会保护娘的！”

褒姒深深地吸了口气，哭声越来越小，从激动的情绪中渐渐平复，她松开了念儿，擦干了眼泪：“郑世子和世子夫人都走了？”

“走了！送出宫了，怕父王和你生气，大家叫我赶紧回来看看，果然……”念儿的语气有些悻悻，“他总气你，我真不懂，娘为什么要屡屡相求于他？我们便是流落出宫，在乡野乞讨，不活在他的庇佑之下，一样能活得很好，娘怕什么？”

“我不是怕，”褒姒看着念儿，“也没觉得自己在忍。”

“娘……父王加封秀秀，考虑过你的感受、我的感受吗？他们两人恩恩爱爱、卿卿我我，咱们何必要看他们的脸色，秀秀不过是个下人，”念儿一屁股坐在了褒姒的身边，“掘突将郑伯在晋北的地址给我了，若我们离宫，还能去投靠郑伯，这后位若是秀秀想要就给她，太子之位若是她肚里的孩子想要就给她肚子里的孩子，娘何必同他们计较，让自己伤神？孩儿带娘离宫，旁的事不管也罢，只要娘开心，念儿就开心了！”

“你怎么会这么想？”褒姒有些吃惊，不相信念儿会说出这样的话，“你可知你爹为何很多事都做得如此绝情绝义吗？”

“因为爹原本就铁石心肠！”

“你以为出宫流落在外，投靠他人就是本事吗？你以为你在外面活得很好，就能证明自己吗？你知道这天底下最难的事情是什么吗？”褒姒问道，却并不是要念儿回答，“是做大王，居于中央俯瞰天下的大王，这太难了。你祖父耗尽一生心血不能得偿所愿，你父亲倾其半生，仍然惶恐，他们将天下江山拱手后人，不是恩赐，是责任，是相信这大周江山能在你手中延续。你以为他对你、对我强硬尖刻，是因为他是大王，便可以肆意凌辱天下人吗？是因为他想用他的坚强来为你我守住一片天，便是有朝一日这天塌了，也有他在撑着……”褒姒说着这些话，泪水再次溢了出来，她咬着自己的下唇泣不成声，再也说不出一句完整的话了。念儿跪在褒姒面前，一句句地说道：“娘……是我错了，是念儿错了，念儿不懂事，念儿不说爹的坏话了，你别哭了……”

褒姒神色凄苦，将念儿抱入怀中：“你父王为了让你没有后顾之忧，不惜对宜臼痛下杀手，可你以为他心不痛吗？他刚才生气是因为得知楚侯的军队与申国讲和，当初楚侯曾答应你父王钳制申国，叫宜臼永无夺嫡之力……”

“孩儿不知道……”念儿在褒姒怀中也哭了出来。

“你往日觉得天下之事，胜券在握，是因为你的父王将这风雨给你挡在了屋外。”褒姒将念儿推开，看着他的眼睛说道，“慈母多败儿，我没将你教好。”

听见褒姒这话，念儿连哭都不敢哭了，将软弱藏在心头。他的父王能做到的事情，他也要做到，而且一定要做得更好，念儿偷偷在心里下定了决心，停止了哭泣：“孩儿知错了，孩儿再也不说这些话了，娘不要伤心。”

褒姒拍了拍念儿的头，深深地吸了口气，不知道自己这样成何体统。叫外人看了，只怕是又有说辞了。她敛起情绪，定了定神，擦掉了面颊上的泪水，站起身问道：“掘突有说什么吗？”

念儿也抹掉了脸上的泪水，整张脸哭得跟个花猫似的：“说了些客套话，大家都心不在焉的，草草散了！姜婉姐姐送来的补品得转赠华辰殿吧，还是娘要亲自去探望秀秀一番？”

“我这模样，在外走动多有不妥，差人送去吧，”褒姒说道，“我改日再去。”

“是！”念儿将早晨姜婉来时拿的那些补药一一包好送去了华辰殿，他对姜婉关心秀秀的举动有些不满，可见自己的娘什么都没说，他知道自己不该小心眼。自从周王在秀秀房中过夜后，褒姒看似失宠以来，念儿便对秀秀存了戒心，这仿佛违背了当初强留秀秀的初衷。

念儿差了下人去送，却忘了告诉下人转告秀秀这是郑家送来的，秀秀接了补药想着是东宫送的，也没存个心思就吩咐人拿去炖了来喝。

探子回报申楚结盟一事，如今若不能让伯服坐稳太子之位，日后大周政权必然颠沛。当日原本只想威慑，逼迫申侯带宜臼入京向周王请罪，可如今这局势却逼得他不得不对宜臼痛下杀手，这么做到底对还是不对，他自己也不明白。他内心的犹豫和彷徨，只敢在褒姒面前表现出来，而褒姒的那番话定了他的心思，当务之急是防止申侯生变，他必须先稳住申后。褒姒赞成的态度是给周王宫涅的定心丸，他原本还惶惶不安，此刻已经胸有成竹了，申后与他在一起日久，他自诩对这个女人还是了解的。

申后宫里的下人来报说是大王来了，申后一愣，以为自己听错了，又问了一遍。不等下人重复，申后就看见了周王宫涅，他迈步朝大殿走来，面色黑沉，气压极低。

“大王？”申后只来得及拜谒一句，周王宫涅就对着宫里的下人说道：“都下去吧！”

“是，大王！”

见大殿变得空空荡荡的，申后心中一紧，不自觉地紧张了起来：“大王来找臣妾所为何事？”

周王宫涅没有回答申后，自顾自地在案前坐了下来，拿起桌上水壶，为自己倒了一杯冷水：“你可知道寡人为何将你贬入这冷宫诸多年，对你不闻不问？”

“臣妾做错了事，大王责罚也是理所当然。”

“你以为这是惩罚？”周王宫涅这话叫申后有些惊讶，想脱口而出地问一句“难道不是”，可话到嘴边，申后知道以周王宫涅的性子，不会想听这话的，才转了话锋开口说道：“大王是要臣妾在宫中自省？”

“省得如何？”周王没有摇头也没有点头，只是接上申后话茬，这叫申后不由得舒了口气，知道自己的思路没错，便继续说道：“臣妾知错了！”

“错在哪里？”

“身为后宫之首，却不能给后宫做个表率，我居于后位却无法行使王后的权力，更没有承担王后的责任，才叫当年后宫乱得一团糟！”申后分析道，也仔细地揣测着周王的表情，还没有搞清楚周王为何会来。

“还有呢？”

“还有……”申后顿了一下，“还有就是宜臼年纪小不懂事，臣妾教导无方，叫他受了奸人的挑唆，竟然……”她说到这里却说不下去了，“臣妾以为，此事也怪不得宜臼，当年秦夫人手中有诏书，说如果大王不幸，宜臼就继承王位！”

“还有呢？”周王宫湦声音威严。

“还有？”申后这才明白周王算的是哪笔旧账，“大王的意思是，宜臼继位并非大逆不道，他对褒后下杀手，才是被赶尽杀绝的原因吗？”

“啪……”周王宫湦的手拍在桌上，盯着申后冷冰冰地问道，“所以你的意思是，即便是宜臼想杀褒姒，也不是大事儿吗？要杀伯服也不是大事儿是吗？就因为他继位为王了，想做什么就可以做了是吗？”周王宫湦的声音越来越大，叫申后觉得十分害怕，可也因为害怕到了极致，反倒是镇定了下来，“寡人废太子，褒姒尚且知道担心宜臼，以继别为宗劝寡人守礼。你教他的，就是为王者想做什么就做什么是吗？”

“大王……”申后语气深邃，“扪心自问，当初若非因为宜臼想要害褒姒，而是要害秦夫人或者卫夫人，你会这么对他吗？或者此事反过来说，伯服要杀我，要杀楚夫人，大王是不是觉得伯服做就是应该，宜臼就是大逆不道？”

“你以为天下人都同你一样将孩子带成这般？”

“这不是教养的问题，人一旦觉得自己受了威胁，自然会做出反抗。宜臼觉得伯服威胁到他了，在得到权力的时候就不惜将他和褒姒置于死地，这个性不正是随了大王吗？”申后满面痛心，“是大王处置有失公允，就因为宜臼的母亲是我而不是褒姒，对不对？”

“宜臼就是被你害了！”周王宫湦瞪着申后，刚刚来的那些打算此刻都被他放下了，和申后讲和让周王觉得自己可笑至极，他迈步而出，留给了申后一个背影。申后虽然有几分懊恼，可也想在周王宫湦的心中留下最后一丝尊严。

周王宫湦走到门口，觉得心中憋得慌，站在门口背对着申后说：“寡人告诉你，当日宜臼若肯留下，向寡人认错，向褒姒认错，你肯说句软话，在宜臼和寡人之间斡旋，宜臼就不必走今天的路了！宜臼之事，我固然不对，可他的今日是败在他没有担当，事事逃避，迟早有一日会无路可逃。”他扔下这话拂袖而去，这话像是一把寒光闪闪的匕首抵在申后的脖颈之上，叫她脊背发凉，怔怔地看着周王越走越远。

周王回到显德殿，差人将隰叔叫来说道：“传寡人的令，叫文朔点兵，攻打申国！”

“什么？”隰叔大惊失色，此事会让周王宫湦和天下人站在对立面上，他废嫡立庶已是不对了，如今还要赶尽杀绝，隰叔担心周王宫湦会把自己推到万劫不复之地。

“没听清吗？”周王宫湦不耐烦地问了句。

“还请大王三思，此事要慎重！眼下王子正在申国避祸，此刻攻打，天下不服，若诸侯倒戈相帮，大王就得不偿失了！司马也未必能一举拿下申国，一旦兵败，对我大周来说是伤筋动骨啊！”

“这一战，只许胜，不许败！”周王宫湦恶狠狠地说道。

“胜败乃兵家常事，谁也无法预测，若攻打之时秦、楚二国施以援手，怕文朔也无计可施！”

“秦国和楚国若帮大周呢？”

“大王有办法？”

周王宫湦冷哼了一声：“寡人发兵，我倒是看看他们俩谁敢公然和寡人对抗！”

“此事还得从长计议！”

隰叔的冷水令周王不满，准备告诉他这是命令，可话还没有出口，就有人匆匆跑进来启奏：“大王……大事儿不好了！”

“什么事儿慌慌张张的？”

“刚才华辰殿来人说郑夫人……”来传话的下人咽了口唾沫，艰难地说，“郑夫人小产了，刚才太医院的医官去看过了，这孩子……没保住！”

“你说什么？”周王宫湦一拍桌案站了起来，大喝一声，这一幕对周王来说实在太过熟悉了，他再也坐不住，起身就朝华辰殿赶去。原本的愤怒此刻变成了盛怒，最近接二连三发生的事情没有一件叫他觉得顺利，这种一切都失去控制的感觉实在太糟糕了。

秀秀小产，血流成河，顺着她白皙的肌肤流下，在地上汇集一摊。周王宫湦怒气冲冲地进来，人还没到，训斥人的声音就先到了，指着这些太医院医官的鼻子问：“要你们都有什么用？什么忙也帮不上！”

“大王……”秀秀满头汗水，虚弱地叫了一声。

周王宫湦跨步上前拉握住她的手：“现在感觉怎么样了？”

秀秀的两行清泪顺势而下，孩子没了的时候她咬着牙，冷静地叫人去请太医，将所有进食的东西都留下来等太医查验，心中也知道这个孩子保不住了，虽然下腹剧疼，却没晕过去。如今周王前来探望，满眼的关切令秀秀心中一动，整颗心都化作了一摊水，他明知道这个孩子不是他的，可还是给了她封号；他也知道她和他没什么关系，可如今却第一时间前来探望……秀秀从未觉得如此委屈，周王宫涅高大伟岸的形象在自己面前清晰了起来，她握着他的手，从中汲取着温度，回想着过往的种种，整颗心都在此时此刻沦陷在这个男人的温柔中了。

“到底发生了什么事儿？”周王宫涅问道，知道自己将秀秀推到郑夫人这个位置上，这件事迟早会发生，能做出这事的十之八九是楚夫人。他本来想看鹬蚌相争，褒姒渔翁得利，可整件事情似乎并没有朝着他预期中发展。

秀秀艰难地抬起手，让屋子里的人退了下去，周王宫涅瞧着秀秀这模样心头一紧，大概也猜到了。“是……谁？”他结结巴巴地问道。看着周王宫涅的模样，秀秀苦笑了一声：“大王也猜到了吧？”

“不会的……”周王宫涅摇了摇头，“她不可能做出这种事情的！”申后刚才那番话还在耳侧，回想起来就是一个响亮的耳光打在了自己的面上，“不会的，是不是你想得太多了？”

“臣妾也希望是想得太多了，可褒后要保王室尊严，这个孩子不能出生，是我的私心乱了宫里的规矩，我不怪她……”秀秀别过头去，不再看周王宫涅。她其实恨透了褒姒，不是恨她对她下手，而是恨她的伪善。如果发现怀孕时，褒姒就叫她流了这孩子，她也会照办，可给了人希望又让人失望，无限地放大了母亲失去孩子的那种歇斯底里的痛苦。

“寡人……”周王宫涅觉得喉头一紧，说不出话来，生疼生疼的，“有证据吗？”

“若没有证据，我敢乱说吗？下午褒后差人送了进补的汤药，我没留意，叫下人拿去炖了，不出一个时辰，我便觉得腹痛难忍，去太医院请了医官，孩子已经保不住了。”

“这些天你好好休息。”周王宫涅不知道还能再说些什么。此时此刻，此情此景，她想起了当日的郑夫人。申后说，大王的一碗水从未端平，如今事情真的发生在了褒姒的身上，她真的对别人下此狠手，他呢？该怎么做。

“这件事情寡人会去问她。”

“何必有此一问呢？褒后无论是做什么，都是为了大王，臣妾能明白。”秀秀说完冷冽地笑了笑。

“你若要离宫，寡人许你走！当日强留你，是寡人不对。”

“我离了宫还能去哪里？我离了宫要怎么活下去？”秀秀哀叹道，看着周王宫湦失神的眸子，忽然想抓住眼前这个男人，她转过来看着他又问道，“大王有没有想过，褒后丝毫不懂药理，她怎么可能找到这么烈的药给臣妾服用？”

周王宫湦这才发现此事太过蹊跷。“等等！”他伸出手，示意秀秀不必再说下去了，“她怎么会蠢到让自己送来的药令你小产？！”

秀秀愣了愣，觉得以褒姒的聪慧绝不会做出这种事情来，可话都说到这个份儿上了，她必须自圆其说：“她是深知大王就算知道是她做的，也不会拿她怎么样！”

“她不是这种人！”周王宫湦手握成拳，浑身战栗。

“了解一个人，无非是看这个人想让你了解到什么程度！”秀秀说道，“她为大王杀了那么多人，您还觉得她是个善良、宽厚的女人吗？我听后宫的下人说，褒后最近同楚夫人来往甚密，若非她俩联手，未必害得了我……我也是天真，从未对她起疑！”

得知秀秀小产的消息，褒姒也很忐忑，她下午才叫人将姜婉送来的东西拿去，晚上华辰殿就传来了郑夫人小产的消息，此事联系在一起，褒姒觉得心痛异常。她想不到姜婉能对秀秀下这种狠手，更想不到姜婉能将此事栽赃嫁祸在自己头上。

褒姒在东宫的大殿中来回踱步，心中很惶恐也很忐忑，从入宫以来她就从未体会过这种跌宕的感觉。如果自己一口否认下药害秀秀，那么整件事情彻查起来，后宫前朝都会掀起一场血雨腥风，刚刚稳定的政局会再次陷入混战。掘突要是知道此事，不会放过姜婉，齐郑就会因此失和，难免一场恶战。退一万步说，此事便是姜婉的不是，掘突已经迎娶姜婉过门，她是郑家的人，宫里不能对此事不闻不问，郑国也难逃一劫。

褒姒的心像是被放在火上炙烤，为今之计，若不想挑起这场蔓延全国的灾祸，只有将此事认下。褒姒手抚在胸口，她想知道的是周王宫湦会对自己的一口咬定有所怀疑吗？只要是怀疑了，哪怕只是动摇了一下，她也会觉得心中安慰。

第六十六章

无知女堂前请罪，伉俪情既往难追

听见从门前传来“嗒嗒嗒”的脚步声，褒姒这才收起自己的神思，朝门外看去。念儿从远处飞奔而来，一头栽在了褒姒腿上，紧紧抱住她的大腿，仰头看着褒姒：“娘，听说秀秀小产了？是真的还是假的？”

“差去华辰殿的人回来都说是真的，”褒姒提不起精神，“你父王正在华辰殿照顾她，应该很快会来，你怎么知道这件事的？”

“有人给我去通报说是后宫出事儿了，我听闻秀秀小产，怕此事会牵连到娘，便急着回来瞧一瞧，”念儿说道，“查清了吗？”

褒姒看着念儿欲言又止，神色仓皇：“若有人问起东宫的事，你不要说郑世子和他夫人来过。”

“为什么？”念儿大惑不解，“是姜婉下的药对不对？是姜婉害秀秀小产了，可如今大家却怀疑娘？”念儿的反应很快，快到根本不用褒姒再说些什么，他就将事情的来龙去脉理顺了。

褒姒捂住了念儿的嘴：“不要胡说，姜婉怎么可能做这种事情？只是眼下你父亲对掘突颇有微词，你若说那药是姜婉送来的，你父王必定有所怀疑，若因此迁怒到郑国，你我就等于自断一臂，没了退路！”

念儿大张着嘴：“娘，你想将这事儿揽下来对不对？”

“你放心吧，我不会怎么样的！你父王也不会拿我怎么样！”褒姒拍着念儿的后背宽慰道，此事却叫念儿满心疑窦，看着褒姒不停地摇头："我一定要将此事告诉父王……"

"我也一样难辞其咎！"褒姒的语气冷冽了下去。这话叫念儿打了一个寒战："秀秀一定会将这事追究到底的！"

"她不会的，"褒姒拍了拍念儿，"相信我，眼下息事宁人是最好的办法，不管这事和姜婉有没有关系，是姜婉送来的东西有问题，还是我将东西送去华辰殿之后才出了问题，此事唯有我将它承认下来才能不挑起任何事端。念儿……"她语重心长地唤着自己的儿子，"取舍是你要学会的第一课。如今秦楚危机，叫大王再为此事分心，若是怀疑到姜婉的头上齐郑还有一场恶战，大周百年基业随时可能葬送于此。"

"我才不稀罕呢！"念儿拂袖说道，"是他眷恋王权，又不是我，逼我做我不喜欢的太子，还要逼我走我不喜欢的路子，凭什么？"

"你又忘了我同你说过什么了吗？"褒姒不明白为什么念儿就是记不住王权的责任，念儿也不明白为什么褒姒就是无法体谅他一颗保护母亲的心："娘不能出事！"

褒姒凝重地点了点头："我绝不会出事！"

"若是娘出事，我就将姜婉与掘突送药一事说出去，弄得人尽皆知！"念儿威胁道，褒姒点了点头："不会有事儿的！"她说这话一点儿底气都没有，只要想到当年郑夫人小产，周王宫涅的所作所为，她就觉得脸上火辣辣地疼。

褒姒明白，周王宫涅能将秀秀放在华辰殿，这里是有情分的。如今，她就仿佛看见了旧事重演，心中满是不安。

周王宫涅的脚步声由远及近，一旁的下人拜谒："参见大王！"

听见了这声音，褒姒将怀中的念儿松开："你先回寝宫去！"

"我不！"念儿急得在原地跺了跺脚，褒姒催促道："你父王本来不会将我怎样，可你在这里同他置气，原本不打算怎样只怕也为了自己的面子得同我怎样了，你若是为了娘好，就先回房间！"

"我……"念儿别扭地看着褒姒，胸口堵着口气，却偏偏不能反驳这话，只得负气地抬起脚跑回寝宫。褒姒理了理衣装，站起身佯装着一副淡定从容的模样看着大步跨入宫门的周王："秀秀怎么样了？"

"孩子没保住！"周王宫涅看了一眼褒姒，盯着她的表情似乎是想从她的表情中判断整件事情的真相。褒姒看着周王宫涅的眉眼，猜到了他的用意，长长地叹了口气安抚道："还请大王节哀！"

“也是她的命。”周王宫涅说道，“你觉得现在该怎么办？”

“大王以为呢？”

“彻查！”周王宫涅说道，“整个后宫彻查此事，应该不难查出真相！”

“好啊！”褒姒点了点头，“大王打算请谁来调查？”

“虢石父，眼下他是最合适的人选！”周王宫涅说道。

“那臣妾呢？”

周王宫涅看着褒姒，几次张嘴都没有说出话来。这表情叫褒姒觉得好笑，反问道：“大王要说臣妾的嫌疑最大，大到此事板上钉钉了吗？东西是从我东宫送出去的，郑夫人喝下去的，然后就出了这么大的事，此事若说与我东宫没有关系，怕也没人相信。”

周王宫涅的手攥成了拳：“你都知道？”

“猜也猜得到了……”褒姒说到这里的时候，她还是有两个怀疑的，一个是怀疑姜婉得知了掘突与秀秀的私情，因而下毒谋害秀秀；二是秀秀想要借刀杀人。

褒姒希望事实的真相是前者，不然秀秀藏得这么深，就太令人心寒了。

“寡人只想知道，是……还是不是？”

“大王觉得呢？”褒姒没有回答周王这个问题，而是反问。这是她一直以来最想问周王的，她的面上带着罕见的笑意，笑容中充满了希望，像是个不谙世事的少女，满面娇羞地看着自己深深崇拜的那个人，希望这个人能够给予她肯定和关怀。

周王宫涅反过来盯着褒姒，非要从她的眼中窥探一二，可褒姒的表情一成不变，面上的笑意更令人匪夷所思，良久之后他叹了一口气：“我希望不是！”

“是希望不是，还是认为不是？”

“有什么区别吗？秀秀说下午你叫人给她送了进补的药材，她对你没有疑心，晚些时候叫人煮了，可没想到会因此小产。宫里的医官都看过了，在你送去的药里发现了致人小产的药物。所有的证据都指向你一个人，可寡人还是希望你和寡人说一句，此事和你无关！”

“然后呢？此事若和我无关，大王打算怎么做？继续彻查，还是当作此事没有发生过？”褒姒说罢自我否定般地摇了摇头，“大王怎么可能当作此事没有发生过，事情已经闹得这么大了，我东宫是最后一个得到消息的。大王一早就赶过去陪她了，别人小产之时都有大王陪在左右，整个宫里的人因此忙前忙后，整个后宫的夫人、嫔妃们都瞧着那一个殿里。唯有臣妾小产的时候，孤身一人，还得去帮大王收拾烂摊子！”

“你那时候，寡人怎么可能不心疼？”

“心疼吗？”褒姒的眼睛亮亮的，一眨一眨很好看，满是纯真地望着周王，带着童稚般的口吻说道，“大王再心疼，区区一个女人比不过江山对吧？秀秀腹中的孩子能生下来吗？你的江山容不下一个错误，总要有人去收拾这个烂摊子！此事若是我做的，你打算怎么处理？”

“如果真的是你，寡人什么也不做！”周王宫湦第一次见到这样的褒姒，感到无比陌生。

“那就……什么都不必做了！”褒姒转过身去，衣裙在地上画起了一个圆弧，这一刹那她哭了，泪水从眼眶溢出滴落在地，她看见他们之间被划出了一个界线，这条界线将成为他们以后永恒的隔阂，再也不会好起来。褒姒朝寝宫走去，走得很慢。周王宫湦站在原地看着她的身影，一动不动，他自诩了解女人，可此刻却不了解褒姒。

念儿在房中偷听着，费了很大的力气才叫自己没有疯狂地冲出去训斥父王，母后是为了他的江山在隐忍，为何他就看不出来呢？可念儿终究还是吞下了这口气，他何必还要为自己的母后去挽回这段令人绝望的关系？既然秀秀小产，父王那么伤心，就让他永远陪着秀秀好了！

周王知道，如果是褒姒下的狠手，她想维护的是他的江山，可他失望的是她不信任他，不信任他能处理好这件事，也对她能狠得下心去对付一个对自己忠心耿耿的人而感到寒心。因为秀秀的小产，周王产生了一种要去照顾她的责任感和歉疚感，一连几日都没有再回东宫。

周王宫湦不知道褒姒的今时今日是不是自己一手促成的，他没办法再去面对褒姒，也不知道再和她说些什么，只觉得他们之间的距离越来越远，远得好像永远也回不到过去了。这场小产的风波最后以偃旗息鼓的方式落下了帷幕，太宰宫放出的消息是秀秀自己不小心小产的。

秀秀的追究被这么搪塞过去了，这叫她明白整件事就是褒姒做的。褒姒曾给了她希望，如今却让她失望透顶。她强颜欢笑，装作若无其事地去东宫拜谒，装作能够体谅褒姒般地同她说，自己会帮她修复她同大王的关系。

听着秀秀的语气，褒姒知道他们主仆的情分就缘尽于此了。秀秀暗暗下了决定，既然褒姒提防她，她就要将褒姒提防的罪名坐实了。回到华辰殿，秀秀立刻叫人将掘突叫来。

掘突正在府中来回踱步，焦躁异常，自从秀秀出了事儿他也坐不住了，可又不敢贸然进宫。如今有人前来，他再也按捺不住自己的性子了，跟着前来传话的人立刻去了宫里。

而姜婉却是另一种心情，没日没夜地催促掘突回国，此事是她做的，褒姒比谁都要清楚，她看着掘突前脚出门，自己赶去找齐伯商议。齐伯没想到姜婉居然有这么大的胆子，怒火丛生的同时又心疼自己的女儿所嫁非人，再三思忖，冷静下来："此事若褒后有意追究，怕是早就请你去宫里回话了，不至于等到今天！"

"所以爹觉得眼下该怎么办才好？"姜婉哭得歇斯底里。

"行了！"齐伯呵斥一声，"眼下这么干着急也不是办法，宫里的信儿我给你打探打探，再做决定吧！"

"多谢爹……"姜婉泣不成声。

"你呀……"齐伯摇着头，"怎么就这么沉不住气？你就不能再忍一忍，忍到你们离开镐京城不是什么事都好说了吗？"

"女儿知道错了……"姜婉只顾着哭，觉得脑海中一片空白。齐伯摇了摇头："哭成这样，还怎么回去？掘突问起，你又支支吾吾答不上来，这样吧，叫下人去送个信，说你今晚不回去了！"

"嗯……"姜婉只能点着头，任凭自己的父亲安排。

"此事，也不是坏事儿，若真叫郑夫人将孩子生出来才发现孩子是掘突的，到时候比现在还难堪。想必大家也是都知道此事，太宰宫才说是郑夫人自己不小心。"

"可就怕郑夫人不死心，继续调查啊！"

"一定会是的，日后你怀了孩子，就知道一个孩子对母亲而言意味着什么！"

听着齐伯的话，姜婉只顾着点头，手足无措。

掘突到了华辰殿，秀秀正在后堂等他。镐京城冷风瑟瑟，后堂的厢房里生着火，秀秀裹着毯子坐在案前捧着热茶，下人进门通报："郑世子带到了！"

"叫他进来！"秀秀说道。

掘突迈步而入，看见秀秀的那一瞬愣了许久，她的面容憔悴，身体瘦削，他无法想象这些天她是怎么熬过来的，他的情绪有些激动，呼吸都在颤抖。秀秀看着下人挥了挥手："你们都下去吧！"

"是……"

厢房中只剩下秀秀与掘突二人，安静的屋子里充斥着掘突沉重的呼吸，一声接一声，起起伏伏。秀秀指了指对面的位置，用十分虚弱的声音说：“坐……”

掘突在秀秀对面惶惶不安地坐了下来，十分局促，他看着瘦削的秀秀，也不知道该和她说些什么，半晌之后才磕磕绊绊地问了句：“你还好吧？”

掘突的话音落地，秀秀的眼泪就像是断了线的珠子“吧嗒吧嗒”地往下落，她用手中绢布轻轻擦拭着眼角的泪水，可是止不住的抽泣叫她的身体颤抖起来。掘突对付女人的手腕毕竟有限，不像大王那样游刃有余，不像自己父亲的淡定从容。“怎……怎么了？”他伸过手，又缩了回来，“事情我都听说了，既然事已至此也无可奈何，你还年轻，以后有的是机会！”

“机会？”秀秀转向掘突冷笑，“褒后会给我这个机会吗？”

“你说什么？”掘突惊愕地看着秀秀，他始终相信褒后不会做出这等小人行径，可看着秀秀的控诉，他又没了主意，只得等着秀秀继续说下去，“你以为……我怀的是大王的孩子吗？”

“你说什么？”掘突再次觉得脑海中一片空白。

“你以为我为什么会忽然得到大王宠幸，前一刻还是处子之身，后一刻大王就对我宠爱至极，你以为我为什么会怀孕，为什么会成为郑夫人，你以为我一次又一次地忍痛将你赶走是为什么？”秀秀声泪俱下，颤抖的声音敲击着掘突的心扉，他喃喃自语：“为什么？”他说罢便猛地从混沌中惊醒过来，陡然抬头，“是因为我？”

“不然呢？”秀秀反问道，“大王说褒后身边没一个合用的人，念儿年纪还小，没一个可以信任的人，若有一天你将我要去，他给还是不给？与其自己日后被动，不妨封我为女御，这样就杜绝了你的心思，可那晚我们还是……”她说到这里摇了摇头，“此事被褒后发现，她让我去跪祠堂，不是要惩戒我，是要叫你有所收敛，不敢再对我心存邪念，我只得忍痛将你赶走，祈求你放我一条生路，你以为看着你心里难过，我就好受吗？”

掘突猛地握住了秀秀的手，将她的手紧紧攥在手心：“然后呢？你又是因为什么和褒后交恶，深得大王宠幸的？”

“为了叫你彻底死心，也为了防止我怀上你的孩子，褒后便叫大王在我房中过夜……除了那一晚，大王没有在我房中留宿过，明面上看是要宠幸我，实际上却是为了防止丑事发生！”秀秀的泪水将整张脸都浸湿，掘突伸出手抚摸着秀秀的面颊，身体从她的对面挪到了身边。

秀秀靠着掘突，继续控诉：“后来我果然怀了孕，大王便借由这事叫我做了华辰殿夫人，可这孩子不是他的血脉，大王虽然答应我会留住这孩子，可没想到褒后还是对我下了这个狠手，丝毫不念及我同她的主仆情分。”

“怎么会……”掘突的声音微微有些颤抖。

“你没听你爹提过褒后的为人吗？”

“父亲很少和我说起，只是褒后帮大王打理后宫，这么多年处事公允，一向鲜少有微词的！”

“对，她是这样的一个人，只要是为了大周王室她什么都干，桑珠的死、廿七的死、郑夫人的死、秦夫人的死……都是她一手策划的。我不过是个下人，那些出身名门的夫人都不是她的对手，我不知道该怎么办。”

“大王呢？大王怎么说？”掘突的手紧紧地攥着秀秀的胳膊，深感对不起大王，此事因他而起，大家都要为他收场，他想要负这个责任却没有机会，“大王既然当初让你把孩子保下来，就不该反悔！”

“他没有反悔！”秀秀摇了摇头，“大王待我不薄，可他对褒后更好，不能因为我这个外人惩戒褒后。我问过太医院的医官了，这药性刚烈，实属罕见，若非如此也不至于无力回天。我分拣了当天的食物，那东西是下人从东宫拿来的！我将此事告诉了大王，大王去了东宫，之后发生的事情我无法左右……”

“是褒后做的！”掘突十分痛心，他面目狰狞，他紧紧地抱住秀秀，将头埋在她的身上，无法面对这个现实，他甚至也想不起那日褒后送来的东西很可能是自己和姜婉拿去东宫的补品。他此刻只有一个想法，就是让凶手血债血偿，他眼白充着血，青筋暴起，肌肤泛红，可他也知道自己不是褒后和周王的对手，便强迫自己冷静下来，按捺住胸口这股杀人的欲望。

“你打算怎么办？”掘突问秀秀，“以后在宫里的日子必定千难万险，你若要走，我做安排，你和我回郑国！”

“不行……我当日不肯就是不想连累你，今日发生了这种事就更不能和你走了，我若走了，褒后和大王不会放过郑国的！我必须留在这里，这日子再苦再难我也要熬下去。”

“褒后不会放过你的！”

“我没别的办法了，除非我能除掉褒后，否则根本无法在后宫立足！更何况此事并非褒后一人所为，她不可能有这么刚烈的药，这宫里只有一位夫人做得到！”

“你说……楚夫人？”掘突问道。

秀秀点了点头："我必须留在宫里，我要为孩子报仇……"她紧紧地抓着掘突的胳膊，哭得泪眼蒙胧，"你不能丢下我……我一个人会害怕的……"

"我不会的……"掘突喃喃地重复道，"我不会的，我不会的……"他却不知道还有一个女人也在哭泣，对自己做过的一切茫然而不知所措。齐伯答应姜婉第二日去东宫试探褒姒的口风。下人说齐伯来了，这让褒姒有些意外，可意外过后她也知道齐伯来的目的："齐伯真是稀客，多日不见，越发精神了！"齐伯摆了摆手："褒后莫要嘲笑在下了，若没有天大的事，也不敢来叨扰褒后。"

"来我东宫走动就只能谈谈政务了？"

"褒后时间宝贵，在下不敢浪费！"齐伯知道褒姒玲珑剔透，那日姜婉送来进补的药材，她转赠华辰殿很快就致使郑夫人小产，此事思来想去这罪魁祸首也只有姜婉一人。褒姒明明知道，却背下了这个黑锅，令齐伯感到费解，"如今后宫生变，事情都发生在一起了，不知褒后近来可好？"

"齐伯说的是郑夫人小产？"

"此事大家都说是东宫所为，这两日被大王正了言辞，说郑夫人自己不小心，与人无尤。不知真相……"

"齐伯专程来问，想必是知道了真相！"褒姒看着齐伯，"可真相有的时候并不重要，要看人们希望什么！"

"在下深知褒后深明大义，此事连累褒后，在下难辞其咎！"齐伯说着就"咚"的一声跪了下来。褒姒赶紧蹲下去将齐伯扶起来："齐伯不必行此大礼，这是折煞了本宫！此事错的也不是您，还是叫错的人来同我赔礼吧。"

"你打算如何待她？"

"秀秀跟我已有七载，为本宫出生入死，遮风挡雨，如今便是交恶，这情分本宫不能不记在心头。有人害她，就是打本宫的脸，本宫所以不辩驳，是不想事态恶化，几国交恶，你也该知道此事若叫掘突知道，这门婚事也保不了了。齐伯久经沙场，掘突身经百战，若是你们二人较量，旗鼓相当，难分高下！若齐伯肯交出女儿任凭我处置，本宫便当此事从未发生！"

"褒后打算做什么？"齐伯颤抖地问道。

"血债血偿！"褒姒说得一字一顿。

齐伯的面色惨白，他以为褒姒会放姜婉一马，可眼下听褒姒这么说又感到发自内心深处的绝望，他双腿一抖，顺势跪下："求褒后放过婉儿，她年幼不懂事，老夫愿代她受过！"

“叫她来见我！”褒姒只丢给齐伯这句话就回寝宫了，重重地将门关上，整个大殿静静的，连呼吸的声音都显得嘈杂。齐伯跪在大殿的地上老泪纵横，白发人送黑发人的痛苦他不想再体会第二次，他的身躯被这重压压弯了，佝偻着趴在地上，泪流满面。

大殿上响起了脚步声，由远及近，齐伯一怔，生怕被人发现，赶紧擦掉了面上的泪痕，看见走近的是太子伯服，立刻拜谒。

“叫姜婉来见娘，我保她无事！”念儿对齐伯冷冰冰地说道，板着的脸也看不出他是喜是怒，只觉得这气势颇有周王宫湦的气势，叫人不寒而栗。齐伯心中一凛，虽有些不信念儿的允诺，可还是问了句：“刚才的话，太子都听到了？”

“便是不听，你来找母后什么事，我也猜得到！”念儿背着一双手俯瞰着还跪在地上的齐伯说道，来回踱了两步，用一副老练的口吻说，“当日郑世子夫妇来送进补的药材，而后母后将这药材送去华辰殿，华辰殿便出了事，别人纵然不知怎么回事儿，我还是清楚的！”

“如今褒后打算怎么做？”

“这你就别管了，明日叫姜婉来，我保她不死！”

“太子这话可当真？”

“自然当真了，”念儿转向齐伯，“我以太子的名义保证让姜婉活着出宫，可若姜婉不来，日后再发生什么，我就不敢保证了！郑夫人小产一事，大王说是她自己不小心，她也憋着口气呢，此事虽没法明查，暗着来总可以，若有人这么顺水推舟地将姜婉来拜谒母后的事告诉了郑夫人……”他说到这里不再说下去了，余下的便留给齐伯去想。

“若殿下能保婉儿性命，老夫愿为太子效犬马之劳！”齐伯忙不迭地发誓。

念儿蹲在齐伯面前，一手搭在自己膝上，老成地拍了拍齐伯肩膀。他起身离开，齐伯也退出了东宫，有了念儿的保证，心中也算舒了口气，慢悠悠地回了府上。

掘突去见秀秀的事很快传到周王耳中，自从华辰殿出了事儿，周王宫湦就猜到秀秀可能会咽不下这口气，褒姒既然无情，秀秀也可以无义。他有些担心掘突的莽撞会乱了眼下的局面，秦、楚、申已经乱了，中原不能再乱，若掘突忘乎所以地要为秀秀出这口气，那就是要将齐国的面子踩在地上，齐伯绝不会再忍让了——尤其是他已经将自己大女儿的死忍了下去。

能够阻止掘突的人，周王宫湦思索了整个后宫，怕是只有褒姒，至少掘突会看在郑伯友的面子上……周王摇了摇头，此事要做好两手准备，掘突必定深信害秀秀小产的人是褒姒，怕不会对褒姒言听计从。周王宫涅其实知道，褒姒未必能劝服掘突，可他还是去了东宫，这么多天以来，他无非是想要找个借口来看她。

下人站在东宫门外拜谒，这声音传入了大殿，让褒姒一愣。她刚刚准备回寝宫，此刻又顿住了身体，艰难地转身，强迫自己冷静下来，然后从容地走到周王面前："大王？"

"最近没什么事儿吧？"周王宫涅问道。

褒姒看着周王宫涅："大王不怪臣妾了？"

"你没什么要同寡人解释的吗？"周王宫涅看着褒姒有些心痛。

"大王早就要到了你想要的答案，不是吗？"

周王宫涅几次张嘴，欲言又止，他不想再和褒姒争执，觉得无比疲惫："刚才宫里有人来说，掘突去了一趟华辰殿，寡人怕是秀秀咽不下这口气，会不遗余力地对付你。"

"大王若是不愿意动臣妾，臣妾就不会有事，这道理我一入宫你就教会我了！"褒姒惨淡地笑了笑，她知道刚才自己激怒周王，周王却不同她争辩意味着什么。

周王宫涅点了点头："你又将此事怪在了我身上……"

褒姒没有说话，只是看着周王宫涅。

"我来告诉你一声是让你早做准备，免得最后被人陷害而慌不择路。"

"大王……"褒姒觉得这话从周王宫涅的嘴里说出来有些可笑，"难道天下不是大王的吗？您这话是什么意思？"

"天下何时是我的？"周王宫涅反问道，疲惫地看了一眼褒姒转身就朝着殿外走去，走到门口又忽然停了下来，他背对着褒姒说道，"褒姒，如果秀秀的孩子真的是你一手害死的，这件事我之所以痛心不是疼惜那个孩子或者是心疼秀秀，也不是觉得整件事你不和我商量就这么自作主张，而是你有今时今日的心狠手辣，是被我一步步逼到这个份儿上的，我是自责……可自责过后，我们也回不到过去了，是不是？"

"大王不必自责，路都是自己选的！"褒姒说完这话也转身朝着寝宫走去，她眼中含泪，却又不敢哭。周王宫涅之所以背对着褒姒说这番话，是因为他的眼眶通红，他是大王，他不能哭。他停顿了良久转过身去看着褒姒，褒姒正背对着自己，周王宫涅摇了摇头转身朝显德殿走去。而褒姒却在这个时候回过头看了眼周王宫湦，只看见他留给自己的一抹背影，她紧绷的神经忽然支撑不住地绷散开来，这是她将自己推上了绝路，可不这么做又有什么办法呢？

用对自己的狠来换齐伯的忠，褒姒能为周王做的就只有这么多了。

第二日正午，姜婉依着褒姒的吩咐进了宫。前一日姜婉听了父亲对自己说的那番话之后，不安的心情反而平静了下来，起初还在心虚，害怕会被揭穿。现在知道大家都已经看出了她玩的把戏，姜婉虽然心有不甘可还是接受了这个结局，将要送自己进宫里的父亲强留在家，一个人踏入了东宫。

东宫大殿十分安静，安静得不同于往日，连往来的下人都觉察到今日的不同了。大王昨日来过之后，褒姒的情绪就一直不好，将自己锁在寝宫里，任何人问话都不答。念儿几次去敲门，她也只是有气无力地说："我没事儿。"

今儿一早，褒姒又像是不记得昨日发生的事情了，又变成了那位母仪天下的王后，举手投足间有种不可辩驳的威慑力，令人心悦诚服。卫夫人看着眼前的褒姒，想起多年前她与嬴德对峙，她以柔弱的身躯挡在了镐京城的前面，护住了周王宫湦的江山。

无论她做错了什么，没人可以怪她。

褒姒知道这条路是她自己选的，怨不得别人，他们便是在宫里长相厮守，岁月也会磨掉相爱的痕迹，这情分终究会变浅、变淡。褒姒心中虽然痛苦，可她得强撑着自己。结束了朝谒，楚夫人与卫夫人竟然一起留下来看着褒姒，她们二人看着对方，都在等着对方先走，最后褒姒开口道："你们还有事儿？"

"还是卫夫人先说吧，我的事情得费些时间。"楚夫人说道。现在是宫里重新排序的时候，是站在褒姒身后还是选择秀秀，对每个人都是一道关乎宫里生计的题目。楚夫人也好，卫夫人也好，不可能选个下人，自然要为褒姒雪中送炭。卫夫人瞧着楚夫人罕见的姿态说："哦？我要说的事情也要费些时候，还是楚夫人先说吧，不必客气！"

"卫夫人请……"

"楚夫人请……"

两人相持不下，褒姒冷眼瞧着，用近乎呵斥的口吻说："要说就赶紧说，不说就退下！本宫没有时间陪两位在这里消磨！"

卫夫人和楚夫人各自堵了口气："既然褒后还有要务，我等先行告退！"说罢，二人一起离开东宫，谁也不肯快一步，谁也不肯慢一步，走到门口各自哼了一声，扭过脸背对着背朝各自的方向走了。褒姒看着这一幕，忽然笑了，觉得这后宫其实还蛮生动的，只是被自己弄死板了。

“母后今日的心情好些了？”念儿不知何时忽然出现，站在褒姒的身旁问道，“昨日父王来过了？”

“嗯……”

“又惹娘不高兴了吧？”念儿挽住了褒姒的胳膊，脸贴在她的手臂上，“过了这个年关，念儿就七岁了。”

“嗯……”褒姒点了点头。

“可以保护娘了！”

“还太小。”褒姒叹了口气，“你先下去吧，我一个人坐会儿。”

“姜婉要来了？”

“你都听见了？”

“嗯！”念儿坐在桌案上，双腿悬在空中晃来晃去，“娘不会杀她对不对？”

“我为什么要杀她？”

“您那句‘血债血偿’把齐伯的脸儿都吓绿了！”念儿捂着嘴笑着，“叫念儿陪娘和姜婉说说话嘛！万一娘看着她真的来气儿了怎么办？万一娘一个错手杀了她，就把好事儿变成坏事儿了！到时候掘突恨娘，齐伯也恨娘，娘还怎么在后宫立足啊？”

“你以为娘就这点自控的能力？”褒姒觉得念儿操的心未免也太宽了！

念儿撇撇嘴：“人家都说女人容易死脑筋，容易想不开做错事。姜婉不就如此吗？娘怎么就知道自己不会想不开呢？”

“好了……”褒姒拍着念儿的后背，“这事我有分寸！”

“娘是有分寸，念儿才六岁什么都不懂。父王也是个孩子，不分轻重，只有娘有分寸。你知道这事儿怪不了姜婉，想利用这事拉拢齐国，免得因为姜婉叫父王与齐伯生了嫌隙，您觉得父王就不明白这道理吗？”

“你倒是训起我来了？”褒姒忍不住笑了出来，伸出手佯装要去打念儿，念儿一个骨碌从桌案上翻身下来，钻到了桌子底下，露出了一双狡黠的眼睛对着褒姒嚷嚷：“孩儿不凑热闹了，不听你们说话了还不行吗？”他说完滚出去了数尺，然后一个翻身朝着东宫大殿外跑去了。

姜婉是午时前后来的，褒姒正坐在大殿上翻阅竹简，听见下人来报，她才抬起头看着进门的姜婉，敛起了面上的表情，表现出的是一种强硬的严肃。她将手中竹简放下，就这么看着姜婉。

“姜婉参见褒后！”姜婉小心翼翼地说道。

“本宫还以为你不敢来。”

姜婉“咚”的一声跪在地上，满面泪痕：“姜婉做了错事，叫褒后替姜婉承担，今日才来赔罪，是姜婉不是，还请褒后降罪……”她说完就俯身叩拜。

“你的不是，仅仅是叫我代你受过吗？”褒姒问道。

“姜婉不该起了邪念，对郑夫人的孩子起杀心！”姜婉说道，痛哭流涕，“如今这孩子既然命丧我手，血债血偿也是应该的。姜婉只有一个请求，请褒后不要将此事告诉掘突，臣妾无颜再见夫君了。”

“不告诉他，叫你平白无故地死在本宫手里，又是本宫害的郑夫人小产，是要让掘突欲除我而后快吗？”褒姒问道。姜婉哭得抽抽搭搭的，猛地一惊，使劲儿摇头：“不是的……姜婉没有这个意思，是姜婉欠考虑，还请褒后责罚！只要褒后肯为姜婉隐瞒真相，齐国上下愿听褒后差遣！”

“只要隐瞒真相，就可以让齐伯心甘情愿地效力于本宫？”

姜婉点了点头。

“便是我杀了你，他也不计较？”

姜婉摇了摇头。

“齐伯倒是大度，”褒姒冷笑了一声，“郑夫人曾是我房中的人，如今你起了个头想要害她，若是叫别人学了去，人人都觉得能捏她一下，后宫日后可就难带了。更何况，杀人偿命，欠债还钱，天经地义，你觉得呢？”

“褒后说得是，姜婉做错了事，整日受良心折磨，如今一死倒是一了百了了！只是姜婉自小被父亲捧在手中，父母鲜少教姜婉为人处世的道理，如今刚刚过门便做了错事……”姜婉说着又开始垂泪，“这教训姜婉自知逃不过，还请褒后动手吧。”

褒姒看着姜婉的模样确实是痛改前非，她拿起桌上的酒壶为姜婉斟了杯酒，推到桌边对姜婉说道：“这酒你喝了吧，本宫答应你，此事绝不叫别人知道，你放心吧！”

“是！”姜婉站起身抹掉眼泪走到案前拿起桌上的酒，“还请褒后照顾好自己，是姜婉害了您，只是大王对褒后宠爱至极，相信假以时日大王忘却此事，你们便能重归于好！”

“此事不用你来考虑！”

“若是掘突日后有得罪的地方，希望褒后能念在郑伯面上，放过他。”

“嗯！”褒姒盯着姜婉手中的酒杯。

姜婉仰头将这酒水一饮而尽，咬紧了牙关，便是临死之前也不想在褒姒面前失态。可褒姒平淡地问了句：“好喝吗？前些天诸侯进贡的酒，本宫最近有些身体不适，喝不成酒，叫你尝尝！”

“这……这只是酒？”姜婉有些回不过神来。

“不然呢？”褒姒走到姜婉身边，拍了拍她的肩膀，“这世上谁不会做错事儿呢？尤其是因为爱情而盲目犯下的错误，年轻时总有那么三两件，更何况……秀秀未必不知道那药里有毒，只是她清楚这孩子不能生，这是借刀杀人，借我的刀，杀她自己的孩子。”

褒姒不知道念儿从东宫跑去了显德殿，不由分说地拉着周王的手就把他拽到了东宫一旁的甬道上蹲着，听到了姜婉与褒姒的对话。

周王宫湦有点恼火念儿的这个行为，他和褒姒的吵架伤筋动骨，令他感到无比疲惫。他无法想象长此以往和褒姒怎么继续相处下去，他们之间的怀疑、猜忌会不会一点点地磨掉他们之间的感情，若是如此，周王宫湦感到深深的惧怕，比失去褒姒本身还要令他害怕。他虽有些恼念儿的行为，怒火憋到胸口想训斥自己的儿子，可瞧着这孩子不过六岁，最终还是忍了下来。念儿做得再过分也不过是拉着自己去见褒姒，他就这么任凭念儿将自己拉进了东宫，躲在了甬道。

姜婉感激褒姒有意放过自己，跪在她面前，磕了三个响头：“此事承蒙褒后庇佑，姜婉愿为褒后竭诚尽忠，至死不渝！”

“本宫只有一件事要你做！”褒姒并没有要姜婉起身。

“褒后请说！”

“带掘突离开镐京城，越快越好！”褒姒的语速有些急促。昨日周王特意来了一趟东宫告诉自己掘突去了秀秀殿内，可见这不是一件普通的事情。不管秀秀要做什么，绝不能将掘突拉下水，不论是于公还是于私，她都得这么做。

“为什么？”姜婉不解地问道。

“母亲失去孩子的滋味没人比本宫更能感同身受，”褒姒捂住自己的小腹，“秀秀越想将这件事放下就越放不下，这种矛盾在她心里只会让她越来越焦灼，越来越想做点什么！如今秀秀以为是本宫下的狠手，心中对本宫颇为怨怒，掘突一日留在镐京就一日是秀秀的后盾，她想做什么，他必会不遗余力地去帮，我不能看着他卷入这场争斗，所以你必须带他走。”

姜婉的表情十分为难：“臣妾明白褒后的好意，可自从郑夫人小产，掘突就魂不守舍地在家中发呆，一日不知道郑夫人的消息就一日不肯走，我曾因为害怕事情暴露，被褒后苛责，或被掘突怀恨，一心想请掘突早些离开，可是……”她说着说着就哭了出来，“姜婉对此事无可奈何，还请褒后告诉姜婉该怎么去做。”

“此事不难！掘突的性子随了他爹，在感情上不管他有多脆弱，可始终有他自己的坚持。如今他娶了你，他就该顾及你的感受，若他感到自己被秀秀欺骗了，自然会走。”

“褒后的意思是要我去骗掘突？”

“不是你，是齐伯，”褒姒说道，“你与秀秀的关系微妙，你说的话掘突未必肯信，叫你父亲出面将这些东西交给掘突……”她说着走回到桌案前，将桌上的锦盒取过来交到姜婉手中，“掘突自然会以为小产的事是她骗了他。”

“这是什么？”姜婉打开了盒子，看着里面一张张的药方，十分不解。

“药方，”褒姒说道，“过去这些天太医院给秀秀开的药。”

“嗯？”姜婉不明就里地捏着这些方子，每张方子上总有一味药被画了出来，用朱砂做了一个标记，几张方子叠在一起，这些药材加起来……姜婉摇了摇头，“这些被朱砂圈出来的药材是做什么用的？”

“这些药分开用倒是没什么，可合在一起就能致人小产！”褒姒蹲在姜婉的面前，姜婉惊恐地摇头：“怎么会？这些真的是太医院给郑夫人开过的方子？”

“不错！”

“那就是说，郑夫人很可能利用褒后给她送药材一事来陷害你？”姜婉的声音有些颤抖。

“你别忘了，药是你下的！”

“不错，药是我下的……”姜婉点了点头，“可若是郑夫人要杀死自己的孩子来陷害褒后，褒后在后宫的处境可就危险了！”

“你觉得这么想就不必承担杀人的罪名了吗？”褒姒冷冰冰地问道，没有温度的眸子射向姜婉，叫姜婉有些心慌，可面上还是不改颜色地说：“褒后……姜婉连毒酒都肯喝，就没打算推卸责任，可是您在宫中的处境危险，姜婉也是担心您的安危！掘突留下赖好能帮衬您，我们一走，若是……您再遭陷害，该怎么办？”

“我知道你一片好意，不过你别忘了，我与秀秀斗，掘突会帮她还是会帮我？”褒姒问道，这话叫姜婉不再言语，垂下头去：“将这盒子交给我父亲，叫我爹转给掘突？”

“是！至于怎么说，你们权衡。”

“我明白了……”姜婉抱着锦盒站起来，“褒后的恩情，姜婉绝不会忘。”

“下去吧！”褒姒挥了挥手，觉得有些累了，靠在桌案上微闭着眼睛。而甬道之后的周王目光如鹰隼般盯着东宫，心中免不了松了口气，这就是褒姒，承受了多少愁苦、多少委屈也一声不吭地为他守护着他的江山。他为自己没有将她逼到歇斯底里的份儿上感到欣慰，可对褒姒也有种深深的无力感，就仿佛他们两人的心越走越远了。

她想怎么做，她可以告诉自己，他不会为了秀秀肚子里的孩子就让两国开战的，可她为什么不说？

是不是人人都觉得这个江山有没有这个大王根本无所谓？那些朝中的大臣是，那些分封的诸侯是，如今连褒姒也是如此……人人都在盘算自己的事，周王宫涅就像是一个局外人，这世界越热闹、越嘈杂，他就越感到寂寞、孤单。

靠着甬道良久，周王宫涅压低了嗓音嘱咐念儿：“今日就当寡人没来过！”

“为何？”

“你觉得你娘会希望我知道这件事吗？”周王宫涅叹了口气，“既然当日她决定自己一力承担，那么这条路再苦、再难，请她一个人走下去！”

“可是……”念儿还想再说些什么却又不知道说什么好，只能呆呆地看着自己的父王越走越远。他伸出了手，什么都拉不住，“咚”的一声靠在了甬道上发出了一声巨响，然后念儿才猛地坐直了身子，捂着自己的嘴，不敢出声。

“进来吧？”褒姒转向了声音发出的地方，“偷听了多久？”

“呵呵……”念儿挠着头从后面走出来，看着褒姒一脸讪笑，希望她没有发现刚才父王也在这里，“孩儿只是好奇娘会说些什么，原来是说了这些啊！”他脑子迅速运转，编些话出来和褒姒有一搭没一搭地聊着，他跑了两步，跑到了褒姒面前，“娘，所以其实秀秀可能也不是因为姜婉小产，而是因为她自己居心叵测吗？”

“秀秀为何要这么做？她从没对不起本宫，是本宫护不住她。”褒姒哀叹了一声。

姜婉回了府上，佯装什么事都没有发生，可神色却有些不对。前一日掘突匆匆入宫，将央着自己回郑的姜婉丢在家中不管，晚些时候就有人送信，说姜婉在齐府留宿，不回来了。掘突这才胸口一震，自己已经辜负了一个女人了，他不知道怎么办才好，这两日他都是在惶恐中度过的。如今瞧见了姜婉，心中才安定了一些，他想开口和她说自己想留下来的事情，却又不知道怎么开口，反倒是姜婉先问道："昨日郑夫人叫你入宫说了什么？"

"婉儿，我……"掘突想将实情和盘托出，可话到嘴边却没狠下这个心，姜婉的眼眸明亮："你一直不想离开镐京，虽然不知道是什么原因，可我想你总有你的想法，可你不能留娘一个人在郑国，不如你先送我回去，等你将镐京城的事情处理好了，你再回去？"

"可以吗？"掘突喜出望外地问道。

"我回家就是要问问爹什么时候回齐国，如今年关将至，也该回去了，他便顺路送我一程，你也就不必担心了！"

"爹没说什么吗？"掘突问道。

"他能说什么？他拗不过我的！"姜婉笑了，她笑得越灿烂就越像是一把明晃晃的钢刀架在掘突的脖颈上，他只能恍恍惚惚地点点头。姜婉吩咐下人晚上要做些好饭，今晚她就收拾东西，明日回齐府。掘突发现自己竟然有些舍不得，几次想开口留住姜婉，可又觉得将姜婉留在京中太让她受委屈了。

秀秀向掘突说明了自己日后的打算，她想将掘突扶上司马之位，而后大王必会差遣他攻打申国，到时候只要指控是褒后指使嬴开破坏了楚国攻申的计划，大王就不能不对褒姒做出了结了。

看着眼前的姜婉，掘突不舍得让她知道这些，只好缄默不言地看她收拾。晚些时候齐伯来了趟府上，下人传了信，要姜婉同掘突去一趟前厅。掘突看着齐伯问道："父亲，您怎么这个时间来了？"他问的时候有些心虚，怕齐伯是来兴师问罪的。

齐伯看了看姜婉："你先下去！"

"爹……"姜婉笑着走到齐伯身边，挽住了他的胳膊，"你们有什么事情要谈，还不能叫女儿听吗？"

"先下去，我有事儿和掘突说！"齐伯口气严肃，姜婉佯装被自己父亲的口气吓到，整个人一愣，委屈地转向掘突。掘突报以温柔的一笑："至多是聊一聊你不感兴趣的事，你先叫小惠陪你回房休息吧。"

"婉儿告辞！"姜婉不情不愿地作了个揖，离开了大堂，小心翼翼地关上房门，吩咐一旁的下人去别处张罗。小惠觉得奇怪，问自家小姐："老爷来和姑爷说什么事？"

"别问这么多，你去将我的东西都收拾了！"姜婉吩咐道，和小惠回到房中。那边大堂里的齐伯与掘突相对，齐伯背着手看着窗子，沉默良久，站在齐伯身后的掘突心中越来越紧张："爹特意前来，应该是有要事相商的吧？"

"郑夫人小产一事，你怎么看？"齐伯转向掘突。

掘突被问得一头雾水，干笑了两声："掘突不明白爹的意思！"

"不明白吗？此事我特意支开了姜婉不是因为别的，是给你留面子，我不想伤了自己女儿的心！那郑夫人在你大婚之前被罚去守祠堂，大家都说是因为褒后善妒，可内里详情，你该清楚吧？郑夫人与你在这府上彻夜未归，孤男寡女，不仅仅是谈你的婚事这么简单吧？"

"在下与郑夫人之间绝对没有发生父亲大人想的事情！"掘突顿时慌了神。

"没有发生，郑夫人为何急急忙忙地将自己的孩子弄死？"齐伯将手中的锦盒扔在桌上，发出一声闷响，锦盒的盖子自然被掀开了，里面一张张用朱砂标注了的药方就这样露了出来，掘突不解地看着那一沓药方："这是什么？"

"太医院给郑夫人开的方子，从她怀上这孩子到现在，所有的药方！"齐伯说道，将盒子朝着掘突的方向推了推。掘突拿出这药方，看得触目惊心。他自幼学习兵法，在外驻军，对医术也颇有心得，用朱砂圈出来的药材也并非什么毒药，是个活血化瘀的方子，寻常人喝了根本没事儿，可怀孕的女人喝了就极容易小产。秀秀利用数次太医院抓药的机会，将这些药一味一味地攒齐了，等着机会要反咬褒姒，到头来却给自己哭可怜。

掘突的手在颤抖，拿捏不住几张薄薄的纸："这……父亲是怎么拿到的？"

"想从宫里取些药方，难道对我来说还是件难事儿？"齐伯冷哼道，"为人父母的，只希望儿女幸福，可婉儿为你一退再退，一让再让，这事我没办法当作不知情。"

掘突沉默地低着头，满面通红。

"郑夫人让你入宫，要你怎么帮她？"齐伯问道，这话掘突半晌答不上来，齐伯却以一个智者的姿态，以洞察世事的口吻说道："你想留在京中，必要入朝为官，大王费了多大的劲儿保住了你和你父亲的爵位，你就这样将郑国弃之不顾？你父亲若是知道了，会怎么想？退一万步说，你若留在京中，唯有司马一职合适，如今司马是文朔，他对你有提携之恩，他打仗稳中求胜，未必能同你一样屡建奇功，可你能理直气壮地将他逼走，取而代之吗？"

齐伯谆谆教诲，掘突垂头听着。

"男人的事情我能理解，你血气方刚又一直未娶，爱慕别人无可厚非，只是如今你既然同婉儿结了婚，心就该收一收，多放在家庭上。那些得不到的，就当作是过去的事情让它们随风而去吧！你是郑国世子，身份、地位不比寻常人。这事你若是得罪了大王，后果不堪设想，你自己掂量掂量那郑夫人和郑国孰轻孰重？郑夫人若对你真心实意，便是她已经做了大王女御，你倾其郑国换美人在侧，也是一段佳话，可如今呢？郑夫人对你不过是利用，她是要借你的手除褒后，你的父亲承蒙褒后照顾，你也如此。如今你却为了一个只会利用你的女人违抗父命、有悖褒后恩情，值吗？今日是请你做司马，弹劾文朔，他日为了斩断褒后援军是不是就要你对自己的父亲举刀相向了？”

掘突被齐伯的一通训斥骂得猛然清醒了过来，秀秀过去一次次的冷酷无情浮上了脑海，她一次次将自己推开，一面应承着自己的情分，一面却得到周王的宠幸，掘突竟然还三番五次地怀疑褒姒的用心险恶，说到底还是自己害了褒后。掘突想起了那天褒后给秀秀送补品的事，若非姜婉央着自己给秀秀恭贺，自己怎么可能备了补品送到东宫，若非如此褒姒又怎么会将这些东西送去华辰殿，而后出了事儿，所有矛头都指向了褒姒，却无人对送东西的姜婉指责一句。

这说明褒姒将整件事都瞒了下来，为了他们郑国，也为了齐郑之间不起争执，更为了姜婉和自己的清白。周王宫涅之所以不予追究，是因为对褒姒爱得至深，秀秀反倒像是个跳梁小丑，企图夺走周王宫涅这份真挚的感情，却弄巧成拙。

掘突浑身无力地靠在了桌案上，将桌上的锦盒合了起来：“岳丈大人教训得是，孩儿不肖，叫姜婉受委屈了！”

“此事我从未告诉过婉儿，那孩子心性高，若知道此事会受不住的！”齐伯说得像模像样，将浑不知情的掘突蒙骗了过去，他叮嘱掘突道，“留京你万不可应承下来，否则你就成了她手里杀褒后的刀！”

“孩儿明白，褒后大恩，孩儿没齿难忘！明日我就去宫中向大王请辞，离开镐京城！”掘突信誓旦旦地说道。齐伯拍了拍掘突的肩膀，凝重地点了点头。齐伯不得不佩服褒姒这一招确实高明，现在连他自己都搞不清事实到底是什么了。

第六十七章

后宫人合纵连横，褒美人绝处求生

掘突请辞离开后的几日，秀秀才得到消息，即刻冲到东宫兴师问罪。这两日褒姒周旋在卫夫人和楚夫人的阿谀奉承与挑拨离间中，疲惫至极，无心应付秀秀。面对秀秀的质问，褒姒叹了口气："郑夫人同我各凭本事，留得住他是你的本事，赶得走是我的本事，你又何必来自取其辱？"

"是我低估了你，低估了你的心狠手辣……"秀秀觉得褒姒永远都无法体谅她的痛。

"你强留掘突，难道用的不是手段？你有什么资格来质问我，更何况……郑伯对我有恩，我不能看着他的儿子在京中有难而不管不顾，如今郑夫人略输一筹，来我这里哭是不是太荒唐了？"

"你的意思是你是救人，我就只会害人了吗？"秀秀的声音中满是颤抖，"如今我只想在身边留个靠得住的人，你却连这件事也要干涉？"

"就因为他爱你，就活该被利用吗？"

"我承认，论计谋我不是你的对手，我怎么做，不及你万分之一。可你让别人无路可走，就是把自己的路走得越来越窄，你就一个人在这个宫里走下去吧，我倒要看看你一个人能走多久。"

"这后宫里的每个女人，谁能知道自己能走多久呢？"褒姒看着秀秀笑了，转过身回寝宫了，只给秀秀留了一个背影。秀秀的心痛得让她直不起身子，她不想在褒姒面前歇斯底里，只能用手捂着嘴无声地哭泣。

周王宫湦下定决心攻打申国，为了防止此事泄露，迟迟没有公布，只在暗中加紧操练。他将秦、申、楚三国扔在那里不闻不问，一时间三国都觉得十分尴尬。楚军去也不是，留也不是；秦兵撤也不是，攻也不是；申国夹在其中更是莫名其妙。周王宫湦从这一年的三月间就不停地下诏书，召回宜臼，每隔一个月下一封，宜臼却在申国害怕不已，不肯入京。

秀秀想要扳倒褒姒，缺个机会，如今她收敛锋芒，安静地在等，这些日子她越发低调了，低调得几乎快被人遗忘了。

一年翻了过去，来年诸侯入京时，周王只字不提秦、楚、申三国之事，这一年过得最为平静。周王宫湦还是老样子，时而去一趟东宫，但和褒姒的话却越来越少了，二人常常相对无语，不知道该说些什么。

其实心里的话有很多，只是每件事在心中衡量要不要说出来的时候，两个人总是一致地选择了缄默。周王准备攻打申国，他是在拿召回宜臼的事做铺垫，这件事到底要不要做，周王有很多的不肯定，若是按着以往，他大概会和褒姒说一说，可现在不会了，既然褒姒什么事都藏在心头，他又何必开诚布公？

褒姒明知宜臼的事在周王心中是个结，可也什么都不问，既然他不愿意说那便装作不知道好了。这一年周王同褒姒之间再也没有争执过，却比任何一种激烈的争执都令人恐惧。

过了岁贡，申侯依旧没来，周王宫湦忍了三年的怒火终于爆发了，他命令文朔点兵，将宜臼给带回来！这话一出，整个朝堂哗然，说是将宜臼带回来，其实是要借此攻打申国，可没人能替申侯说句话，因为这个理由再正当不过了。

直到这个时候，秀秀认为杀褒姒的机会终于来了。

秀秀收拾了一番，去了趟西阳宫见熊宁，熊宁支开了下人，只余下二人相对。秀秀看着熊宁笑了，这笑意叫熊宁觉得恶心："郑夫人倒是稀客，不知道您大驾光临有何贵干？"

"贵干说不上，随便聊聊。"

"随便聊聊？"楚夫人将这四个字咀嚼了一遍，"我可没这本事和郑夫人随便聊聊，若一言不合，郑夫人哭哭啼啼地跑去和大王告状，我可是吃不了兜着走了！"

"瞧楚夫人说的，我哪里是那嚼舌根的人？"秀秀来找熊宁，是因为熊宁想要褒姒之位，她想除掉褒姒。

"难道不是吗？说我给褒后毒药，助她致你小产，这难道不是你说的？"

“你怎么知道？”

楚夫人爽朗地笑了，笑声如同银铃般清脆，像是个豆蔻少女：“谁还没在别人身边有那么一两个人呢？”

秀秀动了动嘴，没同楚夫人计较这件事：“楚夫人如今还有心情对付我，不如想想你该怎么自保吧。”

“什么意思？”

“大王叫文朔将宜臼带回来，这意味着什么，楚夫人难道不知道吗？”

“那不过是要对付申侯罢了！”

“你还不知道你哥哥在南面做了什么好事儿吧？”

“我哥哥做了什么？”

“与申侯联手吞并周遭小国据为己有，大王虽然是叫文朔带回宜臼，可将在外……不论楚侯这场仗是赢是输，你想好怎么以死谢恩吧！”秀秀冷冰冰的话语像是一支锋利的箭射在了楚夫人的心上，她的面色从红润到苍白，神情从满面笑意到惊慌失措：“你今日前来若是为了说这番危言耸听的话，你就可以回了！”

“我知道楚夫人不想死……”

“大王若是要臣妾死，臣妾万死不辞；大王若是要臣妾的一条命，换天下在握，臣妾便是死也甘之如饴。我岂是贪生怕死之辈，莫要拿我同你这样的宵小比较！”

“楚侯之祸和你未必有关，毕竟你早已经嫁入宫了，若是大王知道你一心向他，心中对你是有几分感激的，念在过去的情分上，他不会动你，你也应该清楚！”

“大王只要和我开口，我必定会帮他。”

“等他来向你开口？”秀秀大笑了出来，“不觉得为时已晚了吗？你跟在大王身边日久，还不了解他吗？你以为……今时今日，他会向你开口吗？”

楚夫人瞪着秀秀，今日屡屡被她占了上风，让楚夫人极为不爽，她试图在风头上压过秀秀，可脑海中一片空白：“大王是个怎样的人，还需要你来提醒吗？他不喜欢别人自作主张乱了他的局，我也劝你收敛些，你处处踩他底线，他迟早会对你下手的。”

“楚夫人始终得不到大王青睐，知道是为什么吗？”秀秀并没有将楚夫人的话放在心上，“褒后在做决定的时候，何时问过大王的意思了？她是先做，大王纵然勃然大怒，可末了会发现褒后一番好意，他非但没承她的情，却还做了个忘恩负义的小人，此刻大王便会满怀愧疚，所以他们之间每发生一次矛盾，关系就更进一步。”

“意思是说，眼下大王虽冷落东宫，可天长日久还是会回去，而且比当日他离开时更爱她？”

“楚夫人还是担心自己吧，褒后复宠是必然的，可楚夫人未必有命留到那个时候。”

“你也说了，大王知道我与此事无关，会顾念我同他的情分。”楚夫人这话叫秀秀像是看笑话似的看着她：“你几次三番地想将褒后置于死地，你以为大王就忘了吗？”

“你到底想说什么？”

“只是提醒你，楚侯与大王之战起于宜臼，楚侯若同申侯因为申后而反目成仇，这一仗虽不可避免地要打，可破了申、楚联盟，你居功至伟！”

“我要做什么？”

“你是楚侯的妹妹，你若是动了申后，大家会认为是楚侯的意思，申侯还会和他联盟吗？楚侯同申侯决裂，转而帮大王攻打申国，反倒是能全身而退了！”

楚夫人恍然大悟：“你想借我的手，除掉申后？”

“除掉申后，于你于我百利而无一害，我是没这个本事，而不是要借你的手。我今日来同楚夫人说，是叫楚夫人对形势有个估量，并不是要你怎么做……楚夫人怎么决定，依着你，我告辞了！”秀秀说罢便请辞，对楚夫人要不要杀申后似乎真的一点都不关心。

“我和你向来没有交集，你何必这么好心？”

“敌人的敌人就是朋友，你我之间有一个共同的对手，褒后复宠是必然的，届时我们二人的下场都不会太好！我知道楚夫人不喜欢我，所以今日前来只是告诉楚夫人眼下的形势，怎么做就看你了！”秀秀说罢转过身朝门外走去，不管楚夫人怎么做，这毒她都要下，无非是楚夫人若是自己动手，她就省了麻烦。

楚夫人看着秀秀离去的背影，心中有些惶恐，拿不定个主意。

回到华辰殿，秀秀吩咐殿里的下人去盯着楚夫人，一旦她动作，就立刻回禀。只要楚夫人下了毒，秀秀就去请褒姒去申后冷宫，届时再买通宫里的侍卫和下人，咬死出现在案发现场的褒姒就是对申后下毒手的人。不管周王宫涅会不会相信，此事都和自己无关，最有可能的是楚夫人和褒姒两败俱伤，而秀秀则能全身而退。

周王下令文朔带回宜臼，朝中的申侯派仍在做垂死挣扎，弄得周王宫涅十分心烦，当众发了脾气：“寡人的家事以后你们少管！”他说完便拂袖离去。此事传到东宫，褒姒便去了一趟膳房，询问了膳夫哪些是大王的晚膳。膳夫见褒姒来了，十分惶恐："参见褒后。"

"不必多礼，本宫今日前来不要告诉任何人。"褒姒说罢，叫膳夫腾出位置，将膳夫正在做的晚膳接过手来，为周王宫涅备了晚膳、煲了汤，离开时再三叮嘱膳夫不要告诉任何人自己来过。膳夫不解地问："连大王也不说吗？"

"不必说了。"

"可褒后的一番心意……"

"不必了，你也不必给自己找麻烦，大王也不会问你。"

褒姒这话叫膳夫有些尴尬，东宫失宠是众人皆知的事，谁都不知道最近的周王是怎么了，从迷恋女色到不近女色，简直就是两个极端。褒姒能如此体谅这些下人，叫膳夫觉得不好意思，一时间竟不知道说些什么来回褒姒那番话，道谢似乎不合适，安慰的话自己又没有立场来说。等这位膳夫缓过神来，褒姒已经走远了，他只好背对着褒姒说了声："在下明白了。"

膳夫将晚膳端去显德殿交给殿内的下人，大王还在忙，看来一时半刻不会用餐。膳夫转身准备离开，走了几步又蓦地停下，转过身对下人说道："还请大王趁热将这汤喝了，免得凉了。"膳夫这话，叫下人起了疑，这人跟在周王身边十几年，深得周王信赖，他对膳夫也十分熟悉，知道这人不是个多话之人，忽然提起汤，汤就必定另有玄机，他进了显德殿向周王说道："大王，晚膳来了。"

"先放着吧。"周王宫涅瞥了一眼。

"膳夫说叫大王早些用汤，免得凉了。"下人说道，周王宫涅从一堆卷轴中将目光挪了出来，看着说话的下人眉头微皱，那下人继续说道，"这膳夫不是个多话的人，这么说大概是害怕大王辜负了谁的一番心意？"

周王宫涅觉得烦躁，必定又是后宫里的某位娘娘去了膳房，他摆了摆手："不喝！放着吧，等寡人饿了，自然会用。"

"是。"下人应声退去，周王宫涅继续看着手中卷轴，将此事忘了。而后再想起才叫人将晚膳端来，想起白日里膳夫说的那番话，再瞧这汤羹，顿时没什么胃口。拿起筷子夹了两口菜吃下去，周王宫涅心头一惊，赶紧掀开了汤碗的盖子，是熬得浓香的鱼汤，将鱼在锅中用油两面煎熟而后再倒入水，文火慢炖，鱼汤会变成奶白的颜色，味道鲜浓，唇齿留香。再配以提味的葱花，散发出的辛香气息将人的味蕾打开，与鱼汤的醇厚鲜香相得益彰，不论是色泽还是味道都是上乘——只可惜这汤凉了。

周王宫涅有些后悔自己不听劝，人家越说什么他就越不爱做什么，将好好的汤放凉了。他只得叫下人把汤拿去热，汤再次煮沸已经没有第一道的鲜香了，可也十分好喝。下人瞧着大王喝汤的模样，忍不住掩嘴笑了：“那膳夫从来就不是个多话之人，不是什么人都支使得动他。”

“你怎么不早和寡人说？”周王宫涅有些焦急。

“奴才要是早些说，大王又要责骂奴才了，未必肯将这话听进去！可现在说起，大王才相信奴才说的是实话！这后宫里，女人虽多，各个都知道怎么讨大王欢心，可有心的就那么几个，叫膳夫送来却不提自己名字的就更少了！”

“寡人知道！”周王宫涅也不反驳这话。

“大王不去看看她？”

周王宫涅放下了手里的筷子，叹了口气：“叫膳房再备些晚膳送去东宫，叫褒后陪寡人用膳！”

“是，奴才这就去！”

周王宫涅到东宫的时候，褒姒已经准备睡了，今日的东宫不比往日，安静得令人发指。这种落差褒姒看上去并不介意，可心里却很慌，人人都在告诉她一个事实，那就是周王已经不再爱她了，她像是走入了一团迷雾，看不清楚出路。

想起这些事，褒姒觉得心情很沉重，总是胡思乱想，为了避免自己日复一日地陷入纠结，她便每日早早入睡，今夜也是如此。她朝着寝宫走去，叫下人们将东宫收拾了熄灯，才一个转身的工夫就听到门外的人说：“参见大王。”

褒姒以为自己听错了，顿住了身子，腰板挺得很直站在那里，周王宫涅的脚步声由远及近，褒姒始终没有转身，直到身后传来声音：“怎的？生寡人的气，所以都不愿意转过来看看寡人了？”

褒姒忽然转过身，说不出眼中的神色是一种怎样的心情，其中有些兴奋，也有些惶恐。她不知道周王宫涅前来是不是又来兴师问罪的，褒姒牵强地笑着：“大王怎么来了？”

“汤放凉了，”周王宫涅在褒姒的耳畔说道，“寡人想你了。”

“大王？”褒姒不可思议地唤道，周王宫涅却想也不想地将褒姒一把揽入怀中，紧紧地抱着她，下巴抵在褒姒的肩上。这叫褒姒既兴奋又惶恐，兴奋的是多日来终于有人能帮自己证明周王始终没有变心，惶恐的是能叫周王如此没有分寸怕是又出了什么大事儿，褒姒小声问道，“可是出了什么事情？”

“事情比我预想中要顺利得多。”

“那大王为何会来东宫？”

“因为寡人想你了，汤放凉了，送汤的人没告诉寡人这汤是你送的！”周王宫涅在褒姒的耳畔说道，“辜负了你一番心意，寡人便想来看看你，叫你陪寡人用膳。”

褒姒知道周王宫涅会喝出那汤是自己熬的，所以不用膳夫多言，一切凭周王宫涅自己决定，他可以佯装不知，她不想给他任何压力。如今他真的来了，这倒显得自己像是个机关算尽的女人，想方设法地讨大王欢心。

东宫很久没有这么热闹了，周王宫涅似乎嫌弃这事闹得不够大，还将祭公从府上拉来东宫，叫了伶人前来跳舞助兴，又有宫廷乐师一旁奏乐。褒姒与周王宫涅坐在大殿用膳，膳夫听了显德殿下人传来的话，便将下午褒姒做的晚膳又原封不动地做了一遍，给东宫送去了，这味道虽然和褒姒做的有些差别，却胜在意境欢喜，东宫里亮起了明灯，热闹得令人咋舌。

后宫炸开了锅，各宫各殿的女人纷纷差人去打听，不知道褒姒又使了什么手段能失而复得大王的宠幸，她果然不是个简单的女人。

这消息传到楚夫人耳中，楚夫人惶惶不安，当日无法下定的决心也在此刻有了决断。她去了趟华辰殿同秀秀商议毒害申后、嫁祸褒姒一事，两人谋划万全，只等褒姒中计了。

而此刻还在东宫陪周王的褒姒却不知道一场灾祸正在悄悄地临近，她还为此刻周王的变化感到宽心。伶人们的舞姿，周王宫涅早就看腻了，待到他酒足饭饱之后就看着褒姒问道：“寡人是不是许久没看过你跳舞了？”

“是！”

“还能跳吗？”

“从未生疏。”

“既然如此……”周王宫涅吩咐祭公，“祭公奏乐吧，褒后为寡人献舞。”

“是！”祭公看着褒姒走到了大殿中央，才指挥乐视，曲调富有韵律，配合褒姒的舞姿显得华美异常。这不同于褒姒的恬淡宁静之态，显出了一种妖娆妩媚，挑逗着男人的欲望。周王宫涅叫来了下人，吩咐她们去放水，稍后他要去沐浴。

时光仿佛倒流，回到了当年褒姒刚刚入宫的时候，一转眼八年过去了，岁月却没在她的容颜上留下丝毫痕迹，可她的气质早已不似从前，这是为他做出的改变。她那么年轻，为人母的时候她也不过是个孩子，承受着她这个年纪所不应该承受的一切，而这，都是为了他，为了爱他。

一曲结束，她朝他走去，眼中满是灵动，她的水袖搭在他的身上，口中微喘，汗水细细密密地覆在额头，她的眼神妖娆，盯着他的眸子满是魅惑的神态。周王宫湦一把揽住她的腰，将她抱在怀中，音乐便戛然而止，宫中的乐人依次离开，屋子里又恢复了静谧。

过了些天，秀秀来了趟东宫，除却朝谒外倒是鲜少见她再来。当日掘突的事情她和褒姒撕破了脸，如今世易时移，她不能不走这一趟，进了门，秀秀便开口说道："恭喜褒后了！"

"夫妻二人分分合合，常有之事，何来恭喜一说？"褒姒平静地应道，没想到秀秀会来，连在朝谒上秀秀都鲜少说话，褒姒觉得她大概将自己恨到骨子里了，她知道自己亏欠秀秀太多，此生注定是还不完的，"有什么事儿就直说吧。"

"如今大王派文朔南下，明面上是召回宜臼，实则是要攻打申、楚二国，此事纵然不明说，可大家也都看得清楚，楚夫人如今坐立不安，怕是有大事儿会发生了。"

"楚夫人要做什么？"

"楚夫人害怕楚国的战事牵连到自己，便觉得此刻若杀了申后，以自己的身份、地位来离间楚侯与申侯的关系，破除申、楚联盟，向大王邀功，保自己的一条命！大王攻打申国已引发了朝中议论，如今若是楚夫人再谋害了申后，只怕是朝中旧臣必反！"

"你说什么？"褒姒只觉得自己声线发紧，手紧紧地攥在一起看着秀秀。

第六十八章

蛇蝎计嫁祸杀人，欲加罪有口难辩

秀秀看着褒姒的表情就知道自己和楚夫人盘算得不错，整个后宫里唯一关心申后死活的就只有褒姒一人。为了不给任何人留下垢病周王的借口，她一定会不遗余力地保护申后和宜臼，让他们得到最公正的待遇，这除了是在保护周王，也是在保护伯服的储君之位不受弹劾。

褒姒问道："楚夫人打算什么时候动手？"

"不知道，大概就这一两日吧，你若想保全申后，还是尽早去提醒她好，不过我得提醒一句，暂不说眼下申、楚联盟的大局，申后会不会信你？你们两个人又防不防得住楚夫人？"

"她打算假何人之手？"

"她打算亲自动手！"秀秀说道，"这事儿可没人能靠得住，我也只知道这么多，楚夫人来同我商议，我若叫她不要这么做，她一定不再同我谋划，如今我同她走得近，能得到这些消息，却不能阻止她，余下的事情就交给你了！"她说罢站起身向褒姒请辞，离开了东宫。

此事秀秀和楚夫人早就商议过了，让楚夫人扮作下人的模样先离开，成功后再走一趟，不进去便是了。第二日下午，褒姒差遣出去盯着西阳宫的人就回禀楚夫人朝冷宫方向去了，褒姒一听，赶紧站起身赶了过去。今日的冷宫比之别日更加寂静，褒姒心跳很快，在这个空旷而静谧的地方被无限地放大，发出"咚咚"

的声响。深冬已至，她踏在积雪上发出“簌簌”的声响。

褒姒担心这件事闹得太大，周王宫涅会收不了场，所以她没带下人，进了门的褒姒唤了一声申后，却无人出来接应。褒姒眉头微皱，若楚夫人来了，必有动静，申后虽和楚夫人多有不对付，可失礼的事她大概不会做。

想到这里，褒姒就觉得心跳得越发快了，她心下一沉，立刻朝着大殿的方向跑去，大殿里的下人已经横竖倒下，坐在中间的申后身旁是跌落在地的杯子，一地茶水，水还是热的。褒姒冲到了申后身边，将她扶了起来，探了探她的呼吸。“申后？申后？”她喊了两遍，申后都没有应声，褒姒将她放倒，立刻起身朝门外奔走，想去太医院宣太医。

褒姒朝门外跑就正正地撞上了一行人，她抬起头才看清楚竟然是每日在宫中巡逻的侍卫：“快去请太医！申后中了毒。”

“是中了毒，还是被褒后下了毒？”虢石父拖着狡黠的腔调从屋子外走了进来，他走在这群侍卫的队尾，悠悠然地从门外进来，仿佛早就守在这里等褒姒自投罗网了。褒姒心中“咯噔”一下，才知道自己着了算计，深知是秀秀利用自己担心申后而陷害于她：“真是劳烦虢上卿费心了！”

“申后中毒，你刚巧在场，你同申后又走得近，如今你下手的可能性最大吧？”虢石父问道，“本来大王最近对你盛宠，我不能动你，可你毕竟是一宫之后，天下范妇，杀了人却逍遥法外又不合适，还请褒后同我们走一趟吧？”

“要本宫和你走可以。”褒姒清楚虢石父的为人，她有意同堂前的朝臣疏远使楚夫人同秀秀钻了空子，如今褒姒难过的是刚刚和周王宫涅的关系有所缓和，自己又成了他的软肋，“申后如今还有气息，你既然刚巧路过，刚巧撞破，就该救人。太医一刻不来，本宫一刻不走，这件事你也没法同别人交代！”

虢石父心中清楚褒姒如今是百口莫辩：“好！”他挥了挥手，站在一旁的侍卫立刻去了太医院。不多时医官从门外进来，向虢石父行了礼，而后看着褒姒行礼拜谒，再转而看着地上倒着的申后，口中还有溢出的鲜血，医官用颤抖的口气问道：“这……”

“救不了申后，你就为她陪葬！”褒姒厉声说道。

太医被骇得不轻，立刻跪了下去，不断求饶：“从面色上看，申后中毒深重，只怕是救不了……”

虢石父捻着自己的胡子，猜得出褒姒的用意，只要申后活过来，这场死局就会成为活局，申后必定指认并非褒姒谋害自己，可褒姒想申后活，申后会不会想褒姒活就是另一个问题了！若申后指认褒姒，后宫众口一词，褒姒就真的在劫难逃。虢石父走上前去，拍了拍医官的肩膀：“申后既然中毒深重，褒后又被我们当场擒住，你只管治就是。”

“是……”太医的声音有些颤抖，他心里没底，该不该救活，他也没底，只得颤颤巍巍地连说了几个“是”，也不知是请虢石父和褒姒相信自己，还是在坚定自己的信心。

“既然太医来了，褒后请吧？”虢石父做了个请的手势。褒姒面无表情地随着虢石父前往太宰宫。宫里的命案要经过太宰宫的审理而后请大王裁决，隰叔见着虢石父将褒姒押了回来，心中一惊，面上佯作镇定：“参见褒后。”

褒姒示意不必多礼。

“这是什么意思？”隰叔问道。

“褒后意图谋害申后，如今太医已经赶去救治了，申后生死未卜，王后杀人，太宰宫若不调查，怕是说不过去。”虢石父解释道。

“这……”隰叔满面为难，褒后同大王的关系尽人皆知，他也不知道该如何处理，“此事要问过大王再行定夺，既然是虢上卿发现的，不如留在这里等大王前来？”他不敢随意决定，只好先稳住局面再请人去显德殿请周王宫涅。周王正在显德殿同文朔商议此番出兵南下的人数，自周王宫涅几封诏令召回宜臼，秦伯嬴开就看出了其中的门道，立刻上奏陈情，解释了自己先前压在申国的边境只是为了防止宜臼造反，为伯服储君之位保驾护航。

同时嬴开还唆使手中谋臣去挑唆申侯、楚侯，将周围的小国收为己用，积攒了不少怨怒的小国诸侯只等着周王发兵一呼百应了。此战既然要打，就得详细规划，一旦开战，必须赢！

嬴开允诺派百里成出兵，为周王解决后顾之忧。可秦国不能全信，此事还得留些余地。二人正商讨之时，太宰宫的大夫匆匆而入，都没来得及让下人通报，就莽莽撞撞地闯进了书房，此事令周王宫涅颇为不悦，怒目瞪着进门的大夫：“没看见寡人正在处理政务吗？”

“启禀大王，宫里出事儿了！”

周王宫涅的心里“咯噔”一声，面色更加黑沉了，沉默不语令这屋子陷入了一片压抑的氛围。文朔见状立刻请辞，先行退下将内堂的位置让给了这位大夫：“褒后……褒后……”大夫斟酌着想找些不会激怒周王宫涅的词来描述刚才的事，可说了两个褒后，叫周王宫涅越发焦急，一拍桌子怒吼道：“褒后怎么了？”他站起了身，心跳不止，知道这位大夫说出来的一定不会是什么好事儿。

大夫本来还在想着措辞，被周王宫湦这么一吓，脱口而出道：“褒后杀人了！”

“你说什么？”周王宫湦从桌案前冲下来走到大夫身边，满面狰狞的表情像是要掐住大夫的脖颈，大夫腿下一软，跪在地上：“褒后杀了申后，被虢上卿撞见，虢上卿将褒后押送到了太宰宫内，眼下亚卿也不知道该如何处理，便差在下来向大王汇报此事，还请大王定夺。”

周王宫湦的手攥得紧紧的，这位大夫的两三句描述就叫他已经想明白了整件事情的来龙去脉，此事必是有人和虢石父串通陷害褒姒的，想到这里周王便怒不可遏，立刻朝着太宰宫走去。

周王宫湦进门便问：“怎么回事儿？”

虢石父立刻说道：“启禀大王，臣等今日入宫，原本是想找大王上奏，行至申后冷宫，恰巧遇见了侍卫将那里团团围住，微臣走近一看发现申后倒在血泊中，褒后仓皇而逃。褒后意欲谋害申后，罪名不小，微臣不敢擅自决定，只得将褒后带来太宰宫！”

“哼……”周王宫湦看着虢石父冷哼一声，“你这还叫作不敢擅自决定？你住在城东却从南门入宫，虢上卿好雅兴！”他一眼就看得出其中的猫腻，却破不了这个局，“虢上卿赶到的时候，褒后正准备离开，也就是说虢上卿也没有亲眼看见褒后对申后下毒了？”

“在下没有，可现场只有褒后一人，若说下毒的另有其人，恐怕说不过去！”

周王宫湦将目光转向了褒姒：“你为什么会去找申后？”

“臣妾……”褒姒有些犹豫，没办法在大庭广众之下将此事说出来，毕竟牵扯到了华辰殿和酉阳宫，此事要是闹开了就很难收场，褒姒欲言又止，话到嘴边改了口，“臣妾担心大王召回宜臼，申后心中不安，便前去一探究竟，待到臣妾赶到的时候就发现申后中毒了！臣妾从未想过要逃，只是想请太医院的医官前来救治。”

“褒后，”虢石父向褒姒作揖说道，“此事只怕不尽然吧？”

“你想说什么？”褒姒问道，她看着虢石父胸有成竹的模样，担心这件事情比自己想象中更复杂，她用余光看了一眼周王，心中惶恐。

“褒后前往申后住处是为了杀人灭口的！”虢石父一字一顿地说道。

“虢上卿何出此言？”周王宫湦觉得此事其中另有蹊跷。

“楚军压境威慑申国，秦兵却压在申国边境威慑楚国，嬴开同褒后的关系天下皆知，此事怕是褒后从中运筹吧？”虢石父说道。

“此事同本宫无关！”

“褒后三番五次进谏，请大王不要伤害宜臼和申后，此事可有？”

“有！”

“如今大王心意已定，派文朔南下，你担心宜臼回京后，申后为了取悦周王，会将当年你调遣嬴开去保申国一事和盘托出吧？其实当时你是一番好意，不希望大王因为此事而被天下垢病，可你自作主张，如今此事便成了申后要挟你的砝码，你动了杀机！”

“没有！”褒姒干脆地说道，“嬴开调兵压阵申国一事和本宫毫无关系！”

“在下也只是猜测而已，毕竟褒后同申后一向往来甚密，申后能毫无防备面对的只有褒后。”

“够了！”周王宫湦呵斥一声，“申后既然中毒，生死未卜，这案子悬而未决，定不了褒后的罪，将她送回东宫！”

“大王不可！”

“有何不可？”周王宫湦恶狠狠地问道，说话的声音之大叫在场的人无不骇了一跳。

“褒后是后宫之首，如今杀了人，罪名又没有洗刷干净，若贸然地送回东宫，大家会以为大王偏袒；朝中有不少朝臣与申侯交好，如今申后出事，这些人必会为申后讨个公道，只怕大王夹在其中会被动的！”虢石父煞有介事地说道。

周王宫湦轻哼了一声：“那么依虢上卿之言，此事该如何处置？”他一心想将褒姒送回东宫，再同她细细商议，可虢石父偏不让他得偿所愿，一时间僵持不下。

“王后犯法，若不能严惩，后宫中夫人、嫔妃定会循王后之鉴，引今日王后之事为自己开脱，只怕日后大王将无法管辖后宫。”虢石父进言道。

“本宫没有杀人！”褒姒再次强调。

“褒后坚持说您没有杀人，可我等在现场只看到褒后一人，在下有个折中的法子！”虢石父说道。

周王宫湦十分不耐烦：“说！”

“不妨先将褒后关入大牢，如今申后虽身中剧毒，可好在赶到及时，太医或许有法可救，待申后转醒，真相大白，褒后若是清白，再释放不迟！”虢石父义正词严，周王宫湦却脱口而出：“不行！”

现场一片沉默，众人的目光都盯在了周王面上。

“莫说是褒后没杀人，就是杀了人，寡人说她没罪，她就没罪！”周王的声音冷冽，在场的所有人无不震惊地盯着这位信口开河的帝王，以他的性子，说出这种话来委实不奇怪。褒姒站在原地，也被震惊得动弹不得，心中有一道暖流缓缓流过，几乎要化成眼中的泪水滴落下来，她喃喃道：“大王？”

“若是如此，只怕大王不好给天下一个交代！”虢石父说道。

“寡人该向谁交代？该是你们一个个好好给寡人交代交代！”周王宫湦一拍桌案站起身来对着在场的几位怒吼，“这个案子寡人不查，谁都不许动，你们若是再寻褒后事端，寡人就叫你们知道什么是交代！”他瞪着虢石父，这凌厉的眼神像是把刀戳在了虢石父心头。

虢石父身居高位太久，忘乎所以了，然而太宰宫亚卿隰叔却忽然站了出来：“此事不妥！”

“有何不妥？”周王宫湦被自己人掣肘感到一阵不悦，转过身吼道。这声音之大，语气之恶劣，吓得隰叔退了一步，可他还是得提醒周王：“大王若不彻查，难以还褒后一个清白！还请大王明鉴，交由在下彻查此事！”

周王宫湦眯着眼看着隰叔，掂量再三，他只想着怎么护着褒姒了，却又差一点让她背上沉重的包袱。良久之后周王宫湦转向了褒姒，用询问的眼神问她愿不愿意，褒姒点了点头，周王宫湦这才看着隰叔说：“此事交给你来查，查明真相还褒后一个清白，吩咐下去，整个后宫的人尽力去救申后，太医不行的去请……”话说到这里，周王宫湦忽然顿住了，想起申后中的是剧毒，而这宫中有这个本事的只有楚夫人，可楚夫人为何要这么做？周王宫湦心生怀疑，可话还是说了下去，“太医看不好就去请楚夫人，申后醒不过来，所有人一起陪葬！”

“是！”隰叔应声道。

“送褒后回宫！”周王宫湦说道。

“此事只怕是不妥……”虢石父还想再争辩一二，一旦褒姒被打入了监牢，宫里就要另寻主事的人，这是更替褒后的第一步。可如今褒后仍然执掌东宫，后宫没有变化，虢石父已经得罪了褒后，没有回头路了。

“要不要寡人也查查你？”周王宫湦问道，这话叫虢石父心中一惊，他是整个朝中最经不起查的人。若非周王保他，他早就没有安身立命之地了，可这两年周王同褒后疏远了起来，虢石父心中谋划再三，决定同楚夫人、秀秀合作，只要将褒姒扳倒，将楚夫人或者秀秀扶正，她们必会为他说话。虢石父只想着此事，却忘了权衡其中的利弊得失，此刻才如梦初醒，只好就此打住。

周王宫湦请隰叔将褒姒送回宫，自己则先去了一趟酉阳宫。酉阳宫里的下人说大王来了，楚夫人的心蓦地一抽，她早就预料到周王宫湦必会找自己算账，可却想不到来得这么快，她还没想好怎么应付。

周王宫湦一进门就说道：“去寝宫。”

“是！”楚夫人应道，跟在周王身后，走两步跑两步追着，待到寝宫之后，周王宫湦站在窗户边上看着窗外，背对着楚夫人用沉闷的嗓音说道：“把门关上！”

“是！”楚夫人故作轻松地调整了一番自己的语调，“大王今日前来是为了什么事情？”

“你说呢？”周王宫湦转过身来看着楚夫人。

“我说……”楚夫人的面色尴尬了一瞬，而后才立刻改口道，“臣妾怎么知道？”

“宫里发生了什么事你不知道吗？”

楚夫人“咚”的一声跪在地上，她原本就没打算瞒着周王，也知道自己瞒不过去：“臣妾听闻午时过后，虢上卿在申后的宫里撞见了行凶的褒后，将她捉拿归案了！”

“行凶的是谁？”周王宫湦又问了一遍。

“不是……是被嫁祸的褒后。”楚夫人改口道。

“寡人只想知道是谁对申后下的手！”周王宫湦问道。

“大王派兵南下，楚国只怕是难逃大王讨伐，臣妾……臣妾……”楚夫人急于解释却想不好措辞，她没想到周王宫湦会第一时间来酉阳宫，她的解释叫周王宫湦失去了耐性，用吼的声音问道：“寡人就问你是谁对申后下的手？”

“是……是臣妾！”楚夫人说着就哭了出来，恐惧笼罩了心头，发出一阵阵的战栗，“可是臣妾也是因为申、楚结盟一事，以为这么做……”

“毒能解吗？”周王宫湦继续问道。

楚夫人抿了抿唇，不愿意答话，这叫周王宫湦明白申后是能救的，冷冰冰地丢下了一句话：“不想陪葬就去把申后给寡人救活！否则你们几位夫人一起殉葬……”他扔下这话就要从这屋子里出去。楚夫人扑过去抱住了周王的腿，她不断地哭泣、祈求：“大王，申后虽然是臣妾谋害的，可也是受了褒后的指使，只是臣妾也不知道为什么褒后前去申后宫中会和虢石父撞了个正着！”

周王宫湦的眉头微皱，瞪着楚夫人，手攥得紧紧的。

"臣妾说的是实话！"楚夫人一口咬定，"臣妾知道大王不相信臣妾，可褒后说只要杀了申后就能破除申、楚的结盟，褒后答应了事成之后保臣妾性命，毒虽然是臣妾给的，可大王以为臣妾去下毒谋害申后，申后就会乖乖地将我送去的东西吃下吗？这后宫里唯一能博得申后信任的就只有褒后，大王是因为爱她而蒙蔽了自己的眼睛，你根本就不知道褒后是个怎样的人！"

"够了！"周王宫湦喝止道，声音之大，吓到了趴在地上抱着自己大腿的熊宁。熊宁猛地松开手，呆愣愣地看着这发怒的雄狮，他的眉头紧锁，面色黑沉，手臂上暴起的青筋缠绕得令人心惊胆寒。熊宁深吸了口气："大王若不想将此事拆穿戳破，臣妾可以认罪，可以替褒后去死，臣妾也知道大王一定会让臣妾这么做，臣妾之所以要将此事说出来，就是不想死得不明不白。"她说罢这话，坐在地上痛哭，就像是个天真的孩子。

周王宫湦蹲了下去："寡人没想过要你的命。"

"大王不必安慰臣妾……我们后宫里的每个女人都用自己的一生见证了大王对褒后矢志不渝的爱。可大王是不是想过，在这样一个人人都如同毒蛇的后宫里，褒后非但能全身而退，还能让威胁到自己的人都送了命，若是她没有留几手，怎么可能？褒后要臣妾杀申后未必是为了她自己，她只是在为大王这场南征争取最大的胜算，她说能保得住臣妾也并非随口说说，或许在申后的宫中遇见虢上卿叫他将此事撞破就是算到申后死无对证。她背上污名，臣妾不至于被治罪，可全天下都会知道下毒的人是臣妾，大王不就是如此吗？"

周王宫湦觉得脑子很乱，后宫中的一团诡谲让他不知道该信谁，不该信谁。申后曾经问过自己，若褒姒杀了人，伯服杀了人，他是不是会像对待申后母子那样对待褒姒。似乎人人都将这位功不可没的褒后看得十分通透，而自己却被蒙在鼓里……可事实是也许只有自己懂她。

相信或者不相信，是一场赌局。谁赢谁输，有的时候一点道理都没有。

褒姒从太宰宫出来，朝东宫走去，每一步都走得十分沉重，这件事情压在心头重逾千斤，走了一半，她忽然转了方向，朝华辰殿去了。秀秀看见进门的褒姒，眉头微攒，叫下人下去才看着她问道："褒后是来兴师问罪的？"

"算不上！"褒姒找了一个舒服的地方坐了下来。

"哦？"秀秀反问道，"你被人诬陷杀害了申后，自然会认为是我和楚夫人联手陷害的你，眼下你不是来兴师问罪的还能做什么？不过褒后若想要以我为突破口，为自己洗清冤情，就白跑了，只怕我也是被人摆了一道，有人借我的手来陷害你！”

“我知道……”褒姒点了点头。

秀秀狐疑地打量着褒姒，虽说自己说的每句话每个字，她都力图使褒姒相信，可褒姒这么轻易地表了态，秀秀却忽然不确定了。褒姒说：“如今你我都被楚夫人摆了一道是显而易见的，申后根本没有丧命，只是中了剧毒，只要楚夫人交出解药，申后的性命就没有大碍，她给自己留足了后路，如今大王就在西阳宫，你觉得她会怎么对大王说？”

“你今日前来就是要告诉我，我被楚夫人摆了一道？”

“你何必在这条路上越走越远？”

“我还有别的路可走吗？你给过我走别的路的机会吗？身为奴隶，身似浮萍，随波逐流，这世上最悲惨的不是暗无天日，终其一生，而是看到了希望之后又突然绝望。我今日所做的一切，是你逼我的！褒后不是认为自己可以在这后宫里全身而退吗？那就让我们看看，你一个人怎么破得了这局。没人会帮你的，就算是申后从昏迷中醒过来，她也不会帮你！你信不信？”

褒姒站起身看着秀秀，没有回答她的问题，只是苍凉地笑了，没再多说什么。褒姒不是不清楚自己的处境，也不是不清楚今日发生的一切都是因为当日的选择。只是她仍然执意要这么做，是因为她觉得这么做是对的。

周王宫涅去了西阳宫一事很快就传遍了后宫，他为何去西阳宫，褒姒能猜到一二。周王宫涅要打申国是板上钉钉的事，可要不要打楚国就不好说了。申后死活如今捏在楚夫人手里，想要洗脱褒姒的冤情就得申后活过来，她开口，熊宁在这个当口大可和申后、褒姒、大周的江山玉石俱焚，怎么取舍只在周王的一念之间。

这个消息传到伯服耳中，伯服便在房中生闷气，这么简单的嫁祸他不明白为什么自己的父王就是看不懂。后宫能拿得出毒药置申后于死地的，除了楚夫人还会有谁？楚夫人处处和自己的母后作对，可父王却处处让她一步，伯服一心想亲手杀了楚夫人，免除后患。

褒姒走后，秀秀在华辰殿坐卧不宁，楚夫人为了自保会怎么对周王说是她无法估量的事情。大王承熊宁的情，又与褒后两情相悦，她们二人犯了错，周王宫涅都会网开一面。可是自己却承周王与褒后的情，若叫周王知道下了狠心要将申后、褒姒、熊宁三个人一网打尽的是自己，周王绝不会留她。

想到这里，秀秀越发惶恐了，求胜的欲望战胜了理智，她急不可耐地回到寝宫中，将早前准备好的毒药拿了出来，攥在手中，此事绝不能叫楚夫人摆自己一道。

秀秀并不知道在她做这一切的时候，有个人却在身后默默地注视着她，她更加想不到褒姒这一次并没有选择忍气吞声，而是站出来为自己洗清嫌疑。

第二日周王宫湦退朝后，他一回殿就有下人来报说是东宫的下人来过，这叫周王宫湦有些意外，没想到褒姒会在这个时候差人来请自己："说了什么事儿吗？"

"说是申后生死未卜，随时有可能醒过来，只要大王派人守在申后宫中，自然能抓到行凶的人！谁想让申后死，谁就是真凶，大王若是想知道不妨试试看，可若是不想知道这凶手，便当作什么都没有听到！"下人回话道。

周王宫湦转向下人，面上露出了笑意，褒姒一改往日里被动的局面，竟然选择出击了。褒姒的传话是向周王宫湦传达了一个信息，那就是楚夫人的背后还有别人，他颔首对下人吩咐道："去一趟东宫，给褒后说一声，此事过去了寡人再好好给她赔个不是！"

"是。"下人应声出了显德殿。

第二日早朝，周王请太史伯为文朔大军占了一卦，定了出行的日子。三日后大军从镐京城出发一路南下，此事朝中大臣都知道大王心意已决，加上申后的前车之鉴，没人敢上谏进言了。退了朝，周王宫湦径自去了西阳宫，吩咐下人去宣膳。

熊宁看着周王宫湦来者不善，便叫下人都下去了："听说文朔大军即将出发了，大王打算怎么谋划南征一事？"

"你不是都替寡人谋划了吗？"

这话叫熊宁闭上了嘴，不敢再问。周王宫湦在西阳宫中过夜，却从来不近她身，熊宁看着光鲜，可内心却十分苦涩。并不是爱上一个人就会卑微，而是当你有了对生的欲望，对占有的欲望，对这世间一切美好事物的欲望，就难免会受困于尘世间的牢笼，得不到解脱。

她在周王宫湦身边，若这一生本分守己，性命自然是无虞的，可熊宁又不甘心如此。此刻看着面容严峻的周王，楚夫人用梨花带雨的哭腔问道："臣妾知道大王不肯相信我说的那些话，不相信褒后会谋害申后。臣妾也知道，大王对臣妾所谓的宠幸，不过是为了保护褒后……可我对你的心，日月可鉴。有些事情褒后做了，大王便拍手叫好；若是我们做了，大王就恨不得将我们置之死地。臣妾自知比不上褒后，却也不甘心这么不明不白！"

"想要证明自己的清白，只要申后醒来就可以！"周王宫湦捏着熊宁的下巴，看着她的眸子，"寡人知道你下毒的时候给自己留了后手……"

"要我救申后可以，大王今夜若是将臣妾哄得高兴，臣妾自然会救，否则便是万死，也绝不出手，七日后她得不到解药就会死，那时褒后是唯一出现在现场的人，便是你们人人都认为此事是我下的狠手，也没有证据！”熊宁说着话，眼睛中燃起了魅惑而勾魂的神色，一手扶在周王宫涅的肩膀上，身体紧贴着他。周王宫涅用手抵住楚夫人的下巴，将她的下颌拉到了自己的唇前，口里呼出的气息打在了熊宁的面上，带着一股龙涎香的味道，叫熊宁深深地吸了口气，将眼睛闭了起来。

“贱人！”伯服在门外小声地说道，两手竭力地撕扯着自己的衣服，按捺住胸腔中迸发的怒火，几乎要抑制不住冲进这屋子里去，却被人从后面拉住了。秀秀捂住念儿的嘴，做了一个噤声的手势，带着他离开酉阳宫，回到了华辰殿。

伯服并没有看见对熊宁的投怀送抱和近在咫尺的吻，周王宫涅给她的反馈不过是一抹冷笑，他捏疼了她的下巴，一把将她推开。来不及反应的熊宁不小心跌倒在地，双手撑着地面不可思议地看着周王。

“人若是褒后杀的，那申后醒过来，也是指控褒姒杀她，既然如此，寡人又何必煞费苦心去救她？寡人虽然不会给人洗清冤屈，可栽赃嫁祸不难，你不救申后却有人想杀她，一旦申后死了，寡人下令彻查后宫所有夫人的宫殿，在你的宫里随便放两包药，叫太医承认这是毒死申后的药又有何难？”

“大王？”楚夫人像是被人泼了一桶冷水，怎么都想不到周王宫涅会这么说，他俯下身蹲在了楚夫人身边：“寡人不杀你，是因为你帮过寡人，寡人不想造孽，免得日后这孽债还在伯服和褒姒的身上。寡人不动你，不是说你就有机会对寡人予取予求。搞清楚自己的身份！你以为你不说，寡人就不知道这件事的来龙去脉吗？”

“大王就这么自信自己的判断？”熊宁强撑着笑意，不待周王宫涅回答就说道，“好，臣妾救她，就等她醒了亲自和大王说说到底是谁对她下的毒！”她说这话的时候手紧紧地攥着裙子，手里满是汗水，十分紧张，面上却强撑着淡定从容，叫周王宫涅都不得不相信楚夫人是有恃无恐的。

楚夫人在赌，赌三人成虎。

伯服随秀秀来了华辰殿，秀秀支开下人，伯服才冷冰冰地看着她问道：“你刚才干吗拦着我，不叫我进去杀了那个贱人！”

“你这么贸然进去，只会激怒了大王！”

伯服别过脸去：“谁要你的关心？你还不是和楚夫人一样，处处和娘作对？”

“我何时同褒后为敌过？”秀秀问道，“你只要能举出一个例子，我心甘情愿接受任何惩罚！我走到今时今日，不是和你娘分享大王的爱，而是替你娘承受舆论的不公，人们会戳着我的脊梁骨，后宫的嫔妃夫人会对我心生妒忌……我能得到什么？除了我小产之时，大王曾来看过我之外，你何时还听说过大王来过华辰殿？”

秀秀的问话叫伯服一时间哽咽了，走上前去拉了拉秀秀的手，满眼愧疚：“我不知道。”

“原本这些事情也不该告诉你！你不能去杀楚夫人，至少不能这么杀，不然你娘和你父王好不容易为你争取来的储君之位，就拱手让人了！”

“那我要怎么办？难道眼睁睁地看着她欺负娘吗？”伯服大吵大嚷道。

秀秀赶紧捂住了他的嘴：“这事还有一个更好的法子！”

“什么？”伯服问道。

秀秀将自己的唇凑在了伯服的耳边，小声地对他说：“如果楚夫人要杀你，那么大王处死她就是名正言顺的了！”

“你是叫我去死？”伯服皱着眉头问道。

秀秀摇了摇头，将怎么做的过程细细地为伯服娓娓道来，伯服的面色越发舒展，不停地点着头，面上带着一抹了然于胸的笑意。

那天夜里，楚夫人就随着周王宫涅去了一趟申后的宫中为申后解毒，此事才一发生就立刻传得到处都是，连东宫都得到了消息。下人进来传了话，褒姒面上是一种似是而非的笑意，她正在同念儿用膳，念儿放下了手中的碗筷问褒姒：“母后不觉得奇怪吗？申后中毒昏迷，宫里的太医都束手无策，楚夫人却能解，下毒的人怕就是楚夫人。母后平白无故地背了黑锅，父王却急不可耐地宠幸她，还弄得整个宫里无人不知！母后不觉得您这么为父王付出，实在不值得吗？”

“怎么忽然说起这些了？”褒姒觉得伯服有些奇怪，“身为人君，有些事情终究是无可奈何的，几方势力要权衡，这个点若把握不准，失了平衡，必会天下大乱。”

“你这么替他说话，他可曾想过你？娘……我带你走，我们离开这里！”

“不行！”褒姒想向伯服解释周王宫涅行为处事的背后原因，可这个原因她又确切地说不上来，就像是她能明白周王宫涅的每个举动，却无法将这种明白转换成语言告知他人。这是相处八年、共同进退的一种默契，这种默契无法为外人道。

“为什么不？事已至此，还有什么好眷恋的？母后被人栽赃陷害，父王可曾来看过你，问问你整件事情的起承转合？你只知道在这里不断地付出，考虑到他的艰辛和不易，可你知不知道，你自己在这个后宫里就够不容易，够艰辛的了……当你被他冷落的时候，这宫里的人都怎么看你，你知道吗？”

“我不在乎！”

“可我在乎！”伯服站起身拍着自己的胸膛面红耳赤地说道，“我连自己的母亲都保护不了，为什么不能走？他们以为我喜欢这个储君之位吗？我才不稀罕呢，谁爱做谁做，他爱给谁给谁……”

“啪……”褒姒一巴掌打到了伯服的脸颊上，叫伯服的话戛然而止。他的脑中“嗡嗡”直响，看着褒姒的眼神满是不可思议，他不相信自己的母亲会为了一个无情无义、冷血的父亲这么对自己，伯服往后退了两步，不停地摇头。

褒姒看着自己的手，没想到自己会对伯服动手，再看着伯服又不能向他道歉。大周和楚国的战争在所难免，可绝不是现在，这个道理一个几岁的孩子还无法明白。

褒姒浑身战栗地看着捂着面颊的伯服：“你以为现在是什么时候？你觉得这个储君之位是你想做就做、不想做就不做的吗？你以为你凭什么坐在这个太子之位上？不是因为你行，是因为宜臼不行！你出身王室，就注定要承担天下江山，你以为这是想松手就可以松手、想放弃就可以放弃的吗？逃跑是懦夫的行为，我若走了，那么整个后宫都会戳着我的脊梁骨，说我是杀人凶手，一辈子背上杀申后的罪名。”

“才不会呢！”伯服无法反驳褒姒的大道理，可他就是不认同，“父王已经带着楚夫人去给申后解毒了，申后转醒，你是不是凶手已经不重要了。重要的是父王根本不信你，否则他为何不肯来看你？你知不知道，这毒是楚夫人下的；你又知不知道，这件事父王是知道的；你还知不知道，楚夫人将此事推在了你的身上！就算你留下来又怎么样？就算申后醒过来又怎么样？只要楚夫人咬死是你叫她去下的毒，你和父王之间就会猜忌，会怀疑，这就是母后想要的未来吗？”

“你怎么知道这些？”

“我为什么不知道？”伯服反问道，甩了甩自己的衣袖，“母后若是觉得自己做的是对的，孩儿也觉得自己做得没错，我们就看看到底谁才是对的！”他说完就怒气冲冲地朝着自己的房间走去，将褒姒一人扔在了东宫大殿。褒姒的眉头深皱，不知道伯服是怎么知道这么多事情的，他对事情的一知半解，很可能会让他做出错误的判断。

第六十九章

秀秀心虚断后路，伯服为母杀熊宁

这一夜每个人都满怀心事，褒姒坐在寝宫眺望着窗外，往事历历在目，令她不得不感慨时光荏苒，带走了太多的东西；伯服心中忐忑，对能否一举将楚夫人逼死感到不确定；楚夫人被周王宫涅胁迫，心中苦涩难当。而秀秀，思忖着明日之事，如果申后死了，褒姒的嫌疑就再也洗不清了，楚夫人也就会成为周王心中杀害申后和陷害褒后的罪魁祸首。

第二日朝谒之后，早朝退下之前，是申后宫中防卫最薄弱的时候。这里比以前更清冷了，阴风阵阵，秀秀无端打了一个激灵，她深吸了一口气，走得很轻，小心翼翼地避开了冷宫中巡视的人。今日这宫里的人比以往任何时候都少，或许是因为昨夜楚夫人来给申后解了毒，大家相信今日不会再有意外发生，就撤走了一部分人。

秀秀瞧见申后身边有个下人正给申后喂药，秀秀便从地上捏起一块石头，朝着不远处扔了去，发出“当当当”的声响，听见了动静的下人赶紧站起身问了句：“谁？”

门外除了春风呜咽，什么声音都没有，那下人浑身一个激灵，双手抱着胳膊搓了搓：“冤有头债有主，你们便是回来索命也不能找我啊！你们还是去该去的地方吧，我好心好意留下来照顾，你们可不能害我！”

屋外的侍卫听到里面的下人碎碎念，便进来询问发生了什么事，那下人说起刚才的事儿，侍卫大笑了出来，下人满面不服，硬拉着侍卫去看看发出动静的地方。

秀秀见房间中空无一人，掀起窗子从外面翻了进来，然后匆匆走到申后身边：“你与我虽然远日无冤，近日无仇，可眼下我也没有别的办法，只好出此下策了！”她说完就将手中已经磨成粉的毒药倒进了刚才下人给申后喂的药里。

“你在干什么？”刚才和侍卫出去的下人忽然就回到了房中，看见秀秀正往药里下毒，怒目圆睁，双手叉腰地质问道。秀秀一紧张，将手里的毒药撒得到处都是，赶紧站起身拍了拍手上的粉末：“我……我只是来看看申后！”

“来看看？”下人冷笑一声，“来看看还带了这么大的礼，郑夫人也真是客气！”

“没……没有……”秀秀紧张得不知道该怎么说话了，瞧了一眼还半敞着的窗户，准备夺窗而逃，侍卫却先她一步堵在了她的前面。“还想走？”侍卫问道，“早就知道幕后真凶一定不希望申后活下来，必定回来下毒，我们假装离开，你果然就上当了！”

“你说什么？”秀秀听到这话像是被人浇了一壶冷水，如醍醐灌顶，看着举刀相向的侍卫，明白了褒姒当日说的那番话，如今不过是和周王宫涅联手给自己演了场戏……她咬牙跺了跺脚，自己到底不是褒姒的对手。

而此刻的伯服早早在华辰殿外候着退了朝谒的楚夫人熊宁，前一日他和秀秀商议好，在这个地方对楚夫人下手，逼楚夫人动手杀伯服，伯服和楚夫人对簿公堂，秀秀做证人，请大王处死熊宁。秀秀昨夜说这话的时候，可没想到自己今日会被人在申后的冷宫里抓了个正着。

伯服等在荷塘边上，楚夫人远远瞧见伯服来者不善，她不想同伯服争执，便叫自己人先回酉阳宫了。伯服正看着结了冰的荷花池，佯装对这一路从东宫朝谒回来的人毫不在意，直到熊宁走到近前，伯服才站到她面前。

“参见殿下。”熊宁说罢朝左挪了一步，想越过伯服，伯服跟着朝左挪了一步；她只好再朝右挪一步，伯服也跟着朝右挪了一步……如此往复了几次，熊宁有些不耐烦，“路这么宽，太子殿下何必偏偏同我抢这一处走呢？”

“是啊，路这么宽，楚夫人何必非要挤着别人走呢？”伯服反问道，语气尖刻，全然不像个七岁的孩子，满眼狠厉之色。熊宁能从伯服的眼神中窥探出周王宫涅的模样，她恍了恍神，才明白过来伯服在说什么：“若是我碍着了褒后的事，那也是大王的选择，和我有什么关系？太子若要寻我来算账，怕是找错人了！你便是杀了我……也无济于事。”

“哼……”伯服冷哼了一声，“你将谋害申后的事情赖在我母后身上，你以为父王就信你了吗？”

“我不明白你在说什么！”

“我在说什么楚夫人怎么会不明白？你不是信誓旦旦地和父王说，谋害申后的事情是母后一手策划的吗？你以为父王会信吗？”

“不管你父王信不信，事实如此！只有杀申后，周、楚才不会开战，此事为了大周，褒后为何不会去做？我为了大王，为何不肯去杀申后？”

“便是父王会相信你的一派胡言，你也蒙骗不了我！”伯服攥着手里的匕首，“你若救不了申后，你以为这个后宫还能容你想进一步便进一步，想退一步便退一步了吗？你口口声声说做这一切是为了父王，那么借由你和申后的死挑起申、楚争端，叫他们两国兵戎相见，我大周坐收渔利，这才是你最大的功劳！”

“你要干什么？”楚夫人觉得莫名地恐惧，整个人都朝后仰过去，差点跌进荷花池。她心中一凛，将重心挪到了站在地上的那只脚上，勉强站稳，而后转过身去，站在了一旁，一把拉过手中捏着匕首的伯服，“想要叫我去死，你还差得太远！”她说着就将伯服推下了水。

“咚……”荷塘溅起了巨大的水花，伯服在水中不断地扑腾，掀起水花，水花打在岸上，拍湿了干燥的地面，春风拂过还觉得有几分冷意，这荷塘的水还十分冰凉，寒凉彻骨。伯服想要嘶喊救命，却一声都发不出来，慢慢地沉入了水底。

……

周王宫湦从朝堂出来便朝显德殿去，才走了几步，就有人前来汇报冷宫的情况，听见他们来报是郑夫人中了计，周王宫湦还有些意外，不明白秀秀为何要动这个手，想了良久，才想起她腹中的孩子，竟然到了今时今日，秀秀还没有放下此事。周王宫湦叹了口气，随侍卫径直朝着华辰殿去了。

听见寝宫的门打开，秀秀便知道周王来了，他能将自己送到这里，就说明此事他不愿意声张，这叫她心里有了个底儿，此事原本是绝对不会将自己暴露出来的，可秀秀还是沉不住气！事发之后，周王宫湦并没有找自己质问，秀秀猜测是楚夫人从未将她拉下水，而是一口咬定自己是受褒姒的指使，这让秀秀也清楚今日的对话该往哪个方向说。

秀秀向进门的周王行礼，周王怒目瞪着她：“你眼里可还有我这个大王？

借刀杀人，你这当真是使得一条好计，借楚夫人熊宁的手替你除掉褒后和申后二人，你也深知寡人必定会迁怒于她，而后这后宫便是你的了？寡人从来没有怀疑过你，根本不想今时今日，我们二人这么对峙！”

“臣妾绝无此意！”秀秀“咚”的一声跪在地上，低头看着周王宫涅的靴子。

“那你现在是在做什么？”周王宫涅大喝一声，这声音大到叫秀秀整个人惊了一下，深深地吸了口气，有种心被攥在别人手中的紧迫感。她咬了咬牙，强迫自己镇定下来，最差也不过就是现在这样——一死而已，“臣妾绝无此意，杀申后是不得已而为之！”

“什么叫不得已而为之？”

秀秀别过脸去不看周王也不回答，周王宫涅没有叫秀秀站起来说话，而是自己蹲下去掐住了她的下巴强硬地将她的脸扳了过来。秀秀两颊满是泪水，泪水涔涔而落，哭得梨花带雨，她咬住下唇，像是受了莫大的委屈，他还什么都没说，她就表现出一副楚楚可怜的样子来：“事已至此，大王要杀要剐，臣妾绝无怨言！”

“为什么？你到底想要什么？寡人虽对不起你，可于情于理，寡人没亏待你！为什么要这么做……杀了申后，害死褒后，再叫寡人冷落楚夫人，你觉得寡人会给你什么？你一心认定褒后害死你腹中之子，杀了她，你的孩子就会回来吗？那么多年的主仆之情，抵不上她的一次失手？”

秀秀看着周王宫涅笑了出来：“我又不傻，我这么做能得到什么？大王以为这件事情是我安排的吗？是我要借刀杀人吗？整件事情……只有一个受益者，她才是真正的置之死地而后生，为自己找到了替罪的人，也知道任何人对她的指控大王都不会相信……大王为什么不想一想，这个人是谁？”她的这番话虽然没有指名道姓，可是和指名道姓也不远了，这件事叫周王宫涅想起了当日秀秀小产，为何姜婉会无端发现秀秀与掘突的情分，此事也许另有内情。褒姒或许是借姜婉的手来除秀秀的腹中之子，而后再利用整件事情对姜婉予取予求……这一招太狠了。

周王宫涅想到这里，又摇了摇头，褒姒曾经说过越是没有破绽的事才越是破绽百出，谁能料想到当初的一环扣一环就套得这么紧密。纵然是周王宫涅，他自诩也没有这个本事，更何况是一个处处都显得很被动的褒姒呢？她若有这个本事，怎么可能今时今日被这么多的女人一起拆穿？正想着……华辰殿寝宫的窗子外荷塘边上伯服与楚夫人的一幕就映入了周王宫涅的眼中，伯服在和楚夫人谈论着什么，没有人听得清楚，但是从二人的神色上看似有所争执，在争执什么内容，其实也不难猜。

看着周王宫涅忽然不再说话，而是盯着某处出神，秀秀面上浮出了一丝不易察觉的微笑，口中却颇为惊诧地说道："太子殿下？"

周王宫涅按住了秀秀的身体，叫她不要妄动。

秀秀只好继续跪在地上，扭头看着窗外，楚夫人和伯服的争执到了白热化的地步，楚夫人竟然一冲动将伯服推下了水。这叫秀秀心中一抽，挣开了周王宫涅按住自己的手站起身几乎要喊出来了，她准备朝屋外奔走找人救落水的伯服，却被周王宫涅一把钳制住，用手捂住了她的唇齿，在她的耳边说道："闭嘴！"

秀秀点了点头，周王宫涅才将自己的手放开，秀秀指着窗外说："太子殿下落水了，大王不会见死不救吧？那可是您的儿子！"她说话的情绪有些激动，没想到事情会变成这样。

"他会水。"周王宫涅很冷静地丢出了三个字。

"什么？"

周王宫涅走到窗户边上，将这窗户的挡板放了下来，然后再走回到原地，阴恻恻的眸子盯着地面，漆黑的眼珠像是以往看不见底的寒潭死水，叫人望而生畏。秀秀紧跟在周王宫涅的身侧，随着他走到了寝宫门口，她拉了一把周王宫涅的胳膊，提醒道："楚夫人要杀太子！"

"他会水！"周王宫涅又说了一遍。

"不管太子会不会水，如今数九寒天，就这么在水里，大王若是不救，只怕是……"秀秀急得眼泪在眼眶中打转，心中十分心疼，痛恨自己为何要让伯服以身犯险，早知道他会为了保护褒姒出此下策，她昨日就不该自作聪明想了这法子出来。

"伯服会水，所以落水挣扎，为的不过是日后反咬楚夫人一口，置她于死地。而楚夫人会去杀申后，此事她一个人也想不出这法子，无非是你从中作梗，借寡人之手除去楚夫人。此事和你同伯服脱不了干系，如今一计不成，就再生一计。"

"我就知道大王不会相信这些事是褒后主使的，我既然效忠于伯服，就必效忠于褒后，杀申后是要嫁祸楚夫人，挑起申、楚两国争端；二度杀申后，是没有想到当日的楚夫人竟然给自己留了一条可攻可守的退路；为确保万无一失，褒后便同伯服商议了激怒楚夫人，叫楚夫人意图杀他，他再去显德殿参楚夫人一本，借大王的手将这个女人除了！"秀秀一字一句地说道，她其实是在顺着周王宫涅的思路说，只是将所有的事情都推到了褒姒一人身上。

"若真的如此，伯服落水你激动什么？"

“我以为褒后只是叫伯服小打小闹，想不到事情会这么严重，我能走到今时今日这个地位上，大王不觉得褒后也出了不少力吗？我当日入琼台殿，一世都是褒后的人，我的性命是她的，何况只是腹中之子？大王难道忘了褒大夫曾用血淋淋的事实告诉我们，只有站在一个人的对立面，才能真正地保护她。”

“若是如此，你为何不将这个罪名彻底背下去？”

“因为我发现了一件事情！”

“什么？”

“郑夫人的死也是褒后下的手！”秀秀的质问让周王宫涅哑口无言。

“这件事情我不会告诉伯服的，可我心中不服！大王明知褒后心如蛇蝎，却什么都肯给她；明知她精于算计，可就是不相信自己被她算计了……她只要装出无辜可怜的样子，就能轻易地骗过大王，这江山到底是在你手里，还是在她手里？我不过是个挡箭牌，为她分担来自别人的威胁。我爱掘突，却不能和他相守，一退再退，那孩子曾给过我希望却又被褒后无情地剥夺了，大王也曾差一点失去伯服，心里也应该清楚这是什么感受吧？”秀秀声泪俱下，眼泪反射出的五彩霞光映在周王宫涅眼中，叫他觉得有些心痛，他竟然不知道如何开口和秀秀解释郑夫人的事情，只能这么看着她。

秀秀指着窗外：“她怎么利用自己孩子的，如今大王也看见了，如果您还觉得她还是当初您带入宫中的那个女人，大王就错了！连我都不知道伯服会水，褒后怎么可能知道，这么多年来，尽心尽力在照顾着伯服起居饮食的人不是她，是我啊！”周王宫涅没有回答秀秀的问题，褒姒怎么可能不知道伯服会水？因为伯服曾经这样蒙骗过她，他们二人曾在湖中嬉戏，那一幕偏偏被他给看到了。若非如此，此刻的熊宁就已经死了，周王宫涅也就不会看出这是一场精心布置的局。

伯服被推入水中，挣扎半晌后渐渐趋于平静，岸上的楚夫人慌忙地离开了。周王宫涅回到了显德殿去，知道伯服肯定会来告状，他多希望他猜错了。可诚如这位帝王所料，伯服在不久之后浑身湿漉漉地从水里钻出来，游到岸上咳嗽了两声，将裙褂上的水象征性地拧了拧，大步朝显德殿去了。他浑身湿漉漉地出现在显德殿中，所到之处留下一行水渍，下人们瞧见这位太子爷从外面走来，赶紧迎上去问道：“殿下，可是发生了什么事情？”

“父王在吗？”伯服问道。

“刚刚回来了……”下人指了指书房，“黑着脸，殿下最好不要激怒大王。”

伯服点了点头，面上挂着笑意向他致谢。

“殿下需要老奴去寻些干净的衣物来吗？”下人问道，伯服摇摇头：“不必了！”他说着就朝着书房的方向走去，下人向周王报太子来了，周王宫涅就点点头叫人将太子带进来，可心已经沉了大半。再看着伯服湿漉漉地进书房，一进门就“咚”的一声跪在地上，整颗心就完全沉了，知道伯服的行为处事和自己所猜测的相差无几。

“父王！”伯服眼泪汪汪像是受了极大的冤屈。

“发生什么事儿了？”周王宫涅吩咐下人，“去拿身干净的衣服给太子换上！”

“是！”下人得了令，从屋子里退了出去。

伯服仰头看着自己的父王，泪眼婆娑：“父王，刚才楚夫人要杀儿臣，将儿臣推入荷花池中，险些要了儿臣性命，若非儿臣命大，怕是没法活着来见父王了！”他说着就大哭了起来，“还请父王为儿臣做主，后宫中有这样的夫人，实是我大周不幸！”

“寡人的夫人是什么人，现在还轮得到你来教训寡人了？”周王宫涅猛地一拍桌子瞪着伯服。伯服心中一凛，有些意外，他被周王宫涅这么一吼，吼得有些乱了手脚，重重地磕了三个响头：“父王若觉得楚夫人将儿臣推下池塘是儿臣的错，儿臣这就前往西阳宫中向楚夫人赔个不是！”

周王宫涅的眉头深皱，看着刚刚拿了一身干净衣服进门的下人吩咐道：“把衣服放下，去西阳宫请楚夫人！”

“是！”下人答道。

“先把衣服换了。”周王宫涅站起身从桌案前踱步到伯服身边，“你本该在东宫上课，为何会在荷花池和楚夫人争执？”

“我在等她！”伯服昂着头说道，“父王忘了是谁陷害母后的吗？你装作不知道这件事情，母后装作什么都没有发生过，可孩儿不能看着母后被人欺负，却什么都不做，孩儿做不到！母后被人陷害，此事令儿臣心中难过，与楚夫人争执，却不想楚夫人怒极攻心，将儿臣推入水中，甚至要置儿臣于死地！”正说着，熊宁就从外面进来了，她没想到伯服诈死，她看着周王宫涅语无伦次，脑海中的第一个想法就是要将此事推得一干二净：“大王，他撒谎，臣妾从来没有推太子殿下入水，太子一向因为褒后的事情对我耿耿于怀，现在竟然不惜以身犯险来栽赃嫁祸臣妾！”

“此事发生在华辰殿，要去华辰殿宣人来问问当时他们看到了什么吗？”伯服这话令熊宁一惊，意识到自己是着了秀秀的算计，只能哭喊着跪在周王面前：

"臣妾没有想过要杀太子，求大王信臣妾，臣妾真的没有想过，只是一时情急，一时失手。臣妾怎么会杀太子，如今我杀了申后，宜臼不会放过我，更何况，杀申后也是褒后指使的，我为何会对东宫的人下手？杀申后的事情我认，可我在那样的大庭广众之下，为什么要对太子下杀手？我若是要杀人……会被人这么堂而皇之地发现吗？"

"不准你再污蔑我娘！"伯服吼着，从一旁侍卫的腰间拔下了剑，猛地上前一步，没有犹豫地将这把剑刺入了熊宁小腹。熊宁惊讶地看着没入体内的剑，鲜血顺着光亮的剑刃流出来，一滴滴地滴到了地上。伯服的双目紧锁，手上带着力气反手将这把剑旋转了半圈，鲜血喷涌般地冒了出来，熊宁来不及发出一声嘶喊，便没有力气再说话了。

周王宫湦也被眼前这一幕震住了，想不到伯服会在自己面前杀人，他看着熊宁快断了气，才猛地反应过来，冲过去将伯服推开，一把抱住了熊宁："熊宁！"

"大王……"熊宁看着周王宫湦，每个字都在颤抖，"如今您总算没有后患了。"

"宣太医，宣太医！"

"不用了，臣妾知道臣妾活不太久，如今总算圆了大王心愿，以后您再也不用应付我了……"熊宁艰难地抬起自己沾满鲜血的双手想去摸周王宫湦的脸，可手却重逾千斤，"从此以后，再没人为你解毒了，大王要珍重。"她的手轻触周王肌肤，最后又落了下来，慢慢闭上眼睛。这对熊宁来说或许是种解脱，她的解脱却叫周王宫湦的心像是受到了重锤的钝击，弥漫着久久退不去的疼痛。

伯服害怕若是熊宁再说下去，自己的意图会被周王宫湦窥探，到时候不但不能置熊宁于死地，还会牵连到自己的母后。可瞧见眼下这个情况，伯服心里有些打鼓，心中越发不安了起来。

周王宫湦从楚夫人的离世中回过神来，疲惫地对身边的下人说："送楚夫人回西阳宫，七日后从西阳宫中出殡。"

"是！"下人问道，"此事谁来主持？"

"去华辰殿找郑夫人吧。"周王宫湦揉着太阳穴。

"郑夫人？"下人和伯服同时问了一句，周王宫湦转而看了一眼伯服，面色不善，再转向下人点了点头。这下人小心翼翼地看了眼伯服，怕是要出大事儿了，赶紧吩咐人带着楚夫人的遗体回西阳宫。下人们离开，伯服长跪在地："父王还请恕罪，儿臣只是气不过楚夫人说娘的坏话，才一时情急。"

“你只有七岁而已！”

“儿臣没想到这么做会杀死楚夫人！”伯服带着害怕的战栗小声地哭了出来，“只是谋害申后的一事和母后绝无关系……”他说了一半，周王宫湦没有叫伯服继续说下去，将这话给打断了：“孩子来到这个世界上什么都不明白，为人父母的要教给他很多道理，让他明白很多事情，学会适应这个社会的规则，这一点寡人做得不好。”

伯服听着周王这么说，他觉得害怕。

“寡人做得不好，是因为寡人太忙了，没人教过寡人该如何做一个父亲。寡人以为为人子有为人子该做的事情，却忽略了为人父也有为人父该尽的责任。今日你能对一个长辈下这样的狠手，不是你的错，是寡人没教过你什么是对，什么是错！寡人不教，是以为你母后能将你教好，可现在……”周王宫湦说着这话顿了顿，然后摇了摇头，楚夫人至死也咬死是褒姒指使她去陷害申后的，秀秀一口咬定自己是和褒姒联手借楚夫人的刀杀申后……周王宫湦始终不肯相信这是事实，可人人都说孩子身上映衬着父母的秉性，伯服对熊宁先设计，再诛杀，这狠辣的计谋没人教怎么可能无师自通？他将押在褒姒身上的那枚信任的筹码取了回来，语重心长地看着伯服。

周王宫湦的态度叫伯服真的怕了，刚才还只是假装战栗，这会儿却是诚惶诚恐：“父王，事情不是这样子的！母后她……”

“回东宫！”周王宫湦双手背在身后，昂首阔步朝东宫走去，不顾身后伯服的哀求与拉扯。伯服祈求自己的父王不要将这件事情告诉褒姒，可周王宫湦却越走越快。

东宫的人向褒姒通报大王来了，褒姒坐在大殿一端眉头微攒，总觉得有什么大事儿发生，她起身相迎，看见了与周王一并进来的伯服。早些时候郑夫人去冷宫一事，褒姒已经知道了，以为周王宫湦是来同她说这件事的，没什么防备。

却不想周王宫湦一进门就黑沉着脸，对伯服说道：“你先回房……”而后对着下人说：“你们都退下去吧！”

“一人做事一人当，父王若觉得孩儿行为不妥，惩罚孩儿便是，来寻母后做什么？”伯服问道，刚才周王宫湦那番话的深意，此刻总算是被伯服明白了，“更何况，孩儿觉得自己没错！”

“没错？”周王宫湦大喝了一声，“设计杀楚夫人，你还觉得自己没错？一条人命在你眼中不算什么是吗？”

听见周王宫涅这么说，褒姒倒抽了一口冷气，几乎要跌坐在地，勉强站稳之后，她看着伯服不可思议地问道："你杀了楚夫人？"

伯服冷哼一声："是楚夫人推我落水，一心想置我于死地，父王因为宠幸那个女人就在这里信口雌黄说我杀了她。她若不是要先置我于死地，我岂能对她举刀相向，父王竟然说是我设计，还要找母后来兴师问罪，这根本就是存心偏袒。"

"你闭嘴！"周王宫涅大喝一声，瞪着自己的孩子，"你以为寡人不知道你会水吗？就算是楚夫人将你推下了水，你也根本不会有事儿！你以为整个过程寡人没看见吗？寡人当时就在华辰殿！寡人没有在显德殿揭穿你，已经是在偏袒你了！"

第七十章

指鹿为马三人虎，心灰意冷出宫门

伯服没想到周王宫涅一眼就看出他这个拙劣的局，愣了愣神之后反唇相讥：“我会不会水是我的事，可她要害我是她的事。我和她只是一言不合，她便要动手杀我，我们二人对簿公堂一言不合，我下手杀她，和她有什么不同？你在这里质问我，是因为我还没死，我若是在水中溺死了，你会怎么对楚夫人？”他的面上浮起了一丝冷笑。这个问题叫周王宫涅的心头也蓦地一震，自己从来也没这么考虑过问题。

“送太子回房。”褒姒将伯服拉入怀中，叫了下人过来，她已经明白今天发生了什么，周王宫涅来这里又是因为什么。她不想让伯服看着父母吵架，所以将他交给了下人，强行带了下去。

东宫的大殿上，只剩下了周王宫涅同褒姒四目相对，偌大的宫殿安静得不像话。褒姒用很缓慢的声音问道：“大王带着伯服来东宫，是来质问臣妾的吧？杀楚夫人，杀申后，抓秀秀，您想问哪件？”

“伯服小小年纪就知道栽赃嫁祸，寡人不相信你完全不知情！如今整个后宫就剩了你一位王后和那个没什么用的卫夫人，若说整件事情和你无关，就太难令人信服了！”

褒姒在东宫大殿转了几圈，仿佛忽然想明白了：“好像真的是！”

周王宫涅不喜欢褒姒故弄玄虚。

"我杀申后，被虢石父撞破，看起来我像是被人嫁祸，便能以此博取大王同情。我已经杀了人，没什么情况会比现在更糟，我先将自己置于死地，退居幕后。首先用下毒一事让大王怀疑楚夫人，楚夫人会痛痛快快地承认，借此挑起申、楚争端，为大王立功，然后获得大王青睐，事实证明，楚夫人兵行险招是走对了。"褒姒走到了周王面前，盯着他漆黑的眸子。周王宫湦咬了咬牙，太阳穴上青筋暴起，整个人像是马上要炸裂开来，眼前一片乌黑。

褒姒继续说道："郑夫人的事情，臣妾并不否认，是臣妾设计叫大王抓她的，起初是为了证明我不是凶手，可如今反倒像是在证明我才是幕后主使，叫秀秀去杀申后灭口，将自己的嫌疑洗清，再叫伯服和楚夫人发生争执，安排伯服杀了楚夫人……乍看之下，我这棋局倒也精妙得很，我想知道大王心中对臣妾可是这么想的？"

"原本不是！"周王宫湦盯着褒姒的眸子说道，整件事是从伯服对熊宁痛下杀手的时候，他才开始怀疑褒姒，他以为这是一个母亲对孩子潜移默化的影响，却没能谅解一个孩子为了保护母亲的那种急不可耐。伯服杀了熊宁，可他丝毫也不好过，他不知道原来杀人这么可怕。可事已至此，无力挽回，脆弱和软弱只在他心中停留了片刻，然后他做的就是将这刀刃再捅入三分，叫这个女人回天乏术。

"那现在为何又这么想了？就因为熊宁死在伯服手中？你认为一个七岁的孩子不足以想出这么精湛的局，伯服会水这件事我并不知道原来大王也知道，可我的确知道，没告诉任何人不是有意隐瞒，是因为没什么可说的。我也想不到有朝一日，这孩子会利用自己的优势，对别人下杀手，这是因为什么？大王没有反省过吗？"

"反省了，"周王宫湦生硬地说道，"寡人这些年来在伯服身上投入太少！"

"一个大王，大周的君主，你要做的事是处理诸侯间的战乱，处理外族的侵扰，您将时间投入在一个孩子身上太少，无可厚非。臣妾相信当年大王还是储君的时候，先王也不会整日陪你！大王该自省的，是你为何失去了一个孩子对你的信任。"褒姒说道。前一天伯服对自己说的那番话犹在耳侧，身为儿子的伯服因为厌恶自己的父亲，甚至连储君的身份都想放弃，当日褒姒就该起疑了，因为她的大意，才酿成了今日的惨剧。

"你倒是怪到寡人头上了？"周王宫湦觉得好笑。

"此事也是臣妾不好，若非因为臣妾，楚夫人不必死，乱了大王的局，还请大王治罪！"褒姒说罢跪在了周王面前，"可希望大王念在伯服是您亲生儿子的分儿上，略施惩罚就是！”

“不能惩罚母后！”伯服不知道什么时候又冲回大殿，目眦欲裂的模样就像是发了狂，挡在褒姒前面，双臂伸开，仰头看着自己的父亲，“母后什么都不知道，你若是要惩罚，只管惩罚我就是，区区储君的位置，你以为我稀罕吗？”

“伯服！”褒姒呵斥了一声，“回屋去！”

“我不，”伯服扭过头看着褒姒，“娘是因为觉得伯服闯了祸，便想替孩儿收拾这残局，可整件事情娘根本不知情，孩儿七岁了，可以保护娘了，孩儿犯的错孩儿承担就是了，父王若要责罚，孩儿绝无怨言！”

周王宫涅点了点头，看着褒姒：“寡人现在真是动不了你了！”

“你下去！”褒姒呵斥道。

“你只相信那些狐狸精，怎么可能会相信母后！”伯服不满地嚷嚷，褒姒又呵斥了一声“下去”，他这才乖乖闭上了嘴。虽然不情不愿，可还是踢踢踏踏地离开了。看着他走出这屋子，周王宫涅继续说道：“这就是你养出来的好儿子，你这个做母亲的做了多少丧尽天良的事情，却要儿子去承受？寡人是错了，错就错在太放心你，才将伯服交给了你！”

“大王觉得臣妾是个丧尽天良之人？”褒姒觉得这句话说得太好笑了，自己在周王宫涅身边出生入死八年，陪伴数载换来的却是这样的评价，她觉得委屈，又不能哭，这是她最后一点自尊，她强忍着即将崩溃的情绪站起身来，“大王说得千好万好，将臣妾的谋划想得天衣无缝，可有一件事情大王还是漏算了！”她通红的双眼瞪着他，满眼含着泪，却倔强地不肯让这晶莹的泪滴掉落下来。

周王宫涅心头一痛，想给自己一个耳光，他居然是这么想褒姒的，他怎么可能是这么想褒姒的？只要褒姒说一声这些全是诋毁，他就会相信她。心里这么想，可他嘴里还是说出了伤人的话：“还有什么事是寡人想不到的，都说出来吧！事到如今，便是发生什么，寡人也都不会觉得奇怪了！寡人只是觉得心寒，这么多年来竟然给自己养了条毒蛇。”

周王宫涅的一席话就像是记重拳，捶打在褒姒心头，有些事她不想解释，可是事到如今她觉得若是还不解释那不仅仅是对不起自己，还会给周王和伯服的未来蒙上一层可怕的阴影。她笑了笑，很平静地说：“大王心寒，臣妾何尝不觉得呢？大王为了熊宁这么来质问我，质问自己的儿子，恨不得叫我去给她偿命，好啊！”她点了点头，“臣妾说完这番话，不用大王下令，臣妾也会自裁，以证清白……”

"你威胁寡人？"

"威胁？威胁是对那些还对自己心存几分怜悯的人说的，大王对臣妾恨之入骨了，臣妾凭什么威胁你？大王千算万算，漏掉的事情就是，我为什么要让人去杀申后，我……"她的话没说完，只说到了这里，永远也只说到了这里。周王宫涅不知道褒姒还要说什么，褒姒其实只想说她没有理由去杀申后，因为从一开始，她就清楚周王宫涅先前的重点在晋国，根本不可能再让南面失去控制，当日嬴开派兵压阵，楚侯将计就计怕也是同周王商议好的。如今申国自以为有强楚在后，待文朔攻来，楚侯一撤，必令申侯措手不及，而她何必多此一举再杀申后，引申侯防范呢？

褒姒想解释，可没有机会了，卫夫人从门外闯入大殿，来报申后醒了。周王原本想给褒姒一个台阶，可褒姒却将话说得那么满，他不知道该怎么收场。如今借故离开，他松了口气，匆匆和卫夫人朝门外走，走到门口转过身看了一眼褒姒："寡人晚些时候再来，你最好说得合情合理。"

"有什么区别吗？"褒姒这话叫周王宫涅气得牙痒痒，不知道褒姒怎么就这么不懂分寸和进退，她肯解释，他怎么会将她赶尽杀绝，可她连个台阶都不肯给他。她曾给过他太多台阶，如今才觉得疲惫、心寒，心中求死的想法一生，便挥之不去了，她只想将她未说完的话说完，然后一死百了。

周王宫涅去了申后的冷宫，支开了所有的人，在她身边坐了下来，拉起她的手放在自己的手里："这件事是寡人对不住你！"

"大王何出此言？"申后将手抽了回去，拉了拉被子，靠在床头，"大王下了十几封诏书召不回宜臼，您决定出兵时就已经将臣妾看作是个死人了，有什么对不对得住我的？"

周王宫涅站起身俯瞰着申后，来回踱了两步："寡人要出兵申国，明面上是要杀宜臼正伯服之位，可是宜臼是寡人的亲生儿子，虎毒不食子，你以为寡人就没有人性吗？"

"那大王这么做是为了什么？"

周王宫涅不忍心对申后说出实情，编了个谎："寡人要的……是秦国！此事是寡人和楚侯一早就商议好的，当日威慑申国也是佯攻，不会真打。寡人本想让申、楚联手攻打刚刚和犬戎结束一战的秦国……可秦国会和申国结盟出乎了寡人意料，更出乎寡人意料的是竟然有人擅自做主杀你！"

"擅自做主？"申后笑了笑，"只怕此人也不知道大王所想，只当是自己帮了大王的忙，她没忙着邀功吗？”

“谁？”

“大王应该知道我在说谁，这后宫除了一人之外，还有谁对大王的政务有兴趣？其他人都忙着你争我夺，为了能叫大王多看自己一眼而花工夫打扮、用外戚施压，那时她不就已经懂得利用自己的手腕帮大王，叫大王对她刮目相看了吗？”申后冷笑一声，杀自己的人并非褒后，申后心知肚明，可经过了这件事，一旦楚夫人和秀秀都死了，当日褒姒肯对她留情，日后是不是也还会留？与其叫褒姒占据主动，申后宁可将这个主动权捏在自己手里，将那个谋害自己凶手的罪名塞给褒姒。

“不可能！”周王宫湦下意识地说出了这句话。

“我就知道大王不会相信，既然不信又何必来问？大王能救臣妾这条贱命，臣妾还是感激的，若是大王觉得这个案子的凶手不是她，那大王觉得是谁就是谁吧！”

申后这话叫刚才跟着周王出门的伯服心中蓦地一惊，悄悄地从窗户下面走远了，赶紧回宫将这事告诉褒姒。见着伯服从门外进来，褒姒一惊：“你不是回屋了，怎么从外面进来的？”

“娘先别管这事了，出大事儿了！申后竟跟父王说谋害她的凶手是娘！您对她那么好，她竟然恩将仇报！”

褒姒有些发怔，手里的琴弦蓦地拨出去了一根，琴弦在空气中发出一个音调，颤抖着这屋子里的空气。她呆愣地看着远处，很快就想明白了申后之所以会这么做，是因为她以为这个时候若不除掉自己，自己日后腾出手或许会对付她。褒姒苦笑了一声，这后宫和她当日进宫时相比，真是没什么变化！

“我们走！”伯服冲到了褒姒面前，“我们现在就走，免得父王回来又要质问您！”

“走去哪里？”褒姒面色苍白。

“天涯海角，他追不到我们的地方！我带你走，所有的事情我都安排好了，母后刚才和父王说了那番置气的话，此刻若不走，后患无穷。”

褒姒看着伯服此刻的镇定自若，知道伯服连如何逃走都已经安排好了，杀楚夫人不是一时兴起，而是早有预谋。这叫褒姒有些震撼，只有七岁的孩子，竟然已经学会了杀人，就如同当初的宜臼对自己时的狠厉。

伯服交了底儿，说了实话：“我杀了他心爱的楚夫人，我知道他不会放过我！我不过是寻个叫人无法挑剔的名义杀人而已。”

“大王和楚侯原本可以联手对付申国，可就是因为你擅做主张，可能会坏了大王的局。你知不知道申国捏着我大周的喉咙，一日不定申国，大周的江山就一日不稳！可你却在这个时候做了什么？”褒姒厉声问道。

伯服无言以对。

“你以为你有多明智？如今天下，大周君主的势力在不断被削弱，诸侯渐强，肆起，你父王居于中央，他做的这一切是要给你们这些子孙留下一个完整的江山。你呢？坏了你父王的安排，还狠心到下手杀后宫夫人。如今你杀了楚夫人，你以为大家会觉得你只是为了保护我做出的这一切吗？不会的……”褒姒摇了摇头，觉得无比痛心，“大家只会说，这是你父王借你的手斩草除根，免除后患。这就是你带给你父王的一切，而他为了保你的储君之位不惜对宜臼举刀，可你做了什么？”

伯服咽了一口唾沫，委屈得要哭出来：“母后，我做这一切从未想过大周的江山，我只是不想你受委屈！”

“你本有帝王之才，却为了我倾其所有，为祸后宫吗？”

伯服凝重地点了点头：“因为你不是别人，为了你就算是倾其天下也是理所当然！对父王来说，你和千千万万的后宫女人一样，是他手里的一颗棋，而这天底下儿臣只有你一个娘，一个人若连自己的娘都保护不了，何以谈家国，何以保天下呢？连身边的人都照顾不好，儿臣如何去照顾天下的人？”

伯服的问题叫褒姒不知如何作答，他说的每句话都对，只是和她的立场不同：“你这是因小失大。”

“如果不做好身边的小事，怎么能指望我做好天下大事呢？如今连申后都颠倒是非，母后若走，还能在父王心中留下一席之地，您若是不走，你们的关系只会恶化，待到父王要对母后举刀相向，您就不觉得心寒吗？”

褒姒沉默了良久，不知道该怎么回答。伯服见她不说话，知道自己已经动摇了她的心：“我们走吧，如今宫里不欢迎我们，我们何必还要留？天大地大，哪里不是我们的去处，何必非要在这里受人的眼色？”

褒姒起身看着伯服：“不必再说了，我不会走的！我入宫的时候就没想过自己能善终，走到今时今日，我已心满意足了，为人母不该教自己的孩子逃避。”她语重心长，这话是在劝伯服，也是在给自己找一个留下的借口。

伯服不再多言，低头说道：“儿臣明白了，既然如此，儿臣不再提离开一事了！”

褒姒面上透出了欣慰的神色。

伯服知道自己劝不动褒姒，便找人在晚膳中下了些迷药，褒姒对此毫无防备，用过膳就觉得昏昏欲睡，早早就寝了。伯服叫来了自己的手下，将褒姒挪上马车，趁着夜色悄悄地从南门离开。而此刻的周王宫湦回到显德殿，想起刚才申后指证褒姒一事，心跳得十分剧烈，他感到头皮发麻，甚至有些头晕目眩，很难相信申后口中的就是事实，他等申后醒过来，等到的却是她对褒姒的指认。

周王宫湦觉得他曾将褒姒竭力护在身后，可如今每个人都口口声声地控诉这女人的不是和她的险恶，他仍不愿相信，仍想像个骑士那样为她奋战到底。可最后，这个女人却在自己的背后捅了一刀，他过往所有的保护如今都像是一场笑话。

周王宫湦呆坐在桌案前，手里握了支笔，脑海里是几位夫人说过的话，熊宁、秀秀和申后，众口一词将杀人凶手的罪名推到了褒姒头上，每个人都用一种人之将死其言也善的态度在苦口婆心地劝他。他去质问她的时候，她好像要解释，可还没来得及开口他就被请走了。

显德殿的下人进了屋，将晚膳端到案前：“大王，该用膳了！”

“啊？”周王宫湦先是一愣，而后才回过神来，他用手轻轻地敲了敲桌面，“你先下去吧，寡人稍后再用。”

“是，”下人应声道，走了两步又转过头来看着周王宫湦，“大王可是在为几位娘娘的事情烦心？”

周王宫湦叹了口气，满身的疲惫压得他的身躯都显得有些佝偻了：“楚夫人、郑夫人、申后三人众口一词说这局是褒后设的，借楚夫人的刀杀申后，再嫁祸给郑夫人。褒后待申后一向不薄，可如今连申后都这么说，你觉得……寡人该相信她们吗？”

下人谦卑地说：“大王既然问了，不就是说自己已经有了答案吗？”

“什么意思？”

“大王相信褒后，只是褒后欠大王一个解释……大王是想让褒后来证实心中的猜测，否则大王何必纠结是不是有三个人在指控她？若大王怀疑，就算她和这件事情看起来没有一点关系，大王也会深信不疑，根本不必犹豫。”

周王宫湦笑了出来，就像是解开了一个死结：“纵然她肯解释，却又以死相逼，寡人能让她说什么？”

“大王以为褒后就知道发生了什么吗？褒后不过是被人嫁祸，她是当局者，如今这案子的当事人都将矛头指向她，连大王都有所怀疑，难道褒后就能识破其中的线索，还原事情的真相吗？大王看不清，褒后又何尝不是？她也是在根据自己找到的线索，尽可能地还原，她以死相逼也许只是害怕自己说了，大王也未必会信，她用一死明志，是告诉大王她连死都不惧，难道还会害怕承认自己要杀申后？”

下人的话点醒了周王宫涅，他这个当局者此刻才看清楚事态的走向，他想到这些就匆匆朝东宫去了。可不同于往日，今日的东宫无比安静，安静得非比寻常。

天色已渐渐黑沉，可东宫的大殿却没有掌灯。

走进大殿，周王宫涅的脚下踩到了一个柔软的东西，他踢了踢，心中一抽，感到大事不好，缓缓低下头看见地上躺了一个人。

“褒姒遇害了？”这个想法冲进了周王宫涅的脑海，他惊恐得连呼吸都小心翼翼。他俯下身子去探这人的呼吸，又探了探此人的脉搏，这人只是晕过去了。他焦急地唤来了门外的下人，点燃大殿中的灯火寻找褒姒，翻开一个又一个地上躺着的人，都只是些东宫下人，最后累得气喘吁吁的下人向还在寻找褒姒的周王汇报：“启禀大王，没发现褒后！”

周王宫涅嘀咕道：“怎么会没有？伯服在吗？”

下人摇头：“也不在。”

周王宫涅的手猛地攥在了一起，恨得咬牙切齿：“给我去问，一个宫门一个宫门地问有没有看见伯服！”他怒不可遏，将这下人吓了一跳，匆忙应了声就朝门外奔走。

褒姒一走，等于坐实了所有人对她的指控，周王宫涅不明白她为什么就是没能沉得住这最后一口气。

从几个宫门打听回来的消息是伯服从南门离开了，而后朝哪里去了，宫门的守卫都不知道。周王思忖再三，伯服与褒姒只有两个地方可去，要么是朝东去郑国，要么是朝北去晋北找郑伯友。想来想去，褒姒去晋北的可能性更大。

周王宫涅片刻不敢耽搁，去马厩牵了匹马打马朝北狂奔。太阳早就沉入了地平线，星空在天上指引着行人，天色越来越黑，漆黑的天空映衬着那颗明亮的启明星，黎明就在不远的未来。追了整整一夜，周王宫涅一人一马横穿镐京城外的乱葬岗，追上了一路奔命的伯服。

伯服听见身后细碎的马蹄声，像是被人掐住了脖子，连头都不敢转过去只顾着使劲儿地打马。身后的马蹄声丝毫没有要被甩下的意思，反倒是越来越近，最后，这声音就在耳畔了。伯服侧过脸去看了一眼马背上那黑沉着面色的人，心中陡然一惊，下意识地看了一眼自己的马车，然后才拉了辔头和缰绳，将这匹马生生地停住了。

伯服看着周王宫涅，在等他先说话。

周王宫涅看着伯服，也在等他先说话。

两个男人这么对峙着，看着彼此，目光灼灼，每个人心里想的都不一样。

“跟寡人回去！”周王宫涅终于开了口。

“父王要么在这儿杀了孩儿，要么就别想孩儿会带着母后回去！”伯服的表情极为严肃，这是在告诉周王宫涅，自己不是在开玩笑。

“回去！”周王宫涅呵斥了一声。

“不回！”

“你若是不愿回去，你一个人走！”

“父王想带母后回去吗？”伯服的表情坚韧异常，盯着自己的父王从马车上跳下来，他跪在周王面前，“如今楚夫人说是娘指使她杀申后的，郑夫人也说是娘指使她去下毒，连申后自己都说她是被娘害的……欲加之罪，娘百口莫辩！父王带娘回去，为了给朝臣一个交代，给后宫一个交代，你又会牺牲掉娘，对不对？”

周王宫涅没想到自己的儿子会和自己说这么沉重的话题，他不知道该怎么面对，不知道该怎么劝自己的妻儿回家。他是一个冷冽的大王，高高在上的姿态叫他永远学不会向别人低头，沉默良久，周王宫涅说道：“你带你娘走，就等于是坐实了杀人凶手的事实，即便如此，你也要带她走吗？”

“那又怎么样？她是不是凶手对我而言重要吗？对她而言重要吗？只有你们这些人才计较，会因为这件事要将她置于死地！留在宫里又如何？除了无休无止地等待、伤心、失望和惊恐，父王您还带给过娘什么？”

周王宫涅整个人都在颤抖。

“不会改变的，娘跟着父王就不会幸福，请父王放手！”伯服向自己的父亲叩了三个头，周王宫涅觉得虚弱无力，朝后连退了两步，他高高在上的王权却不能为他赢得最亲最近的人，这是莫大的嘲笑。他闭上了眼，有种想哭的冲动，他不想把自己的脆弱在儿子面前展现出来，只能深深地吸了口气，转过身去，背对着伯服：“若有一天，你坐在寡人的位置上，你就会知道保护一个人有多难了……”他说着便朝着远方走去了，牵着自己的马，朝着朝阳东升的金灿灿的日光缓步而行，越走越远。

这是放过了伯服，也给了伯服和褒姒一条生路。

第七十一章

散尽后宫为一人，多年隐忍换真情

从大周到晋国的路有些颠簸，越往北走越是荒凉，放眼望去满是戈壁和草滩。太阳从东边的地平线上爬了出来，很快日光就充满了整个世界，暖意融融。伯服的心态已经不像是离宫时的忐忑了，如今他劫后重生，厄运不再纠缠了。

可是伯服还是感到心有余悸，不知道褒姒醒来后会有什么样的反应，眼看着天色越来越亮，路越来越难走，伯服也感到了自己的心跳得越来越快。马车里响起了一声咳嗽，伯服骇住了，端坐在马车外一动都不敢动。

褒姒捏着额头从昏迷中转醒，眯眼看着从窗外刺进来的耀眼光芒，她打了一个哈欠，揉了揉太阳穴，药性过去之后头还有些隐隐作痛："这是在哪儿？"她强撑着身体坐起来，拉开了马车的帘子，看着窗外的风景，猛地一惊，"停车！"

伯服拉住了缰绳，两匹马发出一声长嘶，停了下来。伯服带着三分不确定的语气向自己的母后说道："娘？"他说罢低下头去，不敢正视褒姒。

褒姒的心中汇集了千言万语，此刻在胸前转了一圈，她不是不愤怒，不是不生气，不是不对伯服的行为感到失望，纵然她希望自己的孩子隐居于闹市而平淡一生，可她也希望当伯服被推到风口浪尖时也一样能承担大任。不过褒姒清楚，伯服是在保护自己，带她离宫，无非是一个惶惶不安的儿子不想让母亲伤心而已，千言万语汇成了一句："这是哪儿？"

“离开镐京一夜了。”伯服低着头，扯着自己的衣角。

“要去哪儿？”

“晋北。”

“为什么？”

“娘在宫里，一心一意待父王，可父王不能承娘这份情。宫里的人都说，郑伯对娘好，儿臣就想带娘去找郑伯。”

褒姒撩起裙子，从马车上跳了下来，站在伯服面前，她比坐在马车上的伯服高出不少，她站在他的面前挡住了刺眼的朝阳。她轻启朱唇，声音不大：“你父王待你，一心想让你承担帝王之命，你不也没承这份情吗？”

“父王哪里有如此待我？”

褒姒叹了口气：“你知道什么是家人吗？”

“就是用尽一切手段和方法都要去保护的人！”年幼的伯服郑重其事地说。褒姒笑了笑，用手揉了揉伯服的头发，用眼中的温柔否定伯服，这叫伯服十分不满，“难道不是这样吗？”

“家人就是不管他们做了什么，都要原谅；不管他们遇到什么，都要支持！”褒姒转过身踩在马车上，又坐了回去。伯服看着褒姒揣测不定她要做什么，便开口问道：“娘要回去？”

“你父王是我的家人，你又何尝不是？掉转方向吧，我们不去晋北！”

“去哪里？”

“去褒国吧……”褒姒叹了口气，天下之大到底没有容身之所，最后人们从哪里来的，还要回到哪里去。

“娘……”伯服看着自己的母后，“不回宫了？”

“既然出来了，难道还要你再带着我回去，向你父王低头认罪？”

“其实父王曾追上过我们。”伯服犹豫再三还是将这句话说了出来，这叫褒姒一怔，看着伯服没有说话，她不知道说什么合适，沉默了良久，伯服一面驾着马车一面向褒姒继续说道，“父王要我回宫，我恳求父王放你我一条生路，若在宫里，娘迟早会被逼死的。”

“然后呢？”褒姒其实不必问也知道结果了。

“然后父王就走了。”伯服说道。他的表情也有些难过，他带着母亲离了家，扔下一个身扛重负的父亲独自在那里。饶是心中再劝慰自己父王今日的果是他昨日咎由自取的，可始终觉得周王宫涅离开时的背影孤独落寞。

褒姒拍了拍伯服的肩膀：“隔天涯之远，犹在身边；处眉梢之近，遥不可及。”

伯服对褒姒这话似懂非懂，他点点头，带着自己悲戚的心朝着秦国的方向慢慢驶去。

如今的宫里，一派苍凉。太子殿下带着王后离了宫，饶是周王宫湦对外宣称的是自己送太子和褒后离宫休养，不日则还，可始终堵不住悠悠众口，人人都说周王宫湦如今众叛亲离。

听闻褒后离开，秀秀一怔，没想到自己的咄咄逼人会将褒姒从这里逼走，她坐在房中出神，往事一幕幕浮现在脑海中。她第一次见到褒姒，是郑夫人央着周王宫湦宣褒姒来华辰殿跳舞，就是在这里。她是个下人，站在台下看那位被传得神乎其神的女人在台上翩然起舞，那骨子里的清高、那眉宇间的不屑、那姿态中不食人间烟火的妖娆，叫秀秀过目难忘。

她始终觉得她和褒姒是两个世界的人，可以远望，却不会有交集。

后来事情的发展方向令秀秀出乎意料，郑夫人和褒姒的联手，叫这两个原本永远都没有交集的女人开始了往来。郑夫人几起几落、命途坎坷，褒姒虽没有封位，可以一种大无畏的精神挡在了郑夫人前面，令人望而却步。在周王宫湦将整个王宫丢弃不管的时候，她拾起了这个重任，保护着这里的每一个人。

扪心自问，这宫里谁不曾受过褒姒照拂？

那时候的秀秀对这位清冷的女人产生了发自心底的尊敬，几经磨难，是褒姒向她伸出了温暖的手，将她拉出了不堪。后来跟褒姒去琼台殿，她也是发自内心欢喜。若是人生能停在某个阶段止步不前，该多么美好！

秀秀倚着窗户叹了口气。

“事到如今，你该告诉寡人真相了吧？”周王宫湦的声音传来，将秀秀的思绪从过往拉回了现实。当她摇身一变从下人成了夫人，却比以前更加痛苦，她转向周王，眼神平静：“大王需要吗？在你的心中早就有了真相，不是吗？”

“寡人怎么想是寡人的事，这不意味着你们就不需要说了！”周王宫湦很严肃地说，“寡人怎么想，评判的是褒后其人；你们怎么说，评判的是你们自己！”

“大王早就知道我在撒谎了，又何必非要让我亲口承认？”秀秀兀自笑了。

“你知不知道……”周王宫湦看着秀秀良久，他知道她为什么恨褒姒，“杀你腹中之子的人不是她，是姜婉！她承认，是要保郑家、保掘突、保寡人的江山！你自始至终，都怪错人了！”

秀秀一怔，不停地摇头："不是的，不是这样子的！"说着她的两行清泪就慢慢地流了下来，蹲在地上捂着胸口痛苦得不能自已。

"你难道不了解她吗？她对你，下得了这个狠手吗？"

"我……"秀秀环抱着自己，她没想到自己铆足了劲儿害的却是那个最有恩于自己的人。周王宫湦叹了口气："你不知道她为了你同寡人争取过多少次、争执过多少次，到头来却没能保护住你，她的心比你还痛。你若想走，就走吧，寡人放你走。"

秀秀哭着摇头："天大地大，哪里是后宫女人的容身之所？"

周王宫湦猛地一怔，秀秀这话一语双关，她说的不是她自己，还有离开这里的褒姒。褒姒曾给周王说过，入了这个宫，她的家人就只剩下周王宫湦一人而已，她是被伯服迷晕了带走的，若他去追是不是能将她追回来？可是追回来了又如何，不过是对她无休无止的折磨。

秀秀看着周王宫湦若有所思，知道他在想什么。他很想去追褒姒，却害怕自己是困缚金丝雀的囚笼，害怕夺走了本该属于她的天空，他放手让她去飞，可她想要的却是他的肩膀和胸怀。

文朔当日没能出兵，因为宫里发生了太多事，熊宁一死，楚侯的态度难测，周王宫湦不想冒这个险。而郑伯友也传回消息，说成师已经联络到，只等大王下一步的谋划了。周王正在犹豫要不要召回郑伯友，因为他不知道该怎么面对去投奔郑伯友的褒姒！如今她走了大半年，从冬日到了炎炎夏日，眼看一转眼又是秋末，诸侯入京，可这一年来周王宫湦没有得到她一点消息。

正在周王宫湦犹豫不决的时候，华辰殿传来了秀秀自尽的消息。从褒姒走后，他告诉秀秀当年小产的真相，秀秀就一直魂不守舍，他偶尔也来看看她，她偶尔还能笑得出来，大多数时候却是一个人对着窗外的荷花池发呆。前两日他才去看过她，问她该不该请郑伯友回来，她一言不发，如今为何要自尽？她明明知道褒姒不会怪她，为何还要这么做？

周王宫湦急匆匆地朝华辰殿去了，秀秀给他留下了一封遗书，内里只有寥寥几个字，她告诉周王宫湦，褒后纵然是在天空中徜徉的大雁，她要的也只是一个帝王的胸怀。褒后离宫纵然对他有诸多怨怒，如今这一去饶是多么不愿回头，可她想要的也只是他的台阶。秀秀说，自己和褒后主仆一场，她不能奢望褒后亲手料理她的后事，可希望在她死后褒后能献上一束花，请她原谅自己。

秀秀自始至终没告诉周王宫湦自尽是为什么，可周王宫湦却读懂了秀秀的意思。周王宫涅在秀秀床边坐了一夜，第二天天色微亮才起身出门，吩咐下人将秀秀安葬在郑夫人墓旁，免得她在路上孤孤单单。

回到显德殿，周王宫涅叫来了隰叔，请他下诏请回郑伯友，也将秀秀的死讯带给他。秀秀用一死，换来的是周王给褒姒的台阶，她死了，褒姒总该回宫看看的。安排了这一桩桩的事情，周王宫涅去了一趟东宫，坐在空荡荡的宫殿里，一手压在额头上，心中汹涌澎湃，片刻不得安宁。他好思念褒姒，却不知她身在何方，更不知道此番郑伯友入京他是否会如愿见到褒姒，在江山和美人中若是非要做出个抉择……想到这里，这位周王便摇了摇头，若是褒姒的存在是要让他舍弃江山，他还会爱她吗?

太难了，得怎样倾世的爱情才能至此?

一个月后，郑伯友奉旨入京。

门外侍立的下人忽然来报，说郑伯友来了。周王宫涅一怔，忽然觉得有些紧张，从小到大从未有过如此害怕的时候，像是在等自己的命运被人宣判，是福是祸……一点由不得自己。

“大王？”下人看着怔怔出神的周王宫涅唤道，“大王？”

“啊？”周王宫涅猛地转过身，下人指了指门外：“郑伯从晋北回来了，正在门外候着呢！”

周王宫涅面上的表情既严肃又有些害怕，他在设想郑伯友进来后的可能性：要么褒姒在郑伯友那里，听闻了秀秀过世的消息和郑伯友一同回来了；要么褒姒在郑伯友那里，便是知道了秀秀过世也不肯回来；最后就是褒姒根本不在郑伯友那里……最后这个想法只是一闪而过，他希望褒姒不在，可又希望她在。她若是不在，他就不知道她还能去什么地方，一个人是不是安全，会不会遇到什么危险。

“叫郑伯进来吧！”

“是！”下人将郑伯友请进了屋子，送他进门之前，这人还不忘叮嘱郑伯友一番，“最近宫里发生的事太多，郑伯说话最好客气些，不要再激怒大王了！”

“发生什么事儿了？”郑伯友一路奔回来，一方面是晋北的事情已经处理得十之八九了，他不敢耽误周王的局；二来是秀秀的丧事，叫他觉得有些意外，早前听说褒后离宫，他早就想问一问内情了。如今看见周王宫涅，郑伯友心中一凛，原本那个魁梧、健硕的大王变得瘦削沧桑，他行礼拜谒道：“参见大王！”

“三叔不必客气！远道而来，旅途劳顿，辛苦了！”

"听闻郑夫人一事，不敢耽搁，马不停蹄赶来。如今成师和微臣已经达成协议，所签订的契约微臣也带来了！"郑伯友上前一步，手中拿着一卷竹简双手呈递给周王宫涅。周王宫涅接过竹简颔首，对晋北之事根本就不关心，满脑子都在期望郑伯友赶紧提到褒姒，好将话题扯到她身上，心里虽然这么想，可面上却不能这么说："之前宫里发生的事，郑伯都知道了？"

"略知一二。"

"如今郑伯既然回来了，就留下吧！也是时候打压虢石父一派的气焰了。"

"是！"郑伯友总觉得今日的周王有些奇怪，继续问道，"宫里发生了什么事情？"

"郑伯不知道吗？"

"我……"郑伯友指了指自己，不知道自己该知道什么，"微臣只知道郑夫人过世的消息，还有褒后、伯服离宫之事，余下的一概不知……还不知这两件事是为何？"

"只是如此？"周王宫涅强行打断了郑伯友的话。

"是。"

"别的事情你都不知道？"

"还发生了什么事儿？还是褒后出事儿了？"

"褒后不在你那里？"

"褒后为何会在我那里？"郑伯友脱口而出，满面不解，说完这话才意识到宫里发生了一件什么样的大事儿。褒后离宫是离家出走，扔下周王宫涅一人不管不顾，郑伯友无法想象褒姒怎么可能做得出这样的事情，"宫里到底发生什么事儿了？"

"真的不在你那里？"周王宫涅根本就没有听见郑伯友在问什么，自顾自地说下去，郑伯友再次确认，周王宫涅才意识到大事不好了，"不在你那里，那会去什么地方？糟了……"他一拍桌子站起身来，"寡人得派人去找她和伯服，十之八九是半道上出了事，该不会是遇到了什么危险吧？"他越想越不安，起身就朝外面走去，而郑伯友却拦住了冲动的周王宫涅："大王的意思是褒后和太子殿下并非您送出宫的？"

"伯服曾说要带她去你那里，若是没和你会合，怕是半道上出了事……"

"为什么伯服要将褒后带去我那里？大王不妨将此事细细告知在下，在下琢磨一番，从长计议！"

周王宫湦有些犹豫，吞吞吐吐了半晌才将先前杀申后的事情娓娓道来，将自己是如何冤枉褒姒，如何冷落褒姒，如何责问褒姒的事情和盘托出。郑伯友安静地聆听，最后劝慰道："大王的误会无可厚非，微臣也曾不止一次误会过褒后，更何况申后、楚夫人和郑夫人三人从未商议过，众口一词说褒姒谋杀申后，此事若是发生在我身上，我也深信不疑……"他说完叹了口气，他对褒姒的误会哪里需要三个人，一个人就足够了。

"你不懂，你不懂……"周王宫湦摆着手原地转了两圈，十分焦急，"寡人根本就不该怀疑她，寡人怎么能怀疑她呢？"他说着摆出一副不想再和郑伯友聊天的表情，急不可耐地朝外走去。他要去太宰宫调拨一批人手从镐京城出发前往晋北，一路搜寻褒姒母子的下落，可是郑伯友仍拉着周王不放："去晋北找在下是太子殿下说的，还是褒后说的？"

"伯服……"周王宫湦说道，"她一直没和寡人说话。"

"那大王不必找了，褒后绝不在晋国！"郑伯友感到有些失望，起初周王宫湦一口咬定褒姒在晋国还叫他有些期许，可郑伯友却十分清楚以褒姒的性格，她绝对不会去晋北，便是天下只剩下他一人了，她也不会来……

听着郑伯友这话，周王宫湦转过头看着他："你说什么？"

"褒后绝不会来晋北的……"郑伯友沉吟良久，然后说了一个自己都十分不情愿承认的事实，"除非来晋北找在下能帮得上大王……"

听了郑伯友的话，周王宫湦忽然冷静了下来，想起当日自己在齐国与东夷交战时，镐京城几次接近沦陷，郑伯友想将褒姒带走，却没能成行。若非最后郑伯友对褒姒用强，将她打晕了，只怕她早就死在这宫里了。便是那样，傻傻的褒姒仍然要回来送死，她怎么可能真的如同伯服预计的，前往晋北寻求庇佑？

"那她……会去哪里？"

"除了这王宫，她只有一个家，还能去哪里？"郑伯友叹了口气，发现周王真的是关心则乱。褒姒绝不可能去一个周王宫湦找不到自己的地方，这么长时间了，她等的无非是他给的台阶罢了。当日离宫的是她，如今总不能再腆着脸回来吧？

周王宫湦恍然大悟，砸了砸自己的脑袋，这么简单的道理怎么就想不到呢？

那日褒姒醒来后，叫伯服掉转方向朝褒城去了，她想再看看如今的褒家变成了什么样。人去楼空的褒城褒家，一片破败，窗户上的挡风纸已经残破不堪，到处都落满了灰尘，皑皑白雪积在了家中的桌案上，这里曾是自己最熟悉的地方，如今看来却无比陌生。

她和伯服用了三天的时间才将这里收拾出来，她一直寄居在此，偶然打探一下犬戎和申国的消息，写在竹简上兀自叹了口气，又将竹简烧了。伯服明白自己的母亲是思念父王，他贸然带她离宫，如今连回宫的退路都没有了，他极尽所能地逗她开心，可是她的笑却始终有些苍凉，那不是开心，是应付，她不想伯服跟着自己一起不开心。

“娘，”伯服凑到了褒姒面前，“咱们回宫吧？”

“再等等吧！”褒姒总是这么回答伯服，叫伯服不知道褒姒在等什么。

褒城虽远，可镐京城的消息还是会传来，中原熄了战火，平了纷争，这一年是褒姒入宫最为平静的一年，是暴风雨前的宁静还是周王宫湦不想作为，褒姒也不知道。周王宫湦对外宣称她和伯服是出远门避世了，不日就回，这是给她留了台阶的，好让她在想回家的时候，不必有家不能回。

如今在褒城，事事要靠自己，伯服终于能体会一个父亲的艰辛，纵览全局，他也能够明白周王的良苦用心和诸侯的诡谲奸诈。秀秀的死讯传来，褒姒和伯服俱是一愣，面面相觑，良久无言，一时间不知该说些什么，屋子里被一种奇异的沉默所压抑着。

伯服感到了歇斯底里的痛，秀秀伴随了他整个童年，这个女人的一颦一笑都在他的脑海中浮现，不断地回放那些过去的画面。

“娘……”这一日，伯服从屋子外面飞奔回来，不知道又带来了什么消息，还未走进房中就大声地叫道，气喘吁吁，刚到门口就迫不及待地喊，“父王来了！”

褒姒一愣，以为自己听错了，朝门外走去。周王宫湦灰头土脸，风尘仆仆，手中牵着一匹同他一样的马站在褒姒面前。他的目光深邃，盯着从屋子里走出来的褒姒，仿佛时光倒流，回到了他们在晋南雪山中相守的那段时日。她呆呆地看着他，这画面曾在脑海中勾勒了无数次，可如今真的见到了，她的脑中却一片空白。

“父王，孩儿错了！”伯服打破了沉默，“咚”的一声跪在了周王面前，叩了三个响头，“孩儿不该自作主张，不该擅自带母后离宫，还请父王原谅孩儿！”

周王宫湦将伯服扶了起来，将他抱在怀里，八岁的孩子重得压人，可他还是那么岿然不动地抱着这孩子：“我来晚了……”他的话带着长长的尾音，是一串哀怨的叹息。

“来得刚好，晚饭做好了，一起吃吧？”褒姒许久才缓缓开口。

周王宫涅大步朝着褒姒走了过去，起先是走，而后是跑，跑到了褒姒面前，放下怀中的伯服，一把将褒姒搂入怀中：“是寡人来晚了，来得太晚了。当初我不该怀疑你，不该怪你，你要走我该拦着你，不该让你一个人流落出宫……”他捧着她的脸，如今的褒姒憔悴了不少，瘦削了不少，可这位周王也好不到哪里去。褒姒轻轻地拍了拍周王的背：“过去的事情就不必再提了，既然来了，就吃饭吧！不然汤又要凉了。”

周王宫涅握着褒姒的肩膀，重重地点头，深邃地看着她。

“父王？”伯服拉了拉周王宫涅的衣袖，“这些天，我虽没叫娘受委屈，可孩儿的任性却着实叫娘吃了不少苦。如今孩儿才了解父王在宫中的不得已，孩儿屡屡自作主张险些坏了父王的安排，还请父王恕孩儿愚鲁。”

周王宫涅看了一眼褒姒，知道这话一定是她给他说的，他们临走前，他还怒气冲冲地找褒姒兴师问罪，说她到底是怎样教的伯服，将他教成了一个狠辣之人。他根本就不必问她，就该知道她有多冤枉了，周王宫涅心中一痛，用深邃的眼神表达了自己对她的爱意，褒姒微微点头，叫他进屋吃饭。

那间简陋的房子，猪肉还冒着热气。

在真正重逢之前，周王宫涅想过很多种他们重逢的画面，却永远也想不到他们的分别与误会竟被褒姒这么轻描淡写地带过了，就好像他们还在宫里，他只是许久没来东宫而已。周王宫涅吃了一口菜，握住褒姒的手：“申后醒了。”

“臣妾知道。”褒姒夹了一筷子菜放在周王碗里，“大王觉得这些事还需要同臣妾说吗？”

周王宫涅沉默了片刻，也给褒姒夹了些肉：“你瘦了。”

“大王也是。”

“思念心切，妻儿流落在外，不知你们的近况，寝食难安。伯服说你们要去晋北，本以为有三叔照拂，寡人不敢打探消息，不敢问！寡人已经褫夺了虢石父大半的权力，召回三叔任职司徒，这才知道你根本没去晋北，我以为你们出了事，不知道如何是好！”

“叫大王记挂了……”

“寡人决定遣散后宫，不管天下多少女人，寡人只要你一人！”周王宫涅的目光凝重，看着褒姒，握着她的手，“你只是寡人的妻子而已。”

“大王？”褒姒惊讶地说道。

“此事已经交隰叔去处理了，你不用再劝。”周王宫湦用手指轻轻地拨了拨褒姒额前的刘海，在她的额头落下了一个很轻很轻的吻。

褒姒有些尴尬，伯服还在这里，她开口说道：“大王一路上旅途劳顿，风尘仆仆，怕是没什么胃口，我去放些水，你早些休息吧？”

“也好！”周王宫湦点了点头，看着褒姒起身去了后面的厢房，他便和伯服草草聊了两句，吩咐他早些吃完早些休息，便赶紧跟去了后面的厢房。放了热水的屋子满是氤氲的气氛，潮气蒸腾在屋里，一抹雾气浓重。周王宫湦靠在沐浴的木桶边上，双手撑在木桶边沿，看着褒姒低声说道：“谢谢你。”

“谢我什么？”褒姒面上带着浅浅的笑意，可这笑却将人拒之千里，比大吵大闹更令人难堪。她像是根本不在乎周王宫湦曾对自己的伤害，这若不是爱得太深，就是完全不爱。周王宫湦对自己一点信心都没有，他不敢抬头看褒姒，转过身去背对着她将衣服从身上脱了下来：“谢谢你在伯服面前给我留足了面子。”

“我没想过离开。”褒姒走上前去接过他手中的衣服，“可既然伯服已经将我带了出来，我若将他强行带回去，这孩子的心在外面，大王拴不住，索性叫他出来看看，他才能知道自己肩上的这份责任重大。”

“离开前，你说的那些话还在我耳边嗡嗡作响……”周王宫湦拿着她的手在自己的太阳穴上揉着，表情苦涩，“我根本就不该怀疑你，竟然还去质问你，今日你若和我大哭大闹，任性发火，我都能忍，也都认，可你没有，轻描淡写几句话。那日你信誓旦旦以性命要挟就像是从未发生过，是我在你的心中再也没有了一席之地，还是你对我早已失望透顶，不再给自己任何新的希望？”

“那日是我太过鲁莽了，有些话若我早和你说，根本不会有那么多误会。”褒姒替周王宫湦宽衣解带，他又不得不重新转向她，伸出手任凭她替自己将身上的衣服脱下来，“那日我本想说，大王根本没打算动楚国，只怕楚侯是同大王商议好了之后同申国结盟的，而后大王攻打申国，申国必定有恃无恐，楚国和大王能杀他一个措手不及！”

周王宫湦听了褒姒这话，吃了不小的一惊：“你知道此事？”

“怎么可能不知道，我在你身边八年，和你共同决策，大王如何布置，我便不能看得十分确切，可始终能看出其中的门道。”

“若非秦国乱了这局，我也不会让楚国和申国佯装结盟。”

“大王以为此事是我吩咐嬴开去做的吗？”

周王宫湦沉默不语。

“大王知道我为什么最后不生气了吗？”褒姒将周王宫湦全身上下的衣物都脱了，轻轻地拍了拍他的胳膊，叫他入水。周王翻身而入，溅起一片水花，躺在水中仰头看着褒姒等她继续说下去，“因为大王曾说过，你若不爱我，又怎么会怀疑我？你纵然怀疑我，可还是将一切都给了我。便是知道我可能利用嬴开与你作对，杀了申后，让秀秀小产，可你还是想保我不是吗？就算是力压群臣，你也想保我一条命不是吗？大王已经做到如此，臣妾不再奢求其他了！做了大王的女人，总该承受一些别人所不能承受的，否则何不嫁入世俗百姓当中，这一生也自得其乐。”

周王宫湦看着褒姒，心中涌动了千言万语，他想和她诉说对她的思念之情，想和她说一说这些日子里宫中的凄苦和冷寂，想要说他知道自己误会了她之后的那番痛……可是最后这千言万语只汇成了一句话：“对不起！”

褒姒弯下腰将脸颊贴在了周王的面颊上，她握着他的手，仿佛能感受到这位大王因为一个女人而产生的不安：“谢谢大王。”

“从今往后，寡人绝不……”周王宫湦想向褒姒起誓，可褒姒却没让周王宫湦将这话说下去，而是吻住了他。未来的事情谁也不好说，不管周王宫湦想要起的是什么誓，都很难说会不会时移世易，毕竟世事无常。她没有叫他将这话说下去，褒姒的聪慧周王宫湦一清二楚，将这誓言也收了回来珍藏心底，他想说他绝不负她，他想说他这一世必全力护她……这些话他也觉得没必要再说出来了，他只需要告诉自己，然后一生一世竭力去做到就是了。

第二日，褒姒带周王去了褒家墓前，她看着褒珦的墓碑，轻声叹息：“当日秦世子求娶，父王不满，我一直不知道他到底想让我嫁给谁。”

“谁？”周王宫湦不解地问。

“从我失去母亲，父亲就让我学习跳舞、音律、诗歌……嫁给谁才需要懂这些呢？”褒姒看着远方，喃喃自语，“秦世子一介莽夫，不需要臣妾懂声乐舞蹈，父亲连世子都看不上……那放眼天下，他要我嫁的唯有一人。”

“寡人？”周王宫湦没想到答案是这样。

“想来……只怕是了！”褒姒点了点头，仰头看着周王宫湦，“大王自登基之日起就荒废了朝政，不愿上朝，不理国事，大小事务都交由虢上卿、尹大夫和祭公一行来打理。自己沉溺于声色，每日迷恋舞姬献艺，更叫虢上卿搜罗天下美人进献，在大小宫殿之中轻歌曼舞……而父亲却教臣妾跳舞，不正是要将臣妾献给大王吗？”

"如此说来……"周王宫涅觉得褒姒说得应该是对的，"从一开始褒珦就布好了局，只等寡人入局了？"

"从结果推过程，一切都像是被人算计过，父亲故意入狱，褒家好将我献给大王，我得宠，然后丹凤朝阳做了王后。可事实呢？他怎么想得到他会入狱，我会入宫，又怎么得宠，这些年又怎么会发生这么多事情让我有机会成为王后……都算得准，那还是普通人吗？"

周王宫涅捋了捋褒姒的青丝："是了，说到底是你我的缘分太深，一步步地走到今时今日，相遇最易，相知难，而想要相守一生则要小心翼翼。你如今是寡人手中一颗璀璨的明珠，寡人捧在手里怕吹到你，含在嘴里又怕把你化了。"他看着身旁的娇妻，心中被填得满满当当。

"秀秀的事，臣妾想问。"褒姒犹豫了一下还是问了出来。

"你一直没提，寡人以为你还没得到消息，正犹豫着怎么告诉你。"周王宫涅说到这里顿了很长时间，"秀秀伤了你，自诩对不住你往日的恩情，又没颜面再见寡人，唯有一死。秀秀走的时候曾留下了遗嘱，叫寡人找你。"

"若非她说，大王便不来？"

"不是……起初我以为你在晋北，去寻三叔，寡人以为你终于将寡人从心上拿开了。寡人想派兵去晋北将三叔请回来，可是又怕……"他握着褒姒的手，将褒姒的手放在自己的胸口，褒姒点了点头，对他的这份恐惧表示理解，周王宫涅继续说下去，"秀秀一死，他和你回来就合情合理了，不管我们之间有多少误会，多少怨恨，只要见到人，我便能想法挽回你。可郑伯来了，寡人才知道你不在晋北，我几乎以为你们被人掳去，差不多都要发疯了。"

褒姒将头抵在了周王宫涅的胸口："是我欠秀秀的。"

"不关你的事，是寡人没处理好，从今往后寡人不会让你再受委屈了，也不委屈别人，所以寡人疏散了后宫。"周王宫涅抱着褒姒，"别拒绝寡人，叫寡人为你做些事情，你可知我承你恩惠，多么诚惶诚恐，你的波澜不惊叫我对自己几乎失去了信心，满心所想的只有一件事，就是不知道我的褒姒还爱不爱我，不知道我还值不值你去爱！"

褒姒的眼泪顺着面颊滴落了下来，饶是过往给自己做了再多的心理建设，告诉自己不要紧，周王宫涅怎样对自己都不要紧，一家人最重要的是包容，可听到这句话的时候她还是哭了，哭得歇斯底里，哭得十分动情，用手捶打着周王宫涅的胸口，口中呜呜咽咽地像是对多年来他对自己不公的控诉。他将她紧紧搂住，用坚实的臂膀给了她力量：“和我回家吧？”

“嗯……”褒姒用含混不清的声音说道。

“明日启程？”周王宫湦又问道，迫不及待地想带褒姒离去，就害怕稍微耽误片刻，褒姒就改了主意。褒姒停止哭泣，用抽抽搭搭的声音说：“其实大王根本不必亲自来，差人送封信，我和伯服自然会回去的。”

“相公将娘子气回了娘家，你听过哪家的相公是叫下人来捎句话，娘子就会乖乖地跟着这下人回家的？”周王宫湦问道，这话叫褒姒破涕为笑，轻轻地又捶打了周王宫湦的胸口两下。

第七十二章

周王借兵讨申侯，褒姒设计杀卫人

时隔一年，一家三口总算能回宫团聚。他们一行不动声色地回到宫中，立刻召见了隰叔安置东宫大小事务，东宫燃上了烛火，泛着通红的光晕，却无人知道是褒姒从宫外回来了。周王向隰叔询问最近宫里的大小事务，隰叔上报将疏散后宫一事打理了十之八九，可申后和卫夫人都不愿离去。

周王宫涅询问了褒姒的看法，将二人留了下来。

如今正值诸侯入京，周王刚一回宫便事务缠身，脱不开身。褒姒便去了一趟王陵，秀秀的墓碑前远远望去站着一袭青色身影，瘦削儒雅的轮廓，卓然而立的气质，背对着褒姒站在秀秀的墓碑前，半晌没有动作。直到听见身后的脚步声，郑伯友才猛然转身，看见的竟是褒姒的明眸皓齿，她用淡然的声音问候道："许久不见。"

郑伯友看着褒姒出神，而后才缓过神来，意识到自己失态："参见褒后。"

"郑伯不必客气，"褒姒挥了挥手，叫一旁的下人将祭祀的用品摆到了墓前，她朝后退了一步，看着墓碑上秀秀的封号，"是我害了她。"

"此事我听大王转述了个中原委，和你又有什么关系？"郑伯友从墓碑前走下来，将位置腾给了褒姒，"只能说是命运弄人，或许这命运对秀秀是有些残忍了，可对你又何尝不是？流落在外多日，风餐露宿，吃了不少苦吧？"

"比起你们在堂前运筹，我哪里算是吃苦？远离宫里的纷争，对我来说或许是件好事儿。若不是因为我，秀秀还能活很久……”褒姒叹了口气，用指腹轻轻地拭擦了一下眼角的泪花，“我八年前入宫，时至今日身边的人换了个遍，连后宫的女人都换过几轮了……”

“他为了你，不惜遣散后宫，一个女人都不再留下来，你以后能少受些委屈了！”郑伯友宽慰道，这种物是人非的感觉他自己也深有体会，每每想起廿七也觉得痛彻心扉。可事情过去就过去了，不论你怎么挣扎，怎么努力，都无法再挽回了。

“忘记恭喜郑伯了！”褒姒岔开了话题，“当日前往晋北，我只当是自己连累了郑伯，却不想你同大王之间还有别的打算。如今又回到镐京，只怕这日后朝中的权力与言论就都是郑伯的了，以后大周江山还有劳郑伯了！”

对褒姒的这番客气的恭维，郑伯友不知该说些什么。褒姒没错，以一个王后的身份和口吻同他说这些，显得客气而疏离；可他也没错，过去的事情他以为放下了，可原来再见故人才发现自己什么都没放下。郑伯友叹了口气，这口气很轻、很薄，不敢叫褒姒有所察觉，仿佛今时今日对她还存着情是件难堪的事。

末了郑伯友想起什么：“姜婉发来的信中询问我你的近况。”

“倒是叫她费心了，”褒姒从秀秀的墓碑前转身下来，“郑伯是来看郑夫人的吗？”

“心里的事情太多，来这里走一走，反倒是能沉得下心来。”

“因为晋北的事？”褒姒转向郑伯友，这件事情周王宫湦没和她说，因为她从没问起。她不问是不想给他更大的压力，可也看得出晋北的事不是小事儿。“最迟明年开春，这件事总得做了，可我们还没有想到一个法子叫这事儿名正言顺！”

“什么事儿？”

郑伯友惊诧地问道：“大王没有同你说起过？”

“此事我从来没有问过，只是若要郑伯出面去做的事，只怕不简单！”

“承蒙褒后谬赞了，此事既然大王没同你说起，我也不便在这里嚼舌根了，迟早褒后会知道的，眼下还不急！”郑伯友将这话题岔开，“刚才的话还没有说完，姜婉的事情谢谢你了，若非你在宫里照拂，只怕姜婉在劫难逃。”

褒姒驻足良久，这番话所指褒姒心中有数，只是郑伯友提起却叫她惊诧不已：“姜婉将此事告诉你了？”

“看来我猜得不错。此事看不透的只有掘突一人，是我郑家对不起齐伯，辜负了托付爱女之情。此事若非您承担了全部罪责，我郑家在劫难逃！”

褒姒这才知道郑伯友先前的话不过是个试探：“便是我什么都不做，大王也不会让此事朝着最坏的地步发展的，郑伯还请放心。姜婉是个聪明的姑娘，经过了这件事自然会克己守礼，你也就不必再担心了；掘突也因此断了对秀秀的心思，能安心守住郑国，是件好事儿。”

郑伯友微微点头，胸口堵得慌，瞧着褒姒去郑夫人的墓前，便提前请辞离开了王陵，饶是他心中有再多的话，也再不能对人言了。

褒姒回到东宫，周王宫涅早就来了，还吩咐人做了褒姒喜欢吃的膳食，等着从王陵回来的她。他坐在案前和伯服商量刚才接见楚侯使臣一事，伯服不得不佩服自己母后远见：“起先母后和我说父王和楚侯绝不会真的决裂，我只当母后是随口说说，不想事情倒真是如此！”

“你母后对寡人的了解，远胜过寡人对她的了解，倒是寡人该好好反省了。”周王宫涅笑了出来。这笑意却有些难堪，他毕竟从来都没有为褒姒做过什么，因而感到了一股由衷的难过。

“父王要操心家国天下，可母后只关心父王一人，母后了解父王是自然的，父王疏于对母后的关心也是自然的，母后说一家人是不必计较这些的。”念儿用稚嫩的声音说道，周王宫涅将念儿揽入怀中，拍了拍他的后背：“今日父王所承担的，日后便是压在你身上的，今日你母后所承受的委屈便是明日你所爱之人要背负的，没人会为你们分担。”

“父王江山在握，得失相比还是得多吧？”伯服试探道，总觉得为王是个划不来的营生，“总归是大权在握，也算不枉此生，起码不必委屈、不必隐忍，比之诸侯、士大夫，少了些委曲求全和苟延残喘！”

“看！”周王宫涅苦涩地笑了，“连你都觉得诸侯和士大夫在寡人的淫威下要委曲求全，苟延残喘，你以为大权在握，你为天下效力，天下就会领你的情？为君者，贤明是应该，荒淫无度则是不该；昌隆算是无过，若江山不保便是宗族的罪人……天底下唯一出力却不讨好、付出没有回报的只有君主。”

“那何必做这个大王？”

“总得有个人做不是？”周王宫涅淡淡地说道。他这一生，离经叛道，早就想好了世人会在他的功过写上怎样的一笔，也想好了百年之后遇见自己的先祖，他们会怎样诟病自己，事已至此何须再去顾及虚名？“寡人准备再次兴师攻打申国。”

“大王心意已决？”褒姒不知何时从屋外走了进来，语气发紧。

“心意已决！”周王宫涅向褒姒伸出手，褒姒自然地将手搭在周王宫涅的手中，坐在了他的身边：“大王准备何时兴兵？”

“岁贡之后，杀申国一个措手不及！”

“臣妾想在这件事情上做个手脚，还未请教大王的意思！”

“什么手脚？”周王宫涅问道，褒姒却笑而不语，看了一眼伯服。这件事情她不想让伯服知道，拿起桌上的筷子递给周王：“先用膳吧，晚些时候再说。”

“嗯！”

褒姒在伯服面前闪烁其词，周王宫涅就猜到褒姒大概要杀人了，可要杀谁？晚些时候，用过晚膳，褒姒同周王回到寝宫，褒姒走在后面将寝宫的门关上，而后走到了周王身后搂住了他：“怎么心事重重的……”

周王宫涅转身捧着褒姒的面颊，在她的唇上落下了一个吻：“今晚原本想说什么？”

“卫夫人在宫中总归是不妥的，几次宫中出事，总有她插一脚，我担心留她下去虽惹不了大麻烦，可小事儿肯定断不了。”

“寡人也想过，秀秀、楚夫人和申后三个人没经过商量，众口一词地指认你杀人，应该是她在其中斡旋，后来寡人专门差人去探听了一下，果不其然，你出事之前，她倒是三家都跑得勤！”

“所以我们若是不作为，会沦为被动。”

“可寡人担心卫国……开战在即，若这个时候卫国掣肘，虽说对大局无甚影响，可总归是个麻烦！”

“所以这件事情要做得叫卫伯也无话好说！”

“你打算怎么做？”

“还没有想好，还不知大王打算如何同申国宣战？”

“今日楚侯派来的使臣向寡人汇报的事情，便是将这些年来楚侯和申国侵占的小国一一汇报给寡人的。待到祭天大典，诸侯汇聚京中，申侯还是不会来，但熊仪会到，他将手中小国交给寡人，将此事的罪责怪在申侯身上，熊仪一口咬死申侯要在南面拥立宜臼为王，而后兴兵攻打我大周。熊仪若这么说，朝中诸侯必定深信不疑，寡人曾与诸侯约法三章，我镐京城外骊山上的烽火台一旦点燃烽火，所有的诸侯就要不遗余力地派兵增援我大周，倾九州之力寡人就不信除不掉一个申国！”

“大王要杀宜臼吗？”

“宜臼不能杀，否则伯服之位难以坐稳。”

“事已至此，申后知道自己是众矢之的，要想通知申侯等人早做准备就必定要写书信差人送出宫去，这个信差由卫夫人来充当是最适合不过的了。”

“届时只要派人盯住卫夫人？”周王宫湦问罢不待褒姒答话就自顾自地点头，“而后便是杀了卫夫人也是名正言顺，这是通敌叛国之罪。”

褒姒凝重地点了点头，眉头皱得很紧。

周王宫湦的手抚在褒姒眉宇中央：“这把屠刀让寡人来握，你便在东宫相夫教子，不落人话柄！”

“臣妾不怕！此事若是大王出面，一个男人同个女人计较，面子上过不去，此事还是交给臣妾吧……”褒姒加重了语气，“大王何必和臣妾争执？不管卫夫人死于何人之手，于你我始终脱不了干系，便是我不动手，难道这血就染不到我身上了吗？大王何时在乎过这些细节？”

“如今有了你，寡人想不在乎都不行了！”周王宫湦兀自叹了口气，笑了出来，“这场仗寡人没有必胜的决心。”

褒姒伸出手揽住了周王宫湦的脖颈：“这世上没有必胜之战。”

周王宫湦拍了拍褒姒的背，吻了吻她的脖颈：“今日你去王陵遇见郑伯了？”

“嗯！”褒姒松开了周王朝床边走去，她在床榻上坐下来，仰头看着周王，“郑伯同我说了些晋国的事，见我并不知情就没再说了。臣妾先前一直没问过大王晋北之事，是不想给大王再添压力，不知此事如今布置好了吗？”

周王宫湦点了点头。

“您要废晋伯？”

“是！成师已经找到了，没必要再留姬仇了！寡人兴师攻打申国，一方面是叫申侯不敢妄动，一方面是将晋兵南调，掘突带领郑国，直取晋北，助成师拿下晋国，作为回报，成师让三座城池给郑国，郑伯友百年后，将封地并入大周，如此，郑、周合二为一。”

“大王笃信郑伯友会这么做？”

“就是郑伯友肯，掘突也未必肯，可是事实总有意外。”

“什么？”

“姜婉……”周王宫湦叹了口气，“或许是报应吧，回到郑国后姜婉就小产了，医生诊断说她此生很难再怀上子嗣，郑伯是祖父别子，继别为宗，如今只传一代便无后了，并入大周无可厚非！”

“姜婉无出，掘突可以再娶。”

“齐伯不会叫他这么做的！”

“为何？”

“因为寡人不高兴！”周王宫湦这话叫褒姒看着他忍不住笑了出来，这天大地大，一句“寡人不高兴”真的可以撼动九州，就像这场烽火狼烟。诸侯齐聚镐京城之日，前朝的气氛一片压抑，沉默得令人望而生畏，汗水顺着额头涔涔而落，士大夫无不用手中衣袖擦着额头的汗水。楚侯熊仪照理又是诸侯中最晚一个进京的，可今年他的入京对申侯一派来说，是场灭顶之灾，断了所有人的生机。

熊仪入京后的第一件事便是控诉申侯，此事一如当初设想，震动朝堂。楚侯上表将掠夺的小国上贡周王，请周王宫湦二次分封，以此请罪，将罪责都加诸申侯。

周王宫湦大发雷霆，他面色黑沉、声线发紧，斜倚在桌案前，嘴唇紧抿成一条苍白的唇线：“楚侯受申侯蛊惑，如今能将此事悉数告知寡人，也算立了大功，如今功过相抵，寡人不追究了！”

“谢大王！”熊仪这话叫在场的士大夫们心中腹诽，总觉得此事十分蹊跷。楚侯的反复无常令人摸不着头脑、周王宫湦如此轻易地宽恕更不像他的作风，可这话谁也不敢说出来，朝堂上安静得令人发指。周王宫湦清了清嗓子，咳嗽了两声坐直了身子。他一坐直，台下的人就莫名地缩起脖颈，他环顾满朝文武：“申侯目无大周日久，岁贡不来，宜臼不还，寡人原本想睁一只眼闭一只眼了，如今宜臼却在南面蠢蠢欲动，申侯更是助纣为虐，杀伐不止，民不聊生，寡人若再纵容便是对不起我大周江山，对不起我大周臣民！”他说完拍案而起，朝堂上却是一片寂静。

“你们说，寡人该怎么做？”周王宫湦瞪着满朝文武，大家眼观鼻，鼻观心，一言不发。当日周王宫湦要打申国，多少诸侯为申侯辩驳，如今铁证如山，宜臼谋反板上钉钉，谁也不敢再多话了，生怕周王宫湦顺便清算旧账。

“没人说话吗？”周王宫湦问道，“没人说话，就从上卿开始发言，寡人听听你们怎么想的！”这话叫在场的人都倒吸了一口凉气，相互看着周遭的人，都在指望谁能站出来说两句，将周王的询问搪塞过去。不知道过了多久，虢石父上前一步：“微臣有话，不知当讲不当讲？”

“说！”

“当日王子与嬴德联手，篡夺权位，大王心存仁慈，将他放还申国。王子宜臼不顾父子之情，不懂心存感激，非但没有洗心革面，还在南面作祟，蠢蠢欲动！大王迫不得已，废储君，立太子，宜臼因此起了反意，大王若再不攻申，只怕申侯同王子要以为大王惧怕他们，继续纵容，对我大周不利！”虢石父言辞恳切，句句在理。

“不错！”周王宫湦微微点头，“你以为该如何是好？”

“嗯……”虢石父沉吟了良久，自己说出去的话自己也接不住，转而看着隰叔，隰叔只好站出来：“大王若继续纵容，只怕日后诸侯会以申侯为标，届时我大周江山岌岌可危！”

“所以寡人该如何做？”周王宫湦颇不耐烦，其实人人都知道周王宫湦想听他们说出兵之事，可谁也不愿担这个责任。熊仪思忖片刻，既然已经将事情做到这个地步，就不能再畏首畏尾，他上前一步：“启禀大王，依微臣愚见，大王应当率兵攻打申国，以正大王之名！”

“好！”周王宫湦长喝一声，“寡人出兵，可有人相助？”

“臣愿助大王一臂之力！”熊仪的话音才落，齐伯也上前一步表忠心：“臣等愿助大王一臂之力！”紧跟着便是郑伯友：“臣等愿助大王一臂之力！”

诸侯从这沉默的队列中站出来向周王宫湦表示并不出自真心的忠心，这件事几家欢喜几家愁，齐、楚、郑一向亲周王，可余下的人说这话就有些心不甘、情不愿了，和申国一向交好的卫国、宋国更是说得勉强：“臣等愿助大王一臂之力！”

诸侯顾忌自己封地的一波未平，一波又起，不想出兵掺和，可人人都在表态，自己一言不发又不合适。嬴开担心犬戎、姬仇害怕成师，二人面色苍白中泛着一股惨白，也硬着头皮说：“臣等愿助大王一臂之力！”

“好！”周王宫湦很缓慢地鼓掌，面上是种欣慰的表情，“既然如此，待朝岁散去，诸位各自回国整兵！”

“微臣有话要说！”虢石父站了出来。

“哦？”周王宫湦斜睨着虢石父，“虢上卿还有什么要说的？”

“若是叫诸侯各自回国，只怕大家抵达申国先后不一，先锋必定损失惨重，后到的则拾了个便宜！更何况，诸侯同申侯关系微妙，放诸位回封地，他们会不会整兵攻打申国就不好说了，若是再向申国通风报信，叫申国提前准备，将我先锋赶制，此事就未必能如大王所愿！”

“依虢上卿之言，该如何是好？”

“依在下愚见，大王不妨下令关闭城门，禁止任何人出入镐京城，待祭天大典结束后，在骊山以烽火为信，各国见到烽火自会知道镐京城有变，待兵马集齐，我等杀申国一个措手不及不是正好？”虢石父这个主意并非他想的，是今日上朝之前，褒姒知会他的。

虢石父心中思量细细揣测着褒姒的表情，知道与褒姒为敌不是个明智的选择！如今这计是挟诸侯以令天下……此事周王早就知道，只是不能由他来提，只好借了虢石父的嘴，日后大战结束，诸侯被解除了软禁，再想去诟病，也只能诟病虢石父了。

果不其然，虢石父的话音才落，诸侯就将怨毒的眼神投在了他身上。

虢石父咳嗽了两声，他也十分尴尬，要么站出来得罪诸侯，要么退下去得罪周王。虽是一人与天下的区别，可是对他而言却差别不大。

早朝在这样的氛围中散去了，诸侯阴沉着脸，一言不发，从前殿退了下来。卫伯低头猛走，只想赶紧离开，可人还没出宫门，就被人挡住了：“卫伯？”

卫伯问道：“你是？”来者只说了句：“褒后有请！”

“褒后？”卫伯向来和褒姒没什么交情，今日有请，怕凶多吉少。卫伯下意识地擦了擦汗，毕恭毕敬地问，“不知褒后请在下所为何事？”

“你去了不就知道了？”

如今没了后宫，祭天大典一事，褒姒忙不过来，只得去请申后和卫夫人。二人如今寄人篱下，只得从了褒姒。卫夫人在东宫两日，又起了别的心思。先前她不肯离宫是盼着褒姒回来，周王能收回成命，在后宫她再不济是个夫人，若出去了，在母家就一点地位都没有了。

这两日褒姒请她帮忙准备祭祀，卫夫人又开始盘算借褒姒之口说服周王恢复她夫人的身份，褒姒没有一口否决也没有立刻答应，卫夫人拿捏不准，决定出卖申后来换取自己的荣华。当日申后嫁祸褒姒一事别人纵然不知，卫夫人却清楚，她将此事娓娓道来，褒姒轻描淡写道：“本宫不会同申后计较，她也没几天了，爱怎么过随她吧！”

“什么意思？”卫夫人心中一凛，看着褒姒有些木讷。

“楚侯派了使臣回来控诉申侯在南面所为，此事叫大王勃然大怒，准备兴兵攻打申国！如今诸侯齐聚镐京城，借诸侯之力攻取申国，你觉得本宫还有什么必要和一个濒死之人计较？”褒姒阴恻恻地问道，一字一句，抑扬顿挫。想起过往的种种，卫夫人浑身一个激灵："大王难道要杀宜臼？"

"子先不孝，父何必慈？"褒姒冷冰冰地问道，站起身便要回屋，边走边说，"我劝卫夫人管好自己的事，知道越多就越危险！"她似乎话中有话，叫卫夫人对自己的处境感到绝望，若是继续留在宫中怕是连命都保不住。可她也错过了逃走的时机，眼下唯一能指望的就是申侯得到消息，变被动为主动，率先攻入镐京城，一旦镐京城乱了，她就有了活路。想到这里卫夫人立刻起身去了申后冷宫，却不知道褒姒的目的正在于此，周王派的人一直尾随着卫夫人。

卫夫人劝服了申后给申侯通风报信，她提出自己愿意帮申后将这信带出宫去。申后不敢犹豫，立刻写了信交给卫夫人，此事就全权拜托她了。第二日一早卫夫人就匆匆忙忙地揣着申后的信函朝着宫外走去，走到西门外便被侍卫拦了下来："大王有命，任何人不得出宫！"

"我是卫夫人！褒后叫我去置办祭天大典一事，若被你们几个耽搁了，你们可负得起这责任？"

"哦？"褒姒站在卫夫人的身后，"本宫可不记得有什么东西叫你置办了。"

"褒……褒后？"卫夫人看着有备而来的褒姒，瞬间明白了来龙去脉，"你……你在试探我？"

"算不上！"褒姒摇了摇头，吩咐两边的侍卫，"带去地牢，本宫要亲自审问！"

"是！"侍卫将卫夫人押了下去。

褒姒转向身后的下人："今日早朝退下来，叫卫伯来地牢走一趟！"

"是！"那下人应道，转身去了前殿。此时卫伯跟在东宫下人身后，越走越觉得不对："这不是去东宫的路啊？"

"我何时说过褒后要在东宫见你？"

"不是东宫是在何处？"

"地牢！"

卫伯心里七上八下，不知道褒姒将自己约在地牢要做什么，声音也不自觉地颤颤巍巍了起来："微臣自诩从未得罪过褒后，褒后为何要将微臣置于死地？"

"我何时说褒后要你的命了？"

"那是？"

"你来了不就知道了？"这下人说罢越走越快，朝着地牢走去，走到地牢尽头，请示了褒姒后，推门而入道："褒后，卫伯来了！"

褒姒将袖子挽到手肘，跷着腿，手撑在腿上，看着被拴在绞架上的卫夫人，目不斜视地问了句："卫伯？"

"微臣在！"卫伯看见这一幕的时候腿都软了，"扑通"一声跪倒在地，"不知小女哪里得罪了褒后，小女无知，还望褒后海涵！"

"无知？"褒姒冷笑了一声，"她聪慧得很，她若无知，天底下就没有聪明人了！"她说罢将手中布帕扔到卫伯的面前。卫伯捡起一看，胆战心惊。攻打申国一事有多秘密，他在前殿上已经见识过了，周王宫涅不惜将诸侯软禁，就是说这场仗只许胜不许败，卫夫人还做了如此犯忌讳的事，帮申后将这个消息传出宫外，这令卫伯一时间求情的话都想不出来了。

"卫伯还有什么好说的？"

"这……这只是个误会吧？"

"卫夫人已经招了！她是去给申后送信的，本宫倒是忘了，卫国和申国一向沆瀣一气，如今大王要打申国，你自然也要站在他那边了？"

"微臣不敢！"

"不敢就是有这个心了？真是好大的胆子，此事要不要本宫告诉大王，叫他来问问你敢还是不敢？"褒姒这话，流露出的杀机逼得卫伯走投无路，此事绝不能让周王知道，若叫他知道，这诸侯之位也做到头了。卫伯狠了狠心，起身抽出身上的剑一剑刺入了卫夫人体内，剑贯穿了卫夫人的小腹。她不可置信地看着自己的父亲，满眼错愕。这场面叫褒姒也倒吸了一口冷气，闭上眼想起了自己的父亲。

"爹……"卫夫人叫了出来，鲜血满地。

卫伯闭上眼，狠下心将刀刃的方向一转，在卫夫人的腹上划下很长的口子。卫伯不敢睁眼去看自己的女儿，只向褒姒说道："微臣绝无背叛之意，还请褒后明察！"

"卫伯果然忠心，不惜大义灭亲！卫夫人既然是帮申后带信，她若不回去申后迟早会起疑的，卫伯觉得如何是好？"

"褒后不必担心，微臣去申后的宫里走一趟，说卫夫人被我送回卫国了，请她放心。"

"既然如此，此事便交给卫伯了！"褒姒站起来走到门外，又顿住了步子，却没有转过头，背对着东宫的人吩咐道："和太宰宫的人说，厚葬卫夫人，以夫人之礼将她葬在王陵。"

"何必将她葬在王陵？她死有余辜！"

"后宫的人，每个人都死有余辜。"褒姒笑了，这笑却比哭还令人觉得难过。褒姒怆然，回到宫中久久回不过神来，人们受到威胁时的狠厉、阴险让人觉得人性凉薄，而当日的褒珦却以最凉薄的姿态给了自己女儿最大的爱。周王宫涅晚上回来发现褒姒没来用膳，便问下人："怎么了？"

"下午卫夫人去了，从地牢回来，褒后就一直这样。"

周王宫涅去了趟寝宫，推门而入，走到褒姒身边坐了下来。褒姒见周王宫涅来了，下意识地将自己的身体歪过去靠在周王肩上："我想起爹了。"

"寡人知道。"

"在生命受到胁迫的时候，即便是亲人也会举刀相向。"。

"这些年这样的悲欢离合你见得还少吗？"

"我觉得自己幸运至极。"褒姒转向周王，"我叫人厚葬卫夫人，始终于心不忍，她这一生委曲求全，要的不过是个名分。"

"每个人在做决定的时候，就要为这个决定带来的后果负责。寡人决定攻打申国，也有可能铩羽而归，到时候寡人连江山都保不住！"

"那时候大王准备怎么负责？"

"带着你，离开这里。"周王宫涅握住褒姒的手，同她十指相扣，"经历了这么多，你以为寡人还放不下吗？便是赢了，江山交给伯服，寡人一样能同你相守于尘世当中，何必留恋宫中繁华？"

"但愿你能记得住今日所说的一切。"褒姒想向周王宫涅报以一笑，可始终没有力气笑出来，疲惫地倒在他的怀中，渐渐地合上双眼，沉沉地陷入梦乡。

最终章

烽火狼烟调诸侯，放手江山博一战

西周宫涅十一年末，深秋。

翠绿的骊山被黑色的狼烟所缭绕，黑云压来，如千军万马，大战在即。笔直的黑色狼烟在日光下透着耀眼的光晕，烽火台依山而建，延绵不绝，借着山势攀爬，狼烟笔直，自山顶冉冉升起，很快便一处接着一处，一山连着一山，延绵千里而不绝。

灰蒙蒙的天色很快被这黑云缭绕，片刻之间，狼烟便已蜿蜒到了看不见尽头的天边。

骊山脚下的瞭望台上，褒姒一袭红衣，发髻轻绾，朱红色的簪子在秀发中若隐若现。她挽着面色黑沉而肃穆的周王，那气氛中却有种说不出的紧张与压抑。大战在即，攸关生死，满眼尽是黑与白的苍凉，唯有她唇齿之间的一抹笑意红得妖冶。

褒姒朝着天边望去，想起了她第一日踏入镐京城，也是这样的天色，也是这样的气氛。

“寡人能做的只有这么多了！”周王宫涅苦笑一声将手中的火把扔在地上，拍了拍褒姒的手，“是成是败，交给上天来定吧！”

褒姒点了点头。

“回宫！”

“是！”侍卫驾车从骊山而返，那里的信号传遍了九州大陆，诸侯封地一时陷入了慌乱，不知镐京城出了什么事儿。如今诸侯未返，出兵还是不出兵，成了每个封地热议的话题。

宗主不还，世子决议，诸侯国中人心惶惶。

赵叔带觉得周王宫涅有意在摆姬仇一道，狼烟一起，他更加惶恐，毕竟世子还小，不能独自决断。晋伯夫人坐镇朝堂，询问意见，晋国朝中立时分为两派，一派请求出兵援救姬仇，而以赵叔带为首的一派则力谏观望。晋伯夫人力挺赵叔带，力排众议，拒不出兵。无独有偶，百里成在看见狼烟时立刻点兵，而后下令，不准任何人带兵离开秦国，全部原地待命。

一个月后，镐京城进入寒冷时节，再有一个月就要翻过这个年篇了。褒姒入宫已经九年了，这九年间弹指一挥，如白驹过隙。

前殿的早朝几乎废止，大多数时候周王宫涅只召见隰叔、虢石父和郑伯友等人，对其他诸侯不闻不问。诸侯惶惶不安，生怕自己的兵卒来晚了，或是根本不来！也害怕自己的人来多了，令国中空虚。一个月的时间，秦、晋再怎么慢，大军也该到了，可这两国却迟迟不见动静。

周王宫涅同褒姒在东宫大殿对弈，褒姒手中举着棋揣度着周王神色：“大王不急吗？”

“急什么？”

“秦国和晋国的大军早该到了，大王为何不将他们召来问一问？”

“没什么可问的，郑国大军不也没来，寡人怎么问？”周王宫涅心中远没有面上淡然，“秦、晋两国不会来，寡人早就预料到了，百里成能置嬴开的死活于不顾，此事之后，嬴开必会除他！至于晋国……正好给了寡人一个将他除去的借口！”

“那对申国呢？若借齐、楚、卫、宋四国为主力也有胜算，可只怕卫、宋二国非但不肯出力，还会掣肘。”

“不打了！”周王宫涅淡淡地说道，“申国又不是非打不可，晋国之事却迫在眉睫。”

“大王要率军攻打晋国？”

“再等等吧，再过半个月，齐伯的大军若到了，别人就没理由了吧？”

“是！”褒姒满心忧虑，不确定地看了周王宫涅一眼，不再多问了。

就这样时间又过去了大半个月，余下诸侯的兵马陆陆续续地汇集在镐京城外，大兵驻扎，乌泱泱一片。褒姒陪着周王走上城楼，俯瞰列阵大军，他们在各自将军的带领下训练有素，人群密布，有序地在城外驻扎。周王宫湦叫朝中大夫传过几次话，这些人才知道原来调集自己入京为的是攻打申国。

褒姒站在城楼顶端，看着周王宫湦笑了，嘴角那一抹鲜红划破了白雾蒙蒙的镐京城。最后抵达的是齐国大军，秦、晋二国终究没来。周王宫湦甩开袖袍，从城楼而下，嘱咐身后的隰叔："传寡人的令，请诸侯上朝！"

"是！"隰叔应声道，赶往诸侯府上通报去了。

嬴开得了令，胸口憋了口气，没想到百里成这么大胆子。如今诸侯的兵马都到了，只剩下最近的秦、晋、郑三国没有抵京，嬴开在城中只能干着急，想传信问明情况，也碍于镐京城的铜墙铁壁，消息根本传不出去。嬴开上殿，寻找晋伯，却一直不见其人，至于郑伯友，面上一派从容，嬴开揣测郑伯友一定是和周王宫湦在联手做些自己这等人并不知晓的事情。

"秦伯？"周王宫湦俯瞰诸侯。

"微臣在！"嬴开上前了一步，向周王宫湦作揖等他训话，周王却迟迟不开口，盯着秦伯，盯到嬴开有些心虚，长跪于地，"微臣不知为何百里成不带兵入京，只怕是百里成在秦国擅自做主，违抗圣意！"

"怎么？"周王宫湦问道，"百里成行事若不通过你，他有这个胆子？"

"他有！百里成自恃功高盖主，又是我父亲旧部，在朝中大权独揽，根本未曾将我放在眼中。大王若肯放微臣回去，回到秦国我必定会给大王一个交代！"嬴开说得咬牙切齿，此事也令他觉得生气，胸口满是怒火。

"寡人能信你吗？"

"儿臣愿替秦伯担保！"伯服站了出来。他们父子二人都深知眼下这个局留嬴开没有任何意义了，伯服卖嬴开个面子，换个人情。嬴开一听伯服所言，心中感动，继续向周王宫湦信誓旦旦地表达着自己的忠心，场面相持了一个来回，周王便松了口，丢给嬴开一个令牌："拿着令牌，你就能出城了！"

"谢大王！"嬴开捧着令牌颤颤巍巍地说道。

"现在就走吧！"

"多谢大王！"嬴开说罢不敢逗留，生怕周王反悔。前殿中，周王宫湦处理了秦国，又继续问道："晋伯呢？"

无人应答。

"晋伯呢？"周王宫湦坐直了身子，俯瞰朝堂，仍旧无人应答，他一拍桌案大喝，“晋伯其人呢？”

“启禀大王……”一位大夫站了出来，“臣等没有见到晋伯，只怕是一早就……”他说到这里有些惶恐，“已经逃了！”

这话叫周王宫涅有些意外，没想到姬仇竟然能逃走。他深吸了两口气强迫自己冷静下来：“郑伯！”

“微臣在！”郑伯友听令上前。

“去晋伯府上看看！”

“是！”郑伯友得令后退了出去，人们看着郑伯友的背影都想议论，可谁也不敢开口。前殿就这么沉默了小半个时辰，寒冬里，诸侯们的汗水却涔涔而落，几位年迈的诸侯更是不停地擦汗，快要在这种令人窒息的环境中崩溃了。这场劫难九死一生，此事过后人人都觉得重获新生了。

郑伯友回来后启禀：“晋伯已经不在府上了，应该是逃出城了！”

“没用的东西！”周王宫涅指着负责这次封锁的大小官员呵斥道，此事是隰叔和郑伯友安排的，两人同时说道：“微臣罪该万死，微臣失察，竟将晋伯放出城了！”

周王宫涅站起身俯瞰诸侯：“寡人当日登基便和诸位达成协议，一旦烽火台点燃狼烟，诸位的大军就要赶来——不问原因。而如今诸侯国之多，来的之少，简直是个笑话！”

“大王息怒！”众人众口一词。

“若寡人就这么放过那些没来的人，以后寡人就再也调不动你们任何一人了！”周王宫涅瞪着在场的人说道，“文朔？”

“微臣在！”文朔迈步上前。

“传寡人的令，点兵三万，出征晋国！”周王宫涅一字一顿，话语中的杀伐之气令人望而生畏，在场的诸侯下意识地齐声说道：“臣等愿助大王一臂之力！”

“不必了，各自带着兵马回去吧！文朔已经足够应付晋国那些没用的兵马了。”周王宫涅说罢转向文朔，“你明日便带兵出征！”

“臣遵旨！”文朔领命道。

诸侯面面相觑，谁也没想到这件事会以这样一个滑稽的结局落下帷幕，仿佛周王宫涅从一开始就是有意戏弄。有人心中别不过这个劲儿来，上前一步进言道：“眼下申国一仗大王就不打算出征了？”

“申国一仗……”周王宫涅在嘴里咂巴了一番这话，继续说道，“传寡人的令下去，只要宜臼回宫认罪，寡人既往不咎，日后他若留在宫中帮寡人处理政务，对申后的错也同样既往不咎！”

“大王明鉴！”

退朝之后有人在这件事上动起了心思，卫伯出城后感到浴火重生，只要想起在镐京城地狱般的三个月就常常从噩梦中惊醒，他率着大军直奔申国。

申国所处的位置是大周门户，凭借所处天险，历朝历代申侯都是辅政大臣，位居上卿。偏偏到了周王宫湦的时候，他不买这位申侯的账，硬是将他逼出朝堂，逼回封地。不过周王宫湦对申侯算得上客气了，对申侯不来上朝一事也鲜有微词，如今从镐京城中传出了消息，言明只要宜臼向周王宫湦认错，他就既往不咎，也赦免申国。

申侯同宜臼商议了几日，终于定下了送宜臼回京的行程，可大队还未启程，卫伯就先赶来了。下人前来通报，还叫申侯有些莫名其妙。卫伯进门来满面泪痕，扑倒在地。申侯扶住卫伯，连连问道：“发生什么事儿了？”

“乱了，乱了……朝中乱了！”卫伯拉着申侯语重心长地说道。

“乱了？”申侯不解地问道。

“大王点燃烽火，在镐京城兴兵准备讨伐的就是申国啊！”卫伯颤颤巍巍地说，满面的惊恐就像是经历了一场惊世浩劫，申侯显然沉稳多了：“此事我已经知道了，正在和宜臼谋划回宫一事！”

“不能回！不能回啊……”卫伯使劲儿地摇着头，“你以为大王真会既往不咎吗？呸……”他啐了一口唾沫，“我赶来就是要提醒你们，绝不能上了他们的当，大王现在事事听褒姒那个妖女的，褒姒叫大王将后宫女人都赶走，大王便将她们都赶走了；褒姒说要看点烽火，大王便叫虢石父进言说可以点烽火……褒姒出宫是因为褒姒要杀申后，此事被后宫的人逮了个正着，褒姒自知在劫难逃才从宫中逃了出去，可谁知大王根本不介意此事，还将申后和小女软禁在宫中！申后知道大王要攻打申国，便叫小女替她传个书信通知申侯，可小女还没出宫就……”他说到这里十分动情，用手捂住自己的嘴，哭个不停，这年迈的诸侯让人看着觉得可怜，双目两行清泪，满是悲凉。

“他们将卫夫人怎么了？”申侯听着这些指控觉得头皮发麻，深吸了几次气才将情绪稳住。

“将小女杀了……”卫伯哭得动情，“还将小女身上的肉一片片切下来，邀请我去东宫品涮肉，我吃了一半，他们将此事告知于我……”他说罢就要做出呕吐的表情，仿佛真的发生过此事。这话像是个重击，一旁的宜臼“噌”地就跳了起来说道：“我要杀了那个妖人，将母后救出来！”

“王子三思啊！”卫伯拉住了宜臼，“他们杀了我的女儿我都能隐忍至今，为的就是保住这条命，以你我之力和大周抗衡，只能是以卵击石，此事还得从长计议！”

“我早就知道他是个暴君，可没想到昏庸至此，被个女人如此摆布！”申侯一拳打在桌面，“若是继续叫他胡闹下去，天下都会因此受到牵连……不行，绝不能如此！”

“申侯有什么好办法？”卫伯试探性地问道。

申侯经过了楚侯一事后，没办法再相信任何人，嘴上说着如今已经技穷了，却在送走卫伯之后立刻联络了犬戎的满也速，请犬戎大军绕道申国，直取镐京。

犬戎入侵必会杀大周一个措手不及，眼下所有大周兵马都在晋国，郑国自北向南发起攻击，大周自南向北，秦国权力交接，嬴开顾不上大周，齐国鞭长莫及……一旦镐京城沦陷，无人救援。

几个月后，周王宫涅十二年，春。

晋北的大战频频传来捷报，姬仇三番五次请求停战，可都被周王宫涅拒绝了，在别人眼中，周王此举是因为姬仇拂了他的旨意，盛怒难消。更令人害怕的是，诸侯根本不知道掘突什么时候抵达的晋北，发起了进攻的，令人感到芒刺在背，谁也不敢替姬仇说话。这仗不仅打得姬仇被动，连成师也感到了不安，他在这场混战中感到了周王宫涅的野心勃勃，不得不与姬仇联手，先抗击郑国与大周的联军，而后的事情再另行安排。

因此这场大战虽然说周王占据了绝对优势，可还是打得不舒服，像鞋子里有颗沙子，虽然捷报频传，却又无法速战速决。

周王宫涅每每听到捷报，都会不悦，褒姒不解地问：“大王怎么了？”

“没什么！”发呆的周王宫涅回过神来对褒姒摇了摇头。

“事情进展得不顺？”

“不……是太顺利了，才叫我觉得奇怪。”

“太顺了？”

“嗯……”周王宫涅将褒姒拉入怀中，“若放在以往的时候，诸侯早该跳出来为晋国说话了，可是眼下一个为他求情的人都没有，这太奇怪了！”

“嬴开刚刚坐稳了秦伯之位，处死了百里成，秦国大军不宜动；郑国正与晋国交战，掘突长驱直入，势如破竹；齐国不敢忤逆大王，又远在东海之滨，至于宋国、卫国，根本就没这个能力管闲事，楚国更会袖手旁观，没人出面也是正常的啊！”褒姒虽这么劝慰，可也不安了起来。

“他们若真能如你所说，清楚自己是个什么角色，他们就不会是今日的诸侯了！”周王宫湦无奈地笑了一声，拍了拍褒姒的背，“可能只是我想多了，先下去休息吧！”

“嗯！”褒姒撩起了裙子从地上站起来，刚准备离开大殿就听见有人急匆匆地冲了进来，连规矩和礼数都顾不上了。她将裙子又放了下来，转身看着仓皇进门的下士，那下士说：“报！”

“何事？”周王宫湦眉头微皱，面色黑沉，感到了不安。

“犬戎攻入我大周，从南面的疆域破防而入，正在朝镐京城杀来！”下士说道，“南面兵力不足，赵将军失守，临终前差人将这消息报入京城，请大王早做定夺！”

“什么时候的事？”周王宫湦说话的声线有些发紧，语速很快，面色苍白。

“刚刚得到的消息！”下士汇报道。

“叫郑伯友、虢石父、隰叔速来东宫！”周王宫湦命令道，下士领了命从屋子里退了下去。褒姒嘴唇紧抿，盯着周王宫湦竟然一时之间不知道该说些什么。周王宫湦的眉头深皱，屋子里的沉默压抑得人说不出话来，刚才在一旁的伯服听到这件事立刻冲到大殿：“父王，发生什么事儿了？”

“犬戎攻入大周了，不日就会抵达镐京！”褒姒转述道。

“什么？”伯服不可思议地问道，“为何犬戎会攻入镐京？秦国没有消息传来啊？”

“除了秦国，还有一条路！”周王宫湦的手攥成拳，原本以为自己昭告天下自己原谅了宜臼过去的不懂事，可他的一厢情愿却并未将宜臼考虑其中，如今父子之间已经撕破了脸，干脆想将大周的政权扳倒了，“申侯……宜臼……”他说着点了点头，努力想发出一声冷笑，可是表情僵硬得嘴角都牵不动了。

伯服看着褒姒，褒姒摇了摇头，示意伯服不要说话。很快郑伯友等人已汇集到东宫大殿，听到这个消息也是吃了不小一惊，没想到宜臼如此决绝，为对付周王不惜引狼入室。

“大王打算怎么办？”隰叔开口问道。

“有什么好的想法吗？”周王宫湦反问道。

“将晋国兵马撤回！”郑伯友说道。

“来不及了！”周王宫湦说道，“这一来一回至少需要一个月，犬戎打到镐京只需要半个月！”

“秦兵呢？”虢石父问道。

“也来不及！”周王宫湦说道。

“调其他诸侯更不可能了？”隰叔接茬道。

周王宫湦无奈地点了点头，难怪诸侯对自己攻打晋国一事都默不作声，看来是早就知道了此事，只将周王一人蒙在了鼓里。

“大王不妨先行离城，再燃烽火，请求救援！”隰叔建议道。

周王宫湦点了点头：“此事你去安排！”

“是！”隰叔得了令就退下了。

“镐京城还有多少兵马？”周王宫湦继续问道。

“不足五千，虽不足以和犬戎相抗，但能抵挡些时日！”郑伯友说道，“臣愿意亲自带兵抵御犬戎！”

“好！”周王宫湦点了点头，“你和寡人兵分两路，各带一支，此事你去安排。”

“大王不可！”郑伯友立刻摇头，“若是……若是……”他连说了两个若是都没有说出后话来，可周王宫湦已经听明白了他的意思：“若是如此，就带褒后和伯服离开！”

“这……”郑伯友的眉头紧锁，不知道该如何作答。

“父王，我不走，我要留下来抗敌！”伯服说道。

“走！”周王宫湦呵斥道，“犬戎便是能攻下镐京，也夺不了大周，日后援军一到，我大周要有君主……”他说这话时已将自己看成死人了，此事令褒姒从心底里感到了绝望：“那样的江山于我而言、于伯服而言还有意义吗？没人会拥立伯服！”她说道，“既然兵临城下，便战到最后一刻，我们虽然兵马不足，可到底还有五千，万一……胜了呢？”

周王宫湦觉得嗓子干疼，一个军事家不会轻易地给自己一个特别乐观的估计，可是个男人却想给自己的女人一个许诺，他拉着她的手点了点头，将她拥在怀里。看着这一幕的众人，无不感到哀鸣的悲戚，谁也不可能想到申侯置之死地竟然走出了这么一步蠢棋。

不足十天，犬戎抵达了镐京城城外，这速度比周王宫湦预测得更快，镐京城五千士卒兵分两路，抵挡了犬戎半月有余。可双拳难敌四手，犬戎兵马之多，令周王宫涅和郑伯友所带之人陷入敌军时如泥牛入海。半个月后，犬戎死伤过万，可周王宫涅和郑伯友的手中几乎再无兵马。

“大王，必须走了！诸侯再快也要半个月才能到，你只需要躲半个月就能保住大周……”郑伯友策马狂奔到周王身边说道，周王宫涅知道郑伯友说得不错，此刻若赌上这口气得不偿失：“回宫！”

“是！”郑伯友应声道，发起了回撤的信号，虢石父、伯服、隰叔等人接到命令也都回了宫。犬戎将王宫围拢起来，令他们进得去，出不来。周王宫涅人还未到东宫，就大喊着褒姒的名字，褒姒从东宫中奔出来看着周王，知道他们已经到了穷途末路。

“收拾东西，我们得走！”周王宫涅说道。

“是！”褒姒早就叫下人将东西都收拾好了。

“宫中被犬戎围困，怎么离开？”隰叔不解地问道。

“华辰殿有一条通往宫外的密道，往前没有多远就是骊山，逃入山中至少可以活些时日！”周王宫涅说道。

“我来断后！”隰叔说道，“你们先走！”

“要走一起走！”周王宫涅呵斥道。

“大王，现在不是逞英雄的时候，我多挡片刻，你们就多一分生机！”隰叔说道，周王宫涅也立刻说道：“我同你一起守在宫里，抵挡犬戎的攻势……”

周王宫涅还想再说什么，郑伯友立刻进言：“大王，现在不能犹豫了！”

“走！”周王宫涅咬了咬牙，拉着褒姒朝着华辰殿的方向去了，拉起密道的门就朝宫外奔走，没日没夜地朝着骊山赶去。不足一日，犬戎攻破了隰叔这道防线，在宜臼的带领下找到了这条密道。周王宫涅一路奔走，身后的犬戎之师穷追不舍，多年来的夙愿仿佛在这一夜间就必须有个了结，刚入骊山，虢石父就停了下来，知道在劫难逃：“大王继续躲藏，我抵抗一路追兵！”

“就凭你一人之力？”周王宫涅问道。

“能拖延一刻是一刻！虢某半世荣华蒙大王不弃，如今到了报恩的时候了！剩下的事情就交给郑伯了！”

“你放心！”郑伯友应道。

虢石父的这道防线也很快就被人破了，追兵越来越近，郑伯友看了一眼周王宫涅：“大王先走，我来断后！”

"分开走！"周王宫涅当机立断，"你带褒后，我带伯服，我们兵分两路！"

"为什么？"褒姒不解地问道。

"走！"周王宫涅没有解释，人人都知道犬戎之师的目的在于周王宫涅，他若带着儿子和女人，别人必会以为将这一家三口都擒获了。褒姒不断地摇头："我不走，死也要和你们在一起！"她话音刚落，就被周王打晕了，他将她柔软的身体交给了郑伯友："我将她交给你了，你要护她周全！"

"大王若死了，留褒后一人又有什么意义？"郑伯友问道。

"活着的意义要活着才能知道！"

"郑伯，请娘务必替我和父王好好活下去！"伯服也叮嘱道。

"再不走就来不及了。"周王宫涅推了郑伯友一把。郑伯友深知醒来的褒姒一定会对自己怨恨至极，可他也想留她一条性命，没人知道活着是件怎样的事情，因为没人知道死了又会如何。周王宫涅带着伯服和东宫下人朝着大路走去，身边还有几个随行的侍卫，还能抵挡一阵。郑伯友带着褒姒躲进深林，一动不动。

一周后，秦兵抵达镐京城。

半个月后，大周兵马回撤。

一个月后，齐伯、楚侯抵达。

不安的镐京城再次平静了下来，诸侯虽然不满于宜臼的行为，可如今既然只剩下这一个王子了，他们便将罪责都怪在申侯身上，辅佐宜臼登基。宜臼为犬戎暴行感到不安，周王宫涅身死骊山，他将自己的父王厚葬。

周平王一年，迁都洛邑。

秋去春来，又是一年伊始，郑伯友带着褒姒在郑国边陲小镇上寄居下来。褒姒从昏迷中醒过来的时候，周王宫涅已经命丧犬戎之手。知道这个消息的褒姒没有哭也没有闹，这么多年过去了，她始终未曾哭笑，也没有怪过郑伯友。

边陲的生活宁静，日出而作，日落而息。褒姒鲜少说话，只是在家中织布，郑伯友在外耕作，换些微薄的钱粮谋生，除非必要褒姒什么话都不会和郑伯友说，若说她真的一点都没怨又怎么可能？

在周王宫涅临死前，他曾对郑伯友说过："活着的意义只有活着才能知道。"郑伯友不知道这话对还是不对，却常常在迷茫时拿来聊以自慰。今年的春耕开始之前，郑伯友站在门外树旁，踮起脚在高枝挂上了一根丝带。褒姒站在门口看着他，开口问道："你在干什么？"

听到褒姒的声音，郑伯友心中一紧，转向褒姒露出了笑脸："祈求远方的人平平安安。不知道为什么，我总觉得还没有结束，他一生精于算计，怎么会让自己死得这么狼狈。”

褒姒没有说话，准备转身回屋。周王宫涅的狼狈是从爱上她那天开始的，他心里有了个人，就再也没有从前那么洒脱了。他的棋为她而下，他的局为她而设，她却无以为报，连誓死相随都做不到，还不及一个下人。

可她没有求死，因为他想让她活着。不管有多艰难，有多思念，因为他希望她这么做，她便活了下来，即便是无数个夜晚在噩梦中惊醒，即便是孤枕难眠，心痛如绞。

街道上传来了铁蹄声响，平静的边陲小镇热闹了起来，人们奔走相告说是郑国世子来了，人人都涌上街头。褒姒驻足在门外，扭过头去看着远方，郑国世子高头大马，急匆匆地在路上奔行。齐国陷入战事，北狄卷土重来，郑国世子带兵增援。褒姒远远地望着那抹身影，竟是如此熟悉，在无数个夕阳西下的傍晚，她都曾在东宫见到这样一个顽劣的孩子满头大汗地回家。

“娘……”念儿那张稚嫩的脸，在褒姒的眼前浮现，仿佛一切就在昨日。

后记

我若为王，提笔江山任我画

我写《褒姒传》的过程历经艰辛，几经波折，终于收笔。

本文提笔自周幽王三年，褒姒入宫，收笔至郑庄公少年英雄，大破北狄。从初稿至今，几经修改，其间纰漏层出不穷，改到这一版已经过了查缺补漏、更正错误，对政、经的取舍，有违西周礼制，本文经不起考据，只是我心中英雄美人生不逢时的故事。文章从主观出发，详述了“我若为王”的宏图野心。

为修正诸位对西周的认识，我想在此对历史上的西周做一个概要的补述，以下内容感谢罗松凯的提供与整理，仅供参考。西周经历了两百多年，几代人的经营，在周幽王时代被犬戎的铁蹄践踏，镐京城沦陷，周幽王驾崩，褒姒与伯服薨，宜臼继位，迁都洛邑，往后史称东周。周朝的孱弱与西周的体制有着直接的关系，此事需要从西周灭商讲起。

根据《史记》记载，周的始祖后稷，名弃。他的母亲邰氏姜原，是帝喾（酷音）的正室。商的始祖叫契，母亲简狄，是帝喾的次妃。

弃小的时候喜欢种树麻。麻、菽（叔音）、菽美之类的作物，待到成年，对农耕非常感兴趣，而且因为种地的本事大，在舜时成了负责农业的官员，并被封于邰，号后稷，别姓姬氏。

后稷死后，他的儿子不窋在夏任农官，赶巧遇上诸侯叛乱，丢了官衔，率领部族躲到了戎狄之间的地带生活，即现在的甘肃庆阳一带。而不窋的孙子，也就是后稷的曾孙公刘能根据土地的肥瘠状况，因地制宜地进行农耕播种，渡过渭水伐取木材，生活水平的提高吸引了很多人从四面八方来到周的居住地。公刘死后他的儿子庆节继位，在豳建都，成立一国。

周道之兴自此始。

庆节的第八代曾孙姬亶为了保护自己的部落不受犬戎的攻击，率领部落迁移到岐山脚下的周原，也就是现在的宝鸡东北边，周的称号也是因周原而来。周原肥沃的土地激发了周的子孙血脉中种地的天赋，先前以游牧为生的周，在此发生了巨大的变革，从一个小部落形成了一个强大的政权，并最终推翻了殷商成为天下共主。

古公亶父率领族人刚搬到周原的时候，除自己的部族外，还有追随而来的其他自由民，却没有奴隶，而周又不具备商的强大掠夺能力，于是他们必须建立一种没有奴隶的政治体制，这就是封建制的雏形。有了相对先进的制度，姬亶又选择了投靠当时的中原之主——商。得到商的支持与保护的周便不再担心遭到戎狄的攻击，转而专心积蓄力量。

姬亶有三个儿子，他特别喜欢自己的小儿子，认为这个小儿子最为贤明。更为可贵的是，这个小儿子的儿子还有圣瑞之兆，所以姬亶赞叹道："我世有当兴者，其在昌乎？"姬亶倾向于让小儿子继位，可周的制度却是嫡长子继承制，小儿子的继位不合礼制，怎么办呢？两位兄长收拾了行囊，放弃了权力，离家出走了……

姬亶的这位小儿子最终被商纣王所杀，而真正将周带向辉煌的是姬亶的孙子姬昌。

作为一个农耕部落，周的经济发展迅猛。姬昌继位后，逐步将周发展成为一个可与殷商抗衡的大诸侯国。日益强大的周与声名远播的姬昌，让周的声望越来越高。当周的强盛威胁到殷商的统治后，小人的谗言与商朝统治者对周的忌惮，商纣王将西伯侯姬昌也就是未来的周文王囚禁了。这时候的周虽然声望日隆，经济发达，可在军队建设上是无法与商朝匹敌的，饶是姬昌也只能乖乖去羑里待着，否则便有灭族之祸。

商纣王在他的晚年、商的末年，连续不断地做了一些错误的决策，最终为自己的王朝招致了灭国的祸端。商纣王其人，年轻有为，晚年时却因妲己误国，骄奢残暴。在周臣闳夭的斡旋下，再加上金银财帛美人的讨好，商纣王甚至将西伯侯姬昌放归故里，还赐予西伯弓、矢、斧、钺，授权他讨伐不听命的诸侯。商纣王不仅放虎归山，还给这只老虎装上了武器。

姬昌回到西岐遍访人才，遇到了溪边垂钓的姜尚，姜太公用这柄没有钩的竿儿钓上了未来的周文王。君信臣，臣辅君，君臣相得，在姜子牙的辅佐下，姬昌在人生的最后几年做了六件事：调解小国矛盾，树立威望；西伐犬戎，败西戎诸夷，破密须，先后解除了北边和西边的后顾之忧；戡黎取邗，攻下黎邗这两个商的属国后直接对商都朝歌构成威胁；周不断扩张，再攻崇国；在完成了一系列征伐后，姬昌将周的都城由岐山周原东迁到了渭水平原，建立沣京，正式将自己的势力向南扩展到了长江、汉江、汝水流域。

这六件事做完，天下三分，周有其二！可以说姬昌已经做好了翦商的最后准备，但时不我待，姬昌将如此大好局面留给了姬发，溘然长逝。此时周的军队实力仍然无法与常战沙场的商军相比，在商朝军队远征东夷、国内空虚之时，周发起突袭，取下朝歌，成为新的中原之主。

周武王推翻商朝，对属下大臣进行了大肆封赏，而之前的种种问题开始暴露。

据传，周推翻商，集结了八百诸侯。诸侯们利益诉求不同，如今是时候搬上台面一一解决了。然而武王早亡，儿子尚小，周王朝又是刚刚建立，百废待兴，所以，为了这个新生的国家，周武王的弟弟周公旦拿过了执政大权。

周武王死后，殷商后人打算东山再起，而原本跟随周共同争战的诸侯因对战后利益分配的不满制造暴动。在召公奭的支持之下，周公旦强硬地压下了一切反对的声音，用三年的时间平定暴乱，度过了周王朝最为艰难的岁月。

周公旦执政七年后还政于周成王，但有很多迹象表明，当时周成王是将周分为了东西两部分，成王与周公旦分治一方。当时周的国都为镐京，也就是现在的西安一带，被称为宗周；而周公的封地洛邑，也就是现在的洛阳一带，被称为成周。

周公还政成王后第三年病逝，周成王独揽大权。他继承了周公旦留下的遗产，在周成王和他的儿子周康王两代君王的统治下天下安定，四十多年没有使用刑罚，史称“成康之治”。

然而周康王之后，周陷入困境，首先是周康王之子周昭王为扩大疆域连年征战，在登基第十九年南攻楚国时，死于汉水之滨。之后昭王之子周穆王登位，周穆王在位五十五年，四方征战，两征犬戎，获其五王，九师伐楚，为父王报仇。之后又东攻徐戎，巩固了周在东南的统治。

周穆王之后，周共王继位，国家因连年征战耗费了巨额财富，财政空虚，经济上难以维系。而周共王为了表示赏罚分明，不得不将都城附近的土地陆续分封给诸侯和大夫，使自己直接支配的地域越来越小，财政收入越来越少。

周王朝的国势开始衰落。

为了缩减开支，周共王裁减军队，明法息民，让更多的百姓安于生产，创造财富，以增加国家的财政收入。在对外关系上采取和平稳定的外交政策，对边境争端主要采用和平谈判的办法解决，尽量避免武装冲突。在政治上，他废除原来的“土地国有，分封臣下”的旧制度，实行土地私有制，允许土地自由买卖，国家按规定向土地所有者收缴税金，这是西周王朝首次把土地私有合法化。

周共王这些举措对国家十分有利，大大改善了国家的财政状况，但也有弊端存在，由于裁减军队，各城镇的武装力量十分薄弱，引来了异族窥探。西戎趁机反叛，组织军队向西周发起攻击。周军兵微将少，无力阻击敌人，被西戎连续攻占十余座城邑，直逼镐京。周共王得知镐京受到威胁，只能紧急调集各诸侯国军队联合出击，才把西戎军击败，将他们赶出境外。但是这场战乱使周王朝受到很大损失，也为之后西周衰败埋下了伏笔。

周共王之子周懿王继位的第一年，天再旦，也就是日全食，受此影响，周懿王决定迁都。但迁都没多久，又遇百年不遇的自然灾害，这让周懿王一生都活在疑神疑鬼之中，郁郁而终。

周懿王死后，继位的不是他的儿子，而是他的叔叔周孝王，周孝王在位期间做了一件事，这件事深刻影响了之后周的历史，也推动了命运的齿轮。这便是为了制衡申侯的权力，周孝王将西戎庶子，同时也是周主管畜牧的大臣非子分封于秦邑，建立秦国，号称秦嬴，也就是之后统一六国的嬴政之祖。

周孝王在位六年后，周懿王之子姬燮继位，即周夷王。

到周夷王，周的衰弱已为天下所知。诸侯不再朝贡，收入锐减。为减少开支，不断地削弱军队的物资，最终周军的战斗力根本无法形成威慑，而诸侯更加不来朝贡。为了改变现状，周夷王的儿子周厉王任用擅长财政和军事的大臣荣夷公和虢公长父，为改善周王室的经济窘境，周厉王听从了荣夷公的建议，对一些重要物产征收“专利税”，不论是王公大臣还是平民百姓，只要他们采药、砍柴、捕鱼虾、射鸟兽，都必须纳税。芮良夫对此感到忧心忡忡，谏言厉王，直言若用荣夷公，周必亡。

周厉王并没有采纳谏言，此时的西周用与不用其人都已经是强弩之末了。不过值得注意的是，那时候很多山林川泽其实是归属大贵族的，所以也有人猜测会引发巨大的反响，是因为他的政策损害了贵族的利益，而周厉王残酷镇压的言论是来自贵族的，不过这个说法并没有什么证据。

周厉王征收了大量的税款，可能用在了军队上。因为周厉王在位期间，周军一改前几任周王带领下的颓丧，连续取得对外战争的胜利。但到了执政中期，周厉王开始执行严苛的法律，百姓对他议论纷纷，召公劝谏："百姓不能忍受暴虐的政令！"听到这个说法，周厉王大怒，对于民间巨大的反对声音不但没有听从反而进行了残酷的镇压。他找到一个卫国的巫师，让他来监视那些议论的人，巫师告谁议论，周厉王就杀掉谁。此事最终引发了百姓暴乱，厉王被迫逃到彘地，最终客死异乡。

在周厉王逃离国都一直到他离世，总共经过了十四年，这十四年是一个特殊的时期，被称为共和。西周共和时期是指周厉王逃离镐京后至周宣王登位前的一段时间，即约公元前841年至公元前828年期间。对于这个时期的称呼有两种说法，一为由于召穆公和周定公共同执政，因此这个时期称共和；二为共和执政，即厉王逃走后，朝中大臣就公推共和伯代行天子之职，因其名叫"共和"，爵位为伯，故称其当政期间为"共和执政"。

周厉王逃离之时，当时还是太子的周宣王被召公保护了起来，在厉王逃亡十四年客死他乡后，周宣王登位，励精图治，下令修复公室、广进谏言、安顿百姓、修缮武器；兴畋狩礼乐，效法周文王、周武王、周成王、周康王遗风，并及时任用召穆公、仲山甫、尹吉甫、程伯休父、虢文公、申伯、韩侯、显父、仍叔、邵穆公、张仲等贤臣辅佐朝政，陆续发动对周边部族的战争，使衰落的周王室权威得到恢复，诸侯又重新朝见天子，四夷咸服，史称"宣王中兴"。

但宣王没能坚持到底，在他执政的晚年，他开始毫无道理地干涉鲁国内政。

连续对外征战又连续战败：公元前797年周宣王派军队攻打太原之戎，失败；公元前792年，征讨条戎、奔戎，战败；公元前789年征讨申戎获得胜利；同年，周军在千亩之战大败于姜戎，南国之师全军覆没，在奄父的帮助下周宣王才得以逃脱。连续的失利将周最后的一点底子也消耗殆尽，而在留下了浓墨重彩的一笔后，周宣王在狩猎的途中身亡。传说是被他冤杀的大臣索命，而真相则湮没在了历史的长河里。

周宣王死了，留下了一个烂摊子给他儿子姬宫湦，这位末代君主。传言中他为博红颜一笑，烽火戏诸侯。

周幽王继位时内忧外患，周宣王死前多次兵败把西周最后一点元气都耗光了，国内百姓怨声四起，多次失败也让西周在诸侯间的威信丧失殆尽。幽王初年，西北大旱，旷日持久，都城周边发生特大地震；第二年，国都镐京和附近的泾、渭、洛三条河川都发生地震，同年，泾、渭、洛三条河川枯竭，岐山崩塌，很多人说这是亡国之兆。天灾往往助恶人祸，但作为末世之君，姬宫湦也不是一个雄主，在这种内忧外患之下，却依然不理政事，将所有的政事全部交给了自己的叔父郑桓公，自己则沉迷于声色之中。之后更是后宫大戏，幽王五年，废除原本的申后与太子宜臼，立宠爱的妃子褒姒为后，褒姒的儿子伯服为太子。

申后与宜臼为了躲避迫害，仓皇逃回了自己的娘家申国。周幽王听说后大怒，向申国讨要申后和太子宜臼，申国国王当然不乐意把自己的女儿、外孙送出去，所以他是拒绝的。幽王九年，申侯为了对付周王，联络犬戎为盟友。幽王十年，姬宫湦先下手为强，与诸侯在太室盟誓讨伐申国，犬戎攻破西周都城，杀幽王与伯服于骊山下，至此西周灭亡。

以上资料涉及众多来源，有推测，也有真实记载或是考古发现。末代帝王，常常背负了比事实更沉重的包袱，先人之过，后人之责。西周的灭亡，东周的破败，起源并非周幽王的荒淫无度，更多的是因为西周时形成雏形的封建礼制。这种礼制用后来的话说，是一种吃人的制度。

比起西周的对民智的桎梏，殷商反而显得更加自由、民主。殷商朝歌的沦陷，在后来的文学史上也充满了传奇色彩，他的一生跌宕起伏，大功、大过，充满了传奇色彩，也不失为历史上最为人啧啧称奇的帝王形象，朝歌沦陷，举国哀歌。

每每为纣王谈造化弄人时，我也常想，我若为王，商末周初又是一番怎样的景象？